國家社科基金重大項目
"明清詞譜研究與《詞律》《欽定詞譜》修訂"（18ZDA253）

國家古籍整理出版專項經費資助

杭州師範大學人文社會科學振興計劃項目資助

明清詞譜要籍疏解叢書

詞繫韻律詮疏

〔清〕秦巘 ◎ 著

蔡國強 ◎ 考辨

- 壹 -

上海古籍出版社

圖書在版編目(CIP)數據

《詞繫》韵律詮疏 /（清）秦巘著；蔡國强考辨.
—上海：上海古籍出版社，2022.12
ISBN 978-7-5732-0474-5

Ⅰ. ①詞… Ⅱ. ①秦… ②蔡… Ⅲ. ①詞譜—詩詞研究—中國—清代 Ⅳ. ①I207.23

中國版本圖書館 CIP 數據核字(2022)第 189498 號

《詞繫》韵律詮疏

（全四册）

［清］秦巘 著

蔡國强 考辨

上海古籍出版社出版發行

（上海市閔行區號景路 159 弄 1－5 號 A 座 5F　郵政編碼 201101）

（1）網址：www.guji.com.cn

（2）E-mail：guji1@guji.com.cn

（3）易文網網址：www.ewen.co

啓東市人民印刷有限公司印刷

開本 890×1240　1/32　印張 64.375　插頁 12　字數 1,553,000

2022 年 12 月第 1 版　2022 年 12 月第 1 次印刷

印數：1—1,500

ISBN 978-7-5732-0474-5

I・3658　定價：258.00 元

如有質量問題,請與承印公司聯繫

序 一

鍾振振

予嘗謂古之詩,雖備衆體,而論其精細、精微、精緻、精巧、精密之至者,莫詞若也。此蓋就形式主義美學而觀之者,非有所軒輊于蘇州園林與八達嶺長城之間也。

詞者,本唐宋時期流行歌曲之唱詞。有先製曲而後配以詞者,亦有先製詞而後配以曲者;有樂人與詞人分工合作者,亦有兼善樂與詞而獨立爲之者。而無論如何,又皆須經歌者反復演唱,不斷修正,其詞若曲乃得磨合,以臻于完美焉。

唐宋以來,曲以千數。樂章固長短不一,樂句亦繁複多變。而詞之篇幅寬窄,句度變化,與曲相應,如潮汐,如桴鼓,如鳥之雙翼,如車之兩輪已。

唐宋之詞,所講求者,不在平仄,亦即近體詩之平上去入。而在七音,即宮、商、角、徵、羽之五全音,及變徵、變宮之二半音是也;在五聲,即脣齒喉舌鼻是也;在十二律,即黄鐘、太簇、姑洗、蕤賓、夷則、亡射之六陽律,及大吕、夾鐘、中吕、林鐘、南吕、應鐘之六陰律是也。何則?以其主于歌唱,而非若近體詩之主于吟詠故也。

雖然,唐宋詞人之精通音律,如柳耆卿、周美成、姜堯章、張叔夏者,百不三五;所作能得歌者選取而演唱,如"曉風殘月""梨花榆火"

《暗香》《疏影》"春水""孤雁"之比，亦指不多屈。則以長短句爲新近體詩，但調平仄，不協宮商者，在在有之。故以平仄論詞，亦自有理，無可厚非矣。

昔者唐明皇遣樂人黃幡綽造拍板之譜，幡綽乃于紙上畫兩耳以進。問其故，對以"但有耳，則無失節奏"。方詞之鼎盛如兩宋時，詞樂具在。歌者揭喉，聽者入耳。耳熟則能詳，固不昧于音律，更須譜爲？終天水一朝三百餘年，而竟無一人爲作詞譜者，良有以也。

洎元北曲興，詞樂式微而至于失墜。詞既不復可歌，則與近體詩無異。求音律而不得，退求其次，聲律平仄之譜于是乎出。若明周翠渠（瑛）之《詞學筌蹄》，張南湖（綖）之《詩餘圖譜》，程玉川（明善）之《嘯餘譜》，篳路藍縷，以啓山林，失之譾陋，功在開闢；歷清初賴迂翁（以邠）之《填詞圖譜》，至康熙朝萬紅友（樹）之《詞律》，樓西浦（儼）諸君之《欽定詞譜》，踵事增華，後出轉精，彬彬稱盛，洋洋可觀；道光、咸豐時，復有葉其園（申薌）之《天籟軒詞譜》，秦玉笙（巘）之《詞繫》，質疑紅友，糾訂《詞律》，補苴罅漏，多所獻替。顧其時公私藏書，雖云富矣，贍莫今若，皆不及見唐宋詞之大全，則其于例詞之文本校勘，章句斷讀，字聲比對，韻律研討，焉能盡善且美，無所疏失乎？

予友錢塘蔡君國强，好學深思，嫻于吟詠。倚聲之道，蓋所擅長；詞律之學，尤稱精邃。手不釋卷于《全唐五代詞》及《全宋詞》，心無旁騖而唯詞譜之整理與考訂是務。孜孜焉，矻矻焉，以一己之力，積十年之功，于上舉五部清人詞譜要籍，詳爲疏解，嚴加駁正，乃成此煌煌叢編。其所疏解，所駁正，率皆言之成理，持之有故，多所發現，多所發明。而其所發現與發明，非散珠之在盤，乃貫珠而成鏈。貫者云何？即其自成一家之詞體韻律學系統是也。造詣如此，以謂宋詞律

宗柳、周、姜、張諸公之異代知音，清譜名家萬、樓、葉、秦諸氏之隔世
諍友，其誰曰不宜！

　　是編既成，印行在即。承君不棄，以序相屬。謹書此以歸之。

　　　　　　　　　　壬寅霜降前五日夜，南京鍾振振叙

序 二

朱惠國

詞譜，今天主要指格律譜，是舊體詞創作必備的工具書。依譜填詞，不僅是現在，而且也將是今後相當長時間内舊體詞創作的主要方式。但很少有人會想到我們一直作爲工具書使用的詞譜會有問題，甚至會有嚴重錯誤。吳興祚爲萬樹《詞律》寫序，解釋書名“詞律”的含義，是“義取乎刑名法制”，也就是説，具有律法的意思。他希望“規矩立而後天下有良工”“嗣是海内詞家必更無自軼於尺寸之外”，以達到“詞源大正”的目的。但受當時文獻以及認識水準的局限，他没有想到“義取乎刑名法制”的《詞律》本身也有問題。其實不僅是《詞律》，包括《欽定詞譜》在内的詞譜都有或多或少的問題。

詞譜有問題其實很正常。唐宋没有詞譜，詞譜只是後人根據唐宋詞人留存的詞作，用同調互校的方法反向歸納、推導出來的一種創作規則。清代四庫館臣在《欽定詞譜提要》中説：“詞萌于唐，而大盛于宋，然唐宋兩代皆無詞譜。蓋當日之詞，猶今日里巷之歌，人人解其音律，能自製腔，無須於譜。”也就是説，唐宋人作詞没有詞譜，也不需要詞譜。如果一定説有譜，最多也就是《樂府混成集》一類的音樂譜。而此類音樂譜的實際作用，主要是收集、保存音樂文獻。唐宋人填詞，主要採用依腔填詞或依詞填詞的方式。現在意義上的詞譜，是在詞樂失傳後，明代人爲規範詞的創作，同時也爲方便詞的創作而發明的一種專門工具書。因爲是後人發明的東西，其歸納、推導的譜式能否與唐宋人的創作實際完全一致，本身就是一個非常現實的問題。如果不一致，詞譜就會出現錯誤。另外，編製詞譜所依據的文獻是否準確，也是一個非常重要的問題。詞譜的編製思路因人而異，但最主要的方法就是取唐宋人舊詞，同調互校，從而歸納出相對準確的譜式。《欽定詞譜提要》對此有一段具體的描述："今之詞譜，皆取唐宋舊詞，以調名相同者互校，以求其句法字數；以句法字數相同者互校，以求其平仄。其句法字數有異同者，則據而注爲又一體；其平仄有異同者，則據而注爲可平可仄。"由此可知，同調互校的文獻，即唐宋舊詞的準確性十分關鍵。如果文獻有誤，或者殘缺，那麼互校後得出的譜式也必然是錯誤的。由於古籍在傳抄、刊刻過程中錯誤難以避免，詞譜有失誤也就可以理解了。從詞譜研究的實際情況看，詞譜中的很多重大錯誤都是由文獻引起的。

　　詞譜産生後，經歷了一個從無到有、從簡單到完備、從粗糙到精密的發展過程。在此過程中，隨著詞學文獻的不斷完善和對詞譜認識的逐步加深，詞譜學家們不斷修正詞譜中的錯誤，使其更加準確與合理。因此詞譜發展的歷史，某種程度上講，也就是詞譜學家們不斷修正詞譜的歷史。隨舉一例：《嘯餘譜》《填詞圖譜》依《稼軒詞》"千峰雲起"一首，爲《醜奴兒近》一調作譜，爲一百四十六字體，分三段。從文獻來源看，"稼軒舊集、汲古閣板皆同"，因此後世詞人都信之守之，認爲《醜奴兒近》有此一格。期間也曾有人從用韻的角度提出過疑問，但缺乏實據，難以定論。萬樹對此調向來懷疑，除了"字句之差、叶韻之謬"之外，他認爲詞中"又是一飛流萬壑"句，"稼軒必不至如是不通"。在編製《詞律》時，萬樹憑藉對《醜奴兒近》和《洞仙歌》詞調的熟悉，經"再四綢繹諷詠"，終於"忽焉得之"。他以爲，"蓋其所謂第一段者,實《醜奴兒(近)》之前段也",“其所謂第二段者,則前半仍是《醜奴兒(近)》,而後半則非《醜奴兒(近)》矣",“至'飛流萬壑'以下,及所謂第三段者,則係完全一首《洞仙歌》"。也就是説,此首一百四十六字體由《醜奴兒近》和《洞仙歌》兩詞拼接而成。從開頭至第二段“又是一飛流萬壑"句的“又是一",是《醜奴兒近》的殘篇,“一"字後面缺失;從“飛流萬壑"至結束,是一首完整的《洞仙歌》。産生錯誤的原因,萬樹以爲“稼軒原集《醜奴兒近》之後,即載《洞仙歌》五闋,當時不知因何遺失《醜奴兒(近)》後半,竟將《洞仙歌》一闋錯補其後,故集中遂以《醜奴兒(近)》作一百四十六字,而後《洞仙歌》止存四闋矣"。後人不識,以爲是《醜奴兒近》的又一體。這是典型的由文獻引起的詞譜錯誤。萬樹對自己的發現十分興奮,以爲“此詞自稼軒迄今五百七十餘年,至今日始得洗出一副幹净面孔"。除了厘清文本,萬樹在用韻以及文字增補方面也提出一些自己的看法,進一步完善了譜式。他對這一調的貢獻確實無人能及。但是《欽定詞譜》並没有止步於此。編者在《採桑子慢》(即《醜奴兒近》)中收入辛棄疾“飛流萬壑"體,指出“汲古閣本此詞脱落甚多,今從蕉雪堂鈔本訂正"。由於參校了新的文獻,譜式又有一些修訂。除了個别句子的結構有調整外,比較明顯的變動是將上片結句的“過者一霎",改爲“過這一夏"。萬樹以爲,詞中兩處“一霎",字俱作平聲。他將此首與潘元質的“愁春未醒"一首互校,以爲“過者一霎"即潘之“梅子黄時",最後二字爲平平。《欽定詞譜》改爲“無事過這一夏",後四字均作仄聲。雖爲拗句,但與下片結句“别有説話"一致。無論從文獻還是從字面看,《欽定詞譜》的改動更爲合理一些。王鵬運《四印齋所刻詞》此首爲“無事過者一夏",保留“者"字,但“夏"字作仄聲無疑。唐圭璋《全宋詞》參校各本,此句爲“無事過這一夏",正與《欽定詞譜》同。可見,詞譜是在不斷修訂中發展、完善的。

　　那麽，經過《欽定詞譜》和《詞繫》的不斷修訂，現在的詞譜是否就沒有問題了呢？答案是否定的。據蔡國强等學者的研究，包括《欽定詞譜》在内的詞譜依然存在不少問題，亟需校訂。如文獻的問題，蔡國强曾寫過一文，專門談《欽定詞譜》殘篇入譜的問題。從此文看，問題還是比較嚴重的。如張孝祥《錦園春》四十五字體，其實是盧祖皋《錦園春三犯》一闋的上片。《欽定詞譜》此首有"此詞《于湖集》不載，舊譜亦遺之，今從《全芳備祖》採入"的按語，交代文獻來源，同時也説明"《于湖集》不載"的事實。但遺憾的是編者没有進一步深入核查。其實《欽定詞譜》也收入了《錦園春三犯》，只是調名用的是"四犯剪梅花"。編者在名解部分説："調見《龍洲詞》。前後段首句不押韻者名《四犯剪梅花》，押韻者名《轆轤金井》。盧祖皋詞名《月城春》，又名《錦園春》，一名《三犯錦園春》。"如果《欽定詞譜》編者能够深入核查一下，或者對《四犯剪梅花》一調的格律非常熟悉，是能够察覺出問題的。當然，還有一種可能，就是編《錦園春》四十五字體和編《四犯剪梅花》的是不同的分纂人員，而負責總成的纂修官也忽略了。除了文獻的問題，《欽定詞譜》在詞譜的其他方面，如詞調正體、異體的認定，詞調中句法的判定，詞調收録標準，以及同調異名、同名異調等問題，也都不同程度地存在一些失誤。與《欽定詞譜》的情况相似，《詞律》《詞繫》也同樣存在不少問題。《詞律》因爲不是官修，且流傳較廣，清人及民國時期人均有不少研究，指出其瑕疵，但並没有解決全部問題；《詞繫》編成後長期以稿本的形式存在，少爲人知，對它的研究更是少之又少。

　　新世紀前後，尤其是近年來，不少學者開始關注詞譜，並從不同角度對《詞律》《欽定詞譜》《詞繫》等主要詞譜展開整理與研究，其中有一些研究文章也指出了這些詞譜存在的問題。但總體上看，這些文章除了數量較少外，還有兩個特點：一是系統性不够；二是以指出問題爲主,在如何完善詞譜方面考慮不多。因此,我們雖然知道包括《詞律》《欽定詞譜》《詞繫》在内的明清詞譜存在一些問題,但由於缺乏系統性的校訂,這些問題長期得不到解決。

蔡國强先生是有真才實學的學者,他有志於詞譜研究,做了許多富有成效的研究工作。除刊出一系列研究論文外,所撰 150 萬字的《欽定詞譜考正》和 82 萬字的《詞律考正》也已由華東師範大學出版社相繼出版,前者獲得了浙江省哲學社會科學優秀成果二等獎,後者還得到了國家社科基金的後期資助。這兩部重在疏證與指瑕的著作爲《詞律》《欽定詞譜》的系統校訂作了充分的前期準備,因此國家社科基金重大項目“明清詞譜研究與《詞律》《欽定詞譜》修訂”,由他擔任《詞律》《欽定詞譜》兩譜的校訂工作是最合適的。蔡國强先生主動增加了《詞繫》的校訂工作,打算將三譜的校訂本構成一個系列,全部交由上海古籍出版社出版。現在三譜的校訂工作已大部分完成,書即將出版,值得慶賀。初步拜閱書稿,並通過與蔡國强先生交流,感到與一般的詞譜校訂著作相比,書稿有幾點比較新穎,也比較有特色,值得提一下。其一,書稿依據“調有定格”的基本原則,將傳統龐雜無緒的“又一體”系統分成體、格兩個層級,在正體之下根據文字的增減、韻脚的增減、句子的讀破、詞作的舛誤等具體類別,分成幾種不同的格。這對進一步展開詞譜研究以及今人詞的創作都提供了很好的思路。其二,校訂者在詞的用韻、字聲、體式、結構等細節問題上下了不少功夫。例如依據傳統的均拍理論,將韻析爲主韻、輔韻;依據萬樹的“作平説”,提出“了”字有“兼聲”;依據唐宋詞實際,强調了二字逗功能;在原有的“逗結構”之外提出另有一種不可忽視的功能相同、樣式不同的“托結構”;在詞體結構中提出了除傳統的雙曳頭之外,還存在“添頭式雙曳頭”“雙曳尾”等形態的結構。其三,通過長期的詞譜校訂工作,校訂者逐漸形成了自己的詞體韻律學體系,因此經常會從這個框架中看待每一個問題,這樣,很多詞譜學上的問題,可以在一個新的視角中獲得切入。此外,學術性與實用性相結合也是這三部書明顯的特點。由於校訂者擅長於詩詞創作,對詞的韵律很熟,因此在學術探討的基礎上會插入一些關於填詞問題的討論,給填詞者一定的指導與啓示。當然,《詞律》《欽定詞譜》《詞繫》的校訂是一項開創性的工作,正如蔡國强先生自己在《重訂詞律》"前言"中所言,該書在"撰寫過程中,由於經過長期的思考,羼入了一些自己的詞譜學理念,有些觀點是前人尚未發明的",因此這些理念和觀點要讓讀者接受,有的可能還需要一定的時間。

我們相信,通過對這三個詞譜的校訂、整理和重新排印出版,不僅可以從源頭上糾訂錯誤,使詞的創作更加準確、規範,而且可以使三個詞譜閱讀起來更加方便,有利於其推廣和使用。這對傳承中華優秀傳統文化,增强文化自信,繁榮當下的詩詞創作,都是非常重要的。

是爲序。

2022 年 10 月於上海

《詞繫》以時代爲序的
編排特色之我見

（代前言）

蔡國強

　　清代詞譜學家秦巘的《詞繫》，如果説它是一部繼《詞律》《詞譜》之後最偉大的詞譜學專著，這樣的評價，就其内容之精細、規模之宏大、作者之聲望而言，並不爲過。以筆者個人的觀點而言，甚至認爲在學術品質上超過了《詞譜》，可以毫無疑議地與《詞律》相伯仲的。當然，它的價值主要體現在内容上，其形式上所特有的"以人繫年"，雖然頗具創意，與衆不同，而且從書名上看，也是作者很看重並滿意的部分，但在實際效果上，筆者以爲並未達到那麼高的成就，就應用的角度來説，甚至是一種失敗的詞譜編排方式，儘管目前學術界的主流觀點都對此讚不絶口。由於這樣的原因，《詞繫》不能認爲是一部詞譜，而是一部專門研究詞譜的學術專著。

　　我們從秦巘要"以《詞律》爲藍本，與其缺者增之，訛者正之"，從而"訂倚聲之準"①的主觀動機，以及《詞繫》一書的整個客觀行文來看，它屬於一部詞譜類著作，而並非詞調繫年類著作，是無疑的。既如此，作爲一部詞譜，他的主要功能應該在給填詞者提供一個譜式規

---

① 秦巘編著：《詞繫·凡例》，北京：北京師範大學出版社，1996 年，第 1、2 頁。

範,通過本書進行詞調發生發展的研究,即便有這樣的功能,也是極
爲次要的,也衹是給讀者在選擇詞體格式的時候增加一點參考信息
而已。而作爲詞譜,它在應用性上的易用、適用則應該更爲重要,遺
憾的是,《詞繫》恰恰在這個方面是最欠缺的,"以時代爲次"的特色,
恰恰成了易用性上的負作用。

一、詞譜排序的優劣和"以時代
爲次"的實際意義

　　目前詞譜的排序方式主要有五種:第一種是根據詞體的規模,
按小令、中調、長調分爲三大類,然後每一類中再以字數多少爲序編
排,如張綖的《詩餘圖譜》。第二種是目前主流的樣式:根據詞調的
字數多少,按照從短到長的次序排列,這種模式以萬樹的《詞律》爲代
表,《詞譜》繼承之。這種分類方式是前一種的改進版,本質上和前一
種相同,只是删除了三個大類。第三種是根據詞調名所屬意義的不
同,分類排列,如程明善的《嘯餘譜》。第四種是根據押韵模式的不
同,將其分爲平韵體、仄韵體、錯韵體等等若干類,如受龍榆生啓發的
謝映先的《中華詞律》。但是這種模式的基本内核,依舊是以字數的
多少進行排列。最後,就是秦巘的《詞繫》,按照詞調問世時間的先後
進行排列,這種模式校之前幾種而言,其"内核"形式是完全不同的,
目前就筆者寸光所及,按此排序的真正意義上的詞譜類專著,僅此一
部。田玉琪先生的《北宋詞譜》是按照秦巘模式編輯的,但該書雖具
有厚重的學術功力,作爲真正意義上的工具書詞譜,似還有一定的局
限。目前所見的主要的詞譜編排方式,就是這麽五種。

　　這五種方式,從學術性和應用性兩種不同的角度評判,有不同的
意義、價值和各自的缺陷。

　　就學術的角度來看,前二種都没有什麼學術含量,如《詞律》模式,源自第一種模式,本質上只是去掉三大分類而已,儘管他將其他的編排模式説得一文不值,但他的按字數多少排列,從學術的角度來説,其實祇不過就是扳手指數數而已,並没有什麼價值。而第一種三分法本身即是僞分類,因爲就詞學自身的特質來説,並不存在這樣的三種分類。只有程明善的根據調名意義分類,纔是一種真正意義上有實用價值也有學術含量的分類,僅僅是因爲《嘯餘譜》一書本身存在太多瑕疵,因此也被萬樹批得一文不值,其後便不再有人嘗試。但是,一個具體的個例有瑕疵,不代表這個方法本身是錯的,這是一個很簡單的道理,如果有人能規避程明善的錯誤,更準確地真正做到"依意分類",一定是遠勝《詞律》《詞繫》的更好的分類排序方式,因爲調名的類别與詞的内容有千絲萬縷的關係,可以作爲一種擇調的重要參考依據。第四種按韻排列,雖然其内核仍然是按字數多少排列,但因爲採用了一個合理的分類標準,因此就有較高的學術價值,畢竟用韻是關乎一首詞的聲情如何的重要特徵。

　　而秦巘的"以時代爲次",竊以爲也僅僅是原始排序發展到"有依據"的一種排列方式而已,比極爲原始的數數的辦法高明,可以給人一個原始的、大概的、朦朧的詞調發展觀感,知道哪些詞調產生在前,哪些在後,但是也僅此而已,想據而獲得"根據時代的不同,可以發現每一個階段的詞調變化情況"[①],恐怕祇是一種美好的想像而已,因爲詞調的變化是一個歷史觀照下考察的宏觀問題,怎麼可能從一個兩個詞調的微觀考察中獲得? 舉例來説,詞從小令發展到慢詞,似乎應該可以從"以時代爲次"中看出一些端倪,但是具體到那些詞調本身,就可以發現其中並不存在一些可以被用來進行論證的邏輯關係,因

---

　　① 劉少坤等:《秦巘〈詞繫〉的詞譜價值及其詞學史意義》,《文藝評論》2014 年第 8 期。

爲兩者的範疇完全不同。

就實用的角度來看，首先我們要明白詞譜類著作的功能是什麼，詞譜不就是供人擇調用的工具書嗎？一個會填詞的人就會明白，前四類都具有或多或少的應用意義，因爲填詞創作的第一步，就是先確定我要填的這一首規模如何，是小令還是慢詞，然後在前二種模式下，可以直達大概的位置，然後選取合適自己的詞調。利用第三種，則可以通過檢索目錄找到自己要創作的内容類別，然後找到自己中意的詞調。利用第四種，更可以在確定押什麼韵的基礎上選擇詞調的長短。之所以在早期的詞譜中，《嘯餘譜》《詩餘圖譜》等等會在廣大的用户中風靡一時，之所以後世仍然不斷有模仿者出現，之所以至今爲止的所有詞譜都以"按字數多少排序"爲最基本的内核，這一功能的"實用"，應該是一個極爲重要的原因。

而惟有"以時代爲次"的詞譜，實際上在應用的層面是很難操作的，《詞繋》對於筆者而言，只有研究的價值，而根本没法用於創作，祇能靠胡亂碰運氣的辦法，隨機找到一個詞譜來填，是不是有一個最合適的，全然無知。在這一模式的詞譜中，你甚至連翻閲目錄都無法快速找到心儀的詞調，因爲在這部書裏，無論是詞調規模、押韵模式、調名類別等等的所有用來符合創作機制的依據、標準或標籤，全部被打亂了，我們所見到的不再有"詞調"，而只有"詞人"了。所以很可能你得翻完整個目錄纔能找到你覺得滿意的詞譜，而那時，你的創作激情早已經時過境遷了。很遺憾的是，今天的很多研究者都忽略了從創作實踐的角度去思考這個問題，因此對此缺陷從未有人認識，從未有人提及。

舉例來説，此時一陣輕風入窗，觸發筆者填詞之心，這種小情緒最宜用小令而不是慢詞來抒寫。用《詞律》，筆者可以翻到書的前部，在一堆小令中找一個自認爲適宜的譜式；用《嘯餘譜》，則可以在某一個類中尋找；但是在《詞繫》中，所有的令詞都被打亂分散到了各個不同時期的詞人名下，根本就無法給使用者提供一個查閱、比較、選擇的可能。即便今天我們再附録一個按字數檢索的目録，由於各調完全打散，通過目録來擇調，依然是一件很麻煩的事。

所以，我認爲這是一個聽起來很美好、實際上很難做好的方案，當年夏承燾先生之所以會説這個思路“大勝《詞律》”，完全是因爲祇看了凡例，以爲内容便是如此。我甚至認爲讓那麽多詞學大家激動的一個重要原因，即在於此。筆者對夏老的詞譜學認知有一點粗略的瞭解，他的《詞譜駢枝》（尚未出版）依然没有按照這種“大勝《詞律》”的模式編排，而基本上仍然是按字數編排，就充分證明了這一點。我敢斷定，祇需要給夏老隨便一卷《詞繫》，他就不會作出如此結論了。所以，如果一部書中大部分内容都祇能從猜測、揣度中得出結論，都祇能從年齒排列中想當然地得出結論，我們就不可以將其視爲一種新的模式。

二、關於夏承燾先生的觀點

關於夏老的觀點，有必要做一個專門的討論。

筆者是基於較長時期填詞實踐的經驗，因此對《詞繫》的編排方式在應用性上作出了否定的意見，但是，認爲《詞繫》這本書“其論宫調及列調以時代爲次，此二點即大勝《詞律》”的夏承燾先生，恰恰是被譽爲一代詞宗的。夏老在填詞上的造詣是無須論證的，難道他會連這麽重要的問題都搞錯？

筆者以爲，這裏存在一個判斷和論斷的問題，夏老這一段話祇是一個判斷，而並非一個論斷。一個重要的事實是：對於《詞繫》一書，夏老僅僅讀過其中的凡例部分，對於《詞繫》的其他實際内容，均祇是通過凡例才瞭解到的一個至多是"輪廓"的東西。而秦巘在《凡例》中是這麽説的：

> 詞本樂府之變體，自唐李白、温、韋諸人創立詞格，沿及五季，代啓新聲。至宋晏、歐、張、柳、周、姜輩出，製腔造譜，被諸管弦，所著皆刻羽引商，均齊節奏，幾經研煉而成，足爲模楷。與其取法於後人，莫若追蹤於作者，故本譜以自度原調爲經。其後字數增減，叶韵多寡，體格參差，調名異同者，皆列又一體爲緯。不以字數爲等差，仍以時代爲次序。蓋添字可以居後，減字焉得居前？有原詞未注自度，實取句意爲名，如《陽臺夢》《紗窗恨》《過秦樓》之類，足可爲據。或互見於他書，如《西子妝》，見《山中白雲詞》注，《九張機》，見《樂府雅詞序》，亦必注明。其無從考證者，即以時代最先者爲式。或僅一首，别無他作，即以此首爲式。溯委窮源，庶不失先河後海之義。①

從這一段描述中，我們看到了這樣一些信息：首先是"以時代爲次"編排法設立的依據，是因爲所有的首創詞調原本就是"刻羽引商，均齊節奏，幾經研煉而成"的，所以在音律上自然就"足爲模楷"，因此以之爲每一詞調的領調正體，自然是最佳選擇。其次，各個詞調的創作先後有序，以其爲基本排序依據，而將那些"足爲模楷"的作品貫穿始終，自然是最佳選擇。第三，雖然未注明首創，但能依據各種書證，通過考證之後確定最先，其學術價值不言而喻，自然是最佳選擇。最後是"以時代爲次"編排法設立的效果："溯委窮源，庶不失先河後海之義。"在如此美妙的構劃中，加之現有的各種詞譜都存在這樣那樣的不足，特别是主流詞譜按照字數多少的排列方式，確實是太過缺乏學術含量，因此，相信每一個詞家都會爲之歡欣鼓舞，夏老自然不能

---

① 秦巘：《詞繫·凡例》，北京：北京師範大學出版社，1996年，第2頁。

例外,所以纔會在日記中寫下這樣的一段話:

> 接善之函,寄秦玉生《詞繫》凡例一册。玉生乃敦夫子,書是詞譜,作於道光間,共廿四卷,都數十萬言,以時代爲次,首列宫調,次考調名,次敍本事,次辨體裁,末附案語……其論宫調及列調以時代爲次,此二點即大勝《詞律》。①

但是,這段話均基於凡例的介紹而來,而不是基於閲讀原著之後的總結。也就是説,"此二點即大勝《詞律》"是對凡例所介紹的内容的贊許,是"如果原著果然如此,那麼此二點大勝《詞律》"這樣的一種判斷,而絶不是"這本書中論及宫調,且列調以時代爲次,此二點大勝《詞律》"這樣的一種論斷,因爲夏老根本就没讀過原著正文。而"判斷"和"論斷"是兩種截然不同的主觀意見,今天將夏老的判斷當做論斷來給《詞繫》定性,未必是對前輩詞學家負責任的做法。

其實,在《天風閣學詞日記》中,這一段的原文"其論宫調及列調,以時代爲次,此二點即大勝《詞律》",不但其句讀不合夏老原意,實際文法也是錯誤的,這一句的意思本來是:《詞律》因爲不論宫調,也衹是按照最簡單的字數排列爲次,所以《詞繫》一書中"論宫調"與"列調以時代爲次",這二點大勝《詞律》。筆者參與過《夏承燾全集》中詞律詞韵部分著作的整理(尚未出版),知道夏老的手稿多爲文不加點,所以其標點爲整理者所加,顯然標點者在這裏句讀有誤。但是,我們今天所見的所有引用這一段話的論文、論著中,無一不是照抄"其論宫調及列調,以時代爲次,此二點即大勝《詞律》",甚至北師大出版社的《詞繫》中,署名唐圭璋的"詞繫序"中也是如此句讀。顯然,原文"列調"後不能讀斷,引用者都未能糾正,是一件很遺憾的事。

---

① 夏承燾:《天風閣學詞日記》,《夏承燾集》第5册,杭州:浙江古籍出版社、浙江教育出版社,1997年,第354頁。

三、秦巘並未做好“以時代爲次”

　　所謂事實勝於雄辯,我們有必要來具體看看《詞繫》在“以時代爲次”方面做得如何。如果《詞繫》確實很完美地做到了“以時代爲次”,那麼,即便應用上有所不足,我們也可以不將其作詞譜看,而作爲一部《詞調衍變發展史》類的著作來看,其書名《詞繫》,本身就和“詞譜”“譜式”“律法”等等無關,本身就含有“繫年”的意思,那麼,其學術價值無疑仍然是極大的。袛是實際情況並不如人意,這些不如人意處主要表現在如下幾個方面:

　　其一,由於時代局限,或目光不及,未能看到更早的詞作,以致誤定創調詞。例如秦巘認爲“無他作可證”的趙以夫的《秋蕊香》[1],該調《詞律》確實失收,但是同調的作品,另有曹勛一首、史浩一首。史浩還有一首《教池回》,除後段第五拍未叶韵外,與趙詞也是字句皆同,應該是同調異名而已,這樣,該調就有四首宋詞傳世,而絕非秦巘所説的“無他作可證”。那麼,曹勛和史浩均爲北宋詞人,而趙以夫晚曹八十三年、晚史六十二年,《秋蕊香》的創調詞不應出於趙以夫之手,是一件很確鑿的事。

　　當然,這類囿於材料不足而做出的誤判,對秦巘是不應該多做指摘的,它屬於非主觀因素,是作品的瑕疵,非作者的錯誤。但是,詞譜家對確定是否創調詞,承擔著分析的義務,如果未加分析,一概因爲“此調無他作可證,自屬創格”,就有失察之責。即以趙以夫的《秋蕊香》來說,如果細加分析,即便僅此一首,也至少可以得出“此僅爲初見詞,而非創調詞”的結論,並予以注明的。我以爲,其依據就是:趙

---

　　[1]　秦巘編著:《詞繫》卷二三,北大藏稿本,趙以夫條下,第2頁a。

以夫本詞寫的是“桂花”，而從傳統文學的角度來説，桂花的蕊，又從何而來呢？因此，一個寫木樨的詞，即便是創調，也不會説“秋蕊”，這應該是一個很基本的道理。在今天我們知道還有曹詞、史詞的情況下，再來探求孰爲創調詞，就可以基本認定應該是曹詞，這並不因爲他出生最早，而是曹詞寫的是重陽節“奉宴賞，菊英環坐，金玉成圍”的景象，菊有“蕊”，在古人的認知中自然是合乎事理的，而史詞一寫“競渡”，一寫“生日”，顯然與調名無關了，因此，很可能曹詞纔是創調之作。

其二，有些純粹屬於技術原因，完全是因爲擬譜人自己的分析、判斷出現了差錯，纔導致誤定創調詞的。例如《惜秋華》[①]，吳文英的“重九”一首被列爲正體，“七夕”一首次之，但是後者詞中有“墮月秋驚華鬢”一句，筆者以爲本調調名的來源，就是取這一句的。就一般情況而言，像該“重九”詞那樣，毫無來由地命名調名爲“惜秋華”是很可疑的，而七夕創調，並據“墮月秋驚華鬢”而命名“惜秋華”，然後若干天後再填一闋寫“重九”，在不能確認作品寫作年月的情況下，應該是一個十分符合事理、可以自圓其説的一家之言。退而言之，即便是在“七夕”和“重九”難辨孰爲創調詞的情況下，尋找並確定一首更合理一些的詞，也是詞譜家應做的事。

再如楊纘的《一枝春》[②]，秦巘注引《武林舊事》的“守歲之詞雖多，極難其選，獨守齋《一枝春》最爲近世所稱”，因而誤將其列爲創調，而忽略了周密“碧澹春姿，柳眠醒、似怯朝來酥雨”一首。周詞的創作，其自序云“余因爲之沾醉，且調新弄以謝之”，這應該是非常清楚地注明了該詞就是創調詞。秦巘此處的失察之責，自是免不了的，因爲從整個《詞繫》來看，他對周密極熟，對《蘋洲漁笛譜》極熟，該詞沒有“未

---

① 秦巘編著：《詞繫》卷二三，北大藏稿本，吳文英條下，第 12 頁 a。
② 秦巘編著：《詞繫》卷二三，北大藏稿本，楊纘條下，第 19 頁 a。

見"的可能。而周密在《武林舊事》中的讚美之詞，很大比例上祇不過是文人之間的溢美而已，當不得真的，即便當真，寫得好便是創調的邏輯，也並不存在。

其三，更多的情況是這種主觀客觀兩方面相互影響而形成的錯誤。比如《龍山會》①，秦巘將趙以夫的"四明重陽泛舟月湖"列爲創調詞，並注云："此是創調，共二首，其别首平仄差異，照注如右。"這裏有幾個問題，其一，客觀上"共二首"就是一個誤判，因爲在當時，本調實際上至少還有吳文英一首、趙以夫另外一首，秦巘未見。其二，主觀上秦巘没有更深入地分析一下，爲什麼一首"彩舫凌虚，共醉西風酒。湖光藍滴透。雲浪碎、巧學波紋吹皺"的寫月湖泛舟的詞，不用一個"月湖會"的調名，而用"龍山會"？ 而另一首序中直陳"陪元戎遊升山"的詞，詞中盡是"九日無風雨。一笑憑高，浩氣横秋宇。群峰青可數。寒城小、一水縈回如縷"，倒反而不是有"山"有"會"的創調？ 顯然，即便就二選一來講，這個被確定的"創調"就已經很不可靠了。

而真正屬於創調的《龍山會》，則很可能是趙以夫的另外一首"南豐登高"詞，該詞的後段首均是這樣寫的："風流晋宋諸賢，騎臺龍山，俯仰皆陳跡。"該調的調名，按照一般的詞調調名生成慣例，應該就是根據這一均的詞意而來的。

四、《詞繫》"以時代爲次"不成功的原因

體式排列"以時代爲次"，理論上説，這似乎是一個極有卓識、也極具創意的編排模式，但是，如果真正要實現這樣的一個編排特色，那麼最基本的一個先決條件，就是要做到能厘清每一首唐宋詞的問

---

① 秦巘編著：《詞繫》卷二三，北大藏稿本，趙以夫條下，第 2 頁 b。

世先後。但是,就目前筆者寫完《〈詞繫〉韵律詮疏》一書後的實際情況來看,《詞繫》三分之一都做不到。更何況,秦巘的詞譜學理念未必是完全準確的,有些觀點甚至是幼稚的。舉一個例子,在對待何謂創調的看法上,他在《詞繫》中多次説到一個"依據",即一個詞調如果僅此一首,則基本可認定是創調詞,僅卷二十三就有很多這樣的一些説法:"此調《詞律》未收,他無作者,想亦自度曲也。"(《夢芙蓉》)"此調無他作可證,自屬創格。"(《高山流水》)"前無作者,想是創制。"(《曲遊春》)"此與各調皆不合,想是創制。"(《江樓令》)"是自製曲,他無作者。"(《清夜遊》)"亦自度曲,亦無他作。"(《春歸怨》)"此調他無作者,自是創制。"(《玉京秋》)"此亦無他作者,是自度曲。"(《月邊嬌》)而很顯然,這種觀點衹能建立在"創調詞是不允許佚失的"這樣一個不可能的前提下才能説通,無疑是不符合最基本的事實依據的,也是不合乎基本律理的。

前述所有,是《詞繫》書中具體的實例,那麽,如我們前面評價《嘯餘譜》一樣,這是不是僅僅是一個個例的失敗,而並非這種編排模式構思上的缺陷呢? 筆者以爲這不是個案問題,"列調以時代爲次"本身就是一條走不通的路。我們首先來分析他的《凡例》,看看有哪些問題。

秦巘的觀點,首先是"自唐李白、温、韋諸人創立詞格,沿及五季,代啓新聲。至宋晏、歐、張、柳、周、姜輩出,制腔造譜,被諸管弦,所著皆刻羽引商,均齊節奏,幾經研煉而成,足爲模楷。與其取法於後人,莫若追蹤於作者,故本譜以自度原調爲經。"細究之下,這個"經"本來就是似是而非的,有兩點經不起追問:

其一,千百年過去,很多真正意義上的創調詞早已經佚失了,就算是《菩薩蠻》《憶秦娥》,不管是不是李白所作,誰都不敢説那兩首就是"創調詞"。詞調留存下來的初始作品已經很少,晏、歐、張、柳、周、姜輩畢竟祇是屈指可數的幾個，大量進行創調的民間藝人和普通文人的作品，都在歷史長河中湮没了，我們現在耳熟能詳的很多詞調，如《浣溪沙》《虞美人》《浪淘沙》等等，都已經不知其所來了，即便晏、歐等幾位大家的作品，也並非都是創調詞。

　　其二，在絕大部分都是非創調詞的情況下，按照這樣的體例來編排，祇能尋找"初見詞"。而要確定兩首詞孰先孰後，誰是初見，纔是一個最大的難題。隨便拿某人的兩首同調詞，要你斷定哪一首先寫，也非易事。試問，有誰能將周邦彦的，或者柳永的，或者蘇軾的所有同調詞都按先後準確地排一個序？我想，就算萬樹、秦巘再世，讓他們做主編，將編《欽定詞譜》的館臣們組成編委會，也完成不了僅僅一個詞人作品的排序。那麼，連一個人的作品都不能搞定，又如何搞定唐宋三萬餘首詞呢？

　　其三，不可否認青出於藍的情況存在於各個領域，詞調亦同，一概認爲"與其取法於後人，莫若追蹤於作者"的觀點，無疑是荒謬的。事實是，創調詞的體式僅自己一首，後人變體製作的體式反而被廣泛模仿的例子很多，隨便舉個例子即可證明。如最長的詞調《鶯啼序》，《詞繫》是以出生更早的高似孫"青旗報春"爲正體，但後人填此，多以吳文英爲範，很多人甚至根本不知高爲何人。因此，這樣的指導思想本身就存在瑕疵，"以時代爲次"的價值和意義，僅此一點，就很值得懷疑了。

　　其四，有不少創調詞都是孤調，無人摹寫，足以説明創調詞並非都是"足爲模楷"的。事實上，就現存的唐宋詞而言，真正"取法乎創調詞"而形成主流填法的情況，反而是極少數的。因此，如我們在前述一點上所説的，這樣的指導思想本身就是存在瑕疵的。

　　無視上述四點，當大量的詞調不存在創調詞的時候，這個"經"便成了無本之木，無源之水，而只能是荒誕不經了，與作者的初衷也必定無法相吻合。

其次，秦巘認爲：“其無從考證者，即以時代最先者爲式。或僅一首，別無他作，即以此首爲式。溯委窮源，庶不失先河後海之義。”這一段原本就是十分矛盾的：

第一，找不到創調詞，便祇能找初見詞，而並非創調的初見詞和孤調詞本來就不是“源”，則又何來的“先河後海”呢？這個初見詞很可能本身就是東海中之一勺，若以這樣的現狀“溯委窮源”，便自然祇能是一種美好的願望而已。

第二，在“以時代爲次”的操作中，可以認可初見詞，本身就是對祇有原創詞纔“足爲模楷”的一種否定，本身就說明在詞譜擬譜的工作中，完全是可以取法乎後的。

第三，要確定一首詞是首見的，本身是一個十分困難的事，在被廣泛摹寫的熱調中尤其如此。同時代詞人創作同一個詞調的情況比比皆是，孰人爲首見？更不用說同一個詞人也會採用不同的詞格創作多個同調詞，孰格爲首見？

因此，詞譜的編排若想“以時代爲次”來進行的話，實際上《詞繫》已經給予了證明，這是一個不可能完成的任務。從秦巘開始，可能不會再有一位可以超過他的人，有能力、有興趣、有條件來按照這樣的排序，再編寫一部大型的詞譜研究專著了，換言之，秦巘不成功，再有人能成功的可能性幾乎爲零，即便是在材料遠比彼時豐富的今天。

五、“以時代爲次”應有的樣貌

前述所有，並非要否定“以時代爲次”的詞譜編排思想，恰恰相反，依筆者之見，這本來是一個極有價值的詞譜編排模式，但是它不應該如秦巘的《詞繫》那麼操作。以《詞繫》的模式來操作，並沒有多大的價值。試想,兩個不同的詞調,比如弄明白是《念奴嬌》問世在先,還是《滿江紅》問世在先,不要説對創作毫無幫助作用,對研究而言也很難想出其意義何在,也許至多祇有一點認知價值。

詞譜類著作,就其功能而言,決定了它祇能是一個微觀研究的工具書,而不可能做成一部宏觀視野下對整個詞調發展觀照的著作。但是,將某一個特定的詞調的發生發展表現在詞譜上,確實是一個很有意義的構思。那麽,筆者以爲秦巘之錯,只是錯在全書的架構上,如果我們换一個架構,應該是可以將這一點做好的。

這個架構上的調整,依筆者之意,就是棄現有的大框架,將"以時代爲次"的構想落實到具體的詞調内部,切實做好每一個詞調内的詞格發展脉絡的挖掘,將一個詞調内部本身的發生發展,通過"以時代爲次"的方式表達出來,也就是依然將著眼點放在"微觀"上。這樣,其學術含量就極爲豐富,在應用層面也同樣會起到一個更好的幫助、參考的作用。

這裏舉幾個筆者正在撰寫的詞譜中的例子。

例如《訴衷情》,現在一般的詞譜都是將温庭筠的詞列爲第一式:

> 鶯語。花舞。春晝午。雨霏微。金帶枕。宫錦。鳳凰帷。柳弱燕交飛。依依。遼陽音信稀。夢中歸。

而將韋莊的詞列在其後:

> 碧沼紅芳烟雨静,倚蘭橈。垂玉佩。交帶。嫋纖腰。鴛夢隔星橋。迢迢。越羅香暗銷。墜花翹。[1]

《詞律》如此,《詞譜》如此[2],《詞繫》也是如此[3]。但是,從詞調發展衍

---

① 萬樹編著:《詞律》卷二,清康熙二十六年堆絮園本,第7頁a面。

② 王奕清等編著:《欽定詞譜》卷二,北京:中國書店,1983年影印康熙五十四年内府刻本,第1册,第108頁。

③ 秦巘編著:《詞繫》卷一,北大藏稿本,第36頁b。

變的角度來說,這種排列顯然是錯誤的,因爲從無數的詞句句式變化中,我們知道一定是先有"碧沼紅芳烟雨静"這樣的七字句,然後在此基礎上發展出插入句中短韵的另一格,形成"鶯語。花舞。春晝午"這樣的體式。

再比如《念奴嬌》,在《詞繫》中是歸屬於蘇軾名下的,第一第二首均爲蘇軾作品。秦巘未在譜中指出第一首即爲創調詞,則顯然是以初見詞收入書中的。這兩首詞分别是:

> 憑高眺遠,見長空萬里,雲無留跡。桂魄飛來,光射處、冷浸一天秋碧。玉宇瓊樓,乘鸞來去,人在清凉國。江山如畫,望中烟樹歷歷。　　我醉拍手狂歌,舉杯邀月,對影成三客。起舞徘徊,風露下、今夕不知何夕。便欲乘風,翻然歸去,何用騎鵬翼。水晶宮裏,一聲吹斷横笛。

> 大江東去,浪聲沉,千古風流人物。故壘西邊,人道是、三國孫吴赤壁。亂石崩雲,驚濤掠岸,捲起千堆雪。江山如畫,一時多少豪傑。　　遥想公瑾當年,小喬初嫁了,雄姿英發。羽扇綸巾,談笑處、檣櫓灰飛烟滅。故國神遊,多情應是,笑我生華髮。人生如寄,一樽還酹江月。[①]

比較二詞,他們的差異祇在前後段的第一均。但是,循之律理,從詞體内部的特性和變化規則來看,這樣的前後排列也是錯的,試分析如下:

其一,《念奴嬌》是一個典型的慢詞,由八均構成,而詞中的每一均一般都由一起拍、一收拍兩拍構成。但是前詞的前段首均根據現有的句讀,已經衍化變成了三拍,這本身就説明了這一體式已經存在一種句式上的變化,除非(其實也應該)讀爲"見長空、萬里無雲留

---

① 秦巘編著:《詞繫》卷十二,北大藏稿本,第39頁a。

跡"。

其二，後一首的前段首均，其實只是標點上的不規範，其收拍爲"浪聲沉、千古風流人物"，那麽首均一起一收，仍是非常合乎基本規範的。

根據這樣的分析，第二首纔是應該列爲第一式的，它可能不是"先見詞"，但却是"先有之格"，是一個較之"憑高眺遠"更爲早期的詞體模式。

要之，每一種詞體的變式，都是根據一定的詞調律理演變而成的，而絶非詞人隨心所欲瞎改出來的。《念奴嬌》這種讀破式變化如此，增字删字形成的變化如此，添韵減韵形成的變化也是如此。那麽，一種變化只要是根據一定的規律形成的，有三萬首唐宋詞在，則這種規律就可以被我們總結。依照這種規律，我們不必非要知道寫詞人誰出生得更早，就可以探究兩種乃至多種詞格的孰先孰後，而不至於每個詞調都是胡亂地用"又一體"排列各種變式。而將這種詞調内部的變化規則，通過詞格的排列準確地顯示出來，竊以爲是一部詞譜具有更高學術價值的重要表現。當然，這個工作的難度很大，對詞文學的律理没有一個全面、通透的認識，要做好是不太可能的。

還有一個很重要的認知是秦巘不知道的，也是很多詞學家所未談及的，就是這種排序其實和詞人的生卒年早晚没有必然的關係。如《漁父》一調，秦巘將爲兄的張松齡詞列爲首創，將其弟張志和的詞排列其後成了"又一體"①，這就是"以時代爲次"不可避免的一個誤區，因爲張松齡的詞恰恰是唱和張志和的。宋人計有功的《唐詩紀事》"張志和"條云："張志和《漁父》歌云：'西塞山前白鷺飛。桃花流水鱖魚肥。青篛笠、緑蓑衣。斜風細雨不須歸。'……玄真之兄張松

---

① 秦巘編著：《詞繫》卷一，北大藏稿本，第11頁a面。

齡，懼其放浪而不返也，和答其《漁父》云：'樂在風波釣是閒。草堂松
迳已勝攀。太湖水、洞庭山。狂風浪起且須還。'"①而這個詞調，從
《詞律》到《詞譜》，原本都是將張志和的詞列爲第一首的，秦巘一"以
時代爲次"，反而顯得畫虎不成反類犬了，如果兩者確有差異，爲兄的
纏是又一體。

可見，如果是單純的只見人不見詞，那麼除非詞的創作有這樣一
些規則：長輩不得唱和後輩的詞、後人不得使用早期的格式，而這顯
然是荒謬的。北宋人填的可以是某一詞調的變式，南宋人填的也可
以是該詞調的初始式，如果該詞調今天祇剩下了這兩首，按照秦巘的
作法，除了誤導後人之外，就絕不可能讓你根據時代的不同，可以發
現每一個階段的詞調變化情況。因此，今天若有人以秦巘的方式爲
範編輯詞譜，那麼同樣也祇會誤導讀者。

六、附論：秦巘《詞繫》的價值

我們認定秦巘在這一特色下並未做到位，並未形成真正意義上
的特色，祇是認爲這是該書的一個大缺陷，因爲作爲一部詞譜，排序
畢竟祇是一個形式方面的問題，這也正是筆者前面説的，就詞譜學的
角度來説其學術意義不大的原因。《詞繫》全書的價值之大小，其重
點不在這裏。同樣的道理，即便"以時代爲次"做好了，也不能因爲一
代詞宗夏承燾先生曾説過那麼一句話，就將它拔高成爲一個主要的
成就。這個特色果真做到了，是一大突破，做不到，於《詞繫》本身而
言，尤其是他在譜式校定中大量的撥亂反正的成就而言，並無傷大
雅。所以撇開這一點説，《詞繫》雖然很遺憾地在應用上有不盡如人

---

①　　計有功：《唐詩紀事》卷四六，北京：中華書局，1965 年，下册，第 708 頁。

意的瑕疵，但在學術上依然不失爲詞譜史上一部偉大的著作，它的價
值主要體現在這樣三個方面：

其一，書中對一直以來熟視無睹的譜式錯誤進行了大量的糾正，
這些糾誤體現於句法、字聲、韵律、句讀、正字、正調、結構等等各個層
面，全方位、大面積、最縱深地對唐宋詞的譜式進行了一次地毯式的
整理。

舉一個很小的例子，如温庭筠的《河傳》，從《詞律》到《詞譜》及其
他各本詞譜乃至一些標點本，均讀爲："湖上。閑望。雨蕭蕭。烟浦
花橋路遥。"而秦巘的《詞繫》中，則指出"橋"字"叶平"。如果這一個
認識能在兩百年前，就隨著是書的出版而爲人所周知，那麼這一個詞
調的創作將會因此而有更多更好的選擇，我們今天所見到的《河傳》，
至少在依照這一個主要的體式創作的作品中，所呈現出來的韵律一
定會更加飽滿，一定會具有更加璀璨的風姿，更加貼近本來的樣貌，
這是毫無疑問的。而這僅僅是其中極小極小的一個例子而已，但從
這一滴水中，我們無疑就已經看到了《詞繫》所擁有的光輝了。

其二，全書貫穿了自己的詞譜學理念，糾正了前代詞譜學專著中
的一些看似細小、實則重要的錯誤，例如對同調名的"令"、"引"、
"近"、"慢"詞，無論是萬樹的《詞律》，還是欽定的《詞譜》，都將其混爲
一談，甚至一律將慢詞詞體作爲"又一體"綴附在令詞之後。但在《詞
繫》中，則完全予以厘清了。如《洞仙歌》令詞和慢詞，就分屬完全不
同的詞調來分析：令詞屬於唐詞，慢詞屬於宋詞。這是對詞調最清
晰的認識，是非常科學的做法，對比《詞律》將慢詞視爲令詞的"又一
體"，對比《詞譜》目録上的又名《洞仙歌令》、又名《洞仙歌慢》這樣極
爲混亂的做法，僅此一點就大勝《詞律》《詞譜》。

其三，一些不被人認可的觀點，他通過大量的實證予以了證明，
並且貫穿於全書。例如字聲中的"以上作平"，這是萬樹首先提出來

的一個詞文學中特有的字聲規則，但是這一規則却被欽定的《詞譜》予以了否定，直至今日，這條規則都鮮有人知。但是在《詞繫》中，秦巘通過大量的詞例，進一步證明了"以上作平"不但是存在的，而且是經得起韵律檢驗的一種重要規則。不誇張地説，如果當時的《詞繫》能够付梓印行，今天我們見到的詞一定會更加規範。

評價《詞繫》，就和秦巘評價《詞律》一樣。秦巘此書原本是出於專門爲《詞律》糾錯補漏的目的而寫。在秦巘的眼中，《詞律》幾乎是一部"千瘡百孔"的著作，但他依然認爲《詞律》一書"允爲詞學功臣，至今翕然宗之"。這一句話我們將其放在《詞繫》一書上，它也是完全當得起的。

目　　録

序一 ……………………………………………………… 鍾振振　1

序二 ……………………………………………………… 朱惠國　1

《詞繫》以時代爲序的編排特色之我見（代前言）……… 蔡國强　1

整理凡例 ………………………………………………………　1

詞繫卷一 唐 …………………………………………………　1

　菩薩蠻　四十四字 …………………………………… 李　白　1
　　又一體　四十四字 ………………………………… 温庭筠　4
　　又一體　四十四字 ………………………………… 張　先　5
　　又一體　四十四字 ………………………………… 賀　鑄　6
　　又一體　四十四字 ………………………………… 賀　鑄　6
　　又一體　二十二字 ………………………………… 李　宴　7
　憶秦娥　四十六字 …………………………………… 李　白　8
　　又一體　四十六字 ………………………………… 晁補之　9
　　又一體　四十六字 ………………………………… 石孝友　10
　　又一體　四十字 …………………………………… 趙　雍　11

又一體　四十六字 ………………………… 賀　鑄　11

又一體　三十八字 ………………………… 馮延巳　12

又一體　四十一字 ………………………… 張　先　13

又一體　三十七字 ………………………… 毛　滂　15

桂殿秋　二十七字 ………………………… 李　白　15

連理枝　三十五字 ………………………… 李　白　16

又一體　三十五字 ………………………… 李　白　17

又一體　七十字 …………………………… 晏　殊　18

秋風清　三十字 …………………………… 李　白　19

清平樂令　四十六字 ……………………… 李　白　20

又一體　四十六字 ………………………… 李　白　22

又一體　四十六字 ………………………… 韋　莊　23

又一體　四十六字 ………………………… 韋　莊　23

又一體　四十六字 ………………………… 李　煜　24

又一體　四十六字 ………………………… 賀　鑄　24

又一體　四十五字 ………………………… 童甕天　25

又一體　二十二字 ………………………… 施　岳　25

漁　父　二十七字 ………………………… 張松齡　26

又一體　二十七字 ………………………… 張志和　27

漁歌子　五十字 …………………………… 顧　夐　28

又一體　五十字 …………………………… 孫光憲　29

又一體　二十五字 ………………………… 蘇　軾　29

章臺柳　二十七字 ………………………… 韓　翃　30

楊柳枝　二十七字 ………………………… 柳　氏　31

轉應曲　三十二字 ………………………… 韋應物　31

調　笑　三十二字 ………………………… 王　建　33

古調笑令　三十四字 ……………………… 邵亨貞　33

　　又一體　三十四字 ……………………… 邵亨貞　34

調笑令　六十四字 ………………………… 蘇　軾　34

漁父引　十八字 …………………………… 顧　況　35

瀟湘神　二十七字 ………………………… 劉禹錫　37

浪淘沙　二十八字 ………………………… 劉禹錫　38

浪淘沙　五十四字 ………………………… 李　煜　38

　　又一體　五十二字 ……………………… 柳　永　39

　　又一體　五十三字 ……………………… 李之儀　41

　　又一體　五十五字 ……………………… 杜安世　41

　　又一體　五十五字 ……………………… 杜安世　42

竹　枝　二十八字 ………………………… 劉禹錫　43

竹　枝　十四字 …………………………… 皇甫松　45

　　又一體　十四字 ………………………… 皇甫松　46

　　又一體　二十八字 ……………………… 孫光憲　46

拋毬樂　三十字 …………………………… 劉禹錫　47

　　又一體　三十字 ………………………… 皇甫松　48

　　又一體　四十字 ………………………… 馮延巳　48

楊柳枝　二十八字 ………………………… 白居易　49

添聲楊柳枝　四十字 ……………………… 顧　敻　50

　　又一體　四十字 ………………………… 缺　名　52

柳　枝　四十四字 ………………………… 朱敦儒　53

花非花　二十六字 ………………………… 白居易　54

長相思　三十六字 ………………………… 白居易　54

　　又一體　三十六字 ……………………… 白居易　55

　　又一體　三十六字 ……………………… 劉光祖　56

又一體　三十六字 ……………………… 續雪谷　57

相思令　三十六字 ……………………… 林　逋　57

憶江南　二十七字 ……………………… 白居易　58

江南柳　五十四字 ……………………… 張　先　59

憶江南　五十九字 ……………………… 馮延巳　61

如夢令　三十三字 ……………………… 白居易　61

　　又一體　三十三字 ………………… 吴文英　64

一七令　五十五字 ……………………… 白居易　64

　　又一體　五十五字 ………………… 韋　式　65

　　又一體　五十六字 ………………… 張南史　66

　　又一體　五十六字 ………………… 張南史　66

步虚詞　二十七字 ……………………… 李德裕　67

八六子　九十字 ………………………… 杜　牧　68

　　又一體　九十一字 ………………… 晁補之　70

　　又一體　八十八字 ………………… 秦　觀　71

　　又一體　八十九字 ………………… 楊　纘　72

　　又一體　八十四字 ………………… 李　演　74

　　又一體　八十二字 ………………… 王沂孫　75

　　又一體　九十一字 ………………… 柳　永　76

南歌子　二十三字 ……………………… 温庭筠　77

　　又一體　二十六字 ………………… 張　泌　78

　　又一體　五十二字 ………………… 毛熙震　79

　　又一體　五十二字 ………………… 孫光憲　79

　　又一體　五十四字 ………………… 周邦彦　80

　　又一體　五十二字 ………………… 石孝友　81

荷葉杯　二十三字 ……………………… 温庭筠　82

又一體　二十六字 …………………… 顧　敻　82

又一體　五十字 ………………………… 韋　莊　83

蕃女怨　三十一字 ……………………… 溫庭筠　84

遐方怨　三十二字 ……………………… 溫庭筠　85

又一體　六十字 ………………………… 顧　敻　86

訴衷情　三十三字 ……………………… 溫庭筠　87

又一體　三十三字 ……………………… 韋　莊　88

又一體　三十七字 ……………………… 顧　敻　89

又一體　三十三字 ……………………… 邵亨貞　89

又一體　四十一字 ……………………… 毛文錫　90

又一體　四十四字 ……………………… 晏　殊　91

又一體　四十五字 ……………………… 歐陽修　92

又一體　四十五字 ……………………… 李清照　93

漁父家風　四十六字 …………………… 張元幹　94

思帝鄉　三十六字 ……………………… 溫庭筠　95

又一體　三十四字 ……………………… 韋　莊　96

又一體　三十三字 ……………………… 韋　莊　97

定西番　三十五字 ……………………… 溫庭筠　98

又一體　三十五字 ……………………… 牛　嶠　99

又一體　四十一字 ……………………… 張　先　99

玉蝴蝶　四十一字 ……………………… 溫庭筠　100

又一體　四十二字 ……………………… 孫光憲　101

詞繫卷二　唐 …………………………………… 102

更漏子　四十六字 ……………………… 溫庭筠　102

又一體　四十五字 ……………………… 溫庭筠　103

又一體　四十五字 …………………… 韋　莊　104

又一體　四十九字 …………………… 歐陽炯　104

又一體　四十六字 …………………… 孫光憲　105

又一體　四十六字 …………………… 歐陽修　106

又一體　四十六字 …………………… 賀　鑄　106

又一體　四十六字 …………………… 缺　名　107

又一體　四十五字 …………………… 晏　殊　108

河瀆神　四十九字 …………………… 溫庭筠　109

又一體　四十九字 …………………… 溫庭筠　110

又一體　四十九字 …………………… 溫庭筠　110

又一體　四十九字 …………………… 孫光憲　111

又一體　四十九字 …………………… 孫光憲　111

又一體　四十九字 …………………… 張　泌　112

河　傳　五十三字 …………………… 溫庭筠　112

又一體　五十五字 …………………… 溫庭筠　114

又一體　五十三字 …………………… 韋　莊　115

又一體　五十五字 …………………… 李　珣　116

又一體　五十五字 …………………… 李　珣　116

又一體　五十三字 …………………… 顧　夐　117

又一體　五十三字 …………………… 顧　夐　118

又一體　五十二字 …………………… 顧　夐　119

又一體　五十三字 …………………… 閻　選　119

又一體　五十三字 …………………… 孫光憲　120

又一體　五十四字 …………………… 孫光憲　121

又一體　五十三字 …………………… 孫光憲　122

又一體　五十五字 …………………… 孫光憲　122

又一體　五十一字 ……………………… 張　泌　123

又一體　五十一字 ……………………… 張　泌　124

又一體　六十字 …………………………… 徐昌圖　124

又一體　五十字 …………………………… 張　先　126

又一體　五十七字 ……………………… 柳　永　127

又一體　五十七字 ……………………… 柳　永　127

又一體　六十一字 ……………………… 秦　觀　128

又一體　六十一字 ……………………… 黃庭堅　129

又一體　五十八字 ……………………… 呂渭老　130

又一體　五十九字 ……………………… 缺　名　131

唐河傳　五十三字 ……………………… 辛棄疾　132

又一體　五十六字 ……………………… 邵亨貞　133

閒中好　十八字 …………………………… 鄭　符　133

又一體　十八字 …………………………… 段成式　134

采蓮子　二十八字 ……………………… 皇甫松　134

摘得新　二十六字 ……………………… 皇甫松　135

天仙子　三十四字 ……………………… 皇甫松　135

又一體　三十四字 ……………………… 韋　莊　136

又一體　三十四字 ……………………… 韋　莊　137

又一體　三十四字 ……………………… 和　凝　137

又一體　六十八字 ……………………… 張　先　137

又一體　六十九字 ……………………… 劉　過　138

又一體　六十八字 ……………………… 隨車娘子　138

怨回紇　四十字 …………………………… 皇甫松　139

酒泉子　四十五字 ……………………… 司空圖　140

又一體　四十字 …………………………… 溫庭筠　141

又一體　四十一字 …………………………… 韋　莊　142

又一體　四十二字 …………………………… 牛　嶠　143

又一體　四十三字 …………………………… 李　珣　144

又一體　四十三字 …………………………… 李　珣　144

又一體　四十二字 …………………………… 李　珣　145

又一體　四十一字 …………………………… 顧　夐　146

又一體　四十字 ……………………………… 顧　夐　146

又一體　四十三字 …………………………… 顧　夐　147

又一體　四十二字 …………………………… 顧　夐　148

又一體　四十三字 …………………………… 顧　夐　148

又一體　四十四字 …………………………… 顧　夐　149

又一體　四十字 ……………………………… 孫光憲　149

又一體　四十三字 …………………………… 張　泌　150

又一體　四十三字 …………………………… 張　泌　151

又一體　四十二字 …………………………… 張　先　151

又一體　四十二字 …………………………… 張　先　152

梧桐影　二十字 ……………………………… 吕　喦　154

六幺令　三十字 ……………………………… 吕　喦　154

巫山一段雲　四十四字 ……………………… 昭　宗　155

又一體　四十六字 …………………………… 昭　宗　156

又一體　四十四字 …………………………… 毛文錫　156

又一體　四十四字 …………………………… 柳　永　157

生查子　四十字 ……………………………… 韓　偓　158

又一體　四十字 ……………………………… 牛希濟　158

又一體　四十一字 …………………………… 朱希濟　159

又一體　四十二字 …………………………… 孫光憲　159

又一體　四十二字 ……………………… 張　泌　160

浣溪沙　四十二字 ……………………… 張　曙　160

又一體　四十六字 ……………………… 韋　莊　161

又一體　四十二字 ……………………… 薛昭蘊　162

又一體　四十二字 ……………………… 李　煜　162

山花子　四十七字 ……………………… 和　凝　162

又一體　四十八字 ……………………… 李　璟　163

攤破浣溪沙　四十六字 ………………… 缺　名　164

字字雙　二十八字 ……………………… 王麗真　164

醉公子　四十字 ………………………… 缺　名　165

又一體　四十字 ………………………… 薛昭蘊　165

又一體　四十字 ………………………… 尹　鶚　166

又一體　四十字 ………………………… 顧　夐　166

後庭宴　六十字 ………………………… 缺　名　167

魚游春水　八十九字 …………………… 缺　名　168

賀聖朝　四十七字 ……………………… 缺　名　170

又一體　四十七字 ……………………… 張　泌　172

又一體　四十九字 ……………………… 葉清臣　172

又一體　四十七字 ……………………… 張　先　173

又一體　四十七字 ……………………… 黃庭堅　173

又一體　四十七字 ……………………… 杜安世　174

又一體　四十七字 ……………………… 杜安世　174

又一體　四十八字 ……………………… 趙彥端　175

虞美人　五十八字 ……………………… 缺　名　176

又一體　五十八字 ……………………… 顧　夐　177

又一體　五十八字 ……………………… 顧　夐　178

又一體　五十八字 …………………………………… 鹿虔扆　178

又一體　五十六字 …………………………………… 李　煜　179

又一體　五十八字 …………………………………… 張　先　180

又一體　五十八字 …………………………………… 晁補之　180

又一體　五十六字 …………………………………… 秦　觀　180

又一體　五十六字 …………………………………… 杜安世　181

又一體　五十六字 …………………………………… 蔡　伸　181

又一體　五十八字 …………………………………… 黄同武　182

詞繫卷三　五代　十國附 ………………………………… 184

一葉落　三十一字 …………………………………… 莊　宗　184

陽臺夢　四十九字 …………………………………… 莊　宗　185

又一體　五十七字 …………………………………… 解　昉　185

歌　頭　百三十六字 ………………………………… 莊　宗　186

小重山　五十八字 …………………………………… 韋　莊　189

又一體　五十七字 …………………………………… 缺　名　190

又一體　五十八字 …………………………………… 黄子行　190

歸國謡　四十三字 …………………………………… 韋　莊　191

又一體　四十二字 …………………………………… 温庭筠　192

又一體　四十二字 …………………………………… 顔　奎　192

喜遷鶯　四十七字 …………………………………… 韋　莊　193

又一體　四十七字 …………………………………… 毛文錫　194

又一體　四十七字 …………………………………… 薛昭藴　194

又一體　四十七字 …………………………………… 馮延巳　195

又一體　四十七字 …………………………………… 李　煜　195

又一體　四十七字 …………………………………… 晏　殊　196

又一體　四十六字 ………………………… 張元幹　196

鶴沖天　二十三字 ………………………… 馮延巳　197

謁金門　四十五字 ………………………… 韋　莊　198

又一體　四十五字 ………………………… 孫光憲　199

又一體　四十六字 ………………………… 賀　鑄　199

望遠行　六十字 …………………………… 韋　莊　200

又一體　五十三字 ………………………… 李　珣　201

又一體　五十五字 ………………………… 李　煜　202

又一體　七十八字 ………………………… 吳禮之　202

江城子　三十五字 ………………………… 韋　莊　203

又一體　三十七字 ………………………… 牛　嶠　204

又一體　三十六字 ………………………… 尹　鶚　205

又一體　三十六字 ………………………… 歐陽炯　205

又一體　三十五字 ………………………… 張　泌　206

又一體　七十字 …………………………… 蘇　軾　207

又一體　七十字 …………………………… 黃庭堅　208

上行杯　四十一字 ………………………… 韋　莊　209

又一體　三十八字 ………………………… 孫光憲　210

又一體　三十九字 ………………………… 孫光憲　211

又一體　五十字 …………………………… 馮延巳　212

應天長　五十字 …………………………… 韋　莊　212

又一體　五十字 …………………………… 牛　嶠　213

又一體　四十九字 ………………………… 顧　敻　214

玉樓春　五十六字 ………………………… 韋　莊　214

又一體　五十六字 ………………………… 溫庭筠　216

又一體　五十六字 ………………………… 牛　嶠　217

又一體　五十六字 …………………………… 顧　敻　217

又一體　五十六字 …………………………… 李　煜　218

又一體　五十六字 …………………………… 柳　永　219

怨王孫　五十三字 …………………………… 韋　莊　220

又一體　五十三字 …………………………… 張元幹　222

月照梨花　五十四字 ………………………… 陸　游　222

又一體　五十五字 …………………………… 黃　昇　223

慶同天　五十二字 …………………………… 張　先　224

望江怨　三十五字 …………………………… 牛　嶠　224

感恩多　四十字 ……………………………… 牛　嶠　224

又一體　三十九字 …………………………… 牛　嶠　225

木蘭花　五十六字 …………………………… 庾傳素　226

又一體　五十五字 …………………………… 韋　莊　227

又一體　五十六字 …………………………… 許　岷　227

又一體　五十四字 …………………………… 魏承班　228

木蘭花　五十二字 …………………………… 毛熙震　228

減字木蘭花　四十四字 ……………………… 柳　永　229

又一體　四十四字 …………………………… 蘇　軾　230

又一體　四十四字 …………………………… 蘇　軾　231

又一體　四十四字 …………………………… 缺　名　231

偷聲木蘭花　五十字 ………………………… 張　先　232

樂游曲　二十七字 ………………… 陳　后　名金鳳　233

醉妝詞　二十二字 …………………………… 王　衍　233

甘州曲　二十九字 …………………………… 王　衍　234

甘州子　三十三字 …………………………… 顧　敻　235

甘州遍　六十三字 …………………………… 毛文錫　236

紗窗恨　四十一字 ……………………… 毛文錫　237

　　又一體　四十二字 ……………………… 毛文錫　238

戀情深　四十二字 ……………………… 毛文錫　239

柳含烟　四十五字 ……………………… 毛文錫　240

西溪子　三十五字 ……………………… 毛文錫　240

　　又一體　三十三字 ……………………… 牛　嶠　241

月宮春　四十九字 ……………………… 毛文錫　242

　　月中行　五十字 ……………………… 周邦彦　243

　　又一體　四十九字 ……………………… 韓　淲　243

　　又一體　四十九字 ……………………… 陳允平　244

臨江仙　五十八字 ……………………… 毛文錫　244

　　又一體　五十八字 ……………………… 牛希濟　245

　　又一體　五十四字 ……………………… 牛希濟　246

　　又一體　六十字 ……………………… 顧　夐　247

　　又一體　五十八字 ……………………… 顧　夐　248

　　又一體　五十九字 ……………………… 馮延巳　249

　　又一體　五十八字 ……………………… 李　煜　249

　　又一體　五十八字 ……………………… 李　煜　250

　　又一體　五十八字 ……………………… 徐昌圖　250

　　又一體　五十八字 ……………………… 柳　永　251

　　又一體　六十字 ……………………… 蘇　軾　251

　　又一體　六十二字 ……………………… 晏幾道　252

　　又一體　五十六字 ……………………… 趙長卿　253

　　又一體　五十九字 ……………………… 張孝祥　253

　　又一體　五十五字 ……………………… 許伯揚　253

　　瑞鶴仙令　六十字 ……………………… 康與之　254

中興樂　四十一字 …………………………… 毛文錫　254

　　又一體　四十二字 …………………… 牛希濟　255

　　又一體　八十四字 …………………… 李　珣　256

醉花間　四十一字 …………………………… 毛文錫　256

　　又一體　四十一字 …………………… 毛文錫　257

　　又一體　五十字 ……………………… 馮延巳　257

贊浦子　四十二字 …………………………… 馮延巳　258

接賢賓　五十九字 …………………………… 毛文錫　259

集賢賓　百十六字 …………………………… 柳　永　259

鞓　紅　六十字 ……………………………… 毛文錫　261

贊成功　六十二字 …………………………… 毛文錫　261

相見歡　三十六字 …………………………… 薛昭蘊　262

　　又一體　三十六字 …………………… 蔡　伸　263

　　又一體　三十六字 …………………… 吳文英　264

女冠子　四十一字 …………………………… 薛昭蘊　264

離別難　八十七字 …………………………… 薛昭蘊　265

黃鐘樂　六十四字 …………………………… 魏承班　265

滿宮花　五十一字 …………………………… 魏承班　266

　　又一體　五十字 ……………………… 尹　鶚　267

　　又一體　五十一字 …………………… 張　泌　268

秋夜月　八十四字 …………………………… 尹　鶚　268

　　又一體　八十二字 …………………… 柳　永　269

金浮圖　九十六字 …………………………… 尹　鶚　270

杏園芳　四十五字 …………………………… 尹　鶚　271

撥棹子　六十字 ……………………………… 尹　鶚　271

　　又一體　六十一字 …………………… 尹　鶚　272

　　　又一體　六十一字 …………………………… 黃庭堅　273

　　　又一體　六十一字 …………………………… 黃庭堅　273

　獻衷心　六十九字 ………………………………… 顧　敻　274

　　　又一體　六十四字 …………………………… 歐陽炯　275

　南鄉子　三十字 …………………………………… 李　珣　275

　　　又一體　二十八字 …………………………… 歐陽炯　276

　　　又一體　二十七字 …………………………… 歐陽炯　277

　　　又一體　五十六字 …………………………… 馮延巳　277

　　　又一體　五十六字 …………………………… 馮延巳　278

　　　又一體　五十八字 …………………………… 趙長卿　278

　　　又一體　五十八字 …………………………… 黃　機　279

　減字南鄉子　五十四字 …………………………… 歐陽修　279

　攤破南鄉子　六十二字 …………………………… 程　垓　280

　定風波　六十二字 ………………………………… 李　珣　281

　　　又一體　六十三字 …………………………… 孫光憲　282

　　　又一體　六十二字 …………………………… 蘇　軾　282

　　　又一體　六十二字 …………………………… 辛棄疾　283

　　　又一體　六十字 ……………………………… 李　泳　283

　　　又一體　六十字 ……………………………… 陳允平　284

詞繫卷四　五代　十國附 ………………………………… 285

　解　紅　二十七字 ………………………………… 和　凝　285

　望梅花　三十八字 ………………………………… 和　凝　286

　　　又一體　三十八字 …………………………… 孫光憲　286

　長命女　三十九字 ………………………………… 和　凝　287

　春光好　四十字 …………………………………… 和　凝　289

又一體　四十一字 …………………………… 和　凝　290

又一體　四十一字 …………………………… 歐陽炯　290

又一體　四十三字 …………………………… 蔡　伸　291

又一體　四十一字 …………………………… 張元幹　291

又一體　四十八字 …………………………… 缺　名　291

愁倚闌令　四十二字 …………………………… 晏幾道　293

又一體　四十二字 …………………………… 缺　名　293

又一體　四十二字 …………………………… 盧祖皋　294

何滿子　三十六字 …………………………… 和　凝　294

又一體　三十七字 …………………………… 和　凝　295

又一體　七十三字 …………………………… 尹　鶚　296

又一體　七十四字 …………………………… 毛熙震　296

又一體　七十四字 …………………………… 毛　滂　297

采桑子　四十四字 …………………………… 和　凝　298

又一體　五十四字 …………………………… 朱淑真　299

添字采桑子　四十八字 ………………………… 李清照　300

攤破醜奴兒　六十字 …………………………… 趙長卿　301

促拍醜奴兒　六十二字 ………………………… 黃庭堅　302

促拍采桑子　五十字 …………………………… 朱敦儒　303

麥秀兩歧　六十四字 …………………………… 和　凝　303

洞仙歌　八十五字 …………………………… 孟　昶　304

又一體　八十三字 …………………………… 蘇　軾　308

又一體　九十三字 …………………………… 僧　揮　309

又一體　八十四字 …………………………… 晏幾道　311

又一體　八十五字 …………………………… 黃庭堅　312

又一體　八十五字 …………………………… 晁補之　312

又一體　八十五字 …………………… 晁補之　313

又一體　八十三字 …………………… 李元膺　314

又一體　八十六字 …………………… 蔡　伸　315

又一體　八十八字 …………………… 趙師俠　316

又一體　八十六字 …………………… 趙長卿　317

又一體　八十五字 …………………… 缺　名　318

又一體　八十四字 …………………… 缺　名　319

又一體　八十四字 …………………… 阮　閱　319

又一體　八十七字 …………………… 康與之　320

又一體　八十三字 …………………… 周紫芝　321

又一體　八十六字 …………………… 林　外　322

又一體　八十五字 …………………… 管　鑑　322

又一體　八十二字 …………………… 姜　夔　323

又一體　八十六字 …………………… 吳文英　324

又一體　八十七字 …………………… 黃　載　324

又一體　八十二字 …………………… 蔣　捷　325

又一體　八十四字 …………………… 段宏章　326

又一體　八十一字 …………………… 張　鎡　327

羽仙歌　八十八字 …………………… 潘　牥　327

三字令　四十八字 …………………… 歐陽炯　328

又一體　五十四字 …………………… 向子諲　328

西江月　五十字 …………………… 歐陽炯　329

又一體　五十字 …………………… 司馬光　330

又一體　五十字 …………………… 蘇　軾　330

又一體　五十字 …………………… 黃庭堅　331

又一體　五十字 …………………… 程　垓　331

　　　又一體　五十字 ……………………………… 周紫芝　332

　　　又一體　五十六字 …………………………… 趙與仁　332

鳳樓春　七十八字 ………………………………… 歐陽炯　333

赤棗子　二十七字 ………………………………… 歐陽炯　334

賀明朝　六十二字 ………………………………… 歐陽炯　335

　　　又一體　六十一字 …………………………… 歐陽炯　336

後庭花　四十四字 ………………………………… 毛熙震　336

　　　又一體　四十六字 …………………………… 孫光憲　338

　　　又一體　四十六字 …………………………… 孫光憲　338

　　　玉樹後庭花　四十四字 ……………………… 張　先　339

八拍蠻　二十八字 ………………………………… 閻　選　340

　　　又一體　二十八字 …………………………… 孫光憲　341

風流子　三十四字 ………………………………… 孫光憲　342

調笑令　三十八字 ………………………………… 孫光憲　342

　　　調笑集句　三十八字 ………………………… 缺　名　343

思越人　五十一字 ………………………………… 孫光憲　344

　　　又一體　五十一字 …………………………… 趙長卿　345

　　　又一體　五十五字 …………………………… 賀　鑄　346

好時光　四十五字 ………………………………… 元　宗　346

壽山曲　六十字 …………………………………… 馮延巳　347

金錯刀　五十四字 ………………………………… 馮延巳　347

　　　又一體　五十四字 …………………………… 葉　李　348

芳草渡　五十五字 ………………………………… 馮延巳　349

　　　又一體　五十七字 …………………………… 張　先　350

瑞鷓鴣　五十六字 ………………………………… 馮延巳　351

瑞鷓鴣　六十四字 ………………………………… 晏　殊　352

　　又一體　六十四字 …………………………… 柳　永　353

　　又一體　五十五字 …………………………… 柳　永　354

歸自謠　三十四字 ………………………………… 馮延巳　354

　　思佳客令　三十四字 ………………………… 趙彥端　355

搗練子　二十七字 ………………………………… 李　煜　356

　　又一體　五十二字 …………………………… 缺　名　357

　　又一體　三十八字 …………………………… 缺　名　357

破陣子　六十二字 ………………………………… 李　煜　358

　　十拍子　六十二字 …………………………… 晏　殊　359

秫康曲　五十六字 ………………………………… 李　煜　360

謝新恩　五十一字 ………………………………… 李　煜　360

　　又一體　五十七字 …………………………… 李　煜　361

烏夜啼　四十七字 ………………………………… 李　煜　361

　　又一體　四十八字 …………………………… 蘇　軾　363

一斛珠　五十七字 ………………………………… 李　煜　363

　　又一體　五十七字 …………………………… 黃庭堅　364

　　又一體　五十五字 …………………………… 周邦彥　365

　　又一體　五十七字 …………………………… 晏幾道　366

　　又一體　五十七字 …………………………… 揚无咎　367

　　醉落魄　五十七字 …………………………… 缺　名　367

　　又一體　五十五字 …………………………… 戴復古　368

阮郎歸　四十七字 ………………………………… 李　煜　369

蝶戀花　六十字 …………………………………… 李　煜　370

　　又一體　六十字 …………………………… 石孝友　371

　　黃金縷　六十字 …………………………… 秦　觀　372

蝴蝶兒　四十字 …………………………………… 張　泌　373

點絳脣　四十一字 ……………………………… 張　泌　374

踏陽春　二十三字 ……………………………… 缺　名　375

　　又一體　二十七字 …………………………… 缺　名　376

　　眉峰碧　四十六字 …………………………… 缺　名　376

詞繫卷五　宋 ……………………………………………… 379

風光好　三十六字 ……………………………… 陶　穀　379

越江吟　四十九字 ……………………………… 蘇易簡　380

江南春　三十字 ………………………………… 寇　準　381

甘草子　四十七字 ……………………………… 寇　準　382

　　又一體　四十七字 …………………………… 柳　永　382

踏莎行　五十八字 ……………………………… 寇　準　383

轉調踏莎行　六十五字 ………………………… 曾　覿　384

　　又一體　六十六字 …………………………… 趙彦端　385

陽關引　七十八字 ……………………………… 寇　準　385

憶餘杭　五十二字 ……………………………… 潘　閬　387

　　又一體　四十九字 …………………………… 前　人　388

千秋引　八十四字 ……………………………… 李　冠　389

六州歌頭　百四十三字 ………………………… 李　冠　390

　　又一體　百四十二字 ………………………… 程　秘　391

　　又一體　百四十三字 ………………………… 袁去華　392

　　又一體　百四十三字 ………………………… 賀　鑄　394

　　又一體　百四十二字 ………………………… 韓元吉　395

　　又一體　百四十三字 ………………………… 張孝祥　395

　　又一體　百四十三字 ………………………… 辛棄疾　396

　　又一體　百四十三字 ………………………… 劉　過　397

又一體　白四十四字……………………黄　機　398

又一體　百三十三字……………………汪元量　399

又一體　百四十四字……………………張　翥　399

清商怨　四十二字……………………………晏　殊　400

又一體　四十二字………………………晏幾道　402

又一體　四十三字………………………沈會宗　403

望仙門　四十六字……………………………晏　殊　404

相思兒令　四十七字…………………………晏　殊　404

秋蕊香　四十八字……………………………晏　殊　405

胡搗練　四十八字……………………………晏　殊　405

又一體　五十字…………………………杜安世　406

撼庭秋　四十八字……………………………晏　殊　407

燕歸梁　五十一字……………………………晏　殊　407

又一體　五十字…………………………柳　永　408

又一體　五十二字………………………柳　永　408

又一體　四十九字………………………杜安世　408

又一體　五十一字………………………吕渭老　409

又一體　四十九字………………………張孝祥　409

又一體　五十字…………………………石孝友　410

又一體　五十字…………………………吴文英　410

少年游　五十字………………………………晏　殊　411

又一體　五十一字………………………晏　殊　412

又一體　五十一字………………………歐陽修　412

又一體　五十一字………………………歐陽修　412

又一體　五十二字………………………柳　永　413

又一體　五十字…………………………蘇　軾　414

又一體　五十二字 ·················· 晏幾道　414

又一體　五十字 ···················· 張　耒　414

又一體　五十字 ···················· 李　甲　415

又一體　五十一字 ·················· 周邦彦　415

又一體　五十二字 ·················· 吳　億　417

又一體　四十九字 ·················· 周　密　417

又一體　四十九字 ·················· 晁補之　418

小闌干　四十八字 ·················· 盧祖皋　419

憶少年令　五十一字 ················ 康與之　420

迎春樂　五十三字 ·················· 晏　殊　420

又一體　五十字 ···················· 張　先　421

又一體　五十一字 ·················· 柳　永　421

又一體　五十一字 ·················· 秦　觀　422

又一體　五十一字 ·················· 賀　鑄　422

又一體　五十二字 ·················· 周邦彦　423

又一體　四十九字 ·················· 宇文虛中　423

又一體　五十一字 ·················· 揚无咎　424

紅窗聽　五十三字 ·················· 晏　殊　424

又一體　五十四字 ·················· 柳　永　425

睿恩新　五十五字 ·················· 晏　殊　425

鳳銜杯　五十六字 ·················· 晏　殊　426

又一體　六十三字 ·················· 柳　永　427

又一體　五十六字 ·················· 晏　殊　428

玉堂春　六十一字 ·················· 晏　殊　428

漁家傲　六十二字 ·················· 前　人　429

又一體　六十二字 ·················· 周紫芝　430

　　又一體　六十一字…………………………杜安世　431

　　又一體　六十二字…………………………前　人　431

　　又一體　六十六字…………………………蔡　伸　431

殢人嬌　六十八字…………………………………晏　殊　432

　　又一體　六十四字…………………………毛　滂　433

　　又一體　六十七字…………………………王庭珪　434

　　又一體　六十六字…………………………張方仲　435

長生樂　七十五字…………………………………晏　殊　435

　　又一體　七十五字…………………………晏　殊　437

山亭柳　七十九字…………………………………前　人　437

　　又一體　七十九字…………………………杜安世　438

拂霓裳　八十三字…………………………………晏　殊　439

　　又一體　八十二字…………………………晏　殊　440

雨中花　五十一字…………………………………晏　殊　440

　　又一體　五十二字…………………………歐陽修　441

　　又一體　五十六字…………………………王　觀　442

　　又一體　五十字……………………………李之儀　442

　　又一體　五十二字…………………………前　人　443

　　又一體　五十四字…………………………劉一止　443

　　又一體　五十四字…………………………揚无咎　443

雨中花令　五十四字………………………………張　先　444

六幺令　九十一字…………………………………晏　殊　445

　　又一體　九十四字…………………………周　密　447

繞池游　七十二字…………………………………晏　殊　448

夏日宴黌堂　九十八字……………………………晏　殊　449

玉樓人　五十五字…………………………………晏　殊　449

憶人人　五十五字 ·························· 晏　殊　450

滿江紅　九十四字 ·························· 杜　衍　451

　　又一體　九十三字 ·························· 張　先　452

　　又一體　九十一字 ·························· 柳　永　453

　　又一體　九十七字 ·························· 前　人　454

　　又一體　九十四字 ·························· 蘇　軾　454

　　又一體　九十四字 ·························· 趙　鼎　455

　　又一體　九十字 ·························· 程　垓　456

　　又一體　八十九字 ·························· 呂渭老　457

　　又一體　九十三字 ·························· 張元幹　457

　　又一體　九十四字 ·························· 辛棄疾　458

　　又一體　九十五字 ·························· 吳　淵　459

　　又一體　九十五字 ·························· 姜　夔　460

霜天曉角　四十三字 ·························· 林　逋　462

　　又一體　四十二字 ·························· 趙師俠　463

　　又一體　四十四字 ·························· 程　垓　463

　　又一體　四十四字 ·························· 吳文英　464

　　又一體　四十一字 ·························· 趙希彭　464

　　又一體　四十四字 ·························· 趙長卿　465

　　又一體　四十三字 ·························· 黃　機　465

　　又一體　四十三字 ·························· 樓　槃　466

　　又一體　四十三字 ·························· 蔣　捷　466

滴滴金　五十字 ·························· 李遵勗　467

　　又一體　五十字 ·························· 晏　殊　467

　　又一體　五十字 ·························· 揚无咎　468

又一體　五十一字 ················· 孫道絢　468

憶漢月　五十二字 ················· 李遵勗　469

　　又一體　五十字 ················· 晏　殊　469

　　又一體　五十一字 ················· 柳　永　470

夜行船　五十五字 ················· 謝　絳　471

　　又一體　五十八字 ················· 歐陽修　472

　　又一體　五十五字 ················· 孫浩然　473

　　又一體　五十三字 ················· 趙長卿　473

　　又一體　五十三字 ················· 前　人　474

　　又一體　五十八字 ················· 前　人　474

　　又一體　五十八字 ················· 趙長卿　475

　　又一體　五十六字 ················· 揚无咎　475

　　又一體　五十三字 ················· 丘　崈　476

　　又一體　五十八字 ················· 王　嵎　476

　　夜厭厭　五十五字 ················· 張　先　477

　　明月棹孤舟　五十六字 ················· 揚无咎　477

蘇幕遮　六十二字 ················· 范仲淹　478

剔銀燈　七十八字 ················· 范仲淹　479

　　又一體　七十六字 ················· 沈子山　480

　　又一體　七十五字 ················· 柳　永　481

　　又一體　七十五字 ················· 毛　滂　482

　　又一體　七十六字 ················· 杜安世　483

　　又一體　七十五字 ················· 杜安世　484

御街行　七十八字 ················· 范仲淹　484

　　又一體　七十七字 ················· 張　先　485

　　又一體　七十六字 ················· 柳　永　486

又一體　七十六字 ················· 柳　永　486

又一體　八十字 ················· 缺　名　487

又一體　七十八字 ················· 程　垓　487

又一體　七十七字 ················· 蔡　伸　488

又一體　七十八字 ················· 趙長卿　489

又一體　八十一字 ················· 高觀國　490

離亭宴　七十二字 ················· 張　昇　490

又一體　七十七字 ················· 張　先　491

又一體　七十二字 ················· 晁補之　491

多　麗　百四十字 ················· 聶冠卿　492

緑頭鴨　百三十九字 ················· 晁端禮　494

又一體　百三十九字 ················· 晁端禮　495

又一體　百四十字 ················· 缺　名　497

又一體　百三十九字 ················· 葛立方　498

又一體　百三十八字 ················· 李　漳　498

又一體　百三十八字 ················· 詹　正　499

又一體　百三十八字 ················· 張　矞　500

又一體　百二十一字 ················· 傅按察　501

詞繫卷六　宋 ························· 502

折紅梅　百八字 ················· 吴　感　502

折紅梅　百八字 ················· 吴　感　504

又一體　百六字 ················· 缺　名　505

又一體　百八字 ················· 缺　名　505

好事近　四十五字 ················· 宋　祁　506

又一體　四十五字 ················· 陸　游　508

浪淘沙近　五十四字 ……………………………… 宋　祁　508

鷓鴣天　五十五字 ………………………………… 宋　祁　509

錦纏道　六十六字 ………………………………… 宋　祁　511

　錦纏絆　六十四字 …………………………… 惠應廟神　513

玉漏遲　九十四字 ………………………………… 宋　祁　513

　又一體　九十三字 …………………………… 程　垓　515

　又一體　九十四字 ………………………… 元好問　516

　又一體　九十四字 …………………………… 周　密　517

　又一體　九十三字 …………………………… 史　深　518

　又一體　九十字 ……………………………… 滕　賓　518

鳳凰閣　六十七字 ……………………………… 葉清臣　519

　又一體　六十八字 …………………………… 柳　永　521

　又一體　六十七字 ………………………… 趙師俠　521

　數花風　六十八字 …………………………… 張　炎　522

賀聖朝影　四十字 ……………………………… 歐陽修　523

珠簾捲　四十七字 ……………………………… 歐陽修　524

　聖無憂　四十七字 ………………………… 歐陽修　524

　洛陽春　四十九字 ………………………… 歐陽修　525

朝中措　四十八字 ……………………………… 歐陽修　526

　又一體　四十八字 ………………………… 趙長卿　527

　又一體　四十九字 …………………………… 蔡　伸　528

　又一體　四十八字 ………………………… 辛棄疾　528

洞天春　四十八字 ……………………………… 歐陽修　528

虞美人影　四十八字 …………………………… 歐陽修　529

　轉聲虞美人　四十八字 ……………………… 張　先　530

　醉桃源　四十八字 …………………………… 趙　鼎　530

鵲橋仙　五十六字 ……………………………… 歐陽修　531

　　又一體　五十七字 ……………………………… 黃庭堅　532

　　又一體　五十六字 ……………………………… 辛棄疾　532

　　又一體　五十八字 ……………………………… 韓　淲　533

　　又一體　五十六字 ……………………………… 元好問　533

千秋歲　七十二字 ………………………………… 歐陽修　534

　　又一體　七十一字 ……………………………… 蘇　軾　535

　　又一體　七十一字 ……………………………… 葉夢得　535

　　又一體　七十二字 ……………………………… 葉夢得　536

　　又一體　七十二字 ……………………………… 缺　名　536

　　又一體　七十二字 ……………………………… 周紫芝　537

　　越溪春　七十六字 ……………………………… 歐陽修　537

驀山溪　八十二字 ………………………………… 歐陽修　538

　　又一體　八十二字 ……………………………… 黃庭堅　539

　　又一體　八十二字 ……………………………… 沈會宗　539

　　又一體　八十二字 ……………………………… 周邦彥　540

　　又一體　八十二字 ……………………………… 万俟詠　540

　　又一體　八十二字 ……………………………… 張　震　540

　　又一體　八十二字 ……………………………… 石孝友　541

　　又一體　八十二字 ……………………………… 易　袚　541

御帶花　百字 ……………………………………… 歐陽修　542

涼州令　百五字 …………………………………… 歐陽修　543

　　涼州令叠韵　百四字 …………………………… 晁補之　544

涼州令　五十五字 ………………………………… 柳　永　545

　　又一體　五十字 ……………………………… 晏幾道　546

　　又一體　五十一字 …………………………… 晁補之　546

醉垂鞭　四十二字 ……………………………… 張　先　546

慶金枝　五十字 ………………………………… 張　先　547

　　又一體　四十八字 …………………………… 缺　名　548

　　又一體　五十字 ……………………………… 缺　名　549

相思兒令　四十五字 …………………………… 張　先　549

好女兒　四十五字 ……………………………… 黄庭堅　550

惜雙雙　五十四字 ……………………………… 張　先　551

　　惜雙雙令　五十二字 ………………………… 劉　弇　552

師師令　七十三字 ……………………………… 張　先　552

謝池春慢　九十字 ……………………………… 張　先　554

山亭宴　百二字 ………………………………… 張　先　555

　　又一體　百字 ………………………………… 張　先　556

八寶妝　五十二字 ……………………………… 張　先　556

一叢花　七十八字 ……………………………… 張　先　557

　　又一體　七十八字 …………………………… 晁補之　558

燕春臺　九十八字 ……………………………… 張　先　559

夏初臨　九十七字 ……………………………… 劉　涇　560

　　又一體　九十七字 …………………………… 洪咨夔　561

恨春遲　五十八字 ……………………………… 張　先　562

　　又一體　五十八字 …………………………… 張　先　563

慶佳節　五十一字 ……………………………… 張　先　563

　　又一體　五十一字 …………………………… 張　先　564

一絡索　四十七字 ……………………………… 張　先　564

　　又一體　五十字 ……………………………… 黄庭堅　565

　　又一體　四十八字 …………………………… 秦　觀　565

　　又一體　四十六字 …………………………… 周邦彦　566

　　　　又一體　四十五字 …………………… 呂渭老　566

　　　　又一體　四十四字 …………………… 缺　名　566

　　　　又一體　四十八字 …………………… 嚴　仁　566

　　　　又一體　四十六字 …………………… 陳允平　567

　　　　玉聯環　四十九字 …………………… 張　先　567

　　　　又一體　四十九字 …………………… 陳鳳儀　568

　　武陵春　四十八字 …………………… 張　先　568

　　　　又一體　四十七字 …………………… 張　先　569

　　　　又一體　四十九字 …………………… 李清照　569

　　夢仙鄉　五十二字 …………………… 張　先　570

　　百媚娘　七十四字 …………………… 張　先　570

　　歸朝歡　百四字 …………………… 張　先　571

　　雙燕兒　五十字 …………………… 張　先　572

　　喜朝天　百一字 …………………… 張　先　573

　　　　又一體　百三字 …………………… 晁補之　575

　　破陣樂　百三十三字 …………………… 張　先　576

　　　　又一體　百三十三字 …………………… 柳　永　578

　　醉紅妝　五十二字 …………………… 張　先　579

　　于飛樂　七十三字 …………………… 張　先　580

　　　　又一體　七十二字 …………………… 晏幾道　581

　　　　又一體　七十六字 …………………… 毛　滂　581

　　畫堂春　四十九字 …………………… 張　先　582

　　　　又一體　四十七字 …………………… 秦　觀　582

　　　　又一體　四十八字 …………………… 趙長卿　583

　　　　又一體　四十八字 …………………… 趙長卿　583

　　　　又一體　四十九字 …………………… 趙長卿　584

又一體　四十五字 …………………………… 石孝友　584

又一體　四十六字 …………………………… 謝　懋　585

慶春澤　六十六字 …………………………… 張　先　585

青門引　五十二字 …………………………… 張　先　586

惜瓊花　六十字 ……………………………… 張　先　586

行香子　六十六字 …………………………… 張　先　587

又一體　六十六字 …………………………… 晏幾道　588

又一體　六十六字 …………………………… 蘇　軾　588

又一體　六十八字 …………………………… 杜安世　589

又一體　六十四字 …………………………… 趙長卿　590

又一體　六十六字 …………………………… 辛棄疾　590

又一體　六十四字 …………………………… 許　古　591

又一體　六十七字 …………………………… 蔣　捷　591

碧牡丹　七十五字 …………………………… 張　先　592

又一體　七十四字 …………………………… 晏幾道　593

少年游慢　八十四字 ………………………… 張　先　594

剪牡丹　百一字 ……………………………… 張　先　595

泛清苕　百八字 ……………………………… 張　先　597

雙韵子　四十九字 …………………………… 張　先　598

熙州慢　九十六字 …………………………… 張　先　598

沁園春　百十五字 …………………………… 張　先　599

又一體　百十四字 …………………………… 蘇　軾　601

又一體　百十三字 …………………………… 曾　鞏　602

又一體　百十五字 …………………………… 秦　觀　602

又一體　百十四字 …………………………… 賀　鑄　603

又一體　百十二字 …………………………… 韓　玉　603

又一體　百十五字 ……………………… 葛長庚　604

又一體　百十六字 ……………………… 林正大　604

又一體　百十四字 ……………………… 王千秋　605

又一體　百十四字 ……………………… 蔣　捷　605

洞庭春色　百十二字 ……………………… 程　垓　606

又一體　百十三字 ……………………… 陸　游　607

落梅風　四十一字 ……………………… 張　先　607

漢宮春　九十六字 ……………………… 張　先　608

又一體　九十七字 ……………………… 張　先　609

漢宮春　九十六字 ……………………… 晁冲之　610

又一體　九十四字 ……………………… 彭元遜　611

又一體　九十四字 ……………………… 王　觀　611

又一體　九十六字 ……………………… 康與之　612

慶千秋　九十六字 ……………………… 歐慶嗣　613

勸金船　九十二字 ……………………… 張　先　613

又一體　八十八字 ……………………… 蘇　軾　615

感皇恩　六十字 ……………………… 張　先　616

又一體　五十八字 ……………………… 張　先　617

卜算子慢　九十三字 ……………………… 張　先　618

又一體　八十九字 ……………………… 鍾　輻　619

誤桃源　三十六字 ……………………… 缺　名　620

折新荷引　八十二字 ……………………… 趙　抃　621

新荷葉　八十二字 ……………………… 辛棄疾　622

水調歌頭　九十五字 ……………………… 蘇舜欽　622

又一體　九十五字 ……………………… 蘇　軾　624

又一體　九十五字 ……………………… 賀　鑄　625

詞繫卷七　宋 ·· 626

黄鶯兒　九十六字 ·································· 柳　永　626

　　又一體　九十六字 ······················ 晁補之　628

鬥百花　八十一字 ·································· 柳　永　629

　　又一體　八十一字 ······················ 柳　永　630

　　又一體　八十字 ·························· 晁補之　631

　　又一體　八十字 ·························· 晁補之　632

玉女搖仙珮　百三十九字 ···················· 柳　永　632

雪梅香　九十四字 ·································· 柳　永　633

　　又一體　九十四字 ······················ 缺　名　634

尾　犯　九十五字 ·································· 柳　永　635

　　又一體　九十八字 ······················ 柳　永　636

　　又一體　九十四字 ······················ 秦　觀　637

　　又一體　九十九字 ······················ 缺　名　638

　　又一體　九十九字 ······················ 晁補之　639

早梅芳慢　百五字 ································· 柳　永　639

送征衣　百二十字 ·································· 柳　永　640

晝夜樂　九十八字 ·································· 柳　永　641

柳腰輕　八十二字 ·································· 柳　永　642

安公子　八十字 ····································· 柳　永　643

　　又一體　百六字 ·························· 柳　永　645

　　又一體　百四字 ·························· 晁補之　645

　　又一體　百六字 ·························· 杜安世　646

　　又一體　百二字 ·························· 陸　游　647

菊花新　五十二字 ·································· 柳　永　647

　　又一體　五十三字 ······················ 杜安世　648

戚　氏　二百十二字 ······················· 柳　永　649

　　　又一體　二百十三字 ···················· 蘇　軾　652

輪臺子　百十四字 ························· 柳　永　653

　　　又一體　百四十字 ····················· 柳　永　654

望遠行　百七字 ··························· 柳　永　656

　　　又一體　百六字 ······················ 柳　永　657

引駕行　百字 ····························· 柳　永　659

　　　又一體　百二十五字 ···················· 柳　永　660

　　　又一體　五十二字 ····················· 晁補之　662

彩雲歸　百字 ····························· 柳　永　662

洞仙歌慢　百二十六字 ······················ 柳　永　663

　　　又一體　百二十三字 ···················· 柳　永　664

　　　又一體　百二十一字 ···················· 柳　永　665

　　　又一體　百二十三字 ···················· 晁補之　666

　　　又一體　百二十四字 ···················· 晁補之　667

擊梧桐　百八字 ··························· 柳　永　667

　　　又一體　百十字 ······················ 李　甲　668

夜半樂　百四十四字 ························ 柳　永　670

　　　又一體　百四十五字 ···················· 柳　永　672

祭天神　八十四字 ························· 柳　永　673

　　　又一體　八十五字 ····················· 柳　永　675

過澗歇　八十字 ··························· 柳　永　676

　　　過澗歇近　八十字 ····················· 柳　永　677

離別難　百十二字 ························· 柳　永　678

迷神引　九十七字 ························· 柳　永　679

　　　又一體　九十九字 ····················· 晁補之　681

一寸金　百八字 …………………………………… 柳　永　682

一寸金　百八字 …………………………………… 周邦彦　683

詞繫卷八 宋 …………………………………………… 685

傾杯樂　百六字 …………………………………… 柳　永　685

又一體　百四字 …………………………… 柳　永　686

又一體　百八字 …………………………… 柳　永　687

又一體　百四字 …………………………… 柳　永　688

又一體　百十六字 ………………………… 柳　永　689

又一體　百七字 …………………………… 曾　覿　689

又一體　百六字 …………………………… 程　垓　690

古傾杯　百八字 …………………………… 柳　永　690

傾　杯　百八字 …………………………… 柳　永　691

又一體　百八字 …………………………… 柳　永　692

又一體　百七字 …………………………… 張　先　692

又一體　百七字 …………………………… 張　先　693

又一體　百十字 …………………………… 沈會宗　694

笛家弄　百二十五字 ……………………………… 柳　永　694

鳳歸雲　百一字 …………………………………… 柳　永　696

又一體　百十八字 ………………………… 柳　永　697

鶴冲天　八十七字 ………………………………… 柳　永　698

又一體　八十四字 ………………………… 柳　永　699

又一體　八十六字 ………………………… 杜安世　700

如魚水　九十四字 ………………………………… 柳　永　701

又一體　九十七字 ………………………… 柳　永　701

臨江仙　九十三字 ………………………………… 柳　永　702

臨江仙引　七十四字 …………………………… 柳　永　703

玉蝴蝶　九十九字 ……………………………… 柳　永　704

　　又一體　九十八字 ………………………… 李之儀　705

　　又一體　九十九字 ………………………… 潘元質　706

　　又一體　九十九字 ………………………… 張　炎　706

　　又一體　九十九字 ……………………… 元無名女子　707

八聲甘州　九十七字 …………………………… 柳　永　708

　　又一體　九十五字 ………………………… 劉　過　710

　　又一體　九十五字 ………………………… 楊　恢　710

　　又一體　九十八字 ………………………… 張　鎡　711

　　又一體　九十五字 ………………………… 李好古　711

　　又一體　百字 ……………………………… 胡翼龍　712

　　又一體　九十六字 ………………………… 鄭子玉　712

　　又一體　九十七字 ………………………… 張　炎　713

　　又一體　九十五字 ………………………… 蕭　烈　714

　　又一體　九十八字 ………………………… 姚雲文　714

　　瀟瀟雨　九十七字 ………………………… 張　炎　715

竹馬子　百三字 ………………………………… 柳　永　715

女冠子　百十一字 ……………………………… 柳　永　716

　　又一體　百十三字 ………………………… 柳　永　717

　　又一體　百十四字 ………………………… 周邦彦　718

　　又一體　百七字 …………………………… 康與之　719

　　又一體　百十二字 ………………………… 蔣　捷　719

　　又一體　百十字 …………………………… 蔣　捷　720

小鎮西　七十九字 ……………………………… 柳　永　720

小鎮西犯　七十二字 …………………………… 柳　永　721

鎮　西　七十九字 ……………………… 蔡　伸　722

甘州令　七十八字 ……………………… 柳　永　723

玉山枕　百十三字 ……………………… 柳　永　724

望海潮　百七字 ………………………… 柳　永　725

　　　又一體　百七字 ………………… 秦　觀　727

　　　又一體　百八字 ………………… 沈公述　728

　　　又一體　百七字 ………………… 鄧千江　729

　　　又一體　百六字 ………………… 缺　名　730

促拍滿路花　八十三字 ………………… 柳　永　730

　　　又一體　八十三字 ……………… 呂渭老　731

　　　又一體　八十六字 ……………… 趙師俠　732

促拍滿路花　八十四字 ………………… 呂勝己　733

　　　又一體　八十三字 ……………… 秦　觀　734

　　　又一體　八十三字 ……………… 周邦彦　734

　　滿園花　八十七字 ………………… 秦　觀　735

　　　又一體　八十六字 ……………… 袁去華　736

　　歸去難　八十三字 ………………… 周邦彦　737

詞繫卷九　宋 ………………………………… 738

西　施　七十三字 ……………………… 柳　永　738

　　　又一體　七十一字 ……………… 柳　永　739

郭郎兒近拍　七十三字 ………………… 柳　永　740

透碧霄　百十二字 ……………………… 柳　永　741

　　　又一體　百十七字 ……………… 曹　勛　742

木蘭花慢　百一字 ……………………… 柳　永　743

　　　又一體　百一字 ………………… 柳　永　745

又一體　百一字 …………………………………… 程　垓　747

又一體　百一字 …………………………………… 呂渭老　748

又一體　百三字 …………………………………… 缺　名　748

又一體　百一字 …………………………………… 盧祖皋　749

又一體　百一字 …………………………………… 蔣　捷　750

又一體　百二字 …………………………………… 陳參政　751

瑞鷓鴣　八十八字 ………………………………… 柳　永　752

又一體　八十七字 ………………………………… 柳　永　752

憶帝京　七十二字 ………………………………… 柳　永　753

又一體　七十六字 ………………………………… 黃庭堅　754

迎新春　百四字 …………………………………… 柳　永　754

曲玉管　百五字 …………………………………… 柳　永　756

滿朝歡　百一字 …………………………………… 柳　永　757

柳初新　八十一字 ………………………………… 柳　永　758

又一體　八十二字 ………………………………… 缺　名　759

受恩深　八十六字 ………………………………… 柳　永　760

夢還京　七十九字 ………………………………… 柳　永　761

兩同心　六十八字 ………………………………… 柳　永　762

又一體　六十八字 ………………………………… 揚无咎　763

又一體　六十八字 ………………………………… 晏幾道　763

又一體　六十八字 ………………………………… 黃庭堅　764

又一體　七十二字 ………………………………… 杜安世　765

看花回　六十八字 ………………………………… 柳　永　765

又一體　六十七字 ………………………………… 柳　永　766

金蕉葉　六十二字 ………………………………… 柳　永　767

又一體　四十八字 ………………………………… 袁去華　767

又一體　四十六字……………………………蔣　捷　768

傳花枝　百一字………………………………柳　永　769

惜春郎　四十九字……………………………柳　永　770

法曲獻仙音　九十一字………………………柳　永　770

　　又一體　九十二字………………………周邦彦　772

　　又一體　九十二字………………………吳文英　773

　　又一體　九十二字………………………張　炎　774

　　又一體　二十七字………………………薩都剌　775

　　法曲第二　八十七字……………………柳　永　775

西平樂　百三字………………………………柳　永　776

　　又一體　百三字…………………………晁補之　777

　　又一體　百三十八字……………………周邦彦　778

　　又一體　百三十五字……………………吳文英　779

秋蕊香引　六十字……………………………柳　永　780

定風波　百五字………………………………柳　永　780

　　又一體　百字……………………………柳　永　782

　　又一體　百字……………………………缺　名　783

　　又一體　九十九字………………………張　耒　783

雨零鈴　百二字………………………………柳　永　784

　　又一體　百三字…………………………王安石　786

　　又一體　百三字…………………………黃　裳　786

　　又一體　百一字…………………………杜龍沙　787

尉遲杯　百五字………………………………柳　永　788

　　又一體　百五字…………………………賀　鑄　788

　　又一體　百五字…………………………周邦彦　789

　　又一體　百六字…………………………蔡松年　790

又一體　百五字 ························· 缺　名　790

又一體　百六字 ························· 晁補之　791

征部樂　百三字 ·························· 柳　永　791

幔捲綢　百十字 ·························· 柳　永　792

又一體　百十一字 ······················ 李　甲　793

采蓮令　九十一字 ······················ 柳　永　794

迷仙引　八十三字 ······················ 柳　永　795

又一體　百二十二字 ···················· 缺　名　796

婆羅門令　八十六字 ···················· 柳　永　797

佳人醉　七十一字 ······················ 柳　永　797

詞繫卷十　宋 ·································· 799

駐馬聽　九十四字 ······················ 柳　永　799

陽臺路　九十七字 ······················ 柳　永　800

醉蓬萊　九十七字 ······················ 柳　永　801

又一體　九十七字 ······················ 蘇　軾　802

又一體　九十六字 ······················ 盧　炳　803

又一體　九十八字 ······················ 王千秋　803

又一體　九十七字 ······················ 奚　澳　804

雪月交光　九十七字 ···················· 劉一止　805

雙聲子　百三字 ························· 柳　永　805

內家嬌　百六字 ························· 柳　永　806

拋球樂　百八十八字 ···················· 柳　永　807

長相思慢　百三字 ······················ 柳　永　809

又一體　百四字 ························· 秦　觀　810

又一體　九十九字 ······················ 周邦彦　811

又一體　百四字 …………………… 袁去華　812

又一體　百四字 …………………… 劉壎　813

合歡帶　百五字 …………………… 柳永　813

又一體　百五字 …………………… 杜安世　814

應天長　九十四字 …………………… 柳永　815

又一體　九十四字 …………………… 葉夢得　817

又一體　九十八字 …………………… 周邦彥　818

又一體　九十八字 …………………… 康與之　819

又一體　九十七字 …………………… 吳文英　820

又一體　九十七字 …………………… 王沂孫　821

又一體　九十六字 …………………… 蔣捷　822

宣清　百十五字 …………………… 柳永　823

隔簾聽　七十四字 …………………… 柳永　824

訴衷情近　七十五字 …………………… 柳永　824

又一體　七十五字 …………………… 晁補之　825

留客住　九十七字 …………………… 柳永　826

又一體　九十四字 …………………… 周邦彥　827

思歸樂　五十六字 …………………… 柳永　828

二郎神　百四字 …………………… 柳永　830

又一體　九十八字 …………………… 呂渭老　831

轉調二郎神　百五字 …………………… 徐伸　831

又一體　百五字 …………………… 揚无咎　833

又一體　百三字 …………………… 馬子嚴　835

又一體　百四字 …………………… 吳文英　836

鵲橋仙　八十八字 …………………… 柳永　837

夏雲峰　九十一字 …………………… 柳永　837

永遇樂　百四字　…………………………　柳　永　838

　　又一體　百四字　………………………　柳　永　840

　　又一體　百四字　………………………　蘇　軾　841

　　又一體　百四字　………………………　晁補之　842

　　又一體　百五字　……………………………　危　843

　　又一體　百二字　………………………　李太古　844

　　又一體　百四字　………………………　陳允平　844

　消　息　百四字　…………………………　晁補之　845

浪淘沙慢　百三十五字　……………………　柳　永　846

　　又一體　百三十三字　…………………　周邦彦　848

　　又一體　百三十三字　…………………　周邦彦　849

荔支香　七十六字　…………………………　柳　永　851

　　又一體　七十六字　……………………　周邦彦　852

　荔支香近　七十三字　……………………　周邦彦　853

長壽樂　百十三字　…………………………　柳　永　854

　　又一體　百十三字　……………………　柳　永　855

歸去來　四十九字　…………………………　柳　永　856

　　又一體　五十二字　……………………　柳　永　856

塞　孤　九十五字　…………………………　柳　永　857

望　梅　百六字　……………………………　柳　永　858

　　又一體　百六字　………………………　缺　名　860

　　又一體　百五字　………………………　周邦彦　861

　　又一體　百六字　………………………　姜　夔　863

　　又一體　百五字　………………………　王沂孫　863

菩薩蠻慢　百八字　…………………………　羅志仁　864

白　苧　百二十五字　………………………　柳　永　865

又一體　百二十一字 …………………… 蔣　捷　867

爪茉莉　八十二字 ……………………… 柳　永　868

十二時　百三十字 ……………………… 柳　永　869

又一體　百四十一字 …………………… 葛長庚　870

十二時慢　九十一字 …………………… 朱　雍　871

詞繋卷十一　宋 …………………………………… 873

花發狀元紅慢　百二字 ………………… 劉　几　873

梅花曲　三首 …………………………… 劉　几　874

鳳簫吟　九十九字 ……………………… 韓　縝　877

又一體　百一字 ……………………… 晁補之　878

芳　草　百字 ………………………… 王之道　879

又一體　百字 ………………………… 奚　淢　879

喜遷鶯　百三字 ………………………… 蔡　挺　880

又一體　百三字 ……………………… 江　漢　882

又一體　百三字 ……………………… 劉一止　883

又一體　百三字 ……………………… 蔡　伸　884

又一體　百三字 ……………………… 趙長卿　885

又一體　百三字 ……………………… 缺　名　886

又一體　百二字 ……………………… 缺　名　886

又一體　百四字 ……………………… 張元幹　887

又一體　百三字 ……………………… 趙溫之　888

又一體　百三字 ……………………… 康與之　889

又一體　百四字 …………………… 海陵庶人　890

又一體　百三字 ……………………… 史達祖　890

又一體　百三字 ……………………… 王特起　891

映山紅慢　百一字 ………………………… 元　絳　892

錦堂春　百一字 …………………………… 司馬光　893

　又一體　百字 …………………………… 柳　永　894

　又一體　百一字 ………………………… 缺　名　895

　又一體　九十九字 ……………………… 葛立方　895

　又一體　九十八字 ……………………… 王沂孫　896

　又一體　九十六字 ……………………… 王沂孫　897

傷春怨　四十三字 ………………………… 王安石　898

甘露歌　七十二字 ………………………… 王安石　898

千秋歲引　八十二字 ……………………… 王安石　899

桂枝香　百一字 …………………………… 王安石　900

　又一體　百字 …………………………… 周　密　902

　又一體　百一字 ………………………… 詹　玉　902

　又一體　百一字 ………………………… 鞠花翁　903

　疏簾淡月　百一字 ……………………… 張　輯　904

喜長新　四十七字 ………………………… 王益柔　905

望南雲慢　百四字 ………………………… 沈公述　905

家山好　五十七字 ………………………… 沈公述　907

霜葉飛　百十一字 ………………………… 波　唐　907

　又一體　百十一字 ……………………… 周邦彦　909

　又一體　百九字 ………………………… 方千里　911

　又一體　百十字 ………………………… 張　炎　911

　鬥嬋娟　百十一字 ……………………… 張　炎　912

憶悶令　四十五字 ………………………… 晏幾道　913

望仙樓　四十七字 ………………………… 晏幾道　914

慶春時　四十八字 ………………………… 晏幾道　914

喜團圓　四十八字 …………………………… 晏幾道　915

　　又一體　四十五字 ………………………… 缺　名　916

鳳孤飛　四十九字 …………………………… 晏幾道　916

留春令　五十字 ……………………………… 晏幾道　917

　　又一體　五十四字 ………………………… 黃庭堅　917

　　又一體　五十字 …………………………… 李之儀　918

　　又一體　五十二字 ………………………… 沈端節　919

思遠人　五十一字 …………………………… 晏幾道　919

好女兒　六十二字 …………………………… 晏幾道　920

解佩令　六十七字 …………………………… 晏幾道　921

　　又一體　六十六字 ………………………… 王庭珪　922

　　又一體　六十六字 ………………………… 缺　名　922

　　又一體　六十五字 ………………………… 蔣　捷　923

歸田樂　六十八字 …………………………… 晏幾道　924

　　又一體　七十三字 ………………………… 黃庭堅　924

　　又一體　五十字 …………………………… 蔡　伸　925

　　又一體　七十一字 ………………………… 缺　名　925

　　又一體　五十字 …………………………… 晁補之　926

　　又一體　四十四字 ………………………… 黃庭堅　926

　　風入松　七十四字 ………………………… 晏幾道　927

　　又一體　七十二字 ………………………… 康與之　928

　　又一體　七十三字 ………………………… 康與之　928

風入松　七十六字 …………………………… 侯　寘　929

　　又一體　七十五字 ………………………… 吳文英　930

　　又一體　七十五字 ………………………… 吳文英　930

泛清波摘遍　百六字 ………………………… 晏幾道　931

探春令 五十二字 …………………………… 晏幾道 933

　　又一體 五十一字 ………………………… 趙 佶 933

　　又一體 五十二字 ………………………… 揚无咎 934

　　又一體 五十二字 ………………………… 揚无咎 934

　　又一體 五十二字 ………………………… 揚无咎 935

　　又一體 五十二字 ………………………… 趙長卿 935

　　又一體 五十二字 ………………………… 趙長卿 936

　　又一體 五十二字 ………………………… 趙長卿 936

　　又一體 五十二字 ………………………… 趙長卿 937

　　又一體 五十一字 ………………………… 蔣 捷 937

撲蝴蝶 七十七字 …………………………… 晏幾道 938

　　又一體 七十七字 ………………………… 呂渭老 939

　　又一體 七十五字 ………………………… 趙彦端 940

真珠髻 百五字 ……………………………… 晏幾道 940

天香引 五十四字 …………………………… 文 同 941

　　廣寒秋 五十四字 ………………………… 虞 集 942

　　折桂令 五十三字 ………………………… 倪 瓚 943

望梅花 七十二字 …………………………… 蒲宗孟 943

　　又一體 六十八字 ………………………… 缺 名 943

詞繫卷十二 宋 ………………………………………… 945

雨中花慢 九十七字 ………………………… 張才翁 945

　　又一體 九十八字 ………………………… 蘇 軾 946

　　又一體 九十七字 ………………………… 蘇 軾 947

　　又一體 九十七字 ………………………… 蘇 軾 948

　　又一體 九十八字 ………………………… 葉夢得 948

又一體　九十七字 …………………… 蔡　伸　950

又一體　九十七字 …………………… 趙長卿　950

又一體　九十七字 …………………… 張孝祥　951

又一體　九十七字 …………………… 葛立方　951

又一體　九十六字 …………………… 京　鏜　952

又一體　九十八字 …………………… 黃庭堅　953

又一體　九十八字 …………………… 秦　觀　954

又一體　九十八字 …………………… 缺　名　954

莫打鴨　二十二字 …………………… 梅堯臣　955

賞南枝　百五字 ……………………… 曾　覿　956

繫裙腰　五十八字 …………………… 魏夫人　957

又一體　六十一字 …………………… 張　先　958

又一體　五十九字 …………………… 劉　儗　959

絳都春　百字 ………………………… 朱淑真　959

又一體　九十二字 …………………… 毛　滂　962

又一體　百字 ………………………… 缺　名　962

又一體　九十九字 …………………… 吳文英　963

又一體　百字 ………………………… 吳文英　964

又一體　九十八字 …………………… 張　榘　965

又一體　九十八字 …………………… 陳允平　966

月華清　九十九字 …………………… 朱淑真　967

華清引　四十五字 …………………… 蘇　軾　968

昭君怨　四十字 ……………………… 蘇　軾　969

又一體　三十九字 …………………… 蔡　伸　970

又一體　四十字 ……………………… 周紫芝　970

又一體　四十字 ……………………… 劉克莊　970

又一體　四十字 …………………………… 劉克莊　971

卜算子　四十四字 …………………………… 蘇　軾　971

又一體　四十六字 …………………………… 張　先　972

又一體　四十五字 …………………………… 徐　俯　973

又一體　四十六字 …………………………… 杜安世　973

又一體　四十五字 …………………………… 黃公度　973

又一體　四十四字 …………………………… 石孝友　974

又一體　四十五字 …………………………… 施酒監　974

占春芳　四十六字 …………………………… 蘇　軾　974

瑤池燕　五十一字 …………………………… 蘇　軾　975

翻香令　五十六字 …………………………… 蘇　軾　976

荷華媚　六十字 ……………………………… 蘇　軾　976

感皇恩　六十七字 …………………………… 蘇　軾　977

又一體　六十七字 …………………………… 賀　鑄　978

又一體　六十七字 …………………………… 晁冲之　979

又一體　六十五字 …………………………… 趙長卿　979

又一體　六十八字 …………………………… 周紫芝　980

又一體　六十六字 …………………………… 韓　玉　981

又一體　六十六字 …………………………… 汪　莘　981

祝英臺近　七十七字 ………………………… 蘇　軾　982

又一體　七十七字 …………………………… 趙長卿　983

又一體　七十七字 …………………………… 辛棄疾　984

又一體　七十八字 …………………………… 黎廷瑞　985

又一體　七十七字 …………………………… 陳允平　985

又一體　七十七字 …………………………… 蘇茂一　986

憐薄命　七十七字 …………………………… 戴復古妻　986

皂羅特髻　八十一字 ……………………… 蘇　軾　987

踏青游　八十四字 ………………………… 蘇　軾　988

　　又一體　八十四字 …………………… 王　詵　988

　　又一體　八十三字 …………………… 缺　名　989

　　又一體　八十四字 …………………… 缺　名　990

醉翁操　九十一字 ………………………… 蘇　軾　990

意難忘　九十二字 ………………………… 蘇　軾　992

滿庭芳　九十五字 ………………………… 蘇　軾　992

　　又一體　九十五字 …………………… 晏幾道　994

　　又一體　九十七字 …………………… 張　耒　994

　　又一體　九十五字 …………………… 秦　觀　995

　　又一體　九十三字 …………………… 黃公度　996

　　又一體　九十三字 …………………… 程　珌　996

　　又一體　九十七字 …………………… 胡翼龍　997

　　又一體　九十八字 …………………… 陳　偕　997

　　江南好　九十四字 …………………… 吳文英　998

轉調滿庭芳　九十六字 …………………… 劉　燾　999

三部樂　九十九字 ………………………… 蘇　軾　1000

　　又一體　九十九字 …………………… 周邦彥　1002

　　又一體　九十九字 …………………… 方千里　1003

　　又一體　九十九字 …………………… 吳文英　1004

無愁可解　百九字 ………………………… 蘇　軾　1005

念奴嬌　百字 ……………………………… 蘇　軾　1008

　　又一體　百字 ………………………… 蘇　軾　1010

　　又一體　九十九字 …………………… 曾　紆　1011

　　又一體　百字 ………………………… 葉夢得　1012

又一體　百字　…………………………　張元幹　1013

又一體　百字　…………………………　陳允平　1014

壺中天　九十八字　……………………　歐　良　1014

湘　月　百字　…………………………　姜　夔　1015

詞繫卷十三　宋 ……………………………………　1018

水龍吟　百二字　………………………　蘇　軾　1018

又一體　百一字　………………………　蘇　軾　1020

又一體　百二字　………………………　蘇　軾　1020

又一體　百二字　………………………　魯逸仲　1021

又一體　百三字　………………………　晁補之　1022

又一體　百二字　………………………　程　垓　1022

又一體　百二字　………………………　曹　組　1023

又一體　百二字　………………………　趙長卿　1023

又一體　百四字　………………………　趙長卿　1024

又一體　百二字　………………………　趙長卿　1024

又一體　百二字　………………………　趙長卿　1025

又一體　百二字　………………………　缺　名　1026

又一體　百字　…………………………　張元幹　1026

又一體　百二字　………………………　周紫芝　1027

又一體　百四字　………………………　葛立方　1027

又一體　百二字　………………………　辛棄疾　1028

又一體　百三字　………………………　辛棄疾　1029

又一體　百二字　………………………　吳文英　1030

又一體　百二字　………………………　吳文英　1030

又一體　百二字　………………………　吳文英　1031

又一體　百六字 ……………………… 張　雨　1031

又一體　九十九字 …………………… 史孝祥　1032

又一體　百三字 ……………………… 辛棄疾　1033

又一體　百三字 ……………………… 蔣　捷　1033

鼓笛慢　百二字 ……………………… 趙長卿　1034

龍吟曲　百二字 ……………………… 史達祖　1035

賀新凉　百十五字 …………………… 蘇　軾　1035

又一體　百十六字 …………………… 葉夢得　1037

又一體　百十四字 …………………… 呂渭老　1039

又一體　百十六字 …………………… 張元幹　1039

又一體　百十六字 …………………… 楊炎正　1040

又一體　百十七字 …………………… 辛棄疾　1040

又一體　百十五字 …………………… 馬子嚴　1041

又一體　百十六字 …………………… 李南金　1042

哨　遍　二百三字 …………………… 蘇　軾　1043

又一體　二百三字 …………………… 蘇　軾　1045

又一體　二百三字 …………………… 王安中　1047

又一體　二百三字 …………………… 辛棄疾　1048

又一體　二百一字 …………………… 辛棄疾　1049

又一體　百九十九字 ………………… 汪　莘　1050

又一體　二百二字 …………………… 劉克莊　1051

憶黃梅　七十九字 …………………… 王　觀　1053

江城梅花引　八十七字 ……………… 王　觀　1053

又一體　八十七字 …………………… 洪　皓　1055

又一體　八十七字 …………………… 程　垓　1056

又一體　八十四字 …………………… 李獻能　1057

又一體　八十七字　……………………………　趙汝芜　1057

又一體　八十七字　……………………………　趙與洽　1058

又一體　八十七字　……………………………　吳文英　1058

江梅引　八十七字　……………………………　白　樸　1059

明月引　八十七字　……………………………　陳允平　1060

梅花引　八十八字　……………………………　蔣　捷　1060

紅芍藥　九十一字　……………………………　王　觀　1061

天　香　九十六字　……………………………　王　觀　1062

又一體　九十四字　……………………………　毛　滂　1063

慶清朝慢　九十七字　…………………………　王　觀　1064

又一體　九十七字　……………………………　史達祖　1065

又一體　九十七字　……………………………　李宏模　1066

十月桃　九十九字　……………………………　王　觀　1067

又一體　九十九字　……………………………　張元幹　1068

十月梅　九十八字　……………………………　缺　名　1068

瀟湘静　百三字　………………………………　王　觀　1069

湘江静　百三字　………………………………　史達祖　1070

高陽臺　百字　…………………………………　王　觀　1071

又一體　九十七字　……………………………　吳文英　1072

又一體　百字　…………………………………　王沂孫　1073

又一體　百一字　………………………………　蔣　捷　1074

又一體　百字　…………………………………　張　炎　1074

慶春澤　百字　…………………………………　劉　鎮　1075

翠華引　二十四字　……………………………　沈　括　1076

南　浦　百二字　………………………………　魯逸仲　1076

又一體　百五字　………………………………　程　垓　1077

　　　又一體　百四字 ……………………………… 周邦彥　1078

　　　又一體　百五字 ……………………………… 王沂孫　1079

　　惜餘春慢　百十三字 …………………………… 魯逸仲　1080

極相思　四十九字 ………………………………… 太尉夫人　1081

楚宮春慢　百六字 ………………………………… 僧　揮　1081

　　楚宮春　百八字 ………………………………… 周　密　1082

柳梢青　四十九字 ………………………………… 僧　揮　1083

　　　又一體　四十九字 …………………………… 趙汝愚　1084

　　　又一體　四十九字 …………………………… 呂渭老　1085

　　　又一體　四十九字 …………………………… 蔡　伸　1085

　　　又一體　四十九字 …………………………… 侯　寘　1086

　　　又一體　四十八字 …………………………… 張孝祥　1086

詞繫卷十四　宋 ………………………………… 1087

醉花陰　五十一字 ………………………………… 舒　亶　1087

　　　又一體　四十七字 …………………………… 毛　滂　1088

　　　又一體　五十二字 …………………………… 李清照　1088

　　醉春風　五十二字 ……………………………… 米友仁　1089

散天花　六十字 …………………………………… 舒　亶　1089

眼兒媚　四十八字 ………………………………… 王　雱　1090

　　　又一體　四十八字 …………………………… 賀　鑄　1091

　　　又一體　五十字 ……………………………… 林少瞻　1092

倦尋芳　九十六字 ………………………………… 王　雱　1093

　　　又一體　九十七字 …………………………… 潘元質　1094

　　　又一體　九十七字 …………………………… 吳文英　1095

　　　又一體　九十七字 …………………………… 張端義　1095

選冠子　百十三字　……………………………　張景修　1096

　　又一體　百十一字　…………………………　周邦彥　1097

　　又一體　百十一字　…………………………　缺　名　1099

　　又一體　百十三字　…………………………　侯　寘　1100

雪花飛　四十二字　………………………………　黃庭堅　1100

望江東　五十二字　………………………………　黃庭堅　1101

鼓笛令　五十五字　………………………………　黃庭堅　1101

少年心　六十字　…………………………………　黃庭堅　1102

　　又一體　六十七字　…………………………　黃庭堅　1103

品　令　六十六字　………………………………　黃庭堅　1104

　　又一體　六十四字　…………………………　黃庭堅　1105

　　又一體　五十一字　…………………………　秦　觀　1106

　　又一體　五十二字　…………………………　秦　觀　1106

　　又一體　六十四字　…………………………　周紫芝　1107

　　又一體　四十九字　…………………………　顏博文　1108

喝火令　六十五字　………………………………　黃庭堅　1108

逍遥樂　九十八字　………………………………　黃庭堅　1109

看花回　百一字　…………………………………　黃庭堅　1110

　　又一體　百一字　……………………………　周邦彥　1112

　　又一體　百一字　……………………………　蔡　伸　1112

　　又一體　百三字　……………………………　趙彥端　1113

　　又一體　百四字　……………………………　趙彥端　1114

惜餘歡　百四字　…………………………………　黃庭堅　1115

　望春回　百二字　………………………………　李　甲　1116

江亭怨　四十六字　………………………………　吳城小龍女　1117

風流子　百十字　…………………………………　張　耒　1118

又一體　百十字 ……………………… 秦　觀　1120

又一體　百九字 ……………………… 賀　鑄　1120

又一體　百十字 ……………………… 周邦彦　1121

又一體　百十一字 …………………… 吳　激　1122

又一體　百九字 ……………………… 吳文英　1123

又一體　百九字 ……………………… 王千秋　1124

又一體　百九字 ……………………… 張　埜　1125

人月圓　四十八字 …………………… 王　詵　1126

又一體　四十八字 …………………… 揚无咎　1127

又一體　四十八字 …………………… 揚无咎　1127

憶故人　五十字 ……………………… 王　詵　1128

燭影搖紅　四十八字 ………………… 賀　鑄　1128

又一體　四十八字 …………………… 毛　滂　1129

燭影搖紅　九十六字 ………………… 周邦彦　1130

又一體　九十七字 …………………… 缺　名　1131

又一體　七十一字 …………………… 邱　氏　1131

撼庭竹　七十二字 …………………… 王　詵　1132

又一體　七十二字 …………………… 黄庭堅　1133

花發沁園春　百五字 ………………… 王　詵　1133

又一體　百五字 ……………………… 劉子寰　1135

落　梅　百七字 ……………………… 王　詵　1136

落梅慢　百六字 ……………………… 缺　名　1137

並蒂芙蓉　九十八字 ………………… 晁端禮　1137

黄河清慢　九十八字 ………………… 晁端禮　1138

無　悶　百字 ………………………… 丁　注　1139

又一體　九十九字 …………………… 程　垓　1141

又一體　九十九字 ……………………… 吳文英　1142

萬年歡　九十八字 ……………………… 王安禮　1143

又一體　百二字 ………………………… 賀　鑄　1144

又一體　百一字 ………………………… 趙師俠　1145

又一體　百字 …………………………… 缺　名　1146

又一體　九十九字 ……………………… 晁補之　1147

又一體　百字 …………………………… 晁補之　1148

又一體　百字 …………………………… 晁補之　1149

又一體　百字 …………………………… 胡浩然　1149

又一體　百字 …………………………… 缺　名　1150

又一體　百字 …………………………… 史達祖　1151

又一體　百字 ……………………………………… 1151

滿朝歡　百字 …………………………… 李　劉　1152

瀟湘逢故人慢　百四字 ………………… 王安禮　1153

又一體　百四字 ………………… 王秋英(女鬼)　1154

臘梅香　百字 …………………………… 吳師孟　1155

又一體　百一字 ………………………… 喻　陟　1156

梅香慢　百一字 ………………………… 賀　鑄　1157

早梅香　九十六字 ……………………… 缺　名　1157

詞繫卷十五　宋 …………………………………… 1159

十二時　四十六字 ……………………… 晁補之　1159

憶少年　四十七字 ……………………… 曹　組　1160

朝天子　四十六字 ……………………… 晁補之　1160

鹽角兒　五十字 ………………………… 晁補之　1161

金鳳鈎　五十四字 ……………………… 晁補之　1162

又一體　五十五字 ……………………… 晁補之　1162

惜分飛　五十字 …………………………… 晁補之　1163

又一體　五十一字 ……………………… 陳　著　1164

又一體　五十字 ………………………… 晁補之　1164

又一體　五十字 ………………………… 毛　滂　1165

又一體　四十八字 ……………………… 辛棄疾　1166

紫玉簫　九十九字 ………………………… 晁補之　1166

惜奴嬌　七十一字 ………………………… 晁補之　1167

又一體　七十一字 ……………………… 蔡　伸　1167

又一體　七十二字 ……………………… 史達祖　1168

金盞倒垂蓮　九十二字 …………………… 晁補之　1169

又一體　九十三字 ……………………… 缺　名　1170

又一體　九十二字 ……………………… 曹　勛　1170

下水船　七十六字 ………………………… 晁補之　1171

又一體　七十五字 ……………………… 晁補之　1172

又一體　七十五字 ……………………… 賀　鑄　1173

勝勝慢　九十九字 ………………………… 晁補之　1174

聲聲慢　九十七字 ………………………… 賀　鑄　1175

又一體　九十七字 ……………………… 徽　宗　1176

又一體　九十六字 ……………………… 元好問　1176

又一體　九十五字 ……………………… 周　密　1177

又一體　九十七字 ……………………… 蔣　捷　1178

又一體　九十七字 ……………………… 劉　涇　1179

又一體　九十七字 ……………………… 李清照　1179

又一體　九十九字 ……………………… 趙長卿　1180

夜合花　九十七字 ………………………… 晁補之　1181

又一體　百字　⋯⋯⋯⋯⋯⋯⋯⋯⋯　高觀國　1182

又一體　百字　⋯⋯⋯⋯⋯⋯⋯⋯⋯　史達祖　1182

又一體　九十九字　⋯⋯⋯⋯⋯⋯⋯　吳文英　1183

鬥百草　百二字　⋯⋯⋯⋯⋯⋯⋯⋯　晁補之　1183

摸魚子　百十六字　⋯⋯⋯⋯⋯⋯⋯　晁補之　1184

又一體　百十五字　⋯⋯⋯⋯⋯⋯　歐陽修　1187

又一體　百十六字　⋯⋯⋯⋯⋯⋯　辛棄疾　1188

又一體　百十六字　⋯⋯⋯⋯⋯⋯　辛棄疾　1188

又一體　百十六字　⋯⋯⋯⋯⋯⋯　李俊民　1189

又一體　百十五字　⋯⋯⋯⋯⋯⋯　杜　旟　1190

又一體　百十六字　⋯⋯⋯⋯⋯⋯　李昂英　1191

又一體　百十四字　⋯⋯⋯⋯⋯⋯　徐一初　1191

又一體　百十六字　⋯⋯⋯⋯⋯⋯　白　樸　1192

又一體　百十七字　⋯⋯⋯⋯⋯⋯　陳　著　1193

又一體　百十六字　⋯⋯⋯⋯⋯⋯　張　榘　1194

又一體　百十六字　⋯⋯⋯⋯⋯⋯　蔣　捷　1194

又一體　百十五字　⋯⋯⋯⋯⋯⋯　吳　存　1195

又一體　百十六字　⋯⋯⋯⋯⋯⋯　缺　名　1196

陂塘柳　百十四字　⋯⋯⋯⋯⋯⋯　趙從橐　1197

宴瓊林　百四字　⋯⋯⋯⋯⋯⋯⋯⋯　黄　裳　1198

怨三三　五十字　⋯⋯⋯⋯⋯⋯⋯⋯　李之儀　1199

早梅芳　八十二字　⋯⋯⋯⋯⋯⋯⋯　李之儀　1199

早梅芳近　八十二字　⋯⋯⋯⋯　周邦彦　1200

又一體　八十字　⋯⋯⋯⋯⋯⋯⋯　吕渭老　1201

又一體　八十二字　⋯⋯⋯⋯⋯⋯　缺　名　1202

憶王孫　三十一字　⋯⋯⋯⋯⋯⋯⋯　秦　觀　1202

海棠春　四十八字 ……………………… 秦　觀　1203

　　又一體　四十六字 ……………………… 馬莊父　1204

醉鄉春　四十九字 ……………………… 秦　觀　1204

夜游宮　五十七字 ……………………… 秦　觀　1205

　　又一體　五十七字 ……………………… 吳文英　1206

　　新念別　五十七字 ……………………… 賀　鑄　1206

夢揚州　九十九字 ……………………… 秦　觀　1207

青門飲　百六字 ……………………… 秦　觀　1208

　　又一體　百六字 ……………………… 曹　組　1209

　　鼓笛慢　百六字 ……………………… 秦　觀　1210

金明池　百二十字 ……………………… 秦　觀　1211

解語花　百字 ……………………… 秦　觀　1212

　　又一體　九十八字 ……………………… 施　岳　1213

　　又一體　百一字 ……………………… 周　密　1213

步蟾宮　五十五字 ……………………… 汪　存　1214

　　又一體　五十九字 ……………………… 黃庭堅　1215

　　又一體　五十七字 ……………………… 揚无咎　1216

　　又一體　五十六字 ……………………… 陸維之　1216

花心動　百四字 ……………………… 劉　熹　1217

　　又一體　百四字 ……………………… 周邦彥　1218

　　又一體　百五字 ……………………… 趙長卿　1219

　　又一體　百四字 ……………………… 趙長卿　1220

　　又一體　百四字 ……………………… 張元幹　1221

　　又一體　百四字 ……………………… 劉　鎮　1221

　　又一體　百一字 ……………… 蟾英(諸葛章妻)　1222

錦堂春　四十八字 ……………………… 趙令時　1223

　　　　又一體　五十九字 ………………………… 程　珌　1224

詞繫卷十六　宋 ……………………………………… 1225
　　天門謠　四十五字 ……………………………… 賀　鑄　1225
　　青玉案　六十七字 ……………………………… 賀　鑄　1225
　　　　又一體　六十八字 ………………………… 歐陽修　1227
　　　　又一體　六十八字 ………………………… 晁補之　1227
　　　　又一體　六十七字 ………………………… 晁補之　1228
　　　　又一體　六十六字 ………………………… 黄知命　1229
　　　　又一體　六十六字 ………………………… 趙長卿　1229
　　　　又一體　六十六字 ………………………… 史達祖　1230
　　　　又一體　六十八字 ………………………… 張　榘　1230
　　　　又一體　六十六字 ………………………… 張　炎　1231
　　　　又一體　六十三字 ………………………… 李孝光　1231
　　獻金杯　六十六字 ……………………………… 賀　鑄　1232
　　兀　令　八十四字 ……………………………… 賀　鑄　1232
　　金人捧露盤　八十一字 ………………………… 賀　鑄　1233
　　　　又一體　七十九字 ………………………… 程　垓　1234
　　　　又一體　七十九字 ………………………… 張元幹　1234
　　　　上西平　七十八字 ………………………… 辛棄疾　1235
　　　　上平南　七十九字 ………………………… 劉之昂　1236
　　馬家春慢　百三字 ……………………………… 賀　鑄　1236
　　石州引　百二字 ………………………………… 賀　鑄　1238
　　　　石州慢　百二字 …………………………… 張元幹　1239
　　　　又一體　百二字 …………………………… 蔡松年　1240
　　　　又一體　百二字 …………………………… 張　炎　1240

又一體　九十四字 ………………………… 張　雨　1241

望湘人　百七字 ……………………………… 賀　鑄　1241

薄　倖　百八字 ……………………………… 賀　鑄　1243

小梅花　百十四字 …………………………… 賀　鑄　1244

　梅花引　百十四字 ………………………… 向子諲　1245

　又一體　百十四字 ………………………… 缺　名　1246

　又一體　五十七字 ………………………… 万俟詠　1247

　貧也樂　五十七字 ………………………… 高　憲　1247

上林春令　五十三字 ………………………… 毛　滂　1248

散餘霞　四十五字 …………………………… 毛　滂　1249

遍地花　五十六字 …………………………… 毛　滂　1249

粉蝶兒　七十二字 ……………………………………… 1250

　又一體　七十二字 ………………………… 曹　冠　1251

　又一體　七十一字 ………………………… 蔣　捷　1251

最高樓　八十二字 …………………………… 毛　滂　1252

　又一體　八十二字 ………………………… 毛　滂　1253

　又一體　八十三字 ………………………… 程　垓　1253

　又一體　八十一字 ………………………… 辛棄疾　1254

　又一體　八十四字 ………………………… 司馬昂父　1254

　又一體　八十二字 ………………………… 缺　名　1255

八節長歡　九十八字 ………………………… 毛　滂　1256

入　塞　五十二字 …………………………… 程　垓　1257

芭蕉雨　六十五字 …………………………… 程　垓　1258

酷相思　六十六字 …………………………… 程　垓　1258

瑤階草　八十字 ……………………………… 程　垓　1259

雪獅兒　八十九字 …………………………… 程　垓　1260

　　　又一體　九十二字 …………………………… 張　雨　1261

惜黃花　七十二字 …………………………………… 許冲元　1262

　　　又一體　七十字 ……………………………… 史達祖　1262

夢玉人引　八十四字 ………………………………… 沈會宗　1263

　　　又一體　八十四字 …………………………… 李　甲　1264

　　　又一體　八十五字 …………………………… 范成大　1265

　　　又一體　八十二字 …………………………… 呂渭老　1265

尋　梅　六十字 ……………………………………… 沈會宗　1266

柳搖金　五十六字 …………………………………… 沈會宗　1267

望雲涯引　八十三字 ………………………………… 李　甲　1267

帝臺春　九十六字 …………………………………… 李　甲　1268

過秦樓　百九字 ……………………………………… 李　甲　1269

八寶妝　百十字 ……………………………………… 李　甲　1270

　　八犯玉交枝　百十字 …………………………… 仇　遠　1271

暮雲碧　百十九字 …………………………………… 李　甲　1272

宴清都　百二字 ……………………………………… 何　籀　1273

　　　又一體　百字 ……………………………… 程　垓　1274

　　　又一體　百二字 …………………………… 周邦彥　1275

　　　又一體　百二字 …………………………… 吳文英　1276

　　　又一體　百字 ……………………………… 吳文英　1277

　　　又一體　九十九字 ………………………… 陳允平　1277

　　　又一體　百四字 …………………………… 胡翼龍　1278

　　　又一體　百三字 …………………………… 趙必豫　1279

　　　又一體　百二字 …………………………… 黃　璞　1279

黃鶴引　八十三字 ………………………………… 方(缺名)　1280

上林春慢　百二字 ………………………………… 晁冲之　1280

七娘子　六十字 ……………………………… 黃大臨　1282

　　又一體　五十八字 ………………………… 蔡　伸　1282

　　又一體　六十字 …………………………… 缺　名　1283

茶瓶兒　五十六字 …………………………… 李元膺　1283

　　又一體　五十四字 ………………………… 趙彥端　1284

　　又一體　五十三字 ………………………… 梁意娘　1284

清江曲　五十六字 …………………………… 蘇　庠　1285

憶王孫　五十四字 …………………………… 向子諲　1286

　　又一體　五十四字 ………………………… 劉學箕　1286

　　怨王孫　五十四字 ………………………… 李清照　1287

雙頭蓮令　四十八字 ………………………… 趙師俠　1287

伊州三臺　四十八字 ………………………… 趙師俠　1288

東坡引　五十三字 …………………………… 趙師俠　1289

　　又一體　五十八字 ………………………… 趙長卿　1290

　　又一體　五十九字 ………………………… 辛棄疾　1290

　　又一體　四十九字 ………………………… 袁去華　1291

　　又一體　五十七字 ………………………… 楊冠卿　1291

廳前柳　五十六字 …………………………… 趙師俠　1292

采桑子慢　九十字 …………………………… 潘元質　1292

　　又一體　九十字 …………………………… 蔡　伸　1293

　　又一體　九十字 …………………………… 吳禮之　1294

　　醜奴兒　九十字 …………………………… 吳文英　1295

　　疊青錢　八十九字 ………………………… 缺　名　1295

孟家蟬　九十七字 …………………………… 潘元質　1296

惜春令　五十字 ……………………………… 杜安世　1297

　　又一體　五十字 …………………………… 杜安世　1297

端正好　五十四字　……………………………… 杜安世　1298

　　又一體　五十四字　………………………… 趙長卿　1299

　　於中好　五十四字　………………………… 揚无咎　1299

　　杏花天　五十五字　………………………… 侯　寘　1300

　　又一體　三十四字　………………………… 史達祖　1301

　　又一體　五十四字　………………………… 辛棄疾　1302

　　又一體　五十六字　………………………… 盧　炳　1302

玉闌干　五十六字　……………………………… 杜安世　1303

朝玉階　五十八字　……………………………… 杜安世　1303

　　又一體　六十字　…………………………… 杜安世　1304

采明珠　九十六字　……………………………… 杜安世　1305

杜韋娘　百九字　………………………………… 杜安世　1305

　　又一體　百九字　…………………………… 缺　名　1306

更漏子　百四字　………………………………… 杜安世　1307

詞繋卷十七　宋………………………………………… 1309

金蓮繞鳳樓　五十五字　………………………… 宋徽宗　1309

雪明鳷鵲夜　九十四字　………………………… 万俟詠　1309

燕山亭　九十九字　……………………………… 宋徽宗　1311

醉春風　六十四字　……………………………… 趙　鼎　1312

瓊　臺　九十三字　……………………………… 李　光　1313

雪夜漁舟　百字　………………… 張繼先（虛靖真君）　1314

萬里春　四十六字　……………………………… 周邦彦　1315

鳳來朝　五十字　………………………………… 周邦彦　1315

　　又一體　五十一字　………………………… 史達祖　1316

玉團兒　五十二字　……………………………… 周邦彦　1316

紅羅襖　五十三字 ……………………………… 周邦彦　1317

垂絲釣　六十六字 ……………………………… 周邦彦　1318

　　　又一體　六十六字 ……………………… 揚无咎　1319

　　　又一體　六十七字 ……………………… 袁去華　1320

　　　又一體　六十六字 ……………………… 陳　亮　1321

　　　又一體　六十六字 ……………………… 楊冠卿　1321

　　　又一體　六十六字 ……………………… 吳文英　1322

一剪梅　六十字 ………………………………… 周邦彦　1322

　　　又一體　六十字 ………………………… 程　垓　1323

　　　又一體　五十九字 ……………………… 李清照　1323

　　　又一體　六十字 ………………………… 辛棄疾　1324

　　　又一體　六十字 ………………………… 史達祖　1324

　　　又一體　六十字 ………………………… 劉　儗　1325

　　　又一體　六十字 ………………………… 盧　炳　1325

隔浦蓮　七十三字 ……………………………… 周邦彦　1326

　　隔浦蓮近　七十三字 ……………………… 彭元遜　1327

解蹀躞　七十五字 ……………………………… 周邦彦　1327

　　　又一體　七十五字 ……………………… 揚无咎　1328

　　　又一體　七十四字 ……………………… 方千里　1329

側　犯　七十七字 ……………………………… 周邦彦　1330

　　　又一體　七十七字 ……………………… 姜　夔　1331

　　　又一體　七十七字 ……………………… 譚宣子　1332

倒　犯　百二字 ………………………………… 周邦彦　1332

花　犯　百二字 ………………………………… 周邦彦　1334

　　　又一體　百二字 ………………………… 吳文英　1336

　　繡鸞鳳花犯　百二字 ……………………… 周　密　1337

玲瓏四犯　九十九字 ……………………… 周邦彦　1337

　　又一體　百字 ……………………………… 高觀國　1339

　　又一體　百一字 …………………………… 史達祖　1340

　　又一體　百一字 …………………………… 曹　邍　1341

　　又一體　九十九字 ………………………… 周　密　1341

　　又一體　百字 ……………………………… 劉之才　1342

　　又一體　九十九字 ………………………… 翁元龍　1343

　　又一體　百字 ……………………………… 張　炎　1343

四園竹　七十七字 …………………………… 周邦彦　1344

紅林檎近　七十九字 ………………………… 周邦彦　1344

蕙蘭芳引　八十四字 ………………………… 周邦彦　1346

華胥引　八十六字 …………………………… 周邦彦　1347

　　又一體　八十六字 ………………………… 奚　淢　1348

　　又一體　八十七字 ………………………… 丁　默　1349

浣溪沙慢　九十三字 ………………………… 周邦彦　1349

粉蝶兒慢　九十六字 ………………………… 周邦彦　1350

拜星月慢　百四字 …………………………… 周邦彦　1351

　　又一體　百二字 …………………………… 周　密　1352

　　又一體　百二字 …………………………… 陳允平　1353

　　又一體　百一字 …………………………… 彭泰翁　1354

夜飛鵲　百六字 ……………………………… 周邦彦　1355

芳草渡　八十九字 …………………………… 周邦彦　1356

　　又一體　八十七字 ………………………… 陳允平　1356

塞翁吟　九十二字 …………………………… 周邦彦　1357

掃花游　九十五字 …………………………… 周邦彦　1359

　　又一體　九十五字 ………………………… 王沂孫　1360

塞垣春　九十六字 …………………………… 周邦彥　1361

　　又一體　九十八字 ………………………… 吳文英　1362

黃鸝繞碧樹　九十七字 ……………………… 周邦彥　1363

瑣窗寒　九十九字 …………………………… 周邦彥　1363

　　又一體　九十八字 ………………………… 揚无咎　1364

　　又一體　九十八字 ………………………… 程　先　1365

　　又一體　九十八字 ………………………… 吳文英　1366

　　又一體　九十九字 ………………………… 張　炎　1366

　　又一體　九十九字 ………………………… 曾　隸　1367

　　月下笛　九十八字 ………………………… 周邦彥　1367

　　又一體　九十九字 ………………………… 姜　夔　1369

月下笛　九十九字 …………………………… 張　炎　1369

　　又一體　百字 …………………………… 張　炎　1370

　　又一體　九十七字 ………………………… 彭元遜　1370

大　有　九十九字 …………………………… 周邦彥　1371

　　又一體　九十九字 ………………………… 潘希白　1372

丁香結　九十九字 …………………………… 周邦彥　1373

渡江雲　百字 ………………………………… 周邦彥　1374

　　又一體　百字 …………………………… 陳允平　1375

三犯渡江雲　百字 …………………………… 陳允平　1375

遠佛閣　百字 ………………………………… 周邦彥　1376

　　又一體　百字 …………………………… 吳文英　1377

　　又一體　百字 …………………………… 張　艾　1378

玉燭新　百一字 ……………………………… 周邦彥　1379

　　又一體　百一字 ………………………… 揚无咎　1380

詞繫卷十八 宋 ·········· 1381

齊天樂　百二字 ·········· 周邦彥　1381

又一體　百二字 ·········· 周邦彥　1383

又一體　百三字 ·········· 吕渭老　1383

又一體　百二字 ·········· 劉子寰　1384

又一體　百三字 ·········· 陸　游　1385

又一體　百五字 ·········· 方千里　1385

又一體　百三字 ·········· 王月山　1386

又一體　百四字 ·········· 衛元卿　1387

又一體　百一字 ·········· 張　蕎　1387

五福降中天　百字 ·········· 沈端節　1388

慶春宫　百二字 ·········· 周邦彥　1388

又一體　百二字 ·········· 周　密　1389

瑞鶴仙　百二字 ·········· 周邦彥　1390

又一體　百三字 ·········· 周邦彥　1392

又一體　百二字 ·········· 趙長卿　1392

又一體　百一字 ·········· 紫　姑　1393

又一體　百二字 ·········· 陸　淞　1394

又一體　百二字 ·········· 趙彥端　1395

又一體　百二字 ·········· 毛　开　1395

又一體　百字 ·········· 洪　瑹　1396

又一體　百三字 ·········· 張　樞　1396

又一體　九十九字 ·········· 吴文英　1398

又一體　百字 ·········· 蔣　捷　1398

又一體　百二字 ·········· 黄庭堅　1399

又一體　百二字 ·········· 蔣　捷　1400

氏州第一　百二字 ……………………… 周邦彦　1401

畫錦堂　百二字 ………………………… 周邦彦　1402

　　又一體　百二字 ………………………… 吳文英　1403

　　又一體　百二字 ………………………… 孫惟信　1403

　　又一體　百二字 ………………………… 蔣　捷　1404

　　又一體　百二字 ………………………… 陳允平　1404

還京樂　百三字 ………………………… 周邦彦　1405

　　又一體　百三字 ………………………… 吳文英　1406

綺寮怨　百四字 ………………………… 周邦彦　1407

　　又一體　百二字 ………………………… 陳允平　1408

　　又一體　百四字 ………………………… 趙　文　1409

　　又一體　百三字 ………………………… 鞠花翁　1409

西　河　百五字 ………………………… 周邦彦　1410

　　又一體　百五字 ………………………… 周邦彦　1411

　　又一體　百十一字 ……………………… 劉一止　1412

　　又一體　百四字 ………………………… 王　埜　1412

丹鳳吟　百十四字 ……………………… 周邦彦　1413

蘭陵王　百三十字 ……………………… 周邦彦　1414

　　又一體　百三十字 ……………………… 劉辰翁　1416

瑞龍吟　百三十三字 …………………… 周邦彦　1416

　　又一體　百三十四字 …………………… 吳文英　1418

　　又一體　百三十五字 …………………… 吳文英　1419

　　又一體　百三十二字 …………………… 翁元龍　1420

大　酺　百三十三字 …………………… 周邦彦　1421

六　醜　百四十字 ……………………… 周邦彦　1422

　　又一體　百四十字 ……………………… 吳文英　1424

又一體　百四十字 …………………… 彭元遜　1424

憶舊游　百二字 …………………………… 周邦彦　1425

又一體　百一字 …………………… 吳文英　1426

又一體　百四字 …………………… 周　密　1427

又一體　百三字 …………………… 劉將孫　1428

雙頭蓮　百三字 …………………………… 周邦彦　1429

又一體　百字 …………………… 缺　名　1430

又一體　百字 …………………… 陸　游　1430

又一體　九十八字 ………………… 陸　游　1431

鈿帶長中腔　六十七字 ……………… 万俟詠　1432

快活年近拍　七十九字 ……………… 万俟詠　1433

卓牌子慢　九十七字 …………………… 万俟詠　1434

卓牌兒　九十三字 ………………… 趙與仁　1434

又一體　九十八字 ………………… 趙彦端　1435

芰荷香　九十八字 ………………………… 万俟詠　1436

春草碧　九十八字 ………………………… 万俟詠　1437

戀芳春慢　百二字 ……………………… 万俟詠　1438

安平樂慢　百三字 ……………………… 万俟詠　1439

別瑤姬慢　百五字 ……………………… 万俟詠　1440

又一體　百五字 …………………… 蔡　伸　1441

憶瑤姬　百九字 …………………………… 史達祖　1441

三　臺　百七十一字 …………………… 万俟詠　1442

探　春　百二字 …………………………… 田不伐　1443

探春慢　百三字 …………………… 趙以夫　1444

又一體　百三字 …………………… 周　密　1445

又一體　九十三字 ………………… 吳文英　1445

惜黄花慢　百八字 …………………………… 田不伐　1446

　又一體　百七字 …………………………… 揚无咎　1447

　又一體　百八字 …………………………… 趙以夫　1448

　又一體　百七字 …………………………… 吴文英　1449

江神子慢　百十字 …………………………… 田不伐　1449

　又一體　百九字 …………………………… 吕渭老　1450

鳳凰臺上憶吹簫　九十五字 ……… 李清照(趙明誠妻)　1451

　又一體　九十七字 ………………………… 晁補之　1453

　又一體　九十六字 ………………………… 吴元可　1454

十樣花　二十八字 …………………………… 李彌遜　1454

　又一體　二十八字 ………………………… 李彌遜　1455

徵招調中腔　五十五字 ……………………… 王安中　1455

法駕導引　三十字 …………………………… 上清蔡真人　1456

　又一體　三十字 …………………………… 陳與義　1456

明月逐人來　六十二字 ……………………… 李持正　1457

　又一體　六十二字 ………………………… 張元幹　1458

寰海清　八十七字 …………………………… 王庭珪　1459

傳言玉女　七十三字 ………………………… 袁袠　1459

　又一體　七十四字 ………………………… 晁冲之　1461

五綵結同心　百九字 ………………………… 袁　袠　1462

　又一體　百十一字 ………………………… 趙彦端　1463

詞繫卷十九　宋 ……………………………………… 1465

太平年　四十五字 …………………………… 缺　名　1465

金盞子令　四十七字 ………………………… 缺　名　1466

獻天壽　四十七字 …………………………… 缺　名　1466

獻天壽令　五十二字 ……………………………… 缺　名　1467

破字令　五十字 …………………………………… 缺　名　1467

壽延長破字令　五十二字 ………………………… 缺　名　1467

折花令　五十二字 ………………………………… 缺　名　1468

荔子丹　五十三字 ………………………………… 缺　名　1469

步虛子令　五十七字 ……………………………… 缺　名　1470

行香子慢　九十六字 ……………………………… 缺　名　1470

慶春澤　九十八字 ………………………………… 缺　名　1471

惜花春起早慢　百字 ……………………………… 缺　名　1472

愛月夜眠遲慢　百四字 …………………………… 缺　名　1473

　　又一體　百三字 ……………………………… 仇　遠　1473

金盞子　百二字 …………………………………… 缺　名　1474

　　又一體　百二字 ……………………………… 史達祖　1475

　　又一體　百三字 ……………………………… 吳文英　1476

　　又一體　百一字 ……………………………… 趙以夫　1477

　　又一體　百字 ………………………………… 王沂孫　1477

　　又一體　百二字 ……………………………… 蔣　捷　1478

新雁過妝樓　百六字 ……………………………… 缺　名　1478

　　又一體　九十九字 …………………………… 吳文英　1479

八寶妝　九十九字 ………………………………… 陳允平　1480

瑤臺聚八仙　九十九字 …………………………… 張　炎　1481

九張機　三百二十八字 …………………………… 缺　名　1482

導　引　五十字 …………………………………… 缺　名　1484

六　州　百二十九字 ……………………………… 缺　名　1485

十二時　百二十五字 ……………………………… 缺　名　1486

擷芳詞　五十四字 ………………………………… 缺　名　1487

又一體　五十四字 …………………… 張　崙　1488

折紅英　六十字 …………………… 程　垓　1488

釵頭鳳　六十字 …………………… 陸　游　1489

又一體　六十字 …………………… 唐　氏　1490

玉瓏璁　六十字 …………………… 缺　名　1490

惜分釵　五十八字 …………………… 呂渭老　1490

摘紅英　五十八字 …………………… 史達祖　1491

舜韶新　百一字 …………………… 郭子正　1492

望明河　百六字 …………………… 劉一止　1493

夢橫塘　百五字 …………………… 劉一止　1493

紅窗迥　六十六字 …………………… 曹　組　1494

又一體　五十二字 …………………… 周邦彦　1496

望月婆羅門引　七十六字 …………………… 曹　組　1497

婆羅門　七十六字 …………………… 缺　名　1498

婆羅門引　七十六字 …………………… 吳文英　1499

又一體　七十一字 …………………… 蕭　斛　1499

相思會　七十七字 …………………… 曹　組　1500

千年調　七十五字 …………………… 辛棄疾　1501

憶瑤姬　百三字 …………………… 曹　組　1501

飲馬歌　三十四字 …………………… 曹　勛　1502

保壽樂　九十四字 …………………… 曹　勛　1503

賞松菊　九十四字 …………………… 曹　勛　1504

二色蓮　九十五字 …………………… 曹　勛　1505

松梢月　九十七字 …………………… 曹　勛　1506

四檻花　九十七字 …………………… 曹　勛　1507

蜀溪春　九十九字 …………………… 曹　勛　1508

大　椿　百字 …………………………………… 曹　勛　1508

八音諧　百字 …………………………………… 曹　勛　1509

六花飛　百一字 ………………………………… 曹　勛　1510

清風滿桂樓　百一字 …………………………… 曹　勛　1510

杏花天慢　百三字 ……………………………… 曹　勛　1511

索　酒　百四字 ………………………………… 曹　勛　1511

倚闌人　百八字 ………………………………… 曹　勛　1512

折丹桂　五十字 ………………………………… 王之道　1513

憶東坡　九十八字 ……………………………… 王之道　1513

蒼梧謡　十六字 ………………………………… 蔡　伸　1514

西地錦　四十六字 ……………………………… 蔡　伸　1515

　　又一體　四十七字 ………………………… 缺　名　1515

　　又一體　四十七字 ………………………… 缺　名　1516

　　又一體　四十六字 ………………………… 周紫芝　1516

　　又一體　四十八字 ………………………… 石孝友　1517

侍香金童　六十四字 …………………………… 蔡　伸　1518

　　又一體　六十四字 ………………………… 趙長卿　1519

　　又一體　六十四字 ………………………… 梁　寅　1519

扁舟尋舊約　百七字 …………………………… 蔡　伸　1520

　　又一體　百七字 …………………………… 蔡　伸　1521

　　飛雪滿群山　百六字 ……………………… 張　榘　1522

蘇武慢　百十一字 ……………………………… 蔡　伸　1522

　　又一體　百七字 …………………………… 吕渭老　1523

　　又一體　百十三字 ………………………… 陸　游　1524

　　又一體　百十三字 ………………………… 虞　集　1525

　　又一體　百十四字 ………………………… 張　雨　1525

　　　又一體　百十二字 ……………………… 朱晞顏　1526

詞繫卷二十　宋 …………………………………… 1528

　別　怨　六十三字 ………………………… 趙長卿　1528

　輥繡球　六十四字 ………………………… 趙長卿　1528

　有有令　八十一字 ………………………… 趙長卿　1529

　簇　水　八十五字 ………………………… 趙長卿　1529

　瀟湘夜雨　九十七字 ……………………… 趙長卿　1530

　傾杯令　五十二字 ………………………… 呂渭老　1531

　握金釵　六十四字 ………………………… 呂渭老　1531

　　　又一體　六十四字 …………………… 缺　名　1532

　醉思仙　八十七字 ………………………… 呂渭老　1533

　　　又一體　八十九字 ………… 孫氏(鄭文妻)　1534

　戀香衾　九十三字 ………………………… 呂渭老　1534

　東風第一枝　九十八字 …………………… 呂渭老　1535

　　　又一體　九十九字 …………………… 缺　名　1536

　　　又一體　百字 ………………………… 高觀國　1537

　　　又一體　九十九字 …………………… 吳文英　1538

　　　又一體　九十八字 …………………… 張　雨　1538

　情久長　百三字 …………………………… 呂渭老　1539

　西江月慢　百三字 ………………………… 呂渭老　1540

　百宜嬌　百四字 …………………………… 呂渭老　1541

　雙雁兒　五十二字 ………………………… 揚无咎　1542

　鋸解令　五十二字 ………………………… 揚无咎　1543

　天下樂　五十四字 ………………………… 揚无咎　1543

　卓牌兒　五十六字 ………………………… 揚无咎　1544

瑞雲濃　七十五字 ………………………… 揚无咎　1545

倒垂柳　八十一字 ………………………… 揚无咎　1546

陽　春　百四字 …………………………… 揚无咎　1546

　　　陽春曲　百五字 …………………… 史達祖　1547

白　雪　九十五字 ………………………… 揚无咎　1548

曲江秋　百一字 …………………………… 揚无咎　1549

　　　又一體　百三字 …………………… 韓　玉　1550

玉抱肚　百四十八字 ……………………… 揚无咎　1551

勝州令　二百十五字 …………… 鄭意娘（楊思厚妻）　1553

恨來遲　五十二字 ………………………… 王　灼　1555

　　　恨歡遲　五十三字 ………………… 缺　名　1555

薄　媚　百二十八字 ……………………… 董　穎　1556

薄媚摘遍　九十二字 ……………………… 趙以夫　1562

東風齊着力　九十二字 …………………… 胡浩然　1563

送入我門來　百四字 ……………………… 胡浩然　1564

秋　霽　百五字 …………………………… 胡浩然　1565

　　　又一體　百四字 …………………… 朱敦儒　1567

　　　又一體　百三字 …………………… 曾　紆　1567

寶鼎現　百五十八字 ……………………… 范　周　1568

　　　又一體　百五十五字 ……………… 趙長卿　1570

　　　又一體　百五十八字 ……………… 張元幹　1571

　　　又一體　百五十七字 ……………… 陳　合　1571

　　　又一體　百五十八字 ……………… 劉辰翁　1572

　　　又一體　百五十五字 ……………… 缺　名　1573

伊川令　五十一字 ………………………… 范仲允妻　1574

醉高春　八十字 …………………………… 柳　富　1575

期夜月　百十三字 …………………………… 劉　澐　1576

孤館深沉　五十字 …………………………… 權無染　1577

勝勝令　六十六字 …………………………… 俞克成　1577

遠朝歸　九十二字 …………………………… 趙耆孫　1578

　　又一體　九十二字 ………………………… 缺　名　1579

太常引　五十字 ……………………………… 缺　名　1580

　　又一體　四十九字 ………………………… 辛棄疾　1581

　　又一體　四十八字 ………………………… 舒　頔　1581

鬢邊華　五十四字 …………………………… 缺　名　1582

二色宮桃　五十六字 ………………………… 缺　名　1582

掃地舞　五十八字 …………………………… 缺　名　1583

枕屏兒　七十四字 …………………………… 缺　名　1583

泛蘭舟　八十三字 …………………………… 缺　名　1584

踏　歌　八十四字 …………………………… 缺　名　1585

踏　歌　八十三字 …………………………… 朱敦儒　1586

玉梅香慢　九十五字 ………………………… 缺　名　1587

罥馬索　百九字 ……………………………… 缺　名　1588

瑤臺月　百十四字 …………………………… 缺　名　1589

　　又一體　百二十字 ………………………… 葛長庚　1590

　　又一體　百十八字 ………………………… 缺　名　1591

春雪間早梅　百二十五字 …………………… 缺　名　1591

倚西樓　五十八字 …………………………… 韋彥溫　1592

花前飲　五十字 ……………………………… 缺　名　1593

檐前鐵　七十一字 …………………………… 缺　名　1593

鏡中人　四十八字 …………………………… 缺　名　1594

樓心月　二十八字 …………………………… 缺　名　1594

碧玉簫　四十八字 ……………………………… 缺　名　1595

一萼紅　百八字 …………………………………… 缺　名　1595

　　又一體　百八字 ……………………………… 姜　夔　1596

　　又一體　百七字 ……………………………… 尹濟翁　1597

詞繫卷廿一　宋、金附 ……………………………… 1599

舞楊花　九十八字 ………………………………… 高　宗　1599

迴心院　二十八字 ……………… 蕭后（天祐帝后）　1600

　　又一體　二十八字 …………………………… 蕭　后　1600

荷葉鋪水面　五十七字 ………………………… 康與之　1601

金菊對芙蓉　九十九字 ………………………… 康與之　1602

大聖樂　百十字 …………………………………… 康與之　1602

　　又一體　百八字 ……………………………… 周　密　1604

　　又一體　百十字 ……………………………… 張　炎　1605

桂華明　五十字 …………………………………… 關　注　1605

春曉曲　二十七字 ………………………………… 朱敦儒　1607

雙鸂鶒　四十八字 ………………………………… 朱敦儒　1607

沙塞子　四十二字 ………………………………… 朱敦儒　1608

　　又一體　五十字 ……………………………… 周紫芝　1608

　　又一體　四十九字 …………………………… 葛立方　1609

　　又一體　四十九字 …………………………… 趙彥端　1609

聒龍謠　九十九字 ………………………………… 朱敦儒　1610

孤　鸞　九十八字 ………………………………… 朱敦儒　1611

　　又一體　九十八字 …………………………… 馬子嚴　1612

　　又一體　九十八字 …………………………… 張　榘　1612

丹鳳吟　百字 ……………………………………… 張　翥　1613

卓牌子近　七十一字 ……………………… 袁去華　1614

傾杯近　十四字 …………………………… 袁去華　1614

劍器近　九十六字 ………………………… 袁去華　1615

風中柳　六十六字 ……………… 孫道絢（黄銖母）　1616

　又一體　六十四字 ……………………… 劉　因　1617

謝池春　六十六字 ………………………… 陸　游　1617

韵　令　七十六字 ………………………… 程大昌　1617

錦園春　四十五字 ………………………… 張孝祥　1618

拾翠羽　六十八字 ………………………… 張孝祥　1618

使牛子　五十字 …………………………… 曹　冠　1619

宜男草　五十八字 ………………………… 范成大　1619

　又一體　六十字 ………………………… 范成大　1620

三登樂　七十一字 ………………………… 范成大　1621

　又一體　七十字 ………………………… 陳三聘　1622

五雜組　十八字 …………………………… 范成大　1622

　又一體　十八字 ………………………… 范成大　1623

兩頭纖纖　二十八字 ……………………… 范成大　1623

　又一體　二十八字 ……………………… 范成大　1624

望雲間　九十六字 ………………………… 趙　可　1624

琴調相思引　四十六字 …………………… 周紫芝　1625

雨中花令　七十字 ………………………… 周紫芝　1625

戀繡衾　五十四字 ………………………… 陸　游　1626

　又一體　五十四字 ……………………… 史達祖　1627

　又一體　五十六字 ……………………… 趙汝茪　1627

　又一體　五十三字 ……………………… 蔣　捷　1628

江月晃重山　五十四字 …………………… 陸　游　1628

繡停針　九十八字 ……………………… 陸　游　1629

珍珠簾　百一字 …………………………… 陸　游　1630

　　又一體　百一字 ………………………… 吳文英　1631

　　又一體　百字 …………………………… 周　密　1631

　　又一體　百一字 ………………………… 朱屛孫　1632

　　又一體　百一字 ………………………… 張　炎　1632

彩鸞歸令　四十五字 ……………………… 張元幹　1633

樓上曲　五十六字 ………………………… 張元幹　1633

瑤臺第一層　九十七字 …………………… 張元幹　1634

　　又一體　九十七字 ……………………… 趙與鋪　1635

四犯令　五十字 …………………………… 侯　寘　1635

遙天奉翠華引　九十字 …………………… 侯　寘　1636

亭前柳　五十五字 ………………………… 朱　雍　1637

尋芳草　五十二字 ………………………… 辛棄疾　1638

錦帳春　六十字 …………………………… 辛棄疾　1638

　　又一體　五十七字 ……………………… 戴復古　1639

　　又一體　五十六字 ……………………… 邱　宏　1640

一枝花　九十字 …………………………… 辛棄疾　1640

黃鶴洞仙　五十字 ………………………… 馬　鈺　1641

春從天上來　百三字 ……………………… 吳　激　1642

　　又一體　百六字 ………………………………… 1643

　　又一體　百四字 ………………………… 缺　名　1644

梅弄影　四十八字 ………………………… 邱　宏　1645

飛龍宴　九十九字 ………………………… 蘇　氏　1645

月上海棠　七十二字 ……………………… 黨懷英　1646

　　又一體　七十字 ………………………… 陸　游　1647

又一體　七十字 ………………… 段克己　1647

又一體　九十一字 ……………… 姜　夔　1648

又一體　九十一字 ……………… 陳允平　1649

蕊珠間　七十五字 ……………… 趙彦端　1649

月中桂　百四字 ………………… 趙彦端　1650

三姝媚　九十九字 ……………… 杜良臣　1651

仄韵體　九十九字 ……………… 史達祖　1652

又一體　百一字 ………………… 吴文英　1653

又一體　九十九字 ……………… 薛夢桂　1654

番搶子　七十五字 ……………… 完顔璹　1654

春草碧　七十五字 ……………… 李獻能　1655

鶯啼序　二百四十字 …………… 高似孫　1656

又一體　二百四十字 …………… 吴文英　1658

又一體　二百四十字 …………… 吴文英　1660

又一體　二百四十字 …………… 吴文英　1661

又一體　二百三十四字 ………… 黄公紹　1663

又一體　二百三十六字 ………… 汪元量　1664

又一體　二百四十字 …………… 趙　文　1665

冉冉雲　五十九字 ……………… 韓　淲　1666

繞池遊慢　百四字 ……………… 韓　淲　1667

彩鳳飛　八十一字 ……………… 陳　亮　1668

秋蘭香　九十六字 ……………… 陳　亮　1668

瑞雲濃慢　百三字 ……………… 陳　亮　1669

詞繫卷廿二　宋 …………………………… 1671

醉太平　三十八字 ……………… 劉　過　1671

又一體　四十五字 …………………… 辛棄疾　1672

竹香子　五十字 …………………………… 劉　過　1674

唐多令　六十字 …………………………… 劉　過　1674

南樓令　六十一字 ………………………… 吳文英　1675

糖多令　六十二字 ………………………… 周　密　1676

四犯剪梅花　九十三字 …………………… 劉　過　1677

轆轤金井　九十二字 ……………………… 劉　過　1678

月城春　九十二字 ………………………… 盧祖皋　1679

西吳曲　百五字 …………………………… 劉　過　1679

玉人歌　八十八字 ………………………… 楊炎正　1680

探芳信　九十字 …………………………… 史達祖　1681

又一體　九十字 …………………………… 吳文英　1682

又一體　九十字 …………………………… 吳文英　1683

又一體　八十九字 ………………………… 吳文英　1684

又一體　八十九字 ………………………… 張　炎　1684

又一體　九十字 …………………………… 吳禮之　1685

漁父詞　十八字 …………………………… 戴復古　1686

又一體　十八字 …………………………… 戴復古　1686

且坐令　七十字 …………………………… 韓　玉　1686

八　歸　百十三字 ………………………… 高觀國　1687

又一體　百十五字 ………………………… 史達祖　1688

步　月　九十六字 ………………………… 史達祖　1690

又一體　九十四字 ………………………… 施　岳　1690

玉簟凉　九十七字 ………………………… 史達祖　1691

雙雙燕　九十八字 ………………………… 史達祖　1692

又一體　九十六字 ………………………… 吳文英　1693

換巢鸞鳳　百字 ……………………………… 史達祖　1694

月當廳　百一字 ……………………………… 史達祖　1695

壽樓春　百一字 ……………………………… 史達祖　1696

綺羅香　百四字 ……………………………… 史達祖　1697

　　又一體　百三字 ……………………………… 張　炎　1698

醉公子　百六字 ……………………………… 史達祖　1699

醉吟商小品　三十字 …………………………… 姜　夔　1700

鬲溪梅令　四十八字 …………………………… 姜　夔　1701

杏花天影　五十八字 …………………………… 姜　夔　1702

淡黃柳　六十五字 ……………………………… 姜　夔　1703

　　又一體　六十五字 …………………………… 張　炎　1704

玉梅令　六十六字 ……………………………… 姜　夔　1705

惜紅衣　八十八字 ……………………………… 姜　夔　1706

　　又一體　八十九字 …………………………… 李萊老　1707

石湖仙　八十九字 ……………………………… 姜　夔　1708

淒涼犯　九十三字 ……………………………… 姜　夔　1709

　　又一體　九十一字 …………………………… 吳文英　1711

　　又一體　九十四字 …………………………… 張　炎　1712

　　瑞鶴仙　九十字 ……………………………… 張　肯　1713

徵　招　九十五字 ……………………………… 姜　夔　1714

　　又一體　九十四字 …………………………… 趙以夫　1716

　　又一體　九十九字 …………………………… 李　億　1717

　　又一體　九十五字 …………………………… 張　炎　1717

　　又一體　九十四字 …………………………… 彭元遜　1718

角　招　百八字 ………………………………… 姜　夔　1718

　　又一體　百七字 ……………………………… 趙以夫　1720

長亭怨慢　九十七字 …………………………… 姜　夔　1721

　　又一體　九十七字 …………………………… 張　炎　1722

　　又一體　九十七字 …………………………… 張　炎　1723

暗　香　九十七字 …………………………………… 姜　夔　1723

　紅　情　九十七字 ………………………………… 張　炎　1725

疏　影　百十字 ……………………………………… 姜　夔　1725

　　又一體　百八字 …………………………… 王沂孫　1727

　　緑　意　百十字 …………………………… 張　炎　1727

　　解珮環　百十字 …………………………… 彭元遜　1728

秋宵吟　九十九字 ………………………………… 姜　夔　1729

揚州慢　九十八字 ………………………………… 姜　夔　1730

翠樓吟　百一字 …………………………………… 姜　夔　1731

霓裳中序第一　百一字 …………………………… 姜　夔　1732

　　又一體　百二字 …………………………… 周　密　1735

　　又一體　百二字 …………………………… 詹　玉　1735

　　又一體　百三字 …………………………… 羅志仁　1736

　　又一體　百一字 …………………………… 應法孫　1737

　　又一體　百字 …………………………… 姜个翁　1738

琵琶仙　百字 ……………………………………… 姜　夔　1739

眉　嫵　百三字 …………………………………… 姜　夔　1739

　　又一體　百二字 …………………………… 王沂孫　1741

　　又一體　百三字 …………………………… 張　翥　1742

鶯聲繞紅樓　五十字 ……………………………… 姜　夔　1742

清波引　八十四字 ………………………………… 姜　夔　1743

　　又一體　八十三字 ………………………… 張　炎　1744

玲瓏四犯　九十九字 …………………………………… 1745

詞繫卷廿三 宋、金、元…………………………………… 1747

芙蓉月　九十四字 ……………………………… 趙以夫　1747

雙瑞蓮　九十五字 ……………………………… 趙以夫　1748

秋蕊香　九十七字 ……………………………… 趙以夫　1750

龍山會　百三字 ………………………………… 趙以夫　1750

　又一體　百字 ………………………………… 吳文英　1751

南州春色　八十二字 …………………………… 汪　莘　1752

　青門怨　五十三字 …………………………… 王　玉　1753

三奠子　六十七字 ……………………………… 元好問　1754

小聖樂　九十五字 ……………………………… 元好問　1755

木　笪　五十一字 ……………………………… 白　樸　1756

秋色橫空　百一字 ……………………………… 白　樸　1757

奪錦標　百八字 ………………………………… 白　樸　1758

　又一體　百八字 ……………………………… 張　埜　1759

花上月令　五十八字 …………………………… 吳文英　1760

夢行雲　六十七字 ……………………………… 吳文英　1760

古香慢　九十四字 ……………………………… 吳文英　1761

玉京謠　九十七字 ……………………………… 吳文英　1763

西子妝慢　九十七字 …………………………… 吳文英　1764

夢芙蓉　九十七字 ……………………………… 吳文英　1765

探芳新　九十二字 ……………………………… 吳文英　1767

惜秋華　九十三字 ……………………………… 吳文英　1768

　又一體　九十四字 …………………………… 吳文英　1769

　又一體　九十三字 …………………………… 吳文英　1770

　又一體　九十四字 …………………………… 吳文英　1771

鳳池吟　九十九字 ……………………………… 吳文英　1771

瑶　花　百二字 …………………………………… 吴文英　1772

　　　又一體　百一字 ……………………………… 張　雨　1773

霜花腴　百四字 …………………………………… 吴文英　1774

江南春慢　百九字 ………………………………… 吴文英　1775

澡蘭香　百四字 …………………………………… 吴文英　1776

高山流水　百十字 ………………………………… 吴文英　1776

秋思耗　百二十三字 ……………………………… 吴文英　1777

一枝春　九十四字 ………………………………… 楊　纘　1778

被花惱　九十七字 ………………………………… 楊　纘　1780

曲游春　百三字 …………………………………… 施　岳　1780

　　　又一體　百二字 ……………………………… 周　密　1781

　　　又一體　百二字 ……………………………… 趙功可　1782

江樓令　五十二字 ………………………………… 吴則禮　1783

昇平樂　百二字 …………………………………… 吴　奕　1783

惜春全　五十二字 ………………………………… 高漢臣　1784

碧牡丹慢　九十八字 ……………………………… 李致遠　1785

宴瑶池　百一字 …………………………………… 奚　淢　1785

清夜游　九十七字 ………………………………… 周端臣　1786

春歸怨　百四字 …………………………………… 周端臣　1787

　　惜餘妍　九十四字 …………………………… 曹　遽　1787

晴偏好　二十四字 ………………………………… 李霜涯　1788

箇　儂　百五十九字 ……………………………… 廖瑩中　1789

梅子黄時雨　九十四字 …………………………… 張　榘　1790

　　　又一體　九十三字 …………………………… 張　炎　1791

湘春夜月　百二字 ………………………………… 黄孝邁　1792

春聲碎　七十八字 ………………………………… 譚宣子　1793

鳴　梭　八十八字 ……………………… 譚宣子　1794

西窗燭　八十九字 ……………………… 譚宣子　1794

城頭月　五十字 ………………………… 馬天驥　1795

市橋柳　五十六字 ……………………… 蜀　妓　1796

倚風嬌近　七十字 ……………………… 周　密　1796

玉京秋　九十五字 ……………………… 周　密　1798

露　華　九十四字 ……………………… 周　密　1798

　　又一體　九十四字 ………………… 王沂孫　1800

　　又一體　九十二字 ………………… 王沂孫　1801

綠蓋舞風輕　九十七字 ………………… 周　密　1802

月邊嬌　九十七字 ……………………… 周　密　1803

國香慢　九十九字 ……………………… 周　密　1804

采綠吟　百字 …………………………… 周　密　1805

詞繫卷廿四　宋、元 …………………… 1807

玉連環　百四字 ………………………… 馮偉壽　1807

雲仙引　九十八字 ……………………… 馮偉壽　1808

春雲怨　百三字 ………………………… 馮偉壽　1809

春風嫋娜　百二十五字 ………………… 馮偉壽　1810

垂　楊　百字 …………………………… 陳允平　1810

　　又一體　九十九字 ………………… 白　樸　1812

青房並蒂蓮　百三字 …………………… 王沂孫　1812

鳳鸞雙舞　九十六字 …………………… 汪元量　1813

秋夜雨　五十一字 ……………………… 蔣　捷　1814

春夏兩相期　百字 ……………………… 蔣　捷　1815

翠羽吟　百二十四字 …………………… 蔣　捷　1816

珍珠令　五十四字　…………………………　張　炎　1817

鬥鷄回　五十一字　…………………………　杜龍沙　1818

五福降中天　八十六字　……………………　江致和　1818

向湖邊　百四字　……………………………　江　緯　1819

慶景樂　八十字　……………………………　蕭　回　1820

惜寒梅　百字　………………………………　無名氏　1820

乾荷葉　二十九字　…………………………　劉秉忠　1821

　　又一體　三十字　………………………　劉秉忠　1822

福壽千春　九十八字　………………………　盧　摯　1822

平湖樂　四十二字　…………………………　王　惲　1823

　　又一體　四十三字　……………………　王　惲　1824

後庭花破子　三十二字　……………………　王　惲　1824

　　又一體　三十三字　……………………　趙孟頫　1825

長壽仙　百字　………………………………　趙孟頫　1825

月中仙　百二字　……………………………　趙孟頫　1826

沉醉東風　三十八字　………………………　胡袛遹　1827

湘靈瑟　三十三字　…………………………　劉壎　1827

岷江緑　三十字　……………………………　曹明善　1828

　　又一體　二十九字　……………………　曹明善　1829

薦金蕉　二十八字　…………………………　仇　遠　1829

睡花陰令　二十五字　………………………　仇　遠　1829

陽臺怨　四十六字　…………………………　仇　遠　1830

玲瓏玉　九十八字　…………………………　姚雲文　1830

紫萸香慢　百十四字　………………………　姚雲文　1831

玉女迎春慢　九十五字　……………………　彭元遜　1832

子夜歌　百十七字　…………………………　彭元遜　1833

醉高歌　五十字 …………………………………… 姚　燧　1834

南鄉一翦梅　五十四字 ……………………………… 虞　集　1834

芭蕉雨　九十五字 ………………………………… 虞　集　1835

西湖月　百四字 …………………………………… 黄子行　1835

　　又一體　百三字 ………………………………… 黄子行　1836

鸚鵡曲　五十四字 ………………………………… 白　賁　1837

　　又一體　五十四字 ……………………………… 馮子振　1838

百字折桂令　百字 ………………………………… 白　賁　1838

穆護砂　百六十九字 ……………………………… 宋　褧　1839

陌上花　九十九字 ………………………………… 張　翥　1840

茅山逢故人　四十八字 …………………………… 張　雨　1841

喜春來　二十九字 ………………………………… 張　雨　1841

　　又一體　二十九字 ……………………………… 周德清　1842

　　又一體　三十字 ……………………………… 司馬九臯　1842

　　又一體　三十一字 ……………………………… 無名氏　1842

梧葉兒　三十三字 ………………………………… 張　雨　1843

　　又一體　三十三字 ……………………………… 張　雨　1843

　　又一體　二十七字 ……………………………… 張可久　1843

　　又一體　三十二字 ……………………………… 張可久　1844

　　又一體　三十七字 ……………………………… 張可久　1844

　　又一體　二十六字 ……………………………… 吳西逸　1844

望梅花　八十二字 ………………………………… 張　雨　1844

凭闌人　二十五字 ………………………………… 倪　瓚　1845

　　又一體　二十四字 ……………………………… 邵亨貞　1845

殿前歡　四十三字 ………………………………… 倪　瓚　1845

　　又一體　四十四字 ……………………………… 張　雨　1846

又一體　四十二字 ……………………… 張可久　1846

又一體　四十四字 ……………………… 張可久　1846

水仙子　四十四字 ……………………… 倪　瓚　1847

慶宣和　二十二字 ……………………… 張可久　1847

壽陽曲　二十七字 ……………………… 張可久　1848

金字經　三十一字 ……………………… 張可久　1848

縱山月　六十四字 ……………………… 梁　寅　1849

燕歸慢　百字 …………………………… 梁　寅　1849

天净沙　二十八字 ……………………… 馬致遠　1850

又一體　二十八字 ……………………… 馬致遠　1850

暗香疏影　百五字 ……………………… 張　肯　1851

解紅慢　百六十字 ……………………… 無名氏　1852

慶靈椿　六十一字 ……………………… 黄（缺名）1853

水晶簾　九十八字 ……………………（缺名）東軒　1853

甘露滴喬松　九十七字 ………………… 無名氏　1854

逸調備考 …………………………………………… 1855

教坊記 ……………………………………………… 1857

樂府雜録 …………………………………………… 1860

羯鼓録 ……………………………………………… 1862

宋樂類編 …………………………………………… 1864

宋樂雜解 ……………………………………………… 1869

宮譜録要 ……………………………………………… 1884

樂府雜録 ……………………………………………… 1885

《九宫大成》分配十二月令宫調總論 ……………… 1887

詞旨叢説 ……………………………………………… 1890

詞　　話 ……………………………………………… 1893

調名索引 ……………………………………………… 1905

整理後記 ……………………………………… 蔡國强　1927

整 理 凡 例

一、本書爲詞體韵律學研究專著，以北大藏《詞繫》稿本爲底本，内容
　　僅限韵律探討，加之作品多爲常見詞，故一般文字、版本、人事等
　　具體内容之校疏，多予略過。

二、原著中引文時有改易增删，爲與秦巘原文相區别，亦均加引號。

三、原著各詞均無圖譜，爲增加本書的實用功能，故選存詞較多者，
　　依據秦巘之意補出圖譜。

四、所擬圖譜符號，分别爲平聲○、仄聲●、平可仄⊙、仄可平◎、平
　　韵△、仄韵▲、叠平韵◇、叠仄韵◆、换平韵△、换仄韵▲、可叶可
　　不叶△▲。

五、原著關於文字的可平可仄，均於詞句的左側用小字標注，排版稍
　　覺不便，因此均在校記中另行迻録。原著另有一種特殊平仄的
　　標注，均列於詞句的右側，通常會用●◐◑◖◗○等來表示必用
　　去聲、必用上聲、必用平聲等等，同時會在注文中詳細説明。基
　　於同樣的原因，這一部分標注也在校記中另行注出。

六、一旦添加圖譜，則可平可仄均據原著標注，所有旁注亦不再在校
　　記中説明，惟原注句讀、韵脚等錯誤處均予改正，並於“蔡案”中
　　注明。

詞繫卷一　唐

菩薩蠻　四十四字　一名《重叠金》《子夜歌》《花間意》
《梅花句》《花溪碧》《晚雲烘日》《巫山一片雲》　　　李　白

平林漠漠烟如織。寒山一帶傷心碧。暝色入高樓[一]。有人
○○●●○○▲　○○●●○○▲　⊙●●○△　　◎○

樓上愁①。　　闌干空佇立②。宿鳥歸飛急。何處是歸程。
⊙●△　　　　○○○●▲　●●○○▲　⊙○●●△

長亭更短亭。
⊙○◎●△

　　唐教坊曲名③。《唐詞紀》云："商調曲也,《鳳樓春》即其遺
意。"顧梧芳《尊前集》注中吕宫,《太和正音譜》注正宫,《九宫大
成譜》入北詞高宫隻曲。《宋史·樂志》：女弟子舞隊。《南部新
書》云：李可及作《菩薩蠻》隊舞。

　　蘇鶚《杜陽雜編》云："宣宗大中初,女蠻國貢雙龍犀、明霞
錦。其國人危髻金冠,纓絡被體,故謂之'菩薩蠻'。當時倡優遂
製《菩薩蠻》曲,文士亦往往聲其詞。"(節録)崔令欽《教坊記》云：
"兩院人歌曲,亦有《菩薩蠻》。"《莊嶽委談》謂此與《憶秦娥》非太
白作。釋文瑩《湘山野録》云："此詞寫於鼎州滄水驛,不知何人
所作。魏道輔泰見而愛之。後至長沙,得《古風集》於曾子宣内
翰家,乃知李白所撰。"胡應麟《筆叢》云："開元時,南詔入貢,危

髻金冠，瓔珞被體，號'菩薩蠻'。因以製曲。楊慎改'蠻'爲'鬘'，以《戒經》華髮被首爲據，殊失詳考。"愚按：毛晋《汲古閣六十家詞》已刻爲"鬘"，似非始於慎也[二]。

溫庭筠詞有"小山重叠金明滅"句，名《重叠金》；南唐後主詞，名《子夜歌》；韓淲詞有"新聲休唱花間意"句[三]，名《花間意》，又有"風前覓得梅花句"句，名《梅花句》，又有"山城望斷花溪碧"句，名《花溪碧》，又有"晚雲烘日枝南北"句，名《晚雲烘日》④。《歷代詩餘》注"一名《女王曲》"，唐《教坊記》有《女王國》，與《菩薩蠻》分立兩名，"曲"字未必是"國"字之訛。恐非別名，故不注。一名《巫山一片雲》，與《巫山一段雲》無涉。

與羅志仁《菩薩蠻慢》乃《望梅》之別名無涉，宜另列。

兩句一韵，凡四換韵。"更"字或作"連"，自宜用平爲佳⑤。此字可用平，"長"字可用仄，與前尾句同。

愚按：開天以前詞，皆五六七言絶句體，猶是樂府遺音⑥。自此詞與《憶秦娥》，始立雙叠長短句，詞家體制始備。實爲鼻祖，故斷自此二闋爲始。然此調亦只五七言句，蓋風氣初開也。

【校記】

[一] 原譜於"樓"字注"換平"，於"立"字注"三換仄"，於"程"字注"四換平"。

[二] 毛晋、胡應麟爲同時代人，後楊慎一輩，所以毛晋書中刻"鬘"字，雖有可能不是從楊慎之説，但絶非先於楊慎，因此"非始於慎"之説，於此不確。

[三] 韓淲：原作"韓滮"，據《全宋詞》改。以下不出校。

【蔡案】

① 原譜於可平可仄的標注，甚爲粗放，於此可見秦巘之意並不

在於精訂字句的平仄。竊以爲今人填詞，也是循詞爲佳，循譜爲下，理念相同，因此本書若有擬譜，也不再節外生枝，補充其餘可平可仄，除非有特別原因需要指出者。

② 秦巘及其他清代詞譜家都以本詞爲"凡四換韵"，這是正解，但在別的詞中則均作錯誤詮釋。因爲清代詞譜家的理念是：換韵就一定是不同的韵部切換，而不是從整個詞調的韵律出發進行考量，所以但凡同一韵部的，就被僵化地認爲是不換韵，因此，其後温庭筠的平聲韵前後同部、張先的仄聲韵前後同部、賀鑄的平仄聲都前後同部，便一律都被視爲"未換韵"，而無端弄出許多"又一體"來。這是對詞譜認知的表面化，未作本質意義上的認識。所謂"四換韵"，應該從宏觀的韵律出發進行把握，前後段韵部是否相同，祇是一個表象問題，這種問題我們可以視爲一種特殊的換韵，例如李白本詞，前段仄韵用"織"、"碧"，後段用"立"、"急"，本屬同一韵部，但它依然屬於換韵，否則，《菩薩蠻》的正體之標準就是"凡三換韵"的體式了，這無疑是荒謬的。

③ 凡詞譜云"唐教坊曲名"者，僅僅是表示該調名曾經被列於唐教坊曲的名録中而已，而並不是表示該調就是唐教坊曲，因此今人有誤將"唐教坊曲名"認定爲"唐教坊曲"的。如龍榆生先生在其《唐宋詞格律》中，一律將"唐教坊曲名"說成是"唐教坊曲"，就是典型的一例。其實，後人創調，常有從教坊曲名録中覓題的，或祇是因爲"熟面孔"容易被大衆接受的緣故，即所謂"以舊名譜新聲"者也。

④ 宋人填詞，其"詞題"的概念尚未成型，就現在可見的文獻而言，甚至時有不用調名的情況。韓淲填詞好用自擬題，本是一種習慣，並沒有另起別名之意，宋人中有此習氣，典型的如賀鑄、張輯等人，也都是如此。但是當時的人都知道這些是"自擬題"，"自擬題"相當於"詞題"，所以其他宋人絶不會將別人的詞題拿來當作自己的調

名,甚至元人乃至明人也都不會從而用之,祇是清人因詞譜之影響偶爾有人循用。這種祇有他自家一人用,而無後人(尤其是宋元人)跟從的題目,清代詞譜家一律將其視爲詞調之别名,是缺乏歷史觀照的典型表現。如秦巘這部近百萬言的《詞繫》中,對這些僞調名祇有一處否定(在第二十卷中説:《春霽》"又名《平湖秋月》,此是詞題,非調名"),其餘均予認定,更由此認定萬樹的《詞律》不予收入這些"詞題"是一大缺陷。其對詞譜學的認識較之萬樹,其實遠不如。

⑤ 檢唐五代詞,本調後段結句之第三字,例用平聲,用仄聲者殊爲罕見,因此當以平聲爲正,應據改。

⑥ 關於詞的分段問題,秦巘因爲未見敦煌詞,故有此説。

又一體 四十四字　　　　　　　　　　　　　　　　温庭筠

翠翹金縷雙鸂鷘。水紋細起春池碧。池上海棠梨。雨晴紅滿枝[一]。　　繡衫遮笑靨。烟草黏飛蝶。青瑣對芳菲。玉關音信稀。

　　　孫光憲《北夢瑣言》云:"宣宗愛唱《菩薩蠻》詞,令狐相國假温飛卿新撰密進,戒以勿泄。而遽言於人,由是疏之。"

　　　此换仄韵,不换平韵。凡三换韵,與李作異①。

【校記】

　　[一]"紅"字及後結"音"字,原譜用○符標識於文字右邊,意謂必用平聲。這種説法過於絶對化,不可信。後面諸詞同。

【蔡案】

　　① 這種填法即前一種詞體,其换韵的形式本質上並無區别,不同的祇是本詞平韵同,前詞仄韵同,我們可以將其稱爲"特殊换韵

格”，而並非屬於又一體。説詳前一詞蔡案②。

又一體 四十四字　　　　　　　　　張　先[一]

五雲深處蓬山杳。寒輕霧重銀蟾小。枕上挹餘香。春風歸路長[二]。　　雁來書不到。人静重門悄。一陣落花風。雲山千萬重。

> 《子野詞》屬中吕宮，又屬中吕調①。此上仄韵不換叶，平韵換叶②。

【校記】

[一] 本詞又見《姑溪居士文集》，爲李之儀詞。《全宋詞》謂《花草粹編》卷三誤作張先詞，但是是集卷三並無《菩薩蠻》，卷五收張子野七首《菩薩蠻》，此爲第六。

[二]“歸”字及後結“千”字，原譜用○符標識，意謂必用平聲。

【蔡案】

① 秦巘這裏所説的本詞《子野詞》有宮調注明，其實並非本詞有注。按，本詞未入《張子野詞》，如彊村叢書本僅入之補遺，所以並無宮調的標示。秦巘這裏的“屬”，或以卷一之中吕宮《菩薩蠻》、卷二之中吕調《菩薩蠻》移植於此。這顯然是缺乏詞調中宮調的“屬”的認識，因爲詞作和詞調名相同，並非宮調名也就相同。卷一卷二的詞作和詞調名相同，而宮調名却完全不同，本身就是一個很好的明證，這一點明清以來一直被人忽略。又如柳永的兩首《迷神引》，雖然詞體和詞調名相同，却分列於仙吕調下和中吕調下，也是一個典型的例子。因此，顯然不可在毫無任何書證的情況下，將《張子野詞》卷一和卷二中的宮調名想當然地張冠李戴至本詞。擴而大之，所有詞譜中

所臚列的宫調名，其實都祇能説明有某一首詞曾經是“屬”該宫調的，而不能認爲這一個調就都是“屬”該宫調的，换言之，詞譜中標注宫調名毫無譜式上的意義。遺憾的是今人對此皆不知，反而每每强調詞譜中宫調的重要性，殊不知宫調本身是屬於詞樂範疇的概念，它祇對某一詞曾經的詞樂負責，而並不對某一詞的文字負責。《張子野詞》卷一爲中吕宫，卷二爲中吕調，説明的祇是他們的詞樂不同，而無關乎這些詞的文字和平仄。關於宫調問題，各個詞調皆然，後不贅述。

　　② 本詞的體式與李白詞完全一致，都是平韵换韵、仄韵不换，如果李詞爲正格，則本詞亦爲正格，謂之又一體，可見其謬。又按，上，應是“下”之誤。

又一體 四十四字　　　　　　　　　　　　　　　　賀　鑄[一]

章臺遊冶金龜婿。歸來猶帶釅釅醉。花漏怯春宵。雲屏無限嬌[二]。　　　絳紗燈影背。玉枕釵聲碎。不待宿酲消。馬嘶催早朝。

　　　　凡兩换韵，上下段皆不换。

【校記】

　　[一] 北師大本本詞無作者名。

　　[二] “無”字及後結“催”字，原譜用○符標識，意謂必用平聲。

又一體 四十四字　　　　　　　　　　　　　　　　賀　鑄

厭厭別酒商歌送。蕭蕭凉葉秋聲動。小泊畫橋東。孤舟月滿篷[一]。　　　高城遮短夢。衾藉餘香擁。多謝五更風。猶

聞城裏鐘。

此平仄互叶體。通首不換韵，與前異。

愚按：此上四體，萬樹《詞律》皆失載[一]，卷中遺缺之調固不可勝紀，而失收之體更難悉數。例不畫一，皆援據不博、校勘未精之故也。

【校記】

[一] 月，原注作平。"月"字及後結"城"字，原譜用○符標識，意謂必用平聲。

【蔡案】

① 本詞同前，非又一體，説見前。秦巘以爲是萬樹失收，而實爲自己贅收，但凡屬於換韵格的詞調，都可以有這樣的四種格式，既非律格如此，也非體式如此。

又一體 二十二字　　　　　　　　　　　　李　宴

斷腸人去春將半。歸客倦花飛。小窗寒夢曉。誰與畫
▲○○●○○▲　　△●●○△　　▲○○●▲　　△●●

雙眉。
○△

此單叠①，見元好問《中州樂府》。次句五字，與各家不同。

【蔡案】

① 本詞其實是一種單句式的回文詞，而不是單叠詞，所以，次句也並不是五字。但是因爲其平仄需要適合往返倒讀，所以會形成一種自成的規則。此類變化，其體式依然未作變化，但其格有異，所以也不是又一體，而是一種變格而已。秦巘不識這一體格，因此"半"

字、"曉"字均未注明是韵脚,各句的首字也是韵脚就更是忽略了。甚誤。兹擬譜於詞下,其詞的原型讀出後當是:"斷腸人去春將半。半將春去人腸斷。歸客倦花飛。飛花倦客歸。　　小窗寒夢曉。曉夢寒窗小。誰與畫雙眉。眉雙畫與誰。"

憶秦娥 四十六字　一名《秦樓月》《雙荷葉》《碧雲深》《蓬萊閣》《玉交枝》　　　　　　李　白

簫聲咽。秦娥夢斷秦樓月。秦樓月。年年柳色,灞陵傷
○○▲　○○●●○○▲　○○◆　○○●●　●○

別[一]。　　　樂游原上清秋節。咸陽古道音塵絕。音塵絕。
▲　　　　●○○●○○▲　○○●●○○▲　○○◆

西風殘照,漢家陵闕①。
○○○●　●○○▲

元高栻詞注商調,《九宮大成》入北詞商角隻曲。

晁補之詞,因次句名《秦樓月》;蘇軾詞,有"清光偏照雙荷葉"句,名《雙荷葉》;張輯詞,有"碧雲暮合"句,名《碧雲深》;無名氏有"水光搖蕩蓬萊閣"句,名《蓬萊閣》②。

鄭樵《通志》云:"李白《草堂集》:白,蜀人。草堂在蜀,懷故國也。《菩薩蠻》《憶秦娥》二首,爲百代詞曲之祖。"

"灞"、"漢"二字必用去聲③,"陵"字,《詞譜》作"橋"④。

【校記】

[一]"灞"字及後結"漢"字,原譜用●符標識,意謂必用去聲。

【蔡案】

① 前後段結句中,"傷"字、"陵"字必須用平聲,因爲本調之韵脚均以○▲爲正,宋人名詞皆如此,偶有用去聲者,則爲敗筆,不可從。

② 本詞僅《秦樓月》爲常用別名,《蓬萊閣》則爲金元道士所喜
用,其餘二名,均未見他人承襲。以東坡之才名,如果"雙荷葉"在宋
代可以被認可爲別名,則從者絶不會寥寥,而事實是該名並未見有人
使用,可見這一類名,祇是詞題初級階段的"標題"而已,且爲當時詞
人所公知。參見《菩薩蠻》之蔡案④。

③ 全面考察唐宋詞,此二字用上用入,乃至用平者,都不可勝
數,如万俟雅言的"此宵能幾……幾重烟水"用上,後村的"不禁攀
折……一生愁絶"用入,少游的"乾坤空闊……梅花撩撥"用平,都是
名人名作。這是因爲詞中的去聲,在唐宋時期從未見有獨立的,"必
用去聲"的説法以萬樹爲始作俑者,而其原由,則是萬氏誤解了宋人
沈義父的本意。要之,詞調中並無上去之分,所以,凡云"必用去聲"
者,均因源於清儒以曲論詞的不恰當視角,這種錯誤的説法甚至已經
成了一種理念,貽誤至今。

④ 知其他版本有"橋"而不改,或是因爲在秦巘看來"陵"字更
佳。或非。就詞意而論,固然兩者之意相同,但"灞橋"使用頻率更
高,重要的是,前後段兩結句中都有"陵"字,於作法論,未免太不講
究,以李白之才,應不會有此陋筆,"灞陵"應是後人誤筆。

又一體 四十六字　　　　　　　　　　　　　　　晁補之

和留守趙無愧送別

牽人意。高堂照碧臨烟水。清秋至。東山時伴,謝公携
妓[一]。　　　黃菊雖殘堪泛蟻。乍寒猶有重陽味。應相記。
坐中少個,孟嘉狂醉。

前後段不用叠三字句①。

此體及趙體,《詞律》失收。挂漏實多,今皆補正。

【校記】

　　[一]"謝"字及後結"孟"字,原譜用●符標識,意謂必用去聲。

【蔡案】

　　① 詞的用韵,可叠可不叠,可換可不換,都屬於修辭範疇的事,而修辭則屬於作法的問題,並不屬於律法的問題,各詞皆然。所以凡是多作叠句叠韵的詞句,一般也就往往會有不叠的實例。歷來詞譜家都不明白這之間的從屬關係,且常常會將作法與律法混爲一談,這種錯誤的理念,一直延續到今天。由此可見,這顯然不涉及詞調的體式變化問題,也就自然不屬於又一體了。

又一體　四十六字　　　　　　　　　　石孝友

秦樓月。秦娥本是秦宮客。秦宮客。夢雲風韵,借仙標格[一]。　　　相從無計不如休,如今去也空相憶。空相憶。尊前歡笑,夢中尋覓。

　　與李作同,惟後起句不叶韵①。

【校記】

　　[一]"借"字及後結"夢"字,原譜用●符標識,意謂必用去聲。

【蔡案】

　　① 詞調的用韵,功能上有主韵,有輔韵,凡屬於輔韵者,均可叶可不叶,這是放之各調而皆然的詞律通則,每個詞調莫不如此。而所有詞調的前後段首拍,因爲都屬於輔韵,所以都適用於這一通則。由此可知,這一體式並未改變,祇屬於正體內的減韵格,而不屬於與正

體並列的又一體。當然,這種情況也不僅僅是《憶秦娥》如此。

又一體 四十字　　　　　　　　　　　　　　　趙　雍

春寂寂①。重門半掩梨花白。芳心如醉,暗思當日。　　金
釵欲墮烏雲側。佳人望斷天涯客。今年又過,清明寒食。

> 前後段不用叠句。

【蔡案】

① 前一"寂"字,以入作平。

又一體 四十六字　一名《花深深》①　　　　　　　　賀　鑄

曉朦朧。前溪百鳥啼忽忽。啼忽忽。凌波人去,拜月樓
●○△　　○○●●○●△　　○○◇　　○○●　●●○
空[一]。　　去年今日東門東。鮮妝輝映桃花紅。桃花紅。
△　　　　●○○●○○○　　○○●●○○◇　　○○△
吹開吹落,一任東風②。
○○○●　●●○△

> 鄭文妻孫氏詞,名《花深深》。
> 此用平韵③。

【校記】

[一] "拜"字及後結"一"字,原譜用●符標識,意謂必用去聲。

【蔡案】

① 此名祇可用於平韵體。平韵、仄韵已經屬於完全不同的體式,因此調名的指向自然應該分清,這與《滿江紅》和《念奴嬌》不可以同用一個調名是一樣的道理。

②原注"一"字去聲。按,秦巘之所以如是注,應該是基於前文曾説兩結拍的第一字"必用去聲"的緣故,因此在此須自圓其説。但是,前面諸首詞都是仄韵體,而本詞屬於相反的平韵體,何以平韵體也需遵循這一法則,並没有任何理由的闡述。此外,前一首趙雍的詞,其後結用的是"清明寒食"句,則何不亦云"清"字必須也要"作去"? 此類説法,一旦不作律理上的分析,便覺自説自話,很無謂了。

③本詞的韵脚,仍然以○△爲正,韵前字不可用仄,七字句更是以○○○△收束,韵律十分獨特。又按,本詞全用平韵,自然韵律大變,祇有這一類的變異,才可以認爲是正體之外真正的"又一體"。

又一體　三十八字　　　　　　　　　　　　馮延巳

風淅淅①。夜雨連雲黑。滴滴②。窗外芭蕉窗裏客。　　除非魂夢到鄉國。免被關山隔。憶憶。一句枕前争忘得[一]。

　　　此下三首與李詞迥異,皆變體也。"窗裏"二字,《詞譜》作"燈下"。

　　　愚按:前後兩次,三、四句各少一字。字句雖異,體格却同,是減字格也③。下兩體同。

【校記】

　　　[一]"忘"字,原注去聲。

【蔡案】

　　　①前一"淅"字,以入作平。

　　　②本句及後段"憶憶"均應讀爲兩個一字句。目前諸詞譜中,"滴滴"和後段"憶憶"均不讀斷,作一個二字句解,如此句讀或誤,將有諸多問題:其一,把其韵律,再吟之下可以明顯感知到,"滴滴"與

“憶憶”之間應有一個讀住才是正確的，即便以現代人的朗讀方式，中間也應有一個停頓才是準確的讀法。其二，這兩個地方的描述，在今天尤其應該以叠字爲正格，如果不讀斷，則意味著這是一個普通的二字句，即也可以填入“淚滴”、“謾憶”等等詞組，儘管這是作法的問題，但是與原本的韵律或有違逆，因此，以叠爲是。其三，“滴滴”還可以將其視爲一句，但“憶憶”二字從文法的角度論，則很難説就是一個“句”或一個“詞”了，與“鬱鬱”、“楚楚”之類的叠音詞顯然屬於兩種完全不同的措辭模式，竊以爲此處如果填入“草草”之類叠音詞，反不合其固有的韵律。至於宋代毛滂不用叠字，而用“連忙”、“愁人”等詞，則是因爲該詞已經異化爲平仄韵轉換體，其間體式雖有承繼，而韵律全然不同，故不在此論。

③ 我懷疑“簫聲咽”的體式即由本詞發展而來，本詞實爲本調的初始形態。因爲詞在體式上的發展，都是由簡而繁進行，而沒有由繁而簡的發展變化。至於元詞有藏頭格，宋詞有回文格，也祇是因著文體的需要而有所變化而已，並非是與本詞一樣的“減字格”。而兩者之間的變化，具體地説是：本詞五字句添一頓而成爲七字句，二字句添一字而成爲三字句，兩結的七字句則添一字而成八字折腰句，八字折腰句通常都被異化爲四字二句，這些變化都是詞中的慣常作法。

又一體 四十一字　　　　　　　　　　　張　先[一]

參差竹。吹斷相思曲。情不足。西北高樓窮遠目。　　　憶
茗溪，寒影透清玉①。秋雁南飛速。菰草綠。應下溪頭沙
上宿。

　　　後起比馮詞多一字，“憶”字是襯字也②。“情不足”、“菰草

緑”,亦各多一字,與正調同。

【校記】

[一] 本詞一本作者是唐人張仲素(見《唐詩箋要》後集卷八)。以詞的體式特徵,視其爲唐詞,或許更加可信。

【蔡案】

① “憶苔溪寒影透清玉”本爲一句,可讀爲上三下五式句法,也可以讀爲一字逗領七字句法,隨人而異,俱可。原譜斷爲三字一句、五字一句,作兩句讀,誤甚。尤其是秦巘更指出“憶”字是“襯字”,就更加不倫不類了。

② 筆者也是“詞無襯字”説秉持者,因爲詞本來就存在可以增字、減字的特性,所以自然就無須襯字了。將詞的增字視爲“襯字”,是混淆了兩者之間的區别的緣故:襯字是一種在定格之外添入的附件形式,並且在一旦添入後,後人不必以之爲標準;而增字則構成了“體式”本身的一部分。換言之,襯字是靈活的、自由的,而增字一旦完成,它就成了一個穩定的樣式,後人用該樣式,就必須遵循它的字數填。以本詞本句爲例,後人如果採用這樣的句式填,那麽就必須以八字爲句,所以稱其爲“增字”;但如果將其視爲“襯字”的話,則該句既可以不加襯字而填成七字,也可以加襯字填入八字、九字乃至更多字。若此説成立,則在譜式中應該有這樣幾點明示:其一,襯字既然爲襯,則應將其排除在正譜之外,並用圖符或採用字形大小的形式予以明示,從而使讀者一目了然;其二,襯字既然爲襯,則意味著它就是屬於正譜之外的元素,因此在譜中就無須標示平仄。這是兩個極爲重要的判别依據和標準,而兩者之不同,也就一目了然。今人討論“襯字”問題時往往都懸空於理論的層面,不切入詞體韵律的實際,所以才會有公理婆理之辯,且至今糾纏不清。

又一體 三十七字　　　　　　　　　　毛　滂

二月二十三夜松軒作

夜夜①。夜了花開也。連忙。指點銀瓶索酒嘗。　　明朝花落知多少。莫把殘紅掃。愁人。一片花飛减却春。

> 毛共二首，皆起韵叠字，次句即頂上一字，下换三韵。起句比馮作少一字。餘同②。

【蔡案】

① 此二字也應該視爲兩個一字句的叠字模式。詳參馮延巳詞蔡案②。

② 本詞擬唐詞，而有换韵的變化，允爲又一體。此體僅毛詞二首，平仄應遵之。

桂殿秋 二十七字　　　　　　　　　　李　白

河漢女，玉鍊顔①。雲軿往往在人間。九霄有路去無跡，嫋嫋香風生佩環[一]。

> 吴曾《能改齋漫録》云："此太白詞也，有得於石刻而無其腔，劉無言倚其聲歌之，音極清雅。"楊湜《古今詞話》云："吴虎臣得於石刻，劉無言倚其聲歌之。"②
>
> 此詞見《能改齋漫録》，與《河漢女》一首句法無異。在宋人筆記中已屬兩歧，今更閲千餘年，焉能考正。姑並存之[二]。

【校記】

［一］本詞《李太白集注》與"仙女下"一首誤合而爲一首。按，現

存本調的宋詞均爲單調體,如果唐詞反而是雙段式的,便極爲可疑,且其餘諸本均作兩首。這兩首的不同,在於第二句本詞用平起平收式,"仙女下"則用仄起平收式句法。據諸本排列,本詞均在"仙女下"一詞之後,且《桂殿秋》之名當亦源於"仙女下"詞。

　　[二]這一段中的"此詞"應指李詞別首,即:"仙女下、董雙成。漢殿夜凉吹玉笙。曲終却從仙官去,萬户千門惟月明。"故云"與《河漢女》一首句法無異"、"姑並存之",疑是秦巘抄落了一則"又一體"的《河漢女》。《桂殿秋》調名蓋取"漢殿夜凉吹玉笙"之意,應出於該詞,如此,則該詞當爲首創之作,允爲正格。其中第三句中的"從"字,應讀如去聲,任憑之意。

【蔡案】

　　① 本句實爲折腰式的六字句。原譜此類句子均誤讀爲三字二句,顯誤。按,本小詞即從七言絕句轉化而來,故首拍顯爲七字句減一字而成,原本就是一個句拍是無疑的。擴而大之,所有這種類型的句拍,都是如此。

　　② 此類小詞,謂之聲詩,其句法僅依律詩詩句韵律即可,不必圖注可平可仄。

連理枝 　三十五字 　　　　　　　　　　　李　白

雪蓋宫樓閉。羅幕昏金翠。鬥壓闌干,香心淡薄,梅梢輕倚。噴寶猊香爐,麝烟濃馥,紅綃翠被[①]。

　　《尊前集》注黄鐘宫。

　　此唐調也,宋詞加一叠,名《小桃紅》[②]。

【蔡案】

　　① 本詞第三均,現多讀爲"噴寶猊香爐麝烟濃,馥紅綃翠被",後

五字覺拗澀。按,唐宋各家,這十三字都填爲八字一句、五字一句,顯然是因下一首的"望水晶簾外竹枝寒,守羊車未至"二句而來,但是我們從唐詞的句法特徵來看,唐詞中幾乎不用一字逗,而這裏竟連用"嘖"、"馥"兩處,就很是可疑了,加之領字多以動字充當,"馥"字作爲靜字領句,亦爲僅見。

②《詞譜》將本詞及後一首合而爲雙段式一首,或誤。因爲唐詞多爲單段式,"最初都無換頭,今以太白兩首叠作雙調者,何故? 後晏殊亦爲此調,始有換頭"(《古今詞話‧詞辨》卷下)。因此,《詞繫》將其作兩首分列,是更爲可取的。

又一體 三十五字　　　　　　　　　　　　李　白

淺畫雲垂帔。點滴昭陽淚。咫尺宸居,君恩斷絕,似遙千里。望水晶簾外竹枝寒,守羊車未至①。

　　《詞律》以"寒"字斷句,照前首,當於"馥"字斷句,不能連下讀,此詞則不當以"守"字句。然宋人加叠,尾句亦作五字,故兩體並列②。

【蔡案】

① 此即前一體,惟第三均讀破句法,變五字一句、四字兩句爲八字一句、五字一句異。又按,此十三字兩用一字領,極可疑,李白的"守"字疑誤,或本爲"寺"字,而"羊車"者,應該是暗指某種接受能力。

② 宋人填本調,均以本詞爲範,尾均作八字一句、五字一句,惟複叠爲上下段而已,詳見後詞。

又一體 七十字　一名《小桃紅》《紅娘子》《灼灼花》　　　晏　殊

玉宇秋風至。簾幕生凉氣。朱槿猶開，紅蓮尚拆，芙蓉含
●●○○▲　　●●○○▲　　○○○⊙　○○⊙●　○○○

蕊。送舊巢歸燕拂高簾①，見梧桐葉墜。　　　嘉宴凌晨啓。
▲　　●◎○◎●⊙○○　●○○●▲　　　○●○○▲

金鴨飄香細。鳳竹鸞絲，清歌妙舞，畫堂遊藝。願百千遐壽
○●○○▲　　●●○○　○○●●　●○○▲　　●●○○●

比神仙，有年年歲歲。
●○○　●○○●▲

　　《宋史·樂志》：太宗御製"琵琶獨彈曲破"有此名，注蕤
賓調②。

　　程垓詞，名《小桃紅》，又名《紅娘子》，唐教坊曲有此名③。
劉過詞，名《灼灼花》。《南詞定律》云："《紅娘子》即《朱奴兒》"，
因曲名，故不注。

　　此照前加一叠，"葉"字入作去。上"歲"字，各家皆用去
聲④，程垓二首皆用平。晏又一首第三句用"不寒不暖"，平仄
異⑤。"凌"字一本作"清"，誤。

【蔡案】

　　① 本調之八字句，或三五式，如賀鑄"賴醉鄉、佳境許徜徉"，或
五三式，如"送舊巢歸燕、拂高簾"，或一七式，如劉過"畫、行人愁外兩
青山"，皆可，並無定規，所有詞調的此類句式，莫不如此。

　　② 唐調與宋詞，並非一體，故唐太宗所製十五支"琵琶獨彈曲
破"，實與晏殊等人的詞風馬牛。晏殊等詞，祇是用李白的舊瓶重裝
新酒而已。而大多數舊瓶，甚至僅僅祇有調名這麼一個瓶蓋，瓶身都
已經換了。這是我以爲詞譜著作中標注宮調毫無意義的又一個原

因。餘參《菩薩蠻》張先詞蔡案②。

③ "教坊曲有此名"，僅指《紅娘子》，今尚可見有敦煌詞存世。

④ 秦巘謂前段結句之"葉"字作去，無謂。因爲宋詞本無去聲特殊之例，更不存在在句子中要釐清去聲與入聲的問題，如晏殊二首，本詞用入聲"葉"，別首本句作"見爐香縹緲"，則爲上聲，都不用去聲。至於"各家皆用去聲"之説，尤其不合事實，宋人除晏殊外，並無人用去聲。統觀宋詞八首十六句，去聲總計僅得三例，入聲三例，上聲二例，另八例皆爲平聲，如果考慮到上聲和入聲都可以作平的特殊情況，倒是此處應該忌用去聲才對。這種去聲崇拜，濫觴於萬樹對宋人語的誤解，貽誤至今。

⑤ 前後段第三句，宋詞僅此一句平起仄收，偶例，或是誤填，無須例説，無須關注。若要提點，也應該以此證明詞句的平仄本與詞樂無關。

秋風清① 三十字 一名《秋風詞》　　　　　　　　李　白

秋風清。秋月明。落葉聚還散，寒烏棲復驚。相思相見知何日，此時此夜難爲情。

> 一名《秋風詞》。調與寇準《江南春》同，但起句兩平韵，少異②，故分列。

【蔡案】

① 本詞屬於聲詩，所列者其實都是詩體，而非詞也。本詩《李太白文集》入"歌詩"，即可見其屬性，不可以因其句式的長短不齊，而闌入詞之一類，但明清詞譜家於此皆混淆不清。就本"詞"的"調名"而言，李白詩題爲《三五七言》(一名《三五七格》)，寇準詩題爲《江南

春》，劉長卿詩題爲《新安送凌漕歸江陰》，鄧深詩題爲《中秋無月肯堂邀小酌賦三五七言》，可以很清晰地看出它的"詩"的屬性，也未嘗有以"秋風清"爲題者。可見李詩之《秋風清》、寇詩之《江南春》、劉詩之《新安路》，以及所謂的《秋風詞》，實爲後世好事者爲之定製的名稱。因此，此類作品不必擬譜，填者如果有意摹擬，則以詩律合之即可。

② 寇準的起句爲"波渺渺、柳依依"，第三字不押韵。

清平樂令 四十六字　或無"令"字[一]，一名《憶蘿月》
　　　　　　《醉東風》　　　　　　　　　　　　　　　　　李　白

禁庭春畫。鶯羽披新繡。百草巧求花下鬥①。祇賭珠璣滿
◎○⊙　▲　⊙●○○▲　●●◎○○●▲　●●⊙○◎

斗。　　　　日晚却理殘妝②，御前閒舞霓裳。誰道腰支窈窕，
▲　　　　　●◎◎○●○△　●●⊙●○△　⊙●⊙○●●

折旋笑得君王。
◎○○●●○△

　　唐教坊曲名。《宋史·樂志》：大石調，大曲名。柳永《樂章集》屬越調。《九宮大成》入南詞羽調。

　　王灼《碧雞漫志》云："歐陽炯稱，白有應製《清平樂》四首，此其一也。在越調。"今世有黃鐘宮、黃鐘商兩音者。

　　張輯詞，有"憶著故山蘿月"句，名《憶蘿月》；張翥詞，有"明朝來醉東風"句，名《醉東風》。各本無"令"字。

　　黃昇《花庵詞選》云："唐呂鵬《遏雲集》載應製詩四首，以後二首無清逸氣韵，疑非太白所作。"明王世貞《四部稿》云："楊用修所載太白《清平樂》二闋，識者謂非太白作，以其卑淺也。按，太白《清平調》，本三絕句而已，不應復有詞也。"

　　詞之以"令"名者，始此，以"樂"名者，亦始此③。

【校記】

[一]《清平樂令》這一調名,在宋人詞中除了托名吳城小龍女的一首外,目前尚未見到有其他詞作用"令"字者。所以,儘管該詞因爲黃庭堅見於荆州江亭,因此後人又將其名之爲《荆州亭》《江亭怨》,而我們從宋人黃昇詞集《花庵詞選》名爲《清平樂令》來看,可見其屬於正名無疑。但《詞律》《詞譜》却均不以該名爲正,《詞律》更認爲"原無調名,因題在荆州江亭,故以名之(荆州亭)",誤甚。但是吳城小龍女之詞四十六字體,通篇仄韵,不换韵,且前後段字句十分整齊,與本調顯然是同名異調,兩不相涉。

【蔡案】

① 本句例用仄起仄收式七字句,後三字除正格○●▲外,唐人詞中另有一種四連平的○○▲大拗句格式,如温庭筠的"新歳清平思同輦"、"終日行人争攀折",韋莊之"細雨霏霏梨花白"、"花拆香枝黄鸝語"。有鑒於此,即便李白之"高捲簾櫳看佳瑞"、"玉帳鴛鴦噴蘭麝",亦皆可如此看,而不必將"看"、"噴"視爲仄讀,《詞譜》擬"看"爲仄,就很缺乏歷史依據。入宋後,因著律法之成熟、嚴格,此類大拗句式除曹勛四首外,幾無人填,而始有以拗句填法●○▲相替的情况,如晏幾道之"宫女如花倚春殿"、晁補之"也到文闈校文處"、朱淑真之"擬欲留連計無及"、王安石之"閴寂幽居實瀟灑"等等,皆是。這種事實不僅證明詞的文句與宫調無關,更深層次地思考,其實明清詞譜家所謂的"句法",也衹是後人的觀察而已,在唐宋人的詞中原本並不存在。

② 後段首拍,原譜第二字視爲仄讀,唐詞中李白五首、温庭筠二首、孫光憲二首皆如是填,此爲六言句中仄起平收式律拗句句法,此外唐人則多用平起式律句句法,入宋後即以此爲正,不再用拗句格,

故本譜第二字改爲用仄可平擬譜，以合乎主流填法。

③ 秦巘以爲，"詞之以'令'名者，始此，以'樂'名者，亦始此"，此等判斷，已經成爲《詞繫》的一個體例，如後文《漁歌子》之"子"、《轉應曲》之"曲"、《漁父引》之"引"等。但是，這種判斷皆以所可見者爲依據，而無韵律及律理支撐，因此斷言其"始此"，固無可辯駁，却也祇是就事論事的一種主觀判斷而已。且明清詞譜家都不知詞之小令，皆可名之以"某某令"，"令"字原本祇是一個符號或標識而已。換言之，所有古詞小令中有"某某令"的，"令"字本身也都可以去之。而一個詞調名中分用"令、引、近、慢"不同標籤的情況，應是有宋纔有的事，無非是因爲同名日多，調式迥異，用之以別不同的體式。本詞的"令"字，我們以爲必是後人所添，而非原版，或全詞本身竟就是僞作而已。

又一體 四十六字　　　　　　　　　　　李　白

畫堂晨起。來報雪花墜。高捲簾櫳看佳瑞①。皓色遠迷庭砌。　　盛氣光引爐烟②，素影寒生玉珮。應是天仙狂醉。亂把白雲揉碎。

　　此詞③又見曾慥《樂府雅詞》，爲袁綯作。《詞譜》爲李白作。愚按：此調共六首，末一首後段獨不換韵，與前作異，恐是宋人所作。

　　"墜"字，《雅詞》作"墮"，出韵。"影"字作"草"，今從《詞譜》。

【蔡案】

①"看"字本爲二讀，以唐詞總體觀，取其平讀爲宜。參見前一首蔡案②。

② 後段起拍爲仄起平收式律拗句式，是唐人主要填法。

③ 本詞體式通首仄韵，但前人罕用，宋人不填，故不足爲範，備體而已。

又一體 四十六字 　　　　　　　　　　　　　　　　韋　莊

春愁南陌。故國音書隔。細雨霏霏梨花月①，並拂畫簾金額。　　盡日相望王孫。塵滿衣上淚痕。誰向橋邊吹笛，駐馬西望銷魂。

前段第三句不叶韵，或是通叶。後段平仄異。

【蔡案】

① 本句各本均作"細雨霏霏梨花白"，如《花間集》《花草粹編》等，莫不如此，然則本句仍然爲韵句，與正體無異。不知秦巘所據何本，極疑是文字舛誤所致。

又一體 四十六字 　　　　　　　　　　　　　　　　韋　莊

鶯啼殘月。繡閣香燈滅。門外馬嘶郎欲別。正是落花時節。　　妝成不畫蛾眉①。含愁獨倚金扉。去路香塵莫掃，掃即郎去歸遲②。

《子野詞》屬大石調。《樂章集》屬越調。

後段平仄異，各家多不同，宋人每用此體。

【蔡案】

① 此即正體，惟本句第二字用平異。

② 此格宋人所循，後段結拍則例用平起平收式句法。故本句

“即”字,應視爲以入作平,實即後一詞體。

又一體[①]　四十六字　　　　　　　　　　　　李　煜

別來春半。觸目愁腸斷。砌下落梅如雪亂。拂了一身還滿。　　雁來音信無憑。路遙歸夢難成。離恨却如春草,更行更遠還生。

> 宋人多用此體。

【蔡案】

① 此即李白正體詞,惟李白詞後段起拍,用仄起平收之律拗句格異。但本詞亦與前首韋莊詞全同,此類“又一體”甚爲無謂,是清代詞譜家何爲“體”這一基本理念不清的典型表現。

又一體　四十六字[一]　　　　　　　　　　　　賀　鑄

小桃初謝。雙燕還來也。記得年時寒食下。紫陌青門遊冶。　　楚城滿目春華[①]。可堪遊子思家。惟有夜來歸夢,不知身在天涯。

> 後段平韵。與前段仄韵互叶。《東山樂府》每喜用之。《詞律》失收。

【校記】

[一] 原譜作“四十五字”,誤,據實際字數改。

【蔡案】

① 原注“換平叶”,而非“換平”。按,三聲叶亦屬換韵,即我們前

面所説的"特殊換韵"，參見《菩薩蠻》李白詞蔡案②。由此，則其體式依然如前，非又一體。

又一體　四十五字　　　　　　　　　　　　童甕天

醉紅宿翠。鬢嚲烏雲墜。管甚夜來不睡[一]。那更今朝早起。　　東風滿搦腰肢。階前小立多時。却恨一番新雨，想應濕透鞋兒。

> 顧從敬《草堂詩餘》注："一作石孝友。"《元名儒草堂詩餘》：詹玉有《齊天樂·贈童甕天兵後歸杭》詞，是南宋遺民也。名失考。
>
> 亦平仄互叶體。前段第三句六字，比各家少一字。

【校記】

　[一] 本句奪一"得"字。詞見明楊慎《詞品》，原爲七字句，作"管甚夜來不得睡"。然則本詞亦即正體，非又一體。

又一體　二十二字　　　　　　　　　　　　施　岳

水邊花暝。隔岸炊烟冷。十里垂楊摇嫩影。宿酒如愁都醒。

> 此半調也[一]。見周密《絶妙好詞》。

【校記】

　[一] 竊以爲此必爲殘詞，後段脱落。根據詞的發展可知，但見有單段詞擴展爲雙段詞的情況，而未見有雙段詞縮爲單段詞的例子。且雙段式詞，譜式已在，却要取其一半别爲全詞的作法，也不合情理。

現實中或有作半闋者，也衹不過是"未完稿"而已，不能就將其視爲"成品"。《絕妙好詞》收録本詞，編者原注以下缺六首，所缺者，應該也包括了本詞的後段。

漁　父[一]　二十七字　　　　　　　　　　　　　張松齡①

樂在風波釣是閒。草堂松桂已勝攀②。太湖水、洞庭山③。
●●○○●●△　　●○○●●○△　　●○●、●○△

狂風浪起且須還。
○○●●●○△

　　唐教坊曲名。

　　釋曉瑩《羅湖野録》云："張松齡以《漁歌子》招其弟志和。後家鸞脰湖邊，仙去。吳人爲建望仙亭。"詞之以"子"名者始此。

【校記】

　　[一]原作《漁歌子》。本調調名宋末以來一直擬爲《漁歌子》，甚誤。按，《新唐書·張志和傳》有云："(志和)善圖山水，酒酣，或擊鼓吹笛，舐筆輒成。嘗撰《漁歌》，憲宗圖真求其歌，不能致。"則可知本調唐人名《漁歌》，又名《漁父》，所謂《漁父歌》《漁父詞》者，本爲"《漁父》詞"、"《漁父》歌"之標點錯誤。德誠則有三十九首名曰《撥櫂》歌，也從未見有名《漁歌子》者。至宋，則多稱之爲《漁父》詞，亦偶有作《漁父樂》者，其實也是"《漁父》樂"的意思，其意與"歌""詞"相類。此本聲詩而非詞，因此被人曰"歌"、曰"詞"，而不以具詞調特徵的"子"來命名。直至宋末，張玉田有十首單調體詞，才將其誤標調名，名之曰《漁歌子》，可見在當時單調體已被混同於詞，所以才有添"子"字誤植調名的情況，但張玉田這組詞也不足爲據。要之，《漁歌子》爲唐詞，體式爲雙段詞，即後列顧夐的"曉風清"詞，與本單段體無涉。

【蔡案】

① 按《詞繫》的體例，每一詞調以創調詞或首見詞列首，則本調本詞列於張志和之前便是錯誤。宋計有功《唐詩紀事·張志和》云："憲宗時，畫玄真子像，訪之江湖間，不可得，因令集其詩上之。玄真之兄張松齡，懼其放浪而不返也，和答其《漁父》云。"可見張志和詞在此之前，本詩乃是和詩。明《石倉歷代詩選》收錄本詞，詩題爲《和答弟志和〈漁父〉歌》，明《花草粹編》於《漁父》下本詞後亦云：松齡"懼其放浪不還，和其詞以招之"。可見本詩既非《漁歌子》，亦晚於張志和詞，按原譜體例，本詞當列於張志和詞後，儘管本詞所和的張志和詞是否"西塞山"，尚不能確定。

② 勝，平聲，"堪"之意。

③ 本句原譜讀爲三字兩句，惟此顯系七字句減字而來，故改爲"逗"，參《桂殿秋》李白詞蔡案①。

又一體 二十七字　　　　　　　張志和

西塞山前白鷺飛。桃花流水鱖魚肥。青箬笠、綠蓑衣①。斜風細雨不須歸。

《九宮大成》入南詞越調引。

李祉《樂府紀聞》云：張志和"嘗謁顏真卿於湖州，以舴艋敝，請更之。願爲浮家泛宅，往來苕霅間。作《漁歌子》云云"。《竹坡詩話》云：唐肅宗賜張志和奴，名漁童，使捧釣收綸，蘆中鼓枻；婢，名樵青，使蘇蘭薪桂，竹裏煎茶。號元真子。屬和《漁歌子》者甚衆。

此調張作凡五首，三首起二句平仄反。和凝、歐陽炯、李珣諸作，結句平仄互異。又一首"青箬笠"句用"釣車子"，與此異②。此等皆長短句樂府，因五代加雙叠，翻成詞調，故甄録以識緣起。餘皆樂府，編列卷首，各有區别，非例不畫一也。

【蔡案】

① 本句應是六字折腰句，而非三字兩句，誤讀，參前一首蔡案③。

② 此本非詞，爲歌行體聲詩中的"雜歌謡辭"，所以本調的七字句平起、仄起均可，便是常理，與詞律無關，更非"又一體"。

漁歌子①　五十字　一名《漁父》《漁父樂》②　　　顧　敻

晚風清、幽沼緑③。倚闌凝望珍禽浴。畫簾垂、翠屏曲。滿
●○○、○○▲。　●○○○○○▲。　●○○、●○▲。　●

袖荷香馥鬱。　　　好攄懷、堪寓目。身閒心静平生足。酒
●○○○▲。　　　●○○、○●▲。　○○○●○○▲。　●

杯深、光影促。名利無心較逐。
○○、○●▲。　○●○○●▲。

　　和凝詞名《漁父》，徐積詞《漁父樂》。

　　兩起句用六字，加一叠。前後段第五句皆叶韵④。

【蔡案】

① 本調用唐教坊曲名，是《漁歌子》的正身，與《漁父》無涉。原譜作"又一體"，誤，今用《漁歌子》名擬譜。

② 所謂"一名《漁父》《漁父樂》"，是將二者混爲一談，毫無實證依據。按，後蜀趙崇祚《花間集》收録本詞，調名即爲《漁歌子》，各本也從無題名爲《漁父》或《漁父樂》的情況。秦巘謂和凝詞名《漁父》，檢和凝詞，題《漁父》者惟"白芷汀寒立鷺鷥"一首，正是七七三三七格式。徐積詞，六首，亦皆爲七七三三七格式，與本調無涉。檢唐五代

詞,五十字雙段式有孫光憲二首、李珣詞四首、顧敻一首、魏承班一首,均名爲《漁歌子》,而廿七字單段式則均不稱《漁歌子》,其中李珣四首雙段、三首單段,無一有混用者,二者可謂涇渭分明。

③ 原譜本詞於三字逗處均讀爲"句",誤。其實秦巘在注中自己也說了"兩起句用六字"。參張松齡"樂在風波"詞注。據改。

④ 此說亦誤,蓋因秦巘將兩者混爲一談之故,所以有起句減字、加一叠等錯誤理解。"前後段第五句皆叶韵"之説,是針對後孫光憲詞而言。

又一體 五十字　　　　　　　　　　　　　孫光憲

泛流螢、明又滅①。夜凉水冷東灣闊。風浩浩、笛寥寥,萬頃金波重叠。　　杜若洲、香鬱烈。一聲宿雁霜時節。經雪水、過松江,盡屬儂家日月。

"笛寥寥"、"過松江"二句不叶韵,平仄亦與顧作異②。李珣一首於第二句"又"字作"湘",平聲。"重叠"二字一本作"澄澈"。

【蔡案】

① 原譜本詞六字折腰句均誤讀爲三字兩句,參張松齡"樂在風波"詞注。

② 本詞體式與前同,惟減去前後段兩輔韵而已,唐宋僅見孫光憲如此填,允爲變格。

又一體① 二十五字　　　　　　　　　　　　蘇　軾

漁父飲、誰家去②。魚蟹一時分付。酒無多少醉爲期,彼此不論錢數。

> 此單調，與李、孫兩作不同。第三句六字，少一字③。

【蔡案】

① 本調調名應據改爲“漁父”。本調蘇軾共四首，字句、韵律皆同，則本調與前二種迥異，應屬名同調異者也。

② 本句應是六字折腰句，原譜讀爲三字兩句，誤，參張松齡“樂在風波”詞注。

③ 此類詞體均從四句一闋演化而來，而作爲聲詩，本無嚴格的字數甚至句數規定，增减字便是正常的創作方式。

章臺柳① 二十七字　　　　　　　　　　韓　翃

寄 柳 氏

章臺柳。章臺柳。昔日青青今在否。縱使長條似舊垂，也應攀折他人手。

> 《九宫大成》入南詞越調正曲。
>
> 《太平廣記》云：韓君平有友人，每將妙妓柳氏至其居。窺韓所與往還皆名人，必不久貧賤，許配之。未幾，韓從辟淄青，置柳都下三歲，寄以詞云云。柳答以《楊柳枝》云云。後爲蕃將沙叱利所劫，有虞侯許俊，詐取得之，詔歸韓。又見孟棨《本事詩》。後人即名爲《章臺柳》，以姬家章臺街也。
>
> 首三字用叠句，以起句爲名，後答詞同。

【蔡案】

① 本作與後文《瀟湘神》雖韵脚不同而形同，却非一類。我們認

爲應屬雜言詩，而非樂府一類聲詩，後人即以詩之首句爲調名，所以劉氏所答並不用《章臺柳》的名字。蓋其詩原名即爲《寄柳氏》《答韓員外》，其餘的都是後人所附會而添加的。本式唐五代僅此二首，入宋後另有龔大明所作五首，其中四首與韓作同，均以"山居好。山居好"起，而其句法則均與《章臺柳》不同，這就是因爲它不是詞而是詩的緣故。另一首以"清高絕、雪崖翁"起，押平韵，與《瀟湘神》近似，龔的這五首與古樂府的寫作模式非常近似，並見《洞霄詩集》卷七。

楊柳枝① 二十七字　　　　　　　　柳　氏

答　韓　員　外

楊柳枝、芳菲節②。可恨年年贈離別。一葉隨風忽報秋，縱使君來不堪折。

> 此柳姬答詞，後人又名爲《折楊柳》，與《楊柳枝》正調不同，故不類列。

【蔡案】

① 本作與前一首所不同處，惟第三字不押韵耳。此類長短句之詩，但守每句的平仄合乎律句規範即可。

② 本句應是六字折腰句，原譜讀爲三字兩句，誤，參前調張松齡"樂在風波"詞注。

轉應曲 三十二字　一名《調笑》《宮中調笑》《三臺調笑》
《三臺令》《轉應辭》《古調笑令》　　　　韋應物

河漢。河漢。曉挂秋城漫漫。愁人起坐相思。塞北江南別
〇 ▲　　〇 ◆　　● ● 〇 〇 ● ▲　　〇 〇 ● ● 〇 △　　● ● 〇 〇 ●

離①。離別。離別②。河漢雖同路絕。
△　　　〇▲　　〇◆　　　〇●〇〇●▲

　　《樂苑》云："《調笑》，商調曲。"白居易《打嫌調笑》，自注：調
笑，抛打曲名也[一]。

　　唐樂府名《宫中調笑》，王建詞名《調笑》，與無名氏之《調笑
轉踏》不同；馮延巳詞名《三臺令》，與王建之《三臺令》不同；一名
《轉應辭》，因六七句有倒叠字，故名轉應；邵亨貞詞名《古調笑
令》。

　　計敏夫《唐詩紀事》云：韋蘇州性高潔，所在焚香埽地，惟顧
況、皎然輩得與唱酬[二]。其小詞不多見，惟《三臺令》《轉應曲》
流傳耳。

　　詞之以"曲"名，始此。《全唐詩》注云："詩之流有八：曰引、
曰歌、曰謡、曰吟、曰詠、曰怨、曰歎，皆六義之餘也。至其協聲
律，播金石，總謂之曲。"[三]

【校記】

　　[一] 北師大本讀爲"自注調笑抛打，曲名也"，甚誤。按，白氏原
文之意，謂《調笑》屬於抛打曲的一種，抛打曲爲唐樂之一，含《抛球
樂》《打球樂》《調笑令》等。日人藤原師長所撰《仁智要録》箏譜十二
卷，其卷七"大食調曲"中第五首爲《打球樂》箏譜，或其樂源自大
食國。

　　[二] 原文："應物性高潔，所在焚香掃地而坐。惟顧況、劉長卿、
邱丹、秦系、皎然之儔，得廁賓列，與之酬唱。"見《唐詩紀事》卷二
十六。

　　[三] 原文如此，《全唐詩》卷二十四云："詩之流，有八名：曰行、
曰引、曰歌、曰謡、曰吟、曰詠、曰怨、曰歎。"引文脱第一種。

【蔡案】

　　① “塞北”句以仄起式爲正，亦有填作平起式者，如韋氏别首作“江南塞北别離”、王建詞作“商人少婦斷腸”等。

　　② 原譜之“離别離别”不讀斷，此非筆誤，後一首兩個“弦管”也未讀斷，秦巘顯然是將其視爲四字一句，雖《詞律》《詞譜》均予讀斷。但是，此類句式與《如夢令》一調同，雖本爲四字句，而句中短韵不可不讀出也。因擬譜，謹改。

調　笑　三十二字　　　　　　　　　　　　　王　建

團扇。團扇。美人病來遮面。玉顏憔悴三年。誰復商量管弦。弦管弦管①。春草昭陽路斷。

　　此與前作同，惟末二句仍叶前仄韵，不換②。

【蔡案】

　　① 兩個“弦管”應予讀斷，原譜未讀斷，應是有意爲之，誤。

　　② 秦巘因爲本詞的仄韵未換韵，而認爲是與前一體不同的體式，這類分析頗無謂。按，詞的押韵，凡是可以換韵的地方，同時也都是可以不換韵的地方，而可以叠韵的地方也都是可以不叠的，詞中各調皆然，並非僅僅本調如此。因爲換韵與否屬於修辭問題，修辭問題屬於作法範疇，而並非律法範疇，因此，天然地就不存在有什麼格律的限制或規定，所以我們常常可以看到有兩種情況同時存在的事例。

古調笑令　三十四字　　　　　　　　　　　邵亨貞

暮　春

雙燕。雙燕。飛過柳梢不見。舊時王謝堂前。回首斜陽暮烟。暮烟。暮烟。烟暮。芳草落花滿路①。

調見《蛾術詞選》[一]。

第五句六字,比韋作多二字②。上四字不倒叠,凡三首,皆如此。

【校記】

[一]本詞所見,在《蛾術詩選》卷二(令詞卷)。

【蔡案】

①"落"字以入作平。

②此所謂"第五句",即指"暮烟。暮烟。烟暮",這是一個極爲重要的認知。這一表述不僅是表明秦巘認可此六字爲一句,也表明了秦巘在這裏是將"雙燕。雙燕"視爲一句的。而在明清詞譜家筆下,通常都會將"雙燕。雙燕"視爲兩句。遺憾的是,秦巘在多數情況下的分析,都並不按照這樣的理念進行。

又一體 三十四字　　　　　　　　　　邵亨貞

春水。春水。薄暮曲闌更倚。夕陽江上青山。山外行人未還。未還。未還。還未。千里相思不寄。

與前作同,惟末二句仍用前仄韵不换,與王作同①。

【蔡案】

①秦巘以此詞仄韵未换而異於前一體,無謂。

調笑令 六十四字　　　　　　　　　　蘇　軾

漁父。漁父。江上微風細雨。青蓑黃篛裳衣。紅酒白魚暮

歸。歸暮。歸暮。長笛一聲何處。　　歸雁。歸雁。飲啄
江南南岸。將飛却下盤旋。塞外春來苦寒。寒苦。寒苦。
藻荇欲生且住。

> 調見東坡詞。即《轉應曲》加後疊，僅見此首[1]。
> 凡四換韵，後結仍叶前仄韵[2]。

【蔡案】

　　[1] 詞的衍變和發展，單段複疊而成雙段者，雖是常見變化方式，
但本詞我們以爲實在是兩首詞的誤合，從前後段所寫主題各異這一
點來看，即可知。此外，宋傅幹的《注坡詞》中，本詞正文雖然闕失，祇
有存目，但是就其詞題云"效韋應物體"來看，應可窺出這是二首詞
的一些信息，因爲韋詞就是單段體。此外，這二首另又見於蘇轍的
《欒城集》，題爲《效韋蘇州〈調嘯〉詞二首》，那就已經非常清楚了，
因此本詞無須視爲一體。但是單段式複疊後作雙段詞，本屬填詞
之常見手法，即便今人也不妨如此填，而平仄則仍依韋應物《轉應
曲》即可。

　　[2] 設若這一體式成立，本調也應該是六換韵，而非四換韵，前後
段兩尾均的"仍叶前仄韵"是一種我們曾提及的特殊換韵，填者仍可
換叶他韵。詳參《菩薩蠻》蔡案。

漁父引 十八字　　　　　　　　　　　　　　顧　況

新婦磯邊月明。女兒浦口潮平。沙頭鷺宿魚驚。

> 唐教坊曲名。《九宫大成》入南詞大石調引。
> 此與《漁歌子》不同，故另列。詞中以"引"名者，始此[1]。
> 《樂府雅詞》：徐俯《浣溪紗》詞注云："黄庭堅取此詞，與張

志和《漁歌子》合爲《浣溪沙》，歌之。”[一]

【校記】

[一] 其注在宋曾慥輯《樂府雅詞》之卷中，但在《鷓鴣天》詞下，而不是在《浣溪沙》詞下。其注云：“東坡云：玄真語極麗，恨其曲度不傳，加數語以《浣溪沙》歌之，云：‘西塞山前白鷺飛。散花洲外片帆微。桃花流水鱖魚肥。　　自芘一身青篛笠，相隨到處綠蓑衣。斜風細雨不須歸。’山谷見之，擊節稱賞，且云：‘惜乎！散花與桃花字重叠，又，漁舟少有使帆者。’乃取張、顧二詞，合爲《浣溪沙》，云：‘新婦磯邊眉黛愁。女兒浦口眼波秋。驚魚錯認月沉鈎。　　青篛笠前無限事，綠蓑衣底一時休。斜風細雨轉船頭。’東坡跋云：‘魯直此詞，清新婉麗，問其最得意處，以山光水色替却玉肌花貌，真得漁父家風也。然才出新婦磯，便入女兒浦，此漁父無乃太瀾浪乎？’山谷晚年，亦悔前作之未工，因表弟李如箎言：‘《漁父》詞以《鷓鴣天》歌之，甚協律。’恨語少聲多耳。因以憲宗畫像求玄真子文章，及玄真之兄松齡勸歸之意，足前後數句，云：‘西塞山前白鷺飛。桃花流水鱖魚肥。朝廷尚覓玄真子，何處如今更有詩。　　青篛笠、綠蓑衣。斜風細雨不須歸。人間欲避風波險，一日風波十二時。’東坡笑曰：‘魯直乃欲平地起風波也。’東湖老人因坡谷互有異同之論，故作《浣溪沙》《鷓鴣天》各二闋。”

【蔡案】

① 本詞今所見各本多作《漁父》，從宋人的著作中開始，就未出現過“引”字，如著名的《能改齋漫録》所引，就是《漁父詞》，另一本《野客叢書》亦同。祇有《欽定詞譜》一種將其名爲《漁父引》，並謂：“見《樂府雅詞》注。”但《樂府雅詞》卷中所注的原文則是：“顧況《漁父》詞云。”原並無“引”字。不知《欽定詞譜》所據何本。

瀟湘神 二十七字 　　　　　　　　　　劉禹錫

斑竹枝。斑竹枝。淚痕點點寄相思。楚客欲聽瑤瑟怨，瀟湘深夜月明時。

> 沈際飛《草堂詩餘箋》云："此《竹枝》之流也。"汪汲《詞名集解》云："劉禹錫作小詞，倣《九歌》迎神送神調也。"[一]①

> 愚按：詞內並非迎送神詞，想可通用。首三字必用叠句，別首同。

【校記】

[一]《詞名集解》原文云："唐劉禹錫作小詞，詠舜二妃，名其調曰'瀟湘神'，又名'瀟湘曲'，倣《九歌》迎神送神調也。"按，《瀟湘曲》一名，很少錄別名的《詞律》有備注，好錄別名的《詞譜》則失注。

【蔡案】

① 本詞也是樂府聲詩，故被收入《樂府詩集》及《全唐詩》，與《竹枝》詞同屬唐代雜曲歌辭，與《章臺柳》形同而韻不同也。毛西河曾引僧開的話説："古詩異近體，近體限句字，古詩不限句字也。詞異詩，詩句字不限聲，詞限聲也。夫詞限聲，而可不審聲乎？雖然，詩亦限聲矣。古詩之限聲者，梁武之《采蓮》《龍笛》，徐勉之《迎客》《送客》是也。近詩之限聲，則王維之《青雀詞》、李賀之《休洗紅》、韓偓之《懶卸頭》、劉禹錫之《瀟湘神》是也。"毛西河認同將《瀟湘神》歸屬爲類似於詞而"限聲"的詩，説："詩限聲而無譜以紀之，故失聲；詞限聲而無譜以紀之，不幾並失詞乎？"毛西河的這番話道出了聲詩之所以入詞，且每被後人誤作詞之原委。

浪淘沙 二十八字　　　　　　　　　　　　　　　劉禹錫

洛水橋邊春日斜。碧流輕淺見瓊沙。無端陌上狂風急，驚
起鴛鴦出浪花。

　　　唐教坊曲名[一]①。《九宫大成》入南詞越調引，與本調正曲
　　　不同。又入北詞雙角隻曲。

【校記】

　　　[一] 明陸時雍《唐詩鏡》名《浪淘沙詞》。爲別於李煜詞調名，可
依《唐詩鏡》改名。

【蔡案】

　　　① 此亦聲詩，爲唐詩之雜曲歌辭，與李煜之詞體風馬牛。此類
聲詩俱無須擬譜，學者但依照詩律創作即可。

浪淘沙 五十四字　一名《曲入冥》[一]《賣花聲》《過龍門》
　　　　　《煉丹砂》　　　　　　　　　　　　　　李　煜

簾外雨潺潺。春意闌珊。羅衾不耐五更寒。夢裏不知身是
〇●●〇△　　〇●〇△　〇〇●●●〇△　　●●●〇〇●
客，一晌貪歡。　　　獨自莫憑闌。無限關山。別時容易見
●　●〇〇△　　　　●●●〇△　〇●〇△　〇〇〇●●
時難。流水落花春去也，天上人間。
〇△　　〇●●〇〇●●　〇●〇△

　　　《九宫大成》入北詞中吕宫隻曲。即《昇平樂》，一作《賣花聲
　　　煞》。又入南詞大石調正曲。

　　　唐調本七言絶句，南唐後主始製兩叠，嗣後多用此體①。賀
鑄詞，名《曲入冥》②；張舜民詞，名《賣花聲》，與《風中柳》之别名

不同；史達祖詞，名《過龍門》；馬珏詞，名《煉丹砂》。惟石孝友此調用四"兒"字爲叶，乃戲筆，非正體也③。程垓二首，汲古名《南鄉子》，乃寫誤。

與《浪淘沙近》《浪淘沙慢》皆無涉，宜各列④。

【校記】

[一] 原著眉批：冥，下從六。

【蔡案】

① 本詞與《浪淘沙詞》風馬牛，並舉而論即有混爲一談之嫌。而所謂唐教坊曲名，多不關乎唐宋詞，其中大多祇不過是借舊名譜新聲而已。

② 賀鑄詞，好自立新名，但他的新名祇是"詞名"，而非"調名"，這是唐宋時的一種擬題方式，該名只針對該詞。宋人對這一點都很熟悉，因此，賀鑄的詞名從無其他宋人襲用，甚至元明人都不用。因此，譜家每列其於詞譜中，實屬笑譚，惜今人皆不知此。

③ 石孝友詞，自是正體，其韻律與李煜詞無異。祇是采用了獨木橋體的填法，以四個"兒"字入韻而已。但是獨木橋體就詞的體式而言並非新體，因爲祇是用韻的方式不同而已，無關乎律法。換個角度説，任何一個詞調，任何一個人都可以採用獨木橋體的模式進行創作，同樣並不表示創製了一個新的體式。

④ 令引近慢之間均無瓜葛，而《詞律》《詞譜》等多混爲一談，秦巘此説，見識無疑高出一籌。

又一體① 五十二字　　　　　　　　　　　　柳　永

有個人人。飛燕精神。急鏘環佩上華裀。促拍盡隨紅袖舉，風柳腰身。　　　薄薄輕裙。妙盡尖新。曲終獨立斂香塵。應是四肢嬌困也，眉黛雙顰。

　　《樂章集》注歇指調。《詞譜》注雙角。蔣氏《九宫譜目》注越調。《唐書·禮樂志》：歇指調，乃林鐘律之商聲；越調，乃無射律之商聲。《九宫大成》入南詞羽調正曲。

　　比前李詞前後首句俱少一字，餘同。原調加"令"字，或謂凡小調俱可加"令"字②。汲古閣《六十家詞》首句作"有一個人人"，"一"字衍誤。今從宋刊本《樂章集》[一]。

【校記】

[一] 本調前後段起調之正格，爲仄起平收式五字律句，四字起拍之的填法，顯因源自柳永本詞而起，但是本詞的格式則很可能是由於脱字而形成的。汲古閣本前起之"一"字，或爲衍誤，但是也有可能原本就有所本，本來就是五字句法。秦巘"衍誤"云云，終歸祇是主觀斷定，並没有有力的證據佐證，畢竟柳永的詞，在宋時已有很多脱落的情況，因此宋本《樂章集》有誤、有奪，也是在情理之中的。後一首李之儀詞就是一個很好的例子，其前段起拍秦巘原譜也是四字"霞卷雲舒"，因四庫本所據的《姑溪居士文集》僅收録了前集，未收含有詞曲部分的後集，因此秦巘所據或也是汲古閣刻本《姑溪詞》，而我曾懷疑其前段起拍原文本是"霞卷復雲舒"，後檢《宋集珍本叢刊》，其卷四十五録有該詞，起拍爲"霞卷與雲舒"，正與後段起拍相同，正好就是五十四字之正體。但是該本源自秦巘之父秦敦夫的藏本，而秦巘居然未見，則本詞或爲秦宅火後所補者也。向來秦巘原稿見李詞五字，便不經意，改稿則惟見汲古閣本，端然四字，便予補録，這也是符合常情的。

【蔡案】

① 此非又一體，詳見校記。詞譜家擬譜，必得確定無疑方可録

入，如《欽定詞譜》脫字還是減字、衍字還是添字都尚不能斷定，就動輒譜爲又一體，就絶非嚴謹之舉。本詞有疑，自然不能將似是而非者列爲一格，貽誤後人。而填詞者如果要創作本調，自應遵從李煜詞爲範。

② 此爲正解，惜今人多不識。

又一體① 五十三字　　　　　　　　　　　　　　李之儀

琴

霞卷雲舒[一]。月淡星疏。摩徽轉軫不曾虛。彈到當時留意處，誰是相如。　　魂斷酒家壚。路隔雲衢。舞鸞鏡裏早妝初。擬學畫眉張内史，略借功夫。

前起句四字，後起句五字，與前作異。

【校記】

[一] 本句依律應該是五字句，應據宋集珍本叢刊本《姑溪居士文集》卷四十五補，作“霞卷與雲舒”，題注也應改爲五十四字。詳參前一首校記。

【蔡案】

① 秦巘原録實爲奪字詞，實即李煜詞體，重格詞。

又一體 五十五字　　　　　　　　　　　　　　杜安世

簾外微風。雲雨回踪。銀缸冷浸錦幃中[一]。舊日深盟，當年心事，陡頓成空。　　嶺外白頭翁。更没由逢[二]。一牀鴛被叠香紅。明月滿庭花似繡，悶不見蟲蟲。

前段第四五句各四字①，後段尾句五字，與各家異[三]。"舊日"二字，汲古作"枕上"，"當年"二字作"年少"②，"更"字作"到"。杜又一首末句多一字，是衍誤[四]。

【校記】

[一] 冷浸，汲古閣本原作"爐冷"，更勝，可據改。

[二] 更沒由逢、到沒由逢，都晦澀而費解，疑均有舛誤。

[三] 杜安世填詞，時見差評，如陳振孫《直齋書録解題》卷二一云："京兆杜安世……詞亦不工"，《四庫總目提要》卷二○○則謂其詞"往往失之淺俗，字句尤多湊泊"，故其詞句之拿捏如何，尚需慎斷，如後一首前後段第三拍，依律當爲韵句，是均脚主韵所在之句，但其詞都不用韵，顯係誤填。

[四] 杜詞本調共三首，汲古本別首後結作"可惜一天無用月，照空爲誰明"，並無衍文，疑秦巘誤讀爲"月照空爲誰明"。又，本句或是"本詞末句多一字"之誤。但是本詞後段或本非結拍添字，而是與前段相同，也是一種七字句添一字作四字兩句的填法，即本爲"明月滿庭，花似繡□，不見蟲蟲"，"悶"字爲他字之誤，如此則前後段字句整齊，前段的添字也不會覺得突兀了。

【蔡案】

① 本詞前段尾均用讀破法填，由七字句添一字，讀破爲四字二句，此爲填詞慣用手法，惟本調與諸家迥異，且無同調者。

② "當年"不可作"年少"，否則即音步連仄而致韵律失諧，疑本爲"少年"，"少年心事成空"更勝，汲古本刻誤。

又一體 五十五字　　　　　　　　　　　　杜安世

又是春暮。落花飛絮[一]。子規啼盡斷腸聲①，鞦韆庭院，紅旗彩索,淡烟疏雨。　　念念相思苦。黛眉長聚。碧池驚散睡鴛鴦②,當初容易分飛去。恨孤負歡侶。

　　　　此用仄韵,前後第三句不叶韵,後段第四句叶,與前作異。"負"字,汲古作"兒",誤[二]。

【校記】

　　[一] 北師大本前起爲八字一句,不讀斷,失一韵。誤。

　　[二] 於韵律論,"孤兒"應不誤,孤負反是敗筆。

【蔡案】

　　①② 本調前後段第三句,依照韵律應當叶韵,因爲該句爲主韵所在處,必以叶韵爲是。此二句不韵,則全篇韵律皆失。陳振孫的《直齋書録解題》收録《杜壽域詞》一卷,謂"京兆杜安世撰,未詳其人,詞亦不工",或此之謂歟?

竹　枝① 二十八字　　　　　　　　　劉禹錫

白帝城頭春草生。白鹽山下蜀江清。南人上來歌一曲②,北人莫上動鄉情。

　　　　唐教坊曲有《竹枝子》③。

　　　　郭茂倩《樂府詩集》云:《竹枝》本出巴渝,故又名《巴渝辭》。"唐貞元中,劉禹錫在沅、湘,以俚歌鄙陋,乃依騷人《九歌》,作《竹枝》新辭九章,教里中兒歌之,由是盛於貞元、元和之間。"其音協黄鐘羽,末如吴聲,含思宛轉,有淇濮之艷[一]。

【校記】

　　[一] 古人引文,多不嚴謹,加之書無標點,所以原文、引文、撰文

常常混爲一體，讀之無從解起。郭氏原文爲：“《竹枝》本出於巴渝，唐貞元中，劉禹錫在沅、湘，以俚歌鄙陋，乃依騷人《九歌》，作《竹枝》新辭九章，教里中兒歌之，由是盛於貞元、元和之間。禹錫曰：‘《竹枝》，巴歈也。巴兒聯歌，吹短笛、擊鼓，以赴節。歌者揚袂睢舞，其音協黄鐘羽。末如吳聲，含思宛轉，有淇濮之艷。’”

【蔡案】

①　本調也屬於唐代雜曲歌辭類的聲詩，《全唐詩》在卷二十八的“雜曲歌辭”中收録了本詩。此類聲詩的寫作，只要每句的平仄合乎律句規範即可，甚或用律化的古體詩來寫，也屬於正格，而不必追求每一首的字句平仄都與範例一樣。本詩爲《竹枝》詩，《竹枝》詩與《竹枝》詞並不是一回事，是有明顯的區别的，但因爲《竹枝》詩歷來佔主流，而極少有人創作《竹枝》詞，加之但凡《竹枝》詩也往往是以“詞”字名，因此今人對於《竹枝》詩和《竹枝》詞更加不知如何分辨，一直混淆不清，張冠李戴。其實萬樹在《詞律》中對這一問題已經説得非常清楚了：《竹枝》詞“所用‘竹枝’、‘女兒’，乃歌時群相隨和之聲……他人集中作詩，故未注此四字，此作詞體，故加入也”。這就很清楚了，祇有在作品中加入了和聲，作品才可以被視爲“詞”，否則便是“詩”。至於後世文人創作《竹枝》，則大抵分爲兩種，一種爲雅化詩，與七絶無異，“竹枝”二字僅是由頭而已，一種爲俗化詞，口語化色彩濃郁，但依然不屬於民歌。

②　《竹枝》的句子格律，有兩大特徵：其一，是多不講究兩聯之間的“黏”，如劉禹錫十一首，有九首是失黏的；其二，是仄起式的句子常將其改爲平起式，但是整個句子其他部分則不變，形成一個類似“南人上來歌一曲”形式的大拗句法。這種大拗句法雖多，但總體上仍然是少數，如劉詩十一首九處拗十三處律，白居易五首俱不拗。《欽定

詞譜》以爲“每句第二字俱用平聲”，則與事實完全不符。

③《竹枝子》與《竹枝》詞本來就是風馬牛的關係，《竹枝子》爲五十五字十句的體式，所以無須提及，在這裏説“唐教坊曲有《竹枝子》”，就和説“唐教坊曲有《臨江仙》”一樣，毫無意義。

竹　枝[一]　十四字　一名《巴渝辭》　　　　　皇甫松

芙蓉並蒂竹枝**一心連**女兒。**花侵隔子**竹枝**眼應穿**女兒。

《九宮大成》入北詞雙角隻曲。《曲譜大成》云：《石竹子》即唐時《竹枝》歌。考《竹枝》歌體乃七言絶句，不拘平仄①。元人用作北雙角曲，易名《石竹子》②。

竹枝之音起於巴蜀，唐人所作，皆言蜀中風景，如白居易、劉禹錫七言絶句。此以二句十四字成調，後人因效其體，不拘蜀地，但寫風景爲多耳。所用“竹枝”、“女兒”，乃歌時群相隨和之聲，猶《采蓮曲》之有“舉棹”、“年少”也。

【校記】

［一］原譜作“又一體”，此即《竹枝》詞，與前一首不同，《全唐詩》卷八百九十一徑入長短句，故應重名作《竹枝》，或易名以“巴渝辭”爲其正名，以別於《竹枝》詩。

【蔡案】

① 秦巘云“不拘平仄”者，實循《詞律》《欽定詞譜》之説，詳參前一首。

② 謂元人以《竹枝》詞易名爲《石竹子》，或亦祇是因爲《石竹子》是七言四句體，與《竹枝》詩相似之故。謂《石竹子》與《竹枝》詩有承繼關係尚可，與《竹枝》詞之間的承繼關係應不存在，尤其和聲特色，

前人每每忽略。

又一體① 十四字　　　　　　　　　　　　　　皇甫松

山頭桃花竹枝**谷底杏**女兒。**兩花窈窕**竹枝**遥相映**女兒。

此用仄韵,"枝"、"兒"二字,自爲叶韵。

【蔡案】

① 本調即前一首的仄韵格,也是唐代聲詩中的雜曲歌辭,《全唐詩》卷二十八"雜曲歌辭"類收録,作爲詞的《竹枝》,則由此演化而來。本體式但守每句的平仄合乎律句規範,另添加和聲即可,不必每首字句平仄皆同。

又一體① 二十八字　　　　　　　　　　　　　孫光憲

門前春水竹枝**白蘋花**女兒。**岸上無人**竹枝**小艇斜**女兒。**商女經過**竹枝**江欲暮**女兒。**散抛殘食**竹枝**飼神鴉**女兒。

唐樂府有《蜀竹枝》《江南竹枝》《漁家竹枝》。但言《竹枝》者,蜀詞居多,見《歷代詩餘》②。

此比前加一叠③,孫又一首次句平仄異,想不拘。《詞律》作皇甫松,誤。

【蔡案】

① 本調亦爲唐代聲詩之雜曲歌辭,《全唐詩》卷二十八"雜曲歌辭"類收録。本體式但守每句之平仄合乎律句規範,另添加和聲即可,而不必每首字句平仄皆同。

② 本調除《花間集》外,宋人的《樂府詩集》《萬首唐人絶句》及明

人的《唐詩品彙》《全蜀藝文志》等書收錄時，均無和聲，可見和聲之性質類似符號而已，既不增加文辭之實際意義，又不對聲詩增加音樂功能。但是，它却是作爲一首詞的必要元素，亦即作爲聲詩的《竹枝》，如果添加和聲便是詞的《竹枝》，否則，《竹枝》之詩與詞便無從分辨。

③ 本調與前述二句體應屬於完全不同的樣式，而不能認定爲本體式就是前一體式"加一叠"而成，與之極爲相似的，是將絶句視爲律詩的"截半而成"的説法，同樣都是缺乏文體理念的表現。

抛毬樂[①] 三十字　　　　　　　　　　　　　　　　劉禹錫

五色繡團圓。登君玳瑁筵。最宜紅燭下，偏稱落花前。上客如先起，應須贈一船。

唐教坊曲名。《宋史·樂志》：女弟子舞隊，三曰"抛毬樂"[一]。在夾鐘商。元詞屬黃鐘宮。

胡震亨《唐音癸籤》云："酒筵中抛毬爲令，其所唱之詞也。"馮延巳詞有"且莫思歸去"句，名《莫思歸》；《絶妙好詞》載李肩吾詞，名《摑毬樂》[二]。

五言六句，中二句對偶。劉別作及徐鉉二首皆然。

【校記】

[一]《宋史·樂志》原文："女弟子隊，凡一百五十三人，一曰菩薩蠻隊……二曰感化樂隊……三曰抛毬樂隊，衣四色綉羅寬衫，繫銀帶，奉綉毬；四曰佳人剪牡丹隊……五曰拂霓裳隊……六曰采蓮隊……七曰鳳迎樂隊……八曰菩薩獻香花隊……九曰彩雲仙隊……十曰打毬樂隊。"

[二]李肩吾詞，爲四十字體，與本體式迥異，故其調名亦不可用

於三十字體中。

【蔡案】

　　① 本調亦爲唐代聲詩之雜曲歌辭,《全唐詩》卷二十八"雜曲歌辭"類收録。

又一體 三十字　　　　　　　　　　　　　　皇甫松

金蹙花毬小,真珠繡帶垂。幾回衝蠟燭,千度入香懷。上客終須醉,觥盂且亂排。

　　首句不起韵,與前異①。

【蔡案】

　　① 首句或韵或不韵,對詞調而言本屬基本律理,對於聲詩而言,則更屬正常,僅僅是一種微調之後的變格而已,與"體"的變化無關。

又一體① 四十字　一名《莫思歸》《摳毬樂》　　　馮延巳

霜積秋山萬樹紅。倚巖樓上挂朱櫳。白雲天遠重重恨,黃葉烟深淅淅風。髣髴凉州曲,吹在誰家玉笛中。

　　此詞六句,只第五句五字[一],餘皆七字,中二句亦對偶②。比劉作字數不同,與無名氏《回紇曲》却合,惟句中平仄全異。楊慎《詞品》以爲別名,不知何據。姑分録,俟考③。《絶妙好詞》有李肩吾一首與此同,但於"重重恨"、"淅淅風"作"亂於柳"、"凝似錫",平仄異④。

【校記】

　　[一]《敦煌歌辭總編》卷一收無名氏詞(〇〇二七),六句均爲七

字,其第五句作"無端略入後園看",或是本體式的早期形式。

【蔡案】

① 本調與前詞迥異,爲長短句,故於《全唐詩》卷八九八詞類中收録。余以爲前二首其實祇是唐人的小律,非詞,而本詞則是由詩變化而來的長短句,雖然變化簡單,但可以歸屬於詞類,因此,兩者不可以糾纏在一起進行討論和研究。

② 作爲修辭的對偶本屬作法,而非律法,所以作者守或不守,全在自己主觀意願之中,如果不守而形成非駢儷的句法形態,也與律無關,如敦煌詞該聯有作"當初姊妹分明道,莫把真心過與他"者,即爲一例。

③ 四十字體式的這個詞調與其他的聲詩不同,已經具備了詞的一個重要條件,從敦煌詞到唐五代詞,再到宋詞,每個詞家所寫的這個詞調,每一句的韵律都是完全一樣的。也就是説,聲詩那種句法自由化的典型色彩,在這個詞調中並未出現,韵律色彩在該詞調中完全符合"詞"那種"每一句的句法都趨於一致"的特徵,因此,可以認定,這應該是一個由聲詩成功轉化爲詞的代表性詞調。

④ "凝似餳"與"淅淅風",其平仄並無差異,凝,本屬二讀字,此處讀去聲,秦巘或以之爲平聲讀,故有"平仄異"之説,誤。

楊柳枝 二十八字 一名《柳枝》① 白居易

一樹春風萬樹枝。嫩於金色軟於絲。永豐東角荒園裏,盡日無人屬阿誰。

> 唐教坊曲名,白詩原注洛下新聲。《唐書·樂志》云:"梁樂
> 府有《胡吹歌》,(此歌辭元出北戎,)[一]即鼓角横吹曲《折楊柳》

是也。按，古樂府又有《小折楊柳》，相和大曲有《折楊柳行》[二]，清商四曲有《月節折楊柳歌》十三曲，與此不同。"何光遠《鑒戒録》云："《柳枝歌》，亡隋之曲也。"《古今詞話》云："《柳枝》，樂府作《折楊柳》，爲漢鐃歌横吹曲，蓋邊詞别曲也。"《詞律》："詠柳詞也，不比《竹枝》泛用。"

　　范攄《雲溪友議》云："白居易有妓樊素善歌，小蠻善舞，因作《楊柳》詞以托意云云。及宣宗朝，國樂唱是詞，上問誰詞，永豐在何處，左右具以對，遂命取永豐柳兩枝，植於禁中。白又爲詩一章（節録）。"亦見《本事詩》。

　　"東角荒園裹"五字，《雲溪友議》作"坊裹東南角"。

【校記】

　　[一] 括號中文字，校者所補。

　　[二] 先唐樂府中有《折楊柳》，又名《折楊柳行》《折楊柳歌》，五言歌行體，《樂府標源》謂是笛曲名，爲晋桓伊爲征南將軍所撰，"本名《楊柳枝》"。但漢樂府中已有無名氏《折楊柳行》，《古今樂録》謂是"王僧虔《技録》云"，則本詞調之濫觴可追溯至漢樂府。

【蔡案】

　　① 本作亦屬唐聲詩之雜曲歌辭，而非真正之詞，故祗需每句合乎律法即可，不必固守某一格律。

添聲楊柳枝　四十字　　　　　　　　　　　　顧　夐

秋夜香閨思寂寥[一]。漏迢迢。鴛幃羅幌麝烟消。燭光
○●○○●●△　　　●○△　　○○○●●○△　　●○
摇。　　　正憶玉郎游蕩去。無尋處。更聞簾外雨瀟瀟。滴
△　　　　●●●○○●▲　○○▲　　●○○●●○○　　●

芭蕉。
○△

　　《碧雞漫志》云：“隋有此曲，傳至開元。”“今黃鐘商有《楊柳枝》曲，每句下各增三字一句，此乃唐時和聲，如《竹枝》《漁父》[二]，今皆有和聲也。舊詞多側字起頭，第三句亦側字起，聲度差穩耳。”

　　此即前調，每句下加三字，所謂攤破是也，故名《添聲》①。

　　詞之以“添聲”名者，始此。《詞律》云：“《賀聖朝影》字法、句法皆與此同，只後段‘無尋處’之‘處’字，叶前後韵，故於此爲各調。”

　　張泌一首，於“鴛韗”句平仄全反，“無尋處”“尋”字用仄，餘同。“光”字，《詞譜》作“花”，誤[三]。

【校記】

　　[一]“思”字，原注“去聲”。

　　[二]《漁父》並無和聲，應是《采蓮》之誤。《碧雞漫志》原文如此，非秦巘筆誤。

　　[三] 今檢康熙五十四年内府朱墨本、四庫本等各本《欽定詞譜》，均爲“燭光”，不知秦巘所據何本。

【蔡案】

　　① 對於本調體式，秦巘在此實有兩種不同的觀點：其一，引《碧雞漫志》之觀點，認爲本調與《楊柳枝》，猶《竹枝詞》與《竹枝詩》，前者由添加和聲而成調；其二，所添三字並非和聲，而是用攤破法作詞。此二種觀點本身排他，不可並存，因此混亂。添字説似無依據。檢唐詞亦惟顧敻、張泌二首，其詞均僅稱《楊柳枝》，而無“添聲”二字，但其格式與劉白之體迥異，秦巘或因此而揣度其爲添字。而以爲本調中

的三字句均爲“和聲”，與《竹枝》相類的説法，亦可商榷。所謂和聲者，“乃歌時群相隨和之聲”也（《欽定詞譜・竹枝》注），宋程大昌《演繁露》云：“元次山《欸乃曲》五章，全是絶句，如《竹枝》之類。其謂‘欸乃’者，殆舟人於歌聲之外，別出一聲，以互相其歌也。《柳枝》《竹枝》尚有存者，其語度與絶句無異，但於句末隨加‘竹枝’或‘柳枝’等語，遂即其語以名其歌。‘欸乃’亦其例也。”由此便可知《竹枝》之類和聲的特點是：文字固定。在《竹枝》中則祇用“竹枝、女兒”，於《采蓮》中則祇用“舉櫂、年少”，但本調則並不如此，這是兩者之間的第一大不同。和聲與詞意無關。“竹枝、女兒”屬於別出一聲，我們可以稱其爲“虛句”，而本調的三字句則都是“實句”，這是兩者之間的第二大不同。和聲僅類“符號”而已，因此刻本都使用小字，本調則各本都使用大字，這是兩者之間的第三大不同。有此三不同，則顯見本調的三字句並非屬於和聲，而屬於正句。更重要的是，“和聲”、“添聲”，其名不同，所指各異，前者與詞的正腔無關，故孫光憲的《竹枝》但屬變格，而非又一體，本詞較之前一詞，則顯然應該屬於別體。當然，虛句和實句也有可能是一個事物在不同階段的不同表現，但是這種不同階段中的變化已經屬於質變了，完全擺脱了“符號化”的特徵。

又一體 四十字　　　　　　　　　　　　缺　名

簌簌花飛一雨殘。乍衣單。屏風數幅畫江山。水雲
●●○○●●△　●○△　●○●●●○○　●○
間。　　　別易會難無計那，淚潸潸。夕陽樓上憑闌干。望
△　　　●●●○○●●　●○△　●○○●●○△　●
長安。
○△

後段次句叶平韵，當是《賀聖朝影》，誤寫調名①。

【蔡案】

① 本調初名《楊柳枝》後人因其添聲而變,謂之《添聲楊柳枝》,並改換韵體爲一韵到底,歐陽修詞,另名《賀聖朝影》,又有陸游等另名《太平時》。萬樹《詞律》將《賀聖朝影》視爲《太平時》之別名,單列《太平時》爲正調,或誤。宋人本調皆依本體,與唐詞不同。

柳 枝 四十四字   朱敦儒

江南岸,<small>柳枝。</small>江北岸,<small>柳枝。</small>折送行人無盡時。<small>恨分離。</small><small>柳枝。</small>   酒一杯。<small>柳枝。</small>淚雙垂。<small>柳枝。</small>君到長安百事違。幾時歸。<small>柳枝</small>[一]。

此《柳枝》之變體也。"柳枝"二字當如"竹枝"、"女兒"作和歌之語,且與上下叶韵,如今時曲之品頭也①。

【校記】

[一] 句内"柳枝"二字,原譜均小一號書寫。

【蔡案】

① 此亦稱爲《楊柳枝》,與白詞、顧詞各爲同名異曲。本詞中的"柳枝"則屬於和聲,同樣與"添聲"風馬牛。《欽定詞譜》認爲"'枝'字即本詞韵,亦添聲之意",是混淆兩者的區別,因爲"和聲"本爲韵律的一種點綴,因此每每會採用叶韵的形式,如《竹枝》,如《采蓮》,都是如此。如果因爲這個原因而一律可以視爲"添聲"的話,那麼,也就沒有"和聲"的概念了,都可以將其名之爲"添聲"了,其謬可見。《欽定詞譜》據而與顧夐詞合二爲一,尤謬。更何況從來本詞都是名爲《柳枝》的,而未有名之爲《添聲楊柳枝》者。

花非花① 二十六字　　　　　　　　　　白居易

花非花，霧非霧。夜半來，天明去。來如春夢不多時，去似
朝雲無覓處。

　　《詞品》云：白樂天詞云云，"蓋其自度之曲，因情生文，雖
《高唐》《洛神》，奇麗不及也"。

　　此以首句三字爲名。愚按：此等長短句詩，可平可仄皆不
必注，所謂一三五不論也。

【蔡案】

　　① 這也不屬於詞，衹不過是句式有長短的詩而已，因此未見宋
人有按照這一模式來"填"的作品。明清人因爲不知什麼是詞，所以
才有楊慎的《詞品》稱其爲"詞"，所謂"自度曲"也不過是想當然而已，
其後更有"張子野衍之爲《御街行》，亦有出藍之色"云云的説法，尤爲
發嗉。到了清代又有《全唐詩》將其收入詞卷中，皆誤。萬樹云："此
本長慶長短句詩，而後人名之爲'詞'者"，其斷甚當，故秦巘以之爲
"長短句詩"，甚是。作此但須謹守律句規則即可，而没必要像詞那樣
去"填"。

長相思 三十六字　一名《山漸青》《雙紅豆》《憶多嬌》
　　　　《吳山青》《青山相送迎》　　　　　　　　白居易

汴水流。泗水流。流到瓜洲古渡頭。吳山點點愁[一]。
●●△　●●◇　○●○○●●△　　○○◎●△

思悠悠。恨悠悠。恨到歸時方始休。月明人倚樓
●○△　●○◇　●●○○●●△　　●○⊙△

　　唐教坊曲名。《樂章集》屬林鐘商。《九宮大成》入南詞商

調引。

與柳永之《長相思慢》無涉，宜分列。

《集解》云："梁陳樂府，多取古詩'長相思'作起句，調名本此。"張輯詞有"江南山漸青"句，名《山漸青》；一名《雙紅豆》；一名《憶多嬌》①；周密詞，名《吳山青》；王行詞，因林逋詞句，名《青山相送迎》。

上"點"字，宜用平聲者多②。

【校記】

［一］原注前"點"字可平；換頭"思"字，原注去聲；後結"人"字，原注可仄。

【蔡案】

①《雙紅豆》未見宋元明人使用，即便在清代也罕有人用。而《憶多嬌》，寸光所及，更是無人將其作爲調名使用。這一類"詞名"猶如今日的"標題"，不可以將其等同於"調名"，兩者之間的內涵完全不同。

② 秦巘以爲該句的前一個"點"字宜平，然又指出後段結拍的第三字可仄，亦然。但是，就韵律的原則來說，前後兩結句中的第三字如果用仄聲字的話，那麼該句的第一字就必須使用平聲字。檢宋詞前後段結拍，第三字爲仄讀者，共計有四十三例，而這四十三例的首字均爲平聲字，此正是律理中所謂的"拗救"。

又一體 三十六字　　　　　　　　　　　白居易

深畫眉。淺畫眉。蟬鬢鬅鬙雲滿衣。陽臺行雨回[一]。巫山高①，巫山低。暮雨瀟瀟郎不歸。空房獨守時[二]②。

　　　　換頭句不叶韵。

【校記】

　　〔一〕"行"字與後結"獨"字,原譜用〇符標識,意謂必用平聲。

　　〔二〕原注"獨"字作平。

【蔡案】

　　① 本詞後起微調變格,體式仍同。但是此類變化也不可以隨意不叶韵,祇能在兩句的第三字每以對舉的時候,方可不叶。如本詞白居易"高"、"低"對舉,歐陽修有"長江東,長江西"之"東"、"西"對舉,李煜有"菊花開,菊花殘"之"開"、"殘"對舉等等,俱如此。

　　② 前後段結拍第三字,其規則前述已詳,因此"獨"字無須視爲以入作平。一個很簡單的問題,前一首"點"字可仄,爲什麼本詞"獨"字不可仄呢? 無謂。

又一體 三十六字　　　　　　　　　　　劉光祖

玉尊涼[一]。玉人涼。若聽驪歌須斷腸。休教成鬢霜[二]。　　　畫橋西,畫橋東。有淚分明清漲同。如何留醉翁。

　　　　後段換韵①,起句亦不叶。

【校記】

　　〔一〕二"涼"字,原皆作"凉",眉批注云:"凉,從氵"。原抄誤。

　　〔二〕原注:教,平聲。"教"字與後結"留"字,用〇符標識,意謂必用平聲。按,"教"字疑秦巘誤標,或應是"成"字必用平聲。

【蔡案】

　　① 如果我們站在唐宋的立場上,而不是站在明清的立場上來看

這首詞,即可知這首詞並非是換韻,因爲它祇是循古韻填詞而已,這就和辛棄疾的《醉翁操》可以用"江"叶"松"、"風"、"公"一樣,是同一個韻律道理。所以,本詞實際上就是前一詞的變格而已。

又一體 三十六字 續雪谷

心悠悠。恨悠悠。誰剪春山兩點愁。笙寒燕子樓。　　曉星稀。暮雲飛。織就回文不下機。花飛人未歸。

　　見《陽春白雪》。續雪谷,名未詳。
　　後段亦換韻①,起句亦叶②。

【蔡案】

　　① 本調遍檢唐宋元諸家詞,並無其他換韻格的填法,疑本詞或爲誤填,或爲兩首殘篇的誤合,玩其前後段詞意上的勾連,頗顯鬆散,即可知。因此不當視爲"又一體"而混淆視聽。蓋詞譜者,前人之總結,後人之圭臬也,擬譜人尤須有所爲,有所不爲也,寧缺毋濫,不亦善哉。如本調多舉後段起三字不叶例,而未見前段起三字不叶者,如向子諲前段作"年重月、月重光。萬瓦千林白似霜。扁舟入醉鄉"。若不忌泛濫,輒又是一體。但詞調的前後起本可叶可不叶,這屬於最一般的常理,知此即可,實無必要羅列種種。

　　② 起句雖叶,但並未叠韻,有別於前述正體。

相思令① 三十六字 林逋

吳山青。越山青。兩岸青山相對迎。争忍有離情。　　君淚盈。妾淚盈。羅帶同心結未成。江邊潮已平。

張先詞屬雙調。

此首見《樂府雅詞》，名《相思令》，即《長相思》。因第三句，故一名《青山相送迎》，或"送"字訛寫"對"字，惟"爭忍"句平仄與各家異。

與晏殊、張先之《相思兒令》皆不同，宜各列。

【蔡案】

① 此即《長相思》，按一般詞譜體例，注明有此別名，且張先詞屬雙調即可，無須再列於《長相思》後。但秦巘本書的體例如此，但凡是別名的重要詞作，均重複列出，並不論其詞體是否雷同，至於前段第四拍句法與諸詞不同，並非重出原因。該句句法差異在宋詞中惟此一例，本作者偶出而已，無須別列一體。

憶江南 二十七字　一名《謝秋娘》《江南憶》《春去也》
《夢江口》《望江南》《夢江南》《望江梅》①　　　　白居易

江南好，風景舊曾諳。日出江花紅勝火，春來江水綠於藍。
○⊙●　⊙●●○△　　◎●⊙○○●●　⊙○○●●○△
能不憶江南。
○●●○△

唐教坊曲名有《望江南》《夢江南》。《碧雞漫志》云："此曲自唐至今，皆南呂宮。"[一]《九宮大成》入北詞小石角套曲。一名《歸塞北》，入北詞大石角隻曲。

段安節《樂府雜録》云："始自朱崖李太尉鎮浙日，爲亡妓謝秋娘所撰，本名《謝秋娘》，後改此名。"② 白居易思吳宮、錢塘之勝，又名《江南憶》；劉禹錫詞，名《春去也》；溫庭筠詞，名《夢江口》；又有"獨倚望江樓"句，名《望江南》；皇甫松詞，有"閒夢江南梅熟日”句，名《夢江南》；李煜詞，名《望江梅》。

　　或云白居易及晚唐詞皆單調二十七字，至宋方加後叠，則知隋詞乃贋作。程明善《嘯餘譜》乃合李後主“多少恨”、“多少淚”二首爲一，指爲雙調兩韵，更謬。愚按：隋詞語氣，迥不類六朝風格，自是贋作無疑，故不録。

【校記】

　　［一］四庫本作“南宫”，奪一“吕”字。

【蔡案】

　　① 本調的別名尚有兩種：張鎡單調詞兩組八首，名《夢仙遊》；范成大單調詞六首，名《步虚聲》。這兩種別名均爲一名多首，而不僅僅是某一詞之名，所以雖無宋元他人襲用，也不可視爲“詞名”，而應該作“調名”看。

　　②《謝秋娘》僅爲傳説中之調名，今均未見唐宋金元有以之爲名者，但至今一直被人認爲是初始名。　　　　　　　　　　　．

江南柳① 　五十四字　一名《安陽好》《步虚聲》《夢游仙》
　　　　　《壺山好》《望蓬萊》《歸塞北》　　　　　張　先

隋　　堤［一］

隋堤遠，波急路塵輕。今古柳橋多送別［二］，見人分袂亦愁生。何况自關情。　　斜照後，新月上西城。城上樓高重倚望，願身能似月亭亭。千里伴君行。

　　《子野詞》屬南吕宫。《太平樂府》注大石調。

　　韓琦詞有“安陽好”句，名《安陽好》②。蔡真人詞有“閒引步虚聲”句，名《步虚聲》③。張鎡詞，有“飛夢去，閒到玉京游”句，名《夢游仙》。宋自遜詞[三]，名《壺山好》，丘處機詞，名《望蓬萊》④。《太平樂府》名《歸塞北》。

　　馮贄《南部烟花記》云："帝既作龍鳳舸，因製《湖上曲》《望江南》八闋，多令宮中美人歌唱之。"韓偓《海山記》："隋開西苑，鑿湖泛舟，作《望江南》調八闋，有'湖上月'、'湖上柳'八首。此照白詞加一叠。"[四]

【校記】

　　[一] 原本題序重出，删一。

　　[二] 原本本句"别"字誤記爲"叶"，應是刻誤，徑改。

　　[三] 遜，原作"選"，誤，據《欽定詞譜》改。

　　[四] 所謂隋詞雙叠體八首，已知爲僞作，秦巘前文也已經説過"隋詞語氣，迥不類六朝風格，自是贋作無疑"，則重提無謂。

【蔡案】

　　① 此即《憶江南》複叠爲兩段式詞。《江南柳》則是張先詞所用的詞名，後人仍多以《憶江南》名之，因此填者無須更名，以用《憶江南》《望江南》爲是。

　　② 韓琦此名，已經成了一種寫作模式，後人多有以《某某好》爲調名，用聯章的形式來寫某一地域的作法。如王安中九首寫安陽，名《安陽好》；仲殊詞十首寫南徐，每首俱以"南徐好"起句，故調名即作《南徐好》。今天填者自然也不妨模擬這種作法，而不必拘泥地名是否前人曾經用過。

　　③《步虚聲》爲范仲淹所創，適用於單段式詞中，不適宜用於雙段式詞，參前詞蔡案。

　　④ 金元人多有將雙調名爲《望蓬萊》者，如馬端陽、王處一、劉志淵等，並非由丘處機起。

憶江南① 五十九字　　　　　　　　　　　　馮延巳

去歲迎春樓上月。正是西窗，夜涼時節②。玉人貪睡墜釵
雲。粉消妝薄見天真。　　　人非風月長依舊。破鏡塵箏，
一夢經年瘦。今宵簾幕颺花陰。空餘枕淚獨傷心。

　　凡用四換韵③，句法與前調全異。

【蔡案】

　　① 本調與前調當是同名異調，兩者在韵律上相互無關，秦巘未
將本調視爲前調的又一體，極是。

　　② 馮氏此調共二首，本句雖兩首皆同，但疑其本貌與後段相同，
也是五字一句。縱觀唐詞，雖有前後段或起拍不同、或結拍不同的詞
例，但是如果起結皆同，則以前後段句拍規整爲基本特色，頭尾字句
相同而中間參差的情況，多爲文字舛誤所致。

　　③ 本調實與《虞美人》《菩薩蠻》等詞同，屬四換韵詞調，秦巘在
此並未因爲前後段平韵通押而視爲未換韵，或非理念問題。從溫庭
筠《菩薩蠻》"翠翹金縷"詞，與此全同，但秦巘仍然以三換韵視之這一
點來看，秦巘對於這個換韵的問題，並無清晰而正確的認識，其"四換
韵"其實僅僅是因爲停留在清人分韵理念中，是認爲平韵第六部與第
十三部不通用的緣故。而萬樹《詞律》以爲本詞"凡用三韵"者，雖換
韵理念有誤，而用韵的認識則高明於秦巘。

如夢令 三十三字　一名《憶仙姿》《醉桃源》《宴桃源》
　　　　　《比梅》《無夢令》①　　　　　　　　　白居易

前度小花静院[一]。不比尋常時見。見時又還休②，愁却等
○●◎○◎▲　　●●◎⊙○○▲　◎■●○○　　○●●

閒分散。腸斷。腸斷③。記取釵横鬢亂。
○　○　▲　　○　▲　　○　◆　　◎　●　⊙　⊙　○　●　▲

　　《九宫大成》入南詞小石調④。許寶善《自怡軒詞譜》入南詞
大石調引。

　　蘇軾詞注云：“此曲本後唐莊宗所製，名《憶仙姿》，嫌其名不
雅，易名《如夢令》。”《古今詞話》云：“莊宗修内苑，掘土有繡花碧
色，中得斷碑，中有三十二字。令樂工入律歌之，名《憶仙
姿》。”[二]《古今詞譜》云：“《如夢令》，小石調曲，有傳自莊宗者，
有傳自吕仙者。莊宗於宫中掘得石刻，名曰‘古記’，取調中二字
爲名，曰《如夢令》。不知先曾有一闋，傳是吕仙之曲。别刻又云
無名氏作，非吕仙也。”[三]米友仁詞，名《醉桃源》；黄庭堅詞，以
莊宗詞有“曾宴桃源深洞”句，名《宴桃源》；張輯詞，有“比者梅花
誰瘦”句，名《比梅》；彭致中《鳴鶴餘音》，名《無夢令》。愚按：白
樂天在莊宗、吕仙之前，自應以此首爲冠。莊宗、吕仙之詞與此
無異，故不録。又，《詞譜》以沈會宗詞别名“不見”，沈詞是誤以
題爲調，故不注。説詳《尋梅》下。

　　《集解》云：“此詞加一叠，名《如意令》，蓋唐武后有《如意娘》
曲，詞名兩襲之。”⑤

　　“腸斷”四字，必用叠句叶韵。莊宗詞於第三句作“長記别伊
時”，“記”字用仄，各家同。

【校記】

　　[一] 原注“小”字可平，其餘可平可仄均標注於圖譜中，不再出
校記。

　　[二] 今所見各本，多據胡仔《苕溪漁隱叢話》作“後唐莊宗修内
苑，掘得斷碑，中有字三十二”，獨清鄭方坤《五代詩話》改云“三十三
字”，而《苕溪漁隱叢話》所引之詞，胡仔謂首句“原脱‘曾’字”，故“三

十二”並非誤筆。

　　［三］所謂吕洞賓詞，實爲宋人僞托，作無名氏者是。

【蔡案】

　　① 本調現可見最早者爲本詞，而白詞本名爲《宴桃源》，其詞共計三首，此其第一首，故本調正名當爲《宴桃源》。又按，《全唐五代詞》以爲，《宴桃源》名取自唐莊宗“曾宴桃源深洞”句，則“中唐之白居易何以能用後唐莊宗所製調填詞？殊可懷疑”。余按，這是一種刻板的見解，混淆了“用詞句作創調名”和“用調名入詞句”兩種完全不同的做法。因爲前人填詞的時候取調名入詞的事例很多，如《千秋歲》詞，無名氏有“似恁地。長恁地。千秋歲”，李淛有“觴再舉，清歌共飲千秋歲”，黄公度有“椒觴舉，人人盡祝千秋歲”，而元好問亦有“只恁地，團圞共樂千秋歲”，如果因爲元好問的詞有“千秋歲”三字，便認定宋詞就都不可以用《千秋歲》作爲詞調名，謂“宋朝之張先何以能用元人元好問的調名填詞”，豈不大謬？

　　② 第三句第二字例用仄聲，本詞用平，敗筆，不可從，故用應仄而平圖符擬之。秦巘以爲“時”字可仄，似乎是彌補原詞之缺陷，而實質上反而是“法定”了這一缺陷。因爲既然是“可仄”，則言外之意也就是“本平”，所以也是謬説。

　　③ 秦巘謂兩二字句處“必用叠句叶韵”，非是。按，《詞譜》第二至第四體，詞例各爲不叠韵的“苞嫩。蕊淺”、不叠句的“烟澹。霜澹”、無句中短韵的“長生活計”。所以我們認爲，但凡詞中的叠韵、叠句，均非格律問題，故均非必需，不惟本調如此，各調皆然。又按，本調叠韵，也可以採用三叠式，如四印齋所刻詞本胡銓《澹庵詞》，第四句起作“梅雨故來相惱。休惱。休惱。今歲荔枝能好”，二字句均叠第四句韵。又，彊村叢書本朱敦儒《樵歌》卷下，作“寒浸水香留客。

留客。留客。相對無言無説”,則又是一種填法,第五、第六兩句即叠用第四句尾二字而來,宋人多有此種填法。

④ 查《九宫大成》卷三十六南詞卷,《如夢令》屬“小石調引”,秦巘奪一字。

⑤ 此説有望文生義之嫌。

又一體 三十三字 吴文英

春 景

鞦韆争鬧粉墙①。閒看燕紫鶯黄[一]。啼到緑陰處②,唤回浪子閒忙。春光。春光。正是拾翠尋芳。

> 此用平韵,僅見此首。

【校記】

[一]“看”字,原注用平聲。

【蔡案】

① 平韵體唐宋僅此一首,以全詞韵律看,本調韵脚以○△收束,因此,“粉”字應該是以上作平填法,不可以用去聲填。又,第三字依律可仄。

② 本詞雖爲孤篇,無别首可校,但依一般韵律規則,本句的基本韵律應是仄起仄收式句法,即首字可仄、第三字可平,而“緑”字,更可視爲以入作平填法。同理,第四句和結句的首字皆可平。

一七令 五十五字 白居易

詩。綺美,瑰奇。明月夜,落花時。能助歡笑,亦傷别離①。

調清金石怨，吟苦鬼神悲。天下只應我愛，世間唯有君知。
自從都尉別蘇句，便到司空送白辭。

　　《唐詩紀事》云：白樂天分司東洛，朝賢悉會興慶池亭送別。
　　酒酣，各請賦一字至七字詩，以題爲韵。後遂沿爲詞調[一]。

【校記】

　　[一] 此本長短句詩，非詞，亦非聲詩，祇是遊戲之筆而已。所以
唐宋諸詩從未見有以《一七令》爲名者，今可見者多名之爲《一字至七
字詩》，也有直接名之爲《賦某》等等的。《一七令》之名，或肇始於明
儒楊慎，因其長短句而充作詞，因此萬樹以爲“用以入詞，殊屬牽强”，
所以《詞律》並未收録。《欽定詞譜》所説的“後遂沿爲詞調”，這個
“後”也祇是明人而已，宋元時人並未將其作詞看待。

【蔡案】

　　① 這裏兩個四字句均爲拗句，無格律可尋，顯然是白氏的信手
之作，但這兩句在其餘名家筆下，則都是合律的句法，如劉禹錫作“利
人利物，時行時止”、“始逢南陌，復集東城”，元稹作“碾雕白玉，羅織
紅紗”，張籍作“能回遊騎，每駐行車”等等。因此，今天填這四字，第
二或第四字的平仄均須變換爲宜。

又一體 五十五字　　　　　　　　　　　　韋　式

竹。臨池，似玉。裛露静[一]，和烟緑。抱節寧改①，貞心自
束。渭曲種偏多，王家看不足。仙仗正驚龍化，美實當從鳳
熟。唯愁吹作别離聲，回首駕驂舞陣速。

　　此用仄韵[二]。

【校記】

　　[一]裛,原作"裹",誤,據《全唐詩》改。露,北師大本作"霜",或因平仄而改,却於詞意不通。另,後面"仙仗"作"仙杖",亦不精準;"當從"作"當隨",則差可。

　　[二]北師大本本句作"單調十三句,七仄韵"。

【蔡案】

　　① 本句"節"字,以入作平。

又一體 五十六字　　　　　　　　　　　　張南史

花。花①。深淺,芬葩。凝爲雪,錯爲霞。鶯和蝶到,苑占宫遮。已迷金谷路,頻駐玉人車。芳草欲陵芳樹,東家半落西家。願得春風相伴去,一攀一折向天涯。

　　　　此首句叠字。

【蔡案】

　　① 本詞實即正體,首字加一字叠,亦變格耳。

又一體 五十六字　　　　　　　　　　　　張南史

雪。雪。花片,玉屑。結陰風,凝暮節。高嶺虚晶,平原廣潔。初從雲外飄,還向空中噎。千門萬户皆静,獸炭皮裘自熱。此時雙舞洛陽人,誰悟郢中歌斷絶。

　　　　此亦首句叠字,用仄韵。

步虛詞 二十七字　　　　　　　　　　　李德裕

仙女下，董雙成。漢殿夜涼吹玉笙。曲終却從仙官去，萬户千門月正明[一]。

胡仔《苕溪漁隱叢話》云：《桂花曲》①二首，“《許彦周詩話》謂是李衛公作，《湘江詩話》謂是均州武當山石壁上刻之，云神仙所作，未詳孰是”。《詞苑》引孫宗鑑[二]《東皋雜録》云：“范德孺謫均州，偶游武當山石室極深處，有題此曲於崖上。”

此詞或名《步虛詞》，與《西江月》之別名不同，詞中以“詞”名，始此。又以爲李白作。宋人筆記各説互異，殊難辨證。姑分列俟考②。

【校記】

[一]《苕溪漁隱叢話》文字略有差異：“下”字作“侍”，“漢殿”作“桂殿”，“仙官”作“仙宫”，“月正明”作“空月明”。其中“空”字平仄異，致句式不同。均應據《苕溪漁隱叢話》改。

[二] 北師大本作“孫宗聯”，未知底本誤抑或筆誤。

【蔡案】

① 李德裕詩二首，以雙段形式載《苕溪漁隱叢話》後集卷十二，題《桂花曲》，唐聲詩，屬雜歌謡辭。《李太白集注》卷三十收録本詞，亦爲兩段式詞，此爲前段，題名《桂殿秋》顯係托名。《步虛詞》一名，最早的應該是南北朝庾信的古體詩《道士步虛詞》十首，其名源此。現所存者多爲五言，以八句、十二句爲常見，也有多至十四句者。另一種則爲七言四句體式，也是雜歌謡辭，另又曾見陳陶有七言八句一首，其名爲《步虛引》，又名《仙人引》，與本調應該並非同一種。惟未見有三字兩句起調者。

②《桂殿秋》本爲單段式小令,則該集當是兩首之誤合耳,其後《全唐詩》將其分爲兩首,頗當。因爲如此,所以本詞從格式上考慮,應當是《桂殿秋》無疑,是詞也,而非七言絶句體《步虛詞》詩。秦巘"分列俟考"者,無謂。

八六子 九十字　　　　　　　　　　　　　　　　杜　牧

洞房深。畫屏燈照,山色凝翠沉沉。聽夜雨冷滴芭蕉,驚斷紅窗好夢,龍烟細飄繡衾[一]①。　　辭恩久歸長信,鳳帳蕭疏椒殿,閒扃輦路苔侵。繡簾垂、遲遲漏傳丹禁,蕣華偷悴,翠鬟羞整,愁坐、望處金輿漸遠,何時彩仗重臨②。正銷魂,梧桐又移翠陰。

> 　　洪邁《容齋四筆》云:"秦少游《八六子》詞,語句清峭,爲名流推激。予家舊有建本《蘭畹曲集》,載杜牧之一詞,但記其末句云:‘正銷魂,梧桐又移翠陰。’秦公蓋效之,似差不及也。"
> 　　詞之用長調者始此③。
> 　　"細飄鳳衾","又移翠陰",必用去平去平,勿誤。《詞律》謂前段當於"繡衾"住,"鳳帳"至"苔侵"十二字,應在"殿"字分句,六字兩句,況"扃"字不是閉口韵,非叶。此論甚協,與秦、晁諸作皆合。且調名《八六子》,詞中多用六字句,或因是歟?至謂詞有訛處,觀晁作於"整"字用"萍"字叶韵。"愁坐"二字,是二字領起下兩六字句,與前段"聽"字同。詞中八字九字句,多用此法,不勝縷指[二]。晁用"難相見"三字,亦是三字領起,當於"坐"字略逗。《詞律》謂三字領易讀易填,二字領難讀難填,殊不可解④。楊作用"叢"字叶,則是誤筆⑤,無可疑議。"坐"字,《詞律》作

“重”，誤。

愚按：晚唐詞皆小令，此調及《洞仙歌》始爲長調⑥。體段雖具，格律尚未完善，故前少後多耳。迨宋初，張、柳兩家創製慢曲，有起調、換頭、煞尾，前後段相同，規模於是乎備，實濫觴於此也。

【校記】

[一]“細飄繡衾”四字與後段結拍“又移翠陰”，原譜用●○●○符標識，意謂必用去平去平聲。

[二]縷指：應是“傻指”的誤筆。但宋人已經有此誤筆，如許均：“縷指隋唐名將相，多君交友與門人。”

【蔡案】

① 本詞多用拗句，前段第六句，後段第一、第四、第十拍，均爲大拗句法。入宋後，除晁補之仍依唐風外，諸家填詞，祇是後結不變，前結俱用四字句，而其餘諸拍，也都已經改拗爲順了。

② 從“繡簾”至“重臨”，計三十一字，却不用一韵，這種韵律是極爲罕見的，其間必有主韵脱落之訛誤。

③ 人多以爲長調從柳永輩肇始，“規模於是乎備”，而不知實起源於唐，此爲一例。但也並非“此調及《洞仙歌》始爲長調”，敦煌詞中《鳳歸雲》《傾杯樂》《内家嬌》等均爲長調，其中《傾杯樂》更有一百一十二字。

④ 二字逗因容易與詞句之小頓混淆，因此多不被人標出，萬樹謂“難讀難填”，並非虛言。

⑤ 此説非是。詳見楊詞下的蔡案。

⑥ 以詞的整體架構來説，《洞仙歌》尚不足以視爲長調，其前段僅得二均，後段三均，實際上祇是一個“準引詞”的規模。

又一體 九十一字　　　　　　　　　　　　晁補之

重九即事，呈徐倅祖禹十六叔

喜秋晴。澹雲縈縷，天高群雁南征。正露冷初減蘭紅，風緊
潛凋柳翠，愁人夢長漏驚[一]①。　　　　重陽景物凄清。漸老
何時無事，當歌好在多情。暗自想、朱顔並游同醉，宦名繮
鎖，世路蓬萍。難相見、賴有黃花滿把②，從教綠酒深傾。醉
休醒。醒來舊愁旋生[二]。

　　此詞明晰無訛，惟後段首句叶韵，"萍"字亦叶，"難相見"用
　　三字，"醒"字亦叶，與杜作異。晁爲北宋人，去唐不遠，作者但依
　　此體可也。《詞律》分秦、杜爲二體，謬。

　　　　"柳"字一本作"砌"，"歌"字作"歡"，"潛"字葉《譜》作"漸"，
　　"來"字作"時"。

【校記】

　　[一]"夢長漏驚"四字與後段結拍"舊愁旋生"，原譜用●○●○
符標識，意謂必用去平去平聲。

　　[二]原注"旋"字去聲。

【蔡案】

　　① 宋詞獨此一首前結仍用六字一句。

　　② 宋人的作法，此處均採用二字逗的形式，獨本詞多一字。

又一體 八十八字　　　　　　　　　　　　　秦　觀

春　怨

倚危亭。恨如芳草，萋萋剗盡還生。念柳外青驄別後，水邊
紅袂分時，愴然暗驚[一]。　　無端天與娉婷。夜月一簾幽
夢，春風十里柔情。奈回首、歡娛漸隨流水，素弦聲斷，翠綃
香減，那堪、片片飛花弄晚，濛濛殘雨籠晴。正銷凝。黃鸝
又啼數聲。

　　此詞"愴然暗驚"句，比杜作少二字，諸家皆六字，玩詞意當
有訛脫①，然後李、王兩作皆四字。《詞律》謂後段"奈回首"下三
十一字始叶韻，疑係傳訛。予謂此詞與杜作悉合，並無疑竇②。
後楊作是仿晁體，變化句法，不得以後人證前人也。敘列時代，
是非立辨。"奈回首"三字，各本作"怎奈何"，今據《詞譜》改。

【校記】

　　[一]"愴然暗驚"四字與後段結拍"又啼數聲"，原譜用●○●○
符標識，意謂必用去平去平聲。

【蔡案】

　　① 諸家皆六字，此説不確。從今天所見的唐宋人諸詞看，也衹
是杜牧、晁補之二人六字而已。本調尾均，其餘宋詞都是十七字，且
多採用一七、一六、一四的結構方式填寫。因此本詞的這種差異，應
該是詞人主觀上故意的減字法，所以秦巘認爲"有訛脫"的説法，也未
必如此。但本詞依然爲杜牧詞體，則是無疑的。

　　② 之所以"悉合"，則可見秦觀詞仍然是依杜牧詞而填，杜誤則
秦亦誤，所疑者在杜而不在秦。研究韵律，固然不可以"以後人證前

人",但是也不可以無原則地以前人證後人。杜牧詞,跨度三十一字才有一韵,這種現象必與韵律不合,因爲唐宋詞都没有這樣的填法。而既然認可"晁爲北宋人,去唐不遠",那麼晁氏所見的母本爲正格,這一點是可以推定的,楊纘也是精通音律的著名音樂家,楊詞就會在三十一字中補一主韵,也無非兩種可能:或是他所依的母本如此,或是知道杜詞不合韵律而有意追補,無疑同屬有意爲之。但楊詞的韵脚位置與晁詞不同,則後一種可能性更大。秦巘所謂"叙列時代",固有其理,但叙列時代須以律理爲基本依據,而非純自然認知,若以爲先出必得爲範,先出必屬正格,那麼就是機械的本本主義了,是見陋甚。

又一體 八十九字　　　　　　　　　　　　楊　纘

牡丹。次白雲韵

怨殘紅。夜來無賴,雨催春去匆匆。但暗水新流芳恨,蝶凄蜂慘,千林嫩綠迷空[一]。　　那知國色還逢。柔弱華清扶倦,輕盈洛浦臨風。細認得、凝妝點脂匀粉,露蟬聳翠,蕊金團玉、成叢。幾許愁隨笑解,一聲歌轉春融。眼朦朧。憑闌干、半醒醉中[二]。

《歷代詩餘》於"臨風"句分段,與各家不合,當從《詞律》。前段第五六句,上四下六字,比各家少二字。"綠"字仄,"迷"字平,後段六句六字,多二字,"叢"字叶。七句上少領字①。後結句七字多一字,與各家異。通體明白曉暢,並非遺誤。楊守齋精於律吕,著有《作詞五要》,爲玉田所推服,不應誤填,必有所據也。《詞律》於"凝妝"斷句,誤②。又謂兩字宜平[三],勿用去聲③;

"憑"字宜作平聲；多一"干"字，謬甚④。凡結句，各家詞每增減一二字，不必拘泥。既用"憑闌干"三字，則"憑"字當仄，不可連用三平。白雲，名趙崇嶓，惜原詞不傳，無從考證。

【校記】

[一]"嫩"字原譜用⬤符標識，意謂必用去聲。"迷"字旁注"宜平"。

[二]"半"字、"醉"字原譜用⬤符標識，意謂必用去聲。"醒"字旁注"平聲"。

[三]本句此説不合語境，顯誤，應據《詞律》改爲"又謂'雨'字宜平"。

【蔡案】

① 這一差異，實因讀破而起，亦即"成叢"二字別家屬下，而楊纘將其讀破後移前，並入韵處理。這一讀破之所以特異，是因爲通常讀破都是在一均之中，而這裏却是跨均讀破而已，應該是楊纘的旋律略有不同。而這也不應該是前句多二字、後句少領字的説法。

② 萬樹於"凝妝"後斷句，是因爲要避免"凝妝點脂勻粉"一句大拗，於律法論，並無不妥，而秦巘以爲誤，則是從文法出發，律讀與意讀的差別，意讀未必高明。

③ "雨"字宜平，萬樹是從所見諸詞該字位均用平聲而言，雖然六字句的首字依律原本平仄可以不拘，即便用去聲也可以。但秦巘與萬樹在這一理念上原本是一致的。

④ 萬樹原文爲："此恐原是'憑闌半醒醉中'，誤多一'干'字耳。'雨'字宜平，勿用去聲。'憑'字宜作'凴'，平聲。"以爲後結爲"憑闌半醒醉中"，是校之諸詞而論，未必無理，而六字句中"憑"字宜作平聲，便無不妥。至於秦巘以爲應是"憑欄干"，則已經成了三字結構，

韵律不同，自然不可作平。兩人所說的並非同一問題，奈何謂其"謬甚"。且萬樹本來說的就是"二字"，就更不存在"連用三平"的情況了。

又一體 八十四字[一]　　　　　　　　　　　　李　演

次賈房韵

乍鷗邊、一番腴綠，流紅又怨蘋花。看晚吹約晴歸路[二]，夕陽分落漁家。輕寒半遮[三]。　　　縈情芳草無涯。還報舞香一曲，玉飄幾許春華。正細柳青烟，舊時芳陌，小桃朱户，去年人面，誰知、此日重來繫馬，東風淡墨欹鴉。黯窗紗。人歸緑陰自斜[四]。

　　　《詞律》作李濱，誤。

　　　　與秦作同。前段起句"邊"字不起韵，第五句"家"字叶韵。前結句亦四字。後段四五六句各四字。此破句法也，與各家異。七句六字不叶。《詞律》缺"舊時芳陌"四字，據《絶妙好詞》補。"去年人面"句當四字，與杜、秦作合。《詞律》於"知"字斷句，非。結句"緑"字以入作去①。"晚"字，《詞律》作"曉"，"飄"字作"飃"，誤。

【校記】

　　[一]本詞與秦觀詞同，應是八十八字。

　　[二]原注"吹"字"去聲"。

　　[三]原注"輕"字"宜去"。"輕"字、"半"字原譜用●符標識，意謂必用去聲。按，"輕"字既然云"宜去"，説明是平聲，圖其爲去聲，便混

亂，便謬。

[四] 原注"緑"字"作去"。"緑"字、"自"字原譜用●符標識，意謂必用去聲。

【蔡案】

① "以入作去"是一個極爲荒謬的觀點。因爲詞學從未有將去聲單列的先例，去、入本同爲仄聲。在本句，"緑"字作去也罷，不作去也罷，均爲仄，並無不同，除非去聲單列。而將去聲與上聲分列，乃是曲學特色，有清以來，詞譜家每以曲學之理念研究詞學，甚謬。要之，詞曲雖爲一家，但絶非一體，各有特色，去、上分與不分，便是重要特色之一，若非要合二爲一，詞曲無別，未免有左道之嫌。以本詞説"緑"字，正因爲秦巘有"去聲特殊觀"，所以改"緑"字又要作去，又可以作平，自然就免不了會自相牴牾，莫衷一是了。

又一體 八十二字　一名《感黄鸝》[一]　　　　王沂孫

掃芳林。幾番風雨匆匆，老盡春禽①。漸薄潤侵衣不斷，嫩凉隨扇初生。晚窗自吟[二]。　　沉沉。幽徑芳尋。晻藹苔香簾净，蕭疏竹影庭深。漫忘却、寶釵蟲折[三]，綃屏鸞破，當時、暗水和雲泛酒，空山留月聽琴。料如今。門前數重翠陰。

因秦詞尾句，一名《感黄鸝》。

此同秦作，只後段第四句七字、少一六字句。一本有"娥眉晨妝慵掃"六字。換頭第二字叶韵，亦藏韵也。餘同。"掃"字一作"洗"，"忘"字作"淡"，"折"字作"散"[四]，"綃"字作"繡"，"酒"字作"雨"。

【校記】

　　[一]《感黃鸝》一名,出《花草粹編》王沂孫本詞中,謂"一名《感黃鸝》"。但該名並無人用。

　　[二]"晚"字、"自"字及後結"數"字、"翠"字,原譜用●符標識,意謂必用去聲。按,"晚"字本爲上聲。

　　[三]本句《花外集》作"謾淡却蛾眉,晨妝慵掃,寶釵蟲散",應據補。按,秦巘知此落六字而不補。余嘗謂秦巘本書,原非視爲詞譜,而是詞學研究專著,此爲一證。

　　[四]拆,應是"折"字之誤。

【蔡案】

　　① 本調前段首均,一起一收兩拍的格局,其實與前列諸詞完全相同,即折腰式七字句起,平起式六字律句收。正確的讀法應該是"掃芳林。幾番風雨,匆匆老盡春禽",其中三字逗入韵,與楊纘詞同。秦巘將"匆匆"二字前置,是因爲不知"林"字爲句中韵,"掃芳林、幾番風雨"爲一句,因此韵律覺異。秦巘更認爲"此同秦作",却不考慮何以秦觀詞不可讀爲"恨如芳草萋萋,剗盡還生"? 即便就語意而言,"匆匆"前置,似照應了"幾番風雨",却忽略了"匆匆老盡"更爲沉鬱。二字移上衹覺輕淺,移下則更厚重,孰優孰劣,讀而可知。

　　又一體　九十一字　　　　　　　　　　　　柳　永

如花貌。當來便約,永結同心偕老。爲妙年俊格,聰明伶俐,多方憐愛,何期養成心性①,近元來都不相表。漸作分飛計料[一]。　　　稍覺因情難供,恁煩惱。爭克罷同歡笑。已是斷弦尤續,覆水難收,常向人前誦談,空遣時傳音耗。慢

悔懊。此事何時壞了。

　　《樂章集》屬正平調。

　　此用仄韵體，僅見此首。各譜俱失載，今據宋本補。

　　體格與杜作相同，只"近元來"句多一字，"已是"二領字在第四句上，其餘字句無異。"尤"字，疑誤[二]。

【校記】

　　[一]"計"字及後結"壞"字，原譜用●符標識，意謂必用去聲。

　　[二]按，唐劉禹錫《懷妓》詩云："金盆已覆難收水，玉軫長抛不續弦。"柳永詞應是用劉詩入詞，原爲"斷弦不續"，不、尤，字形亦近。

【蔡案】

　　① 余疑本句爲錯簡，原應與"漸作分飛計料"共屬後段起調二拍。如此，則與杜詞、晁詞同，亦與平韵體諸詞基本相合。

南歌子 二十三字　一名《春曉曲》《碧窗夢》《十愛詞》①　温庭筠

手裏金鸚鵡，胸前繡鳳凰。偷眼暗形相[一]。不如從嫁與，作鴛鴦[二]②。

　　唐教坊曲名，以温詞有"恨春宵"句，一名《春宵曲》③。張泌詞，有"驚斷碧窗殘夢"句，名《碧窗夢》。鄭子明詞，有"我愛沂陽好"詞十首，名《十愛詞》。

【校記】

　　[一]原注"偷"字可仄。但温詞七首，平仄如一，未見"偷"字位有仄聲者。

　　[二]原注"不"字可平。但温詞七首，平仄如一，未見"不"字位

有平聲者。

【蔡案】

①《十愛詞》是該聯章體之題目，而非調名，尤不可視爲《南歌子》之别名。

② 此八字應是一氣，不可讀斷爲兩句，應作"不如從嫁與、作鴛鴦"。

③ 此體式惟温庭筠七首。按，本調單段式，唐宋諸家均依二十六字體填。

又一體①　二十六字　一名《水晶簾》　　　　　　　張　泌

柳色遮樓暗，桐花落砌香。畫堂開處晚風凉。高捲水晶簾
●●○○●　○○●●△　◎○◉●●○△　◉●○○○

額、襯斜陽②。
●　●○△

　　因第四句，又名《水晶簾》，與《江城子》之别名無涉。

　　第三句七字，第四句六字，與前異。

【蔡案】

① 單段式諸家均如此填，或爲二十三字體之添字格，或竟與其無涉，未敢妄斷。

② 九字原讀爲一六一三兩句。這一句與前一體式相同，所以九字應該是一句。這就是萬樹經常説的所謂"一氣"，如果讀爲一六一三兩句，氣就斷了。九字一氣就意味著也可以有多種讀法，而不必刻板地讀爲上六下三句式，如歐陽炯詞作"愁對小庭秋色月空明"，便完全可以讀爲"愁對、小庭秋色月空明"，韵律的表達會更好，因爲九字句多爲二字逗領七字句法，但是今天多不作如是讀。

又一體[①]　五十二字　一名《望秦川》《風蝶令》　　　　毛熙震

遠山愁黛碧，橫波慢臉明。膩香紅玉茜羅輕。深院晚堂人靜，理瑤箏[②]。　　鬢動行雲影，裙遮點屐聲。嬌羞愛問曲中名。楊柳杏花時節，幾多情。

　　張先詞屬林鐘商。

　　程垓詞名《望秦川》；田不伐詞有"簾風不動蝶交飛"句，名《風蝶令》。

　　此即張詞加一疊，"遠山"句平仄拗。《詞律》不收五代，反以宋詞爲式，亦奇[③]。

【蔡案】

　　① 本詞體式重出。秦巘此類問題頗多。蓋本詞即後孫光憲詞體，惟一不同的就是本詞前段起拍用平起式，而唐詞也僅此一首，偶筆而已，因爲這個原因而作又一體，則甚爲無謂。程垓、田不伐諸詞的起拍，也都是用仄起式，與此不同。宋人本調數百首，亦僅《樂府雅詞拾遺》載無名氏一首，作"閣兒雖不大"。所以秦巘的"又一體"難免就會泛濫，即便是作爲研究資料，也無價值。

　　② 同前，本詞前後段兩結均應將逗號易爲頓號，而本句，則實應讀爲"深院、晚堂人靜理瑤箏"，後七字爲一體，方洽。

　　③《詞律》的體例並不以時代先後爲序，而是以各體式的字數多寡爲次，因此其體例如此，便不奇怪。

又一體[①]　五十二字　"歌"一作"柯"　　　　孫光憲

艷冶青樓女，風流似楚真。驪珠美玉未爲珍。窈窕、一枝芳
●●○○●　○○●●△　○○●●●○△　●●　●○○

柳入腰身^[一]。　　　舞袖頻回雪，歌聲幾動塵。慢凝秋水顧
●●○△　　　　　　●●○△　○○●●△　●○○●●

情人。祇爲、傾城著處覺生春^[二]②。
○△　●●　○○●●●○△

　　　　蘇軾詞，名《南柯子》。
　　　　此調歐陽炯《花間集》未載。宋人多用此體。
　　　　起句平仄與毛作異。

【校記】

　　［一］原作“窈窕一枝芳柳，入腰身”，不合韵律，詳參前幾首的蔡案。

　　［二］原作“祇爲傾城著處，覺生春”，於韵法而言不合韵律，於文法而言，“祇爲傾城著處”亦不成句。

【蔡案】

　　① 本詞即廿六字單段體的複叠式作法。詞的發展，由單段而雙段，是一種很基本的變化方式，該體式雖然《花間集》未載，但濫觴於五代，李煜、孫光憲、毛熙震等均有複叠式的作品。後人基本以本詞爲正體，填本調當據此爲範。

　　② 本調前後段兩結拍，原譜讀爲六字一句、三字一句，誤。按，以律觀之，本調兩結九字，或二七讀、或四五讀、或六三讀均可，但必須視爲一個整體，作九字句構思。以語意論，前段之“窈窕”者，當是“一枝芳柳入腰身”，而並不是僅僅“一枝芳柳”，因此本詞前後兩結如果作六字一句、三字一句，則其氣脉皆破，句意皆紊，與作者的本意便大相庭徑。

　　又一體 五十四字　　　　　　　　　　　周邦彦

膩頸凝酥白，輕衫淡粉紅。碧油凉氣透簾櫳。指點庭花低

影,云母屏風①。　　恨逐瑶琴寫,書勞玉指封。等閒贏得瘦儀容。何事不教雲雨,略下巫峰②。

両結句各四字,比毛、孫兩作多二字。

【蔡案】

① 本詞與前面諸詞的差異在兩結句,而此兩結又源於前一詞體,因此實際上依舊是二字逗領起的句法,亦即此處所"指點"者爲"庭花低影,云母屏風",而非僅指前四字。

② 本句也是二字逗領八字的句法,後八字的"一氣"感尤爲明顯,不可讀斷分割,"不教雲雨、略下巫峰"八字,完全無法讀爲兩個四字句。

又一體 五十二字　　　　　　　　　　　石孝友

春淺梅紅小,山寒嵐氣薄。斜風吹雨入簾幕。夢覺西樓嗚咽,數聲角。　　歌酒工夫懶,別離情緒惡。舞衫寬盡不堪著。若比那回相見,更消削。

此用入聲韵,兩結句語氣一貫①。

【蔡案】

① 所謂"兩結句語氣一貫",即指兩結句當是九字一句,不可破爲兩句之意。如前所云,九字一句讀,二七、四五、三六均可,前後以相合爲宜,但不合亦可,如本詞即可讀爲前二七,後六三。祇是秦巘一方面認定是九字一氣,一方面却又將其讀爲兩句,顯然在理念的表達上是混亂的。

荷葉杯 二十三字　　　　　　　　　　　　　　温庭筠

鏡水夜來秋月。如雪。採蓮時。小娘紅粉對寒浪[一]。惆悵。正思惟。

> 唐教坊曲名。
>
> 凡三易韵。"對"字必用去聲爲妙①。"雪"字、"悵"字句中用韵,後世藏韵所自起也。

【校記】

[一]"對"字用●符標識,意謂必用去聲。

【蔡案】

① 詞從來就不是一種講究四聲的文體,唐宋三萬首詞可以爲證。所謂"必用去聲"的説法,應該是取之於萬樹的《詞律》,萬氏在這首詞後説:"'對'字必用仄聲。"體味萬氏的本意,應該是指該句的第二三兩頓應該使用拗式句法才是正格,亦即"紅粉對寒"四字應以○●●○爲律,所以"對"字不可平。觀温詞三首,另二首本句一作"緑莖紅艷兩相亂",一作"小船摇漾入花裏",均爲○●●○,故云"'對'字必用仄聲",而秦巘改萬樹之"仄聲"爲"去聲",便謬,温詞三首,一上、一去、一入,何以"用去聲爲妙"?

又一體 二十六字　　　　　　　　　　　　　　顧　夐

春盡小庭花落。寂寞。憑檻斂雙眉。忍教成病憶佳期。知
○●●○○▲　●▲　○●●○△　●○○○●●○△　○
摩知①。
●△

知摩知。凡兩易韵[一]。第三句多二字②，結處叠三字，與
　○●◇
前異。"摩"應作"麽"。

【校記】

[一] 應是"凡兩韵"，衹易一次而已。此類換算清儒自成一套，
如後一首，共四韵，"時"字爲第一換，"月"字爲第二換，但秦巘們則以
爲是："時"字爲二換韵，"月"字爲三換韵。

【蔡案】

① 摩，平聲字，而此處實爲"莫"字之假借，意謂"知不知"，故須
擬仄聲。而秦巘謂"應作'麽'"字，私意以爲略覺不切。

② 前一首，秦巘謂本調第八字爲句中用韵，如此，則"如雪。采
蓮時"當爲一五字句，所以應該説是"第二句多二字"方是。

又一體 五十字　　　　　　　　　韋　莊

記得那年花下。深夜。初識謝娘時。水堂西面畫簾垂。携
●●●○○▲　○▲　○●●○△　●○○●●○△　○
手暗相期。　　惆悵曉鶯殘月。相別。從此隔音塵。如今
●●○△　　　○●●○○▲　○▲　○●●○△　○○
俱是異鄉人。相見更無因。
○●●○△　○●●○△

《古今詞話》云："韋莊以才名寓蜀，王建割據，遂羈留之。莊
有寵人，姿質艷麗，善詞翰。建聞之，托以教内人爲詞，強莊奪
去。莊追念恨快，作《荷葉杯》《小重山》詞，情意淒怨。人相傳
播，盛行於時。姬後傳聞之，遂不食而卒。"此比前加一叠，詞中
以單叠衍爲雙叠者始此。凡四易韵[一]，前後第三句各五字[二]。
兩結用五字句，不用藏韵，與前異。

【校記】

[一] 此類表述,應爲"四用韵"而非"四易韵"。

[二] 本詞"夜"字、"别"字,均爲句中韵,故應爲"前後段第二句各爲七字"。

蕃女怨 三十一字　　　　　　　　　　　　　　温庭筠

萬枝香雪開已遍[一]①。細雨雙燕[二]②。鈿蟬箏[三],金雀扇③。畫梁相見[四]。雁門消息不歸來。又飛回。

> 詞之以"怨"名者,始此。
> "已"字、"雨"字必用仄聲。

【校記】

[一] "已"字及後句"雨"字用◗符標識,意謂必用仄聲。

[二] 原注"細"字可平。

[三] 原注"鈿"字去聲。

[四] 原注"畫"字可平。

【蔡案】

① 首拍用大拗句,飛卿二首皆然。蓋"拗句"者,非律之謂也。但是自從萬樹起,將"拗句"歪解爲"拗口之句",甚謬。萬樹於本調後注云:"'已'字、'雨'字俱必用仄聲,觀其次篇用'磧南沙上驚雁起,飛雪千里'可見。乃舊譜中岸然竟注作可平,不知詞中此等拗句,乃故作抑揚之聲,入於歌喉,自合音律。由今讀之,似爲拗而實不拗也。若改之,似順而實拗矣。"秦巘此處顯用萬氏之説,兩者都是因爲不知其中律理的緣故。按,首拍七字,實爲三字托結構,第四字後應有一讀住,其别首"磧南沙上驚雁起",亦當讀爲"磧南沙上、驚雁起"。

② “雨”字屬以上作平，溫詞別首，此字用“雪”，則爲以入作平。由此可知，秦巘原注云“可平”者，無根，因爲他本來就已經是平聲了。

③ 此六字爲折腰式六字句，原作三字兩句者，誤。

遐方怨 三十二字　　　　　　　　　　　　　　温庭筠

花半坼，雨初晴①。未捲珠簾，夢殘惆悵聞曉鶯[一]②。宿妝眉淺粉山橫。約鬟鸞鏡裏，繡羅輕③。

唐教坊曲名。

“夢”字必用去聲，“聞”字必用平聲。温別作於“悵”字用平[二]。

【校記】

[一] 原注“悵”字可平，“夢”字用●符標識，意謂必用去聲，“聞”字用〇符標識，意謂必用平聲。

[二] 悵，原譜作“帳”，誤寫。

【蔡案】

① 這六字爲本調起拍，是一個折腰式的六字句，秦巘讀爲三字兩句，則誤。詞中但凡有兩個三字結構的地方，多爲七字句減字而成，所以其律法分析應該是一個句拍，文法結構也往往十分緊密，很多時候就是一個儷句。

② 秦巘謂“夢”字必用去聲，無疑是因爲温詞兩首均爲去聲的緣故，而並非是出於律理的考量，屬於典型的知其然而未知其所以然。温詞此二句歷代均作一四一七讀，秦巘也是如此讀，但這種讀法卻是錯誤的。這十一字的韻律關係，實爲四字二句、三字一托，因此前八字用●●〇〇　〇〇●●，韻律十分工穩。就詞意而言，“聞曉鶯”所

承托者爲前八字,而並非僅僅是"夢殘惆悵"四字,換言之,十一字等於是"未捲珠簾聞曉鶯、夢殘惆悵聞曉鶯"之綜合。我們再分析溫詞別首,此關係或更明晰:"未得君書,斷腸瀟湘春雁飛",此例"斷腸瀟湘"貌似與後三字關係緊密,而實質與前四字關係更密,"未得君書,斷腸瀟湘"是一個因果十分清晰的結構,是所謂賦筆,而"春雁飛"則是一個烘托該八字的比興。

③ 此八字應該也是一氣貫之的句子,忽略了這一特色,不僅讀爲兩句便是將一句讀破,還將嚴重誤導今人填詞的構思。

又一體 六十字　　　　　　　　　　　　　　　　顧　夐

簾影細[一],簞紋平①。象紗籠玉指,縷金羅扇輕。嫩紅雙臉似花明。兩條眉黛遠山橫。　　　鳳簫歇[二],鏡塵生②。遼塞音書絕,夢魂長暗驚③。玉郎經歲負娉婷。教人怎不恨無情。

　　　　此雙叠④。第三四句各五字,六句七字,與前調句法異。"象紗"句與後段"遼塞"句平仄異。孫光憲一首與後段同。

【校記】

[一] 原注"簾"字及後起"簫"字、第三句"長"字、後結"教"字可仄,"影"字可平。

[二] 原注"鳳"字可平。

【蔡案】

①② 這兩句的句式,均應爲六字折腰句法,而非三字兩句,詳參前述。

③ 秦巘謂"長"字可仄,是。惟該句第三字爲仄時,首字依律理

則必平，所以應當同時強調"夢"字可平，才是周全之説。

④ 本體所選詞例不當，應以孫光憲詞爲例，因爲孫詞前後段第三第四兩拍平仄同，更具範例意義。詞譜引例，應當選擇韵律最規範的詞作，這樣纔更具規範化的意義，可以示範後人。如前詞的"悵"字不合律，本詞的前後段平仄有異，都體現了製譜人的理念，從而影響詞譜一書的質量。

訴衷情 三十三字　　　　　　　　　　　　　　　　温庭筠

鶯語。花舞。春晝午①。雨霏微。金帶枕。宮錦。鳳凰帷。
○▲　○▲　○●▲　　●○△　○●▲　○▲　●○△

柳弱燕交飛[一]。依依。遼陽音信稀[二]。夢中歸。
●●●○△　　○△　○○○●△　●○△

唐教坊曲名。

與《訴衷情近》無涉，故另列。

凡三換韵。"音"字必用平聲②。"語"字、"舞"字、"錦"字，皆藏韵於句中③。詞之用藏韵者始此，北宋柳、蘇間用之，南宋人則盛行矣，亦踵事而增華也。

【校記】

［一］原注：柳，可平。

［二］北師大本注云："遼"可仄。"音"字原譜用○符標識，意謂必用平聲。

【蔡案】

①《詞繫》的體例，秦巘標榜是以時代先後爲序，各調的先後有詞人生卒爲參照。給詞人排序還相對比較容易，但是同一詞調中各體式的先後，則須細究詞體的韵律，才能釐清。這種釐清的難度更

大,甚非易事。而且從詞體學的角度來説,祇知道各調的先後,並無太多的意義,釐清各個體式的孰先孰後,才能從真正意義上把摸並認識詞體的發展變化。以本調爲例,正體的首拍爲七字句,唐人本調都是如此填。但是本詞首拍插入了兩個句中短韵,則表明這一體式恰是正體的變格,所以本調的正體應當以韋莊詞作爲範詞。按秦巘體例,則本詞應列於韋詞之後。

　　② 秦巘於平仄之確定,每泥乎現象,而不作律理之探究和分析,便時有不合理、不合律之論,且不從律理出發,甚至難免會有前後牴牾之處。如本詞云'音'字必用平聲,其中有什麼必然的律理依據,便必然祇能語焉不詳乃至避而不談,祇能給讀者一個"衆人皆如此,故必定如此"的印記了。這也是《詞律》《詞譜》等書的一個通病。

　　③ "微"字、"飛"字也是句中韵。

又一體① 三十三字　　　　　　　　　　　韋　莊

碧沼紅芳烟雨静,倚蘭橈。垂玉佩。交帶。裊纖腰。鴛夢
●●○○○●●　○●▲　○●▲　○●　●○△　○●

隔星橋。迢迢。越羅香暗銷[一]。墜花翹。
●○△　○○△　●●○○●　●○△

　　　　起句七字不用韵,凡再換韵。《圖譜》於"纖腰"分段,作雙調,殊可不必[二]②。"帶"字不注叶,誤。"香"字必用平。

【校記】

　　[一] "香"字原譜用○符標識,意謂必用平聲。

　　[二] 本詞《填詞圖譜》並未分段。

【蔡案】

　　① 本詞實爲正體,理應列爲本調之首,詳參前一詞蔡案。

② 小令多不必分爲二段。

又一體 三十七字　　　　　　　　　　　　　　　顧　夐

永夜抛人何處去，絕來音。香閣掩。眉斂。月將沉。爭忍
不相尋。怨孤衾。換我心爲你心[一]①。始知相憶深②。

　　"怨孤衾"比前二作多一字，末二句一六一五字，多三字。
"爲"字、"相"字必用平聲③。

【校記】

　　[一]"爲"字及後句"相"字，用〇符標識，意謂必用平聲。

【蔡案】

　　① 本句玩其語氣，當是折腰式句法，一韵一叠。其變化方式是：
五字句添一字作折腰句法。這也是詞體常用的添字法。

　　② "相"字，若該句首字用仄，則必用平聲，惟首字若平，則該字
位依律可平可仄。

　　③ 本詞即韋莊詞體，所不同者，第七拍、第八拍各添一字，結拍
添二字。但結拍添二字，或是初始形態。

又一體 三十三字　　　　　　　　　　　　　　　邵亨貞

擬　　古

畫永。人靜。花弄影。小紅妝。斜倚畫闌畔，看鴛鴦。風
暖思悠揚[一]。橫塘。桃花流水香[二]。盼劉郎。

　　"畫"字、"畔"字不叶韵，餘同温作。

【校記】

[一] 原注"思"字去聲。

[二] "流"字用○符標識,意謂必用平聲。

又一體 四十一字　一名《桃花水》　　　　　毛文錫

桃花流水漾縱橫。春晝彩霞明。劉郎去、阮郎行^[一]。惆悵
○○⊙●●○△　⊙●●○△　○⊙●　●○△　⊙●

恨難平。　　愁坐對雲屏。算歸程。何時携手洞邊迎。訴
●○△　　　⊙●●○△　●○△　○○⊙●●○△　●

衷情。
○△

　　《九宮大成》入南詞小石調引。

　　因首句,故名《桃花水》①。

　　毛作二首,末句俱用"訴衷情"三字②。或如《戀情深》體。

　　魏承班一首末句用"恨迢迢"。

【校記】

[一] 本句原作三字兩句。

【蔡案】

①《桃花水》非調名,我們將其稱爲"指代名",每每用於忘却調名、強調歌詞、讚賞佳句等。指代名爲當時人之特定代稱,其出現時僅指某一詞調的某一特定詞作,而不可作爲正式別名泛指某調各詞,這種方式古今都一樣。例如今人如果說"唱個'自你離開以後'",即指的是《西海情歌》,《自你離開以後》就是指代名。清儒筆下絕大多數所謂的"別名",實際都祇是"指代名"而已,不可列入詞譜的正式別名中。指代名縱是名家名作或名句,在唐宋金元人中也依然不會被

認可,所以往往無人襲用,如此便不可能進化爲正式的別名。如《桃花水》一名,直到有詞譜誤標爲別名後,方才有人襲用,故不可據之認定爲別名。但指代名也可以轉化爲詞調之別名,其實現轉化的標誌祇有一個,那就是存在有人襲用的例子。

② 詞之語句中用調名,實爲一種常見寫作模式,並非體例如此。我們常常在一些詞譜專著中看到有説"某詞調因某句有某個語詞,故可斷其爲創調之作"的,是極爲不可靠的判斷。

又一體 四十四字　一名《一絲風》《訴衷情令》　　　　晏　殊

東風楊柳欲青青。烟淡雨初晴。惱他香閣濃睡[一],撩亂有
○○○●●○△　　○●●○△　　●○○●○●　　　　●●●

啼鶯。　　　眉葉細、舞腰輕[二]。宿妝成。一春芳意,三月和
○△　　　△●●、●○△　　●○△　●○●、○○○

風,牽繫人情。
○　○●○△

　　　張先詞、《樂府集》俱屬林鐘商。

　　　張輯詞,有"一釣絲風"句,名《一絲風》①。

　　　宋人多用此體。"閣"字必用仄聲,勿誤②。"惱他"句平仄互異③,然如此詞者多。嚴仁於第二句用"人間無此愁",平仄與各家異。"三月"句有用平平仄仄者,不可從。

【校記】

　　　[一]"閣"字用◑符標識,意謂必用仄聲。

　　　[二]原爲三字兩句。

【蔡案】

　　　① 這也不是正式的別名,我們將其稱爲"詞名",而非調名。"詞

名”由作者自擬，專用來稱某一首特定的詞。所以如果是一調多首的，則必有多個詞名，而不是祇有一個名稱來稱代。如賀鑄《訴衷情》三首，其詞名分別爲“畫樓空”、“偶相逢”、“步花間”，而絕不會用一個名稱來指稱三首（聯章體除外）。宋元詞人對詞名與調名的分辨是非常清晰的，即便盛名如蘇軾者，他自己命名《越江吟》的詞名爲《瑤池燕》，也依然未見有人襲用。

② 此語無謂，二四六分明，向來就是恒理，多此一舉。但原本又圖“閣”字仄可平，就非常牴牾，莫能名其妙了。若謂本句“平仄互異”，也不當僅圖一字。

③ 如晏殊別首作“玲女世間希有”、張先詞作“何況酒醒夢斷”，均用仄起式句法，與此迥異。其實竊以爲在詞樂時代，填詞本無句法規定，之所以●●○○常通用於○○●●，甚至有五字句的五字均可平可仄，都是因爲這個原因。而之所以我們所見的大部分詞句句法都相同，應該也是僅僅因爲在熟知平仄律的唐宋時代，填者下意識中自然而然地默從前人的緣故。

又一體　四十五字　　　　　　　　　　　　　歐陽修

眉　　意

清晨簾幕捲輕霜。呵手試梅妝。都緣自有離恨[一]，故畫作、遠山長。　　　思往事，惜流光①。易成傷。擬歌先斂，欲笑還顰，最斷人腸。

　　前段尾用六字，與前異。又趙長卿一首，前結句用“臂間皓齒留香”，第三字不豆②，“欲笑”句用“痕兒見在”，平仄異。因字句同，不另錄③。“梅”字，葉《譜》作“新”。

【校記】

　　［一］“有”字原譜用❶符標識,意謂必用仄聲。

【蔡案】

　　① 秦巘讀“故畫作、遠山長”爲一句,讀“思往事,惜流光”爲二句,並無韵律依據,所依據者也衹是文法,而非律法,這是明清詞譜系統形成之後基本一致的錯誤方式。這種方式無法形成放之各詞而皆準的“標準”,而衹能頭痛醫頭,捉襟見肘。如王千秋詞,前段結爲“公挽我、我扶公”,即與“思往事,惜流光”同;而晏殊後起作“一同笑,飲千鍾”,又與“故畫作、遠山長”同。如何以一種標準的依據來詮釋每一個詞不同的句拍,是明清詞譜系統至今無法解決的難題。

　　② 趙長卿句與本詞前結,均濫觴於前晏殊的“撩亂有啼鶯”,所不同者,本詞添字在句首,趙詞添字在句中。

　　③ “字句同,不另録”六字,涵義極爲豐富,其言外之意是: 字句同、句法不同,則其體式亦同。這是一個基本理念,惜清代詞譜家往往不能謹守,時有違逆者。

又一體 四十五字　　　　　　　　　　　　　李清照

夜來沉醉卸妝遲。梅萼插殘枝。酒醒熏破[一],惜春夢遠,又不成歸[二]。　　　人悄悄,月依依。翠簾垂。更挼殘蕊,更撚餘香,更得些時。

　　　前後結三句各四字。此破句法也。與晏、歐作異。

【校記】

　　［一］“破”字原譜用❶符標識,意謂必用仄聲。

　　［二］本詞前段第二均雖係讀破法,但是宋詞中却未見有如此填

法的詞作。《樂府雅詞》作"酒醒熏破春夢遠，又不成歸"，《花草粹編》
作"酒醒熏破春睡，夢斷不成歸"，《全宋詞》亦作六字一句、五字一句，
惟"斷"字作"遠"異，因爲這是基本的填法。唐先生並謂："又"字衍。
那麼可見，本詞仍然屬於晏殊詞體。

漁父家風 四十六字　　　　　　　　　　　　　　　張元幹

八年不見荔枝紅。腸斷故園東。風枝露葉誰新採，悵望冷
香濃。　　　冰透骨，玉開容。想筠籠。今宵歸夢，滿頰天
漿，更御泠風。

> 《詞律》以句法與《訴衷情》相合，疑是一調，並以"新"字爲衍
> 文。考《樂府雅詞》所載俞紫芝《阮郎歸》一闋，確是《訴衷情》，誤寫
> 調名[一]。詞內有"漁父家風"句，故蘇庠《訴衷情》二闋注云："漁父
> 家風，醉中贈韋道士。"① 是本俞詞而爲別名也。惟"風枝"句，俞、
> 蘇皆作六字，與歐作同。嚴仁一首，於此句作"無情江上東流去"，
> 與此同。可見有此二體，"新"字非衍文也[二]。蘇作二首平仄全
> 反，與此異。愚按：詞調別名甚多，固不可專尚新名，致失本意，亦
> 不必盡併原調，無所區別，二者俱屬偏見。本譜必注明某人名某
> 調，某體一名某調，分晰明白，使作者擇用。如此調雙叠，可名《一
> 絲風》，從毛體可名《桃花水》，從張體可名《漁父家風》。但不得以
> 韋、溫單調諸體名之曰《一絲風》等名也。斯爲得中，後仿此②。

【校記】

　　[一] 俞詞："釣魚船上謝三郎。雙鬢已蒼蒼。蓑衣未必清貴，不肯
換金章。　　汀草畔、浦花旁。靜鳴榔。自來好個，漁父家風，一片瀟湘。"

　　[二] 張元幹本調今存二首，別首與本詞爲叠韵之作，所以考察

別首可以爲本詞佐證,別首前段第二均云:"對客呼爲紅蕊,此興已偏濃。"起拍也是六字,就創作思路與通例而言,本詞自然也應該是六字,此其一。本調今存宋詞一百五十二首,七字者僅見三例,百不足二,或有填誤、刻誤、筆誤,亦在情理之中,此其二。今存版本有七字者,有六字者,如雙照樓本《蘆川詞》即爲六字,《全宋詞》亦遵之,七字句既百不足二,自當以六字爲正,七字爲衍、爲變。此其三。萬樹《詞律》嘗詳解本詞,以爲:"蘆川因憶家鄉荔枝而作,故云'風枝露葉誰採',意謂雖有枝葉在,誰去採他?何必加一'新'字乎?讀詞須如此體認,則詞意明,詞律亦明。"此其四。有此四者,尚以爲別有一體,《欽定詞譜》亦予收録,識見較之萬樹,固陋甚。

【蔡案】

① 所謂"注云",即非調名。《漁父家風》在張元幹之前,既非調名,亦非詞名,實爲指代名,涉及者不惟蘇庠,黃庭堅也有《訴衷情》,題序云:"在戎州登臨勝景,未嘗不歌漁父家風,以謝江山。門生請問:先生家風如何?爲擬金華道人作此章。"金華道人即俞紫芝,提及作者與指代名,而不以之爲調名,其非常嚴格的區別可見一斑,所以今能看到冠以此名的,衹有張詞一首。

② 今人用名之基本規則,無須遵循。

思帝鄉 三十六字   溫庭筠

花花。滿枝紅似霞[一]①。羅袖畫簾,腸斷卓金車。回面共人閒語,戰篦金鳳斜[二]。惟有阮郎春盡,不還家②。

唐教坊曲名[三]。

《詞律》於"斷"字句,後章第二首亦於四字斷句,一氣貫下,不拘[四]。"滿"字仄聲。"紅"字平聲,不可易。"戰篦"句亦然。《詞律》注"戰"字可平,"金"字可仄,無證,不必從③。

　　愚按:詞之句讀,大有分別,舊譜皆隨意分句。《詞律》以前後段比較,殊多未協,兹編必以各名家詞爲證,亦以經注經之意也。

【校記】

　　[一]"滿"字、"紅"字用◑符和○符標識,意謂必用仄聲和平聲。
　　[二]"戰"字、"金"字用◑符和○符標識,意謂必用仄聲和平聲。
　　[三]北師大本無本句。
　　[四]北師大本作"後章作亦如此斷句"。

【蔡案】

　　① 本句爲七字句,"花"字爲句中短韵。
　　② "阮郎春盡不還家"爲一句,"惟有"二字起逗,故本調結拍爲九字句。
　　③ 説有易,説無難。孫光憲有本調一首,字句韵律與温詞全同,第五句作"微行曳碧波","微"字平,"曳"字仄,萬樹所據必爲孫詞。三、五兩句,均爲拗救句法,第一字仄,則第三字必平,如是而已。秦巘認爲"滿"、"紅"二字的平仄不可易,如果本調諸詞都如此,或是,但是將其放在唐宋詞整體中進行考察,則言之無據,這就是無律理依據的緣故。余以爲本調現存僅四首,即便是三首如此,亦祇是偶合而已。又按,校之孫詞,"篦"字爲以入作平。

　　又一體 三十四字　一名《萬斯年曲》　　　　　韋　莊

春日游。杏花吹滿頭[一]。陌上誰家年少[二],足風流①。妾擬將身嫁與[三]，一生休。總被無情棄，不能羞[四]②。

　　首二句八字，比温作多一字。第六句少二字，七句少一字。

【校記】

　　[一] "杏"字、"吹"字用◗符和○符標識，意謂必用仄聲和平聲。

　　[二] 原注"陌"字可平；"誰"字可仄。

　　[三] 原注"妾"字可平；"將"字可仄；"嫁"字可平。

　　[四] 原注"總"字可平。又，北師大本作"縱被"。按，本語境中，"總"字不通，應據改。

【蔡案】

　　① 原譜三四句讀爲"陌上誰家年少，足風流"，與前後二詞的體例都不一致，而作爲詞譜，詞例的句讀當以統一爲佳，前後二詞既然都讀爲四字一句、五字一句，則本詞讀爲六三式結構就非常無謂，況"陌上誰家少年"與"陌上誰家年少"原非一意，細玩之，若要連讀，則"誰家少年"尚通，"誰家年少"則於此語境並不通。秦巘屬上讀，未見其深意也。

　　② 本句前五字，疑"棄"字前後有一脱字。韋詞二首，別首本句作"説盡人間天上"，六字，温詞與孫光憲詞亦均爲六字。本結結構，"總被"二字起逗，而二字逗領六字折腰句法，唐宋詞中極爲罕見。

又一體 三十三字　　　　　　　　　　　韋　莊

雲髻墜，鳳釵垂①。髻墜釵垂，無力枕函欹。翡翠屏深月落，漏依依。説盡人間天上，兩心知②。

　　起二句兩三字，比温作少一字，比前作少二字。

【蔡案】

① 本詞起句,疑爲減字,而非落字。但本詞起句本爲七字一句,因此此六字仍須視爲一句,屬折腰句法,不可將其韵律視爲三字二句。

② 本詞結拍同溫詞,"説盡"二字起逗,領"人間天上兩心知"七字,即爲"説盡"之對象也。

定西番①　三十五字　　　　　　　　　　溫庭筠

漢使昔年離別[一]。攀弱柳、折寒梅。上高臺②。　　　千里
◎●○○○▲　　●●●　●○○　●○△　　　　⊙●

玉關春雪。雁來人不來。羌笛一聲愁絶。月徘徊③。
◎○○▲　●○○●△　⊙●○○○▲　●○△

唐教坊曲名。

凡六字句者三,用仄韵自爲叶。溫有一首同。又一首兩起句叶仄,後段第三句不叶。

【校記】

[一]原注:"漢"字、"昔"字可平。其餘旁注,均以圖譜標示,不再一一。

【蔡案】

① 本調唐詞實爲兩式,甲式即前後段均無仄韵,唐人多如此填,當爲正格,如後一首牛嶠詞;乙式則爲兩起拍自成一韵,溫庭筠三首俱如此填。如果本調爲雙段式,則乙式也是填詞時的一種韵律格式,如《採桑子》等調即如此。而本詞"羌笛"句,本亦屬輔韵叶韵,可韵可不韵。觀溫詞别首不韵,可知矣。《詞譜》别其爲二體,無謂。

② 三三三結構,因其韵律獨特,唐宋詞中時有所見,其結構無非

一二式、二一式或三三式。此爲二一式，亦即三字托六字折腰句法，原讀爲三字三句者，誤。

③ 本詞於結構看，前後段均拍參差，應非雙段式格局，校之以韋莊詞，無疑本詞亦當是單段式詞。

又一體① 三十五字　　　　　　　　　牛　嶠

紫塞月明千里，金甲冷，戍樓寒。夢長安。　　鄉思望中天闊[一]，漏殘星亦殘。畫角數聲嗚咽，雪漫漫。

　　此不用仄韵。

【校記】

　　［一］原注"思"字去聲。

【蔡案】

　　① 此爲本調唐詞之正格，惟體格疑有誤，不當作二段式。

又一體 四十一字　　　　　　　　　張　先

執胡琴者九人

捍撥紫檀金襯，雙秀萼、兩回鸞。齊學、漢宮妝樣競嬋娟①。　　三十六弦蟬鬧，小弦蜂作團。聽盡、昭君幽怨莫重彈②。

　　《子野詞》屬高平調。

　　前段多第四句六字[一]，餘同。《詞律》未收此體。

【校記】

　　［一］北師大本作"前段第四句六字"。

【蔡案】

　　① 原作“雙秀蕚，兩回鶯。齊學漢宮妝樣，競嬋娟”，本即溫詞之“攀弱柳、折寒梅。上高臺”添六字，三字句衍化爲九字句。原譜讀爲四句，均讀成破句。

　　② 原作“聽盡昭君幽怨，莫重彈”，二句。

玉蝴蝶　四十一字　　　　　　　　　　　　温庭筠

秋風凄切傷離。行客未歸時。塞外草先衰。江南雁到遲。　　　芙蓉凋嫩臉，楊柳墮新眉。搖落使人悲。斷腸誰得知[一]。

　　《九宮大成》入南詞越調正曲。

　　與柳永九十九字體不同。《詞律》謂與《蝴蝶兒》相近，不知前段第三句少二字，後段三句多二字，決非一調，故分列①。“誰”字必用平聲②，勿誤。

【校記】

　　[一]“誰”字用〇符標識，意謂必用平聲。

【蔡案】

　　①《蝴蝶兒》與《玉蝴蝶》並非一調，秦巘所言是。然少二字者並非前段第三句，當是第二句，多二字者，亦爲前後段第三句。但二調之不同，不在“句法”不同，而在“章法”不同。《蝴蝶兒》前段由三拍化來，兩三字句本由一五字句添字或七字句減一字而成，《玉蝴蝶》則前後四拍，甚爲清晰。此不同之一也。《蝴蝶兒》前後段第三句均爲七字句，《玉蝴蝶》則基本通篇五字，五字七字直接轉化，此類句式變化，詞中極爲罕見，故兩者當無淵源。此不同之二也。《玉蝴蝶》端然前

後二段,爲雙調詞無疑,而《蝴蝶兒》前段實僅得一均,故全篇更類單調詞,體式迥異,難爲一體彰矣。此不同之三也。有此三者,足證二詞非同調矣。

② 此説於律無據。

又一體 四十二字　　　　　　　　　　　　　　　孫光憲

詠　蝶　詞

春欲盡,景仍長①。滿園花正黃。粉翅兩悠揚。翩翩過短墙。　　鮮飈暖②。牽游伴。飛去立斜陽。無語對蕭娘。舞衫沈麝香[一]。

《集解》云：名始於孫光憲。愚按：温爲晚唐人,在孫前,當不始於孫。

前後起兩三字句,比温作多一字。"鮮"字,《詞律》作"解",誤[二]。"斜陽"二字,一作"殘芳",今據《歷代詩餘》改正。

【校記】

[一] "沈"字用○符標識,意謂必用平聲。

[二] 過片晁本《花間集》作"鮮飈暖,牽遊伴","鮮飈"者,新鮮空氣也,語出《文選》江淹詩："曲欄激鮮飈,石室有幽響。""解飈"則無解,不知所云,顯誤。

【蔡案】

① 本詞與前一首應是同調,惟前後段起拍,均改易爲折腰式句法耳,是故前三字應爲逗,而原著爲句,誤。起拍句"欲"字,以入作平。本詞孫光憲欲形成前後段齊整句法,必是其時之創作動機。

② 後起"暖"字,句中韵也。

詞繫卷二 唐

更漏子 四十六字　　　　　　　　　　　　　溫庭筠

秋　思

金雀釵，紅粉面①。花裏暫時相見。知我意，感君憐。此情
⊙◎○　○●▲　　⊙●○○▲　⊙●●　●○△　◎○

須問天。　　香作穗。蠟成淚。還似兩人心意。山枕膩，
○●△　　　　○◎▲　　◎○▲　⊙●◎○⊙▲　⊙●●

錦衾寒。覺來更漏殘[一]②。
●○△　◎○○●△

唐教坊曲有《更漏長》名。

《尊前集》注大石調，又屬商調。張先詞屬林鐘商。《九宮大
成》入南詞高大石調正曲。

與杜安世之長調無涉，宜分列。

此以結句立名，後段起句宋人用"仄平平，平仄仄"居多。兩
結"須"、"更"二字有用仄者，然用平爲宜，凡三換韵。

【校記】

[一] 譜中可平可仄，原皆以旁注標出，因已添加圖譜，概用圖譜
標識，除特別需要者，不再出校。後同。前結"須"字、後結"更"字，原
譜用○符標識，意謂宜用平聲。

【蔡案】

① 本調有四處三字兩句,均應改讀爲六字折腰句,此類小令,本從八句一體的律詩中演化而來,而絕非由十二句構成,這一點應該是一目了然的。本調第四首歐陽炯詞,有三處作七字一句,便是這一韻律衍變關係的最有力注腳。而傳統每每因循舊譜,以致今天成爲習以爲常的三字句。以閱讀者的視點看,三字兩句與六字折腰似無太大的差別,但是對於創作者來説,則其構思必然迥異。學宋或離宋,或差之千里。所以在作爲創作規範的韻律專著中,不可不釐清。

② 前後兩結第三字宜用平聲,於韻律而論,僅限於這一句式。如果第一字用平聲,則第三字用仄並無妨礙。反之,第三字用仄,則第一字絕不可也用仄聲字。此爲至要。

又一體 四十五字　　　　　　　　　温庭筠

玉闌干,金罋井①。月照碧梧桐影。獨自個,立多時。露華濃濕衣[一]。　　一晌②。凝情望。待得不成模樣。雖旰耐,又尋思。怎生嗔得伊。

> 後起兩句一二、一三字,皆叶韻,餘同。此調《花間》未載。

【校記】

[一]"濃"字及後結"嗔"字用○符標識,意謂必用平聲。

【蔡案】

① 本句及其後三字兩句處,應讀爲六字折腰句法。參見前一首蔡案①。

② 本詞即前一體,惟後起少一字耳。而遍觀全唐宋本調,惟此一首爲後起二字者。余極疑或爲"一"字上脱一平聲字。余所疑者,

固無詞可證,但是,認爲本詞是减一字而成二字句者,亦無詞可證也。此類作品,放在專著中探究則可,放在詞譜中欲爲後世百代之標準圭臬,其實是一種草率的做法。

又一體 四十五字　　　　　　　　　　　　　　韋　莊

鐘鼓寒,樓閣暝①。月照古桐金井。深院閉,小庭空。落花香露紅[一]。　　烟柳重,春霧薄。燈背水窗高閣。閒倚户,暗沾衣。待郎郎不歸。

　　　　後起句不用韵,凡四换韵。

【校記】

　　[一] "香"字及後結第二個"郎"字用〇符標識,意謂必用平聲。

【蔡案】

　　① 本句及其後三字兩句處,應讀爲六字折腰句法。參見"秋思"詞之蔡案①。又按,凡詞,起拍均可韵可不韵,故本詞即"秋思"詞體,减韵變格而已。

又一體 四十九字　　　　　　　　　　　　　　歐陽炯

三十六宫秋夜永,露華點滴高梧。丁丁玉漏咽銅壺。明月上金鋪。　　紅綫毯,博山爐①。香風暗觸流蘇。羊車一去長青蕪。鏡塵鸞彩孤[一]。

　　　　許氏《詞譜》入南詞高大石調。

　　　　調見《尊前集》。通用平韵,而前段首句、三句,後段四句,皆七字,與温、韋作不同。"鸞彩孤"三字或作"彩鸞孤"②。"彩"字,葉《譜》作"影"。

【校記】

[一]"鸞"字用○符標識,意謂必用平聲。

【蔡案】

① 本句應讀爲六字折腰句法。參見"秋思"詞之蔡案①。

② 檢《歷代詩餘》作"鏡塵綵鸞孤",失律,或是刻誤,不足爲例。

又一體 四十六字　　　　　　　　　　　　　孫光憲

掌中珠,心上氣①。愛惜豈將容易。花下月,枕前人。此生誰更親[一]。　　　交頸語,合歡身。便同比目金鱗。連繡枕,臥紅茵。霜天似暖春②。

後段不換韵,即叶前平韵。此體見《詞律》③,各本皆不載,不知何出,或人名誤寫耳。

【校記】

[一]"誰"字用○符標識,意謂必用平聲。

【蔡案】

① 本句及其後三字兩句處,應讀爲六字折腰句法。參見"秋思"詞之蔡案①。

② 孫光憲本句並非誤筆。本調孫詞六首,兩結第三字用平聲者僅八字,除本詞外,另有"花時醉上樓"、"孤心似有違"、"無言淚滿襟"三首用仄聲字。可見在孫光憲韵律意識中,第三字仄填並不爲過,換言之,秦巘"必平"之見並無律理依據。

③ 孫詞六首，三首如此填，似爲一格，而實即特殊換韵方式。但此類變化，已然超出普通換韵狀態中韵脚之微調幅度，故可視爲一種體式的變化。

又一體 四十六字　　　　　　　　　　　　　　　　歐陽修

風帶寒，枝正好①。蘭蕙無端先老。情悄悄，夢依依②。離人殊未歸[一]。　　　搴羅幕。憑朱閣③。不獨堪悲摇落。月東出，雁南飛④。誰家夜擣衣。

　　　上半換仄韵，下半平韵不換，凡三換韵⑤。

【校記】

　　[一]"殊"字用○符標識，意謂必用平聲。

【蔡案】

　　①②③④ 此六字應讀爲六字折腰句法。參見"秋思"詞之蔡案①。

　　⑤ 秦巘以本詞平聲韵未換而新設一體，無謂，本詞本質上依然是四換韵。詳參《菩薩蠻》第一首蔡案。

又一體 四十六字　　　　　　　　　　　　　　　　賀　鑄

上東門，門外柳①。贈別每煩纖手。一葉落，幾番秋②。江南獨倚樓③。　　　曲闌干，凝佇久④。薄暮更堪搔首。無際恨，見閒愁⑤。侵尋天盡頭[一]。

　　　此平仄互叶體。《詞律》失收⑥。

【校記】

[一]"天"字用〇符標識,意謂必用平聲。

【蔡案】

①②④⑤ 此六字及其後原文三字兩句處,應讀爲六字折腰句法。參見"秋思"詞之蔡案①。

③ 人之理念若有偏差,糾正極難。本詞與歐陽修詞,足以證明該句式第三字可平,亦可仄,若以"江南獨倚樓"印證"離人殊未歸",以"誰家夜擣衣"印證"侵尋天盡頭",則"殊"字、"天"字俱不會更言"必平",奈何老秦如此執著,一歎。

⑥ 本詞之換韵,可視爲前後段特殊換韵,即於同部中互換,詳參《菩薩蠻》第一首蔡案。此類變化與律法無關,屬於作法問題,對本體的基本用韵模式並未違反。

又一體① 四十六字   缺 名

寶香瓶,桐葉捲②。蕩水痕微還遠。思鄉信,覺春遲。野梅初見時[一]。　　上潮風,臨晚渡。人欲過西江去③。吹塞管,隴雲低。江南花未知。

> 見黃大與《梅苑》[二],與歐體同,惟後起句不叶韵。

【校記】

[一]"初"字及後結"花"字用〇符標識,意謂必用平聲。

[二]黃大與,應是黃大輿,又作"黃大稷"。

【蔡案】

① 此即歐陽修詞之減韵格。

② 本句及其後三字兩句處，應讀爲六字折腰句法。參見"秋思"詞之蔡案①。

③ 本句是敗筆。捫其韵律，實爲折腰句法，應讀爲"人欲過、西江去"，而與諸詞皆不合。詞句標點如何，是後人之事，其中韵律如何，是宋人之事。詞之韵律，天然而生，不因後人之標點而變化，研究韵律，須眼中漠視後人之標點，意下追尋宋人之韵律，庶幾可得焉。

又一體 四十五字　　　　　　　　　　　　　晏　殊

三月暖風，開却好花無限了①。當年叢下落紛紛。最愁人。　　　長安多少利名身。若有一杯香桂酒，莫辭花下醉芳茵。且留春。

　　與前各體迥異，晏凡二首，細按與司空圖《酒泉子》無二，是汲古誤寫調名②。此類甚多，今皆詳細辨正[一]。

　　愚按：汲古閣《六十家詞》搜羅宏富，洵有功於詞學，惜讐校不精，訛脱太甚。《詞律》皆沿其誤，不免後人訾議。余僅勘訂柳耆卿《樂章集》一種。苟有博雅之儒，取各家原集及諸選本所載，參互考證，正訛補缺，重加釐訂，繙刻全帙，俾成完璧，不特表彰前哲，抑且嘉惠來兹，允爲毛氏功臣。余貧且老，不能從事於斯，是所望於來者。

【校記】

　　[一] 北師大本此後有注云："'暖'、'好'、'一'、'莫'可平，'開'、'叢'、'長'、'多'、'花'可仄。"未知其何據。

【蔡案】

　　① 押韵押韵，須有韵可押，所謂"押"者，即"循"、"伴"之義。而

此爲孤韵,循無可循,伴無可伴,故詩詞中無此類押韵法。但本句爲主韵所在,則後段"酒"字可相押,宋詞中此類通押屬於常態,如揚无咎的《醉花陰》云:"淵明手把誰携酒。羞把簪烏帽"等等。不過,《酒泉子》是一特殊詞調,主句不叶爲其特色。

② 本詞實爲《酒泉子》,秦巘既已知其爲誤寫調名,如欲辨正,於注文中言明即可,實無必要單列"又一體",以致"又一體"尤爲泛濫也。

河瀆神 四十九字　　　　　　　　　　　　温庭筠

河上望叢祠。廟前風雨來時。楚山無限鳥飛遲。蘭棹空傷
○●●○△　●○○●○○　○○○●●○○　○●○○
別離。　　何處杜鵑啼不歇。艷紅開盡如血。蟬鬢美人愁
●△　　　○●●○○●▲　●○○●○▲　○●●○○
絶。百花芳草佳節[一]①。
▲　◎○○●○▲

　　唐教坊曲名。

　　此調詞家多填爲祠廟之作,亦《九歌》迎神送神意也。

　　前後段分平仄韵。"風"字,葉《譜》作"春","百花芳草"四字,作"百草芳菲"。

【校記】

[一]原注"廟"、"杜"、"艷"、"美"、"百"可平,"風"、"無"、"蟬"可仄。

【蔡案】

① 前段第二、第四拍,後段第一、第二拍偶數字均爲可平可仄,並非該句可以平仄隨意,乃意謂該句可由兩種句法填寫也。如"蘭棹

空傷別離"句,亦可填爲"淚流玉箸千條",經營其句,仍需遵守句法,如前者第五字必仄之類。其餘六字句皆同,填者尤須注意。

又一體 四十九字　　　　　　　　　　　　　　　　温庭筠

孤廟對寒潮。西陵風雨瀟瀟。謝娘惆悵倚蘭橈。淚流玉箸千條。　　暮天愁聽思歸樂。早梅香滿山郭。回首兩情蕭索。離魂何處飄泊。

　　前段末句,後段起句,平仄與前異①。此調各家句法皆同,惟平仄互異。

【蔡案】

　　① 句法不同,詞調之微調而已,體式依舊,甚至格亦未變,故不可視爲又一體也。

又一體 四十九字　　　　　　　　　　　　　　　　温庭筠

銅鼓賽神來。滿庭幡蓋徘徊。水村江浦過風雷。楚山如畫烟開。　　離別櫓聲空蕭索。玉容惆悵妝薄。青麥燕飛落落。捲簾愁對珠閣。

　　前段同第二首,後段同第一首,只"蕭索"之"蕭"字作平異①。

【蔡案】

　　① 本詞仍屬同格詞,亦非又一體,詳前一詞蔡案。

又一體 四十九字　　　　　　　　　　　　　　孫光憲

汾水碧依依。黃雲落葉初飛。翠娥一去不言歸。廟門空掩
斜暉。　　四壁陰森排古畫。依舊瓊輪羽駕。小殿沉沉清
夜。銀燈飄落香炧。

　　前段與溫第二首同。後段第二句平仄與各家異①。

【蔡案】

　　① 本詞重格,亦非又一體,詳第二首詞考正。

又一體 四十九字　　　　　　　　　　　　　　孫光憲

江上草芊芊。春晚湘妃廟前。一方卵色楚南天。數行斜雁
聯翩。　　獨倚朱闌情不極。斷魂終朝相憶。兩槳不知消
息。遙汀時起鸂鶒。

　　前段第二句與各家異。後段第二句與溫作異①。

【蔡案】

　　① 以上四首,與正體所不同者,衹是句式差異而已。句式有
異,在詞中並非變調變體之標誌。如同樣是魏承班的《訴衷情》,起
句可以是“春深花簇小樓臺”,也可以是“銀漢雲情玉漏長”,雖然前
者平起、後者仄起,但都是律句,句式不同,句法無異,均屬正常微
調,至於平平仄仄易爲仄仄平平之類,更是常見。因此而視爲又一
體,無謂。

又一體 四十九字　　　　　　　　　　　　　　　張　泌

古樹噪寒鴉。滿庭楓葉蘆花。畫燈當午隔輕紗。畫閣珠簾影斜。　　門外往來祈賽客，翩翩帆落天涯。回首隔江烟火，渡頭三兩人家。

　　前段與温第一首同。後段叶前平韵，不換仄韵，與各家異①。

【蔡案】

　　① 唐宋存詞中惟此一首如此填。

河　傳 五十三字①　　　　　　　　　　　　　　　温庭筠

江畔。相换。曉妝鮮②。仙景箇女采蓮[一]③。請君莫向那岸邊。少年。好花新滿船[二]④。　　紅袖摇曳逐風暖⑤。垂玉腕。腸向柳絲斷。浦南歸。浦北歸[三]⑥。晚來人也稀。

　　《碧雞漫志》云：《河傳》唐曲，今存者二。其一屬南吕宫，凡前段仄韵，後平韵。其一乃今《怨王孫》曲，屬無射宫。歐陽永叔詞内《河傳》附越調，亦《怨王孫》曲。今世《河傳》乃仙吕調，皆非也。《九宫大成》入南詞仙吕宫引。一名《慶同天》，又入北詞仙吕宫調。又《河傳序》入南詞仙吕宫正曲。

　　《脞説》云：《水調·河傳》，煬帝將幸江都時所製。聲韵悲切，帝樂之。

　　《歷代詩餘》云：此詞體製最多，用韵各異。隋製曲，有名《水調·河傳》。蓋水調者，古樂府一部之名，所統曲最多，《河傳》其一也，後人因以名調。"新"字、"人"字宜用平聲，"北歸"下，一本有"莫知"二字。"女"可平。

【校記】

[一] 原注：女，可平。

[二] "新"字及後結"人"字用〇符標識，意謂宜用平聲。

[三] 本句後各本均有"莫知"二字，此處無，不知秦巘所據。

【蔡案】

① 本詞所錄爲奪字詞，脱"莫知"二字，全詞應爲五十五字。按，本體式唐宋諸詞後段均爲七字一句，第二字則多用句中短韵，對應前段則是"少年。好花新滿船"，故可知原譜脱二字，應按秦巘原注，補"莫知"二字以成完璧。

② 前段首句之原型，本爲"江畔相換曉妝鮮"七字一句，唐宋諸家詞例作四字二句起，乃添字法也，即"曉妝鮮"三字添一字作四字一句，以仄聲收，並叶仄聲韵。第二字亦可不韵，徑作四字一句，"畔"，句中韵也，正格如此。又按，本詞前後段各四句，是本調之基本形式，即爲："江畔相換曉妝鮮。仙景個女采蓮。請君莫向那岸邊。少年好花新滿船。　　紅袖搖曳逐風暖。垂玉腕、腸向柳絲斷。浦南歸、浦北歸。莫知晚來人也稀。"而各體各式，均於此增減變化而來，其中尤以首句添一字作四字兩句爲基本格式，如末首邵亨貞之"庭院春淺。重門深掩"。而唐風好用句中韵，其變化尤繁。

③ 本句"女"字，秦巘謂是可平，實則不然。所謂可平，亦即認定"女"字爲仄，而考察本句句式，此爲仄起平收式，則第四字依律須平，因此"女"字實爲以上作平。

④ 秦巘謂"新"字必平，應是有條件必平，而非絕對必平，亦即設若本句"好"字字位用平聲，則"新"字可仄，無須"必平"。此類説法不

合詞譜學原則。又，本句"女"字不叶，但諸家多作句中韵。而"采蓮"二字常被減去，則成減字格，即顧夐"棹舉舟去"詞體。

　　⑤ 本句唐五代諸家均用平起句式之律句，獨溫詞三首第二字俱易爲仄聲，從而形成大拗句式，應是誤筆，不必從。又按，本詞後段換韵與否，正如李白《菩薩蠻》無需將前段"織"、"碧"與後段"立"、"急"視爲同韵，而應作一種特殊換韵，因此，本詞前段之"畔"、"換"與後段之"暖"、"腕"，亦即我們説的特殊換韵法，然則本詞用韵與後一首同。秦巘注"暖"字"叶仄"，實誤，應是"換仄"。

　　⑥ 本句後各本均有"莫知"二字，應據補。

　　　又一體 五十五字　　　　　　　　　　　　　温庭筠

湖上。閒望。雨瀟瀟。烟浦花橋①。路遥。謝娘翠蛾愁不
○▲　○▲　●○△　●○　○△　●△　●○○●○

銷。終朝。夢魂迷晚潮[一]②。　　蕩子天涯歸棹遠。春已
△　○△　●●○●○△　　　●●○○○●▲　○●

晚。鶯語空腸斷。若耶溪。溪水西。柳堤。不聞郎馬嘶。
▲　○●○○▲　●○△　○●○　●△　●○○●△

　　後結比前作多"柳堤"二字③，後起換仄韵，與前異。

【校記】

　　[一]"迷"字及後結"郎"字用○符標識，循其第一首之闡釋，意謂宜用平聲。

【蔡案】

　　① 本詞與前一首之差異，惟第二句有句中韵"橋"字，此亦流行作法，原譜諸詞，唐宋諸家僅前一首未叶耳。

　　② 即余前一首所謂"有條件必平"，在合乎條件時亦可填爲仄聲

字者,如前段李珣用"猿聲到客船",後段張泌用"瑤池醉暮天",此字依律本可平可仄,秦巘於第一首備注云"宜用平聲",最恰。

③ 此非多二字,前一首奪字而已。

又一體① 五十三字　　　　　　　　　　韋　莊

何處。烟雨。隋堤春暮。柳色葱蘢。畫橈金縷。翠旗高颭香風。水光融。　　青娥殿脚春妝媚。輕雲裹。綽約司花妓。江都宮闕,清淮月映迷樓。古今愁。

前段第三四五句各四字②,六句六字,七句三字。後段結句一四、一六、一三字,與溫作異。韋又二首,於"翠旗"二字,一作"尋勝",一作"時節"③;於"宮闕"二字,一首同,一作"隱映",平仄略異④。《詞律》於"媚"、"裹"二字注叶仄,不知各家皆換韵,且支時韵與魚虞韵不叶,注誤⑤。"蘢"字是換平韵,乃連環叶也。

【蔡案】

① 本調有若干體,前二首爲第一體,李珣的"春暮微雨"詞爲第二體,第二體由第一體減字衍化,主要變化在前後段第二均,及前段用交錯韵。本詞實爲第二體之變格。故本詞與前二首差異較大。

② 實爲第二三四句,"何處。烟雨"秦巘視爲二句,故云。但四字實爲一句,"處"字爲句中短韵。

③ "尋勝"之於"翠旗",在於句式不同,但句法仍同。

④ 句法之基本規則,一般而言是一三五不論,"隱"字自可用仄,何況其爲上聲。

⑤ 支時韵與魚虞韵不叶,是明清規矩,而非唐宋規矩,唐宋詞中

兩部通叶,是一種常可見到的情況。

　　又一體① 五十五字　　　　　　　　　　　　　李　珣

去去。何處。迢迢巴楚。山水相連。朝雲暮雨。依舊十二峰前。猿聲到客船。　　　愁腸豈異丁香結。因離別。故國音書絕。想佳人花下,對明月春風。恨應同。

　　　　亦四換韵,前結五字,比韋作多二字。後結兩五、一三字,與
　　　　前兩家異。

【蔡案】

　　① 此亦爲第二體變格。與第二體所不同者,惟後段第四、第五兩句讀破爲五字兩句。

　　　又一體① 五十五字　　　　　　　　　　　　　李　珣

春暮。微雨。送君南浦。愁斂雙蛾。落花深處。啼鳥似逐
〇　▲　　〇　▲　　●〇〇▲　　〇●〇〇　　●〇〇▲　　〇●●●
離歌。粉檀珠淚和[一]②。　　　臨流更把同心結。情哽咽。
〇△　　●●〇〇　△　　　　　　〇〇●●〇〇▲　　〇〇▲
後會何時節。不堪回首相望,已隔汀洲③。櫓聲幽。
●●〇〇▲　　●〇〇●〇●　　●●〇△　　●〇△

　　　　後段第四、五句,一六、一四字,又與前異。

【校記】

　　[一]"珠"字用〇符標識,循秦氏第一首之闡釋,意謂宜用平聲。

【蔡案】

　　① 本詞即爲第二體。本體由第一體減字後衍化,主要變化在前

後段第二均,前段由一七、一二添字讀破爲一四、一六,後段則由二三、一二、一五讀破爲一四、一六、一三。本體另一差異爲前段用交錯韵,韵律別具一格。

　　② "珠"字,仍爲余前述"有條件必平",故此二字雖多用平聲,然亦有用仄聲字者,如前段李珣用"猿聲到客船",後段張泌用"瑤池醉暮天",此字依律本可平可仄,秦巘於第一首備注云"宜用平聲",最恰。

　　③ 本十字讀爲六字一句、四字一句,並因之以爲異於他詞,此人爲設異也。若據韋莊"何處烟雨"詞調正句讀,作四字一句、六字一句,則便無異處,且語氣亦更加暢達。要之,詞譜類例詞之句讀,應遵循盡可能趨同爲原則,以便於統一、規範。

又一體 五十三字①　　　　　　　　　　　　　顧　夐

燕颺晴景。小窗屏暖,鴛鴦交頸。菱花掩却翠鬟欹,慵整。海棠簾外影[一]②。　　　繡幃香斷金鸂鶒。無消息。心事空相憶。倚東風。春正濃。愁紅。淚痕衣上重。

　　　　凡三換韵,前段起句第二字,二句,俱不叶韵。四五句,一七、一二字③,前結叶仄韵,不換平韵,與各家異。後段與溫作第二首同。

【校記】

　　[一] "簾"字及後結"衣"字用○符標識,循第一首之闡釋,意謂宜用平聲。

【蔡案】

　　① 本詞五十四字,數誤。

　　② 前後段結拍第三字,仍爲余前述"有條件必平",故此二字多

用平聲,然亦有用仄聲字者,如前段李珣用"猿聲到客船",後段張泌用"瑶池醉暮天"。此字依律本可平可仄,秦巘於第一首備注云"宜用平聲",最恰。

　　③ 慵整,並非獨立單句,而是二字句中韵,即"慵整海棠簾外影"爲一七字句。後段亦同,"愁紅淚痕衣上重"爲一句。

又一體① 五十三字② 　　　　　　　　　　顧　敻

棹舉。舟去。波光渺渺,不知何處。岸花汀草共依依。雨
●　▲　○　▲　　○○●●　●○○▲　●○○●●○△　●

微。鸂鶒相逐飛[一]。　　　　天涯離恨江聲咽。啼猿切。此意
△　●○○●○　　　　　　　○○○●○○▲　○○▲　●●

向誰説。倚蘭橈。獨無聊。魂銷。小爐香欲焦③。
●○▲　●○△　●○○　○○　●○○●△

　　　　前段"舉"字起韵,五六七句換叶平韵④。餘同前作。

【校記】

　　[一] "相"字及後結"香"字用○符標識,循第一首之闡釋,意謂宜用平聲。

【蔡案】

　　① 本詞爲本調之第三體。本體異於正體者有三:第三拍添一字作四字句已成固定模式;正體第五拍之二字已被減去;第四拍有時由平聲韵改爲仄聲韵。餘皆同。

　　② 本詞五十四字,數誤。

　　③ 前後段結拍第三字,仍爲余前述"有條件必平",故此二字多用平聲,然亦有用仄聲字者,如前段李珣用"猿聲到客船",後段張泌用"瑶池醉暮天",此字依律本可平可仄,秦巘於第一首備注云"宜用

平聲”,最恰。

　④ “舉”字實爲句中韵,因此應是“四五六句換叶平韵”。

又一體 五十二字① 　　　　　　　　　　　　　顧　夐

曲檻。春晚。碧流紋細,綠楊絲軟。露花鮮。杏枝繁。鶯
囀。野蕪平似剪[一]②。　　　直是人間到天上。堪游賞。醉
眼疑屏幛。對池塘。惜韶光。斷腸。爲花須盡狂③。

　　　“露花”二句兩三字,與前作異。“直是”句平仄異,餘同。

【校記】

　[一] “平”字及後結“須”字用○符標識,循其第一首之闡釋,意
謂宜用平聲。

【蔡案】

　① 本詞爲第三體變格。前段七字句減一字異。又,本詞五十三
字,數誤。

　② 前後段結拍第三字,仍爲余前述“有條件必平”,故此二字多
用平聲,然亦有用仄聲字者,如前段李珣用“猿聲到客船”,後段張泌
用“瑤池醉暮天”。此字依律本可平可仄,秦巘於第一首備注云“宜用
平聲”,最恰。

　③ 本詞前後段的用韵,作者或有特別構思,兩段均用平仄同部,
雖然本質上仍是四換韵,填者可根據作品實際學用。

又一體① 五十三字 　　　　　　　　　　　　　閻　選

秋雨秋雨②,無晝無夜,滴滴霏霏。暗燈凉簟怨分離。妖姬。

不勝悲。　　　西風稍急喧窗竹。停又續。膩臉懸雙玉。幾回邀約雁來時。違期。雁歸人未歸[一]③。

前段首、次句不叶韵，四、五句同温第二首，六句三字，與韋同④。"幾回"句七字，後結與前結叶韵，與各家異⑤。"人"字必用平聲。

【校記】

[一]"人"字用○符標識，循其第一首之闡釋，意謂宜用平聲。

【蔡案】

① 本詞亦爲第三體變格。前段結句減二字、後段折腰六字句添一字作七字異。

② 本詞起調，實與温庭筠"湖上。閒望"詞同，同樣是四字句中兩二字獨立相押，所不同者，本詞用叠韵法而已，手法同張泌之"紅杏。紅杏"，故原譜失記兩韵脚，甚誤。而唐宋諸家前起第四字均爲韵脚，亦可證此處爲叠韵。

③ 後段結拍第三字，仍爲余前述"有條件必平"，故此二字多用平聲，然亦有用仄聲字者，如前段李珣用"猿聲到客船"，後段張泌用"瑶池醉暮天"。此字依律本可平可仄，秦巘於第一首備注云"宜用平聲"，最恰。

④ "妖姬"爲句中短韵，故"六句三字"之説誤。

⑤ 前後結同韵，偶合耳，本調基本韵律爲四换韵，故當視爲特殊换韵。

又一體① 五十三字　　　　　　　　　　孫光憲

柳拖金縷。著烟籠霧。濛濛落絮。鳳凰舟上楚女②。妙舞。

雷喧波上鼓③。　　　龍爭虎戰分中土。人無主。桃葉江南渡。襞花箋。艷思牽。成篇。宮娥相與傳。

此二首皆詠隋宮事。凡兩換韵，前段全用仄韵。第四句六字，與各家異。

【蔡案】

① 本詞亦爲第三體之變格，所異者，前段起拍不用句中韵。前段不換平聲韵，而前段第四拍六字，少一字，據其韵律，極疑“楚”字後奪一平聲字。

② 前段六韵，看似未作換韵，實質有所區別，因爲“女”、“舞”、“鼓”都是上聲，而上聲是可以作平的，作者未必就沒有如此動念。

③ 注意到本詞原譜未於兩結拍之第三字圖平聲，於此則可知，本詞因兩結之首字均爲平聲，第三字可平可仄，故秦巘不圖平聲，然則秦巘之失，在於所擬者非詞調之譜。或曰非詞體之譜，而僅爲詞作之平仄，非譜也。而所謂譜者，應是放之調内而皆準，或至少放之體内而皆準者，若但就詞作就事論事，則譜將何存？此或亦非秦巘一人之失。

又一體① 五十四字　　　　　　　　　　孫光憲

太平天子。等閒游戲。疏河千里。柳如絲，偎倚。綠波春水。長淮風不起。　　　如花殿脚三千女。爭雲雨。何處留人住。錦帆風。烟際紅。燒空。魂迷大業中。

前段亦不換平韵。第四、五、六句，一三、一二、一四字，與各家異。

【蔡案】

① 此即第三體,惟前段原七字句與二字逗讀破爲一三、一二、一四異。又按,前段"絲"字疑爲三聲叶。

又一體[1] 五十三字　　　　　　　　　　　　　孫光憲

花落。烟薄。謝家池閣。寂寞春深。翠蛾輕斂意沉吟。沾襟。無人知此心。　　玉爐香斷霜灰冷。簾鋪影。梁燕歸紅杏。晚來天。悄然[一]。孤眠。枕檀雲髻偏。

　　前段上半同韋體,下半同温第二首。後段"悄然"二字比各家少一字,一本上有"空"字。"輕"字,葉《譜》作"烟","紅"字作"文",俱誤。"髻"字作"鬢"。

【校記】

[一] 今所見各本皆作"空悄然",秦巘亦謂"一本上有'空'字",然則自應以三字本入譜,特以奪字詞入譜,並非怪異,而是秦巘未將《詞繫》作詞譜編撰之故。若作爲詞譜摹擬,則該結句之平仄譜,當爲⊙○◎●△,然則本調各詞皆然。

【蔡案】

① 本詞仍爲第三體之變格。惟前段第二句叶仄韵,第三句起平韵異。

又一體 五十五字　　　　　　　　　　　　　孫光憲

風颭。波斂。團荷閃閃。珠傾露點。木蘭舟上,何處吴娃越艷。藕花紅照臉[一]。　　　大堤狂煞襄陽客。烟波隔。渺渺湖光白。身已歸。心不歸^[二]。遠汀鸂鶒飛^①。

> 前段同顧第三首，惟五、六句上四下六，字句與前異。後段同溫第一首。

【校記】

[一]"紅"字及後結"鸂"字用〇符標識，循其第一首之闡釋，意謂宜用平聲。

[二]秦巘謂後段同溫詞第一首，而溫詞本爲奪二字，參之以唐宋諸詞，本詞"心不歸"後亦奪二字，檢諸本均有"斜暉"二字，應據補。

【蔡案】

① 前後段結拍第三字，於譜而言，即余前述"有條件必平"，故此二字多用平聲，然亦有用仄聲字者，如前段李珣用"猿聲到客船"，後段張泌用"瑤池醉暮天"。此字依律本可平可仄，依據唐宋實際，秦巘於第一首備注云"宜用平聲"，最恰。

又一體^① 五十一字　　　　　　　　　　張　泌

渺莽雲水。惆悵春帆，去程迢遞。夕陽芳草，千里萬里。雁聲無限起^[一]。　　夢魂悄斷烟波裏。心如醉。相見何處是。錦屏香冷無睡^[二]。被頭多少淚。

> 通首用仄韵，不換平韵。前段第五句四字，後段第四句六字，與各家異。"春"字，葉《譜》作"暮"，誤。

【校記】

[一]"無"字及後結"多"字用〇符標識，意謂宜用平聲。

[二]"錦屏"下六字一句，余反復校驗唐宋諸詞，以爲原詞當爲：

"錦屏香冷，□□□□。無睡。"方合其律，惟無書證，不敢擅改，謹記。

【蔡案】

①　本詞爲仄韵體之變格。仄韵體因柳永詞體從者最多，故以柳詞爲範。秦巘本書，標榜"以時代先後爲序"，故某一詞調内例詞之排序亦"以生卒先後爲序"，而不以體式類型爲序，《河傳》一調，最能看出因之而混亂不堪之陋，詞調内部之發展衍變無從捫觸。

又一體　五十一字[一]　　　　　　　　　　　　張　泌

紅杏[二]。交枝相映。密密濛濛。一庭濃艷倚東風。香融。透簾櫳。　　斜陽似共春光語。蝶争舞。更引流鶯妬。魂銷千片玉尊前。神仙。瑶池醉暮天。

　　　前段起句二字，比各家少二字，餘同閻體。

【校記】

　　[一]　原譜所録詞奪字，應是五十三字體。

　　[二]　起調二字句，自然非《河傳》之音響。"紅杏"後較之唐宋各詞，當是奪二字，而非減字，《欽定詞譜》據《詞緯》作"紅杏。紅杏"叠句，當是的本，應據補。

又一體　六十字　　　　　　　　　　　　　　　徐昌圖

秋光滿目。風清露白，蓮紅水緑。何處夢回[一]，弄珠拾翠盈盈，倚蘭橈，黛眉蹙[二]。　　采蓮調穩聲相續。吴兒伴侣，倚棹吴江曲。驚起暮天，幾雙交頸鴛鴦，入蘆花，深處宿。

兩結及後段次句，與各家異。《詞律》云："與前調迥別，此則宋詞之濫觴也。"[一]"夢"字、"暮"字，用去聲，勿誤[二]。"聲相續"上，《詞律》多"吳兒"二字，下少"吳兒伴侶"四字，今據陳耀文《花草粹編》訂正。

【校記】

[一]"夢"字及後段"暮"字用●符標識，意謂必用去聲。

[二]各本前結三字均作"平仄仄"，校之本體其餘各詞及本詞後段結拍，亦以"平仄仄"爲正，故"黛眉蹙"必誤，應據《花草粹編》改爲"眉黛蹙"。

【蔡案】

① 本詞亦仄韵體，與前各平仄混合體迥異，較之第三體，則有承繼脉絡可尋，其所衍變處有二：一爲前段起拍不用句中短韵；二爲前後段結拍各添一字，作六字折腰式句法；三爲後段次拍添一字作四字一句，且不再押韵。萬樹以爲本詞乃宋詞之濫觴，是以詞人生卒而論詞之先後，非以詞體之衍變而論先後，故謬。蓋《河傳》之正體特色，爲前後段結拍均爲五字一句，而本體六字，顯係添字而來，故不換韵體式中，本體當是循柳永"淮岸向晚"之體式而來，柳永生年雖晚，而所本之體式則在徐之前，今已不存，但見柳詞而已，此乃一般道理。

② 未知秦巘"夢"字、"暮"字用去聲有何律理依據。前代詞譜家許多斷語多就事論事，樸素、直觀，而無相關理論支撐，亦從無人總結詞學律理，縱然有理，亦每每是知其然而不知其所以然。故詞譜中但凡"必用去聲"者，多謬。本詞"夢"字、"暮"字，吕渭老前段有"悶抱琵琶"，黄庭堅後段有"影散燈稀"，均用平聲，便是違異者，而同爲仄聲，無名氏亦有上聲者，更多不同，可參見第二、第三體諸詞。此類前人

之疏漏，爲詞學之缺憾，應予糾正，此亦爲吾輩之職責所在也。

又一體 五十字　　　　　　　　　　　　　　　　　　張　先

花暮。春去。都門東路。嘶馬將行。江南江北，十里五
里①，郵亭幾程程。　　　高城望遠看回睇。烟細[一]。晚碧
空無際。今夜何處[二]②。冷落衾幬。欲眠時。

《子野詞》屬仙吕調。

原注一作《怨王孫》。

前段與張泌第一首相仿，惟換平韵。後段與各家俱異。後
起三句，一本作“高城漸遠重凝睇。烟容細。晚碧空無際。不知
今夜何處”，則與李珣第二首同。

【校記】

[一] 張先《安陸集》收入本詞，調名爲《怨王孫》。“高城望遠看
回睇”一句詞意不通，應據《安陸集》改。“烟細”二字，依律當爲三字，
唐宋諸家皆如是填，亦應據《安陸集》補。

[二] “今夜何處”四字，依律本句與後句應爲十字，諸詞皆然，故
應據《安陸集》補“不知”二字。

【蔡案】

① 本詞爲第二體變格。惟前段第六拍不韵，且少二字，余以爲
原詞必爲“十里五里○△”，如此方諧。

② “處”字秦巘以爲是押前段“暮”、“去”韵，通觀本調全局，此實
偶然而已，若以爲本句叶韵，視其通押“睇”、“細”即可。但本句通常
亦可不叶韵，因此無需視“處”字爲韵脚。

又一體① 五十七字   柳　永

翠深紅淺。愁蛾黛蹙，嬌波刀剪。奇容妙技，互逞舞裀歌扇。妝光生粉面。　　坐中醉客風流慣。尊前見。特地驚狂眼。不似少年時節，千金爭選。相逢何太晚。

> 《樂章集》屬仙呂宮，宋刊本《樂章集》調名《河轉》。想"傳"字作去聲讀，如"傳舍"之"傳"。抑因各體多換韵，作上聲讀，如"轉聲"、"轉調"之"轉"。

> 通首用仄韵，不換韵，與張泌第一首同。惟前段五句多二字，後段多一四字句，又異。"互"字，宋本作"爭"。

【蔡案】

　① 此即下一首第三體之變格。所不同者，惟前段起拍無句中短韵、後段尾均四六句式讀破爲六四句式異。秦巘謂"與張泌第一首同"，張詞五十一字，前後段尾均與此迥異。

又一體① 五十七字   柳　永

淮岸。向晚。圓荷向背，芙蓉深淺。仙娥畫舸[一]，露漬紅芳
○▲　●▲　○○●●　○○○▲　○○◎●　●●○○
交亂。難分花與面。　　采多乍覺輕船滿。呼歸伴。急槳
○▲　○○○●▲　　●○●●○○▲　○○▲　●●
烟村遠。隱隱棹歌，漸被蒹葭遮斷。曲終人不見②。
○○▲　●●○○　●●○○○▲　●○○●●▲

> 《樂章集》亦屬仙呂宮。

> 前起二字叶，後段第四、五句，上四下六字與前略異。"仙娥"句平仄與各家反。"向晚"二字，一本作"漸晚"。"向背"二字

作“相背”。“潰紅”二字，汲古作“清江”，誤。“乍”字一本作
“漸”。“村”字作“波”，今從宋本。

【校記】

　　［一］“畫”字及後段“棹”字用●符標識，意謂必用去聲。

【蔡案】

　　① 此本第二體，惟通篇仄韵，韵律大變，且後段結拍仍爲五字一
句，故允爲第三體，或可謂仄韵體。就仄韵體諸詞而言，本詞體式應
更早，其餘各式，捫其韵律，皆由此出。而明清以來，詞譜家每每不知
秉執一基本認知：南宋人亦可填北宋詞體式，宋人亦可填唐詞體式；
故柳永詞之體式亦可早於徐昌圖。以《詞繫》諸詞爲例，南宋辛棄疾
詞體、元人邵亨貞詞體，俱爲“倣花間體”，故可知其體式遠早於北宋
諸詞，秦巘將其列爲全調之末，便是重人不重體，可見其標榜之“以時
代爲序”，是以詞人爲本，而非以詞學爲本。要之，體式之先後，不因
詞人生卒之先後而先後，此固常識也。

　　② 柳詞二首，韵律幾一，而秦巘不作平仄之互校，可見秦巘意不
在此，不在以擬譜爲要。愚以爲本書非詞譜，此可爲一證。

又一體① 六十一字　　　　　　　　　　　秦　觀

恨眉醉眼。甚輕輕覷著，神魂迷亂。常記那回[一]，小曲闌干
西畔。鬢雲鬆，羅襪剗②。　　　　丁香笑吐嬌無限。語軟聲
低，道我何曾慣。雲雨未諧，早被東風吹散。悶損人，天
不管③。

　　　　此與徐作同，只多一“甚”字，此襯字也④。通首不換韵，前
後第五句叶韵，平仄亦異。據黃作自注云：戲以“好”字易“瘦”

字,是此詞尾句當是"瘦煞人,天不管"。"那"字、"未"字去聲,與
徐同。

【校記】

〔一〕"那"字及後段對應句"未"字用●符標識,意謂必用去聲。

【蔡案】

① 此徐昌圖詞體之變格,所不同者,惟前段第二拍添一字異。

②③ 此六字從五字句化來,故應是折腰式六字一句,而非兩句。

④ "甚"字是添字,而非襯字。自毛先舒襯字説出,《欽定詞譜》
張大之,執此之見者頗多,至今爲人所秉執,實誤。

又一體 六十一字　　　　　　　　　　　　　黄庭堅

有士大夫家歌秦少游"瘦煞人天不管"之曲,以好字易瘦字,
戲爲之作。

心情老懶。對歌對舞,猶是當時眼①。巧笑靚妝[一],近我衰
容華鬢,似扶著,賣卜算②。　　思量好個當年見。催酒催
更,只怕歸期短。影散燈稀[二]③,背鎖落花深院。好煞人,
天不管④。

　　　　前段次、三句,用一四、一五字。"鬢"字不叶韵,餘同秦作。
"靚"可平。"燈"字用平,不可從。

【校記】

〔一〕"靚"字用●符標識,意謂必用去聲。

〔二〕原文"燈"字有旁注云"宜仄"。

【蔡案】

①　秦詞此二句一五一四，黄用一四一五，雖屬讀破，但其句法則有單起與雙起之不同。

②　此六字從五字句化來，故應是折腰式六字一句，而非兩句。

③　秦巘謂"燈"字不當用平，其理由蓋因前段"靚"字用仄，又因爲前秦詞之"未"字用仄，而不知"雲雨未諧"及"常記那回"之第三字，其所以用仄之律理何在。秦詞用仄，是因爲其第一字用平，原句式之仄仄平平隨之失衡，故須用第三字補救，形成平仄仄平句式，構成另一種平衡。此種填法，在徐昌圖詞之"何處夢回"、"驚起暮天"中，亦可看出，且更可知秦巘謂徐詞"夢"字、"暮"字須仄，亦不過知其然而不知其所以然。此類句式之補救，反之亦然，如張泌之"夕陽芳草"、"錦屏香冷"，閻選之"暗燈涼簟"、"幾回邀約"，李珣之"落花深處"、"不堪回首"，均爲對平平仄仄句式之補救。故本詞並非後段"燈"字宜仄，而是前段"靚"字宜平。

④　此六字從五字句化來，故應是折腰式六字一句，而非兩句。

又一體　五十八字　　　　　　　　　　　　　　　　呂渭老

妓　行　四　者

雙花對植。似黄封和了，龍香難敵。（四和香）悶抱琵琶，試把么弦輕轢。算行家、纔認得。（四行家）　　朱窩戲捻骰兒擲。（朱窩，四隻骰子賭名）惟有燒盆，貢彩偏難覓。（四隻滿江紅，名"燒盆貢采"）常把那目字橫書[一]①，謝三娘、全不識②。（俗云謝三娘不識"四"字罪字頭。）

見《花草粹編》，而《聖求詞》不載，與無名氏《踏青遊·贈妓崔念四》一首仿佛。前段與秦作同，後段"常把那"句七字少三字。

【校記】

〔一〕此七字對應前段"悶抱琵琶，試把幺弦輕轢"十字，故依據韵律可知，"常"字後應脱仄平平三字。

【蔡案】

①《詞譜》云本句失一韵，非是。本句非主句，故可韵可不韵，如黄庭堅作"近我衰容華鬢"不押韵，同此。

② 本詞前後段結拍，秦巘均用三字逗標識，與前迥異，清代詞譜家於折腰式六字句之認定，最爲混亂，即便同一詞調同一詞句，或六字折腰，或三字兩句，隨心所欲。此爲一例。

又一體① 五十九字   缺　名

香苞素質。天賦與、傾城標格②。應是曉來〔一〕，暗傳東君消息。把孤芳、回暖律③。　　壽陽粉面增妝飾。説與高樓，休更吹羌笛。花下醉賞④，留取時倚闌干，鬥清香、添酒力。

　　見《梅苑》。前段次句七字，比秦作少二字。後段四句"賞"字用仄，五句平仄相反，不叶韵。餘同秦作。

　　愚按：《梅苑》詞，體格甚多，惜不著姓氏。雖北宋人作，未免訛脱，姑録以俟他本校證。

【校記】

〔一〕"曉"字及後段第四句"醉"字用◑符標識，意謂必用去聲。按，"曉"非去聲。

【蔡案】

① 本詞即徐昌圖詞體，惟前段第二拍作三字逗領四字格異。

② 本調第一均之韵律，絶無折腰句法，此亦非正體"雨瀟瀟"格式，余以爲必是"〇天賦與"之奪字引起。

③ 本句及後段結拍，秦巘均讀爲六字折腰句法，正讀。

④ 賞，以上作平。

唐河傳 五十三字　　　　　　　　　　　　　　辛棄疾

效 花 間 體

春水。千里。孤舟浪起。夢携西子。覺來村巷夕陽斜。幾家。短墻紅杏花[一]。　　　晚雲做造些兒雨。折花去。岸上誰家女。太顛狂，那邊①。柳綫被風吹上天②。

　　　　與孫第二首同，惟前段第四句用仄韵，後段"狂"字不換韵，"綫"字不叶韵，略異。

【校記】

［一］"紅"字及後結"吹"字用〇符標識，意謂必用平聲。

【蔡案】

① "那邊"句依例當爲三字，唐宋諸家皆如是填，二字前應脱一字。《欽定詞譜》作"笑那邊"，未作詮釋，不知所本，然應是的本，據補。

② 後段結拍七字，讀之可知温庭筠"柳堤。不聞郎馬嘶"爲句中短韵。但第二字通常爲平聲而叶韵，故此疑"綫"字或爲三聲叶。又按，前後段結拍第三字，即余前述"有條件必平"，故此二字多用平聲，然亦有用仄聲字者，如前段李珣用"猿聲到客船"，後段張泌用"瑶池

醉暮天"。此字依律本可平可仄,依據唐宋實際,秦巘於第一首備注云"宜用平聲",最恰。

又一體[①]　五十六字　　　　　　　　　　邵亨貞

戲效花間體

庭院。春淺。重門深掩。寂寞東風。睡濃。起來繡窗花影重。嬌慵。宿妝凝澹紅[一][②]。　　待把眉山臨鏡畫。還又罷。却放翠簾下。畫樓閒。樓外山。倚闌。只愁相見難。

> 與溫作第二首同,只第三句四字,多一字。"凝"字、"相"字用平聲。

【校記】

[一]"凝"字及後結"相"字用○符標識,意謂必用平聲。

【蔡案】

① 本詞爲第一體之變格。屬溫庭筠詞之添字格,即溫詞第三拍三字添一字,作四字一句,其第四字可韵可不韵。

② 前後段結拍第三字,即余前述"有條件必平",解説參見前一首蔡案②。

閒中好　十八字　　　　　　　　　　　鄭　符

題永壽寺

閒中好,盡日松爲侶。此趣人不知,輕風度僧語。

> 舊説始於鄭符,後人多效之,皆以首句三字爲題。

又一體 十八字　　　　　　　　　　　　段成式

閒中好,塵務不縈心。坐對當窗木[一],看移三面陰。

此用平韵,與前異。

【校記】

[一] 一作"當窗月",就後句"移三面陰"看,似更恰,應據《類説》卷四二改。

采蓮子 二十八字　　　　　　　　　　　　皇甫松①

菡萏香連十頃陂舉棹。小姑貪戲采蓮遲年少。晚來弄水船頭濕舉棹,更脱紅裙裹鴨兒年少。

唐教坊曲名。《全唐詩》注西曲,又云:"西曲歌。本出於荆、郢、樊、鄧之間,故其聲節送和,與吴歌亦異。"[一]《樂府解題》云:"清商曲有《采蓮子》,即《江南弄》中《采蓮曲》,如李白、劉方平、王昌齡、張潮詩,殊有風致。然必以皇甫松、孫光憲之排調有襯字者爲詞體。(節録)"[二]②

《詞律》云:"'舉棹'、'年少'字,乃相和之聲",與《竹枝》同。"或曰《竹枝》之'枝'、'兒'兩字,此調之'棹'、'少'兩字,自相爲叶,須知。"與柳永之《采蓮令》不同,故分列。

【校記】

[一] 見《全唐詩》卷二十一《烏夜啼》下注。

[二] 原文李白等有詩例,已節去。

【蔡案】

① 本詞《宋詩紀事》等收録,作者應爲孫光憲。

② 此所謂"襯字",即指"和聲"。有和聲者方爲詞體,否則則爲詩體,故言"必以"。本調唐五代多無和聲,作七言律句體式,當已民歌文人化。每句均爲律句,而不拘平起仄起,王昌齡、賀知章之作且均不用黏。是聲詩也,屬相和歌辭。

摘得新 二十六字　　　　　　　　　　　皇甫松

摘得新。枝枝葉葉春。管弦兼美酒,最關人。平生那得幾
●●△　　○○●●△　　●○○●● ●○△　　○○●●○

十度[一],展香裍。
○●　　　●○△

　　　唐教坊曲名。

　　　此以首句爲名,"幾十"兩字是以上入作平,觀其別作,用"經風"二字可知①。"那"字,葉《譜》作"都",誤。

【校記】

　　[一]原注"幾"字、"十"字作平。

【蔡案】

　　① 別首七字句作"繁紅一夜經風雨",本調僅存皇甫氏二首,平仄如一。

天仙子 三十四字　　　　　　　　　　　皇甫松

晴野鷺鷥飛一隻[一]。水葒花發秋江碧。劉郎此日別天仙,
⊙●◎○○●▲　　　◎○○●●○▲　　⊙○◎●●○○

登綺席。淚珠滴。十二晚峰青歷歷。
○●▲　　●○▲　　◎●◎○◎●▲

　　　唐教坊曲名。《九宮大成》入南詞黃鐘宮引,與本宮正曲不

同。又入北詞雙角隻曲,名《天仙令》。段安節《樂府雜録》云:《萬斯年曲》,是朱崖李太尉進,此曲名即《天仙子》是也,屬龜兹部舞曲。

原詞以第三句得名①。張先採此,製爲大曲,有作《天台仙子》者,見《集解》。

"青"字,一本作"高"。

【校記】

［一］原注可平可仄均以圖譜表示,不出校記。

【蔡案】

① 秦巘以爲本調調名源自本詞第三拍,或非。按,調名若因句而起,則該句每每屬於名句或詞中警句,"劉郎此日别天仙"一句甚爲平板,毫無趣處,以此爲題無理。皇甫别首有句云"懊惱天仙應有以",是爲結拍,《詞譜》以爲調名之由來也,余以爲亦非。按,朱崖李太尉,即李德裕也,其爲皇甫松之父輩人物,李德裕既已進《天仙子》曲,則豈有取後人之詞句爲名之理哉? 是則當是先有樂曲名,後人依樂填詞方是。

又一體 三十四字　　　　　　　　　　韋　莊

悵望前回夢裏期。看花不語苦尋思。露桃宫裏小腰肢。眉
●●○○●●△　　○○●●●○△　　●○○●●○△　　○

眼細,鬢雲垂①。惟有多情宋玉知。
●●　●○△　　○●●○●○△

此用平韵。

【蔡案】

① 此爲六字折腰句法,讀爲三字兩句者,誤。

又一體① 三十四字　　　　　　　　　　　　　　　韋　莊

深夜歸來長酩酊。扶入流蘇猶未醒。醺醺酒氣麝蘭和。驚
睡覺，笑呵呵②。長道人生能幾何。

　　　前二句用仄韵，後三句換平韵。

【蔡案】

　　① 韋莊本調共五首，惟此首換韵，餘皆爲平韵體。唐宋諸家，亦
僅此一首平仄轉韵。

　　② 此爲六字折腰句法，讀爲三字兩句者，誤。

又一體 三十四字　　　　　　　　　　　　　　　　和　凝

洞口春紅飛蔌蔌。仙子含愁眉黛綠。阮郎何事不歸來，懶
燒金，慵篆玉，流水桃花空斷續。

　　　第四句不叶韵，與皇甫作略異①。

【蔡案】

　　① 和凝另有一首與皇甫詞同，兩三字結構均叶韵，可知本詞
“金”字可韵可不韵也，若是押韵，亦祇是句中韵而已。又原讀爲三字
兩句，誤，應是六字折腰句法。

又一體 六十八字　　　　　　　　　　　　　　　張　先

時爲嘉禾小倅，以病眠不赴府會。

水調數聲持酒聽。午醉醒來愁未醒。送春春去幾時回，臨
●●●●○○●▲　　●●○○●●▲　　●○○○●●○○　　○

晚鏡。傷流景。往事悠悠空記省。　　沙上並禽池上暝。
●▲　　○○▲　●●○○○●▲　　　　○●●○●▲
雲破月來花弄影。重重翠幕密遮燈，風不定。人初靜。明
○●●○○●▲　○○●●●○○　○●▲　○○▲　○
日落紅應滿徑。
●●○○●▲

　　《子野詞》屬中呂調，又屬仙呂調。

　　此照皇甫詞加一疊，通首用仄韻。

　　"醉"字，一作"睡"。"悠悠"二字，鮑刻知不足齋本作"後
期"。"翠"字作"簾"。"並"字，一作"水"。"回"字，葉《譜》作
"歸"。

　　　又一體 六十九字　　　　　　　　　　　　劉　過

別酒釅釅渾易醉。回過頭來三十里。馬兒不住去如飛，牽
一憩。坐一憩。斷送煞人山與水。　　是則是青山終可
喜①。不道恩情拚得未。雪迷村店酒旗斜，去則是。住則
是。煩惱自家煩惱你。

　　後起句八字，比張作多一字。

【蔡案】

　　① 本句爲上三下五折腰句式，故應於第三字後讀住，第三字
"是"且爲句中短韻，與後二"是"字呼應。

　　　又一體 六十八字　　　　　　　　　　　　隨車娘子

別酒未斟心已醉。忍聽陽關辭故里。揚鞭勒馬到皇都，三

題盡,當際會^①。穩跳龍門三汲水。　　天意令我先送喜。不審君侯知得未。蔡邕博識爨桐聲,君抱負,却如是^②。酒滿金杯來勸你。

> 徐釚《詞苑叢談》云:"劉改之得一妾,愛甚。淳熙甲午,預秋薦赴省試,在道賦《天仙子》。每夜飲旅舍,輒使小童歌之。到建昌,游麻姑山,屢歌至於墮淚。二更後,有美人執拍板來,願唱一曲勸酒,即賡前韵云云。劉喜,與之偕東,果擢第,調荆門教授,遇臨江道士熊若水,謂之曰:'竊疑隨車娘子非人也。'劉具以告。曰:'是矣,今夕與並枕時,吾於門外作法,教授緊緊抱之,勿令竄逸。'劉如所戒,乃擁一琴耳,頓悟昔日蔡邕之語。至麻姑訪之,知是趙知軍所瘞壞琴也,焚之。"

> 此與張作同,惟"盡"字、"負"字不叶韵。"我"作平。

【蔡案】

　　①② 此爲六字折腰句法,讀爲三字兩句者,誤。

怨囬紇^①　四十字　　　　　　　　　皇甫松

祖席駐征棹^[一],開帆候信潮。隔筵桃葉泣,吹管杏花飄。　　船去鷗飛閣,人歸塵上橋^[二]。別離惆悵淚,江路濕紅蕉。

> 《樂苑》注商調曲。《九宮大成》入南詞中呂宮引。

> 此是五言律體。《樂府詩集》名《囬紇》,郭茂倩編入近代詞曲。《尊前集》亦載,蓋戍婦之怨詞也。

【校記】

　　［一］原注"駐"字可平。

　　［二］原注"塵"字可仄。

【蔡案】

　　① 本調至今僅見皇甫松二首。《欽定詞譜》另有七言體一種，實非同一詞調，秦巘未録入，甚是。

酒泉子[①]　四十五字　　　　　　　　　　　　　司空圖

買得杏花，十載歸來方始坼[②]，假山西畔藥欄東。滿枝
●●●　○　●　●●○　●　●▲　　○○○●　○△　　●○

紅。　　旋開旋落旋成空[一]。白髮多情人更惜，黃昏把酒
△　　　　●　○●●　○△　　●●○○○●▲　○○●●

祝東風。且從容。
●○△　　●○△

　　　唐教坊曲名。

　　　《唐詩紀事》云："司空圖隱王官谷，預爲冢棺。勝日引客坐壙中賦詩詞，徘徊不已。有《酒泉子》云云。"

　　　晁補之一首，後段次句用上三下四字句法，餘同。不録。

【校記】

　　［一］原注第五字"旋"去聲。

【蔡案】

　　①《酒泉子》源自唐代。唐詞本調字句變化繁多，然其體式則萬變不離其宗。司空詞可爲本調之正體。本調所有變化主要爲句式文字增減及韵脚差異。文字增減本屬詞調之微調，如本調主要有三：一爲前後段第二拍減一字，則句法爲仄起仄收式六字一句，可僅單邊

減一字,亦可前後段同時減一字;二爲後段第二拍減二字,作仄收式五字律句;三爲前後段第三拍減一字,作折腰式六字句,多前後段各減一字,偶有前段或後段單邊減字者。

② 原譜前後段第二拍均不韵,誤。本調前後段第二句時有失韵,但本詞之"圻"、"惜"同爲陌韵部,應屬遥叶,此類遥叶亦是詞中韵律特有模式,並不罕見,本調顧敻"小檻日斜"詞即爲一例。本調用韵之另一特點爲:前後段結拍同韵,且必爲平聲。原譜所收十八種,惟李珣"秋月嬋娟"一首不同,疑有舛誤。李珣"秋雨連綿"後結原作"透簾中",與前段結拍"酒初醒"不諧,乃是版本之誤;顧敻"小檻日斜"一首,前段結拍"舊香寒",後段結拍"暗銷魂",則是十三部元韵與十四部寒韵通押,並無不妥。

又一體① 四十字   溫庭筠

日映紗窗[一]。金鴨小屏山碧[二]。故鄉春,烟靄隔②。背蘭缸。 宿妝惆悵倚高閣[三]。千重雲影薄。草初齊,花又落③。燕雙雙[四]。

> 與前作句法迥異,另一體也。
>
> 此調體格極多。《花間集》載晚唐詞二十三首,僅五首相同,餘皆體格各別。故備録,疏其異同,以俟採摘。
>
> "倚"字,孫光憲、毛熙震皆作平聲。"重"字一本作"里"④。

【校記】

[一] 原注"日"字可平,"紗"字可仄。

[二] 原注"金"字可仄,"小"字可平。

[三] 原注"宿"字、"倚"字可平,"惆"字可仄。

　　［四］一本《金荃詞》作“燕雙飛”，誤。本調前後段結句相押，爲一韵律特色，故後段收煞必用“雙”字，呼應前段“缸”字。

【蔡案】

　　① 本詞與前一首不同者，主要在韵之變化，前段首拍起韵、後段起拍仍押仄韵、前後段第三拍用仄韵。此所以不同於前詞處，但此數種變化，均在輔韵，故體式並未改變。其字句之變，在前後段次拍減字、三拍減字，惟減字者亦填詞常用之微調手法也。

　　② 此六字即前一詞“假山西畔藥欄東”減字而來，故自是六字句，折腰句法，秦巘讀爲三字兩句者，是但看其形，而不問其内在變化，誤甚。

　　③ 此六字即前一詞“黄昏把酒祝東風”減字而來，參前注。

　　④ “里”字仄聲，違律，故原詞應是“重”字。

　　又一體① 四十一字　　　　　　　　　　韋　莊

月落星沉。樓上美人春睡。緑雲傾，金枕膩[一]。畫屏
●●○△　　○○●○○●　●○○　○●▲　　　●○

深。　　　子規啼破相思夢。曙色東方纔動。柳烟輕，花露
△　　　　●○○●○○▲　●●○○○●▲　●○○　○●

重[二]。思難任。
▲　　●○△

　　　　後段第二句六字，比温作多一字。

【校記】

　　［一］此六字即正體之“假山西畔藥欄東”減字而來，故自是六字句，折腰句法，秦巘讀爲三字兩句者，是但看其形，而不問其内在變化，誤甚。

　　［二］此六字即前一詞“黄昏把酒祝東風”減字而來，參前注。

【蔡案】

① 本詞與正體不同者，在後段第二句仄聲韵換韵。

又一體 四十二字　　　　　　　　　　　　　牛　嶠

記得去年，烟暖杏園花正發①，雪飄香。江草綠，柳絲長②。　　鈿車纖手捲簾望③。眉學春山樣。鳳釵低嫋翠鬟上。落梅妝。

　　　前段第二句，後段第三句，各七字，與前異。叶韵亦不同。舊譜"香"字不注韵。《詞律》謂足上語氣，下六字正對，觀後李作足證其非也。或謂"望"字叶上平聲，與顧作合。戈載《詞律訂》云："平仄互叶體"。余謂後世平仄互叶所自始也。"去"字用仄，各家不盡同，故不注。

【蔡案】

① 本句"發"字不韵，疑與"綠"相叶，蓋唐五代填法，"綠"字依例俱韵，惟此一首不韵，未免突兀。

② 詞中之韵，本屬音律事，與詞意無關。"香"字韵或不韵，亦當從韵律考慮。按，"雪飄香、江草綠"本爲一拍，故唐詞俱不用韵，而宋詞除張先一首，該拍均不減字，而作七字一句，故唐宋惟此一韵。秦巘謂舊譜不注韵，或因此。但考本詞填法，與諸家似異而實同，因爲此非三六式句法，而仍是六三式句法，並非讀破句法，而是折腰句法中置入句中短韵而已。

③ "望"字爲韵，原注爲"換仄"，然若以司空體，則可視爲平起平收式句法之平聲韵，若以溫韋詞，則可視爲平起仄收式句法之仄聲韵。竊以爲兩可，毋庸視爲必是仄聲韵。

又一體① 四十三字　　　　　　　　　　李　珣

寂寞青樓。風觸繡簾珠碎撼。月朦朧，花黯淡②。鎖春
●●○△　　○●●○○●▲　　●○○　　○●▲　　　●○

愁。　　　尋思往事依稀夢。淚臉露桃紅色重。鬢欹蟬，釵
△　　　　　○○●●○○▲　　●●●○○●▲　　●○○　　○

墜鳳③。思悠悠[一]。
●▲　　　●○○△

　　前後段次句各七字，餘同温作。李又一首，首句作"雨清花
零"，"清"字不當用平，應是"漬"之誤。不另録。

【校記】

　　[一]原注"思"字去聲。

【蔡案】

　　① 本詞與正體之不同，在首句叶韵、後段仄聲換韵、後段首拍押
仄韵，而前後段第三拍均減一字作折腰式句法，句式工整，可謂"減
字格"。

　　②③ 此爲六字折腰句法，作三字兩句者，不合韵律。

又一體 四十三字　　　　　　　　　　李　珣

秋雨連綿①，聲散敗荷叢裏②，那堪深夜枕前聽。酒初

醒。　　　牽愁惹思更無停。燭暗香凝天欲曙。細和烟，冷

和雨。透簾中③。

　　前段與司空作同，惟次句六字。後段與前一首同，惟起句叶
平韵，"中"字與前句皆不叶，斷無結句另換一韵不叶之理，應是
"前"字之訛，與上"綿"字、"烟"字互叶。但《花間集》作"中"，未

便擅改，俟考。

【蔡案】

① "綿"字若視爲韵，遥叶後段"烟"字，亦無不可，唐詞因句法變化不大，多在韵中求變化，是特色之一。

② "裏"字，叶後段"曙"、"雨"，循古韵也。故本詞亦即正體，惟前後各減一字，後段第三拍押仄聲韵異。

③ "中"字失韵，顯誤。按，一本《花間集》作"透簾旌"，叶前"停"、"醒"字，應據改。本調前後段結句相押，爲一韵律特色，故後段收煞必用"旌"字，呼應前段"醒"字，秦巘謂是"前"字之誤，其思路必來自方位詞"中"，却不知本調之韵律如此。其次，因是"簾中"，故可曰"透"。"簾旌"是簾頭織物，自可謂之"透"，更是極寫烟雨也，但若是在"簾前"，則何透之有，是秦巘不到處。

又一體 四十二字 李 珣

秋月嬋娟，皎潔碧紗窗外①，照花穿竹冷沉沉。印池心。　凝露滴，砌蛩吟②。驚覺謝娘殘夢，夜深斜傍枕前來。影徘徊③。

前段與前作同，後段起句兩三字，次句六字，與各家異。結又換韵。

【蔡案】

① 於本調之發展觀之，宋詞多有前後段第二拍不叶韵者，如晏殊、晁補之、王灼、辛棄疾、曹勛、管鑒等，均有第二拍失韵體詞，應濫觴於此。

② 此六字即由"旋開旋落旋成功"七字句減字而來，故從韵律上

可以確定本爲一句拍，即六字折腰句，而非三字兩句。詞中兩三字結構多爲此類，如《鷓鴣天》《漁父》等，皆是。但本句唐宋諸家均爲七字，獨此一首六字，疑"凝"字前或奪一字。

③ 唐詞前後段結拍例不換韵，惟本詞例外，可疑。

又一體 四十一字　　　　　　　　　　　　　　　　顧　敻

楊柳舞風。輕惹春烟殘雨。杏花愁，鶯正語①。畫樓
○●●　△　　○●○○●　▲　　●○○　○●▲　　●○

東。　　錦屏寂寞思無窮[一]。還是不知消息。鏡塵生，珠
△　　　●○●●○△　　○●●○○▲　　●○○

淚滴②。損儀容。
●●▲　　●○△

　　　　　與韋作同，惟後段首句叶平韵，四句叶仄韵。

【校記】

　　[一]原注"思"字去聲。

【蔡案】

　　① 此爲六字折腰句法，其原形爲七字句，係"假山西畔藥欄東"之減字衍化，故不當讀爲三字兩句。

　　② 此爲六字折腰句法，其原形爲七字句，係"黃昏把酒祝東風"之減字衍化，故不當讀爲三字兩句。

又一體 四十字　　　　　　　　　　　　　　　　顧　敻

羅帶縷金。蘭麝烟凝魂斷。畫屏欹，雲鬢亂①。恨難
任。　　幾回垂淚滴鴛衾。薄情何處去。月臨窗，花滿

樹②。信沉沉。

> 與前作同，惟後段次句五字，少一字③。

【蔡案】

① 此爲六字折腰句法，其原形爲七字句，係“假山西畔藥欄東”之減字衍化，故不當讀爲三字兩句。

② 此爲六字折腰句法，其原形爲七字句，係“黄昏把酒祝東風”之減字衍化，故不當讀爲三字兩句。

③ 此説法缺乏律理依據，因爲不可斷定本體式即從前一詞體減字而來，顧敻與司空圖爲同時代人，一作五字，而一作七字，若非脱落，則應謂少二字更爲合理。

又一體 四十三字　　　　　　　　　　　　　　顧　敻

小檻日斜，風度綠窗人悄悄。翠幃閒掩舞雙鸞。舊香寒。　　別來情緒轉難判①。韶顔看却老②。依稀粉上有啼痕。暗銷魂。

> 前段與司空作同，惟第二句起仄韵。後段第二句五字，與温作同，叶前仄韵，三四句又換韵。

【蔡案】

① “判”字原注“叶平”，是承上啓下一韵，可知後段平聲韵“痕”、“魂”二韵，乃十三部元韵叶十四部寒韵，固非換韵也。然則本詞亦即正體，惟後段第二拍少二字異。

② “老”字叶前段“悄”字，即余前述之“遥叶”。

又一體 四十二字　　　　　　　　　　　　　顧　敻

黛薄紅深。約掠綠鬟雲膩。小鴛鴦，金翡翠①。稱人心[一]。　　　錦鱗無處傳幽意。海燕蘭臺春又至。隔年書，千點淚②。恨難任。

　　　前段與溫、韋作同。後段第二句七字，多一字，換頭句叶上仄韵。通首兩換韵。"至"字，《詞律》作"去"，失韵③，據《歷代詩餘》訂正。

【校記】

　　　[一]原注"稱"字去聲。

【蔡案】

　　　① 此爲六字折腰句法，其原形爲七字句，係"假山西畔藥欄東"之減字衍化，故不當讀爲三字兩句。

　　　② 此爲六字折腰句法，其原形爲七字句，係"黃昏把酒祝東風"之減字衍化，故不當讀爲三字兩句。

　　　③ 唐宋詞中"去"字叶"意"字，亦並不突兀，時有所見。秦巘謂"失韵"，是以清律論宋詞，殊非。

又一體 四十三字　　　　　　　　　　　　　顧　敻

掩却菱花，收拾翠鈿休上面。金蟲玉燕。鎖香奩。恨懨懨。　　　雲鬟半墜懶重鬢[一]。淚侵山枕濕，銀燈背帳夢方酣。雁飛南。

　　　此與第三首同，惟後段次句不叶，亦平仄互叶體也。《詞律訂》謂“面”字起韵，“燕”字叶，顧前作上句用“膩”字，下句用“翠”字叶，此説甚是。

【校記】

　　[一]鬖，謂毛髮亂貌，垂貌。於此句顯然不通。檢《詞律》《欽定詞譜》均作“重簪”，當是的本，應據改。

又一體 四十四字　　　　　　　　　　　　顧　夐

黛怨紅羞。掩映畫堂春欲暮。殘花微雨。隔青樓。思悠悠[一]。　　芳菲時節看將度。寂寞無人還獨語。畫羅襦，香粉污①。不勝愁[二]。

　　　　前段與“掩却菱花”同，惟首句起韵。後段與“黛薄紅深”同，惟後起二句亦叶前仄韵。據戈氏説，“雨”字亦當是叶，與前同。

【校記】

　　[一]原注“思”字及後結“污”字去聲。

　　[二]原注“勝”字平聲。

【蔡案】

　　① 此爲六字折腰句法，其原形爲七字句，係“黄昏把酒祝東風”之減字衍化，故不當讀爲三字兩句。即便前段“殘花微雨。隔青樓”亦非兩句，“雨”字爲句中韵。

又一體 四十字　　　　　　　　　　　　孫光憲

空磧無邊，萬里陽關道路。馬蕭蕭，人去去①。隴雲愁。　　香貂舊製戎衣窄。胡霜千里白。綺羅心，魂夢隔^②。上高樓。

　　此與顧作第二首同^③，惟首句不起韵，後起句換仄韵，凡三換韵。

【蔡案】

　　① 此爲六字折腰句法，其原形爲七字句，係"假山西畔藥欄東"之減字衍化，故不當讀爲三字兩句。

　　② 此爲六字折腰句法，其原形爲七字句，係"黄昏把酒祝東風"之減字衍化，故不當讀爲三字兩句。

　　③ 本詞即温庭筠"日映紗窗"詞體，惟前段首拍不叶韵、仄韵二換異。而秦巘以爲同顧夐"羅帶縷金"詞體，實異處更多，此亦清儒好用濫用又一體之弊也。

又一體 四十三字　　　　　　　　　　張　泌

春雨打窗。驚夢覺來天氣曉。畫堂深，紅燄小^①。背蘭缸。　　酒香噴鼻懶開缸。惆悵更無人共醉。舊巢中，新燕子^②。語雙雙。

　　前段與李第一首同。後段與李第二首同。

【蔡案】

　　① 此爲六字折腰句法，其原形爲七字句，係"假山西畔藥欄東"之減字衍化，故不當讀爲三字兩句。

　　② 此爲六字折腰句法，其原形爲七字句，係"黄昏把酒祝東風"之減字衍化，故不當讀爲三字兩句。

又一體 四十三字　　　　　　　　　　　　　　　　張　泌

紫陌青門，三十六宮春色，御溝輦路暗相通。杏園風。
●●○○　○○●○○●　●○●○●●○△　●　○○△

咸陽沽酒寶釵空。笑指未央歸去，插花走馬落殘紅。月
○○○●●○△　●●●○○●●　○○●●●○△　●

明中。
○○△

　　　　通首不換韵，與司空作同，惟前段兩次句各六字。

又一體 四十二字　　　　　　　　　　　　　　　　張　先[一]

庭下花飛。月照妝樓春欲曉[二]①，珠簾風，蘭燭燼②，怨空
閨。　　迢迢何處寄相思。玉箸零零，腸斷屏幃。深更漏
永夢魂迷③。

　　　　《子野詞》屬高平調。

　　　　此詞又見《壽域詞》，誤。前段同李第一首，惟次句不用韵；
　　後段次三句各四字，結句七字，與各家異。各譜俱失收此體。

　　　　"欲曉"二字，杜作"婉晚"，"燭燼"二字作"燒焰"，今從鮑本。

【校記】

　　　　［一］《花草粹編》收録本詞，作馮延巳詞。
　　　　［二］據《花草粹編》，本句爲"月照妝樓春事晚"。

【蔡案】

　　　　① "曉"字誤，依《花草粹編》作"春事晚"，則正合前文"花飛"，且
　　"晚"字可以遙叶後段"斷"字韵，而原譜作"月照妝樓春欲曉"，細玩
　　不通。

②　此爲六字折腰句法，其原形爲七字句，係"假山西畔藥欄東"之減字衍化，故不當讀爲三字兩句。應據改。

③　"玉箸零零，腸斷屏幃。深更漏永夢魂迷"，於律法論，句法與諸家迥異，唐宋未有此類填法。於作法論，唐五代詞中從無"深更"一詞，且"屏幃深、更漏永"顯爲儷句，不可讀破。然則後段應如通常讀法，作"迢迢何處寄相思。玉箸零零腸斷。屏幃深、更漏永，夢魂迷"。"斷"字與"晚"字遥叶相押，極爲和諧。又按，"永"字依例當韵，雖爲輔韵，然唐宋惟此一例，此字或有錯訛，待考。

又一體　四十二字　　　　　　　　　　　　　　張　先

春色融融。飛燕未來鶯未語。露桃寒，風柳曉①，玉樓空。　　天長烟遠恨重重。消息燕鴻歸去。枕前燈，窗外雨②。閉簾櫳。

　　《子野詞》亦屬高平調。

　　前段同張第一首，後段同李第一首③。

【蔡案】

①　此爲六字折腰句法，其原形爲七字句，係"假山西畔藥欄東"之減字衍化，故不當讀爲三字兩句。

②　此爲六字折腰句法，其原形爲七字句，係"黄昏把酒祝東風"之減字衍化，故不當讀爲三字兩句。

③　詞調體式之異同，應與全局統而觀之，若云前段同張，後段同李，則其來龍去脉依然雲裏霧裏，言猶未言，其間韵律之變化無從揣摸。而本詞即前一詞體，體式未變，惟後段"雨"字多一韵而已。而秦巘以爲"後段同李第一首"者，徒字句相同，亦誤，蓋李詞後段起拍三

換仄韵，而本詞則以"融"、"欞"爲主韵，後段以"重"、"欞"抱"去"、"雨"，換頭並未作換仄，全詞韵律迥異，並無承繼關係。清代譜家多如此，惟以現象之歸納爲要務，不重律理之研究，故每每缺乏所以然之總結。僅以本詞爲例，余詳述其韵律之承繼、發展，本詞所循之韵律，應源自顧敻"楊柳舞風"詞，試比較如下：

其前段變化，張詞次句依正格多一字、"曉"字未韵，餘俱同：

顧敻：楊柳舞風。輕惹春烟殘雨□。杏花愁、鶯正語。畫樓東。

張先：春色融融。飛燕未來鶯未語。露桃寒、風柳曉，玉樓空。

其後段則兩者些無變化，字句平仄全同：

顧敻：錦屏寂寞思無窮。還是不知消息。鏡塵生、珠淚滴。損儀容。

張先：天長烟遠恨重重。消息燕鴻歸去。枕前燈、窗外雨。閉簾欞。

前後段比較可見，張詞與唐詞中諸家各體相較，差異最小。細玩二詞，可見其間更多淵源：張詞之"風柳"即脫胎於顧敻之"楊柳舞風"；顧詞謂"杏花"，張詞謂"露桃"；顧詞謂"畫樓"，張詞謂"玉樓"；後段張詞之"消息"，則徑取該句拍顧詞之"消息"；顧詞主韵爲東冬，張詞亦用東冬。凡此種種，其構思源自顧詞無疑。愚以爲子野作此詞，必因顧詞起。而再追蹤溯源，顧詞體則源自溫庭筠"花映柳條"詞體，二者亦僅顧詞添一字、改一韵之異。

進一步研究，張詞之韵律添字合理，因七字爲正格，而"曉"字不韵則無理。宋人填詞，遙叶極少，前段僅一"語"字，便頗覺不合，余謂"曉"字實"舞"字之誤，蓋"露"勾連"寒"字，"風"勾連"舞"字，此謂之"諧"；且"風柳"源自"楊柳舞風"，風柳不舞，更是何字？而"風"不能勾連"曉"字，此謂之"脫"，其間無邏輯關係也，知填詞之道者，俱識其理。子野自號"張三影"，用字極精，必不如此不諧。

要之，張詞本顧詞而填，字句韵律俱合，二者之別，或僅張詞多一字耳。

梧桐影 二十字　一名《落日斜》　　　　　　　　　　呂　嵒

景德寺僧房①

明月斜，秋風冷。今夜故人來不來，教人立盡梧桐影。
〇●〇　〇〇▲　　〇●●〇〇●〇　〇〇●●〇〇▲

周紫芝《竹坡詩話》云："大梁景德寺峨嵋院，壁間有呂嵒題字。相傳有蜀僧號峨嵋道者，戒律甚嚴。一日有偉人來與語，期以明年是日相見，願少待。明年是日日方午，沐浴端坐而逝。明日，書長短句於堂側絶高處，字畫飛動，如翔鸞舞鳳，非世間筆也。或以爲呂仙云。（節録）"此以末句爲名，起二句，《竹坡詩話》作"落日斜，西風冷"，今從《庚溪詩話》本。"今夜故人"四字，《竹坡詩話》作"幽人今夜"。

愚按：世所傳呂仙詞甚多，然皆後世得之乩卜，襲用宋人成調，並非創製，不能專屬。只此一詞，尚屬當時所著。

【蔡案】

① 此亦詩，非詞也。故不分均。

六幺令① 三十字　　　　　　　　　　　　　　　　呂　嵒

東與西。眼與眉。偃月爐中運坎離。靈砂且上飛。最幽微。是天機。你休癡。你不知。

見《全唐詩》，不知録自何書，與晏殊《六幺令》全不相符[一]②。王僧保《詞林叢著》云："《碧雞漫志》謂《六幺》前後十八曲③，或十八曲中之一。然白詩有《六幺花》十八句，是十八花拍，非十八曲也。"[二]因《詞譜》收之，存以俟考。

【校記】

[一] 今存《六幺令》無晏殊之作。秦巘謂晏殊《六幺令》，或爲晏幾道之誤，晏殊詞其時所見，今應俱存。

[二]《詞林叢著》未能覓得，此引文揣其意而讀。

【蔡案】

① 此亦詩，非詞也。故不分均。若是吕嵒所作，則基本是詩，若云是吕嵒之詞，則多半是假托。

② 宋詞《六幺令》前後段正十八拍，屬慢詞，而秦注中《六幺花》，則爲詞調《夢行雲》，屬於近詞，並非一體。二者與本小令無涉。

③《碧雞漫志》所云，則爲大曲。俱無涉。

巫山一段雲 四十四字[一]　　　　　　　　昭　宗

縹緲雲間質，盈盈池上身[二]。袖羅斜舉動埃塵。明艷不勝春。　　翠鬟晚妝烟重[三]。寂寂陽臺一夢[四]。冰眸蓮臉見長新。巫峽更何人①。

唐教坊曲名。

《尊前集》云："唐昭宗宮人作《巫山一段雲》二首，或以爲昭宗作。"《歷代詩餘》云："漢鐃歌《巫山高》爲思歸詞，後蜀毛文錫撰②。此調與《菩薩蠻》之別名《巫山一片雲》無涉。"《詞律》云："俱詠巫山神女事。"

【校記】

[一] 字數誤，本詞應是"四十六字"。

　　〔二〕原注"池"字、後段第三句"冰"字、後結"巫"字可仄。

　　〔三〕原注"晚"字可平。

　　〔四〕原注"一"字可平。按，"一"字入聲作平，而非可平。

【蔡案】

　　① 本調前後段第二均例作換韵式，本詞未換韵，偶然而已。以秦巘後一首注體會，是將其視爲不換韵之體式，實誤，此正余所謂特殊換韵法，恰如李白《菩薩蠻》詞中前後段之仄聲韵。故本詞不可爲譜，平仄譜今擬於柳永詞下。

　　②《巫山高》先唐雖亦多有長短句，但屬於漢樂府，屬詩，與此無涉。

　　又一體 四十六字　　　　　　　　　　　　　　　昭　宗

蝶舞梨園雪，鶯啼柳帶烟。小池殘日艷陽天。苧羅山又山①。　　青鳥不來愁絕。忍看鴛鴦雙結。春風一等少年心。閒情恨不禁。

　　　　前段結句，與前作平仄異。後段結處換韵②。

【蔡案】

　　① 本調前後段結拍例以仄起平收式爲正，本詞平仄反。唐宋僅此一例，是唐宋詞拘於句法而不拘句式之例證，雖不違律，然亦不足爲範。

　　② 後結換韵，爲本調之基本韵律特徵，前一詞則屬於特殊換韵法，作法不同韵法同，故與本詞韵律未變，屬同一詞體。

　　又一體 四十四字　　　　　　　　　　　　　　　毛文錫

雨霽巫山上，雲輕映碧天。遠風吹散又相連。十二晚峰

●●○○● 　○○●○△ 　●○○●●○△ 　◎●●○

前。　　　暗濕啼猿樹，高籠過客船。朝朝暮暮楚江邊。幾
△　　　　　●　●　○　○　●　　○　○　●　●　△　　⊙　○　◎　●　●　○　△　　◎

度降神仙。
●　●　○　△

　　　後起二句各五字，與昭宗作異①。

【蔡案】

　　　① 本詞異於正體者，不在減字，在前後段通篇一韵，唐宋詞多遵
此體填，故予擬譜，可平可仄參李詞第一首。

又一體　四十四字[一]　　　　　　　　　　　　　　柳　永

琪樹羅三殿，金龍抱九關。上清真籍總群仙。朝拜五雲
●　●　○　○　●　　○　○　○　⊙　○　　●　○　○　●　●　○　△　　○　●　●　○

間。　　　昨夜紫薇詔下。急喚天書使者。令賫瑶檢降雕
△　　　　　●　●　◎　○　○　▲　　●　●　○　○　◎　▲　　⊙　○　○　●　●　○

霞。重到漢皇家①。
△　　⊙　●　●　○　△

　　　《樂章集》屬雙調。

　　　後段亦換韵，與昭宗第二首同，惟兩結句平仄異②。

【校記】

　　　[一]本詞應爲四十六字。

【蔡案】

　　　① 本詞非又一體，即昭宗"縹緲雲間"詞體，且前後段第二均換
韵清晰。故此格之平仄譜擬於此，譜中可平可仄悉參"縹緲雲間"詞。
　　　② 人爲製造複雜，此類羅列乃"又一體"泛濫原因之一。

生查子 四十字　一名《楚雲深》《美少年》《柳和梅》《晴色入青山》①

韓　偓

侍女動妝奩，故故驚人睡。那知本未眠②，背面偷垂淚。

●●●○○　●●●○○▲　　○○●●○　●●●○○▲

懶卸鳳凰釵，羞入鴛鴦被。時復見殘燈，和烟墜金穗。

●●●○○　○○●○○▲　　○○●○○　○○●○○▲

　　　唐教坊曲名。《尊前集》注雙調。張先詞屬雙調。元高栻詞注南吕宫。《九宫大成》入南詞南吕宫引，又入北詞雙角隻曲。《集解》云："宋大曲也。"

　　　朱敦儒詞有"遥望楚雲深"句，名《楚雲深》；又改名《美少年》；韓淲詞有"都是柳和梅"句，名《柳和梅》；又有詞句，名《晴色入青山》。

　　　《詞律》云："'查'本'楂梨'之'楂'，省作'查'，今有讀'查考'之'查'，且取'浮查'事以爲解者，若是乘楂，如何加'生'字耶？"

　　　五言八句四韵，如古詩。作者平仄多有參差，皆可不拘，"妝"字，葉《譜》作"香"。

【蔡案】

　　　① 此四名皆非別名，而是指代名或詞名。詳參《訴衷情》第五首毛文錫詞蔡案①。

　　　② "那"字本爲二讀字，此當取平讀爲是，各本詞譜多取仄讀，違律，誤。

又一體 四十字

牛希濟

新月曲如眉，未有團圞意。紅豆不堪看，滿眼相思淚。

終日擘桃穰，人在心兒裏。兩朵隔墻花，早晚成連理。

平仄與前異①。

【蔡案】

① 秦巘此意爲詞句中之平仄，與前詞有異，惟此類差異爲句式之別，非句法之別，故所謂"又一體"本屬烏有。

又一體 四十一字　　　　　　　　　　　　朱希濟

春山烟欲收，天澹稀星小。殘月臉邊明，別淚臨清曉。語已多，情未了[一]①。回首猶重道。記得緑羅裙，處處憐芳草。

後起兩三字句②，孫光憲三首皆然。惟一作"仄平平平平仄"，兩作"仄平平平仄仄"，差異。《花間集》注，一本無"已"字，誤。

【校記】

［一］原注"已"字、"未"字可平。

【蔡案】

① 本調體式主要變化之一，爲前後段起拍添一字，作六字折腰句，此爲一例。

② 換頭應讀爲六字折腰句，蓋此六字本爲五字一句故。秦巘謂三字兩句者，是不知其基本律理，故不合韵律。

又一體 四十二字　　　　　　　　　　　　孫光憲

暖日策花驄，嘽輨垂楊陌。芳草惹烟青，落絮隨風白。誰家繡轂動香塵，隱映神仙客。狂煞玉鞭郎，咫尺音容隔。

後段起句七字，比各家多二字。

又一體 四十二字　　　　　　　　　　　　　　　　　張　泌

相見稀，喜相見。相見還相遠。檀畫荔支紅，金蔓蜻蜓軟。　　魚雁疏，芳信斷。花落庭陰晚。可惜玉肌膚，消瘦成慵懶。

前後起皆兩三字句①。

【蔡案】

　　① 本詞即正體，惟前後段首拍各添一字，折腰爲三三式句法。此種變化甚明，秦巘將此兩拍均讀爲三字兩句者，是不知其基本律理，故有違韵律。

浣溪沙 四十二字　“沙”或作“紗”。一名《小庭花》
　　　　　　《滿院春》《廣寒枝》《霜菊黃》《東風寒》《醉木犀》
　　　　　　《試香羅》《清和風》《怨啼鵑》《踏花天》①　　張　曙

枕障熏爐隔繡帷。二年終日苦相思[一]。杏花明月爾應
●●○○●●△　●○○●●○△　　●○○●●○
知[二]。　　天上人間何處去，舊歡新夢覺來遲[三]。黃昏微
△　　　　　○●○○○●●　　●○○●●○△　　○○○
雨畫簾垂。
●●○△

　　唐教坊曲名。張先詞屬中呂宮。《九宮大成》入南詞南呂宮引。《集解》云：“黃鐘曲，製自晚唐。”

　　《北夢瑣言》云：“張褘侍郎有愛姬早逝，悼念不已，因入朝未

回。其猶子右補闕曙，才俊風流，因增大阮之悲，乃製《浣溪沙》詞云云。（節録）"

張泌詞有"露濃香泛小庭花"句，名《小庭花》。韓淲詞有"芍藥荼蘼滿院春"句，名《滿院春》。又有"廣寒曾折最高枝"句，名《廣寒枝》。又有"霜後黃花菊自開"句，名《霜菊黃》。有"東風拂檻露猶寒"句，名《東風寒》。有"一曲西風醉木犀"句，名《醉木犀》。有"春風初試薄羅衫"句，名《試香羅》。有"清和風裏綠陰初"句，名《清和風》。有"一番春事怨啼鵑"句，名《怨啼鵑》，一名《踏花天》②。

黃昇《花庵詞選》爲張泌作，誤。

與周邦彦之《浣溪沙慢》無涉，宜分列。

【校記】

［一］苦相思，《北夢瑣言》卷八作"兩相思"。

［二］本句《北夢瑣言》作"好風明月始應知"。應，原注"平聲"。

［三］覺來遲，《北夢瑣言》作"覺來時"。

【蔡案】

① 韓淲諸名，均爲詞名，而非調名，宋元人皆知之，故無人襲用。

② 賀鑄詞，又名《減字浣溪沙》，實爲溯源之説。

又一體　四十六字　　　　　　　　　　　韋　莊

紅藕香殘翠渚平。月籠虛閣夜蛩清。天際鴻，枕上夢①，兩牽情。　　寶帳玉爐殘麝冷，羅衣金縷暗塵生。小窗凉，孤燭背②，淚縱橫。

兩結三句各三字，與前異。即攤破格也③。《花間集》前結句作"塞鴻驚夢兩牽情"，後結句作"小窗孤燭淚縱橫"，仍是七字句，今從《花草粹編》以備一體。"涼"字一本作"深"。

【蔡案】

①② 此當爲六字折腰句，而非三字兩句，詳參後蔡案③。

③ 秦巘既知前後結九字爲攤破格，便應知此即《攤破浣溪沙》，該九字實爲七字一句、三字一句之減字形式，而非並列三句。故本詞當臚列於《山花子》中，秦巘或循《欽定詞譜》而誤。

又一體 四十二字　　　　　　　　　　　　　　薛昭蘊

紅蓼渡頭秋正雨，印沙鷗跡自成行。整鬟飄袖野風香。

不語含嚬深浦裏，幾回愁煞棹船郎。燕歸帆盡水茫茫。

　　首句不用韵，與各家異。

又一體 四十二字　　　　　　　　　　　　　　李　煜

紅日已高三丈透。金爐次第添香獸。紅錦地衣隨步皺。

○●●○○●▲　　○○●●○○▲　　○●●○○●▲

佳人舞點金釵溜。酒惡時拈花蕊嗅。別殿遥聞簫鼓奏。

○○●●○○▲　　●●○○○●▲　　●●○○○●▲

　　此用仄韵，後起亦叶。

山花子① 四十七字　　　　　　　　　　　　　　和　凝

銀字笙寒調正長。水紋簟冷畫屏凉。玉腕重金扼臂[一]，淡梳妝。　　幾度試香纖手軟，一回嘗酒絳唇光。偎弄紅絲

蠅拂子，打檀郎。

唐教坊曲名。

此體兩結各加三字，所謂攤破也。《詞律》不載，從《花間集》補。

前段結處少一字②。一本重一"重"字。

【校記】

[一] 本句諸本多作六字一句，惟《歷代詩餘》作"玉腕重重金扼臂"，衹是"玉腕重重"並無此等説法，應是編者因本句奪字而補，不必據信。

【蔡案】

① 本調爲《浣溪沙》之正格，六句體用《浣溪沙》名，實爲鳩佔鵲巢。《山花子》則屬別名，非本調正名。

② 此爲奪字詞，秦巘明知奪字，亦列入，正可印證余所謂《詞繫》非詞譜之説。

又一體 四十八字　一名《攤破浣溪沙》《添字浣溪沙》《感恩多》

李　璟

菡萏香消翠葉殘。西風愁起綠波間。還與韶光共憔悴，不
●●○○●●△　　○○○●●○△　　○●○○●○●　●
堪看。　　　細雨夢回鷄塞遠，小樓吹徹玉笙寒。多少淚珠
○△　　　　●●●○○●●　●○○●●○△　　○●●○
何限恨，倚闌干。
○●●　●○△

《九宮大成》入南詞中吕宮引。

《樂府雅詞》名《攤破浣溪沙》。《梅苑》名《添字浣溪沙》。《高麗史·樂志》名《感恩多》，與牛嶠之正調不同。此以《浣溪沙》結句

破七字爲十字,故名"攤破"。後又名《山花子》,詞之以"攤破"名者始此,以"添字"名者亦始此。又因此詞"細雨"、"小樓"二句膾炙千古,竟名爲《南唐浣溪沙》,與《唐河傳》同例,非調名也。《詞律》云:"'沙'當作'紗'。或作《浣沙溪》,尤當作'紗'。"

《南唐書》云:"王感化善謳歌,聲韵悠揚,清振林木,由是有寵。元宗嘗作《浣溪沙》二闋,手寫賜感化。後主即位,感化以其詞札上之,後主賞賜甚優。"

"何"字,葉《譜》作"無"。

攤破浣溪沙　四十六字　　　　　　　　　　缺　名

相恨相思一個人。柳眉桃臉自然春。別離情思^[一],寂寞向誰論。　　映地殘霞紅照水,斷魂芳草碧連雲,水邊樓上,回首倚黃昏。

見《樂府雅詞》無名氏,諸譜失收。

此亦攤破也,兩結句九字,比前少一字,九字一氣貫下,或第四字讀,六字讀,皆可。

【校記】

[一] 原注:"思"字去聲。

字字雙　二十八字　一名《宛轉曲》^①　　　　　王麗真

牀頭錦衾斑復斑。架上朱衣殷復殷。空庭明月閒復閒。夜長路遠山復山。

鄭黃《才鬼録》云:"唐有中涓宿官妓館,見童子捧酒,導三人至，皆古衣冠。相謂曰：‘崔常侍來何遲。’俄一客至，淒然有恨別之狀，因共聯詞云云。”

　　句有叠字，故名。《詞品》以爲唐女郎王麗真作，未知何據②。

【蔡案】

　　① 此亦詩也，因有《宛轉曲》名而收入詞中。

　　② 本詞通常以爲乃唐崔常侍等四人聯句之作。

醉公子 四十字　一名《四換頭》① 　　　　　　　缺　名

門外猧兒吠。知是蕭郎至。剗襪下香階，冤家今夜醉。

扶得入羅幃。不肯脱羅衣。醉則從他醉，還勝獨睡時。

　　唐教坊曲名。《九宫大成》入南詞仙吕宫正曲，名《醉翁子》。

　　《懷古録》云：“此唐人詞也。”《集解》云：“緣此詞詠醉公子，即用爲名。”又名《四換頭》，以其詞意四換也。與史達祖之長調無涉，故分列。

　　前段用仄韵，後段用平韵，亦平仄互叶也。

【蔡案】

　　① 本詞前後段換韵，唐宋僅此一首。細玩其韵律，余疑本詞與薛昭蘊四換韵體式本非一調，蓋其間並無衍變之痕跡也。又，“四換頭”云云，當是指體式，《醉公子》之主流填法爲四換韵體式，或即云此，故《四換頭》之名或與本詞無關。

又一體① 四十字 　　　　　　　　　　　　　薛昭蘊

慢綰青絲髮。光研吴綾襪。牀上小熏籠。韶州新退紅。

叵耐無端處。捻得從頭污。惱得眼慒開。問人閒事來。

　　　前後上二句用仄韵，下二句用平韵，凡四換韵。

【蔡案】

　　① 此爲《醉公子》正體，五言八句，四換韵。所有詞中換韵，均可異部換韵、同部換韵。薛詞則爲異部換，後尹詞則平仄均各爲同部換，顧詞則爲平仄均於同部内換，故具體作法不同而已，體式依舊如一，皆非又一體也。謹述於此，後二詞不再贅論。

　　又一體 四十字　　　　　　　　　　　　　　　　　尹　鶚

暮烟籠薜砌。戟門猶未閉。盡日醉尋春。歸來月滿身。
離鞍偎繡袂。墜巾花亂綴。何處惱佳人。檀痕衣上新。

　　　　前後上二句用仄韵，下二句用平韵。凡兩換韵，與前作異。
　　"離"字先著《詞潔》作"琱"[一]。

【校記】

　　[一] 琱，同"雕"。按，"離"字，應是"雕"字之誤。讀本詞並無"離"意可知。

　　又一體 四十字　　　　　　　　　　　　　　　　　顧　夐

漠漠秋雲淡。紅藕香侵檻。枕倚小山屏。金鋪向晚扃。
睡起横波慢。獨坐情何限。衰柳數聲蟬。魂銷似去年。

　　　　前後上二句仄韵不换，下二句平韵換，凡三換韵，平仄與前同。《詞律》注可平可仄，殊不必①。"漠漠"二字，葉《譜》作"河漢"。"坐"字，一本作"望"。

【蔡案】

① 秦巘謂萬樹注不必可平可仄，疑指萬樹之注本詞前段第二句、後段第一第二句。此三句萬樹均以兩種句式合注，故"藕"、"侵"、"起"、"波"、"坐"、"何"均注爲可平可仄。

後庭宴① 六十字　　　　　　　　　　　　　　　缺　名

千里故鄉[一]②，十年華屋。亂魂飛過屏山簇。眼重眉褪不勝春[二]，菱花知我銷香玉。　　雙雙燕子歸來，應解笑人幽獨。斷歌零舞，遺恨清江曲。萬樹綠低迷，一庭紅撲籟。

《庚溪詩話》云："宋宣和中，掘地得石刻唐詞，調名《後庭宴》③。"

"故"字宜去聲，勿誤。

【校記】

[一] "故"字用●符標識，意謂宜用去聲。

[二] 原注"重"字平聲，"勝"字平聲。

【蔡案】

①《全蜀藝文志》本詞調名爲《後庭怨》。

② 秦巘云，"故"字宜去聲，惟自唐至元，惟此一首，又從何得知此字宜用去聲邪？

③ 疑詞調名爲後人所取。本詞之結構大爲怪異。前段二均，後段三均，毫無章法。而捫其前段韻律，端然爲《踏莎行》，疑即《踏莎行》之後段與他詞（《後庭宴》?）之前段所合成。而本詞來源，諸本皆云掘地而得，如原著所引之《庚溪詩話》，然唐詞之特徵，前後段多字句整齊，如此參差，竟無一句可相配者，亦爲罕見，且兩段均無章法可

循。故掘地而見、唐人所作云云，或亦故事耳。宋趙聞禮《陽春白雪》
有"蜀帥謝元明因開摩訶池，得古石刻，遂見全篇"之《洞仙歌》，與本
詞之來歷源委同出一轍，亦是前段二均，後段三均，但《洞仙歌》後段
第一、二均則與前段相合，並非拼合詞無疑，兩相比較，其疑難釋。其
次，即便掘地得石刻爲真，其石刻或亦非唐人所刻。宣和中去五代已
一百六十餘年，所得者或爲宋初之作。蓋《踏莎行》爲宋詞，今所見最
早者爲宋初寇準之"春暮"詞，但寇詞顯非創調之作，可知宋初時，該
調已然流行。

魚游春水 八十九字　　　　　　　　　　　　缺　名[一]

秦樓東風裏[二]①。燕子還來尋舊壘。餘寒猶峭，紅日薄侵
羅綺[三]。嫩草初抽碧玉簪，綠柳輕拂黃金穗②。鶯囀上
林[四]，魚游春水。　　　　幾曲闌干遍倚。又是一番新桃李③。
佳人應怪歸遲，梅妝淚洗。鳳簫聲絕沉孤雁④，望斷清波無
雙鯉⑤。雲山萬重⑥，寸心千里。

> 《九宮大成》入北詞小石角隻曲[五]。
>
> 魏泰《復齋漫錄》云："政和中，一中貴使越州回，得詞於古
> 碑。無名無譜，錄以進御。命大晟府填腔，因詞中語，賜名《魚游
> 春水》。"《古今詞話》云："是東都防河卒，於汴河掘地得石刻。此
> 詞唐人語也。"《唐詞紀事》云："防河卒於濬汴日，得一石刻，有詞
> 無調名，遂摭詞中四字名之。"《詞綜補遺》："爲袁裪作。"愚按：
> 各說雖不同，總屬唐人詞，或即大晟府袁裪所填腔也。宋人雖有
> 數首，平仄差異，不可從，故不錄。
>
> 陳鵠《耆舊續聞》云："嫩草初抽碧玉簪，綠柳輕拂黃金穗"，

蓋用唐人詩"楊柳黃金穗,梧桐碧玉枝",今人不知出處,乃作"黃金蕊"或"黃金縷"。

首句起用四平聲,"上"字、"遍"字、"萬"字用去聲定格⑦。"猶峭"二字,《樂府雅詞》作"微透","草"字作"笋","碧"字作"白","細"字作"窄","穗"字作"蕊"[六],"幾"字作"屈"。"怪歸遲"三字作"念歸期","淚"字作"淡","絶"字作"杳","望"字作"目","請"字作"澄"。"初"字,一本作"方","簪"字作"茵","綠"字作"媚","拂"字作"窄",今從《耆舊續聞》。

【校記】

[一]原注:"阮逸女,見《草堂》。"按,唐先生《全宋詞》云:"《類編草堂詩餘》卷二,誤以此首爲阮逸女作。《詞綜補遺》卷二又誤以此首爲袁裪作。或以爲唐人作,見《唐詞紀》卷十一。"

[二]"秦樓東風"四字均用〇符標識,意謂必用平聲。

[三]原注"紅"字、"羅"字、結句"魚"字、後段次句"桃"字、第五句"簫"字和"沉"字、第六句"無"字可仄。並旁注"薄"字、後句"嫩"字、第六句"綠"字和"拂"字、後段第二句"一"字、第五句"絶"字和"雁"字可平。

[四]"上"字、後段起句"遍"字、第七句"萬"字,原譜用◕符標識,意謂必用去聲。

[五]北師大本作"《九宮大成》入北詞小石調角隻曲"。

[六]《樂府雅詞》爲宋曾慥所編,本句既作"黃金蕊",可見並非"今人不知出處"。又按,余所見《樂府雅詞拾遺》卷上,與此猶有數字不合,惟無礙韻律,故不校記。

【蔡案】

① 秦巘以爲四字須連平,其實未必,宋元共十首,已半用律句。

余以爲，本詞四平，從語言之流暢觀，應非錯訛而致，而符合唐民間詞多不講究平仄律之特徵，本詞拗句甚多，即可見一斑，則所謂掘地而得云云，或有可信處。但後世填此，於各拗句多有修正，呂勝己"林梢聽布穀"、盧祖皋"離愁禁不去"、趙聞禮"青樓臨遠水"，作平起仄收式；吳泳"東里韶光早"、朱晞顔"蘭室餘香蕴"，作仄起仄收式，均予律化。

②③⑤"緑柳"、"又是"、"望斷"三個七字句，在宋人筆下亦多以律句填，如趙聞禮之"簇柳簪花元夜醉……愁見同心雙鳳翅……不寄蕭郎書一紙"、盧祖皋之"軟紅塵裏鳴鞭鐙……似把歸期驚倦旅……心事悠悠尋燕語"、呂勝己之"秀麥搖風波浪緑……屏跡幽閑安退縮……呼吸湖光穿九曲"等等。此三句均應爲仄起仄收式，第四字應平，故"緑柳"句中"拂"字當視爲以入作平。

④ 秦巘謂"絶"、"雁"可平者，須以句法爲基準。該句宋人多作平起式，故不宜爲平，"簫"字亦同理也。而"沉"、"無"二字，宋人惟張元幹"夢想濃妝碧雲邊，目斷歸帆夕陽裏"一例用仄，其餘均爲平聲，可見祇用於拗句，亦非隨意"可仄"者。

⑥ 又如本句"雲山萬重"四字，依律對應前段"鶯囀上林"四字，原應是律句，故宋詞亦多調整爲律句，如"愁腸斷也"、"芳草暮寒"、"何時送客"、"家家弦管"、"貪求自樂"、"鷄塞雨寒"，而祇有一首恪守，朱晞顔的"山兮壽兮"都不能視爲與本詞相同的模式。

⑦ 此三字均在可平可仄字位，宋人非但有用入聲上聲者，亦有用平聲者，故余謂，凡詞譜中云"必用去聲"者，俱爲無稽之談。此三字，當以秦巘詞中圖譜所示，俱可平。

賀聖朝 四十七字　　　　　　　　　　　　缺　名

白露點、曉星明滅①。秋風落葉。故址頹垣，冷烟衰草，前朝宮闕。　　　長安道上行客。依舊利深名切。改變容顏，消磨今古，隴頭殘月。

　　唐教坊曲名。

　　與《賀明朝》不同，與《賀聖朝影》亦無涉，故分列。

【蔡案】

　　① 本調起拍例作平起仄收式七言律句，本詞則以折腰式起，與唐宋諸家體式皆異，且惟此一首，疑有舛誤。考《全唐詩》卷八九九錄此無名氏之作，字句皆同，則秦巘當錄自此也，《歷代詩餘》亦同。按，宋王明清《投轄錄》據張仲益所云：己未歲，大將張中孚、中彥兄弟於雒陽連昌宮故基之側，與二三將士張燭夜飲於郵亭。忽有婦人衣服奇古，而姿色絕妙，執役來歌於尊前，曰："曉星明滅。白露點、秋風落葉。故址頹垣，荒烟衰草，谿前宮闕。長安道上行客。念依舊、名深利切。改變容顏，銷磨今古，隴頭殘月。"中孚兄弟大驚異，詰其所自，不應而去。《投轄錄》雖未言明調名，而玩該詞字句，則端然《柳梢青》也。就事理論，白露點曉星亦不通，點落葉才是。另據《陝西通志》卷九八引《閒居筆記》云：驪山下逍遙別業，蓋韋嗣立所建，賦詩勒石在焉。一夕忽失碑字，換墨題云：（略）。惟該詞後段作"長安道上行客。依舊名利深切"，與秦巘原譜同，俱爲十二字。而《柳梢青》之後段第二拍，雖以折腰式七字句爲正，然亦有六字一句者，如張孝祥之"爭如對酒當歌。人是人非怎麼"、張任國之"當初合下安排。又不豪門買呆"、蔡伸之"陰陰柳下人家，人面桃花似舊"、無名氏之"他時佳婿成雙，紅絲應牽第三"皆是。此或爲填詞之減字法，或爲文字脫落，如蔡伸詞，《欽定詞譜》作"陰陰柳下人家，人面似、桃花依舊"，與《柳梢青》之然否俱無違和。竊以爲原譜必是誤據《全唐詩》，故當以宋人《投轄錄》斷其爲前段起拍錯簡之誤，而本詞實爲僞體，本調應以後一詞爲正體。

又一體① 四十七字　　　　　　　　　　　　張　泌

金絲帳暖牙牀穩。懷香方寸②。輕顰輕笑，汗珠微透，柳沾花潤③。　　雲鬟斜墜，春應未已，不勝嬌困。半欹犀枕，亂纏珠被，轉羞人問④。

一本爲馮延巳作。

前段起句作上四下三句法，後起三句各四字，與前異，此破句法也。

【蔡案】

① 本詞爲本調正體，即平起仄收式七言句起拍，唐詞僅此一首，故屬首見詞無疑。謝桃坊以爲此即創調詞，以詞中所詠玩之，結論或可商榷。

② 本詞前段首拍七字，次拍四字，入宋後，次拍自張先起則以一字逗領四字句形式爲正格。

③ 前段第二均四字三句，入宋後多讀破爲七字一句、一字逗領四字一句。

④ 本調韵律之特異處，是從前段第二句起，直至後段結拍，十個四字句均爲平起仄收式，此類填法，唐宋詞中絕無僅有。

又一體① 四十九字　　　　　　　　　　　　葉清臣

滿斟綠醑留君住。莫匆匆歸去。三分春色二分愁，更一分
●○●●○○▲　　●○○●▲　　○○○●●○○　　●●○

風雨。　　花開花謝，都來幾許。且高歌休訴。不知來歲
○▲　　　　○○○●　○○●▲　●○○○▲　　●○○●

牡丹時，再相逢何處。
●○○　●○○○▲

《九宮大成》入南詞中呂宮引,許《譜》同。

前後段第二句,比張作各多一字,兩結一七一五字,與前異,亦破句也。一本改四字三句,以合前格,不知黄庭堅亦有此體。他如《訴衷情》《朝中措》《人月圓》皆然,此化板爲活法也,將改之,不勝其改矣。

【蔡案】

① 此爲本調宋詞之正體,宋諸家多如此填,其源流演變,詳參前詞。本詞全詞有三均用一七一五句法,惟換頭用二四一五句法,參差韵律,全調諧婉中有變,最宜寫抒情内容。

又一體 四十七字　　　　　　　　　　　　張　先

淡黄衫子濃妝了。步縷金鞋小。愛來書幌緑窗前,半和嬌笑。　　謝家姊妹,詩名空杳。何曾機巧。争如奴道。春來情思[一],亂如芳草。

《子野詞》屬雙調。

前段與葉作同,惟結句四字,少一字。後段與張泌作同,多叶兩韵。

【校記】

[一]原注“思”字去聲。

又一體① 四十七字　　　　　　　　　　　黄庭堅

脱霜披茜初登第。名高得意。櫻桃榮宴玉池游,領群仙行綴。　　佳人何事輕相戲。道得之何濟。君家聲譽古無雙,且均平爲二。

　　　　前起與張泌作同,後起句亦一七、一五字,皆破句法也。兩
　　結與葉作同。"池"字,汲古作"墀"。

【蔡案】

　　① 本調若以葉詞爲正格,則本詞即前段第二拍減一領字,後段
起調處兩四字句減一字作七字一句異。此二處變化,俱爲本調一般
變式,並無體式之改易,乃同體異格。

又一體①　四十七字　　　　　　　　　　　　　　杜安世

牡丹盛坼春將暮。群芳羞妬。幾時流落在人間,半開仙
露。　　　馨香艷冶,吟看醉賞[一],歎誰能留住。莫辭持燭夜
深深,怨等閒風雨。

　　　　前段末句四字,餘同葉體。

【校記】

　　[一] 原注"看"字平聲。

【蔡案】

　　① 本調若以葉詞爲正格,則本詞即前段第二拍、第四拍各減一
領字異。此二處變化,俱爲本調一般變式,並無體式之改易,乃同體
異格。

又一體　四十七字　　　　　　　　　　　　　　杜安世

東君造物無凝滯。芳容相替。杏花桃萼一時開,就中明

媚。　　　綠叢金朵，枝長葉細。稱花王相待。萬般堪愛，暫時見了，斷腸無計。

　　　後結與張作同，餘同葉體①。"待"字失韵，當是"侍"字之訛。

【蔡案】

　　① 體式異同之分析，應有一正體參照，每以局部異同比較，便無甚意義。謂本詞"後結與張作同"，猶謂後結與賀鑄之《柳梢青》同。惟有全局比照，方能見出字句之句法、句式韵律變化，見出詞調各體式之衍化、發展，見出某家與某家之差異，從而宏觀把握一個詞調的總體面貌，於研究之裨益不言而喻，於創作尤能從容駕馭各個均拍之佈局，自如構思，得心應手。填詞豈有如今之難哉？其次，體式異同分析，重在揭示其差異，而無須論相同。以本詞爲例，若以葉詞爲正格，則本詞之變化，袛在前段第二拍、第四拍各減一領字，後段第二均則用讀破法，作四字三句。此三者之變化，俱爲詞調中常見的一般變式，就"體"而言，並無變化，列爲又一體者，謬，但有微調，亦變格而已。

又一體 四十八字　　　　　　　　　　　趙彥端

一江風月同君住。了不知秋去。賞心亭下，過帆如馬，墮楓如雨。　　　相將莫問興亡事，舉離觴誰訴。垂楊指點但歸來，有温柔佳處。

　　　前後第二句各五字①，後段同黃作。

【蔡案】

　　① 如前所述，因僅限於局部，且不列參校詞，故此等語作爲詞體

分析，便些無意義。

虞美人　五十八字　一名《玉壺冰》《憶柳曲》
《一江春水》　　　　　　　　　　　　　　缺　名[一]

帳中草草軍情變。月下旌旗亂。褫衣推枕愴離情。遠風吹
●○●●○○▲　●●○○▲　●○○●●○△　●○●

下楚歌聲。正三更。　　　　撫騅欲下重相顧[二]。艷態花無
●●○△　●○△　　　　　●○●●○○▲　●●○

主[三]。手中蓮鍔凜秋霜。九京歸去是仙鄉[四]。恨茫茫。
▲　●○○●●○△　●○○●○○△　●○△

　　唐教坊曲名。張先詞屬中呂調。《碧雞漫志》云：“舊曲三，其一屬中呂調；其一屬中呂宮。近世轉入黃鐘宮。”高栻詞注南呂調。

　　《碧雞漫志》云：“《胝說》謂起於項籍‘虞兮歌’，予謂後世以此命名可也，曲起於當時非也。”《樂府雅詞》加“令”字①。周紫芝有“難近玉壺冰”句，名《玉壺冰》。張炎賦憶柳兒詞，名《憶柳曲》。王行取南唐後主詞“一江春水向東流”句，名《一江春水》②。

　　沈括《夢溪筆談》云：“高郵桑景舒，性知音，舊聞虞美人草，逢人作《虞美人》曲，枝葉皆動，他曲不然。試之如所傳，詳其曲皆吳音也。他日取琴，試用吳音製一曲，對草鼓之，枝葉皆動，乃因曰《虞美人操》。”

　　此詞見《碧雞漫志》，詠本意者只此首。或即所創始歟？五代時人多用此體。

【校記】

　　[一]《全唐五代詞》引鮑本《碧雞漫志》卷四，作者爲顧敻。

　　[二] 欲下，《碧雞漫志》、《全芳備祖》後集卷一一、《廣群芳譜》卷

四六均作"欲上"。按,欲上,暗示的是離別,欲下,則是回家、重逢,前者正是勾連前段的"愴離情",而"欲上重相顧",就是"將要上馬而去,再重新回頭看一眼",極合乎事理與語境,所以"欲下"必是"欲上"之誤。就筆法而言,前一句已用了"吹下",本句再複用"下"字,也絕非作手的填法。

　　[三] 艷態,原作"艷熊",筆誤,逕改。

　　[四] 九京,《碧雞漫志》《全芳備祖》《廣群芳譜》均作"九泉",按,九京,即"墓地"之意。

【蔡案】

　　① 詞中的所有小令均可加"令"字,一個調名是否有"令"字,並非是別名的標誌。秦巘於《浪淘沙》調下有引語云"或謂凡小調俱可加'令'字",正是灼見,但是明清詞譜家卻多對這一問題認識不清,致今人仍不解所謂"令"字,衹不過是一個標籤而已。

　　② 這三種調名也未見有別人承襲而用,所以都不是正式的別名。

　　又一體 五十八字　　　　　　　　　　　顧　敻

觸簾風送景陽鐘。鴛被繡花重。曉幰初捲冷烟濃。翠勻粉
●○○●●○△　○●●○△　●●○●●○△　●○●
黛好儀容。思嬌慵[一]。　　　起來無語理朝妝。寶匣鏡凝
●●●○△　○○△　　　　●○○●●○△　●●●○
光。綠荷相倚滿池塘。露清枕簟藕花香。恨悠揚。
△　●○○●●○△　●○○●●○△　●○△

　　　　通體兩叶平韵,不換仄韵。顧共六首,同前體者四。

【校記】

　　[一] 原注"思"去聲。

又一體① 五十八字　　　　　　　　　　　顧　夐

少年艷質勝瓊英。早晚別三清。蓮冠穩篸鈿篦橫[一]。飄飄羅袖碧雲輕。畫難成。　　遲遲少轉腰身裊。翠靨眉心小。醮壇風急杏枝香。此時恨不駕鸞凰。訪劉郎。

　　　前段起處用平韵，不用仄韵。後起換仄韵。

【校記】

　　[一]原注"篸"字，仄聲。

【蔡案】

　　① 本詞體式唐宋僅此一首，就一般的填詞規律分析，一個詞調的創製沒有這樣的韵律邏輯，應該是兩首殘詞的誤合。因爲顧夐有平韵體的填法，所以前段是平韵體的半首，而後段才是另一首正格的《虞美人》。此外，我們從前後段中的兩個主人公明顯不是一人來看，也可以看出這種誤合，因此，本詞不足爲體。

又一體① 五十八字　　　　　　　　　　　鹿虔扆

卷荷香淡浮烟渚。綠嫩擎新雨。瑣窗疏透晚風清。象牀珍簟冷光輕。水紋平。　　九疑黛色屏斜掩。枕上眉心斂。不堪相望病將成。鈿昏檀粉淚縱橫。不勝情。

　　　兩起換仄韵，兩結不換平韵。"晚"字一本作"曉"。

【蔡案】

　　① 這一類填法，即我們在《菩薩蠻》中討論過的"特殊換韵"法。本詞是平韵特殊換韵，體式未變。詳參《菩薩蠻》蔡案。

又一體 五十六字　　　　　　　　　　李　煜

春花秋月何時了。往事知多少。小樓昨夜又東風。故國不
○○○●●○▲　　●●●○▲　　○○●●●○△　　●●●

堪回首,月明中①。　　　雕闌玉砌應猶在。祗是朱顏改。問
○○●　●○△　　　　　●○●●○○▲　　●●○○▲　　●

君能有幾多愁。恰似一江春水,向東流。
○○●●○○△　　◎●◎○●　　●○△

《九宮大成》入南詞南呂宮引。

《樂府紀聞》云:"後主歸宋後,與故宮人書云:'此中日夕,只
以眼淚洗面。'每懷故國,詞調愈工。其賦《浪淘沙》《虞美人》云
云,舊臣聞之有泣下者。"

前後第四句各六字②,不叶韵,與各家異。宋人多用此體。
"能"字一本作"還"。

【蔡案】

①　秦巘讀前後段結拍爲六字一句、三字一句,其實是讀成破句
了。縱觀宋代本調諸詞,此九字實爲一氣貫下之填法,或六三頓,或
四五頓,或二七頓,均可,但不可以讀爲兩句。如原譜的"故國不堪回
首,月明中"、"恰似一江春水,向東流",如果讀爲"故國、不堪回首月
明中"、"恰似、一江春水向東流",不但更合乎詞體發展的律理基礎,
就詞意而言,這樣的表達也更爲準確。

②　本調無名氏詞體,未必就是初始詞,因爲詠調名本意,是詞創作
中的常見方式,所以本詞也未必就是減字格。從近體詞的發展脉絡來
看,此類小令多從近體律詩衍化而來,因此像本詞這樣前後段僅四拍、
四韵的格局,就是唐詞中離律詩最近的一種模式,倒是五十八字體,更
像是一種添字格,由四句發展爲五句,也符合詞調的變化脉絡。

又一體 五十八字　　　　　　　　　　　　　　張　先

苕花飛盡汀風定。苕水天摇影。畫船羅綺滿溪春。一曲石
城清響亮，入高雲。　　壺觴昔歲同歌舞。今日無歡侶。
南園花少故人稀。月照玉樓依舊有，似當時。

　　《子野詞》屬中吕調。

　　前後第四句不叶韵，與各家異。

又一體 五十八字　　　　　　　　　　　　　　晁補之

　　　羊山餞杜侍郎郡君十二姑及外弟天逸

原桑飛盡霜空杳。霜夜愁難曉。油燈野店怯黃昏。窮途不
减酒杯深。故人心。　　羊山故道行人少。也送行人老。
一般別語重千金。明年過我小園林。話如今。

　　前後仄平兩韵①，不換叶。

【蔡案】

　　① 本詞與鹿虔扆詞體同，也是特殊換韵格，詳參《菩薩蠻》蔡案。

又一體 五十六字　　　　　　　　　　　　　　秦　觀

高城望斷塵如霧。不見聯驂處。夕陽村外小灣頭。祇有柳
花無數，送歸舟①。　　瓊枝玉樹頻頻見。只恨離人遠。欲
將幽恨寄青樓。爭奈無情江水，不西流②。

　　與李作同，惟兩起換韵，兩結不換韵③。

【蔡案】

　　① 我們在李煜詞中曾説,此九字其實是一句,且是一個二字逗領七字的句式,即本句所説,並非"衹有柳花無數",而是説衹有"柳花無數送歸舟",所以,讀爲兩句便將原來的意思讀破了。

　　② 同前段結拍一樣,這裏也是一個二字逗領七字的句式。"無情江水不西流"是一個完整的句子,不可讀斷。

　　③ 本詞同樣是平韵特殊換韵,與鹿虔扆詞韵法同,體式未變,詳參《菩薩蠻》蔡案。

又一體 五十六字　　　　　　　　　　　　　　　杜安世

江亭春晚芳菲盡。行色青天近。畫橋楊柳也多情。暗抛飛絮惹前行。路塵清。　　彤庭早晚瞻虞舜。遥聽恩遷峻。二年歌宴綺羅人。片雲疏雨忍漂淪。淚沾巾。

　　　　上半不換韵,下半換平韵①。

【蔡案】

　　① 本詞也屬於特殊換韵,體式未變,詳參《菩薩蠻》蔡案。

又一體 五十六字　　　　　　　　　　　　　　　蔡　伸

紅塵匹馬關山道。人與花俱老。緩垂鞭袖過平康。散盡高陽,零落少年場①。　　朱弦重理相思調。無奈知音少。十年如夢儘堪傷。樂事如今,回首做凄凉②。

　　　　兩起兩結俱不換韵,結句於第四字豆③。

【蔡案】

① 本詞結拍九字依舊是連綴不斷的"一氣"式填法,可讀爲四字逗領五字,但依舊不妨讀爲二字逗領七字句法,亦即"高陽酒徒"與"少年場"之間的關係要更緊密一些。所以就本詞韵律而言,前後段依然是四拍,而不可讀爲五拍。秦巘應有此意識,所以在注文中説"結句於第四字豆",但正文中却仍然是旁注爲"句"。詳參李後主詞、秦觀詞蔡案。

② 本句讀爲二字逗領七字句法最爲明顯,"如今回首做淒凉"是一個很完整的表達,不可以讀破。

③ 本詞也屬於特殊换韵,體式未變,詳參《菩薩蠻》蔡案。

又一體 五十八字 　　　　　　　　　　黄同武

捲簾人出身如燕。燭底粉妝明艷。羯鼓初催按六么。無限春嬌,都上舞裙腰。　　畫堂深窈親曾見。宛轉楚波如怨。小立花心曲未終。一把柳絲,無力倚東風①。

> 前後兩次句六字,與前異。兩第三句平仄亦異,餘同李後主作。"嬌"字偶合,未必是叶,蔡作"陽"字亦然。
>
> 愚按:此詞與《臨江仙》句法全同,但平仄、叶韵互異②。

【蔡案】

① 本詞兩結拍同前一首詞,"春嬌都上舞裙腰"和"柳絲無力倚東風"都是完整的句子,不應讀斷。實際上宋詞中本調絕大部分的九字句都是如此。

② 秦巘以爲本詞與《臨江仙》句法全同,也衹是偶合而已,這種偶合的成立有它先天的因素,因爲唐詞多是從七言八句的近體詩中

化來，所以句法便容易相合，但是《臨江仙》從無仄韵體的詞例，與之無關便很明了。本詞較之正格的差異，其實衹有一個：即前後段第二拍各添一字而已。至於第三句的平仄不同，衹不過是句式上的微調，句法本身並没有改變。衹是清代詞譜家分不清句式和句法的差異，總是籠而統之，將兩者混爲一談，所以甚至可以見到，同一個句子平仄有一點不同，也會被視爲"又一體"，這是很荒謬的。

詞繫卷三 五代 十國附

一葉落 三十一字

莊 宗

一葉落。搴朱箔。此時景物正蕭索。畫樓月影寒①，西風吹羅幕②。吹羅幕。往事思量著。

《五代史》云："後唐莊宗能自度曲。"此其一也。

以首句立名，他無作者。第六句叠三字，是定格③。

【蔡案】

①"月"字以入作平。這一字位依照律理，不可用去聲。從明清諸家所填的詞多作平聲或入聲，偶作上聲，而未見有用去聲的實際看，這是爲後人所共識的，儘管唐宋僅此一首。

②明清人填本調，在處理這一句拍的時候，第三字一半人將其填爲仄聲，而不是作大拗句處理，應該是將"吹"字視爲一種借音的用法，作去聲看。可取。改拗爲順，爲後詞樂時代的共識。

③是否叠字或叠句，是一個關乎作法的問題，而不是涉及律法的問題，所以秦巘謂這是"定格"，便無律理上的依據。我們看其他詞調，但凡是叠字叠句的地方，都有不叠的實例，這一事實，可以印證我說的這一點，例如《憶秦娥》便是典型的例子。

陽臺夢 四十九字 莊 宗

薄羅衫子金泥鳳[一]。困纖腰怯銖衣重①。笑迎移步小蘭叢，嚲金翹玉鳳。 嬌多情脉脉，羞把同心撚弄。楚天雲雨却相和，又入陽臺夢②。

　　以末句爲調名，《北夢瑣言》云：“後唐莊宗製。”

　　“鳳”字重叶，舊本有改首句“鳳”字爲“縫”字者。“玉”字，葉《譜》作“翠”。

【校記】

　　[一]“鳳”字重韵，據《尊前集》爲“金泥縫”，今標點本多取這一版本，可據改。而秦巘以爲“鳳”是原字，“縫”是改字，或誤。

【蔡案】

　　① 這個句子至今都將其看作一個上四下三的句法，明清諸家無一例外都填爲平起仄收式的律句句法，而實際上，“困纖腰”是一個極清晰的三字逗結構。祇是，上三下四折腰式句子中，後四字通常都是雙起式結構，而這裏“怯銖衣重”却是一個一三式結構，這樣奇怪的七字句，極可能是因爲文字的錯訛引起的。

　　② 本詞的前後段結拍，雖形式上都是五字句，但其句法完全不同，前段歇拍是折腰式句法，後段則是仄起仄收式律句句法。

又一體① 五十七字 解 昉

仙姿本寓。十二峰前住。千里行雲行雨。偶因鶴馭過巫陽。邂逅他、楚襄王。 無端宋玉誇才賦。誑誕人心素。

至今狂客到陽臺。也有癡心，望妾入、夢中來②。

　　見《花草粹編》。平仄三換韵，與前作異，此變格也③。

【蔡案】

　　① 解昉五十七字體的這個詞格，與唐莊宗的《陽臺夢》祗是同名異調，秦巘將其混爲一談，認爲是前者的"變格"，這是清代詞譜家的通病，缺乏詞體意識，包括《欽定詞譜》也是同樣地合二爲一。

　　② 各本後段結處均讀爲一四一六，以前三拍均爲律句體悟，似以"也有癡心望，妾入夢中來"讀，韵律更爲諧和。

　　③ 秦巘認爲本調用韵上屬於"平仄三換韵"，誤。這類韵律模式，儘管無別首可校，但我們按照唐宋詞換韵的一般規則，以及本詞的韵律來考察，本詞必爲四換韵的體式，這就和李白的《菩薩蠻》中，"玉階空佇立"二句不可以認爲即押前段"平林漠漠烟如織"二句，律理是一致的。

歌　頭　百三十六字　　　　　　　　　　　　　莊　宗

賞芳春，暖風飄箔。鶯啼綠樹，輕烟籠晚閣。杏桃紅、開繁萼。靈和殿、禁柳千行，斜金絲絡①。夏雲多、奇峰如削。執扇動微凉，輕綃薄。梅雨霽，火雲爍。臨水檻、永日逃繁暑，泛觥酌。　　　露華濃，冷高梧，彫萬葉。一霎晚風，蟬聲新雨歇。暗惜此光陰，如流水②，東籬菊殘時，歎蕭索。繁陰積，歲時暮，景難留，不覺朱顏失却③。好容光，旦旦須呼賓友，西園長宵，宴雲謠，歌皓齒，且行樂④。

　　唐教坊曲名。《尊前集》注大石調。

凡大曲皆有歌頭，裁截其曲首數句，另創新腔，故曰歌頭。大曲皆十餘遍，歌頭者第一遍也，乃曲之始音。如《六州歌頭》《水調歌頭》《氏州第一》之類。此詞單名《歌頭》，必是遺寫調名⑤。五代以前小令居多，此爲長調之祖，詞之以"歌頭"名者始此。

《詞律》不注句讀，謂有訛處。不知"葉"、"歇"二字，換韵自爲叶⑥，今遵《詞譜》句讀。

【蔡案】

① 本詞的前後段十分參差，其句讀必有錯訛，尤其是後段，萬樹也認爲"必有訛處"。我讀該詞曾費數日時間，略有一些體會，兹逐一分析。杜文瀾讀這八個字，認爲"或謂以'斜'字屬上，作五字一句、三字一句，意義較妥"，而萬樹之所以採用兩個四字的讀法，也有他韵律上的考慮，因爲"千行斜"三個平聲，若讀爲五字一句，確實也是很忌諱的。但是，"斜金絲絡"這樣的句子，則無疑是有瑕疵的，不通。實際上這八字應該對應後段的"東籬菊殘時，歎蕭索"，而其韵律上的結構，也並非是"五字一句、三字一句"，而實際上是一個二字逗領三字儷句，所以並不存在"三平尾"的犯忌問題。如果進一步對照後段研究，我以爲"靈和殿"都有錯簡的可能，原詞第二均的樣貌或應該是這樣的："靈和殿·杏桃紅、開繁萼。禁柳·千行斜、金絲絡。"我很難用現有的標點來表達這裏的韵律，其關係爲二句：三字逗領六字折腰一句，二字逗領六字折腰一句。"斜金絲絡"確實不通，但"禁柳千行斜"也不通，但"千行斜、金絲絡"就通了，因爲"斜"的是柳絲，而非柳樹。而所相對應的後段，則是"東籬·菊殘時、歎蕭索"，這樣，"東籬"五字也避免了被誤讀爲一個大拗的五字句。順便説，詞中絶大多數我們今天認定是拗句的，其實都有其內在的韵律關係。我始終認爲：

詞是近體的，來源於近體詩，所以詞句也就天然地都應該是律化的句子。

②　這八個字今天都依據萬樹所點，讀爲五字一句、三字一句，但萬樹自己對他的句讀都很沒信心，我們對校前段可以發現，這八字應該是三字逗領六字折腰一句，而"光陰如流水"其實本來就是一個很完整的句子，所以，這裏的本來樣貌應該是"□暗惜・此光陰、如流水"，正合前段的"靈和殿・杏桃紅、開繁萼"。萬樹作爲詞譜家，他對字句的直覺是相當敏銳的，很多他揣測的詞句讀法，在擁有更多資料的今天看，都是正確的，這裏的奪字，正是構成他"必有訛處"之疑的一個因素。

③　"繁陰積"之後，對應的是前段的"夏雲多、奇峰如削"，所以，應該是"繁陰積、歲時暮景"，而不是"歲時暮，景難留"。但其後的"難留不覺朱顏失却"八字費解。

④　後段尾均中的"西園長宵"也是一個破綻，四字連平，必有蹊蹺，如果考慮前段歇拍爲一八一三，則後段結拍也可以是"長宵宴、雲謠歌皓齒，且行樂"，所以，"西園長宵"實際上分屬兩句，爲"旦旦須呼，賓友西園，長宵宴、雲謠歌皓齒，且行樂"，這樣的韵律梳理，應該是更接近原本的樣貌的。

⑤　"歌頭"是大曲的一個部分，類似文章中的導語、引言之類，所以但凡創作大曲，就一定先寫"歌頭"。但是，如果某次大曲的創作，在寫完"歌頭"之後因故擱筆，不再繼續，那麼，我們就祇能見到"歌頭"本身，而無大曲，這就是爲什麼這個歌頭沒有調名的緣故，因此，這個"歌頭"實際上是一個我們通常所説的"未竟稿"，本無調名，而不是什麼"遺寫"。按常理，如果這是一個完整的獨立作品，要麼整個調名都"遺寫"。這種後世以爲是"失調名"的情況本來很多，而不會祇寫後面兩字，秦巘的這一判斷不合事理。

⑥"葉"、"歇"二字,未必就是"換韵自爲叶",因爲唐宋詞的用韵本來就是一個極爲寬鬆的系統,入聲韵之間的各部(這個"部"也是明清系統中的單位,而不是唐宋詞本有的通識)通押,極爲頻繁和廣泛,所以這裏不存在一個主觀上的"換韵"問題。

小重山 五十八字　重,一作"冲"。一名《柳色新》《枕屏風》

韋　莊

一閉昭陽春又春[一]。夜寒宮漏永,夢君恩①。卧思陳事暗
◎ ● ○ ○ ⊙ ● △　　◎ ○ ○ ● ●　● ○ △　　○ ○ ⊙ ● ●

消魂。羅衣濕,紅袂有啼痕②。　歌吹隔重閤[二]。繞庭
○ △　　○ ⊙ ●　⊙ ● ● ○ △　　⊙ ● ● ○ △　　◎ ○

芳草緑,倚長門。萬般惆悵向誰論。凝情立,宮殿欲黄昏。
○ ● ●　● ○ △　　◎ ○ ○ ⊙ ● ○ △　　○ ⊙ ●　⊙ ● ● ○ △

《宋史·樂志》:雙調。《九宮大成》入南詞雙調引。

僧祖可詞,名《小冲山》;姜夔詞,加"令"字;韓淲詞,有"點染烟濃柳色新"句,名"柳色新";一名《枕屏風》[三]。餘詳《荷葉杯》下。

五代、宋人通用此體。張先《感皇恩》一首與此字句同,定是誤寫調名。但宮調各别,未敢擅併,分列俟考。

【校記】

[一]原注"一"字可平,"春"字可仄。其餘旁注可平可仄均以圖譜表示,不再出校。

[二]原注"吹"字去聲。

[三]劉景翔詞,詞名《枕屏風》,未見有他人承襲。

【蔡案】

① 前後段第二句,應該是一個上五下三式折腰的八字句,細玩

唐宋諸家的詞,基本都是如此,所以可以得出這一韵律判斷。我們曾説,這類雙段式的唐詞小令,是從近體律詩衍化而來的(參見《虞美人》最後一首蔡案),所以前段四句便合乎基本韵律,而這一句式本身就是"一枝照水弄精神"式的七字句添字而來。

　　②　如前所説,本調這類小令源自近體律詩,所以前後段兩結的八字也無疑脱胎於一句,它實際上就是"羅衣紅袂有啼痕"的一種擴展,不應該將其讀成兩個句子。

又一體 五十七字　　　　　　　　　　　　　　　　缺　名

竹裏清香簾影門。一枝照水弄精神。樓頭橫管罷龍吟。休三弄,留爲與調羹[一]。　　　　紫陌與青門。溪邊浮動處,絶纖塵。等閒休付壽陽人。瀟灑處,月淡又黃昏。

　　　　見《梅苑》。前段次句七字,比韋作少一字,元劉景翔一首同。"門"字重叶,用韵太雜。

【校記】

　　[一] 原注"爲"字去聲。

又一體 五十八字　　　　　　　　　　　　　　　　黃子行

一點斜陽紅欲滴。白鷗飛不盡,楚天碧①。漁歌聲斷晚風
●●○○○●▲　　●○○●●　○○▲　　○○○●●○
急。攬蘆花飛雪滿林濕②。　　　　孤館百憂集。家山千里遠,
▲　●○○○●●○▲　　　　○●●○▲　　○○○●●
夢難覓。江湖風月好收拾。故溪雲,深處著蓑笠。
●○▲　○○○●●○▲　　●○○　○●●○▲

　　此用仄韵。

【蔡案】

　　① 八字應該讀爲一句,詳參韋詞蔡案①。

　　② 這裏八字也應該讀爲一句,後段八字最能看出句子的不可割裂性,該句如果讀成"故溪雲深處、著簑笠",才是最合乎其本來意義的,詳參韋詞蔡案②。

　　歸國謠① 四十三字 "謠"一作"遥"　　　　　　韋　莊

金翡翠。爲我南飛傳我意[一]。罨畫橋邊春水。幾年花下
○●▲　　●●○○○●▲　　○●○○○▲　◎◎○●
醉。　　別後只知相愧。淚珠難遠寄。羅幕繡幃鴛被。舊
▲　　　　●●●○○▲　◎○○●▲　○●●○○▲　●
歡如夢裏。
○○●▲

　　　　唐教坊曲名。

　　　　《詩經》:"我歌且謠。"《爾雅》:"徒歌曰謠。"詞之以"謠"名者
　　始此。與馮延巳之《歸自謠》不同,故分列。

【校記】

　　[一]原注"爲"字去聲。其餘旁注可平可仄悉用圖譜表達,不再
出校。

【蔡案】

　　① 秦巘本書標榜"以時代先後爲次",温韋同時而温略前,因此本調各詞在不能斷定有創調詞的情況下,應以温詞在先。《欽定詞譜》就是以温詞爲首,更恰。

又一體 四十二字　　　　　　　　　　　　　　　温庭筠

香玉。翠鳳寶釵垂景靄。鈿筐交勝金粟。越羅春水綠。

畫堂照簾殘燭。夢餘更漏促。謝娘無限心曲。曉屏山斷續。

　　　　首句二字,比韋作少一字,前後第三句平仄亦異。後起句,
　　又一首作"錦帳繡幃斜掩",平仄異①。

【蔡案】

　　① 這類不同作者之間的句式差異,乃至同一作者不同作品之間
的句式差異,每被著重提出,正是我在黃同武《虞美人》詞案語中所
説,清代詞譜家分不清句式和句法的差異的緣故。也從一個側面證
明了,在詞的初級階段,就已經有了很多不同句式混用的現象。這種
混用,充分説明句式本身與詞樂並没有什麽對應的關係,説得更直白
一點,一個四字句中你可以用平平仄仄,也可以用仄仄平平,都無不
可,將其刻板地規定爲必須用某一種句式,已經是分不清句式和句法
差異的明清人做出來的規矩,當然並不符合唐宋的實際。

又一體 四十二字　　　　　　　　　　　　　　　顏　奎

春風拂拂。簾花雙燕入。少年湖上風日。問天何處覓。

湖山畫屏晴碧。夢華知夙昔。東風忘了前跡。上青蕪半壁。

　　　　元《草堂詩餘》本,名《歸平謡》,"平"字是刻誤。
　　　　首句四字,次句五字,此因温作而變其句法,少叶一韵①。
　　《詞律》失載此體。

【蔡案】

　　①"少叶"的説法不準確,應該説是換叶了一韵。

喜遷鶯 四十七字　一名《鶴冲天》《萬年枝》《春光好》，
或加"令"字，《燕歸來》《早梅芳》　　　　　　韋　莊

街鼓動，禁城開①。天上探春回[一]。鳳銜金榜出門來。平
〇●●　●〇△　　⊙●〇●△　　●〇〇●●〇△　　⊙

地一聲雷。　　鶯已遷[二]。龍已化。一夜滿城車馬。家家
●●〇△　　　　〇●△　　〇●▲　　◎●〇〇〇▲　　⊙〇

樓上簇神仙。争看鶴冲天。
⊙●●〇△　　⊙〇〇●△

《太和正音譜》注黄鐘宫。《九宫大成》入南詞正宫引。

歐陽修詞，因此末句名《鶴冲天》，與柳永之長調無涉；和凝
詞，有"飛上萬年枝"句，名《萬年枝》；馮延巳詞，有"拂面春風長
好"句，名《春光好》，與和凝正調不同；夏竦詞，加"令"字；晏幾道
詞，名《燕歸來》；李德載詞有"殘臘裏，早梅芳"句，名《早梅芳》，
與李之儀正調不同。

與蔡挺之長調無涉，故分列。

凡三换韵，宋人俱用此體。"春"字，葉《譜》作"人"，"銜"字
作"街"，誤。"門"字作"雲"。

【校記】

[一]原注"探"字去聲，"天"字可仄。其餘可平可仄用圖譜擬
出，不再出校。

[二]"遷"字原有旁注"句"字，不作韵脚。但是"遷"字與後"仙"、
"天"兩字相叶，這種填法又見晏殊詞："曉簾垂。驚鵲去。好夢不知何
處。南園春色已歸來。庭樹有寒梅。"因此"遷"字後改用句號。

【蔡案】

① 本調的前後段起拍，應該是一個折腰式的六字句，而非三字

兩句,本調同樣適合前面所説的,屬於由近體律詩衍變而來的小令。後段也是如此,儘管第三字入韵,但也祇是句中韵而已。

又一體 四十七字　　　　　　　　　　　　　　　毛文錫

芳春景,暖晴烟①。喬木見鶯遷。傳枝偎葉語關關。飛過綺叢間。　　錦翼鮮,金毳軟。百囀千嬌相唤。碧紗窗曉怕聞聲,驚破鴛鴦暖②。

　　　末二句不换平韵,仍叶仄韵,"春"字,一本作"人","暖"字作"暖"[一],"金"字作"含",皆誤。"叢"字,葉《譜》作"樓","曉"字作"外"。

【校記】

　　[一] 原文如此。參考詞句,應該是"'暖'字作'曖'"。

【蔡案】

　　① 本調的前後段起拍,應該是一個折腰式的六字句,而非三字兩句。

　　② 本詞後段以仄韵收束,唐宋僅此一首,不足爲範。本詞也可以看作是三聲叶體式。

又一體 四十七字　　　　　　　　　　　　　　　薛昭藴

殘蟾落,曉鐘鳴①。羽化覺身輕。乍無春睡有餘酲。杏苑雪初晴。　　紫陌長,襟袖冷。不是人間風景。回看塵上似前生。休羨谷中鶯②。

《九宮大成》入黃鐘宮正曲。

後結仍叶前平韻,不換韻。《詞律》但駁《圖譜》不注叶韻,忘收此體。

【蔡案】

① 本調的前後段起拍,應該是一個折腰式的六字句,而非三字兩句。

② 這也是我所謂特殊換韻法的詞例,正如《菩薩蠻》前段的"平林漠漠烟如織"與後段的"玉階空佇立",雖然屬於同部,但仍然應該將其視作一種特殊的換韻法。

又一體 四十七字   馮延巳

宿鶯啼,鄉夢斷①,春樹曉朦朧。殘燈和燼閉朱櫳。人語隔屏風。　　香已寒,燈已絕。忽憶去年離別。石城花雨倚江樓。波上木蘭舟。

此亦三換韻,前段次句不叶。

【蔡案】

① 本調的前後段起拍,應該是一個折腰式的六字句,而非三字兩句。

又一體 四十七字 一名《燕歸梁》《燕歸來》   李 煜

曉月墜,宿烟微①。無語枕頻欹。夢回芳草思依依。天遠雁聲稀。　　啼鶯散。餘花亂。寂寞畫堂深院。片紅休掃儘從伊。留待舞人歸。

一名《燕歸梁》[一]，與晏殊《燕歸梁》正調不同。

與薛作同，惟後起句即換仄韵。"墜"字，葉《譜》作"墮"。

【校記】

［一］本調有別名《燕歸來》，寸光所及，還未見有人用《燕歸梁》，《欽定詞譜》也未見收録，秦巘或是曾見有此名，但應該是筆誤而已。

【蔡案】

① 本調的前後段起拍，應該是一個折腰式的六字句，而非三字兩句。

又一體 四十七字　　　　　　　　　　　　　　晏　殊

風轉蕙，露催蓮①。鶯語尚綿蠻。堯蓂隨月欲團圓。真馭降荷蘭。　　賽油幕。調清樂。四海一家同樂。千官心在御爐香。聖壽祝天長。

後起句亦叶韵，與後主同。末二句另換平韵，與韋作同。

【蔡案】

① 本調的前後段起拍，應該是一個折腰式的六字句，而非三字兩句。

又一體 四十六字　　　　　　　　　　　　　　張元幹

送何晉之大著兄赴朝歌以侑酒

文倚馬，筆如椽①。桂殿早登仙。舊游册府記當年。袞繡合貂蟬。　　慶天申，瞻玉座，鵷鷺正陪班[一]。看君穩步上花磚。歸院引金蓮。

> 汲古有"令"字。通首用平韵。後起二句不叶韵,三句亦五
> 字不換韵,比各家少一字。"上"字,葉《譜》作"過"。

【校記】

[一]本調後段第二拍,全唐宋各家均爲六字一句,祇有這一首五字。這種情況必有蹊蹺。玩其文意,"陪班"云云是一個不知所謂的詞,我以爲這裏必定有一字脱落,其原詞或爲"鵷鷺正陪班左",叶前"座"字,這樣就和本調的基本韵律相符了。"班左"者,即漢班倢伃和晉左芬的並稱,語出唐詩"遠慚班左愧遊陪",則本詞即薛昭蘊詞體。

【蔡案】

① 本調的前後段起拍,應該是一個折腰式的六字句,而非三字兩句。

鶴沖天 二十三字　　　　　　　　　　　　　馮延巳

曉月墜,宿雲披。銀燭錦屏圍。建章鐘動玉繩低。宮漏出花遲。

> 此與《喜遷鶯》之前半闋同[一],原名《鶴沖天》。
> 《南唐書》云:"馮延巳著樂章百闋,其《鶴沖天》《歸國謡》詞,見稱於世。"

【校記】

[一]這本是《喜遷鶯》的前段,殘詞。其後段據宋吳曾《能改齋漫録》卷十七爲:"春態淺。來雙燕。紅日初長一線。嚴妝催罷囀黄

鸜。飛上萬年枝。"

謁金門 四十五字　一名《空相憶》《楊花落》《出塞》
《春尚早》《春早湖山》《東風吹酒面》《不怕醉》
《醉花春》《垂楊碧》《花自落》《聞鵲喜》　　　韋　莊

空相憶[一]。無計得傳消息。天上嫦娥人不識。寄書何處
○⊙　▲　　　　⊙●○○　▲　　⊙●⊙○○●▲　　◎○○●
覓。　　　新睡覺來無力。不忍把伊書跡。滿院落花春寂
▲　　　　　⊙●◎○○　▲　　◎○●◎○○　▲　　◎●◎○○●
寂。斷腸芳草碧。
▲　　◎○○●▲

　　唐教坊曲名，元高栻詞注商調。《九宫大成》入南詞仙呂宫
引。許《譜》同。

　　《教坊記》又有《儒士謁金門》名；此因首句一名《空相憶》；李
清臣詞，名《楊花落》；李石詞，名《出塞》；韓淲詞有"春尚早，春入
湖山漸好"句，故名《春尚早》，又名《春早湖山》；又有"東風吹酒
面"句，名《東風吹酒面》；又有"不怕醉"句，名《不怕醉》；又有"人
已醉，溪北溪南春意，擊鼓吹簫花落未"句，名《醉花春》；張輯詞
有"樓外垂楊如此碧"句，名《垂楊碧》；又有"無風花自落"句，名
《花自落》；周密詞，名《聞鵲喜》①。

　　各家俱從此體。"把"字，一作"看"。

　　愚按：韋創各調，皆因寵人爲蜀主羈留而作，兼懷故國之
思，醉意寄托甚深。

【校記】

　　[一] 原注"相"字可仄。其餘旁注可平可仄，均以圖譜表達，不
再出校。

【蔡案】

① 這裏李清臣、韓淲、張輯、周密及本詞所給出的均爲詞名,而非調名,祇有李石的《出塞》除外。

又一體 四十五字　　　　　　　　　　　　孫光憲

留不得。留得也應無益。白苧春衫如雪色。揚州初去日。　　輕別離,甘抛擲①。江上滿帆風疾。却羨彩鴛三十六。孤鸞還一隻。

> 後起作兩三字句,與前異。《圖譜》注一二一四字句,誤。"六"字是借叶。

【蔡案】

① 此六字源於"新睡覺來無力"句式的衍化,原本就是一句,所以不可讀爲三字兩句。

又一體 四十六字　一名《楊花落》　　　　　　賀　鑄

李黃門夢得一曲,前遍二十言,後遍二十二言,而無其聲[一]。予採其前遍,潤一"橫"字,已續二十五字寫之云。

楊花落。燕子橫穿朱閣。常恨春醪如水薄。閒愁無處著。　　緑野帶、江山絡角①。桃葉參差前約。歷歷短檣沙外泊。東風晚來惡。

> 舊譜爲李清臣作②。據《樂府雅詞》,是賀仿李作,李詞惜不傳。今改正,以首句名《楊花落》。

換頭句七字，與前異。

【校記】

[一]李清臣詞爲："楊花落。燕子穿朱閣。苦恨春醪如水薄。閑愁無處著。　　去年今日王陵舍，鼓角秋風。千歲遼東。回首人間萬事空。"前段第二句少一字。

【蔡案】

① 賀鑄這首詞是影李清臣詞而填的，這種個例十分珍貴。李詞的過片是一個平起仄收式句法的七字句，因此，賀鑄採用的應該就不會是一個折腰式的句法，秦巘這裏讀爲上三下四句法，便有違作者的本意。我們認爲賀鑄仍然是一個律句，意思就是"綠野帶江、山帶角"。這樣的填法，也不僅僅是李清臣如此，朱子厚的"來嫁吾門公瑾叔"、無名氏的"夢過江南芳草渡"，以及王安石句法不同的"紅箋寄與添煩惱"，都是如此。

② 李詞並非本詞，參見校記。

望遠行① 六十字　　　　　　　韋　莊

欲別無言倚畫屏。含恨暗傷情。謝家庭樹錦鷄鳴。殘月落邊城。　　人欲別，馬頻嘶。綠槐千里長堤。出門芳草路萋萋。雲雨別來易東西。不忍別君後，却入舊香閨②。

　　唐教坊曲名。《中原音韵》《太和正音譜》俱注商調。《九宫大成》入南詞仙吕宫引。

　　與柳永之長調無涉，故分列。詞中以"行"名者始此。凡兩換韵，皆平。

【蔡案】

① 本詞的字句與通常的體式相比，多處有出入：前段第二拍例作六字，而本詞爲五字；第四拍例作七字，而本詞爲五字；後段則例作四拍，故本詞不可視爲正體。

② 本詞的後結較之正格多兩句拍十字，按照小令的一般結構規格，這兩句無疑是多餘的，必爲其他詞句竄入所致。

又一體 五十三字　　　　　　　　　　　　李　珣

春日遲遲思寂寥[一]。行客關山路遥。瓊窗時聽語鶯嬌。柳
⊙　●　○　○　●　●　△　　　○　○　○　○　●　○　△　　　⊙　○　○　○　●　●　△　　●

絲牽恨一條條。　　休暈繡、罷吹簫①。貌逐殘花暗凋。同
○　○　●　●　○　△　　　　　●　●　●、●　○　△　　●　●　○　○　●　△　　○

心猶結舊裙腰。忍辜風月度良宵。
○　⊙　●　●　○　△　　●　○　●　●　●　○　△

通首不換韵。前段次句六字，比韋作多一字，四句七字多二字。後段少末二句。李凡兩首，平仄如一，作者切不可移易。"瓊窗時聽"四字，一作"玉郎一去"。"玉"、"一"二字，以入作平，故不注②，只"春"字、"猶"字可易仄。"思"、"聽"去聲。

【校記】

[一] 原注"思"字、第三句"聽"字去聲；"春"字可仄。其餘可平可仄均標於圖譜中，不再校記。

【蔡案】

① 本句原譜讀爲三字二句，誤。這六個字對應前段第一句，所以是七字句減字而成，仍應看作一句拍，故改句爲逗。

② 這裏出現一個矛盾，注語説"故不注"，但詞的正文中却依然

旁注"瓊"、"時"二字可仄。這種矛盾可能是在改稿的時候添了詞後注文,却忘了修改旁注。所謂一三五不論,這二字填爲仄聲也無妨。韋莊第一字用"謝",李煜第三字用"欲",可證。

又一體 五十五字　　　　　　　　　　　　　　李　煜

碧砌花光照眼明。朱扉長日鎮長扃。餘寒欲去夢難成。爐香烟冷自亭亭。　　　遼陽月,秣陵砧。不傳消息但傳情。黃金臺下忽然驚。征人歸日二毛生。

　　　一本爲李璟作。兩次句作七字,與李珣作異。"長日鎮長扃"五字,一本作"鎮日長扃",少一字[①]。此詞與《鷓鴣天》相似,只前後第三句叶韵。

【蔡案】

　　①《花草粹編》即是如此,作"朱扉鎮日長扃",與諸家同,這應該是正格,這裏一定是衍了一"長"字。又,《花草粹編》後段第一二拍作"殘月秣陵砧,不傳消息但傳情",字數與正體正同。

又一體 七十八字　　　　　　　　　　　　　吳禮之

當時雲雨夢,不負楚王期。翠峰中、高樓十二掩瑶扉。儘人間歡會,只有兩心自知。漸玉困花柔香汗揮。　　　歌聲翻別怨,雲馭欲回時。這無情、紅日何似且休西[一]。但涓涓珠淚,滴濕仙郎羽衣。怎忍見雙鴛相背飛[①]。

　　　此體與各家迥別[②],見《樂府雅詞》。一本無名氏。

前後第三句十字,是一氣貫下,於第三字略逗,勿作兩五字句。兩結八字句,"漸"字、"怎"字是一領七字句法。詞中似此者甚多,勿誤認。

【校記】

〔一〕原注"日"字作平。

【蔡案】

① 此類八字句,並没有必要硬性規定用一領七句法,如本句,如果讀爲"怎忍見、雙鴛相背飛",也並無不可。

② 根據本詞韵律結構分析,應該是一首近詞,與前列各小令詞屬於完全不同的詞調,自然與各家迥異。

江城子　三十五字　"城"一作"神"　　　　　　韋　莊

恩重嬌多情易傷[一]。漏更長。解鴛鴦。朱唇未動[二],先覺口脂香①。緩揭繡衾抽皓腕[三],移鳳枕,枕檀郎②。

《詞譜》注中吕宫。張先詞屬高平調。《九宫大成》入南詞越調引,與本調正曲不同。

晁補之詞,名《江神子》。宋詞俱加後叠③,首句牛嶠作"鵁鶄飛起郡城東",平仄異。韋又一首亦然④。"檀"字一本作"潘"。

【校記】

〔一〕原注"恩"字、"嬌"字、"情"字可仄。北師大本作"恩重嬌情易傷",誤。

〔二〕原注"朱"字可仄,"未"字可平。

〔三〕原注"緩"字、"繡"字可平。

【蔡案】

① 這裏九字爲一句，而不是四字一句、五字一句。詳見蔡案②。

② 這是一個典型的五句式詞調，在早期創製的詞調中，有大量的五句式詞體存在。這個成因，或是因爲詞爲近體，本身都由近體詩發展而來，而絶句的四句式太不參差，不符合詞自由散漫的特性，所以，"添一句"就成了一個基本的手段。而在本詞中，"更漏長、解鴛鴦"是一句，其中"長"字是句中短韵；"朱唇未動、先覺口脂香"是一個九字句，中間應該用頓號讀住，構思本句應該採用九字一氣連綿不斷的思路；"移鳳枕、枕檀郎"也是一句，用六字折腰句法，秦巘讀爲兩個三字句，顯然是對本詞的基本結構不甚了了的緣故。

③ 入宋後可見的單段式詞，僅張先有二首，可見唐人的單段式已經被淘汰，今人無須以之爲範。

④ 這就是填詞須講究句法而可以不講究句式的又一個例子。

又一體 三十七字　　　　　　　　　　　　　　　　牛　嶠

極浦烟消水鳥飛。離筵分首時。送金巵①。渡口楊花，狂雪任風吹②。日暮空江波浪急，芳草岸，雨如絲③。

次句五字，比前多二字。"渡口楊花"四字平仄異④。"首"字一作"手"，"狂"字一作"如"。

【蔡案】

① 本詞即韋莊詞體，祇是在第二句中加了一個二字逗"離筵"，這個二字逗所領的是後面的折腰句，而並不僅僅是"分首時"三字。

② 這裏九字爲一句，而不是四字一句、五字一句。詳參前一首蔡案②。按照這個思路，可以爲是"如雪"還是"狂雪"的判斷增加依

據,因爲九字一氣,所以等於是"渡口、楊花如雪任風吹",但如果是"渡口、楊花狂雪任風吹",花與雪就成了並列關係,顯然不合乎基本實際,因此,原文應該是"如"字。

　　③ 這是六字折腰一句,而不是三字兩句。詳參前一首蔡案②。

　　④ 填詞的句式可以不拘一例。

又一體 三十六字　　　　　　　　　　　尹　鶚

裙拖碧,步飄香①。纖腰束素長。鬢雲光。拂面瓏瑽,膩玉碎凝妝②。寶柱秦箏彈向晚,弦促雁,更思量③。

　　首句兩三字,比前少一字,餘同牛作。

【蔡案】

　　① 首拍起調六字,從七字句衍化而來,本爲折腰句法的一句,秦蠍讀爲三字兩句,便不合基本律理。

　　② 這裏九字爲一句,而不是四字一句、五字一句。詳參第一首蔡案②。

　　③ 這也是六字折腰一句,而不是三字兩句。詳參第一首蔡案②。

又一體 三十六字　　　　　　　　　　　歐陽炯

晚日金陵岸草平。落霞明。水無情。六代繁華,暗逐逝波聲①。空有姑蘇臺上月,如西子、鏡照江城②。

　　《集解》云:"名始於歐陽炯,因末句名。"③愚按:韋莊作在前,不知何人創始,玩牛詞是江神廟作,或歐爲《江城子》,牛爲

《江神子》歟?

　　尾句比韋詞多一字,餘同。一本於"鏡"字句,誤。

【蔡案】

　　① 這裏九字爲一句,而不是四字一句、五字一句。詳參第一首蔡案②。

　　② 本句是在原六字折腰句的基礎上,添一領字而成,所以如果讀爲"如西子鏡、照江城",應該是有所依據的,但秦巘以爲"誤",雖然未作説明,應該是太過拘泥於七字折腰上三下四模式的緣故。

　　③ 用一首詞中的某幾個字來擬作調名,是創調詞取名的一個重要方式,但明清詞譜家喜歡倒過來用這一點來判斷是否爲創調之作,就未免不合實際,這是一個"母鹿是鹿"並不等於"鹿是母鹿"的關係。《詞名集解》的毛病就在於僵化、機械地看待兩者的關係,韋莊早歐陽炯六十歲,雖然本調創製人未必就是韋莊,但絶非歐陽却是沒有問題的。

　　又一體 三十五字　　　　　　　　　　　　張　泌

碧闌干外小中庭。雨初晴。曉鶯聲。飛絮落花時節,近清明①。睡起捲簾無一事,勻面了,没心情。

　　《古今詞話》云:"張子澄以《江城子》二闋得名,國亡仕宋。少與鄰女浣衣善,經年夜必夢之。女别字,泌寄以詩,浣衣流淚而已。"

　　與韋作同,平仄差異。第四句上六下三字,一氣貫下,分讀,不拘②。

【蔡案】

　　① 這一句雖然是九字一氣,但通常都習慣於讀成上四下五式,

秦巘讀成一六一三兩句，祇是主觀理解而已，並不是對該句韵律真實的描述。就字面而言，"時節近清明"本是一個成句，唐人張籍有句云"東風時節近清明"，司空圖有句云"大堤時節近清明"，這裏張泌或用張籍的句子。因此，仍然讀爲四字一句、五字一句，不但於詞意更恰，與作者的構思更合，而且韵律上也更合乎一般模式。

② 一個句子的實際韵律狀態如何，必然是一個非此即彼的選擇，而不會存在一種兩可的狀況。秦巘認爲這裏"一氣"和"分讀"兩者都可以，實際上就是認爲：這裏也可以視爲一個句拍，也可以視爲兩個句拍，顯然這種排他性的觀點共存，是荒謬的。

又一體 七十字　一名《水晶簾》《村意遠》　　　蘇　軾

大雪有懷朱康叔使君，亦知使君之念我也。作《江神子》以寄之。

黃昏猶是雨纖纖。曉開簾。欲平檐。江闊天低，無處認青
○○○●●○○　●○○　●○○　○●○○　○●●○
簾①。孤坐凍吟誰伴我，揩病目[一]，撚衰髯②。　　　使君留
△　○●●○○●●　○●●　●○△　　　　●○○
客醉憸憸。水晶鹽。爲誰甜③。手把梅花，東望憶陶潛。雪
●●○△　●○△　○○○　●●○○　○●●○○　●
似故人人似雪，雖可愛，有人嫌。
●●○○○●●　○●●　●○△

《九宮大成》入南詞中呂宮引。

此比唐詞加一叠，田不伐《江神子慢》與此無涉，宜各列。因詞中有"水晶簾"字，故名《水晶簾》④；韓淲詞有"臘後春前村意遠"句，名《村意遠》⑤。

"揩病目"、"雖可愛"，照唐詞宜作平仄仄，各家皆然。間有

用仄平仄或平平仄者,是偶筆,不可從。

【校記】

[一] "揩病目"及後段"雖可愛"兩個三字,用○◐◑符標識,意謂宜用平仄仄聲。

【蔡案】

① 這裏九字與後段"手把梅花"九字,均爲一句,而不是四字一句、五字一句。詳參第一首蔡案②。

② 前後兩個結拍,均是六字折腰一句,而不是三字兩句。詳參第一首蔡案②。

③ 本調調式劃一,今存之詞的字句都極爲劃一。而其前後段的這兩個三字結構,宋人常用疊韵的筆法填寫,如"似多情。似無情"、"愛鶯聲。怕鵑聲"之類,體式工穩,具有詞體特有的美感。

④ 這一調名,不知秦巘的依據,自唐至明,並未見有人使用這一別名,且詞中並無"水晶簾"三字。這一別名即便存在,應該也衹是"指代名"而已。

⑤《村意遠》衹是韓淲的詞名,而不是調名。

又一體 七十字　　　　　　　　　　　　　黄庭堅

新來又被眼奚撦。不甘伏。怎拘束。似夢還真,煩亂損心
○○○●●○▲　●○▲　●○▲　●●○○　○●○
曲①。見面暫時還不見,看不足[一]。惜不足[二]。　　不成
▲　●●○○●●　○○▲　●○◆　　　●○
歡笑不成哭。戲人目。遠山蹙。有分看伊,無分共伊宿[三]。
○●●○▲　●○▲　○○▲　●●○○　○○●○▲
一貫一文蹍十貫,千不足。萬不足。
●●●○●●●　○○◆　●○◆

此用仄韵，與蘇作同，只兩“不”字入作平。《詞律》謂通首以入作平，殊不可解②。

【校記】

［一］原注“看”字平聲。此三字及後段“千不足”三字，用○●●符標識，意謂必用平仄仄聲。

［二］原注“不”字及後結“不”字以入作平。

［三］原注兩“分”字去聲，“看”字平聲。

【蔡案】

① 這裏九字與後段“有分看伊”九字，均爲一句，而不是四字一句、五字一句。詳參第一首蔡案②。

② 萬樹的意思，衹是涉及韵脚，認爲“以入作平”不僅僅是在句中涉及的一個問題，而且也涉及用韵的問題，平聲韵可以用入聲代替。這是一個很大膽的見解。

上行杯　四十一字　　　　　　　　　　韋　莊

芳草灞陵春岸［一］。柳烟深、滿樓弦管。一曲離歌腸寸斷［二］。　　　今夜送君千萬。紅鏤玉盤金鏤盞［三］。須勸。珍重意，莫辭滿①。

唐教坊曲名。《九宫大成》入南詞小石調正曲，許《譜》同。此祖帳之詞，故名。“歌”字，《詞譜》作“聲”，“寸”字作“欲”，“夜”字作“日”，“紅鏤”作“紅縷”。

【校記】

［一］原注“芳”字可仄。

[二]原注"一"字可平,"離"字可仄,"寸"字可平。

[三]原注兩"鏤"字去聲。

【蔡案】

①秦巘將本詞分爲兩段,沒有什麼律理上的依據。從全局來看,全詞爲六句,非常諧穩,而一旦分段,前三句、後三句便都支離了。從具體的句子勾連來看,第三第四句本是一個整體,因爲"送君",所以有"離歌",因爲離歌"千萬",所以"腸寸斷",而一旦分段,無疑就割裂這些詞意上的勾連,甚至會造成"千萬"的所指不明。因此不應該分段。我們看到古籍中的詞,常常會是不分段的,究竟一首詞該不該分段,並不是隨意的,而是有其內在的韵律基礎。詞的小令以句式的不同分,有兩種,一種分段後前後段句式整齊,一種分段後前後段句式參差。前者實際上是詞樂旋律存在回環的樂段,因此就存在分段的基礎,而後者並無這樣可以產生回環的樂段,本身就是一個整體,自然就沒有分段的基礎。萬樹以爲小詞無須分段,其所指的應該就是這一類。本詞屬於參差式小令,所以分段便是一種錯誤。

又一體 三十八字　　　　　　　　　　　　　　　孫光憲

草草離亭鞍馬,從遠道、此地分襟。燕宋秦吳千萬里。

無辭一醉。野棠開,江草濕。伫立。沾泣。征騎駸駸①。

> 前段與韋作同,只"此地分襟"四字平仄異。後段換韵,則大不同。以下兩首,《詞律》爲鹿虔扆作,誤。

【蔡案】

①這一首的分段同樣也是錯誤的,全局的問題參見前一首。局部的問題是,"無辭一醉"與後面的句子毫無瓜葛,祇是因爲前句說到

離別將有"千萬里",所以纔要人"無辭一醉",因果關係非常清晰,不可割斷。此外,"里"、"醉"自成一韻,也不應該拆爲兩段,可見這個分段是沒有理由的。所以《欽定詞譜》説:"《花間集》所載孫詞二首,俱於第三句分段,但此詞前段文勢,直至'無辭一醉'句始足,況'醉'字仍押'里'字韻,'野棠開'句後又換韻,其界限甚明,不宜於第三句截住。《詞律》則云:'當合爲單調。'今從之。"

又一體 三十九字　　　　　　　　　　孫光憲

離棹逡巡欲動。臨極浦、故人相送。去住心情知不共。

金船滿捧。綺羅愁,絲管咽。迴別。帆影滅。江浪如雪①。

> 與前作同。只"帆影滅"句多一字,首句即起韻,凡換兩韻,不用平韻,尾句不與前叶,異。或謂後段起句當屬前尾爲是。《詞律》以爲單調小令不宜分兩段②,未知孰是,舊本如此,當仍之。

【蔡案】

① 這一首是否該分段,其實從韻脚就可以做出一個判斷,如果非要分段,也應該在"滿捧"之後。因爲在無標點時代,這種並非遥叶的韻脚,本身就代表了詞的"層次",包括詞樂時代音樂的層次和文本詞意的層次。

② "單調小令不宜分兩段"的説法,充滿了邏輯矛盾,既然已經定義爲"單調小令",又談何分段問題? 其實萬樹的原話是:"小調原不宜分作兩段也。"(見《詞律》本詞萬樹注解)這個"小調"雖然萬樹没有進行定義,但應該指的就是我們説的"參差式"小令,因爲長於前後段對校的萬樹,具有强烈的段落意識,像《長相思》這樣的小令,萬樹

自然不可能會將其捏作一團。

又一體　五十字　　　　　　　　　　　　　　　馮延巳

落梅著雨消殘粉。雲重烟深寒食近。羅幕遮香。柳外鞦韆出畫墻。　　青山顛倒釵頭鳳。飛絮入簾春睡重。夢裏佳期。祇許庭花與月知。

　　　原名《上行杯》,句法與各家皆不同,實與《偷聲木蘭花》無二,當是誤寫調名[①],詞中往往因此傳訛,遂併爲一調。今録原作加以辨證,使後人知致誤所由來也。後仿此。

【蔡案】

　　① 將誤寫調名也作爲又一體列入,這是我認爲本書不是詞譜的又一例證。秦巘這裏的目的完全不是爲了給讀者提供一個可以作爲填詞準則的"詞譜",他的目的在這裏説得很清楚,就是爲了"使後人知致誤所由來",換言之,是出於研究的需要。但是,問題是秦巘在本書所採取的體例大有商榷處,尤其是採用詞譜化的"又一體"來臚列詞例。細究之下固然這個"又一體"可以賦予其自有的含義,但是太容易誤導讀者了。

應天長[①]　五十字　　　　　　　　　　　　　　韋　莊

緑槐陰裏黄鶯語[一]。深院無人春晝午。畫簾垂,金鳳舞[②]。寂寞繡屏香一炷。　　碧天雲,無定處。空有夢魂來去。夜夜緑窗風雨。斷腸君信否。

　　　《九宫大成》入南詞羽調正曲。

毛开詞加“令”字。

與柳永之長調無涉,故分列。

“鶯”字,葉《譜》作“鸝”。

【校記】

[一]原注“緑”字可平,“陰”字可仄。本詞其餘旁注可平可仄均標於圖譜中,不再出校。

【蔡案】

① 本調唐詞體式,入宋後被摹寫的衹有二首,其原因不外乎是前後段的句式太過參差,缺乏美感,所以爲宋人所抛棄。

② 本調就是我們前面所説從律詩衍化而來的近體詞,因此,其前後段的韵律基礎就是各爲四句,“畫簾垂、金鳳舞”應該是一個折腰式六字句,“碧天雲、無定處”同樣也是。

又一體 五十字 　　　　　　　　　　　牛　嶠

玉樓春望晴烟滅。舞衫斜捲金條脱。黄鸝嬌囀聲初歇。杏花飄盡龍山雪。　　鳳釵低赴節。筵上王孫愁絶。夗央對衔羅結。兩情深夜月。

前段第三句七字,後段起句五字,與前異。“夗央”句平仄亦異。毛文錫作,前段次句四字[一],後結句,平仄與此相反。“羅”字,葉《譜》作“雙”。

【校記】

[一]毛文錫詞,今存僅一首,前段爲七言四句,其中第二句是“兩兩釣船歸極浦”。寸光所見各本都没有四字一句的。

又一體① 四十九字　　　　　　　　　　　　　顧　敻

瑟瑟羅裙金綫縷。輕透鵝黃香畫袴。垂交帶,盤鸚鵡②。裊
●●○○○●▲　　○○○○●▲　　○○●　○○▲　　●

裊翠翹移玉步。　　　背人勻檀炷③。漫轉橫波偷覷。斂黛
●●○○●▲　　　　◎○○●▲　　●●○○○▲　　●●

春情暗許。倚屏慵不語。
○○●▲　　●○○●▲

　　　　與牛作同,惟前段第三句用兩三字句,同韋作,首句平仄異。
後起句"檀"字用平。李後主一首起句平仄相反④。

【蔡案】

　　① 此即正體詞格,惟後段第一拍減一字,作五字律句句法異。
體式未變,非又一體。唐宋本調此格填者最多,今填令詞,可以此
爲範。

　　② 從牛詞中可以看出,本句的原型實際上是一個七字句。本詞
與韋詞都是減字而來,所以這裏是一個折腰式的六字句,秦巘擬爲三
字兩句,顯然是忽略了這個衍化的來龍去脉,誤。

　　③ "檀"字也有仄讀,《集韵》讀爲"時戰切,音善",這裏可以視爲
一種借音法。

　　④ 李後主詞,前段起拍爲"一鈎初月臨妝鏡",與此句式不同,這
正是我們在前面説過的"填詞不拘句式"的例子。

玉樓春① 五十六字　或加"令"字,一名《西湖曲》《歸朝歡令》
　　　　　　　　　　　　　　　　　　　　　　　韋　莊[一]

日照玉樓花似錦。樓上醉和春色寢。綠楊風送小鶯聲,殘
夢不成離玉枕。　　　堪愛晚來韶景甚。寶柱秦箏方再品。

青蛾紅臉笑來迎，又向海棠花下飲。

《尊前集》注大石調，又雙調。

康與之詞加"令"字。朱敦儒詞，名《西湖曲》。《高麗史·樂志》名《歸朝歡令》②，與張先之正調無涉。

《歷代詩餘》云："雙調五十六字，即《木蘭花》之又一體。唐詞無此名，五代始有之。別名《春曉曲》，與二十七字者不同。又名《惜春容》，亦有以別名另立調者，止中間平仄略異。"《詞律》以《木蘭花》《玉樓春》兩體合一，不立《玉樓春》名，或引《侍兒小名錄》爲據。愚按：唐季五代已立兩名，並非後人改換新名[二]，何得不另立一體，幾將《玉樓春》之調抹去。且《木蘭花》有兩三字句者，《玉樓春》必作七言八句，各不相侔。《侍兒小名錄》亦沿前人之誤，何足爲據？不如各立主名爲是。至萬氏謂宋人平仄整齊，首句第二字用平，次句第二字用仄，三平四仄等爲有定格，不知南唐已有此體，並非宋格。本譜專敘時代，以徵分合變化之源流，庶免附會挂漏之弊。又，《步蟾宮》調亦七言八句，但第二四六八句，皆上三下四字；《瑞鷓鴣》係平韵，皆非同調。《圖譜》等書混列，大誤。首句有"玉樓"二字，或因此取名。顧作二首亦然，究不知昉自何人③。

【校記】

[一] 本詞作者，據《尊前集》所載，應是歐陽炯。

[二] 本句後北師大本有"平仄韵異"一句。

【蔡案】

① 本詞的平仄模式爲唐人所用，宋人則多用李煜詞的體式，雖然兩者同源，但今天創作本調，自然應該以最流行的體式爲範，而不必遵循本詞。

② 《歸朝歡令》，我們站在當時宋人或高麗人的立場上看，實際

上就是《歸朝歡》，袛有明清以後的人，才把"令"字視爲調名的組成部分。因此，《高麗史》中的這個《歸朝歡令》，實際上就袛是一個誤寫調名的案例而已。

③ 總是用"母鹿是鹿"的僥倖去追索創調詞，就必然會掉進"鹿是母鹿"的泥淖中。爲什麼《玉樓春》的創調詞中就一定有"玉樓"二字呢？ 就詞學的角度而言，"哪個人"應該不是一個主要問題，"哪一首"才是主要的。顧夐和歐陽炯爲同時代人，假定二者之一是創調人，那麼本調就創製於八世紀初。但是，調名的產生，通常還有一個因詞中的文字另立別名的情況。後人因爲歐陽炯多次在詞中用到"玉樓春"三字，所以將這個詞調另名爲《玉樓春》，而其本名反倒被冷落了，這種可能也是同樣存在的。如果這樣，那麼該調的創製，就可能遠在二人之前了。

又一體 五十六字　一名《春曉曲》《惜春容》① 　　　　　　溫庭筠

家臨長信往來道。乳燕雙雙掠烟草。油壁車輕金犢肥，流蘇帳曉春鷄早。　　　　籠中嬌鳥暖猶睡，簾外落花閒不掃。袞桃一樹近前池，似惜紅顏鏡中老。

　　《樂章集》屬林鐘商。
　　因前結句，名《春曉曲》。南唐後主詞，名《惜春容》。
　　句法與韋作同，只平仄互異②。後起句不叶韵。

【蔡案】

① 這兩個名，都不是正式的調名，袛是詞名或指代名而已，所以唐宋人都不襲用。

② 論本調，各詞譜往往都是糾纏於句子的平仄，而不知作爲填

詞一道,與詞句的句式平仄並無多大關係。句法相同而句式互異,是詞中的一種常見的填詞方法,比如平平仄仄也多可以用仄仄平平,都是這一個道理。因此,《鷓鴣天》雖然多用仄起式的七言句起拍,但趙長卿卻偏用"新晴水暖藕花紅"起調;《江城子》雖然多用仄起式的七言句起拍,但牛嶠卻偏用"鵁鶄飛起郡城東"起調;《浣溪沙》雖然也用仄起式起調,但李之儀卻偏用"聲名自昔猶時鳥"起拍。若動輒可以拿句法平仄爲體式變化的標準,則六字句、五字句、四字句自然也應該"享有同等待遇",如此,又一體必將會成倍增加,這實際上是一種非常無謂的研究方式。

又一體 五十六字　　　　　　　　　　　　　　牛　嶠

春入橫塘搖淺浪。花落小園空惆悵。此情難信爲狂夫,恨翠愁紅流枕上。　　　小玉窗前嗔燕語。紅淚滴穿金綫縷。雁歸不見報郎歸,織成錦字封過與[一]。

　　　　後段換韵①,與前兩作不同。"難"字,一本作"誰"。

【校記】

　　[一]原注"過"字平聲。

【蔡案】

　　① 本調換韵體式的詞,唐宋僅此一例,細察本詞的詞意,前段寫的是春末,後段則寫秋末,所詠的内容迥别,或許是兩首殘詞的誤合而已。

又一體 五十六字　　　　　　　　　　　　　　顧　夐

月照玉樓春漏促。颯颯風摇庭砌竹。夢驚夗被覺來時,何處管弦聲斷續。　　　惆悵少年游冶去，枕上兩蛾攢細綠。曉鶯簾外語花枝，背帳猶殘紅蠟燭。

　　　顧又一首，首句亦有"玉樓春"字，或此調即顧所製歟[1]？後起句不叶韵，與溫作同，平仄異[2]。

【蔡案】

　　① 秦巘一直糾結誰人創製《玉樓春》，自然與本書的寫作宗旨有關，他的寫作目的就是梳理全部唐宋元詞的來龍去脉，這是一個非常有意義、有價值的工作，但也是一個非常吃力不討好的工作。以《玉樓春》爲例，秦巘的思路錯了，所以糾結。因爲無論是顧夐還是歐陽炯，他們原作的調名其實都是《木蘭花》，那麽，爲什麽不可以是因爲顧夐的詞中多次出現"玉樓春"字樣，而被人重立別名爲《玉樓春》呢？事實上，我們今天認定的七言八句的《玉樓春》樣式，在五代基本上都稱爲《木蘭花》，祇有魏承班二首名爲《玉樓春》，更重要的是，也祇有魏承班是既填過《玉樓春》又填過今天意義上的有六字折腰句的《木蘭花》的。換言之，祇有魏承班一人自覺地將七言八句體式的《木蘭花》稱爲《玉樓春》，而詞中有折腰式六字句的，他才稱爲《木蘭花》。根據這樣一個基本的事實，可以初步得出這樣的結論：《玉樓春》原即《木蘭花》，其中七言八句式因顧夐詞兩次起拍用"玉樓春"，被魏承班又名爲《玉樓春》，而詞中有六字折腰句的體式，則仍被稱爲《木蘭花》。

　　② 平仄相異，也就是句式不同，祇是體式內的微調而已，並非是又一體的標準，詳前溫庭筠詞蔡案②。

　　　又一體[1]　五十六字　　　　　　　　　　李　煜

晚妝初了明肌雪。春殿嬪娥魚貫列。笙簫吹斷水雲間，重
●○○●●○○▲　○●○○○●▲　○○○●●○○　○

按霓裳歌遍徹。　　　臨春誰更飄香屑。醉拍闌干情味切。
●○○○●▲　　　　○○○●○○　▲　　●●○○○●▲

歸時休放燭花紅,待踏馬蹄清夜月。
○○○●●○○　　●●●○○●▲

　　《樂章集》屬大石調,又屬林鐘商。

　　《詞苑》云:"李後主宮中未嘗點燭,每夜則懸大寶珠,光照一
室,嘗賦《玉樓春》詞云云。"

　　宋人多用此體,即《詞律》所謂第二字首句平,次句仄,三平
四仄者是也②。"笙簫吹斷"四字,葉《譜》作"鳳簫聲徹"。"春"
字作"風","味"字作"未","待"字作"醉"。

【蔡案】

　　① 這一體式是宋代的通行格式,可爲今日填詞的規範。

　　② 這一格式,也就是通篇祇對不黏,但每個句拍則都用律句。

又一體 五十六字　　　　　　　　　　　　　柳　永

有個人人真堪羨[一]。問著洋洋回却面。你若無意向他
人[二],爲甚夢中頻相見。　　　不如聞早還却願[三]。免使牽
人虛魂亂[四]。風流腸肚不堅牢,只恐被伊牽引斷。

　　《樂章集》屬仙呂宮。

　　此用拗體。"著洋洋"三字,汲古作"却佯羞","他人"二字作
"咱行","虛魂"二字作"魂夢","引"字作"惹",今從宋本。

【校記】

　　[一] 柳永的詞,或因爲在底層流行最廣,所以詞句中的錯訛很
多。本句失律,句内四字連平,句外失對,顯然有誤。秦巘所説的汲

古閣本,或據《花草粹編》,其卷十一作"個人風韵真堪羨",或是本來面貌,可據改。

　　[二] 本句失律,第二字應用平聲,《花草粹編》作"若言無意",所據合乎韵律,應據改。

　　[三] 本句失律,第六字應平,《花草粹編》作"還心願",所據合乎韵律,應據改。

　　[四] 本句失律,句內"牽人虛魂"四字連平,《花草粹編》作"牽人魂夢",所據合乎韵律,應據改。

怨王孫 五十三字 一名《秋光滿目》《慶同天》《月照梨花》　　章　莊

錦里。闤市。滿街珠翠。千萬紅妝。玉蟬金雀,寶髻花簇
●　▲　○　▲　　○　○　▲　　○　○　▲　　●　○　○　●　●　○　○

鳴璫。繡衣長。　　　日斜歸去人難見。青樓遠。隊隊行雲
○　△　　●　○　△　　　　●　○　○　●　○　○　▲　　○　○　▲　　●　●　○　○

散。不知今夜何處,深鎖蘭房。隔仙鄉。
▲　　●　○　○　○　●　　○　●　△　　●　⊙　△

　　《樂章集》注仙吕調。《碧雞漫志》云:"屬無射宮。歐陽永叔詞内《河傳》附越調,亦《怨王孫》曲,今世《河傳》乃仙吕調,皆非也。"

　　徐昌圖詞,名《秋光滿目》。

　　此與《河傳》格調頗合,然《碧雞漫志》所論,已分宮調,宋人各立調名,當分列①,與向子諲《怨王孫》不同。此詞《花間》未載。

　　"不知今夜"二句,上六下四字,亦有作上四下六字,可不拘。葉《譜》於"寶髻"分句,誤②。

【蔡案】

　　① 本調與《河傳》歷來混淆不清,如本詞在《尊前集》中被題作

《怨王孫》，而韋莊的另一首"錦浦。春女"詞，平仄、句讀、聲響與本詞完全一致，但是在《花間集》中被標爲《河傳》。所以這兩個詞調的糾纏不清，是源自某些具體詞作在唐五代的調名紊亂，而他們本身並非正名與別名的關係，則是應該予以肯定的。《欽定詞譜》認爲二者爲一體，也是因承《詞律》的説法，以爲"《河傳》與《怨王孫》正同也"，就是因爲調名中有張冠李戴的情況存在。而秦巘認爲"然《碧雞漫志》所論，已分宮調，宋人各立調名，當分列"者，也有他的道理。這裏有必要細加區別，釐清這兩者之間的千年誤會：首先，兩者的前段，多以四字三句起，首拍又多用句中韵，作二字兩頓起調，這是一個相同點。但是，《河傳》的第二句是可韵可不韵的，而《怨王孫》則必定押韵，這是第一點異同。前段第三句，《河傳》以仍押前韵爲正體，且必定押韵，而《怨王孫》則以換押平韵爲正體，偶爾也有不押韵的情況，這是第二點異同。後段的第一均，即前三個句拍兩調相同。但第二均，《河傳》則是從兩個七字句轉換而來，常見的格式爲六字折腰一句、二字逗領五字一句，其中前一句第三字、後一句第二字都用句中短韵修飾，連續四個韵脚。但是《怨王孫》則是一四一六一三，或一六一四一三式的讀法，僅爲三個句拍，且第一個句拍例不叶韵，這是第三點異同。這是兩個詞調常用體式中的差異，可以看出前後段的第二均兩者迥異，而畢曲處的差異是一個重要的區別，加之宮調不同也可以作爲輔助參考（但宮調問題不是主要的），可見兩者絶非同一詞調。而兩者鑒別的關鍵，在於前後段的第二均，至於偶有一些非正格的詞，如徐昌圖的《河傳》在結拍處添一字，作六字折腰式；溫庭筠的前段第一均添一字，讀破爲三字一句、六字一句；李珣的《怨王孫》前段結拍添二字；以及宋詞後段第二個句拍添一字，作四字一句等等，則都衹是偶爾的微調，其基本的體式概貌是仍然可以從中看出來的。

　② 於"寶髻"分句，葉申薌也有他的道理，這麼分，"玉蟬金雀寶髻"

爲一句,對應後段的"不知今夜何處";"花簇鳴瑤"對應後段的"深鎖蘭房";最後的"繡衣長"對應後段的"隔仙鄉"。形式上更加規整,必是葉氏的初衷。但是,這個分句中祇有一字不穩,係"寶"字應平却仄了,祇有將其理解爲以上作平,整個分句才能成立,否則就如秦巘所説,誤。

又一體 五十三字　　　　　　　　　　　　　　張元幹

小院春晝。晴窗霞透。著雨胭脂,倚風翠袖。芳意惱亂人多。暖金荷。　　多情不分群葩後[一]。傷春瘦。淺黛眉尖秀。紅潮醉臉,半掩花底重門。怨黄昏。

> "院"字不叶韵,"袖"字叶韵①。後起仍叶前仄韵,與韋作異。《詞律》未經拈出,漏注。

【校記】

[一] 原注"分"字去聲。

【蔡案】

① "院"字是句中短韵,屬於輔助性韵脚,輔韵均爲可叶可不叶的韵脚。

月照梨花 五十四字　　　　　　　　　　　　　陸　游

悶已縈損。那堪多病。幾曲屏山,伴人晝静。梁燕催起猶慵。换熏籠。　　新愁舊恨何時盡①。漸凋綠鬢。小雨知花信。芳箋寄與何處,繡閣珠櫳。柳陰中。

> 此調《放翁詞》不載。

《詞律》云：“確是《怨王孫》，即確是《河傳》。”愚按：《碧雞漫志》已詳辨之矣。惟此調與《怨王孫》體格正同，當附列。

後段第三句四字[一]，比韋作多“漸”字，是襯字也。

【校記】

[一]“第三句”應是“第二句”之誤。

【蔡案】

① 本句的“恨”字，可以視爲句中短韵，“新愁舊恨。何時盡”就如“繡閣珠櫳。柳陰中”一樣。

又一體 五十五字　　　　　　　　　　　黄　昇

閨　怨

畫景。方永。重簾花影。好夢猶酣，鶯聲喚醒。門外風絮交飛。送春歸。　　　修蛾畫了無人問。幾多別恨。淚洗殘妝粉。不知郎馬何處嘶。烟草凄迷。鷓鴣啼。

“景”字起韵。“不知”句七字，與陸異。《詞律》云：“加‘嘶’字，此句遂拗。”斷爲誤多①。又注三換仄、四換平，皆誤②。

【蔡案】

① 這一句唐宋人都没有這樣的填法，關鍵是多一“嘶”字後，成了一個七字大拗句，萬樹的説法是可信的，“嘶”字或爲淺人所添。

② 後段，秦巘旁注“問”字爲“叶仄”，而不是“三換仄”，儘管“景”、“永”通叶“問”、“恨”是一種常見的現象，但是，就這一體式而言，由於其正格是三換仄的韵法，自然應該服從詞調的整體韵律。其後的平韵“嘶”、“迷”，同樣如此，即便它們與前段屬於同一韵部。

慶同天 五十二字　　　　　　　　　　　　　　　　張　先

海宇稱慶。誕生元聖。風入南薰。拜恩瑶闕，衣上曉色猶春。望堯雲。　　游鈞廣樂人疑夢。仙聲共。日轉旗光動。無疆聖算，何待祝華封。與天同。

《九宮大成》入北詞仙呂宮調。

此以末句立名，當是應制作，故改立佳名耳。據《九宮》爲合調體格，却與《怨王孫》《月照梨花》相似，故附列。只後結少一字，凡四換韵，略異。《詞律》未收。

望江怨 三十五字　　　　　　　　　　　　　　　　牛　嶠

東風急。惜別花時手頻執[一]。羅幃愁獨入。馬嘶殘雨春蕪濕。倚門立。寄語薄情郎，粉香和淚滴。

或於"獨入"句分段，可不必。"手"字、"倚"字宜用仄聲①。"滴"字，各本皆作"泣"，今從《歷代詩餘》本。

【校記】

［一］"手"字、第五句"倚"字用●符標識，意謂宜用仄聲。

【蔡案】

① 這是一個小拗句式，"手"必須仄聲，而不是宜用仄聲，除非第六字用仄。

感恩多 四十字　　　　　　　　　　　　　　　　牛　嶠

自從南浦別。愁見丁香結。近來情轉深[一]①。憶鴛衾。

幾度將書托烟雁[二]②，淚盈襟。淚盈襟。禮月求天，願君知妾心。

　　　唐教坊曲名。《九宮大成》入南詞羽調引。

　　　凡兩換韵，"淚盈襟"叠一句，二首同，必當從。"情"字、"知"字，宜用平聲，"托"字用仄聲。

【校記】

　　　[一]"情"字及後結"知"字用○符標識，意謂宜用平聲。

　　　[二]"托"字用●符標識，意謂宜用仄聲。

【蔡案】

　　　① 因爲本句爲拗句句式，所以"情"字在本句中並非宜平，而是必平，絕不可用仄聲字，除非第一字也是平聲。後段結句與本句同理。

　　　② 本句也是一個拗句句式，在這一句式中，"托"字不可用平聲，除非第六字用仄聲字。秦巘的這一説法，就事論事地看並没有錯，但是這種説法衹是對句子的一種"備注"，而絕不是一種"規範"，這裏的"宜用平"或"必用仄"，並非是對這一個句子進行詞譜學意義上的規則總結，也就是説，它僅僅是針對一個具體詞作的句子，而不是針對一個詞譜的句子。這一點恰好可以證明我説的本書的寫作目的不在編纂一部詞譜類的工具書。

　　又一體 三十九字　　　　　　　　　牛　嶠

兩條紅粉淚①。多少香閨意。强攀桃李枝[一]。斂愁眉。
陌上鶯啼蝶舞[二]，柳花飛。柳花飛。願得郎心，憶家還早歸。

後起句六字，比前少一字，亦平仄互叶體。

【校記】

[一]"桃"字及後結"還"字用○符標識，意謂宜用平聲。

[二]"蝶"字用●符標識，意謂宜用仄聲。

【蔡案】

① 同一作者同一詞調的同一個句子中，字句有一字之差，往往是因爲衍奪，不能輕易以又一體看待。

木蘭花　五十六字　　　　　　　　　　　　　　庚傳素

木蘭紅艷多情態。不是凡花人不愛。移來孔雀檻邊栽，折向鳳凰釵上戴。　　　是何芍藥争風彩。自共牡丹長作對。若教爲女嫁東風，除却黄鶯難匹配。

> 唐教坊曲名。張先詞屬林鐘商。《太和正音譜》注高平調。
>
> 愚按：此詞見《全唐詩》，不知録自何本。唐詞皆以本意名調，或取詞中句，如《虞美人》等類，庚爲前蜀人，與韋莊、牛嶠同事王建，雖無自製曲確據，考之時代，詠本意者，當以此首爲式。
>
> 句調儼似《玉樓春》體，平仄差異，各譜或分或合，聚訟紛如，然唐樂府皆五七言體，而宮調名目各别，不知凡幾，何得一概合併？ 餘詳《玉樓春》下①。
>
> 與柳永之《木蘭花慢》無涉，宜分列。

【蔡案】

①《木蘭花》與《玉樓春》的分别，以"《玉樓春》俱爲七言句、《木蘭花》有六字折腰句"這樣的標準進行分别最佳，簡單、直觀、易操作。

如此,則本詞應屬於《玉樓春》,否則,根據本詞的平仄完全吻合《玉樓春》這一特徵而言,兩者永無區別的可能。

又一體① 五十五字　　　　　　　　　　韋　莊

獨上小樓春欲暮。愁望玉關芳草路。消息斷,不逢人,却斂細眉歸繡户。　　坐看落花空歎息。羅袂濕斑紅淚滴。千山萬水不曾行,魂夢欲教何處覓。

《九宮大成》入北詞平調隻曲。

前段第三句兩三字,比前少一字,凡兩換韵,亦異。愚按:《花間集》只載以下三體,其五十六字者,皆名《玉樓春》。本有區別,各本混而爲一,以致傳訛。今分列②。

【蔡案】

① 本詞與後魏詞、毛詞均爲《木蘭花》詞體,其中屬毛詞最爲規正,本詞也屬於毛詞體,祇是前後段第一句、後段第三句不減字而已。

② 不解這裏説的“今分列”,前一首庾詞正是五十六字體,與《玉樓春》相同,却仍冠以《木蘭花》調名。

又一體① 五十六字　　　　　　　　　　許　岷

江南日暖芭蕉展。美人折得親裁剪。書成小簡寄情人,臨行更把輕輕撚。　　其中撚破相思字。却恐郎疑踪不似。若還猜妾倩人書,誤了平生多少事。

後段亦換仄韵,餘同庾體。

【蔡案】

①　這也是《玉樓春》詞，前後段換韵則唐宋惟此一首，而前段四句，第二字都是平聲，也是特異的一首。這類例詞的收入，祇能説明是在爲詞體學的研究收集材料，而不是在編製詞譜。

又一體 五十四字　　　　　　　　　　　　魏承班

小芙蓉，香旖旎①。碧玉堂深清似水。閉寶匣，掩金鋪，倚屏拖袖愁如醉。　　　遲遲好景烟花媚。曲渚鴛鴦眠錦翅。凝然愁望静相思，一雙笑靨嚬香蕊。

　　　　　前段起句兩三字，與韋作異。後段字句雖同，而平仄亦異。通首不換韵。

【蔡案】

①　本調的每一個六字折腰句，都是從七言律句中減字而來，其本源就是一句，因此不可將其視爲三字兩句，祇能視爲一個六字句，本詞第三句亦同。

木蘭花 五十二字　　　　　　　　　　　　毛熙震

掩朱扉，鈎翠箔①。滿院鶯聲春寂寞。勻粉淚，恨檀郎，一去
●○○　○●▲　　●●○○○●▲　　○●●　●○○　●●
不歸花又落。　　　對斜暉，臨小閣。前事豈堪重想著。金
●○○●▲　　　　●○○　○●▲　　○●●○○●▲　　○
帶冷，畫屏幽，寶帳慵熏蘭麝薄。
●●　●○○　●●○○●▲

　　　　　四段兩三、一七字句，與前二家異②。宋人作者甚多③，何得

注可平可仄,《詞律》每以前後段比較,最謬。

【蔡案】

① 本調的每一個六字折腰句,都是從七言律句中減字而來,其本源就是一句,因此不可將其視爲三字兩句,祇能視爲一個六字句,本詞的前段第三句及後段第一、第三句都是如此。

② 本調現可見的共計有三種填法,即韋、魏、毛三種,體式同一,祇是減字各有多少,其中韋詞的前後段又作換韻法。兹取本詞作爲本調的正體。但是本調入宋之後,實際上已經無人填寫,流行的祇是《玉樓春》了。

③ 今存詞中含有折腰式六字句的《木蘭花》詞,祇有唐五代數首,而不見有宋人的作品,因此,"宋人作者甚多"這一説法,祇能是五十六字體的《玉樓春》了。

減字木蘭花 四十四字　　　　　　　　　　　　　　　柳　永

花心柳眼。郎似游絲常惹絆。慵困誰憐。繡綫金針不喜穿。　　深房密宴。争向好天多聚散。緑鎖窗前。幾日春愁廢管弦。

《樂章集》屬仙吕宮。

一四一七字句,凡四段,兩换韵①。所謂減字者,比庚詞每段減三字也。"慵困"二字,汲古作"獨爲"。"春愁"二字缺,今據宋本訂正。

【蔡案】

① 這個所謂的"兩换韵",實際上是一種巧合。本調正體爲四换韵,這個兩换韵意味著有三處"特殊换韵法":前後段平聲韵、仄聲

韵，以及平仄韵之間的特殊換韵，所以這個詞例是非典型用法。詳參《菩薩蠻》詞蔡案。

又一體 四十四字　一名《減蘭》《木蘭香》《天下樂令》　　蘇　軾

荔　枝

閩溪珍獻。過海雲帆來似箭。玉座金盤。不貢奇葩四百
●○○▲　●○○○○●▲　●●○△　●●○○●●

年。　　　輕紅軟白。雅稱佳人纖手擘[一]。骨細肌香。恰似
△　　　　○○●▲　●○○○●○▲　　●●○△　●●

當年十八娘。
○○●●△

　　　張先詞屬林鐘商。《九宫大成》入北詞雙角隻曲。

　　　《梅苑》李子正詞，名《減蘭》；徐介軒詞，名《木蘭香》①。《高麗史·樂志》名《天下樂令》，與揚无咎正調無涉。

　　　《詩説雋永》云："東坡作。"愚按：歐、晏皆有此體。是在蘇前，不知《雋永》何據，姑列俟考。

　　　凡四換韵，後段另換平仄韵，與柳作異②。

【校記】

　　　［一］原注"稱"字去聲。

【蔡案】

　　　①《木蘭香》應是詞名。

　　　② 本詞即前一詞體，但是押韵更爲清晰，允爲正體，所以本調的平仄譜擬於本詞下。

又一體　四十四字　　　　　　　　　　　　蘇　軾

柔和性氣。雅稱佳名呼懿懿。解舞能謳。絶妙年中有品
流。　　眉長眼細。淡淡梳妝新綰髻。懊惱風情。春著花
枝百態生。

> 叶申薌《本事詞》云："贈君猷家姬懿懿。"
> 此上半不換韵，下半換韵，與前異①。

【蔡案】

　　① 在換韵的體式中尋找不換韵的詞，以爲新發現的又一體，這
是清代詞譜家創始並樂做的事。這一毫無價值、甚至祇有負價值的
癖好，直至今天依然爲一些編纂者孜孜以求。筆者也曾如此，一有斬
獲，便沾沾自喜。却不知一個詞調的總體體例下，是不是換韵，祇不
過是作者創作方法上的一種選擇而已，屬於作法問題，與這個詞調的
韵法無關，你換或是不換，韵法依然不變。詳參《菩薩蠻》疏解。

又一體　四十四字　　　　　　　　　　　　缺　名

庭梅初綻。風遞幽香清更遠。別有孤根。不待陽和一點
恩。　　雪中風韵。皓質冰姿真瑩静[一]。月下精神。來到
窗前疑是君。

> 見《梅苑》。此體共四首，皆無名氏。
> 上半換韵，下半不換韵，與前又異①。"瑩"去聲。

【校記】

　　[一] 原注"瑩"字去聲。

【蔡案】

① 詳參前一首蔡案。

偷聲木蘭花① 五十字　　　　　　　　　張　先

曾居別乘康吳俗[一]。民到於今歌不足。驪馭征鞭。一去東
⊙○◎●●○○▲　　⊙●○○○●▲　　⊙●●○△　　●●○

風十二年。　　　　重來却擁諸侯騎。寶帶垂魚金照地。和氣
○●●△　　　　　　○○◎●○○▲　　◎●○⊙○●▲　　⊙●

融人。清雪千家日日春。
○△　⊙●○○●●△

　　《子野詞》屬仙吕調。《九宫大成》入南詞小石調正曲。

　　此調馮延巳作，名《上行杯》，定是誤寫調名，詞之以"偷聲"

名者僅此。

　　前後段第三句各四字，比庾作各少三字，偷減其聲律，亦減

字意也②。

【校記】

　　[一] 原注"曾"字可仄，"別"字可平，"乘"字去聲。本詞其餘旁

注可平可仄均標記於圖譜中，不再出校。

【蔡案】

　　①《欽定詞譜》認爲，本調"結處乃偷平聲，作四字一句、七字一

句，始有兩仄兩平四換韻體。此詞亦四換韻，蓋又就偷聲詞兩起句，

各減三字，自成一體也"，又云："此調亦本於《木蘭花令》，前後段第三

句，減去三字，另偷平聲，故云偷聲。若《減字木蘭花》，前後段起句四

字，則又從此調減去三字耳。"這個說法是非常合理的，據此，本調無

疑早於《減字木蘭花》之前，所以，在"以時代爲次"的《詞繫》中，其實

應該列於《減字木蘭花》之前。

　②　對於"偷聲"的解釋,秦巘未免語焉不詳,也有人認爲即删減旋律節拍的意思,但是在無樂時代的今天,也無非是一種猜度而已,不取。

樂游曲① 二十七字　　　　　　　　陳　后名金鳳

龍舟摇曳東復東。采蓮湖上紅更紅。波淡淡,水溶溶。奴隔荷花路不通。

> 陳氏乃閩嗣主王延鈞之后。《金鳳外傳》云:"后於端陽日造彩舫數十於西湖,延鈞御龍舟觀之。因作此曲,使宫女同聲歌之云。"
>
> 此首與《漁歌子》同,其又一首,起句作"西湖南湖鬥彩舟,青蒲紫蓼滿中洲",平仄異。

【蔡案】

　①《樂游曲》並非古樂府,綜合作品的内容來看,應該是詞名,而非調名。就其性質,仍屬於聲詩,且根據作品的内容所涉,疑本詞就是按照《漁父》的曲填詞而成。

醉妝詞 二十二字　　　　　　　　王　衍

者邊走①,那邊走。祇是尋花柳。那邊走②,者邊走。莫厭金杯酒。

> 此調他無作者。
>
> 《北夢瑣言》云:"蜀主王衍裹小巾,其尖如錐。宫妓多衣道

服,簪蓮花冠,施脂夾粉,名曰'醉妝',自製《醉妝詞》。又嘗宴於怡神亭,自執板,歌《後庭花》《思越人》曲。"

"者"字即"這"字,佛書中多用之。

【蔡案】

① 這一"走"字應該是起韵,秦巘失記。

② 同上。

甘州曲[①]　二十九字[一]　　　　　　　　　　王　衍

畫羅裙[②]。能結束,稱腰身[二]。柳眉桃臉不勝春[三]。薄媚足精神。可惜許、淪落在風塵[四]。

《唐書·禮樂志》云:"天寶間樂曲,皆以邊地爲名,《甘州》其一也。"《樂苑》:羽調曲。《九宮大成》入北詞小石角隻曲,"曲"一作"子"。

《輿地廣記》云:"甘州,漢爲匈奴,西魏置西涼州,尋改曰'甘州'。"

《十國春秋》云:"蜀王衍奉其太后太妃,禱青城山。宫人皆衣雲霞之衣,後主自製《甘州曲》,令宫人唱之,其詞哀怨,聞者悽愴,衍意本謂神仙而在凡塵耳,後降中原,宫妓多淪落人間,始驗其語。"亦見《五國故事》。

各本無"許"字,幾疑"惜"字入作平,今從《花草粹編》補入,與顧作末句正合,校書固不可不審也。

【校記】

[一]"九"字原本爲改字,明顯從"八"字改來。而北師大本作二十八字,於此可知,底本是在北師大本的基礎上修改後的定本。

［二］原注"稱"字去聲。

［三］原注"勝"字平聲。

［四］許，讀如"虎"，語助詞，尤表強烈的語氣。

【蔡案】

① 本詞又名《甘州子》，《甘州子》即《甘州曲子》，《甘州曲》亦《甘州曲子》，都是省文，其他的詞調也是一樣，二者其實就是同一調子。

② 本詞的起拍三字，我們判斷必是一個殘句，其中有文字的脫落。《欽定詞譜》認爲本調起拍"顧夐詞添作七字"，是祇認人有先後，而不知句有衍奪，這個小曲的基本架構，就是我們在《江城子》中說到的五句式結構（參見該調第一首蔡案②），所以顧夐詞才是這個詞調的正格。

甘州子 三十三字　　　　　　　　　　　　顧　夐

紅爐深夜醉調笙[一]。敲拍處，玉纖輕①。小屏古畫岸低平[二]。烟月滿閒庭。山枕上，燈背臉波橫②。

> 唐教坊曲名。許氏《詞譜》入北詞小石調。
>
> 《碧鷄漫志》云："顧夐、李珣有倒排《甘州》。"
>
> 此與前作相似，惟首句七字，比《甘州曲》多四字，自是一調，故類列。顧凡五首，俱用"山枕上"三字，想有命意，作者可不拘。

【校記】

［一］原注"紅"字、"深"字及第四句"烟"字可仄。

［二］原注"小"字、"古"字可平。

【蔡案】

① 本調爲典型的五句式詞體，所以此六字爲一句，秦巘讀爲三

字兩句,則誤。

②"山枕"下八字,也是一句,這一個五句式的小曲,細捫韵律,可知與其他的五句式有所不同。很多五句式的小令都是在四句中間插入一個承上啓下的句子,但這個小令中,則是在四句形成的主體結束後,添一句類似尾聲的句子,"可惜許、淪落在風塵"可能是最顯著的一個例子,本詞孤立地看不太明顯,但如果通讀顧敻的五首,每首都用"山枕上、●●●○○"作結,也可以悟出這個"尾聲"的意味來。秦巘能將前一首正確地讀爲八字一句,而本詞則錯誤地讀爲三字一句、五字一句,這就充分證明了,清代詞譜家已經沒有這個均拍意識了。

甘州遍 六十三字　　　　　　　　　　　毛文錫

春光好,公子愛閒游。足風流。金鞍白馬,雕弓寶劍,紅縷錦襜出長秋[一]。　　花蔽膝,玉銜頭。尋芳逐勝歡宴,絲竹不曾休。美人唱、　揭調是甘州。醉紅樓。堯年舜日,樂聖永無憂。

　　　唐教坊大曲,名《甘州》。

　　　凡大曲多遍,此則《甘州》之一遍也。亦是《六州歌頭》之一①,後段第五句取以立名②,與《甘州曲》《甘州子》《甘州令》皆不同。

　　　詞之以"遍"名者僅此。

　　　愚按:唐時大曲,雖十餘遍,不過五七言四句而已。此僅一遍,雙疊長短句,董穎《薄媚》即仿此格③。是初變唐人大曲之舊格,漸開後世套曲之先聲矣。詞變爲曲,實兆於此。

【校記】

［一］原注"襜"字上聲。

【蔡案】

① 本句應是"亦是《六州歌頭》之意"的誤筆。因爲《六州歌頭》與本調風馬牛不相及，秦巘不可能不知道這一常識，他想表達的意思是：《六州歌頭》是大曲《六州》中的一遍，《甘州遍》也是《甘州》大曲中的一遍，無非前者知道是第一遍，後者不知是第幾遍而已，所以有"亦是"的説法。

②《甘州遍》選自《甘州》大曲，因此名稱來自《甘州》，應該是一個基本的認識，説是因爲後段有"揭調是甘州"一句才取名的，是"取詞句中的文字爲調名"的意識太過根深蒂固的緣故，這類錯誤，不是僅見的。

③ 説《薄媚》仿唐大曲可以，説仿此格便未必。《薄媚》整體上各遍多爲前後有對應句的雙段式，而本詞不僅前後段找不出一個對應句，而且前後段的均拍都是參差不齊的，顯然是一個被後人人爲分爲兩段的單段式詞體。

紗窗恨 四十一字　　　　　　　　　　毛文錫

新春燕子還來至。一雙飛。壘巢泥濕時時墜。浣人衣。
後園裏看百花發[一]，香風拂、繡戶金扉。月照紗窗①，恨依依。

唐教坊曲名。

此調僅見毛作二首，想因末句爲名。"至"字與"墜"字叶韵，亦平仄互叶體。兩首同，毋忽。

【校記】

　　[一] 原注“看”字去聲，“百”字作平。

【蔡案】

　　① 比較後一首，“月照”句或脱落句尾一仄聲字，今人填此，當以五字爲宜。

又一體 四十二字　　　　　　　　　　　　毛文錫

雙雙蝶翅塗鉛粉。咂花心。綺窗繡户飛來穩。畫堂陰。

二三月愛隨風絮，伴落花、來拂衣襟。更剪輕羅片，傅黃金。

　　“更剪”句比前多一字，亦襯字也①，餘同。

【蔡案】

　　① 多一字未必就是有襯字，這種情況是歷來詞譜以字數多少排序所導致的後遺症。在這種語境下，經過長期的熏陶，潛意識裏就會有字數少的前一體爲正的印記，所以，秦巘不會認爲是前一首少字，而認爲是後一首多字，而實際上，兩種可能都是存在的，哪一種可能更大，就需要從字裏行間和律理的角度進行細緻的辨析了。比較“月照紗窗”和“更剪輕羅片”，如果後者有襯字，那就是自設前者無誤。既如此，根據韵律分析，後者的襯字就祇能是“片”字，因爲前四字與“月照紗窗”吻合。但是，通常襯字是不放在句末的，這是第一個疑點；其次，“片”字本身，也無論如何體現不出一個“襯”的模樣來。在這個詞句中，最像襯字的也祇有是“更”字，但如果以之爲襯，那麼整個句子的韵律就完全異化了。所以，這兩者之間，並不是後者有襯字，而是前者有脱字，或者是減字，而正格應該是後者。

戀情深 四十二字　　　　　　　　　　毛文錫

滴滴銅壺寒漏咽[一]。醉紅樓月。宴餘香殿會鴛衾[二]。蕩
春心。　　珍珠簾下曉光侵。鶯語隔瓊林[三]。寶帳欲開慵
起①，戀情深。

> 唐教坊曲名。《九宮大成》入南詞羽調引。
>
> 毛作兩首，結尾俱用"戀情深"三字，是以立名。
>
> "醉紅樓月"句，其第二首作"簇神仙伴"。"紅樓"二字必相
> 連，勿誤。

【校記】

　　[一]原注前"滴"字可平。

　　[二]原注"宴"字可平，"香"字可仄。

　　[三]原注"鶯"字可仄。

【蔡案】

　　① 本調僅毛氏二首，別首本句作六字折腰"永願作、鴛鴦伴"，
句法不同。這種改變句法的情況，在詞中是極爲罕見的，如《清平
樂》前結，例作仄起仄收式的六字律句，而柳永作"那特地、柔腸
斷"、趙長卿作"這心事、還無據"即是。又比如《謁金門》的前後段
結拍，例作五言律句，但宋詞也偶有一四式折腰法的例子。句法的
改變確實是一個結構上的衍化問題，不同於句式的改變不影響韵
律，但這類改變一則極爲少見，二則基本可以認定是作者的誤筆，
所以體式依然未變，不必視爲又一體。《欽定詞譜》據此而將其分
列二體，就很無謂了。

柳含烟 四十五字 一名《柳含金》 毛文錫

河橋柳,占芳春①。映水含烟拂路[一],幾回攀折贈行人。暗傷神。　　樂府吹爲橫笛曲。能使離腸斷續。不如移植在金門②。近天恩。

唐教坊曲名。

此取詞句立名。《歷代詩餘》注:"一名《柳含金》。"毛共四首,皆詠柳。

【校記】

[一] 原注"映"字和"拂"字、第三句"幾"字、第五句"樂"字、第六句"斷"字、第七句"不"字可平,"含"字、第三句"攀"字、第五句"吹"字、第六句"能"字和"離"字、第七句"移"字可仄。

【蔡案】

① 本句對應後段"樂府"句,所以並非三字兩句,而是六字一句。

② 本調現存祇有毛氏四首,其餘三首的後段平韵,都用換韵法填,因此可見本詞後段的"門"、"恩"就屬於一種特殊換韵,而不是承前仍押"春"、"人"韵,如同李白《菩薩蠻》後段的"立"、"急",不能視爲仍押前段的"織"、"碧"一樣。

西溪子 三十五字 毛文錫

昨夜西溪游賞。芳樹奇花千樣[一]。鎖春光,金尊滿。聽弦管[二]①。嬌妓舞衫香暖[三]。不覺到斜暉。馬馱歸。

唐教坊曲名。

玩詞意是游西溪作,即以立名。

凡三換韵。

【校記】

［一］原注"奇"字及後"尊"字、"香"字可仄。

［二］"聽"字原注平聲。

［三］原注"舞"字可平。

【蔡案】

① 本詞也是一個五句式的小令,這裏的三三三實際上只是一句。三三三的結構在詞中也不是一個罕見的句式,但是每一個三三三都有自己特定的内在韵律,今人填詞往往忽略這一點,似乎祇要平仄合了就可以。就本調而言,這個三三三結構應該是這樣的一種關係:"鎖春光"領"金尊滿、聽弦管"六字,也就是後六字的關係要更緊密一些,才符合本調的韵律。

又一體 三十三字 　　　　　　　　牛　嶠

捍撥雙盤金鳳。蟬鬢玉釵摇動[一]。畫堂前,人不語。弦解語[二]①。彈到昭君怨處。翠蛾愁。不抬頭。

亦三換韵,第二"語"字可不叠韵。

第七句三字,比前少二字,可見前作"不覺"二字是襯字②。

萬氏謂詞無襯字,殊不足信。

【校記】

［一］原注"玉"字作平。

［二］原注"不"字、"解"字可平。

【蔡案】

　　① 詞的叠韵，都可叠可不叠，没有一處叠韵是必須叠的，因爲叠韵不是一個涉及律法的問題，而是一個涉及作法的問題。律法是屬於客觀範疇的，所以必須遵守，而作法則屬於主觀範疇，你喜歡怎麽寫就怎麽寫，想叠則叠，想不叠自然可以不叠。

　　② 牛嶠三字，毛文錫五字，怎麽就可以因此證明五字是襯字？爲什麽就不能證明前者是减字或脱字呢？可見一旦墮入先入爲主的泥淖，思惟的錯訛將是很可怕的。事實是，本調目前共有四首遺存，另有李珣兩首，一作"無語倚屏風、泣殘紅"，一作"歸去想嬌嬈、暗魂銷"，不至於"無語"和"歸去"都成了襯字。反之，牛嶠詞脱字或减字的可能性倒是很大的。

月宫春　四十九字　一名《月中行》　　　　　　　毛文錫

水晶宫裏桂花開。神仙探幾回[一]①。紅芳金蕊繡重臺。低傾瑪瑙杯。　　　玉兔銀蟾争守護，姮娥姹女戲相偎。遥聽鈞天九奏，玉皇親看來。

　　《宋史・樂志》："太宗製，小石角。"《九宫大成》入南詞羽調正曲。

　　周邦彦詞名《月中行》。

　　《歷代詩餘》云："唐毛文錫詞，詠月宫事，遂以名調。"

　　前段同《阮郎歸》，後段異。

【校記】

　　［一］原注"探"字及後結"看"字去聲。

【蔡案】

① "探"字本爲平仄二讀字，秦巘認定這裏是去聲，並没有律理上的依據，因爲這個字位在這個句式中是可平可仄的，如果是平平平仄平，並無不妥。如韓淲詞作"斷腸空眼穿"。可見本句祇需遵循詞句的一般規則，即以律句來填即可，一三五可以不論。

月中行 五十字 　　　　　　　　　　　　周邦彦

蜀絲趁日染乾紅。微暖口脂融。博山細篆靄房櫳。静看打窗蟲[一]。　　愁多膽怯疑虚幕，聲不斷、暮景疏鐘。團圍四壁小屏風。淚盡夢魂中。

> 後段第二句上三下四字，第三句七字，與毛作異。平仄亦不同。"魂"字，《片玉詞》作"啼"。

【校記】

[一] 原注"看"字去聲。

又一體① 四十九字 　　　　　　　　　　　　韓　淲

柳嬌花妬燕鶯喧。斷腸空眼穿。一春風雨夜厭厭[一]。不聞鐘鼓傳。　　香冷曲屏羅帳掩，園林誰與上秋千。憶得年時鳳枕，日高猶醉眠。

> 此體亦名《月中行》。《詞律》未收，與毛詞句法全同，自是一調無疑。

【校記】

[一] 原注"厭"字平聲。

【蔡案】

① 秦巘收録本詞的主觀意圖不得而知,如果是因爲調名不同於毛文錫,已有美成詞在,也無須再舉一例。存疑。但應該可以證明選用本詞的目的並不在於擬譜。

又一體 四十九字　　　　　　　　　　　陳允平

鬢雲斜插映山紅。春重淡香融。自携紈扇出簾櫳。花下撲飛蟲。　　薔薇架底偏宜酒,纖纖自引金鍾[一]。倦歌伴醉倚東風。愁在落紅中。

> 此和周韵,後段第二句六字,比周作少一字,不應互異,疑有脱字。但《日湖漁唱》如此,故列又一體。凡和詞每有增減三字者,想宮調無異,不必計較字數也①。

【校記】

[一] 彊村叢書本《西麓繼周集》,本句作"纖纖手、自引金鍾",仍然是折腰式七字句,正與其原玉周詞相同,因此並非又一體,而是同格詞。

【蔡案】

① "想宮調無異,不必計較字數也",這一個觀點如果展開,對後詞樂時代的今天,具有重要的意義,但他畢竟還是在提"宮調",實際上作爲後詞樂時代的今天,對於詞譜的擬定,宮調已經毫無價值,所以纔有"不必計較字數"的結論。

臨江仙 五十八字　一名《畫屏春》　　　　　毛文錫

暮蟬聲盡落斜陽。銀蟾影挂瀟湘①。黄陵廟側水茫茫。楚山紅樹,烟雨隔高唐。　　岸拍漁燈風颭碎,白蘋遠散濃香②。靈娥鼓瑟韵清商。朱弦凄切,雲散碧天長。

> 唐教坊曲名。高栻詞注南呂調。《九宮大成》入北詞仙呂調隻曲。

> 此詠水仙詞,取本意爲名,與《臨江仙引》無涉,宜分列。

> 賀鑄詞,有"人歸落雁後"句,黃庭堅易名《雁後歸》;李清照詞,因歐陽修詞句,名《庭院深深》;韓淲詞,有"羅帳畫屏春"句,名《畫屏春》③。

> 此調體製最多,備録各體,以見增減變化有由來也。

【蔡案】

① 這個句子實際上是一個六字折腰句式,應該讀爲"銀蟾影、挂瀟湘"。

② 這個句子也是一個六字折腰句式,應該讀爲"白蘋遠、散濃香",這是對應前段的,也可以互爲證明這裏的韵律特色,與其他六字句不同。

③ 黃庭堅似無《臨江仙》詞,不知易名是否在相關論説中。李清照用《庭院深深》爲詞名,見《欽定詞譜》所載,但不知其依據。韓淲用《畫屏春》,衹是詞名,而非調名。

又一體① 五十八字　　　　　　　　　　牛希濟

峭碧參差十二峰。冷烟寒樹重重。瑶姬宮殿是仙踪。金爐珠帳,香靄晝偏濃。　　一自楚王驚夢斷,人間無路相逢。至今雲雨帶愁容。月斜江上,征棹動晨鐘。

　　　首句亦起韵,平仄差異。牛共七首,五首同此,二首與毛同。李珣二首亦同。

【蔡案】

　　① 本詞即前一詞體,體式未變。僅以句式平仄的差異而擬爲又一體,毫無意義。

又一體① 五十四字　　　　　　　　　　　　　　　　牛希濟

披袍窣地紅宮錦,鶯語時囀輕音。碧羅冠子穩犀簪。鳳皇雙颭步搖金。　　　肌骨細勻紅玉軟,臉波微送春心。嬌羞不肯入鴛衾。蘭膏光裹兩情深。

　　　一本爲和凝作[一]。首句不起韵,兩結句各七字,第二句平仄亦與前異。和凝一首與此同,只次句平仄異。

【校記】

　　[一] 本詞應是和凝所作,和凝另有一首"海棠香老",與這首詞體式完全一致。而牛希濟本調今存共有七首,體式都與前一首"峭碧參差"一致。

【蔡案】

　　① 秦巘本書編著的宗旨是要"以時代先後爲次",却往往祗是將注意力貫注於詞人,而不是詞作,這是個很遺憾的事。研究詞固然與詞人有關,但研究詞體,其對象就是詞作,而與詞人幾乎無關。我們曾説早期的詞都是由近體詩衍化而來,《甘州曲》《西溪子》是從絕句衍化過來,《月宫春》《臨江仙》則是從律詩演化過來。因此,研究《臨江仙》的來龍去脉,專注於詞人的生卒祗會是個水中月,因爲即便是

南宋人,他也可以不填北宋後起的體式而直接填寫五代時的體式,而如果今天五代的那個母本詞亡逸,按照清代詞譜家的慣常理念,自然依然是北宋的體式在前,甚至會允爲創體,以致完全本末倒置。所以,以清人固有的理念,這項工作他們是無論如何做不好的,能製作出《詞繫》這樣的毛坯,已經很了不起了。以本詞爲例,根據它特有的韵律,並參校唐宋的各種不同體式,基本可以確定爲本調的初始形態。本調以此爲濫觴,一變而爲敦煌的"大王處分"詞,其前後段第二均作:"寒風切切賤於丹。行路遠、正見一條天。……自今已後把槍攢,舍金甲、齊唱快活年。"即結拍由七字句添一字而成;然後再添一字變爲李煜的"櫻桃落盡"詞,從而成爲唐五代的通常體式。這一個發展的脉絡,也可以認爲是詞體由詩而入的一般規則。

又一體[①] 六十字　　　　　　　　　　　　　　　　顧　夐

碧染長空池似鏡,倚樓閒望凝情。滿衣紅藕細香清。象牀珍簟,山障掩,玉琴橫[②]。　　　暗想昔時歡笑事,如今贏得愁生。博山爐暖淡烟輕。蟬吟人静,殘日傍,小窗明。

見《花間集》。兩結作兩三字句,比前各多一字,無他作者。"淡"字,葉《譜》作"篆"。

【蔡案】

① 本詞其實應該放在下一首之後。因爲本詞是在"月色穿簾"詞體的基礎上,前後段結拍再各添一字而成,而結拍爲六字折腰句法的,"無他作者"。

② 本詞前後段結拍各爲十字,這十字本爲一句,總體上是一個上四下六式的折腰句,而下六又是一個折腰句,即"象牀珍簟"是一個

主詞，"山障掩、玉琴横"是一個陳述語，具體説"象牀珍簟"上怎麽樣。但是，這種句法太過特殊，詞中罕見，所以没有人模仿。

又一體[①] 五十八字　　　　　　　　　　　　顧　夐

月色穿簾風入竹，倚屏雙黛愁時。砌花含露兩三枝。如啼恨臉，魂斷損容儀[②]。　　　香燼暗銷金鴨冷，可堪辜負前期。繡襦不整鬢鬟欹。幾多惆悵，情緒在天涯。

> 張先詞屬高平調。
>
> 首句同牛作不起韵，鹿虔扆二首與此同。《詞統》於鹿作下注"一名《庭院深深》"[一]，因歐陽公《蝶戀花・春晚》詞，首句用"庭院深深深幾許"[二]。李易安愛之，因作《臨江仙》數首，用爲起句，後人遂名之曰《庭院深深》。是《庭院深深》爲易安詞别名，如韓淲、張輯别名甚多。但李詞與後蘇體同，不得以鹿詞當之也。《詞律》駁之太甚，殊未確當。本譜别名皆分注各體下，體同則統注首作，使後人知所適從也。説詳《訴衷情》下。

【校記】

[一]《詞統》並非注於鹿詞下，而是注於《臨江仙》的第二體下，其所謂的第二體就是本詞體式，其中包含一首鹿詞。

[二]這就是典型的指代名，而非正式的調名，寸光所及，無人襲用。

【蔡案】

① 本詞的體式是唐五代的主流填法，祇是前段起拍用的是仄起式，不如平起更爲多見。

② 主流填法中的前後結，都是一個上四下五的結構，進入宋朝

後基本就定型爲兩句了,還取用了五字兩句的格式,但本質上依然是一個九字一氣貫下的句子,竊以爲讀成"如啼恨臉、魂斷損容儀",更能爲創作提供準確的思路。

又一體 五十九字　　　　　　　　　　　馮延巳

秣陵江上多離別,雨晴芳草烟深。路遥人去馬嘶沉。青帘斜挂裏,新柳萬枝金。　　　隔江何處吹橫笛,沙頭驚起雙禽。徘徊一晌幾般心。天長烟遠,凝恨獨沾襟。

前結十字,後結九字[一],餘同。

【校記】

[一]《臨江仙》是一個對應很規整的詞調,前結十字、後結九字的結構必有舛誤。四印齋本《陽春集》,其前段第四句作"青帘斜挂",馮氏別首則作"酒餘人散……鳳城何處",則馮詞的前後這一句,或許本來就都是四字句,至於一本《陽春集》該句作"天長烟遠□",句脚有一奪字符,應該是有人爲了對應"青帘斜挂裏",而人爲補足的。但無論是哪種情況,都説明了古人均默認本調前後段的對應性,認定了不對應便是有舛誤存在。

又一體① 五十八字　　　　　　　　　　李　煜

櫻桃落盡春歸去,蝶翻輕粉雙飛。子規啼月小樓西。玉鈎羅幕,惆悵暮烟垂。　　　別巷寂寥人散後,望殘烟草凄迷。爐香閒裊鳳皇兒。空持羅帶,回首恨依依②。

《耆舊續聞》云:"蔡絛《西清詩話》載江南後主《臨江仙》,云

'圍城中書'，其尾不全。以余考之，殆不然。余家藏李後主《七佛戒經》，又雜書二本，皆作梵葉，中有《臨江仙》，塗注數字，未嘗不全。"朱彝尊《詞綜》云："是詞相傳後主在圍城中賦，未就而城破，缺後三句。劉延仲補云：'何時重聽玉驄嘶，撲簾柳絮，依約夢回時。'"而《耆舊續聞》所載，故是全詞，當從之。

"暮烟垂"三字，葉《譜》作"捲金泥"。

【蔡案】

① 本詞可以認爲是唐五代流行的正體，唐宋諸家多用這一體式填，但後段起拍的平仄與前段不同，所以今人填本調，仍以柳永詞作爲規範爲宜。

② 前後段的收煞，以九字一氣構思爲佳。

又一體　五十八字　　　　　　　　　　　　李　煜

庭空客散人歸後，畫堂半掩珠簾。林風晰晰夜厭厭。小樓新月，回首自纖纖。　　春光鎮在人空老，新愁往恨何窮。金窗力困起還慵。一聲羌笛，驚起醉怡容。

後段換平韵[一]，與各家異。換頭句平仄亦不同。

【校記】

[一] 從唐至宋至元，這樣的體式僅此一首，極疑是兩首殘詞的誤合之作。

又一體①　五十八字　　　　　　　　　　　徐昌圖

飲散離亭西去，浮生常恨飄蓬。回頭烟柳漸重重。淡雲孤雁遠，寒日暮天紅。　　今夜畫船何處，潮平淮月朦朧。酒醒人靜奈愁濃。殘燈孤枕夢，輕浪五更風。

前後起句六字，前後結兩五字對偶。

【蔡案】

① 本詞體式，或從趙長卿"夜久笙簫"體式衍變而來，在趙詞體式的前後段第四句上各添一字而成，自此，兩結由一句而衍化爲兩句的過程宣告完成。

又一體① 五十八字　　　　　　　　　　　柳　永

鳴珂碎撼都門曉，旌幢擁下天人。馬搖金轡破香塵。壺漿
○○●●○○●　○○●●○○△　●○○●●○△　●○
盈路，歡動一城春。　　揚州曾是追游地，酒臺花徑仍存。
○●　●●●○△　　　○○○●○○●　●○○●○△
鳳簫依舊月中聞。荊王魂斷，應認嶺頭雲。
●○○●●○△　○○○●　○●●○△

《樂章集》屬仙呂宮。

後起句平仄與各家皆異。"幢"字一作"旗"。"香塵"二字一作"春塵"。"一"字，汲古作"帝"。"魂斷"二字，一作"雲散"。今從宋本。

【蔡案】

① 本詞即李煜"櫻桃落盡"詞體，但本詞前後段首拍的韵律更爲諧和，摹擬唐詞正體，可以依照本詞填寫。

又一體① 六十字　一名《雁後歸》《庭院深深》　　蘇　軾

龍丘子自洛之蜀，載二侍女，戎裝駿馬，至溪山佳處，輒留數

日，見者以爲異人。後十年，築室其岡之北，號曰静庵居士，作此贈之。

細馬遠駄雙侍女，青巾玉帶紅靴。溪山好處便爲家。誰知
● ● ● ○ ○ ● ●　 ○ ○ ● ● ○ △　 ○ ○ ● ● ● ○ △　 ● ●

巴峽路，却見洛陽花。　　面旋落英飛玉蕊[一]，人間春日初
○ ● ●　 ● ● ● ○ △　　　 ● ● ● ○ ○ ● ●　 ○ ○ ○ ● ○

斜。十年不見紫雲車。龍丘新洞府，鉛鼎養丹砂。
△　 ● ● ○ ○ ● ○ △　 ○ ○ ○ ● ●　 ○ ● ● ○ △

　　　許氏《詞譜》入北詞仙吕宫。

　　　李清照"庭院深深"詞，即照此填。宋人多用此體，賀方回一
首亦同。黄庭堅以"人歸落雁後"句，易名《雁後歸》[二]，見《復齋
漫録》。

【校記】

　　　[一] 原注"旋"字去聲。

　　　[二] 此爲賀鑄詞句，《雁後歸》也衹是賀鑄的詞名，也並無人襲
用，非調名。

【蔡案】

　　　① 本詞體式，是宋代的主流填法，占八成半的比例，今人填本
調，應當以此爲正格。

又一體 六十二字　　　　　　　　　　　　　　　　晏幾道

東野亡來無麗句，於君去後少交親。追思往事好沾巾。白
頭王建在，猶見詠詩人。　　　學道深山空自老，留名千載不
干身。酒筵歌席莫辭頻。争如南陌上，占取一年春。

前後首、次兩句皆用七字。

又一體 五十六字　　　　　　　　　　　　　趙長卿

夜坐更深,燭盡月明,飲興未闌,再酌,命諸姬唱一詞。

夜久笙簫吹徹,更深星斗還稀。醉拈裙帶寫新詩。鎖窗風露,燭焰月明時。　　水調悠揚聲美,幽情彼此心知。古香煙斷彩雲歸。滿傾蕉葉,齊唱轉花枝。

前後起句兩六字,同徐作。兩結句九字,與五代各家同。

又一體 五十九字　　　　　　　　　　　　　張孝祥

罨畫樓前初立馬,隔簾笑語相親。鉛華洗盡見天真。衫兒輕罩霧,髻子直梳雲。　　翠葉銀絲茉莉,櫻桃淡注香脣。見人不語解留人。數杯愁裏酒,兩眼醉時春。

前起句七字,後起句六字,又一體也。

又一體 五十五字[一]　　　　　　　　　　　許伯揚

詠　柳

不見隋河堤上柳,綠陰流水依依。龍舟東下疾於飛。千條萬葉,濃翠染旌旗。　　記得當年春去也,錦帆不見西歸。故拋輕絮點人衣。如將亡國恨,說與路人知。

見《草堂詩餘》。許共五首,其四兩結皆九字,獨此前結九字,後結十字,與各家異。

【校記】

〔一〕應該爲五十九字。

瑞鶴仙令 六十字 　　　　　　　　　　　　康與之

補足李重光詞

櫻桃落盡春歸去,蝶翻金粉雙飛。子規啼恨小樓西。曲屏
朱箔晚,惆悵捲金泥。　　　門巷寂寥人去後,望殘烟草低
迷。閒尋舊曲玉笙悲。關山千里恨,雲漢月重規。

> 愚按:圍城中書,其尾不全,語見《西清詩話》。想其時全詞
> 尚未傳世,此詞見趙聞禮《陽春白雪》,字句與《耆舊續聞》互異。
> 調名《瑞鶴仙令》,與《瑞鶴仙》及《瑞鶴仙影》皆不合,與蘇軾體正
> 同。《陽春》又有徐似道一首,亦名《瑞鶴仙令》,可見當時有此別
> 名,故附列①。

【蔡案】

① 本詞的列出,僅僅是爲了證明《臨江仙》發展過程中有一個別
名,而絕不是爲了建立一個體式,可見秦巘著作本書的目的,並不在
編寫詞譜。

中興樂 四十一字 　　　　　　　　　　　　毛文錫

豆蔻花繁烟艷深。丁香軟結同心①。翠鬟女,相與共淘
金②。　　　紅蕉葉裏猩猩語。鴛鴦浦。鏡中鸞舞。絲雨
隔③,荔枝陰。

《九宮大成》入南詞高大石調引。

或云"女"字、"與"字是換韵,後段叶。愚按:"女"字可換韵,"與"字恐係偶合,未必是藏韵,觀牛詞可知④。葉《譜》於"雨"字句叶,非。

【蔡案】

① 本句也可讀爲三三式折腰句法。如果六字句連讀,則"軟結"二字極爲生澀,不知所謂。

② 這一類前後段的字句非常參差的小令,其實並没有什麽分段的必要。

③ "雨"字叶韵,也是有其可取之處的,一則唐詞好短韵,二則對應前段的"相與",有他韵律上的合理性。

④ 如果前段只有一個"女"字爲韵,那就形成了遥叶,用"與"字相叶,最爲妥切。而所謂藏韵,未必是"與"字,竊以爲實際上是"女"字,這種五字加三字的句式,唐詞中極多。至於牛詞,與本詞已然不是同一個填法,毫無可參照性。

又一體① 四十二字 一名《濕羅衣》② 牛希濟

池塘暖碧浸晴暉。濛濛柳絮輕飛。紅蕊凋來,醉夢還稀。　　春雲空有雁歸。珠簾垂。東風寂寞,恨郎抛擲,淚濕羅衣。

許氏《詞譜》入大石調。

因詞尾三字立別名。

前結兩四字,句法異。後起六字比前少一字,結句八字比前多二字。通首不換仄韵。

【蔡案】

　　① 體味本詞的韵律,其字句、用韵都和前一詞迥異,極疑兩者並非同一詞調,或祇是同名而已。

　　②《濕羅衣》也祇是指代名而已,唐宋元並没有人將其當做正式調名襲用。

又一體 八十四字　　　　　　　　　　　　李　珣

後庭寂寂日初長。翩翩蝶舞紅芳。繡簾垂地,金鴨無香。誰知春思如狂。憶蕭郎。等閒一去,程遙信斷,五嶺三湘。　　休開鸞鏡學宮妝。可能更理笙簧。倚屏凝睇,淚落成行。手尋裙帶鴛鴦。暗思量。忍孤前約,教人花貌,虛老風光。

　　即牛詞後加一叠①。

　　"寂寂"二字,葉《譜》作"寂寞"。

【蔡案】

　　① 複叠是早期詞體發展的重要手段,本詞複叠牛詞後,形成的是一個近詞的規模,其中"憶蕭郎。等閒一去,程遙信斷,五嶺三湘"爲尾均。

醉花間① 四十一字　　　　　　　　　　　毛文錫

深相憶。莫相憶。相憶情難極。銀漢是紅墻,一帶遙相隔。　　金盤珠露滴。兩岸榆花白。風揺玉珮清,今夕爲何夕。

　　　　唐教坊曲名。《宋史·樂志》：雙調。

【蔡案】

　　① 本詞調與《生查子》的體式極爲近似。《嘯餘譜》曾指出："《生查子》與《醉花間》相近。"而萬樹雖然在《詞律》中說："《生查子》正體前後皆五字起，間有用六字兩句者，《醉花間》正體則前必六字，後必五字也。"但是，萬氏在《生查子》第二體後，針對《詞統》將六字句删爲五字句的時候又說："豈以《生查子》必五字起耶？"顯然，《生查子》也是可以六字折腰起的，所以，《醉花間》很可能就是《生查子》的別名。這麽判斷的理由是：其一，《生查子》與本調的宮調相同，都是雙調；其二，五字句添一字而成爲六字折腰句式，也屬於詞中很常見的一種變式；其三，《生查子》有前後段首拍都用六字的，如張泌的"相見稀，喜相見……魚雁疏，芳信斷"，也有僅後段首拍採用六字的，如孫光憲的"寂寞掩朱門……繡工夫，牽心緒"，故也可以有僅前段首拍變爲六字的，如本詞。所以，本詞即《生查子》的變式。

又一體　四十一字　　　　　　　　　　毛文錫

休相問。怕相問。相問還添恨。春水滿塘生，鸂鶒還相趁。　　昨日雨霏霏，臨明寒一陣。偏憶戍樓人，久絶邊庭信。

　　　　與前同，只後段平仄異，換頭句不叶。"日"字，一本作"夜"。

又一體　五十字　　　　　　　　　　　馮延巳

林鶴歸棲撩亂語。階前還日暮。屏掩畫堂深，簾捲瀟瀟

雨。　　　玉人何處去。鵲喜渾無據。雙眉愁幾許。漏聲看

却夜將闌，點寒燈，启繡戶。

　　　起結句法俱與前二首異①。

【蔡案】

　　①　本調細察其韵律，與前幾首完全不同。作爲詞，最重要的在

於它的起調結拍，如果不考慮這一點，那麽唐詞就會有很多相同的體

式了。本調毛詞二首都相同，但是與馮詞迥異，不但字句不同，後段

還憑空多出一句，連歌拍都大相徑庭了，又如何同腔？所以兩者必定

不是同一個詞調。

　　贊浦子①　四十二字　　"浦"一作"普"②　　　　　　馮延巳

錦帳添香睡，金爐換夕熏。懶結芙蓉帶，慵拖翡翠裙。

正是柳夭桃媚，那堪暮雨朝雲。宋玉高唐意，裁瓊欲贈君。

　　　唐教坊曲名《贊普子》。《九宮大成》入南詞小石調引。許

《譜》同。

　　　調名與詞意不合，不知何解，他無作者。"柳夭桃媚"四字，

一本作"桃夭柳媚"。

【蔡案】

　　①　本調原譜僅標注平韵，失注仄韵。這是一種交股韵，二四六

句押的是主韵，但一三五句押的另有一韵，這種交股韵很容易被人忽

略，本詞各家詞譜就均未標注出仄韵。

　　②　浦，疑爲錯字，敦煌詞也稱爲《贊普子》，而"浦"字無理，所以

秦巘要説"不知何解"。"贊普"者，吐蕃君長之稱號也。《新唐書·吐

蕃傳上》云："其俗謂彊雄曰'贊',丈夫曰'普',故號君長曰'贊普'。"
唐杜甫《近聞》詩有"似聞贊普更求親,舅甥和好應難棄"。敦煌曲子
詞《贊普子》云："本是蕃家將,年年在草頭。夏月披氈帳,冬天挂皮
裘。　語即令人難會,朝朝牧馬在荒丘。若不爲抛沙塞,無因拜玉
樓。"所以,調名即詞題,符合唐詞的一般規則,而"浦"字,應是同音訛
用,並非本字。

接賢賓 五十九字　　　　　　　　　　　　毛文錫

香轙鏤襜五花驄[一]。值春景初融。流珠噴沫蹀躞[二],汗血
流紅①。　　少年公子能乘馭,金鑣玉彎瓏璁。爲惜珊瑚鞭
不下,驕生百步千蹤。信穿花,從拂柳,向九陌追風。

> 《九宮大成》入南詞商調引,與本調正曲不同,又入北詞商角
> 隻曲。許《譜》同。

【校記】

[一]原注"襜"字上聲。
[二]"蹀"字,以入作平。

【蔡案】

① 於此分段,就形成了前後段的參差,但是這類小令,無論怎麼
分段,都不會和諧。萬樹以爲本詞其實不必分段,我曾不以爲然,但
是細玩整體結構,確實如此。

集賢賓 百十六字　　　　　　　　　　　　柳　永

小樓深巷狂游遍,羅綺成叢[一]。就中堪人屬意①,最是蟲

蟲。有畫難描雅態，無花可比芳容。幾回欲散良宵永，鴛衾暖、鳳枕香濃。算得人間天上，惟有兩心同。　　　近來雲雨忽西東。煩惱損情悰。縱然偷期暗會，長是匆匆。争似和鳴偕老，免教斂翠啼紅。眼前時、暫疏歡宴^[二]，盟言在、莫更忡忡。待作真個宅院^②，方信有初終。

《樂章集》屬林鐘商。

與毛詞同，只前段次句、兩五句各少一字，兩八句多一字。是因毛詞加一叠衍爲慢曲。《詞律》僅以"接"、"集"二字音相近，未及細勘，今特標出，故類列。"鴛衾"下，汲古、《詞律》少"暖"字，"眼前"下缺"時"字，"欲"字作"飲"、"忽"字作"每"、"煩"字作"誚"、"偕"字作"諧"，"莫更"二字作"更莫"。"方"字，一本作"可"，今據宋本訂正。"蟲蟲"二字，宋本作"春風"。

【校記】

　　[一]本詞的來源是兩首《接賢賓》的複叠，而《接賢賓》的第二句是五字句，加之本句對應的是"煩惱損情悰"，因此"綺"字後應脱一仄聲字。

　　[二]本句對應"幾回欲散良宵永"，因此不應該是個折腰句法。時暫，就是暫時的意思，如李煜《採桑子》有"細雨霏微，不放雙眉時暫開"，朱淑真《恨春》詩有"惆悵東君太情薄，挽留時暫也應難"。

【蔡案】

　　① 前後段第三句，是一個六言律拗句式，第五字不可以用平聲字，除非第二字用平。

　　② "個"字依律須用平聲，而字書中没有"個"可以讀爲平聲的記載，但是宋詞中有時就有如此平讀的情况，例如柳永的"待作真個宅

院”、李甲的“没個人共折”等。

靻　紅　六十字　　　　　　　　　　　　　毛文錫[一]

粉香猶嫩①，霜寒可慣。怎奈向、春心已轉。玉容別是②，一般閒婉。悄不管、桃紅杏淺。　　月影簾櫳，金堤波面。漸細細、春風滿院。一枝折寄，故人雖遠。莫輒使、江南信斷。

> 《九宮大成》入北詞仙呂調隻曲。許《譜》入北詞仙呂宫。調見《梅苑》無名氏，《詞律》因之。《尊前集》《花間集》皆不載。今從《歷代詩餘》。
>
> “靻紅”乃牡丹名。靻，音汀，帶革也。宋待制服，紅靻犀帶，蓋以花色如靻帶之紅耳。
>
> “霜”字，《梅苑》作“衾”，“杏”字作“香”，“堤”字作“瓊”，均誤。“春風”二字作“香風”，“莫輒”二字作“輒莫”，亦誤。

【校記】

　　［一］本詞載於《梅苑》卷七，作者佚名，秦巘自注也是“調見《梅苑》無名氏”，最終却是“今從《歷代詩餘》”，令人費解。

【蔡案】

　　① 非常懷疑“嫩”字是詞韵的第六部叶第七部，否則很難解釋在通篇字句極爲對應諧和的情况下，爲什麽袛有首拍四字不諧。

　　② 前後段第四句，第三字宜用入聲。

贊成功　六十二字　　　　　　　　　　　　毛文錫

海棠未坼，萬點深紅。香苞緘結一重重。似含羞態，邀勒春風。蜂來蝶去，任繞芳叢。　　　昨夜微雨[①]，飄灑庭中。忽聞聲滴井邊桐。美人驚起，坐聽晨鐘。快教折取[一][②]，戴玉瓏璁。

此調他無作者。可平可仄不應混注。《詞律》每以前後段比較，未確，説詳凡例内[③]。

【校記】

[一] 原注"教"字平聲。

【蔡案】

① 原詞"夜"字填誤，當用平聲。或是"宵"字。

② 前後段第六句第三字，宜用入聲。

③ 前後段的對校，是萬樹創製的一種校譜方式，可能有時候有一些失誤，但不是對校本身的錯，而是具體操作時校勘者主觀上的問題。如本詞後段"昨夜微雨"，是一個大拗的句法，孤立地看，或是"雨"字以上作平，但校之於前段對應句"海棠未坼"，我們就可以知道是"夜"字的問題。所以，方法是一回事，如何使用方法又是一回事，不會撐船而怪船不能渡人，是沒道理的。

相見歡 三十六字　又名《烏夜啼》《憶真妃》《月上瓜洲》《上西樓》《西樓子》《西樓秋夜月》[①]　　　　　薛昭蘊

羅襦繡袂香紅[一]。畫堂中。細草平沙蕃馬，小屏風。
⊙○◎●○△　　●○△　　◎●⊙○○●　●○△

捲羅幕。恁妝閣。思無窮[二]。暮雨輕烟魂斷，隔簾櫳。
◎⊙▲　⊙⊙▲　●○△　　◎●⊙○○●　●○△

唐教坊曲名。《九宮大成》名《秋夜月》，入南詞南呂宮正曲；

一名《賞秋月》，又入商調正曲，與八十四字《秋夜月》正調不同。

宋人詞改名《烏夜啼》，與《烏夜啼》正調不同。又因南唐後主詞有"無言獨上西樓，月如鈎"句，名《西樓秋夜月》。蔡伸詞名《西樓子》，康與之詞名《憶真妃》，陸游詞名《上西樓》。張輯詞有"漁竿明月上瓜洲"句，名《月上瓜洲》。

"幕"、"閣"二字是換仄韵，宋人俱同②。

【校記】

［一］原注"羅"字可仄，"繡"字可平。其餘旁注均標注於譜中，不再出校。

［二］原注"思"字去聲。

【蔡案】

①《憶真妃》《月上瓜洲》《上西樓》《西樓子》是詞名，《西樓秋夜月》似並無此名，疑是《歷代詩餘》誤讀《花草粹編》，將《上西樓》和《秋夜月》誤合爲一名，又奪去"上"字而來。

② 本調唐五代雖然是以後段起拍處換韵爲正格，但是，這類押韵屬於一種"臨時起意"式的作法，並不是格律如此，所以用韵的機動性很大，往往是可叶可不叶（如蔡伸詞），可換可不換（如吳文英詞），可叠可不叠（如揚无咎之"江南望。江北望"），這是填詞的一般規則，所以，所謂"宋人俱同"，並非如此。

又一體 三十六字　　　　　　　　　　　蔡　伸

樓前流水悠悠。駐行舟。滿目寒雲衰草，使人愁。　　多少恨，多少淚，漫遲留。何似驀然拚捨，去來休。

換頭二句不叶韵。

又一體 三十六字　　　　　　　　　　　　　　吳文英

西風先到巖扄。月朦明。金露啼珠滴碎，小雲屏。　　一
顆顆，一星星。是秋情。香裂碧窗烟破，醉魂醒。

　　後段起句不換仄韵，次句仍叶平韵，與前異。

女冠子 四十一字　　　　　　　　　　　　　　薛昭蕴

求仙去也[一]。翠鈿金篦盡捨。入巖巒。露捲黄羅帔，雲雕
○○◎　▲　　◎●⊙○●▲　　●○△　　◎●○○●　○○
白玉冠①。　　　野烟溪洞冷，林月石橋寒。夜静松風下，禮
●●　△　　　　●○○●●　○●●○△　　◎●○○●　●
天壇。
○△

　　唐教坊曲名。高栻詞注黄鐘宮。《九宫大成》名《小女冠
子》，入黄鐘宫引。與北詞大石角隻曲及南詞南吕宫引並正曲皆
不同。

　　與柳永之《女冠子》長調無涉，故另列。

　　此調詠女冠，故名。首二句仄叶，下皆用平韵。韋莊一首，
起二字用“昨夜”。“夜”字仄，想不拘。“露”字，一本作“霧”。

【校記】

　　［一］原注“去”字可平，其餘可平可仄旁注均標注於譜中，不再
出校。

【蔡案】

　　① 本調各譜均作雙段式，但是這類小令，可不分段。

離別難 八十七字　　　　　　　　　　　　　　薛昭蘊

寶馬曉鞲雕鞍①。羅幃乍別情難。那堪春景媚。送君千萬里。半妝珠翠落、露華寒。紅蠟燭。青絲曲。偏能勾引淚闌干。　　良夜促。香塵綠。魂欲迷。檀眉半斂愁低。未別心先咽。欲語情難說。出芳草、路東西②。搖袖立。春風急。櫻花楊柳雨淒淒。

> 唐教坊曲名。

> 《樂府雜錄》云："天后朝，有士人陷冤獄。其妻配入掖庭，善吹觱篥，乃撰此曲，以寄衷情。始名《大郎神》，蓋取良人行第也，遂三易其名，亦名《悲切子》，終號《怨回鶻》。"《歷代詩餘》云："唐人教坊樂府所傳，皆五言七言絕句。至薛昭蘊始有《離別難》之詞。"愚按：白居易有《聽歌六絕句》，其六曰《離別難》，是此名本唐調，而薛昭蘊倚爲新聲也。

> 此與柳永百十二字體不同，凡六換韵，兩換平，四換仄。一本於"出"字分句，誤。

【蔡案】

① 本句是一個六字律拗句，按照格律，第五字不可填爲仄聲。

② 本句就是前段的"半妝珠翠落、露華寒"，所以"出"字上必有二字脫落。

黃鐘樂① 六十四字　　　　　　　　　　　　　魏承班

池塘烟暖草萋萋。惆悵閒宵含恨，愁坐思堪迷[一]。遙想玉人情事遠，音容渾似隔桃溪。　　　偏記同歡秋月低。簾外論心花畔，和醉暗相携。何事春來人不見，夢魂長在錦江西。

　　　　唐教坊曲名。《九宮大成》入南詞黃鐘宮正曲，或以宮調立名。

　　　　舊譜於"宵"字、"心"字斷句，似不協②，今從《詞律》。"人不見"，"人"字葉《譜》作"君"。

【校記】

　　［一］原注"思"字去聲。

【蔡案】

　　① 這是一個典型的五句式詞調，但其結構又和其他五句式不同，每段都由一句總起，然後兩兩成對展開。這種格局很少。

　　② "似不協"三字道破了詞調所謂"和諧"和韵律之間的關係。如果是按照舊讀，則將讀作"惆悵閒宵，含恨愁坐思堪迷"，這樣，後面的七字句就成了一個大拗句，不協的原因，就是因爲拗。所以，從萬樹、吳梅直至今天依然被不少人信奉的所謂"拗澀不順者，皆音律最妙處"，可見是有多麼荒謬絕倫。其實，這種論點要證謬極爲簡單，將周邦彥、吳文英"音律最妙處"的作品找出來，看看是不是滿目"拗澀不順者"，就真相大白了。

滿宮花　五十一字　一名《瑞宮春》　　　　　　　魏承班

雪霏霏，風凛凛①。玉郎何處狂飲②。醉時想得縱風流，羅帳香幃鴛寢。　　　春朝秋夜思君甚。愁見繡屏孤枕。少年何事負初心，淚滴縷金雙袵。

> 《九宮大成》入南詞越調引。

> 此調不知創自何人，用閉口仄韵甚嚴[3]。《歷代詩餘》注：一名《瑞宮春》[4]。

> 愚按：五代十國前後僅五十餘年，詞人皆屬同時，傳記中無製曲確據者，殊難分晰，僅按時代著錄，其先後次序，未爲定衡，閱者諒之。

【蔡案】

① 起調六字爲折腰式句法，而不是三字兩句。

② 本調前段第二句、後段第一句的句式，從唐五代詞的實際情況來看，平起、仄起都可以，但竊以爲前段第二句應以仄起爲正，也就是應以張泌的"寂寞上陽宮裏"句爲標準。

③ 選用閉口音爲韵，那就是一個屬於詞作的問題，與作法有關；它並不是屬於詞調的問題，與律法無關。所以，在這樣的語境之下，無論這一詞調由何人所創，是否用韵甚嚴，都與本調的韵律無關。事實是，唐五代本調共有四首，"用閉口仄韵甚嚴"的，也就只有這一首，可見，強調這一點毫無意義，這是清代詞譜家常常混淆詞作和詞調之間關係的一個典型事例。

④《歷代詩餘》卷二十二説本調"一名《瑞宮春》"，但不知道出處，今天似未見該名被何種古籍記錄，也未見被唐宋元其他人襲用。

又一體 五十字　　　　　　　　　　　尹鶚

月沉沉，人悄悄[1]。一炷後庭香裊。風流帝子不歸來，滿地禁花慵掃。　　離恨多，相見少。何處醉迷三島。漏清宮樹子規啼，愁鎖碧窗春曉。

　　　後段起句六字，同前段，與前作異。"風流帝子"四字，葉
《譜》作"草深輦路"，"慵"字作"誰"。

【蔡案】

　　① 本詞的前後段首句均爲六字折腰式句法，而不是三字兩句。

又一體　五十一字　　　　　　　　　　　　　　張　泌

花正芳，樓似綺①。寂寞上陽宮裏。鈿籠金鎖睡鴛鴦，簾冷
露華珠翠。　　嬌艷輕盈香雪膩。細雨黄鸝雙起。東風惆
悵欲清明，公子橋邊沉醉。

　　　此調不知撰人，惟此首有"宮"、"花"字，或即張泌創起歟？②
前段次句，後段起句，平仄與魏作異，餘同。

【蔡案】

　　① 本詞的前段首句爲六字折腰式句法，而不是三字兩句。
　　② 這種猜測有點牽强。

秋夜月　八十四字　　　　　　　　　　　　　　尹　鶚

三秋佳節。罥晴空，凝碎露，茱萸千結。菊蕊和烟輕撚，酒
浮金屑。徵雲雨，調絲竹①，此時難輟。歡極、一片艷歌聲
揭。　　黄昏惆別。炷沉烟，薰繡被，翠帷同歇。醉並鴛鴦
雙枕，暖偎春雪。語丁寧，情委曲②，論心正切。夜深、窗透，
數條斜月。

蔣氏《九宮譜》注南呂宮。

此謂以末句立名,見《尊前集》。

前段結尾,《詞律》於"一片"斷句,其意與後段同,然辭意則不可解矣。照柳詞,當於"極"字豆。通首用韻謹嚴,未必是借叶③。後段亦當於"深"字豆,辭意乃洽。"輕"字葉《譜》作"細"。

【蔡案】

①② 本句爲六字折腰式句法,而不是三字兩句。

③ 詞有一字逗,有三字逗,衆所皆知,而詞有二字逗,則常常有不知者。"歡極"就是二字逗,應該是一個很清晰的問題,但秦巘"未必是借叶"的説法,實際上表明了二字逗意識的缺乏,似乎不是句中韻,這樣的讀住就異常了。

又一體 八十二字　　　　　　　　　　　　柳　永

當初聚散。便喚作、無由再逢伊面①。近日來、不期而會重歡宴。向尊前、閒暇裏,斂著眉兒長歎②。惹起舊愁無限。　　　盈盈淚眼。漫向我耳邊,作萬般幽怨。奈你自家心下,有事難見。待音信,真箇恁,別無縈絆。不免收心③,共伊長遠。

《樂章集》屬雙調。

此與尹作微異,當附列。汲古、《詞律》落"有"字,據宋本補。

【蔡案】

① 本詞體式與前詞其實相同,祇不過是"無由"後奪去一字而已。其原詞應該是"便喚作、無由□,再逢伊面",所以後段也應該讀

爲"漫向我、耳邊作，萬般幽怨"，與尹詞的韵律完全吻合。

②"長歎"二字應該屬後，而不是屬前，所以應該讀爲"向尊前、閒暇裏，斂著眉兒，長歎。惹起舊愁無限"。

③ 前首既然敢讀爲"夜深、窗透，數條斜月"，則本詞這裏讀爲"不免。收心，共伊長遠"，更加合適，句中短韵也不致失落。

金浮圖 九十六字　　　　　　　　　　　尹　鶚

繁華地。王孫富貴。玳瑁筵開，下朝無事。壓紅裀鳳舞黄金翅。玉立纖腰，一片揭天歌吹。滿目綺羅珠翠。和風淡蕩，偷散沉檀氣。　　　堪拚醉。韶光正媚。折盡牡丹^[一]，艷迷人意。縱金張許史應難比。貪戀歡娱，不覺金烏西墜。還惜會難别易^①。金船更勸，勒住花驄轡。

此調他無作者。"壓"字、"縱"字是一領七字句也，不得於"裀"字注讀^②。《詞律》缺"縱"字，謂"金張"上落"便"字，"金烏"下落"西"字，今據屠隆《詞緯》本訂補。"散"字，葉《譜》作"送"。

【校記】

［一］原注"牡"字作平。

【蔡案】

①"别"字，以入作平。

② 秦巘謂：前後段的第五拍必須用一七式句法，不可用三五式，斷無此理。因爲詞的句拍最爲靈活，四六作六四，三五作五三或一七，三四作一六等等，其例俯拾皆是。

杏園芳 四十五字　　　　　　　　　　　　　　尹　鶚

嚴妝嫩臉分明。教人見了關情[一]。含羞舉步越羅輕。稱娉婷。　　終朝咫尺窺香閣，迢遥似隔層城。何時休遣夢相縈。入雲屏。

> 《九宮大成》入北詞仙呂調隻曲。許《譜》入北詞仙呂宮。晚唐只此一首，無他作可證。"縈"字，《詞律》作"迎"，據《花間集》改正。"分明"二字，《詞譜》作"花明"。一本於"嫩"字分句，誤。

【校記】

[一] 原注"教"字及前結"稱"字平聲。

撥棹子 六十字[一]　　　　　　　　　　　　　　尹　鶚

風切切。深秋月。千朵芙蓉繁艷歇。小檻細腰無力[二]①。空贏得、目斷魂飛何處說。　　寸心恰似丁香結。看看瘦盡胸前雪②。偏挂恨、少年抛擲。羞睹見、繡被堆紅閒不徹。

> 唐教坊曲名，《九宮大成》名《川撥棹》，入南詞仙呂宮正曲。
>
> 此調《花間》未載。《詞律》以"小檻"句上落一"憑"字，《詞律訂》亦云。至所注可平可仄，無據。"秋"字，葉《譜》作"院"。

【校記】

[一] 本調應是六十一字體式，原譜有奪字。

[二] 本句對應後段的"偏挂恨、少年抛擲"，所以《詞律》認爲句首脫落一"憑"字，有律理依據。而從秦巘的文字上看，也認可這一奪字的問題，但是知奪而不補，透露出秦巘的寫作目的並不在擬譜，而

祇是梳理詞調的來龍去脉,將詞調的源流講清楚就完成了使命。所以,還是我們説的,《詞繫》並不是一部詞譜。

【蔡案】

　　① 本句應據《欽定詞譜》補一"憑"字。又,"力"字原譜不認爲是韵脚,但參校別家的諸詞及尹氏的別首,這一句都是叶韵的,而且"力"也對應後段的"擲"字,這必定是尹氏以"力"、"擲"叶韵"切"、"月"。不過,從秦巘對"擲"字標記爲叶韵這一事實看,"力"字或許祇是失記而已。

　　② 本句的句式與前段不同,也和尹氏別首不同,應是因著"看看"而導致的誤筆。

又一體 六十一字 　　　　　　　　　　　　　尹　鶚

丹臉膩。雙靨媚。冠子縷金裝翡翠。將一朵、瓊花堪比。窠窠繡、鸞鳳衣裳香窣地。　　　銀臺蠟燭滴紅淚。釅酒勸人教半醉[一]。簾幕外、月華如水。特地向、寶帳顛狂不肯睡。

　　第四句比前多一字①。此詞各本未載,不知《詞律》録自何本[二],無從校勘。

【校記】

　　[一] 原注"教"字平聲。

　　[二] 本詞原載於《尊前集》卷下,但作者佚名。

【蔡案】

　　① 本詞就是前一詞體,前一詞奪字補足後,體式俱同。嚴格地

説,這裏的表述應該是前一首"少一字"。

又一體 六十一字　　　　　　　　　　黄庭堅

歸去來。歸去來。携手舊山歸去來。有人共、對月尊罍。横一琴、甚處逍遥不自在。　　閒世界。無利害。何必向、世間甘幻愛[一]。與君釣、晚烟寒瀨。蒸白魚稻飯,溪童供筍菜。

> 此平仄互叶體,前段與尹詞同,但用平韻起,末句仍換仄叶。後起三句兩三一八字,與尹異。末二句當於"飯"字句,然與尹作不合。

【校記】

[一] 本句依律七字,"向"字必衍。

又一體 六十一字　　　　　　　　　　黄庭堅

烟姿媚,冰容薄。芳蘂嫩,隱映新萍池閣。擷英人去後①,清香微綻,透真珠簾幕。　　似無語含情垂彩佩,戲芳陰,洊許纖鱗相托。西風直須愛惜②,看看濃艷,伴秋光零落。

> 此調《山谷集》不載,見《歷代詩餘》。與前句調參差各異③。前後段亦不同,恐有訛誤。

【蔡案】

① 本句的"人"字前後,必定脱落一個平聲字,補足後則前後段字句諧和相同,《欽定詞譜》是在句首補了一"自"字,但顯然於律不

合,未必正確。

　　② 本句爲平起仄收式六字拗句,第五字不可作平。

　　③ 本詞與前三首相比較,字句迥異,韵響也並不相同,應該並非同一詞調,疑是同名異調。

獻衷心　六十九字　衷,一作"忠"　　　　　　顧　夐

繡鴛鴦枕暖,畫孔雀屏欹。人悄悄,月明時[①]。想昔年歡笑,恨今日分離。銀缸背,銅漏永,阻佳期[②]。　　　小爐烟細,虛閣簾垂[③]。幾多心事,暗地思維。被嬌娥牽役,魂夢如癡。金閨裏,山枕上,始應知[④]。

　　　　唐教坊曲名《獻忠心》。

　　　　此調不知始於何人,顧詞每用"山枕上"三字,必有命意。

　　　　篇中五字句者五,皆一領四字句,勿誤。"欹"字,《詞律》作"高",失韵,《詞律訂》作"低"。"枕"字,葉《譜》作"帳"。

【蔡案】

　　① 這六字是一個折腰句,而不是三字兩句。

　　② 本調的前後段結,又是一個三三三結構,這一結構本質上可以認爲就是二二三的七字句添字衍化而來的,添字後在這一語境中則是一個二一模式,即"阻佳期"是一個三字托,承托前面的"銀缸背,銅漏永"六字折腰句。

　　③ 這兩個四字句,也是一個折腰句式,從通篇的韵律結構中可以看出,這種句式的源頭就是一個七字單句。

　　④ 這一結同前段,是個三字托承托六字折腰的句法。

又一體 六十四字　　　　　　　　　　　　　　　歐陽炯

見好花顔色，爭笑東風。雙臉上，晚妝同①。閉小樓深閣，春
景重重。三五夜，偏有恨，月明中②。　　　情未已，信曾
通③。滿衣猶自染檀紅。恨不如雙燕，飛舞簾櫳。春欲暮，
殘絮盡，柳條空。

> 前段次句、六句各四字，比前各少一字。後段起處兩三字
> 句，多二字，第三句七字，比前少五字④。

【蔡案】

① 這六字是一個折腰句，而不是三字兩句，因爲此六字對應的
是後段的"滿衣"句，本屬一句。

② 三字托承托六字折腰的句法，詳參前一首蔡案②。

③ 這六字是一個折腰句，而不是三字兩句。

④ 秦巘這一分析錯誤。錯誤的思惟方式是可以追究的，從而探
索出他原本的思路歷程，找到前人對事物認識的來龍去脉。本詞的
過片就是比顧詞的兩個四字句各少一字，從顧詞係敦煌詞來看，這裏
是各減一字。而顧詞的"幾多心事，暗地思維"，原本就是一種七字句
添字作四字兩句的詞句衍化基本模式，所以"比前少五字"的説法，是
很沒有律理概念，缺乏詞體的整體意識的。

南鄉子 三十字　　　　　　　　　　　　　　　　　李　珣

烟漠漠，雨凄凄①。岸花零落鷓鴣啼[一]。遠客扁舟臨野
渡[二]。思鄉處。潮退水平春色暮。

唐教坊曲名。《太和正音譜》注越調,《九宫大成》入北詞越角隻曲。

周密云:李珣、歐陽炯皆蜀人,各製《南鄉子》以志風土,亦《竹枝》體也。

李有十首,其"遠客"句,四與此同,三首平仄全反,二首拗,想不拘②。

【校記】

[一] 原注"岸"字可平,"零"字可仄。

[二] 原注"扁"字可仄。

【蔡案】

① 本詞即從絶句衍化而來,周密所謂的"亦《竹枝》體也",應該就是這個意思。所以,起調六字即五字一句添字而來,是一句,而非兩句。

② 這種情況只説明一個道理,填詞拘於詞句句法,但不拘詞句句式。

又一體 二十八字 　　　　　　　　　　　　　歐陽炯

路入南中。桄榔葉暗蓼花紅[一]。兩岸人家微雨後。收紅豆。葉底纖纖抬素手。

起句四字,比前少二字,餘同。

【校記】

[一] 原注"桄"字及後句"人"字可仄,"葉"字及後句"兩"字可平。

又一體 二十七字　　　　　　　　歐陽炯

岸遠沙平。日斜歸路晚霞明。孔雀自憐金翠尾。臨水。認得行人驚不起。

　　"臨水"句二字,比前少一字,餘同前作。歐凡八首,前體六首,此體二首。

又一體 五十六字　　　　　　　　馮延巳

細雨泣秋風。金鳳花殘滿地紅。閒躡黛眉慵不語。情緒。寂寞相思知幾許。　　玉枕擁孤衾。抱恨還同歲月深。簾捲曲房誰共醉。憔悴。惆悵秦樓彈粉淚。

　　此比歐詞加一叠①,惟起句用五字,多一字。"抱"字一本作"把","同"字作"聞"。葉《譜》無後段,不知何據②。

【蔡案】

　　① 本詞雖然各本都是前後兩段式詞體,但《欽定詞譜》祇是錄前段,作單段式詞體,並謂:"《陽春集》馮詞二首悉同。"按,本調唐五代原爲單段式詞,雙段式並未見有平韻換韻的體式,此其一;雙段式也是都用平韻一韻到底,未見有換用仄韻的體式,此其二;單段式起拍或六字,或四字,究其本源,則都是從五字句增減而來,所以五字句是單段式體格的特徵,此其三。有此三者,可以認爲本詞實際上是由兩首單調體誤合而成,應據《欽定詞譜》作單段爲是。

　　② 秦巘作《詞繫》,必然會將《欽定詞譜》作爲案頭必備的重要參考書,而葉申薌的《詞譜》無後段,顯然是依據《欽定詞譜》而來,所以

秦巘對此應該不會不知,這種否定的筆觸,就有種春秋筆法的意味了。

又一體 五十六字　　　　　　　　　　　　馮延巳

細雨濕流光。芳草年年與恨長。烟鎖鳳樓無限事,茫茫。
●●●○△　○●○○●●△　○●●○○●● ○△

鸞鏡鴛衾兩斷腸。　魂夢任悠揚。睡起楊花滿繡牀。薄
○●○○●●△　　●●●○△　●●○○●●△　●

倖不來門乍掩,斜陽。負你殘春淚幾行。
●●○○●● ○△　●●○○●●△

　　　張先詞,屬中吕宫。

　　　通首用平韵,不換仄韵,宋人多用此體①。

【蔡案】

　　①這是唐宋正格,填者無數,所以一三五處的字位有很多是可平可仄,作爲詞譜,秦巘却没有細加校勘,這足以説明他寫作本書並無意要編成一本詞譜,而秖是通過這樣的模式,來梳理整個唐宋詞的來龍去脉而已。

又一體 五十八字　　　　　　　　　　　　趙長卿

楚楚窄衣裳。腰身占却[一],多少風光。共説春來春去事,凄凉。懶對菱花暈曉妝。　　閒立近紅芳。游蜂戲蝶,誤採真香。何事不歸巫峽去,思量。故來塵世斷人腸。

　　　前後段次句,改用兩四字句,各多一字,餘同馮作。此下二體,亦當云攤破也。"占"字、"戲"字去聲,須著意。後結句與前

結平仄異。一本作"故到人間斷客腸"①。

【校記】

[一]"占"字及後段次句"戲"字用●符標識，意謂宜用去聲。

【蔡案】

① "故到人間斷客腸"或是明清人爲求前後段一致而改。

又一體 五十八字　　　　　　　　　　　　　　　黃　機

簾幕悶深沉。燈暗香消夜正深。花落畫屏[一]，簷鳴細雨[二]，涔涔。滴破相思萬里心。　　曉色未平分。翠被寒生不自禁。待得夢成，翻多惡況[三]，堪顰。飛雁新來也誤人。

前後段第三句，改用兩四字句，各多一字，餘同馮作。"畫"字、"夢"字，去聲，須著意。

【校記】

[一]"畫"字及後段第三句"夢"字用●符標識，意謂宜用去聲。

[二]唐圭璋先生認爲這兩句本是一個七字句，前句的"屏"是衍字，所以《全宋詞》已據毛扆校本刪去。

[三]吳訥本及四庫本《竹齋詩餘》，這兩句作"待得夢成翻惡況"，如此，則前後段均爲七字句，與馮詞正格同。

減字南鄉子 五十四字　　　　　　　　　　　　　歐陽修

翠密紅繁。水國凉生未是寒。雨打荷花珠不定，輕翻。冷

潑鴛鴦錦翅斑。　　　盡日憑闌。弄蕊拈花仔細看。偷得裏
啼新鑄樣，無端。藏在紅房艷粉間。

　　比歐陽炯詞加一叠。卓珂月《詞統》云：“前後四字起，名《減
字南鄉子》。”詞之以“減字”名者，始此。《詞律》只收陸游作，謂
宋人始有五十六字體，此在先，不可反以唐調爲減字，大誤。竟
不知有馮體二首在陸先。所以云減字者，因馮詞起句五字，而各
減一字也。況“細雨濕流光”一詞，著名於時，何考據不詳如
是耶？

攤破南鄉子　六十二字　　　　　　　　　　　　程垓

休賦惜春詩[一]。留春住、説與人知。一年已負東風瘦，説愁
⊙●●○△　⊙○○　●●○△　●●●○○●　◎○
説恨，數時數刻，只望歸期。　　　莫怪杜鵑啼。真個也、喚
●●　◎○◎●　●○○△　　　◎●●○△　○○●　●
得人歸。歸來休恨花開了，梁間燕子，且教知道[二]，人也
●○△　○○●●○○●　○○●●　⊙○○●　　⊙●
雙飛。
○△

　　此與黄庭堅《促拍醜奴兒》字句平仄無二。各説紛紜，迄無
定論。今細按之，前後段兩次句，改上三下四字句法，兩結改九
字爲四字三句，如前趙、黄兩作改七字爲八字例，是所謂攤破
也。促拍者，促節繁聲，即減字之謂也。此兩詞比《醜奴兒》字數較
多，體格句法亦不類，斷不可以《促拍醜奴兒》之名加之也。是黄
詞誤寫調名，以致糾纏不清。皆明人刻書校勘不精，職爲亂階
耳。餘詳《醜奴兒》下。《詞律》只載黄作於《醜奴兒》下，不收此
詞，注云誤名無涉，疏忽甚矣。《詞律訂》與余説同。一本注：一

名《促拍山花子》，渺不相涉，更誤之甚者，不具論。"飛"字，葉《譜》作"棲"。

【校記】

[一]原注"休"字可仄。其餘可平可仄旁注均用圖譜表示，不再出校。

[二]原注"敎"字平聲。

定風波 六十二字　或加"令"字，一名《定風流》　　　　　李　珣

志在烟霞幕隱淪[一]。功成歸看五湖春。一葉舟中吟復醉。
●●○○●●△　　　　○○○●●○△　　　●○●○○●▲

雲水。此時方認自由身。　　　花鳥爲鄰鷗作侶。深處。經
○▲　●○○●●○△　　　　○●○○○●▲　　○▲　○

年不見市朝人。已得希夷微妙旨。潛喜。荷衣蕙帶絶
○●●●○△　　●●○○○●▲　　○▲　○○●●●

纖塵。
○△

　　　唐教坊曲名。張先詞屬雙調。《九宮大成》入南詞中呂宮引。許《譜》同。

　　　與柳永之長調無涉，宜分列。

　　　此以詞意立名。《花間集》名《定風流》①。張先詞加"令"字。

　　　平一韵，仄三韵，定格②。

【校記】

[一]"慕"字用▌符標識，不解何意，或是別字之標記，意謂該字應作"慕"。

【蔡案】

　　① "定風流"疑是後世版本的誤刻，並無此名，否則以《花間集》之盛名，宋元不會無一人襲用。

　　② 本調以平韵爲主韵，仄韵爲輔韵。"醉"、"水"與"旨"、"喜"屬於特殊換韵，因此秦巘原注"旨"、"喜"爲"四換仄"。

又一體 六十三字　　　　　　　　　　　　孫光憲

簾拂疏香斷碧絲。淚衫還滴繡黄鸝。上國獻書人不在。凝黛。晚庭又是落紅時。　　　春日自長心自促。翻覆。年來年去負前期。應是秦雲兼楚雨。留住。向花枝誇説月中枝。

　　　尾句八字，比前多一字，"向"字是襯字①。《詞律》謂誤多，不確，並云依《花間》舊刻，今查《花間》無此詞。

【蔡案】

　　① 襯字和添字的一個區別是：如果認可是"襯字"，那就表示這個字位允許任何一個填詞人自由添入一個甚至若干個字。所以是否爲襯字的辨析，其實很簡單，無須多費口舌。

又一體 六十二字　　　　　　　　　　　　蘇　軾

好睡慵開莫厭遲。自憐冰臉不宜時。偶作小桃紅杏色，閒雅①，尚餘孤瘦雪霜姿。　　　休把閒心隨物態，何事，酒生微暈隱瑶肌。詩老不知梅骨在，吟詠，更看緑葉與青枝。

仄句俱不叶韵,蘇作九首,只此一首不叶。"隱"字,《梅苑》作"沁","骨"字作"格"。

【蔡案】

① 這類小令從律詩衍化而來,所以三處仄韵不用的二字結構,實質上是二字逗,而非二字句。

又一體 六十二字　　　　　　　　　　辛棄疾

賦 杜 鵑 花

百紫千紅過了春。杜鵑聲苦不堪聞。却解啼教春小住。風雨。空山招得海棠魂。　　恰似蜀宮當日女。無數。猩猩血染赭羅巾。畢竟花開誰作主。記取。大都花屬惜花人。

六仄叶,不換韵①。

【蔡案】

① 本調體例爲三處仄韵互換,這種情況就韵律的角度説,便是一種特殊換韵法,任何換韵的詞體,都可以採用特殊換韵的形式,保持韵部不變。

又一體 六十字　　　　　　　　　　李　泳

點點行人趁落暉。摇摇烟艇出漁磯。一路水香流不斷。零亂。春潮緑浸野薔薇。　　南去北來愁幾許,登臨懷古欲沾衣。試問越王歌舞地。佳麗。只今惟有鷓鴣啼。

後段少次句二字。

又一體 六十字　　　　　　　　　　　　　　　　　　陳允平

慵拂妝臺懶畫眉。此情惟有落花知。流水悠悠春脉脉，閒
倚繡屏，獨自立多時①。　　　　有約莫教鶯解語，多愁却妬燕
于飛。一笑薔薇辜舊約，載酒尋歡，因甚懶支持。

　　《九宮大成》入北詞商角隻曲。

　　後段少次句二字，兩結作九字二句，不換仄韵，通首用平韵。

【蔡案】

　　① 我們在蘇軾詞下曾疏解前後段結拍處應是九字一句，即二字
逗領七字句法，本詞可以旁證。這裏的上四下五式句法，同樣是一
句，而非兩句，因爲這一句是從上二下七的句式讀破而來。這種"句"
概念的紊亂，就是因爲明清詞譜家總是以文本爲依據，而不是以韵律
爲依據的緣故。

詞繫卷四 五代 十國附

解 紅 二十七字   和 凝

百戲罷①，五音清②。解紅一曲新教成[一]③。兩個瑤池小仙子，此時奪却柘枝名。

> 《九宫大成》入北詞黃鐘調隻曲。宋隊舞第九曰"兒童解紅隊"。

> 與《解紅兒慢》無涉，故分列。

> 《物外清音》云："《解紅》相傳爲吕仙作。予考《解紅》，爲和魯公歌童，其調云云，魯公自製曲也。"按，解紅舞，衣紫緋繡襦，銀帶，戴花鳳冠，五代時飾。爲有吕仙在唐，預爲此腔耶？愚按詞意，"解紅"似是曲名，非人名。下云"兩個瑤池小仙子"，當是兩歌姬，或因隊舞有"兒童"字，遂附會其説歟？俟考。

> "却"字，葉《譜》作"得"。

【校記】

[一] 原注"教"字平聲。

【蔡案】

① 首字"百"，鄭文焯認爲是以入作平的用法，是。

② 本詞從絶句衍化，所以起調處爲一句六字折腰，而不是三字

兩句。

③ 教,《欽定詞譜》作去聲擬譜,誤,此爲平讀,以三平尾收束,秦説是。

望梅花 三十八字　　　　　　　　　　　　和　凝

春草全無消息。臘雪猶餘踪跡。越嶺寒枝香自拆。冷艷奇芳堪惜。何事壽陽無處覓。吹入誰家橫笛。

> 唐教坊曲名,《九宫大成》入南詞仙吕宫正曲,與商調引不同。
>
> 《梅苑》爲歐陽修作,誤。此與柳永之《望梅》,及蒲宗孟、張耒之《望梅花》皆不同,故分列。葉《譜》於"冷艷"分段。今從《花間》。
>
> 此調及下詞俱詠梅,想以題爲調。"橫"字,《梅苑》作"羌"。

又一體 三十八字　一名《梅花令》　　　　　　孫光憲

數枝開與短墻平。見雪萼、紅跗相映①。引起誰人邊塞情②。　　簾外欲三更。吹斷離愁月正明。空聽隔江聲。

> 《梅苑》名《梅花令》。此用平韵,分段、句法與前迥異。

【蔡案】

① 本句秦巘讀爲上三下四式句法,各譜、各本也都是如此,但是這種讀法實際上是把一個句子讀破了,因爲本句本是一個六字句,衹不過是添了一個"見"字而已,其中"雪萼紅跗"更是一個結構緊密的語言單位,尤其不可讀斷。所以今天我們填寫構思的時候,應當以一六式的句法爲正。

② 這類小詞，本無分段的必要，尤其是"引起誰人邊塞情。簾外欲三更"兩句是勾連一起的，前二句衹是一個起興而已，並不是引起邊塞情的勾連句子，所以一分段，反而把三更起邊塞情的表達支離了。

長命女[①] 三十九字　一名《薄命女》《薄命妾》，
或加"西河"二字　　　　　　　　和　凝

天欲曉。宮漏穿花聲繚繞[一]。窗裏星光少[二]②。　　冷霞寒侵帳額[三]，殘月光沉樹杪[四]。夢斷錦幃空悄悄。強起愁眉小[五]。

　　唐教坊曲名。杜佑《理道要訣》云："《長命女》《西河》在林鐘羽，時號平調，今俗呼高平調也。"《碧雞漫志》云："此曲起開元以前，李珣《瓊瑤集》亦有之。與和凝曲句讀各異，然皆今曲子，不知孰爲古製林鐘羽，並大曆加減者。近世有《長命女令》前七拍，後九拍，屬仙呂調，宮調、句讀並非舊曲。又別出大石調《西河慢》，聲犯正平，極奇古。蓋《西河長命女》本林鐘羽，而近世所分二曲，在仙呂、正平兩調，亦羽調也。（節錄）"愚按：林鐘羽即俗呼高平調，夷則羽俗呼仙呂調，皆羽聲也。李詞久不傳，宋人詞與和詞無異，並無句讀各異者。足見遺佚之調不少。《九宮大成》入南詞黃鐘宮引。

　　一名《薄命女》，馮延巳詞，名《薄命妾》。

　　《樂府雜錄》云："大曆中，有才人張紅紅者，本與其父歌於衢路丐食。過將軍韋青所居，聞其善歌，即納爲姬。穎悟絕倫。嘗有樂工自撰歌，即古《西河長命女》也，加減其節奏，頗有新聲。

未進聞，先侑歌於青。青召紅紅於屏風後聽之。紅紅乃以小豆數合，記其拍。樂工歌罷，青出紿云：'某有女弟子，久曾歌此，非新曲也。'即令隔屏風歌之，一聲不失，樂工大驚異，欽伏不已。再云：'此曲先有一聲不穩，今已正矣。'尋達上聽，翊日詔入宜春院，寵澤隆異，宮中號爲記曲娘子，尋爲才人。（節録）"《詞律》云："'霞'字，疑是'露'字。霞不可言冷，亦不可言侵帳也。"《草堂詩餘》注"一作'霧'"，宜從。此調或不分段，譜注"天欲"二字可作仄平，誤。

【校記】

〔一〕原注"宮"字、"穿"字可仄，"繚"字上聲。

〔二〕原注"裏"字可平，不知依據是什麽，本句爲仄起仄收式律句，第二字必平，今存本調僅二首，另一首馮延巳詞作"拜"，也是仄聲字。

〔三〕原注"霞"字可仄，"帳"字可平。按，"霞"字應是"霧"字之誤，萬樹早有指出，秦巘本應改正。

〔四〕原注"殘"字、"光"字可仄。

〔五〕原注"强"字可平，這一字位雖然依律可平，但按照秦巘的體例和理念，也不知依據是什麽。馮延巳詞作"歲"，也是仄聲。

【蔡案】

①《全唐五代詞》認爲："《長命女》，唐教坊曲，乃五言四句之聲詩（見《樂府詩集》卷八〇），與五代雜言體無關。"這種聲詩例如岑參的"雪送關西雨，風傳渭北秋。孤燈然客夢，寒杵搗鄉愁"，因此，本調的調名似作《薄命女》更好。而《碧雞漫志》説得很清楚，《長命女令》計有十六拍，也不是本調，當然，我們可以認爲是以舊名度新聲，但同樣説明就其詞而言，已不是一回事了。

② 像這類分段後前後無所對應的小令，都不應分段。

春光好　四十字　一名《鶴翀天》《愁倚闌令》《倚闌令》　　和　凝

紗窗暖^[一]，畫屏閒①。鬢雲鬖。睡起四肢無力^{[二]②}，半春間。　　玉指剪裁羅勝，金盤點綴酥山。窺宋深心無限事，小眉彎。

唐教坊曲名。《碧雞漫志》云："夾鐘宮。或易名《愁倚闌》。"一名《倚闌令》。《羯鼓錄》屬太簇宮。愚按：太簇宮即俗名中管高宮，夾鐘宮俗名中呂宮。

此與《好時光》無涉。一名《鶴翀天》，與《喜遷鶯》之別名《鶴沖天》不同。愚按：《詞律》削去《鶴翀天》名，不知詞之別名相同者頗多，各有取意。何得概從刪削，使後人無從考證。

南卓《羯鼓錄》云：明皇尤愛羯鼓玉笛，常云八音之領袖，不可無也。二月初，詰旦時，宿雨初晴，景物明麗，小殿內庭，柳杏將吐。覩而歎曰："對此景物，豈得不與判斷之乎？"高力士遣取羯鼓，上旋命之臨軒縱擊一曲，曲名《春光好》，神思自得，及顧柳杏，皆已發拆，上指而笑曰："此一事不喚我作天公，可乎？"嬪御侍官皆呼萬歲。（節錄）

【校記】

[一]原注"窗"字及後段第三句"窺"字、"深"字可仄。

[二]原注"睡"字和"四"字、後起"玉"字和"剪"字、次句"點"字可平。

【蔡案】

① 本調的總體結構，是由四組一長一短的句組構成整個旋律，其差異在第一組的長句爲六字折腰句式，所以，這六字應該是一個樂

句,而不是兩個三字句。

　　② 本句唐宋僅二首六字,其餘都是七字句,竊以爲可能祇是脫落一字而已。

又一體 四十一字　　　　　　　　　　　　　　　　　和　凝

蘋葉軟[一],杏花明。畫船輕①。雙浴鴛鴦出渌汀[二]。棹歌聲。　　春水無風無浪,春天半雨半晴。紅粉相隨南浦晚,幾含情。

　　　"雙浴"句用七字,叶韵,比前多一字。"半晴"之"半"字,若非現成佳句,定宜用平爲妥。

【校記】

　　[一] 原注"葉"字、後段第二句兩"半"字可平。

　　[二] 原注"雙"字、後起前"無"字、第二句"春"字、第三句"紅"字和"相"字可仄。

【蔡案】

　　① 這個九字句,從文法的角度來説是一個排比,其基本關係就是三三三式結構,但是從韵律的角度出發,他就是一個一六一三的組合,本調各首基本如此。所以在構思這九字時,前兩個三字的關係要緊密一些,則詞味更正。

又一體① 四十一字　　　　　　　　　　　　　歐陽炯

花滴露,柳搖烟。艷陽天②。雨霽山櫻紅欲爛,谷鶯遷。
○●● ●○△ ●○△ ●●○○○●● ●○△

飲處交飛玉斝，游時倒把金鞭。風颭九衢榆葉動，簇青錢。

◉●○○●● ○○●●○△ ○●●○○●● ●○△

> 前段第四句七字，不叶韵。

【蔡案】

① 這是本調的正體，唐宋諸家詞，基本以本詞爲範，前段七字句少字、叶韵，後段第二拍及前後段尾拍添字，都是在本體式的基礎上微調而已。

② 上一首所談這九字，本詞的關係最爲清晰。

又一體 四十三字　　　　　　　　　　　　蔡　伸

鸞屏掩，翠衾香。小蘭房。回首當時雲雨夢，兩難忘。

如今水遠山長。憑鱗翼、難叙衷腸。況是教人無可恨，一味思量。

> 後段次句七字，結句四字，比各家各多一字。

又一體 四十一字　　　　　　　　　　　　張元幹

疏雨洗，細風吹。淡黃時。不分小亭芳草綠[一]，映簾低。

樓下十二層梯。日長影裏鶯啼。倚遍闌干看盡柳，憶腰肢。

> 前第四句用仄，不叶韵，後起句叶，與前異。

【校記】

[一] 原注“分”字去聲。

又一體 四十八字　　　　　　　　　　　　缺　名

看看臘盡春回。消息到、江南早梅[一]。昨夜前村深雪裏，一

○○●●●○△ ○●● ○○●△ ●●○○○●● ●

朵花開^[二]。　　　盈盈玉蕊如裁。更風細、清香暗來。空使
●○△　　　　　○○●●○△　●○●　○○●△　○●

行人腸欲斷，駐馬徘徊。
○○○●●　●●○△

見《梅苑》，不著名氏。

"早"、"朵"、"暗"、"馬"四字，仄聲，宜從。前段首句六字，不
作兩三字句，次句七字多四字①。兩結皆四字，各多一字，前後
段合。葛立方一首與此同，此變體也②。

【校記】

[一]"早"字、後段第二句"暗"字用◗符標識，意謂宜用仄聲。

[二]"朵"字、後結"馬"字用◗符標識，意謂宜用仄聲。

【蔡案】

① 前後段的第二個句拍，各譜均讀爲上三下四式句法，但是揆
其韵律，此七字實際上是一個一字逗領起六字的句法，由於這是一個
很不規範的詞例，前段填誤，把應該單起式的句子寫成了雙起式的
"消息"，所以這個一六式的句式就看不出來了。如果我們看葛立方
的詞，就會有一個很清晰的認識。葛詞二首，一作"正、繫馬清淮渡
頭……要、綺陌芳郊恣遊"，一作"正、菊黄初舒翠翹……看、寶胯重重
在腰"，都是一字起，後六字都是仄起平收式句式，所以，今人填此調，
應該以葛詞或本詞後段"更、風細清香暗來"句法爲摹擬標準，構思創
作。調名的取捨使用，建議以本格爲《春光好》，以前後諸格爲《愁
倚闌》。

② 以字句和韵律看，本詞與前面幾首顯然不是同一體格，應是
同名的別調，而非變體。因此，兩者之間並沒有什麼可比性，比較這
兩個不同的《春光好》，就和比較本詞與《鷓鴣天》沒有區別。所以，詞
調與詞調之間的差異，並不在其是否同一調名，而在兩者之間的音

響、韻律。這似乎是一個清人其實都明白的道理，但是在遇到此類《春光好》,《漁父》和《漁歌子》以及《浪淘沙令》《浪淘沙慢》之類的詞調的時候，總是迷糊。

愁倚闌令 四十二字　　　　　　　　　晏幾道

憑江閣，看烟鴻。恨春濃①。還有當年聞笛淚，灑東風。
○○● ●○△ ●○△ ○●○○○●● ●○△

時候草綠花紅。斜陽外、遠水溶溶②。渾是阿蓮雙枕畔，畫
○●●○○△ ○○● ●●○△ ○●○○○●● ●

堂中。
○△

> 張元幹、程垓各一首與此同③，名《春光好》,自是一調異名，宜附列。後段次句七字略異。"草綠花紅"四字，汲古作"草紅花綠"，誤。

【蔡案】

① 前六字一句，由"恨春濃"托住，這九字之間的三三、三關係，是非常清晰的。

② 詞中的這種一個字的增減，只能算是微調，嚴格地說，連變格都稱不上，更遑論稱其爲"又一體"了。

③ 本詞也可以稱爲宋詞體，與歐陽炯的唐詞體稍異，宋人大都按照本詞填寫，不僅張、程二人，如蔡伸、盧祖皋、王灼、石孝友、丘崈等等都如此填，故特予擬譜，以供摹擬。

又一體 四十二字　　　　　　　　　缺　名

冰肌玉骨精神①。不風塵。昨夜窗前都折盡，忽疑君。

清淚拂拂沾巾。誰相念、折贈芳春。羌管休吹別塞曲，有
人聽。

　　　見《梅苑》，兩起皆六字句，與各家異。

【蔡案】

　　① 前起本就是六字句，所以並非兩句變爲一句。當然，我們更
可以通過這個詞體，進一步證明前面的三三式不是兩句而是一句。

　　又一體　四十二字　　　　　　　　　　　　　　　　盧祖皋

惜春心。步花陰。怕春深。風颭游絲吹落絮，滿園林。
日長簾幕沉沉。朱闌畔、斜軃瓊簪。笑折梨花閒照水，貼
眉心。

　　首句即起韵，但"心"字重叶，恐是偶合，姑存此體。

　　何滿子　三十六字　　　　　　　　　　　　　　　　和　凝

寫得魚箋無限[一]，其如花鎖春暉。目斷巫山雲雨，空教殘夢
◎●⊙○⊙●　　⊙○⊙●△　●●○○⊙●　⊙○○●
依依。却愛熏香小鴨，羨他長在羅幃。
○△　●●⊙○◎●　◎○○⊙●○△

　　唐教坊曲名。《九宫大成》入南詞小石調引，與本調正曲
不同①。

　　《教坊記》云："'何滿'作'河滿'。開元中，滄州歌者何滿子，
臨刑，進此曲以贖死，竟不免，而世傳其曲。故白香山詩：'世傳
滿子是人名，臨就刑時曲始成。'"是"河"應作"何"。《詞律訂》

云："滿子是唐時樂人之通稱，何則其姓也。"

　　《杜陽雜編》云："太和中，文宗於内殿看牡丹，翹足憑闌，忽吟舒元輿《牡丹賦》云：'拆者如語，含者如咽，俯者如愁，仰者如悦。'吟罷，方省元輿詞，不覺歎息良久，泣下沾襟。時有宫人沈阿翹者，爲上舞《何滿子》，調聲風態，率皆宛轉。曲罷，上賜金臂環，即問其從來。翹曰：'妾本吴元濟之伎女，元濟敗，因以聲得爲宫人。'上因令阿翹奏《涼州曲》，音韵清越，聽者無不悽然。上謂之天上樂，乃選内人與阿翹爲弟子焉。（節録）"

【校記】

　　［一］原注"寫"字可平，"魚"字、"無"字可仄。其餘旁注可平可仄，均以圖譜標示。

【蔡案】

　　① 本調敦煌詞尚存四首，都是七言絶句體式的聲詩。《碧雞漫志》卷四又有薛逢一首，爲："繫馬宫槐老，持杯店菊黄。故交今不見，流恨滿川光。"是五言絶句。因此，現在通常所見的六言式詞體，應該也是屬於一種用舊名題新聲的作品。單段式詞，以本詞爲正，但是單段式的填法，入宋後就已經被淘汰了，因此並無摹擬的意義，秦巘於本詞詳加可平可仄的旁注，不知其用意何在。

又一體 三十七字　　　　　　　　　　　　　和　凝

正是破瓜年紀[一]，含情慣得人饒。桃李精神鸚鵡舌[二]，可堪虚度良宵。却愛藍羅裙子，羡他長束纖腰。

　　第三句七字，比前多一字，餘同。

【校記】

［一］原注"正"字、次句"慣"字、第五句"却"字可平。

［二］原注"精"字、第四句"虛"字、第五句"裙"字可仄。

又一體 七十三字　　　　　　　　　　　　　　尹　鶚

雲雨常陪勝會，笙歌慣逐閒游。錦里風光應占，玉鞭金勒驊騮。戴月潛穿深曲，和香醉脱輕裘。　　　方喜正同鴛帳，又言將往皇州。每憶良宵公子，伴夢魂、常挂紅樓①。欲表傷離情味，丁香結在心頭。

　　　此比和作前調加一叠，而後段第四句多一字，是襯字也。

【蔡案】

　　① 本調唐宋諸詞，衹有第三個句拍用七字，而没有第四拍七字的，更不見有折腰式的句法，自唐而宋，莫不如此。因此，後段文字本當讀爲"每憶良宵公子伴，夢魂常挂紅樓"，秦巘原譜誤讀。又按，前段第三個句拍通常例作仄收，因此前段"占"字應仄，但是本句爲六字，則理應是作平讀更恰，所以我懷疑這裏原本或是"應獨占"之類，亦即本句也是一個七字句，則正與後段相合。考察唐宋諸家，也衹有這一例是前後參差不對應的，想來必有錯訛。

又一體 七十四字　　　　　　　　　　　　　　毛熙震

寂寞芳菲暗度，歲華如箭堪驚。緬想舊歡多少事，轉添春思
●●○○●●　●○○●○△　●●●○○●●　●○○
難平[一]。曲檻絲垂金柳，小窗弦斷銀箏。　　　深院空聞燕
○△　　●●○○●●　●○●●○△　　　　○●○●

語,滿園閒落花輕。一片相思休不得,忍教長日愁生。誰見
● ●○○●○△　●●○○●●●　●○○●○△　○●

夕陽孤夢,覺來無限傷情。
●○○●　●○○●○△

　　此照和詞第二首加一叠,前後段第三句各七字。"舊"字,葉
《譜》作"前"。杜安世作,於兩第三句平仄反①。又一首後段次
句四字,是脫落二字[二],故不錄。

【校記】

　　[一] 原注"思"字去聲。

　　[二] 杜安世該詞後段作:"命薄不依欄檻,或占郊坰。清香繁艷
真堪愛,枉教寂寞凋零。相次牡丹芍藥,王孫誰道多情。"以後四字對
偶的實際看,原文應該是"命薄不依欄檻,□□或占郊坰",句首脫
二字。

【蔡案】

　　① 這是本調雙段式的正體,唐宋諸家都以此爲範。兩個七字句
則以仄起式的句式爲正,唐五代均如此填,但是入宋後,晏幾道、毛
滂、杜安世、仇遠等均用平起式填,應該也是平仄不拘的句子。

又一體① 七十四字　　　　　　　　　　　　毛　滂

急雨初收珠點。雲峰巉絶天半。轆轤金井捲甘冽,簾外翠
陰遮遍。波翻水晶重箔②,秋在琉璃雙簞。　　漏永流光緩
緩。未放崦嵫晼晚。紅荷綠芰暮天好,小宴水亭風館。雲
亂香噴寶鴨,月冷釵橫玉燕。

　　《九宮大成》入南詞小石調正曲。

此同前毛體，雙叠，用仄韵，平仄亦差異，宋詞僅見此首。一本無"初"字，"暮天"二字作"芙蓉"，"箔"字作"簾"，均誤。

【蔡案】

①　這是《河滿子》的仄韵體。

②　"翻"字，讀如去聲。

采桑子　四十四字　一名《醜奴兒》《羅敷媚》《羅敷艷歌》　和　凝

蝤蠐領上訶梨子[一]。繡帶雙垂。椒戶閒時。競學樗蒲賭荔
⊙○◎●○○▲　　◎●○△　⊙●○△　◎●○○●●

支。　　　叢頭鞋子紅偏細。裙窣金絲。無事顰眉。春思翻
△。　　　⊙○⊙●○○▲　⊙●○△　⊙●○△　⊙●○

教阿母疑[二]。
○●●△。

唐教坊大曲名。《采桑》，又有《楊下采桑》，《羯鼓録》有《凉下采桑》，屬太簇角。《尊前集》注羽調曲。一云本清商西曲。張先詞屬雙調。《樂府雅詞》歐陽作，注中吕宫。《九宫大成》入南詞大石調引。愚按：俗名中管高大石角，爲太簇之角聲，雙調爲夾鐘之商聲，中吕宫爲夾鐘之宫聲，大石調爲黄鐘之商聲，羽調爲無射之羽聲，諸説宫調各異，未知孰是。

與《采桑子慢》無涉，故另列。馮延巳詞，名《羅敷艷歌》，南唐後主詞加"令"字。宋初，皆名《采桑子》，黄庭堅詞，名《醜奴兒》。陳師道詞，名《羅敷媚》。《詞律》立《醜奴兒》爲正名，誤。辛棄疾有《醜奴兒近》，汲古誤連下《洞仙歌》，合刻爲一調。《嘯餘》《圖譜》竟分爲三段。訛以傳訛，致令原詞失傳。《詞律》辨晰甚明，兹不具論。《詞律》於兩結句第五字注可平，唐宋人多用仄，故不注。三四句雖同四字，究是兩句一意。宋人間有用叠句

者，一足上，一起下語氣。明人則兩句作對，非是。王敬之云：
"'子'、'細'二字，似是以仄叶平。"①

【校記】

[一] 原注"蟾"字可仄，"領"字可平。其餘旁注可平可仄均以圖譜表示。

[二] 原注"思"字去聲，"教"字平聲。

【蔡案】

① 本詞原譜前後段起拍都沒有標注叶韻，其他各譜也都是如此。至今主流認知都認爲本調首句是不叶韻的。我在作《欽定詞譜考正》時曾指出，這是一種換韻，前後段起拍自爲一韻，今見有前賢也有同樣的懷疑，顯然思路是對的。尤其是我曾注意到唐宋時按照這個模式填的並非僅此一例，約佔一成。如《欽定詞譜》本調共收入三首，除本詞外，其餘李清照的"窗前誰種芭蕉樹……傷心枕上三更雨"、朱淑真的"王孫去後無芳草……去時梅蕊全然少"都與本詞同格，自相爲韻，因此，這是可以被視爲一種變格的。

又一體 五十四字　　　　　　　　　　　　　朱淑真

王孫去後無芳草①，綠遍香階。塵滿妝臺。粉面羞搽淚滿腮。教我甚情懷。　　去時梅蕊全然少，等到花開。花已成梅。梅子青青又帶黃，兀自未歸來。

見《花草粹編》。皆集唐宋女郎詩句也。一本作朱敦儒。此比和作前後段各多一五字句②，"黃"字不叶韻。愚按：此體亦當名添字，或是攤破③。"草"、"少"二字或是自爲叶，後李作亦然。

【蔡案】

① 本句"草"字與後段"少"字遥叶，體格同前一首，秦巘認爲"或是自爲叶"，並無不當，但顯然底氣不足，應該是對這一類詞調"遥叶"的特性認識不足的緣故。

② 這一句也就是所謂的攤破，本詞前後段所攤破處，也可以作九字一句，如李清照詞。又按，前後段第四個句拍是輔韵所在處，所以"腮"字可以認爲是偶合爲韵，填詞的時候無須恪守，韵或不韵，前後段第四個句拍都可以自主決定，不必跟著詞譜亦步亦趨，填詞本來就沒那麼刻板，關鍵在遵循律理。

③ 本詞用攤破手法。古詞中的"攤破"、"曲破"、"促拍"等，與"令、引、近、慢"一樣，都是類似詞調的"附注"，如《促拍采桑子》，其調名實際上就是《采桑子》，《惜奴嬌曲破》，其調名實際上就是《惜奴嬌》，這是被"附注"可有、可無的特徵所決定的，反過來也一樣，本詞稱爲《采桑子》，實際上也就是《攤破采桑子》。至於"添字"、"減字"之類的稱説，或爲一種俗稱。

添字采桑子 四十八字　　　　　　　　　李清照

芭　蕉

窗前誰種芭蕉樹①，陰滿中庭。陰滿中庭②。叶叶心心、舒卷有餘情③。　　　傷心枕上三更雨，點滴凄清。點滴凄清。愁損離人、不慣起來聽。

　　　前後段第三句叠一句，兩結句各九字，比和作各多二字，故謂之添字。

【蔡案】

① 本句"樹"字遥叶換頭句的"雨"字,押韵方式與前二首相同,秦巘失記。

② 四字句的複叠,屬於作法,而不是律法範疇規則性的内容。

③ 這裏涉及的是四字逗。這一類九字句詞中很多,一般都可以填成二字逗領七字句的形式,而無須死扣例詞的形式,填成上四下五的句式。

攤破醜奴兒 六十字　　　　　　　　　　　趙長卿

梅　詞

樹頭紅叶飛都盡,景物凄凉。秀出群芳。又見江梅淺澹妝。也囉,真個是、可人香。　　　蘭魂蕙魄應羞死,獨占風光。夢斷高唐。月送疏枝過女墻。也囉,真個是、可人香。

《詞律》云:此調趙長卿名《似娘兒》,又名《青杏兒》。今北曲小石調《青杏兒》即此調,大石調名《青杏子》,亦同。南曲仙吕宮引子《似娘兒》,亦即此調。愚按:《似娘兒》等名,與此調不合,《詞律》誤認,詳後黄中下。小石調當作小石角,本集題作《一剪梅》,注或作《攤破醜奴兒》。但比和作只添"也囉"下八字,所謂攤破也①。作《一剪梅》者,非。"囉"字,佛經羅打切,南曲俱音羅,如《浣紗記》"唱一聲水紅花,也囉"是也。

【蔡案】

① 本詞也是另一種攤破法,而並非單純是《采桑子》一詞添上"也囉,真個是、可人香"八字,今人多有這樣的誤解。而《欽定詞譜》認爲結拍的八字是一種"和聲",尤誤。這如果也是和聲,那麽"攤破"

二字便無從説起了。《欽定詞譜》又謂，"也"字屬前，第四拍八字一句，猶楚辭"韵＋些"的韵法模式，這種説法也很無謂。

促拍醜奴兒　六十二字　一名《似娘兒》《青杏兒》
《閒閒令》　　　　　　　　　　　　　　　　　黄庭堅

得意許多時。長醉賞、月下花枝。暴風急雨年年有，金籠鎖定，鶯雛燕友，不被鷄欺。　　紅旆轉逶迤。悔無計、千里追隨。再來重綰瀘南印，而今目下，悽惶怎向，日永春遲。

> 《太平樂府》《中原音韵》俱注大石調。高杙詞注南吕宫。《太和正音譜》注小石調，亦入仙吕宫。
>
> 趙秉文詞有"但教有酒身無事"句，名《閒閒令》，亦名《青杏兒》。
>
> 此詞汲古刻《山谷詞》，名《醜奴兒》，元好問詞加"促拍"二字。《詞律》引以爲證。考趙長卿《惜香樂府》二首，皆名《似娘兒》，一注"或刻《青杏兒》"，一注"向刻《攤破醜奴兒》"，又一首名《青杏兒》，皆同此體。細勘與程垓《攤破南鄉子》無異，實是誤寫調名，余已辨定之矣。然則《青杏兒》《似娘兒》，亦皆《攤破南鄉子》之别名，今雖附録，特注明以俟知音論定。餘詳《南鄉子》下①。
>
> 黄又一首，結句作六字兩句，因俳體，不録。

【蔡案】

① 本詞即《攤破南鄉子》，與《醜奴兒》風馬牛不相及，秦巘在這裏扯進《南鄉子》進行辨析，似乎原本衹要文字説明即可，無須列式，但細思秦巘的寫作目的並非編製詞譜，而是爲了弄清詞調的來龍去

脉,就可見此舉並非無謂。

促拍采桑子　五十字　　　　　　　　　朱敦儒

清露濕幽香。想瑶臺、無語凄凉。飄然欲去,依然似夢,雲
〇●●〇△　　●〇〇　●〇△　　〇〇〇●　〇〇●●　〇

度銀潢。　　　又是天風吹淡月,佩丁東、携手西廂。泠泠玉
●〇△　　　　●●〇〇〇●●　●〇〇　〇●〇△　〇〇●

磬,沉沉素瑟,舞遍霓裳。
●　〇〇●●　●●〇△

　　　調見《太平樵唱》。此與《采桑子》不同,前後段比黄作少一
七字句,换頭句多二字,亦當是《攤破南鄉子》,沿黄名之誤也①。

【蔡案】

　　① 促拍者,促節繁聲,是一個關乎韵律的概念,所以與字句無
涉,並不是什麽"减字"的意思。秦巘認爲本詞與《攤破南鄉子》是一
路,屬於循黄而誤,這一判斷是有道理的,則本詞本質上實爲《促拍南
鄉子》。

麥秀兩歧　六十四字　　　　　　　　　　和　凝

凉簟鋪斑竹。鴛枕並紅玉[一]。臉蓮紅,眉柳綠。胸雪宜新
〇●〇〇▲　　〇●●〇▲　　●〇〇　〇●▲　　〇●〇〇

浴。淡黄衫子裁春縠。異香芬馥。　　　羞道交回燭。未慣
▲　●〇〇●〇〇●　●〇〇▲　　　　〇●〇〇▲　●●

雙雙宿。樹連枝,魚比目。掌上腰如束。嬌嬈不禁人拳
〇〇▲　　●〇〇　〇●▲　　●●〇〇▲　　〇〇●〇〇〇

跼[二]。黛眉凝蹙。
▲　　　●〇〇▲

　　唐教坊曲名。《碧雞漫志》云："今在黄鐘宫。"《尊前集》載和凝一曲，與今曲不類。《九官大成》入南詞黄鐘宫正曲。此調《花間》未載。

　　《文酒清話》云：唐封舜臣，性輕佻，德宗時，使湖南，道經金州，守張樂燕之，執杯索《麥秀兩歧》曲。樂工不能，封謂樂工曰："汝山民，亦合聞天朝音律。"守爲杖樂工。復行酒，封又索此曲。樂工前乞侍郎舉一遍。封爲唱徹，衆已盡記，於是終席動此曲。封既行，守密寫曲譜，言封燕席事，郵筒中送與潭州牧。封至潭，牧亦張樂燕之。倡優作檻褸婦人，抱男女筐筥，歌《麥秀兩歧》之詞，叙其拾麥勤苦之由，封面如死灰。歸，過金州，不復言矣。

　　"禁"字，《詞律》作"争"，今從《詞律訂》。"凝"字，葉《譜》作"微"。

【校記】

[一]原注"並"字宜平。

[二]原注"禁"字去聲。"禁"字，《尊前集》作"奈"，更恰。

洞仙歌　八十五字　一名《洞中仙》《洞仙詞》《羽仙歌》　　孟　昶

冰肌玉骨，自清凉無汗。貝闕琳官恨初遠[一]。玉闌干倚遍①。怯盡朝寒，回首處、何必留連穆滿。　　芙蓉開過也，樓閣香融，千片②。紅英泣波面[二]。洞房深深鎖③，莫放輕舟，瑶臺去、甘與塵寰路斷④。更莫遣、流紅到人間⑤，怕一似當時，誤他劉阮⑥。

　　唐教坊曲名。《宋史・樂志》注林鐘商，又歇指調。《金詞》注大石調。《九官大成》入南詞正官正曲，又入北詞高大石角隻曲。

　　《宋史·樂志》名《洞中仙》⑦，康與之詞加"令"字。袁易詞，名《洞仙詞》。潘牥詞，名《羽仙歌》。

　　《陽春白雪》原詞題注云："宜春潘明叔云，蜀王與花蕊夫人避暑摩訶池上，賦《洞仙歌》，其辭不見於世。東坡得老尼口誦兩句，遂足之。蜀帥謝元明因開摩訶池得古石刻，遂見全篇。"愚按：《溫叟詩話》載有《玉樓春》詞，皆用東坡詞句。考東坡詞序，明言獨記首兩句，仿其調作歌，豈有剿襲雷同之理。沈偶僧云："東京士人檃括東坡《洞仙歌》爲《玉樓春》，見張仲素《本事記》。"其爲贗作無疑。趙聞禮爲南宋人，去蜀未遠，必非臆說，故存此去彼。加"令"字者，別乎慢曲而言也，與柳永《洞仙歌慢》不同，故另列。詞之以"歌"名者，始此。

　　"恨"、"泣"、"到"三字必用去聲，各家皆然⑧。前次句用一領四字句者居多，宜從。"更莫遣"句或於三字豆，或於五字句，"怕一似"二句亦然，各家互異，皆一氣貫下，不拘。

【校記】

　　[一]"恨"字、後段第三句"泣"字、第七句"到"字用●符標識，意謂宜用去聲。

　　[二]"泣"字旁注"作去"。

【蔡案】

　　① 本句是偶叶，唐宋諸家沒有按這個填的，今人填詞也不必叶韻。而且屬於句中韻，本句與後四字合爲九字一句，即前人所謂"九字一氣"的句子。這一個"一氣"的句子，可以讀爲上三下六，如"繡簾開、一點明月窺人"，也可以讀爲上五下四，如"繡簾開一點、明月窺人"，無論哪種讀法，中間都應該用頓號點斷，而不可用逗號，這裏用

句號,祇是表示"遍"字押韵而已,既非文法意義上的句號,也不是律法意義上的一句。

②"片"字爲句中短韵,循此,則晁補之有"冷浸。佳人淡脂粉",周紫芝有"老去。羞春欲無語",俱爲同一填法;其所對應之前段第三拍,則有辛棄疾之"孤負。平生弄泉手",韓淲之"待足。人生甚時足"等等詞例。而趙文與劉辰翁之步韵唱和詞,趙文用"剩有。兒孫上翁壽",劉辰翁用"袖有。蟠桃爲君壽",則最爲鐵證。至若東坡詞,除有後段"時見。疏星度河漢",更有前段亦用"水殿。風來暗香滿",十分規整和諧,惜此類填法,因句中韵之隱蔽,故明珠暗投,竟未被後人所察,後世步東坡韵者,余未嘗見一相合也。

③ 第二個"深"字須用仄聲字,原詞屬於誤填,不必遵循。

④ 後段的第二均,其正格應爲一五一四一九,這樣,後段的"芙蓉"至"路斷",就可以與前段的字句相合,形成一個類似雙曳頭的格式。但是,東坡的續詞,或許是因爲他的記憶有誤,九字句誤填作了"金波淡、玉繩低轉",較之孟詞詞體少了二字,雖爲後人廣爲模仿,却終歸不是正格。而本均的首拍五字一句,常常可以添一字,作六字折腰句法,這一變化,或僅僅是前段添字,或僅僅是後段添字,或前後段俱添一字,都是允許的。此也是一種句法的微調,與體式本身並沒有太多的關係。

⑤ 本句爲八字一氣,其律理同前蔡案①,可以上一下七,可以上三下五,也可以上五下三,這種完全可以根據具體的詞意進行選擇,就本句而言,顯然"更莫遣流紅、到人間",要比現在的"更莫遣、流紅到人間"更爲圓潤通達諧和。如果照顧到其他的宋詞,則以上五下三爲正,所以,雖然原譜及各本,本詞都讀爲"更莫遣、流紅到人間",但却是一種誤讀,因爲這樣的讀斷,後面的五字結構就韵律來說,就成了一個極不諧和的大拗句式了。如果非要讀成上三下五,則須微調

平仄律，或改第五字爲仄聲字，例如張玉田的“夢沈沈、不道不歸來”、吳夢窗的“更老仙、添與筆端香”，或改第七字爲仄聲字，如蔡伸的“我祇是、相思特特來”、劉克莊的“疇昔慕、乖崖老尚書”等，這樣縷合拍，這是一定之規，不僅本句如此，其他詞調都是如此。

⑥ 本調體式，貌似變化無窮，《詞律》收錄了七體，《欽定詞譜》收錄更達四十體，秦巘也收錄了二十五體，但是其格律的變化，無非前述幾種而已，而且所有的變化，都祇是詞中的微調，並不改變其基本的體式。至於個別詞的文字多寡，也無非或奪或衍或誤填罷了。

⑦《洞中仙》或是《洞仙歌》，其實祇是一種猜測。《洞中仙》在整個《宋史》中僅出現這麽一次，現存的唐宋詞中也未見有一首類似《洞仙歌》的詞，用的是《洞中仙》的調名。而將兩者混爲一談的，或是起於陳暘的《樂書》，但是它的原文是：“《洞中仙》：林鐘商；《望行宮》：林鐘商；《洞仙歌》：歇指調。”《宋史・樂志》也有相同的記載：“因舊曲造新聲者五十八：……林鐘商：《傾杯樂》《洞中仙》……歇指調：《傾杯樂》《洞仙歌》。”也就是説兩者本身宮調都不是同一個，認爲兩者是一回事的，也許祇是因爲有兩個字相同的緣故吧。

⑧“必用去聲，各家皆然”的説法，完全罔顧事實，極爲荒謬。僅以兩宋名家作爲例來説：前後段第三個句拍，吳夢窗僅填一首，前後作“細縷青絲裹銀餅……添個宜男小山枕”，均爲上聲；張玉田兩首，一前段作“蒼雪紛紛墮晴蘇”，一後段作“不見當時譜銀字”，俱用上聲；蔣竹山兩首，一作“惟是停雲想親友……窗燭心懸小紅豆”，一前段作“便是鶯穿也微動”，也都是上聲。後段第三均第六字，蔣竹山本調共填兩首，一作“待與子、相期采黃花”、一作“總不道、江頭鎖清愁”，均爲上聲；蘇東坡共填二首，一作“又莫是、東風逐君來”，入聲，一作“但屈指、西風幾時來”，上聲；黃山谷一首，作“問持節馮唐幾時來”，上聲；范石湖一首，作“且山澤留連作臞仙”，入聲。僅此數例，足

見"必用去聲"這種説法的荒誕無稽了。秦巘的這種説法，來源於萬樹，却不作思考，人云亦云，並在每一體後都會喋喋不休，到了走火入魔的地步。這種走火入魔甚至到了非要將晏幾道詞的"逐"、黃庭堅詞的"巧"、阮閲詞的"有"、林外詞的"幾"、姜夔詞的"筆"、夢窗詞的"裏""小"、竹山詞的"想"、張翥詞的"也"都變成去聲，不知如此肆意篡改，詞譜的存在還有什麽意義。

又一體 八十三字　或加"令"字　　　　　　　　　　　蘇　軾

僕七歲時見眉山老尼，姓朱，忘其名，年九十餘。自言嘗隨其師入蜀主孟昶宮中，一日大熱，蜀主與花蕊夫人夜起，避暑摩訶池上，作一詞，朱具能記之。今四十年，朱已死矣。人無知此詞者，獨記其首兩句。暇日尋味，豈《洞仙歌令》乎？乃爲足之。

冰肌玉骨，自清凉無汗。水殿①。風來暗香滿[一]。繡簾開、
○○●● 　○○○○▲　 ●▲　 ○○●○○▲　 ○○○

一點明月窺人，人未寢，欹枕釵橫鬢亂。　　　起來携素手，
●●○●○○　○●● 　○●○○●▲　　　　●○○●●

庭户無聲，時見。疏星渡河漢。試問夜如何，夜已三更，金
○●○○　○▲　 ○○●○▲　 ○●●○○　 ●●○○　 ○

波淡、玉繩低轉②。但屈指、西風幾時來，却不道流年③，暗
○●、 ●○○▲　 ●●●、 ○○●○○　 ●●●○○　 ●

中偷换。
○○▲

　　　此宋人常用體，只"繡簾開、一點明月窺人"句，一三一六字④。"玉繩低轉"比前少二字，與前異。"試問"句，平仄差殊。

"却不道",微逗,雖異前作,可不拘。"見"字是藏韵,與孟詞"片"字同。各家如晁補之作用"浸"字,李元膺作用"艷"字,辛棄疾三首用"許"字、"四"字、"子"字,叶韵者甚多,或如《木蘭花慢》句中藏韵。此余臆見,舊説未曾論及,請俟知音訂正。餘詳《點絳脣》下。

　　此調體格極多,皆於前後第四句下增减互異,備録參考。

【校記】

　　[一]"暗"字、後段第三句"渡"字、第七句"幾"字用●符標識,意謂宜用仄聲。

【蔡案】

　　① "水殿"二字原譜不讀斷。這兩個字對應後段的"時見",都是句中短韵。參見前詞蔡案。

　　② "金波"句的正格爲九字,東坡此句誤脱二字,説見前詞蔡案。

　　③ 原文讀爲"却不道、流年暗中偷换",後六字韵律失諧。

　　④ 本句其實讀爲"繡簾開一點、明月窺人"也可以,且"點"字可以和前一首一樣作爲句中韵。就詞意而言,正因爲繡簾衹是開了一點,"窺"字纔更落實。

又一體 九十三字　　　　　　　　　　　　　僧　揮

廣寒曉駕,姑射尋仙侶。偷被霜華送將去[一]。過越嶺、棲息南枝①,匀妝面、凝酥輕聚②。愛橫管孤吹,隴頭聲盡,拚得幽香,爲君分付③。　　　水亭山驛,哀草斜陽④,無限行人斷腸處。盡爲我、留得多情⑤,何須待、春風相顧。任倒斷、深思向梨花,也無奈、寒食幾番春雨。

　　見《梅苑》，不著名氏⑥。一本於"孤吹"二字作"孤度"，叶韵，分段，誤。今從《梅苑》。

　　"過越嶺"下至"斜陽"，與各家全異，"盡爲我"句亦不同，此變格也。

【校記】

　　〔一〕"送"字、後段第三句"斷"字、第六句"向"字用⚫符標識，意謂宜用仄聲。

【蔡案】

　　① 本調前段的正體例作二均，惟此例外，以東坡詞相校，則前三拍相合（第二拍不用東坡句法，而採晁補之"碧海飛金鏡"句法）。其後"越嶺棲息南枝"六字，是一個仄起平收式的六字律拗句格，特徵是必須兩個仄聲頓相連，這就正與"一點明月窺人"相合，是本調的特徵之一，所以，"過"字下，或者"棲息"前必奪二字。

　　② 詞中的三字逗多以仄字起，用平起的情況非常少見，而"勻妝面"三字平起，正與蘇軾的"人未寢"相合，這也是本調的特徵之一，所以可知，"凝酥"的前面也脫落了二字。這樣，前段的文字共計奪四字，如果補足這四字，本調的前段就已經完整了。

　　③ 以上四句，應該是別的詞羼入的四句。這一判斷一方面是因爲如前所述，本詞的前段實際上已經基本完全，另一方面則是這四句完全不是《洞仙歌》的韵律聲響，倒是很像《燕山亭》後段的第二至第五句。

　　④ 本調的後段起調，例作五字一句，偶有作四字者，如後所引無名氏例詞中的"暗香浮動，疏影橫斜"，即與本詞相同（但是二者也可能都衹是脫字）。

　　⑤ 本句較之東坡"試問夜如何，夜已三更"，"我"字後或脫二字

一平頓。

　　⑥ 秦巘此謂本詞原載《梅苑》，且不著名氏，而前又署名"僧揮"，乃修訂稿的訛誤。

又一體 八十四字　　　　　　　　　　　　晏幾道

柳

江南臘盡，早梅花開後。分付新春與垂柳[一]。細腰肢、自有入格風流，仍更是、骨體清英雅秀。　　永豐坊那畔，盡日無人，惟見金絲弄晴晝[二]。斷腸是、飛絮時，綠葉成陰，無個事、一成消瘦。又莫是、東風逐君來[三]①，便吹散眉間，一點春皺。

　　"斷腸是"六字兩句，與前異，餘同蘇作。"與"、"弄"、"逐"作去聲。

【校記】

　　[一]"與"字用◐符標識，意謂本字應用去聲，此處以上作去。

　　[二]"弄"字用◑符標識，意謂應用去聲。

　　[三]"逐"字用◑符標識，意謂應用去聲，並旁注"去聲"。

【蔡案】

　　① 入作平有其音韵學上的道理，入作去，就很難講得通，雖然鄭大鶴等人也都有類似説法，但是這種先説某字必須是去聲，然後上聲也做去，入聲也作去，如果這樣也可以，豈不是任何一個字都可以説成"必用去聲"了？

又一體 八十五字　　　　　　　　　　　黃庭堅

瀘守王補之生日

月中丹桂,自風霜難老。閱盡人間盛衰草[一]。望中秋,纔有幾日十分圓,霾風雨,雲表常如永晝。　　不得文章力,白首防秋,誰念雲中上功守。正注意、得人雄,静掃河西,應難指、五湖歸棹。問持節、馮唐幾時來[二],看再策勳名,印窠如斗。

　　前段第四、五句,一三一七字,比各家多一字。後段同晏作。"有""宥"、"巧""皓"韵並叶,江西音也,不可從。

【校記】

　　[一]"盛"字、後段第三句"上"字用●符標識,意謂應用去聲。
　　[二]"幾"字用◑符標識,意謂本字應用去聲,此處以上作去。

又一體 八十五字　　　　　　　　　　　晁補之

梅

年年青眼①。爲江梅腸斷。一句新詩思無限[一]。向碧瓊枝上,白玉葩中,春猶淺。一點龍香清遠。　　誰抛傾國艷②。昨夜前村,都恐東皇未曾見[二]。正倚墙紅杏,芳意濃時,驚千片。何許飄零仙館。待冰雪叢中,看奇姿[三],乍一笑、能回上林冬暖。

　　字句與孟作同,惟"淺"字、"艷"字、"片"字叶韵。李元膺一首亦於"淺"、"片"二字叶韵。

《梅苑》:"傾"字下缺"國"字,誤。"香"字,《梅苑》作"涎","恐"字作"怨","正倚墙"下十八字,作"正紅杏倚雲時,自覺銷香,驚何許、飄零千片"。"乍一笑"下九字,作"解一笑春妍,盡回仙苑"。今據汲古本[四]。

【校記】

[一] 原注"思"字去聲,並用●符標識,意謂應用去聲。

[二] "未"字用●符標識,意謂應用去聲。

[三] "看"字用●符標識,意謂應用去聲。

[四] 《梅苑》爲宋人所輯,可信度很高,另一宋人輯本《樂府雅詞》也同《梅苑》,可見該版本更可信。

【蔡案】

① "眼"字爲起調叶韵,這是詞中很常見的一種韵法,都用在前後段的起句中,後面蔡伸詞即爲一例。秦巘原譜失記,應補。

② 本句"艷"字爲閉口音,無須視爲叶韵。

又一體 八十五字　　　　　　　　　　　　　　　晁補之

泗州中秋作

青烟幕處,碧海飛金鏡。永夜閒階卧桂影[一]。露凉時、零亂多少寒螿,神京遠、唯有藍橋路近。　　水晶簾不下,雲母屏開,冷浸。佳人淡脂粉。待都將、許多明月,付與金尊,投曉共、流霞傾盡。更携取胡牀,上南樓,看玉做人間,素秋千頃。

　　毛晋云："无咎，大觀四年卒於泗州官舍。自畫山水留春堂大屏上，題詩云云。又詠《洞仙歌》一闋，遂絶筆。"此與蘇作同，惟"待都將"句多二字①。

　　汲古爲毛滂作，誤。"露凉時"二句，作"相看露凉時，零落瓊漿神京遠"，又缺"月"字，皆誤。

【校記】

　　[一]"臥"字、後段第三句"淡"字、第七句"上"字用●符標識，意謂應用去聲。

【蔡案】

　　① 詞與詞之間的參校，應該有一個基本的原則，即"首見先校"原則。對任何一個詞進行詞體研究的時候，都應該首先看看他和創調詞或首見詞之間的差異，先找出這個體式從源頭發生的變化如何，衹有在這兩者之間的差異過大的情況下，再和其他變格進行比照，脉絡的尋找才更準確。本詞的主要變化在後段第二均，以蘇詞校，固然衹是多二字而已，但是校之以孟詞，就不多二字了。我們從晁詞別首這一均填爲"正倚墻、紅杏芳意濃時，驚千片、何許飄零仙館"來看，字數相同，與本詞應是同一個填法，所以極疑本均原爲"待都將、許多明月付與，金尊共、投曉流霞傾盡"，也就是説，這兩首詞都是按照孟昶的體式填的。

又一體 八十三字　　　　　　　　　　李元膺

廉纖細雨，殢東風如困。縈斷千絲爲誰恨[一]。向楚宮一夢①，多少悲凉，無處問。愁到而今未盡。　　分明都是淚，泣柳沾花，常與騷人伴孤悶[二]。記當年、得意處，酒力方酣，怯輕寒、玉爐香潤。又豈識、情懷苦難禁[三]，點滴檐聲，夜寒燈暈。

此與晏作字句同，惟"向楚宮"二句一五一四字，"問"字叶韵。"點滴"上少一字②，草堂本"點滴"上有"對"字(竹校)。

【校記】

[一]"爲"字旁注"去聲"，並用●符標識，意謂應用去聲。

[二]"伴"字用●符標識，意謂應用去聲。

[三]"苦"字用◗符標識，不知其意，疑是以上作去圖之誤。"禁"字，旁注平聲。

【蔡案】

① 這裏也可以讀爲"向楚宮、一夢多少悲涼"，那麽就和晏詞相同了。古詞標點，首先應該選擇切合現有規範體式者，以規範、統一一個詞調下的不同作品，避免出現過多無謂的"又一體"。

② "點滴"上既然知道少一字，如果是編輯詞譜專著，必然會補足後作爲範詞臚列調内，以供人摹寫，這種明知文字有脱落，而不據已有別本給予補足的作法，顯然就衹是出於梳理並研究詞調來龍去脉的目的了。

又一體 八十六字　　　　　　　　　　　蔡　伸

鶯鶯燕燕。本是于飛伴。風月佳時阻幽願[一]。但人心堅固後①，天也憐人，相逢處，依舊桃花人面。　　綠窗携手乍，簾幕重重，燭影摇紅夜將半[二]。對尊前如夢，欲語驚魂，語未竟、已覺衣襟淚滿。我只是、相思特特來[三]②，這度更休推，後回相見。

　　此與晁作第一首同,唯"但人心"句六字多一字,"燕"字起韵,與各家異③。汲古缺"乍"字,"祇是"二字作"只爲"。

【校記】

　　[一]"阻"字用◗符標識,不知其意,疑是以上作去圖之誤。

　　[二]"夜"字用◖符標識,意謂應用去聲。

　　[三]前"特"字用◖符標識,意謂應用去聲,並注"作去",又於後"特"字注"作平"。

【蔡案】

　　① 本句的韵律應該是一個折腰式的六字句,因爲本調前後段的第四個句拍,都有添一字作六字折腰式填法,如前一詞後段作"記當年、得意處"等,秦巘六字未讀斷。

　　② 前一"特"字,其實無須作去,這裏依律本應該用仄聲,則用入聲並沒有什麼違逆,後一"特"字也無須作平,如果同晁詞的"更携取胡牀,上南樓"讀爲"我祇是相思、特特來"即可。

　　③ 晁補之"年年青眼"詞,也是如此。

又一體 八十八字　　　　　　　　　　　　趙師俠

丁巳元夕大雨

元宵三五。正好嬉游去。梅柳蛾蟬鬭濟楚[一]。換鞋兒、添頭面,只等黃昏,恰限有、些子無情風雨。　　　心忙腹熱,没頓渾身處①。急把燈火炎艾炷[二]。做匙婆許。葱油麵灰畫葫蘆,更漏轉、越眹不停不住。待歸去。猶自意遲疑,但無語。空將眼兒厮覷。

前段首句起韵,四五句兩三字②。後段起句四字,次句五字,四五句一四一七字③,皆與各家異③。"許"字、"去"字、"語"字叶韵,或是偶合。"限"字當是"恨"字之訛。"濟"字當用平,或是"齊"字之訛。"炎艾"字宜去平,當是誤倒④。

【校記】

〔一〕"鬭"字、後段第七句"意"字用●符標識,意謂應用去聲。

〔二〕原注"炎"字宜仄。

【蔡案】

① 本詞即前一詞體,祇是後段起拍處讀破,作一四一五。但這也是參差字句通常的作法,如葛長庚之"黃昏人静,踏碎階前月",陳亮之"騎鯨汗漫,那得人同坐"等都是如此作法。

② 從這一句注釋語可以看出,在秦巘等人眼裏,六字折腰式的句子,是被視爲兩句的,無論中間標注爲"豆"還是"句",都没有變化。

③ 而後段第二均的差異祇在前一首遵循的是孟昶的詞體,這一首遵循的是蘇軾的詞體,有二字之差而已。關鍵是這裏的句讀應該是有瑕疵的,"做匙婆許"何意? 正確的讀法應該是"做匙婆、許葱油,麵灰畫葫蘆",與晏幾道詞同,而且從前段的第四個句拍讀爲"換鞋兒、添頭面"來看,也是對應的。

④ "艾炷"是一個結合緊密的詞,秦巘這是爲了第五字的去聲而不惜拆解詞語了。

又一體 八十六字　　　　　　　　　　趙長卿

木　犀

芰荷已老,菊與芙蓉未。一夜秋容上巖桂[一]。間繁蕪、嫩黃染就瓊瑰,開未足、已早香傳十里。　　從前分付處,明月清風,不用斜輝照佳麗。歎浮花、徒解咤,淺白深紅,爭似我、瀟灑堆金積翠。看天闊秋高,露華清,見標致風流,更無塵意。

　　此與晏作同,惟"瀟灑"句與孟作同,多二字。

【校記】

　　[一]"上"字、後段第三句"照"字、第七句"露"字用●符標識,意謂應用去聲。

又一體 八十五字　　　　　　　　　　　　　缺　名

摧殘萬物,不忍臨軒檻。待得春來是早晚[一]。向紛紛雪裏,開一枝見。清香滿。漏泄東君先綻。　　暗香浮動①,疏影橫斜,只這些兒意不淺。怎禁他、澹澹地,勻粉彈紅,爭些兒、羞煞桃腮杏臉。爲傳語東風,共垂楊,奈辛苦,千絲萬縷撩亂。

　　見《梅苑》。前段"見"字、"滿"字叶韵②。後起兩四字句對偶,與各家異。餘同趙作。

【校記】

　　[一]"是"字、後段第三句"意"字、第七句"共"字用●符標識,意謂應用去聲。

【蔡案】

　　① 本調後起例作五字一句,本詞少一字,疑有字脱落,詳參前僧揮詞。

② 詞中的輔韵，衹是微調而已，是否叶韵都不關乎體式的變化，因爲它並不涉及律法問題，衹不過是作法中的一個修辭手段。

又一體 八十四字　　　　　　　　　　　　缺　名

梳風洗雨，蘭蕙摧殘後。玉蕊檀芳做霜曉[一]。板橋平，溪岸小①。月下歸來，乘露冷，贏得清香滿抱。　　　一枝春在手。細嗅重有②。風味人間自然少。擬欲問東君，妙語難尋，搜索盡、池塘春草。想不是、詩人賞幽姿，縱竹外橫斜，是誰知道。

　　　亦見《梅苑》。前段同蔡作，後段同蘇作，惟"小"字、"手"字、"有"字叶韵，與各家不同。有、曉兩韵並叶，亦江西音。

【校記】

　　[一]"做"字、後段第三句"自"字、第七句"賞"字用●符標識，意謂應用去聲。但"賞"字非去聲。

【蔡案】

　　① 此六字由"玉闌干倚遍"添字而成，因此是一句，而非兩句，應該讀爲六字折腰句，本句如果減一字，作五字一句，就是東坡詞體。

　　② "手"、"有"二字，本來就不是韵脚所在，因此或以爲自叶，或以爲不叶，都可以，而無須視爲"有"、"曉"兩韵並叶。

又一體 八十四字　　　　　　　　　　　　阮　閲

贈宜春官妓趙佛奴

趙家姊妹，合在昭陽殿。因甚人間有飛燕[一]。見伊底、盡道

獨步江南，便江北、也何曾慣見。　　　惜伊情性好，不解嗔

人，常帶桃花笑時臉。向尊前酒底，見了須歸，似恁他、能得

幾回細看。待不眨眼兒，覰著伊，將眨眼工夫，看伊幾遍。

　　《宜春遺事》云：“龍舒阮閱閎休，建炎中知袁州，致仕後即居
宜春焉。贈其官妓趙佛奴《洞仙歌》云云。此詞已爲元曲開山
矣。”愚按：阮閱字閎休，一作阮閎。

　　此與晁第一首同，惟前尾句少一字。“也何曾”三字，《本事
詞》作“也是幾曾”，多一字[一]。“有”、“笑”、“覰”去聲。

【校記】

　　[一]“有”字、後段第三句“笑”字、第七句“覰”字用●符標識，意
謂應用去聲，但“有”字非去聲。

【蔡案】

　　① 這是一首秦巘自己也知道有殘缺的詞，不但作爲詞譜極不應
該收入，即便作爲研究詞體來龍去脉的書，也毫無收錄的價值，因爲
從這一首詞中，我們看不出任何相關的詞體衍化的痕跡。這類詞不
是僅存幾首，不少，他們唯一的作用就是告訴讀者，某詞某句是“一本
少一字”，而非減一字。因此，也是本書並非詞譜，而是講詞體衍變的
專著的一種證明。

又一體 八十七字　　　　　　　　　　　　　　　康與之

荷　花

若耶溪路。別岸花無數。欲斂嬌紅向人語[一]。與綠荷相

倚，恨回首西風①，波淼淼、三十六陂烟雨。　　　新妝明照

水,汀渚生香,不嫁東風被誰誤。遣踟躕,騷客意,千里綿綿,烟浪遠、何處凌波微步。想南浦潮生,畫橈歸,正月曉風清,斷腸凝佇。

　　此與趙作同,惟前段第四、五句各五字,多一字。

【校記】

　　[一]"向"字、後段第三句"被"字、第七句"畫"字用◖符標識,意謂應用去聲。

【蔡案】

　　① 這兩句的原型是一個九字句,如果添一字,則依例諸家都填爲三三四句法,就律理依據而言,亦即五字句添一字作六言折腰句法,韵律如此,因此不可讀爲五字兩句。

又一體 八十三字　　　　　　　　周紫芝

江梅吹盡,更幽蘭香度。可惜濃春爲誰住[一]。最嫌他,無數輕薄桃花,推不去。偏守定、東風一處。　　病來應怕,酒眼常醒①,老去。羞春似無語。準擬強追隨,管領風光,人生只、歡期難預。縱留得、梨花做寒食,怎喫他、朝來這般風雨。

　　前結七字,後起兩四字。

【校記】

　　[一]"爲"字、後段第三句"似"字、第七句"做"字用◖符標識,意謂應用去聲。

【蔡案】

①"酒眼常醒"之類的表達,其言不通之甚,顯然有文字脫落。毛校本《竹坡詞》已注云"'眼'上疑脫一字",應據補,作"病來應怕酒,□眼常醒"。

又一體 八十六字　　　　　　　　　　　　　　　　林　外

飛梁壓水,虹影澄清曉。橘里漁村半烟草[一]。歎今來古往,物換人非,天地裏、惟有江山不老。　　雨巾風帽。四海誰知我。一劍橫空幾番過。按玉龍嘶未斷,月冷波寒,歸去也、林屋洞門無鎖。認雲屏烟幛,是吾廬。任滿地蒼苔,年年不掃。

　　葉紹翁《四朝聞見録》云:"紹興間,有題《洞仙歌》於垂虹橋者,不書其姓名,時皆喧傳以爲洞賓所爲。浸達於高宗,天顏輾然而笑曰:'是福州秀才云爾。'左右請聖諭所以然,上曰:'以其用韵蓋閩音云。'久而知爲閩士林外所爲,聖見異矣。"(節録)

　　換頭句四字,次句五字,皆叶韵。餘與後吳作同。

【校記】

[一]"半"字、後段第三句"幾"字、第七句"是"字用●符標識,意謂應用去聲。但"幾"字非去聲。

又一體 八十五字　　　　　　　　　　　　　　　　管　鑑

訪鄭與德郎中留飲

化工妙手,慣與花爲主。忍便催殘任風雨[一]。剪姚黃,移魏紫,齊集梁園,春艷艷、何必尊前解語。　　繡屏深照影,簾密收香,夜久寒生費調護。寶盆翻,銀燭爛,客醉忘歸,共惜此、芳菲難遇。看明年、紫禁繞鶯花,漫相望春風,五雲深處。

> 原題一作《牡丹》。
> 前段第四、五句兩三字。後段與晏作同。

【校記】

　　［一］"任"字、後段第三句"費"字、第七句"繞"字用●符標識,意謂應用去聲。

又一體 八十二字　　　　　　　　　　　　姜　夔

黃 薔 薇

花中慣識,壓架瓏璁雪。乍見湘英間琅葉［一］。恨春風將了,染額人歸,留得個、裊裊垂香帶月。　　鵝兒真似酒,我愛幽芳,還比荼蘼更嬌絕。自種古松根,待黃龍①,亂飛上,蒼髯五鬣。更老仙,添與筆端香,敢喚起桃花,問誰優劣。

> 汲古爲吳文英作,題《賦黃木香,贈辛稼軒》。
> "待黃龍"句三字,比各家少一字。"乍"字,汲古作"可",誤。
> "更"字作"又","香"字作"春"。

【校記】

　　［一］"間"字、後段第三句"更"字、第七句"筆"字用●符標識,意謂應用去聲,並旁注"間"字、"筆"字去聲。

【蔡案】

　　① "待黃龍"句，例作四字，宋詞作三字的惟此一例，必誤。據《白石道人歌曲別集》，本句作"待看黃龍"，應該是本來面目，應據補。

又一體 八十六字　　　　　　　　　　　　　　　　　吳文英

方庵春日花勝宴客，爲得雛慶。花翁賦詞，俾屬韵末

芳辰良宴，人日春朝並。細縷青絲裹銀餅[一]。更玉犀金彩，沾

座分簪，歌圍暖、梅屬桃唇鬥勝。　　露房花曲折，鶯入新年，添

個宜男小山枕。待枝上、飽東風，結子成陰，藍橋去、還覓瓊漿一

飲。料別館、西湖最情濃，爛畫舫，月明醉，宮袍錦①。

　　　　　此與趙作同，惟結尾作三字三句，或於"明"字分句。

【校記】

　　[一] "裹"字、後段第三句"小"字、第七句"醉"字用●符標識，意謂應用去聲，但"裹"字、"小"字非去聲。

【蔡案】

　　① 本"又一體"僅僅是因爲讀法不同而造成，這九字如果讀成"爛畫舫月明，醉宮袍錦"，那麼就和正體一致了，《全宋詞》就是如此讀法。尤其是秦巘明知有此一讀，還要弄出一個又一體，無聊之至。

又一體 八十七字　　　　　　　　　　　　　　　　　黃　載

姑蘇舊臺在三十里外，今臺在胥門上。次潘紫巖韵

吳宮故壘，是天開圖畫。縹緲層雲出飛榭[一]。隱隱樓空翠

巘^①,水繞蕪城,平疇迥,點染霜林彫謝。　　越來溪上雁,聲切闌干,似覓胥門怨吳霸。屬鏤沉,香溪斷,夢散雲空,千年外、等是漁樵閒話。但極目荒臺,鬱蒼烟,衰草裏,又還夕陽西下。

　　　通體與康作同,惟前段第四句六字略異。次潘紫巖韵,即潘
　　牥《羽仙歌》也。

【校記】

　　[一] "出"字、後段第三句"怨"字、第七句"鬱"字用●符標識,意謂應用去聲,並旁注"出"字、"鬱"字作去。

【蔡案】

　　① 本詞前段第四個句拍,例作五字一句,此爲添字格,如此填者極爲少見。如果讀爲"隱隱樓、空翠巘",就是常式,多此一舉了。檢潘紫巖的原詞就是作"自浣紗、人去後"折腰的,也可以旁證。

又一體 八十二字　　　　　　　　　　　　　　　蔣　捷

對 雨 思 友

世間何處,最難忘杯酒。唯是停雲想親友^[一]。此時無一盞,千種離愁,西風外,長伴枯荷衰柳。　　去年深夜語,傾倒書窗,燭心懸小紅豆^①。記得到門時,雨正瀟瀟,嗟今雨、此情非舊。待與子、相期採黃花,又未卜重陽,果能晴否。

　　　後段第三句六字,各家無此體。"燭"字上下,恐是誤脫

一字。

【校記】

〔一〕"想"字、後段第三句"小"字、第七句"採"字用●符標識,意謂應用去聲,但三字皆非去聲。

【蔡案】

① 彊村叢書本《竹山詞》,"窗"字屬下作"窗燭",而前句"書"字後有一脱字符□,秦巘所據本奪字而已。

又一體 八十四字　　　　　　　　　　　　　　段宏章

荼　蘼

一庭晴雪,了東風孤注。睡起濃香占窗户〔一〕。對翠蛟盤雨,白鳳迎風,知誰見、愁與飛紅流處。　　想飛瓊弄玉,共駕蒼烟,欲向人間挽春住。清淚滿檀心,如此江山,都付與、斜陽杜宇。是曾約梅花,帶春來,却又自、趁梨花①,送春歸去。

此與蘇體同,惟結尾多一字。

【校記】

〔一〕"占"字、後段第三句"挽"字、第七句"帶"字用●符標識,意謂應用去聲,但"挽"字非去聲。

【蔡案】

① 後結"却"字衍,應據元《草堂詩餘》改。

又一體 八十一字①　　　　　　　　　　　張 翥

辛巳歲燕城初度

功名利達，任紛紛奔競。縱使得來也僥倖[一]。老眼看多時，鐘鼎山林，須信道、造物安排有命。　　　人生行樂耳，對月臨風，一詠一觴且乘興。五十五年春，南北東西，自笑萍踪久無定。好學取、淵明賦歸來，但種柳栽花，便成三徑。

> 與蘇作同，但"自笑"句用上四下三字句法②。"笑"字一作"歎"。

【校記】

[一]"也"字、後段第三句"且"字、第七句"賦"字用●符標識，意謂應用去聲，但"也"字、"且"字非去聲。

【蔡案】

① 應是八十三字。

② 本詞衹是填誤而已，僅此一詞，非又一體。

羽仙歌 八十八字　　　　　　　　　　　潘 牥

雕檐綺戶，倚晴空如畫。曾是吳王舊臺榭[一]。自浣紗人去後①，落日平蕪，行雲斷、幾見花開花謝。　　　凄涼闌檻外，一簇青山，多少圖王共爭霸。莫閒愁、金杯瀲灩②，對酒當歌，歡娛地、夢中曹騰休話。漸倚遍西風，晚潮生，明月裏、鷺鷥背人飛下。

此與蔡作同，惟"莫閒愁"句七字，與晁體同。自是一調，無須分列。

【校記】

［一］"舊"字、後段第三句"共"字、第七句"遍"字用●符標識，意謂應用去聲。

【蔡案】

① 前段第四拍，例作五字一句，這裏是衍一"人"字。

② 本句疑是衍字而已，宋詞中如此填者僅此一首。

三字令 四十八字　　　　　　　　　　　歐陽炯

春欲盡，日遲遲。牡丹時。羅幌卷，翠簾垂。彩箋書，紅粉淚，兩心知。　　人不在，燕空歸。負佳期。香燼落，枕函欹。月分明，花淡薄，惹相思。

《子野詞》屬林鐘商。《九宮大成》入南詞羽調引，與正宮正曲不同。

又見鮑刻《子野詞》，今從《堯山堂外記》。《堯山堂外記》云："炯事孟蜀後主，時號五鬼之一。曾約同僚納凉於寺，寺僧可朋作《耘田鼓歌》以刺之，遂徹飲。炯始作《三字令》。"愚按：因通調俱用三字成句，故名。"卷"字，鮑本作"掩"，"翠"字作"繡"，"在"字作"見"，"落"字作"冷"，"函"字作"閒"，"分"字作"方"。

又一體 五十四字　　　　　　　　　　　向子諲

春盡日，雨餘時。紅簌簌，綠漪漪。花滿地，水平池。烟光
〇●●　●〇△　　〇●●　●〇△　　〇●●　●〇△　　⊙〇

裏,雲影上,畫船移。　　文鴛並,白鷗飛。歌韵響,酒行
◎　○●●　●○△　　○⊙●　●○△　○●●　●○
遲。將我意,入新詩。春欲去,留且住,莫教歸。
△　○●●　●○△　⊙○◎　○●●　●○△

前後各多第三句,"裏"字、"去"字用仄,與前作平仄異。

西江月 五十字　一名《白蘋香》《步虛詞》《江月令》　　歐陽炯

月映長江秋水。分明冷浸星河。淺沙汀上白蘋多。雪散幾
叢蘆葦。　　扁舟倒影寒潭,烟光遠罩輕波。笛聲何處響
漁歌。兩岸蘋香暗起。

唐教坊曲名。張先詞、《樂章集》俱屬中呂宮。張詞又屬道調
宮。《九宮大成》入南詞中呂宮引,一名《江月令》,又入南詞雙調引。

因此詞結句,名《白蘋香》①,程珌詞名《步虛詞》,與李德裕
《步虛詞》不同,王行詞名《江月令》②。與呂渭老《西江月慢》無
涉,故另列。

"水"字起韵③,兩結"葦"字、"起"字叶韵。歐凡二首皆然,
與宋人平仄互叶體有别。"寒潭"下葉《譜》有"裏"字,叶韵。

【蔡案】

①《白蘋香》祇是指代名,並非正式調名,因此唐宋元無人襲用。

②《步虛詞》和《江月令》也並不是正式調名,而是詞名。

③ 詞的每段起拍,都是可韵可不韵的。但是本調的起拍叶韵,
都是以前後成對的形式相叶。本詞原譜僅前起叶韵,後起不韵,這種
情況則尚未見到,所以,後段起拍按照葉《譜》所收錄的作"扁舟倒影
寒潭裏",是有其律理依據的。更重要的是,本調的早期形式,其後起
都是七字一句,現可見的三首敦煌詞,就有兩首如此填,歐詞現存

二首，《尊前集》一本後起也都是七字。因此，認爲原譜過片句脱落句末的"裏"字，應該是可以被認定的。補足後前後段起拍都叶韵，正是本調韵法的一般形式之一。

又一體① 五十字　　　　　　　　　　　　　司馬光

寶髻鬆鬆縮就[一]，鉛華淡淡妝成。紅雲翠霧罩輕盈。飛絮
◎●⊙○○●　　⊙○◎●○△　⊙○◎●●○△　⊙●
游絲無定。　　　相見争如不見，有情還似無情。笙歌散後
○○⊙▲　　　⊙●○○○●　○○⊙●○△　⊙○○●
酒微醒。深院月明人静。
●○△　⊙●○○⊙▲

《東皋雜録》云："司馬温公製，又名《錦堂春》，又名《步虚
詞》。"愚按：歐陽炯在宋前，不始於此。想宋人習用此體，而歐
體無效之者，故云。平仄互叶，雖五代時間用之，尚未顯著。詞
中三聲並叶體，實始於此，爲元人北曲之濫觴矣。至《錦堂春》兩
結各五字，並非平仄互叶，格調不類，舊譜誤注，今削之。

【校記】

[一] 原注"寶"字可平，"鬆"字可仄，"縮"字可平。其餘旁注可平可仄，均用圖譜表示，不再出校。

【蔡案】

① 本詞乃本調主流填法，前後段首拍皆不叶韵，尾拍三聲叶前平聲韵。

又一體 五十字　　　　　　　　　　　　　蘇　軾

點點樓前細雨。重重江外平湖。當年戲馬會東徐。今日凄

凉南浦。　　莫恨黄花未吐。且教紅粉相扶。酒闌不必看
茱萸。俯仰人間今古。

> 此亦平仄互叶體，兩起句皆叶韵，與司馬作不同。

又一體 五十字　　　　　　　　　　　　　黄庭堅

老夫既戒酒不飲，遇宴集，獨醒其旁。坐客欲得小詞，援筆
爲賦。

斷送一生惟有，破除萬事無過。遠山橫黛蘸秋波。不飲傍
人笑我。　　花病等閒瘦損，春愁没處遮攔。杯行到手莫
留殘。不道月斜人散。

> 後段另换一韵，各爲平仄互叶，與各家異。周紫芝、吴文英
> 皆有此體。"橫黛"二字，汲古作"微影"，"秋"字作"橫"，"損"字
> 作"惡"，"處"字作"個"，"斜"字作"明"。

又一體 五十字　　　　　　　　　　　　　程　垓

墙外雨肥梅子，階前水繞荷花。陰陰庭户薰風滿，冰紋簟怯
菱芽。　　春盡難憑燕語，日長惟有蜂衙。沈香火冷珠簾
暮，個人在碧窗紗。

> 前後段第三句不叶，第四句仍叶平韵。《詞律》疑是《烏夜
> 啼》，又以六字結，無此體，騎墙之見，終未定論。愚按：《詞律》
> 以《烏夜啼》與《錦堂春》合爲一調，已屬誤認。此詞兩結六字，與
> 《錦堂春》不同。兩起亦六字，與《烏夜啼》更不同[①]。惟與歐陽

修《憶漢月》字句悉合，但平仄韵異，亦非一調，姑存俟考。

【蔡案】

① 本詞確實是《烏夜啼》，後人誤刻爲《西江月》。衹是本詞前後段尾拍各添一字，作六字折腰句法。秦巘兩結都未讀斷，也是一個瑕疵，否則"篁恠"就無法解釋。《烏夜啼》和《西江月》的區別，在前後段第三個句拍，凡是《西江月》，第三句都叶韵，而《烏夜啼》則都不叶韵。

又一體 五十字 　　　　　　　　　　周紫芝

畫幕燈前細雨。垂蓮盞裏清歌。玉纖持板隔香羅。不放行雲飛過。　　今夜塵生洛浦。明朝雨在巫山。羞蛾且莫鬥彎環。不似司空見慣。

　　兩起句自爲叶，與蘇同。後段換韵，不與前段叶，與黄同①。周凡四首，皆如此體。

【蔡案】

① 此即黄庭堅詞體，惟前後段首拍自爲一韵異。

又一體 五十六字　　　　　　　　　　　趙與仁

夜半河痕隱約，雨餘天氣冥濛。起行微月遍池東。水影浮花，花影動簾櫳。　　量減難追醉白，恨長莫盡啼紅。雁聲能到畫樓中。也要玉人，知道有秋風。

　　見《絶妙好詞》及《陽春白雪》。

　　通體用平韵，兩結各九字，與各家異。頗似趙長卿《臨江仙》

體,但兩四句平仄相反。定是一調,誤寫調名[一]①。

"隱"字,葉《譜》作"依","冥"字作"迷"。

【校記】

[一] 這兩句,北師大本作"不定知是一調誤寫調名"。

【蔡案】

① 無論這是《西江月》還是《臨江仙》,這個類型的小令都是脫胎自律詩,所以前後段均爲四句,這是其韵律的基礎,換言之,前後結的九字,就是一句。《臨江仙》中,陳克、向子諲、趙長卿等均有這種體格的作品存世,兩結句都是上四下五的"平平仄仄、仄仄仄平平"句式。這種句式較之於本調,是更傾向於兩句化,而本詞則更傾向於九字句,因此,本詞的韵律全部平仄相替,音律上就要更加流暢,其"一氣"的感覺十分清晰。試吟"也要、玉人知道有秋風",就可了然。所以,無論四字句如何變化,總體上的韵律依然是一致的,"誤寫調名"的判斷沒錯。

鳳樓春 七十八字 　　　　　　　　　　　歐陽炯

鳳髻綠雲叢。深掩房櫳。錦書通。夢中相見覺來慵。勻面淚,臉珠融。因想玉郎何處去,對淑景誰同。　　　　小樓中。春思無窮。倚闌凝望,暗牽愁緒,柳花飛趁東風。斜日照、珠簾羅幌,香冷粉屏空。海棠零落,鶯語殘紅。

　　唐教坊曲名。《唐詞紀》:《憶秦娥》,商調曲也。《鳳樓春》即其遺意。

　　《詞律》於"斜日照"下缺"珠"字,所引《詞綜》作"簾櫳",亦誤。今從《花間集》。前結句是一領四字句①。

【蔡案】

① 本詞的前後段太過參差，早期的雙段式詞大多前後諧和，如此長短不齊的情況非常少見，一般都是因爲有文字脱落，本詞也是如此。舉例來説，如"錦書通"從韵律諧和的角度看，應當是四字，詞意上也應該是"錦書難通"，方可與前文之"深"字。後文之"夢"字相合，則"錦書"後或脱字若干；又如"勻面涙"、"臉珠融"二句，幾不成語，莫知所謂，其原文也應該是"勻粉面、涙臉珠融"纔合乎韵律和詞意；再如後段"柳花"句，"趁"之前後添一仄聲字，亦於律更諧。

赤棗子 二十七字　　　　　　　　　　　　　歐陽炯

夜悄悄，燭熒熒。金爐香燼酒初醒。春睡起來回雪面，含羞不語倚雲屛。

唐教坊曲名。

愚按：此詞與《搗練子》《桂殿秋》《解紅》《瀟湘神》等曲句法相同，猶是長短句詩遺意，只在聲調間辨別。《詞律》沾沾於平仄分别之，自謂諦當，失之遠矣①。

【蔡案】

① "自謂諦當，失之遠矣"的評論十分準確。本詞原爲聲詩，想來當時的演唱曲調與《搗練子》之類各異，就如《浪淘沙》之與《欸乃曲》《楊柳枝》之類，這些小曲子的差異並不關乎平仄、句法，也不關乎聲調，而祇在當時各個曲子之間旋律的不同。後世旋律既失，今天祇有一個外殼，自然就無法有一個辨別的切入點了。爲什麼今天七言絶句體的小曲子，能存活下來的祇有《竹枝》一種，而罕見別種，其原因也在這裏。

賀明朝 <small>六十二字</small> 歐陽炯

憶昔花間初識面。紅袖半遮，妝臉輕轉①。石榴裙帶，故將纖纖，玉指偷撚。雙鳳金綫②。　　碧梧桐鎖深深院。誰料得、兩情何日教繾綣③。羨春來雙燕。飛到玉樓，朝暮相見。

> 調見《花間集》。與《賀聖朝》不同，宜分列。

> 一本次句於"臉"字分句，頗通。詞中破句者甚多，觀後詞後段第二三句亦然。纖纖，疑是"纖手"，方讀得順，且與後詞相協。或於"指"字斷句，作四句六字，此調前後段本不相合也，存參。"羨春來"句，是一領四字句。

【蔡案】

① 前段的六個四字句，把正格詞意割得支離破碎，不說韻律，連文意都七零八落了，其原來的意思應該是"紅袖遮臉，輕轉裙帶，玉指撚金綫"，所以，"憶昔花間初識面。紅袖半遮妝臉"是第一層，"輕轉"屬下，是句中韻。當然，秦巘原讀從韻律的角度分析，也是清晰的，不談詞意的表達，單純從韻律的角度說還更合理。

② 這裏的四字三句，也應該讀爲六字二句，"撚"的不是玉指，而是石榴裙帶上的"雙鳳金綫"，所以是"故將纖纖玉指，偷撚雙鳳金綫"。"撚"字如果要視爲韻脚，也是句中韻，而"故將"句爲平起仄收式律句，"纖纖"則不必是"纖手"了。與前一條蔡案一樣，如果不考慮詞意本身，其韻律也沒有問題，尤其我們比照後一首綜合分析，更是如此。但是，文法和律法不是一對矛盾，正常的詞調必然兩者都是沒有問題的，如果"有問題"也祇是我們沒有梳理好的緣故。而合乎韻律卻詞意不通達的情況，則或者是文字有舛誤，或者是字句被後人刻意修理過，或者兼而有之。這首詞我們以爲就存在這樣的問題。

③ 繾，以上作平。

又一體 六十一字　　　　　　　　　　　　　　歐陽炯

憶昔花間相見後。只憑纖手①，暗拋紅豆。人前不解，巧傳心事，別來依舊。辜負春晝。　　碧羅衣上蹙金繡。睹對對鴛鴦，空裹淚痕透。想韶顏非久。終是爲伊[一]，只恁消瘦。

　　　後段第二三句，兩五字句。"事"字用仄，與前微異。恐前詞"纖纖"二字有誤，姑錄俟考。"是"字葉《譜》作"日"。

【校記】

　　[一] 原注"爲"字去聲。

【蔡案】

　　① "手"字在輔句字位，不妨視爲叶韻。

後庭花 四十四字　或加"玉樹"二字，一名《海棠春》　　毛熙震

輕盈舞妓含芳艷[一]。競妝新臉[二]。步搖珠翠修蛾斂。膩
⊙○◎●●▲　　　●○○●▲　　　◎○○●●○▲　　●

鬟雲染。　　歌聲漫發開檀點。繡衫斜掩。時將纖手勻紅
○○▲　　　　⊙○●●○○▲　　●○○▲　　⊙○○●●○

臉①。笑拈金靨。
▲　　　●○○▲

　　　《九宮大成》入北詞仙呂調隻曲。

　　　此調本陳後主製，見《南史》，原詞不傳，後人因舊曲而倚爲新聲也②。《詞律》以爲毛第一首次句用"後庭花發"，正合題名。

其實《花間集》及各刻皆作"瑞庭",《詞律》以"瑞"字爲誤,又書毛文錫名,皆非。孫光憲作有"後庭新宴"句,獨不可以名調乎?

"競""膩""繡""笑"四字必用去聲爲妙③。毛熙震共三首,一首用"聞鎖"二字,誤。又一首後段第三句作"爭不教人長相見",平仄異。《詞律》以爲"教人爭不長相見"之誤,臆改,非是。

"臉"字重叶,通體用閉口韵甚嚴。

元王惲《後庭花破子》與此無涉④,宜分列。

【校記】

[一] 原注"輕"字可仄,"舞"字可平。其餘可平可仄旁注,均用圖符表示,不再出校。

[二] "競"字、前結"膩"字、後段次句"繡"字、後結"笑"字用●符標識,意謂必用去聲。

【蔡案】

① 重韵。

② 陳後主所製的,也就一個名字而已,秦巘認爲製的是"此調",那就意味著陳後主的《後庭花》,其時還可以演奏,"舊曲"存在,又倚什麼"新聲"呢? 對於這種情況,詞譜家通常的說法是"因舊曲名而倚爲新聲",這纔是符合實際的。

③ 又見"去聲"之論。毛詞今存三首,該四字十二處,其中一平一入二上,三分之一並非去聲,張先詞兩首,更是三上一平,按照秦巘的說法,豈不是都成了誤填了? 不知秦巘所謂的去聲之妙妙在何處,惜從未見其詳細詮解。

④《後庭花破子》今存最早的爲李煜所作,而非元人王惲。

又一體 四十六字　　　　　　　　　　　　孫光憲

景陽鐘動宮鶯囀。露凉金殿[一]。輕颸吹起瓊花綻。玉葉如
剪[二]。　　　晚來高閣上，珠簾捲①。見墜香千片②。修蛾慢
臉陪雕輦。後庭新宴。

　　　　後起句用八字，次句五字，與前異。"玉"字讀去聲，"葉"字
　　入作平。

【校記】

　　[一]"露"字、前結"玉"字、後段次句"墜"字、後結"後"字用●符
標識，意謂必用去聲。

　　[二]原注"玉"字去聲，"葉"字作平。

【蔡案】

　　① 秦蠍也知道這八字爲一句，即通常所謂的"一氣"，所以五字
後應用"逗"標，而不是"句"。

　　② 後面一首孫詞，後段起作一五二四，疑本句"見"字當屬前，讀
如"現"。

又一體 四十六字　　　　　　　　　　　　孫光憲

石城依舊空江國。故宮春色[一]。七尺青絲芳草綠。絕世難
得[二]。　　　玉英凋落盡，更何人識。野棠如織。祇是教人
添怨憶。悵望無極。

　　　　後起句五字，次四字，與前異。"世"字、"望"字用仄聲①。
　　"世"字一作"色"，是入作平。"望"字本可讀平聲，"綠"字是借

叶②。觀姜、吳諸名家，屋、沃多叶"北"字，可通。《詞律》改"碧"字，謬。

【校記】

[一] "故"字、前結"絶"字、後段次句"野"字、後結"悵"字用●符標識，意謂必用去聲。按，"野"字非去聲。

[二] 旁注"絶"字"作去"，又注"世"字"宜平"。

【蔡案】

① 從毛詞可知，兩結句的第二字應是平聲，孫詞前一首的"葉"是以入作平，也同毛詞，所以本詞前段結拍的原詞應該是"絶色"，"色"字正和前一首的"葉"字一樣，都是以入作平，而"望"字本來就是平聲。

② 所謂"借叶"，是站在清人的立場上做出的判斷，實際上並不符合唐宋詞的實際，因爲在唐宋詞中清人所分的各部入聲，往往可以互叶，而沒有任何特別的限制。如果只是偶然現象，我們當然可以稱其爲"借叶"或者"通叶"，但當這種情況成爲一種通例的時候，就既不是借也不是通，而是本來就可以互叶。這種以明清格律來研究甚至規範唐宋詞實際的情況，是明清研究唐宋詞中最大的毛病，而這種病態的視點，又往往在影響我們今天的研究，非常值得關注。

玉樹後庭花 四十四字　　　　　　　　　　張　先

華燈火樹紅相鬥。往來如晝[一]。河橋水白天青，訝別生星斗。　　落梅穠李還依舊。寶釵沽酒。曉蟾殘漏心情，恨雕鞍歸後。

　　唐教坊大曲名。

　　《南史》云："陳後主每引賓客，對張貴妃等游宴，使諸貴人及女學士，與狎客共賦新詞相贈答，採其尤艷麗者爲曲調，其曲有《玉樹後庭花》。"

《通典》云："陳後主造。常與宫女、學士及朝臣相唱和爲詩，太樂令何胥採其尤輕艷者爲此曲。"

調見《安陸集》，各譜失收此體。

前後段第三句六字，四句五字，與各家異。兩結是一領四字句，勿誤①。

【校記】

[一]"往"字及後段次句"寶"字用◑符標識，意謂必用上聲。

【蔡案】

① 本詞實際上就是毛詞的詞體，祇是將七字句的句脚移後，變成後一句的領字而已。《欽定詞譜》認爲本詞是屬於"攤破句法"的方式，並不正確。在《欽定詞譜·生查子》後對於攤破有一個詳細的規定："蓋詞家有攤破句法之例。如此詞句本五字，添一字，即破作三字兩句，或句本七字，添二字，即破作四字一句、五字一句，即此可以類推。"這一説法是準確的，所以所謂"攤破"的句子，必須具備兩種必要的條件：一是有添字，二是有句法變化，缺一不可。本詞並不存在添字的情況，因此就不屬於攤破，對這類情況，我稱其爲"讀破"。讀破對於詞調的體式變化並無影響，而祇是句讀上的差異而已，就好像是六字二句，讀爲四字三句那樣。

八拍蠻 二十八字　　　　　　　　　　　　　閣　選

雲鎖嫩黄烟柳細，風吹紅蒂雪梅殘①。光景不勝閨閣恨，行行坐坐黛眉攢。

　　　唐教坊曲名。亦七言絕句體。《詞譜》云："所詠皆越中事，或即八拍之《蠻歌》也。"②

【蔡案】

　　① 本詞前後段每句都衹對不粘，這本是詩與詞的一個重要差別。但是他每句均爲律句，格律嚴整，所以平仄不可不拘。

　　② 詞以句爲拍，所以十句的詞《破陣子》，又稱爲《十拍子》。又如《碧雞漫志》卷四云："今越調《蘭陵王》，凡三段、二十四拍，或曰遺聲也。"檢今天尚存的宋詞《蘭陵王》，恰爲二十四拍。因此，所謂"八拍"者，就應該是由八句組成的纔對。而今天所見到的所有本子，無論是否詞譜，實際上所呈現的都衹是四拍，即秦巘所說的"七言絕句體"。顯然存在脫落四拍的情況。《花間集》收閻選二首，除了這四句外，另有"愁瑣黛眉烟易慘，淚飄紅臉粉難勻。憔悴不知緣底事，遇人推道不宜春"四句，歷來都將這八句視爲兩首，但根據調名來看，實際上應該就衹是一首而已。閻詞或是前後段換韵的體格，或是循古韵，十一真、十四寒互押，即詞韵第六、第七兩部混押的體格。至於這兩部詞韵混押的情況，在唐宋人詞韵尚未固定的時候，其例甚多，如第六、第七部混押的同類詞例，可以以晏幾道的《兩同心》爲例："楚鄉春晚，似入仙源。拾翠處、閒隨流水，踏青路、暗惹香塵。"只不過是閻氏前後段恰好各循一部，以致後人錯爲兩首，貽誤至今。因此，本詞詞體標準應當是雙段五十六字，前後段各四句兩平韵。

又一體 二十八字　　　　　　　　孫光憲

孔雀尾拖金綫長。怕人飛起入丁香。越女沙頭争拾翠，相呼歸去背斜陽①。

首句即起韵,與閻作異。

【蔡案】

①《八拍蠻》的正體應該是五十六字,所以本詞爲殘篇斷章而已。

風流子 三十四字　　　　　　　　　　　　　　　孫光憲

樓倚長衢欲暮^[一]。瞥見神仙伴侶^[二]。微傅粉,攏梳頭①,隱
○●◎○◎▲　　◎◎◎○◎▲　　○●●　●○○　◎
約畫簾開處。無語。無緒。慢曳羅裙歸去。
●◎○○⊙▲　　○▲　　○▲　　◎◎○○○▲

　　唐教坊曲名。據張耒詞,此是小石調②。

　　此調前無作者,與張耒之長調無涉,故分列。

　　"語"字,《圖譜》不注叶韵,誤。"約"字一本作"映"。

【校記】

　　[一]原注"長"字可仄,"欲"字可平。其餘旁注可平可仄,均標
於圖符中。

　　[二]原注"侶"字可平,應是"伴"字的旁注,筆誤。

【蔡案】

　　① 此六字爲一句,因此是折腰句,而不是三字兩句。又,本調如
果減去"微"字,那麼就是《如夢令》,韵律絲絲入扣,我一直疑心兩者
之間有淵源。

　　② 張耒詞衹有長調一首,無涉,則"小石調"云云便無意義。

調笑令 三十八字　　　　　　　　　　　　　　　孫光憲

柳岸。水清淺。笑折荷花呼女伴。盈盈日照新妝面。水調
●▲　●○▲　●●●○○▲　○○●●○○▲　●●

空傳幽怨。扁舟日暮笑聲遠。對此令人腸斷。
○○○○▲　　○○●●●○▲　　●●○○○○▲

> 見《全唐詩》。與《轉應曲》之別名不同。《詞律》誤合爲一，當分列。《花間集》未載此詞。前無口號，後無放隊，録之以見調始於五代，其餘排場，則宋人所加耳。

調笑集句 三十八字 一名《調笑轉踏》　　　　　缺　名

蓋聞行樂須及良辰，鍾情正在吾輩。飛觴舉白，目斷巫山之暮雲；綴玉聯珠，韵勝池塘之春草。集古人之妙句，助今日之餘歡。

巫　山

巫山高高十二峰，雲想衣裳花想容。欲往從之不憚遠，丹峰碧嶂深重重。樓閣玲瓏五雲起，美人娟娟隔秋水。江天一望楚天長，滿懷明月人千里。

千里。楚江水。明月樓高愁獨倚。井梧宮殿生秋意。望斷巫山十二。雪肌花貌參差是。朱閣五雲仙子。

放　隊

玉爐夜起沈香烟，喚起佳人舞繡筵。去似朝雲無處覓，游童陌上拾花鈿。

> 《宣和九重樂府》有此名。愚按：此調見《樂府雅詞》，前有口號，後有放隊，或曰遺隊。共八首，不注撰人名氏。又有晁補之七首，鄭僅十二首，名《調笑轉踏》，亦有口號、放隊。此外秦觀

十首,毛滂四首,俱詠古列女事。口號者,即北曲之賓白;放隊者,即北曲之收場也。不獨開南北曲之先聲,已定爨弄之排場矣。

思越人 五十一字　　　　　　　　　孫光憲

古臺平,芳草遠①,館娃宫外春深。翠黛空留千載恨[一],教人何處相尋。　　　綺羅無復當時事。露花點滴香淚。惆悵遥天横渌水。鴛鴦對對飛起。

> 《填詞名解》云:"吴人曲也。"
>
> 《蜀檮杌》云:"三月上巳,王衍宴怡神亭,衍自執板,唱《霓裳羽衣》《後庭花》《思越人》曲。"
>
> 《圖譜》以"露花"句分兩句,或謂"平"字起韵,皆誤。張泌有一首可證②。又馮延巳一首,是晁補之《朝天子》調,誤寫人名調名,故不録。舊刻中此類甚多,今皆詳細辨正③。

【校記】

[一]原注"翠"字及後起"綺"字、次句"點"字、後結"對"字可平;又注"空"字及後起"無"字、後結"惆"字和"遥"字可仄。

【蔡案】

① 此六字爲一句,折腰句法,秦巘讀爲三字兩句,誤。

② 用别首詞作證,祇能證其是,不能證其否。張泌詞如果起調第三字起韵,則可以證明本詞的"平"也是起韵,這就是證明其是,但不能因爲張泌詞第三字没有起韵,來證明本詞第三字就不是起韵,因爲韵有增减,是一個極爲平常的事。要證明"平"字不是起韵,應該從其他方面入手。此爲舉例,並非表示我認可"平"字是韵脚。

③ 這種不論是否和譜式有關而進行的全面辨正的功能,從一個側面旁證了本書不是詞譜,而旨在研究詞體的來龍去脉。

又一體 五十一字　　　　　　　　　　趙長卿

秋 日 感 懷

情難托,離愁重①,悄愁没處安著。那堪更、一葉知秋,天色兒、漸冷落。　　　馬上征衫頻裛淚,一半斑斑污却。別來爲憶叮嚀語,空贏得、瘦如削。

　　一本名《品令》,誤②。

　　通首用仄韵。“那堪”句,句法異。兩結句略逗,亦異。又一首結尾作“儘吃得得得”,只五字,定是脱誤③,故不録。“裛”字,汲古作“揾”。

【蔡案】

　　① 此爲六字折腰句,與兩個結句是同樣的韵律結構,換言之,本詞前後段都是四句構成,正是我們曾説過的從律詩衍化而來的小令,所以不是三字兩句。

　　② 秦巘這個説法疑實際上是針對《欽定詞譜》的春秋筆法,因爲《欽定詞譜》將本詞作爲《品令》收入譜中。但是,本詞的字句、韵律與正格全異,確實應該屬於異調,《欽定詞譜》的觀點是可取的。

　　③ 關於這五字,萬樹曾有過這樣的分析:“尾句祇五字,恐‘儘吃得’下是三個‘得’字,而今落去其一耳,不然或‘儘吃得。儘吃得’。本以三字叠兩句,當時於‘得’字下點了兩點,故傳訛作兩‘得’字耳。”(見《詞律》卷六)竊以爲後一種的可能性確實是存在的。

又一體 五十五字　　　　　　　　　　　　　　　　賀　鑄

怊悵離亭斷彩襟。碧雲明月兩關心。幾行書尾情何限，一
尺裙腰瘦不禁。　　　遥夜半，曲房深。有時昵語話如今。
侵窗冷雨燈生暈，淚濕羅箋楚調吟。

> 此詞見《樂府雅詞》。自是《鷓鴣天》。柳永《瑞鷓鴣》詞，與此無
> 異，皆誤寫調名。此類原宜從删，但舊譜於《瑞鷓鴣》下注一名《思越
> 人》，沿訛襲謬，至於此極，故録之，詳加辨證，以明致誤之由①。

【蔡案】

　　① 秦巘在這裏已經詳加説明，他在本書中關注的重點，是詞體
衍變過程中的各種涉及詞體變化或疑似變化、僞變化的情況，對這一
變化中的來龍去脉遠比對譜式變化更爲重視。如果是以譜式爲主，
則這一類例子僅須在備注中提及即可，毫無必要全詞列出，且名之爲
"又一體"。

好時光 四十五字　　　　　　　　　　　　　　　　元　宗[一]

寶髻偏宜宮樣，蓮臉嫩，體紅香。眉黛不須張敞畫，天教入
鬢長。　　　莫倚傾國貌，嫁取個、有情郎。彼此當年少，莫
負好時光。

> 此以末句爲名，見《尊前集》。或疑非明皇作。愚按：各譜
> 皆引王仁裕《開天遺事》爲證，今考《開天遺事》並不載，惟《羯鼓
> 録》實記其事，但曲名《春光好》，並未著《好時光》名，不解何以誤
> 傳。明皇諳音律，善度曲，見於傳紀者甚多，皆無《好時光》調，且

辭意不類盛唐風格。惟南唐中主李璟，宋賜廟號亦曰元宗，想因是傳訛耳。舊説沿誤，極宜辨證，識者幸勿訾其妄。

【校記】

[一] 目録中爲"元宗李璟"。

壽山曲 六十字 　　　　　　　　　　　馮延巳

銅壺漏滴初盡，高閣鷄鳴半空。催啓五門金鎖，猶垂三殿簾櫳。階前御柳摇綠，仗下宮花散紅。鴛瓦數行曉日，鸞旂百尺春風。侍臣舞蹈重拜，聖壽南山永同。

　　調見趙令畤《侯鯖録》，因末句立名①。亦見《花草粹編》。獨《陽春集》未載。

　　六言十句，不分前後段，疑是六言應製詩，與《謫仙怨》相仿。

【蔡案】

① 這是聲詩，非詞，《欽定詞譜》或因其有"曲"字而收録，但《陽春集》未載，就是將它摒棄在詞之外的一個證明，尤其是自唐至清衹有這一首，也足見它不是用來倚聲而填的詞。

金錯刀 五十四字 　　　　　　　　　　馮延巳

日融融[一]，草芊芊①。黄鶯求友啼林前②。柳條裊裊拖金
●⊙⊙　　●○△　○○○●●○△　　◎○●●○○

綫③。花蕊茸茸簇錦氈。　　鳩逐婦，燕穿簾。狂蜂浪蝶相
▲　　○●○○●●△　　　○●●　●○○　○○●●○

翩翩。春光堪賞還堪玩。惱煞東風誤少年。
○△　○⊙○○⊙●○○▲　　◎●○○●●△

調見《花草粹編》，而《陽春集》不載。馮共二首，平仄照注，此似《瀟湘神》《赤棗子》等調，加後一叠。“柳”、“浪”、“惱”可平，“融”、“春”、“堪”可仄。

【校記】

［一］原注可平可仄均標注於圖符中。

【蔡案】

① 這類詞從律詩衍化而來，所以前後段起句祇是一句，這種折腰式的一句，其形式往往是以一個儷句的樣式出現，我們不能用文法的視點將其視爲兩句。

② 本詞屬於非典型例詞，馮詞別首前後段第二句拍分別爲“佳人歡飲笑喧呼”、“高燒銀燭臥流蘇”，這兩句都是平起平收式的律句，第五字都是仄聲字，這一點非常重要。秦巘知道“馮共二首”，而不取韵律更爲諧和的第一首，也透露了他寫作本書並無意於擬譜製作標準，而祇在追蹤詞體衍變的來龍去脉。所以，在這首韵律極爲諧和的詞調中，起調處這個尤爲重要的部分，依準確的韵律應該是“平仄仄、仄平平”，秦巘偏偏選擇了惟一一個不協和的“日融融”，而平仄的標示也是極爲馬虎，僅標注後二字平可仄，而沒有標注前一字仄可平，如果按照這個“譜”，則起調就可以仄仄仄了，豈不離譜。

③ 前後段第三句拍秦巘原譜没有將其標爲叶韵，這是在用春秋筆法否定《欽定詞譜》的觀點，後者認爲“綫”“玩”自成一韵，但因爲這兩句確實並非主句，本來不叶也可，所以秦巘自是一家之見。

　　又一體 五十四字　一名《醉瑶瑟》　　　　　　葉　李

君來路。吾歸路。來來去去何時住。公田關子竟何如，國事當時誰與誤。　　雷州戶。崖州戶。人生會有相逢處。客中頗恨乏蒸羊,聊贈一篇長短句。

　　《詞譜》云:"一名《醉瑤瑟》。"

　　此詞見田藝蘅《西湖游覽志餘》,爲葉李贈賈似道作。不著調名,與《金錯刀》字句悉合,但改仄韵,《詞譜》列入《金錯刀》。雖是譏諷之詞,語涉詼諧,而他無作者,不得不存以備體。

　　《通鑑》:"宋理宗景定五年秋七月,彗星出,詔許中外直言。臨安府學生葉李、蕭規應詔上書,詆賈似道專權,害民誤國。似道命劉良貴挶摭以罪,黥配李於漳州,規於汀州。德裕元年,似道以罪免,發循州安置,遣會稽縣尉鄭虎臣押之貶所。至泉州洛陽橋,遇李自漳州放還,見於客邸,李賦詞贈之,似道俯首謝焉。"(《碎金譜》引)

芳草渡① 五十五字　　　　　　　　　　　馮延巳

梧桐落,蓼花秋②。烟初冷,雨纔收。蕭條風物正堪愁。人去後,多少恨,在心頭。　　燕鴻遠。羌笛怨。渺渺澄波一片③。山如黛,月如鈎④。笙歌散。魂夢斷。倚高樓⑤。

　　此與周邦彦八十九字體不同,故分列。

　　前段平韵,後段平仄相間。《草堂》《詞律》作歐陽修,誤。

【蔡案】

　　① 本調與各譜所載的《繫裙腰》,其實就是同一詞調。所以魏夫人"燈花耿耿漏遲遲"一詞,一本作《繫裙腰》,一本作《芳草渡》。本詞前後段的兩起句處,均爲六字折腰一句。從宋人作品的實際來看,如

果後段起句仍爲六字折腰的,則稱爲《芳草地》,如果後段起句爲七字一句的,則必稱爲《繫裙腰》,如此區別而已。而六字折腰句添一字作七字一句,或七字句減一字作折腰式六字句,則是宋詞變化的基本手法,如馮延巳前段的"梧桐落、蓼花秋"及後段的"山如黛、月如鈎",到了北宋張先則已經變爲"雙門曉鎖響朱扉"、"宋王臺上爲相思"的七字一句,即爲明證。又如唐人《漁歌子》,第三拍例作六字折腰句,而到了宋人蘇軾則化爲七字一句了。如此種種,不勝枚舉。至於韵脚的變化,其平仄雙換叶法,則由唐至宋已完成爲短調平韵、長調仄韵的叶法,平仄轉換式的填法在宋代已經亡佚,其餘各韵,或增或減,則都祇是詞家常用手法而已,均無定式。

　　② 本調有多處折腰式六字句,秦巘均標注爲三字兩句,張先詞亦同,均誤。本調其實也是從律詩模式衍化而來,祇是兩結各添二字,將二二三的七字句變成了三三三。

　　③ "渺渺"六字,多用折腰句法。

　　④ 本句各家均爲七字一句,這裏疑徑用李德裕詩,爲"山如點黛月如鈎",奪一字。

　　⑤ 本詞的兩個三三三,在韵律上仍然祇是一句,但是前後參差不對應,前段爲三、三三,後段爲三三、三,一領一托,雖有所變化,但總歸不諧。

又一體　五十七字　　　　　　　　　　　　張　先

雙門曉鎖響朱扉[一]。千騎擁,萬人隨。風烏弄影畫船移。
⊙○●●●○△　　○◎●　●○△　　○○◎●●○△

歌時淚,和別怨,作秋悲。　　寒潮小,渡淮遲①。吳越路,
○○●　○●●　●○△　　　　○⊙●　●○△　　○●●

漸天涯。宋王臺上爲相思^[二]。江雲下,日西盡,雁南飛^②。
●○△　◎○⊙●●●○△　　○○△　◎⊙●　●○△

> 此調《安陸集》不載。

> 前段起句七字,次句兩三字句,第三句七字。後段起二句不換仄韵,與前異。張又一首於"吳越路"作"野橋時",平仄異。

【校記】

〔一〕原注"雙"字可仄。其餘可平可仄旁注,均以圖符表示,不再出校。

〔二〕原注"爲"字去聲。

【蔡案】

① 此爲平韵體,如果後段起拍添一字,作七字句,就是《繫裙腰》了。張氏別首,本句作"欲寄西江題葉字",《安陸集》及其他諸本即都名之爲《繫裙腰》。

② 本詞的兩結也是一個不對稱的三三三結構,前段是三三、三,後段是三、三三,正好與前一首馮詞相反,這就足以説明本調的兩個結句,不僅前後段不對應,而且是可以自由選擇的。

瑞鷓鴣 五十六字　一名《舞春風》《桃花落》《鷓鴣詞》
　　《拾菜娘》　　　　　　　　　　　　　馮延巳

嚴妝纔罷怨春風^{[一]①}。粉墻畫壁宋家東。蕙蘭有恨枝猶綠,桃李無言花自紅。　　燕燕巢時羅幕捲,鶯鶯啼處鳳臺空。少年薄倖知何處,每夜歸來春夢中。

> 《宋史·樂志》:太宗親製,中呂調。高栻詞注仙呂調。《九宮大成》入南詞羽調正曲。

　　馮詞又名《舞春風》，教坊曲有此名。陳彭年詞名《桃花落》，尤袤詞名《鷓鴣詞》，丘處機詞名《拾菜娘》。《樂府紀聞》名《天下樂》，與揚无咎正調無涉。又，舊注一名《五拍》，又《太平樂》，此因關注詩而云然。其實關乃七言律詩，明言以詩紀之，何得爲詞名耶？《鷓鴣天》實此調之變聲，微有不同②，故另列。

　　胡仔《苕溪詩話》云：“唐初歌詩，多五七言詩，今存者止《瑞鷓鴣》七言八句詩，猶依字易歌也。唐人歌之，遂成詞調。”

　　此詞中四句必作對偶，前段次句平仄不粘，宋人則儼如七律體，平仄不拘。首句，葉《譜》作“纔罷嚴妝怨曉風”。

【校記】

　　[一] 本詞中起句各本都如此，獨《欽定詞譜》作“纔罷嚴妝怨曉風”，不知所據是什麼版本，極疑是爲韵律而擅改，秦巘此舉應該是有糾正的意思。

【蔡案】

　　① 本調本體的填法，唐宋諸家都遵循粘對的規則。宋詞也有平起式的填法，如賀鑄的“月痕依約到西廂”，則通篇都是以平起式粘對而填。

　　② 後段起拍如果減一字作六字折腰句，就是《鷓鴣天》詞。所以我們以爲儘管宮調不同，但本體式實際上就是《鷓鴣天》詞體，衹是後人誤寫調名，或就是別名，與後一首晏殊詞體迥異。

瑞鷓鴣 六十四字　　　　　　　　　　　　　　　　　晏　殊

紅　梅

越娥紅淚泣朝雲[一]。越梅從此學妖孃。臘月初頭，庾嶺繁

開後，特染妍華贈世人。　　前溪昨夜深深雪[二]，朱顏不掩天真。何時驛使西歸，寄與相思客，一枝新。報道江南別樣春。

　　《樂章集》屬般沙調，"沙"當作"涉"。

　　與前體迥別，當是攤破格也。晏二首，柳永二首，皆同。"妖"字，葉《譜》作"嬌"，"特"字，《梅苑》作"時"，"溪"字作"村"，"掩"字作"及"，"歸"字作"來"。

【校記】

　　[一]原注"越"字、第三句"臘"字、前結"特"字、後起"昨"字、第三句"驛"字、第四句"寄"字、後結"報"字可平。

　　[二]原注"前"字、次句"朱"字、第三句"何時"二字可仄。

又一體　六十四字　　　　　　　　柳　永[一]

臨鸞常恁整妝梅。枝枝仙艷月中開。可煞天心，故與多端麗①，那更羅衣峭窄裁。　　幾回瞻覷魂消黯，芙蕖匀透雙腮。好將心事都分付與，時暫到、小庭來②。玉砌紅芳點綠苔。

　　見《梅苑》無名氏，與柳作韻同。宋本《樂章集》未載。

　　後段第三四句兩四字，五六句兩三字，與晏作異。

【校記】

　　[一]秦巘已經注明"見《梅苑》無名氏"，這裏或是初稿中的誤筆。本詞用柳永韻，柳詞云："天將奇艷與寒梅。乍驚繁杏臘前開。暗想花神、巧作江南信，鮮染燕脂細剪裁。　　壽陽妝罷無端飲，凌晨

酒入香腮。恨聽烟塢深中，誰恁吹羌笛、逐風來。絳雪紛紛落翠苔。”

【蔡案】

　　① 我們從這九字中可以看出，從“九字一氣”的一句，如何轉化爲兩句。

　　② 此六字連前八字的詞意非常不圓潤，其中必有舛誤。所謂“異”，並非因爲存在合乎律理變化的緣故，而是因爲存在文字上的問題。

又一體 五十五字　　　　　　　　　　柳　永

吹破殘烟入夜風。一軒明月上簾櫳。因驚路遠人還遠，縱得心同寢未同。　　　情脉脉，意冲冲[①]。碧雲歸去認無踪。只應曾向前生裹，愛把鴛鴦兩處籠。

　　　　調見《樂章集》，注平調。

　　　　後段起句兩三字，實《鷓鴣天》也，調名傳訛[②]。

【蔡案】

　　① 此六字由七字句減字而來，所以是一句。

　　② 別調誤名，如果作爲詞譜來說，就無須列入。

歸自謡 三十四字　一名《思佳客令》　　　馮延巳

江水碧。江上何人吹玉笛[一]。扁舟遠送瀟湘客[二]。蘆花千里霜月白[①]。傷行色。明朝便是關山隔。

　　　　《樂府雅詞》爲歐陽修作。注道調宮。

　　　　與韋莊《歸國謡》不同，故分列。《雅詞》於“瀟湘客”分段，宋詞皆然。

"江水碧"三字《雅詞》作"寒水碧","江上"作"水上"。

【校記】

〔一〕原注"何"字、第三句"扁"字、第四句"千"字、結句"明"字可仄。

〔二〕原注"送"字、第四句"月"字可平。

【蔡案】

① 本句各譜例作七字一句,或誤。本調《樂府雅詞》分爲兩段,其中一個主要原因,應該是"瀟湘客"之前和之後在韵律上所構成的兩個基本相同的旋律,這兩個差不多的樂段是由類似的樂句組成的,前一段是短長長三個句拍,後一段也是如此,短:"蘆花千里",長:"霜月白、傷行色"和"明朝便是關山隔"。也就是説,今天我們所見的所有關於這一詞調的標點,都忽略了其內在的韵律特徵,而衹是在其詞意的表面上打轉。説是"表面上",是因爲真正詞意的了解都是不透徹的,例如:趙彦端詞作"歷歷黄花,矜酒美、清露委",姚述堯詞作"珠簾隱隱,笙歌早、沈烟裊",其中後面的六字折腰句都是儷句,與前四字不能糾纏爲一句,這是稍加分析就應該知道的詞意特性。

思佳客令 三十四字　　　　　　　　　趙彦端

天似水,秋到芙蓉如亂綺。芙蓉意與黄花倚。　　歷歷黄花矜酒美①。清露委。山間有個閒人喜。

與《鷓鴣天》别名《思佳客》不同。

此與馮作同,惟換頭句平仄異,實一調異名,故附列。

【蔡案】

① 換頭如前詞蔡案所説,是四字一句,例作平平仄仄,這裏是因

承前結"芙蓉意與黃花倚"而起,以筆法論,四字應該是以"黃花"起,疑本句是後人爲求七字律穩而改。

搗練子 二十七字　一名《深夜月》《深院月》　　　　李　煜

秋　　閨

深院静,小庭空①。斷續寒砧斷續風[一]。無奈夜長人不
〇●●　●〇△　　◎●〇●◎●△　　⊙●〇〇●

寐②,數聲和月到簾櫳。
●　　◎〇⊙●●〇△

　　《太和正音譜》注雙調,或加令字。《九宮大成》入南詞仙吕宮引,又入北詞雙角隻曲。一名《深院月》《夜深月》。又入南詞南吕宮正曲,名《搗白練》。

　　因首句名《深院月》,又因末句名《深夜月》③。一本爲馮延巳作,誤。《古今詞話》以李德裕《步虚詞》即雙調《搗練子》。劉禹錫《瀟湘神》亦即《搗練子》,此説皆非也,詳後。

【校記】

　　[一]原注兩"斷"字可平。其餘旁注可平可仄均標示於圖譜中。

【蔡案】

　　① 本調從絶句衍化,所以起調爲六字折腰一句,而不是三字兩句。

　　② 敦煌詞中"斷續"句、"無奈"句有多例用平起句法,但入宋後俱爲仄起式句法。

　　③ "深夜月"應該是"深院月"的筆誤,疑並不存在這樣的調名。就古人的常識來説,夜搗砧存在,而深夜搗砧應不合常理,所以"因末句名"的説法祇是後人的猜測而已。

又一體 五十二字 　　　　　　　　　　　缺　名

雲染幕，綠堆烟①。霏霏細雨濕花鈿。一片芳菲吹不起，閒愁損、更啼鵑。　　人去後，景依然。畫堂誰復聽哀弦。鸚鵡不知情意懶，頻催我、下犀簾。

　　此雙叠，前後結各六字，比前作各少一字。

【蔡案】

　　① 本詞起調六字和結拍六字均爲折腰式六字一句，而不是三字兩句，秦巘僅標注兩結中爲"豆"，而標注兩起中爲"句"，誤。

又一體 三十八字 　　　　　　　　　　　缺　名

林下路，水邊亭①。涼吹水曲散餘酲[一]。小籐牀，隨意
○●● ●○△ 　○○○◎●○△ 　●○○ ○○
橫。　　猶記得，舊時經。翠荷鬧雨做秋聲。恁時節[二]，不
△ 　○●● ●○△ 　◎○●●●○△ 　●○● 　●
堪聽。
○△

　　《九宮大成》入南詞大石調引。

　　楊湜《古今詞話》云："唐詞載李德裕《步虛詞》，即雙調《搗練子》。唐詞中本無換頭，《搗練子》本無雙調。近刻列爲李白《桂殿秋》二首。李集之考核者多矣，不聞《菩薩蠻》《憶秦娥》而外，別有《桂殿秋》也。"愚按：《步虛詞》無考，或以《桂殿秋》"仙女下"一首實之。既云本無雙調，又云即雙調《搗練子》，自相矛盾，殊不足信。宋以前詞調相同者頗多，何得臆斷爲一？《梅苑》一首不分段，李石一首，皆與此同。

前後段比前作各少七字句。

【校記】

　　[一]原注"水"字、後段第二句"翠"字可平。

　　[二]原注"節"字作平。

【蔡案】

　　① 本詞起調六字和結拍六字均爲折腰式六字一句,而不是三字兩句,尤其是前一首兩結用頓號,而本詞兩結用逗號,見出清代詞譜家對這一理念的混亂乃至缺乏。

破陣子 六十二字　一名《十拍子》　　　　　　　　　　李　煜

四十餘年邦國,三千里地山河。鳳閣龍樓連霄漢①,玉樹瓊枝作烟蘿②。幾曾識干戈③。　　　一旦歸爲臣僕,沈腰潘鬢消磨。最是蒼黄辭廟日,教坊獨奏別離歌④。垂淚對宮娥。

　　高栻詞注正宮。

　　此與《破陣樂》不同,故另列。

　　《詞苑》云:"南唐後主歸國,臨行作《破陣子》詞。"以其調一唱十拍也,餘見《虞美人》下。

【蔡案】

　　① 本調的前後段第三、第四兩個句拍,從敦煌詞到宋詞,都是以仄起仄收式律句爲基本句法,所以"霄"字在這裏應該是仄讀,去聲,在嘯部。《集韵》:仙妙切,音笑。

　　②"烟"字應仄而平,是填誤。

　　③ 前後段結拍,敦煌詞及宋詞例作仄起平收式句法,這裏的歇

拍用平起式，也不是正格。所以本詞各句的平仄律獨爲一格，不足爲範。

④ 本句句法用平起式，導致後三句全是仄起式句法，缺乏一定的跌宕，所以不爲後人所襲用，非正格。

十拍子 六十二字　　　　　　　　　　晏　殊

燕子來時新社[一]，梨花落後清明。池上碧苔三四點，葉底黃
◎●⊙○⊙●　　○○●●○△　⊙●◎○○●●　◎●●

鸝一兩聲。日長飛絮輕[二]。　　巧笑東鄰女伴，采桑徑裏
○●●△　　●○○●△　　　　●●○○●●　◎○○●

逢迎。疑怪昨宵春夢好，原是今朝鬥草贏。笑從雙臉生[三]。
○△　⊙●◎○○●●　○○○○●●△　●○○●△

　　唐教坊曲名。《九宮大成》入南詞正宮引。

　　《集解》云：“唐教坊樂，以此詞一唱十拍名調。一名《破陣子》，考之唐樂，自是兩曲，俱隸教坊。”愚按：《教坊記》兩名並列，然《十拍子》聲調、體製與《破陣子》無異，只末二句與後主作平仄相反。程垓《破陣子》與此同，當是一調，宜附列。

　　“飛”、“雙”二字用平，“日”、“笑”二字必用仄方妙。《詞律》以“四點”、“夢好”、“鬥草”等字去上爲妙。細校晏作五首及各家，皆未盡然。可平可仄，俱照晏別作注。“疑怪”二字葉《譜》作“怪道”。

【校記】

　　[一]原注“燕”字可平，“來”字、“新”字可仄。其餘旁注均標於圖譜中。

　　[二]“日”字用●符標識，意謂入聲，且必用仄聲；“飛”字用○符標識，意謂必用平聲。

[三]"笑"字用❶符標識,意謂必用仄聲;"雙"字用○符標識,意謂必用平聲。

嵇康曲　五十六字　　　　　　　　　　　　李　煜

薛九三十侍中郎。蘭香花媚生春堂。龍蟠王氣變秋霧[一],淮聲泗水浮秋霜。　　宜城酒烟生霧服。與君試舞當時曲。玉樹遺詞悔重聽,黃塵染鬢無前綠。

> 《客座贅語》云:薛九,江南富家子,得侍李後主宫中,善歌《嵇康曲》,曲爲後主所製。江南平,流落江北,嘗一歌之,座人皆泣。後易爲《嵇康曲》舞辭云云。又見《侍兒小名録》。
>
> 此亦樂府遺聲也①,舊譜編入詞調,採以備體。

【校記】

[一]原注"王"字去聲。

【蔡案】

① 本調《詞律》《欽定詞譜》均未收録,也祇是聲詩而已。檢《侍兒小名録補》,本詩爲宋人錢易所作,原詩共計十六句,詩云:"薛九三十侍中郎,蘭香花態生春堂。龍盤王氣變秋霧,淮聲哭月浮秋霜。宜城酒烟濕羈腹,與君强舞當時曲。玉樹遺辭莫重聽,黃塵染鬢無前綠。我聞襄陽白銅鞮,荒情古艷傳幽悲。淒凉不抵亡國恨,塵中苦淚飛柔絲。洛陽公子擎銀觴,跪奴和曲生輝光。茂陵旅夢無春草,彤管含羞裁短章。"

謝新恩　五十一字　　　　　　　　　　　　李　煜

冉冉秋光留不住。滿階紅葉暮。又是過重陽,臺榭登臨處。　　茱萸香墜紫,菊氣飄庭戶。晚烟籠細雨。雝雝新雁咽寒聲,愁恨年年長相侶。

> 《歷代詩餘》云:“止李煜一首,不分前後段。”《詞譜》於“茱萸”分段,從之。《詞律》不收。前後段字句不符,辭意亦不甚貫,恐有脫誤。

又一體 五十七字　　　　　　　　　　　　李　煜

秦樓不見吹簫女,空餘上苑風光。粉英金蕊自低昂。東風惱我,纔發一衿香。　　瓊窗夢笛,殘日當年,得恨何長[①]。碧闌干外映垂楊。暫時相見,如夢懶思量。

> 此體用平韵,與前迥異。體格實與《臨江仙》無殊,只後起少一字,或“殘日”上脫一字,皆因前後相連,誤寫調名。《詞譜》以爲《臨江仙》別名,但前闋字句懸殊,《臨江仙》從無仄韵體,不得連前作一例合併也,仍分列。

【蔡案】

① 本詞後段起拍,《南唐二主詞》作“瓊窗夢□留殘月,當年得恨何長”,爲《臨江仙》無疑,非又一體。

烏夜啼 四十七字　　　　　　　　　　　　李　煜

昨夜風兼雨,簾帷颯颯秋聲。燭殘漏滴頻欹枕,起坐不能
●●○○●　○○●●○○　●○●●○○●　●●●●
平。　　世事漫隨流水,算來一夢浮生。醉鄉路穩宜頻到,
△　　　　◎●●○○●　●○●●○○　●○●●○○●

此外不堪行。

◎ ● ● ○ △

　　唐教坊曲名。《太和正音譜》注南吕宫，又大石調。唐樂府楊巨源有《烏夜啼》，注西曲。《教坊記》謂之軟舞。

　　此與《相見歡》别名不同。《花間集》名《錦堂春》，説詳卷首《烏夜啼》下。

　　愚按：陳徐陵有《烏夜啼》樂府，琴曲亦有此名，相傳已久，宋人始有《錦堂春》調。《詞律》以《烏夜啼》歸入《錦堂春》内，不知李後主去唐未遠，在歐、趙以前，焉得襲《錦堂春》調改爲《烏夜啼》乎？《花間集》本非五代時原本，誤寫調名，沿訛莫辨。且《錦堂春》前起二句各六字對偶，與《烏夜啼》格調絶不相類。小令不過八九句，相仿者甚多，各刻調名訛寫者亦不少，何得以多少一字即行歸併耶？萬樹但知《錦堂春》填者甚多，不可删削，恐滋詫異，而《烏夜啼》名，又焉可削去耶？凡事必從其朔，故分列。此作譜必論時代爲允也。又以《聖無憂》併爲一調，字句却同，不知《教坊記》已兩列，更不宜合，餘詳凡例①。

【蔡案】

　　①《烏夜啼》《聖無憂》《錦堂春》三者本爲一體，而本名爲先，這一點秦巘所言已明，而糾纏於孰先孰後，就很無謂，所謂“相傳已久”的，畢竟不是本詞調，而僅僅是一個調名而已，徐陵的《烏夜啼》樂府與本調風馬牛不相及，秦巘這是偷换概念。以本名爲先，爲正，而以《聖無憂》《錦堂春》爲别名，難道就不能成立？這是一個非常簡單的問題，無須嘈嘈。再則，如果以起調五字六字而判兩者的不同，則歐陽修詞，前段爲六字起句，也稱爲《聖無憂》，權無染詞，五字起，也稱爲《烏夜啼》，又有什麽可懷疑的？蓋一調多名是一個古來常見的現象，本身就没有什麽規則可言，如果非要認定：五字起者名《聖無

憂》，六字起者名《錦堂春》，如此涇渭分明，那兩者就不是同一個詞調，而必然是兩個不同的詞調了。

又一體 四十八字　　　　　　　　　　　蘇　軾

寄　遠

莫怪歸心甚速，西湖自有蛾眉。若見故人須細説，白髮倍當時。　　小鄭非常强記，二南依舊能詩。更有鱸魚堪切膾，兒輩莫教知。

　　　　起句六字比前多一字，此確與《錦堂春》相同，恐是名誤，姑
　　　　附列參考。

一斛珠 五十七字　一名《一斛夜明珠》①《醉落魄》
　　《怨春風》　　　　　　　　　　　　　　李　煜

晚妝初過[一]。沉檀輕注些兒個。向人微露丁香顆。一曲清
◎○⊙▲　　　⊙○○●○○▲　　○○○●○○▲　　◎●
歌，暫引櫻桃破。　　羅袖裛殘殷色可②。杯深旋被香醪
○　●●○○▲　　　⊙●◎○○●▲　　⊙○○●○○
涴。繡牀斜凭嬌無那。爛嚼紅茸，笑向檀郎唾③。
▲　◎○○⊙●○○▲　　○○○●　●○○●▲

　　　　《尊前集》注商調。《張先詞》屬高平調。蔣氏《九宮譜目》入
　　　　仙吕引子。《九宮大成》入北詞仙吕調隻曲，又入南詞雙調。
　　　　《宋史·樂志》："太宗製，中吕調大曲，名《一斛夜明珠》。"張
　　　　先詞，名《醉落魄》，又名《怨春風》。

　　曹鄴《梅妃傳》云：“江采蘋九歲能誦二南，開元中選侍明皇，見寵。所居悉植梅花，戲名曰‘梅妃’。後爲楊氏遷於上陽東宫。上在花萼樓，會夷使至，命封珍珠一斛密賜妃，妃不受，以詩付使者云：‘柳葉雙眉久不描，殘妝和淚污紅綃。長門盡日無梳洗，何必珍珠慰寂寥。’明皇令樂府以新聲度之，號《一斛珠》，曲名始此也。”（節録）

　　“櫻”字、“檀”字有用仄聲者。“露”字葉《譜》作“吐”，“凭”字作“倚”。

【校記】

　　〔一〕原注“晚”字可平，“初”字可仄。其餘旁注可平可仄均標示於圖符中。

【蔡案】

　　①《宋史·樂志》所記載十分清楚，《一斛夜明珠》是唐太宗所製的中吕調大曲，大曲名和小令本非一事，互不關涉，如何可以移作本詞調的别名？

　　② 本調入宋後，後段起拍例以平起仄收式爲正，如後黄詞、晏詞，填者可以之爲範。

　　③ 本調也是律詩類型衍化的長短句，因此共爲八句，前後段兩結句由九字構成，兩句均應合乎“一氣”的要求，連綿不斷，而不可構思爲兩個獨立的單句。

又一體 五十七字　　　　　　　　　　　　　　黄庭堅

紅牙板歇。韶聲斷、六幺初徹。小檀酒滴真珠竭。紫玉甌圓，淺浪浮春雪〔一〕。　　　　香芽嫩蕊清心骨。醉中襟量與天闊[二]。夜闌似覺歸仙闕。走馬章臺,踏碎滿街月①。

前段次句用上三下四字句法,微異。兩結句"浮"字、"滿"字有俱用仄聲者②,可不拘。

【校記】

[一] 原注"浮"字可仄。

[二] 原注"與"字、後結"滿"字可平。

【蔡案】

① 本詞前後段兩結句由九字構成,兩句均應合乎"一氣"的要求,連綿不斷,而不可讀爲兩個獨立的單句。

② "滿"字本身就是仄聲字,所述失當。

又一體 五十五字 周邦彥

梅　　花

夜闌人静。月痕寄、梅梢疏影。簾外曲角闌干近。舊携手處,花霧寒成陣。　　應是不禁愁與恨。縱相逢難問。黛眉曾把春衫印。後期無定,腸斷香銷盡①。

汲古原名《品令》,與黄、秦諸作《品令》不同。觀後楊詞,句法韻脚全合,只"縱相逢"下多"情味"二字。此詞句意不暢,應脱二字。的是楊和周韻,與黄詞同,只兩四句平仄異,定係《片玉集》誤寫調名,宜歸《一斛珠》下。但方千里、陳允平和詞亦名《品令》,後段次句亦五字,想當宋時訛傳已久,毋怪後人之難辨也②。

"衫"字,葉《譜》作"山"。

【蔡案】

　　① 本詞前後段兩結句由九字構成,兩句均應合乎"一氣"的要求,連綿不斷,而不可讀爲兩個獨立的單句。

　　② 本詞調名《品令》,並非出於汲古閣本,而在《樂府雅詞》。《雅詞》爲宋人曾慥所編,應更可信。本詞與《一斛珠》的最大區別,在後段第二個句拍,《一斛珠》在宋詞中未見有五字一句者,而和清真詞則均爲五字,是定格無疑也。誠如秦巘《烏夜啼》後注云:早期"小令不過八九句,相仿者甚多,各刻調名訛寫者亦不少,何得以多少一字即行歸併耶?"因此,本詞爲別調誤合,非又一體。

又一體　五十七字　一名《章臺月》　　　　　　　　　　　晏幾道

滿街斜月。垂鞭自唱陽關徹。斷盡柔腸歸思切[一]。都爲人人,不許多時別①。　　　南橋昨夜風吹雪。短長亭下征塵歇。歸時定有梅堪折。欲把離愁,細撚花枝説。

　　李彭老詞因黃詞結句,名《章臺月》。

　　前段第三句,後段起句,平仄異。晏共四首,二首同此,一首同李作。

【校記】

　　[一] 原注"思"字去聲。

【蔡案】

　　① 本詞前後段兩結句由九字構成,兩句均應合乎"一氣"的要求,連綿不斷,清代詞譜家缺乏正確的句拍理念,常常會將一句讀爲兩個獨立的單句。

又一體 五十七字　　　　　　　　　　　揚无咎

水寒江静。浸一抹、青山倒影。樓外指點漁村近。笛聲誰噴。驚起賓鴻陣。　　往事總歸眉際恨。這相思、情味誰問。淚痕空把羅襟印。淚應啼盡。爭奈情無盡。

　　汲古《逃禪詞》注:"或誤作《品令》。"《詞律訂》云:"此詞是《品令》,和周清真韵,惟多'情味'二字。"愚按:周作與《品令》各家體皆不同,亦是誤寫調名,均當歸入《一斛珠》内①。汲古每多訛刻,校讎不精之過。毛斧季校正刊補數家,惜未能全校耳。此詞原注,却聱然不爽也。

　　前後第四句,俱用仄平平仄叶韵,與周作略異。

【蔡案】

　　① 本詞是和周的步韵之作,則詞調必與周邦彦的詞相同,也是《品令》,這一點是大前提。和周的差異有兩點,一爲添韵,一爲添字。揚无咎的添字,應該是有諧和音律的考慮。添字後,前後段第二個句拍便對應一致,無疑更加諧美。而添字,在宋詞的創作中本是一個極爲常見的手法。所以,儘管方千里、陳允平、楊澤民等人的和詞都是五字,本詞也並非就是衍二字,衹是毛校本《逃禪詞》原無"情味"二字,而是兩脱字符"□□"而已。至於周邦彦詞是否也是誤調名,我疑心秦觀本意其實並不在揚詞,而在周詞,打丫頭的目的是爲了罵小姐,因爲小姐是"欽定"爲《品令》的,載於《欽定詞譜·品令》的第三體,因此,這一段其實是春秋筆法。

醉落魄① 五十七字　　　　　　　　　　缺　名

醉惺惺醉。憑君會取些滋味。濃斟琥珀香浮蟻。一入愁腸，便有陽春意。　　　須將幕席爲天地。歌前起舞花前睡。從他兀兀陶陶裏。猶勝惺惺，惹得閒憔悴。

> 《尊前集》注商調，乃夷則之商聲。金元曲子於《醉落魄》注仙吕調，乃夷則之羽聲，可知兩換頭句平仄，確係音律所關。《張先詞》屬林鐘商。《能改齋漫録》云："豫章云'醉惺惺醉'一曲，乃《醉落魄》也，其詞云云。此詞亦有佳句，而多斧鑿痕。又語高下不甚入律，或傳是東坡語，非也。與'蝸角虛名'之曲相似，疑是王仲父作。"

> 此與《一斛珠》同，惟換頭句平仄異，自是一調，當類列。"魄"一作"托"。張先一首誤寫《慶金枝》名，非別名也，故不注。

【蔡案】

① 此即《一斛珠》正體，别名而已。

又一體 五十五字　　　　　　　　　　戴復古

九日黄鶴山登高

龍山行樂。如何今日登黄鶴。風光正要人酬酢。欲賦歸來，莫問淵明錯。　　　江山登覽長如昨。飛鴻影裏秋光薄。衹有黄花覺[一]。牢裏烏紗，一任西風作①。

> 與前作同，惟"衹有"句少二字，是誤脱。

【校記】

[一] 本句依律應該是"□□衹有黄花覺"，句首脱落二字。

【蔡案】

① 本詞前後段兩結句由九字構成，兩句均應合乎"一氣"的要

求,連綿不斷,清代詞譜家缺乏正確的句拍理念,常常將這類長句讀爲兩個獨立的單句。

阮郎歸 四十七字 一名《碧桃春》《醉桃源》《憶桃源》
《宴桃源》《濯纓曲》 李 煜

東風吹水日銜山[一]。春來長是閒。落花狼籍酒闌珊。笙歌
⊙○○●●○△　⊙○○●△　◎◎○○●○△　●○
醉夢間。　　春睡覺,晚妝殘①。憑誰整翠鬟。留連光景惜
◎●△　　⊙●●　●○△　○○●●○△　⊙○◎●●
朱顏。黃昏獨倚闌。
○△　⊙○◎●△

《張先詞》屬大石調,又屬仙呂調。《九宮大成》入南詞南呂宮引,與本宮正曲不同。

丁謂詞,有"碧桃春晝長"句,名《碧桃春》;張先詞,名《醉桃源》,與趙鼎正調不同;張繼先詞,名《憶桃源》;曹冠詞,名《宴桃源》,與《如夢令》之別名不同;韓淲詞,有"濯纓一曲可流行"句,名《濯纓曲》②。

汲古爲歐陽修作,誤。後起句歐作"淺螺黛",蘇作"雪肌冷"。亦有用三仄者。"長"、"醉"、"整"、"獨"四字用平者多,自當用平爲是。明媛端淑卿後起作六字句,吳子孝作七字,因明人,不錄。"憑誰"二字汲古作"無人"。

【校記】

[一]原注"東"字、"吹"字可仄。其餘可平可仄標於圖符中。

【蔡案】

① 後起六字一句,折腰句法,而非三字兩句。本調爲典型律詩

衍變式詞體，韵律如此。

②《憶桃源》《宴桃源》，疑均爲《醉桃源》的誤筆，並非正式詞調別名，因此無人襲用。至於《濯纓曲》，則是韓淲好友昌甫所製，韓淲祇是和詞，所謂"濯纓一曲可流行"就是指的昌甫所製的曲，這應該是一個典型的指代名。

蝶戀花 六十字　一名《鵲踏枝》《鳳棲梧》《黃金縷》《捲珠簾》
《魚水同歡》《細雨生池沼》[一]《明月生南浦》
《一籮金》。或加"轉調"二字　　　　　　　　李　煜

遙夜亭皋閒信步[二]。纔過清明，漸覺傷春暮①。數點雨聲
⊙●⊙○○●▲　　⊙●○○　○●○○▲　　◎●●○

風約住。朦朧淡月雲來去。　　桃李依依香暗度。誰在秋
○●▲　○○●○○▲　　⊙●○○○●▲　⊙●○

千，笑裏輕輕語。一片芳心千萬緒。人間沒個安排處。
○　◎●○○▲　●●○○○●▲　⊙○◎●○○▲

　　唐教坊曲名。張先詞、《樂章集》俱屬小石調。張詞又屬林鐘商。趙令時詞，注商調。《太平樂府》注雙調。《九宮大成》入北詞雙角隻曲。

　　晏殊詞名《鵲踏枝》，唐教坊曲有此名②。盧氏女詞，名《鳳棲梧》；蘇小小詞，因馮延巳有"展盡黃金縷"句，名《黃金縷》；趙令時詞有"不捲珠簾"句，名《捲珠簾》；韓元吉詞，名《魚水同歡》；韓淲詞，有"細雨吹池沼"句，名《細雨吹池沼》③；沈會宗詞，名《轉調蝶戀花》；因蘇小小句，名《明月生南浦》；李石詞，名《一籮金》。

　　《元百種曲》以爲蘇小小製，宋大曲也。舊説創始於司馬楷。愚按：李後主、馮延巳皆在宋前，《春渚紀聞》所載並非蘇小小原

詞,亦非司馬槱作,當以李作爲最先。

首句有用平平仄仄平平仄者,兩結句末三字有用仄平仄者,雖不拘,究非正格,故不注。

【校記】

［一］細雨生池沼,應是"細雨吹池沼",筆誤。

［二］原注"遥"字、"亭"字可仄。其餘旁注可平可仄均標於圖符中。

【蔡案】

① 這個九字句,最能看出從九字一句向一四一五兩句過渡衍變的樣貌,比如後段就是很典型的二字逗領七字句法:"誰在、秋千笑裏輕輕語",而不是"誰在秋千",因爲這並不成句。這個原因,也無非就是本調從七言律詩中衍化而來的緣故。

②《鵲踏枝》的調名,唐代已經存在,但是教坊曲名僅僅是曲名而已,幾乎所有的唐教坊曲都不能直接對應後世的詞調,但是《鵲踏枝》作爲詞調,却是在唐五代就已經存在,如馮延巳就有五首用《鵲踏枝》的調名,絕非晏殊始用。

③ 韓淲之名衹是詞名,而非調名。

又一體 六十字　　　　　　　　　　　石孝友

別來相思無限期［一］。欲説相思,要見終無計。擬寫相思持送伊［二］。如何盡得相思意。　　　眼底相思心裏事。從把相思,寫盡憑誰寄。多少相思都做淚。一齊淚損相思字。

"期"字、"伊"字兩平韵,平仄互叶,首句平仄亦異。石作每多隨意更换,姑録以備一格。"從"字當作"縱"。

【校記】

　　[一] 期,《花草粹編》作"憶",應是訛誤。

　　[二] 伊,《金谷遺音》作"似",應是訛誤。

黃金縷 六十字　　　　　　　　　　　　　　　秦　觀

足司馬才仲夢中蘇小小詞

妾本錢塘江上住。花落花開,不管流年度。燕子銜將春色去。紗窗幾陣黃梅雨。　　斜插犀梳雲半吐。檀板輕敲,唱徹黃金縷。夢斷彩雲無覓處。夜涼明月生南浦。

　　因馮延巳有"展盡黃金縷"句,故名。

　　《春渚紀聞》云:"司馬才仲初在洛下,晝寢,夢一美姝牽帷而歌曰:'妾本錢塘江上住'云云。才仲愛其詞,因詢曲名,云是《黃金縷》。且曰:'後日相見於錢塘江上。'及才仲以東坡先生薦,應制舉中等,遂爲錢塘幕官。其廨舍後堂,蘇小墓在焉。時秦少章爲錢塘尉,續其詞,'斜插犀梳雲半吐'云云。不踰年而才仲得疾,所乘畫水輿艤泊河塘,柂工遽見才仲携一麗人登舟,即前聲喏,繼而火起舟尾,蒼忙走報,家已慟哭矣。"張榗《詞林紀事》云:"按晁公武《郡齋讀書志》,才仲喜爲官體詩,故世傳其爲鬼物所祟。"又按,厲鶚《南宋雜事詩》注,蘇小墓並不在錢塘,自周密《武林舊事》載在西湖,而《咸淳臨安志》亦引周紫芝詩爲證。然唐人徐凝有詩云:"嘉興縣裏逢寒食,落日家家拜掃回。唯有縣前蘇小墓,無人送與紙錢灰。"陸廣微《吳地志》,亦明載在嘉興縣側,並不在錢塘,似不足據。又《七修類稿》云:蘇小小有二人,皆錢塘名娼。一南齊人,郭茂倩《樂府解題》下已注明矣;一是宋人,見《武林舊事》。其姊名盼奴，與太學生趙不敏相洽，不敏卒，盼奴亦没，小小歸不敏弟趙院判焉。陶宗儀《輟耕録》備載數事，辯以爲南齊人矣，又不知宋蘇小小。古辭有"何處結同心，西陵松樹下"之句，此南齊蘇小小之墓。元張光弼詩注，墳在嘉興縣前，此必宋蘇小小之墳耳。（節録）

愚按：此首字句同，原可不録。然據《春渚紀聞》是蘇小小詞，本半闋，名《黃金縷》，秦特足成，以合《蝶戀花》調。明媛張紅橋有半闋體，或因此也。未免臆見。姑録原詞以備辨論①。

《樂府雅詞》："妾本"二字作"家在"，"輕敲"二字作"朱唇"，"夢斷彩雲"四字作"望斷行雲"，"夜深"二字作"夢回"，"南"字作"春"。

【蔡案】

① 這一段可見秦巘的寫作初衷不爲擬譜，祇爲闡敘詞調的來龍去脉。

蝴蝶兒 四十字　　　　　　　　　　　　　　　　　張　泌

蝴蝶兒。晚春時。阿嬌初著淡黃衣[一]。倚窗學畫伊[二]①。還似花間見，雙雙對對飛。無端和淚拭胭脂。惹教雙翅垂[三]。

張泌一作張佖，誤。

唐教坊曲名《蝴蝶子》②。

即以起句爲調名，與《玉蝴蝶》不同，《詞律》類列，誤。

"倚"字、"惹"字上聲，"學"（作平）字、"雙"字平聲，宜從。"拭"字一作"濕"。

【校記】

［一］原注"阿"字可平。

［二］"倚"用◐符標識,意謂必用上聲;"學"字用○符標識,意謂必用平聲,且注"學"字作平。

［三］"惹"字用◐符標識,意謂必用上聲,"雙"字用○符標識,意謂必用平聲。

【蔡案】

① 學,以入作平,尤不可填爲去聲。

② 詞譜中提及"唐教坊曲名",主要是爲追溯調名的來源,而並非指某詞調與唐教坊曲有關,因此,唐教坊曲中的近似調名便没有提及的必要。

點絳唇 四十一字　一名《點櫻桃》《十八香》《尋瑶草》
《南浦月》《沙頭雨》《一痕沙》　　　　　　　　張　泌

蔭緑圍紅［一］,夢瓊家在桃源住［二］。畫橋當路。臨水開朱
◎●○○　　◎○○◉●　○●○▲　●○○▲　⊙●○
户。　　　柳逕春深,行到關情處。顰不語。意憑風絮。吹
▲　　　　◎●○○　◉●●○○▲　○●▲　●○○▲　⊙
向郎邊去。
●○○▲

　　《太平樂府》注仙吕宫,《太和正音譜》注仙吕調,高栻詞注黄鐘宫,《九宫大成》入北詞仙吕調隻曲,又入南詞黄鐘宫引。

　　王禹偁詞名《點櫻桃》;王十朋詞名《十八香》;韓淲詞有"更約尋瑶草"句,名《尋瑶草》;張輯詞有"邀月過南浦"句,名《南浦月》,又有"遥隔沙頭雨"句,名《沙頭雨》,一名《一痕沙》①,見《歷代詩餘》,與《昭君怨》之别名不同。

"夢"字、"畫"字、"意"字，必用去聲，雖有用平者，終不起調②。沈氏別集選韓琦一首，次句上多一"對"字，衍誤，非有此體也。

《詞譜》云：此詞前段第二句本七字句，但於第四字藏一韵，可作兩句。蘇軾詞"不用悲秋，今年身健。還高宴"，吳琚詞"憔悴天涯，故人相遇。情如故"，舒亶詞"紫霧香濃，翠箏風轉。花隨輦"，"健"字、"遇"字、"轉"字皆用韵。元詞如應次蘧、蕭允之諸作皆然，實本蘇詞也③。愚按：《洞仙歌》中亦用之，後人於換頭第二字用韵，皆仿此法，並非兩字句也。

【校記】

[一] 原注"蔭"字可平。其餘旁注可平可仄均標示於圖符中。

[二] "夢"字、第三句"畫"字、後段第三句"意"字用●符標識，意謂必用去聲。

【蔡案】

① 韓淲、張輯自擬的名，都是詞名，而非調名。《點櫻桃》和《十八香》也都祇是詞名。

② 所謂"終不起調"，是一個毫無鑒別標準的主觀説法，無論是從詞樂的角度還是文字譜的角度。而我們檢測宋詞名家作品，也可以看到有很多非去聲的填法，所以，印證了我的"但凡説必用去聲的，都經不住唐宋詞的檢驗"，當然，如果有一個誰也説不清楚的"終不起調"在，就没法説理了。

③《詞繫》極少直接提及《欽定詞譜》，此爲一例。春秋筆法。

踏陽春 二十三字　　　　　　　　缺　名

踏陽春。人間三月雨和塵。陽春踏，秋風起，腸斷人間白髮人。

　　見《全唐詩》，題作《周顯德中齊州謠》[1]，第三句作"陽春踏
盡西風起"，"三月"作"二月"。《歷代詩餘》同，"白髮"作"鶴髮"。

【蔡案】

　　[1] 這並不是詞，祇是聲詩而已，所以有自己的詩題。所謂的"踏
陽春"，也是後來好事者所添。無須爲範。

又一體 二十七字　　　　　　　　　　　　　　　缺　名

五雲華曉玲瓏。天府由來汝府中。惆悵此情言不盡，一丸
蘿蔔火吾宮。

　　《全唐詩》注云："周顯德中，有人病狂，每歌云云。自言夢見
一紅衣女子，引入宮殿皆紅，一小姑令歌如此。有道士云：'此犯
大麥毒所致。女即心神，小姑脾神也。'《醫經》：蘿蔔治麭毒。
如此言，以藥並蘿蔔食，遂愈。"

　　起句少三字，三句多一字，與前作異[1]。

【蔡案】

　　[1] 因爲《踏陽春》本非調名，祇是古詩而已，所以詩句的長短當
然就沒有定準了。

眉峰碧 四十六字　　　　　　　　　　　　　　缺　名

蹙破眉峰碧。纖手還重執。鎮日相看未足時，忍便使、鴛鴦
隻。　　　薄暮投村驛。風雨愁通夕。窗外芭蕉窗裏人，分
明葉上心頭滴。

王明清《玉照新志》云："裕陵親書其後云：'此詞甚佳，不知何人所作。'"《填詞名解》云："宋徽宗手書一詞，問曹組云：'何人所作？'"因起句，遂名《眉峰碧》。《古今詞話》云："真州柳永，少讀書時，以無名氏《眉峰碧》詞題壁，後悟作詞章法。一妓向人道之，永曰：'某於此，亦頗變化多方也。'然遂成屯田蹊徑。"

《歷代詩餘》云："似《卜算子》之一體，但以平仄有殊，別爲一體。"愚按：體格差異，決非別名，辭意似五代人語。既在柳永前，故分列，附五代末①。"分"字下，一本無"明"字。

【蔡案】

① 本詞是《卜算子》的變格，《卜算子》本有尾拍添字作六字折腰的填法，如張先的"夢短寒夜長，坐待清霜曉。臨鏡無人爲整妝，但自學、孤鸞照。"秦巘所謂"辭意似五代人語"的說法，也祇是揣度而已，以揣度而斷定"既在柳永前"，其謬可見。

國家社科基金重大項目

"明清詞譜研究與《詞律》《欽定詞譜》修訂"（18ZDA253）

國家古籍整理出版專項經費資助

杭州師範大學人文社會科學振興計劃項目資助

詞繫韻律詮疏

〔清〕秦巘 ◎ 著

蔡國强 ◎ 考辨

－肆－

上海古籍出版社

詞繫卷十九 宋

太平年 四十五字　　　　　　　　　　缺　名

皇州春滿群芳麗。散異香旖旎。鼇宮開宴賞佳致。舉笙歌鼎沸①。　　永日遲遲和風媚②。柳色烟凝翠。惟恐日西墜。且樂歡醉。

《九宮大成》入南詞中呂宮正曲，又入大石調引。與《太平時》無涉。

《文獻通考》云：徽宗政和賜高麗大晟燕樂。《東都事略》云：政和三年五月，以大晟樂頒之天下。以下十五調俱見《高麗史·樂志》，是當時所賜樂章詞。皆宋人所撰，不著名氏，故附政和後。《詞律》皆不收。

"滿"字，《詞譜》作"色"。

愚按：《高麗史》所載各調，皆先有聲而後以辭實之。祇求協之聲律，而辭意不甚嫻雅，無足取法。但作譜非選詞比，不得不採以備體。

【蔡案】

① 檢《高麗史》，本詞此處並不分段，且調名爲《太平年慢》，故以基本律理衡量，可知本詞實爲一殘詞而已，以內容揣度，更似前半段，

原詞極疑失落後段。

②"和"字本句當讀爲去聲,混和義,意謂永日相伴春風也。

金盞子令 四十七字 缺 名

春風報暖,到頭嘉氣漸融怡。巍巍鳳闕,起鼇山萬仞,争聳雲涯。 梨園子弟,齊奏新曲①,半是壎篪。見滿筵、簪紳醉飽,頌鹿鳴詩。

亦見《高麗史・樂志》。與《金盞子》百二字長調無涉。

【蔡案】

①"曲"字以入作平。

獻天壽 四十七字 缺 名

日暖風和春更遲。是太平時。我從蓬島整容姿。來降賀丹墀。 幸逢燈夕真佳會,喜近天威。神仙壽算永無期。獻君壽、萬千斯。

《九宫大成》入北詞仙吕調隻曲。

此取結句爲名①。

【蔡案】

①《高麗史》所記,本詞本是宋廷送高麗朝套曲中的一首,未必是創調詞,故"取結句爲名"不足爲信,蓋後人填詞以寫本意,是一種常見的創作方法,且"獻君壽"畢竟不同於"獻天壽"。

獻天壽令 五十二字　　　　　　　　　　　　缺　名

閬苑人間雖隔，遥聞聖德彌高。西離仙境下雲霄。來獻千歲靈桃。　　上祝皇靈齊天久，猶舞蹈、賀賀聖朝[①]。梯航交轃四方遥。端拱永保宗祧。

> 亦見《高麗史·樂志》，與前句法不同。《詞譜》云：此高麗獻仙桃舞隊曲也。因其雜用唐樂，故採之。

> "仙"字，《詞譜》作"化"。

【蔡案】

　　① 這一均之句讀宜讀爲"上祝皇齡，齊天久、猶舞蹈，賀賀聖朝"，此類句法最易誤讀，實猶"怒髮衝冠憑欄處"也，宜改。

破字令 五十字　　　　　　　　　　　　　　缺　名

紗紗三山島。十萬歲、方分昏曉。春風開遍碧桃花，爲東君一笑。　　祥飈暫引香塵到。祝嵩齡、後天難老。瑞烟散碧，歸雲弄暖，一聲長嘯。

> 《詞譜》云：此宋賜高麗五羊仙舞隊曲也，名曰《唐樂》。

> 愚按：破者，繁聲入破也。自陳後主造《念家山破》《振金鈴破》等曲，始以"破"名。唐人名"入破"，元人名"破子"，皆同一意。即時曲之一板一眼也。

壽延長破字令 五十二字　　　　　　　　　　缺　名

青春玉殿和風細。奏簫韶絡繹。韵繞行雲飄飄曳[①]。泛金

尊、流霞灩溢。　　　瑞日輝輝臨丹宸。布仁慈德意。遐邇
願聽歌聲綴[一]。萬萬年、仰瞻宴啓。

> 　　《詞譜》云：此高麗壽延長舞隊曲也。因其雜用唐樂，故
> 採之。

> 　　此入聲與上、去並叶，詞中僅見。但"溢"字《韵補》"子既
> 切"，音意可借叶。"繹"字無上、去音，不得謂之借叶也。此已開
> 四聲並用之端矣。

【校記】

　　[一] 原注"聽"字平聲。

【蔡案】

　　① 後"飄"字、"丹"字、"聲"字，或前"飄"字、"臨"字、"歌"字，皆
不用仄聲，三句均用大拗句式，此爲詞中罕見者。歐陽修詞，前後段
第三句拍分別作"燈花前、幾轉寒更"、"已交共、春繭纏綿"，或可爲本
詞第三句的四連平作一注脚。

折花令 五十二字　　　　　　　　　　　　　　缺　名

翠幕華筵，相將正是多歡宴。舉舞袖，迴旋遍。羅綺簇宮商
共歌清羨①。　　　莫惜沉醉②，瓊漿泛泛金尊滿。當□日③，
長游衍。願燕樂嘉賓，嘉賓式燕④。

> 　　《詞譜》云：此高麗抛球樂舞隊曲也。

【蔡案】

　　① "羅綺"下九字應讀斷，作五字一句、四字一句。

　　② "惜"字以入作平。

③ 缺字處，據《欽定詞譜》爲"永"字。按，本詞秦巘基本是抄録《欽定詞譜》，與《高麗史·樂志》有很大差異，但不知爲何脱一"永"字。

④ 本詞《高麗史·樂志》並未分段，符合此類小令單段式小令的一般規則，《欽定詞譜》收録後，纔分爲兩段。其原文與本詞有很大差異，爲："翠幕華筵，相將正是多歡宴。舉舞袖、迴旋遍。羅綺簇宮商，共歌清羨。瓊漿泛泛滿金尊，莫惜沉醉，永日長遊衍。願樂嘉賓，嘉賓式燕。"《欽定詞譜》對這首單段詞是進行了改造的，它將一個單段詞改作了雙段，然後爲了體現雙段的特色，爲了使前後段形成對稱，所以將"莫惜沉醉"一句挪到了"瓊漿"句的前面，然後將"滿金尊"改爲了"金尊滿"，又在"永日"句中補上一個"當"字，在"願"字後加上了一個"燕"字，這樣，所謂的後段就成了四字一句、七字一句、折腰式六字一句、五字一句、四字一句，從形式上來説，確實是和"前段"字數上保持對稱一致了。但是，原詞在《高麗史》中其實文字清清楚楚，書頁完好，毫無缺漏，該分段的，在行文中都給予了分段，完全是《欽定詞譜》的補改而已。《欽定詞譜》在編寫過程中對例詞做了很多修改，這是很典型的一例。

荔子丹 五十三字　　　　　　　　　　　　　　缺　名

鬥巧宮妝掃翠眉。相喚折花枝。曉來深入艷芳裏，紅香散，露浥在羅衣。　　盈盈巧笑詠新詞。舞態畫嬌姿。裊娜文回迎宴處，簇神仙，會赴瑶池①。

《詞譜》云：宋賜高麗大晟樂，故《樂志》中猶存宋人詞。此其一也。

【蔡案】

　　① “會赴”略覺生硬，或“會”前脱一字，與前段相合。又按，前後段三字句均爲誤讀，應讀爲三字逗。

步虚子令 五十七字　　　　　　　　　　缺　名

碧雲籠曉海波間。江上數峰寒①。珮環聲裏，異香飄落人間。弭絳節，五雲端。　　　宛然共指嘉禾瑞，開一笑，破朱顏。九重曉闕，望中三祝高天。萬萬載，對南山。

　　《詞譜》云：此宋賜高麗樂中五羊仙舞隊曲也。

【蔡案】

　　① “江”字前後或脱一字，致韵律不諧。

行香子慢 九十六字　　　　　　　　　　缺　名

瑞景光融。焕中天霽烟，佳氣葱葱。皇居崇壯麗，金碧輝空。彤霄外、瑶殿深處，簾卷花影重重。迎步輦，幾簇真仙，賀慶壽新宮。　　　方逢。聖主飛龍。正休盛大寧，朝野歡同。何妨宴賞，奉宸意慈容。韶音按、霞觴將進，蕙爐飄馥香濃。長願承顏，千秋萬歲，明月清風。

　　此與《行香子》小令無涉，故另列。

　　“皇居”二句，與後段“何妨”二句，句法不應參差。或“麗”字屬下句，抑可不拘①。

【蔡案】

① 秦巘謂第二均前後不應參差,此説甚是。然又云"麗"字或屬下,則欠當矣。蓋後段五字句用折腰句法,"奉"字爲領字,"麗"字是静字,其若屬下,則句法迴異,必非。疑有文字錯訛。

慶春澤 九十八字　　　　　　　　　　缺　名

曉風嚴,正蕭然兔園[一],薄霧微罩①。梅漸弄白②,聳危苞匀小。胭脂半點瓊瑰勝,望江南、信息何杳③。縱壽陽妍姿[二],學就新妝,暗香須少。　　幽艷滿寒梢,更游蜂舞蝶,渾無飛繞。天賦品格,借東皇施巧。孤根佔得春前俊,笑雪霜、漫期容貌。況此花高强,終待和羹,肯饒芳草。

> 亦見《高麗史・樂志》。此爲《慶春澤》正調,與劉鎮百字體爲《高陽臺》之別名無涉。又見《梅苑》。
>
> "兔"、"霧"、"弄"、"品"諸仄聲字,"壽陽妍姿"、"此花高强"用上平平平,皆勿誤。
>
> 《詞律》未見此詞,僅見劉作,遂以《慶春澤》爲正調,反以《高陽臺》爲別名。博採旁搜之功,蓋闕如也。

【校記】

[一]"兔"字、第三句"霧"字、第四句"弄"字、後段第四句"品"字,用●符標識,意謂必用仄聲。

[二]"壽陽妍姿"和後段"此花高强",用●○○○符標識,意謂必用上平平平聲。

【蔡案】

①“正蕭然”九字及後“縱壽陽”九字、“況此花”九字,若作五字一句、四字一句,則五字句韵律皆不諧,應取律讀,作三字一逗、六字一句讀。

②“白”字與後段對應之“格”字,皆以入作平。

③“息”字,係後段對應之“期”字,故爲以入作平。

惜花春起早慢 　百字　　　　　　　　　　　缺　名

向春來,睹園林繡出,滿檻仙萼①。流鶯海棠枝上弄舌,紫燕飛繞池閣②。三眠細柳,垂萬條、羅帶柔弱。爲思量,昨夜去看花③,猶自斑駁。　　　　須拌盡日尊前,留媚景良辰,且恁歡謔。更闌夜深秉燭,對花酌、莫孤輕諾。鄰鷄唱曉,驚覺來、連忙梳掠。向西園、惜群葩,恐怕狂風吹落。

　　　　愚按:《詞源》所載張樞有《惜花春起早》詞,首句用“鎖窗明”三字,正與此合。惜全詞未載。

【蔡案】

① 前後段第三拍“檻”字、“恁”字,均用上聲,不可用去聲替,此是作平用法。包括“飛繞”之“繞”字,亦是以上作平。

② 本句八字一句,而對應後段則是“更闌夜深秉燭”六字,則前段應有衍文,且亦無法與後一句構成偶句,故對應後段應爲六字一句,而“紫燕”前後循一般律理,當脫一字。

③ 此五字句些無詞味,與後段的對稱性亦不足,應改爲“昨夜去”領六字讀。

愛月夜眠遲慢 百四字　　　　　　　　　　缺　名

禁鼓初敲，覺六街夜悄，車馬人稀。幕天澄淡，雲收霧捲，亭亭皎月如珪。冰輪碾出遥空，照臨千里無私[①]。最堪憐、有清風送得，丹桂香微。　　惟願素魄長圓，把流霞對飲，滿泛觥厄。醉憑闌處賞玩，不忍辜負[②]，好景良時。清歌妙舞連宵，踟躕懶入羅幃。任佳人，儘嗔我愛月，每夜眠遲[③]。

　　《九宮大成》入南詞越調引。

　　亦見《高麗史·樂志》。以上《詞律》皆未載。

【蔡案】

　　① 本句以"私"字入平聲韵，誤。《高麗史·樂志》載本詞，原句作"無私照臨千里"，疑是《詞譜》因其韵脚而改，或以爲錯簡也，而秦蠟從之。然校之仇遠詞，本句作"多情伴人孤枕"，平仄與此如一，而仇詞韵押"沉"、"陰"，則"枕"字與本詞"里"字均爲三聲叶。

　　② "忍"字以上作平。

　　③ 後結五字句兩頓連仄而失諧，且"任佳人、盡嗔我"，本應是一句，不當讀破，尾均應讀爲"任佳人、盡嗔我，愛月每夜眠遲"。如此，前段亦宜改讀爲"最堪憐、有清風，送得丹桂香微"。

又一體 百三字　　　　　　　　　　仇　遠

小市收燈，漸柝聲隱隱，人語沉沉。月華如水，香街塵冷，闌干瑣碎花陰。羅幃不隔嬋娟，多情伴人孤枕。最分明，見屏山翠叠，遮斷行雲。　　因記歆曲西廂，趁凌波步影，笑拾遺簪。元宵相次近也，沙河蕭鼓，恰是如今。行行舞袖歌裙。歸還不管更深。黯無言，新愁舊月，空照黃昏。

> 調見《無弦琴譜》。與前作同，惟後結少一字，"枕"字換仄叶平，與蔡伸"扁舟尋舊約"詞同例。《詞譜》於"人"字斷句，未確。"明"字、"裙"字注叶韵，照前詞恐是偶合。但通首用侵、尋韵，雜入"雲"、"昏"二字，或"明"、"裙"二字亦叶。

金盞子　百二字　　　　　　　　　　　缺　名

麗日舒長，正葱葱瑞氣，遍滿神京。九重天上，五雲開處，丹
●●○○　●○○●●　●●○△　○○○●　●○○●　○
樓碧閣崢嶸①。盛宴初開，錦帳繡幌交橫。應上元佳節，君
○●●○△　●●○○　●●●○○　○●○○●　○
臣際會，共樂昇平。　　　　廣庭。羅綺紛盈②。動一部笙歌，
○●●　●●○△　　　　　●　△　○●○○　●●●○○
盡新聲③。蓬萊宮殿神仙景，浩蕩春光，迤邐玉城[一]④。烟
●○△　○○○●○○●　●●○○　○●●○　○
收雨歇，天色夜更澄清。又千尋、火樹燈山，參差帶月鮮明。
○●●　○○●○○△　●○○　●●○○　○○●●○△

> 《九宮大成》名《金盞兒》，入南詞仙呂宮正曲，又入北詞仙呂調隻曲。一名《碎金盞》。

> 亦見《高麗史·樂志》。《九宮譜》名《慢金盞》。

> 此用平韵，句法與諸家皆不同。《詞律》未收此體。

> "樂"字，《詞譜》作"賞"，"庭"字作"筵"。

【校記】

[一]"玉"字原注作平。

【蔡案】

　　① 本均後段十五字，而前段衹十四字，句法也極爲參差不合，必奪一字。

　　② 原譜換頭句未讀斷，“廣庭”未讀出，失記一“庭”字韵。

　　③ “動一部”八字原譜亦未讀斷，韵律失諧。“盡新聲”對應前段“遍滿神京”，應奪一字。

　　④ “迤邐”，原作“邐迤”，失律，二字應是倒誤。

又一體　百二字　　　　　　　　　　　　　　　　史達祖

獎綠催紅，仰一番膏雨，始張春色。未踏畫橋烟，江南
●●○○　●●○○●　●○○▲　●●●○○　○○

岸、應是草穊花密。尚憶湔裙蘋溪①，覺詩愁相覓。光風
●　○●●○○▲　●●●○■○○　●○○○▲　○⊙

外，除是倩鶯煩燕②，漫通消息。　　　梨花夜來白。相思
●　○○●○○●　●○○▲　　　○○●○▲　○○

夢、空闌月波濕。深深柳枝巷陌③，難重遇，弓彎兩袖雲
●　○○●○▲　○○●○⊙　▲　○○●　○○●●○

碧。見說倦理秦箏，惜春葱無力。空遺恨，當時留秀句，
▲　●●●●○○　●○○○▲　○○●　○○●　○○●●

蒼苔蠹壁。
○○●▲

　　　　此用仄韵，句法與前作不同。“陌”字恐未是叶。“月波濕”
　　汲古作“一林月”，“惜”字作“怯”。

【蔡案】

　　① “裙”字字位依律應仄，其對應後段爲“見說倦理秦箏”，句法一致，均爲仄起式律拗句式，且宋詞其他諸家均用仄聲，可見應是誤筆，故以應仄而平符圖之。

②　“是”字原注可平，誤，平則失律。宋人多用仄聲，若用平聲，則句法有所不同，或平起平收，或如後一首讀破，故不從。

③　“陌”字原作韵脚，且有王沂孫詞佐證，然綜合律理，無須視爲叶韵，今據《全宋詞》删。

又一體　百三字　　　　　　　　　　　吳文英

吳城連日賞桂，一夕風雨悉已零落。獨寓窗晚花方作小蕾，未及見開。有新邑之役，竭來西館，籬落間嫣然一枝可愛。見侣人，而喜爲賦此解。

賞月梧園，恨廣寒宮樹，曉風摇落。莓砌掃蛛塵，宮腸斷、薰爐燼消殘萼。殿秋尚有餘花，鎖烟窗雲幄。新雁又無端，送人江上，短亭初泊。　　　籬角。夢依約。人一笑，惺忪翠袖薄。悠然醉魂唤醒，幽叢畔凄香霧雨漠漠①。晚吹乍顫秋聲，早屏空金雀。明朝想，猶有數點蜂黄，伴我斟酌。

> 後起二字叶。結尾一六、一四字，比史作多一字，吳凡二首同②。“魂”字《詞律》作“紅”，誤。

【蔡案】

①　本句當讀斷爲上三下六句式，前“漠”字以入作平。

②　本調後結或以此結爲正，蔣捷、陳著等亦如是填，史詞或是脱字，而趙以夫、王沂孫詞，方是減字格。

又一體 百一字   趙以夫

水　仙

得水能仙，向漢皋遺珮，碧波涵月。藍玉暖生烟，稱縞袂
黃冠，素姿冰潔。亭亭獨立風前，奈香多愁絕。當時事、
琴心妙處難傳，有誰堪説。　　歲晚渺無人，更短景、
繁雲天欲雪。瀟湘烟水茫茫，但萬里相思，寒江空闊。殷
勤折向梅邊，聽玉龍吹徹。叮嚀道、百年兄弟，相看
晚節。

前段第五、六句，一五、一四字，換頭句亦不叶韵，平仄不同。
"但萬里"二句，一五、一四字。結尾四字句，比史作少一字。

又一體 百字   王沂孫

雨葉吟蟬，露草流螢，歲華將晚。對静夜無眠，稀星散、
時度絳河清淺。甚處畫閣凄凉，引輕寒催燕。西樓外、
斜月未沉，風急雁行吹斷。　　此際怎消遣。要相見、除
非待夢見。盈盈洞房淚眼。看人似，冷落過秋紈扇。痛
惜小院桐陰，空啼鴉零亂。厭厭地、終日爲伊，香愁
粉怨。

次句四字，比各家少一字，且對起。後段第四句叶韵。結處
與趙作同，平仄異。

又一體 百二字 　　　　　　　　　　蔣　捷

秋　思

練月縈窗,夢乍醒,黃花翠竹庭館。心字夜香消,人孤另,雙雙被他羞看。擬待告訴天公,減秋聲一半。無情雁。正用恁時飛來,叫雲尋伴。　　猶記杏櫳暖。銀燭下、纖影卸佩鸞①,春渦暈,紅豆小,鶯衣嫩,珠痕淡印芳汗。自從信誤青驪,想籠鶯停喚。風刀快,但剪畫檐梧桐,怎剪愁斷。

    "雁"字叶韵②。後段次句用"鶯"字不叶韵。三、四句兩三字,與各家異。兩結平仄亦不同。《詞潔》云:"佩鸞"有作"佩欵"者,"佩鸞"不叶。"佩欵"不可解。愚按:"鸞"字當是以平叶仄,與《渡江雲》同例。斷非"欵"字。"雙雙"二字,《詞潔》作"雙鵜","驪"字作"驄"。一本缺"但"字。

【蔡案】

    ① "鸞"字此讀上聲,叶韵。蓋本句爲主句,依律須韵。

    ② "雁"字諸家均不叶韵,應是偶叶。

新雁過妝樓 百六字 　　　　　　　　　　缺　名

一抹弦器①,初宴畫堂,琵琶人抱當頭。髻雲腰素,仍占絕風

●○○●　　○●●○　　○○○●○△　　●○○●　○●●○

流。輕攏漫撚生情態,翠眉顰、無愁漫似愁。變新聲、自成

△　　○○●●○○●　●○○、○○●●○　●○○、●○

濩索②,還共聽、一奏梁州。　　　　彈到遍急敲頻,分明似語,

●●　　○●●、●●○△　　　　　　○●●●○○　○○●●

爭知指面纖柔。坐中無語，惟斷續金虯。曲終暗會王孫意，
○○●●○△　　●○○●　○●●○△　　●○●●○●

轉步蓮、徐徐卸鳳鈎。捧瑤觴、爲喜知音，勸佳人、沉醉
●●○　○○●●△　　●○●　●●○○　●○○　○●

遲留。
○△

　　　　見《高麗史・樂志》。句調與各家迥異③。《詞律》未收
　此體。

【蔡案】

　　① “抹”字以入作平。
　　② 本句原譜不讀斷。
　　③ 本詞調名，余查韓國高麗大學藏本《高麗史》，其調名爲《百寶
妝》，且本詞較之其後吳文英詞，字句迥異，實非同體，故應仍用《百寶
妝》名爲是。

又一體 九十九字　　　　　　　　　　　　吳文英

中秋後一夕，李芳菴月庭延客。命小妓過新水令，坐間賦詞。

閬苑高寒。金樞動，冰宮桂樹年年。剪秋一半，難破萬戶連
◎●○△　　○○●　○○⊙○○△　　●○◎●　●●●○○

環[一]。織錦相思樓影下，鈿釵暗約小簾間。共無眠①。素
△　　●●○○○●●　○○●●●○△　　●○△　　●

娥慣得，西墜闌干。　　　　誰知壺中自樂，正醉圍夜玉，淺鬥
○○●●　○●○△　　　　○○○●●●　●●○●●　●◎●

嬋娟。雁風自勁，雲氣不上涼天。紅牙潤沾素手，聽一曲清
○△　　●○●●　○●●●○△　　○○●●●●　○●●◎○●

歌雙霧鬟。徐郎老，恨斷腸聲在，離鏡孤鸞。
○○●△　　○○●　●●○○●　○●○△

　　此調亦名《新雁過妝樓》。首句起韵。前後段次、三句各少一字，五句亦少一字，十句少三字。前段七句少一字，後段同，平仄亦異。舊説與《八寶妝》及《瑶臺聚八仙》同是一調，但字句雖同，宫調各異。據原題似是創調，與時曲《新水令》不合。姑類列一處，仍録原名，以俟知音論定。

　　“眠”字，張炎二首皆叶韵。東紅韵，此字用“昏”字不叶。“破”、“自”、“氣”三字必去聲。“雙霧鬟”三字平去平，尤不可易。“剪秋”句，“雁風”句，張二首俱用仄仄平平。

【校記】

　　[一]“破”字、後起“自”字、第五句“氣”字，用●符標識，意謂必用去聲。

【蔡案】

　　①“共無眠”三字原譜不讀斷，此猶張炎詞之“路綿綿”，失一韵。詞之前後起結處，不妨多加拍也，是音律之變，故雖後段未作對應之韵脚，亦應標示，前後段樂調不同而已。

八寶妝　九十九字　一名《百寶妝》　　　　　　陳允平

秋　宵　有　感

望遠秋平。初過雨，微茫水滿烟汀。亂葓疏柳，猶帶數點殘螢。待月重樓誰共倚，信鴻斷續兩三聲。夜如何，頓凉驟覺紈扇無情①。　　　還思驂鸞素約，念鳳簫雁瑟，取次塵生。舊日潘郎，雙鬢半已星星。琴心錦意暗懶，又爭奈西風吹恨醒。屏山冷，怕夢魂飛度，藍橋不成。

《九宮大成》入南詞商調隻曲。

《高麗史・樂志》名《百寶妝》。

此與李甲作一百十字調不同，故另列。通體與《新雁過妝樓》吻合，惟"舊日潘郎"四字平仄異。"錦意""意"字用仄，結句平平入平，差疏。

【蔡案】

① 八字讀斷，韵律方諧。

瑤臺聚八仙 九十九字　　　　　　　　　　　　張　炎

杭友寄聲以詞答意

秋月娟娟。人正遠、魚雁待拂吟箋[一]。也知游事，多在第二
◎●○△　○●●　⊙◎◎●○△　　●○●●　⊙●●

橋邊。花底鴛鴦深處睡，柳陰淡隔裏湖船。路綿綿。夢吹
○△　○●◎●○●●　●○●●●○○　●○△　　●○

舊曲，如此山川。　　　平生幾兩謝屐①，便放歌自得，直上風
●●　○○○△　　○○○●●○●　　●●○●　○◎○

烟。峭壁誰家，長嘯竟落松前。十年孤劍萬里[二]②，又何
△　●●○○　○●⊙●○△　○○⊙□●●　　●⊙

似、畦分抱甕泉[三]。中山酒，且醉餐石髓，白眼青天。
●　○○○●△　○○●　●●○○●　◎●○△

《九宮大成》入北詞仙呂調隻曲。

《南詞定律》云：此曲犯《天仙子》《月裏嫦娥》《傳言玉女》《長壽仙》《洞仙歌》《安樂神》《水仙子》《歸仙洞》八曲，故名《聚八仙》。愚按：《月裏嫦娥》《安樂神》《歸仙洞》三詞無考。

此調與《八寶妝》無二。或陳亦犯八調而成，但無可考。張凡七首，平仄照注。《新雁過妝樓》二首句調無異，分立兩名，究

不知是一調否。姑類列。

　　"綿"字張□叶韵[四]。"兩"字用平者多。"峭壁誰家"四字與陳作同。"水"字一作"渚","事"字作"意","睡"字作"影","曲"字作"笛"。

【校記】

　　[一] 原譜九字不讀斷。

　　[二] "十"字原注作平。

　　[三] 原譜八字不讀斷。

　　[四] 缺字處應是"詞"或"作"。

【蔡案】

　　① "兩"字,應是以上作平。原注可平,誤,本字依律須平,可平,則意謂是仄,亦意謂可仄。

　　② "劍"字原注可平,誤。此字依律須平,張炎別首亦多作平聲,如"陶潛尚存菊徑"、"朝來自然氣爽"、"連枝願爲比翼"、"香深與春暗却"、"飛符夜深潤物"、"他年五湖訪隱"等。

九張機　三百二十八字　　　　　　　　　　　　缺　名

《醉留客》者,樂府之舊名。《九張機》者,才子之新調。憑夏玉之清歌,寫擲梭之春怨。章章寄恨,句句言情。恭對華筵,敢陳口號。

一擲梭心一縷絲。連連織就九張機。從來巧思知多少,苦恨春風久不歸。

一張機。織梭光景去如飛。蘭房夜永愁無寐①。嘔嘔軋軋,
　●○△　　●○○○●●○△　　○○●●○○▲　　○○●●

織成春恨②，留着待郎歸③。
●○○●　　○●●○△

兩張機。月明人静漏聲稀。千絲萬縷相縈繫，織成一段，回文錦字，將去寄呈伊。

三張機。中心有朵耍花兒。嬌紅嫩緑春明媚，君須早折，一枝濃艷，莫待過芳菲。

四張機。鴛鴦織就欲雙飛。可憐未老頭先白，春波碧草，曉寒深處，相對浴紅衣。

五張機。芳心密與巧心期。合歡樹上枝連理，雙頭花下，兩同心處，一對化生兒。

六張機。雕花鋪錦半離披。蘭房別有留春計，爐添小篆，日長一線，相對繡工遲。

七張機。春蠶吐盡一生絲。莫教容易裁羅綺，無端剪破，仙鸞彩鳳，分作兩般衣。

八張機。纖纖玉手住無時。蜀江濯盡春波媚，香遺囊麝，花房繡被，歸去意遲遲。

九張機。一心長在百花枝。百花共作紅帷被，都將春色，藏頭裏面，不怕睡多時。

輕絲。象牀玉手出新奇。千花萬草光凝碧。裁鏠衣著，春
○△　　●○●●●○△　　○○○●●○▲　　○○○●　○

天歌舞，飛蝶語黃鸝。
○○●　○●●○△

春衣。素絲染就已堪悲。塵世昏污無顏色，應同秋扇，從兹

永棄，無復奉君時。

歌聲飛落畫梁塵。舞罷香風捲繡茵。更欲縷成機上恨。尊前忽有斷腸人。斂袂而歸，相將好去。

> 　　朱彝尊《樂府雅詞跋》云：《九張機》詞僅見於此。而《高麗史・樂志》：文宗二十七年十一月，教坊女弟子楚英奏新傳《九張機》，用弟子十人。則其節度猶具，所謂禮失而求諸野也。愚按：元之文宗在位僅七年，此當是高麗之文宗。《詞綜》列之元人，誤。今附列《高麗史》後。

> 　　此調見《樂府雅詞》，自一至九共九首，又二首，如曲之有尾聲。前有口號，後有遺隊，通首皆用一韵，又九首，亦用支時韵。但無後二首，並前後口號、遺隊耳。當録全首，使學者方明此調必如此體。《詞律》祇録《五張機》，注"五"字可平，爲又一體。反録"輕絲"一首在前，全失體格，貽誤後學不淺。

【蔡案】

　　① 原譜第三句均標爲句，未注叶韵，然觀諸詞即可知，第三句均屬三聲叶，"白"、"碧"、"色"三字則爲以入代去。

　　② "嘔嘔"八字原譜不讀斷。

　　③ 本調爲聯章體格式，一張機至九張機爲同一詞譜，故無須每首標注圖譜，一張機次句首字，亦並非不能添入平聲，此爲至要。

導引　五十字　　　　　　　　　　缺　名

五年一狩①，仙仗到人間。問稼穡艱難。蒼生洗眼秋光裏，
●○○●　　　○●●○△　　　●●○○△　　　○○●●○○●

今日見天顏。金戈玉斧臨香火，馳道六龍閒。歌謡到處皆
○●●○△　　　○○●●○○●　　　○●●○△　　　○○●●○

相似，天子壽南山。
○● ○●●○△

　　《宋史・樂志》云：正宫、道調宫、黄鐘宫、大石調、黄鐘羽
調、正平調、仙吕調，凡七曲。或五十字，或加一叠一百字者
不同②。

　　《詞譜》云：宋鼓吹四曲，悉用教坊新聲。車駕出入導引，此
調是也。餘詳《六州》下。

　　此與《法駕導引》無涉，當參看。《詞律》失載。

【蔡案】

　　① "一"字以入作平。

　　② 此爲金末元初之《導引》，與宋人同，宋人另有十三首複叠體，
雙段一百字。

六　州 百二十九字　　　　　　　　　缺　名

良夜永，玉漏正遲遲。丹禁肅，周廬列，羽衛繞皇幨。嚴鼓
動、畫角聲齊。金管飄雅韵①，遠逐輕颸。薦嘉玉、躬祀神
祇。祈福爲黔黎。升中盛禮，增高益厚，登封檢玉，時邁合
周詩。　　元文錫，慶雲五色相隨。甘露降，醴泉涌，三秀
發靈芝。皇猷播、史册光輝。受鴻禧萬年②，永固丕基。吾
君德、蕩蕩巍巍。邁堯舜文思。從今寰宇，休牛放馬，耕田
鑿井，鼓腹樂昌期。

　　《文獻通考》云：本朝歌吹止有四曲：《十二時》《導引》《降仙
臺》並《六州》爲四。每大禮宿齋或行幸，遇夜每更三奏，名爲警

惕。政和七年,詔改《六州》名《崇明祀》。然天下仍謂之《六州》,
其稱謂已熟也。

　　調見《宋史‧樂志》。與《六州歌頭》無涉,當名《崇明祀》。
《詞律》未收。四曲中惟《降仙臺》失傳。

　　"受鴻禧萬年"當斷句,"禧"字非叶,與前段合。蓋通體皆
同也。

【蔡案】

　　① "金管"之"管",以上作平。

　　② "受鴻禧"下九字,五字句兩頓連平而失諧,此句中"禧"字或
以爲韵脚,韵律作微小之改易。若用原句韵律,則應是仄收式句法,
同前段的"金管飄雅韵",故疑"年"字是"載"字之誤寫。

十二時　百二十五字　　　　　　　　　　缺　名

聖明代,海縣澄清。惠化洽寰瀛。時康歲足,治定武成。遐
●○●　●●○△　●●○○△　○○●●　●●●△　○

邇賀昇平。嘉壇上、昭事神靈。薦明誠。報本禪云亭。俎
●●○△　○○●　○●○○△　●○△　●●●○△　●

豆列犧牲。宸心蠲潔,明德薦惟馨。紀鴻名。千載播天
●●○△　○○○●　○●●○△　●○△　○●●○

聲。　　燔柴畢,雲馭回仙仗,慶鑾輅還京。八神扈蹕,四
△　　　○○●　○●○○●　●○●○△　●○●●　●

陬來庭[一]。嘉氣覆重城。殊常禮,曠古難行①。遇文明。
●○△　○●●○△　○○●　●●○△　●○△

仁恩蘇品彙,沛澤被簪纓。祥符錫祉,武庫永銷兵。育群
○○○●●　●●●○△　○○●●　●●●○△　●○

生。景運保千齡。
△　●●●○△

調見《宋史・樂志》。本名《十二時》，政和七年改名《稱吉禮》。餘詳《六州》下。

此詞用平韻，與柳永《十二時》渺不相涉。是當時樂章，當名《稱吉禮》，非《十二時》之又一體也。故分列。

【校記】

［一］“回仙”至“躡四”，此十三字原譜未予録入，此據《宋史・樂志》補。

【蔡案】

① “難行”原不讀斷，失記一韵。此處之韵脚，對應前段“昭事神靈”，四字屬上，不讀斷則意律兩失。

攝芳詞　五十四字　一名《摘紅英》　　　　　缺　名

風摇動。雨濛茸。翠條柔弱花頭重。春衫窄。香肌濕。記得年時，共伊曾摘。　　都如夢。何曾共。可憐孤似釵頭鳳。關山隔。晚雲碧。燕兒來也，又無消息。

因前結句，又名《摘紅英》。

《古今詞話》云：政和間，京師妓之姥，曾嫁伶官，常入内教舞，傳禁中《攝芳詞》以教其妓。人皆愛其聲，又愛其詞類唐人所作。張尚書帥成都，蜀中傳此詞，競唱之，却於前段下添“憶憶憶”，後段下添“得得得”三字。又名《摘紅英》，殊失其義。不知禁中有攝芳園，故名《攝芳詞》也。《太平樂府》云：攝芳、擅芳，禁中園名。

前後段下半，各家俱換入聲韵，想宮詞宜如是耳。“動”字，一本作“蕩”，失叶。“茸”字去聲。《詞律》云：“記得年時”，必與後段相同較妥。然各家參差互異，可不拘①。

【蔡案】

① 格律之承繼，多爲依樣葫蘆，"記得年時"抑或"燕兒來也"，諒無講究，好事者以爲律耳，秦巘謂"宮詞宜如是"者，尤屬主觀揣度而已，諒亦無據。而詞中平平仄仄處易爲仄仄平平者多矣，足證句法選擇與使用之機，張玉田已有所述，陸放翁亦有實證。

又一體 五十四字　　　　　　　　　　張　耒

惜　花

鶯聲寂。鳩聲急。柳陰一片梨花濕。驚人困。教人恨。待到平明，海棠應盡。　　青無力。紅無跡。殘香膩粉那禁得[一]。天難準。晴難穩。晚風又起，倚闌爭忍。

　　此與前作全同，惟先用入聲韵，後換仄聲韵。

【校記】

[一]"那"字原注作平。

折紅英 六十字　　　　　　　　　　程　垓

桃花暖。楊花亂。可憐朱户春强半。長記憶。探芳日。笑
○○▲　○○▲　●○○●○○▲　○●▼　●○▼　●
憑郎肩，殢紅偎碧。惜。惜。惜。　　青宵短。離腸斷。
○○○　●○○▼　▼　▼　◆　　○○▲　○○▲
淚痕長向東風滿。憑青翼。問消息。花謝春歸，幾時來得。
●○○●○○▲　○○▼　●○▼　○●○○　●○○▼
憶。憶。憶。
▼　◆　◆

見《書舟詞》，名《折紅英》，即《攧芳詞》加三疊字，改"摘"字為"折"也。

釵頭鳳 <small>六十字</small>　　　　　　　　　　　陸　游

紅酥手。黃滕酒。滿城春色宮墻柳。東風惡。歡情薄。一懷愁緒，幾年離索。錯。錯。錯。　　春如舊。人空瘦。淚痕紅浥鮫綃透。桃花落。閒池閣。山盟雖在，錦書難托。莫。莫。莫。

此因《攧芳詞》後段第三句爲名。

周密《癸辛雜識》云：陸務觀初娶唐氏，閎之女也，於其母夫人爲姑姪，伉儷相得，而弗獲於其姑。既出，而未忍絕之，則爲別館，時時往焉。姑知而掩之，雖先知挈去，然事不得隱，竟絕之。唐後改適同郡宗子士程，嘗以春日出游，相遇於禹跡寺南之沈氏園。唐以語趙，遣致酒肴。翁悵然久之，爲賦《釵頭鳳》一詞，題園壁間。《耆舊續聞》云：唐氏見此詞而和之。未幾，卒。聞者爲之愴然。

前用"手"、"酒"、"柳"三上聲，後用"舊"、"瘦"、"透"三去聲，法律謹嚴[1]。

【蔡案】

[1] 本調從無規定前段需用三上聲、後段須用三去聲，否則其他諸詞便是違律，故三上三去恰好偶合而已，至多亦是放翁之逞技，秦巘"法律極嚴"云云，煞有介事矣。且如此亦又作一體，甚矣，體之濫也。

又一體 六十字　　　　　　　　　　　　　　　　唐　氏

世情薄。人情惡。雨送黃昏花易落。曉風乾。淚痕殘。欲
●○▲　○○▲　●●○○○●▲　●○△　●○△　●

箋心事,獨語斜闌。難。難。難。人成各。今非昨。病魂
○○●　●●○△　△　◇　◇　○○▲　○○▲　●○

常似秋千索。角聲寒。夜闌珊。怕人尋問,咽淚妝歡。瞞。
○●○○▲　●○△　●○△　●●○○　●●○△　△

瞞。瞞。
◇　◇

上半用入聲韵,下半用平韵。

玉瓏璁 六十字　　　　　　　　　　　　　　　　缺　名

城南路。橋南樹。玉鈎簾捲香橫霧。新相識。舊相識。淺
顰低笑,嫩紅輕碧。惜。惜。惜。　　　劉郎去。阮郎住。
爲云爲雨朝還暮。心相憶。空相憶。露荷心性,柳花踪跡。
得。得。得。

《能改齋漫録》云:近有士人,嘗於錢塘江漲橋爲狹邪之游,
作此詞。

兩"識"字、兩"憶"字叠叶,亦巧法也。

惜分釵 五十八字　　　　　　　　　　　　　　　呂渭老

春將半。鶯聲亂。柳絲拂馬花迎面[一]。小堂風。暮樓鐘。
草色連雲,暝色連空。重。重。　　　秋千畔。何人見。寶

釵斜照春妝淺[二]。酒霞紅。與誰同。試問別來，近日情悰。忡。忡。

> 此因《釵頭鳳》句而變其名也。呂凡二首，平仄照注。上半用仄韻，下半用平韻。疊二字，比前少一字。

【校記】

　　[一]"拂"字原注可平。

　　[二]"斜"字原注可仄。

摘紅英　五十八字　　　　　　　　　　史達祖

春愁遠。春夢亂。鳳釵一股輕塵滿。江烟白。江波碧。柳戶清明，燕簾寒食。憶。憶。　　鶯聲晚。簫聲短。落花不許春拘管。新相識。休相失。翠陌吹衣，畫樓橫笛。得。得。

> 《絕妙好詞》名《清商怨》，或是誤寫調名[一]。
>
> 此與呂作同，祇疊兩字，而用入聲韻。
>
> 以上五調，名目字數雖殊，而體格則合，實是一調異名。惟用韻平仄差異。今備列各名以存本來面目，學者各從其一體，勿涉參雜可也。舊譜削去原名，但書又一體、一名某，令人難於辨索，非作譜體例矣。餘倣此。

【校記】

　　[一]本詞《梅溪詞》調名作《釵頭鳳》，前後段段尾仍作三疊字。故實即正體。

舜韶新 百一字　　　　　　　　　　　郭子正

菊　花

香滿西風,催歲晚、東籬黄花争吐①。嫩英細蕊,金艷繁妝點,高秋偏富。寒地花媒少,算自結、多情烟雨。每年年妝面,謝他拒霜相顧②。　　寶馬王孫,休笑孤芳,陶令因誰,便思歸去。負春何事,此恨惟才子,登高能賦。千古風流在,占定泛、重陽芳醑。堪吟堪醉賞,何須杏園深處。

　　王應麟《玉海》云：政和中,曹辈製徵調《舜韶新》。《歷代詩餘》不著名氏。《詞譜》爲郭子正作。《詞律》未收。

　　"每年年妝面",《歷代詩餘》作"妝面每年年"。"佳"字作"芳",又缺"看"字[一]。今從《詞譜》。"占定"二字費解,疑誤。

【校記】

　　[一] 秦巘所録本詞並無"看"字,丁紹儀《聽秋聲館詞話》卷七録此,後段第十句作"盡吟看醉賞",而該句《花草粹編》卷二十作"堪吟醉賞",少一"看"或"堪"字,則秦巘原本所據應與丁紹儀同。"看"字平讀。

【蔡案】

　　① 本句應讀爲"催歲晚東籬,黄花争吐",則韵律與後段正合,"黄花争吐"對應"便思歸去",否則後六字之韵律不律失諧。

　　② "謝他"與後段結句之"何須"均爲二字逗,應予讀斷,否則韵律失諧。此類兩頓連平,且第五字亦平的句式,其韵律便是二字逗所在的暗示,或曰標誌。如同"却謝他"、"更何須"這類三字逗標誌須讀斷是同樣的道理。

望明河　百六字　　　　　　　　　　　　　　劉一止

華旌耀日,報天上使星,初辭金闕。許國精忠,試此日傳岩,濟川舟楫。向來鷄林外①,況傳詠篇章誇雄絶②。問人地,真是唐朝第一,未論勳業。　　鯨波霽雲千叠③。望仙馭縹緲④,神山明滅。萬里勤勞,也等是壯年,繡衣持節。丈夫功名,事未肯向尊前輕傷別⑤。看飛棹,歸侍宸游,宴賞太平風月。

> 調見《苕溪集》。他無作者,《詞律》失收。
>
> "誇雄"二字,《詞譜》作"奇",少一字。"山"字一本作"仙","勤"字作"勳"。

【蔡案】

　　① 大拗句法,此類不律句式在詞中罕見。後段對應句"丈夫功名事"亦同,可見並非誤筆,是有意爲之。

　　② "況傳詠"八字,原譜不讀斷便澀。後段對應句"未肯向尊前、輕傷別"同此,均宜讀爲上五下三句法,即所謂三字托結構。

　　③ 過片六字兩頓連平,故是二字逗所在。參前一詞蔡案②。

　　④ 本句之"望"字須平讀,不可用仄。

　　⑤ "丈夫"下十三字,此讀甚澀且誤。應與前段對應,讀爲"丈夫功名事,未肯向尊前、輕傷別"。

夢橫塘　百五字　　　　　　　　　　　　　　劉一止

淚痕經雨,鬢影吹寒,晚來無限蕭索[一]。野色分橋,剪不斷、前溪風物。船繫朱籐,路連烟寺,遠波浮没[二]。聽疏鐘斷鼓,似近還遥,驚心事、傷羈客。　　　新醅旋壓鵝黃[三],拚清愁在眼,酒病縈骨。繡閣嬌慵,争解説、短封傳憶。念誰伴、塗妝縮髻,嚼蕊吹花弄秋色。恨對南雲,此時凄斷,有何人知得。

> 他無作者,平仄宜從。"限"、"病"、"弄"三字去聲,尤吃緊。"橋"字,一本作"嬌",不若《詞律》本較勝。"淚"字,葉《譜》作"浪","鬢"字作"林","連"字作"迷","波"字作"鷗","對"字作"書"。

【校記】

　　[一]"限"字、後段第三句"病"字、第七句"弄"字,用◗符標識,意謂必用去聲。

　　[二]"遠波浮没"之説,似不成語,彊村叢書本《苕溪詞》作"遠鷗",更切,應據改。

　　[三]"旋"字原注去聲。

紅窗迥　六十六字　一名《紅窗影》　　　　曹　組[一]

春闈期近也[二],望帝鄉、迢迢猶在天際①。懊惱這一雙脚底②。一日靡趄上,五六十里。　　　争氣。扶持我,去博得官歸,那時賞你。穿對朝靴,安排你在轎兒裏。更選對、宮樣鞋兒,夜間伴你③。

> 《冥音録》:《紅窗影》雙柱調,四十叠。説見《滿江紅》下。
> 《歷代詩餘》云:《冥音録》初名《紅窗影》,後易一字,得今名。

“紅”一作“虹”。

　　此與《紅窗睡》迥異。或云創自周邦彥，無據。今從《夷堅志》。

　　《夷堅志》云：紹興中，曹勛使金，好事者戲作小詞。其後闋云：“單于若問君家世，說與教知，便是紅窗迥底兒。”謂勛父元寵，昔以此曲著名也。盛如梓《老學叢談》云：曹東畝赴省，陸行良苦，以詞自慰其足云云。《詞筌》云：小說載曹東畝赴試步行，戲作《紅窗迥》慰其足云云。此等詞，後人再若效顰，寧非打油惡道乎。愚按：東畝二說互異。考曹東畝名豳，嘉泰進士，此詞或自是曹組作，名誤傳耳。雖係俳體，因立調名，不得不錄，非例有不同也。

【校記】

　　[一] 本詞作者，據《全宋詞》引元代《庶齋老學叢談》，爲曹豳，唐先生並謂，清代《詞苑萃編》“誤作曹組”，應從更正（《夷堅志》未錄本詞）。

　　[二] 原譜全詞未作句讀，所有標點，循律而補。

【蔡案】

　　① 原譜全詞未作句讀，斷句後觀其規模，當是近詞無疑，然則前段第二均已成孤拍，故“懊惱”句前必奪一拍，致後段“在轎兒裏”一句無所對應。而所奪應是四字句，讀宋人俞良之《瑞鶴仙》，其詞前段云：“春闈期近也，望帝京迢遞，猶在天際。懊恨這雙脚底。不慣行程，如今怎免得，拖泥帶水。痛難禁、芒鞋五耳。倦行時、著意溫存，笑語甜言安慰。”故所奪應是“不慣行程”相對應的四字。

　　② 補足一句後，本句“懊惱”何由便有根可循，《詞苑萃編》前段尾均與秦巘原譜同，作“一日趲不上五六十里”，疑即據“懊惱”句而

改,該均唐先生據《老學叢談》讀爲"一日廝、赶上五六十里",應是本
貌,《詞苑萃編》之改,看似詞意通達,而二三均合二爲一,於律理並不
合。"一"字以入作平。

③ 後段尾均,唐先生據《老學叢談》讀爲"更選个、宮樣鞋,夜間
伴你",相較之下,前段少一字,依詞律理,尾均字數有參差,本亦屬常
態,然"一日廝、赶上五六十里",其達意甚澀,"廝"字必屬下作"廝
趕",方合文法,然則"一日"前便須補一字,以免文不成句,余以爲或
是"拼一日",補足後方字句流暢,且與後段對應整齊。故本調韵律應
據讀,據補,據改。

又一體 五十二字　　　　　　　　　　　　　　　　周邦彦

幾日來、真個醉。早窗外亂紅,已深半指。花影被風搖碎。
擁春醒未起。　　　　有個人人生濟楚,向耳邊問道,今朝醒
未。情性慢騰騰地。惱得人越醉①。

　　　與曹作迥異②。"早"字《詞律》作"不知道"三字,"未"字作
"乍","生"字下多"得"字,"楚"字下多"來"字,"邊"字作"畔"。
"性"字下多"兒"字,"越"字作"又"。於"搖碎"分段,較《詞緯》本
多六字,今從《詞緯》訂正。

【蔡案】

① 後段結拍,依前段詞句及平仄律理,當作一四式句法。"得"
字,以入作平。

② 本詞與前一體同名異調,前爲近詞,此爲令詞。然一本周邦
彥本詞爲五十八字體,字句與此多不合,前後段亦甚爲參差。

望月婆羅門引　七十六字　或無"望月"二字,又無"引"字

曹　組

帳雲暮捲,漏聲不到小簾櫳。銀潢夜洗晴空。皓月當軒高
◎○○●　○○○●●△　　⊙○●○△　　◎○○●○

挂①,秋入廣寒宮。正金波不動,桂影玲瓏。　　佳人未逢。
●　○●○○△　　○○○●●　●●○△　　⊙○●△

悵此夕、與誰同。對酒當歌追念,霜滿愁紅。南樓何處,想
●○◎●　●○△　　●●○○○●　○●○△　　○○○●　●

人在、橫笛一聲中。凝望眼、立盡西風。
○●●　○●●○△　　○●●　●●○△

　　唐教坊曲名。《羯鼓録》:太簇商,名《婆羅門》。《碧雞漫
志》云:唐明皇改《婆羅門引》爲《霓裳羽衣》,屬黄鐘商,時號越
調。白樂天《嵩陽觀夜奏霓裳》詩云:"開元遺曲自凄涼,况近秋
天調是商。"知其爲黄鐘商無疑。《詞名集解》云:婆羅門,古獅
子國,東晋時通。唐葉法善引明皇入月宮,聞樂聲記其事,遂寫
入笛。令涼州楊敬述進《婆羅門》曲,與其聲符,遂以月中所聞爲
散序,用敬述所進爲腔,製爲《霓裳羽衣》之曲。今莆中逍遥樓
上,有唐人橫書梵字,傳是霓裳譜。豈即敬述所獻,而此曲本出
西域,故梵書耶?《唐書·樂志》載:婆羅門,國舞,宋隊舞亦有
此名。

　　原名有"望月"二字,《詞律》削去②。唐《教坊記》本有此名,
非誤寫也。今仍之。《梅苑》名《婆羅門》。《樂府雅詞》《陽春白
雪》皆爲楊如晦作。考如晦名景,而各譜皆以爲曹組作,未知孰
是。與柳永《婆羅門令》不同,當參看。

　　"未"字各家皆去聲。"悵"字,《陽春》作"漲"。"銀潢"二字,
《雅詞》作"銀漢",一本作"銀河"。"夜洗晴空"四字,一本作"淡
掃澄空"。"玲瓏"二字,一本作"朦朧"。"悵"字,一本作"歎"。

"對酒當歌追念"句,一本作"望遠傷懷對景"。"愁"字,《雅詞》作
"秋"。"橫"字,一本作"長","望"字作"淚"。

【蔡案】

①"皓月當軒"對應後段"南樓何處",因此當是四字一句,"高
挂"實爲"□高挂"之脱誤,即後段"想人在"。由此更可知"皓月當軒"
前應有一主句,即後段"霜滿愁紅"的對應句,也即後一首的"剪玉裁
冰"。今既脱四字一句,更脱前段第二均一主韵韵脚。

②"望月"二字或爲詞前小序,而實非調名中文字,《苕溪漁隱叢
話》中便是如此。然年長月久,便有將錯就錯之事,秦巘謂《教坊記》
有此名,亦是一説。

婆羅門 七十六字 　　　　　　　　　　　　　　缺　名

江南地暖,數枝先得嶺頭春。分付似、剪玉裁冰。素質偏憐
匀澹,羞煞壽陽人。算多情留意,偏在東君。　　暗香旋
生。對淡月、與黃昏。寂寞誰家院宇,斜掩重門。墙頭半
開,却望雕鞍無故人①。斷腸處、容易飄零。

見《梅苑》。原名《婆羅門》。
前段第三句七字②,比曹作多一字。後段六句七字,比曹作
少一字。

【蔡案】

①重韵。此十一字對應前段"素質偏憐匀澹,羞煞壽陽人",但
兩句句式參差,加之重韵"人"字,通常不會如此填詞,故二處必有一
處有訛誤。

②前段第三句並非七字,而是三字,因此是少三字。因爲"剪玉

裁冰"並非第三句,而是第四句,其所對應的是後段"斜掩重門",均爲
第二均均腳所在。

婆羅門引 七十六字　　　　　　　　　　吳文英

郭清華席上爲放琴客而新有所昐賦以見喜

風漣亂翠,酒霏飄汗洗新妝。幽情暗寄蓮房。弄雪調冰重
會①,臨水暮追凉。正碧雲不破,素月微行。　　雙成夜笙,
斷舊曲,解明璫。別有紅嬌粉潤,初試霓裳。分蓬調郎。又
拈惹、花茸碧唾香。波暈切、一昐秋光。

> 後起句不叶韵,第六句叶,與曹作異。又一首於六句用平,
> 注不叶。

【蔡案】

　　① 本詞與第一首曹組詞同,吳文英應是摹其詞而填。"弄雪調
冰"對應後段"分蓬調郎",因此當是四字一句,"重會"實爲"□重會"
之脫誤,即後段"又拈惹"。由此更可知"弄雪調冰"前應有一主句,即
後段"初試霓裳"的對應句,也即前一首的"剪玉裁冰"。今既脫四字
一句,更脫前段第二均一主韵韵腳。

又一體 七十一字　　　　　　　　　　　蕭斡

叔經宣慰壽

誰人約數登臨①。看公鐘鼎何心。鳳味東邊小築②,桃李作
高林。道詩書教子,絶勝黃金。　　千年尚禽。肯隨世、漫

浮沉。好在傳家棠樹，培壅清陰。年高德劭，以一日、春光一日深。青鏡裏、白髮休侵。

前起一、二句六字，第四句五字，與曹作異。

按：斛字維斗，其先北海人。父仕秦中，遂爲□元人。官集賢學士國子祭酒，諡貞敏。有《勤齋集》八卷，《元史》有傳。

【蔡案】

① 本調之前起，依律應爲"□□□□，□誰人得數登臨。看公鐘鼎何心"，宋人皆如此填，應據補五脫字符，然則與正體同。

② "鳳味東邊"對應後段"年高德劭"，因此當是四字一句，"小築"實爲"□小築"之脫誤，即後段"以一日"。由此更可知"鳳味東邊"前應有一主句，即後段"培壅清陰"的對應句，也即第二首的"剪玉裁冰"。今既脫四字一句，更脫前段第二均一主韻韻腳。

相思會 七十七字　一名《千年調》　　　　曹　組

人無百年人①，剛作千年調。待把門關鐵鑄，鬼見失笑。多愁早老。惹盡閒煩惱。我醒也，枉勞心，謾計較。　　　粗衣淡飯，贏取暖和飽。住個宅兒，祇要不大不小。常教潔净，不種閒花草。據見定，樂平生，便是神仙了②。

《九宮大成》入北詞仙呂調隻曲。

見《樂府雅詞》。辛棄疾詞，以次句名《千年調》。《詞律》失收。

此比辛詞結句多"便是"二字，蓋襯字也。前後第三句，或四或六字，可不拘。"老"字似偶合，非叶。"定"字一作"在"。

【蔡案】

　　① 本詞起調第二字,依律須仄,現存其他宋詞,亦莫不爲仄,體味其語意,亦非"沒有"之意,而應是"不是"之意,故應仄填爲是。

　　② 本詞後結多兩字,是添字變格,非正格,正格以辛詞爲是。

千年調　七十五字　　　　　　　　　　　　辛棄疾

蔗庵小閣名曰厄言,作此詞以嘲之。

厄酒向人時,和氣先傾倒。最要然然可可,萬事稱好①。滑稽坐上②,更對鴟夷笑。寒與熱,總隨人,甘國老。　　　少年使酒,出口人嫌拗。此個和合道理,近日方曉。學人言語,未會十分巧。看他們,得人憐秦吉了。

　　此以曹詞次句爲名③,自是一調。結句比前少二字。

【蔡案】

　　① "萬事"之"事"是敗筆,辛詞別首本句作"叫開閶闔",王義山詞作"雪回雲遏",皆極規正,而曹組詞用去聲,本是俳諧詞體,多不以平仄爲務,乃至竟有"祇要不大不小"六字連仄者,自不可以之爲參校。

　　② "滑稽"之"滑"字以及後段"近日"之"日"字、"十分"之"十"字、"秦吉"之"吉"字,皆以入作平。

　　③ 本調僅曹組一首名《相思會》,其餘宋詞均名爲《千年調》,其體例同此,結拍前後段同,以三三三格式爲正。

憶瑤姬　百三字　一名《別素質》　　　　　　　曹　組

雨輕雲輕①,花嬌玉軟,於中好個情性。爭奈無緣相見,有分孤零②。香箋細寫頻相問。我一句句兒都聽③。到如今、不得同歡，伏惟與他耐静。　　此事憑誰執證。有樓前明月，窗外花影④。拚了一生煩惱，爲伊成病。祇愁更把風流逞。便因循誤人無定⑤。恁時節、若要眼兒廝覷，除非會聖。

　　　調見《詞譜》。想以詞意爲名，與万俟詠《別瑶姬慢》不同。《詞律》所收蔡伸、史達祖各一首，不惟平仄韵異，而字句亦不相侔。細按之與《別瑶姬慢》相仿，或是名同調異，抑誤寫調名，均未可知。今以蔡、史兩作附《別瑶姬》下，此另列爲允。《詞律》未收此體。結句有訛字。"會聖"二字費解。

【蔡案】

　　① 前一"輕"字必是誤筆，而非刻意重字，通常若是刻意重字，則後句必用兩"軟"字或兩"嬌"字，所謂修辭，手法如此，否則便是敗筆。

　　② "零"字，平聲叶韵。僅此一首，無可參校。

　　③ 本句應以上三下四折腰式句法爲正。

　　④ "窗外花影"句，王質詞作"看經村社"，以全詞韵律論，"外"字應以平爲正，此爲誤填。

　　⑤ 本句當讀爲上三下四句法，不讀斷，便是一領六句式，失律。

飲馬歌 三十四字　　　　　　　　　　　　曹　勛

此曲自金源傳至邊城。飲牛馬即橫笛吹之，不鼓不拍，聲甚悽斷。

邊城春未到。雪滿交河道。暮沙明殘照。塞烽雲間小。斷鴻悲，隴月低①，淚濕征衣悄。歲華老。

以下十四調俱見《松隱集》。是自製曲，新立調名，他無作者。《詞律》俱未收。

《詞譜》云：“悲”、“低”二字，疑是間押二平韵。然無他詞可校。

【蔡案】

① 本調拍拍入韵，第五拍爲六字折腰句，亦當入韵，而“低”字入韵，則“悲”亦從之。此律也。又按，近人汪東亦有《飲馬歌》，詞云：“句驪形勝地。黠虜鋒何銳。一朝援師知。劍麾旆頭死。夜蒼茫。草色黃。畫角連營起。萬山裏。”第五拍：“夜蒼茫。草色黃。”顯係循此而換韵，可爲旁證。謹改。

保壽樂 九十四字　　　　　　　　　　　　　曹　勛

和氣暖回元日，四海充庭琛貢至。仗衛儼東朝，鬱鬱葱葱，響傳環珮。鳳曆無窮，慶慈闈上壽，皇情與天俱喜①。念永錫難老②，在昔難比③。　　　六宮嬪嬙羅綺④。奉聖德、坤儀俱至。簫韶動鈞奏，花似錦，廣筵啓⑤。同祝宴賞處，從教月明風細。億載享溫清，長生久視。

周密《天基聖節排當樂次》：再坐第六盞，觱篥獨吹商角調筵前《保壽樂》。此調當是在乾淳應制作。

兩“至”字韵重叶⑥。

【蔡案】

① 本句及所對應的後段“從教月明風細”，字句平仄如一，如不讀斷便是大拗句式，此類同頓相連之六字句，便是二字逗句法的典型

樣式,本卷《望明河》《舜韶新》都有這種句式,可參見。

②"老"字以上作平。

③"昔"字以入作平。

④ 過片句式亦同"皇情"句、"從教"句,而過片詞中常有二字逗句法,尤爲順律。

⑤ 詞之形式,講究和諧工整,前後段尤重對稱之美,首均、尾均或因旋律之變,而字句有所參差,若頭尾對稱儼然,而中間參差者,必有錯訛。以此考察本詞,則前段"鬱鬱葱葱,響傳環珮。鳳曆無窮"三拍,對無所對,後段必有脫落,原文或爲"□花似錦,廣筵□啓。□□□□",如此,前後段第二均起,便是工整相對之句。

⑥ 秦巘謂"至"字重韻,而重韻雖不宜鼓吹,却也並非爲病,余嘗於《鳳凰臺上憶吹簫》中論及。而本調韻律極爲粗獷,大拗句頗多,"不講究"乃是本詞特色,則越發不在意重韻。

賞松菊 九十四字　　　　　　　　　　　　曹 勛

凉飈應律驚潮韻,曉對彩蟾如水。慶占夢月①,已祥開天地。聖主中興大業,二南化、恭勤輔翊。撫宫闈,看儀型海宇,盡成和氣。　　禁掖西,瑶宴席。泛天風、響鈞韶空外。貴是至尊母,極人間崇貴。緩引長生麗曲,翠林正、香傳瑞桂。向靈華,奉光堯,同萬萬歲②。

　　此亦應制之作。

　　"翊"字、"席"字,皆用中原音韻③,以入叶。

【蔡案】

① 本句對應後段"貴是"句,則顯奪一字,應據彊村叢書本《松隱

《樂府》補，作"慶霄占夢月"。該二句句法同但句式不同，曹勛所製詞中已非一二例，頗有玩味處。

　　② 末拍"同"字領"萬萬歲"，不可讀爲二二式句法，由此推及前段，也應該讀爲"盡、成和氣"而非二二句法。

　　③ 入聲叶上去，未必就是"中原音韵"。

二色蓮 九十五字　　　　　　　　　　　曹　勛

鳳沼湛碧，蓮影明潔，清泛波面①。素肌鑑玉，烟臉暈紅深淺。占得薰風弄色，照醉眼、梅妝相間。堤上柳垂青障②，飛塵儘教遮斷。　　　重重翠荷净，列向橫塘暖。爭映芳草岸③。畫船朱槳，清曉最宜遥看。似約鴛鴦並侶，又更與、春鋤爲伴。頻宴賞、香成陣，瑤池任晚。

　　　《九宫大成》入南詞小石調正曲。
　　　此詞即詠二色蓮，以本意爲名。

【蔡案】

　　① 此十二字詞意爲四字三句，而韵律則爲六字兩句，此類"小喬初嫁、了雄姿英發"式的内容與形式不合之詞句頗多，因此今人讀此有意讀和律讀兩種，意讀宜賞讀，律讀宜韵讀。

　　② "堤上"六字，原譜未讀斷，較之後段，對應"頻宴賞、香成陣"，則本句當爲折腰式句。

　　③ 本句《松隱集》作"爭映芳岸"，又對應前段"清泛波面"，加之後段第一均，若是三個五字句，則韵律未免太過呆滯，故應取四字句一格。

松梢月　九十七字　　　　　　　　　　　　　曹　勛

院静無聲。天邊正、皓月初上重城。群木摇落[一]①，松路徑暖風輕。喜挹蟾華當松頂②，照謝閣、細影縱横。策杖徐步③，空明裏、但襟袖皆清。　　　恍如臨異境漾鳳沼、岸闊波静魚驚④。氣入層漢，疑有素鶴飛鳴。夜色徘徊遲宮漏⑤，漸坐久、露濕金莖。未忍歸去，聞何處、更吹笙。

　　　　取詞中句意爲名。

　　　　《詞譜》於前段次句“正”字豆，後段次句於“闊”字句，亦當於“沼”字豆，前後相符，文義亦協。“群木摇落”、“氣入層漢”、“策杖徐步”、“未忍歸去”四句，皆仄仄平仄仄，不可易。“蟾華當松”、“徘徊遲宮”皆連用四平，然“當”字、“遲”字亦可讀去聲，存參。

【校記】

　　　[一]“群木摇落”四字，及後“策杖徐步”、“氣入層漢”、“未忍歸去”，用◐◐○◐符標識，意謂必用仄仄平仄聲。

【蔡案】

　　　①“木”字以入作平，後段對應句“氣入層漢”亦同，第二字以入作平。

　　　②“當”字讀爲去聲。

　　　③“杖”字以上作平，後段對應句“未忍歸去”亦同，第二字以上作平。

　　　④ 原譜“恍如”八字未讀斷，誤。“恍如”，一本《松隱樂府》作“恍若如”，就整體格局看，更合製曲規則，用“恍若如”，則本調爲典型添頭式體式，過片添二字，結拍減二字。

⑤“遲”字此處讀爲去聲，《廣韻》擬音爲直利切，意謂“待也”。

四檻花 九十七字　　　　　　　　　　　　曹　勛

鴛瓦霜凝①，獸爐烟冷，鎖窗漸明[一]②。芙蓉紅暈减，疏篁曉風清③。睡覺猶眠，怯新寒，仍宿酒、尚有餘酲。擁閒衾，先記早梅糝糝，流水泠泠。　　須知歲月堪驚。最難管、霜華滿鏡生。心地還自樂④，誰能問枯榮。一味情塵，指麾盡，人間世、更没虧成。惟蕭散、貪眠外，且樂昇平。

> 詞與調名不合。不知命意。“漸”、“怯”、“指”三字，必用仄聲。

【校記】

[一]“漸”字、第七句“怯”字、後段第六句“指”字，用◖符標識，意謂必用仄聲。

【蔡案】

① 前段起拍，“凝”字未標注叶韵，誤。按，此處“凝”字不可讀爲去聲，須平讀。

② “窗”字應仄而平，曹勛作詞，平仄喜用拗句甚至大拗句，不知與詞樂之關係如何。

③ 本句亦是大拗句，第二字當仄而平，所對應之後段，作“誰能問枯榮”，句式亦同。此類句式，或宋人已經不予欣賞，因此曹勛詞，宋人多不相和，也無人填，今人填詞，不必取用。

④ “心地”對應前段“芙蓉”句，“地”字應平。

蜀溪春 九十九字　　　　　　　　　曹　勛

詠黃薔薇

蜀景風遲，浣花溪邊，誰種芬芳①。天與薔薇，露華勻臉，繁蕊競拂嬌黃。枝上標韵別，渾不染、鉛粉紅妝。念杜陵、曾見時，也爲賦篇章。　　如今盛開禁掖，千萬朵鶯羽，先借朝陽。待得君王，看花明艷，都道赭袍同光②。須趁爲幕席，偏宜帶、疏雨籠香。占上苑，留住春，奉玉觴。

取詞中起結句爲名。

【蔡案】

① 此十二字讀爲六字兩句，則意律皆諧。

② “袍”字即前段對應句“拂”字，讀去聲，借音法。

大　椿 百字　　　　　　　　　　　曹　勛

梅擁繁枝，香飄翠簾①，鈞奏嚴陳華宴。誠孝感南極②，正老人星現。垂眷東朝觀慶遠，享五福、長樂金殿③。茲時壽協七旬，慶古今來稀見。　　慈顏綠髮看更新，玉色粹温，體力加健④。導引冲和氣，覺春生酒面。龍章親獻龜臺祝，與中宮、同誠歡忭。憶萬斯年，當蓬萊、海波清淺。

當是乾淳時應制壽詞也，取《莊子》“大椿”爲名。

【蔡案】

① “飄”字應取仄讀，該字有去聲讀法，《集韵》云：匹妙切。

② “極”字,以入作平。

③ “樂”字,以入作平。

④ “力”字,以入作平。

八音諧 百字　　　　　　　　　　　　　　　曹　勛

芳景到橫塘,官柳陰低覆,新過疏雨。(《春草碧》首句至三句)望處藕花密,映烟汀沙渚。(《望春回》四句至五句)波靜翠展琉璃,(《茅山逢故人》第六句)似佇立、飄飄川上女。(《迎春樂》第三句)弄曉色正鮮妝照影①,(《飛雪滿群山》第十二句)幽香潛度。　　水閣薰風對萬株,共泛泛紅綠鬧花深處②。(《蘭陵王》第十四句至十七句)移棹採初開,嗔金纓留取。趁時凝賞池邊,預後約、淡雲低護。(《孤鸞》十三句至十六句)未飲且憑闌,更待滿、荷珠露。(《眉嫵》末二句)

> 《九宮大成》入南詞高大石調隻曲。

> 《詞譜》云：調見《松隱集》。自注以八曲聲合成,故名。雖有其說,並無八曲之名。今細爲查核,分出八小牌名,歸入南詞高大石調隻曲,以補前人所未及。愚按：《茅山逢故人》係元人張雨製,《眉嫵》乃姜夔製。曹在北宋末,未必襲其句調。張雨原詞第六句,乃平平仄仄平平,亦不合。或另一調名。

【蔡案】

① 本句應讀爲三字逗領五字句法。

② 本句應讀爲三字逗領六字句法。

六花飛 百一字　　　　　　　　　　　　曹　勛

寅杓乍正,瑞雲開曉,罩紫霄宮殿。聖孝虔恭,率宸庭冠劍。上徽稱、天明地察,奉玉簡、璇曜金徽非常典①。仰吾君親被袞龍②,當檻俯旄冕。　　　中興聖天子,舜心溫清,示未嘗聞燕。禮無前比,出淵衷深念。贊木父、金母至樂③,萬億載、日月榮光俱歡忭。喜春風羅綺,管弦開壽宴。

　　　　此亦應制詞也。

【蔡案】

　　① 本句應作四三讀斷,"奉玉簡、璇曜金徽"爲一句,後段對應句也應讀爲"萬億載、日月榮光,俱歡忭"。

　　② 本句爲上三下四折腰句。

　　③ 本句應按一字逗領六字折腰式句法讀,其語意節奏,"木父金母"爲一緊密語義結構,不可讀斷。"母",以上作平。

清風滿桂樓 百一字　　　　　　　　　　　曹　勛

凉飈霽雨。萬葉吟秋,團圝翠深紅聚①。芳桂月中來,應是染、仙禽頂砂勻注。晴光助絳色,更都潤、丹霄風露。連朝看、枝開粟粟,巧裁霞縷。　　　烟姿照瓊宇[一]。上苑移時,根連海山佳處。回看碧岩邊,薇露過、殘黃韵低塵污。詩人漫自許。道曾向、蟾宮折取。斜枝戴、惟稱瑶池伴侶。

　　　　取詞意爲名。

“許”字未必是叶。

【校記】

［一］“宇”字，原作“宁”字，筆誤。

【蔡案】

①“團圞”六字及後“仙禽”六字、“根連”六字、“殘黄”六字，均爲大拗句法，不律。是爲曹勛風格，其製曲多不律大拗句，未解何故。

杏花天慢 百三字　　　　　　　　　　　　　曹　勛

桃蕊初謝①，雙燕來後，枝上嫩苞時節。絳萼滋浩露，照晚景、裁剪冰綃標格。烟傳靚質。似淡拂、妝成香頰。看暖日，催吐繁英，佔斷上林風月。　　壇邊曾見數枝，算應是真仙，故留春色。頓覺偏造化，且任他、桃李成蹊誰説。晴霽易雪②。待等飲、清賞無歇。更愛惜，留引鸚禽，未須再折。

此與《杏花天》小令無涉。

【蔡案】

①“蕊”字及第四句“萼”字、後段第四句“覺”字、第七句“賞”字，均爲作平。

②“霽”字，亦應用平聲，觀前段對應字用“傳”字即可知，應是誤填。

索　酒 百四字　　　　　　　　　　　　　曹　勛

乍喜惠風初到，上林紅翠，競開時候。四吹花香撲鼻①，露裁烟染,天地如繡。漸覺南薰,總冰綃、紗扇避煩晝。共游凉亭消暑,細酌輕謳湏酒。　　　江楓裝錦雁橫秋,正皓月瑩空,翠闌侵斗。況素商霜曉,對徑菊、金玉芙蓉争秀。萬里同雲,散飛霙、爐中焰紅獸。更須點水旁邊,最宜着酉。

> 自注:四時景物須酒之意。自度曲。愚按:毛滂詞,有"指點銀瓶索酒嘗"句,想取此意爲名②。

【蔡案】

① 四吹:四時之吹也。"吹"字仄聲。《欽定詞譜》作平,謬。

② 何必都須有來歷。

倚闌人 百八字　　　　　　　　　　　　曹　勛

清明池館,芳菲漸晚,晴香滿架籠永晝①。翠擁柔條,玉鋪繁蕊,裊裊舞低襟袖。秀蓓凝浩露②,疑挂六銖衣縐。檀點芳心,韵熏清馥,粉容宜撚春風手。　　　肯與芝蘭共嗅。洞户花,別是素芳依舊。剪取長梢,青蛟噴雪,挽住曉雲争秀。樓上人未去,常恐風欺雨瘦。紅綃收取,舉觴猶喜,窨得醺醺酒。

> 此與《憑闌人》無涉,當是詠白酴醾作。
> 以上十四調俱見本集内,《詞律》皆失收。

【蔡案】

① 前段首均應讀爲"清明池館芳菲,漸晚晴、香滿架籠永晝",如此,即可以與後段齊頭,更合韵律,又可以避免尾句兩頓連仄之失諧。

按：本調前後段惟結句字數不同，其餘各拍甚爲整齊，當是原味。

　②“蓓”字應平而仄，所對應後段“樓上人未去”之“上”字亦同。由此可見應是曹勛有意爲之，而非誤筆，則曹勛大量使用不律句法，當有其韵律上的依據，余百思而不解。

折丹桂　五十字　　　　　　　　王之道

送　人　應　舉

風漪欲皺春江碧。我寄江城北。子今東去赴春官，挽不住摶風翼①。　　修程好近天池息。何處堪留客。預知仙籍桂香浮，語祝史、休占墨。

> 調見《相山詞》。取詞意爲名②，與《步蟾宫》別名《折丹桂》及《天香引》之別名《折桂令》《百字折桂令》皆無涉。與《四犯令》相似。《詞律》未收。

【蔡案】

① 本句應同後結句，讀爲六字折腰句。

② 秦巘謂本調名取本詞詞意爲名，非是。蓋王之道有三首送人省試之作，此乃次首，原詞小序爲：“用前韵送彦開弟省試。”此處“送人應舉”顯係刻家所擬，故創調者或是前人，或是前一首“照人何處”詞。

憶東坡　九十八字　　　　　　　王之道

雪霽柳舒容，日薄梅摇影。新歲換符來天上①，初見頒桃梗。試問我酬君唱，何如博塞歡娛，百萬呼盧勝。投珠報玉，須放騷人遣春興。　　詩成談笑，寫出無窮景。不妨時作顛草，馳騁張芝聖。誰念杜陵野老，心同流水西東，與物初無競。公侯應有種哉，傾否由天命。

　　亦見《相山詞》。蓋憶東坡自度曲也[②]，即以爲名。《詞律》不載。

【蔡案】

　　① 本七字句韵律失諧，觀其後段，對應句作"不妨時作顛草"，爲六字一句，疑本句衍一"來"字。又按，王詞別首，後段第二均也是十一字，而前段第二均作"春到也須還，長紅多紫啼條梗"，"啼條梗"莫知其意，疑也有錯訛，本調前後段第二均或均爲六字一句、五字一句。

　　② 本詞《相山詞》有小序，云："追和黃魯直。"則本調應非王之道自度曲，或爲黃庭堅所創調。

蒼梧謠 十六字　一名《歸字謠》《十六字令》　　　　蔡　伸

天。休使圓蟾照客眠。人何在，桂影自嬋娟。
△　⊙●○○◎●△　○○●　◎●●○△

　　仙吕調。一名《十六字令》。因張孝祥詞數首皆以歸字爲起句，故名《歸字謠》，與《歸自謠》無涉。汲古名《歸梧謠》，誤。或謂三字起句者爲《十六字令》，一字起者爲《蒼梧謠》，又有以五字爲句者，皆誤。蓋因舊譜收周晴川作，首句"眠"字誤刻爲"明"字，遂連下句讀而傳訛耳[①]。周晴川名玉晨，邦彦從孫，元人。汲古本收入周邦彦作，更誤。

【蔡案】

　　① 人云亦云。本調自《詞綜》始，即被詬病三字起一格，以爲誤

讀，實非。所謂“眠”字誤刻爲“明”，亦從無書證，朱彝尊臆想而已。
蓋一字、七字讀破後，作三字、五字，合乎詞調變化之規則，猶《八聲甘
州》詞，劉過以“問，紫巖去後漢公卿”起，而張炎則以“倚危樓，一笛翠
屏空”起，最是切合律理。且周晴川詞自有他詞可證，元僧原妙有四
首皆如此填，其一云：“山中行。步高身尽輕。擬飛去，惟恐世人驚。”
可見本調至元，已然産生變格，調名亦復有《十六字令》者。惟原妙四
首人皆不知，《全宋詞》亦未收録耳。

西地錦　四十六字　　　　　　　　　　　　蔡　伸[一]

寂寞悲秋懷抱。掩重門悄悄。清風皓月，朱闌畫閣，雙鴛池
沼。　　不忍今宵重到。惹離愁多少。蓬山路杳，藍橋信
阻，黃花空老。

　　　　高栻詞注黃鐘宮。
　　　　兩次句，是一領四字句法。

【校記】

　　[一] 本調首見，未必是蔡伸，周紫芝略早於蔡伸，似歸屬於周，
更恰。

又一體　四十七字　　　　　　　　　　　　缺　名

不與群花相續。獨占春光速。幽香遠遠散西東，惟竹籬茅
屋。　　羌管誰調一曲。送月夜、猶芬馥①。忍君折取向玉
堂，只這些清福。

　　　　高栻詞注黃鐘宮，《九宮大成》入南詞黃鐘宮正曲，與本宮引

不同。

　　見《梅苑》。前結句與後段同，後段次句兩三字，與各家異。

【蔡案】

　　① 此即前一詞體，惟本句多一字異，"送"字或爲衍字，或爲添字，此類句子最難判定。但今存宋詞除一首作"暗香浮、疏影橫斜"外，均爲五字一句，且該七字句失韵，必誤，故斷爲衍文或更恰，後人不必從。

又一體 四十七字　　　　　　　　　　　　　　　　缺　名

嶺上初消殘雪。有梅花先折。東君造化多成翠，巧風韵奇絶。　　小院黄昏時節。暗香浮、疏影橫斜①，寄取和羹未晚，却免教攀折。

　　亦見《梅苑》。前結難以句讀。後段次句不應失叶，應有訛脱。三句六字，與各家異。

【蔡案】

　　① 本句爲主句，句尾依律必韵，故可知本句必有錯訛。

又一體 四十六字　　　　　　　　　　　　　　　　周紫芝

雨細欲收還滴[一]。滿一庭秋色[二]。闌干獨倚，無人共說，這些愁寂①。　　手把玉郎書蹟。怎不教人憶。看看又是黄昏也[三]，斂眉峰輕碧。

　　後段用一七、一五字，與蔡作異。亦破句法也②。"一"字、

"不"字,各家皆用平,或上、入聲。此詞是以入作平,作者切勿用去聲。

【校記】

　[一]"欲"字、前結"這"字、後起"玉"字原注可平。

　[二]"一"字及後段次句"不"字,原注作平。

　[三]前"看"字後原注平聲。

【蔡案】

　① 前段第二均句讀失誤。蓋詞爲美文,最重形式之工整,若讀爲"闌干獨倚無人共,說這些愁寂",則前後段字句皆同,最近作者原意。句讀改後,亦更可見本詞即蔡伸詞體,惟兩段之第二均有讀破而已。

　② 本詞或是首見體,無名氏二首實從本詞變化,因此,所謂破句法,應是蔡伸讀破本詞,尤其是詞之一均,本是兩拍構成,一起一收,蔡詞三拍,顯然是攤破後的結構,而非初始狀態,以律理而論,當以此爲正。

又一體 四十八字　　　　　　　　　　　石孝友

回望玉樓金闕。正水遮山隔。風兒又起,雨兒又急,好愁人天色。　　兩岸荻花楓葉。爭舞紅吹白。中秋過也,重陽近也,作天涯孤客。

　　兩結各五字,餘同蔡作①。"急"字汲古作"煞","孤"字作"行"。

【蔡案】

　① 本詞也可視爲周詞詞體變化,而非蔡詞詞格,所變化者,是周

詞前後段兩七字句添一字,作四字兩句,是詞中最常見的破句法。

侍香金童　六十四字　　　　　　　　　　蔡　仲[一]

寶馬行春,緩轡隨油壁。念一瞬、韶光堪重惜[二]。還是去年同醉日[三]。客裏情懷,倍添悽惻。　　記南城錦徑[四],名園曾遍歷。更柳下、人家似織①。此際憑闌愁脉脉。滿目江山,暮雲空碧。

《天寶遺事》云:王元寶常於寢帳前[五],雕矮童二人,捧七寶博山爐,自暝焚香徹曉。調名或取此。

金詞注黄鐘宫,又黄鐘調。《九宫大成》入北詞商角隻曲,與黄鐘調不同。

“重”、“倍”、“錦”、“遍”、“似”、“暮”等字必去聲,勿誤。各家多用入聲韵。

【校記】

[一] 圖譜擬於趙長卿詞下。

[二] “重”字原注去聲。“重”字、前結“倍”字、後起“錦”字、後次句“遍”字、第三句“似”字、後結“暮”字,用●符標識,意謂必用去聲。

[三] “去”字及後一句“客”字原注可平。

[四] “南”字原注可仄。

[五] “常”,應是“嘗”字之誤。

【蔡案】

① 本調後段第三拍,當是一上三下五八字折腰句,與前段對應句“念一瞬、韶光堪重惜”合。趙長卿作“但衹與、冰姿添夜色”、無名氏作“想韓壽、風流應暗識”,亦可證明原文應是一八字句,故“似”字

前,原文應有一個平聲字,應補。

又一體 六十四字　　　　　　　　　　　　　　　趙長卿

一種春光,占斷東君惜。算穠李、昭華爭並得。粉膩酥融嬌欲滴。端的尊前,舊曾相識。　　　向夜闌酒醒,霜濃寒又力。但只與、冰姿添夜色。繡幕銀屏人寂寂。只許劉郎,暗傳消息。

> 《詞律》較各譜多"只"字,謂蔡詞此句"人家"下疑落一字。愚按:此句本應七字,此詞"算"字、"只"字,蔡詞"念"字,梁詞"想"字,或是襯字。故各家前後參差耳[1]。"昭"字一本作"韶","幕"字作"帶",今從汲古本。

【蔡案】

　　[1] 如本句本爲七字,後一句又是七字,在小令成熟期製曲如此,則韵律未免呆滯。

又一體 六十四字　　　　　　　　　　　　　　　梁　寅

寶臺蒙繡,瑞獸高三尺。玉殿無風烟自直[1]。迤邐傳杯盈綺席。苒苒菲菲,斷處凝碧。　　　是龍涎鳳髓,惱人情意極。想韓壽、風流應暗識。去似彩雲無處覓。惟有多情,袖中留得。

> 愚按:元梁寅,新喻人,著有《周易參義》等書。此詞見《樂府雅詞》。書成於紹興初,當另是一人。

　　前段第三句七字,比前兩作少一字。餘同。"傳杯"二字,原本作"傍懷"。

【蔡案】

　　① 本詞即正體,惟前段第三拍少一領字,宋詞其餘均爲八字,獨本詞七字,應是"玉殿"前脱一字。

扁舟尋舊約　百七字　一名《飛雪滿群山》　　　　　蔡　伸

冰結金壺,寒生羅幕,夜闌霜月侵門。翠筠敲竹,疏梅弄影,數聲雁過南雲。酒醒欹粲枕,愴然猶有①,殘妝淚痕[一]。繡衾孤擁,餘香未减,猶是那時熏。　　　長記得、扁舟尋舊約,聽小窗風雨,燈火黄昏。錦茵纔展,瓊籤報曙,寶釵又是輕分。黯然携手處,倚朱箔、愁凝黛顰。夢回雲散,山遥水遠空斷魂[二]②。

　　《九宫大成》入南詞黄鐘宫正曲,亦名《飛雪滿群山》。取换頭句爲名,是自度腔③。

　　"殘妝淚痕"句,"愁凝黛顰"句,俱用平平去平。"空斷魂"三字用平去平,是此調着眼處,勿誤。"黯"字下,《詞律》落"然"字。據各家當衍,宜從汲古。

【校記】

　　[一]"殘妝淚痕"、"愁凝黛顰"四字,用○○●○符標識,意謂必用平平去平聲。

　　[二]"空斷魂"三字,用○●○符標識,意謂必用平去平聲。

【蔡案】

①此四字依律當爲三字逗,即後段“倚朱箔”。蔡詞後一首作“黯相對”、張榘作“釀薄暮”均如此,《全宋詞》引《友古居士詞》作“愴猶有”,應據改。改後七字不應讀斷,作一領六句法,以避免後四字兩頓連平而引起的失諧。

②這是一個三字托結構,即“空斷魂”三字承托“夢回雲散,山遥水遠”八字,後七字並非一個獨立的句子。清人不知這種韵律結構的特徵,但又無法解釋“山遥水遠空斷魂”之類的句子爲什麽是個不律句,因此祇能說“空斷魂”三字必須用平去平,說他是此調的着眼處。清人所有這類斷語都是沒有任何依據的,爲什麽是“着眼處”? 不會給我們任何回答。

③蔡詞二首,《友古居士詞》調名亦爲《飛雪滿群山》,《扁舟尋舊約》之名,或爲後人因本詞過片句而取,故以此判斷是否自度,殆。

又一體　百七字　　　　　　　　　　　　蔡　伸

絶代佳人,幽居空谷,綺窗森玉猗猗。小舟雙槳,重尋舊約,洞房宛是當時。夜闌紅燭暗,黯相對、渾如夢裏。旋烘鴛錦,塵生繡帳,香減縷金衣。　　須信有、盟言同皎日,□利牽名役,事與君違。君已許□,今生來世,兩情到此奚疑。彩鸞須鳳友,算何日、丹山共歸。未酬深願,綿綿此恨無盡期。

　　“裏”字以仄叶平,與前異。《詞律》失收此體。

　　通體平韵,獨叶一仄韵。仇遠《愛月夜眠遲慢》,亦用此格。

飛雪滿群山 百六字　　　　　　　　　　　　張　榘

喜雪。次趙西里韵。

愛日烘晴,梅梢春動,曉窗客夢方還。江天萬里,高低烟樹,四望猶擁螺鬟。是誰邀滕六,釀薄暮、同雲沍寒。却原來是,鈴閣雲蒸,俄忽老青山。　　都盡道、來年須更好,無緣農事,雨澀風慳。鵝池夜半,衡枚飛渡,看樽俎折衝間。儘清游談笑,瓊花露、杯深量寬。功名做了,雲臺寫作圖畫看。

　　汲古"群"字作"堆"。此與《扁舟尋舊約》確是一調,題云"次趙西里韵",是趙西里所改名。西里,不知何許人,其名未詳。

　　後段次句少一字。"鈴閣"句及"滕"字、"談"字平仄異。"曉"字,一本作"晚",下有"薄暮"二字,當作"曉"。"雲蒸"二字,汲古、《詞律》作"露薰","來年"二字作"年來","枚"字作"梅","清游"二字作"青油",皆大誤。今從《歷代詩餘》訂正。

蘇武慢 百十一字　　　　　　　　　　　　蔡　伸

雁落平沙,烟籠寒水,古壘鳴笳聲斷。青山隱隱,敗葉蕭蕭,天際暝鴉零亂。樓上黃昏,片帆千里歸程,年華將晚。望碧雲空暮,佳人何處,夢魂俱遠。　　憶舊游、邃館朱扉,小園香徑,尚想桃花人面。書盈錦軸,恨滿金徽,難寫寸心幽怨。兩地離愁,一尊芳酒凄涼,危闌倚遍。儘遲留、憑仗西風,吹乾淚眼。

原名《蘇武慢》，不解命意。與周邦彥《選冠子》字數雖同，前後第七、八、九句，及結尾句法不合。比張景修作少二字，與魯逸仲《惜餘春慢》亦不同，似非一調，故分列①。說詳《選冠子》下。

吳文英名《過秦樓》，陳允平一首亦名《蘇武慢》，皆與此同。袛陳結尾作"雙鸞下、長生殿裏，賜薔薇酒"，平仄微異。

【蔡案】

①《蘇武慢》《選冠子》《惜餘春慢》諸調，細玩其字句韵律，實爲一體，今將三者臚列一起，略加分析，即可明了。若此爲異名異調，則別名者多可另立一體也。

本調有兩種體式，一爲十一字一均收束，如本詞，如其後之呂詞、周邦彥詞；一爲十三字一均收束，其餘各詞皆是，惟本調創調詞未見，故孰先孰後，添字減字，均不甚了了，故實無正格變格之論，因本詞在前，姑以爲正格，以十三字爲添字之變格，亦僅爲指說方便而已。至於讀破與否，實不關律法，僅據文法而已，句讀或不同，韵律則無異也。彼時但合詞樂，而不拘文法，今日亦猶如此，隨意選唱一曲即可知之。

又一體 百七字　　　　　　　　　　　呂渭老

雨濕花房，風斜燕子，池閣晝長春晚。檀盤戰象，寶局鋪棋，籌畫未分還懶。誰念少年，齒怯梅酸，病疏霞盞。正青錢遮路，綠絲照水，倦尋歌扇。　　空記得、小閣題名，紅箋親製，燈火夜深裁剪。明眸似水，妙語如弦，不覺曉霜雞喚。聞道近來，箏譜慵看，金鋪長掩。瘦一枝梅影，回首江南路遠。

汲古名《選冠子》,實與《選冠子》不符,似非一調①。汲古刻
誤。前後段第七、八句各四字,比蔡作亦少四字。"照"字,汲古
作"明","親"字作"青"。

【蔡案】

① 此即前一詞體,與其他各首並無不同,惟前後段第三均各減
二字異。

又一體　百十三字　　　　　　　　　　　　　陸　游

唐西安湖

淡靄空濛,輕陰清潤,綺陌細塵初静。平橋繫馬,畫閣移舟,
湖水倒空如鏡。掠岸飛花,傍檐新燕,都是學人無定。歎連
年戎帳,經春邊壘,暗凋顏鬢。　　　空記憶、杜曲池臺,新豐
歌管,怎得故人音信。羈懷易感,老伴無多,談麈久閒犀柄。
惟有翛然,筆牀茶竈,自適筍輿烟艇。待緑荷遮岸,紅蕖浮
水,更乘幽興。

比蔡作結尾多二字,第七、八、九句亦不同。與魯詞字數雖
同,句法不合。侯寘作與此同①。

【蔡案】

① 後段尾均十三字者,宋人多如此填,姑以此爲範。而句讀差
異,或爲讀破,或僅爲點讀人所好而已,如後一詞,"待雞鳴、日出羅
浮,飛渡海波清淺",又何妨讀爲"待雞鳴日出,羅浮飛渡,海波清淺",
則與本詞同矣,豈可亦以讀破視之。

又一體 百十三字　　　　　　　　　　　　　　　　虞　集

和　馮　尊　師

放棹滄浪，落霞殘照，聊倚岸迴山轉。乘雁雙鳧，斷蘆漂葦，身在畫圖秋晚。雨送灘聲，風搖燭影，深夜尚披吟卷。算離情、何必天涯，咫尺路遥人遠。　　空自笑、洛下書生。襄陽耆舊，夢底幾時曾見。老矣浮邱，賦詩明月，千仞碧天長劍。雪霽瓊樓，春生瑶席，容我故山高宴。待鷄鳴、日出羅浮，飛渡海波清淺。

　　兩結一三、一四、一六字，與各家微異①。

【蔡案】

　　① 此即前一詞體，句讀不同，亦非讀破法，"算離情、何必天涯，咫尺路遥人遠"之句讀，其實欠當，蓋"天涯咫尺"不可讀破，若作"算離情何必，天涯咫尺，路遥人遠"，則與陸遊詞一。

又一體 百十四字　　　　　　　　　　　　　　　　張　雨

至正八年夏和虞道園

清露晨流，新桐初引，消受北窗凉曉。經卷熏爐，筆牀茶具，長他恁地圍繞。老子無情，年光有限，祇似木人花鳥。擬凝雲、數朵奇峰，曾見漢唐池沼。　　還自笑。待老學虫魚[一]，金題玉躞，書裏也容身了。阿對泉頭，布衣無恙，占斷雨苔風篠。獨鶴歸來，西山缺處，掠過亂鴉林表。舞琴心三

叠胎仙，坐到月高山小。

後起"笑"字叶韵，多"待"字，與各家異，是襯字也①。"擬"字一作"指"，"也"字"便"，"雨"字作"露"，"來"字作"遲"，"月高山小"四字作"天高月小"。今從鮑刻《貞居詞》。

【校記】

［一］"虫"字原文爲左偏旁，半字。據《全蜀藝文志》卷二十五，爲"鱒"字。

【蔡案】

① 此元詞，元詞常有異於宋詞者，後段第二拍添一字，去之則即正體，非又一體也。此類添字，不可概以"襯字"視之，蓋"襯字"者，襯而已，而詞中添字則每非襯，多見於領字之增添，領者，安能目爲襯耶。

又一體　百十二字　　　　　　　　　　朱晞顔［一］

枕海山橫，陵江潮去，雉堞秋風殘照。閒尋桂子，試聽菱歌，湖上晚來凉好。幾處蘭舟，採蓮游女，歸去隔花相惱。奈長安不見，劉郎已老，暗傷懷抱。　　　誰信得，舊日風流，如今憔悴，換却五陵年少。逢花心冷，避酒杯深，常是懶歌慵笑。正天威，掃平狂寇，整頓乾坤都了。共赤松携手，重期明月，再游蓬島。

後段第八句三字，比各家少一字。此誤筆［二］，勿從。

按晞顔字景淵，長興人。有《弧泉吟稿》五卷詞。

《吳澄集》有晞顔父文進墓表云：晞顔能詩文，而爲良吏，不詳何官。以集中詩考之，則初以習國書被選，爲平陽州蒙古掾，又爲長林丞，司煮鹽賦，又爲江西瑞州監稅。又云：代有兩朱晞顏。作《鯨背吟》者，別是一人。

【校記】

〔一〕彊村叢書本《樵歌》收錄本詞，作者爲朱敦儒。唐圭璋先生亦認爲此乃誤入。如此，則本詞早於蔡伸詞，當視爲初見之作。

〔二〕後段第八拍之所以少一字，乃是脱落，而並非主觀誤筆，據《樵歌》載，該句爲“除奉天威”，正是四字，與正體無異，故非又一體。

詞繫卷二十 宋

別 怨 六十三字 趙長卿

霜 寒

驕馬頻嘶。曉霜濃、寒色侵衣。鳳幃私語處,翻成別怨不勝悲。更與丁寧囑後期[①]。 素約諧心事,重來了、比看相思。如何見得,明年春事濃時。穩乘金騕裹,來爛醉、玉東西。

此以第四句立名。"別"字,汲古、《詞律》作"離",誤。

【蔡案】

① 根據本詞規模,基本可以斷定此乃近詞,尤其後段,三均十分清晰。然前段第三均則爲一孤拍,加之前後段除第二拍外,無一對應,可見該詞頗多文字脫落,依此填詞,並無意義。

輥繡球 六十四字 趙長卿

和康伯可韵

流水奏鳴琴,風月净、天無星斗。翠嵐堆裹,蒼巖深處,滿林霜膩,暗香凍了,那禁頻嗅。 馬上再三回首。因記省去年時候①。十分全似,那人風韻,柔腰弄影②,冰腮退粉,做成清瘦。

《九宮大成》入南詞大石調引,又入北詞高宮隻曲。"輥"作"滾"。

原題《次康伯可韻》。《順齋樂府》無此詞。汲古、《詞律》缺"粉"字,據《詞緯》本補正。"清"字《詞律》作"消"。

【蔡案】

① 本句宜讀爲上三下四句式。

② 本詞前後兩均字數極爲懸殊,甚爲怪異。疑本是換韻體,"裏"、"膩"、"似"、"影"本應互叶,"影"字筆誤。然則前後計六均詞,十分規整。

有有令 八十一字　　　　　　　　　　趙長卿

歲　殘

前山減翠。疏竹度輕風,日移金影碎。還又年華暮,看看是、新春至。那更堪、有個人人,似花似玉,溫柔伶俐。　　準擬。恩情忔戲。拈弄上、則人難比。我也埋根竪柱,你也争些氣。大家一捺頭地。美中更美。厮守定、共伊百歲。

此調僅見此詞,各譜不收,但立調名,不得不録以備格。《詞律》云:此等俳詞爲北曲之先聲矣。餘詳《凡例》。

簇　水 八十五字　　　　　　　　　　趙長卿

長憶當初,是他見我心先有。一鈎纔下,便引得、魚兒開口。

好事重門深院,寂寞黃昏後。厮覷着、一面兒酒。　　試摑
就[①]。便把我、得人意處,閔子裏、施纖手。雲情雨意,似十
二、巫山舊[②]。更向枕前言約,許我長相守。歡人也、猶自眉
頭皺。

　　　　此亦俳體,各譜亦不收,不解命名之意。
　　　　"摑",如專切。"閔"或作"冥",亦作"酩",猶言暗地裏也。
　　《西廂》《琵琶記》皆用之。《詞律》疑"舊"字上當有"依"字,"歡"
　　字恐是"勸"字,或是"歎"字之訛。

【蔡案】
　　① 此三字疑當屬前段。就語意論,屬前屬後皆可,但就本調體
式看,三字屬後,則前後段首均參差太大,而若屬前,則正是一標準的
添頭式結構,過片多二字,結拍少二字,十分停當。
　　② 萬樹謂:"'一鈎'下與後'雲情'下同,只'巫山舊'三字'舊'字
上恐落'依'字耳。"竊以爲甚是。該句對應前段"便引得、魚兒開口"
句,必是一折腰句,應據補。但本句"十二巫山"則不宜讀破,因此,以
讀爲一領六句式最宜,前段也應相應改爲"便引得魚兒開口"。

瀟湘夜雨　九十七字　　　　　　　　　　趙長卿

燈　　　詞

斜點銀缸,高擎蓮炬,夜寒不耐微風。重重簾幕,掩映畫堂
中。香漸遠、長烟裊穗,光不定、寒影搖紅。偏奇處,當庭月
暗,吐焰亙如虹。　　　紅裳呈艷麗,翠蛾一見,無奈狂踪。
試煩他纖手,捲上紗籠。開正好、銀花照夜,堆不盡、金粟凝

空。丁寧語,頻將好事,來報主人公。

> 此《瀟湘夜雨》正調,與周紫芝《滿庭芳》之別名不同,故分列①。前後第六句各七字,比《滿庭芳》多二字。後段次句少一字,決非一調。《詞匯》誤刻。汲古缺"映"、"畫"、"亘"三字。

【蔡案】

① 本詞較之周紫芝《瀟湘夜雨》,惟前後段第六拍增一字而已,周詞四首,後段第二拍均爲四字,與此同,並無少一字之例。而六字句添一字作七字折腰句,或反之减字作六字句,乃詞中常見微調手法,檢索本書"又一體",即可找到無數例證,何以獨本詞便是別一詞調,顯謬。

傾杯令 五十二字　　　　　　　　　呂渭老

楓葉飄紅,蓮房浥露,枕席嫩凉先到。簾外蟾華如掃。枝上啼鴉催曉。　　秋風又送潘郎老。小窗明、疏螢淺照。登高送遠惆悵,白髮新愁未了。

> 《詞名續解》云:一名《雙雁子》,與《傾杯樂》《傾杯近》不同。説詳《傾杯樂》下。

> "浥"字,汲古作"肥","上"字作"坐","新愁"二字作"至今"。"螢淺"二字,葉《譜》作"紅殘",據戈本改正。

握金釵 六十四字　"握"一作"戛"　　　　呂渭老

風日困花枝[一],晴蜂自相趁[二]。晚來紅淺香盡。整頓腰肢暈殘粉[三]。弦上語,夢中人,天外信。　　青杏已成雙,新樽薦櫻笋。爲誰一和銷損[四]。數着歸期又不穩。春去也，怎當他，清晝永。

> 《九官大成》入南詞小石調正曲，許《譜》同。"握"，《梅苑》作"戛"。"自相趁"、"暈殘粉"、"薦櫻笋"、"又不（作平）穩"，俱用去平上。吕别作同，宜從，勿誤。"夢"字，葉《譜》作"意"。"歸"字，汲古作"佳"。

【校記】

[一]"風"字原注可仄。

[二]"自相趁"及後"暈殘粉"、"薦櫻笋"、"又不穩"等三字結構，用●○●符標識，意謂必用去平上聲。

[三]"整"字原注可平。

[四]"一"及後一句"不"字，原注作平。"和"字原注去聲。

又一體　六十四字　　　　　　　　　　缺　名

梅蕊破春寒，春來何太早。輕傅粉、向人先笑。比並年時較些少。愁底事，十分清瘦了。　　　影静野塘空，香寒霜月曉。丰韵減、酒醒花老。可煞多情要人道。疏竹外，一枝斜更好。

> 見《梅苑》，名《戛金釵》，不著撰人名氏。
> 前後段第三句七字，兩結各一三、一五字，與吕作異①。

【蔡案】

① 本詞較之前一詞，看似頗有不同，而實則文字增減而已，前後段第三拍，吕詞爲平起仄收式六字句，此則爲添一字後之折腰式七字

句;兩結吕詞爲三三式結構,而本詞則減一字,作五字律句句法。其演變脉絡清晰可循,非體式有變,格不同而已。

醉思仙 八十七字 吕渭老

斷人腸。正西樓獨上,愁倚斜陽。稱鴛鴦鸂鶒,兩兩池塘。春又老,人何處,怎慣不思量[①]。到如今,瘦損我,又還無計禁當。　　小院呼盧夜,當時醉倒殘缸。被天風吹散,鳳翼難雙。南窗雨,西窗月,尚未拂天香。聽鶯聲,悄記得,那時舞板歌梁。

> 汲古、《詞律》作吕渭老。
>
> "西窗",汲古作"西樓"。"尚未"下,汲古、《詞律》有"散"字,疑多一字。戈本無。據前段"怎慣"句亦五字,孫作此處兩句皆六字。此詞不應前後互異。凡詞當以他作考證,不得專以前後段比較。獨此詞萬氏又不比較前段,何也?

【蔡案】

① 前段"怎慣"句和後段"尚未"句,皆爲脱字句,其原作應是六字折腰式句。本句原型,或爲折腰式七字句,故朱敦儒作"但萬里、雲水俱東……便分路、青竹丹楓",曹勛作"瑩素質,自有清香……但夢裏、也自思量"。七字折腰句減一字作六字折腰,爲常見詞句變化方式。本詞前段,現所見各本均爲五字一句,後段則多爲六字一句,如《聖求詞》作"尚未散、拂天香",《花草粹編》則作"尚未散、拂衣香",似更恰。故余以爲,前段"慣"字前後,必有一字脱落。

又一體 八十九字　　　　　　　　　　　孫氏（鄭文妻）

霽霞紅。看山迷暮景，烟暗孤松。動翽翽風袂，翻若驚鴻。
心似鑒，鬢如雲，弄清影，月明中。謾悲凉，歲冉冉，鬒華潛
改衰容。　　前事銷凝久，十年光景匆匆。念雲軒一夢，回
首春空。彩鳳遠，玉蕭寒，夜悄悄，恨無窮。歎黄塵，久埋
玉，斷腸灑淚東風。

　　　一本於“月明中”分段，誤。照吕作當於“衰容”句分段。“弄
　　清影”二句、“夜悄悄”二句，分兩句，各六字，比吕作各多一字。
　　餘同。

戀香衾 九十三字　　　　　　　　　　　吕渭老

記得花陰同携手①，指定日、許我同歡。唤做真成，耳熱心
安。打叠從來不成器[一]，待做個、平地神仙。又却不成些
事，驀地驚殘。　　據我如今没投奔，見着你、淚早偷彈。
對月臨風，一味埋冤。笑則人前不妨笑，行笑裏、斗覺心煩。
怎生分得煩惱，兩處匀攤。

　　　金詞注仙吕調，《九宫大成》入北詞仙吕調隻曲。
　　　此與《戀繡衾》無涉。無他作者，自是創調。此體分四段，上
　　兩七字句，下一八字、一十字。四七字句，俱用仄仄平平平平仄，
　　不可易。兩“不”字、“没”字皆以入作平，勿誤。汲古、《詞律》原
　　缺“耳”字、“生”字。“驚”字作“心”，據《詞譜》改正。

【校記】

［一］"不"字及後段第五句"不"字，原注作平。

【蔡案】

① 本調起拍，必是"共携手"之誤，其後段起拍爲律拗句法，即可證明。秦巘因一句大拗，而改其餘三句平仄，未免本末倒置。且最重要者，爲何四句都要"俱用仄仄平平平平仄"？便無理由説出。四句七字句句法俱同，皆爲律拗句法，當以一從三，豈有以三從一之理。故"同"字應擬爲應仄而平。

東風第一枝 九十八字　　　　　　　　　吕渭老

詠　梅

老樹渾苔，橫枝未葉，青春肯誤芳約。背陰未返冰魂［一］，陽梢已含紅萼［二］。佳人寒怯，誰驚起、曉來梳掠［三］。是月斜窗外棲禽，霜冷竹間幽鶴。　　雲淡淡，粉痕漸薄。風細細，凍香又落。叩門喜伴金尊，倚闌怕聽畫角。依稀夢裏，半面淺窺珠箔①。甚時重寫鸞箋②，去訪舊游東閣。

《九宫大成》入南詞大石調引。

此調《聖求詞》不載。蔡伸《鷓鴣天》詞注云：客有作《北里選勝圖》，冠以曲子名《東風第一枝》，□然居首［四］。因作此詞。

毛晋跋云：吕聖求名渭老，或云濱老，有聲宣和間。其《詠梅》詞，調寄《東風第一枝》，先輩與坡仙《西江月》並稱。兹集中不載，不知何故［五］。"背"、"已"、"竹"、"淡淡"、"細細"、"叩"、"怕"、"舊"等字皆仄聲，勿誤。

【校記】

　　[一] "背"字、第五句"已"字、前結"竹"字、後起"淡淡"二字、次句"細細"二字、第三句"叩"字、第四句"怕"字、後結"舊"字,用◗符標識,意謂必用仄聲。

　　[二] "梢"字和"紅"字、第七句"驚"字、第八句"斜"字、前結"霜"字、後段第七句"重"字原注可仄。

　　[三] "起"字和"曉"字、後段第三句"喜"字、第五句"夢"字原注可平。

　　[四] 奪字符有字,衣旁,中間部分漫滅不可識。

　　[五] 本詞實爲元張翥之作,見《蛻岩詞》。

【蔡案】

　　① 本句依律應爲七字折腰句,奪一字,應據《蛻岩詞》補一字,作"記半面、淺窺珠箔"。

　　② 本調後段與前段同,爲一字逗領六字兩句,本句少一字,《蛻岩詞》作"甚時得、重寫鸞箋",字數同而句式不同,或是起結處韵律變化之故。

又一體 九十九字　　　　　　　　　　　缺　名

溪側風回,前村霧散,寒梅一枝初綻。雪艷凝酥,冰肌瑩玉,嫩條細軟。歌臺舞榭,似萬斛、珠璣飄散。異衆芳、獨占東風,第一點裝瓊苑。　　　青萼點、絳唇疏影,瀟灑噴、紫檀龍麝①,也知青女嬌羞,壽陽懶勻粉面。江梅臘盡,武陵人、應知春晚。最苦是、皎月臨風,畫樓一聲羌管。

　　　見《梅苑》。前段第四、五、六句各四字,破六爲四也,與呂作異②。後段六句七字,兩結皆一三、一四、一六字,與前段合。呂詞應落一字。後起二句不叶韵，恐有誤。

【蔡案】

　① 本句爲首均收拍，依律必用韵，故本句必誤。

　② 前段第二均讀破。本調極少讀破，此爲一例，另有曹勛、吴則禮後段第二均讀破各一首。

又一體 百字　　　　　　　　　　　　　　　高觀國

壬戌立春日訪梅溪雨中同賦

燒色回青，冰痕綻白，嬌雲先釀酥雨。縱寒不壓莨塵，應時
⊙●○○　○○●●　○○⊙●○▲　●○○●○○　○○

已鞭黛土。東君入夜，怕預惱、詩邊心緒。意轉新，無奈吟
●○●▲　○○◎●　◎○○●、⊙○○▲　●●○　○●○

魂，醉裏已題春句。　　　香夢醒、幾花暗吐。緑睡起、幾絲
○　◎●●○○▲　　　　○●●、○○●●▲　◎●●●、○●

偷舞①。酒醋清惜同斟[一]，菜甲嫩憐細縷②。玉籤彩勝，願
⊙▲　●○⊙●○○　●○●○●▲　◎○●●　●

歲歲、春風相遇。要等得、明日新晴，第一待尋芳去。
●●　⊙○○▲　○○●、⊙○○●　●●○○○○▲

　　兩六句、兩結前後整齊，比吕作多二字。宋人多從此體③。

【校記】

　[一] 原注“酒”字去聲。按，秦巘此類旁注，極爲無謂。

【蔡案】

　① “緑睡起”七字原譜未讀斷。

　② “甲”字以入作平。這是一個平起式律拗句法，“甲”即前段對應句“時”字。

③ 本調以本詞最爲規正,故以此擬譜。原譜未作可平可仄校,譜中可平可仄,均據呂渭老詞。

又一體 九十九字　　　　　　　　　吳文英

情

傾國傾城,非花非霧。春風十里獨步。勝如西子妖嬈,更比太真淡泞。鉛華不御。漫道有、巫山洛浦。似恁地、標格無雙,鎮鎖畫樓深處。　　曾被風、容易送去。曾被月、等閒留住。似花翻使花羞,似柳任從柳妬。不教歌舞。恐化彩雲輕舉①。信下蔡、陽城俱迷,看取宋玉詞賦。

　　“霧”字叶韵,或係偶合。“御”、“舞”二字叶,與前異。“傾”字、“花”字、“城”字不宜用平②。“易”字仄,“留”字平。高別作亦然,可不拘。《詞律》誤注。“恐化”句六字,與呂作同。

【蔡案】

① 本句依律爲折腰式七字句,如本詞前段之“漫道有、巫山洛浦”,蓋對應句也。秦巘所本奪一字,應據《夢窗詞》作“恐化作、彩雲輕舉”。補足後即高觀國詞體。

② 此三字,惟後段第七句“城”字不宜用平,失律,應是敗筆。餘二字不知所謂。

又一體 九十八字　　　　　　　　　張　雨

玉　簪

清淚如鉛,綠房迎曉,寶階低擁雲葉。蜻蜓飛上搔頭,依前

艷香未歇。西窗暗雨,怪簾底、參差凉月。正一叢、深倚琅
玕,石上祇愁磨折。　　問瑶草、應憐短髮。曾醉墮、無聲
膩滑。羞他金雀銅蟬,似水仙羅襪①。芳心斷絕,誰與贈、湘
皋瓊玦。試折花、擲作銀橋,看舞鸞迴雪②。

> 後段起處不作對偶語。第四句、結句各五字,比各家少二
> 字,恐有遺脫。

【蔡案】

① 本句依律爲六字律句,與前段對應極工。秦巘所本奪一字,
可據彊村叢書本《貞居詞》補,作"高似水仙羅襪",補足後即高觀國
詞體。

② 本句依律爲六字律句,與前段對應極工。秦巘所本奪一字,
可據彊村叢書本《貞居詞》補,作"看舞素鸞回雪",補足後即高觀國
詞體。

情久長　百三字　或作《情長久》　　　　　　　呂渭老

鎖窗夜永[一],無聊盡作傷心句。甚近日、帶腰移眼,梨臉揮
雨①。春心償未足,怎忍聽、啼血催歸杜宇。暮帆挂,沉沉暝
色,滾滾長江,流不盡、來無據。　　點檢風光,歲月今如
許。趁此際、浦花汀草,一棹東去。雲窗霧閣②,洞天曉、同
作烟霞伴侶[二]。算誰見、梅簾醉夢,柳陌晴游,應未許、春
知處。

> 此調呂凡二首,無別作可校,想是創調,平仄照注。

　　起句四字,次句七字。《詞律》於"聊"字句,非。"腰"字,汲古作"紅","揮"字作"擇",亦誤。"雲窗"句,《詞律》加一□,其別作,此句作"想伊睡起",與此同,有何脱誤?"棹"字,別作用平,可不拘。萬氏既見別作,何致謬誤如此。所據之本亦不精確。"雨"字別作"墜"字,誤作"逐",又議改倒,無謂之至。

【校記】

　　[一]"鎖"字原注可平。

　　[二]"天"字原注可仄。

【蔡案】

　　① 本句大拗,詞中真正大拗的句子極少,本句及所對應的後段"一棹東去"顯然是有意爲之,其律理不知,或與詞樂有關。又,吕詞別首,後段用"清吟無味",律句,故萬樹謂"棹"字可平,竊以爲後詞樂時代,總以律句爲宜,至於"臉"字,則可視爲以上作平,如此,前後段均有律句之依據。

　　② 萬樹《詞律》,本句作"雲窗□霧閣",甚是。秦巘以別首四字謂並無脱誤,非是。蓋本句對應前段"春心償未足",依其律理,當爲五字句無疑,而別首四字,或因本詞有四字句者,而爲人所誤改,欲求一致耳。

西江月慢 百三字　　　　　　　　　　　　吕渭老

春風淡淡,清晝永、落英千尺。桃杏散平郊,晴蜂來往,妙香飄擲。傍畫橋、煮酒青簾,綠楊風外,數聲長笛。記去年、紫陌朱門,花下舊相識①。　　　　向寶帕裁書憑燕翼。望翠閣、烟林似織。聞道春衣猶未整②,過禁烟寒食。但記取、角枕題情,東窗休誤,這些端的。更莫待、青子綠陰春事寂。

此與《西江月》小令無涉,當另列。他無作者。

"舊"字必去聲③。"題情",《詞律》作"情題"。"紫"字,葉《譜》作"柳",俱刻誤。

【蔡案】

① 本調另有無名氏一首,但第二第三均皆讀破,前段歇拍作折腰式六字句,比呂詞多一字,疑本詞"花下"前後脱一字。

② 無名氏詞,後段第二均作"聽幾聲、雲裏悲鴻,動感怨愁多少",十三字,正與本詞前段同,則後段"聞道"前後,必脱落一字,此字須補,不補則韻律失諧。

③ 秦巘謂"舊"字必去聲,本調雖另有無名氏詞,但其後段尾均與此不同,則僅此一首,不知何據? 任何律則,皆有其原理,必能言説,無據之説,則誤人太甚。

百宜嬌 百四字 呂渭老

隙月垂篦,亂蛩催織,秋晚嫩涼庭户。燕拂簾旌,鼠窺窗網,寂寂飛螢來去。金鋪鎮掩,漫記得、花時南浦。約重陽、茱糁菊英,小樓遥夜歌舞。　　　銀燭暗、佳期細數。簾幕漸西風,午窗秋雨。葉底翻紅,水面皺碧①,燈火裁縫砧杵。登高望極,正霧鎖、官槐歸路。定須將、寶馬鈿車,訪吹簫侶。

此爲《百宜嬌》正調,與《眉嫵》別名不同②。《詞律》云:微似《氏州第一》,非也。

末句中二字連,如《水龍吟》之結句體,勿誤。"庭"字汲古、

《詞律》作"房"。"定須"下,汲古多"相"字,俱誤③,今改正。"午"字葉《譜》作"半","鎖"字作"暗"。

【蔡案】

① "碧"字以入作平。

② 本調與《眉嫵》僅第三均略同,所謂略同,《眉嫵》兩拍皆入韵故也。姜夔於詞題中注云"一名《百宜嬌》",余以爲二者形似,故白石有此誤判,非《眉嫵》另有《百宜嬌》之名也,《欽定詞譜》因而謂《眉嫵》別名《百宜嬌》,誤。

③ 後段尾均,汲古閣本作"定須相將,寶馬鈿車,訪吹簫侶",多一字,秦巘謂誤,竊以爲亦未必。秦巘之理,或在前段作"約重陽",欲與之對應也,雖然,而起調畢曲本可參差,其例甚多,或後段尾均四字起,本是一變。

雙雁兒 　五十二字　　　　　　　　　　　揚无咎

除　夕

窮陰急景暗催遷。減緑鬢損朱顔①。利名牽役幾時閒。又還驚、一歲圓。　　　勸君今夕不須眠。且滿滿,泛觥船。大家沉醉對芳筵②,願新年、勝舊年。

《中原音韵》注雙調,《九宫大成》入北詞商角隻曲。"雁"一作"燕"。又入北詞仙吕調隻曲。

此與《醉紅妝》相似,《詞律》遂合爲一調,但平仄差異。舊譜注一名《雙燕兒》,"兒"又作"子"。愚按:張先有《雙燕兒》,與此迥别。皆因名同牽混,未嘗細考③。各調中似此者甚多,紛紜錯亂,今皆校對訂正。

【蔡案】

　　① 本句應讀爲三三式折腰句法,庶幾合律。

　　②"筵"字,對應前段第三句"開"字,原譜未作叶韵讀出,大誤。

　　③ 本調另有宋人朱敦復一首可校,朱詞亦名《雙燕兒》,與張詞迥異,與此同。原譜以爲兩名非爲一調者,非是。

鋸解令 五十二字　　　　　　　　　　　　　　揚无咎

送人歸後酒醒時,睡不穩、衾翻翠縷[一]。應將別淚灑西風,盡化作、斷腸夜雨。　　　卸帆浦溆。一種悽惶兩處。尋思却是我無情,便不解、寄將夢去。

　　　　他無作者。"翠"、"夜"、"兩"、"夢"四字必仄聲,勿誤,用去更妙①。

【校記】

　　[一]"翠"字、前結"夜"字、後段次句"兩"字、後結"夢"四字,用●符標識,意謂必用去聲。

【蔡案】

　　① 爲何必用仄聲,秦巘總是没有任何依據,這種判斷常常出於主觀臆斷,而並不正確,即便蒙對了,也是知其然而不知其所以然。本調韵律,用韵均爲仄仄收束,所以韵前字須用仄聲,包括換頭句的"浦"字。而所謂"用去更妙",則更是無稽之論了。

天下樂 五十四字　　　　　　　　　　　　　　揚无咎

雪後雨兒雨後雪。鎮日價、長一歇。今番爲寒忒太切。和

天地、也來厮弊。　　　睡不着、身心自暗擷。這况味、憑誰
説。枕衾冷得渾似鐵。衹心頭、些兒熱。

　　唐教坊曲名。《詞譜》注仙吕宫,《九宫大成》:五十八字者
入南詞仙吕宫正曲,與二十八字者入仙吕宫引不同。"樂"一作
"歡",又入北詞仙吕調隻曲。

　　"一"字汲古、《詞律》作"不","弊"字作"鷩","况味"上缺
"這"字,"兒"字作"個"。據《詞律訂》改正。

卓牌兒　五十六字　"兒"或作"子"　　　　　　　　　揚无咎

中秋次田不伐韵

西樓天將晚。流素月、寒光正滿[一]。樓上笑揖姮娥,似看羅
襪塵生,鬢雲風亂。　　　珠簾終夕捲。拚不寐、闌干憑暖。
好在影落清尊,冷侵香幄,歡餘未教人散。

　　黄昇云:五十八字者,始揚无咎。"兒"一作"子"。
　　與《卓牌兒慢》無涉,故另列。愚按:原題《次田不伐韵》,是
田所製無疑①。惜田《中行集》見周邦彦詞注,又有《洋嘔集》見
張耒詞題,久已遺佚,無從考正。《花菴》所云五十八字,今衹五
十六字,豈別有一體歟,抑誤寫歟?②
　　"正"、"鬢"、"憑"、"未"四字必去聲,勿誤。

【校記】

　　[一]"正"字、前結"鬢"字、後段次句"憑"字、後結"未"字,用●符
標識,意謂必用去聲。

【蔡案】

　①　關於創製的問題，秦巘每每下斷語過於老實，如本詞一個題序，便可認定田不伐爲創製者。就事論事，設若田見楊有創調，愛而填之，並贈揚无咎，揚復次韵，又有何不可？也是文人間正常之往來。

　②　本詞實爲殘詞，黃昇所云五十八字體者，或另有詞作，而本詞則是慢詞之部分。按，《卓牌兒》慢詞，爲雙曳頭詞體，第一第二段各廿八字，本詞即原詞之"雙曳頭"也，而第三段已然佚失。毛校本《逃禪詞》，本詞調名赫然爲《卓牌兒慢》，可證。

瑞雲濃 七十五字

揚无咎

曉離漫久，年華誰信曾換。依舊當時似花面。幽歡小會，記永夜、杯行無算。醉裏屢忘歸，任虛檐月轉。　　能變新聲，隨語意、悲歡感怨。可更餘音寄羌管。倦游江浙，問似伊、阿誰曾見。度已無腸，爲伊可斷。

　　《九宮大成》入南詞黃鐘宮引。"雲"一作"烟"。
　　與《瑞雪濃慢》無涉。僅見此首，想是創製①。詞意與調名不合，不識何所取意。

【蔡案】

　①　詞意與調名不合，且詞中亦無相關字眼，"創製"之説便是無據。而"僅見此首，想是創製"，則毫無邏輯。

倒垂柳 八十一字　　　　　　　　　　　　　　揚无咎

重　九　日

曉來烟霧重，爲重陽，增勝致[一]。記一年好處，無似此天氣。東籬白衣至[二]，南陌芳筵啓。風流曾未遠，登臨都在眼底①。　　人生如寄。漫把茱萸看子細。擊節聽高歌，痛飲莫辭醉。烏帽任教②，顛倒風裏墜③。黃花明日，縱好無情味。

> 唐教坊曲名。此調無他作者。楊第二首三、四兩句作一六、一四字。"霧"字，汲古作"露"。"處"字，葉《譜》作"景"。

【校記】

[一]"增"字、第五句"衣"字、換頭"生"字原注可仄。

[二]"白"字、前結"眼"字、後段第五句"帽"字、第六句"裏"字原注可平。

【蔡案】

① 前段歇拍，"眼"字並非可平，乃是必平，該句句法平起仄收，第五字不得爲仄，此爲以上作平。

② 本句對應前段"東籬白衣至"，應也是五字句，疑脱一字。

③ "裏"字，對應前段的"筵"字，也是以上作平，不得爲仄。

陽　春 百四字　或加"曲"字①　　　　　　　　揚无咎

蕙風輕，鶯語巧，應喜乍離幽谷。飛過北窗前，迎晴曉、麗日明透翠幃縠②。篆臺芬馥。初睡起、橫斜簪玉。因甚自覺腰肢瘦，新來又寬裙幅③。　　對清鏡無心，忺梳裹④，誰問著、餘醒帶宿。尋思前歡往事，似驚回、好夢難續。花亭偏倚檻曲。厭滿眼、爭春凡木。儘憔悴、過了清明候，愁紅慘綠。

> 《樂府遺聲》云：唐吳象之撰《陽春歌》。唐李白有《陽春歌》，溫庭筠、莊南傑、貫休有《陽春曲》。《詞名集解》云：沈約《江南弄》有《陽春曲》。或無"曲"字，本名《喜春來》。史達祖詞加"曲"字。
>
> 篇中平仄皆不可忽。"忺"字，汲古、《詞律》作"欣"，誤。

【蔡案】

①《陽春曲》，即《陽春》，"曲"字僅是標籤而已，本非調名中元素。又如早期之"歌"、"詞"等，後期之"令"、"慢"等，皆是。今人每視其爲調名中字，實非。

②"麗日"之"日"，以入作平。

③前結句讀有誤，致起拍違律失諧，校之史詞，其爲六字一句、折腰式七字一句，則本詞當律讀爲"因甚自覺腰肢，瘦新來、又寬裙幅"，六字句之句法與史詞全同，皆爲律拗句法。《花草粹編》收拍作"瘦朝來、又寬裙幅"，疑"瘦"字亦是後人所改，欲作"腰肢瘦"也。

④後起應奪一字，後史達祖後段首均十六字，可證。因奪一字，故致句讀訛誤，"心忺"乃是成詞，意謂"喜愛"，不當讀破，且"對清鏡無心"不知所謂，而"心忺梳裹"則意完語足，亦正與史詞"寒猶凝結"相合，然則換頭句必是"對清鏡無□"。

陽春曲 百五字　　　　　　　　　　史達祖

杏花烟，梨花雨，誰與暈開春色。坊巷曉惛惛，東風斷、舊火

銷處近寒食。少年踪跡。愁暗隔、水南山北。還是寶絡雕
鞍,被鶯聲、喚來香陌。　　　記飛蓋西園,寒猶凝結。驚醉
耳、誰家夜笛。燈前重簾不挂,殢華裾、粉痕曾拭。如今故
里信息。賴海燕、年時相識。奈芳草、正鎖江南夢,春衫
怨碧。

> 平仄一如前體。字字相協,惟前結一六、一七字,後起一五、
> 一四字,與前異。“雨”字汲古作“月”,“痕”字作“淚”。

白　雪　九十五字　　　　　　　　　　　　　揚无咎

雪

檐收雨脚,雲乍斂、依然又滿長空。紋蠟焰低,熏爐燼冷,寒
衾擁盡重重。隔簾櫳。聽撩亂、撲漉舂蟲①。曉來見、玉樓
珠殿,恍若在蟾宮。　　　長愛越水泛舟②,藍關立馬畫圖中。
悵望幾多詩思,無句可形容③。誰與問、已經三白,或是報年
豐。未應真個情多,老却天公。

> 《白雪》琴曲,琴集商調曲。《詞譜》云:唐顯慶二年,太常言
> 《白雪》琴曲,可以合歌。
>
> 此揚无咎自製曲④,以題名調。《唐書·樂志》云:《白雪》,
> 周曲也。貫休有《白雪歌》,或云楚曲也。
>
> 《博物志》云:《白雪》,是黃帝使素女鼓五十弦瑟曲名。
>
> 結尾一本作“埽除陰翳,惟祈紅日生東”。《詞律》欲移結尾
> 句於前結,無理之至。“然”字汲古作“舊”,據《花草粹編》改。

“思”字《詞律》缺,《歷代詩餘》作“意”,據《詞譜》改。“春蟲”,葉《譜》作“青蟲”。

【蔡案】

① 本句與後段不合,後段“已經三白,或是報年豐”,多二字,校之米詞,亦作九字,爲“綺霞明麗,全是丹青戲”,由此可知本句必奪二字。

② “泛”字應讀平,此是敗筆。

③ 本句與前段頗爲不合,就文意説,“悵望詩思”的説法顯然不通,必是“悵望○○,幾多詩思,無句可●形容”,與前段“紋蠟焰低,熏爐爐冷,寒衾擁盡重重”相合。

④ 本調有米友仁詞,且米早於楊。米詞較楊詞更多六字,但用仄韵,由楊詞詞意體悟,疑有奪字。

曲江秋 百一字　　　　　　　　　　　　　　楊无咎

香消爐歇[一]。換沉水重燃,熏爐猶熱[二]。銀漢墜懷①,冰輪轉影,冷光浸毛髮[三]。隨分且宴設②。小槽酒,真珠滑。漸覺夜闌,烏紗露濡[四],畫簾風揭。　　清絶。輕紈弄月。緩歌處、眉山怨疊。持杯須我醉,香紅映頰,雙腕凝霜雪。飲散晚歸來,花梢指點流螢滅。睡未穩、東窗漸明③,遠樹又聞鵾鳩。

楊共三首,是疊韵,平仄照注。其一結尾作“佇望久,空歎無才可賦,厭聽鵾鳩”,一三、一六、一四字,與此異。“夜”字、“漸”字兩首皆作平。“濡”字本可作去讀,《詞律》誤注。“爐”、“墜”、

"且"、"露"、"畫"、"弄"、"怨"、"又"等字必去聲,勿誤。"浸"字汲古、《詞律》作"侵",别作二首俱用平,韓作同。"頗"字作"臉"。其一首"夜闌"二字作平仄,結句作一六、一四字,可不拘。

【校記】

[一]"燼"字、第四句"墜"字、第七句"且"字、第十句"露"字、前結句"畫"字、後起句"弄"字、第二句"怨"字、第四句"又"字,用●符標識,意謂必用去聲。

[二]原注"熏"字、第六句"浸"字、後段第七句"流"字可仄。

[三]原注"冷"字、第九句"漸"字和"夜"字、後段第七句"指"字、第八句"未"字和"漸"字可平。

[四]原注"濡"字去聲。

【蔡案】

① 本句雖揚詞三首均爲四字,但依律應是五字句,疑奪一字。

② 本句"宴"字應平而仄,填誤,揚詞别首作"樓上素琴設","琴"字平聲,合律。又一首用"枕"字,也是以上作平用法。"烏紗"句、"東窗"句,均爲大拗句法。

③ 本句揚詞别首作"空歎無才可賦",可見此處兩平頓相連,有其韵律上的原因,本詞也應該讀爲"東窗漸明遠樹",作平起式律拗句法。

又一體 百三字　　　　　　　　　　　　韓　玉

明軒快目[一]。正雨過新溪,秋來澤國[二]。波面鑑開,山光潋拂,竹聲摇寒玉。鷗鷺戲晚浴。芰荷動,香紅歗。千古興亡意,凄涼颷舟,望迷南北。　　　髣髴。烟籠霧簇。認何處、當年繡轂。沉香花萼事,蕭然傷感,宮殿三十六。忍聽向晚菱歌①,依稀猶是當時曲。試與問如今②,新蒲細柳,爲誰搖綠。

　　《東浦詞》原注正宮。

　　"千古"句五字,"忍聽"句六字,比前各多一字。換頭二字不叶③,與楊異。"浴"字汲古、《詞律》作"日",失叶一韵。缺"感"字,下加□格,自是誤落,今從戈本補正。"國"、"北"二字借叶,周、姜諸家皆有之。"髣"字恐亦借叶,出韵。結尾與前結同。萬氏於此等處,又不比較前後段,亦不可解。"新"字汲古作"湘","是當時"三字作"似新翻"。

【校記】

　　[一]"快"字、第四句"鑑"字、第七句"戲"字、前結句"望"字、後起句"霧"字、第二句"繡"字、後結句"爲"字,用⬤符標識,意謂必用去聲。

　　[二]"澤"字及後段第五句"十"字,原注作平。

【蔡案】

　　① 本句揚詞三首均爲五字,"忍"字疑衍。

　　② 本句揚詞三首均爲四字,"與"字本贅,疑衍。

　　③ "髣"字叶韵,故換頭二字仍叶,未出韵。

玉抱肚 　百四十八字　　　　　　　　　　揚无咎

同行同坐。同携同臥。正朝朝、暮暮同歡①,怎知終有拋彈。記江臯惜別,那堪被、流水無情送輕舸。有愁萬種,恨未説破^②。知重見、甚時可。　　　　見也渾閒，堪嗟處、山遥水遠，音書也無個。這眉頭、强展依前鎖。這淚珠、强收依前墮^③。我平生、不識相思，爲伊煩惱忒大。你還知麽^④。你知後、我也甘心受摧挫。又祇恐你，背盟誓似風過^⑤。共別人、忘着我。把洋瀾左^⑥。都捲盡與，殺不得這心頭火^⑦。

　　《九宫大成》入南詞仙吕宫正曲。一名《玉山頹》，又入北詞商角隻曲。"抱"一作"胞"。

　　《宋史・王安石傳》云：王韶開熙河奏功，帝以安石主議，解所服玉帶賜之。《老學庵筆記》云：所賜荆公玉帶，闊十四挌，號玉抱肚。周亮工《書影》云：曲名本此，一名《山子》。楊慎《八駿考》：山子，今之五明馬，一名"玉抱肚"。

　　"伊"字汲古作"依"，誤。

　　此調無他作可證。《詞律》謂宜於"無個"句分段，誠然。

【蔡案】

　　① 此類句式的點讀，以意、韵兼顧爲最佳，本句尤不能讀斷，因爲從後段對應句可看出，"我、平生不識相思，爲伊煩惱忒大"，是一個一字逗領六字二句的結構，因此"朝朝暮暮同歡，怎知終有抛彈"也可看出是一個整體，亦即前段也是一領六結構。

　　② 這八字對應後段"又祇恐你、背盟誓，似風過"，因此，根據律理可知，其中有二字脱落是一定的，其原貌或是"有千種愁、萬種恨，未説破"。

　　③ 本調的正確分段，後段應該是從此二句起，而這個對偶句準確的點讀，無論是從韵律還是從文意來説，都應該是："這眉頭强展、依前鎖。這淚珠强收、依前墮。"清人習慣於用三字逗解決問題，很多

場景下其實都是不合適的。又，"淚珠"應是"珠淚"之訛。

④ 本句對應前段"記江皋惜別"，因此，應有一字脫落。

⑤ 本句爲六字折腰句，應予讀斷。

⑥ 本句莫知所云，文字必有錯訛。據毛扆校本《逃禪詞》，"左"作"在"，但也依然句意拗澀，極疑爲衍字。

⑦ 本句也是一折腰句，應讀爲上三下四式句。

勝州令 二百十五字　　　　　　　　鄭意娘(楊思厚妻)

杏花正噴火。濛濛微雨，曉來初過。夢回聽、乳鶯調舌，紫燕競穿簾幕。垂楊陰裏，粉墻影出秋千索。對媚景、贏得雙眉鎖。翠鬟信任軃。誰更忺梳掠。　　追思向日，共個人、同携手，略無暫時抛躲①。到今似、海角天涯，無由得見則個②。翻思往事上心，向他誰行訴。却曾舊歡，淚滴珍珠顆。意中人未覿，覺風幃冷落。　　都是俺嗘錯。被他閒言伏語啜做③。到此近、四五千里，爲水遠山遥闊。當初曾言，盡老更不重婚却④。甚鎮日，共人同歡樂⑤。傅粉在那裏，肯念人寂寞。　　終待把、雲箋細寫，把衷腸、盡總説破⑥。問伊怎下得，憐新棄舊，頓乖盟約。可憐命掩黄泉，細尋思、都爲他一個。你忒殺虧我。

《輿地廣記》：勝州戰國屬趙，秦屬雲中。隋立勝州。

考鄭意娘，楊思厚妻。宣政間金人掠去，不辱而死。林下《詞選》作義娘。故列宣和後。

調見《花草粹編》。分四叠。第一段與第三段遥對，祇"粉墙"下十字，一七、一三字，三段"盡老"下十字，一六、一四字⑦，差異。《詞律》未收。《詞譜》云：用韵太雜，無別首可校。愚按：篇中是以入叶仄，用曲韵，抑隔句互爲叶，唐調中《歌頭》亦如此。第三段"却"字，《詞譜》注句叶⑧，當屬上句爲是。"個"字重叶。且如此長調，亦名曰"令"，詞中僅見。或"令"字是"慢"字之訛⑨。

【蔡案】

① "抛"字仄聲，《唐韵》擬爲匹貌切，在效部。

② 本句捫其律，應是平起仄收式句法，故"則"字是以入作平。該字所對應的其餘三段，分別作"簾"、"遥"、"盟"，由此可見其韵律如此。

③ 此八字應是二字逗領六字句法，應予讀斷。

④ 此二句根據韵律，應讀爲六字一句、五字一句，否則"當初曾言"四平，未嘗見有如此句法者，不律，顯誤。

⑤ 本句對應句均爲仄起式句法，其餘各段作"贏得"、"淚滴"、"都爲"，可見"人"字也需仄讀。"人"字在詞中仄讀，本書已有多例，可參見《憶舊遊》周密詞蔡案①。

⑥ "衷腸盡總説破"也是一個平起仄收式句法，故第五字必平，此爲以入作平法。

⑦ 此是誤筆。三段"盡老"下十字，《欽定詞譜》作一六一四字讀，但秦巘本詞已改爲一七一三字，與第一段同。

⑧ 未見《詞譜》有此注，且所述紊亂，《詞譜》僅將"却"字屬下，讀誤而已。

⑨ 此疑極是，雖無書證，但合律理。

恨來遲 五十二字　"來"一作"歡"　　　　　　　　王　灼

柳暗汀洲,最春深處①,小宴初開。似泛宅浮家,水平風軟,
咫尺蓬萊。　　更勸君、吸盡紫霞杯。醉看鸞鳳徘徊。正
洞裏桃花,盈盈一笑,依舊憐才。

　　《南唐書》云：周后嘗雪夜酣宴,舉杯請後主起舞。後主曰：
"汝能創爲新聲,則可矣。"后即命箋綴譜,譜成,所謂《邀醉舞破》
也。又有《恨來遲破》,亦后所製。

　　《填詞名解》云：《恨來遲破》,南唐大周后作。其詞已失,無
有能傳其音節者。愚按：自是襲其調名,與《恨春遲破》無涉。
《詞律》失收。各本俱無名氏,《詞譜》爲王灼作。

　　"軟"字,葉《譜》作"靜"。

【蔡案】

　　① 本句句法爲一三式,實爲四字一逗,故擬用頓號爲佳。此類
句法,若首均讀爲五字一句、折腰式七字一句,實屬正讀。

恨歡遲 五十三字　　　　　　　　　　　　缺　名[一]

澹薄情懷,淺綴胭脂。獨占江梅。最好是嚴凝,苦寒天氣,
却是開時。　　也不許、桃杏鬥妍孊。也不許、霜雪相欺。
又祇恐誰家,一聲長笛,落盡南枝。

　　調見《梅苑》。名《恨歡遲》,自是一調。
　　前段次句起韵,或是偶合。後段次句比前少一字①。

【校記】

[一]《花草粹編》卷五收此,作者爲張燾。

【蔡案】

① "後段次句比前少一字"之説,莫能明其妙。

薄 媚 百二十八字 董 穎

西 子 詞①

排 遍 第 八

怒潮卷雪,巍岫布雲,越襟吴帶如斯。有客經游,月伴風隨。值盛世②。觀此江山美。合放懷、何事却興悲。不爲回頭,舊谷天涯。爲想前君事。越王嫁禍獻西施。吴郎中深機。　闔廬死有遺誓③。勾踐必誅夷。吴未干戈出境④,倉卒越兵,投怒夫差,鼎沸鯨鯢。越遭勁敵⑤,可憐無計脱重圍⑥。歸路茫然,城郭丘墟,飄泊稽山裏。旅魂暗逐戰塵飛。天日慘無輝。

【蔡案】

① 《西子詞》"套曲"十首組成,獨其中入破被人摘出,名《薄媚摘遍》。全套捫其韵律,基本都呈宋詞一般特性,前後段相互對應,其中略有文字脱落,約有四十九字闕失。而每首大致韵律輪廓極爲清晰。

② 本句對應後段"鼎沸鯨鯢",疑"值"字後奪一平聲字。

③ 此爲三字兩句,"死"字爲韵,秦巘失記。

④ 本句爲後段第一均收拍處,因此是主韵所在,"境"字不韵,必誤。

⑤ 本句對應前段"觀此江山美",奪一字。

⑥ 本句即前段"合放懷、何事却興悲",其原貌或是"●可憐、無計脫重圍",亦奪一字。

排 遍 第 九①

自笑平生,英氣凌雲,凜然萬里宣威。那知此際,熊虎塗窮,來伴麋鹿卑棲。既甘臣妾,猶不許何爲計②。争若都燔寶器③,盡誅吾妻子,徑將死戰決雄雌。天意恐憐之。　　偶聞太宰,正擅權、貪賂市恩私。因將寶玩獻誠④,雖脫霜戈,石室囚繫,憂嗟又經時⑤。恨不如、巢燕自由歸⑥。殘月朦朧,寒雨瀟瀟,有血都成淚。備嘗嶮厄返邦畿。冤憤刻肝脾。

【蔡案】

① 本詞與前一首同,前後段各爲五均詞,且同樣自首均收拍起,前後段對應十分整齊,但計脫五字。

② 本句應是六字折腰句,句中應讀斷,作三三句式。

③ 本句脫二字,實爲四字兩句,原句應是"争若都燔,寶器○○",對應後段"殘月朦朧,寒雨瀟瀟",平仄極爲整齊。

④ 本句爲後段第一均收拍處,因此是主韵所在,"誠"字不韵,必誤。

⑤ 本句對應前段"來伴麋鹿卑棲",奪一字。

⑥ 此八字也應是二句,疑奪二字,原即前段"既甘臣妾,猶不許、何爲計",其原貌或是"恨不○○,如巢燕、自由歸"。

第　十　攤

種陳謀,謂吳兵正熾,越勇難施。破吳策、惟妖姬。有傾城妙麗,名稱西子歲方笄。算夫差惑此,須致顛危①。范蠡微行,珠貝爲香餌。芋蘿不釣釣深閨。吞餌果殊姿。　　素肌纖弱,不勝羅綺。鸞鏡畔、粉面淡勻②,梨花一朵瓊壺裏。嫣然意態嬌春,寸眸剪水,斜鬟鬆翠。人無雙③,宜名動君王,繡履容易。來登玉陛。

【蔡案】

　　① 此二句對應後段"嫣然意態嬌春,寸眸剪水。斜鬟鬆翠",因此實爲三句,其原貌應是"算○●●○○,夫差惑此。須致顛危"。而"此"字、"水"字對應爲句,是兩個輔韻所在,秦巘未予標注,失記二韻。

　　② 對校前段,本句也是兩句奪字而誤合,其前段是"破吳策、惟妖姬。有傾城妙麗",其中有一韻腳,故本句原貌應是"鸞鏡畔、○○○。●粉面淡勻",落一韻。

　　③ 本句對應前段"范蠡微行",奪一字。

入　破　第　一

窣湘裙,搖漢珮,步步香風起。斂雙蛾,論時事,蘭心巧會君意①。殊珍異寶,猶自朝臣未與②,妾何人、被此隆恩,雖令效死。奉嚴旨。　　隱約龍姿忻悦,重把甘言説,辭俊雅,質娉婷,天教汝、衆美兼備。聞吳重色,憑汝和親,應爲靖邊陲。將別金門,俄揮粉淚。靚妝洗。

【蔡案】

　　① 本句對應後段"天教汝、衆美兼備",故"心"字後奪一仄聲字。

　　② 本句宜讀爲四字一句,末二字移後作五字一句,即《薄媚摘遍》中的"有賦諷然。剛道爲田園",也與後段"憑汝和親,應爲靖邊陲"對應。其中"臣""人""恩"換叶,後段對應處"親""門"同叶。

<h2 style="text-align:center">第 二 虛 催</h2>

飛雲駛香車,故國難回睇。芳心漸摇迤邐。吳都繁麗①。忠臣子胥,預知道、爲邦崇②。諫言先啓。願勿容其至。周亡褒姒。商傾妲己。　　　吳王却嫌胥逆耳。纔經眼、便深恩愛,東風暗綻嬌蕊。綵鸞翻妬伊。得取次于飛共戲③。金屋看承,他宮盡廢。

【蔡案】

　　① 本句本應是"吳都繁●麗",對應後段"綵鸞翻妬伊",奪一字。

　　② "崇"字原空,秦巘僅注"仄叶"二字,今據《欽定詞譜》卷四十補。但《欽定詞譜》此處讀爲"爲邦崇諫言先啓",不讀斷,失記一韵。

　　③ 這一句實爲二句脱字誤合,所對應者爲前段"忠臣子胥,預知道、爲邦崇",故後段原或爲"○得取次,于飛●、○共戲",其中"得"字作平。又,本句後前段作"諫言先啓。願勿容其至。周亡褒姒。商傾妲己",而後段僅得結拍四字二句,顯奪兩句九字,並或落二韵。

<h2 style="text-align:center">第 三 袞 遍</h2>

華宴夕,燈摇醉粉,菡萏籠蟾桂。揚翠袖,含風舞,輕妙處,驚鴻態①。分明是、瑶臺瓊樹,閬苑蓬壺景盡移。此地花繞

仙步,鶯隨管吹。　　　寶帳暖,留春百和,馥郁融鴛被。銀
漏永,楚雲濃,三竿日、猶褪霞衣。宿酲輕腕嗅宮花,雙帶繫
合同心時。波下比目,深憐到底。

【蔡案】

　　① 此六字後段爲"三竿日、猶褪霞衣",因此並非三字兩句,而是
上三下四折腰一句。

第 四 催 拍

耳盈絲竹,眼遥珠翠。迷樂事。宮闈内争知。漸國勢陵
夷①。奸臣獻佞,轉恣奢淫,天譴歲屢饑。從此萬姓,離心解
體。　　　越遣使、陰窺虚實,蚤夜營邊備。兵未動子胥存,
雖堪伐、尚畏忠義。斯人既戮,又且嚴兵,卷土赴黄池。觀
釁種蠡。方云可矣。

【蔡案】

　　① 此二句十字,後段爲"兵未動、子胥存,雖堪伐、尚畏忠義"二
句,則本句原貌或爲"宮闈内、争知●。○○漸、國勢陵夷",其中"知"
字非韵。

第 五 袞 遍

機有神,征轚一鼓,萬馬襟喉地。庭喋血,誅留守,憐屈服,
斂兵還,危如此。當除禍本,重結人心,争奈竟荒迷。戰骨
方埋,靈旗又指。　　　勢連敗,柔荑携泣,不忍相抛棄。身
在兮心先死。宵奔兮兵已前圍①。謀窮計盡,唳鶴啼猿,聞

處分外悲。丹穴縱近,誰容再歸。

【蔡案】

① 本句前段爲"憐屈服、斂兵還,危如此",則此處或是"宵奔兮、●○兵,已前圍",脱二字。

第 六 歇 拍

哀誠屢吐,甬東分賜。垂暮日①,置荒隅,心知愧、寶鍔紅委。鸞存鳳去,辜負恩憐,情不似虞姬。尚望論功,榮遷故里。　　降令回,吳王赦汝,越與吳何異。吳正怨,越方疑。從公論、合去妖類娥眉②。宛轉竟殞,鮫綃香骨委塵泥③。渺渺姑蘇,荒蕪鹿戰。

【蔡案】

① 此三字所對應之後段"吳正怨",其後有"越方疑"三字一韵,但前段脱空,故奪三字。作"垂暮日,●○○",前後韵律方和諧。

② 本句對應之前段爲"置荒隅,心知愧、寶鍔紅委",因此後段應是"從公論、○合去、妖類娥眉",奪一字。

③ 前段並無七字句,故此七字可疑。其所對應者,爲"辜負恩憐,情不似虞姬",因此本句原貌應是二句,或是"●●鮫綃,香骨委塵泥"。

第 七 煞 衮

王公子,青春更才美。風流慕連理。耶溪一日,悠悠回首凝思。雲鬟烟鬢,玉珮霞裾,依約露妍姿。送目驚喜。俄迁玉趾。　　同仙騎。洞府歸去,簾櫳窈窕戲魚水。正一點犀通,遽別恨何已。媚魄千載,教人屬意①。況當時、金殿裏②。

　　　唐教坊大曲名。《宋史·樂志》道調宫大曲名,又入南吕宫。周密《天基聖節排當樂次》第十四盞起《萬壽無疆薄媚曲破》。《九宫大成》:《薄媚令》,入南詞越調引。《薄媚破》,入南詞大石調正曲。

　　　《乾淳起居注》云:宋淳熙三年,教坊保義郎都管王喜等製,進會慶萬年《薄媚曲破》。此調僅見《樂府雅詞》。原目注大曲道宫,並稱九重傳出,是宋時大曲也。與劉几《梅花曲》同一體製,惟少口號。所稱排遍、攧、入破等字,與唐人凉州、伊州等歌同一排場。但彼係五七言,此係長短句,實開南北劇套數大曲之先聲。踵事而增,體段已具。詞變爲曲,亦風會使然也。所列排遍第八起,是以前尚有七闋也。通體平仄互叶,故後世南北曲亦通叶也。

【蔡案】

　　① 本詞前段四均,後段祇得三均,故文字脱落必多。前段第三均爲"雲鬟烟鬢,玉珮霞裾,依約露妍姿",所對應之後段原貌或是:"媚魄千載,教人屬意,●●●○○"。

　　② 此六字一句,充抵後段第四均,顯然句有不足,但起調結拍,是一曲中有變化者,其文字不受前後對應規律所限,所奪文字不可估測,綜合前段和前一均落字情況判斷,後段三四均或是:"媚魄千載,教人屬意,●●●○○。●●○○,況當時、金殿裏。"

薄媚摘遍 九十二字　　　　　　　　　趙以夫

桂香消,梧影瘦,黃菊迷深院。倚西風看落日①,長江東去如練。先生底事，有賦飄然。剛道爲田園。獨醒何爲，持杯自勸未能免②。　　休把茱萸吟翫。但管年年健。千古事，幾憑闌。吾生九十强半。歡娛終日，富貴何時，一笑醉鄉寬。倒載歸來，迴廊月又滿③。

> 《夢溪筆談》云：所謂大遍者，凡數十解，每解有數叠截，截用之謂"摘遍"。《薄媚大曲》凡十遍，此蓋摘其入破之一遍。
>
> 此與董作入破第一同，如《泛清波摘遍》之類。《詞律》未收。
>
> "然"字、"園"字、"闌"字，董詞皆不叶，恐是偶合④。"有賦飄然"句四字，"剛道"句五字，董作一五、一三字⑤。"吾生"句，董作七字，此少一字。末句董作七字，此少二字。

【蔡案】

① "倚西風"六字，應是折腰句，原譜未讀斷，誤。

② 此二句董詞作"猶自朝臣。未與妾何人"，與此同。本句有句中韵，秦巘未讀出，應讀爲"持杯自勸。未能免"，與"入破第一"中的"雖令效死。奉嚴旨"同一韵律。原譜未讀斷，失一韵。

③ 本句在"入破第一"中爲"俄揮粉淚。靚妝洗"，與前結一樣，是一個有句中韵的七字句，而前後段後五句，本平仄井然，故本詞或奪二字，循其韵律特徵，疑原文或是"迴廊月滿。又○●"。

④ 一字或可視爲偶合，三字如何還是偶合。

⑤ 此二句董詞實爲"猶自朝臣。未與妾何人"，與本詞同，秦巘所讀，也是一六一三。

東風齊着力 九十二字　　　　　胡浩然

殘臘收寒[一]，三陽初轉，已換年華。東君律管，迤邐到山

家^[二]。處處笙簧鼎沸,會佳宴、坐列仙娃。花叢裏、金爐滿

爇,龍麝烟斜。　　　此景轉堪誇。深意祝、壽山福海增加。

玉觥滿泛,且莫厭流霞。幸有迎春綠醑,銀瓶浸、幾朵梅花。

休辭醉、園林秀色,百草萌芽。

　　　以詞意爲名,自是創製。

　　　“厭”字《詞律》作“羨”,“綠醑”作“壽酒”,據《詞譜》訂正。

“會”字,葉《譜》作“排”。《樂府雅詞》有孫浩然,不知是一人否,

或姓氏誤寫。《詞品》稱北宋人,故附北宋末。

【校記】

　　　[一]原注“殘”字、次句“初”字、第四句“東”字、第八句“金”字、

前結句“龍”字、後段第六句“銀”字可仄。

　　　[二]原注“迤”字、第七句“會”字、第八句“滿”字、後段第三句

“玉”字、第四句“且”字、第六句“浸”字和“幾”字可平。

送入我門來　百四字　　　　　　　　胡浩然

除　夕

荼壘安扉,靈馗挂戶,神儺裂竹轟雷。動念流光,四序式週

回。須知今歲今宵盡,似頓覺明年明日催。向今夕是處^[一],

迎春送臘,羅綺筵開。　　　今古偏同此夜,賢愚共添一歲,

貴賤仍偕。互祝遐齡,山海固難摧。石崇富貴籛鏗壽,更潘

岳儀容子建才。仗東風盡力,一齊吹送,入我門來。

　　　此以末句爲名,他無作者①。《譜圖》所注大誤,《詞律》駁之

是也。“我”字一本作“此”。“裂”字《詞律》作“烈”，“偏”字作“遍”，皆刻誤。

【校記】

〔一〕原注“夕”字作平。

【蔡案】

① 本調《高麗史·樂志》另有一首，作者佚名，平仄略有差異。

秋　霽　百五字　一名《春霽》　　　　　　　　　胡浩然〔一〕

秋　晴

虹影侵階，乍雨歇長空，萬里凝碧〔二〕①。孤鶩高飛〔三〕，落霞相映，遠狀水鄉秋色。黯然望極。動人無限愁如織。又聽得雲外〔四〕，數聲新雁作嘹嚦〔五〕。　　當此暗想，畫閣輕拋，杳然殊無，些個消息②。漏聲稀、銀屏冷落，那堪殘月照窗白。衣帶頓寬猶阻隔③。算此情苦，除非宋玉風流，共懷傷感，有誰知得。

　　《九宮大成》入北詞高大石角隻曲。又《春霽》入南詞大石調正曲。許《譜》亦入南詞大石調。

　　舊說創自李後主，《草堂》已駁其非。此調始於胡浩然，賦秋晴名《秋霽》，賦春晴又名《春霽》，二首如一。又名《平湖秋月》，此是詞題，非調名，故不注。

　　“里”字、“阻”字、“此”字上聲④，“數”、“正”、“暗”、“個”、“照”、“頓”等字去聲，勿誤。“又聽得”，各家俱叶韵，此詞“得”字重見，似非叶。《詞律》於“外”字斷句，照吳文英作當是。其餘平仄各家皆同，惟廬祖皋作"聽艷歌偏愛，賦情多處寄衷曲"，用平不叶。總當於三字逗，下二字領七字。周密一首於次句用"記芳園載酒"，第六句用"依依似舊相識"，平仄異。"黯"字、"當此""此"字、"個"字、"此情""此"字，皆用平。史作於"狀"字、"非"字俱用平。"此情"二字須相連，不可忽。"畫"字葉《譜》作"繡"。

【校記】

〔一〕據《全宋詞》，本詞作者爲無名氏。

〔二〕"里"字、後段第六句"阻"字、第七句"此"字，用◓符標識，意謂必用上聲。

〔三〕原注"孤"字、後段第三句"然"字、第四句"些"字、第七句"衣"字、第九句"非"字可仄。

〔四〕原注"得"字、過片"此"字、第四句"個"字、第六句"那"字、第八句"此"字可平。

〔五〕"數"字、"正"字、過片"暗"字、第四句"個"字、第六句"照"字、第七句"頓"字，用◓符標識，意謂必用去聲。

【蔡案】

① 此九字誤讀。捫其韵律，實爲"乍雨歇、長空萬里凝碧"，但後人此九字多讀爲五字一句、四字一句，如胡浩然詞作"乍雨歇東郊，嫩草凝碧"、吳文英詞作"漢影隔遊塵，净洗寒緑"、吳潛詞作"正竹外蕭蕭，雨驟風駛"、陳允平詞作"遠送目斜陽，漸下林闋"等等，均應讀爲上三下六折腰句句法。應作一五一四讀者，惟周密一首，其爲"記芳園載酒，畫船横笛"，後八字爲儷句，且第七字已微調爲平聲，此爲關鍵。

② 以上三句十二字，當讀爲六字兩句，庶幾韵律諧和，否則第二第三句均韵律拗澀。

③　本詞顯爲慢詞，故前段四均儼然，而後段第三均僅"衣帶"七字一拍，此處必有錯訛，依律其後"算此情苦"當在該七字句前，然則與前段"黯然望極。動人無限愁如織"兩句相對應。然現存宋詞皆如此填，故必有一詞爲錯訛之源也。

④　此三字有所不同，"算此"之"此"字，與過片"當此"之"此"字同，均爲以上作平。

又一體 百四字　　　　　　　　　　　　　　　　朱敦儒

隱括東坡前赤壁

壬戌之秋，是蘇子、與客泛舟赤壁。舉酒屬客，月明風細，水光與天相接。扣舷唱月。桂棹蘭槳堪游逸。又有客能吹洞簫，和聲嗚咽。　　追想孟德，困於周郎，到今空有，當時踪跡。算惟有、清風朗月，取之無禁用不竭。客喜洗盞還再酌。既已同醉，相與枕藉舟中，始知東方，晃然既白。

見《草堂詩餘》。前結句兩四字，比胡作少一字①。

【蔡案】

①　秦巘此語意謂前結七字句應讀爲上三下四句式。但本詞前段尾均讀破，少一字，疑脱。

又一體 百三字　　　　　　　　　　　　　　　曾　紆

木落山明，暮江碧，樓倚太虛寥廓。素手飛觴，釵頭笑取，金英滿浮桑落。鬢雲漫約。酒紅拂破香腮薄。細細酌。簾外任教月轉畫闌角①。　　當年快意登臨②，異鄉節物，難禁離索③。故人遠，凌波何在，惟有殘英共寂寞④。愁到斷腸無處著。寄寒香與，憑渠問訊佳時，弄粉吹花，爲誰梳掠。

　　　前起處一四、一三、一六字，一氣貫下，可不拘。後起六字，比各家少二字。"細細酌"叶韵，"寒香"二字連，可見是定格。

【蔡案】

　　① 本句讀爲上二下七句式，最有韵味。

　　② 後段起拍較之正格少二字，而極少有換頭處減字者，亦疑奪誤。餘同。

　　③ 原注"禁"字去聲，但依律此爲平聲，借音法。

　　④ 原注"寞"字作平，此爲韵脚，謬甚。

　　寶鼎現　百五十八字　一名《三段子》《寶鼎兒》　　　　范　周

夕陽西下，暮靄紅溢①，香風羅綺。乘夜景、華燈爭放，濃艷
◎○○●　●◎○●　○○○▲　●○●　○○○●　○●

燒空連錦砌。覰皓月、浸嚴城如畫，花影寒籠絳蕊。漸掩
⊙○○●▲　●◎●　●○○○●　○●○◎○▲　●●

映、芙渠萬頃，迤邐齊開秋水。　　太守無限行歌意。擁麾
●　⊙○●○　⊙○○●⊙▲　　●●○○○○▲　●○

幢、光動珠翠。傾萬井、歌臺舞榭，瞻望朱輪駢鼓吹。控寶
○　●●○▲　○●●　○○●●　○○○○○●●　●○

馬、耀貔貅千騎。銀燭交光數里。似亂簇、寒星萬點，擁入
●　●○○⊙▲　○●○○●▲　●●●　○○●●　◎●

蓬壺影裏。　　來伴宴閣多才，環艷粉、瑤簪珠屐。恐看
⊙○◎▲　　⊙●●○○○　○●●　○○○▲　◎◎

看、丹詔歸春，宸游燕侍。便趁早、占通宵醉。莫放笙歌起。
⊙○●●○　⊙○○▲　●●●○○○▲　●●○○▲

任畫角、吹徹寒梅，月落西樓十二[一]②。
●●●　⊙●○○　◎●○○○▲

《九宮大成》入南詞雙調引。

李彌遜詞名《三段子》，陳合詞名《寶鼎兒》。《東觀漢記》云：永平六年，寶鼎出維山。調名取此。

舊說以爲劉辰翁製。考劉爲南宋末人，范、趙、張皆在前，大誤③。

《中吳紀聞》云：范周少負不羈之才，工於詩詞，不求聞達，所居號范家園亭，安貧樂道，未嘗屈折於人。盛季文作守時，頗嫚士，嘗於元宵作《寶鼎現》詞投之，極蒙嘉獎，因遺酒五百壺。其詞播於天下，每遇燈夕，諸郡皆歌之。愚按：各本皆爲康與之作，今從《中吳紀聞》。

"通宵"二字相連，勿誤。"艷"字葉《譜》作"焰"，"畫"字作"畫"，"歸春"二字作"催奉"。

【校記】

[一] 原注"十"字作平。

【蔡案】

① 這一句拍有兩種填法，或是平起仄收，如後文張元幹、陳合等，或是仄起平收，如後一首的"碧落輝騰"，故"溢"字，以入作平，作仄起平收句式看。

② 結拍之"十"字，秦巘謂以入作平，則大可不必，蓋此字位本可平可仄，宋詞仄填亦有之，如後列劉辰翁詞，作"天上人間夢裏"，即是。

③ 本調雖長，但諸詞字句幾同，原譜所謂又一體者，多是衍奪所致，體式其實同一。

又一體 百五十五字　　　　　　　　　　趙長卿

上　元

囂塵盡掃[一]，碧落輝騰，元宵三五。更漏永、遲遲停鼓。天上人間當此遇。正年少、盡香車寶馬[二]，次第追隨士女。看往來、巷陌連甍，簇起星球無數。　　政簡物阜清閒處。聽笙歌、鼎沸頻舉。燈焰暖、庭帷高下，紅影相交知幾戶。恣歡笑、道今宵景色[三]，勝却前時幾度。細算來、皇都此夕，消得喧傳今古。　　綺席成行①，爐噴裊、沈檀輕縷。覘遨遊綵仗，疑是神仙伴侶。欲飛去、恨難留住。漸到蓬瀛步。願永逢、恁時恁節，且與風光爲主。

　　三段首句四字，比范作少二字。三、四句，一五、一六字，亦異。

【校記】

　　[一]原注"盡"字、第六句"寶"字、第七句"次"字、第二段起句"物"字、第二句"鼎"字、第五句"景"字、第六句"勝"字、第三段第三句"彩"字可平。

　　[二]原注"年"字、第二段第三句"高"字、第五句"歡"字、結句"消"字和"今"字、第三段第五句"飛"字可仄。

　　[三]原注"恣"字去聲。

【蔡案】

　　① 後段起拍，本調例作六字一句，亦應據《惜香樂府》卷三補二字，作"排備綺席成行"。補足後，本此即前一詞體，非又一體。

又一體 百五十八字　　　　　　　　　　　　　張元幹

笻翁李似之作此詞見招，因賦其事，使歌之者想像風味，如到山中。

山莊圖畫，錦囊吟詠，胸中丘壑。年少日、如虹豪氣，吐鳳詞華渾忘却。便袖手、向巖前溪畔，種滿烟梢霧籜。想別墅平泉，當時草木，風流如昨。　　瘦藤閒倚看鋤藥[一]。雙芒鞋、雨後常著。目送處、飛鴻滅没，誰問蓬蒿爭燕雀。乍霽月、望松雲南渡，短艇欹沙夜泊。正萬里青冥，千林虛籟，從渠矰繳。　　携幼尚有笻丁，誰會得、人生行樂。岸幘綸巾歸去，深户香迷翠幕。恐未免、上凌烟閣。好在秋天鶚。念小山叢桂，今宵狂客，不勝杯勺。

> 三段結句皆一五、兩四字，與范、趙異。第三段起句六字，與范作同。"岸幘"二句各六字，多一字，與趙異。

【校記】

　　[一] "看"字原注平聲。

又一體 百五十七字　一名《寶鼎兒》　　　　　　陳　合

壽賈師憲

神鰲誰斷，幾千年再，乾坤初造。算當日、枰棋却許，爭一著、吾其袵左。談笑頃、又十年生聚，處處豳風葵棗。江如鏡、楚氛餘幾，猛聽甘泉捷報。　　天衣細意從頭補。爛山

龍、華蟲黼藻。宮漏永、千門魚鑰，截斷紅塵飛不到。六街
九軌，看千貂避路，庭院五侯深鎖。好一部、太平六典，一一
周公手做。　　　　赤舄繡裳①，消得道、斑斕衣好。儘龐眉鶴
髮，天上千秋難老。甲子平頭纔一過。未識汾陽考。看金
盤、露滴瑤池，龍尾放班回早。

　　　　見《齊東野語》。

　　　　次段第五句四字，比各家多一字。三段起句四字，三、四句
　　一五、一六字，與趙作同。五句用上四、下三字，句法與各家異。
　　通體叶閩音，不可從。

　　　　按：合字惟善，長樂人。淳祐四年進士。歷官禮部侍郎、超
　　拜端明殿學士、簽書樞密院，謚文惠。

【蔡案】

　　　① 本調後段起拍，例作六字一句，宋詞皆如此填，獨此一首四
字，疑有奪字。

又一體 百五十八字　　　　　　　　　　　　劉辰翁

丁酉元夕

紅妝春騎。踏月花影，牙旗穿市。望不盡、樓臺歌舞，習習
香塵蓮步底。簫聲斷、約彩鸞歸去，未怕金吾呵醉。甚輦
路、喧闐且止。聽得念奴歌起。　　　　父老猶記宣和事。抱
銅仙、清淚如水。還轉盼、沙河多麗。澒灢明光連邸第。簾
影動、散紅光成綺。月浸蒲桃十里。看往來神仙才子。肯

把菱花撲碎。　　腸斷竹馬兒童，空見説、三千樂指。等多時、春不歸來，到春時欲睡。又説向、燈前擁髻。暗滴鮫珠墜。便當日、親見霓裳，天上人間夢裏。

張孟浩云：劉辰翁作《寶鼎現》詞，爲大德元年。自題曰：丁酉元夕，亦義熙舊人祇書甲子之意。其詞反反覆覆，字字悲咽，真孤竹、彭澤之流。

第三段起句六字，與范、張同。"等多時"下二句，一七、一五字，與范、趙、張皆異。首句"騎"字起韻，"止"、"麗"、"綺"、"子"四字皆叶。"影"字仄。"牙"字一本作"千"。"樓臺"二字作"璚樓"。

又一體　百五十五字　　　　　　　　　　缺　名

東君著意，化工恩被，灼灼妖艷[一]。裊嫩梢輕蓓，縈風惹露，偏早香英綻。似向人、故矜誇標致，倚闌全如顧盼。尚困怯餘寒，柔情弱態，天真無限。　　斷橋壓柳時非淺。先百花、風光獨佔。當送臘初歸，迎春欲至，芳姿偏婉孌。料碎剪就、繒紝輝麗，更把胭脂重染。自賦得、一般容冶，宛勝神仙妝臉。　　折送小閣幽窗，酷愛處、令親几硯。儘孜孜觀賞，不枉人稱妙選。待密付、如膏雨澤，□□仍妝點[二]。任擾擾、百卉千花，掩跡一時羞見。

見《梅苑》。前二段第四、五、六句，作一五、一四、一五字。前結句法與張同，中段結句與范、趙同，尾結與范同。後段第三、四句，一五、一六字，比各家不同。五句不叶韻。前段次句、中段

起句，與張同。次句"光"字用平，與各家異。"蓓"字《梅苑》作
"善"，大誤。"送"字一本作"近"，"孜孜"上缺"儘"字，"密付"二
字，重一"密"字。"雨澤"下《梅苑》空二格，宜從。"卉"字作
"草"。石孝友一首，二、三段比各家不同，詞意不貫，定有脱誤。
故不録。

【校記】

[一]"灼灼"二字原注作平。

[二]二奪字符，疑秦巘所據爲《花草粹編》，是書奪二字，但四庫
本《梅苑》所據，本句則爲"澹澹仍妝點"（《欽定詞譜》爲"金玉仍妝
點"，或係編者依律自行添入），應據補。

伊川令　五十一字　　　　　　　　　　　　范仲允妻

西風昨夜穿羅幕。閨院添蕭索。纔是梧桐零落時，又迤邐、
秋光過却。　　　人情音信難托。魚雁成尤閣。教儂獨自守
空房，淚珠與燈花共落[一]。

　　與唐人《伊州歌》無涉。《詞律》名《伊川令》。伊州説見前。
伊川，本漢陸渾縣地，東魏置伊川郡，後周改曰和州、曰伊州，屬
河南郡，見《輿地廣記》。

　　《詞苑叢談》云：范仲允爲相州録事，久不歸，其妻寄以《伊
川令》云云。其妻來書，"伊"字誤作"尹"字。范答詞嘲以"料想
伊家不要人"，妻復答以"共伊間别幾多時，身邊少個人兒睡"。
此亦閨秀中之慧而辯者也。愚按：相州，宋屬内黄、成安二縣，
與伊川相近。南渡已失其地，自是北宋人作，當從《詞律》作伊
川。惜無時代可考。"允"字《詞律》作"胤"，斷無犯太祖廟諱之

理。當從《詞苑》作"允"。

　　《詞律》缺"時"字、"又"字，"魚雁"句五字，"纔"字作"最"，"儂"字作"奴"，於"零落""落"字注叶。小詞共六韵，豈有重叶之理。考據不審，貽誤來學，莫此爲甚。

【校記】

　　[一] 後結原譜未讀斷，該拍依律以折腰句法爲是。

醉高春 八十字　　　　　　　　　　　　　　柳　富

人間最苦，最苦是分離。伊愛我，我憐伊[①]。青草岸頭人獨立，畫船歸去櫓聲遲。楚天低，回望處，兩依依。　　後會也知俱有願，未知何日是佳期。心下事，亂如絲。好天良夜還虛過，辜負我、兩心知[②]。願伊家，衷腸在，一雙飛。

　　《詞譜》與《最高樓》併爲一調，但兩起句不同，恐非別名[③]。仍分列。

　　調見《情史》，云：東都柳富，別妓王幼玉作。《詞律》云：毛氏謂有盛宋風味。因《情史》爲小説，不知何代人，故不收。愚按：《情史》雖係小説，其事必有所本，斷非憑虛臆造。但不注引據何書，致令後人滋惑。明代著書每蹈此弊。考宋以洛陽爲東都，南渡時失其地。既稱東都，其爲北宋人無疑，故附北宋末。"高春"二字費解，應是"高春"之訛，"醉到日上高春"之意耳。

【蔡案】

　　① 本句拍較《最高樓》正格添一字，作六字折腰句法，則與後段更合，韵律更諧。

　　② 本句宋詞各首均爲七字一句，此或有脱字，因爲後結本爲三

個三字,如此減字則成五個三字格局,韵律自然便會怪異不諧。

③ 秦巘以兩段起拍與《最高樓》皆異,而分列爲別調,或非。同一詞格,另有徐架閣"年高德劭"詞、無名氏"中和節過"兩首,都是以前段四字一句起,後段七字一句起爲格,徐詞與此尤爲相類,而二詞仍俱名爲《最高樓》。余以爲各爲增字減字而已,七字句添一領字爲八字句,反之減一領字爲七字句,都是詞中常見,如本調方岳詞,後段第五句作"盡諸公袞袞鳳凰臺",即添一字。故體式本同,微調後的變格而已。

期夜月 百十三字 劉濬

觀 舞

金鈎花綬繫雙月。腰肢軟低折。揎皓腕,縈繡結。輕盈宛轉,妙若鳳鸞飛越。無別。香檀急扣轉清切。翻纖手飄瞥。催畫鼓,追脆管,鏘洋雅奏,尚與衆音爲節。 當是妙選舞袖①,慧性雅質②,名爲殊絕。滿座傾心注目,不甚窺迴雪③。纖忕。逡巡一曲霓裳徹。汗透鮫綃濕。教人與傅香粉,媚容秀發,宛降蕊珠宮闕。

《九宫大成》入南詞大石調正曲。

此調無他作者,《詞律》失收。

見《花草粹編》原注云:樂部中惟杖鼓,鮮有能工之者。京師官妓楊素娥最工,劉濬酷愛之,作《期夜月》詞。

"濕"字是借叶,與上段合。《粹編》缺"纖忕"二字,"與"字及末句六字,"鮫綃濕"三字作"鮫綃肌潤",多一字。皆誤。今從

《詞緯》訂正。“清”字作“親”，從《詞譜》改。

【蔡案】

①“當是”二字各本多作“當時”，在律，應據《花草粹編》等改。本句是平起仄收式律句，故第五字必平，“舞”字此爲以上作平。

②“質”字以入作平。

③後段第二均，文字拗澀，“不甚窺回雪”句，莫知所云，此二句對應前段“輕盈宛轉，妙若鳳鷺飛越”，全均五頓，韵律與此相異，余以爲本句必有訛誤，且衍多一字。

孤館深沉　五十字　　　　　　　　　　　　　　權無染

瓊英雪艷嶺梅芳。天付與清香。向臘後春前，解壓萬花，先占青陽。　　擬待折、一枝相贈，奈水遠山長。對妝面、忍聽羌笛，又還空斷人腸。

> 調見《梅苑》。不知何時人。《詞律》失載。

> 愚按：《鶴林玉露》云：紹興庚辰間，見《梅苑》一書，得之，蜀人黄大輿編。據此是南宋初人所編，皆北宋人作無疑。故附北宋末。以下四人，恐是書字，其名未詳。蓋宋人陋習，本朝人作皆書爵、書字而不書名，《樂府雅詞》《陽春白雪》諸集亦然。後人殊難辨晳。

> “芳”字葉《譜》作“秀”，失葉一韵。“青”字作“東”，“山”字作“天”。

勝勝令　六十六字　　　　　　　　　　　　　　俞克成[一]

簾移碎影，香褪衣襟。舊家庭院嫩苔侵。東風過盡，暮雲鎖、綠窗深。怕對人、閒枕賸衾[二]。　　　樓底輕陰。春信斷、怯登臨。斷腸魂夢兩沉沉。花飛水遠，便從今、莫追尋。又怎禁、驀地上心[三]。

　　　各譜名《聲聲令》，不著名氏，今從《梅苑》。與《勝勝慢》不同，當分列。

　　　"賸"字、"上"字必去聲，勿易。葉《譜》於"今"字注叶，誤。兩段明明相對，當從《詞律》。

【校記】

[一]《全宋詞》據楊金本《草堂詩餘後集》，本詞作者爲章楶。

[二]"賸"字及後結"上"字，用●符標識，意謂必用去聲。

[三]"禁"字原注平聲。

遠朝歸 九十二字　　　　　　　　　　　趙耆孫

金谷先春，見乍開江梅[一]，晶明玉膩。珠簾院落，人靜雨疏烟細。橫斜帶月，又別是、一般風味[二]。金尊裏。任遺英亂點，殘粉低墜。　　　惆悵杜隴當年[三]，念水遠天長，故人難寄。山城倦眼，無緒更看桃李。當時醉魄，算依舊、徘徊花底。斜陽外。謾回首、畫樓十二[四]。

　　　亦見《梅苑》，凡二首皆無名氏。《詞譜》《詞律》俱作趙耆孫，從之。

　　　"乍"、"玉"、"院"、"帶"、"亂"、"粉"、"故"、"倦"、"畫"等字必去聲。"一"字、"十"字入作平。《梅苑》又一首同，惟"落"字、"點"字用平，可不從。"裏"字、"外"字是叶韵。其次首是和韵，於此二處用"是"字、"醉"字，雖非原韵，其必叶可知。"晶明"二字、"又"字，《詞律》缺，"杜"字作"秦"，據《梅苑》訂正。"江"字，葉《譜》作"紅"，"烟"字作"風"。

【校記】

［一］"乍"字、後句"玉"字、第四句"院"字、第六句"帶"字、第八句"亂"字、前結"粉"字、後段第三句"故"字、第四句"倦"字、後結"畫"字，用●符標識，意謂必用去聲。

［二］原注"別"字可平、"一"字作平。

［三］原注"惆"字可仄。

［四］原注"十"字作平。

又一體 九十二字　　　　　　　　　　　　　　缺　名

新律纔交，早舊梢南枝[一]，朱污粉膩。烟籠淡妝，恰值雨膏初細。而今看了，記他日、酸甜滋味。多應是。伴玉簪鳳釵，低挺斜墜。　　　　迤邐。對酒當歌，眷戀得芳心，竟日何際。春光付與，尤是見欺桃李。叮嚀寄語，且莫負、尊前花底。拚沉醉。儘銅壺、漏傳三二。

亦見《梅苑》，不著名氏。和前韵。換頭二字叶韵，餘平仄稍異。

【校記】

［一］"舊"字、第四句"淡"字、第六句"看"字、第八句"鳳"字、前結"挺"字、後段第三句"竟"字、第四句"付"字、後結"漏"字，用●符標識，意謂必用去聲。

太常引 五十字　一名《太清引》《臘前梅》　　　　　缺　名

行云踪跡杳無期。梅梢上、又春歸[一]。不道久别離[二]。這
⊙○○●●○△　⊙○●　●○△　　◎●●○△　　●

一度清香爲誰[三]①。　　　多情囑付，庾樓羌管，憑仗且休
◎●○○●　△　　　　○○●●　◎○○●　⊙●●○

吹。留取兩三枝。待和淚封將寄伊。
△　⊙●●○△　　●●●○○△

　　《太和正音譜》注仙吕宫，《九宫大成》入北詞仙吕調隻曲，又
入南詞高大石調引。

　　韓淲詞有"小春時候臘前梅"句，名《臘前梅》。

　　此太常導引之曲也。調見《梅苑》，不知何人創始。辛棄疾
亦有此體。

　　"爲"字、"寄"字必去聲，不可移易。

【校記】

　　[一] 六字原不讀斷。

　　[二] 原注"别"字作平。

　　[三] "爲"字及後段結拍"寄"字，用◖符標識，意謂必用去聲。

【蔡案】

　　① 前後段結拍，均爲一字逗領六字句法，原譜俱讀爲上三下四
句法，致四字兩頓連平而失諧。後六字，爲仄起平收式句法，故本句
第六字不可作平，必用仄聲，秦巘謂必用去聲，是知其然，而不知其所
以然也。如沈端節之"而今怎生"，用上聲，汪元量之"千官肅然"，用
入聲，宋詞中例可枚舉也。

又一體 四十九字　　　　　　　　　　　　辛棄疾

建康中秋夜爲吕潛叔賦

一輪秋影轉金波。飛鏡又重磨。把酒問姮娥。被白髮、欺人奈何[一]。　　乘風好去，長空萬里，直下看山河。斫去桂婆娑。人道是、清光更多。

前段次句五字，比前作少一字。辛又一首與前同。

【校記】

[一]"奈"字及後段結拍"更"字，用●符標識，意謂必用去聲。

又一體 四十八字　　　　　　　　　　　　舒　頔

山色共承宣①。君秩滿、我遲延。幾度醉花前。曾怪煞、春山杜鵑[一]。　　菱花再照，鸞膠再續，應笑雪盈顛。深夜語嬋娟。也曾是、都門少年。

起句五字與前異，或脱落二字。

【校記】

[一]"杜"字及後段結拍"少"字，用●符標識，意謂必用去聲。

【蔡案】

① 前段起拍原脱二字，《全金元詞》據《彊村叢書》用善本，首句作"□□山色共承宣"。

鬢邊華 五十四字　　　　　　　　　　　缺　名

小梅香細艷淺[一]①。過楚岸、尊前偶見。愛閒淡、天與精神，映青鬢、開人醉眼。　　　如今抛擲經春，恨不見、芳枝寄遠。向心上、誰解相思，賴長對、妝樓粉面。

> 以下俱見《梅苑》。不著撰人名氏，故附北宋末。
>
> 此以前結句爲名。《詞律》未載。
>
> "艷""偶""醉""寄""粉"五字必仄聲，勿誤。

【校記】

　　[一]"艷"字、次句"偶"字、前結"醉"字、後段次句"寄"字、後結"粉"字，用●符標識，意謂必用仄聲。

【蔡案】

　　① 本句對應後段起句，第五字依律應平。又，此疑爲三字儷句，極工，"艷"字或訛，則應讀斷。

二色宮桃 五十六字　　　　　　　　　　　缺　名

鏤玉香苞酥點萼。正萬木、園林蕭索。惟有一枝雪裏開①，江南信、更憑誰托。　　　前年記賞登高閣。歎年來、舊歡如昨。聽取樂天一句云②，花開處、且須行樂。

> 亦見《梅苑》。與《玉闌干》《步蟾宮》俱相近，而平仄不同。《詞律》失收。
>
> "苞"字《詞譜》作"葩"，"信更"二字《梅苑》作"有信"。

【蔡案】

　　①"一"字以入作平。

　　②"樂"字以入作平。

掃地舞 五十八字　一名《玉碾萼》　　　　　　　　缺　名

酥點萼。玉碾萼。點時碾時香雪薄①。纔折得、春方弱②。半掩朱扉垂繡幕③。怕吹落。　　　撚一晌。嗅一晌。撚時嗅時宿酒忘。春爭上。不忍放。待對菱花斜插向。寶釵上。

> 唐教坊曲名。一名《拂市舞》，《歷代詩餘》名《玉碾萼》。
>
> 亦見《梅苑》，僅見此首。《詞律》失收。
>
> "方"字各譜作"力"，"爭"字作"筍"，"忘"字《歷代詩餘》作"惡"，"上"字重叶。愚按："扉"字、"花"字當斷句，下三字屬下句。

【蔡案】

　　① 此爲特殊句式。此類句子韵律不可以七言詩句相較，可讀爲"點時、碾時香雪薄"，但也不是二字逗。後段次句同。

　　② 原譜讀後段"春爭上"爲韵，則本句也應讀爲"纔折得。春方弱"，有句中韵。但考慮"上"字重韵，故兩者均不必作叶韵處理。秦巘於《伊川令》後謂：小詞豈有重叶之理，"考據不審，貽誤來學，莫此爲甚"。或此之謂歟。

　　③ "半掩"七字，"待對"七字，原譜不讀斷，秦巘謂須讀斷，甚是。

枕屏兒 七十四字　　　　　　　　　　　　　　　缺　名

江國春來，留得素英肯住①。月籠香、風弄粉②，詩人盡許。
○●○○　○●●○○▲　　●○○　○●●　　○○●▲

酥蕊嫩,檀心小,不禁風雨。須東君、與他做主。　　　繁杏
○●●　○○●　●○○▲　●○○、●○○▲　　　○●

夭桃,顏色淺深難駐。奈芳容,全不稱[一],冰姿伴侶。水亭
○○　○●●○○▲　●○○　○●●　○○●▲　●○

邊,山驛畔,一枝風措。十分似、那人淡泞。
○　○●●　●○○▲　●○●、○○●▲

　　　亦見《梅苑》。與《枕屏風》無涉。《詞律》失收。

【校記】

　　[一] 原注"稱"字去聲。

【蔡案】

　　①"肯"字以上作平,蓋本調韵脚,以"○▲"、"●▲"交替,是爲本調之韵律特徵。

　　②"月籠"六字原譜未讀斷,該六字對應後段"奈芳容,全不稱",應該是一個六字折腰句。

泛蘭舟 八十三字　　　　　　　　　缺　名

霜月亭亭時節,野溪開冰汋。故人信付江南,歸也仗誰托[一]。寒影低橫,輕香暗度,疏籬幽院,何似秦樓朱閣。　　稱簾幕①。携酒共看,新詩②,乘醉更堪作。雅淡一種天然,如雪綴烟薄。腸斷相逢,手撚嫩枝,追思渾似,那人淺妝梳掠③。

　　　《九宮大成》入南詞雙調正曲。

　　　調見《梅苑》及《詞緯》。此《泛蘭舟》正調④,與《新荷葉》別名《泛蘭舟》不同。

　　　周密《乾淳起居注》云:宋淳熙六年,奉駕過宮,恭請太上太

后幸聚景園。都管使臣劉景長製進，名《泛蘭舟曲破》。愚按：
此詞不知是劉景長所製否。

　　“稱簾幕”三字《梅苑》屬前段，今從《詞緯》本。“仗”、“暗”、
“綴”、“嫩”四字宜去聲。“乘”字一作“和”。“新詩”二字，《梅苑》
作“依依”。

【校記】

　　［一］“仗”字、第六句“暗”字、後段第四句“綴”字、第六句“嫩”
字，用●符標識，意謂必用去聲。

【蔡案】

　　① “稱簾幕”屬前屬後，以結構分析，自應屬下，即所謂“添頭”，
去之，前後段同。

　　② 原譜“新詩”二字獨立成句，無謂。“携酒共看，新詩”六字，即
前段起拍“霜月亭亭時節”，句法同，句式異。

　　③ “人”字本句中讀爲仄聲。

　　④ 秦巘以爲本詞爲《泛蘭舟》正調，或非。余以爲本調之正調，
或爲王質所作“瀟瀟烏帽”詞，王詞平韵，與本詞同，惟後段起拍爲六
字一句，少一字異，而本詞則爲變調。且王詞或正是劉景長所作之曲
破有瓜葛者，熙淳六年，正王質五十二歲。

踏　歌　八十四字　　　　　　　　　　　　　　　缺　名

帶雪。向南枝一朵紅梅折。許多時、甚處收香白。占千葩
百卉先春色。擬瑩潔①。正廣寒宮殿人窺隔。銷魂處、畫角
數聲徹。　　　暗香浮動黃昏月②。最瀟灑處最奇絕。孤標
迥、不與群芳列。吟賞竟連宵，痛飲無休歇。輸有心、牧童

偷折。

> 亦見《梅苑》。與崔液《踏歌辭》不同。《詞律》失收。
>
> 此調宜用入聲韵。據後朱作當分三叠，於"黄昏月"分段。
>
> "擬"字當是"疑"字之訛，在"暗香"上，寫刻誤竄。

【蔡案】

①　本調爲雙曳頭體式，第一段應於本句前分段。"擬"字衍，應據《欽定詞譜》删。

②　第二段應於"昏月"後分段。"暗香"句應屬前，且應補一領字，據《欽定詞譜》作"賸暗香浮動黄昏月"。秦巘謂是"疑"字，無據。

踏　歌　八十三字　　　　　　　　　　　朱敦儒

宴闋。散津亭、鼓吹扁舟發[①]。離愁黯、隱隱陽關徹。更風悠雨細添凄切。　　恨結。歎良朋難聚輕離缺。一年幾、把酒對花月。便山遥水遠分吴越。　　書倩燕，夢借蝶。重相見、再把歸期説。祗愁到那時[一]，彼此萍踪別。總難知、再會時節[②]。

> 調見《太平樵唱》及《梅苑》，分三叠。前兩段字句同，所謂雙拽頭也。
>
> 三段起句兩三字句，比前作少一字。"細"字、"遠"字當斷句。"更"字一本作"未"，"悠"字作"愁"，"難"字作"雅"，"那"字作"他"，"知"字作"如"。今從葉《譜》。

【校記】

[一] 原注"那"字平聲。

【蔡案】

　　① 本句對應第二段“歎良朋”句，本句三字後讀斷，而彼句不讀斷，其韵律未免不諧。本詞第一第二段第二拍、第四拍，均爲一字逗領七字結構，其對應句句法，應以同一爲佳，原譜“散津亭”八字讀斷，與後一段“歎良朋”八字對稱不諧。

　　② 此結拍也不應讀破，應讀爲一領六式句法，避免四字結構兩頓皆仄而失諧。

玉梅香慢 九十五字　　　　　　　　　　　　　　缺　名

本　意

寒色猶高，春力尚怯①，微律先催梅拆。曉日輕烘，清風頻觸，疑散數枝殘雪。嫩英妬粉，嗟素艷、有蜂蝶②。全似人人，向我依然，頓成離缺。　　　徘徊寸腸萬結。又因知、暗成凝咽。撚蕊憐香，不禁恨深難絶③。若是芳心解語，應共把、此情細細説。淚滿闌干，無言强折。

　　　　亦見《梅苑》。比《天香》祇“有蜂蝶”句少一字，餘悉同。想係變名。但無可考證，姑分列。《詞律》未收。“頻”字《梅苑》作“額”，誤。“數枝”二字，《詞譜》作“疏林”，“缺”字作“別”，“似”字作“是”，“知”字作“花”。

【蔡案】

　　①“力”字，以入作平。

　　② 此十字，對應後段“若是芳心解語，應共把、此情細細説”，應有文字脱落。

③ 此二句，對應前段"曉日輕烘，清風頻觸，疑散數枝殘雪"，原文或爲"撚蕊憐香，○○●●，不禁恨深難絶"。

胃馬索 百九字　　　　　　　　　　　　　缺　名

梅

曉窗明①，庭外寒梅向殘月[一]。吳溪庾嶺②，一枝偷把陽和洩。冰姿素艷，自然天賦，品格真香殊常別[二]③。奈北人、不識南枝，喚作臘前杏花發。　　奇絶。照溪臨水，素禽飛下，玉羽瓊芳鬥清潔。懊恨春工來何晚，傷心鄰婦争先折。多情立馬，待得黄昏，疏影橫斜微酸結。恨馬融、一聲羌笛，起處紛紛落如雪。

　　　亦見《梅苑》及《花草粹編》，不知命名之義。

　　　篇中去平入四處，四平三處，確有定律，不可誤認。"傷心鄰婦"，《粹編》作"傷憐媚眉先折"，當是七字，與前對，今從《梅苑》本。

　　　《梅苑》《詞譜》無"工"字，從《粹編》補。"花"字一本作"先"，"水"字作"冰"，"鬥"字作"聞"，皆誤。

【校記】

　　　[一]"向殘月"及後"杏花發"、"鬥清潔"、"落如雪"三字用●○●符標識，意謂必用去平入聲。

　　　[二]"真香殊常"及後"春工來何"、"橫斜微酸"四字，用○○○○符標識，意謂必用四平聲。

【蔡案】

　　① 本調爲慢詞，前段“一枝”和後段“傷心”以下，字句對應極爲工整，故極疑本詞詞首有文字脱落，否則前後段首均參差太大，詞中罕見此類結構。

　　② 本詞“庭外寒梅向殘月”對“玉羽瓊芳鬥清潔”，平仄韵律如一，故本句應對“懊恨春工來何晚”，但“懊恨春工來何晚”，據《梅苑》爲六字一句，考慮到前後均爲七字句，如本句亦爲七字，則韵律未免呆滯，加之本句做句首則與“懊恨春工”不合，多爲句尾，則後段也不應是“來何晚”單起式句法，故應取六字爲句，删“工”字。如此，則本句句首少二字，或奪。

　　③ “品格”句、“疏影”句，原譜均不讀斷，此處尾三字爲三字托，所托爲前十二字三句，其意如云“殊常別、冰姿素艷，自然天賦，品格真香”、“微酸結、多情立馬，待得黄昏，疏影横斜”。托結構爲詞中特殊結構。

瑶臺月 百十四字　一名《瑶池月》　　　　　　　缺　名

梅　　花

嚴風凛冽，萬木凍，園林肅静如洗。寒梅占早，争先暗吐香蕊。逞素容、探暖欺寒，遍妝點、亭臺佳致。通一氣，超群卉①。值臘後，雪清麗。開筵共賞，南枝宴會②。　　好折贈、東風驛使。把嶺頭、信息遠寄。遇詩朋酒侣，尊前吟綴。且優游、對景歡娱，更莫厭、陶陶沉醉。羌管怨，瓊花墜。結子用，調鼎餌。將軍止渴，思得此味。

《九宮大成》入南詞高大石調引,"臺"一作"池"。又入北詞黃鐘調隻曲。

《鳴鶴餘音》名《瑶月》。

亦見《梅苑》及《鳴鶴餘音》,"肅"字一本作"蕭","逞"字作"還","風"字作"君","嶺"字作"隴"。"調鼎"下,《歷代詩餘》多"堪"字。今從《梅苑》本。

【蔡案】

① 此類所謂的三字兩句,實質都是六字一句,已糾不勝糾,本詞就有四處。

② 本調依例前後段尾均有一二字句,而本詞獨缺,或脱,或減,惟此一首,終非正格。

又一體 百二十字 　　　　　　　　　　　葛長庚

烟霄凝碧。問紫府清都,今夕何夕。桐陰下幽情遠,與秋無極。念陳跡、虎殿蚪宮,記往事、龍簫鳳笛。露華冷,蟾光白。雲影静,天籟息。知得。是蓬萊不遠,身無羽翼。　　廣寒宮,舞徹霓裳,白玉臺、歌罷瑶席。争不思下界,有人岑寂。羡博望、兩泛仙槎,與曼倩、三偷蟠實。把丹鼎,暗融液。乘雲氣,醉麾斥。嗟惜。但城南老樹,人誰我識。

此體《詞律》失收。

前段首句即起韵。次、三句一五、一四字,四、五句一六、一四字。兩結各多二字句,叶韵,且多一字,與前異。

又一體 百十八字　　　　　　　　　　　　　　缺　名[一]

扁舟寓興。江湖上，無人知道名姓。忘機對景，咫尺群鷗相
認。烟雨急、一片篷聲，倚醉眼、看山還醒。晴雲斷，狂風
信。寒潭倒，遠峰影。誰聽。橫琴數曲，瑤池夜冷。　　這
些子、名利休問①。況是物、都歸幻境。須臾百年夢，去來無
定。向嬋娟、留住青春，笑世上、風流多病。蒹葭渚，芙蓉
逕。放侯印，趁漁艇。爭甚。須知九鼎，金砂如瑩。

　　　見《鳴鶴餘音》。首句即起韵。兩結與葛作同，但各多一字。

【校記】

　　[一] 本詞出《演山先生文集》，爲黃裳作，應據改。

【蔡案】

　　① 本詞爲本調正格，後段起拍爲一字逗領六字句法，故原譜不
當讀斷，致韵律失諧。

春雪間早梅 百二十五字　　　　　　　　　　　缺　名

梅將雪共春。彩艷灼灼不相因①。逐吹霏霏能争密[一]，排枝
碎碎巧妝新。誰令香生滿座，獨使净斂無塵。芳意饒呈瑞，寒
光助照人②。玲瓏次第開已遍③，點綴坐來頻。　　那是俱懷
疑似，須知造化，兩各逼天真。熒煌清影初亂眼，浩蕩逸氣
忽迷神④。未許瓊花比並，將從玉樹相親。先期迎獻歲，更
同歌酒占兹辰。六花蠟蒂相輝映，輕盈敢自珍。

　　調見《梅苑》。隱括韓愈《春雪間早梅》長律詩意，即以爲調名。與劉幾《梅花曲》隱括王安石詩意，同一體格。

　　"將從"作"從將"，"能争"二字葉《譜》作"争能"，"妝"字作"妁"，俱誤。篇中七字句凡八，皆如七言古詩體，平仄可不拘。"生"字《梅苑》作"來"，"清影"二字缺，"比"字亦缺。

　　"霏霏"二字《詞譜》作"紛紛"。

【校記】

　　［一］原注"吹"字去聲。

【蔡案】

　　① 本詞前段第二第三句、後段第四句，俱爲大拗句法，詞中如此填者極少，必有未知未解處。余以爲本詞之解在韓愈，蓋本詞乃敷演韓詩而創，前四拍韓詩原作："梅將雪共春，彩艷不相因。逐吹能争密，排枝巧妁新。"作者增入"灼灼"、"霏霏"，安能合律。後段亦同，後段起四句，韓詩云："那是俱疑似，須知兩逼真。熒煌初亂眼，浩蕩忽迷神。"作者增入"清影"、"逸氣"，亦不合律。竊以爲本詞作者或爲民間藝人，懂樂而非詞人，或亦可證余所謂"詞樂與平仄無關"之説。

　　② 本詞前後對應極爲整齊，本句疑脱二字。

　　③ "已"字以上作平，蓋此字對應後段"輝"字。

　　④ 本句"蕩"字以上作平，此對應前段第四拍"枝"字。

倚西樓 五十八字　　　　　　　　　　　　　　　韋彦温

禁鼓初傳時下打。虚過清風明月夜。眼如魚目幾時乾，心似酒旗終日挂。　　　銀漢低垂星斗斜，院宇空寥銀燭卸。

西樓蕭瑟有誰知，教我獨自上來獨自下①。

> 調見《茗溪詩話》。因"西樓"句爲名。無名氏，《詞譜》作韋
> 彦溫，注云：調近《玉樓春》，惟後結多兩字耳。愚按："教我"二
> 字是襯字。乃《玉樓春》之變名，姑附列俟考②。
>
> "斜"字似以平叶仄。

【蔡案】

① 後段結拍應予讀斷，是古人二字逗意識淡薄故。"獨自下"之
"獨"，宜作平聲用。

② 秦巘謂此乃《玉樓春》別名，或誤。按，小詞字句大抵相近相
似，在於詞樂之不同也。本詞多二字即爲別調，猶《鷓鴣天》少一字而
非《瑞鷓鴣》，《木蘭花》少一字而非《玉樓春》也。

花前飲 五十字　　　　　　　　　　　缺　名

雨餘天色最寒滲。海棠綻、胭脂如錦。告你休看書①，且共
我、花前飲。　　皓月穿簾未成寢。篆香透、鴛鴦雙枕。似
恁天色時，你道是、好做甚。

> 見《古今詞話》。以前結句爲名。《詞律》失收。
> 詞雖俳體，而用閉口韵甚嚴，的是北宋人語。

【蔡案】

① 前後段第三拍大拗句法，須謹守。

檐前鐵 七十一字　　　　　　　　　　　缺　名

悄無人，宿雨厭厭，空庭乍歇。聽檐前、鐵馬戞丁當，敲破夢

魂殘結。丁年事,天涯恨,又早在、心頭咽。　誰憐我、綺
簾前,鎮日鞋兒雙跌。今番也、石人應下千行血。擬展青
天,寫作斷腸文,難盡説。

> 亦見《古今詞話》。取詞中句爲名。《詞名集解》有《檐前
> 馬》,本名《鐵騎兒》,或即此調別名。《詞律》未收。

鏡中人 四十八字　一名《相思引》　　　　缺　名

柳烟濃,梅雨潤。芳草綿綿離恨。花塢風來幾陣①。羅袖沾
香粉。　獨上小樓迷遠近。不見浣溪人信。何處笛聲飄
隱隱。吹斷相思引。

> 亦見《古今詞話》,不著名氏。以末句又名《相思引》,舊譜遂
> 謂即琴調《相思引》。細校句法體格,迥不相侔,平仄韵亦異,斷
> 非一調。

【蔡案】

① 觀第二第四拍,可知第三拍"風"之前後,或"來"字後,必奪一
字,補足後即後段第三句。

樓心月 二十八字　　　　缺　名

柳下爭挐畫槳摇。水痕不覺透紅綃。月明相顧休歸去,都
坐池頭合鳳簫。

> 調見《陽春白雪》。無名氏共三首,各譜皆不收。
> 愚按:晏殊詞有"舞低楊柳樓心月"句,名或取此。如七言

絕句體，南渡後無此格。語意自是北宋，故附北宋末。

碧玉簫 四十八字　　　　　　　　　　缺　名

輕暖吹香，薰風漲綠。北窗添得琅玕玉。新粉微含翠，浪明如沐。　　珠淚偷彈，纖腰減束。天涯勞我危樓目。燕子無情，斜語闌干曲。

> 《九宮大成》入南詞大石調正曲，又入北詞雙角隻曲。
> 調見《詞譜》[一]。與《紫玉簫》無涉。《詞律》失收。
> "玉"字，葉《譜》作"竹"。

【校記】

[一] 秦巘謂本調出《欽定詞譜》，但譜中並未有《碧玉簫》者。按，本詞見載於清人孫致彌《詞鵠》初編卷二，各譜均未收入。

一萼紅 百八字　　　　　　　　　　缺　名

斷雲漏日，青陽布，漸入融和天氣。糝綴夭桃，金綻垂楊，妝
●○●▲　○○●　○●○○▲　●●○○　○●○○　○
點亭臺佳致。曉露染、風裁雨暈，是牡丹偏稱化工美。向此
●○○▲　●●○、○○●●　●○○○●○○▲　●●
際會①，未教一萼，紅開鮮蕊。　　迤邐。漸成春意。放秀
●●　●○●●　○○○▲　　○▲　●○○▲　●●
色妖艷②，天真難比。粉沾蝶翅③，香上蜂鬚，忍把芳心縈
●○○●　○○○●　●○●●　○●○○　●●○○○
碎。爭似便、移歸深院，將綠蓋青幃護風裏。恁時節，占斷
▲　○●●、○○○●　○●●○○●○●　●○●　●●
與、偎紅倚翠。
●、○○●▲

　　《太真外傳》云：太真初妝，宮女進白牡丹。妃捻之，手脂未洗，適染其瓣。次年花開，俱絳其一瓣。明皇爲製《一捻紅》曲，又名《一萼紅》。愚按：舊説引《太真外傳》，今考原書無此語，當是誤寫書名。

　　此調見《歷代詩餘》及《詞譜》，不知何人所作④。以前結句爲名，平仄不可臆改。"金綻垂楊"四字，《詞譜》作"金妝垂柳"。"牡丹"二字作"絶艷"，"秀色妖艷"四字作"夭容秀色"。"粉惹蝶翅"二句作"香上蜂鬚，粉沾蝶翅"。今從《歷代詩餘》。"裏"字《詩餘》作"日"，從《詞譜》改。

【蔡案】

　　①"此"字，以上作平。

　　②"色"字，以入作平。

　　③"沾"字原作"惹"，據《欽定詞譜》改。"蝶"字作平。

　　④ 本調以平韵爲主，宋詞僅此一首仄韵詞。其差異僅在兩段之起調不同。

又一體　百八字　　　　　　　　　　　　　　姜　夔

丙午人日，予客長沙別駕之觀政堂。堂下曲沼，沼西負古垣，有盧橘幽篁，一逕深曲。穿逕而南，官梅數十株，如椒如菽。或紅破白露，枝影扶疏。著屐蒼苔細石間，野興橫生，亟命駕登定王臺。亂湘流入麓山，湘雲低昂，湘波容與。興盡悲來，醉吟成調。

古城陰。有官梅幾許，紅萼未宜簪。池面冰膠，墙腰雪老，
●　○　△　　●　○　○　◎　●　　○　○　●　●　○　△　　⊙　●　○　○　　⊙　○　◎　●

雲意還又沉沉。翠藤共、閒穿徑竹,漸笑語、驚起臥沙禽。
⊙●○●○△　●○●　○○●●　◎○○　○●●○△

野老林泉,故王臺榭,呼喚登臨。　　南去北來何事,蕩湘
◎●○○　◎○○●　⊙●○△　　　⊙●◎○⊙●　●⊙

雲楚水,目極傷心。朱戶黏雞,金盤簇燕,空歎時序侵尋。
○◎●　◎●●○△　⊙●○○　⊙○●●　○●○●●○△

記曾共、西樓雅集①,想垂楊、還裊萬絲金。待得歸鞍,到時
●⊙◎　○○○●　●○⊙　○●●○△　◎●○○　◎⊙

祇怕春深。
●●○△

　　　白石歌曲,凡自製俱有旁譜。此調無譜,其爲舊調改用平韵
無疑。故以無名氏仄韵列前。

　　　此用平韵,首句三字起韵。第二、三句各五字,與前異。各
家俱用此體,前無作者。"時"字平,各家皆用仄,微異,餘無大
殊。《詞律》所注平仄,原可不拘,究不若此詞之的當。王沂孫數
首,皆如此填。

【蔡案】
① 本句原譜未讀斷。

又一體 百七字　　　　　　　　　　　　　尹濟翁

　　　　　玉　霄　感　舊

玉搔頭。是何人敲折,應爲節秦謳。柴几朱弦,剪燈雪藕,
幾回數盡更籌。草草又、一番春夢,夢覺了、風雨楚江秋。
却恨閒身,不如鴻雁,飛過妝樓。　　又是水枯山瘦,歎回
腸難貯,萬斛新愁。懶復能歌,那堪對酒,物華冉冉都休。

江上柳、千絲萬縷，惱亂人、更忍凝眸^①。猶怕月來弄影，莫上簾鈎。

> 後段第八句七字，比姜作少一字。

【蔡案】

　① 此即前一詞體，惟本句僅七字，與各家皆異，疑或爲奪字。

詞繫卷廿一 宋、金附

舞楊花 九十八字 　　　　　　　　　　　　　高　宗

牡丹半坼初經雨，雕檻翠幕朝陽。困倚東風，羞謝了群芳。洗烟凝露向清曉，步瑶臺、月底霓裳。輕笑淡拂宮黃。淺擬飛燕新妝。　　楊柳啼鴉晝永，正鞦韆庭館，風絮池塘。三十六宮^[一]，簪艷粉濃香。慈寧玉殿慶清賞，占東君、誰比花王。良夜萬燭熒煌。影裏留住年光。

　　周密《南渡典儀》：賜筵樂次第十《舞楊花》。

　　《貴耳集》云：高宗御慈寧殿賞牡丹，時椒房受册，三殿極歡。上洞達音律，自製曲，賜名《舞楊花》，停觴命小臣賦詞，俾內人歌以侑玉卮爲壽，左右皆呼萬歲。

　　《詞譜》云：此詞載康與之樂府，或與之應制擬作也^[二]。《詞律》失收，他無作者。

　　“檻”字，《歷代詩餘》作“檻”①。“困倚”二句，一作“嬌困倚風，臺榭繞群芳”。

【校記】

　　［一］“六”字原注作平。按，“六”字字位本平仄不拘，無須作平看。

　　［二］作者當爲康與之。

【蔡案】

　　① "楹"或"檻"，俱在律，惟前後段兩結俱用律拗句法，起調處若用同一句法呼應，或更佳，且校之後段，亦是"庭館"、"風絮"兩頓皆仄，故"楹"字或誤，改爲"檻"字更恰。

迴心院 二十八字　　　　　　　　蕭后（天祐帝后）

掃深殿。閉久金鋪暗。游絲絡網塵作堆①，積歲青苔厚階面。掃深殿。待君宴。

　　　《本事詞》云：遼蕭后，小字觀音，工書能歌，善彈箏琶。天祐帝初甚寵之，敕爲懿德皇后。帝後荒於游畋，后諷詩切諫，帝遂疏之。后乃作《迴心院》，寓望幸之意也。其一云"掃深殿"云云。其二云"拂象床"云云。他如"撫香枕"、"鋪翠被"、"裝繡帳"、"叠錦茵"、"展瑶席"、"剔銀燈"、"蒸熏爐"、"張鳴箏"凡十首。情致纏綿，怨而不怒焉。

　　　遼詞僅見此調②。

【蔡案】

　　① 蕭后仄韵體各首，本句均爲仄起式，疑本句乃"絡網游絲"之倒誤，填者於此宜用●●○○●●○句法。

　　② 本詞頗類《望江南》，惟結拍添一字異，但本調有平韵體，且起拍叶韵，固非同調。

又一體 二十八字　　　　　　　　蕭　后

拂象床。憑夢借高唐[一]。敲壞半邊知妾卧[二]，恰當天處少輝光[三]。拂象床。待君王。

此用平韵。

　　愚按：遼亡於南宋初，考天祐帝立於紹興六年，故附編高宗後。

【校記】

　　[一] 本句一作"重重空自陳"，句式不同。

　　[二] 本句一作"一从彈作房中曲"。

　　[三] 本句一作"不願伊當薄命人"，句式皆反，諒不拘。

荷葉鋪水面 五十七字　　　　　　　　　　　　　康與之

春光艷冶，游人踏綠苔。千紅萬紫競香開。暖風拂鼻籟①，驀地暗香透滿懷。　　荼蘼似錦裁。嬌紅間嫩白②，祇怕迅速春回。誤落在塵埃。折向鬢雲邊，金鳳釵③。

　　《九宮大成》入北詞小石角隻曲，又入南詞雙調正曲。一名《驟雨打新荷》④。愚按：《驟雨打新荷》，見《元遺山樂府》。一名《小聖樂》，與此無涉，詳《小聖樂》下。《詞律》失收。

【蔡案】

　　① 本調拍拍叶韵，故實爲三聲叶形式。原譜未記"籟"字、"白"字爲韵，誤。"風拂"之"拂"，作平。

　　② "間"，去聲。白，去聲，遙叶前段"籟"字。

　　③ 結拍爲八字句，原譜"邊"字注句，亦誤，此八字須一氣，不可讀爲兩句。

　　④ 《驟雨打新荷》乃慢詞，此則小令，與本調無涉。

金菊對芙蓉　九十九字　　　　　　　　　　　康與之

梧葉飄黄，萬山空翠，斷霞流水争輝。正金風西起，海燕東
歸。憑闌不見南來雁，望故人、消息遲遲。木犀開後，不應
誤我，好景良時。　　　祇念獨守孤幃。把枕前囑付，一旦分
飛。上秦樓游賞，酒殢花迷。誰知別後相思苦，悄爲伊、瘦
損香肌。花前月下，黄昏院落，珠淚偷垂。

> 蔣氏《九宮譜》入中吕宮。

> 後段次句，辛棄疾作“歎年少胸襟”。平仄異，可不拘。

大聖樂　百十字　　　　　　　　　　　　　康與之

千朵奇峰，半軒微雨，曉來初過[一]。漸燕子、引教雛飛，菡萏
暗熏芳草，池面涼多。淺斟瓊卮浮緑蟻①，展湘簟、雙紋生細
波[二]②。輕紈舉，動團圓素月，仙桂婆娑。　　　臨風對月恣
樂③，便好把千金邀艷娥[三]。幸太平無事，擊壤鼓腹④，携酒
高歌⑤。富貴安居，功名天賦，争奈皆由時命何[四]。休眉
鎖⑥。問朱顔去了，還更來麽。

> 《宋史·樂志》：道調宮大曲名。《九宮大成》名《大勝樂》，
> 入南詞南吕宮引。

> 注“勝”一作“聖”，與四句二十六字者，入本宮正曲不同[五]。

> 此調不知命名之義，前無作者。“過”字去聲，下換平韵叶，
> 亦平仄通叶體也。蔣捷一首，此字亦用仄叶可證。“鎖”字似亦

叶，然蔣作不叶，略異。其餘平仄照注。篇中平去平三處最要，不可徇《圖譜》之誤。"淺斟"句平仄，蔣作同，亦勿改。

【校記】

［一］原注"過"字及後句"教"字、換頭句"恣"字去聲。

［二］"生細波"及後"邀艷娥"、"時命何"三字，用○●○符標識，意謂必用平去平聲。

［三］原注"好"字、第四句"壤"字可平。

［四］原注"爭"字可仄。

［五］該注文爲《九宮大成》之題注，故此三句秦巘不當分段。又按，《九宮大成》所收之《大勝樂》，僅爲四句，與本調截然不同，應是別調無疑。

【蔡案】

① "斟"字，填誤，疑是"淺酌"之誤，名家詞皆用仄聲，觀後周密、張炎詞可知，此依律應用仄聲，對應後段"貴"字。

② 本調多處八字句，皆以一字逗領七字句法，如"漸燕子"、"展湘簟"、"便好把"，原譜均作三字逗讀段，但若作三字逗讀，則思維定格，便不易調整，惟一七式讀，則亦可作三五式，或五三式，填詞人思維不易束縛。且究之文意，三五式亦每每不通，如本句"湘簟雙紋"，後張炎詞之"一片春聲"；後段第二句，本詞之"好把千金"、周密詞之"花自無言"、張炎詞之"碧草如烟"、後段第七句，張炎詞之"誰在簫台"等等，都是緊密語言單位，在後詞樂時代便不可讀斷。如"襯碧霧、籠綃垂蕙領"之類，已成破句，故以改讀爲八字一氣貫之者爲佳。

③ "樂"字以入作平。

④ "擊壤"二字，皆作平，該句第二字，除劉辰翁用入聲作平外，其餘諸家均用平聲，可證。

⑤ 後段第二均，校之前段少四字，疑有脱誤，其原貌或爲"幸太平、無事○○，●●擊壤鼓腹，携酒高歌"。

⑥ 此韵脚雖然前段並無對應韵脚，但正是起調畢曲中，屬於不妨多加拍的地方，所以不可視爲偶叶。

又一體 百八字　　　　　　　　　　　　周　密

東園餞春即席分題

嬌綠迷雲，倦紅顰曉，嫩晴芳樹。漸午陰、檐影移香，燕語夢回[一]，千點碧桃吹雨。冷落錦宫人歸後，記前度、蘭橈停翠浦。憑闌久，漫凝想鳳翹，慵聽金縷[二]。　　　留春問誰最苦。奈花自無言鶯自語。對畫樓殘照，東風吹遠，天涯何許①。怕折露條愁輕別，更烟暝、長亭啼杜宇②。垂楊晚，但羅袖、暗沾飛絮。

> 此用仄韵。《笛譜》尾句注單煞二字。換頭句叶。後段六、七兩句，一七、一八字，與前段略同，迥異康作。結尾七字，比康作少二字。"夢"、"鳳"、"最"三字去聲最要。其餘平仄亦無可證，宜悉從之。"檐"字，《詞律》作"簾"，"想"字作"仾"，"暗"字作"晴"，皆從《笛譜》改正。"冷落"句，《詞匯》作"錦人歸後"，《詞綜》作"錦衾人歸後"，皆不及《蘋洲漁笛譜》爲是。今從之。

【校記】

[一] "夢"字、第九句"鳳"字、換頭句"最"字，用●符標識，意謂必用去聲。

[二] 原注"聽"字去聲。

【蔡案】

① 後段第二均同前一首，依律少四字。

② “烟暝長亭啼杜宇”爲一七字整句，故不可讀斷，則前段也應讀爲“前度蘭橈停翠浦”，均是一七式律法。

又一體 百十字　　　　　　　　　　　　　　　　張　炎

華春堂分韵同趙學舟賦

隱市山林，傍家池館，頓成佳趣。是幾番、臨水看雲，就樹攬香，詩滿闌干橫處。翠徑小車行花影，聽一片、春聲人笑語。深庭宇。對清晝漸長，閒教鸚鵡。　　　芳情緩尋細數。愛碧草如烟花自語。任燕來鶯去，香凝翠暖，歌酒清時鐘鼓。二十四簾冰壺裏，有誰在、簫臺猶醉舞。吹笙侶。倚高寒、半天風露。

　　　亦用仄韵，與周作同。惟“歌酒”句六字多二字①。汲古注一本無“歌酒”二字。“宇”、“侶”二字叶韵，前後段相配整齊。余故謂詞至南宋，格律俱加嚴謹，愈出愈精者，此也。“如烟花自語”五字，一作“平烟紅自雨”。“去”字一作“往”。

【蔡案】

① 此二字或張炎補，因爲本句本闕四字，韵律自然不諧，張炎精通韵律。添加二字以彌補韵律上的缺陷，在情理之中。至於一本仍闕四字，則是淺人欲與各首劃一之故。

桂華明 五十字　　　　　　　　　　　　　　　　關　注

縹緲神京開洞府。遇廣寒宮女。問我雙鬟梁溪舞。還記得當時否①。　　　碧玉詞章教仙侣。爲按歌宫羽。皓月滿窗人何處。聲永斷、瑶臺路。

《梁溪軼事》云：關子東避地梁溪，夢至廣寒宫。夾兩池水無纖塵，地無纖草，門鑰不啓。或告之曰："呼月姊則開矣。"子東如其言，見二仙子霞彩焕發，非復人間。引者曰："月姊也。"子東再拜，因問往日梁溪之會，令歌《太平樂》猶記及否。子東歌之，復作《桂華明》云云。張邦基《墨莊漫録》云：宣和二年，子東僑寓毗陵郡崇安寺古柏苑中。一日忽夢臨水有軒，主人延客，年可五十，儀觀甚偉，元衣而美鬚髯。坐使兩女子以銅杯酌酒，謂子東曰："自來歌曲新聲，先奏天曹，然後散落人間。他日東南休兵，有樂府曰《太平樂》，汝先聽其聲。"遂使兩女子舞，主人抵掌爲節。已而恍然而覺，猶能記其五拍，子東以詩紀之："元衣仙子從雙鬟，緩節長歌一解顔。滿引銅杯效鯨吸，低徊紅袖作弓彎。舞留月殿春風冷，樂奏鈞天曉夢還。行聽新聲太平樂，先傳五拍到人間。"《詞林紀事》云：詞譜《瑞鷓鴣》，因子東詩句，又名《太平樂》，又名《五拍》，實七言八句也。惜乎子東夢中所記之五拍，今不傳矣。愚按：前二説互異，想傳聞異辭耳。《太平樂》調，至今未傳。關所作乃七言律詩，不得强配《瑞鷓鴣》調。五拍者，僅記其拍板不全，不得謂之别名，故不注。

《詞譜》以此爲《四犯令》别名。但前後兩次句是一領四字句，與《四犯令》不同，平仄亦異，宜分列②。"溪"字一作"漢"，大誤。

【蔡案】

① 本句即後段結拍，原譜未讀斷，誤。

② 兩者實爲一體，看前後段第三句即可一目了然，此類大拗句

式極爲罕見，若是兩調，則太過巧合，至於後者不用一四式句法，詞中亦非僅見。參本卷侯寘《四犯令》。

春曉曲 二十七字 一名《西樓月》 朱敦儒

西樓月落鷄聲急。夜浸疏香淅瀝。玉人酒渴嚼春冰，曉色入簾橫寶瑟。

> 因首句又名《西樓月》。舊譜於"香"字下增"寒"字，以湊合七言四句，謂即《阿那曲》。毛先舒《填詞名解》踵其誤，《詞律》雖辨其非，未能確指。今查張元祥詞，此句作"柳垂烟花帶霧"①，可見當作六字句，足證舊譜之謬。且唐人調中七言絕句甚多，何獨與《阿那曲》相同乎？《詞名集解》又名《鷄叫子》，無據，故不注。

> "夜浸疏香"四字，一本作"依約疏桐"。"酒渴嚼"三字作"醉渴咽"。

【蔡案】

① 張元祥，應是張元幹，筆誤。"柳垂烟花帶露"，六字應作折腰式讀，然則與本詞句法不同，有章謙亨詞，次拍作"韶華一似衰顏"，正與此同，可證。

雙鸂鶒 四十八字 朱敦儒

拂破秋江烟碧。一對雙飛鸂鶒。應是遠來無力。相偎稍下沙磧。 小艇誰吹橫笛。驚起不知消息。悔不當初描得。如今何處尋覓。

高栻詞注正宮,《九宮大成》入南詞正宮正曲。

以次句立名,僅見此闋。

"相偎稍下"四字,《詞律》及各本作"稍下相偎",今據《詞律訂》本。

沙塞子 四十二字 "塞"一作"磧" 　　　　　　　朱敦儒

萬里飄零南越州。引淚酒添愁。不見龍樓鳳闕,又驚秋。九日江亭閒騁望,蠻樹瘴雲浮。腸斷紅蕉花晚,水東流。

唐教坊曲,名《沙磧子》。《九宮大成》入南詞大石調正曲。《能改齋漫録》云:朱希真流落嶺外,九日作《沙塞子》詞,不減唐人語。

"州"字葉《譜》作"山",屬下句。"添"字作"催","驚"字作"經"。"騁"字缺,"蠻樹"下多"遠"字,作兩三字句①。"東"字作"西"。與各本異。

【蔡案】

① 本調前後段首拍,據《能改齋漫録》爲六字,不叶,疑原譜爲後人補入,以求同。但後段次拍也是五字句,與原詞同,《欽定詞譜》據《詞緯》補入。其詞如後,可資擬範:"萬里飄零南越,山引淚、酒催愁。不見鳳樓龍闕、又經秋。　　九日江亭閒望,蠻樹遠、瘴烟浮。腸斷紅蕉花晚、水西流。"

又一體 五十字 　　　　　　　　　　　　　周紫芝

中 秋 無 月

秋雲微淡月微羞[一]。雲黯黯、月彩難留[二]。祇應是、嫦娥

心裏,也似人愁。　　幾時回步月移鈎。人共月、同上南樓。却重聽、畫闌西角,月下輕謳。

此與朱作不同,變體也。

【校記】

［一］原注"秋"字、次句"雲"字、第三句"嬾"字、後段次句"人"字可仄。

［二］原注前"黯"字和"月"字、後段第三句"却"字可平。

又一體 四十九字　　　　　　　　葛立方

詠　梅

天生玉骨冰肌。瘦損也、知他爲誰。寒窗底、傲霜欺雪,不教春知。　　高樓橫笛試輕吹。要一片、花飛酒巵。拚沉醉、帽檐斜插,折取南枝。

首句六字,餘同周作。汲古、《詞律》缺"窗"字,大誤。"欺"字作"凌"。

又一體 四十九字　　　　　　　　趙彥端

春水綠波南浦。漸理棹、行人欲去。黯消魂、柳際輕烟,花梢微雨。　　長亭放琖無計住①。但芳草、迷人去路。忍回頭、斷雲殘日,長安何處。

此用仄韵,與葛作全合。"際"字,汲古作"上"。

【蔡案】

①　"計"字,作"謀劃、計劃"解時,有入聲讀法,《集韵》擬反切爲吉屑切,音結,在入聲屑部。故本句爲以入作平手法。此類例子,如柳永《鶴沖天》之"悔恨無計那"、周邦彦《丹鳳吟》之"無計消鑠"等,皆是。

聒龍謡　九十九字　　　　　　　　　　　　　　朱敦儒

憑月携簫,遡空秉羽。夢踏絳霄仙去。花冷街榆,悄中天風露。並真官、蕊佩芬芳[一],望帝所、紫雲容與。享鈞天、九奏傳觴,聽龍嘯,看鸞舞[二]。　　驚塵世、悔平生,歎萬感千恨[三]①,誰憐深素。群仙念我,好人間難住。勸阿母、遍與金桃,教酒星、臠斟瓊醑。醉歸時,手授丹經,指長仙路。

> 調見《樵歌》,本徽宗製。《詞律》失收。
>
> 《能改齋漫録》云:徽宗天才甚高,詩文而外,尤工長短句。嘗作《探春令》,又有《聒龍謡》《臨江仙》《燕山亭》等篇,皆清麗凄婉。愚按:原詞失傳。
>
> 朱凡二首,平仄照注。"感"字必仄聲。"長仙"二字相連。前後段第五句是一領四字句法,勿誤。"群仙"句,《詞譜》於"好"字斷句,誤。

【校記】

[一]　原注"蕊"字、後段第六句"阿"字可平。又注"官"字、後段第七句"星"字可仄。

[二]　原注"聽"字和"看"字去聲。

[三]　"感"字用●符標識,意謂必用仄聲。

【蔡案】

　　① "感"字依律須平，朱敦儒兩首，及徽宗一首，皆用上聲，而汪莘詞則徑用平聲，爲"引壺觴自酌"，可見是上聲並用作平聲。至於秦巘謂"必用仄聲"，是因爲無法解釋爲何此處失律失諧，幾乎所有"必用"處，基本是因爲同一個原因。

孤　鸞 九十八字　　　　　　　　　　　　朱敦儒

早　梅

天然標格[一]。是小萼堆紅[二]，芳姿凝白。淡泞新妝淺，點壽陽宮額。東君想留厚意[三]，借年年、與傳消息。昨日前村雪裏，有一枝先折。　　　念故人何處水雲隔。縱驛使、相逢難寄春色①。試問丹青手，是怎生描得。曉來一番雨過，更那堪、數聲羌笛。歸去和羹未晚，勸行人休摘。

　　《九宮大成》入南詞小石調正曲，許《譜》同。

　　調見《太平樵唱》，前無作者。

　　"點壽陽"句、"有一枝"句，俱一領四字句，後段同。"想"、"厚"、"寄"三字，"一番""一"字、"雨"字皆用仄，各家同，不可易。"淡泞"句，《詞律》於"妝"字斷句，誤，當於"淺"字句。萬氏每以前後比較，此獨不然，何也？"去"字，葉《譜》作"來"，亦誤。

【校記】

　　[一] 原注"天"字、第三句"芳"字、第八句"前"字、後段第三句"難"字、第四句"丹"字、第八句"歸"字、後結"行"字可仄。

　　[二] 原注"小"字、第四句"淡"字、第五句"壽"字、第七句"與"

字、第八句“昨”字和“雪”字、後起“故”字和“水”字、第二句“驛”字、第四句“試”字、第五句“怎”字、第六句“曉”字和“雨”字、第七句“那”字可平。

〔三〕“想”字和“厚”字，後段第三句“寄”字、第六句“一”字和“雨”字，用◗符標識，意謂必用仄聲。

【蔡案】

①“淡竚”二句，亦可讀爲四字一句、六字一句，則與後二首同。“縱驛使”下九字，原作五字一句、四字一句，四字句兩頓皆仄，音律不諧，應是三字逗領六字句法。

又一體 九十八字　　　　　　　　　　　　　馬子嚴

沙隄香軟。正宿雨初收，落梅飄滿。可奈東風，暗逐馬蹄輕卷。湖波又還漲綠，粉墻陰、日融烟暖。驀地刺桐枝上，有一聲春喚。　　　任酒簾飛動畫樓晚。便指數燒燈，時節非遠。陌上叫聲，好是賣花行院。玉梅對妝雪柳，鬧蛾兒、像生嬌顫。歸去爭先戴取，倚寶釵雙燕。

前後段第四、五句，上四、下六字，與朱作異。

又一體 九十八字　　　　　　　　　　　　　張　槼

以梅花爲趙孃窩壽

荆溪清曉。問昨夜南枝，幾分春到。一點幽芳，不待隴頭音耗①。亭亭水邊月下，勝人間、等閒、花草②。此際風流誰似,有孀窩詩老。　　且向虛檐,淡然索笑。任雪壓霜欺,精神越好。最喜庭除下,映紫蘭嬌小③。孤山好尋舊約,況和羹、用功宜早。移傍玉階深處,趁天香繚繞。

> 前段第四、五句同馬作,後段第五、六句同朱作。張又一首亦如此,然於"除"字斷句,亦可通,惟換頭兩四字句則大異。"尋"字,汲古作"喜",誤。

【蔡案】

① 前後段第二均,亦可俱讀爲四字一句、六字一句,且總以一四一六爲正格。本詞即正體,惟過片讀破,作四字兩句異。

② "等閒"後無須讀斷,應是誤斷。本詞即正體。

③ "下映"須連讀。

丹鳳吟 百字　　　　　　　　　　　張翥

么　　鳳

蓬萊花鳥。記並宿苔枝,雙雙嬌小。海上仙姝,喚綠衣歌笑①。芳叢有時遣探,聽東風、數聲啼曉。月下人歸,淒涼夢醒,悵愁多歡少。　　念故巢猶在瘴雲杪。甚閉入雕籠,庭院深悄。信斷羈雌,遠鎮怨情縈繞。翠襟近來漸短,看梅花、又還開了。縱解收香寄與,奈羅浮春杳。

> 見《蛻巖詞》。名《丹鳳吟》,體格聲響,與《孤鸞》無異,的是一調,與周邦彥正調不同,《詞律》未曾歸併。

> 前後段第四、五句與張同,惟前結兩四、一五字,比《孤鸞》多二字,又一首缺二句,十字。原集空格是遺脱,非另體也。

"愁"字《詞譜》作"別","雌"字作"棲"。

【蔡案】

① 本句少一字,是脱誤。

卓牌子近 七十一字 袁去華

曲沼朱闌,繚墻翠竹晴晝。金萬縷、摇摇風柳。還是燕子歸時,花信來後①。看淡净洗妝態,梅樣瘦。春初透。　　盡日明窗相守。閒供我焚香,伴伊刺繡。睡眼薔騰,今朝早是病酒。那堪更、困人時候。

> 《詞譜》云:宋人填詞,有犯、有近、有促拍、有近拍,近者其腔微近也。
>
> 調見《袁宣卿集》,與《卓牌兒》及《卓牌子慢》皆不同。袁所創調,多用"近"字,皆與本調不同,宜各列。
>
> "净"字,葉《譜》作"泞"。

【蔡案】

① "燕子歸時,花信來後"爲一偶句,此類句法可視爲"還是"二字逗領偶句句法。

傾杯近 十四字 袁去華

邃館金鋪半掩,簾幕參差影。睡起槐陰轉午,烏啼人寂静。殘妝褪粉。鬆髻欹雲慵不整。儘無言、手挼裙帶遶花徑。　　酒醒時,夢回處,舊事何堪省。共載尋春,並坐調箏何時更。心情盡日，一似楊花飛無定①。未黄昏、又先愁夜永。

　　亦見本集。與《傾杯樂》《傾杯令》皆不同，故分列。《詞律》失收。

【蔡案】

　　① "共載"下十一字、"心情"下十一字，均用三字托托四字二句句法。

劍器近 九十六字 "器"一作"氣"　　　　　　　　袁去華

夜來雨。願倩得、東風吹住。海棠正妖嬈處①。且留取②。悄庭户。試細聽、鶯啼燕語。分明共人愁緒③。怕春去。　　佳樹。翠陰初轉午。重簾未捲，乍睡起、寂寞看飛絮。偷彈清淚寄湘波，見江頭故人，爲言憔悴如許。彩箋無數。去却寒暄到了渾無定據④。斷腸落日千山暮。

　　唐教坊曲名，有《劍器子》，又有《西河劍氣》。《宋史·樂志》云：教坊奏劍器曲，其一屬中呂宮，其一屬黄鐘宫。又有劍器舞隊。此云"近"者，其聲調相近也。《九宮大成》名《劍氣令》，入南詞仙呂宫引。愚按：杜詩有《公孫大娘弟子舞劍器行》，是劍器舞始於唐，調名取此。

　　他無作者，《詞律》失收。

　　"飛"字《歷代詩餘》作"風"，"湘"字作"烟"。今從《詞譜》。

【蔡案】

　　① 本句實爲折腰式六字句，應讀爲三三式句法。

②　原詞分爲兩段，於"怕春去"分段，前後段參差不諧。蓋本詞自"夜來雨"至"且留取"，與"悄庭户"至"怕春去"之字句、韵律全同，正是雙曳頭體式，故應於本句止分爲第一段，改爲三段。

③　本句即前段"海棠正、妖嬈處"，實爲折腰式六字句，應讀爲三三式句法。

④　此十字應讀斷，作四字一句、六字一句，方纔韵律諧和。

風中柳　六十六字　一名《玉蓮花》《謝池春》
《賣花聲》。或加"令"字　　　　　　　　　孫道絢（黄銖母）

銷减芳容，端的爲郎煩惱。鬢慵梳、宮妝草草[一]。別離情緒，待歸來都告。怕傷郎、又還休道。　　　利鎖名韁，幾阻當年歡笑。更那堪、鱗鴻信杳。蟾枝高折，願從今須早。莫辜負、鳳幃人老。

《九宫大成》入南詞羽調正曲。

《高麗史・樂志》加"令"字。孫詞一名《玉蓮花》。黄澄詞名《賣花聲》。

《詞律》未見此詞，僅收劉因詞，謂《謝池春》無此體。考校不清，以致分合不齊，難免疏漏之誚。

"草"、"又"、"信"、"鳳"四字必仄聲，第五句是一領四字句，勿誤。

【校記】

[一] 前"草"字、前結"又"字、後段第三句"信"字、後結"鳳"字，用◖符標識，意謂必用仄聲。

又一體 六十四字　　　　　　　　　　　　劉　因

飲山亭留宿

我本漁樵，不是白駒空谷。對西山、悠然自足。北窗疏竹。
南窗叢菊。愛村居、數間茅屋。　　　風烟草屨，滿意一川平
綠。問前溪、今朝酒熟。幽禽歌曲。清泉琴築。欲歸來、故
人留宿。

前後段第四句叶韵。第五句比孫作少一字。

謝池春 六十六字　　　　　　　　　　　　陸　游

賀監湖邊，初繫放翁歸棹。小園林、時時醉倒。春眠驚起，
聽啼鶯催曉。歎功名、誤人堪笑。　　　朱橋翠徑，不許京塵
飛到。挂朝衣、東歸欠早。連宵風雨，捲殘紅如掃。恨尊
前、送春人老。

此與孫作《風中柳》絲毫不爽。萬氏每於當合者分之，當分
者反合之，體例不一，疏忽太甚。特録之以證其誤。

韵　令 七十六字　　　　　　　　　　　　程大昌

是男是女，都有官稱。兒孫仕也登。時新衣著，不待經營。
寒時火櫃，春裏花亭。星辰上履，我衹喚卿卿。　　　壽開八
秩，兩鬢全青。紅顏步武輕。定知前面，大有年齡。芝蘭玉
樹，更願充庭。爲詢王母，桃顆幾時頳。

　　唐《教坊記》：有上韵、中韵、下韵三小曲，調名宜出於此。周煇《清波雜志》云：宣和間，衣着曰韵襯，果實曰韵梅，詞曲曰韵令。張世南《游宦紀聞》云：宣和間市井競唱《韵令》。

　　見本集，《詞律》失收。

錦園春　四十五字　　　　　　　　　　　　　張孝祥[一]

醉痕潮玉。賸柔英未吐，霧華如簇。絕艷驚春，分流芳金谷。　　風梳雨沐。耿空抱、夜闌清淑。杜老情疏，黃州賦冷，誰憐幽獨。

　　調見《全芳備祖》，而《于湖集》未載①。《詞律》失收。

　　“驚”字葉《譜》作“矜”。

【校記】

　　［一］本詞據彊村叢書本《蒲江詞稿》，爲盧祖皋所作。

【蔡案】

　　① 盧祖皋有《錦園春三犯》二首，一賦牡丹，一賦海棠，此其海棠詞也，全詞雙段九十二字，此爲原詞前段。盧氏全詞如下：“醉痕潮玉。愛柔英未吐，露叢如簇。絕艷矜春，分流芳金谷。風梳雨沐。耿空抱、夜闌清淑。杜老情疏，黃州賦冷，誰憐幽獨。　　玉環睡醒未足。記傳榆試火，高照宮燭。錦幄風翻，渺春容難續。迷紅怨緑。漫惟有、舊愁相觸。一舸東游，何時更約，西飛鴻鵠。”

拾翠羽　六十八字　　　　　　　　　　　　　張孝祥

春入園林，花信總隨遲速。聽鳴禽、稍遷喬木。夭桃弄色，海棠芬馥。風雨霽,芳徑草心頻綠。　　禊事纔過,相次禁烟追逐。想千年、楚人遺俗。青旗沽酒,各家炊熟。良夜游,明月勝燒花燭。

> 詞見《于湖集》。他無作者。《詞律》失收。
> "年"字各本作"載",今從《詞譜》。

使牛子 五十字　　　　　　　　　　曹　冠

晚天雨霽橫雌霓。簾捲一軒月色①。紋簟坐苔裀,乘興高歌飲瓊液。　　翠瓜冷浸冰壺碧。茶罷風生兩腋。四坐沸歡聲,喜我投壺全中的。

> 調見《燕喜詞》,未詳命名之義。《詞律》失收。

【蔡案】

① 本調有元詞侯善淵一首可校,侯詞前後段第二拍添一字,作上三下四折腰式句法。

宜男草 五十八字　　　　　　　　　　范成大

舍北烟霏舍南浪。雨翻盆、灘流微漲[一]。問小橋、別後誰過[二],惟有迷鳥覊雌來往①。　　重尋山水問無恙。掃柴荆、土花塵網。留小桃、先試光風,從此芝草琅玕日長。

> 調見《石湖詞》。陳三聘有和詞,平仄照注。《詞律》失收。
> 兩結八字句,以"惟有"二字、"從此"二字爲領句,勿誤。
> "雨翻盆灘"四字,知不足齋本,作"雲傾籬雨"。

【校記】

〔一〕原注"灘"字、第三句"橋"字、前結"迷"字和"來"字、後段第三句"桃"字、後結"芝"字可仄。

〔二〕原注"小"字可平、"過"字平聲。

【蔡案】

① 前後段結拍,均應予以讀斷。蓋詞中之句拍,除一七式句法外,宜以七字爲限,過則應予讀斷,此二句均爲雙起式句法,則或二六,或四四斷之,最合法度。而捫其韵律,此二句應讀爲二字逗領六字句法。

又一體 六十字 　　　　　　　　　　　范成大

籬菊灘蘆被霜後。裊長風、萬重高柳。天爲誰、展盡湖光渺渺,應爲我、扁舟入手。　　橘中曾醉洞庭酒。輾雲濤、挂帆南斗。追舊游、不減商山杳杳,猶有人、能相記否。

　　兩結各一二、一七字句,比前作各多一字。葉《譜》於"光"字、"山"字句,"渺"、"杳"二字叶韵,是閩音也。陳三聘和詞不分句,不叶。葉《譜》誤①。

【蔡案】

① 此注錯訛矛盾。既然説"兩結各一二、一七字句",且"'渺'、'杳'二字叶韵",則理當讀爲"天爲誰、展盡湖光,渺渺。應爲我、扁舟入手","追舊游、不減商山,杳杳。猶有人、能相記否"。"渺渺"、"杳杳"就其文意或韵律,都不應屬上,應作二字句讀,如此即前一詞體,惟前後段結拍各添一字異。前一詞若各添一字,作"惟有,□迷鳥、羈雌來往……從此,□芝草、琅玕日長",即與此同。至於陳三聘和詞不

叶,可解爲陳三聘未將隔韵字視爲韵脚,且輔韵本可不叶。而"陳三聘和詞不分句"云云,宋人本無標點,何以知其中是否讀住?

三登樂　七十一字　　　　　　　　　　　　　范成大

一碧鱗鱗[一],橫萬里、天垂吴楚。四無人、櫓聲自語[二]。向浮雲、西下處,水村烟樹。何處繫船[三],暮濤漲浦。　　　正江南揺落後,好山無數。儘乘流、興來便去。對青燈、獨自歎[四],一生羈旅。欹枕夢寒,又還夜雨。

　　《九宫大成》入南詞南吕宫引。

　　亦見《石湖詞》。《漢書·食貨志》云:三考黜陟,餘三年食。進業曰登,再登曰平,餘六年食。三登曰泰平。詞名取此。《詞律》失收。

　　"自"、"繫"、"漲"、"便"、"夢"、"夜"六字,必去聲,勿誤。前後段第三句用仄平去上,五句仄平平仄,六句平上去平,七句去平去上。格律謹嚴,宜守勿失①。

【校記】

　　[一]原注"一"字、第五句"水"字、後段第五句"一"字可平。

　　[二]"自"字、第六句"繫"字、前結"漲"字、後段第三句"便"字、第六句"夢"字、後結"夜"字,用●符標識,意謂必用去聲。

　　[三]原注"何"字可仄。

　　[四]原注"獨"字作平。

【蔡案】

　　① 將詞中仄聲强分爲上去,是清儒惡習。而罔顧事實,亦已登峰造極矣。如本詞"興來便去","去"字明明去聲,而謂"仄平去上";

"何處繫船"，"處"字亦爲去聲，而謂"平上去平"。如此分析，則"格律謹嚴"云云，不知令人如何信起！故曰：但凡詞譜中有去聲上聲之辯，均爲胡扯，無須讀之。

又一體 七十字　　　　　　　　　　　　　　　　　　陳三聘

南北相逢，重借問、古今齊楚。燭花紅、夜闌共語[一]。悵六朝興廢，但倚空高樹。目斷帝鄉，夢迷南浦。　　故人疏梅驛斷，音書有數。塞鴻歸、過來又去。正春濃，依舊作、天涯行旅。傷心望極，淡烟細雨。

　　　　此和范韵，而前段第四、五句各五字，獨異。亦破句法也。

【校記】

　　[一] "共"字、第六句"帝"字、後段第三句"又"字、第六句"望"字、後結"細"字，用●符標識，意謂必用去聲。

五雜組 十八字　　　　　　　　　　　　　　　　　　范成大

五雜組，同心結。往復來，當窗月。不得已，話離別。

　　　　《石湖集》云：樂府有《五雜組》及《兩頭纖纖》，殆類小令。孔平仲最愛作此，以詞戲，故亦效之。

　　　　此與後調，各譜皆不收。然《九張機》《調笑》等調均已編列，此亦宋人作，何獨見遺①。

【蔡案】

　　① 此非詞也，亦非出宋人，古詩耳。現可見最早出南北朝，其時王融有仄韵體："五雜組，慶雲發。往復還，經天月。不獲已，生胡

越。"范雲有平韵體:"五雜組,會塗山。往復還,兩崤關。不得已,孀
與鰥。"

又一體 十八字　　　　　　　　　　　范成大

五雜組,迴文機。往復來,錦梭飛。不得已,獨畫眉。

　　此用平韵。詞凡八首,今摘録平仄韵各一首①。

【蔡案】

　　① 説見前。

兩頭纖纖 二十八字　　　　　　　　　　　范成大

兩頭纖纖探官繭。半白半黑鶴氅緣①。腽腽膊膊上帖箭。
磊磊落落封侯面。

　　説見前②。

【蔡案】

　　① 緣,去聲,衣的邊飾。

　　② 此亦古詩,漢無名氏有《古兩頭纖纖》詩:"兩頭纖纖月初
生。半白半黑眼中睛。腽腽膊膊雞初鳴。磊磊落落向曙星。"南
朝王融有:"兩頭纖纖綺上紋。半白半黑鷫翔群。腽腽膊膊烏迷
曛。磊磊落落玉石分。"至唐演化爲仄韵絶句體,如王建《兩頭纖
纖》:"兩頭纖纖青玉玦,半白半黑頭上髮。偪偪仆仆春冰裂,磊磊
落落桃花結。"而范成大本詩,顯然依托乃至模仿古詩,並用王詩
仄韵而來。

又一體 二十八字　　　　　　　　　　　范成大

兩頭纖纖小秤衡。半白半黑月未明。腷腷膊膊扣户聲。磊
磊落落金盤冰。

　　此亦平仄二韵。

　　此等詞雖屬戲作，已爲元曲之開山。録之以見詞變爲曲之
漸，有由來也。

望雲間 九十六字　　　　　　　　　　　趙　可

登代州南樓

雲朔南陲，全趙寶符，河山襟帶名藩。有朱樓縹緲①，千雉回
旋。雲度飛狐絶險，天圍紫塞高寒。弔興亡遺跡，咫尺西
陵，烟樹蒼然。　　　時移事改，極目傷心，不堪獨倚危闌。
惟是年年飛雁，霜雪知還。樓上四時長好，人生一世誰閒。
故人有酒，一尊高興，不減東山。

　　《淮海集》《望海潮》百七字，共四調。

　　調見《翰墨全書》，是自度腔。舊譜注一名《望海潮》，考柳永
《望海潮》與此迥不相符，決非一調，故不注。

【蔡案】

　　① 本句或後段對應句文字參差，疑有舛誤，或本句奪一字，或後
段第四拍"惟是"二字有一衍字。

琴調相思引 四十六字　一名《相思引》《玉交枝》

（"交"或作"嬌"）　　　　　　　周紫芝

梅粉梢頭雨未乾。淡烟疏日帶春寒。暝鴉啼處，人在小樓
○●○○●●△　◎○○●●○△　●●○●　⊙●●○

邊。　　芳草袛隨春恨長[一]，塞鴻空傍碧雲還。斷霞消盡，
△　　　⊙●◎○○●●　●○○●●○△　●○○●

新月又嬋娟。
⊙●●○△

　　《九宮大成》入南詞小石調引，許《譜》同。

　　袁去華詞，名《相思引》，與《鏡中人》之別名不同。房舜卿詞
名《玉交枝》，與《憶秦娥》之別名不同。或作《玉嬌枝》。"琴調"
或作"琴挑"。《竹坡詞》名《定風波令》，誤。

【校記】

　　[一]"長"字原注去聲。按，應是上聲。

雨中花令 七十字　　　　　　　　　周紫芝

吳興道中，頗厭行役，作此曲寄武林交舊。

山雨細，泉生幽谷，水滿平田。雪繭紅蠶熟後，黃雲隴麥秋
間。武陵烟暖，數聲雞犬，別是山川①。　　嗟老去，倦游踪
跡，長恨華顛。行盡吳頭楚尾，空慚萬壑千巖。不如休也，
一菴歸去，依舊雲山。

　　調見《竹坡詞》，加"令"字，與《雨中花》及張先之《雨中花令》
《雨中花慢》皆不同②。據原題當是自度曲，宜分列。

【蔡案】

① 此二句原未讀斷，韵律不合。

② 按其韵律，本詞非令詞，而是近詞。《欽定詞譜》謂："此詞裁截《雨中花慢》平韵詞，其前後段第三句以下，悉皆慢詞中句讀也。"比對慢詞，並無此類宋詞，非是。

戀繡衾 五十四字　一名《淚珠彈》　　　　　　　陸　游

不惜貂裘換釣篷。嗟時人、誰識放翁。歸棹借、樵風穩①，數
◎●○○●●△　　○○○、○●●○△　　⊙◎●　○○●　　●

聲聞、林外暮鐘。　　　幽棲莫笑蝸廬小，有雲山、烟水萬重。
○○　○●●△　　　　○○●●○○●　●○○　○●●△

半世向、丹青看。喜如今、身在畫中。
●●●　○○●　●○○、○○●●△

蔣氏《九宮譜目》注高大石調。《九宮大成》入南詞高大石調正曲，"繡"一作"香"。

韓淲詞有"淚珠彈猶帶粉香"句，名《淚珠彈》。

前無作者，與吕渭老《戀香衾》不同。

《歷代詩餘》云：起七字句必用拗體②。其中間字句長短，皆歌聲頓挫處，不可游移，然宋人已有不盡遵者。論格調則不可不知也。

起句，陸次首平仄與史作同。前後段次句、四句，皆用仄平平、平仄去平。各家皆同，勿誤。第三句或於第三字略逗，可不拘。"風借"二字[一]，汲古作"樵風"。

【校記】

[一]"風借"應是"風輕"之誤。

【蔡案】

　　① 本調前後段第三句拍，例作折腰式六字句，原譜皆未讀斷，且本句原作"歸棹借風輕穩"，句法已然不同，今據《放翁詞》改。

　　② 本調前段起拍，例以平起平收式拗句句法爲正，二三頓連仄，偶見仄起式，故填詞宜以後一首起拍爲範。

又一體 五十四字　　　　　　　　　　　　　　史達祖

吳梅初試澗谷春。夜幽幽、江雁叫雲。人正在、孤窗底，被濃愁、釀破醉魂。　　雨窗祇剩殘燈影，伴羅衣、無限淚痕。瘦骨怕、紅綿冷，說年時、斗帳夜分。

　　首句用拗體，三句略逗。《詞律》於首四字注可平可仄，學者不知，易於牽混，特錄此爲式較顯。本譜於四字連仄者皆不注，恐誤認也。"斗"字以上作平。辛棄疾一首於"人正在"句作七字，恐誤多一字，不錄。

又一體 五十六字　　　　　　　　　　　　　　趙汝茪

柳絲空有萬千條。繫不住、溪頭畫橈[一]。想今宵、也對新月，過輕寒、何處小橋。　　玉簫臺榭春多少，溜啼痕、盈臉未消。怪別來、胭脂慵傅[二]，被東風、偷在杏梢。

　　前後段第三句各七字，比各家多一字。"痕盈臉"三字，《陽春》作"紅臉霞"。

【校記】

[一]原注"頭"字宜仄。

［二］"傳"字應是"傅"字之誤抄。

又一體 五十三字 蔣 捷

蒨金小袖花下行。過橋亭、倚樹聽鶯[一]。被柳綫、低縈鬢，紺雲垂、釵鳳半橫。　　紅薇影轉晴窗畫，漾蘭心未到繡屏。有一點、春恨在，青蛾彎處又生①。

> 結句六字，恐誤脱一字。"畫"字一本作"晝"，汲古作"盡"。"有"字作"奈"，"彎"字作"鸞"，皆誤。"倚"字、"未"字宜平。

【校記】

［一］原注"倚"字作平、"聽"字去聲。

【蔡案】

① 後段結拍，例作折腰式七字句，應據彊村叢書本《竹山詞》添領字"在"字。該字之脱，或因前句尾字相牽，原詞因是兩"在"字，後人誤認衍一字而誤删。

江月晃重山 五十四字 陸 游

芳草洲前道路[一]，夕陽樓上闌干[二]。碧雲何處望雕鞍。從軍客，躭樂不思還。　　洞裏仙人種玉，江邊楚客滋蘭。鴛鴦沙暖鷫鸘寒。菱花晚，不奈鬢毛斑。

> 用《西江月》《小重山》兩調串合，故名。《九宮大成》兩調皆入南詞雙調引，故可以相犯也。前無作者。

【校記】

［一］原注"芳"字、次句"樓"字、前結"躭"字可仄。

　　［二］原注"夕"字、後結句"不"字可平。

繡停針　九十八字　　　　　　　　　　　　　　　　陸　游

歎半紀,跨萬里秦吴,頓覺衰謝[一]。回首鵷行,英俊並游[二],咫尺玉堂金馬。氣凌嵩華。負壯略、縱橫王霸。夢經洛浦梁園,覺來淚流如瀉①。　　　山林定去也。却自恐、説着少年時話②。静院焚香閒倚素屏③,今古總成虛假。趁時婚嫁。幸自有、湖邊茅舍。燕歸應笑④,客中又還過社[三]。

　　《九宫大成》入南詞越調正曲。

　　"並"、"素"二字必用去聲。"自"字葉《譜》作"衹",一作"是"。

【校記】

　　［一］原注"覺"字、後次句"説着"二字作平。

　　［二］"並"字、後段第四句"素"字,用●符標識,意謂必用去聲。

　　［三］原注"過"字平聲。

【蔡案】

　　① 前後段結拍,應是二字逗領四字句法,當讀斷。

　　② 秦巘謂"説着"二字均作平,大誤。此六字句爲仄起仄收式句法,第二字必仄,秦巘或是比較前段"秦吴"二字而作此判斷,却不知後段句法已然微調,則平仄自然不同。

　　③ "静院"當讀斷。

　　④ 本句對應前段"夢經洛浦梁園",疑脱二字。

珍珠簾 百一字 "珍"一作"真"　　　　　　　陸　游

燈前月下嬉游處。向笙歌、錦繡叢中相遇。彼此知名，纔見
○○●●○○▲　◎○⊙　●●○○▲　●●○○　○●

便論心素①。淺黛嬌嬋風調別，最動人、時時偷顧。歸去。
●○○▲　●●○○○○●　●●○　○○○▲　○○▲

想閒窗深院，調弦促柱[一]。　　　樂府。初翻新譜。謾裁紅
●○○●●　○○●▲　　　◎▲　⊙○○▲　●○○

點翠，閒題金縷。燕子入簾時，又一番春暮。側帽胭脂坡下
●●　○○○▲　○●●○○　●●○○▲　◎●○○○●

過，料也計、前年崔護。休訴。待從今須與，好花爲主②。
●　●●●　○○○▲　○▲　●○○⊙●　◎○○▲

《九宮大成》入南詞仙呂宮引，又入雙調引。

黃凡二首[二]，平仄如一。前無作者。"府"字非句，是藏韵，換頭處多有之。"燕子"二句兩五字，與前段異，亦可於"簾"字句。"過"字本作"路"，意較勝，但非叶韵。"嬋"字當是"犨"字之訛。

【校記】

[一]"促"字原注作平。

[二]"黃"字應是"陸"字之筆誤。

【蔡案】

① 本調前段第二均，例作五字兩句，本詞一四一六，非正格，陸詞二首皆如此填，不足爲範。

② 本調後段尾均，例作一二一五一四，原譜讀作"待從今，須與好花爲主"，亦不規範。

又一體 百一字　　　　　　　　　　　　吳文英

春日，客甌溪，過貴人家，隔牆聞蕭鼓聲，疑是按舞，佇立久之。

密沉爐暖餘烟裊。層簾捲，佇立行人官道。麟帶壓愁香，聽舞蕭雲杪。恨縷情絲春絮遠，悵夢隔、銀屏難到。寒峭。有東風垂柳，學得嬌小[一]。　　還近綠水清明，歎孤身如燕，將花頻繞。細雨濕黃昏，半醉歸懷抱。盡損歌紈人去久，漫淚沾、香蘭如笑。書杳。客枕幽單，看春漸老[二]①。

> 後起少叶兩韵。前後第三、四句同。上是上二下三，下是上一下四字，句法與陸異。"層簾捲"三字各本皆缺，今從汲古毛庡校本增。"杪"字汲古、《詞律》作"渺"，"嬌"字作"腰"，亦從毛本改正。

【校記】

[一] 原注"得"字作平。

[二] 原注"看"字平聲。

【蔡案】

① 後結例作一字逗領四字兩句，本詞落一字，應據《夢窗詞》補作"念客枕幽單"。

又一體 百字　　　　　　　　　　　　　周密

琉　璃　簾

寶階斜轉春宵永，雲屏敞，霧捲東風新霽。光動萬星寒，曳

冷雲垂地。暗省連昌游冶事,照炫轉、熒煌珠翠。難比。是
鮫人織就,冰綃清淚。　　　猶記。夢入瑶臺,正玲瓏透月,
瓊鈎十二。金縷逗濃香,接翠蓬雲氣。縞夜梨花生暖白,浸
瀲艷、一池春水。沉醉。歸時人在①,明河影裏。

　　兩起句不叶韵,換頭二字叶。結處"歸時"句少一字。

【蔡案】

　　①《詞綜》《歷代詩餘》等本句均爲五字,作"況歸時人在",應據補。

又一體 百一字　　　　　　　　　　　　　　朱屛孫

春雲做冷春知未。春愁在、碎雨敲花聲裏。海燕已尋踪,到
畫溪沙際。院落鞦韆楊柳外。待天氣、十分晴霽。春市。
又青簾巷陌,紅芳鼓吹。　　　須信處處東風,又何妨對此,
籠香覓醉。曲盡索餘情,奈夜航催離[一]。夢滿冰衾身似寄。
算幾度、吴鄉烟水。無寐。試明朝説與,西園桃李。

　　前後第五句皆叶韵,換頭句不叶。

【校記】

　　[一] 原注"離"字去聲。

又一體 百一字　　　　　　　　　　　　　　張　炎

梨　花

綠房幾夜迎春曉,光摇動、素月溶溶如水。惆悵一株寒,記

東閣閒倚。近日花邊無舊雨,便寂寞、何曾吹淚。燭外。漫羞得紅妝,而今猶睡。　　琪樹皎立風前,萬塵空、獨挹飄然清氣。雅淡不成嬌,擁玲瓏春意。落寞雲深詩夢淺,但一似、唐昌宮裏。元是。是分明錯認,當時玉蕊。

　　首句不起韵。後段次句一三、一六字,與吳作異。餘同。

彩鸞歸令 四十五字　一名《青山遠》　　　　　　張元幹

爲張子安舞姬作

珠履爭圍。小立春風趁拍低。態閒不管樂催伊。整朱衣。　　粉融香潤隨人勸,玉困花嬌越樣宜。鳳城燈夜舊家時。數他誰。

　　袁去華詞名《青山選》。

　　《本事詞》云:張元幹仲宗善詞翰,以《送胡邦衡》《贈李伯紀》兩詞除名。其剛風勁節,人所共仰,然小詞每寄閒情,如爲張子安舞姬製《彩鸞歸》云云。

樓上曲 五十六字　　　　　　　　　張元幹

樓上夕陽明遠水[一]。樓中人倚東風裏[二]。何事有情怨別離。低鬟背立君應知。　　東望雲山君去路。羊腸迢遞盡愁處。明朝不忍見雲山。從今休傍曲闌干。

　　此以起句立名。張有二首,平仄照注。

　　亦七言絕句體,與唐人《玉樓春》《木蘭花》等調相同,惟四換韵，仄二平二。

　　“上”字汲古、《詞律》作“外”，“羊腸迢遞”四字作“腸斷迢迢”。

【校記】

　　［一］原注“夕”字、第三句“有”字、後段第二句“盡”字、第三句“不”字可平。

　　［二］原注“人”字、後起“東”字、第三句“明”字可仄。

瑤臺第一層　九十七字　　　　　　　　　　　　張元幹

寶歷祥開[一]，飛練上，青冥萬里光。石城形勝，秦淮風景，威鳳來翔[二]。臘餘春色早，兆鈞璜。賢佐興王。對熙旦，正格天同德[三]，全魏分疆。　　熒煌。五雲深處，化鈞獨運斗魁旁。繡裳龍尾，千官師表，萬事平章。景鐘文瑞世，醉尚方。難老金漿。慶垂裳。看雲屏間坐，象笏堆床。

　　　　陳無己《後山詩話》云：武才人出壽宮，色冠後庭，裕陵得之。會教坊獻新聲，爲詩作詞，號《瑤臺第一層》[四]。

　　“璜”字、“方”字，《詞律》疑是叶韻，張別作於“方”字用仄。“裳”字是叶，別作亦叶①。

【校記】

　　［一］原注“寶”字、後起“五”字、次句“獨”字、第五句“萬”字可平。

　　［二］原注“威”字、第八句“賢”字、前結“全”字、後起“深”字、第四句“師”字、第七句“方”字和“難”字可仄。

　　［三］"格"字原注作平。

　　［四］本調現存最早者，爲黃庭堅詞。按，黃庭堅早張元幹約五十年，黃卒年張十四歲，故本調始見詞應繫於黃庭堅。

【蔡案】

　　①　"璜"字"方"字爲輔韵，現可見僅此一首如此，可叶可不叶。"裳"字亦同。

又一體 九十七字　　　　　　　　　　　　　　　趙與鏴

嶰管聲催[一]。人報道、姮娥步月來。鳳燈鸞炬，寒輕簾箔[二]，光泛樓臺。萬年春未老，更帝鄉、日月蓬萊。從仙仗，看星河銀界，錦繡天街。　　　歡陪。千官萬騎，九霄人在五雲堆。赭袍光裏，星球宛轉，花影徘徊。未央宮漏永，散異香龍闕崔巍。翠輿回。奏仙韶歌吹，寶殿尊罍。

　　　《古今詞話》云：元祐時，宗室能詞者衆，如嗣濮王仲御《瑤
　　　臺第一層》云云。愚按：此詞自是應制之作，與鏴爲燕昭王十世
　　　孫，是淳祐時人。《古今詞話》云元祐時，誤。

【校記】

　　［一］原注"嶰"字可平。

　　［二］原注"寒"字和"簾"字、後一句"光"字、前結"星"字、後段第七句"龍"字可仄。

四犯令 五十字　一名《四和香》　　　　　　　　　　侯寘

月破雲輕天淡注。夜悄花無語。莫聽陽關牽離緒。拚酩

酊、花深處。　　　明日江郊芳草路。春逐行人去。不似酴
釀開獨步。能着意、留春住。

　　李處全詞，名《四和香》。

　　《詞律》云：題名《四犯》，必犯四調，或每句犯一調。愚按：
字句與黃庭堅《一絡索》同。所犯四調，音節未詳，不必在字句間
也①。"雲輕"二字，汲古作"輕雲"，誤。

【蔡案】

　　① 本詞與《桂華明》字句、韻律皆同，尤其第三拍大拗句法亦一
般無二，必是一調。而黃庭堅的《一絡索》，則即張先和歐陽修的《一
落索》。

遥天奉翠華引 九十字　　　　　　　　　　　　侯　寘

雪消樓外山。正秦淮、翠溢回瀾。香梢豆蔻，紅輕猶怕春
寒。曉光浮畫戟，捲繡簾、風暖玉鈎閒。紫府仙人，花圍羽
帔星冠。　　　蓬萊閬苑，意倦游、常戲人間。佩麟江左，舊
都襦袴聲歡。祇恐催歸覲，宴清都、休訴酒杯寬。明歲應
看，鈎容舞袖歌鬟。

　　《九宮大成》入南詞大正調正曲，許《譜》同。

　　此調僅見此首，自是創製①。

　　"溢"字汲古、《詞律》作"蘊"，"人間""人"字作"世"，"聲"字
作"歌"，"江左舊都"四字作"舊都江左"。"鈎容"上多"君"字，
《詞譜》作"盛"。宋時有鈎容班，不應上多一字，明係衍文，今從
《詞律訂》本。"暖"字，葉《譜》作"軟"。

【蔡案】

① 僅見詞便是創調詞，其邏輯何等荒謬。

亭前柳 五十五字　　　　　　　　　　　　　　朱　雍

梅

拜月南樓上，面嬋娟、恰對新妝[一]。誰憑闌干處，笛聲長。追往事[二]，遍淒涼。　　　看素質臨風銷瘦盡①，粉痕輕、依舊真香。瀟灑春塵境，過橫塘。度清影，在迴廊。

《九宮大成》入南詞越調。

朱有梅詞二卷，此體二首疊韵，平仄照注。石孝友有五十八字一首，因俳體不録。《詞律》以此調與《廳前柳》"亭""廳"音相近，決爲一調。然前起三句不同，宮調各別，宜分列②。

【校記】

[一] 原注"娟"字、後段次句"輕"字和"依"字、後結"清"字可仄。

[二] 原注"往"字、後起"看"字、次句"粉"字、後結"度"字可平。

【蔡案】

① 朱詞本調三首，後起第一字，朱雍别二首一用"嘗"，一用"飄"，故秦巘謂可平。然"看"字本可平讀，則朱式填法本字須用平聲字領起，只需注明平讀即可。

② 秦巘謂《廳前柳》與此非爲一調，或非。蓋前起三句不同，讀破而已，觀前後段之收束，皆爲三字三句，後段過片處，字句韵律亦無不相同，應是同調變格。至若宮調，唱法而已，並不礙文字句法。自不得以樂詞混同於文詞也。宮調如何，與文字無涉，今日之"詞"，是文詞，非樂詞，今日之詞譜，是文字之譜，非音樂之譜，故今日研譜，則

自當以字句之特性爲基本特性，於宮調已亡之後，曉曉於宮調者，貌是而實非，若今日仍需處處以宮調爲準繩，則仙呂調之《迷神引》，與中呂調之《迷神引》，當別而譜之乎？

尋芳草　五十二字　一名《王孫信》　　　　辛棄疾

嘲陳莘叟憶内

有得許多淚。更閣却、許多鴛被。枕頭兒、放處都不是[①]。舊家時、怎生睡。　　　更也没書來，那堪被、雁兒調戲。道無書、却有書中意。排幾個、人人字。

> 《詞譜》注南呂宮。稼軒詞自注又名《王孫信》。
>
> 此調他無作者。《圖譜》所注句讀固非，《詞律》所注平仄亦未確。

【蔡案】

① "都不是"之"不"，即後段"書中意"之"中"，依律須是平聲，此以入作平。

錦帳春　六十字　　　　　　　　　　　　辛棄疾

杜叔高席上

春色難留，酒杯常淺。更舊恨、新愁相間。五更風，千里夢，看飛紅幾片。這般庭院。　　　幾許風流，幾般嬌懶。問相見、何如不見。燕飛忙，鶯語亂，恨重簾不捲。翠屏天遠。

> 此調前無作者[①]。

　　"亂"字偶合,非叶[②]。"更舊""更"字,葉《譜》作"把"。"天"
字,葉《譜》作"平"。

【蔡案】

　　① 本調實爲唐詞,如何前無作者。五代程珌已有"最是春來"一
首(見卷十五最末一首),惟調名誤作《錦堂春》,故一直混淆。本調應
歸屬程珌之下。

　　② "亂"字並非偶叶,程珌詞,前段"千里夢"處亦不叶,而本句則
叶,故辛棄疾應是摹程詞而填,但辛詞有所微調。此類起調轉結處,
加拍加韵是填者慣用手法,故應補。

又一體 五十七字　　　　　　　　　　戴復古

淮東陳提舉清明奉母夫人游徐仙翁菴

處處逢花,家家插柳。正寒食、清明時候。奉板輿行樂,是
星使隨後[①]。人間稀有。　　　出郭尋仙,繡衣春晝。馬上
列、兩行紅袖。對韶華一笑,勸夫人酒[②]。百千長壽。

　　　　與邱作同,祇前段第五句多一字。"星使"上汲古、《詞律》缺
"是"字,從《詞律訂》增。"夫人"二字作"國夫",誤,從《歷代詩
餘》訂正。

【蔡案】

　　① 此二句也可讀爲"奉板輿、行樂是,星使隨後",則第四句與辛
詞同,第五句與邱詞同,亦合韵律。

　　② 本句《石屏詩集》卷六和《石屏詞》均作"勸國夫酒",但對應前
段則少一字,應據《石屏長短句》補一字,改爲"勸國夫人酒"。而戴復
古另有《賀新郎》一首,其後結作"奉板輿、拜國夫人號。可謂忠,可謂

孝”,則可爲本句補字作注脚。

又一體　五十六字　　　　　　　　　　　邱　寀

己未孟冬樂净見梅英作

翠竹如屏,淺山如畫。小池面、危橋一跨。著楥亭臨水,宛
然郊野。竹籬茅舍。　　　好是天寒,倍添妍雅。正雪意、垂
垂欲下。更朦朧月影,弄晴初夜。梅花動也。

前後段第四句各五字,比辛作各少一字。

一枝花　九十字　　或加“喝馬”二字　　　　　辛棄疾

醉　中　戲　作

千丈擎天手。萬卷懸河口。黄金腰下印,大如斗。任千騎
弓刀,揮霍遮前後。百計千方久。似鬥草兒童,贏個他家偏
有。　　　算枉了、雙眉長皺[一]。白髮空回首。那時閒説向,
山中友。看丘壟牛羊,更辨賢愚否。且自栽花柳。怕有人
來,但祗道、今朝中酒①。

《太平樂府》注南吕調,《九宫大成》入南詞南吕宫引,又入北
詞南吕調隻曲。

一名《占春魁》。

牛真人詞名《喝馬一枝花》。

《詞名集解》云:唐天寶中,常州刺史滎陽公子應舉,狎長安
娼女李娃。娃後封汧國夫人。夫人初名“一枝花”,即以其名爲

調。《繡襦記》即其事。

　　《詞律》以此調與《滿路花》《滿園花》相似，且亦有"花"字，定爲一調。愚按：字句與秦、周兩作多"任"字、"似"字、"算枉了"三字、"更"字、"但"字，共七字②。原屬襯字，但宮調不同，或因舊調加以襯字，變立新聲耳。姑分列俟考。

　　前後段第五句是一領四字句，與別句不同。"任"字，汲古、《詞律》作"更"。"中"字，《詞律》作"病"。今從葉《譜》本。

【校記】

　　[一] 四印齋所刻詞本《稼軒長短句》，本句作"算枉了、雙眉恁長皺"。

【蔡案】

　　① "中"字仄讀，猶"中毒"、"中彈"之"中"。

　　② 與周、秦相校，固然多七字，但如果與卷八《滿園花》第三體趙師俠詞相較，過片三字便是相同填法，僅多四處領字而已，而領字之增減是詞中最常見的變化。

黃鶴洞仙　五十字　　　　　　　　　　　　　馬　鈺

終日駕鹽車，鞭棒時時打。自數精神久屈沉，如病馬。怎得優游也。　　　伯樂祖師來，見後頻嗟訝。巧計多方贖了身，得志馬。須報師恩也。

　　調見元彭致中《鳴鶴餘音》。《詞律》不收。

　　考鈺號丹陽子，寧海州人。濰縣玉清宮有《滿庭芳》詞石碑，尾有大定戊申吳似之跋。是爲金人，當在淳熙時，各本皆列入元，誤。

《詞譜》云：重押兩"馬"字、兩"也"字，想其體例應爾①。惜無別首可校。

"數"字當是"歎"字之訛。

【蔡案】

① 本調金元人多填之，如《重陽教化集》即收王重陽七首、馬丹陽六首。前後段結，如此填法實爲巧筆，偶例，而並非"體例應爾"。馬鈺六首，與此完全相同的押韻填法，僅二首，如馬詞別首，前後結便另作："馬風占。更把風搖颭。……馬風瞻。日有真靈驗。"亦同。

春從天上來 百三字 吳 激

會寧府遇老姬善鼓瑟自言梨園舊籍

海角飄零[一]。歎漢苑秦宮，墜露飛螢。夢回天上[二]，金屋銀屏。歌吹競舉青冥[三]。聞當時遺譜，有絶藝、鼓瑟湘靈[四]。促哀彈，似林鶯嚦嚦，山溜泠泠。　　梨園太平樂府，醉幾度春風，鬢髮星星。舞徹中原，塵飛滄海，風雪萬里龍庭。寫胡笳幽怨，人憔悴、不似丹青。酒微醒。一軒涼月，燈火青熒①。

《九宮大成》入南詞仙呂宮正曲。

《古今詞話》云：吳彦高在會寧府，遇一老姬善琵琶者，自言故宋梨園舊籍。彦高對之淒然，爲賦《春從天上來》詞云云。《中州樂府》云：好問曾見王防禦公玉説彦高此詞，句句用琵琶故實，引據甚明，今忘之矣。黄昇云：三山鄭中卿從張貴謨北使時，聞彼中有歌之者。一本"一軒"句上多"對"字，與前段合。原應有一字，然吳易、周伯陽兩作，此句亦四字，是當時有此體也。
“髮”字，葉《譜》作“變”。

【校記】

［一］原注“海”字、次句“漢”字、第三句“墜”字、第四句“夢”字、
第八句“有”字和“鼓”字、後段第二句“幾”字、第三句“鬢”字、第六句
“萬”字、第十句“一”字可平。

［二］原注“天”字、第六句“歌”字、第七句“遺”字、後起“梨”字、
第六句“風”字、第十句“涼”字、後結“燈”字可仄。

［三］原注“吹”字去聲。

［四］原注“絕”字作平。

【蔡案】

① 本調諸譜多用金元詞爲例，竊以爲張繼先詞，後結依律當爲
五字一句、四字一句，不惟前段如此。現存北宋張繼先詞，及其後張
炎詞皆如此，故應據《中州集》補字，作“對一軒涼月，燈火青熒”。

又一體　百六字

己亥春復回西湖飲静傳董高士樓作此解以寫我憂［一］

海上回槎。認舊時鷗鷺，猶戀蒹葭。影散香消，水流雲在，
疏樹十里寒沙。難問錢塘蘇小，都不見、擘竹分茶。更堪
嗟。似荻花江上，誰弄琵琶。　　　烟霞。自延晚照，盡換了
西林，窈窕紋紗。蝴蝶飛來，不知是夢，猶疑春在鄰家。一
掬幽懷難寫，春何處、春已天涯。減繁華。是山中杜宇，不
是楊花。

　　前後段第七句各六字,九句及換頭二字皆叶韵,而前第四、五句平仄亦與吳作異。詞至南宋前後,琢鍊整齊,於此可見。《詞律》不收此體,星漏實多。"似"字一本作"向"。"似荻花"二句,或作"歎餘音裊裊,却是琵琶"。"林"字作"陵"。"一掬"句作"未必銅駝解語"。兩"春"字作"人"。"是山中"三字作"且休嫌"。"不是"二字作"莫是",或作"祇恨"。張集《山中白雲詞》異同最多。或傳聞異辭,或後來改竄,難以臆定。惟從最初最善之本可也。

【校記】

　　[一] 本詞爲張炎所作。原譜未注撰人。

又一體 百四字　　　　　　　　　　　　　缺　名

見故宮人感賦[一]

羅綺深宮。記紫袖雙垂,當日昭容。錦封香重,彤管春融。帝座一點雲紅。正臺門事簡,更捷奏、清晝相同。聽鈞天,侍瀛池内宴,長樂歌鐘。　　　　回頭五雲雙闕,恍天上繁華,玉殿珠櫳。白髮歸來,昆明灰冷,十年一夢無踪。寫杜娘哀怨,和淚點、彈與孤鴻。淡長空。看五陵何似,無樹秋風。

　　此與吳作全合,惟後結多一"看"字[二]。

【校記】

　　[一] 本詞爲元人王惲所作。

　　[二] 此類表述多不嚴謹,詞譜類著作,凡云"多字""少字",須以正格爲標準,故後段結處應是"吳詞少一字"纔是。

梅弄影 四十八字　　　　　　　　　　　邱　宷

雨晴風定。一任春寒逞。要勒群芳未醒。不廢梅花,晚來妝面靨。　　曲闌斜憑。水鑑臨清鏡。翠竹蕭騷相映。付與幽人,巡池看弄影[一]。

　　詞見本集詠梅詞,取末句爲名。

　　"幽"字,葉《譜》作"詩"。

【校記】

　　[一]"看"字原注平聲。

飛龍宴 九十九字　　　　　　　　　　　蘇　氏

炎炎暑氣時,流光閃爍,閒扃深院。水閣涼亭,半開簾幕遥見。灼灼榴花吐艷。細雨灑、小荷香淺。樹陰竹影,清涼瀟灑,枕簟搖紈扇。　　堪歎。浮世忙如箭。對良辰歡樂,莫辭頻勸。遇酒逢歌,恣情遂意迷戀。須信人生聚散。奈區區、利牽名絆。少年未倦。良天皓月金尊滿。

　　琴曲名有《飛龍引》,《九宮大成》亦有《飛龍引》。

　　調見《花草粹編》。原注吳七郡王姬蘇小娘製。考吳琚,世稱吳七郡王,見《書史會要》。

　　"見"字《詞譜》作"看",不注叶。今從葉《譜》。

月上海棠 七十二字　或加"慢"字① 　　　　　　党懷英

傲霜枝裊,團珠蕾冷②,香霏烟雨晚秋意[一]。蕭散繞東籬,
尚彷佛、見山清氣。西風外,夢到斜川栗里。　　斷霞魚尾
明秋水。帶三兩飛鴻點烟際。疏樹颯秋聲,似知人、倦游
味③。家何處,落日西山紫翠。

> 金詞注雙調。《九宫大成》入南詞仙吕宫引,十句五十七字,
> 與本宫正曲不同。

> 曹勛詞加"慢"字。

> 調見《梅苑》,惜詞缺佚,或即曹勛作也。"晚"、"栗"、"點"、
> "紫"四字宜用仄聲。"尾"字,據各家詞不是叶。

【校記】

[一]"晚"字、前結"栗"字、後段次句"點"字、後結"紫"字,用●符
標識,意謂必用去聲。

【蔡案】

① 本調前後段均爲三均詞,祇是近詞規模,絕非慢詞,故縱加
"慢"字也是誤添,不當注及。

② 本調起拍例以七字爲正,秦巘讀爲四字兩句,固有讀破之律
法,却無讀破之依據,"蕾"字明明在韵,却偏偏略過,必是誤認爲四字
偶句。

③ 本句對應前段"尚彷佛、見山清氣",例作折腰式七字句,宋元
其他諸詞俱如此,應據《中州樂府》改爲"倦遊無味"。

又一體 七十字　一名《玉關遙》　　　　　　　　　　陸　游

蘭房繡户厭厭病[一]。歎春醒、和夢甚時醒。燕子空歸，幾曾傳、玉關遙信[二]。傷心處，獨展團窠瑞錦。　　　熏籠消歇沉烟冷。淚痕深、展轉看花影[三]。漫擁餘香，怎禁他、峭寒孤枕。西窗曉，幾聲銀瓶玉井。

　　此詞因第四句，又名《玉關遙》。

　　起句七字，次句八字，與後段合。黨詞是破句也。兩三句各四字，與黨作異。陸詞用韵最嚴，此詞獨雜。《詞律》云：“醒”字、“深”字，暗用平韵。其別作用實韵，此處用“亡”字、“香”字，豈能通叶？①此説大謬。“夢”字，汲古、《詞律》作“悶”。“遙”字作“音”，汲古作“邊”，皆誤。今據《詞律訂》本。

【校記】

　　[一] 原注“厭”字及後段第四句“禁”平聲。

　　[二] 原注“遙”字及後起“消”字可仄。

　　[三] 原注“展”字可平、“看”字去聲。

【蔡案】

　　① 萬樹之意，應是換平，而非通叶，看“亡”字、“香”字可知。

又一體 七十字　　　　　　　　　　　　　　　段克己

住山活計宜聞早①。身世滄溟一漚小②。日月兩跳丸，送送人間昏曉③。朱顏換，風雪俄驚歲杪。　　　弊衣旋補荷盈沼。算騎鶴、揚州古今少。休苦似吴蠶，却枉把、此身纏繞。

君知否，我自無心可了。

> 前段起句七字，與陸作同。次句、三句與黨作同。四句六
> 字，比黨、陸少一字。後段與黨作全同。段成己和韵一首，與此
> 無異。《詞律》云：聲響不同，殊不可解。

【蔡案】

① "活計"爲"沽計"之誤。

② 本句對應後段"算騎鶴、揚州古今少"，"身世"前或奪一字。秦巘以爲與黨詞同，非是。黨詞即便是四字兩句起，也是因爲本句有一字移前之故，並無闕字。

③ 本句對應後段"却枉把、此身纏繞"，"迭送"前後或奪一字，如別本後段第四句作"剛把此身纏繞"然。

又一體 九十一字　　　　　　　　　　姜　夔

紅妝艷色，照浣花溪影，絶代殊麗。弄輕風摇蕩，滿林羅綺。自然富貴夭姿，都不比、等閒桃李。簾櫳静，悄悄月上[一]，正貪春睡。　　　長記。初開日，逞妖艷、如與人面争媚。遇韶光一瞬，便成流水。對此自歎浮華，惜芳菲、易成憔悴。留無計①。惟有花邊盡醉。

> 《詞譜》云：見《白石歌曲》，自注夾鐘商。考《白石歌曲》無此調，且語意庸俗，不似白石手筆。定是誤寫人名，或即曹勛作，應加"慢"字。

> 此與黨、陸兩作皆異，惟結處略同。或因舊調衍爲慢曲，並非另製，故附列。

【校記】

［一］"月上"二字,原注作平。

【蔡案】

① "計"字,秦巘原注爲叶,檢其餘宋詞,此處皆不叶,且前段亦不叶,故可視爲偶合而已。

又一體 九十一字　　　　　　　　　　　　　　陳允平

游絲弄晚,捲簾開看,燕重來時候①。正鞦韆亭榭,錦窠春透。夢回褪浴華清,凝溫泉、絳綃微縐。芳陰底,人立東風,露華如畫。　　宜酒。啼香淚薄,醉玉痕深,與春同瘦。想當年金谷,步帷初繡。彩雲影裏徘徊,嬌無語、夜寒歸後。鶯窗曉,花間重携素手。

> 見《日湖漁唱》。與姜作同,惟前段次句四字,三句五字,後段起處一二字、三四字句略異。

【蔡案】

① 本句其實祇是點讀有誤,該九字究其韵律而言,屬於單起式句法,因此其正確的讀法應該是"捲簾開、看燕重來時候",即與姜詞後段的"逞妖艷、如與人面爭媚"同。否則,不僅"開看"一詞晦澀,且"燕重來時候"這種並非領字起的一四式結構也缺乏詞的一般韵律語感。

蕊珠間 七十五字　　　　　　　　　　　　　　趙彦端

浦云融,梅風斷,碧水無情輕度。有嬌鶯上林梢①,向春欲舞。綠烟迷晝,淺寒欺暮。不勝小樓凝佇[②]。　　倦游處。故人相見易阻[③]。花事從今堪數。片帆無恙,好在一篙新雨。醉袍宮錦,畫羅金縷。莫教恨傳幽句。

前段第四句,《歷代詩餘》作"有嬌鶯上林悄",汲古、《詞律》作"有嬌黃上林梢"。愚按:"黃"字當是"鶯"字之訛,"悄"字當是"梢"字之訛,今訂正。"融"字葉《譜》作"濃","恨"字作"亂"。

【蔡案】

① 後段第二均爲一四一六兩句,均用雙起式句法,秦巘應意識前段韵律有異,故六字讀爲一句,但"有嬌鶯上林梢"儘管秦巘未讀斷,也改變不了其單起式的本質,若六字無誤,則應讀爲三三式折腰句,而與後段不諧,此六字必有文字錯訛,其正確的原文,應是"嬌鶯有上林梢"一類的結構。

② 前後段結拍,皆爲大拗句法,此爲二字逗句法。

③ 本句"易阻"二字疑應屬下,文字或有錯訛。

月中桂 百四字　　　　　　　　　　　　　　趙彥端

送杜仲微赴闕

露醑無情,送長歌未終[一],已醉離別[①]。何如暮雨,釀一襟涼潤,來留佳客。好山侵座碧,勝昨夜、疏星淡月。君欲翩然去,人間底許,員嶠問帆席。　　詩情病非疇昔[②]。賴親朋對影,且慰良夕。風流雨散[二],定幾回腸斷,能禁頭白[三]。爲君煩素手,薦碧藕、輕絲素雪。去去江南路,猶應水雲秋共色。

　　此無他作可證，想係自製。《詞譜》以趙孟頫《月中仙》爲一調，然《月中仙》爲天基聖節排當樂名，當是創製，句調偶同，似宜分列。

　　"未"、"醉"、"暮"、"淡"、"問"、"慰"、"雨"、"素"、"共"諸仄聲字，勿誤，用去更妙。《詞律》云：領句字尤須去聲居多，何待言耶？又云："影"字不可用去，殊不可解。"素"字，汲古作"細"。

【校記】

　　〔一〕"未"字、後句"醉"字、第四句"暮"字、第八句"淡"字、前結"問"字、後段第三句"慰"字、第七句"素"字、後結"共"字，用●符標識，意謂必用去聲。

　　〔二〕"雨"字，用◖符標識，意謂用上聲。

　　〔三〕原注"禁"字平聲。

【蔡案】

　　① 九字應律讀，三字逗領起，後六字爲平起仄收式律句。後段亦同，作"賴親朋、對影且慰良夕"，"影"字作平，萬樹云不可用去，正是此理，秦巘謂"殊不可解"者，是此道中功力較之萬樹遠甚矣。

　　② 起拍詞意不通，韵律失諧，必有訛誤，今應據《介庵趙寶文雅詞》，補一"酒"字，作"詩情酒病非疇昔"。

三姝媚　九十九字　　　　　　　　　　　　杜良臣

花浮深岸樹，迎新曦窗影，細觸游塵。映葉青梅，記共折南枝，又及嘗新。駐屐危亭，烟墅杳、風物撩人〔一〕。虹外斜陽留晚，鶯邊落絮催春。　　　心事應辜桃葉，但自把新詩，遍寫修筠。恨滿芳洲，倩晚風吹夢，暗逐江雲。慢撚輕攏，幽思切、清音誰聞[二]① 。謾有鴛鴦結帶,雙垂繡巾。

《九宫大成》入南詞小石調正曲,許《譜》同。

《唐樂府》:董思恭有《三婦艷》,取以名調,或加"曲"字。

此見《陽春白雪》,作杜子卿。考杜子卿名良臣,名見董史《皇宋書録》。書成於淳熙□年,當是淳熙以前人。

此用平韵,"風物(作平)撩人"、"清音誰聞"用四平,勿誤。

【校記】

[一]"風物撩人"及後段"清音誰聞"四字,用○○○○符標識,意謂必用四連平聲。

[二]原注"思"字去聲。

【蔡案】

① "清音誰聞"四字秦巘謂須用四平,而捫全詞韵律,均爲律句,所謂字正腔圓,獨本句不律,而本句既非起調畢曲,就詞意言也並非文句關紐,看不出其中存在的韵律緣故。竊以爲"清音"之"音",對應前段"風物"之"物",故依律須爲仄聲,此處實爲敗筆而已。

仄韵體　九十九字　　　　　　　　　　　史達祖

烟光搖縹瓦。望晴檐多風[一],柳花如灑。錦瑟橫牀,想淚痕
⊙○○●▲　●○○○○　●●○▲　●●○○　●○○

塵影,鳳弦常下。倦出犀帷,頻夢見、王孫驕馬。諱道相思,
○●　●○○▲　●●○○　○●●、○○○▲　◎○○

偷理綃裙,自驚腰衩。　　悵南樓遥夜。記翠箔張燈,枕
○●○○　●○○▲　　●○○○▲　●●●○○　●

肩歌罷。又入銅駝,遍舊家門巷,首詢聲價。可惜東風,將
○○▲　●●○○　●●○○●　●○○▲　●●○○　○

恨與、閒花俱謝。記取崔徽模樣，歸來暗寫^[二]。
●●　⊙○○▲　●●○○●　○○●▲

　　此用仄韵，宋人多從此體。“晴簷多風”四字必平聲①，尾句
“暗寫”用去上，各家同。惟張炎於次句用仄仄仄平平。簹正於末
用“烟雨”二字，不可從。“記”字《詞譜》作“省”，“來”字作“時”。

【校記】

　　[一] “晴簷多風”四字用○○○○符標識，意謂必用四平聲字。

　　[二] “暗寫”二字，用◐◖符標識，意謂必用去上聲。

【蔡案】

　　① 此類“古人如此，便必定如此”的注脚，但從現象，不問實質，
從不研究其“爲何如此”的依據與律理。竊以爲“簷”字根據律理可
斷，實爲誤填而已，蓋該句對應後段“記翠箔張燈”，兩段旋律本一致。
其次，若非特殊拗救，一三五多爲不論，本句之一三爲何不可用仄，也
缺乏足以説服人的理論根據。而就實際情況來説，通常以照前人之
作依樣摹畫爲基本特徵的填詞創作中，大部分人，如詹玉、薛夢桂、周
密、張炎等等在這裏都摒棄四平，而採用律句演繹，也足以説明史詞
此處其實就是誤填的敗筆而已。

又一體　百一字　　　　　　　　　　吳文英

　　　姜石帚館水磨方氏會飲總宜即事毛荷塘

酣春清鏡裏。照清波明眸，暮雲愁□①。半緑垂絲，正楚腰
纖瘦，舞衣初試。燕客飄零，烟樹冷、青驄曾繫。畫館朱橋，
還把清尊，慰春憔悴。　　　離苑幽芳深閟。恨淺薄東風，褪
香消膩。彩箋翻歌，最賦情偏在，笑紅顰翠。暗拍闌干，看

散盡、斜陽船市。付與嬌鶯，金衣清曉②，花深未起。

> □格，汲古作"斂"，失韵，當"罋"字之訛。結尾用四字三句，與史作異。然"嬌鶯"與"金衣"連用，重複，或誤多二字。又一首於前後第五、六句作一三、一六字，可不拘。

【蔡案】

① 彊村四校本《夢窗詞》，奪字符爲"髻"字，可從。

② 秦巘云"'嬌鶯'與'金衣'連用，重複，或誤多二字"，此判斷極是，"金衣"即黄鶯羽衣，自不會如此複用，必是淺人贅添，《夢窗詞》本句作"付與金衣，清曉花深未起"，應據改。

又一體 九十九字　　　　　　　　　　　　　薛夢桂

薔薇花謝去。更無情，連夜送春風雨。燕子呢喃，似念人憔悴，往來朱户。漲緑烟深，早零落、點池萍絮。暗憶年華，羅帳分釵，又驚春暮。　　芳草凄迷征路。待去也，還將畫輪留住。縱使重來，怕粉容消膩，却羞郎覷。細數盟言猶在，悵青樓何處。綰盡垂楊，争似相思寸縷。

> 後段第七、八句，一六、一五字，破句法也，與各家異。前後次、三句，一三、一六字，結句一四、一六字，亦異。

番搶子 七十五字　　一名《春草碧》　　　　　　完顔璹

幾番風雨西城陌[一]①。不見海棠紅，梨花白。底事勝賞匆匆[二]，政自天付酒腸窄。更笑老東君，人間客。　　　　賴有玉管新翻,羅襟醉墨②。望中倚闌人③,如曾識。舊夢回首何堪,故苑春光又陳跡④。落盡後庭花,春草碧。

唐教坊曲名有《番搶子》,或音近訛傳,即此名歟?

前無作者,自是創製。李獻能詞名《春草碧》,韓玉一首結句亦用"春草碧"三字,與此同。當用入聲韻為宜。

"酒"字、"醉"字、"又"字宜用仄聲,韓作同。

愚按:金與南宋相終始,若分正閏統,則時代錯亂,難以次序。茲編專敘時代,故附列以歸一例。

【校記】

[一]原注"番"字、後段第二句"襟"字、第三句"中"字、第五句"回"字、第六句"光"字和"陳"字可仄。

[二]原注"底事勝"三字、後句"政自"二字、後段第三句"望"字、第五句"舊夢"二字、第六句"故苑"二字、"落"字、後結"草"字可平。

【蔡案】

① "番"字據其韵律,不可填為仄聲,秦巘必校之韓玉詞,而韓詞用"把"是以上作平,不可互校。

② "襟"字據其韵律,不可填為仄聲,觀後一首李詞可知。

③ "望中"之"中"字,宜仄。本調或以韓玉詞為最先,韓詞作"待與不清狂",用仄,完顏詞應是誤填。

④ "陳"字據其韵律,不可填為仄聲,觀後一首李詞可知。本句或用本詞句法,或用李獻能詞句法,必循其一,不可隨意平仄。

春草碧 七十五字　　　　　　　　　　　　李獻能

紫簫吹破黃昏月。籢籢小梅花,飄香雪。寂寞花底風鬟,顏色如花命如葉。千里浣凝塵,凌波襪。　　　心事鑑影鸞孤,箏弦雁絶。舊時雪堂人,今華髮。腸斷金縷新聲,杯深不覺琉璃滑[一]①。醉夢繞南雲,花上蝶。

> 此與《番搶子》無異,因完顔、韓兩作末句,故變名《春草碧》,與万俟詠九十八字正調不同。萬氏好歸併調名,獨此詞附万俟後,不知即《番搶子》别名,未免疏忽,今訂正類列。

【校記】

[一] 原注"琉"字宜仄。

【蔡案】

① 第五字,完顔用"又",韓玉用"恨",故秦巘謂"宜仄"。但本句句式爲平起仄收式,完顔爲平起仄收式,句式不同固不可校,而韓玉詞,本句失律,四連仄,則更不可能互校。

鶯啼序　二百四十字　　　　　　　　　　高似孫

屈原《九歌·東皇太一》,春之神也。其詞淒然,含意無盡。略採其意,以度春曲。

青旗報春來了①,玉鱗鱗風旆。陳瑶席、新奏琳琅,窈窕來薦嘉祉。桂酒洗瓊芳,麗景暉暉,日夜催紅紫。湛青陽新沐,人聲淡蕩花裏。　　　光泛崇蘭,圻遍桃李②。把深心料理。共携手、蘅室蘭房,奈何新恨如此。對佳時、芳情脉脉,眉黛蹙、羞搴瓊珥。折微馨、聊寄相思,暮愁如水。　　　青蘋再轉淑思菲菲③,春又過半矣。細雨濕香塵,未曉又止。莫教一鵾無聊,群芳疊疊。傷情漠漠,淚痕輕洗。曲瓊桂帳流蘇暖,望美人、又是論千里。佳期杳渺,香風不肯爲媒,可堪玩此芳芷。　　春今漸歇,不忍零花,猶戀餘綺④。度美曲造新聲,樂莫樂此新知⑤,思美人兮,有花同倚。年華做了,功成如委。天時相代何日已⑥。悵春功、非與他時比。殷勤舉酒酬春,春若能留,□還自喜。

《九宮大成》入南詞商調正曲。

見《陽春白雪》。此調舊說始於吳文英,然高似孫爲淳熙間人,在吳數十年前,可見不始於吳也。或云始於黃在軒(在軒名公紹,宋末人),更非。通體與吳第一首同。惟三段第三句四字,四、五句各六字,與汪元量同。但四句不叶韻,餘則互異。

【蔡案】

① 本調起拍爲平起式律拗句式,第五字依律須仄,僅以本書爲例,吳文英用"病"、"閬"、"艷",黃公紹用"縹",汪元量用"最",趙文用"濯",無一平聲,即可看出,因此這裏的"來"字應讀去聲,亦即屈原《遠游》中的"因氣變而遂曾舉兮,忽神奔而鬼怪。時髣髴以遥見兮,精皎皎以往來"。

② 第二段起拍八字,究其韻律,就可以看出本詞並非創調之詞,因爲此八字的韻律是一個二字逗領平起仄收式句法,而本詞則已經讀破爲四字二句,顯然並非原裝。但讀破後的第六字須微調爲平聲,或用上聲入聲,高詞用"遍"字,便是敗筆。

③ 本句應讀斷,作四字二句。

④ 第四段首均,依律均爲十三字,通常以二四一五句式填,故本句疑奪一字。

⑤ 此二句如果應讀爲六字二句,則正確的讀法應是"度美曲、造新聲,樂莫樂、此新知",就韵律而言,無疑有誤。而這一錯訛形成的原因,應該是衍多一字的緣故,因爲通常此二句都填爲一七一四,如後一首作"暗點檢、啼痕歡唾,尚染鮫綃"。

⑥ 本句對應第三段"曲瓊桂帳流蘇暖",應是平起仄收式句法,故第六字依律應平,"日"字以上作平。

又一體 二百四十字　　　　　　　　　吳文英

春 晚 感 懷

殘寒正欺病酒,掩沈香繡户[一]。燕來晚、飛入西城,似説春事
○○●●●　●○○●▲　　●○●　○○●　●○○●

遲暮[二]。畫船載、清明過却,晴烟冉冉吳宮樹。念羈情游
○▲　　●○●　○○●●　○○●●○○●　●○○

蕩①,隨風化爲輕絮②。　　　十載西湖,傍柳繫馬③,趁嬌塵暖
●　○○●○○▲　　　●●○○　○●●●　●○○●

霧。溯迴漸、招入仙溪,錦兒偷寄幽素。倚銀屏、春寬夢窄,斷
▲　●○●　○●○○　●○○●○▲　●○○　○○●●　●

紅濕、歌紈金縷。暝堤空,輕把斜陽,總還鷗鷺④。　　　幽蘭
○●　○○○▲　●○○　○●○○　●○○▲　　　○○

旋老,杜若還生,水鄉尚寄旅。別後訪、六橋無信,事往花
●●　●●○○　●○●●▲　●●●　●○○●　●●○

萎[三],瘞玉埋香,幾番風雨。長波妬盼,遙山羞黛,漁燈分影
○　●●○○　●○○▲　○○●●　○○○●　○○○●

春江宿,記當時、短楫桃根渡。青樓彷彿,臨分敗壁題詩,淚
○○●　●○○　●●○○▲　○○●●　○○●●○○　●

墨慘淡塵土。　　　危亭望極,草色天涯,歎鬢侵半苧。暗點
○●●●○▲　　　○○●●　●●○○　●●○●▲　●●

檢、啼痕歡唾，尚染鮫綃，鞾鳳迷歸，破鸞慵舞。殷勤待寫，
●　○○●●　●●○○　●●○○　●○○●　▲　　○○●●

書中長恨，藍霞遼海沉過雁⑤，漫相思、彈入哀箏柱。傷心千
○○○●　○○○○●○●●　　●○○、○●○○▲　　○○○

里江南，怨曲重招，斷魂在否。
●○○　●●○○　●○●▲

　　《詞譜》云：始於吳文英。此調字數最長，各家多有參錯，今備列
以俟採擇。吳共三首，此首最有法度，故以爲式。首段第五、六句各
七字，三段四、五、六句一七、兩四字，少叶一韻。九句不叶。四段三
句五字，四、五句一七、一四字，九、十兩句皆不叶。與高作異。

　　首段結句，《詞律》作一三、兩四字，非⑥。次段次句去上去
上，四仄聲。亦有用去上平上者。"繡"、"暖"、"寄"、"半"四字及
"夢"、"過"、"在"三字，皆仄聲爲要，去更妙。"暖"字汲古作
"軟"，"迴"字作"紅"，誤。"淚"字一作"痕"，用平者多，姑兩存
之。"輕"字，葉《譜》作"飛"。

【校記】

　　［一］"繡"字，第二段第三句"暖"字、第五句"寄"字、第六句"夢"
字，第四段第三句"半"字、第十句"過"字、結句"在"字，用●符標識，
意謂必用去聲。

　　［二］"說"字原注作平。

　　［三］"萎"字原注平聲。

【蔡案】

　　① 原譜"羈情"後讀斷，無謂。

　　② "爲"字借音，讀去聲。

　　③ "柳"字以上作平。吳詞別首亦用上聲，又一首則用平聲。以
秦巘所引各詞看，趙文用上聲，黃公紹、汪元量則均用平聲，可見本句

韵律是一平起仄收式句法，獨高似孫用去聲，可見是誤填。又按，此八字讀爲二字逗領六字句法，最合韵律。

④ 本調一二段是一種"添頭式雙曳頭"，如果第二段删除"十載"二字，則兩段的文字完全相同。作爲字本位的詞文學，這些都是其韵律上的顯著特色。

⑤ 本句對應第三段"漁燈分影春江宿"，爲平起仄收式句法，第六字依律必平，因此"過"字須採其平讀，秦巘以爲必仄，正是基於不可知論的詮釋，誤。

⑥ 萬樹的讀法與秦巘的讀法，前者爲律讀，後者爲意讀，如此而已。

又一體　二百四十字　　　　　　　　　　吳文英

豐樂樓，節齋新建此樓。夢窗淳熙十一年二月甲子作是詞，大書於壁，望幸焉。

天吳駕雲閬海，凝香空燦綺。倒銀海、蘸影西城，四碧天鏡無際[一]。彩翼曳、扶搖宛轉，雩龍降尾交新霽。近玉虛高處，天風笑語吹墜。　　清濯緇塵，快展曠眼，傍危闌醉倚。面屏障、一一鶯花，薜蘿浮動金翠。慣朝昏、晴光雨色，燕泥動，紅香流水。步新梯，蓺視年華，頓非塵世。　　麟翁袞舄，領客登臨，座有誦魚美。翁笑起、離席而語，敢詫京兆，以後爲功，落成奇事。朋良慶會，賡歌熙載，隆都觀國多閒暇，遣丹青、雅飾繁華地。平瞻太極，天街潤納璇題，露牀夜沈秋緯。　　清風觀闕[二]，麗日罘罳，正午長漏遲。爲洗盡、脂痕茸唾，净捲麴塵，永晝低垂，繡簾十二。高軒駟馬，峨冠鳴佩。班回花底修禊飲，御爐香、分惹朝衣袂。碧桃數點飛花，湧出宮溝，遡春萬里。

汲古名《豐樂樓》。愚按：此是原題[三]，并非調名，故削之。

《武林舊事》云：豐樂樓舊爲衆樂亭，又改聳翠樓，政和中改今名。淳祐間，趙京尹與竹篦重建，宏麗爲湖山冠，春時游人繁甚。舊爲酒肆，後以學館致爭，爲朝紳同年會拜鄉會之地。吳夢窗嘗大書所賦《鶯啼序》於壁，一時爲人傳誦。

第三段第三句，"魚"字用平。第四段第三句，"遲"字音"滯"，叶韵①。九句"珮"字亦叶，與高作合。餘同前作。《詞律》謂以平叶仄，非也。汲古缺"惹"字，誤。"遡"字一作"陽"。

【校記】

[一] 原注"碧"字、第三段第四句"席"字、第四段第七句"十"字作平。

[二] 原注"觀"字、第四段第三句"遲"字去聲。

[三] 大書於豐樂樓上的詞，謂是"原題"則未必，更似指代名。

【蔡案】

① 本詞即前一詞體，第三段第三拍，句法不同而已。"遲"字去聲，在實部，"等待"義。故較之前一詞，惟多一輔韵而已。

又一體 二百四十字 　　　　　　　吳文英

詠荷和趙修全韵

橫塘穿棹艷錦①，引鴛鴦弄水。斷霞晚、笑折花歸，紺紗低護燈蕊。潤玉瘦冰輕倦浴②,斜拖鳳股盤雲墜。聽銀牀聲細,梧桐漸覺凉思。　　窗隙流光,過如迅羽,恕空梁燕子。誤驚起、風竹敲門,故人還又不至。記琅玕、新詩細掐,早陳跡、香痕纖指。怕因循,羅扇恩疏,又生秋意。　　西湖舊日,畫舸頻移,歡幾縈夢寐。霞珮冷、叠瀾不定[一],麝藹飛雨,乍濕鮫綃,暗盛紅淚。練單夜共,波心宿處,瓊簫吹月霓裳舞,向明朝、未覺花容悴。嫣香易落,回頭澹碧銷烟,鏡空畫羅屏裏。　　殘蟬度曲,唱徹西園,也感紅怨翠。念省慣、吳宮幽憩,暗柳追凉,曉岸參斜,露零鷗起。絲縈寸藕,留連歡事。桃笙平展湘浪影,有昭華穠李冰相倚。如今鬢點凄霜,半篋秋詞,恨盈盡紙。

　　　　原題一作《橫塘曲》,與第二首同,平仄微異。"穿棹"二字,《丁稿》作"棹穿","紺紗低"三字作"紅紗籠","覺"字作"攪","過如"二字作"冉冉"。

【校記】

　　[一] 原注"不"字作平。

【蔡案】

　　① 起拍第四字依律須用平聲,各家皆如此填,吳詞前二首也均用平聲,而"穿棹艷錦"本身也是語意不通,檢《夢窗詞》《詞律》《欽定詞譜》均作"橫塘棹穿艷錦",秦巘知有別讀而不採用,顯然是並不知六言詩的基本句法。應據改。

　　② 本句諸家多用折腰句法,其韵律對應第二段"記琅玕、新詩細

掐”，故依律應讀爲“潤玉瘦、冰輕倦浴”，《全宋詞》唐先生即如此讀。

又一體 二百三十四字 　　　　　　黄公紹

銀雲捲情縹緲，卧長龍一帶。柳絲蘸、幾簇柔烟，雨市簾棟如畫。芳草岸、灣環半玉，鱗鱗曲港雙流會。看碧天連水，翻成箭樣風快。　　白露橫江，一葦萬頃，問靈槎何在。空翠濕、衣不勝寒，日華金掌沆瀣。毶花平、綠紋襯步，瓊田涌出神仙界。黛眉修，依約霧鬟，在秋波外。　　閣噓青蜃，檐啄彩虹，飛蓋蹴黿背。燈火暮、相輪倒景，偷睨別浦，片片歸帆，舞蛟幽壑，棲鴉古木，有人剪取秋水①。憶細鱗巨口魚堪膾。波涵笠澤，時見静影浮光，霏陰萬貌千態。　　蒹葭深處，應有閒鷗，寄語休見猜②，洗却香紅塵面③，買個扁舟，身世飄萍，名利微芥。闌干拍遍，除東曹掾，與天隨子是我輩。儘胸中着得乾坤大。亭前無限驚濤，總把遥岑，月明滿載。

　　次段第七句，上四、下三句法。三段第九句六字，比吴作少一字，上又少四字句。四段第三句不叶韵，與吴作《横塘曲》用“猜”字同。《詞律》謂以平叶仄，或亦誤讀。吴作“遲”字爲平。四句六字，又少一字。其餘平仄亦不盡同。

【蔡案】
　　① 本句《花草粹編》作“有人剪取江水”，《在軒集》作“有人剪取松江水”，應據本集補。而秦巘謂“上又少四字句”者，亦誤，按本調韵

律,"片片歸帆"後應該有一主句,入韵,因此所脱者必在其後,以對應第二段的"名利微芥",《欽定詞譜》所補爲"遠自天際"四字,不知何據,或是臆補。

② 本句應是主韵所在句,必須叶韵,《欽定詞譜》改爲"寄語休見怪",可從。

③ 本句例爲折腰式七字句,應作"倩洗却、香紅塵面",奪一領字,應據《在軒集》《欽定詞譜》改補。秦巘所據本,必是落一"怪"字,並將"倩"字誤作了"猜"字。

又一體 二百三十六字　　　　　　　　　　　　汪元量

重 過 金 陵

金陵故都最好,有朱樓迢遞。嗟倦客、又此憑高,檻外已少佳致。更落盡梨花,飛盡楊花,春也成憔悴①。問青山、三國英雄,六朝奇偉。　　　麥甸葵丘,荒臺敗壘,鹿豕銜枯薺。正潮打孤城②,寂寞斜陽影裏。聽樓頭、哀笳怨角,未把酒、愁心先醉。漸夜深、月滿秦淮,烟籠寒水。　　　淒淒慘慘,冷冷清清,燈火渡頭市。慨商女、不知興廢。隔江猶唱庭花③,餘音亹亹。傷心千古,淚痕如洗。烏衣巷口青蕪路,認依稀王謝舊鄰里。臨春結綺。可憐紅粉成灰,蕭索白楊風起。　　　因思疇昔,鐵索千尋,漫沉江底。揮羽扇,障西塵,便好角巾私第。清談到底成何事。回首新亭,風景今如此。楚囚對泣何時已。歎人間今古成兒戲。東風歲歲還來,吹入鍾山，幾重蒼翠。

> 首段結句一三、兩四字，次段第四句五字，三段四句七字，比高作各少二字。十一句"綺"字叶韵，四段六句亦叶。七、八、九句，一七、一四、一五字，與高作句法異，餘同。"嗟"字一本作"歎"，"憑"字作"高"，"孤"字作"空"，"何時"二字作"何如"，不如此本較勝。

【蔡案】

① 本均讀破。

② 本句依律爲折腰式七字句，"正"字後少二字。

③ 本段第四句例作七字，秦轕謂少二字，誤。所少者，其實是在本句中，此六字依照韵律，應是"●●隔江，猶唱庭花"八字，奪一仄聲小頓。

又一體　二百四十字　　　　　　　　趙　文

壽　胡　仔　齋

初荷一番濯雨，錦雲紅尚捲。隘華屋、賦客吟仙，候望南極天遠。還報道飄然紫氣①，山奇水勝都行遍。却歸來領客，水晶庭院開宴。　　窗戶青紅，正似京洛，按笙歌一片。似別有、金屋佳人，桃根桃葉清婉。倚薰風、蚪鬢正綠，人似玉、手挼紈扇。算風流，祇有蓬瀛，畫圖曾見。　　誰知老子，正自蕭然，於此興頗淺[一]。祇擬問金砂玉蕊，兔髓烏肝，偓月爐中，七還九轉。今來古往，悠悠史傳，神仙本是英雄做，笑英雄、到此多留戀。看看破曉耕龍，跨海騎鯨，千年依

舊丹臉。　　　便教乞與，萬里封侯，奈朔風如箭。又何似六
山一任，種竹栽花，棋局思量，墨池揮染。天還記得，生賢初
念。乾坤正要人撑拄，便公能安穩天寧願。待看佐漢功成，
伴赤松游，恁時未晚。

　　　此效吳體，惟第三段結處一六、一四、一六字，四段九句，
　　"念"字亦叶韵，與吳第二、三首同，平仄稍異。

【校記】

　　[一]原注"此"字作平。

【蔡案】

　　① 詞中單起式句法，多以讀斷爲佳，如本句不讀斷則爲"還、報
道飄然紫氣"，讀斷則爲"還報道、飄然紫氣"，其韵律之跌宕，有所不
同。其餘如"袛擬問金砂玉蕊"、"又何似六山一任"、"便公能安穩天
寧願"等，都是，甚至"看看破曉耕龍"都以讀爲"看看、破曉耕龍"爲
佳，因爲"看看"的，不僅僅是"破曉耕龍"，而是"破曉耕龍，跨海騎鯨，
千年依舊丹臉"整個尾均。惜明清以來，於此多不著意。

　　冉冉雲　五十九字　一名《弄花雨》　　　　　　　　韓淲

倚遍闌干弄花雨[一]。捲朱簾、草迷芳樹。山崦裏、幾許雲烟
來去[二]。畫不就、人家院宇。　　　社寒梁燕呢喃舞。小桃
紅海棠初吐①。誰信道、午枕醒來情緒。閒整春衫自語。

　　　因首句又名《弄花雨》。
　　　"弄"、"院"、"自"三字，必去聲，勿誤。《詞律》收盧炳一首與
　　此同，以尾句六字爲脫誤。不知此首亦六字，其爲臆斷，謬甚。

惟盧作後起句用"帶露天香最清遠",與前起同。下三字俱用去平上,較勝。

【校記】

[一]"弄"字、前結"院"字、後結"自"字,用●符標識,意謂必用去聲。

[二]原注"崦"字及後段次句"初"字、後結"聞"字可仄,"幾"字可平。

【蔡案】

① 本句應讀斷爲上三下四句。

繞池遊慢 百四字　　　　　　　　　　韓　淲

西湖看荷花同趙倅賦

荷花好處,是紅酣落照,翠靄餘凉。繞郭從前無此樂,空浮動、山影林篁①。幾度薰風晚,留望眼、立盡濠梁。誰知好事,初移畫舫,特地相將。　　驚起雙飛屬玉,縈小楫、蘅岸猶帶生香。莫問西湖西畔路,但九里松下侯王。且舉觴寄興,看閒人、來伴吟章。寸折柏枝,蓬分蓮實,徒繫柔腸。

調見《澗泉詞》。與晏幾殊《繞池游》不同[一],宜分列。《詞律》失收。

"蘅"字葉《譜》作"衝","柏"字作"柄",皆誤,今從《歷代詩餘》訂正。

【校記】

[一]晏幾殊,疑是晏幾道之誤。《樂府雅詞》有令詞《繞池遊》,

爲佚名者作,或秦巘記錯爲晏殊或晏幾道。

【蔡案】

　　① 本句原譜讀爲上三下四折腰式句法,校之後段,"九里松下"不可讀斷,故本句亦不宜讀斷,以一字領六字句法讀爲宜。

彩鳳飛 八十一字　"飛"一作"舞"　　　　　　　　　陳　亮

七月十六日壽錢伯同

人立玉,天如水,特地如何撰。海南沉、燒着欲寒仍暖。算從頭,有多少、厚德陰功,人家上、一一舊時香案。　　　瞰經慣。小駐吾州纔爾,依然歡聲滿①。莫也教、公子王孫眼見。這些兒、穎脱處,高出書卷②。經綸自入手,不了判斷③。

　　　　汲古注:一作《彩鳳舞》。

　　　　此調文義不解,惜無他作可證。"瞰"字音"曬",當作"煞"。

　　　　此句當是換頭語,汲古、《詞律》屬上段,今改正。"仍"字作"猶"。

【蔡案】

　　① "依然"疑是"依舊"之誤。

　　② "出"字,以入作平。

　　③ "了"字,以上作平。

秋蘭香 九十六字　　　　　　　　　　　　　　陳　亮

未老金莖,些子正氣①,東籬淡泞齊芳。分頭添樣白,同局幾般黃。向閒處、須一一排行。淺深饒間新妝②。那陶令、漉他誰酒,趁醒消詳。　　況是此花開後,便蝶亂無花,管甚蜂忙。你從今、采却蜜成房③。秋英試商量④。多少爲誰,甜得清凉。待説破、長生真訣,要飽風霜。

　　　　調見《全芳備祖》,詠菊詞也。《龍川集》未載,《詞律》亦失收。

【蔡案】

　　① "些子"之"子",以上作平。

　　② 此六字對應後段"多少爲誰,甜得清凉"二句,疑原文爲"●●淺深,饒問新妝",韵律既合,文意也貫通。

　　③ 本調爲慢詞,而"多少爲誰,甜得清凉"爲第三均收拍,因此後段第二均實爲孤拍,本句對應前段"分頭添樣白,同局幾般黄",依其韵律,顯闕二字,原文必爲"你從今●●、采却蜜成房"。

　　④ 本句抴其韵律,應是單起式句子,疑奪領字,而對應前段考察,則本句原貌應是"●○●、秋英試商量",奪三字。

瑞雲濃慢 百三字　　　　　　　　　　　　　陳　亮

六月十一日壽羅春伯

蔗漿酪粉,玉壺冰醑,朝罷更聞宣賜。去天咫尺,下拜再三,幸今有母可遺①。年年此日,共道是、月入懷中最貴。向暑天、正風雲會遇,有甚嘉瑞②。　　鶴冲霄,魚得水。一超便直入神仙地③。植根江表,開拓兩河,做得黑頭公未。騎鯨赤手,問何如、長鞭尺箠④。算向來、數王謝風流,祇今管是。

　　　　調見《龍川集》。與《瑞雲濃》不同。"雲"字汲古本作"雪",

誤。"是"字、"算"字、"數"字,汲古、《詞律》缺,今從本集。

【蔡案】

① "可"字,以上作平。

② "甚"字,疑是"其"字之誤。該字位依律須平,即後段"今"字。

③ 本句以讀斷爲宜。

④ 此句文意殘缺不通。揆其韵律,原文應是"問何如、●●長鞭尺篷"。

詞繫卷廿二 宋

醉太平 三十八字 一名《四字令》《醉思凡》《凌波曲》《醉思仙》

劉 過

閨 情

情高、意真[一]①。眉長、鬢青。小樓明月調笙。寫春風數
○○ ●△　　○○ ●△　●○○●●△　●○○
聲[二]。　　思君。憶君。魂牽、夢縈。翠綃香暖雲屏。更
△　　　　○△　●△　○○ ●△　◎○○●●△　●
那堪酒醒②。
○○●△

《太平樂府》注南呂宮。《太和正音譜》注正宮，又入仙呂宮、
中呂宮。《九宮大成》入南詞正宮正曲。一名《昇平樂》，入北詞
高宮隻曲。一名《凌波曲》，又入北詞雙角隻曲。周密詞名《四字
令》，孫惟信詞名《醉思凡》，元劉壇詞名《醉思仙》。

《集解》云：昉自後蜀，歐陽炯通調用四字成句，故名《四字
令》。愚按：歐陽炯有《三字令》，此説大誤。

"意"、"鬢"、"憶"（作去）、"夢"四字必去聲。"寫"、"數"、
"更"、"酒"四字必仄聲。兩結句是一領四字句，均勿誤。"憶"字
入作去，"那"字上作平，各家皆同。"真"、"君"二字入庚、青韻，
雜。"笙"字，汲古作"筝"。"雲"字，葉《譜》作"銀"。

【校記】

　　［一］"意"字與後句"鬢"字、後起"憶"字、次句"夢"字，用●符標識，意謂必用去聲。

　　［二］"寫"字和"數"字、後結"更"字和"酒"字，用◑符標識，意謂必用仄聲。

【蔡案】

　　① 前後段起八字，原譜作四字兩句，此類句法，兩頓連平，實爲句逗處，後段"思君"，更是過片句中短韵，詞之基本韵律特徵。

　　②"那堪酒醒"和前段結拍"春風數聲"，其韵律模式係起拍處"情高意真"，因此或讀爲"更那堪、酒醒"，更爲諧和，但此種句法罕見，但述不改。

又一體 四十五字　　　　　　　　　　　辛棄疾

春　　景

態濃意遠[一]。鞏輕笑淺。薄羅衣窄絮風軟。鬢雲欹翠捲[二]。　　南園花樹春暖①。香徑裏、榆錢正滿。欲上鞦韆又驚懶。且歸休怕晚。

　　此用仄韵②。前後段第三句七字，比劉作多一字。後段首句六字，次句七字，與前異。"意遠"、"笑淺"、"絮軟"、"翠捲"、"正滿"、"又懶"、"怕晚"等字，皆用去上③。"鬢"、"且"二字用仄，最吃緊，勿誤。"鞏輕"二字，汲古、《詞律》作"眉鞏"，"欹"字作"欺"，"徑"字作"鏡"。"春"字下多"光"字，"錢"字下缺"正"字，皆誤。今從《歷代詩餘》本。

【校記】

［一］"意遠"及後"笑淺"、"絮……軟"、"翠捲"、"正滿"、"又……懶"、"怕晚"，用●◐符標識，意謂必用去上聲。

［二］"鬢"字和後結"且"字，用◐符標識，意謂必用仄聲。

【蔡案】

① 過片校之《高麗史·樂志》無名氏詞，爲七字句，作"教人病深謾摧拙"，故應據《稼軒長短句》補"光"字，作"南園花樹春光暖"。而本調前後段結拍，或用一四式句法，或用律句句法，皆可。如本詞前段用律句句法，而無名氏詞則用"把初心忘却"，當是兩者俱可。

② 本詞原作"又一體"，竊以爲綜合韵律特徵，本調與劉過詞，應是同名異調，並非平韵詞換用仄韵的換韵化，故應重擬調名爲是。

③ 此類"去上"、"上去"之説，均爲臆説，從無律理之依據，故"意遠"可相連，"絮軟"爲隔字，何以前者須相連？後者須隔字？何以"絮軟"可、"又懶"可，而"樹暖"則不可？自萬樹起，從未有人就律理之角度略説一二，至多便是"吃緊"、"起調"之類玄之又玄無法説清的説辭，縱知其然，亦不知其所以然也。余以爲，本詞之所以如此結構，並非在於去聲，而在於上聲。蓋上聲可作平，與入聲同，余名之曰"兼聲"，爲特殊之聲調，入聲爲韵，不容其他羼入，上聲亦類，如本調本詞，如本卷別調《秋宵吟》等等。而本調既用上聲韵，則此爲大關鍵。至於去聲，純屬無中生有，加之四聲中其字最多，一句中有去聲，本即在所難免。且無論相連，抑或隔字，乃至句首，皆可謂之"妙"，如後段第二拍，一本作"紅香徑裏榆錢滿"，亦可謂"該句中，第一仄聲與最後一仄聲呼應，構成一去上之勢，妙"，至於妙在何處，則無須道明，畢竟詞譜學一道，知者甚少，不識者怕露怯，識者怕示弱，故數百年來，無人質疑，自然便無不妥之句矣。

竹香子 五十字　　　　　　　　　　　　　　　劉　過

同郭季端訪舊不遇，有作。

一項窗兒明快。料想那人不在①。薰籠脱下舊衣裳，件件香難賽。　　匆匆去得忒曀。這鏡兒、也不曾蓋②。千朝百日不曾來，没這些兒個采③。

> 此調僅見此詞，與《行香子》無涉，各譜多未載。

【蔡案】

① 本句校之後段，疑是"□料想、那人不在"。

②"不"字以入作平。

③ 結拍"個"字是襯字。

唐多令 六十字　"唐"或作"糖"。一名《南樓曲》
《箜篌曲》　　　　　　　　　　　　　　　　劉　過

安遠樓小集，侑觴歌板之姬黃其姓者，乞詞於龍洲道人，爲賦此《糖多令》。同柳阜之、劉去非、石民瞻、周嘉仲、陳孟參、孟容，時八月五日也。

蘆葉滿汀洲。寒沙帶淺流。二十年、重到南樓。柳下繫舟
⊙●●△　　○○◎●△　　●◎○、⊙●○△　　◎●○○

猶未穩，能幾日、又中秋。　　黃鶴斷磯頭。故人今在
○●●　○●●、●○△　　⊙●●○△　　●○○●

不[一]。舊江山、總是新愁。欲買桂花重載酒[二]，終不似、少
△　　●○○、◎●○△　　◎●◎○○●●　　○●●、●

年游[三]。
○△

《太和正音譜》注越調,亦入高平調。《九宮大成》入南詞仙呂宮引,名《糖多令》。又入北詞平調隻曲。

“唐”,汲古作“糖”。吳文英詞名《南樓令》,周密詞名《糖多令》。張翥詞有“花下鈿箜篌”句,名《箜篌曲》。

“到”字汲古作“過”,“舟”字作“船”,“今在”二字作“曾到”。“總”字作“渾”、《本事詞》作“都”,“重”字作“同”,“鶴”字《本事詞》作“鵠”。

【校記】

［一］原注“不”字平聲。

［二］原譜“桂”字注云“可仄”,手誤。

［三］原譜本句未讀斷。

南樓令 六十一字　　　　　　　　　　　　　　　　吳文英

何處合成愁。離人心上秋。縱芭蕉、不雨也颼颼。却道晚涼天氣好,有明月、怕登摟。　　　年事夢中休。花空烟水流。燕辭歸、客尚淹留。垂柳不縈裙帶住,謾長是、繫行舟。

因劉詞有“重過南樓”句,故名《南樓令》。

“縱芭蕉”句八字,比劉作多一字。《詞統》謂“縱”字爲襯字,《詞律》謂:止可“也”字注襯[1]。萬氏每謂詞無襯字,如此詞則又何説之辭? 説詳凡例。

【蔡案】

① 僅就文字之襯而言,萬樹謂“也”爲襯字,是,若“縱”字爲襯,則句法截然不同,韵律不合。《詞統》就詞意而論,《詞律》就韵律而論,角度不同,高下立判。要之,填者亦可填爲●○○　●●○△。

但本詞是否有襯字，又當別論，蓋周密詞，前後段第三拍均用八字折腰式句法，則該拍可增一字明矣。研究詞譜，自應從宏觀角度切入，不可糾結於一詞一句，如此，以宏觀視角研究該拍，此八字並無所襯，亦明矣。

糖多令 六十二字 周 密

閨 怨

絲雨織鶯梭。浮錢點細荷。燕風輕、庭宇正清和。苔雨唾茸堆繡徑，春去也、奈春何。　　宮柳老青蛾題[①]。紅隔翠波。扇鸞孤、塵暗合歡羅。門外綠陰深似海，應未比、舊愁多。

> 前後第三句皆八字，是因吴詞而衍之也。萬樹未見此體，遂謂周作多一字。亦不遍考諸名家詞之過也[②]。"細"字《草窗詞》作"翠"，"雨"字作"面"。今從《蘋洲漁笛譜》。

【蔡案】

① 本句誤點，致韵律不諧，應於"蛾"字注叶。

② 此爲正體之添字格，本詞可見，前後段第三拍，本可八字。秦巘謂此八字源自吴詞，亦揣度而已，總是不從律理而作探討。蓋詞中基本規律，四字句可添一字作五字句，如《長相思慢》，柳永作"鳳燭熒熒"，秦觀增字爲"曲檻俯清流"，袁去華爲"山翠掃修眉"。同理，七字句也可以添一字成爲八字句，如《八聲甘州》，柳永作"爭知我、倚闌干處"，劉過增字爲"春風早、看東南王氣"，這本是詞律中的基本變化規則，今人因不知律理，故視詞譜爲畏途，不敢越雷池一步。而其理本甚爲簡單明白：宋人添得，吾輩何以添不得。而我認爲秦巘祇是揣

測，是因爲周詞的八字與吴詞的八字，在句法上似乎相同而實質不同。吴詞用的是單起式句法，而周詞用的是雙起式句法，“燕風”即許棐“鳩雨細、燕風斜”中的“燕風”，“扇鸞”即盧祖皋“扇鸞釵鳳巧相尋”中的“扇鸞”，兩者的韵律截然不同，一讀便知。

四犯剪梅花 九十三字 一名《轆轤金井》《月城春》 劉 過

上建康錢太郎壽

水殿風凉，賜環歸、正是夢熊華旦。（解連環）**疊雪羅輕，稱雲章題扇。**（醉蓬萊）**西清侍宴。望黄傘、日華龍輦。**（雪獅兒）**金券三王，玉堂四世，帝恩偏眷。**（醉蓬萊） **臨安記、龍飛鳳舞，信神明有後，竹梧陰滿。**（解連環）**笑折花看，橐荷香紅淺。**（醉蓬萊）**功名歲晚。帶河與、礪山俱遠。**（雪獅兒）**麟脯杯行，狨韉坐穩。内家宣勸。**（醉蓬萊）

此調兩用《醉蓬萊》，合《解連環》《雪獅兒》，故曰《四犯剪梅花》。《詞律》謂前後起與《解連環》不合，且不解“剪梅花”之義。愚按：《解連環》、《雪獅兒》間插於《醉蓬萊》之中，宛轉迴環，故又名《轆轤金井》。如今世小曲有名“穿心”者，有名《五瓣梅》者，即是此格。“剪梅花”者，梅花本五瓣而剪去其一耳。所謂四犯者，所犯宫調，不必字句悉同也。盧祖皋詞名《月城春》。《歷代詩餘》云：一名《錦園春》，一名《三犯錦園春》。所據未詳①。

“稱雲章”句、“橐荷香”句，是一領四字句。“侍宴”二字、“歲晚”二字，宜去上。“鳳”字宜去聲。换頭，汲古空一格。戈氏本無“記”字，與後合。“籠”字《詞律》作“龍”，誤。“淺”字汲古作

“潤”，《詞律》注借叶，“俱”字作“長”。今據《詞譜》訂正。

【蔡案】

① “四犯”之説，至今未有定論，余以爲諸説都存在可商榷處。秦巘謂“此調兩用《醉蓬萊》，合《解連環》《雪獅兒》，故曰《四犯剪梅花》”；萬樹則謂“采各曲句合成。前後各四段，故曰‘四犯’”。此二説都祇是就現象而爲解而解。如果以此計數，則都應該稱之爲“八犯”，豈有以半截詞而名調的理由。余以爲所謂“四犯”者，是本調本以《解連環》爲本，其所犯宮調者，二犯《醉蓬萊》調，二犯《雪獅兒》調，故全篇總計四犯，調名由此而來。而《三犯錦園春》，則是《解連環》《雪獅兒》《醉蓬萊》三調相犯，著眼點不同，故其數不同而已。至於“剪梅花”，謂是五瓣去其一者，同樣也是殊爲牽强，梅花野外之物，去其一則往往是“摘”，莫非賞梅之人還隨身帶個剪刀？再説何以必剪其一，而非其二、其三？此“剪”字，余以爲其實並非“剪切”之“剪”，而是“一剪梅”之“剪”也。“一剪梅”，則意謂“一束梅花”。

轆轤金井　九十二字　　　　　　　　劉　過

席上贈馬儉判舞姬

翠眉重拂，後房深，自唤小鬟嬌小。繡帶羅垂，報濃妝纔了。堂虛夜悄。但依約、鼓簫聲鬧。一曲梅花，尊前舞徹，梨園新調。　　高陽醉山未倒①。看鞾飛鳳翼，玉釵微裊。秋滿東湖，更西風凉早。桃源路杳。記流水、泛舟曾到。桂子香濃，梧桐影轉，月寒天曉。

此與《四犯剪梅花》無異，自是一調。祇换頭句少一字、且叶韵，起句平仄異。《詞律》每好歸併調名，屢駁《圖譜》，何獨此調遺漏，自蹈其轍。亦由比較字數之誤耳。

"玉釵微裊"，《詞律》作"釵褪微溜"，《詞律》注借叶。今從述古堂本，與《四犯剪梅花》平仄悉同。"蠻"字汲古作"變"，"依"字作"夜"，誤。"梨"字一作"梁"。"凉"字葉，《譜》作"寒"，與後重。

【蔡案】

① 過片"高陽醉山"不可解，本句實是奪一字，原詞爲"高陽醉、玉山未倒"，故補足後，本詞即前一詞體。

月城春 九十二字　　　　　　　　　　　　　盧祖皋

晝長人倦。正凋紅漲緑，懶鶯忙燕。絲雨濛晴，放珠簾高捲。神仙笑宴。半醒醉、彩鸞飛遍。碧玉闌干，青油幢幕，沉香庭院。　　洛陽畫圖舊見。向天香深處，猶認嬌面。霧縠霞綃，鬥綺羅裁剪。情高意遠。怕容易、曉風吹散。一笑何妨，銀臺换蠟，銅壺催箭。

此與前調字句悉合，自是一調異名。祇首句起韵，次句於第五字斷，略異①。《詞律》失收。

【蔡案】

① 此爲正格之減字式，過片六字，餘同。至於首拍入韵，本是詞中之慣例，凡起拍，皆可叶可不叶，次拍之斷句，亦讀破而已。

西吳曲 百五字　　　　　　　　　　　　　劉 過

説襄陽、舊事重省①。記銅鞮巷陌醉還醒。笑鶯花別後，劉

郎憔悴萍梗。倦客天涯,還買個、西風輕艇。便欲訪、騎馬
山翁,問峴首、那時風景。　　　襄王城裏,知幾度經過,摩挲
故宮柳瘦。漫弔影、冷烟衰草凄迷[②],傷心興廢,賴有陽春古
郢[③]。乾坤誰望,六百里路中原,空老盡英雄,腸斷劍鋒冷。

　　　唐樂府有西曲、吴曲,皆清商曲,是合西曲、吴曲爲一調也。
當是商聲。

　　　《龍洲集》不載,《詞律》失收。

　　　"影"字《詞譜》作"景",重叶。但"影"字原可作"景",今
改正。

【蔡案】

　　① 起拍原譜擬作上三下四折腰式句,韵律便不諧,以詞意論,
"襄陽舊事"爲一語意單位,以律意論,四字結構兩頓連仄,律拗,故應
讀爲一字逗領六字句法。

　　② 本詞前後段極爲參差,前段四均八拍,尚可一觀,後段則僅得
三均,必有脱字脱韵之處。是故本調宋後幾成絕響,無人填此。細校
本詞,本句應對應前段第二均"笑鶯花別後,劉郎憔悴萍梗",亦即其
原貌應是"漫○○弔影、冷烟衰草凄迷",脱二字,失一韵,而這一韵是
主韵,補足後,後段便是正常的結構了。

　　③ 本句對應前段"還買個、西風輕艇",或脱一字。

玉人歌　八十八字[一]　　　　　　　　　　　　楊炎正

西風起。又老盡籬花,寒輕香細。漫題紅葉,句裏誰會。長
天不恨江南遠,苦恨無書寄。最相思,盤橘千枚,膾鱸十尾。

鴻雁阻歸計。算愁滿離腸，十分豈止[二]。倦倚闌干，顧影在天際。凌烟圖畫青山約，總是浮生事。判從今，買取朝醒夕醉。

　　　汲古、《詞律》及各本皆作楊炎，《武林舊事》有楊炎正。《宋詩紀事》云：字濟翁，有《西樵語業》一卷，《詞綜》號止濟翁，誤。

　　　此調袛"漫題紅葉"四字上，比《探芳信》少一字，應是一調①。

【校記】

　　[一] 應是八十七字。

　　[二] "豈"字原注作平。

【蔡案】

　　① 本詞即《探芳信》，前段第四拍，依律各家均爲五字，此或奪一字，第五拍，原譜四字，詞意不通，而汲古閣本《西樵語業》作"句裏意誰會"，與諸家同，且本句對應之後段，爲"顧影在天際"，亦五字句，本句顯奪。文字殘缺，且調名鮮見。

探芳信　九十字　"信"一作"訊"　　　　　　　　史達祖

謝池曉[一]。被酒殢春眠，詩縈芳草。正一階梅粉，都未有人
○○▲　　●●●○○　○○○▲　●○○○○　●●●○

掃。細禽啼處東風軟，嫩約關心早。未曉燈，怕有殘寒，故
▲　●○○●○○▲　●●○○▲　●●○　●●○○　●

園稀到。　　説道。試妝了。也爲我相思，占他懷抱。静
○○▲　　　●▲　●○▲　●●●○○　●○○▲　●

數窗櫺，最怺聽、鵲聲好。半年白玉臺邊話，屢見瓊鈎小。
●○○　●○○　●○▲　●○●●○○●　●●○○▲

指芳期，夜月花陰夢老[二]。
●　○○　　●●○○●▲

　　　　換頭二句叶韵，前段第三句多一字，後段第五句多一字①。
餘悉同楊作，自是一調。

　　　　通首用上聲韵。"謝池曉"、"有人掃"、"試妝了"、"鵲聲好"，
用仄平仄。"夢老"用去上，各家皆同。"殢"字汲古作"滯"，"忺"
字作"歡"，皆誤。

【校記】

　　[一]"謝池曉"及後"有人掃"、"試妝了"、"鵲聲好"字，用◐○◐
符標識，意謂必用仄平仄聲。

　　[二]"夢老"二字，用◑◓符標識，意謂必用去上聲。

【蔡案】

　　① 本調基本體式有兩種，其區別主要在後段第五拍，或如本詞，
用折腰式六字句，或少一字，用五言律句句法。而過片換頭用句中短
韵者，僅此一首。

又一體　九十字　　　　　　　　　　　　　吳文英

賀雲麓先生秘閣滿月

探春到[一]。見彩花釵頭，玉燕來早[二]。正紫龍眠重，明月
弄清曉。夜塵不沁銀河水[三]，金盎供新澡[四]。鎮帷犀，護
緊東風，秀藏芝草。　　　星斗燦懷抱。問霧暖藍田，玉長多
少。禁苑傳香，柳邊語，聽鶯報①。片雲飛趁春潮去，紅軟長
安道。試回頭，一點蓬萊翠小。

前次句作仄仄平平平,與史作異。吳作另二首、蔣捷一首同。"鎮帷犀"七字,吳又一首作"試把龍唇供來時",與此異。換頭第二字不叶。"玉(作平)燕來早"、"玉(作平)長(上)多少",作平仄平仄,各家同。均與史作異。

【校記】

［一］"探"字、後段第三句"長"字、第五句"聽"字原注去聲。

［二］"玉"字和後段第三句"玉"字原注作平。

［三］"夜"字和"不"字原注可平。

［四］"金"字和後段第七句"紅"字原注可仄。"供"字原注平聲。

【蔡案】

① 此六字應讀爲六字折腰句。

又一體 九十字　　　　　　　　　　　　　　吳文英

與李方菴聯舟入杭,時方菴至嘉興,索舊燕同載。是夕,雪大作,林麓州渚皆瓊瑤[一]。方菴馳小序求詞,且約訪桑公甫。

夜寒重。見羽葆將迎,飛瓊入夢。整素妝歸處,中宵按瑤鳳。舞春歌夜棠梨岸,月冷和雲凍。畫船中、太白仙人,錦袍初擁。　　應過浯溪否,試笑挹中郎,還扣清弄。粉黛湖山,欠携酒,共飛鞚。洗杯時換銅觚水,待作梅花供。問何時、帶雨鋤烟自種。

換頭句不叶韵。餘同前作。

【校記】

［一］"州"應是"洲"字之誤。

又一體 八十九字　　　　　　　　　　　　　　　　吳文英

丙申歲，吳燈市盛常年。余借宅幽坊，一時名勝遇合，置杯
酒，接殷勤之歡，甚盛事也。分"鏡"字韵。

暖風定。正賣花吟春，去年曾聽。旋自洗幽蘭，銀屏釣金
井。斗窗香暖慳留客，街鼓還催暝。調雛鶯，試遣深杯，喚
將愁醒。　　　燈市又重整。待醉勒游繮，緩穿斜徑。暗憶
芳盟，綃帕淚猶凝。吳宮十里吹笙路，桃李都羞靚。繡簾
人，怕惹飛梅鬖鏡。

　　　後段第五句五字，比前作少一字。周密一首同。

又一體 八十九字　一名《西湖春》　　　　　　　　　張　炎

西湖春感寄草窗

坐清晝。正冶思縈花，餘酲倦酒[一]。甚探芳人老[二]，芳心
尚如舊。消魂忍説銅駝事，不是因春瘦。向西園，竹掃頹
垣，蔓羅荒甃。　　　風雨夜未驟。歎歌冷鶯簾[三]，恨凝蛾
岫。愁到今年，多似去年否。賦情懶聽山陽笛，目極空搔
首。我何堪，老却江潭漢柳。

　　　因題是《西湖春感》，故一名《西湖春》。

　　　"多似"句與前段同，比前作少一字①。周密、李彭老和詞
同，平仄照注。"羅"字一作"延"。"懶"字作"怕"。"漢"字作
"溪"，誤，此字當用去聲。

【校記】

〔一〕“倦”字、第七句“不”字、後段第六句“賦”字、第七句“目”字、結句“老”字原注可平。

〔二〕“探”字原注平聲。

〔三〕“歌”字原注可仄。

【蔡案】

①“多似”句與前作同，少一字應是校之“夜寒重”等詞，秦巘看差。本詞與前一詞全同。

又一體 九十字　　　　　　　　　　　　　　　　　　吳禮之

金風顫葉，那更餞別江樓。聽淒切、陽關聲斷，楚館雲收。去也難留。萬重烟水一扁舟。錦屏羅幌，多應換得，蓼岸蘋洲。　　　凝想恁時歡笑，傷今萍梗悠悠。漫回首、妖嬈何處，眷戀無由。先自悲秋。眼前景物祇供愁。寂寥情緒，也恨分淺[一]，也悔風流。

此用平韻，句法與前不同。僅見此詞①。

【校記】

〔一〕“恨”字原注宜平。

【蔡案】

①《探芳信》本無平韻體。此爲《采桑子慢》，而非《探芳信》。且本詞已另見於卷十六《采桑子慢》調下，第三首。

漁父詞 十八字　　　　　　　　　　　　　　　　　戴復古

漁父飲，不須錢。柳枝斜貫錦鱗鮮。換酒却歸船。

此與《漁歌子》《漁父引》皆不同，故另列。《石屏詞》《詞律》
俱不載①。

【蔡案】

① 起句爲六字折腰句。本調僅戴氏四首，字句同，惟第二句僅
後詞爲仄起平收式律句句法，第三句僅本詞用仄起式，平仄亦反。

又一體 十八字　　　　　　　　　　　　　　　　　戴復古

漁父醉，釣竿閒。柳下呼兒牢繫船。高眠風月天。

後二句平仄與前異①。

【蔡案】

① 此即前一詞體，惟後二句句法不同。此亦可見，詞之句法，不
必恪守恆一。

且坐令 七十字　　　　　　　　　　　　　　　　　韓　玉

閒院落。誤了清明約。杏花雨過胭脂綽。緊了秋千索。鬥
草人歸，朱門悄掩，梨花寂寞。　　　書萬紙、恨憑誰托。纔
封了、又揉却。冤家何處貪歡樂。引得我、心兒惡。怎生全
不思量着。那人人情薄。

此調僅見此首，未詳命意。汲古毛晋跋云：其自度曲也，押

韵頗峭。

　　“纔封了”三字，一本作“剛匆匆封了”。

八　歸　百十三字　　　　　　　　　　　　　　高觀國

重陽前一日懷梅溪

楚峰翠冷，吳波烟遠，吹袂萬里西風。關河迥隔新愁外，遙憐倦客音塵，未見征鴻。雨帽風巾歸夢杳，想吟思、吹入飛篷[一]。料恨滿、幽苑離宮①，正愁黯文通[二]②。　　　秋濃。新霜初試，重陽催近，醉紅偷染江楓。瘦筇相伴③，舊游回首，吹帽知與誰同。想茰囊酒盞，暫時冷落菊花叢④。兩凝佇、壯懷無奈，立盡微雲斜照中⑤。

　　　調名未詳。或因九月八日作詞，内有“歸夢杳”字，取意在此。抑通體八韵，用八曲合成，如《八寶妝》體之義，均未可知⑥。“黯”字、“照”字必用去聲。“宮”字是偶合，此處不應叶。“無奈”二字各本缺，據《詞律訂》增補。“倦”字一作“俠”，誤。

【校記】

　　[一]“思”字原注去聲。

　　[二]“黯”字及後結“照”字，用●符標識，意謂必用去聲。

【蔡案】

　　① “宮”字，秦巘認爲衹是偶合，其依據是“此處不應叶”，這種理由是毫無律理根據的，詞的起結過變常有添韵的特點，就是“此處應叶”的依據。秦巘的説法，無非是因爲後段“奈”字未韵而已，不知前後結中單邊叶韵是一種常見的方式，以《欽定詞譜》的説法，叫“詞以

韵爲拍,起結過變,不妨多加拍也"。

②　本句第三字秦巘以爲必用去聲,平韵體本調僅此一首,不知其文本依據爲何,而其中韵律上的依據又是爲何。

③　本句對應前段的"關河迥隔新愁外",因此顯然是少了三字的,如果補足三字後,本句作"瘦筇相伴○○●",則前後段第二均便完全諧同,合乎詞文學的一般規則,因此,這個"少三字"實際上是脱落三字,應予補足。

④　後段第三均較之前段,亦少三字,但因句法迥異,不能揣度。

⑤　本調的總體架構是一添頭式慢詞,添頭式詞調的一個特點是後段尾均校之前段罕有再添字的情況,故在兩者孰是孰非並無特別依據的情況下,寧取"壯懷立盡,微雲斜照中",與前段形成一種"齊尾"的模式爲宜。

⑥　依據秦巘序列規則,本調似以姜夔詞爲起更恰。秦巘所謂"九月八日作詞"云云,太過杜撰,且無想象力。姜詞亦爲送別,謝桃坊先生謂,姜詞當爲"本調之始詞",一説"八歸"者,蓋因姜夔信道,道家以爲"八"乃道之輪迴歸返,亦即"歸真",故稱"八歸"。較之"九月八日",此説更可信。至於"通體八韵"之説,更屬無稽,蓋慢詞多爲八韵式,何獨此名之曰"八"?

又一體 百十五字　　　　　　　　　　　史達祖

秋江帶雨,寒沙縈水,人瞰畫閣愁獨[一]。烟蓑散響驚詩思[二],還被亂鷗飛去,秀句難續[三]。冷眼盡歸圖畫上,認隔岸、微茫雲屋。想半屬、漁市樵村,欲暮競燃竹。　　　　須信風流未老,憑誰持酒,慰此凄凉心目。一鞭南陌,幾篙官渡,賴有歌眉舒綠。祇匆匆眺遠，早覺閒愁挂喬木。應難禁、故人天際，望徹淮山，相思無雁足。

　　姜夔詞自注雙調。

　　此用入聲韵，惟結處比高作多二字。"閣（去聲）"、"競"、"挂"、"雁"四字必去聲①，勿誤。姜夔一首與此同，祇"句"字作平，餘悉合②。"憑誰持酒"句，汲古作"憑持酒"，缺一字，《詞律》加一□，一本作"尊"字。"凄"字一作"清"。"禁"字，汲古作"奈"。今據《宋七家詞選》本。

【校記】

　　[一]"閣"字、前結"競"字、後段第八句"挂"字、後結"雁"字，用●符標識，意謂必用去聲。"愁"字原注可仄。

　　[二]"思"字及後段第九句"禁"字原注去聲。

　　[三]"句"字及後一句"盡"字原注可平。

【蔡案】

　　① 秦巘謂"閣"、"競"、"挂"、"雁"四字，必用去聲，並無律理上的依據。而"閣"字本爲入聲，爲"必去聲"而强解爲去聲，尤屬荒謬。該字姜夔作"雨"，上聲作平，而本句對應後段"慰此凄涼心目"，句法應同，第五字依律必須平聲，故"閣"字以入作平，這是最符合律理的解釋；"競"字，姜夔用"與"，亦爲上聲。四字中姜夔二字不用去聲，何以秦巘必欲言去聲。

　　② 本詞校之姜詞，亦不止一"句"字不合，如"幾篙官渡"，姜詞用"櫂移人遠"，平仄全反。

步　月　九十六字　　　　　　　　　　　　　史達祖

剪柳章臺，問梅東閣，醉中携手初歸。逗香簾下，璀燦縷金衣。正依約、冰絲射眼[一]，更荏苒、蟾玉西飛。輕塵外、雙鴛細蹙，誰賦洛濱妃。　　　霏霏。紅霧繞，步摇共鬢影，吹入花圍。管弦將散，人静燭龍稀。泥私語、香櫻乍破[二]，怕夜寒、羅襪先知。歸來也、相偎未肯入重幃。

　　　此調前無作者。
　　　"射"、"霧"、"鬢"、"乍"四字必去聲，勿誤①。"簾"字，葉《譜》作"樓"。

【校記】
　　　[一] "射"字與後起"霧"字、第二句"鬢"字、第六句"乍"字，用●符標識，意謂必用去聲。
　　　[二] "泥"字原注去聲。

【蔡案】
　　　① 本調平韵體僅此一首，不知秦巘謂"必去聲"依據何來？這就像我們不能説"剪柳"必上聲，"閣"字、"約"字、"蹙"字必入聲一樣，否則何須製作詞譜，直接依據唐宋詞亦步亦趨填詞即可。

又一體　九十四字　　　　　　　　　　　　　施岳

茉　莉

玉宇薰風，寶階明月，翠叢萬點晴雪。煉霜不就[一]，散廣寒飛屑。采珠蓓、綠蕚露滋[二]，嗔銀艷、小蓮冰潔[三]。花魂在，纖指嫩痕，素英重結。　　　枝頭香未絶。還是過中秋，丹桂時節。醉鄉冷境，怕翻成消歇，玩芳味、春焙旋熏[四]，貯穠韵、水沉頻爇。堪憐處，輸與夜凉睡蝶[五]。

> 此用仄韵，兩結比史作各少一字，換頭二字不叶韵。"不"字、"冷"字仄聲，"露"、"嫩"、"重"、"未"、"旋"、"睡"等字去聲，"小"字、"水"字上聲，勿誤。"蓓"字葉《譜》作"蕊"，"韵"字作"艷"。

【校記】

[一]"不"字、後段第三句"冷"字，用❶符標識，意謂必用仄聲。

[二]"露"字、第八句"嫩"字、前結"重"字、後起"未"字、第五句"旋"字、後結"睡"字，用⬤符標識，意謂必用去聲。

[三]"小"字、後段第六句"水"字，用◐符標識，意謂必用上聲。

[四]原注"旋"字去聲。

[五]詞末原注："茉莉，嶺表所産，古今詠者不甚多。文公曾詠二絶句，鄒道鄉亦曾題詠。此篇'小蓮冰潔'之句，狀茉莉最佳。此花四月開，直至桂花時尚有。'玩芳味'，古人用此花薰茶，故云。"

玉簟凉　九十七字　　　　　　　　　　　　史達祖

秋是愁鄉。自錦瑟斷弦[一]，有淚如江。平生花裏活，奈舊夢難忘。藍橋雲樹正緑，料抱月、幾夜眠香。河漢阻、但鳳音傳恨，闌影敲凉。　　　新妝。蓮嬌試巧，梅瘦破春，因甚却扇臨窗。紅巾銜翠翼，早弱水茫茫。柔指各自未剪[二]，問此去、莫負王昌。芳信準，更教尋、紅杏西廂。

此無他作,想是創製。

"奈舊夢"句、"早弱水"句,是一領四字句。"斷"、"樹"、"正"、"破"、"自"、"未"六字去聲,不可易①。"教"字汲古作"敢",誤。"巧"字作"曉"。

【校記】

〔一〕"斷"字、第六句"樹正"二字、後段第二句"破"字、第六句"自未"二字,用●符標識,意謂必用去聲。

〔二〕"指各"二字原注作平。想是據前段"橋雲"二字來。

【蔡案】

① 秦巘所謂"不可易"之去聲,既無別首佐證,又無律理依據,一廂情願而已,不必聽。其餘類似説法,俱同。今僅以"斷"字爲例,詳加分析如下。若云"斷"字必得用去聲,須合乎如下數種條件:其一,本調至少五首以上,且各首該字位均用去聲,則方勉强可云"必用去聲,不可易";其二,由唐宋詞抽象出一詞律規則,如一字領四字結構,凡平收式句法,除個別罕見詞外,第四字俱用去聲,則方可云"必用去聲,不可易";其三,唐宋詞中,慢詞第二拍,凡平收式一領四字句法,第三字俱爲去聲,則方可云"必用去聲,不可易"。捨此三者之一,俱爲謬論。尤其如此類僅見一首的孤詞單調,動輒"必用去聲,不可易",則必爲妄言。

雙雙燕　九十八字　　　　　　　　　　史達祖

詠　燕

過春社了〔一〕,度簾幕中間〔二〕,去年塵冷。差池欲住,試入舊巢相並。還相雕梁藻井〔三〕。又軟語、商量不定〔四〕。飄然快拂花梢,翠尾分開紅影。　　芳徑。芹泥雨潤。愛貼地爭飛,競誇輕俊。紅樓歸晚,看足柳昏花暝。應是棲香正穩。便忘了、天涯芳信^[五]。愁損翠黛雙蛾,日日畫闌獨憑。

　　　　蔣氏《九宮譜》入小石調。此詠本意,名始於此,想是創作。

　　　　向來詞家推爲絶作,然用庚、青韵雜入真、文,亦是一病,學者不可從①。《詞律》所論平仄誠然。愚按:凡名家所製之曲,平仄悉當遵依。或有他詞異同,可以通用,否則謹守爲是。蓋詞中音韵,無譜可稽,不可以臆見改之也。"社"、"藻"、"雨"、"正"四字必仄聲,勿誤。

【校記】

　　〔一〕"社"字、第六句"藻"字、後起"雨"字、第六句"正"字,用◑符標識,意謂必用仄聲。

　　〔二〕原注"度"字、第五句"試"字、第七句"軟"字、後結前"日"字可平。

　　〔三〕原注"相"字去聲。

　　〔四〕原注"不"字、後結"獨"字作平。

　　〔五〕原注"忘"字可仄。

【蔡案】

　　① 秦巘以本詞庚、青、真、文韵互叶爲病,是以清人之標準,度宋人之作品也。謂學者不可從,可,謂"亦是一病",則不可。蓋宋人填詞,本無韵准,故方音爲叶,時有所見,清人無法釐清,輒怪其爲病,無乃過歟。

又一體 九十六字　　　　　　　　　　　　吳文英

小桃謝後,雙雙燕,飛來幾家庭户。輕烟曉暝,湘水暮雲遥度。簾外餘寒未捲,共斜入、紅樓深處。相將占得雕梁,似約韶光留住。　　　堪舉。翩翩翠羽。楊柳岸,泥香半和梅雨。落花風軟,戲從亂紅飛舞①。多少呢喃意緒。盡日向、流鶯分訴。還過短墻②,誰會萬千言語。

> 前段第六句不叶韵。"還過短墻"四字,比史作少二字,《詞譜》作"還憐瞥過短墻"。"雙雙"二字、"楊柳"二字,平仄亦異。

【蔡案】

　　①"戲從"二字,第二字依律須仄,《詞律》卷十四作"戲逐",是,應據改。

　　②"短墻"句,《聽秋聲館詞話》卷十四及《欽定詞譜》卷二十六均作"還憐又過短墻",與史詞同,則秦巘所據本應奪二字。但明知依律可校《詞譜》爲六字而不校,強增一"體",甚覺無謂。

换巢鸞鳳 <small>百字</small>　　　　　　　　　　史達祖

梅　　意

人若梅嬌。正愁橫斷塢,夢繞溪橋。倚風融漢粉,坐月怨秦簫①。相思因甚到纖腰。定知我今無魂可銷②。佳期晚,漫幾度、淚痕相照。　　　人悄。天渺渺。花外雨香,時透郎懷抱。暗屋蓂苗③,乍嘗櫻顆,猶恨侵階芳草。天念王昌忒多情,换巢鸞鳳教偕老。温柔鄉,醉芙蓉、一帳春曉。

> 汲古題下注:《花菴》作"春情"。

> 此調無他作者,自是創製,乃平仄互叶體。此等調平仄一字

不可移易，勿沿《圖譜》之誤。

葉《譜》於前段"今"字斷句，後結"醉"字斷句。

【蔡案】

① 此二句爲第二均，貌似對偶工整，但較之後段，本均原貌應是"倚●○△。風融漢粉，坐月●怨秦簫"，作者所據母本已奪四字，闕一韵，故填爲五字儷句。補足後則可對應後段第二均"暗屋萁苗。乍嘗櫻顆，猶恨侵階芳草"，韵律和諧。

② 葉申薌《天籟軒詞譜》於"今"字斷句，或誤。蓋"定知"句句法，爲一字逗領七字句法，其所對應者，爲後段"換巢"句，但就基本律理，該句前後均字數整齊，故不當於本句少一字，顯然是後段奪一領字的緣故。

③ "苗"字秦巘未標注叶韵，諸標點本亦多不標示，其實不必。

月當廳 百一字　　　　　　　　　　　　　　　　　　　史達祖

白璧舊帶秦城夢，因誰拜下，楊柳樓心。正是夜分魚鑰[一]，不動香深。時有露螢自招颭，風裳可喜影敷金。坐來久，都將凉意，盡付沉吟。　　　殘雲事緒無人拾，恨匆匆、藥蛾歸去難尋。綴取霧窗曾唱，幾拍清音。猶有老來印愁處，冷光應念雪翻簪。空獨對，西風緊弄，一井桐陰。

此調他無作者，自是創製，與《霜天曉角》之別名不同。"夜"、"自"、"霧"、"印"四字必去聲。《詞律》謂"璧"字入作平，是。又謂"因誰"上應有"問"字①。"招颭"二字汲古作"照占"，於"照"字句，遂謂"猶有"應作"猶拍"。"印愁處"應於"印"字句，"愁"字屬下。其實別本作"招颭"，本七字句，何必牽强妄改乃爾。"拾"字，汲古作"捨"。葉《譜》於"夜"字分句②，"霧窗"句，"緊"字句。"城"字作"樓"，"事"字作"意"。

【校記】

[一]"夜"字、第六句"自"字、後段第三句"霧"字、第五句"印"字，用●符標識，意謂必用去聲。

【蔡案】

① "因誰"八字，對應後段"恨匆匆"九字，故萬樹謂前段脱一字，是前後均爲三字逗領六字句句法。但是，在起調的首均中，前後參差是詞樂韵律變化最頻繁處，因此文字上是常見現象，不必前後對應整齊。

② 葉氏《天籟軒詞譜》，前段於"正是夜分"句，秦巘引述有誤，《欽定詞譜》亦如是，不取。

壽樓春 百一字　　　　　　　　　　　　　史達祖

尋春服感念

裁春衫尋芳①。記金刀素手，同在晴窗。幾度因風殘絮，照花斜陽。誰念我，今無裳。自少年、消磨疏狂。但聽雨挑燈，欹牀病酒，多夢睡時妝。　　飛花去，良宵長。有絲闌舊曲，金譜新腔。最恨湘雲人散，楚蘭魂傷。身是客，愁爲鄉。算玉簫、猶逢韋郎。近寒食人家，相思未忘蘋藻香②。

此調乃創製，他無作者。許昂霄云："梅溪曾有騎省之戚，故此闋及《夜行船》一闋，全寓此意。"

此調多連用平聲字，是格調如此，特爲標出，不可效《圖譜》

改易。"裳"字汲古作"腸",一本少"人家"二字,皆誤。今改正。

【蔡案】

① 本詞多處連平,顯係有意爲之,然開篇首拍五連平,仍疑爲"裁春衫、□尋芳"之奪誤,所奪之字,或平或仄,若爲平,則六連矣。

② 後段結拍,"忘"字後應予讀斷,秦巘失記一韵,之所以失記"忘"字,或是因傳統平仄相替觀念之影響。

綺羅香 百四字　　　　　　　　　　　　　　　　　史達祖

春　雨

做冷欺花,將烟困柳,千里偷催春暮。盡日冥迷,愁裏欲飛
●●○○　　○○●●　　○●○○▲　　●●○○　　○●●○

還住。驚粉重、蝶宿西園,喜泥潤、燕歸南浦。最妙他、佳約
○▲　　○●●　●●○○　　●○●　●○○▲　　●●○　○●

風流,鈿車不到杜陵路[一]。　　沉沉江上望極,還被春潮晚
○○　◎○◎●○▲　　　　　○○○●●▲　　○●○○●

急,難尋官渡。隱約遥峰,和淚謝娘眉嫵。臨斷岸、新緑生
●　○○○▲　　●●○○　　○●●○○▲　　○●●　○●○

時,是落紅、帶愁流處。記當日、門掩梨花[二],剪燈深
○　●●○　●○○▲　　●○●　○●○○　　●●○

夜語[三]。
●▲

蔣氏《九宮譜》入商調。

此調前無作者,其爲自度無疑。與《步月》相仿,祇兩結互異,且用仄韵。

"杜"字、"上"字去聲,"夜語"二字去上聲,各家同,勿誤。"驚粉重"三字四句,各家平仄多不同①。然如此詞者多,宜

謹守。

【校記】

　　[一]"杜"字、後起"上"字,用●符標識,意謂必用去聲。

　　[二]"日"字原注作平。

　　[三]"夜語"二字,用●●符標識,意謂必用去上聲。

【蔡案】

　　① 秦巘謂"'驚粉重'三字四句,各家平仄多不同",未得其意。惟三字結構,詞中最爲靈動,多僅定格首字,後二字以活用爲常,故史達祖作"驚粉重",各家多以平字起,獨張炎作"正船艤",仄起,可見頭字亦可變化,尤其是平聲字。

又一體 百三字　　　　　　　　　　　　　　　張　炎

候館深燈,遼天斷羽,近日音書疑絕。轉眼傷心,慵看賸歌殘闋。纔忘了、還著思量,待去也、怎禁離別。恨秖恨、桃葉空江,殷勤不似謝紅葉[一]。　　良宵誰見哽咽①。對熏爐象尺②,閒伴淒切。獨立西風,猶憶舊家時節。隨款步、花密藏春,聽怯語、柳疏簾月。今休問、燕約鶯期,夢游空趁蝶。

　　　　後起句叶韵。次句五字,比史作少一字。平仄亦多不同。

【校記】

　　[一]"謝"字、後起"見"字,用●符標識,意謂必用去聲。

【蔡案】

　　① 本調各家後段起拍皆不叶韵,獨此一首異,可知余謂"前後段起拍,俱可叶可不叶"之不虛也。

② 本句例作六字一句，各家皆同，玉田別首作"羞見衰顔借酒"，可見玉田知此爲六字，本詞必有脱字也。

醉公子 百六字　　　　　　　　　　　　史達祖

詠梅寄南湖先生

神仙無膏澤[一]。瓊琚珠佩卷、下塵陌[二]①。秀骨依依，誤向山中，得與相識②。溪岸側。倚高情、自鎖烟翠③，時點空碧。念香襟沾恨，酥手剪愁，今後夢魂隔。　　相思、暗驚清吟客④。想玉照堂前、樹三百⑤。雁翅霜輕，鳳羽寒深，誰護春色。詩鬢白。總多因、水村携酒，烟墅留屐⑥。更時帶、明月同來，與花爲表德。

> 此與《醉公子》小令不同。他無作者，平仄悉宜恪守，不可以其拗而改易也。"下"、"與"、"岸"、"鎖"、"點"、"剪"、"夢"、"樹"、"護"、"鬢"、"墅"、"表"諸仄聲字，尤當着意。

【校記】

[一]"膏"字原注去聲。

[二]"下"字、第五句"與"字、第六句"岸"字、第七句"鎖"字、第八句"點"字、第十句"剪"字、前結"夢"字、後段次句"樹"字、第五句"護"字、第五句"鬢"字、第五句"墅"字、第五句"表"字，用◗符標識，意謂必用仄聲。

【蔡案】

① 本句原讀爲四字二句，玩其詞意，應是上五下三讀，"卷"字之達意，亦更穩，韵律上則正與後段"想玉照堂前、樹三百"同。又，五字

疑是"卷瓊琚珠佩"之倒誤。

②"與"字以上作平。其所對應字"護",讀如"穫",亦是作平。

③"鎖"字以上作平。其所對應字"村"字平聲。

④ 本調爲典型添頭式架構,"相思"二字爲添頭,除此二字外,一二三均前後段對應整齊,而尾均則依例剪尾,去一頓,宋詞中以此類模式最爲工穩,韵律極諧。"吟"字即前段"膏"字,"膏"字去聲,秦巘已經指出,但"吟"字也是去聲,《集韵》擬爲宜禁切,在沁部,意謂"長詠也"。

⑤ 本句原譜不讀斷。按,本句與"瓊琚珠佩卷、下塵陌"對應,雖五字結構略異,各以五三式句法讀,更諧。

⑥"墅"字上聲,《集韵》擬爲以者切,在馬部。與其所對應的前段"點"字,蔡案②③之"與"字和"鎖"字,均爲以上作平。

醉吟商小品 三十字 　　　　　姜　夔

石湖老人謂予云:琵琶有四曲,今不傳矣。曰濩索(一曰濩弦)《梁州》,轉關《綠腰》,醉吟商《胡渭州》,歷弦《薄媚》也①。予每念之。辛亥之夏,予謁楊廷秀丈於金陵邸中,遇琵琶工解,作醉吟商《胡渭州》,因求得品弦法,譯成此譜,實雙聲耳。**又正是春歸,細柳暗黃千縷。暮鴉啼處。夢逐金鞍去。一點芳心休訴。琵琶解語。**

> 唐教坊曲《胡渭州》,唐樂府《胡渭州》商調曲。《宋史·樂志》:《胡渭州》小石調大曲名。又入越調。《九宮大成》入南詞中呂宮正曲。《詞林紀事》云:《北夢瑣言》載,黔南節度使王保義女,善彈琵琶。夢美人授曲,內有"醉吟商",其宮調也。姜夔

自度，乃夾鐘商曲，蓋借舊名另倚新聲耳。《輿地廣記》：渭州，秦屬北地郡，唐屬原州，改名渭州，宋因之。此調汲古、《詞律》未載，他無作者，平仄悉宜從之。《詞譜》於"啼處"分段[②]，一本無"又"字。今從《白石歌曲》旁譜。以下俱見旁譜自製曲。則其來久矣。《詞譜》云：《胡渭州》，唐教坊曲名《醉吟商》[③]。

【蔡案】

①《梁州》《綠腰》《胡渭州》《薄媚》都是唐時曲名，其中《胡渭州》爲唐教坊曲名，其餘三種則是唐代大曲名；濩索、轉關、醉吟商、歷弦則爲調名，今各標點本均讀爲《濩索梁州》等，乃是不明其間之關係，"濩索梁州"猶言"中吕調《燕歸梁》"，故應作如是讀。

② 關於分段，《詞譜》分兩段，段三拍，無謂，如此小令，逕作一段，應是合乎詞調之體例者，失記萬樹何處嘗云，此類小令，無須分段。

③ 此本秦蕙注文頗誤，"輿地廣記"後，當依北師大版本，爲："《輿地廣記》：渭州，秦屬北地郡，唐屬原州，改名渭州，宋因之。則其來久矣。《詞譜》云：《胡渭州》，唐教坊曲名，醉吟商此調，汲古、《詞律》未載，他無作者，平仄悉宜從之。《詞譜》於'啼處'分段，一本無'又'字。今從《白石歌曲》旁譜。以下俱見旁譜自製曲。"

鬲溪梅令　四十八字　　　　　　　　　姜　夔

丙辰冬自無錫歸，作此寓意。

好花不與殢香人。浪粼粼。又恐春風歸去，綠成陰[①]。玉鈿何處尋[一]。　　　木蘭雙槳夢中雲。小橫陳。謾向孤山山下，覓盈盈。翠禽啼一春。

原注仙吕調自度曲。

　　"玉"、"翠"二字必用去聲②。"何"、"啼"二字必平聲。"小"字汲古作"水",誤。凡姜詞皆從《白石歌曲》訂正。

【校記】

　　[一]"玉"字原注作去。"玉"、"何"二字及後結"翠"、"啼"二字,分別用●○符標識,意謂必用去、平聲。

【蔡案】

　　① 詞中九字句,傳統句讀多喜用四五式,或六三式,而考之韻律與詞意,其實以二字逗領七字句規範,最爲得當,讀者讀而自知之。

　　② 秦巘謂:"玉"字、"翠"字必用去聲,余已多次質疑,此亦如此。按,"玉"字本即入聲,非去聲也,且本調僅此一首,何以得出"前段第四拍第一字必用去聲"的結論? 即便前後段第三拍,首字"又"、"謾"俱爲去聲,亦無非偶合而已,即便此類偶合比例極高。因爲若謂此處非用去聲,則律理依據並不存在。譬如"何"、"啼"二字必用平聲,便有律理依據,因爲若不用平,該句便形成孤平,故第三字須用平聲救。

杏花天影 五十八字　　　　　　　　　　　姜　夔

丙午之冬,發沔口,丁未正月二日,道金陵。北望淮楚,風日清淑,小舟挂席,容與波上。

綠絲低拂鴛鴦浦。想桃葉、當時喚渡[一]。又將愁眼與春風,待去。倚蘭橈,更少駐①。　　　　金陵路。鶯吟燕舞。算潮水、知人最苦。滿汀芳草不成歸,日暮。更移舟,向甚處。

　　此姜夔自製曲。《白石歌曲》皆注明宮調,此詞雖有旁譜,獨不注調，不解何意。戈載《翠薇花館詞》云：考其旁譜，起調畢曲皆用下凡，住字亦同。二十八調中用下凡者，惟黄鐘宫。黄鐘宫者七宫之一，即無射宫也。若正宫之黄鐘宫，則住用合字，清用六字，與此全異。白石又有《惜紅衣》調，注曰無射宫，亦皆用下凡而未兼五者。此則所謂寄煞耳。

此與《杏花天》下半段不同，故另列。汲古未載。"唤"、"待"、"少"、"燕"、"最"、"日"、"甚"等字必用仄聲，餘亦當守。一本"甚"字作"何"，誤。

【校記】

［一］"唤"字、第四句"待"字和"少"字、後起"燕"字、第二句"最"字、第四句"日"字和"甚"字，用◖符標識，意謂必用仄聲。

【蔡案】

① 此類小令，其實質仍是四句一段，其結句爲"待去倚蘭橈、更少駐"，"去"字和後段"暮"字，以及後起"路"字，均爲句中韻，而"橈"字、"舟"字後也以逗爲是。故本調實爲《杏花天》之添字格，兩者所不同者，惟結句本詞多二字。

淡黄柳 六十五字　　　　　　　　　　　　　　　　姜　夔

客居合肥南城赤闌橋之西，巷陌淒凉，與江左異。唯柳色夾道，依依可憐。因度此闋，以舒客懷。

空城曉角[一]①，吹入垂陽陌。馬上單衣寒惻惻。看盡鵝黄嫩綠[二]，都是江南舊相識[三]。　　正岑寂。明朝又寒食。强携酒、小喬宅②。怕梨花、落盡成秋色。燕燕飛來，問春何在,惟有池塘自碧。

> 原注正平調近。《九宫大成》入南詞羽調正曲。

> 此調宜用入聲韵。"舊"字、"又"字、"自"字去聲,勿誤,汲古於"岑寂"分段,誤。

【校記】

　　[一]"空"字、後段次句"携"字原注可仄。

　　[二]"嫩"字原注可平。

　　[三]"舊"字、後起"又"字、後結"自"字,用◑符標識,意謂必用去聲。按,以秦巘慣例,去聲以⬤符標識,此爲誤標。

【蔡案】

　　① 前段起拍,彊村叢書本《白石道人歌曲》作"空城曉月"(或誤),惟本詞此處,"月"或"角"皆應視爲叶韵,即詞韵十六、十七、十八部通叶,《欽定詞譜》取"角",注爲叶韵。如此,則本詞即同後一詞。另就現存詞看,王沂孫詞前段起拍亦叶韵,應無創調者不叶韵,而後填者皆叶韵之理。故本調應以起拍叶韵爲定格。

　　② "强"字仄讀,原譜未擬可平可仄,想是校之張炎詞,讀爲平聲字,誤。

又一體　六十五字　　　　　　　　　　張　炎

楚腰一捻。羞剪青絲結。力未勝春嬌怯怯。暗托鶯聲細說。愁壓眉心鬭雙葉[一]。　　　正情切。柔條未堪折。應不解管離別。奈如今、已入東風睫。望斷章臺,馬歸何處,閒了黄昏淡月。

此亦入聲韵。首句即起韵，餘四聲悉合。

【校記】

[一]“鬥”字、後起“未”字、後結“淡”字，用◑符標識，意謂必用去聲。按，以秦蠍慣例，去聲以●符標識，此爲誤標。

玉梅令 六十六字　　　　　　　　　　　　　　　　姜夔

石湖家自製此聲，未有語實之，命予作。石湖宅南，隔河有圃，曰：范村。梅開雪落，竹院深靜，而石湖畏寒不出，故戲及之。

疏疏雪片。散入溪南苑。春寒鎖、舊家亭館。有玉梅幾樹，背立怨東風，高花未吐，暗香已遠。　　公來領客，梅花能勸。花長好、願公更健。便揉春爲酒，剪雪作新詩。拚一日、繞花千轉。

原注高平調，《九宮大成》入北詞平調隻曲。

《詞律》疑“高”字贅，“更”字恐是“長”字。萬氏未見《白石歌曲》旁譜，全憑臆斷，大謬①。葉《譜》“梅”字下多“下”字。

【蔡案】

① 康熙年間，一本並無“長”字，故萬樹之疑，亦非空穴來風，而《永樂大典》卷二千八百一十卷所載，正是“願公長健”。至於前段《欽定詞譜》所錄，則正是“花未吐”三字，與後段相合。二處不同，又都可以尋找到律理上的依據，絕非臆斷。惟詞之起調畢曲，最富變化，故前後段每不相合，有參差，亦屬常態。

惜紅衣 八十八字　　　　　　　　　　姜　夔

吳興號水晶宮,荷花盛麗。陳簡齋云:"今年何以報君恩。路荷華、相送到青墩。"亦可見矣。丁未之夏,予游千巖,數往來紅香中。自度此曲,以無射宮歌之。

簟枕邀凉[一],琴書換日。睡餘無力。細灑冰泉,并刀破甘碧。墙頭喚酒,誰問訊、城南詩客。岑寂。高樹晚蟬[二],説西風消息。　　虹梁水陌。魚浪吹香[三],紅衣半狼籍。維舟試望故國①。眇天北。可惜柳邊沙外,不共美人游歷。問甚時同賦,三十六陂秋色。

　　　原注無射宮。《九宮大成》入南詞小石調正曲,許《譜》同。《翠薇花館詞》云:無射宮即黃鐘宮,起畢皆用下凡,住字亦同。白石兼用五字,乃寄煞也。

　　　此亦自度曲,取"紅衣"句爲名。

　　　《詞律》於"客"字分句。吳文英詞於此處用"曾約南陌","約"字非叶②。李萊老則劃然兩句分叶,似當以叶爲是。張炎一首亦同,換頭句不叶。《詞譜》於"日"字、"國"字注叶韵,觀後李詞當是。"眇天北"三字,吳作"夜吟"二字,少一字,失叶一韵③。定脱誤,故不錄。"枕簟"二字汲古作"簟枕","柳"字作"渚"。

【校記】

　　[一]"簟枕"原作"杭簟",想是筆誤,今據《花庵詞選》續集卷六改。

〔二〕"晚"字、前結"說"字、後段第七句"不"字、後結"六"字原注可平。

〔三〕"魚"字原注可仄。

【蔡案】

① 本句誤讀，"維舟試望"應是一四字句，對應前段"細灑冰泉"，"故國"移後，爲五字句"故國眇天北"，對應前段"并刀破甘碧"，惟"國"字爲句中韵，故每被人移前讀誤。

② 秦巘謂吳文英詞"約"字非叶，則視韵太過狹窄，是未曾深入了解宋詞詞韵的表現。蓋宋詞爲韵，入聲最爲寬泛，諸部混用的情況極爲多見，"約"字以詞韵十六部叶十七部，並不突兀。尤其重要的是，"約"字爲第三均主韵，絕不可丟。

③ 吳文英原詞，本爲"夜吟寂"，亦爲三字，"寂"字在韵，可據《詞綜》卷十九補。

又一體 八十九字　　　　　　　　　李萊老

寄弁陽翁

笛送西泠，帆過杜曲。畫陰芳綠。門巷清風，還尋故人書屋。蒼華髮冷，笑瘦影、相看如竹。幽谷。烟樹曉鶯，訴經年愁獨。　　殘陽古木。書畫歸船，匆匆又南北。蘋洲鷗鷺素熟①。舊盟續。甚日浩歌招隱，聽雨弁陽同宿。料重來時候，香蕩幾灣紅玉。

"曲"字起韵，"熟"字叶韵，與姜作合。"還尋故人出屋"句六字，比姜作多一字。"書屋"，一本作"出屋"，"出"字費解，今從

《絶妙好詞》本。或是"幽"字之訛，或衍文②。

【蔡案】

① 本句同前一首，讀誤，應讀爲四字一句、五字一句，方與前詞相合，而"熟"字則爲句中韵，"鷺"字後應讀斷。

② "出屋"不通，"書屋"則於語境欠當，"幽屋"雖可，但其後即有"幽谷"，當亦可疑。余以爲秦巘"或衍文"的説法是正解，本句原文應是"還尋故人屋"，如此則與後段相合，亦與其他諸詞同。

石湖仙　八十九字　　　　　　　　　　　　　　姜　夔

壽石湖居士

松江烟浦。是千古三高，游衍佳處①。須信石湖仙，似鴟夷、翩然引去。浮雲安在，我自愛、綠香紅舞②。容與。看世間、幾度今古。　　　盧溝舊曾駐馬，爲黄花、閒吟秀句。見説吴兒，也學綸巾欹雨③。玉友金蕉，玉人金縷。緩移箏柱。聞好語。明年定在槐府。

　　　原注越調。

　　　凡姜詞，平仄悉宜謹守。吴文英且然，況後學乎？"舞"字，葉《譜》作"嫵"，"學"字作"解"。

【蔡案】

① "千古三高"不成語，"三高游衍"方纔成語，如"記當時、三高游衍，蹤跡尚許重尋"。詞譜之例詞的句讀，應以韵律爲先，詞意爲後，明清詞譜學家，常有但慮詞意、不顧韵律的情況，此爲一例。何況此類短慢詞，每均總以一出一收爲首選。

②"我自愛"極疑是"我自愛▲"的脱誤,如此,則韵律方與後段"玉人金縷"相合。

③此二句對應前段也少二字,韵律不諧。

淒涼犯 九十三字　一名《瑞鶴仙影》(影一作引)　　　　　姜夔

合肥巷陌皆種柳,秋風夕起騷騷然。予客居闔户,時聞馬嘶。出城四顧,則荒烟野草,不勝淒黯,乃著此解。琴有淒涼調,假以爲名。凡曲言犯者,謂以宮犯商、商犯宮之類。如道調宮上字住,雙調亦上字住。所住字同,故道調曲中犯雙調,或於雙調曲中犯道調。其他準此。唐人樂書云:"犯有正、旁、遍、側宮,犯宮爲正宮,犯商爲旁宮,犯角爲偏宮,犯羽爲側宮。"此説非也。十二宮所住字各不同,不容相犯,十二宮特可犯商、角、羽耳。予歸行都,以此曲示國工田正德,使以啞觱栗吹之,其韵極美,亦曰《瑞鶴仙影》。

綠楊巷陌。秋風起、邊城一片離索。馬嘶漸遠[一],人歸甚處,戍樓吹角。情懷正惡。更衰草、寒烟淡薄。似當時、將軍部曲,迤邐度沙漠。　　追念西湖上,小舫携歌,晚花行樂。舊游在否,想如今、翠凋紅落①。漫寫羊裙,等新雁、來時繫著。怕匆匆、不肯寄與誤後約②。

　　　原注仙吕調犯商調。

　　　琴曲有《淒涼調》,此襲其名。汲古名《淒涼調》,誤入《夢窗乙稿》。

此調必用入聲韵，平仄悉宜從之。"漸"、"正"、"淡"、"在"、"繫"等字去聲③。兩結尤爲緊要。《詞律訂》云："一片""一"字，用入用平皆可，用去、上則不可。"陌"字、"曲"字非韵。愚按："曲"字各家皆不叶，斷非韵。"陌"字是韵，各家同叶，但不得謂之起韵④。"秋"字，汲古作"西"。

凡長調皆八韵，所以謂之《八聲甘州》《八犯玉交枝》也。餘非正韵，或叶或否，各名家和詞皆然。或叶別字，如律詩起句，或和或否也。《暗香》《疏影》首句，亦同此例。

【校記】

[一]"漸"字、第六句"正"、第七句"淡"、後段第四句"在"、第七句"繫"字，用●符標識，意謂必用去聲。

【蔡案】

① 本調前後段二三均字句均合，惟前段"人歸甚處"四字，後段"想如今"三字，甚覺拗違。余以爲後段必奪一字，原詞或爲"□想如今"，平仄與前反，故奪字而不被疑。

② 後段結拍，原譜作三字一逗、七字一句，則成七字連仄態勢，於律極不諧和，宋詞中或爲僅見者，顯非。按，後段尾均十字，應是七字一句、三字一句，張炎詞作"夢三十六陂流水"，最爲顯著，故"與"字後應予讀斷，"匆"字後若不讀，亦無不可，則徑作一字逗領六字句法，與張炎詞同；或也可與前段同，讀爲上三下四式的折腰句。"肯"，以上作平。

③ 又，"漸"等五字，秦巘謂須用去聲，亦是泛去聲論，毫無律理依據，姑不論如"漸"字張炎用入聲"北"、"正"字後段對應平聲"羊"，即便如"正"字，目前所見四首均用去聲，也不能證明即"必用去聲"，一則詞中去上本無區分規則，而若隨時可斷定，於某處"必用去聲"，

正是無規則之表現；二則該五字之韵律特徵，皆爲“韵上字”，而在本詞中，亦無“韵上字俱去聲”之規律。故秦巘之論，僅是感覺而已。

④ 詞中的叶韵，應以寬收爲宜，今既不知宋人是否偶合，亦不知其是否有意而爲之，則以一概視爲韵脚爲最謹慎的方法。即但凡與主韵相合者，均宜視爲韵脚，寧寬不緊，即便和詞不叶，也不相校，這正是秦巘自己所説的“或叶或否，各名家和詞皆然”的實際情況。故秦巘認爲“曲”字斷非韵者，顯誤，其因爲“各家皆不叶”而斷定其非叶，便是自相矛盾。而實際情況是，吳文英用“骨”，正是同部詞韵；張炎詞，爲“蕭條柳髮”，秦巘誤作“柳髮蕭條”，本亦在韵。故“曲”字自然是韵，此正所謂“起結過變，不妨多加拍”也。至於“陌”字，秦巘謂“各家同叶”，亦非，其後張炎詞作“剪”，如何叶法？但詞之起拍，例用韵句，曲調之變化所在，所以稱之爲“起韵”，秦巘謂“不得謂之起韵”，則不知其所謂，不知其所據了。

又一體 九十一字　　　　　　　　　　　　　　吳文英

賦重臺水仙

空江浪闊，清塵凝、層層刻碎冰葉[一]。水邊照影，華裾曳翠，露搔淚濕。湘烟暮合。塵襪凌波半涉。怕臨風、欺瘦骨，護冷素衣疊。　　樊姝玉奴恨[二]，小鈿疏唇，洗妝輕怯。殢人最苦，粉痕深、幾重愁靨。花溢香濃，猛熏透、霜綃細摺。倚瑶臺十二，金錢暈半滅。

　　此名《淒涼調》。

　　“塵襪”句六字，“欺瘦骨”句三字，比前少二字①。“殢”字汲古作“泛”，“霜”字一作“香”。

【校記】

[一]"凝"字原注去聲。

[二]"玉"字原注作平。

【蔡案】

① 秦巘所指少二字者,皆爲奪字,彊村四校本《夢窗詞》,"塵"字上、"欺"字上俱有一奪字符。但余以爲後者應是"怕臨〇、風欺瘦骨"。

又一體 九十四字　　　　　　　　　　　　張　炎

西風暗剪荷衣碎,有桑絲、不解重緝[一]。荒烟斷浦,晴暉零亂,半江摇碧。悠悠望極。忍獨聽、秋色漸急。更憐他、柳髮蕭條,相與動愁色。　　老態今如此,猶自留連,醉筇吟屐。不堪瘦影,渺天涯、儘成行客。因甚忘歸,漫吹裂、山陽夜笛。三十六陂,流水去未得①。

> 起句用七字不叶韵,次句比前多一字。《山中白雲詞》無"有"字,然別首作"蘆花深、還見游獵",亦七字。末句一氣貫下,與吳作句讀同。又一首尾作"平沙萬里盡是月",平仄異。"漸急"二字,一本作"淅瀝"。"猶自留連"二句,作"慷慨猶歌,唾壺空擊"。"去未"二字,《詞潔》作"未曾"。

【校記】

[一]"不"字原注作平。

【蔡案】

① 本詞亦即姜詞體,惟前段首均讀破、添字異。後段尾均,較之

諸詞少一字,應據彊村叢書本《山中白雲詞》補"夢"字,並重校句讀,作"夢三十六陂流水,去未得",此即姜詞"怕匆匆不肯寄與",一字逗領六字句法。

瑞鶴仙 九十字 　　　　　　　　　　　　　　　　張　肯

盈盈羅襪移芳步、凌波緩踏明月[①]。清漪照影,玉容凝素,鬢橫金鳳,裙拖翠纈。渺渺澄江半涉。晚風生、寒料峭,消瘦想愁怯。　　我譜爲兄,山礬爲弟,也同奇絕。餘芳膩馥,尚熏透、霞綃重疊。春心未展,閒情在、兩鬢眉葉。便蜂黃褪了,豐韵媚粉頰。

　　此詠水仙詞也[②]。與周邦彥《瑞鶴仙》正調、《臨江仙》別名《瑞鶴仙令》皆無涉,當加"影"字。

　　與吳文英《淒涼犯》全合[一],祇前段首句用韵,第五句少叶一韵,換頭句少一字,"山礬"句、"春心"句平仄反。

【校記】

　　[一]此明人詞,其母本無疑是吳文英詞,故所有殘缺均同。但明詞不宜入譜,秦巘既知此實爲《瑞鶴仙影》,而不予補正,更以此爲譜,甚覺無謂。

【蔡案】

　　① 秦巘讀此十三字爲一句,或是詞譜中之最,不知"芳步"後一逗是什麼意思。又按,第四字"襪"字,應是韵脚,秦巘失記。

　　② 明人之詞,之所以不可入譜爲範,蓋因其韵律常有不合法度之處,以本詞爲例,所填便極爲混亂:"鳳"字乃主韵所在,當叶而不

叶，一也；"渺渺"句，當用折腰七字句法，而少一字，若爲減字，自亦不爲不可，而後段則仍作七字，前後參差，便覺其減字並無法度，二也；"寒料峭"依律須四字，而奪一字，或係循吳文英奪字詞而填，自然以訛傳訛，三也；換頭乃詞之緊要處，本調例作五字，而本詞衹得四字，妄删一字，不知所據，四也。有此四誤，尚可謂之《瑞鶴仙影》乎？

徵　招　九十五字　　　　　　　　　　　姜　夔

越中山水幽遠，予數上下西興、錢清間，襟抱清曠。越人善爲舟，卷篷方底，舟師行歌，徐徐曳之，如偃臥榻上，無動搖突兀勢，以故得盡情騁望。予欲家焉而未得，作《徵招》以寄興。《徵招》《角招》者，政和間，大晟府嘗製數十曲，音節駁矣。予嘗考唐田畸《聲律要訣》云：徵與二變之調，咸非流美，故自古少徵調曲也。徵爲去母調，如黃鐘之徵，以黃鐘爲母，不用黃鐘乃諧。故隋唐舊譜，不用母聲，琴家無媒調、商調之類，皆徵也，亦皆具母弦而不用。其説詳於予所作《琴書》。然黃鐘以林鐘爲徵，住聲於林鐘；若不用黃鐘聲，便自成林鐘宮矣。故大晟府徵調兼母聲，一句似黃鐘均，一句似林鐘均，所以當時有落韵之語。予嘗使人吹而聽之，寄君聲於臣民事物之中，清者高而亢，濁者下而遺，萬寶常所謂宮離而不附者是已。因再三推尋唐譜并琴弦法而得其意。黃鐘徵雖不用母聲，亦不可多用變徵蕤賓、變宮應鐘聲。若不用黃

鐘而用蕤賓、應鐘，即是林鐘宮矣。餘十一均徵調仿此。其
法可謂善矣。然無清聲，祇可施之琴瑟，雖入燕樂，故燕樂
闕徵調，不必補可也。此一曲乃予昔所製，因舊曲正宮《齊
天樂慢》前兩拍是徵調，故足成之。雖兼用母聲，較大晟曲
爲無病矣。此曲因《晋史》名曰黃鐘下徵調，角招曰黃鐘清
角調。

潮回却過西陵浦，扁舟、僅容居士①。去得幾何時，黍離離如
○○◎●●○○　　○○　●○○▲　　●●○○　●○○
此。客途今倦矣。漫贏得、一襟詩思。記憶江南，落帆沙
▲　◎○○●▲　●○●　●○○▲　　●○○○　●●○
際②。此行還是。　　　迤邐。剗中山，重相見，依依、故人情
▲　●○○▲　　　　◎▲　●○○　○○●　○○　●○○
味③。似怨不來游，擁愁鬟十二。一丘聊復爾。也孤負、幼
▲　●●●○○　●○○●▲　◎○○●▲　●●●　●
輿高致。水渼晚、漠漠揺烟，奈未成歸計。
○○▲　●●○●　●●○○　●●○○▲

　　　以下二調，汲古未載，《詞律》不收，而收周密作爲式。且與
《徵招調中腔》類列，其實渺不相涉。

　　　周作於換頭二字不叶韵。考白石旁譜，起韵、住韵皆用凡
四，"邐"字亦注凡四。此詞中緊要處，決非偶合。周作失叶，不
宜從。其所作平聲字，此皆用入，想此數字當用平，姜以入作平
也。作者勿填上去聲字爲洽。"黍離離"句、"擁愁鬟"句、尾句，
是一領四字句，勿誤。

【蔡案】

　　①"扁舟"句及後段"依依"句，原譜均不讀斷，致韵律不諧，這裏

的兩頓連平,即爲二字逗之標誌。

②　本句原譜未作韵句讀出,在這種起結處,是韵律變化最大處,均應擬出。張輯前段尾均作:"獨倚危樓,葉聲搖暮。玉闌無語。""暮"字叶韵,正與此同,後一首趙以夫詞,"味"字叶韵,亦同。

③　此九字,原譜以"重相見"三字作逗,領後六字,亦誤。蓋"依依"六字一句,對應前段"扁舟"六字一句,而"扁舟"前"潮回"一句,亦即"迤邐"下八字,故"重相見"必屬上,其所見者,剡中之"山"也,而並不是後文的"情味"。

又一體 九十四字　　　　　　　　　　　　　　　趙以夫

詠　雪

玉壺凍裂琅玕折,騷騷逼人衣袂。暖絮張空飛[一],失前山橫翠。欲低還起①。似妝點、滿園春意。記憶當時,剡中情味②,一溪雲水。　　　　天際。絕行人,高吟處、依稀灞橋鄰里。更剪剪梅花,落雲階月地。化工真解事。強勾引、老來詩思。楚天暮,驛使不來,悵曲闌獨倚。

前段第四句字,比姜作少一字。不知是訛脫否。

【校記】

[一]"張"字原注去聲。

【蔡案】

①　此即前一詞體,惟本句奪一字耳。應據《虛齋樂府》補一字,作"欲低又還起"。

②　本句秦巘失記一韵,應與姜夔詞"落帆沙際"同。

又一體 九十九字　　　　　　　　　　　　　　李　億

梅

翠壺浸雪明遙夜，初疑玉虹飛動。暮弄紫簫，吹墮寒瓊驚夢。把紅爐對擁。怕清魄、不禁霜重。愛護殷勤，待長留作，道人香供。　　塵暗古南州，風流遠，誰尋故枝么鳳。謾舉目消凝，對愁瞞矓。向霞扉月洞。且嚼蕊、細開春甕。這奇絕、好喚蒼髯，與竹君來共。

　　　後段第五句四字，比各家少一字①。換頭亦不叶韵。

【蔡案】

　　① 本詞與後彭元遜詞同，皆爲第二均讀破，而彭詞前後對應更整齊。所謂少一字者，亦爲奪字脫誤，《陽春白雪》收錄本詞，該句作"對愁雲矇曨"，應據補。

又一體 九十五字　　　　　　　　　　　　　張　炎

可憐張緒門前柳，相看頓非年少。三徑已荒凉，更如今懷抱。薄游渾未減①，滿煙水、東風殘照。古調獨彈，古音誰賞，歲華空老。　　京洛染緇塵，悠悠意、獨對南山一笑。祇在此山中，甚相逢不早。瘦吟心共苦，知幾度、剪燈窗小。何時更、聽雨巴山，賦草池春曉。

　　　前後第五句及換頭二字皆不叶。周密作"減"字不叶，後段叶。想不拘，非正韵也。"洛"字當是讀"勞"，去聲，以入作去叶②。觀其別作亦叶。可見。

【蔡案】

① 本詞亦即姜夔詞體,唯前後段第三均起拍、前段尾均第二拍俱不叶韵,共少三韵字。

② 換頭句的句中短韵,本可叶可不叶,所以不叶也是正格,"洛"字,入聲,强讀爲去,既無韵書支撐,欲替一本不必叶之韵,甚爲無謂。且秦巘前已言其"換頭二字皆不叶",例詞中也不予以標示,尤爲矛盾。

又一體 九十四字　　　　　　　　　　　　　　彭元遜

和焕甫秋聲君有遠游之興,爲道行路難以感之。

人間無欠秋風處,偏到霜痕月杪。風雨船篷,日夜風波未了。忽潮生海立,又天闊、江清欲曉。孤迥幽深,激揚悲壯,浮沉浩渺。　　　行路古來難,貂裘敝、匹馬關山人老。錦字未成,寒到君邊書到。料倚門回首,更兒女燈前娭笑。早斟酌、萬里封侯,怕鏡霜催照。

> "風雨"二句、"錦字"二句,一四、一六字。"忽潮生"句、"夢倚門"句及換頭二字亦不叶,與姜異。"料"字一本作"夢",缺"更"字,"娭"字作"娱","怕鏡霜"句作"寶鏡遲霜照",皆誤。今從《元草堂詩餘》訂正。

角　招 百八字　　　　　　　　　　　　　　　姜　夔

甲寅春,予與俞商卿燕游西湖,觀梅於孤山之西村。玉雪照映,吹香薄人。已而商卿歸吳興,予獨來,則山橫春烟,新柳被水,游人容與飛花中。悵然有懷,作此寄之。商卿善歌聲,稍以儒雅緣飾。予每自度曲,吟洞簫,商卿輒歌而和之,極有山林縹緲之思。今予離憂,商卿一行作吏,殆無復此樂矣。

爲春瘦。何堪更繞西湖,盡是垂柳[一]①。自看烟外岫[二]。記得與君,湖上携手。君歸未久。早亂落、香紅千畝。一葉凌波縹緲②,過三十六離宮[三],遣游人回首。　　猶有。畫船障袖。青樓倚扇,相映人争秀。翠翹光欲溜。愛著宫黄,而今時候。傷春似舊。蕩一點、春心如酒。寫入吳絲自奏。問誰識、曲中心,花前後③。

　　　　　原注黄鐘角。
　　　　“是”、“與”、“上”、“未”、“縹”、“障”、“似”、“自”諸仄聲字,不可易④。餘詳《徵招》下。

【校記】

　　[一]“是”、第五句“與”、第六句“上”、第七句“未”、第九句“縹”、後起“障”、第七句“似”、第九句“自”字,用◐符標識,意謂必用仄聲。
　　[二]“看”字原注平聲。
　　[三]“過”字原注可平。

【蔡案】

　　① 此二句捫其韵律,則是作四字一句、六字一句爲宜。
　　② 本句“緲”字在韵,秦巘失記。按,宋人填詞,蕭尤常有通叶者,如《晝夜樂》後段有云:“畫堂開宴邀朋友。賞瓊英,同歡笑。隴頭寄信丁寧,樓上新妝鬥巧。對景乘興傾芳酒。”《欽定詞譜》云:“此詞

後段起句'友'字,第六句'酒'字,蕭尤同押,用古韵。"此爲尤韵通叶蕭韵。又如《千秋歲》後段:"試問春多少。恩入芝蘭厚。松不老,山長久。星占南極遠,家是椒房舊。君一笑。金鸞看取人歸後。"《欽定詞譜》云:"后段起句'少'字、第七句'笑'字,俱以'綠'叶'有',亦古韵也。"此則與前反。其次,看趙以夫詞,亦可解,趙詞依本詞而填,本句用韵,是宋人知"緲"字入韵也,亦可證宋人皆默認二韵通叶。而萬樹《詞律》不以姜詞爲範,其中或有此一韵之慮。

③ 本句末六字爲三字儷句,"花前後"顯誤,應據《永樂大典》作"曲中心、花前友"。

④ "是"字依律必仄;"與"字、"未"字、"縹"字、"障"字、"似"字、"自"字依律可平,如趙詞"緲"字用"東",即依律而平;"上"字以上作平,觀其對應字爲"今"字,可知。秦巘諸仄不可易云云,無據,也不合律理。

又一體　百七字　　　　　　　　　　　　　趙以夫

梅

曉寒薄。苔枝上,剪成萬點冰萼。暗香無處著。立馬斷魂,晴雪籬落①。橫溪略約[一]。恨寄驛、音書遼邈。夢繞揚州東閣。風流舊日何郎,想依然林壑。　　離索。引杯自酌。相看冷淡,一笑人如削。水雲寒漠漠。底處群仙,飛來霜鶴。芳姿綽約。正月滿、瑤臺珠箔。徙倚闌干寂寞。盡分付、許多愁,城頭角。

　　自注云:姜夔製《角招》《徵招》二曲。余以《角招》賦梅,《古樂府》有大小梅花,皆角聲也。愚按:自注甚明。《詞律》不取姜詞,獨以此首爲式,不知其體格差異也。

次句一三、一六字;"閣"字叶韵,與姜作微異,餘平仄一一吻合。《詞律》注"雪"字、"寂"字作平,大誤。"溪"字上少一"横"字,更誤,姜詞竟未一寓目耶。"底處"二字,葉《譜》作"十萬","飛來"二字作"同驂","芳姿綽"三字作"幾多幽","徙倚"二字作"夢斷"。

【校記】

[一]"略約",應是"略彴"之誤,略彴,小橋也。

【蔡案】

① 前段第六拍,萬樹謂"雪"字以入作平,甚是,符合律理。秦巘但云"大誤",却無理由,惟文本就事論事而已,無律理依據,此類斷語,俱不可信。

長亭怨慢　九十七字　或無"慢"字　　　　　　　姜　夔

予頗喜自製曲,初率意爲長短句,然後協以律,故前後闋多不同。桓大司馬云:"昔年種柳,依依漢南。今看揺落,悽愴江潭。樹猶如此,人何以堪。"此語予深愛之。

漸吹盡、枝頭香絮。是處人家,綠深門户。遠浦縈回,暮帆零亂向何許[一]①。閲人多矣,誰得似、長亭樹②。樹若有情時,不會得、青青如此。　　日暮[二]。望高城不見,祇見亂山無數。韋郎去也,怎忘得、玉環分付。第一是、早早歸來,怕紅萼、無人爲主。算祇有并刀,難剪離愁千縷。

原注中吕宫。

張炎詞無"慢"字。

汲古以"日暮"屬上段,誤。周密、王沂孫各一首,半从照注。"矣"字有叶韵者,此或借叶。"第一是"句,周密作"燕樓鶴表半飄零",句法異。"許"字葉《譜》作"處","此"字作"許"。

【校記】

［一］原注"暮"字、第七句"得"字、後段第五句"一"字可平。

［二］"日"字原注作平。

【蔡案】

① 此二句爲一托結構,即前八字爲主體,本詞以儷句形式構成,後三字爲托,承托前八字。托結構類似逗結構,惟一在後,一在前耳。原譜"零亂"後不讀斷,則易誤讀爲七字一句。

② "閱人多矣"四字略覺突兀,校之後段第三均,則爲兩個折腰式七字句,與此迥異。故余疑其原詞,或爲"□□□、閱人多矣";"長亭樹",亦當是"長亭□樹"之脱誤,張炎四首,本句均爲七字折腰句,余以爲並非添字,而是原譜如此也。

又一體 九十七字　　　　　　　　　　張　炎

舊 居 有 感

望花外、小橋流水,門巷惛惛,玉簫聲絶。鶴去臺空,珮環何處弄明月。十年前事,愁千折、心情頓別。露粉風香,誰爲主、都成消歇。　　　凄咽。小窗分袂處,同把帶鴛親結。江空歲晚,便忘了、尊前曾説。恨西風、不庇寒蟬,便掃盡、一林殘葉。謝楊柳多情,還有緑陰時節。

首句不起韵,"愁千折"句七字,"露粉"句四字,與姜作異。

又一體 九十七字　　　　　　　　　　張　炎

記橫笛、玉關高處。萬里沙寒,雪深無路。破却貂裘,遠游歸後與誰語。故人何許。渾忘了、江南舊雨。不擬重逢,應笑我、飄零如羽。　　同去。釣珊瑚海樹。底事又成行旅。烟篷斷浦。更幾點、戀人飛絮。如今又、京洛尋春,定應被、薇花留住。且莫把孤愁,説與當時歌舞。

"許"字、"樹"字、"浦"字皆叶韵,與姜作異。餘同前作。

暗　香 九十七字　　　　　　　　　　姜　夔

辛亥之冬,予載雪詣石湖。止既月,授簡索句,且徵新聲。作此兩曲,石湖把玩不已,使工妓隸習之,音節諧婉,乃名之曰《暗香》《疏影》。

舊時月色[一]。算幾番照我[二],梅邊吹笛。喚起玉人,不管
◎○○　▲　　●●○　▲　　　○○○　▲　●●●　○○

清寒與攀摘。何遜而今漸老,都忘却、春風詞筆。但怪得、
○○●○▲　○○○●○▲　●⊙○○　▲　●○●

竹外疏花①,香冷入瑤席[三]。　　江國②。正寂寂。歎寄與
◎●○○　○●●○▲　　　○▲　●○▲　●●●

路遙③,夜雪初積。翠樽易泣④。紅萼無言耿相憶。長記曾
◎○　●○○▲　●○○▲　○○○●⊙○▲　○●⊙

携手處，千樹壓、西湖寒碧。又片片，吹盡也、幾時見得。
○●●　○●●　○○○▲　●●●　○●●　●○●▲

原注仙吕宫。

《硯北雜志》云：小紅，順陽公青衣也，有色藝。順陽公之請老，姜堯章詣之。一日援簡徵新聲，堯章製《暗香》《疏影》兩曲，公使二妓習之，音節清婉。堯章歸吳興，公尋以小紅贈之。其夕大雪，過垂虹，賦詩曰："自作新詞韵最嬌，小紅低唱我吹簫。曲終過盡松陵路，回首烟波十四橋。"堯章每喜自度曲，吹洞簫，小紅輒歌而和之。

此調亦宜用入聲韵。"幾"、"與"、"入"、"路"、"易"、"耿"、"見"等字必仄聲⑤，其餘平仄亦宜悉遵。今照吳文英、陳允平注明。趙以夫、張炎一首，平仄有誤，不可從。"泣"字，葉《譜》作"竭"。

【校記】

[一]"月"字、第五句"不"字、第八句"竹"字、後起前"寂"字、第三句"雪"字原注作平。

[二]"幾"字、第五句"與"字、前結"入"字、後段第二句"路"字、第四句"易"字、第五句"耿"字、後結"見"字，用◑符標識，意謂必用仄聲。

[三]"入"字原注作去。

【蔡案】

① "竹"字，亦可用仄聲，如後一首之"倒"，故無須作平看。

② 換頭之過片，"國"字在韵，是句中短韵，原譜失記，誤。此與後一首同，其"立"字亦爲句中短韵。

③ 原注"與"字可平，則將形成兩頓連平而失諧，"與"字在節奏點，平仄須守，秦巘謂可平，大誤，其必因後一首張炎用"人"字，故云可平，此秦巘不知詞中"人"字可讀仄也。詳參《熙州慢》《歸田樂令》《傳言玉女》《泛蘭舟》等調蔡案。

④ "泣"字，秦巘原譜作句，失記一韻。該拍別家亦多叶韻，如後一首，張炎詞用"液"叶韻，又如陳允平步韻姜夔詞，本句作"蘚碑露泣"，顯見亦視爲韻腳。

⑤ "幾"字，張炎用"孤"字；"路"字，張炎一作"梅"，一作"遲"；"易"字，彭子翔用"時"字。秦巘謂"必仄聲"者，誤。

紅　情 九十七字　　　　　　　　　　　　　　　張　炎

《疏影》《暗香》，白石爲梅著語，因易之曰《紅情》《綠意》，以荷花荷葉詠之。

無邊香色。記涉江自采，錦機雲密。剪剪紅衣，學舞波心舊曾識。一見依然似語，流水遠幾回空憶。看亭亭、倒影窺妝，玉潤露痕濕[一]。　　閒立。翠屏側。愛向人弄芳，背酣斜日。料應太液。三十六宮土花碧[二]。清興後風更爽，無數滿、汀洲如昔。泛片葉，烟浪裏、臥橫紫笛。

此與《暗香》字句平仄相同，自注明是別立新名。或以此竄入柳永集中，不知何以錯誤。

【校記】

[一] "玉"字原注可平。

[二] "六"字原注作平。

疏　影 百十字　　　　　　　　　　　　　　　姜　夔

苔枝綴玉。有翠禽小小，枝上同宿。客裏相逢，籬角黃昏，
○○●▲　●○◎○●●　○●○▲　◎●○○　⊙●○○

無言自倚修竹。昭君不慣龍沙遠，但暗憶、江南江北。想珮
○○◎　●○○▲　　○○○◎○○●　◎○●　⊙○○▲　●●

環、月夜歸來，化作此花幽獨。　　猶記深宮舊事，那人正
○●　●●○○　●●●○○○▲　　　　○●○○●●　●○●

睡裏，飛近蛾綠[一]。莫似春風，不管盈盈，早與安排金屋。
●●　⊙●○▲　　●●○○　●●○○　◎●○○⊙○▲

還教一片隨波去[二]，又却怨、玉龍哀曲[三]。等恁時、再覓幽
○○●○○●▲　　●●●　○○○▲　　●●○　◎●○

香，已入小窗橫幅。
○　●●●○○▲

　　　　原注仙呂宮。《九宮大成》入南詞黄鐘宮引，與本宮正曲
不同。

　　　"無言"句平仄與後段異，各家皆如是填，間有用後段句法
者。《詞律》連注四字，後人不察，祇改一二字，豈不大誤，兹故不
注。凡全句平仄相反者，祇於注中詳之。要改則全改，從某體，
方無貽誤。他調倣此。"翠禽小小"，張炎作"滿地碎陰"①。吳
文英於"翠"字、"上"字、"但"字、"正"字俱作平。張於"客"字、
"化"字、"已"字、"莫"字、"不慣""不"字、"一"字俱或作平，原可
不拘。"那人"句，平仄亦多不同。作者既從此體，則當恪依爲
是。"國"字、"北"字是借叶②，前人已通用之。"再"字，葉《譜》
作"重"。

【校記】

　　[一]"飛"字原注"可平"，誤。

　　[二]"教"字原注平聲。

　　[三]"玉"字原注作平。

【蔡案】

　　① 詞之變化與句式無關。故某一句法可用甲句式，亦可用乙句

式，四字句尤爲明晰，如秦巘所云"翠禽小小"一句既如此，此類句例，不勝枚舉。而"無言自倚修竹"與"早與安排金屋"兩句，前後段句法可以不同，亦在情理之中矣。不惟前後有異，即便同是前段，周密可用"彷彿玉容明滅"，張炎四首，則前段均用仄起式，更可證明此言不虛。

② 秦巘謂"國"字借叶，應是筆誤，本詞並無此韵。

又一體 百八字　　　　　　　　　　　　　　　王沂孫

詠 梅 影

瓊妃卧月。任素裳瘦損，羅帶重結。石徑春寒，碧蘚參差，相思曾步芳屧。離魂分破東風恨，又夢入水孤雲闊。算如今、也厭娉婷，帶了一痕殘雪。　　猶記冰奩半掩，冷枝畫未就，歸櫂輕折。幾度黄昏，忽到窗前，重想故人初别。蒼虬欲捲漣漪去，漫蜕却、連環香骨。早翠蔭蒙茸，不似一枝清絶①。

後結一五、一六字，比姜作少二字。

【蔡案】

① 後結原詞，據周密《絶妙好詞》卷七，爲"早又是，翠蔭蒙茸，一似一枝清絶"，秦巘所據本奪二字，應據補。

綠 意 百十字　　　　　　　　　　　　　　　張 炎

荷 葉

碧圓自潔。向淺洲遠渚，亭亭清絶。猶有遺簪，不展秋心，能卷幾多炎熱。鴛鴦密語同傾蓋,且重與、浣沙人説。恐怨歌、忽斷花風,碎却翠雲千叠。　　回首當年漢舞,怕飛去,謾縐留仙裙褶。戀戀青衫,猶染枯香,還歎鬢絲飄雪。盤心清露如鉛水,又一夜、西風吹折。喜静看、匹練秋光[一],倒瀉半湖明月。

> 此與《疏影》同調異名。《樂府雅詞》作無名氏,張炎乃南宋末人,不知何以竄入,各本皆沿其誤。"能卷"句平仄與姜作異,後段次、三句,一三、一六字亦別。作者欲填《疏影》,即照前詞;若填《緑意》,即照此詞,以歸畫一,勿作騎墻之見。"渚"字《詞律》作"浦","歎"字作"笑","吹"字作"聽","静"字作"净","怨歌"上又落"恐"字,校讎之功,亦太疏矣。

【校記】

[一]"看"字原注平聲。

解珮環　百十字　　　　　　　　　　　彭元遜

尋　梅　不　見

江空不渡。恨蘼蕪杜若,零落無數。遠道荒寒,婉娩流年,望望美人遲暮。風烟雨雪陰晴晚,更何須、春風千樹。盡孤城、落木蕭蕭,日夜江聲流去。　　日宴山深聞笛,恐他年流落,與子同賦。事闊心違,交淡媒勞,蔓草沾衣多露。汀洲窈窕餘酲寐,遺珮環浮沉澧浦。有白鷗、淡月微波,寄語逍遥容與。

舊說《解連環》變格，《詞律》以爲《疏影》别名。愚按：中段與《解連環》不同，確與《疏影》相合。蓋因姜詞有"想珮環"句，故變立新名也。宜附列。"遺珮"上缺一字，《詞律》加□，《元草堂詩餘》本作"遺珮環"三字。至姜詞用入聲韵，此用上、去韵，想宫調有異耳。

秋宵吟 九十九字　　　　　　　　　　　　　　姜　夔

古簾空，墜月皎。坐久西窗人悄。蛩吟苦、漸漏永丁丁，箭壺催曉。□引涼颸[1]，動翠葆。露脚斜飛雲表。因嗟念、似去國情懷，暮帆烟草。　　帶眼銷磨，爲近日、愁多頓老[一]。衛娘何在，宋玉歸來，兩地暗縈繞。摇落江楓早。嫩約無憑，幽夢又杳[2]。但盈盈、淚灑單衣，今夕何夕恨未了[3]。

原注越調。《翠薇花館詞》云：越調者，《琵琶録》所謂商七調之第一運黄鐘商，是爲琵琶第二弦之第七聲，其聲實應南吕，今俗樂之六字調也。白石又有《越九歌越王》一首，亦曰越調。注曰無射商。無射商乃商調之名，越調爲黄鐘商，何以又云無射商，不知宋時燕樂七商一均與七宫同用，黄鐘、大吕、夾鐘、中吕、林鐘、夷則、無射七律之名，越調爲第七聲，居無射之位。故朱子《儀禮經傳通解》云：無射清商俗呼越調，與玉田《詞源》所論合也。此詞前"曉"字用六上五，後"草"字亦用六上五，可悟六字爲煞聲，兼上五畢曲，與《石湖仙》同調也。

《詞律》云：應分三疊，於"催曉"住，亦雙拽頭之調。愚按：原譜不分段，但句法既同，旁譜亦無異，當從《詞律》爲是。他無作者，平仄悉宜謹守。通首俱用上聲韵，尤不可忽[4]。"頓老"、

“又杳”、“未了”等去上字，須着意。

【校記】

　　[一]“頓老”及後“又杳”、“未了”等字，用●◐符標識，意謂必用去上聲。

【蔡案】

　　① “引涼颷”句，各本均爲三字，秦巘獨作“□引涼颷”，不知何據。但秦巘既已認可萬樹雙曳頭之説，則應知本句所對應的是第一段的“古簾空”，自然不可能是四字句，故奪字符應予删去。

　　② “夢”字應平而仄。

　　③ 本結拍第四字，依律應爲平聲，“夕”字以入作平。

　　④ 本詞爲上聲韵詞調，勿用去入聲填。上聲可以與入聲一樣，獨立爲韵，這是其韵律上具有與入聲相同特質的表現，衹是上聲在這一點上的“發育”没有入聲那樣完善成熟而已。

揚州慢　九十八字　　　　　　　　　　　　姜　夔

淳熙丙申至日，余過維揚。夜雪初霽，薺麥彌望。入其城，則四顧蕭條，寒水自碧，暮色漸起，戍角悲吟。予懷愴然，感慨今昔，因自度此曲。千巖老人以爲有黍離之悲也。

淮左名都，竹西佳處，解鞍少駐初程[一]。過春風十里，盡薺麥青青①。自戎馬、窺江去後，廢池喬木，猶厭言兵。漸黃昏清角，吹寒都在空城。　　杜郎俊賞，算而今、重到須驚。縱荳蔻詞工，青樓夢好，難賦深情。二十四橋仍在，波心蕩、冷月無聲。念橋邊紅藥，年年知爲誰生。

　　原注中呂宮。

　　趙以夫一首同，照注。其餘鄭覺齋、李萊老諸作，平仄差異，不可從。

【校記】

　　［一］“少”字、後段第六句“四”字、第七句“冷”字可平。

【蔡案】

　　① 本詞名作，耳熟能詳，然余以爲實有多字脱落，如前段第二均，其原貌當是“過春風十里，□□□盡，薺麥青青”。其後，“自戎馬窺江去後，廢池喬木”，與後段“二十四橋仍在，波心蕩”，亦無理由如此參差，而其後諸詞與其同，並非格律如此，乃以訛傳訛耳。否則，前後段第二第三均所對者，如此參差，絕無律理支撐。

翠樓吟　百一字　　　　　　　　　　　　　　　　　姜　夔

淳熙丙午冬，武昌安遠樓成，與劉去非諸友落之，度曲見志。予去武昌十年，故人有泊舟鸚鵡洲者，聞小姬歌此詞，問之，頗能道其事，還吳，爲予言之。興懷昔游，且傷今之離索也。
月冷龍沙，塵清虎落，今年漢酺初賜①。新翻胡部曲，聽氈幕、元戎歌吹。層樓高峙。看檻曲吟紅，檐牙飛翠。人姝麗。粉香吹下，夜寒風細。　　此地。宜有詞仙，擁素雲黃鶴，與君游戲。玉梯凝望久，歎芳草、萋萋千里。天涯情味。仗酒祓清愁，花消英氣。西山外②，晚來還捲，一簾秋霽。

　　　　原注雙調。

　　　　此亦自製曲，平仄悉宜謹守，且無他作可證，不能臆注。

“外”字亦當是叶，吴、張諸家多有之。“詞”字葉《譜》作“神”，“消”字汲古作“嬌”，誤。

【蔡案】

① “酺”字應讀仄聲，該字《集韵》《韵會》均有蒲故切讀法，《正韵》亦有薄故切讀法，是爲平仄二讀字也。而本句格律，實爲標準六言律句，第四字必仄。

② 後段尾均，“外”字秦巘雖注云“亦當是叶”，但譜中仍未讀爲韵脚，顯見其終是拿捏不定。而考前段尾均，對應句作“人姝麗”，“麗”字叶，故“外”字應作韵字讀。又按，尾均中常有三字起且叶韵者，或是宋詞作法之一技。

霓裳中序第一 百一字　　　　　　　　　姜　夔

丙午歲，留長沙，登祝融，因得其祠神之曲，曰《黄帝鹽》《蘇合香》。又於樂工故書中得商調《霓裳曲》十八闋，皆虚譜無辭。按沈氏《樂律》，霓裳道調，此乃商調。樂天詩云“散序六闋”，此特兩闋，未知孰是。然音節閒雅，不類今曲。予不暇盡作，作中序一闋傳於世。予方羈游，感此古音，不自知其辭之怨抑也。

亭皋正望極。亂落紅蓮歸未得。多病却無氣力①。況紈扇
○○●●▲　　●●●○○▲　　○●◎○●▲　　●●⊙●

漸疏，羅衣初索。流光過隙。歎杏梁雙燕如客②。人何在，
●○　○○○▲　　○○●▲　　●●○○●●▲　　○○●

一簾淡月，仿佛照顔色。　　幽寂。亂蛩吟壁，動庾信、清
●○●●　○●●○▲　　○▲　●○○▲　●●●　○

愁似織。沉思年少浪跡③。笛裏關山④,柳下坊陌。墜紅無
〇●▲　　〇〇〇●〇▲　　　　●▲〇〇　　●●〇▲　●〇〇
信息。漫暗水涓涓溜碧。漂零久,而今何意,醉臥酒壚側。
●▲　●●●●〇〇●▲　　〇〇●　〇〇〇●　●●●〇▲

　　《碧雞漫志》云:唐憲宗時,每大宴作霓裳舞。文宗時,詔太
常卿馮定,採開元雅樂,製雲韶雅樂及《霓裳羽衣曲》。是時,四
方大都邑及士大夫家,已多按習,而文宗乃命馮定製舞曲者,疑
曲存而舞節非舊,故加整頓焉。李後主作《昭惠后誄》云:“《霓裳
羽衣曲》經茲兵火,世罕聞者,偶獲舊譜,殘闕頗甚。暇日與后詳
定,去其淫繁,定其缺墜。”蓋《霓裳曲》在唐末已不全矣。

　　《樂苑》云:開元中,西涼府節度楊敬述,進《霓裳羽衣曲》。
説者多異。予斷之曰:西涼創作,明皇潤色,又爲易美名。白樂
天和元微之《霓裳羽衣歌》曰:“磬簫箏笛遞相橫,擊擽吹彈聲迤
邐。”注云:“凡法曲之初,衆音不齊,金石絲竹次第發聲。《霓裳》
序之初,亦復如此。”又曰:“散序六奏未動衣,陽臺宿雲慵不飛。
中序擘𨐩初八拍,秋竹吹裂春冰拆。”注云:“散序六遍無拍,故不
舞。中序始有拍,亦名拍序。”又曰:“繁音急節十二遍,跳珠撼玉
何鏦錚,翔鸞舞罷却收翅,唳鶴曲終長引聲。”注云:“《霓裳》十二
遍而曲終。凡曲將終,皆聲拍促速,惟《霓裳》之末長引一聲。”沈
括《筆談》云:“《霓裳曲》凡十二叠,前六叠無拍,至第七叠方謂之
叠遍,自此始有拍而舞矣。”按此知《霓裳曲》十二叠,至七叠中序
始舞,故以第七叠爲中序第一,蓋舞曲之第一遍也。蔡絛《西清
詩話》云:“歐陽永叔以不曉聽風聽水作《霓裳》爲疑,按唐人《西
域記》,龜茲國王與其臣庶之知樂者,於大山間聽風水聲,均節成
音,後翻入中國,如《伊州》《甘州》《涼州》等曲,皆自龜茲所致。
雖未及《霓裳》,而其製曲亦用其法。”此説近之。郭茂倩《樂府詩

集》有《霓裳辭》。餘與《法曲獻仙音》參看。《九宮大成》入北詞小石角隻曲。《歷代詩餘》云：本唐之道調法曲，在教坊中爲大樂曲。《宋樂志》載拂霓裳隊是也。餘詳《拂霓裳》下。

唐樂史《太真外傳》注：《霓裳羽衣曲》者，是玄宗登三鄉驛，望女几山所作也。故劉禹錫詩云："三鄉驛上望仙山，歸作霓裳羽衣曲。"又《逸史》云："羅公遠，天寶初侍玄宗，八月十五日夜，宮中玩月，曰：'陛下能從臣月中游乎？'乃取一枝桂向空擲之，化爲一橋，請上同登。約行數十里，至大城闕。公遠曰：'此月宮也。'有仙女數百，素練寬衣，舞於廣庭。上前問曰：'此何曲也？'曰：'《霓裳羽衣》也。'上密記其聲調，遂回。且諭伶官象其聲調，作《霓裳羽衣曲》。"二說不同。

此亦自製曲，有旁譜不注宮調。汲古不載，《詞律》未見《白石歌曲》，失收此詞，僅列周密及元人兩作，疏漏太甚。"却"字葉《譜》作"怯"，"年少"二字作"少年"，"坊"字作"巷"。

【蔡案】

① 本句秦巘未注叶韻，誤。該句對應後段"沉思年少浪跡"，後段既視爲入韻，則本句自不可脫落。

② 原譜本句及後段"漫暗水涓涓溜碧"，俱讀爲上三下四式句法，竊以爲欠準確，今改爲一字逗領六字句法。

③ 本句句式爲平起仄收式六言律句，故第五字依律須用平聲，"浪"字不可仄讀。宋人惟周密、尹煥用仄，或皆以爲"浪"字爲仄，而循誤，其餘皆作平聲。姜詞此處，實正同唐人錢起"失志思浪跡，知君晦近名"，亦爲平讀。

④ 前段第六拍，對應後段"墜紅無信息"，故依律應是五字一句，原詞或爲"流光駒過隙"。本詞從前段"多病"、後段"沉思"以下，前後

段本應整齊，不當於此少一字。而後段"笛裏關山"句亦同，各本多爲四字一句，然其前段所對應者，爲"況紈扇漸疏"五字，且校之其後周密、詹玉、羅志仁、應法孫詞，後段本句均作五字一句，疑"笛"字前亦脫一領字。由是，本詞完璧，應是一百零三字。

又一體 百二字　　　　　　　　　　　　　周　密

湘屏展翠叠。恨入宮溝流怨葉。缸冷金花暗結。又雁影帶霜，蛩音凄月。珠寛腕雪。歎錦箋、芳字盈篋①。人何在，玉簫舊約，忍對素娥説。　　愁絶。夜砧幽咽。任帳底、沉烟漸滅。紅蘭誰採贈別②。悵洛浦分綃，漢皋遺玦。舞鸞光半缺。最怕聽、離弦乍闋。憑闌久，一庭香露，桂影弄凄蝶。

　　許氏《詞譜》入北詞小石調。

　　此與姜作全同，祇後段第四句多"悵"字，《笛譜》《草窗》皆無"悵"字，據後應作當有一字。"浦"字作"汜"，"皋"字作"浦"。《笛譜》以"愁絶"二字屬上段，誤。

【蔡案】

　　① 本句不當讀斷，詳參前一首蔡案。

　　② 第五字依律應以平爲正，不可用仄，如本譜所引諸詞，詹玉用"秋"，應法孫用"閒"，姜个翁用"顏"，皆爲平聲，即便姜夔之"浪"、羅志仁之"便"，亦形似仄而實爲平（詳參其詞下）。

又一體 百二字　　　　　　　　　　　　　詹　玉

至元間，監醮長春宮，偶見羽士丈室古鏡，狀似秋葉，背有金刻"宣和玉寶"四字,有感因賦。

一規古蟾魄。過宣和、幾春色[一]。知那個、柳鬆花怯。曾搓玉團香,塗雲抹月。龍章鳳刻。是如何、兒女消得。便孤了、翠鸞何限,人更在天北。　　磨滅。古今離別。幸相從、薊門仙客。蕭然林下秋葉。對雲淡星疏,眉青影白。佳人已傾國。贏得痴銅舊畫[二]。興亡事、道人知否,見了也華髮。

　　　　前段第二句六字,比各家少一字。後段七句六字,少一字。

【校記】

　　[一] 本句《花草粹編》卷二十二、《日下舊聞考》卷九十四及《歷代詩餘》卷八十一等,均爲"瞥過宣和幾春色",韵律與諸家同,應據補。

　　[二] 本句亦奪一字,《日下舊聞考》及《歷代詩餘》俱爲"漫贏得、痴銅舊畫",與諸家同,可據補。

又一體 百三字　　　　　　　　　　　　羅志仁

四　聖　觀

來鴻又去燕。看罷江潮收畫扇。謾湖曲雕闌倚倦①。正船過西陵,快篙如箭。凌波不見。但陌花、遺曲凄怨。孤山路,晚蒲病柳,淡綠鎖深院。　　離恨五雲宮殿。記舊日、曾游翠輦。青紅如寫便面②。悵下鵠池荒,放鶴人遠。粉墙隨岸轉。漏碧瓦、殘陽一綫。蓬萊夢,人間那信,坐看海濤淺。

　　前段第三句，一本多“謾”字，“倚倦”二字作“倦倚”，失叶。
後段第四句多“恨”字，與周同，今從《元草堂詩餘》本。“恨”字不
叶韻，且用去、上聲韻，恐宮調不協也。

【蔡案】

　　① 本句秦巘既知一本無“謾”字，則當取正去誤，否則所有衍奪
詞均可入譜，豈不荒謬。當删。

　　② 後段“青紅”句，依律用平起仄收式六字律句，故第五字依律
必平，絶不可仄。“便面”，古人遮面之物，《漢書・張敞傳》：“然敞無
威儀，時罷朝會，過走馬章臺街，使御吏驅，自以便面拊馬。”顔師古
注：“便面，所以障面，蓋扇之類也。不欲見人，以此自障面則得其便，
故曰便面，亦曰屏面。今之沙門所持竹扇，上衺平而下圜，即古之便
面也。”後稱團扇、摺扇爲便面。則可知“便面”即“障面則得其便”之
意，“便”，《説文解字》謂：“安也。”房連切，讀平聲。

　　又一體 百一字　　　　　　　　　　　　　　　　應法孫

愁雲翠萬疊。露柳殘蟬空抱葉。簾捲流蘇寶結。乍庭户嫩
凉，闌干微月。玉纖勝雪委素紉、塵鎖香篋①。思前事，鶯期
燕約，寂寞向誰説。　　　悲切。漏籤聲咽。漸寒炧、蘭缸未
滅。良宵長是間別。恨酒凝紅綃[一]，粉涴瑤玦。鏡盟鸞影
缺。吹笛西風數闋。無言久，和衣成夢，睡損縷金蝶。

　　與周作韵脚全合，原題不言和韵。惟後段第八句六字，比周
作少一字。

【校記】

[一]"凝"字原注去聲。

【蔡案】

① 秦巘將該十一字讀爲一句,甚覺不解,憑空失落一韵,韵律大異。應補"雪"字爲叶韵方合。

又一體 百字　　　　　　　　　　　　　姜个翁

春 晚 旅 寓

園林罷組織。樹樹東風翠雲滴。草滿舊家行跡。聽得聲聲,曉鶯如覓。愁紅半濕。煞憔悴、墻根堪惜。可念我,飄零如此,一地送岑寂。　　　龜石。當年第一。也似老、人間風日。餘葩選甚顏色。羞撚江南,斷腸詞筆。留春渾未得。翻些入、啼鵑夜泣。清江晚,綠楊歸思[一],隔岸數峰出。

　　　前段第四句少一字①,次句"翠雲滴",平仄與各家異②。後段同姜作。"舊家"二字,一本作"地間"。

【校記】

[一]"思"字原注去聲。

【蔡案】

① 第四句不僅前段少一字,後段對應句也少一字,因此可以視爲減字法,而非脱誤。

② 其實本句句法與詹玉詞"瞥過宣和幾春色"同,均用仄起式小拗句法,這正是"詞之句法無定準"之實例。

琵琶仙 百字　　　　　　　　　　　　　　　　　　姜　夔

《吳都賦》云："户藏烟浦,家具畫船。"唯吳興爲然。春游之盛,西湖未能過也。己酉歲,予與蕭時父載酒南郭,感遇成歌。

雙槳來時,有人似、舊曲桃根桃葉。歌扇輕約飛花,蛾眉正奇絶。春漸遠、汀洲自緑,更添了、幾聲啼鴂。十里揚州,三生杜牧,前事休説。　　又還是、宫燭分烟,奈愁裏匆匆换時節。都把一襟芳思[一],與空階榆莢。千萬縷、藏鴉細柳,爲玉尊、起舞回雪①。想見西出陽關,故人初别。

> 《白石歌曲》凡自製腔,皆注旁譜,此與《眉嫵》諸調獨無旁譜,僅注黄鐘商調名,與《法曲獻仙音》《玲瓏四犯》同例,其非姜所自製可知。無他作者,不知何人創始,平仄悉宜從之。

【校記】

[一]"思"字原注去聲。

【蔡案】

① "舞"字不律,若以上三下四句法讀,則"舞"字即前段"聲"字,所謂以上作平填法。若讀爲一字逗領六字句法,則無須作平。而前段亦可讀爲"更添了幾聲啼鴂",與後段同,一領六句法。故本句填者可兩選,惟若作上三下四句法,則第五字須平,或第三字爲仄。

眉　嫵 百三字　一名《百宜嬌》　　　　　　　　　　姜　夔

戲張仲遠

看垂楊連苑①,杜若侵沙,愁損未歸眼[一]。信馬青樓去,重簾下、娉婷人妙飛燕。翠尊共款^[二]。聽艷歌、郎意先感^②。便携手、月地雲階裏，愛良夜微暖。　　　無限。風流疏散。有暗藏弓履，偷寄香翰。明日聞津鼓^[三]，湘江上、催人還解春纜。亂紅萬點。悵斷魂、烟水遥遠。又争似相携，乘一舸、鎮長見。

　　《耆舊續聞》云：堯章嘗寓吳興張仲遠家，屢出外。其室人知書，賓客通問，必先窺來札，性頗妬。堯章戲作《百宜嬌》詞以遺之，竟爲所見。仲遠歸，竟莫能辨，則受其指爪損面，至不能出外云。

　　"未"、"妙"、"翠"、"意"、"夜"、"寄"、"解"、"亂"、"水"、"鎮"諸仄聲字，及"共款"、"萬點"去上字，勿誤^③。王沂孫、張翥各一首，一字無訛。"侵"字，汲古作"吹"。"月"字，《詞潔》作"雨"。

　　此調亦未注宫譜，其非自度可知。

【校記】

　　［一］"未"字，第五句"妙"字、第六句"翠"字、第七句"意"字、前結"夜"字、後段第三句"寄"字、第五句"解"字、第六句"亂"字、第七句"水"字、後結"鎮"字，用❶符標識，意謂必用仄聲。

　　［二］"共款"及後段"萬點"，用●●符標識，意謂必用去上聲。

　　［三］"明"字原注可仄。

【蔡案】

　　① 詞之爲體，前後段起拍皆可叶可不叶者，此乃詞之大律。"苑"字在韵，因此應予以標出韵脚，秦巘失記。

　　② 本句及後段"悵斷魂"句，依律實爲一領六句法，應予改正，此適用"韵律爲先，句意爲後"原則。

③ "妙"、"解"、"桂"、"意"、"水"五字,依律必仄,無須特意注明,此猶詞尾"見"字不必特意注明必用韵字。"末"、"翠"、"亂"三字依律可平,秦巘謂必仄,便與基本律法相悖。"夜"、"寄"爲特殊拗句句法。"愛良夜微暖"句,"偷寄香翰"句,何以必須用拗,其律理依據爲何,須道出纔能説"此處必仄",而此類涉及律理的問題,秦巘從無説明,便有信口之嫌。

又一體 百二字　　　　　　　　　　　　王沂孫

新　月

漸新痕懸柳,澹彩穿花,依約破初瞑。便有團圓意,深深拜、相逢誰在香逕。畫眉未穩。料素娥、猶帶離恨①。最堪愛、一曲銀鈎小,寶簾挂秋冷。　　　千古盈虧休問。歎謾磨玉斧,難補金鏡。太液池猶在,凄凉處、何人重賦清景。故山夜永。試待他、窺户端正。看雲外山河,還老桂花舊影②。

> 換頭第二字、四句皆不叶韵,末句六字不於第三字逗,與姜作微異。"香"字,《詞潔》作"幽"。

【蔡案】

① 本句及後段"試待他"句,依律實爲一領六句法,應予改正,此適用"韵律爲先,句意爲後"原則。

② 後段結拍,檢《碧山詞》一本作"還老盡、桂花影",正與姜詞合,當是原文,應據改。又按,原譜前後段第七拍,俱作上三下四句法。

又一體 百三字　　　　　　　　　　　　　張　翥

七 夕 感 事

又蛛分天巧,鵲誤秋期,銀漢會牛女。薄命猶如此,悲歡事①,人間何限夫婦。此情更苦怎似他、今夜相遇②。素娥妬。不肯偏留照,漸凉影催曙。　　私語釵盟何處③。但翠屏天遠,清夢雲去。縱有間針縷。相憐愛,絲絲空綴愁緒。竊香伴侶。問甚時、重畫眉嫵。謾鉛淚彈風,都付與洗車雨④。

　　"素娥妬"叶韵,餘同姜作。

【蔡案】

　　①"悲歡事"與後段"相憐愛"不逗而句,與前二詞俱異,此明清詞譜家之通病。

　　②秦巘將該十一字讀爲一句,甚覺不解,憑空失落一韵,韵律大異。應補"苦"字爲叶韵方合。又,讀斷後,"怎似他"句及後段"問甚時"句,依律實爲一領六句法,應予改正,此適用"韵律爲先,句意爲後"原則。

　　③本句"私語"後應予讀斷,否則失記一句中短韵。

　　④本句亦應讀斷,作三三式折腰句,方合本調韵律。

鶯聲繞紅樓 五十字　　　　　　　　　姜　夔

甲寅春,平甫與予自越來吳,攜家妓觀梅於孤山之西村,命國工吹笛,妓皆以柳黃爲衣。

十畝梅花作雪飛。冷香下、携手多時。兩年不到斷橋西。長笛爲予吹。　　人妒垂楊緑，春風爲染作仙衣①。垂楊却又妒腰肢。近前舞絲絲[一]②。

《九宮大成》名《繞紅樓》，入南詞中呂宮引。

此與《清波引》既無旁譜，又不注宮調，并非自製。汲古、《詞律》及諸譜皆未載，他無作者，不知何人創始，俟考。

【校記】

[一]"近"字原注平聲。

【蔡案】

① "春風"句，校之前段，必爲上三下四式句法，余疑是"爲春風、染作仙衣"之倒誤，而非平起平收式律句。

② 本句"前"字依律應仄，此或是填誤之敗筆，究其詞意，更疑爲後人筆誤。

清波引 八十四字　　　　　　　　　　　姜　夔

予久客古沔，滄浪之烟雨，鸚鵡之草樹，頭陀、黃鶴之偉觀，郎官、大別之幽處，無一日不在心目間。勝友二三，極意吟賞。朅來湘浦，歲晚凄然，步繞園梅，摘筆以賦。

冷雲迷浦[一]。倩誰喚、玉妃起舞。歲華如許。野梅弄眉嫵[二]。屐齒印蒼蘚，漸爲尋花來去。自隨秋雁南來[三]，望江國、渺何處①。　　新詩謾與。好風景、長是暗度②。故人知否。抱幽恨難語。何時共魚艇，莫負滄浪烟雨。況有清夜啼猿，怨人良苦。

　　　前無作者。

　　　"弄"、"渺"、"謾"、"暗"、"恨"、"故"、"怨"諸去聲，勿誤。

【校記】

　　　[一] 原注"冷"字、第四句"野"字、後段次句"是"字、第七句"況有"二字可平。

　　　[二] "弄"字、前結"渺"字、後起"謾"字、後段次句"暗"字、第三句"故"字、第四句"恨"字、後結"怨"字，用●符標識，意謂必用去聲。

　　　[三] 原注"秋"字、第六句"滄"字、第七句"清"字可仄。

【蔡案】

　　　① 本句"望"字讀平聲，即張炎詞中的"誰"字。

　　　② "是"字以上作平，觀張炎詞用"中"字可知，蓋此字依律須平。可平可仄據張炎詞補。

　　　又一體 八十三字　　　　　　　　　　　　張　炎

送別湖湘廉使

江濤如許。更一夜、聽風聽雨[一]。短篷容與。盤礴那堪數。弭節澄江樹。不爲蒓鱸歸去。怕教冷落蘆花，誰招得、舊鷗鷺。　　　寒汀古淑。盡日無人喚渡①。此中清楚。寄情在談塵[二]。難覓真間處。肯被水雲留住。泠然棹入中流，去天尺五。

　　　"弭節"句，"難覓"句，叶韵。後段次句六字與前異。

【校記】

　　[一]“一”字及後結“尺”字原注作平。二“聽”字原注去聲。

　　[二]“談塵”應是“談麈”之誤。

【蔡案】

　　① 基於前段第二拍與姜詞同，余以爲後段次句，應是“盡日”後奪一字，爲“盡日□、無人喚渡”，否則韵律便覺不諧。

玲瓏四犯 九十九字

越中歲暮聞簫鼓感懷[一]

　　疊鼓夜寒，垂燈春淺，匆匆時事如許。倦游歡意少[二]，俯仰悲今古。江淹又吟恨賦。記當時、送君南浦。萬里乾坤，百年身世，唯有此情苦。　　　揚州柳垂官路①。有輕盈換馬，端正窺戶。酒醒明月下[三]，夢逐潮聲去。文章信美知何用，漫贏得、天涯羈旅。教説與。春來要、尋花伴侶[四]。

　　　原注此曲雙調，世別有大石調一曲。

　　　又，此正體與周邦彦《玲瓏四犯》不同，“四”字必仄聲②。譚宣子一首同。原集祇注宮調，不注旁譜。前無作者，故分列。

【校記】

　　[一]本詞亦爲姜夔作，原譜失記作者名。

　　[二]“倦”字原注可平。

　　[三]“醒”字原注平聲。

　　[四]“春”字原注可仄。

【蔡案】

　　① 本句六字不讀斷，韵律不諧，《欽定詞譜》則讀爲三三式折腰句。檢譚宣子詞，其序云"用白石體賦"，故與本詞同，後段起拍作"生塵、每憐微步"，平仄與此悉同，余以爲其句法亦應相同。這便是我所謂的"兩頓同一平仄相連，爲二字逗之標識"，因此，應讀爲二字逗領四字句法。其實過片二字一讀，本來也是詞中極爲常見的填法。

　　② 不解。疑有錯訛。

詞繫卷廿三 宋、金、元

【校記】

　　本卷原本無"金"字，北師大本有"金"字，而内文及卷目均有金、元詞人作品，今據補。其原書體例，金人部分夾雜於宋人中，謹注不移。

芙蓉月 九十四字　　　　　　　　　　　趙以夫

芙　　蓉

黃葉舞空碧[一]，臨水處、照眼紅葩齊吐。柔情媚態，佇立西風如訴。遙想仙家城闕，十萬綠衣童女。雲縹緲，玉娉婷①，隱隱彩鸞飛舞。　　尊前更風度。記天香國色，曾占春暮。依然好在，閒伴清霜涼露。一曲闌干敲遍，悄無語。空相顧。殘月澹，酒闌時，滿城鐘鼓。

　　調見《陽春白雪》。無他作者。《詞律》失收。
　　"舞"字、"占"字用仄聲②，切勿用平。"語"字偶合，非叶③。
　　"閒"字，葉《譜》作"還"。

【校記】

　　[一]"舞"字及後段第三句"占"字，用◖符標識，意謂必用仄聲。

【蔡案】

　　① 此六字實爲一句，用六字折腰句法。後段對應句“殘月澹、酒闌時”亦同。清儒每每讀爲三字兩句，甚誤。

　　② 首拍之“舞”字秦巘謂須用仄聲，不知何據，以句律論，此字本不在節奏點上，依律可平，且本調僅此一首，並無他詞可以證明此處有特殊之處，雖未見用平，也不可不得用平。除非秦巘能證明，凡句脚仄平仄處，前一仄必定沒有無用平聲字的情況。至於“占”字，在這裏是預測之意，而非佔據之意，意謂即使是國色天香之時，也已經料到春暮的時候了。故當讀爲平聲。從韵律上説，前段“臨水處照眼紅葩齊吐”對應後段“記天香國色曾占春暮”，後六字韵律均爲●●○○○▲，“占”字對應前段“葩”字，平聲無疑，秦巘謂應讀去聲，誤。

　　③ “語”字秦巘以爲屬於偶合，原譜未作韵字讀。按，此類韵字，本屬輔韵，今已無法考知當時作者是否有意爲之，因此總以標出爲是，詞中單邊用韵的情況絕非偶見，所謂寧多勿缺也。但本句很可能是一個仄起仄收式六字句的誤筆。

雙瑞蓮　九十五字　　　　　　　　　　　　趙以夫

並　頭　蓮

千機雲錦裏。看並蒂新房，駢頭芳蕊。清標艷態，兩兩翠裳霞袂。似是商量心事①，倚緑蓋、無言相對。天蘸水。彩舟過處，鴛鴦驚起。　　　　縹緲漾影摇香，想劉阮風流，雙仙姝麗。閒情未斷，猶戀人間歡會。莫待西風吹老，薦玉醴、碧筒拚醉。清露底。月照一襟歸思。

　　《九宫大成》入南詞小石調正曲，許《譜》同。

　　調見《虛齋樂府》。詠並頭蓮，即以爲名，與《雙頭蓮》無涉。

　　《詞律》云：此調比《玉漏遲》祇第二句多一"看"字，"清標"、"閒情"二句，平仄顛倒，其餘字句皆同，應是一體[②]。愚按：宮調各有不同，不得以字句同而混之也[③]。

　　"歸"字，《詞譜》作"涼"。

【蔡案】

　　① 本句一説爲韵句，亦可，此本輔韵，可叶可不叶。

　　② 余以爲本詞即屬於《玉漏遲》，其依據有三：過片句爲詞中緊要處，而兩詞俱用仄起平收式律拗句法，這是一個極爲典型的韵律特徵。律拗句法本身並非一種常用句法，若是偶合，則太過巧合，此其一。前後段兩尾均，也是詞的緊要處，其三字起拍均叶韵，詞中有此一法，但亦非常見之手法，若是偶合，亦太過巧合，此其二。後段結拍，顯然是前段結拍中的前四字句減二字而來，這與《玉漏遲》的演化方式也是完全一致，惟《玉漏遲》所減爲一仄頓，本詞則減一平頓而已，此其三。而兩者所不同的，祇是本詞前段第二拍多一字，但考察後段可知，這一字本是《玉漏遲》爲韵律變化而刪去者，趙以夫祇是還原而已。

　　③ 秦巘所謂宮調不同云云，是將樂詞混同於文詞，因爲宮調的同與不同，與文字無關。今日所論的"詞"，是文詞，而非樂詞，今日所論的詞譜，是文字之譜，而非音樂之譜。因此，今日研究詞譜，就應當以字句之特性爲基本特性，在宮調已亡的後詞樂時代，曉曉於宮調者，貌是而實非，所以好糾纏於宮調者，往往都並不知道宮調與文字之間的關係。如果今天研究詞律仍然需要處處以宮調爲準繩的話，那麼仙呂調的《迷神引》，與中呂調的《迷神引》，儘管韵律、字句完全相同，也應當別而譜之了。

秋蕊香 九十七字　　　　　　　　　　趙以夫

木　犀

一夜金風，吹成萬粟，枝頭點點明黄。扶疏月殿影，雅淡道
家妝。阿誰倩、天女散濃香。十分熏透霓裳。徘徊處，玉繩
低轉，人静天凉。　　　底事小山幽詠，渾未識清妍，空自神
傷。憶佳人、執手訴離湘①。招蟾魄，和淚吸秋光。碧雲日
暮何妨。惆悵久，瑶琴微弄，一曲清商。

　　　調見《虛齋樂府》，與《秋蕊香》小令及《秋蕊香引》皆不同，無
他作可證[一]。《詞律》失收。

【校記】

　　[一] 本詞前代詞人曹勛、史浩都曾留有作品，秦巘謂"無他作可
證"者，非是，因此本調也不當列於趙以夫名下。史浩詞，調名一作
《教池回》。

【蔡案】

　　① "憶佳人"三字，對應前段"扶疏"句，依律應脱二字。但是曹、
史二家也都是如此，想其時所傳的母本，已然是殘缺了。

龍山會 百三字　　　　　　　　　　趙以夫

九　日

佳節明朝九。彩舫凌虛，共醉西風酒。湖光藍潤透。雲浪
碎、巧學波文吹皺[一]。碧落杳無邊，但玉削、千峰寒瘦。留

連久[二]。秋容似洗，月華如畫。　　回頭南楚東徐，暝靄蒼烟，處處空刁斗。山公今健否。功名事、付與年時交舊。白髮苦欺人，尚堪插、黃花盈首。歸去也，東籬好在，覓淵明友。

> 原注商調。

> 此是創調，共二首[三]，其別首平仄差異，照注如右，惟"留連久"用"黯銷魂"，不叶，略異①。

【校記】

[一]原注"浪"字、第六句"碧"字、第七句"玉"字、後段次句"暝"字、第七句"尚"字、第八句"去"字可平。

[二]原注"留"字、後段第五句"功"字和"年"字、第七句"堪"字、第八句"歸"字可平。

[三]趙以夫本調共三首。

【蔡案】

①"留連久"似是偶合，趙詞另二首及吳文英詞，此處均不叶韵，但入樂時或是有意爲之，以實現所謂在尾均中"不妨多加拍"的效果。

又一體　百字　　　　　　　　　　　　吳文英

陪毘陵幕府諸名勝載酒雙清賞芙蓉

石徑幽雲冷，步帳深深，艷景青紅亞。小橋和夢醒，環佩杳、烟水茫茫城下。何處不秋陰，問誰借、東風艷冶。最嬌嬈，愁侵醉霜，淚紅綃灑[一]①。　　搖落翠莽平沙，□挽斜陽駐短亭車馬[二]。曉妝羞未墮，沈恨起、金谷魂飛深夜。驚雁落清歌,酹花□觥船快瀉[三]。去來捨。月向井梧梢上挂。

　　首句不起韵,前後兩四句皆不叶,結尾七字,與前異。"最嬌嬈"句與趙別作同。"去來捨"叶韵,與趙異②,《詞律》謂有脱誤。前結據汲古本,"瀉"字倒在"紅"字上,失叶,此傳寫之誤。"挽斜陽"句、"酹花"句應各脱一字,餘並無誤。

【校記】

　　[一] 本句秦巘更正汲古本之"淚瀉紅綃"爲"淚紅綃瀉",語意依舊彆扭,句法亦與趙氏三首異,必有文字舛誤。彊村四校本《夢窗詞》作"淚綃紅瀉",均不暢達,竊以爲應是"紅綃淚瀉"方合詞意。

　　[二] 本句脱字,據彊村四校本《夢窗詞》,缺字處爲"競"字,九字應讀爲四字一句、五字一句。

　　[三] 本句脱字,據彊村四校本《夢窗詞》,缺字處爲"倩"字,此七字應讀爲上三下四折腰式句。

【蔡案】

　　① 前段尾均原作"最嬌嬈,愁侵醉霜,淚紅綃瀉",前三字不當爲句,應是領字。"愁侵醉霜"句,詞意不通,韵律不諧,檢彊村四校本《夢窗詞》,作"愁侵醉頰",應是的本。

　　② 如前一首所述,宋人有在起結過變中"多加拍"的填詞習慣,以增加詞調的變化效果,因此,無論是前段尾均還是本句中,都有可能是作者刻意的添韵。

南州春色 八十二字　　　　　　　　　　　汪革

清溪曲,一株梅。無人修採,獨立古墻偎。莫恨東風吹不到,着意挽春回①。一任天寒地凍,南枝香動,花傍一陽開。

更待明年首夏,酸心結子,天自栽培。金鼎調羹,仁心猶在,還種處、無限根荄。管取南州春色②,多自此中來。

> 見《花草粹編》,採之《輟耕録》,爲汪梅溪作。《方壺存稿》亦不載,《詞律》亦失收。愚按:《輟耕録》未載,想誤刻書名。

> "修"字葉《譜》作"俶","處"字作"取","取"字作"領",皆誤。

【蔡案】

① "莫恨東風吹不到,着意挽春回"兩句,細玩不通。既東風吹不到,則何春之有? 既無春,則何來著意挽春回? 余謂此二句有多字脱落,若校之後段,則原貌或爲:"莫恨東風,□吹不到,著意□、□挽春回"。

② 本詞前後段,僅"一任"與"管取"兩句略合,全詞太過參差,必有舛誤,不足爲範。

青門怨 五十三字　　　　　　　　　　王　玉

月痕烟景。遠思孤影。舊夢雲飛,離魂冰冷。脉脉恨滿東風。對孤鴻。　　　翠珠塵冷香如霧。人何許。心逐章臺絮。夜深酒醒燭暗,獨倚危樓。爲誰愁。

> 調見《陽春白雪》,無名氏。《詞譜》爲王玉作。考王玉有二:一見《陽春》,字寧翁,柴望《草堂遺稿》有和王寧翁詩,爲嘉□、淳祐間人[一]。一見《中州樂府》,乃金人,官防禦,在嘉定前,説詳《春從天上來》下。《詞律》失收。

> 與《青門引》《青門飲》皆無涉。其字句與韋莊《怨王孫》恰合,衹前段第四、五句,句法略異①,或一體而異名歟?

【校記】

［一］奪字應是"熙"字。嘉熙，爲"淳祐"的前一年號。

【蔡案】

① 本詞玩其字句，捫其韵律，應該就是《河傳》，亦即秦巘所説的《怨王孫》，衹是別名而已。兹鈔録韋莊《河傳》詞如下，讀者比較後，可知兩者的同異，衹是韋詞增加了兩個輔韵，且後段尾均略有讀破而已："何處。烟雨。隋堤春暮。柳色葱蘢。畫橈金縷。翠旗高颭香風。水光融。　青娥殿脚春妝媚。輕雲裏。綽約司花妓。江都宫闕，清淮月映迷樓。古今愁。"

三奠子 六十七字　　　　　　　　　　　元好問

離 南 陽 後 作

悵韶華流轉[一]，無計留連。行樂地①，一凄然。笙歌寒食後，桃李惡風前。連環玉，迴文錦，兩纏綿。　芳塵未遠，幽意誰傳。千古恨，再生緣。閒衾香易冷，孤枕夢難圓。西窗雨，南樓月，夜如年。

> 《詞辨》云：《三奠子》，唐時未有是曲，見元遺山《錦機集》中有二闋，傳是奠酒、奠穀、奠璧也。崔令欽《教坊記》有《奠璧子》。

【校記】

［一］原注"流"字、後段尾均"窗"字可仄。

【蔡案】

① 原譜"行樂地"及後文"千古恨"，均作爲三字句讀，誤。而兩結的三三三結構，其韵律也應該是三三、三式組合，因此"連環玉"、

"西窗雨"也是三字逗，不應視爲三字句。

小聖樂 九十五字　一名《驟雨打新荷》　　　　　　　元好問

綠葉陰濃，遍池亭水閣，偏趁凉多。海榴初綻，朵朵蹙紅羅。乳燕雛鶯弄語，對高柳、鳴蟬相和。驟雨過[一]，似瓊珠亂撒，打遍新荷。　　人生百年有幾，念良辰美景，休放虛過。富貧前定，何用苦奔波。命友邀賓宴賞，飲芳醹、淺斟低歌。且酩酊，從教二輪，來往如梭。

《太和正音譜》注雙調，蔣氏《九宮譜目》入小石調，《九宮大成》入北詞雙角隻曲，《詞譜》云：此元曲也。

《古今詞話》云：此詞載《錦機集》，蓋元遺山預爲製曲以教歌者也。愚按：元好問係金人，時代相去甚遠，焉能預製以教歌者，蓋歌元作舊曲耳。

"和"字平聲①，連用三平，與後段對，作者勿誤。《詞譜》謂三聲叶，是讀去聲矣。"趁"字一作"稱"，"奔波"一作"張羅"，復韵。"斟"字作"酌"。

《古今詞話》又云：京師城外萬柳堂，亦一燕游佳處也。野雲廉公，一日於中置酒，招疏齋盧公、松雪趙公同飲，時歌兒劉氏名"解語花"者，左手折荷花，右手執杯，歌《小聖樂》詞云云。《輟耕録》云：《小聖樂》乃小石調曲，元遺山先生所製，而名姬多歌之，俗以爲《驟雨打新荷》者，是也。

【校記】

［一］原注"過"字去聲。

【蔡案】

① 前段第三均"和"字,秦巘謂平聲,甚是。《欽定詞譜》作去聲讀,則顯於律不諧,清人樊增祥有詞,本句云"甚秋色、西來如潮",亦視爲平聲,其見同矣。惟該拍四平相連,後段亦連三平,其必有講究,惜不得而知矣。

木　笠　五十一字　　　　　　　　　　　　　白　樸

海棠初雨歇。楊柳新烟惹。碧草茸茸鋪四野。俄然回首處,亂紅堆雪。　　　却春光也①。梅子黃時節。映石榴華紅似血。胡葵開滿院,碎剪宮纈②。

> 唐《教坊記》:大曲名,宋修内司所刊。《樂府渾成集》亦有《木笠》曲名。周密《齊東野語》云:此音世人罕知。《太平樂府》收白樸《喬木笠》一套,或名《喬木查》者,誤。《太和正音譜》袛錄首作,《九宮大成》名《銀漢浮查》,入北詞雙角隻曲,一作《喬木查》。《詞譜》云:此元人套數樂府也,以其猶近宋詞體製,採之。《詞律》未收。愚按:詞體至南宋極盛且備,元人欲出新裁,創爲小令,四聲並叶,別開生徑,於是變爲北曲。實温公之《西江月》,東坡之《戚氏》,平仄互叶體,導其先路。至套數樂府,見北宋劉幾《梅花曲》、董穎《薄媚》等調,已爲發源,遂流爲南北劇之套曲。有開必先,實風會使然也。本譜備錄各體,以見詞變爲曲之機,列序時次,源流悉具。

【蔡案】

① 本句詞意拗澀,疑其應是"送却春光也"之類意思的奪字格。

② 本句"剪"字以上作平,其音即前段結拍中的"紅"字。本調前

後段除起拍外，字句如一，平仄如一，故知"剪"字作平。

秋色橫空 百一字

白　樸

搖落秋冬。愛南枝迥絕，暖氣潛通。含章睡起宮妝褪[一]，新妝淡淡豐容。冰蕤瘦，蠟蒂融[二]。便自有、翛然林下風。肯羨蜂喧蝶鬧，艷紫妖紅。　　　何處對花興濃①。向藏春池館，透月簾櫳。一枝鄭重天涯信，腸斷驛使相逢。關山路，幾萬重。記昨夜、筠筒和淚封。料馬首幽香，先到夢中[三]。

《九宮大成》入南詞高大石調正曲。

調見《天籟集》[四]，與《燭影搖紅》之別名無涉。《詞律》未收。其音平仄照注。"夢"字必去聲，勿誤。

按：樸字仁甫，一字太素，號蘭谷。真定人。父某，爲金樞密院判，兵亂相失，寄居元遺山家，得其指授。金亡後被薦不出，徙居金陵。放浪詩酒，尤精度曲。有《天籟集》二卷。

【校記】

[一] 原注"含"字、第五句"妝"字、後段第五句"腸"字可仄。

[二] 原注"蠟"字、後句"便"字、第八句"蝶"字、後起"處"字、第六句"幾"字可平。

[三] "夢"字，用●符標識，意謂必用去聲。

[四]《秋色橫空》並非本調正名，秦巘及《欽定詞譜》俱謂"調見《天籟集》"者，貽誤至今。蓋白樸詞，別首有序，云："本名《玉耳墜金環》，《秋色橫空》蓋前人詞首句，遺山用以爲名。"則可知本調不但另有創調詞、創調名，即便是《秋色橫空》一名，也是元遺山所擷用，而非白樸所擬。

【蔡案】

① 秦巘謂後段起拍“處”字可平，應是校之於元好問本句，元詞作“雲峰翠殿畫屏”，第二字固然是平聲，但是其第四字則依律已易爲仄聲，因此該句合乎格律，韵律和諧，否則三頓連平，斷無如此韵律。秦巘嘗謂：“凡全句平仄相反者，衹於注中詳之。要改則全改，從某體，方無貽誤。他調倣此。”本詞此句，兩種句法混用，而謂“處”可平，由此可見秦巘並無六字句句法關係的理念。又，白樸別首，本句作“當時夜間楚歌”，“間”字依律必是去聲，乃“間入”之意。

奪錦標 百八字　一名《青溪怨》[一]　　　　　　　白　樸

《奪錦標》曲，世所傳者，惟僧仲殊一篇而已。予每浩歌，尋繹音節，因欲效顰，恨未得佳趣耳。庚辰卜居建康，暇日訪古，採陳後主張貴妃事，作樂府《青溪怨》。

霜水明秋，霞天送晚，畫出江南江北。滿目山圍故國，三閣餘香，六朝陳跡。有庭花遺譜，□哀音、令人嗟惜①。想當時、天子無愁[二]，自古佳人難得。　　　惆悵龍沉宮井，石上啼痕，猶點胭脂紅濕。去去天荒地老，流水無情，落花狼藉。恨青溪留在，渺重城、烟波空碧。對西風、誰與招魂，夢裏行雲消息。

見《天籟集》。據原題此調創自仲殊[三]，而各詞集、詞譜皆未載，僅著張埜一首，可見遺逸之調甚多。庚辰爲元世祖至元十七年，宋亡於前己卯，故借題以感事耳。《青溪怨》是創爲別名。

【校記】

　　［一］就白氏詞的題序可知，作者在本詞中仍是以《奪錦標》爲調名，否則就無須提及，所以白氏本意並未將“青溪怨”作調名用，其題序的意思是説：想填一個《奪錦標》很久了，今天因著這一條青溪觸景生情，且來填一個吧，題目就叫“青溪怨”。可見“青溪怨”祇是本詞詞名。

　　［二］“想當時”七字，原譜未讀斷。

　　［三］白樸所見或僅此一首，但世所傳惟仲殊一首，也不應該就此斷定本調就是創自仲殊之手，如此判斷未免見風是雨。今本調可見的宋詞，尚有曹勛一首，調名即爲《錦標歸》，各譜未載。

【蔡案】

　　① 曹勛詞該三字逗用“更暗覺”，且此缺字後段對應處用“渺”字，因此可以擬爲仄聲字。

又一體 百八字　　　　　　　　　　　　　　　張　埜

七　夕

凉月橫舟，銀潢浸練，萬里秋容如拭。冉冉鸞驂鶴馭，橋倚高寒，鵲飛空碧。問歡情幾許，早收拾、新愁重織。恨人間、會少離多[一]，萬古千秋今夕。　　　誰念文園病客。夜色沉沉，獨抱一天岑寂。忍記穿針臺榭，金鴨香寒，玉徽塵積。憑新凉半枕，又依約、行雲消息。聽窗前、淚雨浪浪[二]，夢裏檐聲猶滴。

　　“臺”字，《歷代詩餘》作“庭”，《詞綜》作“亭”。“約”字，《詩餘》作"稀"。換頭句叶韻,比白作多一韻,餘同。

【校記】

[一] 本句原譜未讀斷。

[二] 原譜"淚雨"起十字未讀斷。

花上月令 五十八字 吳文英

文園消渴愛江清。酒腸怯,怕深觥。玉舟曾洗芙蓉水,瀉清冰。秋夢淺,醉雲輕。　　庭竹不收簾影去[一]。人睡起,月空明。瓦瓶汲井和秋葉,薦吟醒。夜深重,怨搖更。

此調他無作者,與《夜游官》相仿,但平仄稍異耳。"消"字,葉《譜》作"酒",誤。

【校記】

[一] 原譜過片"去"字注叶,筆誤。

夢行雲 六十七字 吳文英

即《六么花十八》。和趙修全韻。

簟波皺纖縠。朝炊熟①,眠未足。青奴細膩,未拚真珠斛。素蓮幽怨風前影,搔首斜墜玉。　　畫闌枕水,垂楊梳雨,青絲亂,如乍沐。嬌笙微韻,晚蟬理秋曲。翠陰明月勝花夜[一],那愁春去速。

調見《夢窗稿》,自注一名《六么花十八》。《碧雞漫志》云:《六么曲》內一叠,名《花十八》,前後十八拍。

次句"熟"字是偶合，非叶。"未拚"句疑有誤②。"理"字，汲古、《詞律》作"亂"，今據毛扆校定本。

【校記】

[一]"勝"字原注平聲。

【蔡案】

① 秦巘認爲"熟"字是偶叶，應該是因爲後段的"亂"字不叶，所以有此判斷。但是這裏正是首均，是音律變化最大處，前後段不相對應，也是一種正常現象，詞中很多。所以既然無以確證它是否爲偶叶，那麼也不妨認爲是夢窗的有意爲之，所謂"不妨多加拍也"。這種前後不相呼應的用韵方式，在描摹譜式的時候應該是寧守勿闕，畢竟"縠"、"熟"、"足"三字合韵是一個客觀存在。至於今天的填詞者，則因爲它本屬可叶可不叶的輔韵，如何拿捏完全可以有一個更大的自由度。又按，《欽定詞譜》擬爲叶韵，可取，應從之。

② 秦巘認爲"未拚"句疑有誤，應該是出於該句與後段"晚蟬理秋曲"句式不合的原因，或秦巘以爲"拚"字與"蟬"同，也應平讀，所以其句便韵律失致。按，前後段"拚"有二讀，此當讀去聲。

古香慢 九十四字　　　　　　　　　　吳文英

滄浪看桂。自度夷則商犯無射宮。

怨蛾墜柳，離佩搖葓，霜訊南浦[一]①。漫掩橋扉，倚竹袖寒日暮。還問月中游，夢飛過、金風翠羽[二]。把殘雲剩水萬頃②，暗薰冷麝淒苦。　　　漸浩渺、凌山高處。秋淡無光，殘照誰主。露粟侵肌，夜約羽林輕誤。碎剪惜秋心，更腸斷、

珠塵蘚露。怕重陽、又催近、滿城風雨③。

調見《陽春白雪》，而《夢窗稿》不載，原注自度曲。《詞律》未收。

《鐵網珊瑚》云：吳文英手書詞稿：“《古香慢》，自度腔，夷則商犯無射宮，賦滄浪看桂”云云。

“訊”、“照”二字去聲，“翠”、“蘚”二字仄聲，勿誤。“掩橋扉”，《詞譜》作“惜佳人”。“掩”字，屬鶚《絕妙好詞箋》作“憶”，“風”字作□。“碎剪”二字，一本作“剪碎”。

【校記】

［一］“訊”字及後段對應句“照”字，原譜用◐符標識，意謂必用去聲。

［二］“翠”字及後段對應句“蘚”字，原譜用◑符標識，意謂必用仄聲。

【蔡案】

① 本調爲上聲韵詞調，填此宜用上聲韵。

② “頃”字，以上作平。

③ 兩個三字逗連用，恐怕是詞譜中絶無僅有的，這實際上是不了解何爲“逗”的緣故。詞中的“逗”與文中的“逗”略有差異，不祇是表示“停頓”的意思，還有提示後文、引領後文的作用，所以如果逗而再逗，這種引領和提示的關係就混亂了，但清人不止秦巘這麼讀，鄭文焯亦同。就語意分析，這十個字是一種因果關係，意謂“之所以怕重陽又催近，是因爲重陽會有滿城風雨，屆時就恐怕連珠塵蘚露都沒有了”，所以今人的標點都讀爲“怕重陽，又催近、滿城風雨”也是錯的，表面上用了一個逗號，而本質上還是頓號。就語意來説，“催近”的無疑是某一個時間點，即“重陽”，而不是“風雨”，就格局來説，“怕

重陽、又催近”對應的是“把殘雲剩水萬頃”，是一個完整的六字折腰句，“滿城風雨”對應的是“暗薰冷麝凄苦”，因爲這是一個添頭式結構，後段則是標準的去一小頓的剪尾句式。而“又”字前後也很可能有一字脱落。

玉京謡 九十七字　　　　　　　　　　　　　　吳文英

陳仲文自號藏一，蓋取坡詩中“萬人如海一身藏”語。爲度夷則商犯無射宮腔，製此贈之。

蝶夢迷清曉，萬里無家，歲晚貂裘敝。載取琴書，長安閒看桃李[一]。爛錦繡、人海花場，任客燕、飄零誰計。春風裏。香泥九陌，文梁孤壘。　　微吟怕有詩聲闃。鏡慵看，但小樓獨倚①。金屋千嬌，從他鴛暖秋被。蕙帳移、烟雨孤山，待對影、落梅清沘。終不似。江上翠微流水。

　　　陳《隨隱謾録》云[二]：先君號藏一，夢窗吳先生爲度夷則商犯無射宮，製《玉京謡》一篇相贈。

　　　此亦自度曲。“看”、“獨”、“暖”三字，仄聲，不可易②。“任”字，葉《譜》作“奈”，汲古作“住”，誤。

【校記】

　　[一]“看”字及後段第三句“獨”字、第五句“暖”字，原譜用●符標識，意謂必用仄聲。

　　[二]應是“陳世隆《隨隱謾録》”，脱二字。

【蔡案】

　　① 後段起拍，秦巘原讀爲“微吟怕有詩聲闃”，以“闃”字爲句、叶

韵,致兩句句意不通。應改爲"微吟怕有詩聲,翳鏡慵看,但小樓獨倚","翳鏡慵看"即前段"萬里無家"。

② 秦巘所謂"仄聲,不可易"者,"看"、"暖"在仄音頓中,依律須仄,實不必言,而"獨"字謂其必仄則大誤。因爲本調韵律,其特徵之一即韵脚都以○●收束,所以"獨"字及"終不似"的"不"字,都是以入作平用法,其中"不"字對應前段"風"字,尤明。此類孤調,無別首可校,但須憑本詞字句,細究其韵律,而絕不可輕言必平、必仄、必韵等等,秦巘於此多不慎言,差誤自然難免。

西子妝慢　九十七字　或無"慢"字　　　　　吳文英

湖上清明薄游

流水麯塵[一],艷陽酷酒,畫舸游情如霧。笑拈芳草不知名,乍凌波、斷橋西堍。垂楊漫舞[二]。總不解、將春繫住。燕歸來,問綵繩纖手,如今何許。　　　歡盟誤。一箭流光,又趁寒食去①。不堪衰鬢着飛花[三]②,傍綠陰、冷烟深樹。元都秀句。記前度、劉郎曾賦。最傷心,一片孤山細雨。

> 張炎詞,序云:吳夢窗自製此曲,余喜其聲調妍雅,久欲述之而未能。甲午春,寓羅江野游,因填此解。惜舊譜零落,不能倚聲而歌也。
>
> 《續解》云:與《倦尋芳》稍同。
>
> "酷酒"見《説文》:"酷,酒味厚。"《詞潔》作"醅",《詞律》作"酤",皆誤,今依汲古本。"漫"、"秀"、"細"三字去聲,勿誤。

"細"字,《歷代詩餘》作"烟",張炎一首作"萬"字,當作从。汲古缺"乍"字,誤。

【校記】

[一] 原注"麴"字、次句"艷"字、第七句"繫"字、第九句"綵"字、後段第三句"食"字、第七句"記"字、結句"一"字可平。

[二] "漫"字及後段第六句"秀"字、後結"細"字,原譜用●符標識,意謂必用去聲。

[三] 原注"不"字、後句"綠"字作平。

【蔡案】

① 後段第三拍失律,"寒食"之"食"字,張炎作"門",則該字並非可平,而應該是作平。

② 後一句"綠"字作平,尚有律理上的依據,但本句"不"字作平,則無理可循,其所對應之前段,夢窗用"笑"字,則可見此字本可用仄,屬於一三五不論的可平可仄。

夢芙蓉 九十七字　　　　　　　　　　　吳文英

趙昌芙蓉圖,梅津所藏。

西風搖步綺[一]。記長堤驟過,紫騮十里[二]。斷橋南岸,人在晚霞外[三]。錦溫花共醉。當時曾共秋被[四]。自別霓裳,應紅銷翠冷,霜枕正慵起。　　慘淡西湖柳底。搖蕩秋魂,夜月歸環珮。畫圖重展,驚認舊梳洗。去來雙翡翠。難傳眼恨眉意。夢斷瓊仙,但雲深路杳,城影蘸流水。

此調《詞律》未收,他無作者,想亦自度曲也①。

　　　　“步綺”、“翠冷”、“路杳”用去、上，“晚”、“舊”二字仄聲，
“共”、“正”、“恨”、“蘸”四字去聲②。步伐井然，不可移易。
“在”字一作“去”，“銷”字作“綃”，“流”字作“秋”。“蕩”字《詞
譜》作“落”，“蘸”字作“照”。“仙”字汲古作“娘”，“但”字作
“仙”，誤。

【校記】

　　［一］“步綺”及前後段第九句之“翠冷”、“路杳”，原譜用●◐符標
識，意謂必用去、上聲。

　　［二］“十”字原注作平。

　　［三］“晚”字、後段第五句“舊”字，原譜用◑符標識，意謂必用
仄聲。

　　［四］兩“共”字、前結“正”字、後段第七句“恨”字、後結“蘸”字，
原譜用●符標識，意謂必用去聲。

【蔡案】

　　① 秦巘遇到孤調，就喜歡説“想亦自度曲”，如其後《高山流水》
調，亦有“此調無他作可證，自屬創格”云云，《曲遊春》下，則更謂“前
無作者，想是創製”，這種理念極爲怪異，不僅僅是無邏輯的問題，是
基本事理不通。因爲前無作者，無非兩種原因：或其詞不傳，或其詞
未創，祇有後者纔可以説是“想是創製”。而作爲孤調，其創調詞有佚
失，本是一種正常情況，豈有但凡是創調詞就一定不會佚失的道理。
如前録《夢行雲》詞，也是孤調，幸好夢窗注明是用的前人韵，否則恐
怕又會“想亦自度曲”了。

　　② 秦巘謂“翠冷”、“路杳”等須用去上，並無律理依據，此二字不
但可用上去、入去，甚至用平仄亦無妨。其餘“晚”、“舊”二字仄聲，
“共”、“正”、“恨”、“蘸”去聲也是如此。這一類孤章，並無別首可校，

所以祇有循其律理，方可出斷語。

探芳新 九十二字 吳文英

吳中元日承天寺游人

九街頭，正軟塵潤酥[一]①，雪消殘溜。禊賞衹園，花艷雲陰籠晝。層梯峭，空麝散，擁凌波，縈翠袖。歎年端，連環轉，爛熳游人如綉。 腸斷迴廊佇久。便寫意濺波[二]②，傳愁蠻岫。漸沒飄鴻，空惹閒情春瘦。椒杯香，乾醉醒，怕西窗，人散後。暮寒深，遲迴處，自攀庭柳。

《九宮大成》入北曲平調隻曲。

調見《夢窗稿》，原題上有"高平"二字③，是高平調曲，與《探芳信》迴別，故另列。《詞律》以起結與《探春》相似，且以探字爲題，疑是一調，大謬。

"潤"字、"濺"字去聲，勿誤。"空"字上《詞律》少一字，《詞譜》作"峭"字，《詞律訂》作"漫"字，今從《詞譜》。"寒"字《詞律》作"雲"，"庭"字作"花"，皆誤。"陰"字葉《譜》作"英"，"鴻"字作"紅"。

【校記】

[一]"潤"字、後段次句"濺"字，原譜用●符標識，意謂必用去聲。

[二]原注"濺"字去聲。

【蔡案】

① 本句若作"正軟塵潤酥"，則失律，《欽定詞譜》作"軟塵酥潤"，應據改。而秦巘謂"潤"字去聲，也沒有律理依據。

②　本句"濺"字,《欽定詞譜》擬爲平聲,竊以爲此字本可平可仄,認爲其必平或必仄,都是無據之説。

③　《探芳新》實即《探芳信》,衹是別名而已,所不同的衹是後者並非高平調,所以要用"高平"二字加以區別。就好像説"平韵《滿江紅》"之類,所以《夢窗詞》中加用二字,秦巘在此删去,顯然不知其中的原委。

惜秋華 九十三字　　　　　　　　　　　　吴文英

重　九

細響殘蛩,傍燈前①,似説深秋懷抱。怕上翠微[一],傷心亂烟殘照②。西湖鏡掩塵沙,翳曉影、秦鬟雲擾。新鴻唤凄凉③,漸入紅萸烏帽。　　　　江上故人老。視東蘺秀色,依然娟好。晚夢趁、鄰杵斷[二],乍將愁到。秋娘淚濕黄昏,又滿城、雨輕風小。閒了。看芙蓉、畫船多少。

　　　此吴文英自度曲,共五首,厥體有三,想與柳永之《傾杯》,各有宫調耳。

　　　"翠"字、"亂"字、"乍"字、"淚"字,俱去聲。五音皆同④,勿誤。

【校記】

　　　[一]原注"怕"字、第六句"曉"字、後段第四句"夢"字可平。"翠"字及後句"亂"字、後段第五句"乍"字、第六句"淚"字,原譜用●符標識,意謂必用去聲。

　　　[二]"鄰"字可仄。

【蔡案】

① 此三字不應爲句，依律當是三字逗。

② 本調今僅存五首，本句夢窗一作"重鋪步障新綺"，一作"斜河擬看星度"，第四字俱爲仄讀，又一首作"危樓更堪凭晚"，用律拗句法，第五字仄聲，另一首作"當時鈿釵遺恨"，"遺"字亦有仄讀。然則五首中四首都可以視爲律句，獨此不律，疑"亂煙"或是"煙亂"之誤，本詞不當入譜爲範，填者應遵"重鋪"句或"危樓"句爲範。本句若無舛誤，則校之後段，第二均第六字後有一讀住，此處以二字逗讀更宜，即我所謂"二頓連平，爲二字逗標識"。

③ "新鴻"句，五字不讀斷便形成五字句不律。按，本句對應後段"閒了"句，有一個二字讀住，別首更有作"清淺。瞰滄波、靜銜秋痕一綫"，在第二字叶韵，故"新鴻"後應讀斷。後諸詞皆然。

④ "五音皆同"，不解其意。

又一體 九十四字   吳文英

七 夕

露罥蛛絲，小樓陰，墮月秋驚華鬢。宮漏未央，當時鈿釵送遺恨①。人間夢隔西風，算天上、年華一瞬。相逢縱相疏，勝却巫陽無準。　　何處動凉訊。聽露井梧桐，楚騷成韵。彩雲斷，翠羽散，此情難問。銀河萬古秋聲，但望中、婺星清潤。輕俊。度金針、謾牽方寸。

前段第五句七字，比前作多一字。"露井梧桐"四字，平仄亦異。

【蔡案】

① 本句衍一"送"字,應據彊村叢書本删,删後即前一詞體。該字萬樹早已辨明,云:"'危樓'句刻作'當時鈿釵送遺恨'七字,乃抄書者因'遺'字邊旁相同,偶誤多一'送'字,遂使人疑有此體。其實此句只六字,且加'送'字不通矣。"萬樹此論入理,秦巘本書,以勘誤萬樹《詞律》爲基點,似不當再持其見。若以爲萬樹之見欠當,也應該著文再行辯駁爲是。

又一體 九十三字　　　　　　　　　　　　吴文英

七夕前一日送人歸鹽官

數日西風,打秋林棗熟,還催人去。瓜果夜深,斜河擬看星度。匆匆便倒離尊,悵遇合、雲消萍聚。留連有、殘蟬韵晚①,時歌金縷。　　　緑水暫如許。奈南墙冷落,竹烟槐雨。此去杜曲[一],已近紫霄尺五②。扁舟夜泊吴江,正水珮,霓裳無數。眉嫵。問別來、解相思否。

> 前結句法,與前二作不同。"此去杜曲"二句,一四、一六字,亦微異。

【校記】

[一] 原注"曲"字作平。

【蔡案】

① 尾均其實不必三字逗,仍以"留連"二字逗即可。

② 本詞衹本均讀破,與前二首異。

又一體 九十四字　　　　　　　　　　　　吳文英

八日飛翼樓登高

思渺西風[一]，悵行踪浪逐，南飛高雁。怯上翠微，危樓更堪憑晚。蓬萊對起幽雲，淡野色、山容愁捲。清淺瞰蒼波①，静銜秋痕一綫。　　　十載寄吳苑。慣東籬深處，把露黃偷剪②。移暮景，照越鏡，意銷香斷。秋娥賦得閒情，倚翠尊、小眉初展。深勸。待明朝、醉巾重岸。

> 前結一二、一三、一六字，多叶一韵。後段三句多一字，餘同。第七句"愁"字一作"乍"，"秋"字作"怨"，"重"字作"同"，今從汲古本。

【校記】

[一] 原注"思"字去聲。

【蔡案】

① 本句應於"清淺"後讀斷，現失記一韵。但秦巘在備注中已經提到"前結一二、一三、一六字，多叶一韵"，可見是行文粗糙。惟前段尾均添一韵，此乃尾均之起拍，所謂不妨多加拍之處，別格皆是。

② 後段第二句據彊村叢書本，應是"慣東籬深把"，則與諸詞同，可據，應刪改。

鳳池吟 九十九字　　　　　　　　　　　　吳文英

慶梅津自畿漕除右司郎官

萬丈巍臺，碧罘窗外，滾滾野馬游塵。舊文書几閣，昏朝醉

暮,覆雨翻雲。忽變清明,紫垣勅使下星辰。經年事静,公
門如水,帝甸陽春。　　　長年父老相語,幾百年見此,獨駕
冰輪①。又鳳鳴黃幕,玉霄平遡,鵲錦承恩。畫省中書,半黃
梅子薦鹽新。歸來晚,待賡吟、殿閣南薰。

　　　　此調無他作者。"承"字汲古作"輕","畫"字作"事","黃"字
作"紅","賡"字作"慶",皆誤,今從《七家詞選》訂正。

【蔡案】

　　　① 此九字應讀爲"幾百年、見此獨駕冰輪"。"見此"六字,即前
段"滾滾野馬游塵",其句式韵律均同。

瑤　花 百二字　或加"慢"字　　　　　　　　　吴文英

分韵得作字戲虞宜興

秋風采石[一]①。羽扇揮兵,認紫騮飛躍。江籬塞草,應笑
○○◎　▲　　　●●○○　●○○○▲　　○○●●　○○●

春、空鎖凌烟高閣[二]②。胡歌秦隴,問鐃鼓、新詞誰作。有
○　⊙⊙○○○▲　　○○○●　●○●　○○○▲　　◎

秀蘛、來染吴香,瘦馬青筠南陌。　　　冰澌細響長橋,蕩波
●●　○●○○　●●○○○●　　　○○●●○○　●○

底、蛟腥不浣霜鍔[三]③。烏絲醉墨,紅袖暖、十里湖山行
●　○○●●○▲　　○○●●　○●●　●●○○○

樂[四]。老仙何處,算洞府、光陰如昨。想地寬、多種桃花,艷
▲　　●○○●　●●●　○○○▲　●●○　○○○○　●

錦東風成幄。
●⊙○○▲

　　　　《九宮譜》入高大石調。

周密詞加"慢"字。

"浣"字，各家皆仄聲，勿誤。首句"石"字，周密作用"玦"字，《詞律訂》云：是起韻。余謂各家有不叶者，是偶合。

【校記】

［一］"采"字原注可平，其餘可平可仄均標注於圖譜中，不再贅述。

［二］原注"春"字宜仄。

［三］"浣"字，原譜用❶符標識，意謂必用仄聲。

［四］原注"十"字作平。

【蔡案】

① 本句原譜未入韻，但周密、汪元量等詞起拍都叶韻，且詞之首拍，多可叶韻，前結"陌"字正與"石"字同部，可見"石"字本是韻腳，據補。秦巘以爲"各家有不叶者，是偶合"，今見僅元張雨一首未韻，則當以入韻爲正格。

② "春"字別家都用仄聲，但三字逗平仄最寬，將其視爲平可仄應無不妥。倒是"應"字，各家皆平，惟張雨作"怎"，應是以上作平，不可用仄聲字填。

③ 此九字原作"蕩波底蛟腥，不浣霜鍔"，韵律不諧，詞意不諧。

又一體 百一字　　　　　　　　　　　　張　雨

賦雪次仇山村韵

篩冰爲霧，屑玉成塵，借阿姨風力。千巖競秀，怎一夜、換了連城之璧。先生閉戶，怪短日、寒催駒隙。想平沙、鴻爪成行，似醉時書跡①。　　未隨埋没雙尖，便淡掃蛾眉，與鬥顏色。裁詩白戰，驢背上、駄取壩橋吟客。撚鬚自笑，儘未讓、諸峰頭白。看洗出、宮柳梢頭，已借淡黄塗額。

前結句五字，比周作少一字。

【蔡案】

① 本詞唱和仇遠，仇遠詞前結爲"萬里烏飛無跡"，六字，與夢窗同，則張雨詞原亦應是六字，必是傳抄脱落，而成五字，非又一體也。檢《歷代詩餘》，本句作"恰似醉時書跡"，《古今圖書集成》則作"却似醉時書跡"，字雖不同，但可見原爲六字句。

霜花腴　百四字　　　　　　　　　　吴文英

重陽前一日泛石湖

翠微路窄，醉晚風、憑誰爲整欹冠。霜飽花腴，燭銷人瘦，秋光做也都難。病懷强寬[一]。恨雁聲、偏落歌前。記年時、舊宿凄凉，暮烟秋雨野橋寒。　　妝靨鬢英争艷，度清商一曲，暗墜金蟬。芳節多陰，蘭情稀會，晴暉稱拂吟箋。更移畫船。引珮環、邀下嬋娟。算明朝、未了重陽，紫萸應耐看。

此吴文英自度腔，取第三句爲名，見陳允平和詞注①。"病"、"强"、"更"、"畫"四字，必仄聲，餘亦當恪守，勿爲《圖譜》所誤。"歌"字葉《譜》作"尊"。

【校記】

[一] 原注"强"字、後段第六句"稱"字去聲。案，"强"字去聲，或誤，此爲勉强之意，上聲。

【蔡案】

① 詞譜中保留古詞者，甚爲罕見，秦巘尚見有陳允平和詞，而今已佚失，余所見者，惟此一例。

江南春慢 百九字　　　　　　　　　　吳文英

杜蘅山莊

風響牙籤，雲寒古硯，芳銘猶在堂笏。秋牀聽雨，妙謝庭、春草吟筆①。城市喧鳴轍。清溪上、小山秀潔。便從此、搜松訪石，葺屋營花，紅塵遠避風月。　　應空瞿塘路②，隨漢節。記羽扇綸巾，氣凌諸葛。青天萬里，料漫憶、蓴絲鱸雪。車馬從休歇。榮華夢、醉歌耳熱。真個是天與此翁③，芳芷嘉名，紉蘭佩兮瓊玦。

> 自度曲，原注小石調，《九宮大成》入南詞小石調正曲。此與寇準《江南春》小令無涉。《詞律》失收。
>
> "古"字一作"石"。"銘"字，汲古作"名"。"從此"二字作"向此"，"夢"字作"事"，"天與"上缺"真個是"三字，今從《詞譜》訂正。

【蔡案】

① "妙謝庭"七字讀爲上三下四式句，則後四字失諧，所以本句應該讀爲一字逗領六字句，就詞意而言，所妙者，筆也，而並不是"謝庭"。詞意達則往往韻律諧，六字一句，正是平起仄收式的律句。故應據改。

② 後段起拍，"應空"二字不通，且與其他諸本都不同，余以爲這

兩字應該是原本上的注釋語,可能秦巘原據本未作分段,所以有注"此處應空",或秦巘所注,而家人誤抄。

③　此七字應讀斷,作上三下四句法。

澡蘭香　百四字　　　　　　　　　　　　　　吳文英

淮 安 重 午

盤絲繫腕,巧篆垂簪,玉隱紺紗睡覺。銀瓶露井,彩箑雲窗,往事少年依約。爲當時、曾寫榴裙,傷心紅綃褪萼。炊黍夢、光陰漸老,汀洲烟蒻。　　莫唱江南古調,怨抑難招,楚江沉魄①。薰風燕乳,暗雨梅黃,午鏡澡蘭簾幕。念秦樓、也擬人歸,應剪菖蒲自酌。但悵望、一縷新蟾,隨人天角。

　　　　此亦自度曲。取"午鏡"句爲名也,無他作可證。平仄宜從。"魄"字借叶。汲古、《詞律》缺"炊"字,今從《詞譜》補。

【蔡案】

①　本調是典型的添頭式結構,所以本句對應前段"玉隱紺紗睡覺",可見句首脫落二字。

高山流水　百十字　　　　　　　　　　　　　吳文英

丁基仲側室善絲桐賦詠,曉達音呂,備歌舞之妙。

素弦一一起秋風。寫柔情、多在春葱。徽外斷腸聲,霜霄暗落驚鴻。低鬟處、剪綠裁紅。仙郎伴、新製還賡舊曲,映月簾櫳。似名花並蒂,日日醉春濃。　　　吳中空傳有西子①,

應不解、換徵移宮。蘭蕙滿襟懷,唾碧總噴花茸[一]。後堂深、想費春工。客愁重、時聽蕉寒雨碎[二],淚濕瓊鍾。恁風流也稱[三],金屋貯嬌慵。

《九宮大成》入南詞商調正曲。許《譜》同。琴曲有此名。

此調無他作可證,自屬創格。《圖譜》所注句逗大誤,宜從《詞律》。但所謂"唾碧"句,"總"字係"窗"字之訛,而又訛倒刻,乃是"碧窗唾噴花茸",否則"碧"字作平。愚按:"唾噴"二字亦無連用之理,缺疑可也。"碧"字作平有理。一本結處於"也"字、"屋"字斷句,非。

【校記】

　[一]原注"碧"字作平。

　[二]原注"客"字作平,"重"字去聲。

　[三]原注"稱"字去聲。

【蔡案】

　① 原譜過片未讀斷,失記一句中短韵。

秋思耗 百二十三字　　　　　　　　　　吳文英

荷塘。爲括蒼名姝求賦聽雨小閣。

堆枕香鬟側。驟夜聲、偏稱畫屏秋色[一]。風碎串珠,潤侵歌板,愁壓眉窄①。動羅箋清商,寸心低訴叙怨抑②。映夢窗、零亂碧。待漲綠春深,落花香汎,料有斷紅流處,暗題相憶。　　歡夕。檐花細滴。送故人、粉黛重飾③。漏侵瓊瑟,丁東敲斷,弄晴月白[二]。怕一曲、霓裳未終,催去驂鳳

翼。歎謝客、猶未識。漫瘦却東陽，燈前無夢到得。路隔重
雲雁北。

此亦自度曲，王士正因第三句改名《畫屏秋色》。本譜載詞
至元而止，故不注。

《詞律》於"商"字、"終"字注逗，而不注句，又云可不拘，總欲前
後相同，謬甚。又云"客"字、"得"字、"隔"字叶韵。余謂"得"字自是
叶，餘不確。"客"字照前段當是以入作平。"雁"字，葉《譜》作"南"。

【校記】

[一] 原注"稱"字去聲。

[二] 原注"月"字作平。

【蔡案】

① "壓"字對應後段"晴"字，以入作平。

② 本句爲三字托結構，所以應該讀爲上四下三式句法："寸心低訴、
叙怨抑。"因爲"叙怨抑"的不僅僅是"寸心低訴"，還包括"羅箋清商"。

③ "送故人"七字及後"怕一曲"七字，原譜俱讀爲上三下四折腰
式句，四字結構皆不諧。按，此二句均爲一字逗領六字句法，如前一
句，於詞意論，這裡所說的並非送人，而是送粉黛重飾，所以自然不可
讀住，後句則"一曲霓裳"是一個獨立結構，也以不讀破爲佳。

一枝春 九十四字 　　　　　　　　　楊纘

除 夕

竹爆驚春，競喧闐、夜起千門簫鼓[一]。流蘇帳暖，翠鼎緩騰
香霧。停杯未舉，奈剛要、送年新句[二]。應自賞、歌字清圓，

未誇上林鶯語①。　　　從他歲窮日暮[三]②。縱閒愁、怎減劉郎風度。屠蘇辦了，迤邐柳欺梅妒。宮壺未曉，早驕馬、繡車盈路。還又把、月夜花朝，自今細數[四]。

《九宮大成》入南詞黃鐘宮正曲。

《武林舊事》云：守歲之詞雖多，極難其選，獨守齋《一枝春》，最爲近世所稱。

"夜起"、"帳暖"、"翠鼎"、"未舉"、"自賞"、"辦了"、"未曉"、"又把"皆去上；"送"、"歲"、"繡"皆去聲；末句去平去上尤要。"迤"字尚宜用去，此調音節在此，不可移易。"舉"字不是叶韵。"欺"字一作"歡"，"自"字一作"從"，誤。

【校記】

[一]"夜起"及後"帳暖"、"翠鼎"、"未舉"、"自賞"、"辦了"、"未曉"、"又把"，原譜用●○符標識，意謂必用去上聲。

[二]"送"字、後起"歲"字、第六句"繡"字，原譜用●符標識，意謂必用去聲。

[三]原注"日"字、後段第七句"月"字可平。

[四]"自今細數"原譜用●○●●符標識，意謂必用去平去上聲。

【蔡案】

① 前段結拍，"誇"字依律須仄，檢周密、張炎詞，也都是用仄聲，所以該字應仄。誇，去聲，在遇韵，《集韵》謂"歌也"，本句正是此義。

② 本句爲律拗句法，但檢周詞、張詞，第二第四第五俱平，因此可知"他"字後須有一讀住，因爲本調是很典型的添頭剪尾式結構，除後段"從他"二字外，前後對應整齊，所以"從他"爲二字逗，必有一讀住。

被花惱 九十七字　　　　　　　　　　　　　楊　纘

疏疏宿雨釀輕寒，簾幕靜垂清曉。寶鴨微溫瑞烟少。檐聲不動，春禽對語，夢怯頻驚覺①。欹珀枕，倚銀牀，半窗花影明東照。　　惆悵夜來風，生怕嬌香混瑤草。披衣便起，小徑回廊，處處都行到。正千紅萬紫競芳妍，又還似、年時被花惱。驀忽地、省得而今雙鬢老。

　　此自度腔，以詞中句立名。

【蔡案】

　　① 本詞前段疑有多字脱誤。中二均原詞或爲"□□□□，寶鴨微溫，□□瑞烟少。檐聲不動，春禽對語，□□□、夢怯頻驚覺。"

曲游春 百三字　　　　　　　　　　　　　施　岳

清　明　湖　上

畫舸西泠路，佔柳陰花影，芳意如織[一]①。小楫衝波，度麴塵扇底，粉香簾隙。岸轉斜陽隔。又過盡、別船簫笛。傍斷橋、翠繞紅圍，相對半篙晴色。　　頃刻。千山暮碧。向沽酒樓前，猶繫金勒。乘月歸來，正梨花夜縞，海棠烟羃。院宇明寒食。醉乍醒、一庭春寂。任滿身、露濕東風，欲眠未得。

　　前無作者，想是創製。"意"、"暮"、"繫"、"未"四字，必去聲，勿誤。

【校記】

[一]“意”字及對應句“暮”字、後起“繫”字、後結“未”字,原譜用
●符標識,意謂必用去聲。

【蔡案】

① 本句及對應句“猶繫金勒”均爲大拗句,這種刻意的拗句詞中
極少,其中的原因不明,以遵循爲是。但是詞祇講究平仄,不辨上去,
所以不必如秦巘所説“必用去聲”,如《欽定詞譜》第一體“暮”字位擬
爲可平可仄,第三體“意”字、“未”字字位均用上聲,便是例證。

又一體 百二字　　　　　　　　　　　　周　密

禁烟湖上薄游,施中山賦詞甚佳,余因次其韵。

禁苑東風外,颭暖絲晴絮,春思如織。燕約鶯期,惱芳情偏
在,翠深紅隙。漠漠香塵隔。沸十里、亂絲叢笛。看畫船、
盡入西泠[一],閒却半湖春色[二]。　　　　柳陌。新烟凝碧。映
簾底宮眉,隄上游勒。輕暝籠烟,怕梨雲夢冷,杏香愁羃。
歌管酬寒食。奈蝶怨、良宵岑寂。正恁醉月摇花,怎生
去得。

> 此和施韵,祇“刻”字改用“陌”字,非正韵也,説見前。《圖
> 譜》亂注句讀,《詞律》已駁之矣。“正恁醉月摇花”句,《詞綜》《詞
> 律》同,《笛譜》作“正滿湖碎月摇花”,與施作合,未知孰是①。
> “絲”字《笛譜》作“弦”。

【校記】

[一]原注“畫”字、前結“却”字、後段第六句“杏”字可平。

[二] 原注"湖"字、後段次句"簾"字、第四句"輕"字、第七句"歌"字可仄。

【蔡案】

① 本詞與前一首的差異,原本不必出現。因爲兩者的不同,衹在後段的尾均中,而既然知道本詞爲和施之作,則應當知道施詞爲七字,周密作爲遊湖時現場步韵之作,就必定也會以七字相和,一般來說和詞是不會少一字的。這個六字的版本,必是後人傳抄時有奪字的緣故,不必因他家有減字,而有"未知孰是"的疑問。此外《蘋洲漁笛譜》是周密手定,其真實性更加可靠了。

又一體 百二字　　　　　　　　　　　　　　趙功可

次　韵

千樹籠芳草,正蒲風微過,梅雨新霽客裏幽窗[一],算無春可到,和愁都閉。萬種人生計。應不似、午天閒睡。起來時,踏碎松陰,蕭蕭欲動疑水。　　借問歸舟歸未。望柳色烟光,何處明媚。抖擻人間,除離情別恨,乾坤餘幾。一笑晴鳧起。酒醒後、闌干獨倚。時見雙燕飛來,斜陽滿地。

> 換頭二字不叶韵,結句同周作。"起來時"句,《元草堂詩餘》缺"時"字。

【校記】

[一] "霽"字爲首均韵脚,原譜未讀出,應是手誤。

江樓令　五十二字　　　　　　　　　　　　　吳則禮

晚　眺

憑闌試覓江樓句。聽考考、城頭暮鼓。數騎翩翩度孤戍。盡雕弓白羽①。　　平生正被儒冠誤。待閒看將軍射虎②。朱檻蕭蕭過微雨。送斜陽西去。

此與各調皆不合，想是創製，取首句爲名③。各譜皆不載。

【蔡案】

① "白"字以入作平。

② "待閒看"七字，作上三下四式讀斷爲宜。

③ 本調應即《玉團兒》一調的讀破式，《玉團兒》前後段第二均作"●●○○　○○●●　○●○●"，本詞讀破，第八字移後作一字逗領後四字，前七字成一句。

昇平樂　百二字　　　　　　　　　　　　　吳　奕

水閣層臺，竹亭深院，依稀萬木籠陰。飛暑無涯，行雲有勢，晚來細雨回晴。庭槐轉影，近紗廚、兩兩蟬鳴。幽夢斷，把金猊旋爇，蘭炷微熏。　　堪命俊才儔侶，對華筵坐列，朱履紅裙。檀板輕敲，金尊滿泛，從教畏日西沉。金絲玉管，間歌喉、時奏清音。唐虞世，儘陶陶沉醉。且樂昇平。

唐樂府商調曲，《九宮大成》入南詞大石調正曲，許《譜》同。

《宋史·樂志》云：教坊都知李德昇作《萬歲昇平樂》曲，周密《天基聖節排當樂次》：樂奏夾鐘宮第三盞，笙起《昇平樂慢》。

《續資治通鑑》云：嘉定十七年十一月丁亥，詔改明年爲寶慶元年。己丑詔以生日爲天基節。《十駕齋養新録》云：理宗生辰五月五日。愚按：此下三人時代無考，當是彼時應制所作，《詞律》失收。

　　調見《花草粹編》，庚、青、真、文、侵韵互用，太涉泛濫①。"竹"字《歷代詩餘》作"短"，"紗廚"上缺"近"字，"從"字作"總"，"把"字作"枕"，"世"字作"景"，皆誤。

【蔡案】

　　① 唐宋時填詞，本無韵書，或遵詩韵，或依方音，或循古韵，一向如此。宋詞中庚青、真文通叶的情況，比比皆是，認爲這是"泛濫"，是替古人憂也。而秦巘已經説了，本詞"當是彼時應制所作"，可想而知，絕對不會馬虎而填，更可證明庚青、真文混押是一種常態了。

惜春全 五十二字 　　　　　　　　　高漢臣

暑往寒來。早霜凝露冷，菊老梅開。翡翠簾垂不捲，畫堂幽雅，繡閣安排。　　風透户，月侵階。又還是、小春節屆。且開懷。喜逢時遇景，夫婦和諧。

　　《九宫大成》入南詞羽調引，許《譜》同。

　　周密《天基聖節排當樂次》，有方響獨打正宫《惜春》。

　　調見《詞譜》[一]。"全"字疑是"令"字之訛，然與杜安世《惜春令》不同，與《留春令》亦無涉，故分列。

【校記】

　　[一] 本調《詞律》《詞譜》俱未載。秦巘謂"調見《詞譜》"，應是記憶失誤。

碧牡丹慢 九十八字　　　　　　　　　　　　　　李致遠

破鏡重圓,分釵合鈿,重尋繡户珠箔。説與從前,不是我情薄。都緣利役名牽,飄蓬無定,翻成輕諾。別後情懷,有萬千牢落。　　經時最苦分携,都爲伊、甘心寂寞。縱滿眼、閒花媚柳,終是强歡不樂。待憑鱗羽,欲寄相思,水遠天長又難托。而今幸已再逢,把輕離斷却。

> 周密《天基聖節排當樂次》:第十盞《碧牡丹慢》。
>
> 調見《花草粹編》,與張先《碧牡丹》不同,想是衍爲慢曲[1]。他無作者,《詞律》及各譜皆失載。

【蔡案】

① 本詞詞意流暢,而字句極爲參差,全不類宋詞風度。

宴瑶池 百一字　　　　　　　　　　　　　　　奚　淢

神　仙　詞

紫鸞飛舞,又東華宴罷,歸步凝碧。縹緲天風吹送處,泠泠珮聲清逸。青童兩兩,争笑撚、琪花半折。羽衣寒露香披,翠幢珠軿去雨疾[1]。　　西真還又傳帝勅。霞城檢校,問學仙消息。玉府高寒,有不老丹容,自然瓊液。人間塵夢,應誤認、烟痕霧跡。洞雲依約開時,丹華飛素白。

> 調見《樂府雅詞》,與《瑶池燕》無涉。舊譜謂即《八聲甘州》,今考其句調,全不符合,且《八聲甘州》皆用平韵,無仄韵者,自另

一調。舊譜未知何據，當另列。《詞律》失收。

【蔡案】

① 本句七字應讀斷爲上四下三式，此爲三字托。

清夜游 九十七字　　　　　　　　　　　周端臣

西園昨夜，又一番、闌風伏雨。清晨按行處。有新緑照人，亂紅迷路。歸吟窗底，但瓶几、留連春住。窺晴小蝶翩翩，等閒飛來似相妬。　　　遲暮。家山信杳，奈錦字難憑，清夢無據。春盡江頭，啼鵑最凄苦①。薔薇幾度花開誤。風前翠樽誰舉②。也應念、留滯周南，思歸未賦。

> 《宋史·樂志》：太宗製大石調，原注越調。
>
> 調見《陽春白雪》，是自製曲，他無作者，《詞律》失收。
>
> 《拾遺記》云：隋煬帝月夜從宮女數千騎游西苑，作《清夜游》曲，於馬上奏之。

【蔡案】

① 此九字爲後段第二均，但對應前段的第二均則是"清晨按行處。有新緑照人，亂紅迷路"十四字，可見其中有五字脱落。

② 本均十三字，對應前段分析，有兩種可能：一種是前段或爲"歸吟窗底但○▲。瓶几留連春住"，則與此二句秦巘所讀相應；一種是前段或爲"歸吟窗底○○，但瓶几、留連春住"，後段爲"薔薇幾度花開，誤風前、翠樽誰舉"。無論哪種讀法，前段均脱二字，而綜合考慮詞意表達，竊以爲後一種更恰。

春歸怨 百四字　　　　　　　　　　　　周端臣

問春爲誰來爲誰去[一]①，忽忽太速。流水落花，夕陽芳草，此恨年年相觸。細履名園，閒看嘉樹，藹翠陰成簇。爭知也被韶華，換却詩人鬢邊綠。　　小花深院静，旋引清尊，自歌新曲。燕子不歸來，風絮亂吹簾竹。誤文姬，凝望久，心事想勞頻卜。但門掩黄昏，數聲啼鴂，又唤起、相思一掬。

　　原注越調，亦自度曲，亦無他作，《詞律》失收。

　　"爲誰去""爲"字、"太"字、"鬢"字、"一"字，皆仄聲，勿誤。

　　"藹"字葉《譜》作"靄"，"姬"字作"君"。

【校記】

　　[一] 後"爲"字及後句"太"字、前結"鬢"字、後結"一"字，原譜用●符標識，意謂必用仄聲。

【蔡案】

　　① 本句以上五下三讀斷爲宜。

惜餘妍 九十四字　　　　　　　　　　　曹　邍

被召賦二色木香

同根異色[一]，看鏤玉雕檀，芳艷如簇。秀葉玲瓏，嫩條下垂修綠。禁苑深鎖清妍，香滿架、風梳露浴。輕陰便似，覺酴醿格調粗俗。　　蜂黄間塗蝶粉，疑舊日二喬，各樣妝束。費却春工，鬥合靚芳穠馥。翠華臨檻清賞，飛鳳斝、休辭醉

玉。晴晝,鎖貯瑤臺金屋。

　　見《陽春白雪》,與吳文英《惜秋華》第三首相似,但前結不同。換頭句六字不叶韻,比吳作多一字,"晴晝"二字不叶,平仄微異,恐非一調,仍另列①。

　　"異"、"艷"、"露"、"調"、"蝶"、"樣"、"醉"等字,宜去聲,勿誤。"苑"字《陽春》作"華",誤。"鎖"字一作"鎮"。"貯"字下,一本有"春"字,衍誤。

【校記】

　　[一]"異"字、第三句"艷"字、第七句"露"字、前結句"調"字、後起"蝶"字、第三句"樣"字、第五句"醉"字,原譜用●符標識,意謂必用去聲。

【蔡案】

　　① 綜合分析,可知本詞即吳文英《惜秋華》。所謂前結不同,是秦巘句讀有誤,如果讀作"輕陰便似覺,酴醾格調粗俗",則兩者如一。不過本詞前結讀爲"輕陰,便似覺、酴醾格調粗俗",吳詞讀爲"新鴻,喚凄涼、漸入紅萸烏帽",則更合原調韻律,比較後段,實際上就是後段減去三字逗而已。其次,"晴晝"本爲句中短韻,叶或不叶都非關鍵,就像前段"輕陰"、"新鴻"也都不叶韻一樣,祇要句子依律即可,無須死守成詞。同理,換頭處不叶,也是這個道理,我們在宋詞中可以找到很多換頭或叶或不叶的例子,就是證明。再次,換頭添字減字,更是詞中常見的變化,認爲它屬於變格即可,認爲它屬於變調就不合事理了。所以本詞不必作新調另列。又按,本調也是《露華》的仄韻體,應予合編。

晴偏好　二十四字　　　　　　　　　　　　　李霜涯

平湖千頃生芳草。芙蓉不照紅顛倒。東坡道。波光瀲灧晴偏好。

《花草粹編》云：西湖雖有山泉，而大旱亦嘗龜坼。嘉熙庚子，水涸茂草生馬，祈雨無應，李戲作此，邏者廉捕之不得。《武林舊事》云：諸色技藝人李霜涯，作賺絕倫。

箇儂 百五十九字　　　　　　　　廖瑩中

恨箇儂無賴，賣嬌眼、春心偷擲。沙軟芳隄，苔平蒼徑，却印下、幾弓纖跡。花不知名，香纔聞氣，似月下箜篌，蔣山傾國。半解羅襟，蕙熏微度，鎮宿粉、棲香雙蝶。語態眠情，感多時、輕留細閱。休問望宋墻高，窺韓路隔①。　　尋尋覓覓。又暮雨、遥峰凝碧。花徑橫烟，竹扉映月，儘一刻、千金堪值。卸襪薰籠，藏燈衣桁，任裹臂金斜，搔頭玉滑。更怪檀郎，惡憐深惜。幾顫褭、周旋傾側。碾玉香鈎，甚無端、鳳珠微脱。多少怕聽曉鐘，瓊釵暗擘。

《詞筌》云：賈循州好集文士於館第，時推廖瑩中爲最。其詩文不傳，偶見鈔本《箇儂》一詞，頗富艷。

調見《詞筌》，以起句立名，《詞律》不載。舊説明楊慎因《六醜》之名不雅，改名《箇儂》。今廖瑩中先有此調，與《六醜》迥別，是調名不始於楊也。然細繹此詞，句法雖不同，亦用《六醜》韻脚，而楊作兩起句與此全同，後亦大同小異，雖周作原韵句法亦有參錯，二者必有一僞，姑存以俟考。

【蔡案】

① "休問"下十字，是一個二字逗領起四字偶句的結構，這也就

是我們説的"兩頓平仄相同,是二字逗標識"的實例。根據這個校後段,則後段尾均中"多少"後的句法也應同此,祇是後段未用偶句而已。不過,這類結構,總以使用偶句爲佳。

梅子黃時雨　九十四字①　　　　　　　　張　榘

雲宿江樓,愛留人夜語[一]②,頻斷燈炷。奈倦情如醉,黑甜清午。漫道迎薰何曾是,簟紋成浪衣成雨。茶甌注③。新期紅院,殘夢蓮渚。　　　　應誤。重簾凄佇。記并刀翦翠,秋扇留句。信那回輕道,而今歸否。十二曲闌隨意憑,楚天不放斜陽暮。沉吟處。池草暗喧蛙鼓。

　　　《九宮大成》入南詞雙調引。

　　　見《陽春白雪》,以詞意立名。

　　　"夜"、"斷"、"夢"、"翦"、"扇"五字必去聲,勿徇《圖譜》之誤④。

【校記】

　　　[一]"夜"字、後句"斷"字、前結"夢"字、後段第二句"翦"字、第三句"扇"字,原譜用●符標識,意謂必用去聲。蔡案:"翦"字本爲上聲。

【蔡案】

　　　① 本詞九十四字,原作九十六字。按,秦蠟數字,多有錯訛,此類舛誤,但徑改不注。原譜未注可平可仄,據後一詞校補。

　　　② 前段第二拍"語"字,亦不妨視爲叶韵,蓋詞中韵脚,或作者有意爲之,或僅爲偶合,竊以爲擬譜時,則寧録勿闕爲是。

③ "茶甌注"對應後段"沉吟處",應是叶韵處,後張炎詞亦同,原譜未予標注叶韵,誤。

④ 本調《嘯餘譜》《詩餘圖譜》《填詞圖譜》均未收,秦巘謂"勿循《圖譜》之誤",不知其所指。

又一體 九十三字　　　　　　　　　　　　　　　張　炎

別 羅 江 諸 友

流水孤村,愛塵事頓消,來訪深隱。向醉裏誰扶,滿身花影。鷗鷺相看如瘦①,近來不是傷春病。嗟流景。竹外野橋[一],猶繫烟艇。　　誰引。斜川歸興。便啼鵑縱少,無奈時聽。待棹擊空明,漁波千頃。彈斷琵琶留不住,最愁人是黃昏近。江風緊。一行柳絲吹瞑[二]②。

> 原題《詞律》作《病中懷歸》。"鷗鷺"句,《詞律》作"鷗鷺鷺看相比瘦"七字,一本作"鷗鷺相看鷺比瘦",此等調前後不應參差,張作原是七字,但舊刻皆然,未便遽改,存疑俟考。
>
> "嗟"字一作"歎","烟"字作"空","波"字作"潮","絲"字作"陰",今從《詞譜》。

【校記】

[一]原注"竹外"二字可平。蔡案:秦巘必是校之前一詞而認爲"外"字可平,但前詞是平平仄仄的句式,與此迥異,如果第二字可平,則必須注明第四字可仄,否則將形成四連平的不律句子。

[二]原注"一"字去聲。

【蔡案】

① 前段第六拍,前詞七字,本詞後段對應句亦爲七字,則奪字無

疑。檢彊村叢書本《山中白雲詞》，本句作“鷗鷺相看如此瘦”，合律，應是原貌，可據補。

　　② 秦巘原注“一”字去聲，但六字句首字無須考慮平仄，且去聲與入聲均屬仄聲，並無區別，無須作去聲看，而剖析本句韵律，“行”字應讀爲仄聲，韵律方纔和諧，否則句子大拗。此類用法，與卷六張先《少年遊慢》中的“鞭梢一行飛雪”同，可參見。由此分析，秦巘原注“去聲”的，或者是“行”字，筆誤。

湘春夜月 百二字　　　　　　　　　　　　黄孝邁

近清明，翠禽枝上銷魂。可惜一片清歌，都付與黄昏。欲共柳花低訴，怕柳花輕薄，不解傷春。念楚鄉旅宿，柔情別緒，誰與温存。　　　　空尊夜泣①，青山不語，殘月當門。翠玉樓前，惟是有一波湘水②，摇蕩湘雲。天長夢短，問甚時重見桃根。這次第，算人間、没個并刀，翦斷心上愁痕。

　　　　調見《陽春白雪》，此自度曲。

　　　　結處《詞律》於“個”字斷，字句原可不拘，今從葉《譜》。“一波”，一本作“一江”，誤，或是“一陂”，今從《絶妙好詞》本。

【蔡案】

　　① 換頭處“尊”字叶韵，爲句中韵，原譜失記。

　　②“惟是有”七字及其後“問甚時”七字，均應讀斷爲上三下四式句法。按，此等折腰句法，例以三字逗讀斷，以區別於一字領六字結構，尤其是本句，不讀斷則極爲拗澀。

春聲碎 七十八字　　　　　　　　　　　　譚宣子

南 浦 送 別

津館貯輕寒，脈脈離情如水。東風不管，垂楊無力，總雨顰烟寐。闌干外。怕春燕掠天，疏鼓叠，春聲碎①。　　　劉郎易憔悴。況是懨懨病起。蠻箋漫展，便寫就、新詞倩誰寄②。當此際、渾似夢峽啼湘③，一寸相思千里。

　　　　原注自度腔，以前結句爲名。見《陽春白雪》及《翰墨全書》。《詞律》失收。

　　　　“寐”字一本作“膩”。前結作“怕看燕掠”，又“倩”字下多“將”字。後結作“攬一寸相思意”④。

【蔡案】

　　① 此六字應該是六字折腰句，不當讀爲三字兩句。

　　② 本句校之前段，少一字。《陽春白雪》一本亦爲九字，雖句法不同，應是讀破格，秦巘謂一本“‘倩’字下多‘將’字”，疑原文爲“新詞寫就，便倩將誰寄”，如此則與前段“垂楊無力，總雨顰烟寐”韻律相合。

　　③ “當此際”對應前段的“闌干外”，兩者應該都是均內的起拍韻句，秦巘祇是描寫前段爲叶韻，失記後段一韻。

　　④ 秦巘謂，《陽春白雪》一本前結作“怕看雁掠”（按：《宛委別藏》清抄本作“怕看雁掠文”），則校之後段，原文或是“怕看春雁掠天”，原譜作“怕春燕掠天”，奪一字，應誤。如此，後段結拍也不應該是“一寸相思千里”，作“攬一寸、相思意”就與前結正相合。我們考察譚宣子所創的三個詞調，後兩首前後段都是十分齊整，其作曲的風格諧和如

此,創作的個性化基因可見一斑,因此,本詞前後對應整齊,也在情理之中。

鳴　梭　八十八字　　　　　　　　　　　　　　譚宣子

織綃機上度鳴梭。年光容易過。縈縈情緒,似水烟山霧兩相和。漫道當時何事,流眄動層波。巫影嵯峨。翠屏牽薜蘿。　　不須微醉自顏酡。如今難恁麼。燭花銷艷,但替人垂淚滿銅荷。賦罷西城殘夢,猶問夜如何。星耿斜河。候蟲聲更多。

　　　　調見《陽春白雪》。原注自度曲,取起句爲名。《詞律》亦未收。"艷"字,葉《譜》作"焰"。

西窗燭　八十九字　　　　　　　　　　　　　譚宣子

雨　霽　江　行

春江驟漲,曉陌微乾,斷雲和夢相逐。料應怪我頻來去,似千里迢遥,心傷極目。爲楚腰慣舞東風①,芳草萋萋襯綠。　　燕飛獨。知是誰家,簫聲多事,吹咽尋常怨曲。儘教襟袖香泥浣,君不見揚州,三生杜牧。待淚華、暗落銅盤,甚夜西窗剪燭。

　　　　調見《陽春白雪》,原注自度曲,取末句爲名也。《詞律》亦未收。

　　　　"雲"字,葉《譜》作"魂"。

【蔡案】

① “爲楚腰”七字，對應後段“待淚華”句，或都擬爲折腰句法，或都不讀斷，擬爲一領六字句法，兩不對應，韵律則不諧。

城頭月　五十字　　　　　　　　　　　　　馬天驥

贈道士梁青霞

城頭月色明如畫[一]①。總是青霞有。酒醉茶醒，饑餐困睡[二]，不把雙眉皺。　　坎離龍虎勤交媾。煉得丹砂就。借問羅浮，蘇躭鶴侶，還似先生否。

《九宮大成》入南詞小石調正曲，許《譜》同。

李昂英《文溪詞》注：和廣帥馬方山韵，贈斗南樓道士青霞梁彌仙。是此調爲馬天驥所創，取首三字爲名。此調與《少年游》無異，但用仄韵，非一體也。“困”字、“鶴”字，必仄聲②，勿誤。

【校記】

[一] 原注“城”字、後起“龍”字、後結“還”字可仄，“月”字、第三句“酒”字、前結“不”字、後起“坎”字可平。

[二] “困”字及後“鶴”字，原譜用◖符標識，意謂必用仄聲。

【蔡案】

① 現存諸詞，起拍第三字“月”、結拍首字“不”均爲仄讀，故秦巘謂此二字可平，無據。“城”字，各詞亦均爲平聲，將其擬爲“可仄”也是無據。又案：秦巘經常注入聲字“可平”，這種説法不符合韵律特徵，因爲入聲本可作平，如某入聲字在別詞中爲平聲，則將該入聲字視爲作平即可。

② 秦蠍謂"困"、"鶴"必用仄聲，很是無謂，且無律理依據，就好像説"茶"字、"羅"字必平一樣。

市橋柳 五十六字　　　　　　　　　　　　　　　蜀　妓

欲寄意、渾無所有。折盡市橋官柳。看君着上春衫，又相將、放船楚江口。　　　後會不知何日又。是男兒、休要鎮長相守。苟富貴無相忘①，若相忘、有如此酒。

　　　此以次句立名。

　　　《齊東野語》云：蜀妓類能文，蓋薛濤之遺風也。一蜀妓席上作送行詞云云，乃妓自度曲，今即名《市橋柳》云。《詞律》云："休"字各刻同，不通，宜改"須"字，與下"苟"字應。愚按：數虚字層折而下，宛轉關生，妙不可言。若改"須"字，直率無味。下文"苟"字，反不應矣。萬氏臆改，謬之甚矣。

【蔡案】

　　　① 前段第三拍原作"看君着上春衫"，宋周密《齊東野語》收録本詞，作"征衫"，玩其語境，自是"征衫"，"春衫"多爲後人誤植。應據改。又，前後段本句句法兩不對應，後段應讀爲六字折腰句，作"苟富貴、無相忘"，前段則疑有文字舛誤。

倚風嬌近 七十字　　　　　　　　　　　　　　　周　密

雲葉千重，麝塵輕染金縷。弄嬌風軟霞綃舞①，花國選傾城②，暖玉倚銀屏，綽約娉婷，淺素宮黃争嫵③。　　　生怕春知，金屋藏嬌深處。蜂蝶尋芳無據。醉眼迷花映紅霧。修花譜。翠毫夜濕天香露。

> 調見《蘋洲漁笛譜》，僅此一首。《詞律》及各譜皆失收。
>
> “城”、“屏”、“婷”三字似各叶，不應三句皆不押韵，惜無他詞可證，姑存此説。

【蔡案】

① 本詞結構，是一個齊頭式的詞調，所以前後段第三拍，不當句有參差，原譜前段不讀斷，就成了一字領六字的結構，從而句法大拗，不諧。且究其文辭，應該是“嬌風軟、霞綃舞”，與後段仍舊不合，兩句中必有一句有舛誤。此外，該“舞”字對應後段的“據”字，顯然也是韵脚，應改補。

② 本詞既爲近詞，則前段就應該存在三均，而後段第二均，均脚“霧”字所對應的前段均脚，依目前秦蠍所讀則脱空，其前段第二、三均廿七字僅段末一韵，顯然脱落了一個韵脚。而這裏應有一韵是鐵律，可知前段文字必有均脚脱落，或必有句讀舛誤。惜本調宋元詞僅此一首，無從校核。余檢清詞及民國詞，有汪東、吳湖帆、盧前、喬大壯四首都是步周密韵之作，其中“醉眼迷花映紅霧”七字，所對應的前段七字，吳詞爲“襟蝶抱、温香軟玉”，盧詞爲“相識可知情倚玉”，喬詞爲“山色伴、江城小玉”，均以“玉”字收，惟汪東作“遼鶴返江城。縞翼展爲屏”，顯將周詞之“傾城”、“銀屏”視爲換韵填法。由此數首可以看出，周詞的前段第二均應當讀爲：“弄嬌風軟霞綃舞。花國選、傾城暖玉。”其收拍是一個折腰式的七字句，“玉”字入聲替去，爲前段第二均的均脚，吳、盧、喬三子均視其爲韵，應無異議，惟盧前讀爲律句句法，略異。確定前段收拍，再反觀後段，則可知“醉眼”七字，當非律拗句法，而是與前段相同，也是折腰句法，即應讀爲“醉眼迷、花映紅霧”。

③ 第三均吳詞爲：“鞸情長、脉脉輕妝點素。螺痕眉嫵。”盧詞

爲："繞雲屏一瞥,娉婷帶素。含顰眉嫵。"喬詞爲："啓雲屏,却立婷婷
縞素。無言嬌嫵。"三者都將"素"字視爲韻脚,這也符合詞調的基本
特徵,即萬樹所謂:"過變曲終,不妨多加拍也。"有鑒於此,本詞應該
對相關詞句進行句讀調整。

玉京秋 九十五字　　　　　　　　　　　　　　　周　密

秋　思

烟水闊。高林弄殘照,晚蜩凄切。畫角吹寒,碧砧度韵,銀
牀飄葉。衣濕桐陰露冷,採凉花、時賦秋雪。難輕別。一襟
幽事,砌蛩能説。　　　客思吟商還怯。怨歌長、瓊壺暗缺。
翠扇陰疏,紅衣香褪,翻成銷歇。玉骨西風,恨最恨、閒却新
凉時節。楚簫咽。誰倚西樓淡月。

　　《笛譜》原序:夾鐘宮。

　　此調他無作者,自是創製①。《草窗詞》缺"畫角吹寒"四字,
"難"字作"歎","陰"字作"恩",從《詞律訂》補。《詞律》缺"陰"
字,誤。

【蔡案】

　　① 他無作者,即爲創製,無理。又,本調另有賀鑄一首,與此不
同,同名異調。

露　華 九十四字　　　　　　　　　　　　　　　周　密

憶別和寄聞韶[一]

暖消蕙雪,漸水紋漾錦,雲淡波容。岸香弄蕊[二],新枝輕裊

條風[三]。次第燕歸將近，愛柳眉、桃靨烟濃①。鴛徑小②，芳屏聚蝶，翠渚飄鴻。　　六橋舊情如夢③，記扇底宮眉花，下游驄④。選歌試舞，連宵醉戀瑤叢。怕裏早鶯啼醒，問杏鈿、誰點愁紅。心事悄，春嬌又入翠峰。

> 舊譜名《露華憶》，或云"憶"字是"慢"字之訛⑤。《蘋洲漁笛譜》無"憶"字，此傳寫之誤。舊説皆以爲王沂孫製，周與王同時，不知何人所創。《詞律》未收此體。

> "暖"字一作"曉"，"燕"字作"雁"，"瑤"字作"珍"，"問杏"二字作"睡箏"。"裏"字一作"春"，葉《譜》作"底"，又缺"事"字，皆誤。

【校記】

[一]本詞詞序，多作"憶別和寄閒韵"，一本又作"次張宙雲韵"，秦巘作"聞韶"，應是"閒韵"之形近而誤。但是兩字文意上都不通。又按，本調即《惜餘妍》的平韵體。

[二]原注"岸"字、第七句"柳"字、後段第四句"選"字可平。

[三]原注"新"字和"輕"字、第七句"桃"字、後段第五句"連"字可仄。

【蔡案】

① 本句不當讀斷，"柳眉、桃靨、烟濃"是並列關係，都是"愛"的對象，所以應該是一領六的句法。

② 此三字不應讀爲句，而應該是三字逗，所領的是後面四字二句。詞中真正意義上的三字句其實很少，就韵律分析，多爲逗結構。

③ 後段起拍，兩頓連平，這無疑是二字逗的標誌性韵律，原譜未讀斷，是明清詞譜家二字逗概念淡薄甚至缺失的緣故。就本詞結構

來説,本調是一個標準的添頭剪尾式結構,後段起拍添二字一頓,結拍減二字一頓,去掉"六橋"則前後起韵律全同,它是一個很清晰的游離成分。

④ "扇底宫眉,花下游驄"是一個標準儷句,此處應是筆誤。

⑤ 秦巘謂舊譜名《露華憶》,疑"憶"字訛誤,顯然並非如此,這個"憶"字實爲小序之首字,誤入調名之後。所謂"憶"是"慢"之誤,猜測而已,因爲其錯訛並無邏輯關係可尋。

又一體 九十四字　　　　　　　　　　　　　王沂孫

碧　桃

晚寒佇立,記鉛輕黛淺[一],初認冰魂[二]。碧羅襯玉[三],猶凝茸唾香痕。净洗妬春颜色,勝小紅、臨水湔裙。烟渡遠,應憐舊曲,換葉移根。　　　　山中去年人別,怪月悄風輕,閒掩重門。瓊肌瘦損,那堪燕子黄昏。幾片過溪浮玉,似夜歸、深雪前村。芳夢冷,雙禽誤宿粉雲。

　　此與周作通體全同,定是一調①,祇"鉛"字平聲宜用仄,張炎一首亦用"翠"字。"晚"字一作"曉","碧"字作"紺","別"字作"到","過"字作"故",今從《詞譜》。

【校記】

　　[一]原注"鉛"字宜仄,無理。這必是校之周密詞而斷,但該字位本即可平可仄,且平聲爲正,除非是第三字平聲,才可説"宜仄"。

　　[二]原注"初"字、第五句"猶"字和"茸"字、第七句"臨"字可仄。

　　[三]原注"碧"字、第七句"小"字、後段第六句"幾"字、第七句

"夜"字可平。

【蔡案】

① "通體全同,定是一調"還作爲"又一體"收録,匪夷所思。

又一體 九十二字 王沂孫

紺葩乍坼[一]。笑爛漫嬌紅,不是春色①。換了素妝,重把青螺輕拂。舊歌共渡烟江,却佔玉奴標格。風霜陥,瑶臺種時②,付與仙骨。　　閉門畫掩凄惻。似淡月梨花,重化清魄③。尚帶唾痕香凝[二],怎忍攀摘④。嫩緑漸暖溪陰⑤,簌簌粉雲飛出。芳艷冷,劉郎未應認得。

> 此用入聲韵,或是王沂孫所改。《詞律》祇載此體。前後第七句各六字,比前作少二字。"乍"、"是"、"素"、"共"、"種"、"與"、"畫"、"化"、"唾"、"漸"、"認"等字,亦用去聲,勿誤。第四、五句,前上四下六字,後上六下四字,不拘。"滿"字,《詞綜》作"暖",誤。

【校記】

[一] "乍"字、第三句"是"字、第四句"素"字、第六句"共"字、第九句"種"字、前結"與"字、後起"畫"字、後段第三句"化"字、第四句"唾"字、第六句"漸"字、後結"認"字,原譜用●符標識,意謂必用去聲。蔡案:"與"字這裏非去聲,且是以上作平的用法。

[二] 原注"凝"字去聲。

【蔡案】

① "笑爛漫"九字,正確的讀法應是"笑爛漫、嬌紅不是春色",就

韵律而言,它本身就是首均的收拍,如果讀爲五字一句、四字一句,那麼四字句就不諧。

②"時"字,各譜皆擬爲平聲,實誤。這個句子中的"時"字,實際上是個古今字,本即"蒔"字,去聲,絶不可讀平,否則詞意不可解。

③"似淡月"九字,正確的讀法應是"似淡月、梨花重化清魄",就韵律而言,它本身就是首均的收拍,如果讀爲五字一句、四字一句,那麼四字句就不諧。

④"忍"字,對應前段"螺"字,因此是以上作平。

⑤"緑"字,對應前段"歌"字,因此是以入作平。

緑蓋舞風輕 九十七字　　　　　　　　　　　周　密

白　蓮

玉立照新妝,翠蓋亭亭,凌波步秋綺[一]。真色生香,明璫摇淡月,舞袖斜倚。耿耿芳心,奈千縷情絲縈繫。恨開遲,不嫁東風,颦怨嬌蘂①。　　　　花底。漫卜幽期,素手採珠房,粉艷初洗。雨濕鉛腮,碧雲深,暗聚軟綃清淚。訪藕尋蓮,楚江遠、相思誰寄。棹歌回,衣露滿身花氣。

　　此是創製。以本意立名,平仄悉宜從之,無他作者。

　　"步"、"袖"、"怨"、"艷"四字,去聲不易。《詞律》作"漪",云平作仄,係借用②,非也。"碧雲深暗聚"當斷句,與前段合。"洗"字《笛譜》作"褪",失韵,誤。

【校記】

　　[一]"步"字、第六句"袖"字、前結"怨"字、後段第三句"艷"字,

原譜用◗符標識，意謂必用去聲。

【蔡案】

① 前結讀爲"恨開遲不嫁，東風顰怨嬌蕊"，則韵律更諧。校之後段，前後段尾均可視爲都由六字一句收束，所以作如此句讀，也可規避末四字音律之不諧。

② 本句萬樹《詞律》認爲："'漪'字平聲，想草窗偶作仄用，亦誤也。不然則是'綺'字之誤耳。"范文瀾也説："《蘋洲漁笛譜》'凌波步秋漪'句，'漪'作'綺'。"都没有秦巘注中所説的借用的説法。

月邊嬌 九十七字　　　　　　　　　　　周　密

元 夕 懷 舊

酥雨烘晴，早柳盼嬌鞚，蘭芽愁醒。九街月淡，千門夜暖，十里寶光花影。塵凝步襪[一]，送艷笑、争誇輕俊。笙簫迎曉，翠幕卷、天香宮粉。　　　少年紫曲疏狂，絮花踪跡，夜蛾心性。戲叢圍錦，鐙簾轉玉。拚却舞勾歌引。前歡漫省。又輦路、東風吹鬢。醺醺倚醉，任夜深春冷。

　　此亦無他作者，是自度曲，平仄宜遵。

　　"步"、"漫"二字必去聲①，方振得起。"省"字是可不叶，是偶合。"塵凝步襪"，一本作"步襪塵瑩"，或作"凝"，是"瑩"、"凝"字皆讀去聲，"襪"字以入作平。"輕"字《詞律》作"清"，"迎"字作"迫"，"深"字葉《譜》作"寒"，皆誤。"紫"字一作"韋"。

【校記】

　　[一]"步"字及後"漫"字，原譜用◗符標識，意謂必用去聲。

【蔡案】

①　秦巘謂"步"、"漫"二字必去聲，缺乏韵律依據。本調主幹，前後段對應十分工整，"前歡漫省"平起仄收，尾字叶韵，則前段對應句"塵凝步襪"，平起仄收却不叶韵，其韵律便覺略有不諧，無疑，前段第三均如果也以韵句起拍，就能和諧。其實秦巘已經有了答案，其謂"一本作'步襪塵瑩'，或作'凝'"，應該指的是《欽定詞譜》，《欽定詞譜》前段作"步襪塵凝"，譜擬仄仄平平，但是並非韵句，如果我們將"襪"字以入作平，"凝"字按秦巘説的讀如去聲，那麼就與後段同是平起仄收式句法，同是韵句了，無疑這纔是的本。

國香慢 九十九字　　　　　　　　　　　周　密

賦子固凌波圖

玉潤金明。記曲屏小几，剪葉移根。經年泛人重見，瘦影娉婷①。雨帶風襟零落，步雲冷、鵝管吹春。相逢舊京洛，素靨塵緇，仙掌香凝。　　　國香流落恨，正冰鋪翠薄，誰念遺簪。水天空遠，應念萼弟梅兄。渺渺魚波望極，五十弦、愁滿湘雲。淒涼耿無語，夢入東風，雪盡江清。

　　《草窗詞》原題上有"彝則商"三字，是宫調名，非詞名也。《蘋洲漁笛譜》注商調，張炎詞無"慢"字。

　　《珊瑚網》云：趙孟堅《水墨雙鈎水仙卷》自跋云："余久不作此，又方病目未愈。子固微夙諾良亟，急起描寫，轉益拙俗，觀者求於形似之外可爾。"彝齋弁陽老人周密題夷則《國香慢》云云。

　　換頭有"國香"字，自注宫調，其爲自製無疑②。庚、青韵雜入真、文、元，不可學。"舊京洛"、"耿無語"，用仄平仄，宜從之。

"洛"字葉《譜》作"路","雲"字作"靈","香"字作"霜","鋪"字作"綃","天空"二字作"空天",今從《草窗詞》。

【蔡案】

① 此二句應讀爲"經年泛人,重見瘦影娉婷",如此則與後段第二均韵律相合。詞中句讀,一般都可以有多種讀法,總以前後段句法相合爲上。又,前一句"人"字應予仄讀,"人"在詞中讀仄,其例頗多,可參見《暗香》《熙州慢》《歸田樂令》《傳言玉女》《泛蘭舟》等調。

② 本調並非周密自製,至少早其一百三十多年的曹勛已有兩首存世。

采綠吟 百字

周 密

甲子夏,霞翁會吟社諸友逃暑於西湖之環碧。琴樽筆硯,短葛練巾,放舟於荷深柳密間。舞影歌塵,遠謝耳目。酒酣,采蓮葉,探題賦詞。余得《塞垣春》,翁爲翻譜數字,短簫按之,音極諧婉,因易今名云。

采綠鴛鴦浦,放畫舸、水北雲西。槐薰入扇,柳陰浮槳,花露侵詩。點塵飛不到,冰壺裏、紺霞淺壓玻璃①。想明璫、凌波遠,依依心事寄誰。　　移棹艤空明,蘋風度、璚絲霜管清脆。咫尺挹幽薌,悵岸隔紅衣。對滄洲、心與鷗閒,吟情渺、蓮葉共分題。停杯久,凉月漸生,烟合翠微。

　　此調與《塞垣春》前段相似,後段起結,迥不相侔。且用平韵,自是創製,惜未注明宮調。

　　《詞律》誤遺未載。"畫舸"上,《詞譜》有"放"字,從之。"寄

誰”作“誰寄”，一本作“誰知”，又於“脆”字句，注仄叶，謂前結後
結兩仄韵，蓋亦平仄互體也[一]。“合”字作“含”。“壓”字《草窗
詞》作“壓”，“岸隔”二字作“隔岸”。“蓮葉”二字一作“蓬萊”。後
段次、三句，葉《譜》於“絲”字句，注叶，“脆”字不注仄叶。

【校記】

[一]“後結”應是“後起”之誤；“互體”應是“互叶體”之脱誤。

【蔡案】

① 本調源自《塞垣春》，因此對校《塞垣春》可知，此二句應讀爲
“點塵飛不到、冰壺裏，紺霞淺、壓玻璃”，應據張先、周邦彦、吴文英等
《塞垣春》句讀改。

詞繫卷廿四 宋、元

玉連環 百四字 　　　　　　　　　　　　　　　　馮偉壽

　　　　懷 李 謫 仙

謫仙往矣，問當年、飲中儔侶，於今誰在。嘆沉香醉夢，邊塵日月，流浪錦袍宮帶。高吟三峽動，舞劍九州隘。玉皇歸觀，半空遺下，詩囊酒珮。　　雲月仰挹清芬，攬虬鬚、尚友風流千載[①]。算晉宋頹波，羲皇淳俗，都付尊前一慨。待相將共躡，向龍肩鯨背。蒼茫極目，海山何處，五雲靉靆。

　　調見《雲月詞》，是自度曲，與《一絡索》《解連環》之別名《玉連環》皆不同。

　　"邊塵日月"四字，《詞律》作"華清夜月"。"淳俗"二字作"春夢"，又"風流"二字、"算"字、"都付"二字、"向"字、"蒼茫極目"四字，俱缺，今從《詞譜》補訂。"尊前"二字，《詞譜》作"酒尊"。

【蔡案】

　　① 本調爲添頭式結構，故"尚友"前應脫二字。

雲仙引 九十八字　　　　　　　　　　馮偉壽

桂　花

紫鳳臺傍，紅鸞鏡裹，翩翩幾度秋馨。黃金重，綠雲輕。丹砂鬢邊滴粟①，翠葉玲瓏烟剪成[一]。含笑出簾，月香滿袖，天霧縈身。　　　年時花下逢迎。有游女、翩翩如五雲。亂擲芳英，爲簪斜朵，事事關心。長向金風，一枝在手，嗅蕊悲歌雙黛顰。遠臨溪樹，對初弦月，露下更深。

《草堂詩餘》注夾鐘羽，此亦自度曲。"烟"、"如"、"雙"三字，平聲，不可改易。此詞用庚、青韵雜入真、文，兼侵、尋閉口韵，不可學。"傍"字《草堂》作"高"，"遠"字作"繞"。"馨"字《詞律》作"聲"，"鏡"字一作"影"。

【校記】

[一]"烟"字、後段次句"如"字、第八句"雙"字，原譜用○符標識，意謂必用平聲。蔡案：本詞僅此一首，不知"必平"從何而知。

【蔡案】

①"丹砂鬢邊滴粟"六字不通，校之後段，應是一個儷句"●●丹砂，鬢邊滴粟"，對應後段的"長向金風，一枝在手"。由此可以看出，本詞前段"丹砂"之前顯有多字奪誤，因爲前段自"丹砂"至"縈身"，與後段"金風"至"更深"相合極諧，那麼之前的文字竟無一能合，必定没有如此參差的道理，尤其是第二均祇剩下了六字，豈有如此韵律。我們以爲，後段"亂擲"至"金風"，所對應的前段文字，應當是類似"黃金重●，綠雲輕●，●●○△。●●丹砂"之類的組合。

春雲怨 百三字　　　　　　　　　　　　　馮偉壽

上　巳

春風惡劣。把數枝香錦，和鶯吹折。雨重柳腰嬌困，燕子欲扶扶不得。軟日烘烟，乾風收霧，芍藥荼蘼弄顏色[一]。簾幕輕陰，圖書清潤，日永篆香絕。　　盈盈笑靨宮黃額。試紅鶯小扇，丁香雙結。團鳳眉心倩郎貼①。教洗金罍，共看西堂，醉花新月②。曲水澄空，麗人何處，往事暮雲萬葉。

> 自注黃鐘宮，俗呼大石調。《九宮大成》入南詞大石調正曲。
> 《歷代詩餘》云：馮艾子自度曲，其詞傷春感昔，故以怨名。
> 他無作者。"弄"、"篆"、"倩"、"萬"諸去聲字勿誤。"澄"字葉《譜》作"成"。

【校記】

[一]"弄"字、前結"篆"字、後段第四句"倩"字、後結"萬"字，用●符標識，意謂必用去聲。

【蔡案】

① 本詞後段第二均也是孤拍，與基本韻律不合。本句之前，必定脫落一句與前段"雨重柳腰嬌困"相對應的六字句，這是硬傷，但是明清以來，譜家都缺乏均拍概念，所以都將錯就錯而已。

② 本句對應前段"芍藥荼蘼弄顏色"句，則可知本句也脫落三字。

春風嬝娜　百二十五字　　　　　　　　　　馮偉壽

春　恨

被梁間雙燕,話盡春愁。朝粉謝,午花柔。倚紅闌,故與蝶圍蜂遶,柳綿無數,飛上搔頭。鳳管聲圓,鼍房香暖,笑挽羅衫須少留。隔院蘭馨趁風遠,鄰墻桃影伴烟收。　　些子風情未減,眉頭眼尾,萬千事、欲説還休。薔薇刺,牡丹球①。殷勤記省,前度綢繆。夢裏飛紅,覺來無覓,望中新緑,別後空稠。相思難偶,嘆無情明月,今年已是,三度如鈎。

原注黄鐘羽,即般涉調,自度曲。《九宫大成》入南詞雙調正曲。

《古今詞話》云:馮雙溪與黄玉林互相標榜,其子偉壽字文子,精於律呂,詞多自製腔,有自度《春風嬝娜》詞云云。殊有前宋秦、晁風艷,比之晚宋酸餡味、教督氣不侔矣。文子小名艾,非誤文也。以雙溪壽玉林《沁園春》詞考之,云"更携阿艾,同壽靈椿",可證。黄花庵云:馮艾子,字偉壽,號雲月。

"刺"字葉《譜》作"露","覓"字作"迹"。

【蔡案】

① 本句疑奪三字。

垂　楊　百字　　　　　　　　　　　　陳允平

銀屏夢覺[一]。漸淺黄嫩緑[二],一聲鶯小。細雨輕塵,建章初閉東風悄[三]。依然千里長安道。翠雲鎖玉窗深窈①。斷橋人②，空倚斜陽，帶舊愁多少。　　　還是清明過了。任烟縷露絛，碧纖青嫋。恨隔天涯，幾回惆悵蘇隄曉。飛花滿地誰爲掃。甚薄倖、隨波縹緲[四]。縱啼鵑、不喚春歸，人自老。

　　《九宮大成》入南詞高大石調正曲，許《譜》同。

　　調見《日湖漁唱》，此詠本意爲名。白樸亦有此調，不知誰製，或謂與《絳都春》相似，但兩結句法不同③。陳作《絳都春》尾句，却有"垂楊"二字，或因其調而變化之歟？

　　"夢"、"嫩"、"舊"、"過"、"露"、"自"等字去聲。《詞律》云："建章"句、"幾回"句皆束上語，"依然"句、"飛花"句，皆連下相應語，所謂段落也。此語是。作者勿作對偶，語氣乃協④。至所注平仄，凡詞皆宜四聲照填，方能協律。蓋今人宮調失傳，惟謹守古人成法，何獨此調爲然。"縱"字，《詞律》缺，今從《日湖漁唱》《絕妙好詞》增補。"里"字一作"樹"，誤。"帶"字，葉《譜》作"縈"。

【校記】

　　[一]"夢"字、後句"嫩"字、前結"舊"字、後起"過"字、次句"露"字、後結"自"字，用⬤符標識，意謂必用去聲。又，原注"覺"字去聲。

　　[二]原注"淺"字、後段次句"縷"字、第三句"碧"字、第六句"滿"字可平。

　　[三]原注"章"字、後句"依"字、後段次句"絛"字、第五句"回"字可仄。

　　[四]"薄"字原注作平。

【蔡案】

　　① 本句對應後段"甚薄倖"句，應是用折腰句法，而非平起仄收式句法。

　　② 此三字對應後段"縱啼鵑"，後段用三字逗，則此處自然也應相同，韻律方諧。

　　③ 本詞實即《絳都春》，祇是前後段尾均讀破而已。此類手法，詞中極多，只要是"讀破格"的詞就必然這樣處理，即便是後一首被秦巘視爲又一體的白樸詞，後段的尾均與此也一樣是不同的。當然，因爲尾均關乎起調畢曲，也不妨單獨立調。

　　④ 秦巘因沒有均拍概念，所以會擔心這兩句被填成對偶句，不知前一句爲次均的收拍，後一句爲第三均的起拍，知道這一點，豈會用對偶處理。

又一體 九十九字　　　　　　　　　　　白　樸

關山杜宇。甚年年喚得，春光歸去。怕上高城望遠，烟水迷南浦。賣花聲動天街曉，總吹入、東風庭户。正紗窗、濃睡覺來，驚翠蛾愁聚。　　一夜狂風橫雨。恨西園媚景，匆匆難駐。試把芳菲檢點，鶯燕渾無語。玉纖空折梨花撚，對寒食、懨懨心緒。試問東君，落花誰是主。

　　　前後段兩第四五句，上六下五字，六句不叶韻。後結一四、一五字，比陳作少一字。此調作者甚少，各立主名，不得與《絳都春》相併也。

青房並蒂蓮 百三字　　　　　　　　　　　王沂孫

醉凝眸。是楚天秋晚，湘岸雲收。草緑蘭紅，淺淺小汀洲①。芰荷香裏鴛鴦浦，恨菱歌、驚起眠鷗②。望去帆、一片孤光棹聲伊軋艣聲柔③。　　　愁窺汴隄翠柳，曾舞送當時，錦纜龍舟。擁傾國、纖腰皓齒④，笑倚迷樓。空令五湖烟月⑤，也羞照、三十六宮秋。正朗吟、不覺回橈，水花飄葉兩悠悠。

　　　調見《陽春白雪》及《花外集》，自是創製。一本爲周邦彥作，誤⑥。《詞律》未收。"晚"字一本作"曉"，"烟"字作"夜"，今從《詞譜》。

【蔡案】

　　　① 此五字對應後段"纖腰皓齒，笑倚迷樓"兩句，所以應脫三字。

　　　② 本句對應後段"也羞照、三十六宮秋"，因此"眠"字前應奪一仄聲字。

　　　③ "一片"下十一字，應讀爲四字一句、七字一句。

　　　④ "擁傾國"三字對應前段"草綠蘭紅"，應奪一字。

　　　⑤ 本句對應前段"芰荷香裏鴛鴦浦"，應奪一字。

　　　⑥ 唐圭璋先生認爲，本詞是否周邦彥作，固可懷疑，但載有本詞的《清真集》刊於嘉泰年間，其時王沂孫尚未出生，所以認爲是王氏創製，顯誤。

鳳鸞雙舞 九十六字　　　　　　　　　汪元量

慈元殿，薰風寶鼎，噴香雲飄墜。環立翠羽①，雙歌麗調，舞腰新束，舞纓新綴。金蓮步、輕搖鳳兒②，翩翩作勢③。便似月裏姮娥④，謫來人間天上⑤，一番游戲。　　　聖人樂意。任樂部，簫韶聲沸。衆妃歡也，漸調笑微醉⑥。競捧霞觴，深深願、聖母壽如松桂。迢遞⑦。更賞萬年千歲。

調見《水雲詞》,各譜及《詞律》皆失載。

【蔡案】

① "立"字,以入作平。

② 本句對應後段"競捧霞觴,深深願"七字,故應讀爲"金蓮步輕,摇綵鳳"("輕摇"後原無"綵"字,據彊村叢書補)。

③ 本詞詞意斷續,韵律不諧,必有多字脱落。本句對應後段"聖母壽如松桂",所以應脱二字,與前一句合讀爲"金蓮步輕,摇綵鳳、●兒翩翩作勢"。

④ "便似"應入韵,這樣即對應後段"迢遞",韵律諧和。

⑤ 説"謫來人間"就通,而説"謫來天上"便不通,所以"謫來人間天上"句,也一定有奪誤存在,以致韵律不諧。

⑥ 此五字對應前段"雙歌麗調,舞腰新束,舞縷新綴",因此必有七字脱落,其原貌或爲"漸○○●,●○○●,調笑微醉"。

⑦ 前段"便似"後尚有三句,而這裏則衹得一句,儘管尾均本可參差,但如此懸殊,也是極爲罕見的,況且前面説願壽如松桂,突地便轉入"迢遞"賞萬年,詞意也有未銜接處,因此"迢遞"之後,原詞應有一勾連"如松桂"的句子脱落。

秋夜雨 五十一字　　　　　　　　　　　　　蔣　捷

秋　雨

黄雲水驛秋筇噎。吹人雙鬢如雪^{[一]①}。愁多無奈處,謾碎
○○○○○○▲　○○○●○▲　　⊙○○●●　○●

把、寒花輕撚。　　　紅雲轉入香心裏,夜漸深、人語初歇^②。
●　○○○▲　　　　○○●●○○●　●●○　○●○○▲

此際愁更別^{[二]③}。雁落影、西窗殘月。
◎●○●▲句　●●●　○○○▲

　　蔣氏《九宮譜》注商調,《九宮大成》入南詞商調引,與本調正曲不同。

　　調見《竹山樂府》。《秋雨》一首,春夏冬叠韵三首,原注蔣正夫全作,春夏冬各一関次前韵。是命名之義,因《秋雨》而作也。

　　"鬢"字、"語"字,皆用仄聲,"更"字,去聲,勿誤。"際"字照前段當用平聲,然四首皆仄,與前不同。

【校記】

　　[一]"鬢"字及後"語"字,用●符標識,意謂必用仄聲。

　　[二]"更"字,用⬤符標識,意謂必用去聲。

【蔡案】

　　① 本詞其實就是《惜雙雙》的減字體。本調今可見最早的是北宋趙鼎詞,趙詞句句押韵,與《惜雙雙》的區別,僅在前後段第三句各減一字,其餘全同。而本詞與趙詞的區別,在前段第三句、後段首句不叶韵、前後段結句不用平起仄收式律句、後段第三句不律。相校之下,趙詞韵律更爲和諧。

　　② "語"字蔣捷四首均用上聲,上聲爲兼聲,可仄可平,所以本句如果三四式則平,一六式則仄,或有考慮。而趙詞前後段用"殘照裏、平蕪綠樹"、"無計使、哀弦寄語",韵律更加和諧,填者可以之爲範。

　　③ 本句趙詞前後段分別用"深雪前村裏"、"風度將誰比",均用仄起仄收式律句句法,更諧,填者可以之爲範。

春夏兩相期 百字　　　　　　　　　　　　　　蔣　捷

壽　謝　令　人

聽深深、謝家庭館。東風對語雙燕。似説朝來,天上婺星光現。金裁花誥紫泥香,綉裹藤輿紅茵軟[一]①。散蠟宮輝,行鱗廚品,至今人羡。　　　西湖萬柳如綫。料月仙當此,小停颩輦。付與長年,教見海心波淺。縈雲玉珮五侯門,洗雪華桐三春苑。慢拍調鶯,急鼓催鸞,翠陰生院。

> 此調他無作者,想其創製,平仄並無訛誤,決無改理,《圖譜》《詞律》之説皆不可從。"藤輿紅茵"、"華桐三春",皆四平聲,勿誤。"誥"字一作"結"。"洗雪華桐",汲古、《詞律》作"洗雲華洞",誤,今從《詞譜》改正。

【校記】

[一]"藤輿紅茵"四字與後"華桐三春"四字,用○○○○符標識,意謂必用四平聲。

【蔡案】

① 本句用四連平,詞中這類刻意的大拗句極爲罕見,不知其妙。而從前後段句法相同這一點來看,顯然是作者刻意的,亦即,宋人填詞,無論是否與詞樂有關,對於平仄律的運用,無疑是主觀上予以講究的,是謂"律詞"。

翠羽吟　百二十四字　　　　　　　　　　　蔣　捷

王君本示予越調《小梅花引》,俾以飛仙步虚之意爲其辭。予謂泛泛言仙,似乎寡味。越調之曲與梅花宜,羅浮梅花真仙事也,演以成章,名《翠羽吟》。

紺露濃。映素空。樓觀悄玲瓏[一]。粉凍霙英,冷光摇蕩古青松。半規黄昏淡月,梅氣山影溟濛。有麗人、步依修竹,瀟然態若游龍。　　綃袂微皺水溶溶①。仙莖清瀅,净洗鉛紅。勸我浮香桂酒,環珮暗解,聲飛芳靄中。弄春弱柳垂絲,慢按翠舞嬌童。醉不知何處,驚剪剪、凄緊霜風。夢醒尋痕訪踪。但留殘月挂遥穹。梅花未老,翠羽雙吟,一片曉峰。

> 此以結句立名,自是創製,他無作者,平仄從之。
>
> "鉛"字汲古,《詞律》作"斜","但留"句缺"月"字、"遥"字,不成句,今從《詞譜》訂正。

【校記】

[一]"觀"字原注去聲。

【蔡案】

① "綃袂"句,第二字後應有一個讀住,即所謂二字逗領句,詞中過片多用。

珍珠令 五十四字　　　　　　　　　　　　張　炎

桃花扇底歌聲杳。愁多少。便覺道、花陰閒了。因甚不歸來,甚歸來不早①。　　滿院飛花休要掃。待留與、薄情知道。知道②。惜一似飛花,和春都老。

> 此調諸譜不載,僅見《山中白雲詞》,其爲自度曲無疑。"飛花"二字,《歷代詩餘》作"花飛"。

【蔡案】

① 體味其詞意,"甚"字應是衍文。"歸來不早"則正與後段"和

春都老"相合。

② 前段"愁多少"在後段踏空,應奪三字,"待留與、薄情知道"則對應前段"便覺道、花陰閒了"。而複叠"知道"應該也是誤多,《歷代詩餘》和《蓮子居詞話》均不複叠二字,是原貌。此類小令,向以前後對應工整爲基本規則。

鬥鷄回 五十一字 杜龍沙

鶯啼人起,花露真珠灑。白苧衫,青驄馬①。綉陌相將,鬥鷄寒食下。　　回廊暝色悁悁,應是待歸來也。月漸高,門猶亞。鬥剔銀缸,漏聲初入夜。

　　調見《陽春白雪》,原注夾鐘商,"回"字葉《譜》作"曲",不知何據。此以前結句立名。龍沙,名未詳。《詞律》失收。"鬥"、"漏"二字去聲,"食"、"入"二字或以入作去,切勿用平上聲②。"缸"字一作"燈"。

【蔡案】

① 此類三字兩句,應讀爲六字折腰句。

② 秦巘謂"'食'、'入'二字或以入作去,切勿用平上聲",這兩句第四字依律須仄,不可用平聲字純屬贅語,至於不可用上聲字,本詞僅此一首,不知其依據何在?

五福降中天 八十六字 江致和

喜元宵三五,縱馬御柳溝東。斜日映珠簾,瞥見芳容。秋水嬌橫俊眼,膩雪輕鋪素胸。愛把菱花,笑勻粉面露春葱。　　徘徊步懶，奈一點靈犀未通。悵望七香車去[①]，慢展春風。雲情雨態，願暫入、陽臺夢中[②]。路隔烟霞，甚時還許到蓬宮。

調見《花草粹編》。或加"慢"字，此爲正調，與沈端節詞乃《齊天樂》之別名不同。江致和時代失考。《詞律》失收。

【蔡案】

① "去"字疑衍。如果車已去，則難以"展春風"，詞意矛盾。而"悵望七香車，慢展春風"就和前段"斜日映珠簾，瞥見芳容"在韻律上絲絲入扣了。

② 這兩句也應該是"雲情雨態○願，暫入陽臺夢中"，脫一字，以致與前段不合，韻律失諧。

向湖邊 百四字　　　　　　　　　　　　　江　緯

退處鄉關，幽棲林藪，舍宇第須茅蓋。翠巘清泉，啓軒窗遙對。遇等閒、鄰里過從[一]，親朋臨顧，草草便成歡會。策杖携壺，向湖邊柳外。　　旋買溪魚，便斫銀絲鱠。誰復欲痛飲[①]，如長鯨吞海。共惜醺酣，恐歡娛難再。矧清風明月非錢買。休追念、金馬玉堂心膽碎。且鬥尊前，有阿誰身在。

調見《花草粹編》，以前結句爲名。《詞律》謂似《拜星月慢》，又謂略似《剪牡丹》，皆非也。前段"遇等閒"二句略異，後段則判然兩途矣，何謂相似？篇中凡五字句，皆一領四字句。

【校記】

[一] "過"字原注平聲。

【蔡案】

① "欲"字以入作平。

慶景樂① 八十字　　　　　　　　　　　　　萧　回

金陵故國,極目長江,浩渺千里隔②。山無際,臨壖怒濤磧。俯春城葦寂③。芳晝迤邐,一簇烟村將晚,嚴光舊臺側。　　何處倦游客。對此景、惹起離懷④,頓覺舊日意,魂銷愁積。幽恨綿綿,何計消溺。回首洛城東,千里暮雲碧。

> 調見《花草粹編》,疑有脱誤⑤。《詞譜》從《蕉雪堂鈔本》訂正,《詞律》失載。萧回,時代亦無考。

【蔡案】

① 本調調名《花草粹編》《欽定詞譜》均作《應景樂》,原譜疑是筆誤,應據改。

② "千里"韻律不諧,《花草粹編》作"千重",亦應據改。

③ "葦寂"不成詞,本句應是第三均所在,不應該是孤拍,無疑有句子脱落。

④ 本句應該也是均脚所在,必須叶韵,脱一韵字。

⑤ 本詞文字,就均拍概念考察,脱落很多,不堪考究。

惜寒梅 百字　　　　　　　　　　　　　　無名氏

看盡千花,喜寒梅、却與雪期霜約。雅態香肌,迥有天然澹泊[一]。五侯園囿恣游樂[二]。憑闌處、重開繡幕。秦娥妝罷,自遠相從,艷過京洛。　　天涯再見素萼。似凝愁向人，玉容寂寞①。江上飄零，怎把芳心付托。那堪風雨夜來惡。便減動、一分瘦削。直須沉醉，尤香殢雪，莫待吹落。

　　調見《復雅歌詞》，因詞意爲名。《詞律》未收。

　　"淡"、"恣"、"繡"、"過"、"向"、"付"、"夜"、"瘦"、"待"等字，皆去聲，宜從。此種體格，猶是宋人遺聲，故附宋末。

【校記】

　　［一］"澹"字、後句"恣"字、第六句"繡"字、前結"過"字、後段次句"向"字、第五句"付"字、第六句"夜"字、第七句"瘦"字、後結"待"字，用●符標識，意謂必用去聲。

　　［二］原注"恣"字、前結"過"字去聲。

【蔡案】

　　① 此九字宜對應"喜寒梅、却與雪期霜約"讀，"人"字對應前段"與"字，仄讀。"人"在詞中讀仄，其例頗多，可參見《暗香》《熙州慢》《歸田樂令》《傳言玉女》《泛蘭舟》《國香》等調。

乾荷葉 二十九字　　　　　　　　　　　　劉秉忠

乾荷葉，色蒼蒼。老柄風搖蕩。減清香。越添黄。都因昨夜一番霜。寂寞秋江上①。

　　此自度曲，屬南吕宫。

　　以首句立名，平仄互叶體。

　　愚按：詞至南宋，極盛且備，元人創調難脱窠臼，改爲三聲並叶，亦標新立異之一法，況北宋已開其先。後漸變爲四聲並叶，遂成北曲，於是詞與曲始判然爲二，實風會使然也。《詞律》

以此等調爲元曲不收,不知秉忠卒於宋末咸淳十年,當時北劇尚未創行,何得遽指爲曲?《詞譜》名爲元人《葉兒樂府》,另編一册,且以《中原音韵》三聲並叶者收入詞調,其四聲並叶者,實成爲曲,不收,誠爲允當。今遵《詞譜》凡三聲並叶者皆收,仍按時代編列,以見北曲之權輿,實有所本。正詞與曲源流交匯之際,而端委分合之故,運會升降之殊,論世者自可瞭如指掌已。

【蔡案】

① 本句《雍熙樂府》卷二十又作"寂寞在、秋江上",則與後一首同。而無論是五字還是六字,説明他本是一句,因此後一首當讀爲"難蓋宿、灘頭鷺",而不是三字兩句,同理,"乾荷葉,色蒼蒼"也是如此。

又一體 三十字　　　　　　　　　　　　　劉秉忠

乾荷葉,映枯蒲。柄折難擎露。藕絲蕪。倩風扶。待擎無力不成珠。難蓋宿,灘頭鷺。

祇結句六字,與前異。

福壽千春 九十八字　　　　　　　　　　　盧　摯

柳暗三眠,蒪翻七莢,稟昂蕭生時叶。信道鳳毛池上種,却勝河東鶯鷟。篤志典墳經旨,素得歐陽學。妙文章,赴飛黃,姓名即登雁塔。　　　要成發軔勳業。便先教濟川,整頓舟楫①。兆朕於今,須從此超遷,榮膺異渥。他日趣裝事②,待還鄉歡洽。頌椒觴,祝遐算,壽同龜鶴。

調見《花草粹編》，他無作者。《詞律》失收。

用韵太雜。

【蔡案】

① 此九字讀爲"便先教、濟川整頓舟楫"更佳，即可諧和韵律，六字可與前段對應，又可避免末四字失律，即便就詞意而言，"先教"者，整頓舟楫也，而並不是"濟川"，所以應三字領六字讀。

② 本句或脱一字，原詞應是"他日趣裝○事"。

平湖樂 四十二字　一名《採蓮子》《小桃紅》　　　　　　王　惲

秋風嫋嫋白雲飛[一]。人在平湖醉[二]。雲影湖光，淡無際。
○○◎ ● ● ○ △　　　⊙ ● ○ ○ ▲　　● ○ ○ ○ ▲

錦屏圍①。　　故人遠在千山外。百年心事②，一尊濁酒，
● ○ △　　　　◎ ○ ○ ● ○ ○ ▲　◎ ○ ⊙ ●　 ● ○ ● ●

長使此心違。
○ ● ● ○ △

《太平樂府》注越調，《九宮大成》入南詞中吕宫正曲。一名《採蓮詞》。此以次句立名③。王别首有"採蓮湖上採蓮嬌"句，故名《採蓮子》，與唐人《採蓮子》不同。元無名氏有"宜插小桃紅"句，故名《小桃紅》，與《連理枝》之别名不同。

此平仄互叶體。

【校記】

　〔一〕原注"嫋"字、後起"故"字和"遠"字、後段第二句"百"字可平。

　〔二〕原注"人"字、後段第二句"心"字可仄。

【蔡案】

① 此十字原讀爲"雲影湖光淡無際。錦屏圍"，但其文意其實應

是"雲影湖光：淡無際、錦屏圍"，後六字陳述前四字。就其韵律而言，"雲影湖光"對應"一尊濁酒"，"淡無際、錦屏圍"爲一六字折腰句，也是"長使此心違"的添字形式，而後一首前段結拍六字，也正合"淡無際、錦屏圍"。該五字更可能是"●長使。此心違"，脱一字，"使"字爲句中韵。

　　② 本句應是均脚所在，不可不叶韵，校之前段也可以知道有一韵脚缺失。但"事"字並非韵脚，該調至少在南宋時的金人筆下，該字即非韵脚，該句已缺韵脚。

　　③ 本調早王惲三十餘年即有金人楊果三首，調名爲《小桃紅》。

又一體　四十三字　　　　　　　　　　　王　惲

秋風湖上水增波。水底雲陰過。憔悴湘疊莫輕和。且高歌。　　凌波幽夢誰驚破。佳人望斷，碧雲暮合，道別後、意如何。

　　結句比前作多一字，"道"字是襯字也①。

【蔡案】

　　① 五字句添一字作六字折腰句，或反之，是詞中常見的手法。

後庭花破子　三十二字　　　　　　　　　王　惲

晚眺臨武堂

綠樹遠連洲[一]。青山壓樹頭①，落日高城望，烟霏翠滿樓。木蘭舟。彼汾一曲，春風佳可游[二]。

　　《太平樂府》注仙吕調，《唐書》夷則羽俗呼仙吕調。

　　此元人小令②，與唐人之《後庭花》不同，所謂破子者，以其繁聲入破也，詞之以“破子”名者僅此。北曲多名破子，實本諸此，邵亨貞一首，起句平仄相反，餘同，故不錄。

【校記】

　　[一]原注“綠”字和“遠”字、次句“壓”字、第四句“翠”字、第六句“一”字可平。

　　[二]原注“春”字可仄。

【蔡案】

　　① 本句“頭”字應是入韵，自晚唐李煜始，便如此填，因爲這是均腳所在。原譜失記。

　　② 本調起於晚唐，有李煜詞一首爲證，李詞與本詞韵律皆同。

又一體 三十三字　　　　　　　　　　　　　趙孟頫

清溪一葉舟。芙蓉兩岸秋。採菱誰家女，歌聲起暮鷗。亂雲愁。滿頭風雨，戴荷葉、歸去休。

　　結句六字，比王作多一字，亦襯字①。

【蔡案】

　　① 詞無襯字，襯字不必記入譜中，後人不必以之爲標準，而後人如果要填本調本體，則必須爲六字，這是一個最根本的不同。

長壽仙 百字　　　　　　　　　　　　　　　趙孟頫

瑞日當天。對絳闕蓬萊，非霧非烟。翠光飛禁苑，正淑景芳妍。彩仗和風細轉。御香飄滿黃金殿。萬國會朝，喜千官拜舞,億兆同歡。　　　福祉如山如川①。應玉渚流虹,璇樞飛電。八音奏舜韶,慶玉燭調元。歲歲龍輿鳳輦。九重春醉蟠桃宴。天下太平,祝吾皇,壽與天地齊年。

　　《宋史・樂志》般涉調大曲名,《九宮大成》入南詞大石調。調見《松雪集》,想是應制壽詞,與《長壽樂》無涉,《詞律》未收。

　　《詞譜》云:此平仄互叶體,元詞也,然遵古韵本部三聲叶,與元曲中原音韵不同。"會"字、"太"字去聲,想體調當如是。

【蔡案】

　　① 過片六字,如果讀爲一句,則韵律失諧,因爲宋詞有起結過變處不妨多加拍的特色,本句即過片處多加拍的例子,"山"字也是韵脚,須予讀出。

月中仙 百二字　　　　　　　　　　　　趙孟頫

春滿皇州。見祥雲擁日,初照龍樓。宮花苑柳,映仙仗雲移,金鼎香浮。寶光生玉斧,聽鳴鳳、簫韶樂奏。德與和氣游。天生聖人,千載希有。　　　祥瑞電繞虹流。有云成五色,芝生三秀。四海太平,致民物雍熙,朝野歌謳。千官齊拜舞,玉杯進、長生春酒。願皇慶萬年,天子與天同壽。

　　周密《天基聖節排當樂次》:第三十三盞《月中仙慢》。

　　此與趙彥端《月中桂》全同,祇兩結各少一字,彼全用仄韵,此平仄互叶體。無他作者。天基聖節創立調名。趙本宋王孫,自是宋時應制作。並非一體,故分列①。《詞律》未收。

"成"字,《詞譜》作"生"。"樂"字,葉《譜》作"九"。

【蔡案】

①《月中仙》調名,早趙孟頫百年既已存在,有邱處機三首爲證。但邱詞即趙彦端《月中桂》詞體,全用仄聲韵。由此可知《月中仙》實即《月中桂》,猶如平韵《滿江紅》亦即仄韵《滿江紅》一樣。

沉醉東風 三十八字　　　　　　　　　　　　胡祗遹

贈歌兒珠簾秀

錦織江邊翠竹,絨穿海上明珠。月淡時,風清處。都隔斷、軟紅塵土。一片閒情任卷舒。挂盡朝雲暮雨。

《九宮大成》入南詞仙吕宮正曲。

《青樓集》云:珠簾秀,姓朱氏,行第四,雜劇爲當今獨步。胡紫芝宣慰,嘗以《沉醉東風》曲贈之云①。馮海粟亦有《鷓鴣天》詞,至今後輩有以朱娘娘稱之者。《輟耕録》云:此與馮子振作,皆寓意珠簾,由此聲譽益彰。

"軟"字一作"落"。

【蔡案】

① 本調《欽定詞譜》未收録。

湘靈瑟 三十三字　　　　　　　　　　　　劉　壎

故伎周懿葬城南

酸風冷冷①,哀笳吹數聲。醉雨冥冥。泣瑶英②。　　花心路,芙蓉城。相思幾回魂驚。腸斷墳草青。

　　見《水村吟稿》③。此調各譜皆不載,無他作者。

【蔡案】

　　①　"泠泠"疑是"泠泠"之誤,雖不合律,但彊村叢書本《水雲村詩餘》即作"泠泠",此外,《夷堅志》所録詞首句也是韵句,可以旁證。

　　②　本詞不應分爲兩段,分段後,前後段韵律都不諧:後段"花心路,芙蓉城"本非三字兩句,而是六字折腰句,如此,後段爲三個句拍,顯然不諧;前段"醉雨冥冥。泣瑶英"本爲一七字句,"冥"字爲句中韵,因此前段也僅三個句拍,起而無收。綜合來看,顯然"醉雨冥冥泣瑶英。花心路,芙蓉城"是本詞第二均,一起拍,一收拍,十分端正。又,《夷堅志》所録詞不分段,可以旁證。

　　③　本調應録《夷堅乙志》卷十四中"霜風摧蘭"詞,《夷堅志》即早劉壎百年,則其詞更早。

岷江緑　三十字　　　　　　　　　　　　　曹明善

長門柳絲千萬縷。總是傷心處。行人折柔條,燕子銜芳絮。都不由、鳳城春做主。

　　《輟耕録》云:太師伯顔擅權之日,剗王徹徹都、高昌王帖木兒不花,皆以無罪殺。山東憲吏曹明善時在都下,作《岷江緑》二曲以風之,大書揭於五門之上。伯顔怒,令左右暗察,得實,有形捕之。明善出避吴中一僧舍,居數年,伯顔事敗,方再入京。其曲云云。此曲又名《清江引》,俗名《江兒水》。

又一體 二十九字　　　　　　　　曹明善

長門柳絲千萬結。風起花如雪。離別重離別。攀折復攀折。苦無多、舊時枝葉。

後段第三句叶韵,結句七字與前異。

薦金蕉 二十八字　　　　　　　　仇　遠

梅邊當日江南信。醉語無憑準。斜陽丹葉一簾秋。燕去鴻來,相憶幾時休。

調見《無弦琴譜》,自是創製,平仄兩叶體。以下三首,各譜皆未載。

睡花陰令 二十五字　　　　　　　仇　遠

愁雲歇雨,净冼一簾秋霽①。枝上鵲、欲棲還起。曲闌人獨倚。　　持杯酌月,月未醉、愁人先醉②。忘醉倚、木犀花睡。滿身花影碎。

亦見本集,以詞意立名,與《醉花陰》無涉。

【蔡案】

① 本句疑脱一字。

② "愁人",《無弦琴譜》一作"笑人",韵律更合。

陽臺怨 四十六字　　　　　　　　　　　　仇　遠

月明如白日。遮逕花陰密密。未見黃雲襯襪來，空伴花陰
立。　　疑是碧瑶臺，不放綵鸞飛出。隱隱隔花清漏急。
一巾紅露濕。

> 亦見本集，與《陽臺夢》無涉。

玲瓏玉 九十八字　　　　　　　　　　　　姚雲文

半閒堂賦春雪

開歲春遲，早贏得、一白瀟瀟。風窗漸篾，夢驚錦帳春嬌[①]。
是處貂裘遮暖，任尊前回舞[②]，紅倦柔腰。今朝[③]。虧陶家、
茶鼎寂寥[一]。　　料得東皇戲劇，怕蛾兒街柳，先鬧元宵。
宇宙低迷，倩誰分、淺凸深凹。休嗟空花無據[④]，便真個、瓊
雕玉琢，總是虛飄。且沉醉，趁樓頭、零片未銷。

> 《九宮大成》入南詞黃鐘宮正曲。
>
> 此自度曲，見《元草堂詩餘》。平仄不可改易，兩結平仄去
> 平，尤爲吃緊。“錦”字，《詞譜》作“駕”。《草堂》於“虛飄”下疊二
> 字，衍誤。

【校記】

　　[一]“寂”字原注作去。本句及後段結句用○◗●○符標識，意
謂必用平仄去平聲。

【蔡案】

　　① 本句對後段“倩誰”句，“夢”字前後應還有一字，構成三字逗，

疑落一字。

　② 本句對後段“便真個、瓊雕玉琢”句，一字逗不合後段三字逗，疑落二字。

　③ 本句亦不當二字，此即後段“且沉醉”，所以“今朝”之前必有一仄聲字。以上三處的提出，是因爲補足後可看出，本調前段從“一白”至末，與後段“先闢”至末，字句如一，是一個非常規整的添頭式結構，這種結構到南宋末已經非常成熟。

　④ 本句韻律失諧，“休嗟”的旋律即前段的“是處”，應該是一個仄音頓，“嗟”字是敗筆，或應讀如“喈”，去聲。

紫萸香慢　百十四字　或無“慢”字　　　　　　　姚雲文

九　　日

近重陽、偏多風雨，絕憐此日暄明。問秋香濃未，待携客、出西城①。正自羈愁多感，怕荒臺高處，更不勝情。向尊前、又憶漉酒插花人②。衹座上、已無老兵③。　　　凄清。淺醉還醒。愁不肯、與詩平。記長楸走馬，雕弓榨柳，前事休評。紫萸一枝傳賜，夢誰到、漢家陵④。盡烏紗、便隨風去，要天知道，華髮如此星星。歌罷涕零⑤。

　　　　此亦自度曲，見《元草堂詩餘》，取詞中句爲名也。無他作者，平仄當悉依之。兩結必用仄平住，《圖譜》注改，謬。

【蔡案】

　① 本詞前後段對應，就目前框架看，本應也是十分規正的結構，由此考察，則本句原貌應是“待携客、●出西城”，脱一字。

②　“憶”字以入作平，此即後段“隨”字。又，“人”字，秦巘謂是叶韵，但本詞通篇用庚、青韵，單此夾入一個真韵字，既非是主韵，又無後段對應韵字支撑，無謂。

③　前段結拍，捫其韵律，應該讀爲一字逗領六字句句法。

④　本句六字，對應前段“怕荒臺高處，更不勝情”九字，疑奪三字。

⑤　本詞後段尾均其實與前段尾均對應十分工整，因此應該讀爲“盡烏紗、便隨風去要天知，道華髮、如此星星”，結拍也可讀爲一字逗領六字句。如此，字句韵律皆合。又按，根據南宋詞調總體韵律特徵，本詞應該是一個齊尾式結構，因此“歌罷涕零”四字就結構而言完全多餘；就均拍而言，則“盡烏紗、便隨風去要天知”一起，“道華髮、如此星星”一收，已經完整，“歌罷涕零”是多餘一拍；而就作法而言，詞意上也完全是蛇足。此四字疑是詞選者誤將原文詞後的敘述語攬入。

玉女迎春慢　九十五字　　　　　　　　彭元遜

柳

纔入新年，逢人日、拂拂澹烟無雨。葉底嬌禽自語，小啄幽香還吐。東風辛苦。便怕有、踏青人誤。清明寒食，消得渡江，黃翠千縷①。　　　看臨小帖宜春，填輕暈濕，碧花生霧。爲説釵頭裊裊，繫着輕盈不住。問郎留否。似昨夜、教成鸚鵡。走馬章臺，憶得畫眉歸去。

　　《九宮大成》入南詞高大石調正曲，許《譜》同。

　　調見《元草堂詩餘》，無他作者。詞咏本意，自是創作。

　　“語”字偶合，非叶。“填輕暈濕”四字，《詞律》謂“輕”字下落一字，然各本皆不缺②。“嬌”字一作“妖”，誤。

【蔡案】

① 前結仄音步相連，韵律失諧。按，杜文瀾注《詞律》云："'黄翠'，葉《譜》作'翠黄'，可從。"應據改。

② 就全詞結構看，本詞爲典型添頭剪尾式，因此後段首均尚需添一字，萬氏所説有理，至於"各本皆不缺"，實際上是"各本皆缺"。

子夜歌 百十七字

彭元遜

和　尚　友

視春衫、篋中半在，浥浥酒痕花露。恨桃李隨風過盡，夢裏故人如霧。臨潁美人，秦川公子，晚共何人語。對誰家、花草池臺，回首故園咫尺，未成歸去。　　昨夜聽、危弦急管，酒醒不知何處。漂泊情多，衰遲感易，無限堪憐許。似尊前眼底，紅顔消幾寒暑。年少風流，未暗春事①，追與東風賦。待他年、君老巴山，共君聽雨。

> 唐樂府清商曲，有《四時子夜歌》。吴兢《樂府古題要解》云："舊史云：晋有女子曰'子夜'，所作歌聲至哀，後人依四時行樂之詞，謂之《子夜四時歌》，吴聲也。"《樂府標源》云："晋有女子名'子夜'，歌聲甚哀，蓋懷所私而作也。晋孝武太元中，琅琊王軻家，有鬼歌子夜，又庚僧虔家亦有鬼歌。"則子夜爲太元以前人也。其音同於《白紵》，皆清商調，故梁武本《白紵》而爲《子夜吴聲四時歌》。明此子夜亦有晋聲，其實不離清商。餘詳《白紵》下。
>
> 此與《菩薩蠻》之别名不同，宋無此調。題爲"和尚友"，是劉將孫自度曲也。惜劉詞未見，平仄宜從。"花草"二字，《詞律》作

"花柳"。"過"字一作"歡","晚"字作"却","夜"字作"宵"。

【蔡案】

① "暗"字失律，疑是"諳"字之誤。

醉高歌 五十字　　　　　　　　　　　　　　姚 燧

十年燕月歌聲。幾點吳霜鬢影。西風吹起鱸魚興。已在桑
榆暮景。　　　榮枯枕上三更。傀儡場中四并。人生幻化如
泡影①。幾個臨危自省。

　　　《太平樂府》注中吕宫。

　　　《詞譜》云：姚燧自度曲，此元人《葉兒樂府》也。《詞律》
　　不收。

　　　《詞品》云：姚牧庵，一代文章鉅公，此詞高古，不減東坡、稼軒。

　　　此調與《西江月》句法悉同，惟叶韵互異，變化源流，有自來
　　矣。"影"字重叶，"更"字葉《譜》作"生"。

【蔡案】

① "泡"字應平讀。

南鄉一剪梅 五十四字　　　　　　　　　　　　虞 集

招 熊 少 府

南皋小亭臺。薄有山花取次開。寄語多情熊少府，晴也須
來。雨也須來。　　　隨意且銜杯。莫惜春衣坐緑苔。若待
明朝風雨過，人在天涯。春在天涯。

每段上二句《南鄉子》體，下二句《一翦梅》體，合兩曲爲調名，與《江月晃重山》同例，《詞律》不收。

芭蕉雨 九十五字　　　　　　　　　　　　　　　　虞　集

角聲高。吹夢斷，月痕尚挂林梢。葉萬千花似掃①，緑避紅逃。讓與寒梅獨殿，還狀元宰相當消。恁了却殘年，教人愧殺離騷。　　富貴等鴻毛。紛紛傷春，穠李夭桃②。自是冰魂欲醉，漫倩并刀。祇道乾坤清氣，怎知他、雪虐風饕。睡起望、北斗闌干，人間翠羽嘈嘈。

與程垓之《芭蕉雨》不同，當另列。明晏璧亦有此調，體格不同。

【蔡案】

①“葉萬”，應是“萬葉”之誤，否則成爲三三式折腰句，而此句對應後段“自是冰魂欲醉”，據其韻律，必是倒誤。

②“紛紛傷春”四字連平，且達意晦澀難解，校之前段，“紛紛”應對應“吹夢斷”，疑後落一字。如果補足一字，則其後前後段的收拍均爲一個平起平收式的六字句，韻律完滿。

西湖月 百四字　　　　　　　　　　　　　　　　黃子行

探　梅

初弦月挂林梢，又一番西園[一]，探梅消息[二]。粉墻朱户，苔枝露蕊[三]，淡勻輕飾。玉兒應有恨[四]，爲悵望東昏相記憶。

便解珮、飛入雲階[五],長伴此花傾國。　　　還嗟瘦損幽人,記立馬攀條,倚闌横笛。少年風味,拈花弄蕊,愛香憐色。揚州何遜在,試點染吟箋留醉墨。漫贏得、疏影寒窗,夜深孤寂。

　　　俱見《元草堂詩餘》,原注自度商調,乃南曲也。《九宫大成》入南詞商調正曲。

　　　"露"、"淡"、"記"、"弄"、"愛"、"醉"六字,必去聲,勿誤。"還嗟"句,一作"詩腰瘦損劉郎"。

【校記】

　　　[一]"番"字原注上聲。蔡案,"番"字有去聲,無上聲,如柳永"一番洗清秋"。

　　　[二]原注"探"字去聲。

　　　[三]"露"字、後句"淡"字、第八句"記"字、後段第五句"弄"字、第六句"愛"字、第八句"醉"字,用●符標識,意謂必用去聲。

　　　[四]原注"玉"字作平。

　　　[五]原注"飛"字、後起"還"字、後段第三句"闌"字、第九句"疏"字可仄。

又一體 百三字　　　　　　　　　　　　黄子行

湖光冷浸玻璃,蕩一晌薰風,小舟如葉。藕花十丈[一],雲梳霧洗[二],翠嬌紅怯。壺觴圍坐處,正酒酣吹波潮暈頰。尚記得、玉臂生凉,不放汗香輕浹。　　　殢人小摘墙榴,爲碎搯猩紅,細認裙襇。舊游如夢,新愁似織。淚珠盈睫。秋娘風味在,怎得對、銀缸生笑靨。消瘦沈約詩腰,彷彿堪捻。

黄作共二首，"消瘦"句六字，比前作少一字，《詞律》謂落一
字，然無他作可證①。與其失之太簡，遺而未備，不若失之太冗，
信而有徵也。至所論四字句法，已詳前《水龍吟》下。此調宜入
聲韵。"潮暈"二字，《草堂》作"紅映"。

【校記】

［一］原注"十"字、前結"不"字、後結"彿"字作平。

［二］"霧"字、後句"翠"字、第八句"暈"字、後段第五句"似"字、
第六句"淚"字、第八句"笑"字，原譜用●符標識，意謂必用去聲。

【蔡案】

① 本詞據其音響、體格、韵律，即前一詞體，必是"消瘦"前脱一
領字而已。證明是否奪字，用書證證明固是一法，但依據律理也可以
證明，前者謂擺事實，後者爲講道理。

鸚鵡曲 五十四字　一名《學士吟》《黑漆弩》　　　　　白　賁

儂家鸚鵡洲邊住。是個不識字漁父①。浪花中、一葉扁舟，
○○○●○○▲　●●●○●○▲　●○○　●●○○
睡殺江南烟雨。　　覺來時、滿目青山，抖擻綠簑歸去。算
●●○○●○▲　　●○○　●●○○　●●○○○▲　●
從前、錯怨天公，甚也有、安排我處。
○○　●●○○　●●●　○○●▲

《太平樂府》注正宫，《九宫大成》入北詞高宫隻曲。

因首句名調，一名《黑漆弩》，薩都剌詞名《學士吟》。《詞律》
未載。

【蔡案】

① "不識"二字，俱以入作平。

又一體 五十四字　　　　　　　　　　　　　　　　馮子振

和白无咎韵

巍峨峰頂移家住。旦暮見、上下樵父。爛柯時、樹老無花①。
葉葉枝枝風雨。　　　故人曾唤我歸來,却道不如休去。指
門前、萬叠青山,是不費、青蚨買處。

　　　　馮又二首,題作《錢唐初夏》,或以爲另名《黑漆弩》分二體。
　　　然三首皆和韵[一],平仄祇换一字,並無異同,其爲一調無疑。

【校記】

　　[一] 馮子振本調共計四十首,均步白无咎韵。

【蔡案】

　　① "花"字非韵,原譜應是筆誤。

百字折桂令 百字　一名《百字知秋令》　　　　　　白　賁

敝裘塵土壓征鞍,鞭絲倦裊蘆花。弓劍蕭蕭,一徑入烟霞。
動羈懷、西風木葉,秋水兼葭。千點萬點,老樹昏鴉。三行
兩行①,寫長空、啞啞雁落平沙。　　　曲岸西邊近水灣,漁網
綸竿釣槎。斷橋東壁傍溪山,竹籬茅舍人家②。滿山滿谷,
紅葉黄花。正是凄凉時候,離人又在天涯。

　　　　《九宫大成》入北詞商角隻曲。
　　　　此與《天香引》别名《折桂令》不同,《詞律》不收。

【蔡案】

①　"千點萬點"句、"三行兩行"句，都是拗句，爲達意而忽律，所謂權也。雖然可以解釋爲"點"字以上作平，"行"字讀去聲，但無必要，祇是今人填此，應該改用律句。

②　本詞前後段中二均參差，應有文字脱落，補足後前後段十分整齊，可以見出。其後段原文或是"斷橋東壁，●●●○△。傍溪山、竹籬●●，茅舍人家。"

穆護砂 百六十九字　　　　　　　　宋　裘

燭　淚

底事蘭心苦。便淒然、泣下如雨①。倚金臺獨立，搵香無主。腸斷封家如妳。亂撲簌、驪珠愁有許。向午夜、銅盤傾注。便不是、紅冰綴頰，也濕透、仙人烟樹。羅綺筵中，海棠花下，淫淫常怕鳳枝枯。比雒陽年少，江州司馬，多少定誰似。　　照破別離心緒。學人生、有情酸楚。想洞房佳會，而今寥落，誰能暗收玉筋。算祇有、金釵曾巧補。輕拭了、粉痕如故。愁思減、舞腰纖細，清血盡、媚臉膚腴。又恐嬌羞，絳紗籠却，綠窗伴我檢詩書。更休教、鄰壁偷窺，幽蘭啼曉露。

唐教坊曲名有《穆護子》。《歷代歌辭》云：《穆護砂》曲犯角，唐張祜有五言絶詩。

《容齋四筆》云："郭茂倩編次樂府詩，有《穆護歌》一首。黃魯直題此歌云：予嘗問人，皆莫曉穆護之義，他日船宿雲安野次,祭神,坐客起舞而歌木瓠,叩其義,曰:曲木狀如瓠,擊之爲歌舞之節。大悟:'穆護'蓋'木瓠'也。"戈載云:即《木斛砂》。

此調他無作者,祇此一首,平仄互叶體,"似"字是借叶,平仄悉宜從之。《詞律》所注,不知何據。"如妒"葉《譜》作"相妒","頰"字作"額","枝"字作"脂","膚"字作"敷"。

【蔡案】

① 此七字不可讀斷,否則後四字失諧。

陌上花 九十九字　　　　　　　　　　　張　翥

使歸閩浙歲暮有懷

關山夢裏重來,還又歲華催晚。馬影鷄聲,諳盡倦郵荒館。綠箋密記多情事,一看一回腸斷。待殷勤寄與,舊游鶯燕。水流雲散①。　　　滿羅衫是酒,香痕凝處,唾碧啼紅相半。祇恐梅花,瘦倚夜寒誰暖。不成便沒相逢日,重整釵鸞箏雁。但何郎,縱有春風詞筆,病懷渾懶。

蘇軾《東坡詞話》云:錢塘人好唱《陌上花緩緩曲》,蓋吳越王遺事也。《古今詞話》云:吳越王妃每步歸臨安,王以書遺之云:"陌上花開,可緩緩歸矣。"吳人用其語爲《緩緩歌》,後蘇東坡爲易其詞歌之:"陌上山花無數開,路人爭看翠軿來。"蓋古《清平調》也。

此調無他作可證,《圖譜》於起句六字分句,《詞律》於"又"字句,宜從《圖譜》。前結《圖譜》於"游"字句,後起於"香"字句,皆誤,宜從《詞律》。結句《詞律》於"有"字句,誤,當於"郎"字句。"水流雲散"句,與上句不貫,或是換頭語②。

【蔡案】

① 前段尾均，讀爲"待殷勤、寄與舊游鶯燕，水流雲散"更佳，韵律更諧。其中"燕"字，或是偶合，不叶亦可。

② "水流雲散"句，應是前段歇拍，蓋本調爲添頭結構，所以後起再添一拍則韵律拗澀，且詞意上"水流雲散"正是"一看一回腸斷"的呼應語，豈有不貫之理。

茅山逢故人 四十八字　一名《山外雲》　　　張　雨

句曲道中送友

山下寒林平楚。山外雲帆烟渚。不飲如何，吾生如夢，鬢毛如許。　　能消幾度相逢，遮莫而今歸去。壯士黃金，仙人黃鶴，美人黃土。

《九宮大成》入南詞南呂宮正曲。

調見元人《葉兒樂府》，張雨自製曲，因次句又名《山外雲》。

"仙人""仙"字，《貞居詞》作"昔"，今據《詞譜》本。

喜春來 二十九字　一名《陽春曲》　　　張　雨

泰定三年丙寅歲除夜玉山舟中賦

江南的的依茅舍①。石瀨濺濺漱玉沙。瓦甌蓬底送年華。
○○●●○○▲　●●○○●●○△　●○○●●○△
問暮鴉。何處阿戎家。
●●△　○●●○△

《太平樂府》注中呂宮，《太和正音譜》注正宮。又名《陽春曲》，與史達祖《陽春曲》不同，《九宮大成》入北詞中呂調隻曲。

【蔡案】

　　①“舍”字在禡韵，去聲，所以本詞也是平仄互叶的三聲叶體式。秦巘原注爲“句”，失記一韵，而後一首中注云：後一首爲平仄互叶體，“與張作不同”，也未必準確。綜合各首可知，本調起拍必入韵。

又一體 二十九字　　　　　　　　　　　　　　周德清

閒花醞釀蜂兒蜜。細雨調和燕子泥。緑窗蝶夢覺來遲。誰喚起。簾外曉鶯啼。

　　　此平仄互叶體，每句一韵，與張作不同。

又一體 三十字　　　　　　　　　　　　　　司馬九皐

歲云暮矣雖無補。時復中之儘有餘。老來吾亦愛吾廬。清債苦。尊有酒，且消除①。

　　　後結作兩三字句，多一字，與前異。

【蔡案】

　　① 此六字從五字句添字而來，本爲一句甚明，所以應該讀爲六字折腰句，而非三字兩句。

又一體 三十一字　　　　　　　　　　　　　　無名氏

海棠過雨紅初淡。楊柳無風睡正寒。杏燒紅，桃剪錦，草拖藍。三月三。和氣盛東南。

亦平仄互叶體，中間連作四三字句，較張作多二字，與諸作句法皆不同。

梧葉兒 三十三字　　　　　　　　　　　　張　雨

贈龜溪醫隱唐茂之

參苓籠，山水間。好處在西園。放取詩瓢去，携將酒榼還。□□倩歌鬟。休舉似、江南小山。

《太平樂府》注商調，《九宮大成》入南詞商調正曲，又入北詞商角隻曲，一名《知秋令》。

又一體 三十三字　　　　　　　　　　　　張　雨

移家去，市隱間[一]。幽事頗相關[二]。劉商觀弈罷，韓康賣藥還。點撿綠雲鬟。數不盡、龜溪好山。

第四句平仄與前異。

【校記】

〔一〕原注“市”字可平。

〔二〕原注“幽”字及後一句“劉”字可仄。

又一體 二十七字　　　　　　　　　　　　張可久

鴛鴦浦，鸚鵡洲。竹葉小漁舟。烟中樹，山外樓。水邊鷗。扇面兒、瀟湘暮秋。

第四、五、六句皆作三字，少六字，與前異。

又一體 三十二字　　　　　　　　　　　　　　張可久

花垂露，柳散烟。蘇小酒樓前。舞隊飛瓊佩，游人碾玉鞭。
詩句縷金箋。懶上蘇堤畫船。

　　第四、五、六句與張雨作同，祇結句少一字，差異。

又一體 三十七字　　　　　　　　　　　　　　張可久

乘興詩人棹，新烹學士茶。風味屬誰家。瓦甃懸冰筋，天風
起玉沙。海樹放銀花。愁壓擁、藍關去馬。

　　起句、次句皆作五字，末句用仄叶，平仄互叶體也，與各
家異。

又一體 二十六字　　　　　　　　　　　　　　吳西逸

韶華過，春色休。紅瘦綠陰稠。花凝恨，柳帶愁。泛蘭舟。
明日尋芳載酒。

　　亦平仄互叶體，與張作不同。

望梅花 八十二字　　　　　　　　　　　　　　張　雨

壽師道真人

何處仙家方丈。渾連水、隔他塵堁。放鶴天寬，看雲窗小，萬
幅丹青圖幛。憑高望。笑挈金鰲，人道是、蓬萊頂上。　　時
問葛陂龍杖。更準備、雲中鶴氅。修月吳剛，收書東老，消

得百壺春釀。無盡藏。莫傲清閒，怕詔起、山中宰相。

　　此與和凝、蒲宗孟《望梅花》皆不同，是變格①，故分列。

【蔡案】

　　① 本詞與和凝詞、蒲宗孟詞都不同，屬於別調，而非變格，這就如《滿江紅》不能説是《念奴嬌》的變格一樣。

凭闌人 二十五字　　　　　　　　　　　　　　倪　瓚

贈吳國良

客有吳郎吹洞簫。明月沉江春霧曉。湘靈不可招。水雲中、環珮摇。

　　《太平樂府》注越調，《九宮大成》入南詞越調引。《唐書》：越調即黄鐘之商聲也。

又一體 二十四字　　　　　　　　　　　　　　邵亨貞

題曹雲西贈伎小畫

誰寫江南一段秋。妝點錢塘蘇小樓。樓中多少愁。楚山無盡頭。

　　通首平韵，不換仄叶。結句五字，比前作少一字。

殿前歡 四十三字　　　　　　　　　　　　　　倪　瓚

搵啼紅。杏花消息雨聲中。十年一覺揚州夢。春水如空。雁波寒，寫去踪。離愁重。南浦行雲送。冰弦玉柱，彈怨東風。

《太平樂府》注雙調，一名《鳳將雛》。《九宮大成》入北詞雙角隻曲，一名《小婦孩兒》。

又一體 四十四字　　　　　　　　　　　　張　雨

楊廉夫席上有贈

小吳娃。玉盤仙掌載流霞。後堂絳帳重簾下。誰理琵琶。　　香山處士家。玉局仙人畫。一刻春無價。老夫醉也[①]，烏帽瓊華。

後起兩五字句，與倪作異。"老夫"二字，一作"先生"。

【蔡案】

①"也"字應視爲韵脚。

又一體 四十二字　　　　　　　　　　　　張可久

水晶宮。四圍添上玉屏風。姮娥碎剪銀河凍。攬盡春紅。　　梅花紙帳中。香浮動。一片梨雲夢。曉來詩句，畫出漁翁。

祇後段第二句少二字，餘同張作。

又一體 四十四字　　　　　　　　　　　　張可久

嘆詩癯。十年香夢老江湖。笙歌又是錢塘路。往事如何[①]。　　青鸞寫恨書。紅錦題情疏。翠館酬春句。桃花結子,乳燕將雛。

【蔡案】

① "如何"應該是"何如"的倒誤,失韵,大誤。此即"小吳娃"詞體,全合。

水仙子 四十四字　一名《湘妃怨》《凌波仙》《馮夷曲》　　倪　瓚

東風花外小紅樓。南浦山橫翠黛愁。春寒不管花枝瘦。無情水自流。　　檐間燕語嬌柔。驚回幽夢,難尋舊游。落日簾鈎。

> 唐教坊曲名,《太平樂府》注雙調,《九宮大成》名《凌波仙子》,入南詞越調引。又名《河西水仙子》,入北詞雙角隻曲,即前半闋,故加"河西"二字別之,與雙角黃鐘調不同。一名《湘妃怨》,一名《凌波仙》《馮夷曲》。餘詳《逸調備考》。

慶宣和 二十二字　　　　　　　　　　張可久

雲影天光乍有無。老樹扶疏①。萬柄高荷小西湖。聽雨。聽雨。

> 調見《小山樂府》,自注雙調。《唐書·禮樂志》云:雙調,乃夾鐘之商聲也。《九宮大成》入北詞雙角隻曲。

> 《詞譜》云:此元人小令,亦名《葉兒樂府》,即元曲所自始,亦平仄互叶體。

【蔡案】

① "老樹扶疏"各本今都讀爲四字一句,誤,本句的韵律與結拍

的"聽雨聽雨"完全一致,所以全調的韵律所形成的,是一個一七、二二,一七、二二的回環旋律。但是"樹"字、前"雨"字,都是句中短韵,從文法的角度來説,則是一七、一四,一七、一四兩句的回環,因此在馬致遠的詞中就有不用句中韵的填法。

壽陽曲 二十七字　　　　　　　　　　　　　　張可久

東風景,西子湖。濕冥冥、柳烟花霧。黄鶯亂啼胡蝶舞①。幾秋千、打將春去。

> 《太平樂府》注雙調,一名《落梅風》,《九宫大成》入南詞小石調引,與張先之《落梅風》不同,並非一調。

【蔡案】

　　① 本句不律,或是因爲脱落一字。張可久本調共三首,該句另二首作"問山中、許由何處也"、"錦雲香、鑑湖寬似海",都是八字句,所以本句平仄應該是:●○○、●○○●▲,"黄鶯"應該是類似"看黄鶯"這樣的結構。

金字經 三十一字　一名《閱金經》　　　　　　　張可久

水冷溪魚貴。酒香霜蟹肥。環綠亭深掩翠微。梅。落花浮玉杯。山翁醉。笑隨明月歸①。

> 《太平樂府》注南吕宫。《元史·樂志》云:説法舞隊有《金字經》曲,一名《閱金經》。《九宫大成》入北詞南吕調隻曲。一作《金字經》,入南詞南吕宫正曲,又入北詞黄鐘調隻曲。
>
> 　　劉禹錫《陋室銘》云:"可以調素琴,閱金經。"調名取此。

舊譜以"醉"字爲仄叶,則"貴"字亦當是仄叶起韵。

【蔡案】

①"隨"字爲本句句中短韵。張可久本調兩首,另一首結作:"消磨盡。古今。無限人。"吳鎮一首,結作:"江梅信。翠禽。啼向人。"均與本詞韵律相同,可證。

縱山月 六十四字　　　　　　　　　　　　　梁　寅

急雨響巖阿。陰雲暗薜蘿。山中春去更寒多。縱柴門不閉,花滿徑,蒼苔潤,少人過。　蘭舟曾記蘭汀宿,牽恨是烟波。而今林下和樵歌[一]。看風風雨雨,從造物,時時變,總心和。

《九宮大成》入南詞正宮引,蔣氏《九宮譜目》同。

考梁寅,新喻人,著有《周易參義》等書。《樂府雅詞》有梁寅《侍香金童》一首。《雅詞》成於紹興初,當別是一人。

此調與《獻衷心》彷佛,《詞律》不收。

"時時"二字,《詞譜》作"隨時"。

【校記】

[一]"和"字原注去聲。

燕歸慢 百字　　　　　　　　　　　　　　梁　寅

花逕蕭條。恰桃霞已盡,梨雪初飄。雲霾嗔麗景,風雨妒佳朝①。山中行樂本寥寥。那更值、年荒酒價高。諸生共高咏,祇閒静,勝嬉游。　千峰暝,故人遠,濘妨馬,水平橋。

象箆寶瑟何由見，與誰共、羽觴浮。蘭亭遺迹長蓬蒿。怎能
勾、山陰棹小舟。對景度新曲，獨堪向，故人求。

《詞律》及各譜皆未載。

以蕭、尤通叶，《通韵譜》説蕭、肴、豪、尤爲一部，以共收聲於
烏字也，究不必從，説詳《發凡》。

【蔡案】

① 本句疑奪一字，原詞或爲"●風雨、妒佳朝"，與後段"與誰"
句合。

天净沙 二十八字　一名《塞上秋》　　　　　　馬致遠

平沙細草斑斑。曲溪流水潺潺。塞上清秋早寒。一聲新
○○●●○△　　●○○○○△　　●●○○●△　　●○○
雁。黃雲紅葉青山。
▲　　○○○○●○△

《太平樂府》注越調曲，《九宫大成》入北詞越角隻曲。

因第三句，故名《塞上秋》。喬吉一首與此同。

《老學叢談》云：北方士友傳沙漠小詞三闋，頗能狀其景
云云。

又一體 二十八字　　　　　　　　　　馬致遠

枯籐老樹昏鴉。小橋流水平沙。古道凄風瘦馬。夕陽西
下。斷腸人在天涯。

第三句用仄叶，與前異。"枯"字《老學叢談》作"瘦"，"小橋"
二字作"遠山"，"平沙"二字作"人家"，"溪"字作"西"[一]，"夕"字

作"斜"，"在"字作"去"。

【校記】

［一］應是"'淒'字作'西'"之誤。

暗香疏影 百五字　　　　　　　　　　　　　　　　張　肯

冰肌瑩潔。更暗香零亂，淡籠晴雪。清瘦輕盈，悄悄嫩寒猶
自怯。一枕羅浮夢醒，間縱步、風搖瓊玦。向記得、此際相
逢，臨水半痕月。　　　　妖艷不同桃李，凌寒又不與，衆芳同
歇。古驛人遥，東閣吟殘，忍與何郎輕別。粉痕輕點宮妝
巧，怕葉底、青圓時節。問何人、黄鶴樓頭，玉笛莫教吹徹。

自注夾鐘宮，《九宮大成》入南詞黄鐘宮正曲。

此自度曲[一]，見《花草粹編》。以《暗香》前段、《疏影》後段
合爲一曲。《詞譜》云：姜夔《暗香》《疏影》二曲入仙呂宮，此詞
入夾鐘宮，雖同屬宮聲，而高下清濁畢竟不同。

愚按：張肯字繼孟，號夢庵，吳人。隱居不仕。有《題燕文
貴楚江秋曉卷》，見《鐵網珊瑚》，是元人無疑。《續書畫題跋》又
有《張漢雲鈎勒竹卷》，自署浚儀張肯，或由浚儀而遷家於吳歟？
各譜或列宋人，或列元明，皆未詳爵里。今姑附元末。《詞律》
未收。

【校記】

［一］本調應繫於吳文英下，吳詞與本詞韵律全合。又按，張肯
爲明朝人。

解紅慢　百六十字　　　　　　　　　　無名氏

杖藜徐步。過小橋、逍遥游南浦。韶華暗改,俄然又、翠密
紅疏。東郊雨霽,何處綿蠻黃鸝語。見雲山掩映,烟溪外,
斜陽暮。晚凉趁,竹風清,荷香度。這閒裏光陰向誰訴。塵
寰百歲能幾許①。似浮漚出没,迷者難悟。　　　歸去來,恐
田園荒蕪。東籬畔,坦蕩笑傲琴書。青松影裏茅簷下②,保
養殘軀。一任世間,物態翻騰催今古。爭如我、懶散生涯貧
與素③。醒時歌,困時眠,狂時舞。把萬事紛紛總不顧④。
從他人笑真愚魯。伴清風皓月,幽隱蓬壺。

　　《九宫大成》名《解紅序》,入南詞黄鐘宫正曲。

　　調見《鳴鶴餘音》,當是元人作。因和凝《解紅》一曲,後人衍
爲此調,其實不同,故另録。《詞譜》云:此元詞也,用本部三聲
叶,與《中原音韵》北曲不同。《詞名集解》作《解紅兒慢》。《詞
律》未收。

【蔡案】

　　①　"幾許"對應後段"愚魯",故"幾"字以上作平。

　　②　此七字對應前段"韶華暗改,俄然又",所以應該讀斷,作四字
一句,後三字移後作三字逗。

　　③　此十字對應前段"見雲山、掩映烟溪外,斜陽暮",因此原文或
爲"爭如我、懶散生涯●,貧與素",而前段句讀也應作調整。"與"字
則是以上作平,本調的韵律特徵之一,是每个韵脚均由○●構成,韵
前字均爲平聲,前云"幾"字,後云"不"字作平,亦均因此。

④ "總不顧"對應前段"向誰訴",故"不"字以入作平。

慶靈椿 六十一字　　　　　　　　　　　　黃(缺名)

瑞溪庭,滿園秋色好,簾幕低垂。一牀簪笏人間盛,沉檀影裏,笙歌沸處,齊拂瑤巵。　　　習禮復明詩。胡氏清畏人知。壽堂已慶靈椿老,年年歲歲,重添嫩葉,頻長繁枝。

　　　調見《翰墨全書》,以詞句爲名,不著人名,但書黃右曹,應是元人。《詞律》及各譜皆未載。或以爲《攤破南鄉子》。前段起句不同,後段次句少一字,未便歸併,今分列①。

【蔡案】

　　① 此即《攤破南鄉子》,祇不過前段首均讀破,後段第二拍少一字異。

水晶簾 九十八字　　　　　　　　　　　(缺名)東軒

誰道秋期遠。計旬浹雙星相見。雨足西簾,正玉井蓮開,几筵初展。麈尾呼風祛暑凈,那更著、綸巾羽扇。殢清歌,不計杯行,任深任淺。　　　湖邊小池院。漸苔痕草色,青青如染。辨橘中荷屋,晚芳自占①。蝸角虛名身外事,付骰子紛紛戲選②。喜時平,公道開明,話頭正轉。

　　　調見《翰墨全書》,僅注東軒二字,不詳名號,自是元人作③。與《江城子》別名《水晶簾》無涉。《詞律》不收。

【蔡案】

① 本均顯脱落了一句，前段第二均爲"雨足西簾，正玉井蓮開，几筵初展"，則本均原文應該是"●●○○，辨橘中荷屋，晚芳自占"。

② 本句對應前段"那更著、綸巾羽扇"，因此應該予以讀斷，作上三下四折腰式句。

③《翰墨全書》中收録了大量的宋人詞作，"自是元人作"未免依據不足。

甘露滴喬松　九十七字　　　　　　　　　　　　　無名氏

沙堤路近，喜五年相遇，朱顏依舊。盡道名世半千[①]，公望三九。是今日、富民侯。早生聚、考堂户口。誰歟兼致，文章燕許，歌辭韓柳。　　更饒萬卷圖書，把藤笈芸編，遍題青鏤。一經傳得，舊事韋平先後。試袞袞、數英游。問好事、如今能否。麴車正滿，自酌太平春酒。

　　　調見《翰墨全書》，不著名氏，自是元人作。《詞律》未收。

　　　"侯"字、"游"字，舊説換平叶仄。"韓"字葉《譜》作"蘇"，"平"字作"和"。

【蔡案】

① "半"字此處應讀如平聲，音"鞭"，在先部韵。《道藏歌》："遊雲落太陽，颷景凌三天。千秋似清旦，萬歲猶日半。"

逸 調 備 考

弁言

伏讀《欽定詞譜》《御選歷代詩餘》所載，凡八百二十六調，較《詞律》已增百六十餘調。今蒐採群書，又增二百餘調。而《教坊記》、《羯鼓録》、《宋史·樂志》諸書中，調名尚有數百。原詞惜皆不傳，無由甄録。可見古來遺佚之詞未可闔數，特備列調名以俟博考，而後人倚舊名爲新聲者，不與焉。

逸調備考

迎君樂　斛林歎　秦王賞金歌　廣陵散　行路難　晋城仙　絲竹賞金歌

唐朱慶餘《冥音録》：廬江尉李侃，外婦崔氏生二女，性酷嗜音。有女弟蒪奴，善鼓箏，爲古今絶妙，年十七，未嫁而卒。二女幼傳其藝，終莫究其妙，每心念其姨。開成五年四月三日，因夜夢寐，驚起，謂母曰：向者夢姨執手泣曰：我自辭人世，在陰司簿屬教坊，授曲于博士李元憑，汝之情懇我乃知也。翌日灑埽一室，仿佛如有所見，因執箏就坐，閉目彈之，隨指有得，一日獲十曲。曲之名品，殆非生人之意，聲調哀怨，聞之者莫不欷歔。曲有《迎君樂》正商調三十八疊、《斛林歎》分絲調四十四疊、《秦王賞金歌》小石調二十八疊、《廣陵散》正調商二十八叠、《行路難》正商調二十八叠、《上江虹》正商調二十八叠、《晋城仙》小石調二十八叠、《絲竹賞金歌》小石調二十八叠、《紅窗影》雙柱調四十叠。十曲畢,慘然謂女曰：此皆宮闈新翻曲,帝尤所愛重。《斛林歡》《紅窗影》等,每宴飲即飛毬舞盞,爲佐酒長夜之歡。穆宗敕修文舍人元稹,撰其詞數十首,甚美。宴酣,令宮人遞歌之,帝親執玉如意擊節而和之。帝秘其調極切,恐爲諸國所得,故不敢泄。歲攝提地府當有大變,得以流傳人世。會以吾之十曲獻陽地天子,不可使無聞于明代。于是縣白州,州白府,刺史崔璹親召而試之,則絲桐之音,搶摐可聽,其差琴調,不類秦聲。乃以衆樂合之,由宮商調殊不同矣。毋令小女求傳十曲,亦備得之。廉察使故相李德裕議表其事,小女尋卒。(節録)愚按：《上江虹》見卷五,《紅窗影》見卷十五。

教　坊　記

唐崔令欽撰

曲名

獻天花　和風柳　美唐風　透碧空　巫山女　度春江　眾仙樂
大定樂　龍飛樂　慶雲樂　繞殿樂　泛舟樂　拋毬樂　清平樂　放
鷹樂　夜半樂　破陣樂　還京樂　天下樂　同心樂　賀聖朝　奉聖
樂　千秋樂　泛龍舟　泛玉池　春光好　迎春花　鳳樓春　負陽春
章臺春　繞池春　滿園春　長命女　武媚娘　杜韋娘　柳青娘　楊
柳枝　柳含烟　贊楊柳　倒垂柳　浣溪沙　浪淘沙　撒金沙　紗窗
恨　金薔領　隔簾聽　恨無媒　望梅花　望江南　好郎君　想夫憐
別趙十　憶趙十　念家山　紅羅襖　烏夜啼　墙頭花　摘得新　北
門西　煮羊頭　河瀆神　二郎神　醉鄉游　醉花間　燈下見　醉思
鄉　泰邊郵　太白星　剪春羅　會佳賓　當庭月　思帝鄉　歸國遥
感皇恩　戀皇恩　皇帝感　戀情深　憶漢月　憶先皇　聖無憂　定
風波　木蘭花　更漏長　菩薩蠻　破南蠻　八拍蠻　芳草洞　守陵
宮　臨江仙　虞美人　映山紅　獻忠心　卧沙堆　怨黃沙　遐方怨
怨胡天　送征衣　送行人　望梅愁　阮郎迷　牧羊怨　掃市舞　鳳
歸雲　羅裙帶　同心結　一捻鹽　阿也黃　劫家雞　綠頭鴨　下水
船　留客住　離別難　喜長新　羌心怨　女王國　繚踏歌　天外聞

賀皇化　五雲仙　滿堂花　南天竺　定西番　荷葉杯　感庭秋　月
遮樓　感恩多　長相思　西江月　拜新月　上行杯　團亂旋　喜春
鶯　大獻壽　鵲踏枝　萬年歡　曲玉管　傾杯樂　謁金門　巫山一
段雲　望月波羅門　後庭花　西河獅子　西河劍氣　怨陵三臺　儒
士謁金門　武士朝金闕　摻工不下　麥秀兩歧　金雀兒　漣水吟
玉搔頭　鸚鵡杯　路逢花　初漏滿　相見歡　蘇幕遮　游春苑　黃
鐘樂　訴衷情　折紅蓮　征步郎　洞仙歌　太平樂　長慶樂　喜回
鑾　漁父引　喜秋天　大郎神　胡渭州　夢江南　濮陽女　静戒烟
三臺　上韵　中韵　下韵　普恩光　戀情歡　楊下採桑　大酺樂
合羅縫　蘇合香　山鷓鴣　七星管　醉公子　朝天　木笪　看月宮
宮人怨　嘆疆場　拂霓裳　駐征游　泛濤溪　胡相問　廣陵散　帝
歸京　喜還京　游春夢　柘枝引　留諸錯　如意娘　黃羊兒　蘭陵
王　小秦王　花黃發　大明樂　望遠行　思友人　唐四姐　放鶻樂
鎮西樂　金殿樂　南歌子　八拍子　魚歌子　七夕子　十拍子　措
大子　風流子　吳吟子　生查子　胡醉子　山花子　水仙子　綠鈿
子　金錢子　竹枝子　天仙子　赤棗子　千秋子　心事子　蝴蝶子
沙磧子　酒泉子　迷神子　得蓬子　到碓子　麻婆子　紅娘子　甘
州子　歷剌子　鎮西子　北庭子　採蓮子　破陣子　劍器子　獅子
女冠子　仙鶴子　穆護子　贊普子　蕃將子　回戈子　帶竿子　摸
魚子　南鄉子　大呂子　南浦子　撥棹子　河滿子　曹大子　引角
子　隊踏子　水沽子　化生子　金娥子　拾麥子　多利子　毗沙子
上元子　西溪子　劍閣子　嵇琴子　奠壁子　胡攢子　唧唧子　玩
花子　西國朝天

大曲名

踏金蓮　綠腰　凉州　薄媚　賀聖樂　伊州　甘州　泛龍舟
采桑　千秋樂　霓裳　玉樹後庭花　伴侶　雨霖鈴　柘枝　胡僧破
平翻　相馳逼　呂太后　突厥三臺　大寶　一斗鹽　羊頭神　大姊
舞大姊　急月記　斷弓弦　碧霄吟　穿心蠻　羅步底　回波樂　千
春樂　龜兹樂　醉渾脱　映山鷄　昊破　四會子　安公子　舞春風
迎春風　看江波　寒雁子　又中春　玩中秋　迎仙客　同心結

大面出

北齊蘭陵王長恭,性膽勇而貌婦人,自嫌不足以威敵,乃刻木爲
假面,臨陣著之。因爲此戲,亦入歌曲。

踏謠娘

北齊有人姓蘇,皰鼻,實不仕,而自號爲郎中。嗜飲酗酒,每醉輒
毆其妻。妻銜悲訴于鄰里。時人弄之。丈夫著婦人衣,徐步入場,行
歌。每一叠,旁人齊聲和之云:踏謠和來,踏謠娘苦和來。以其且步
且歌,故謂之踏謠;以其稱冤,故言苦。及其夫至,則作鬥毆之狀,以
爲笑樂。今則婦人爲之,遂不呼郎中,但云阿妹子。調弄又呼典庫,
全失舊旨。或呼爲談容娘,又非。

樂 府 雜 錄

唐段安節撰

黄驄叠 急曲子,一名促板令,又名促拍令。

太宗定中原時所乘戰馬也。後征遼,馬斃,上嘆惜,乃命樂工撰此曲。《九宫大成》入北詞黄鐘調隻曲。

康老子

康老子即長安富家子,落魄不事生計,常與國樂游處。一旦家産蕩盡,偶一老嫗,持舊錦褥貨鬻,乃以半千獲之。尋有波斯見,大驚,謂康曰:"何處得此,是冰蠶絲所織,若暑月陳於座,可致一室清凉。"即酬千萬。康得之,還與國樂追歡,不經年復盡,尋卒。後樂人嗟惜之,遂製此曲。亦名"得至寶"。

文叙子

長慶中,俗講僧文叙善吟經,其聲宛暢,感動里人。樂工黄米飯狀其念四聲"觀世音菩薩",乃撰此曲。

道調子

懿皇命樂工敬納吹觱篥，初弄道調，上謂是曲誤，拍之，敬納乃隨拍撰成曲子。《詞名集解》云：唐高宗自以爲老子之後，于是命樂工製道調。

傀儡子

自昔傳云：起於漢祖，在平城，爲冒頓所圍，其城一面即冒頓妻閼氏，兵强於三面。壘中絶食。陳平訪知閼氏妒忌，即造木偶人，運機關，舞於陴間。閼氏望見，謂是生人，慮下其城，冒頓必納妓女，遂退軍。史家但云陳平以秘計免，蓋鄙其策下耳。後樂家翻爲戲。其引歌舞有郭郎者，髮正禿，善優笑，閭里呼爲郭郎，凡戲場必在俳兒之首。

羯　鼓　録

唐南卓撰

太簇宮

色俱騰　耀日光　乞婆婆　大勿　大通　舞山香　羅犁羅　蘇
莫賴耶　俱倫僕　阿個盤陀　蘇合香　藏鈎樂　春光好　無首羅
鶄嶺鹽　疏勒女　要殺鹽　通天樂　萬載樂　景雲　紫雲　承天樂
順天樂

太簇商

蘇羅　㮋利梵　大借席　耶婆色鶏　堂堂　半杜梁　君王盛神
武赫赫君之明　大鉢樂背　大沙野婆　破陣樂　黃駿蹄　放鷹樂
英雄樂　思歸　憶新院　西樓送落月　㩧霜風　九成樂　傾杯樂
百歲老壽　還成樂　打毬樂　飲酒樂　舞厥麼賦　太平樂　大酺樂
大寶樂　聖明樂　婆羅門　尉如那　萬歲樂　秋風高　回婆樂　夜
半擊羌兵　香山　優婆師　匝天樂　禪曲　渡磧破虜迴　五更囀
黃鶯囀　大定樂　越殿　須婆　鉢羅背　大秋秋鹽　栗時　突厥鹽
踏蹄長

太簇角

火蘇賴耶　　大春楊柳　　大東祇羅　　大郎賴耶　　即渠沙魚　　大達
麼支　俱倫毗　悉利都　移都師　阿鸛纘鳥歌　飛仙　凉下採桑
西河師子三臺舞　石州　破勃律

徵羽調與胡部不載

諸曲調，如太簇曲《色俱騰》《乞婆婆》《曜日光》等九十二曲名，元
宗所製。其餘徵羽調曲，皆與胡部同，故不載上洞曉音律，由之天縱，凡是
絲管，必造其妙。若製作曲調，隨意即成，不立章度，取適短長，應指
散聲，皆中點拍。至于清濁變轉，律吕呼召，君臣事物，迭相制使，雖
古之夔、曠，不能過也。尤愛羯鼓、玉笛。玉笛之説見遺事常云：八音
之領袖，不可無也。

又製《秋風高》，每至秋空迴徹，纖翳不起，即奏之，必遠風徐來，
庭葉隨下。其曲絶妙入神，例皆如此。

汝南王璡，寧王長子也。姿容妍美，秀出藩邸。元宗特鍾愛焉，
自傳授之。又以其聰悟敏慧，妙達音旨，每隨游幸，頃刻不捨。常戴
砑絹案：《塵史》作“砑綃”帽打曲，上自摘紅槿花一朵，置于帽上，笪（當是
簷字）處，二物皆極滑，久之方安。遂奏舞《山香》一曲[一]，而花不墜
落，本色所謂定頭項難在不動摇上大喜。

【校記】

［一］山香，應是“香山”之誤。

宋 樂 類 編

海陽竹林人汪汲葵田氏消夏録

宋太宗製大小曲及曲破、琵琶獨彈曲破，諸宮調匯録于左：

平茸破陣樂大曲　晏鈞臺曲破　一陽生以下小曲　鎖窗寒　念邊成　玉如意　瓊樹枝　鸚鸚裘　塞鴻飛　漏丁丁　息鼙鼓　勸流霞
右皆正宮曲名

静三邊曲破　嘉順成以下小曲　安邊塞　獵騎還　游兔園　錦步帳　博山鑪　暖寒杯　雲紛紜　待春來
右皆高宮曲名

大宋朝歡樂大曲　杏園春　獻玉杯二曲皆曲破　上林春以下小曲　春波緑　百樹花　壽無疆　萬年春　擊珊瑚　柳垂絲　醉紅樓　折紅杏　一園花　花下醉　游春歸　千樹柳
右皆中吕宮曲名

垂衣定八方大曲　折枝花曲破　會夔龍以下小曲　泛仙杯　披風襟　孔雀扇　百尺樓　金樽滿　奏明庭　拾落花　聲聲好
右皆道宮曲名

平普普天樂大曲平河東回製　七盤樂曲破　仙盤露以下小曲　冰盤果　芙蓉園　林下風　風雨調　開月幌　鳳來賓　落梁塵　望陽臺　慶豐年　青驄馬

　右皆南吕宫曲名

　甘露降龍庭大曲　王母桃曲破　折紅蕖以下小曲　鵲渡河　紫蘭
草　喜見時　倚闌殿　步瑶階　千秋樂　百和香　佩珊珊

　右皆仙吕宫曲名

　宇宙荷皇恩大曲,藩邸時作,皆述太祖美德　採蓮回曲破　菊花杯以
下小曲　翠幕新　四塞清　滿簾霜　畫屏風　折茱萸　望春雲　苑
中鶴　賜征袍　望回戈　稻稼成　泛金英

　右皆黃鐘宫曲名上七調皆宫聲

　嘉禾生九穗大曲　清夜游曲破　賀元正以下小曲　待花開　采紅
蓮　出谷鶯　遊月宫　望回車　塞雲平　秉燭游

　右皆大石調曲名

　轉春鶯曲破　花下宴以下小曲　甘雨足　畫秋千　夾竹桃　攀露
桃　燕初來　踏青回　抛繡球　潑火雨

　右皆高大石調曲名

　惠化樂堯風大曲　朝八蠻曲破　宴瓊林以下小曲　泛龍舟與煬帝
詞,名同調異　汀洲綠　麥隴雉　柳如烟　楊花飛　王澤新　玳瑁簪
玉階曉　喜清和又入仙吕調　人歡樂　征戍回　一院香　一片雲
千萬年

　右皆雙調曲名

　金枝玉叶春大曲　舞霓裳曲破　滿庭香以下小曲　十寶冠　玉唾
盂　辟塵犀　喜新晴　慶雲飛　太平時

　右皆小石調曲名

　大定寰中樂大曲　九穗禾曲破　榆塞清以下小曲　聽秋風　紫玉
簫　碧池魚　鶴盤旋　湛恩新　聽秋蟬　月中歸　千家月

　右皆歇指調曲名

　大惠帝恩寬大曲　宴朝簪曲破　採秋蘭以下小曲　紫絲囊　留征

騎　塞鴻度　回鶻朝　汀洲雁　風入松《風俗通・河間雜歌》二十一章内有此名，《古琴曲》亦有此名，《九宮大成》一名《遠山橫》，入南詞仙吕宫，又入北詞雙角　蓼花紅　曳珠佩　遵諸鴻

　　　　右皆林鐘商曲名

　　　　萬國朝天樂大曲。宴享常用　九霞觴曲破　翡翠帷以下小曲　玉照臺　香旖旎　紅樓夜　朱頂鶴　得賢臣　蘭臺燭　金鏑流

　　　　右皆越調曲名上七調皆商聲

　　　　君臣宴會樂大曲　鬱金香曲破　玉樹花以下小曲　望星斗　金錢花　玉窗深　萬民康　瑶林風　隨陽雁　倒金罍　雁來賓　看秋月

　　　　右皆般涉調曲名

　　　　會天仙曲破　喜秋成以下小曲　戲馬臺　汎秋菊　芝殿樂　鸂鶒杯　玉芙蓉又入琵琶曲破　偃干戈　聽秋砧　秋雲飛

　　　　右皆高般涉調曲名

　　　　一斛夜明珠大曲　採明珠曲破　宴嘉賓以下小曲　會群仙又入南度典儀賜筵樂次　集百祥　憑朱欄　香烟細　仙洞開　上馬杯　拂長袂　羽觴飛

　　　　右皆中吕調曲名

　　　　金觴祝壽春大曲　萬年枝曲破　萬國朝以下小曲　獻春盆　魚上冰　紅梅花　洞天春　春雪飛　翻羅袖　落梅花　夜游樂　鬥春鷄

　　　　右皆平調曲名

　　　　文興禮樂歡大曲　鳳城春曲破　滿林花　春景麗以下小曲　牡丹開　展芳茵　紅桃露　囀林鶯　滿林花　風飛花

　　　　右皆南吕調曲名

　　　　齊天長壽樂大曲　夢鈞天曲破　喜清和以下小曲。又入雙調　芰荷新　清世歡　玉鈎欄　金步搖又入歌指角。曲破　金錯落　燕引雛　草芊芊　步玉砌　整華裾　海山清　旋絮綿　風中帆　青絲騎　喜

聞聲

　　　右皆仙呂調曲名

　　　降聖萬年春大曲,藩邸時作　賀回鸞曲破　宴鄒枚以下小曲　雲中樹　燎金爐　澗底松　嶺頭梅　玉爐香　瑞雪飛

　　　右皆黃鐘調曲名上七調皆羽聲

　　　念邊功曲破　紅爐火以下小曲　翠雲裘　慶成功又琵琶彈曲破　冬夜長　金鸚鵡　玉樓寒　鳳戲雛　一爐香　雲中雁

　　　右皆大石角曲名

　　　陽臺雲曲破　日南至以下小曲　帝道昌　文風盛　琥珀杯　雪花飛　皁貂裘　征馬嘶　射飛雁　雪飄颻

　　　右皆高大石角曲名

　　　宴新春曲破　風樓燈以下小曲　九門開　落梅香　春冰折　萬年安　催花發　降真香　迎新春　望蓬島

　　　右皆雙角曲名

　　　龍池柳曲破　月宮春以下小曲　折仙枝　春日遲　綺筵春　登春臺　紫桃花　一林紅　喜春雨　泛春池

　　　右皆小石角曲名

　　　金步搖曲破,又入仙呂調　玉壺冰以下小曲　捲珠箔　隨風簾　樹青蔥　紫桂叢　五色雲　玉樓宴　蘭堂宴　千秋歲一作《千秋歲引》,《九宮大成》中呂宮,一名《千秋萬歲》

　　　右皆歇指角曲名

　　　慶雲見曲破　慶時康以下小曲　上林果　畫簾垂　水精簟　夏木繁　暑氣清　風中琴　轉輕車　清風來

　　　右皆林鐘角曲名

　　　露如珠曲破　望明堂以下小曲　華池露　貯香囊　秋氣清　照秋池　曉風度　靖邊塵　聞新雁　吟風蟬

右皆越角曲名上七調皆角聲

慶功成鳳鸞商，又入大石角　九曲清應鐘調　鳳來儀金石角　蕊宮春芙蓉調　連理枝蕤賓調。《詞律》：此唐調也，或沿其名。又雙調，一名《小桃紅》，一名《紅娘子》，一名《灼灼花》　朝天樂正仙呂調　奉宸歡蘭陵角　賀昌時孤雁調　寰海清大石調　玉芙蓉玉仙商。又入高般涉調　泛仙槎林鐘角　帝臺春無射宮調　宴蓬萊龍仙羽　美時清聖德商　壽星見仙呂調

右皆琵琶獨彈曲破名

宋南渡典儀賜筵樂次：

長生樂引子　玉漏遲慢　真珠髻　鶯穿柳　聖壽永歌曲子　壽千春　簾外花　無疆壽　雙雙燕神曲　舞楊花　壽南山　安平樂　會群仙又見中呂調　吳音子　年年好　四時歡　金盞倒垂蓮　喜新春慢曲破

宋天基聖節排當樂次：

萬壽永無疆引子　聖壽齊天樂慢　帝壽昌慢　昇平樂慢　萬方寧慢　永遇樂慢　壽南山慢　戀春光慢　賞仙花慢　碧牡丹慢　上苑春慢　慶壽樂慢　柳初新慢　萬壽無疆薄媚曲破　上林春引子　萬歲梁州曲破　捧瑤卮慢　延壽長歌曲子　花梢月慢　福壽永康寧　慶壽新　長生寶宴樂　降聖樂慢　聚仙歡　堯階樂慢　聖壽永　出墙花慢　縷金蟬慢　托嬌鶯慢　齊天樂曲破　慶芳春慢　延壽慢　月中仙慢　壽爐香慢　慶簫韶慢　花燈慢　高雙調會群仙　玉京春慢　老人星降黃龍曲破　筵前保壽樂　賀時豐　拜舞六么　玉簫聲碎錦梁州歌頭大曲　慶千秋　壽齊天　萬壽興隆樂法曲　惜□春　纏令神曲　柳初春　縮壽星　梅花伊州　萬花新曲破　壽長春

宋 樂 雜 解

梁　州

　　正宮調大曲名，又入南呂宮。

齊天樂

　　正宮調大曲名。《宋史·樂志》：英勛冠帝則，萬壽永齊天。《填詞名解》：一名《臺城路》。《九宮大成》：南詞正宮，北詞中呂調，皆有此名。

萬年歡

　　中呂宮大曲名，太宗製。沿唐教坊曲名，一名《滿朝歡》。《九宮大成》：北詞中呂調。

劍　器

　　中呂宮大曲名，又入黃鐘隊舞之制，其二曰劍器隊。

薄　媚

　　道調宮大曲名，又入南呂宮。《填詞名解》：董穎作，咏西子事。

大聖樂

　　道調宮大曲名。

普天獻壽

　　南呂宮大曲名，太宗製。

保金枝

　　仙呂宮大曲名。

延壽樂

仙吕宫大曲名。

中和樂

黄鐘宫大曲名,太宗沿唐德宗舊名作新曲。

伊 州

越調大曲名,又入歇指調。《山堂肆考》:商調曲,西凉節度蓋嘉運所進也。前五叠爲歌,後五叠爲入破。沿唐舊名。

石 州

越調大曲名。

清平樂

大石調大曲名。《九宫大成》:南詞羽調,一名《憶蘿月》,一名《醉東風》。

大名樂

大石調大曲名。

降聖樂

新水調

採 蓮

大定樂

右四名皆雙調大曲。大定樂,又見唐樂,立部伎同。

胡渭州

小石調大曲名,又入越調。

嘉中樂

喜新春

右二名皆小石調大曲。

君臣相遇樂

歇指調大曲名。《玉海》唐韋縚製。止“君臣相遇”四字,無

"樂"字。

慶雲樂

歇指調大曲名。

賀皇恩

泛清波

右二曲名皆林鐘商大曲，俗名小石調。

綠　腰

中呂調大曲名，又入南呂調，又入仙呂調。

道人歡

中呂調大曲名。

罷金鉦

南呂調大曲名，又入高平調。

彩雲歸

仙呂調大曲名。

千春樂

黃鐘羽大曲名，俗名黃鐘調。

長壽仙

般涉調大曲名。《九宮大成》：南詞大石調。

滿宮春

般涉調大曲名。《宋史·樂志》：宋初置教坊，凡四部，所奏樂凡十八調，上自《梁州》起，至《滿宮春》止，止十七調，皆大曲。有定數可紀，故備錄。惟《正平》一調係小曲，無定數，故不入樂。宋雲韶部者，黃門樂也。開寶中，平嶺表擇廣州內臣聰警者，得八十人，令於教坊習樂藝，賜名"簫韶"。雍熙初，改曰"雲韶"。每上元觀燈、上巳、端午、觀水嬉，皆奏大曲，凡十三：一曰《萬年歡》，二曰《中和樂》，三曰《普天獻壽》，四曰《梁州》，五曰《泛清波》，六曰《大定樂》，七曰《喜新春》，八曰《胡渭州》，九曰《清平樂》，十曰《長壽仙》，十一曰《罷金鉦》，十二曰《緑腰》，十三曰《彩雲歸》。親王宴射亦用之。

獻仙音樂

宋法曲部，小石調。

宇宙清

宋龜兹部，雙調。

感皇恩樂

宋龜兹部，雙調。《九宫大成》無樂字，入北詞南吕調。

長壽樂曲

宋建隆中，教坊都知李德昇作。

萬歲昇平樂曲

宋教坊都知李德昇乾德元年作。

紫雲長壽樂

鼓吹曲

右二曲，宋乾德中，教坊都知郭延美作。

共四百四十五調

漢時雅、鄭參用，而鄭爲多。魏平荆州，獲漢雅樂古曲，音辭存者四：曰《鹿鳴》《騶虞》《伐檀》《文王》。而李延年之徒，以新聲被寵，復改易音辭，止存《鹿鳴》一曲，晋初亦除之。又漢代短簫鐃歌樂曲，三國時存者有《朱鷺》《艾如張》《上之回》《戰城南》《巫山高》《將進酒》之類，凡二十二曲。魏、吴稱號，始各改其十二曲。晋興，又盡改之，獨《玄雲》《釣竿》二曲名存而已。漢代鼙舞，三國時存者，有《殿前生桂樹》等五曲，其詞則亡。漢代胡角《摩訶兜勒》一曲，張騫得自西域，李延年因之更造新聲二十八解，魏、晋時亦亡。晋以來新曲頗衆，隋初盡歸清樂，至唐武后時，舊曲存者如《白雪》《公莫舞》《巴渝》《白紵》

《子夜》《團扇》《懊儂》《石城》《莫愁》《楊叛兒》《烏夜啼》《玉樹後庭花》
等，止六十三曲。唐中葉聲詞存者，又止三十七，有聲無詞者七，今不
復見。唐歌曲比前世益多，聲行于今、詞見于今者，皆十之三四，世代
差近耳。大抵先世樂府有其名者尚多，其義存者十之三。其始，詞存
者十不得一，若其音則無傳，勢使然也。

　　石崇以《明君曲》教其妾綠珠，曰："我本漢家子，將適單于庭。昔
爲匣中玉，今爲糞上英。"綠珠亦自作《懊儂歌》曰："絲布澀難逢。"元
伊侍孝武飲燕，撫弦而歌《怨詩》曰："爲君既不易，爲臣良獨難。忠信
事不顯，乃有見疑患。周旦佐文武，金縢功不刊。推心輔王政，二叔
反流言。"熊甫見王敦委任錢鳳，將有異圖，進説不納，因告歸。臨別
與敦歌曰："徂風飆起蓋山陵，氛霧蔽日玉石焚。往事既去有長嘆，念
別惘悵會復難。"陳安死隴上，歌之曰："隴上壯士有陳安，軀幹雖小腹
中寬，愛養將士同心肝。驄驄文馬鐵鍛鞍，七尺大刀奮無端，丈八蛇
矛左右盤，十盪十決無當前。戰始三交失蛇矛，棄我驄驄竄岩幽，爲
我外援而懸頭。西流之水東流河，一去不還復奈何。"劉曜聞而悲傷，
命樂府歌之：晋以來歌曲見于史者，蓋如是耳。

梁

喝馱子　《洞微志》云：屯田員外郎馮敢，景德三年爲開封府丞。
檢澇户田，宿史胡店。日落忽見三婦人過店前，入西畔古佛堂。敢料
其鬼也，携僕王侃詣之。延坐飲酒，稱二十六舅母者，請王侃歌送酒，
三女側聽。十四姨者曰："何名也？"侃對曰："喝馱子。"十四姨曰："非
也。此曲單州營妓教頭葛大姐所撰新聲。梁祖作四鎮時，駐兵魚臺，
值十月二十一生日，大姊獻之。梁祖令李振填詞，付後騎唱之，以押
馬隊，因謂之'葛大姐'。及戰，得勝回，始流傳河北，軍中競唱，俗以
'押馬隊'，故訛曰'喝馱子'。"莊皇入洛，亦愛此曲，謂左右曰："此亦

古曲，葛氏但更正五七聲耳。"李珣《瓊瑶集》有《鳳臺》一曲，注云：俗
謂之《喝馱子》，不載何宮調。今世道調宮有慢，句讀與古不類耳。

唐

　　萬歲樂　《唐史》云：明皇分樂爲二部：堂下立奏，謂之"立部
伎"；堂上坐奏，謂之"坐部伎"。坐部伎六曲，而《鳥歌萬歲樂》居其
四。鳥歌者，武后作也。有鳥能人言"萬歲"，因以製樂。《通典》云：
《鳥歌萬歲樂》，武太后所造。時宮中養鳥能人言，嘗稱"萬歲"，爲樂
以象之舞，三人衣緋大袖，並畫鴝鵒冠，作鳥象。又云：今嶺南有鳥，
似鴝鵒，能言，名吉了音料，異哉，武后也！凶忍之極，至聞鳥歌"萬
歲"，乃欲集慶厥躬。在衆人則欲速死，在己身則欲長久，世無是理
也。按：《理道要訣》：唐時太簇商樂曲有《萬歲樂》，或曰即《鳥歌萬
歲樂》也。又《舊唐史》：元和八年十月，汴州劉宏撰《聖朝萬歲樂譜》
三百首以進，今黃鐘[一]亦有《萬歲樂》，不知起前曲或後曲。

【校記】

　　[一] 黃鐘，或是"黃鐘宮"之誤。

　　阿濫堆　《中朝故事》云：驪山多飛禽，名"阿濫堆"。明皇御玉
笛，採其聲，翻爲曲子名。左右皆傳唱之，播于遠近，人競以笛效吹，
故張祜詩云："紅樹蕭蕭閣半開，玉皇曾幸此宮來。至今風俗驪山下，
村笛猶吹阿濫堆。"賀方回《朝天子》曲云："待月上潮平波灔灔，塞管
孤吹新阿濫。"即謂"阿濫堆"。江湖間尚有此聲，予未之聞也。嘗以
問老樂工，云：屬夾鐘商。按：《理道要訣》云：天寶諸樂名堆，作
塠[一]，屬黃鐘羽夾鐘商，俗呼雙調，而黃鐘羽則俗呼般涉調。然《理
道要訣》稱黃鐘羽，時號黃鐘商調，皆不可曉也。《山堂肆考》云：或
名"阿濫堆"，又名"阿㗌迴"，又名"鷃爛堆"。

【校記】

〔一〕塠，原爲王字旁，誤。塠，即“堆”。

文淑子　《盧氏雜記》云：文宗善吹小管。僧文淑爲入内大德，得罪流之。弟子收拾院中籍入家具，猶作師講聲。上採其聲製曲，曰《文淑子》。予考《資治通鑑》，敬宗寶曆二年六月己卯，幸興福寺，觀沙門文淑俗講。敬、文相繼，年祀極近，豈有二文淑哉？至所謂俗講，則不可曉。意此僧以俗談侮聖言，誘聚群小，至使人主臨觀，爲一笑之樂，死尚晚也。今黄鐘宫、大石調、林鐘商、歇指調，皆有《十拍令》，未知孰是。而“淑”字或誤作“緒”並“序”。

凌波神　《開元天寶遺事》云：帝在東都，夢一女子，高髻廣裳，拜而言曰：“妾凌波池中龍女，久護宫苑，陛下知音，乞賜一曲。”帝爲作《凌波曲》，奏之池上，神出波間。《楊妃外傳》云：上夢艷女梳交心髻，大袖寬衣，曰：“妾是陛下凌波池中龍女，衛宫護駕實有功。陛下洞曉鈞天之音，乞賜一曲。”夢中爲鼓胡琴，作《凌波曲》。後于凌波池奏新曲，池中波濤涌起，有神女出池心，乃夢中所見女子也。因立廟池上，歲祀之。《明皇雜録》云：女伶謝阿蠻善舞《凌波曲》，出入宫中及諸姨宅，妃子待之甚厚，賜以金粟妝臂環。按《理道要訣》：天寶諸樂曲名，有《凌波神》二曲：其一在林鐘宫，云時號道調宫，然今之林鐘宫，即時號南吕宫，而道調宫，即古之仲吕宫也；其一在南吕商，云時號水調，今南吕商則俗呼中管林鐘商也，皆不傳。予問諸樂工，云：舊見《凌波曲》譜，不見何宫調也。世傳用之歌吹，能招來鬼神，因是久廢。豈以龍女見形之故，相承爲能招來鬼神乎？

于闐樂　葛洪《西京雜記》云：漢高帝於七月七日與戚夫人臨百子池，作此樂。樂畢，以五色縷相羈，謂爲相憐愛。此調與《上靈曲》，皆戚夫人侍兒賈佩蘭出爲扶風人段儒妻時言也。

　　上靈曲　又云：漢高帝于十月十五日，與戚夫人入靈女廟，以豚、黍樂神，吹笛擊筑，歌此曲。

　　赤鳳凰來　又云：漢高祖時，宫女以十月十五日連臂踏地爲節，歌《赤鳳凰來》，此踏歌之始也。

　　落葉哀蟬　晋王子年《拾遺記》云：漢武帝思李夫人，不可復得，造此歌曲，使女伶歌之。

　　襄陽踏銅蹄　梁武帝西下所作。

　　梁武懺　爲郗后作。　《九宫大成》入南詞高大石調引。

　　采蓮船　《南史・羊侃傳》云：侃性豪侈，善音律，自造《采蓮》《棹歌》兩曲，甚有新致。　《九宫大成》入南詞雙調引。

　　楊白花　《南史》[一]云：魏楊白花容貌瓌偉，胡太后逼幸之。白花懼禍，奔梁，改名華。太后追思不已，爲作《楊白花》歌，以寄其不捨耳。

【校記】

　　[一] 原無書名，空三字。檢《南史》卷六十三王神念傳有記，據補。

　　金樓子　梁元帝所著書名，詞名本此，調失傳。

　　映水曲　梁范靖妻沈滿願作。

　　商旅行　《唐類函》云：齊武帝布衣時，常游樊、鄧。登祚後，追憶往事而作歌，名《估客樂》，使太樂令劉瑱教習，百日無成。釋寶月善音律，帝使奏之便就。敕歌者常重爲感憶之聲。梁代改名《商旅行》。

　　樂游曲　《漢書・宣帝紀》云：神爵三年，起樂游苑，後因立廟。注：在杜陵西北。宣帝立廟于曲池之北，號樂游。蓋本爲樂游苑製，爲《樂游曲》。

　　無愁曲　《全唐詩》注：北齊歌也。天寶十三載，改《無愁》爲《長歡》。

七夕樂　玉女行觴　舞席同心髻　相逢樂　俱隋白明達製。

龍女思元曲　顔師古《南部烟花記》云：隋煬帝在揚州，每集童女鳴鼓吹簫，歌"龍女思元"之曲。

十棒鼓　《隋書·禮儀志》云：季春晦，儺，一人爲唱師，著皮衣，執棒，鼓角各十，遂以《十棒鼓》名。　《九宮大成》入南詞正宮正曲。

月分光　《影燈記》云：唐明皇正月十五夜，于常春殿張臨光宴。白鷺轉花，黃龍吐水，金鳧銀燕，浮光洞，攢星閣，皆燈也，奏此曲。

紫雲迴　樂史《太真外傳》云：上嘗夢十仙子，乃製《紫雲迴》。注：玄宗嘗夢仙子十餘輩，御卿雲而下，各執樂器懸奏之。曲度清越，真仙府之音。有一仙人曰："此《神仙紫雲迴》，今傳授陛下爲正始之音。"上喜而傳受。寤後餘音猶在。且命玉笛習之，盡得其節奏也。又見鄭棨《開元傳信記》、楊巨源《李謩吹笛記》。

太平樂　上元樂　鄭處誨《明皇雜録》云：玄宗在東洛，大酺於五鳳樓下，爲《破陣樂》《太平樂》《上元樂》。《樂府雜録》云：太平樂曲屬龜兹部。案：《破陣樂》見卷六

景雲河水清歌　劉餗《隋唐嘉話》云：貞觀中，景雲見，河水清，張率更以爲《景雲河水清歌》，名《白燕樂》，今元會第一奏也。

慶善樂　又云《破陣樂》，被甲持戟以像戰事。《慶善樂》，廣神屣履，以像文德。鄭公見奏《破陣樂》，則俯而不視。《慶善》則玩之而不厭。

奉聖樂　《樂府雜録》云：《奉聖樂》曲，是韋南康鎮蜀時，南詔所進。在宮調屬胡部。

順聖樂　李肇《國史補》云：于司空頔，因韋太尉《奉聖樂》，亦撰《順聖樂》以進，每宴必使奏之。其曲將半，行綴皆伏，而一人舞於中央。又令女妓爲佾舞，雄健壯武，號《孫武順聖樂》。

女王國曲　蘇鶚《杜陽雜編》云：更有女王國貢龍油綾、魚油錦，

紋彩尤異，皆入水不濡。優者亦作《女王國曲》，音調宛暢，傳於樂部。

泰邊陲　又云：宣宗製《泰邊陲》曲，其詞曰："海岳宴咸通。"及上垂拱，而年號咸通焉。

聖壽樂　《教坊記》云：開元十一年初，製《聖壽樂》，令諸女衣五方色衣，以歌舞之。

上元子　《舊唐書·高宗紀》云：上製樂章有上元之曲，詔有司諸大祀享奏之。

快活三　魏鶴仙《天寶遺事》云：快活三郎即明皇也。　《九宮大成》入北詞中呂調隻曲。

憶長安　唐謝良輔、鮑防諸人作。

憶秦郎　《類説》[一]云：唐吳元濟女，没入掖庭，易姓沈氏，名翹翹。因配樂籍，本藝方響，乃白玉也。以響玉爲槌，紫檀爲架，製度精妙。一日奏曲，文宗喜曰："卿欲適人耶？"翹翹不對，上知其意，選金吾判官秦誠聘之。後誠奉使日本不返，翹翹自製一曲，名《憶秦郎》，執玉方響，登樓歌之，聞者悽愴。方響應二十八調，今不傳。

【校記】

　　[一] 原無書名，空三字。檢《類説》卷二十九有記，據補。

綠珠怨　《淵鑒類函》云：武后時補闕喬知之，有妾碧玉，美而善歌舞。武承嗣借教歌童，納之不退。知之作《綠珠怨》密寄之。

挂金索　《羯鼓録》云：宋沇待漏于光宅佛寺，聞塔上風鐸聲，傾聽久之。朝回後，止寺舍，登塔循金索，歷扣以辨之曰："此姑洗之編鐘耳。"詞人譜爲《挂金索》。　《九宮大成》入北詞商調隻曲。

古釵嘆　唐張籍作。

摩訶兜勒　崔豹《古今注》云：張騫使西域，得《摩訶兜勒》一曲。李延年增之，分爲二十八曲。

春鶯囀　《教坊記》[一]云：唐高宗曉音律，晨坐聞鶯聲，命樂工白明達寫之，遂有此曲。《山堂肆考》云：虞世南曲。

【校記】

［一］原無書名，空三字。檢《教坊記》有記，據補。

喜慶善樂　唐高宗製。

長寧樂　《唐書・禮樂志》云：代宗縣廣平王復二京，梨園供奉官劉日進製《寶應長寧樂》十八曲以獻，皆宮調也。

朝元樂　白居易《遇天寶樂叟》歌：“是時天下太平久[一]，年年十月坐朝元。”《九宮大成》入北詞雙角隻曲。

【校記】

［一］句末原有“矣”字，衍，據白居易《江南遇天寶樂叟》刪。

玉樹曲　唐王轂嘗作詞，譏陳元秀當國事。

中和曲　唐德宗生日作。

黃帝鹽　沈作喆《寓簡》云：衡山南岳祠宮，舊多遺迹。徽宗政和間，新作燕樂，搜訪古曲遺聲。聞宮廟有唐時樂曲，自昔秘藏，詔使上之。得《黃帝鹽》《荔支香》二譜。《黃帝鹽》本交趾來獻，其聲古樸，棄不用。《荔支香》音節韶美，遂入燕樂。荔支香見卷十

湘妃怨　哭顔回　《樂書》注云：琵琶女夢異人授譜，後有《湘妃怨》《哭顔回》二徵調。《唐書・儀衛志》云：大橫吹部節鼓二十四曲，二十二《湘妃怨》，琴曲亦有此名。一作《凌波仙》，一名《馮夷曲》，一名《水仙子》。案：《水仙子》見卷廿四

宋

大合禪　滴滴泉　《太平樂府》云：唐時《羯鼓録》，無有能傳其法者，開元帝最爲妙絶。宋璟、李皋、裴冕，亦精其理。至宋元祐中，

邠州一老猶能之,有《大合禪》《滴滴泉》曲。

　　北邙月　《洞微志》云:鄭超遇田參軍,贈妓曰妙香。數年告別,歌此詞送酒。翌日,同至北邙下,化狐而去。

　　萬里朝天　宋《五國故事》云[一]:蜀孟昶末年,婦人競戴高冠子,皆云朝天,遂製新曲,名《萬里朝天》,意謂萬里將朝於己。及歸降至京,乃"萬里朝天"之驗。

【校記】

　　[一]原無書名,空三字。檢《五國故事》有記,據補。

　　水調銀漢曲　**河傳銀漢**　□□□□[一]:《水調》《河傳》,皆曲部名也。《外史檮杌》云:王衍泛舟巡閬中,舟子皆衣錦綉,自製《水調銀漢曲》。

【校記】

　　[一]原無書名,空四字。

六朝

　　黃鸝笛　**金釵兩臂垂**　杜佑《通典》云:並陳後主造。

　　念家山破　**金鈴破**　《五國故事》云:煜善音律,造《念家山破》,及《振金鈴曲破》,言者取要而言之《家山破》《金鈴破》。又,建康染肆之榜,多題曰"天水碧",尋而皇家蕩平之,悉前兆也。陳暘《樂書》云:南唐後主樂曲有《念家山破》。至宋祖開寶八年,悉取其地,乃入朝,是"念家山破"之應也。

　　壽陽樂　鄭樵《通志》云:南平穆王爲荆河州作。

　　邀醉舞破　《南唐書》云:南唐大周后即昭惠后。嘗雪夜酣燕,舉杯屬後主起舞。後主曰:"汝能創爲新聲,則可。"后即命箋綴譜,喉無滯音,筆無停思,譜成,名《邀醉舞破》。《填詞名解》云:《念家山破》，後主煜所作，蓋舊曲有《念家山》，後主親演爲破。昭惠后亦作《邀醉舞破》《恨來遲破》，既久，而忘之。後主追悼昭惠，詢問舊曲，無復曉者，宮人流珠獨能記憶，故三曲復有名傳。

四時樂　李公麟作，言山莊四時野人之樂。

奇俊王家郎　朱彧《可談》云：王迴，美姿容，有才思。少不持重，爲狃邪輩所誣，播入樂府。今《六幺》所歌"奇俊王家郎"即迴也。元豐中，蔡持正薦任監司，神宗云："此乃奇俊王家郎乎？"持正叩頭謝罪。

叫聲　耐得翁《古杭夢游録》云：自京師起，撰鄉國市井諸色歌吟、賣物之聲，採合宮調而成也。或云孔立傳撰。　《九宮大成》入北詞中呂調隻曲。

大安樂　《宋史・樂志》云：仁宗時，王堯臣等議國朝樂宜名大安。　《九宮大成》入北詞仙呂調隻曲。

長春樂　宋建隆中，教坊都知李德昇作。

河市樂　王曾《筆録》云：駙馬都尉高懷，以節制領睢陽，洞曉音律。宋城南，抵汴梁五里，有東西二橋，民居繁夥，倡優雜户，率多鄙俚。高每宴飲樂作，效其樸野之態，以爲戲玩，謂之"河市樂"。

降仙臺　《文獻通考》云：本朝歌吹止有四曲，《十二時》《導引》《降仙臺》並《六州》爲四。每大祀宿齋，或行幸夜，每至三奏，名爲警場。案：《十二時》《導引》《六州》俱見卷十九

歸來樂　《九宮大成譜》云：宋蘇軾自度曲，傳之已久，未注宮調，舊譜未載。今審其音調，旖旎嫵媚，當歸小石角本集不載。

青天歌　黃雪簑《青樓集》云：連枝秀姓孫氏，京師角妓也。有招飲者，酒酣，則自起舞，唱《青天歌》。　《九宮大成》入南詞仙呂宮正曲，又入北詞雙角隻曲。

青歌兒　**紅衫兒**　又云：梁園秀姓劉氏，歌舞談謔爲當代稱首。

所製樂府爲《小梁州》《青歌兒》《紅衫兒》，世共唱之。　《九宮大成》：《青歌兒》入南詞仙吕宮正曲。“歌”一作“哥”。《紅衫兒》入北詞中吕調隻曲，又入南詞南吕宮正曲歐陽修《小梁州》見卷六。

蝗蟲三叠　張舜民《畫墁録》云：波唐善詞曲。始爲楚州職官，知州胡楷差打蝗蟲，唐不堪其役，作《蝗蟲三叠》，觸楷怒，坐贓三十年。

望瀛　《宋史·樂志》：法曲部道調宮。

瀛府　《宋史·樂志》云：正宮調大曲名，又入南吕宮。

興龍引　《宋史·哲宗紀》云：熙寧九年十一月七日，哲宗生於宮中，赤光照室。及即位，群臣請以是日爲“興龍節”。

千金意　□□□[一]云：曹珪仕吴越，爲蘇州刺史。捨宅爲招提寺。至宋，有鄧州金鶴雲，寓近寺側，亦想聞歌。一夕歌漸近，乃好女子，排户共榻。遲明惜别，鶴雲贈百金，女子泣曰：“妾曹刺史家女也。幸拂枕席，方當别去，未卜後期，夾山之會，君其慎之。”鶴雲告主人，不解。後修寺，于墻陰得古琴繫百金焉。鶴雲後爲令，卒于峽州。詞有“一曲值千金”之句，遂名《千金意》。與《樂府標源·情人桃葉歌》亦名《千金意》，注不同。

【校記】

［一］原無書名，空三字。

君臣樂　《金史》云：金世宗大定九年，皇太子生。上宴于東宮，命奏新聲。謂大臣曰：“朕製此曲，名《君臣樂》，今天下無事，與卿等共之，不亦樂乎？”

溪山好　陶宗儀云：會波村在松江城北三十里。其西九山離立，若幽人冠帶拱揖狀。一水並九山，南過村外，以入於海，溝塍畎澮，隱翳竹樹間。春時，桃花盛開，鷄犬之聲相聞，有武陵風概。隱者停雲子居焉，一舟時放中流，或投竿，或彈琴，或呼酒獨酌，或哦咏陶、謝、韋、柳詩，殆將與功名相忘。嘗坐余舟中，作茗供，襟抱清曠，不覺度成《溪山好》一曲，主人即補入中吕調，命洞簫吹之，與童子櫂歌相答，極鷗波縹緲之思。

宮 譜 録 要

　　聲音之道，由人心生。上古元音，出於天籟，長短疾徐，輕清重濁，自然叶度。漢唐而後，創爲聲調之説，始有一宗不易之則。宋元以降，南北曲盛行。伶工循聲度曲，習其業而不能通其文；文人按譜填腔，習其詞而不能明其義。問宮調之所以然，皆茫然而莫對。音律之學，於今失墜久矣。余雅不善爲操縵，擬勒成一書，每格格於吐茹間。然載籍極博，鼇然具在，何妨取古人之論議，合今時之法度，以意消息之。由是心領神會，觸類引伸，使宮譜之義，常明於天壤。故雜取唐宋以來宮調諸論，録其要旨，以俟元音論定。世有周郎，開余迷惑，豈不幸甚！作《宮譜録要》。

樂 府 雜 録

唐段安節

別樂識五音輪二十八調圖

舜時調八音，用金、石、絲、竹、匏、土、革、木，計用八百般樂器。至周時，改用宮、商、角、徵、羽，用製五音，減樂器至五百般。至唐朝，又減樂器至三百般。太宗朝，三百般樂器内，挑絲、竹爲胡部，用宮、商、角、徵、羽，合平、上、去、入四聲。其徵音有其聲，無其調。

平聲，羽，七調

第一運中吕調，第二運正平調，第三運高平調，第四運仙吕調，第五運黄鐘調，第六運般涉調，第七運高般涉調雖去中吕調之運，如車輪轉，却去中吕一運聲也。

上聲，角，七調

第一運越角調，第二運大石角調，第三運高大石角調，第四運雙角調，第五運小石角調，亦名正角調，第六運歇指角調，第七運林鐘角調。

去聲,宮,七調

第一運正宮調,第二運高宮調,第三運中吕宮,第四運道調宮,第五運商調宮,第六運角調宮,第七運黃鐘宮。

入聲,商,七調

第一運越調,第二運中商調,第三運高大石調,第四運雙調,第五運小石調,第六運羽宮調,第七運林鐘商調。

上平聲調

爲徵聲。商角同用。吕、平、中、越、石。

任件二十八調,琵琶八十四調方得是。五弦五本,共應二十八調本。笙,除二十八調本外,別有二十八本中管調。初製胡部樂,無方響,只有絲竹。緣方響不應諸調,有直拔聲。太宗於内庫別收一片鐵,有以方響,下於中吕調頭一韵,聲名大吕,應高般涉調頭,方得應二十八調。箏,只有宮、商、角、羽四調,臨時移柱,應二十八調。

《九宮大成》分配
十二月令宮調總論

　　《宋史·燕樂志》以夾鐘收四聲，曰宮、曰商、曰羽、曰閏，閏爲角。其正角聲、變徵聲、徵聲，皆不收，而獨用夾鐘爲律。本宮聲七調，曰正宮、高宮、中呂宮、道宮、南呂宮、仙呂宮、黃鐘宮。商聲七調，曰大石調、高大石調、雙調、小石調、歇指調、商調、越調。羽聲七調，曰般涉調、高般涉調、中呂調、平調、南呂調、仙呂調、黃鐘調。角聲七調，曰大石角、高大石角、雙角、小石角、歇指角、商角、越角。此其四聲二十八調之略也。

　　顧世傳《曲譜》，北曲宮調凡十有七，南曲宮譜凡十有三。其名大抵祖二十八調之舊，而其義多不可考。又其所謂宮調者，非如雅樂之某律立宮，某聲起調，往往一曲可以數宮，一宮可以數調。其宮調名義既不可泥，且燕樂以夾鐘爲黃鐘，變徵爲宮，變宮爲閏，其宮調聲字亦未可據。按，騷隱居士曰：宮調當首黃鐘，而今譜乃首仙呂，且既曰黃鐘爲宮矣，何以又有正宮？既曰夾鐘、姑洗、無射應鐘爲羽矣，何以又有羽調？既曰夷則爲商矣，何以又有商調？且宮、商、羽各有調矣，而角、徵獨無之，此皆不可曉者。或疑仙呂之仙乃仲字之訛，大石之石乃呂字之訛，亦尋聲揣影之論耳。《續通考》謂大石本外國名，般涉即般瞻，譯言般瞻，華言曲也。夫南北風氣固殊，曲律亦異。然宮調則皆以五聲旋轉於十二律之中。廖道南曰：五音者，天地自然之聲也。在天爲五英之精,在地爲五行之氣,在人爲五藏之聲。由是言之,南北之音節雖有不同,而其本之天地之自然者,不可易也。且如春月盛德在木,其氣疏達,故其聲宜嘽緩而駘宕,始足以象發舒之理。若仙吕之《醉扶歸》《桂枝香》,中吕之《石榴花》《漁家傲》,大石之《長壽仙》《芙蓉花》《人月圓》等曲是也。夏月盛德在火,其氣恢台,其聲宜洪亮震動,始足以肖茂對之懷。若越調之《小桃紅》《亭前柳》,正宮之《錦纏道》《玉芙蓉》《普天樂》等曲是也。秋之氣颯爽而清越,若南吕之《一江風》《浣溪沙》,商調之《山坡羊》《集賢賓》等曲是也。冬之氣嚴凝而静正,若雙調之《朝元令》《柳揺金》,黄鐘之《絳都春》《畫眉序》,羽調之《四季花》《勝如花》等曲是也。此蓋聲氣之自然,本於血氣心知之性,而適當於喜怒哀樂之節,有非人之智力所能與者。我聖祖仁皇帝,考定元聲,審度制器,黄鐘正而十二律皆正,則五音皆中聲,八風皆元氣也。今合南北曲所存燕樂二十三宮調諸牌名,審其聲音以配十有二月:

正月用仙吕宮仙吕調;二月用中吕宮中吕調;三月用大石調大石角;四月用越調越角;五月用正宮高宮;六月用小石調小石角;七月用高大石調高大石角;八月用南吕宮南吕調;九月用商調商角;十月用雙調雙角;十一月用黄鐘宮黄鐘調;十二月用羽調平調。如此則不必拘拘於宮調之名,而聲音意象自與四序相合。羽調即黄鐘調,蓋調缺其一,故兩用之。而子當夜半,介乎兩日之間,於義亦宜也。閏月則用仙吕入雙角,仙吕即正月所用,雙角即十月所用,合而一之,履端於始、歸餘於終之義也。至於舊譜所傳六宮十一調,沈自晉曾謂:自元以來又亡其四,自十七宮調而外,又變爲十三調。則知道宮歇指久已失傳,而《廣正譜》尚立道宮之名,惟採董解元《西廂》《憑欄人》《解紅》小套,以存其舊。遍考《元人百種》《雍熙樂府》以及元明傳奇,皆無道宮全套,即南詞亦不多。概見合將北詞《憑欄人》等名、南詞《赤馬兒》

等名，審其聲音相近，裁併之，不復承訛襲謬。若夫般涉調，雖隸於羽聲七調内，今南北詞亦祗寥寥數闋，考諸各譜附於正宫者俱多。顧般涉本係黄鐘，爲宫，自當歸入黄鐘宫，用存循名核實之義云爾。

詞　旨　叢　說

弁　言

《詞選》《詞評》《詞譜》諸書，古今不下數百種。獨《作詞要訣》、楊守齋《作詞五要》、張玉田《詞源》、陸輔之《詞旨》而外，未有成書，不少概見。國初諸書議論頗繁，然皆旁見錯出，參雜於詞話之中，倚聲家未免望洋之嘆。余於搜訂《詞繫》之餘，凡遇言及作詞之法，隨手録出，薈萃成編。謂之叢說者，叢脞雜亂之言，不分條目也。末附鄙見，雖不免拾人牙慧，而得之於心，述之於口。公諸同好，不妨爲初學說法，奚必效枕中鴻寶之秘耶？但閱者勿嗤其淺陋可耳。作《詞旨叢說》二卷。

詞　旨　宋陸韶輔之撰

夫詞亦難言矣，正取近雅，而又不遠俗。予從樂笑翁游，深達奧旨，製度所法，因從其言。命韶暫作《詞旨》，語近而明，法簡而要，俾初學易於入室云。

命意貴遠，用字貴便，造語貴新，鍊字貴響。古人詩有翻案法，詞亦然。詞不用雕刻，刻則傷氣，務在自然。周清真之典麗，姜白石之騷雅，史梅溪之句法，吳夢窗之字面，取四家之所長，去四家之所短，此翁之要訣。學者所謂刻鵠不成尚類鶩者也。不可與俗人言，可與知者道。對句好可得，起句好難得，收拾全藉出場。凡觀詞須先識古今體製。雅俗脱出宿生塵腐氣，然後知此語咀嚼有味。

《詞源》云"清空"二字[一]，亦一生受用不盡，指迷之妙，盡在是矣。學者必在心傳耳傳，以心會意，有悟入處。然須跳出窠臼外，時出新意，自成一家。若屋下架梁，則爲人之賤僕矣。

【校記】

［一］原作"詞云清空二字"，不通，應是抄漏一字，據陸輔之《詞旨》之意補。

製詞須布置停匀，血脉貫穿。過片不可斷意，如常山之蛇，救首救尾。

單字集虚：任、看、正、待、乍、怕、縱、問、愛、奈、似、但、料、想、更、算、況、悵、快、早、儘、嗟、憑、嘆、方、將、未、已、應、若、莫、念、甚。

《懷古録》云"門外猧兒吠"一首，此唐人詞也。前輩謂讀此可悟詞法。或以問韓子蒼，子蒼曰：只是轉折多耳。且如：喜其至是一轉也，而苦其今夜醉，又是一轉；入羅幃是一轉矣，而不肯脱羅衣又是一轉；後二句自家開釋，又是一轉，直是賦盡醉公子也。

沈際飛云：唐詞多述本意，有調無題，如《臨江仙》賦水媛江妃也，《天仙子》賦天台仙子也，《河瀆神》賦祠廟也，《小重山》賦宮詞也，《思越人》賦西子也。有謂此亦詞之末端者。唐人因調而製詞，故命名多屬本意。後人填詞以從調，故賦咏可離原唱也。

《古今詞話》云：宋無名氏《眉峰碧》詞，真州柳永少讀書時，遂以此詞題壁，後悟作詞章法。一妓向人道之，永曰：某於此亦頗變化多方也。然遂成屯田蹊徑。

陳子龍云：宋人不知詩而强作詩。其爲詩也，言理而不言情，終宋之世無詩。然其歡愉愁苦之致，動於中而不能抑者，類發於詩餘，故其所造獨工。蓋以沉摯之思而出之，必淺近，使讀之者驟遇之，如在耳目之前，久誦之而得雋永之趣，則用意難也。以儇利之詞而製之，必工鍊，使篇無累句、句無累字，圓潤明密，言如貫珠，則鑄詞難也。其爲體也纖弱，明珠翠羽猶嫌其重，何況龍鸞？必有鮮妍之姿而不藉粉澤，則設色難也。其爲境也婉媚，雖以驚露取妍，實貴含蓄不盡，時在低徊唱嘆之際，則命篇難也。宋人專事之，篇什既富，觸景皆會，雖高談大雅，而亦覺其不可廢也。

《元詞序》云：詞忌堆砌，亦不僅以纖艷爲工。元人之妙，在於冷中帶謔，所以老優能製，少婦善謳。即當日院本，昔人以被之絲竹者，何等清新流麗。噫，音律一道，無關理學，何苦復驅之爲學究。

《堯山堂外紀》云：喬夢符嘗言，作樂府有三法：鳳頭、豬肚、豹尾也。

詞　　話

《爰園詞話》 俞彥，字仲茅，江寧人

詞全以調爲主，調全以字之音爲主。音有平仄，多必不可移者，間有可移者。仄有上去入，多可移者，間有必不可移者。儻必不可移者，任意出入，則歌時有棘喉澀舌之病。故宋時一調，作者多至數十人，如出一吻。今人既不解歌，而詞家染指，不過小令中調，尚多以律詩手爲之，不知孰爲音，孰爲調，何怪乎詞之亡也。

遇事命意，意忌庸、忌陋、忌襲。立意命句，句忌腐、忌澀、忌晦。意卓矣，而束之以音。屈意以就音，而意能自達者，鮮矣。句奇矣，而攝之以調，屈句以就調，而句能自振者，鮮矣。此詞之所以難也。

小令佳者，最爲警策，令人動褰裳涉足之想。第好語往往前人說盡，當何處生活。長調尤爲亹亹，染指較難。蓋意窘於佟，字貧于複，氣竭于鼓，鮮不納敗。比于兵法，知難可焉。

《七頌堂詞繹》 劉體仁，字公勇，穎川人

詞欲婉轉而忌複，不獨"不恨古人吾不見"與"我見青山多嫵媚"爲岳亦齋所誚。即白石之工，如"露濕銅鋪"與"候館吟秋"，總是一法。

詞起結最難，而結尤難于起，蓋不欲轉入別調也。"呼翠袖、爲君

舞"，"倩盈盈翠袖、揾英雄淚"，正是一法。然又須結得有"不愁明月盡，自有夜珠來"之妙乃得。美成《元宵》云："任舞休歌罷。"則何以稱焉。

中調、長調轉換處，不欲全脫，不欲明粘，如畫家開闔之法，須一氣而成，則神味自足。以有意求之，不得也。

重字良不易，"錯錯錯"與"忡忡"之類是也。然須另出，不是上句意乃妙。

文字總要生動，鏤金錯彩，所以爲笨伯也。詞尤不可參一死句，辛稼軒非不自立門户，但是散仙入聖，非正法眼藏。改之處處吠影，乃博刀圭之譏，宜矣。

惟片言而居要，乃一篇之警策。詞有警句，則全首俱動。若賀方回非不楚楚，總拾人牙後慧，何足比數。

詞須上脱香奩，下不落元曲，乃稱作手。

長調最難工，蕪累與癡重同忌，襯字不可少，又忌淺熟。

詞中對句，正是難處，莫認作襯句。至五言對句、七言對句，使觀者不作對疑，尤妙。

咏物至詞，更難于詩。即"昭君不慣風沙遠，但暗憶、江南江北"，亦費解。放翁"一個飄零身世，十分冷淡心腸"，全首比興，乃更遒逸。

文長論詩曰：如冷水澆背，陡然一驚，便是興觀群怨，應是爲傭言借貌一流人説法。温柔敦厚，詩教也。陡然一驚，正是詞中妙境。

檃括體不作可也，不獨醉翁如嚼蠟，即子瞻改琴詩，琵琶字不現，畢竟是全首説夢。

古人多于過變乃言情，然其意已全于上段，若另作頭緒，不成章法。

《皺水軒詞筌》　賀裳，字黄公，丹陽人

詞家多翻詩意入詞，雖名流不免。吾常愛李後主《一斛珠》，末句

云："繡牀斜凭嬌無那。爛嚼紅絨，笑向檀郎唾。"楊孟載《春繡絶句》
云："閒情正在停針處，笑嚼紅絨唾碧窗。"此却翻詞入詩，彌子瑕竟效
顰于南子。

　　詞雖以險麗爲工，實不及本色語之妙。如李易安"眼波纔動被人
猜"，蕭淑蘭"去也不教知，怕人留戀伊"，魏夫人"爲報歸期須及早，休
誤妾。一春閒"，孫光憲"留不得、留得也應無益"，嚴次山"一春不忍
上高樓，爲怕見，分携處"，觀此種句，覺"紅杏枝頭春意鬧"尚書安排
一個字，費許大氣力。

　　寫景之工者，如尹鶚"盡日醉尋春，歸來月滿身"，李重光"酒惡時
拈花蕊嗅"，李易安"獨抱濃愁無好夢，夜闌猶剪燈花弄"，劉潛夫"貪
與蕭郎眉語，不知舞錯伊州"，皆入神之句。

　　詞雖宜於艷冶，亦不可流於穢褻。吾極喜康與之《滿庭芳·寒
夜》一闋，真所謂樂而不淫。且雖填詞小技，亦兼辭令、議論、叙事三
者之妙。首云："霜幕風簾，閒齋小户，素蟾初上雕籠。"寫其節序景物
也。繼云："玉杯醹醁，還與可人同。古鼎沉烟篆細，玉筍橙橘香濃。
梳妝懶、脂輕粉薄，約略淡眉峰。"則陳設之濟楚，殼核之精良，與夫手
爪顔色，一一如見矣。換頭云："清新歌幾許，低隨慢唱，語笑相供。道
文書針綫，今夜休攻。莫厭蘭膏更繼，明朝又，紛冗匆匆。"則不惟以色
藝見長，宛然慧心女子，小窗中喁喁口角。末云："酩酊也，冠兒未卸，先
把被兒烘。"一段温柔旖旎之致，咄咄逼人。觀此形容節次，必非狹斜曲
里中人，又非望宋窺韓者之事，正希真所云真個憐惜也。但受其憐惜
者，亦難消受耳。放翁有句云："璧月何妨夜夜滿，擁芳柔，恨今年、寒尚
淺。"此生差堪相匹。此等處俱舉一以概其餘，在讀詞者，自知之

　　小詞以含蓄爲佳，亦有作決絶語而妙者。如韋莊"誰家年少足風
流。妾擬將身嫁與、一生休。縱被無情棄，不能羞"之類是也。牛嶠
"須作一生拚，盡君今日歡"，抑亦其次。柳耆卿"衣帶漸寬終不悔，爲

伊消得人憔悴”，亦即韋意，而氣加婉矣。

　　詞家須使讀者如身履其地，親見其人，方爲蓬山頂上。如和魯公“幾度試香纖手暖，一迴嘗酒絳唇光”，歐陽公“弄筆偎人久，描花試手初”，無名氏“照人無奈月華明，潛身却恨花陰淺”，孫光憲“翠袂半將遮粉臆，寶釵長欲墜香肩”，真覺儼然如在目前，疑于化工之筆。

　　詞之最醜者爲酸腐，爲怪誕，爲粗莽。然險麗貴矣，須泯其鏤劃之痕乃佳。如蔣捷“燈搖縹暈茸窗冷”，可謂工矣，覺斧跡猶在，如王通叟《春游》諸閱，則痕跡都無，真猶石尉香塵、漢皇掌上也。内中兩個字，尤弄姿無限。

　　詞家用意極淺，然愈翻則愈妙。如周清真《滿路花》後半云：“愁如春後絮，來相接。知他那裏，爭信人心切。”酷盡無聊賴之致。至陸放翁《一叢花》則云：“從今判了，十分憔悴，圖要個人知。”其情加切矣。至孫夫人《風中柳》則更云“怕傷郎，又還休道”，則又進一層[一]。然總此一意也，正如剝蕉者，轉入轉深耳。

【校記】

　　[一] 層，原作“塵”，顯誤，據賀裳《皺水軒詞筌》改。

　　作險韵者，以妥爲貴，如史梅溪《一斛珠》詞，用愜、躡、叠、接等韵，語甚生新，却無一字不妥也。此等詞俱不全載，於宋詞原本閱之自見

　　稗史稱韓幹畫馬，人人其齋，見幹身作馬形，凝思之極，理或然也。作詩文亦必如此始工。如史邦卿咏燕，幾於形神俱似矣，次則姜白石咏蟋蟀，刻劃亦工。蟋蟀無可言，而言聽蟋蟀者，正姚鉉所謂賦水不當僅言水，而言水之前後左右也。然尚不如張功甫“月洗高梧”一閱，不惟曼聲勝其高調，形容處心細如絲髮，皆姜詞之所未發。常觀姜論史詞，不稱其“軟語商量”，而賞其“柳昏花暝”，固知不免項羽學兵法之恨。

　　凡寫迷離之況者，止須述景，如“小窗斜日到芭蕉，半牀斜月疏鐘

後"，不言愁而愁自見。因思韓致光"空樓雁一聲，遠屏燈半滅"，已足色悲涼，何必又贅眉山正愁絕耶？覺首篇"時復見殘燈，和烟墜金穗"，如此結句，更自含情無限。

作長調最忌湊湊，如蘇養直"獸環半掩"，前半皆景語也。至"漸迤邐，更催銀箭"以下，則觸景生情，復緣情布景，節節轉換，穠麗周密，譬之織錦家，真竇氏回文梭矣。

詞有如張融危膝，不可無一，不可有二者，如劉改之《天仙子·別妾》諸詞，再若效顰，寧非打油惡道乎？然篇中"雪迷村店酒旗斜"，固非雅流不能作此語。至無名氏《青玉案》曰："落日解鞍芳草岸。花無人戴，酒無人勸。醉也無人管。"語淡而情濃，事淺而言深，真得詞家三昧，非鄙俚樸陋者可冒。

作詞不待用事，用之妥切，則語始有情。劉叔安《水龍吟·立春懷內》曰："畫欄倚遍東風，閒負却，桃花咒。"此用樊夫人劉綱事，妙在與己姓暗合。若他人用之，雖亦好語，終減量矣。

小詞須風流蘊藉，作者當知三忌：一不可入漁鼓中語言，二不可涉演義家腔調，三不可像優伶開場時叙述。偶類一端，即成俗劣。顧時賢犯此極多，其作俑者，白石山樵也。

《蘭皋詞選題詞》 顧璟芳，字宋梅，嘉興人

詞之小令猶詩之絕句，字句雖少，音節雖短，而風情神韻正自悠長。作者須有一唱三嘆之致，淡而艷，淺而深，近而遠，方是勝場。且詞體中，長調每一韵到底，而小令每用轉韵。故層折多端，姿態百出，索解正自不易。

中調似詩之近體，修短中程，淺深合度，有和鸞節奏之音焉。其間如《蝶戀花》諸調，風神諧暢。作者易於得手，讀者易於上口。他若

諸僻調生澀者，佶屈聱牙，是亦律之拗體也。

詞雖貴柔情曼聲，然第宜於小令。若長調而亦喁喁細語，失之約矣。故慨慷淋漓、沉雄悲壯乃爲合作。其不轉韵，以調長恐勢散而氣不貫也。

《詞辨坻》 毛先舒，字馳黃，錢塘人

詞家刻意俊語濃色，此三者皆作者神明，然須有淺淡處、平處，忽著一二乃佳耳。如美成《秋思》，平叙景物已足，乃出"醉頭扶起寒怯"，便動人、工妙。

李易安《春情》"清露晨流，新桐初引"用《世説》，全句渾妙。嘗論詞貴開宕，不欲沾滯，忽悲忽喜，乍遠乍近，斯爲妙耳。如游樂詞，微須著愁思，方不癡肥。李《春情》詞本閨怨，結云："多少游春意，更看今日晴未。"忽爾拓開，不但不爲題束，並不爲本意所苦，直如行雲，舒捲自如，人不覺耳。

前半泛寫，後半專叙，盛宋詞人多此法。如子瞻《賀新涼》後段，只説榴花，《卜算子》後段，只説鳴雁。周清真《寒食詞》後段，只説邂逅，乃更覺意長。

《藝苑卮言》云：填詞小技，尤爲謹嚴。夫詞宜可自放，而元美乃云謹嚴，知詞故難，作詞亦未易也。柴虎臣云："指取溫柔，詞歸蘊藉，曖而閨帷，勿浸而巷曲，浸而巷曲，勿墮而村鄙。"又云："語境則咸陽古道，汴水長流；語事則赤壁周郎，江州司馬；語景則岸草平沙，曉風殘月；語情則紅雨飛愁，黃花比瘦。"可謂雅暢。

《與沈去矜論填詞書》(節錄) 鄒祗謨，字程村，宜興人

足下《雲華詞稿》一編，妙麗纏綿，俛睨盛宋。清彈朗歌，窮寫

纖隱，於古靡所不合，而微指所嚮，則禰祀柳七。僕謂柳不足爲足
下師也。蓋詞家之旨，妙在離合。或感憶之作，時見欣怡風流之
緒，更出悽斷；或本題咏物，中去而言情；或初旨述懷，末乃專摛一
鳥一卉。蓋興緣鳥卉，雅志昭焉。是按語斯離，謀情方合者也。
夫語不離則調不變宕，情不合則緒不聯貫。每見柳氏句句粘合，
意過久許，筆猶未休。此是其病，不足可師。又情景者，文章之輔
車也。故情以景幽，單情則露；景以情妍，獨景則滯。僕觀高製，
恆情多景少，當是慮寫及月露使真意淺耳。然昔之善述情者，多
寓諸景。梨花、榆火、金井、玉鉤，一經染翰，使人百思，哀樂移
神，故不在歌哭也。又云：才藻所極，宜歸詩體，詞流載筆，白描
稱雋。僕抑謂不然。大抵詞多綺語，必清麗相須，但避癡肥，無妨
金粉。故唐宋以來作者，多情不掩才，譬則肌理之與衣裳，鈿翹之
與鬟髻，互相映發，百媚斯生。何必裸露，翻稱獨立。且閨襜好
語，吐屬易盡，巧竭思匱，則鄙褻隨之。真則近俚，刻又傷致，皆詞
之累也。至若語句參差，本便旖旎，然雄放磊落，亦屬偉觀。成
都、太倉，稍臚上次，而持厥成言，又益增峻，遂使大江東去，竟爲
逋客；三徑初成，没齒長竄。揆之通方，酷未昭晰。借云詞本庫
格，調宜冶唱。則等是以降，更有時曲。今南北九宮，猶多鼚鐸之
響，況古創茲體，原無定晝，何必抑彼南轅，同還北轍？抽兒女之
狎衷，頓狂士之憤薄哉？

《金粟詞話》 彭孫遹，字駿孫，海鹽人

　　詞以自然爲宗，但自然不從追琢中來，便率意無味。如所云絢爛
之極，乃造平淡耳。若使語意淡遠者稍加刻畫，鏤金錯綉者漸近天
然，則騤騤乎絶唱矣。

作詞必先選料，大約用古人之事，則取其新僻，而去其陳因。用古人之語，則取其清雋，而去其平實。用古人之字，則取其鮮麗，而去其淺俗。不可不知也。

長調之難于小調者，難于語氣貫串，不冗不複，徘徊宛轉，自然成文。今人作詞，中小調獨多，長調寥寥不概見，當由興寄所成，非專詣耳。

咏物詞極不易工，要須字字刻畫，字字天然，方爲上乘。即間一使事，亦必脱化無迹，乃妙。

《蓉渡詞話》 董以寧，字文友，常州人

嚴給事與僕論詞云：近日詩餘，好亦似曲。僕謂詞與詩、曲，界限甚分，似曲不可，似詩仍復不佳。譬如擬六朝文，落唐音固卑，上侵漢調，亦覺傖父。

余常與程村論詞云：劉子威云：詞以綢繆婉孌、懷思綿邈、醞藉風流、感結淒怨、艷冶宕逸爲工，雖有以激梟撟健、雄舉典雅爲尚者，不皆然也。此論與弇州神合，然謂詞發乎情，律之風雅則罪，乃黄才伯欲盡理還之喻耳。前輩故好作是語。

金粟謂近人詩餘能作景語，不能作情語。僕則謂情語多，景語少，同是一病。但言情至色飛魂動時，乃能于無景中着景，此理亦近人未解。艾庵乃謂僕自道，試以質之阮亭。

《遠志齋詞衷》 鄒祇謨

朱承爵《存餘堂詩話》云：詩詞雖同一機抒，而詞家意象，與詩略有不同。句欲敏，字欲捷，長篇須曲折三致意，而氣自流貫，乃得。此語可爲作長調者法。蓋詞至長調而變已極，南宋諸家，凡以偏師取勝

者，無不以此見長。而梅溪、白石、竹山、夢窗諸家，麗情密藻，盡態極妍。要其瑰琢處，無不有蛇灰蚓綫之妙，則所云一氣流貫也。

余常與文友論詞，謂小調不學《花間》，則當學歐、晏、秦、黃。《花間》綺琢處，於詩爲靡，而於詞則如古錦紋理，自有黯然異色。歐、晏蘊藉，秦、黃生動，一唱三嘆，總以不盡爲佳。清真、樂章以短調行長調，故滔滔莽莽處如唐初四傑，作七古嫌其不能盡變。至姜、史、高、吳，而融篇煉句琢字之法，無一不備。今惟合肥兼擅其勝，正不如用修好入六朝麗字，似近而實遠也。

小調換韵，長調多不換韵。間如《小梅花》《江南春》諸調，凡換韵者，多非正體，不足取法。

張玉田謂詞不宜和韵，蓋詞語句參錯復格以成韵，支分驅染，欲合得離。能如李長沙所謂善用韵者，雖和猶如自作，乃爲妙協。

咏物固不可不似，尤忌刻意太似。取形不如取神，用事不若用意。宋詞至白石、梅溪，始得個中妙諦。

詞至咏古，非惟着不得宋詩腐論，並着不得晚唐人翻案法。反復流連，別有寄托，如楊文公讀義山“珠箔輕明”一絶句，能得其措辭寓意處，便令人感慨不已。

賀黃公云：生平不喜集句詩，以佳則僅一斑斕衣，不佳[一]且百補破衲也。至詞則尤難神合。

【校記】

　［一］原脱“佳”字，據鄒祇謨《遠志齋詞衷》補。

詞有檃括體，有迴文體。迴文之就句回者，自東坡、晦庵始也；其通體回者，自義仍始也。近來吾友公阮、文友，有一首回作兩調者，文人慧筆，曲生狡獪，此中故有三昧，匪徒乞靈寶家餘巧也。

詩語入詞，詞語入曲，善用之即是出處，襲而愈工。阮亭持此論。

《花草蒙拾》 王士禎，字阮亭，新城人

花間字法，最着意設色，異紋細艷，非後人纂組所及。如"淚沾紅袖黦"、"猶結同心苣"、"荳蔻花間趂晚日"、"畫梁塵黦"、"洞庭波浪颭晴天"，山谷所謂古蕃錦者，其殆是耶。

或問《花間》之妙，曰：蹙金結繡而無痕跡。問《草堂》之妙，曰：采采流水，蓬蓬遠春。

詞中佳語，多從詩出。如顧太尉"蟬吟人静，斜日傍小窗明，"毛司徒"夕陽低映小窗明"，皆本黄奴"夕陽如有意，偏傍小窗明"。若蘇東坡之"與客携壺上翠微"（《定風波》），賀東山之"秋盡江南草木凋"（《太平時》），皆文人偶然游戲，非向《樊川集》中作賊二詩皆杜牧作。

前輩謂史梅溪之句法、吳夢窗之字面，固是確論。尤須雕組而不失天然，如"緑肥紅瘦"、"寵柳嬌花"，人工天巧，可稱絶唱。若"柳腴花瘦，蝶悽蜂慘"，即工，亦巧匠琢山骨矣。

唐無詞，所歌皆詩也。宋無曲，所歌皆詞也。宋諸名家，要皆妙解絲肉，精于抑揚抗墜之間，故能意在筆先，聲叶字表。今人不解音律，勿論不能創調，即按譜徵詞，亦格格有心手不相赴之病，欲與古人較工拙于毫釐，難矣。

陸氏《詞旨》云："對句好可得，起句好難得，收拾全藉出場。"三語盡填詞之概。

《詞韵説》 毛先舒

去矜《詞韵》，例取范希文《蘇幕遮》詞，"地"、"外"二字相叶；又取蔣勝欲《探春令》詞，處、翅、住、指四字相叶，疑於支紙、魚語、佳蟹三部韵可以互通。先舒按：宋詞此類僅見數首，如辛棄疾《南歌子·新

開河》詞，本佳蟹韵，而起韵用“時”字；歐陽修《踏莎行·離別》詞，本支紙韵，而末韵用“外”字。姜夔《疏影·咏梅》詞，本屋沃韵，而中用“北”字。柳耆卿《送征衣》詞本江講韵，而末用“遥”字，當是古人誤處，未宜遽用爲例。又如棄疾《滿江紅·咏春晚》詞，十七篠與二十六有合用，此獨毛詩有其法，如《陳風·月出》皎、皓、糾、懰、受相叶，《豳風》“四之日其蚤，獻羔祭韭”之類。及他書，僅見數條。然止數字，未必全韵皆通也。又在騷賦則宜，施之填詞尤屬創異，蓋宋詞多有越韵者，至南渡尤甚。此如李、杜諸公詩，間有雜韵，晚唐律體首句出韵，古人隳法護前，類復爾爾，未足遽以爲式也。

《遠志齋詞韵衷》 鄒祗謨

阮亭常與余論韵，謂周挺齋《中原音韵》爲曲韵，則范善溱《中州全韵》當爲詞韵，至《洪武正韵》，斟酌諸書而成，其於詩韵，有獨用併爲通用者東、冬、清、青之屬，有一韵拆爲二韵者庚、模、麻、遮之屬，如冬、鐘併入東韵，江併入陽韵，挑出元字等入先韵，翻字、殘字入刪韵，俱於宋詞暗合，填詞者所當援據，議極簡該。但愚按：《中州》之比《中原》，止省陰陽之别，及所收字微寬耳。其減入聲作三聲，及分車、遮等韵，則一本《中原》，尚與詞韵有辨。即阮亭舊作如《南鄉子》《卜算子》《念奴嬌》《賀新郎》諸闋，所用魚模仄韵，有將入聲轉叶者，俱用《中州》韵故耳。揆諸宋人韵脚所拘，借用一二，亦轉本音，竟爾通叶，昔人少覯。至毛氏《南曲韵》十九則，乃全依《正韵》分部。而又云：沈氏《詞韵》《中原音韵》可以參用。大約詞韵寬於詩韵，合諸書，參伍以盡其變，則瞭如指掌矣。

宋人詞韵有通用至數韵者，有忽然出一韵者，有數人如一轍者，有一首而僅見者，後人不察，利爲輕便，一韵偶侵，遂延他部，數字相引，竟及全文。此毛氏"一人通譜，全族通譜"之喻，爲不易也。學者但遵成法，并舉習見者爲繩尺，自鮮蹉跌，無遽以魯男子之不可學，柳下惠之可學耳。

　　毛氏《五韵目》云：柴氏《古韵》，爲晋宋以前古體詩辭之韵，孫恓《唐韵》爲齊梁以後古近體詩詞之韵，周德清《中原音韵》爲北曲韵，沈氏《詞韵》爲填詞韵，毛氏《南曲正韵》爲南曲韵，畦畛劃然。陳其年叙有云："自六季以訖金元，新聲代啓，韵亦因之。若使擬《贈婦》《述祖》之篇，而必押'家'爲'姑'，作《吴歈》《越艷》之體，而乃激些成亂。染指《花間》，而預爲'車'、'遮'勸進；耽情南曲，而仍爲關鄭殘客，實大雅之罪人，抑閨襜之别録也。"此數語可爲破的。

調 名 索 引

A

愛月夜眠遲慢……………… 1473

安公子 ………………… 643

安平樂慢…………………… 1439

暗 香……………………… 1723

暗香疏影………………… 1851

B

八 歸……………………… 1687

八寶妝 …………………… 556

八寶妝 …………………… 1270

八寶妝…………………… 1480

八犯玉交枝………………… 1271

八節長歡………………… 1256

八六子…………………… 68

八拍蠻 …………………… 340

八聲甘州 ………………… 708

八音諧…………………… 1509

芭蕉雨 …………………… 1258

芭蕉雨 …………………… 1835

白 雪……………………… 1548

白 苧……………………… 865

百媚娘…………………… 570

百宜嬌…………………… 1541

百字折桂令………………… 1838

拜星月慢………………… 1351

保壽樂…………………… 1503

寶鼎現…………………… 1568

被花惱…………………… 1780

碧牡丹 …………………… 592

碧牡丹慢………………… 1785

碧玉簫…………………… 1595

遍地花…………………… 1249

別 怨……………………… 1528

別瑤姬慢………………… 1440

鬢邊華…………………… 1582

並蒂芙蓉………………… 1137

撥棹子 ……………………… 271
薄　媚 ……………………… 1556
薄　倖 ……………………… 1243
薄媚摘遍 …………………… 1562
卜算子 ……………………… 971
卜算子慢 …………………… 618
步　月 ……………………… 1690
步蟾宮 ……………………… 1214
步虛詞 ………………………… 67
步虛子令 …………………… 1470

C

采蓮令 ……………………… 794
采蓮子 ……………………… 134
采緑吟 ……………………… 1805
采明珠 ……………………… 1305
采桑子 ……………………… 298
采桑子慢 …………………… 1292
彩鳳飛 ……………………… 1668
彩鸞歸令 …………………… 1633
彩雲歸 ……………………… 662
蒼梧謡 ……………………… 1514
側　犯 ……………………… 1330
茶瓶兒 ……………………… 1283
釵頭鳳 ……………………… 1489
長命女 ……………………… 287

長生樂 ……………………… 435
長壽樂 ……………………… 854
長壽仙 ……………………… 1825
長亭怨慢 …………………… 1721
長相思 ………………………… 54
長相思慢 …………………… 809
朝天子 ……………………… 1160
朝玉階 ……………………… 1303
朝中措 ……………………… 526
沉醉東風 …………………… 1827
城頭月 ……………………… 1795
赤棗子 ……………………… 334
愁倚闌令 …………………… 293
醜奴兒 ……………………… 1295
楚宮春 ……………………… 1082
楚宮春慢 …………………… 1081
傳花枝 ……………………… 769
傳言玉女 …………………… 1459
垂　楊 ……………………… 1810
垂絲釣 ……………………… 1318
春草碧 ……………………… 1437
春草碧 ……………………… 1655
春從天上來 ………………… 1642
春風嫋娜 …………………… 1810
春光好 ……………………… 289
春歸怨 ……………………… 1787

春聲碎 …………… 1793

春夏兩相期 ………… 1815

春曉曲 …………… 1607

春雪間早梅 ………… 1591

春雲怨 …………… 1809

促拍采桑子 ………… 303

促拍醜奴兒 ………… 302

促拍滿路花 ……… 730,733

簇　水 …………… 1529

翠華引 …………… 1076

翠樓吟 …………… 1731

翠羽吟 …………… 1816

D

大　椿 …………… 1508

大　酺 …………… 1421

大　有 …………… 1371

大聖樂 …………… 1602

丹鳳吟 …………… 1413

丹鳳吟 …………… 1613

淡黃柳 …………… 1703

倒　犯 …………… 1332

倒垂柳 …………… 1546

搗練子 …………… 356

導　引 …………… 1484

滴滴金 …………… 467

笛家弄 …………… 694

氐州第一 …………… 1401

帝臺春 …………… 1268

點絳唇 …………… 374

殿前歡 …………… 1845

蝶戀花 …………… 370

疊青錢 …………… 1295

丁香結 …………… 1373

定風波 …………… 281

定風波 …………… 780

定西番 …………… 98

東風第一枝 ………… 1535

東風齊着力 ………… 1563

東坡引 …………… 1289

洞天春 …………… 528

洞庭春色 …………… 606

洞仙歌 …………… 304

洞仙歌慢 …………… 663

鬥百草 …………… 1183

鬥百花 …………… 629

鬥嬋娟 …………… 912

鬥鷄回 …………… 1818

杜韋娘 …………… 1305

渡江雲 …………… 1374

端正好 …………… 1298

多　麗 …………… 492

奪錦標 ················· 1758

E

二郎神 ················· 830
二色宮桃 ················ 1582
二色蓮 ················· 1505

F

法駕導引 ················ 1456
法曲第二 ················ 775
法曲獻仙音 ··············· 770
番搶子 ················· 1654
蕃女怨 ················· 84
翻香令 ················· 976
泛蘭舟 ················· 1584
泛清波摘遍 ··············· 931
泛清苕 ················· 597
芳　草 ················· 879
芳草渡 ················· 349
芳草渡 ················· 1356
飛龍宴 ················· 1645
飛雪滿群山 ··············· 1522
粉蝶兒 ················· 1250
粉蝶兒慢 ················ 1350
風光好 ················· 379
風流子 ················· 342

風流子 ················· 1118
風入松 ··············· 927,929
風中柳 ················· 1616
鳳池吟 ················· 1771
鳳孤飛 ················· 916
鳳歸雲 ················· 696
鳳凰閣 ················· 519
鳳凰臺上憶吹簫 ············· 1451
鳳來朝 ················· 1315
鳳樓春 ················· 333
鳳鸞雙舞 ················ 1813
鳳銜杯 ················· 426
鳳簫吟 ················· 877
拂霓裳 ················· 439
芙蓉月 ················· 1747
福壽千春 ················ 1822

G

乾荷葉 ················· 1821
甘草子 ················· 382
甘露歌 ················· 898
甘州遍 ················· 236
甘州令 ················· 723
甘州曲 ················· 234
甘州子 ················· 235
感恩多 ················· 224

感皇恩 …………………… 616

感皇恩 …………………… 977

高山流水 ………………… 1776

高陽臺 …………………… 1071

甘露滴喬松 ……………… 1854

歌　頭 …………………… 186

隔簾聽 …………………… 824

隔浦蓮 …………………… 1326

隔浦蓮近 ………………… 1327

鬲溪梅令 ………………… 1701

箇　儂 …………………… 1789

緱山月 …………………… 1849

孤　鸞 …………………… 1611

孤館深沉 ………………… 1577

古傾杯 …………………… 690

古調笑令 ………………… 33

古香慢 …………………… 1761

鼓笛令 …………………… 1101

鼓笛慢 …………………… 1034

鼓笛慢 …………………… 1210

廣寒秋 …………………… 942

歸朝歡 …………………… 571

歸國謠 …………………… 191

歸去來 …………………… 856

歸去難 …………………… 737

歸田樂 …………………… 924

歸自謠 …………………… 354

桂殿秋 …………………… 15

桂華明 …………………… 1605

桂枝香 …………………… 900

輥繡球 …………………… 1528

郭郎兒近拍 ……………… 740

聒龍謠 …………………… 1610

國香慢 …………………… 1804

過澗歇 …………………… 676

過澗歇近 ………………… 677

過秦樓 …………………… 1269

H

海棠春 …………………… 1203

撼庭秋 …………………… 407

撼庭竹 …………………… 1132

漢宮春 …………………… 608,610

好女兒 …………………… 550

好女兒 …………………… 920

好時光 …………………… 346

好事近 …………………… 506

喝火令 …………………… 1108

喝馬一枝花 ……………… 1640

河　傳 …………………… 112

河瀆神 …………………… 109

何滿子 …………………… 294

荷華媚 ················· 976

荷葉杯················· 82

荷葉鋪水面 ············· 1601

合歡帶 ················· 813

賀明朝 ················· 335

賀聖朝 ················· 170

賀聖朝影 ··············· 523

賀新涼··············· 1035

鶴沖天 ················· 197

鶴沖天 ················· 698

恨春遲 ················· 562

恨歡遲··············· 1555

恨來遲··············· 1555

紅　情··············· 1725

紅窗迥··············· 1494

紅窗聽 ················· 424

紅林檎近··············· 1344

紅羅襖··············· 1317

紅芍藥··············· 1061

後庭花 ················· 336

後庭花破子··············· 1824

後庭宴 ················· 167

壺中天··············· 1014

胡搗練 ················· 405

蝴蝶兒 ················· 373

花　犯··············· 1334

花發沁園春 ············· 1133

花發狀元紅慢 ··········· 873

花非花 ················· 54

花前飲··············· 1593

花上月令··············· 1760

花心動··············· 1217

華清引 ················· 968

華胥引··············· 1347

畫堂春 ················· 582

還京樂··············· 1405

寰海清··············· 1459

浣溪沙 ················· 160

浣溪沙慢··············· 1349

換巢鸞鳳··············· 1694

黃河清慢··············· 1138

黃鶴洞仙··············· 1641

黃鶴引··············· 1280

黃金縷 ················· 372

黃鸝繞碧樹 ············· 1363

黃鶯兒 ················· 626

黃鐘樂 ················· 265

迴心院··············· 1600

蕙蘭芳引··············· 1346

J

嵇康曲 ················· 360

擊梧桐 ……………………… 667

極相思……………………… 1081

集賢賓 ……………………… 259

芰荷香……………………… 1436

祭天神 ……………………… 673

繫裙腰 ……………………… 957

家山好 ……………………… 907

佳人醉 ……………………… 797

減字木蘭花 ……………… 229

減字南鄉子 ……………… 279

剪牡丹 ……………………… 595

劍器近……………………… 1615

薦金蕉……………………… 1829

江城梅花引……………… 1053

江城子 ……………………… 203

江樓令……………………… 1783

江南春 ……………………… 381

江南春慢 ………………… 1775

江南好 ……………………… 998

江南柳…………………… 59

江梅引……………………… 1059

江亭怨……………………… 1117

江神子慢 ………………… 1449

江月晃重山……………… 1628

絳都春 ……………………… 959

角　招……………………… 1718

接賢賓 ……………………… 259

解　紅 ……………………… 285

解蝶躞……………………… 1327

解紅慢……………………… 1852

解珮環……………………… 1728

解佩令……………………… 921

解語花……………………… 1212

金錯刀……………………… 347

金鳳鉤……………………… 1162

金浮圖……………………… 270

金蕉葉……………………… 767

金菊對芙蓉……………… 1602

金蓮繞鳳樓……………… 1309

金明池……………………… 1211

金人捧露盤……………… 1233

金盞倒垂蓮……………… 1169

金盞子……………………… 1474

金盞子令 ………………… 1466

金字經……………………… 1848

錦纏道 ……………………… 511

錦纏絆 ……………………… 513

錦堂春 ……………………… 893

錦堂春 ……………………… 1223

錦園春 ……………………… 1618

錦帳春……………………… 1638

更漏子 ……………………… 102

更漏子 ·················· 1307

鏡中人 ·················· 1594

九張機 ·················· 1482

酒泉子 ·················· 140

菊花新 ·················· 647

鋸解令 ·················· 1543

冒馬索 ·················· 1588

倦尋芳 ·················· 1093

K

看花回 ·················· 765

看花回 ·················· 1110

酷相思 ·················· 1258

快活年近拍 ·········· 1433

L

臘梅香 ·················· 1155

蘭陵王 ·················· 1414

浪淘沙 ·················· 38

浪淘沙近 ·················· 508

浪淘沙慢 ·················· 846

樂游曲 ·················· 233

荔支香 ·················· 851

荔支香近 ·················· 853

離別難 ·················· 265

離別難 ·················· 678

離亭宴 ·················· 490

荔子丹 ·················· 1469

連理枝 ·················· 16

憐薄命 ·················· 986

戀芳春慢 ·················· 1438

戀情深 ·················· 239

戀香衾 ·················· 1534

戀繡衾 ·················· 1626

凉州令 ·················· 543,545

凉州令叠韵 ·················· 544

兩同心 ·················· 762

兩頭纖纖 ·················· 1623

臨江仙 ·················· 244

臨江仙 ·················· 702

臨江仙引 ·················· 703

玲瓏四犯 ·················· 1337

玲瓏四犯 ·················· 1745

玲瓏玉 ·················· 1830

留春令 ·················· 917

留客住 ·················· 826

柳　枝 ·················· 53

柳初新 ·················· 758

柳含烟 ·················· 240

柳梢青 ·················· 1083

柳腰輕 ·················· 642

柳搖金 ·················· 1267

六　醜 …………………… 1422

六　州 …………………… 1485

六花飛 …………………… 1510

六幺令 …………………… 154

六幺令 …………………… 445

六州歌頭 ………………… 390

龍山會 …………………… 1750

龍吟曲 …………………… 1035

樓上曲 …………………… 1633

樓心月 …………………… 1594

露　華 …………………… 1798

轆轤金井 ………………… 1678

綠　意 …………………… 1727

綠蓋舞風輕 ……………… 1802

綠頭鴨 …………………… 494

輪臺子 …………………… 653

洛陽春 …………………… 525

落　梅 …………………… 1136

落梅風 …………………… 607

落梅慢 …………………… 1137

M

馬家春慢 ………………… 1236

麥秀兩歧 ………………… 303

滿朝歡 …………………… 757

滿朝歡 …………………… 1152

滿宮花 …………………… 266

滿江紅 …………………… 451

滿庭芳 …………………… 992

滿園花 …………………… 735

幔捲綢 …………………… 792

茅山逢故人 ……………… 1841

眉　嫵 …………………… 1739

眉峰碧 …………………… 376

梅花曲 …………………… 874

梅花引 …………………… 1060

梅花引 …………………… 1245

梅弄影 …………………… 1645

梅香慢 …………………… 1157

梅子黃時雨 ……………… 1790

夢芙蓉 …………………… 1765

夢橫塘 …………………… 1493

夢還京 …………………… 761

夢仙鄉 …………………… 570

夢行雲 …………………… 1760

夢揚州 …………………… 1207

夢玉人引 ………………… 1263

孟家蟬 …………………… 1296

迷神引 …………………… 679

迷仙引 …………………… 795

岷江綠 …………………… 1828

鳴　梭 …………………… 1794

明月引 …………………… 1060

明月棹孤舟 ……………… 477

明月逐人來 ……………… 1457

摸魚子 …………………… 1184

莫打鴨 …………………… 955

陌上花 …………………… 1840

木　笡 …………………… 1756

木蘭花 …………………… 226,228

木蘭花慢 ………………… 743

暮雲碧 …………………… 1272

穆護砂 …………………… 1839

N

南　浦 …………………… 1076

南歌子 …………………… 77

南樓令 …………………… 1675

南鄉一翦梅 ……………… 1834

南鄉子 …………………… 275

南州春色 ………………… 1752

內家嬌 …………………… 806

霓裳中序第一 …………… 1732

念奴嬌 …………………… 1008

女冠子 …………………… 264

女冠子 …………………… 716

P

菩薩蠻 …………………… 1

拋毬樂 …………………… 47

破陣子 …………………… 358

破陣樂 …………………… 576

婆羅門令 ………………… 797

拋球樂 …………………… 807

菩薩蠻慢 ………………… 864

撲蝴蝶 …………………… 938

貧也樂 …………………… 1247

品　令 …………………… 1104

破字令 …………………… 1467

婆羅門 …………………… 1498

婆羅門引 ………………… 1499

琵琶仙 …………………… 1739

扁舟尋舊約 ……………… 1520

平湖樂 …………………… 1823

憑闌人 …………………… 1845

Q

戚　氏 …………………… 649

七娘子 …………………… 1282

期夜月 …………………… 1576

淒涼犯 …………………… 1709

齊天樂 …………………… 1381

綺寮怨 …………………… 1407

綺羅香 …………………… 1697

千年調 …………………… 1501

千秋歲 …………………… 534

千秋歲引 ………………… 899

千秋引 …………………… 389

且坐令 …………………… 1686

琴調相思引 ……………… 1625

沁園春 …………………… 599

青房並蒂蓮 ……………… 1812

青門引 …………………… 586

青門飲 …………………… 1208

青門怨 …………………… 1753

青玉案 …………………… 1225

清波引 …………………… 1743

清風滿桂樓 ……………… 1510

清江曲 …………………… 1285

清平樂令 ………………… 20

清商怨 …………………… 400

清夜游 …………………… 1786

傾　杯 …………………… 691

傾杯近 …………………… 1614

傾杯樂 …………………… 685

傾杯令 …………………… 1531

晴偏好 …………………… 1788

情久長 …………………… 1539

慶春宮 …………………… 1388

慶春時 …………………… 914

慶春澤 …………………… 585

慶春澤 …………………… 1075

慶春澤 …………………… 1471

慶佳節 …………………… 563

慶金枝 …………………… 547

慶景樂 …………………… 1820

慶靈椿 …………………… 1853

慶千秋 …………………… 613

慶清朝慢 ………………… 1064

慶同天 …………………… 224

慶宣和 …………………… 1847

瓊　臺 …………………… 1313

秋　霽 …………………… 1565

秋風清 …………………… 19

秋蘭香 …………………… 1668

秋蕊香 …………………… 405

秋蕊香 …………………… 1750

秋蕊香引 ………………… 780

秋色橫空 ………………… 1757

秋思耗 …………………… 1777

秋宵吟 …………………… 1729

秋夜雨 …………………… 1814

秋夜月 …………………… 268

曲江秋 …………………… 1549

曲游春 ………………… 1780

曲玉管 ………………… 756

勸金船 ………………… 613

鵲橋仙 ………………… 531

鵲橋仙 ………………… 837

R

如夢令 ………………… 61

瑞鶴仙令 ……………… 254

瑞鷓鴣 ………………… 351

瑞鷓鴣 ………………… 352

瑞鷓鴣 ………………… 752

阮郎歸 ………………… 369

睿恩新 ………………… 425

繞池游 ………………… 448

如魚水 ………………… 701

瑞鶴仙 ………… 1390,1713

人月圓 ………………… 1126

陂塘柳 ………………… 1197

入　塞 ………………… 1257

遶佛閣 ………………… 1376

瑞鶴仙 ………… 1390,1713

瑞龍吟 ………………… 1416

蕊珠間 ………………… 1649

冉冉雲 ………………… 1666

繞池遊慢 ……………… 1667

瑞雲濃 ………………… 1545

瑞雲濃慢 ……………… 1669

S

塞　孤 ………………… 857

塞翁吟 ………………… 1357

塞垣春 ………………… 1361

三　臺 ………………… 1442

三部樂 ………………… 1000

三登樂 ………………… 1621

三奠子 ………………… 1754

三犯渡江雲 …………… 1375

三姝媚 ………………… 1651

三字令 ………………… 328

散天花 ………………… 1089

散餘霞 ………………… 1249

掃花游 ………………… 1359

沙塞子 ………………… 1608

紗窗恨 ………………… 237

山花子 ………………… 162

山亭柳 ………………… 437

山亭宴 ………………… 555

傷春怨 ………………… 898

賞南枝 ………………… 956

賞松菊 ………………… 1504

上林春令 ……………… 1248

上林春慢……………… 1280

上平南………………… 1236

上西平………………… 1235

上行杯 ………………… 209

掃地舞………………… 1583

哨　遍………………… 1043

少年心………………… 1102

少年游 ………………… 411

少年游慢 ……………… 594

生查子 ………………… 158

昇平樂………………… 1783

聲聲慢………………… 1175

勝勝令………………… 1577

勝勝慢………………… 1174

勝州令………………… 1553

聖無憂………………… 524

師師令………………… 552

十二時 ………………… 869

十二時 ………………… 1159

十二時 ………………… 1486

十二時慢 ……………… 871

十拍子 ………………… 359

十樣花………………… 1454

十月梅………………… 1068

十月桃………………… 1067

石湖仙………………… 1708

石州慢………………… 1239

石州引………………… 1238

拾翠羽………………… 1618

使牛子………………… 1619

市橋柳………………… 1796

侍香金童……………… 1518

送入我門來…………… 1564

受恩深 ………………… 760

壽樓春………………… 1696

壽山曲 ………………… 347

壽延長破字令………… 1467

壽陽曲………………… 1848

疏　影………………… 1725

疏簾淡月 ……………… 904

蜀溪春………………… 1508

數花風 ………………… 522

雙瑞蓮………………… 1748

雙聲子 ………………… 805

雙雙燕………………… 1692

雙頭蓮………………… 1429

雙頭蓮令……………… 1287

雙鸂鶒………………… 1607

雙燕兒………………… 572

雙雁兒………………… 1542

雙韵子………………… 598

霜花腴………………… 1774

霜天曉角 ……………… 462

霜葉飛 ………………… 907

水調歌頭 ……………… 622

水晶簾 ………………… 1853

水龍吟 ………………… 1018

水仙子 ………………… 1847

睡花陰令 ……………… 1829

舜韶新 ………………… 1492

思帝鄉 ………………… 95

思歸樂 ………………… 828

思佳客令 ……………… 355

思遠人 ………………… 919

思越人 ………………… 344

四犯剪梅花 …………… 1677

四犯令 ………………… 1635

四檻花 ………………… 1507

四園竹 ………………… 1344

松梢月 ………………… 1506

送征衣 ………………… 640

蘇幕遮 ………………… 478

蘇武慢 ………………… 1522

訴衷情 ………………… 87

訴衷情近 ……………… 824

索酒 …………………… 1511

瑣窗寒 ………………… 1363

T

踏歌 ……………… 1585,1586

踏青游 ………………… 988

踏莎行 ………………… 383

踏陽春 ………………… 375

太常引 ………………… 1580

太平年 ………………… 1465

攤破醜奴兒 …………… 301

攤破浣溪沙 …………… 164

攤破南鄉子 …………… 280

探春 …………………… 1443

探春令 ………………… 933

探春慢 ………………… 1444

探芳信 ………………… 1681

探芳新 ………………… 1767

唐多令 ………………… 1674

糖多令 ………………… 1676

唐河傳 ………………… 132

殢人嬌 ………………… 432

剔銀燈 ………………… 479

天香 …………………… 1062

天净沙 ………………… 1850

天門謠 ………………… 1225

天下樂 ………………… 1543

天仙子 ………………… 135

天香引 …………………… 941

鈿帶長中腔…………… 1432

添聲楊柳枝 …………… 50

添字采桑子 …………… 300

調　笑 …………………… 33

調笑集句 ……………… 343

調笑令 ………………… 34

調笑令 ………………… 342

鞓　紅 ………………… 261

廳前柳 ………………… 1292

亭前柳 ………………… 1637

偷聲木蘭花 …………… 232

透碧霄 ………………… 741

W

萬里春 ………………… 1315

萬年歡 ………………… 1143

望　梅 ………………… 858

望春回 ………………… 1116

望海潮 ………………… 725

望江東 ………………… 1101

望梅花 ………………… 286

望梅花 ………………… 943

望梅花 ………………… 1844

望明河 ………………… 1493

望南雲慢 ……………… 905

望江怨 ………………… 224

望仙樓 ………………… 914

望仙門 ………………… 404

望湘人 ………………… 1241

望遠行 ………………… 200

望遠行 ………………… 656

望月婆羅門引 ………… 1497

望雲間 ………………… 1624

望雲涯引 ……………… 1267

尾　犯 ………………… 635

握金釵 ………………… 1531

烏夜啼 ………………… 361

巫山一段雲 …………… 155

無　悶 ………………… 1139

無愁可解 ……………… 1005

梧桐影 ………………… 154

梧葉兒 ………………… 1843

五綵結同心 …………… 1462

五福降中天 …………… 1388

五福降中天 …………… 1818

五雜組 ………………… 1622

武陵春 ………………… 568

舞楊花 ………………… 1599

兀　令 ………………… 1232

誤桃源 ………………… 620

X

西　河 ……………………… 1410

西　施 ……………………… 738

西窗燭 ……………………… 1794

西地錦 ……………………… 1515

西湖月 ……………………… 1835

西江月 ……………………… 329

西江月慢 …………………… 1540

西平樂 ……………………… 776

西吳曲 ……………………… 1679

西溪子 ……………………… 240

西子妝慢 …………………… 1764

惜春郎 ……………………… 770

惜春令 ……………………… 1297

惜春全 ……………………… 1784

惜分釵 ……………………… 1490

惜分飛 ……………………… 1163

惜寒梅 ……………………… 1820

惜紅衣 ……………………… 1706

惜花春起早慢 ……………… 1472

惜黃花 ……………………… 1262

惜黃花慢 …………………… 1446

惜奴嬌 ……………………… 1167

惜瓊花 ……………………… 586

惜秋華 ……………………… 1768

惜雙雙 ……………………… 551

惜雙雙令 …………………… 552

惜餘春慢 …………………… 1080

惜餘歡 ……………………… 1115

惜餘妍 ……………………… 1787

熙州慢 ……………………… 598

喜長新 ……………………… 905

喜朝天 ……………………… 573

喜春來 ……………………… 1841

喜遷鶯 ……………………… 193

喜遷鶯 ……………………… 880

喜團圓 ……………………… 915

遐方怨 ……………………… 85

下水船 ……………………… 1171

夏初臨 ……………………… 560

夏日宴黌堂 ………………… 449

夏雲峰 ……………………… 837

閒中好 ……………………… 133

獻金杯 ……………………… 1232

獻天壽 ……………………… 1466

獻天壽令 …………………… 1467

獻衷心 ……………………… 274

相見歡 ……………………… 262

相思會 ……………………… 1500

相思兒令 …………………… 404

相思兒令 …………………… 549

相思令 …………………… 57

湘　月 …………………… 1015

湘春夜月 ………………… 1792

湘靈瑟 …………………… 1827

向湖邊 …………………… 1819

消　息 …………………… 845

逍遙樂 …………………… 1109

瀟湘逢故人慢 …………… 1153

瀟湘静 …………………… 1069

瀟湘神 …………………… 37

瀟湘夜雨 ………………… 1530

瀟瀟雨 …………………… 715

小重山 …………………… 189

小闌干 …………………… 419

小梅花 …………………… 1244

小聖樂 …………………… 1755

小鎮西 …………………… 720

小鎮西犯 ………………… 721

擷芳詞 …………………… 1487

謝池春 …………………… 1617

謝池春慢 ………………… 554

謝新恩 …………………… 360

新荷葉 …………………… 622

新念別 …………………… 1206

新雁過妝樓 ……………… 1478

行香子 …………………… 587

行香子慢 ………………… 1470

杏花天 …………………… 1300

杏花天慢 ………………… 1511

杏花天影 ………………… 1702

杏園芳 …………………… 271

繡停針 …………………… 1629

繡鸞鳳花犯 ……………… 1337

宣　清 …………………… 823

選冠子 …………………… 1096

雪花飛 …………………… 1100

雪梅香 …………………… 633

雪明鴳鵲夜 ……………… 1309

雪獅兒 …………………… 1260

雪夜漁舟 ………………… 1314

雪月交光 ………………… 805

尋　梅 …………………… 1266

尋芳草 …………………… 1638

Y

燕山亭 …………………… 1311

檐前鐵 …………………… 1593

鹽角兒 …………………… 1161

眼兒媚 …………………… 1090

燕春臺 …………………… 559

燕歸梁 …………………… 407

燕歸慢 …………………… 1849

宴清都 …………………… 1273

宴瓊林 …………………… 1198

宴瑶池 …………………… 1785

楊柳枝 …………………… 31

楊柳枝 …………………… 49

揚州慢 …………………… 1730

陽　春 …………………… 1546

陽春曲 …………………… 1547

陽關引 …………………… 385

陽臺路 …………………… 800

陽臺夢 …………………… 185

陽臺怨 …………………… 1830

瑶　花 …………………… 1772

瑶池燕 …………………… 975

瑶階草 …………………… 1259

瑶臺第一層 ……………… 1634

瑶臺聚八仙 ……………… 1481

瑶臺月 …………………… 1589

遥天奉翠華引 …………… 1636

謁金門 …………………… 198

夜半樂 …………………… 670

夜飛鵲 …………………… 1355

夜合花 …………………… 1181

夜行船 …………………… 471

夜厭厭 …………………… 477

夜游宫 …………………… 1205

一叢花 …………………… 557

一寸金 ……………… 682,683

一萼紅 …………………… 1595

一斛珠 …………………… 363

一剪梅 …………………… 1322

一絡索 …………………… 564

一七令 …………………… 64

一葉落 …………………… 184

一枝春 …………………… 1778

一枝花 …………………… 1640

伊川令 …………………… 1574

伊州三臺 ………………… 1288

宜男草 …………………… 1619

倚風嬌近 ………………… 1796

倚闌人 …………………… 1512

倚西樓 …………………… 1592

意難忘 …………………… 992

憶帝京 …………………… 753

憶東坡 …………………… 1513

憶故人 …………………… 1128

憶漢月 …………………… 469

憶黄梅 …………………… 1053

憶江南 …………………… 58

憶江南 …………………… 61

憶舊游 …………………… 1425

憶悶令 …………………… 913

憶秦娥 ………………………… 8

憶人人 ……………………… 450

憶少年 ……………………… 1160

憶少年令 …………………… 420

憶王孫 ……………………… 1202

憶王孫 ……………………… 1286

憶瑤姬 ……………………… 1441

憶瑤姬 ……………………… 1501

憶餘杭 ……………………… 387

引駕行 ……………………… 659

飲馬歌 ……………………… 1502

應天長 ……………………… 212

應天長 ……………………… 815

鶯聲繞紅樓 ………………… 1742

鶯啼序 ……………………… 1656

鸚鵡曲 ……………………… 1837

迎春樂 ……………………… 420

迎新春 ……………………… 754

映山紅慢 …………………… 892

永遇樂 ……………………… 838

有有令 ……………………… 1529

虞美人 ……………………… 176

虞美人影 …………………… 529

于飛樂 ……………………… 580

於中好 ……………………… 1299

魚游春水 …………………… 168

漁父詞 ……………………… 1686

漁父家風 …………………… 94

漁父引 ……………………… 35

漁歌子 ……………………… 28

漁家傲 ……………………… 429

羽仙歌 ……………………… 327

雨零鈴 ……………………… 784

雨中花 ……………………… 440

雨中花令 …………………… 444

雨中花令 …………………… 1625

雨中花慢 …………………… 945

玉抱肚 ……………………… 1551

玉簟涼 ……………………… 1691

玉蝴蝶 ……………………… 100

玉蝴蝶 ……………………… 704

玉京秋 ……………………… 1798

玉京謠 ……………………… 1763

玉闌干 ……………………… 1303

玉聯環 ……………………… 567

玉連環 ……………………… 1807

玉瓏璁 ……………………… 1490

玉樓春 ……………………… 214

玉樓人 ……………………… 449

玉漏遲 ……………………… 513

玉梅令 ……………………… 1705

玉梅香慢 …………………… 1587

玉女搖仙珮 ……………… 632

玉女迎春慢……………… 1832

玉人歌………………… 1680

玉山枕 ………………… 724

玉樹後庭花 …………… 339

玉團兒………………… 1316

玉堂春 ………………… 428

玉燭新 ………………… 1379

尉遲杯 ………………… 788

御帶花 ………………… 542

御街行 ………………… 484

月邊嬌………………… 1803

月城春………………… 1679

月當廳………………… 1695

月宮春 ………………… 242

月華清 ………………… 967

月上海棠……………… 1646

月下笛 ………… 1367,1369

月照梨花 ……………… 222

月中桂………………… 1650

月中仙………………… 1826

月中行 ………………… 243

越江吟 ………………… 380

遠朝歸………………… 1578

怨回紇 ………………… 139

怨三三 ………………… 1199

怨王孫 ………………… 220

怨王孫 ………………… 1287

雲仙引………………… 1808

韵　令………………… 1617

Z

贊成功 ………………… 261

贊浦子 ………………… 258

早梅香………………… 1157

早梅芳………………… 1199

早梅芳近……………… 1200

早梅芳慢……………… 639

澡蘭香………………… 1776

皂羅特髻……………… 987

摘得新 ………………… 135

摘紅英………………… 1491

占春芳………………… 974

章臺柳………………… 30

昭君怨………………… 969

鷓鴣天………………… 509

折丹桂………………… 1513

折桂令………………… 943

折紅梅 ………………… 502,504

折紅英………………… 1488

折花令………………… 1468

折新荷引 ……………… 621

真珠髻 …………………… 940

珍珠簾 ………………… 1630

珍珠令 ………………… 1817

枕屏兒 ………………… 1583

鎮　西 …………………… 722

征部樂 …………………… 791

徵　招 ………………… 1714

徵招調中腔 …………… 1455

中興樂 …………………… 254

晝錦堂 ………………… 1402

晝夜樂 …………………… 641

珠簾捲 …………………… 524

竹　枝 ……………… 43,45

竹馬子 …………………… 715

竹香子 ………………… 1674

燭影搖紅 ……… 1128,1130

祝英臺近 ………………… 982

駐馬聽 …………………… 799

爪茉莉 …………………… 868

轉調二郎神 …………… 831

轉調滿庭芳 …………… 999

轉調踏莎行 …………… 384

轉聲虞美人 …………… 530

轉應曲 …………………… 31

卓牌兒 ………………… 1434

卓牌兒 ………………… 1544

卓牌子近 ……………… 1614

卓牌子慢 ……………… 1434

子夜歌 ………………… 1833

紫萸香慢 ……………… 1831

紫玉簫 ………………… 1166

字字雙 …………………… 164

醉垂鞭 …………………… 546

醉春風 ………………… 1089

醉春風 ………………… 1312

醉高春 ………………… 1575

醉高歌 ………………… 1834

最高樓 ………………… 1252

醉公子 …………………… 165

醉公子 ………………… 1699

醉紅妝 …………………… 579

醉花間 …………………… 256

醉花陰 ………………… 1087

醉落魄 …………………… 367

醉蓬萊 …………………… 801

醉思仙 ………………… 1533

醉太平 ………………… 1671

醉桃源 …………………… 530

醉翁操 …………………… 990

醉鄉春 ………………… 1204

醉吟商小品 …………… 1700

醉妝詞 …………………… 233

整 理 後 記

　　這套書最早是受邵清兄的觸發而構思撰寫的，2017 年我剛退休，一次省社科聯的邵清主席把我叫去，問我是否可以爲"浙江省文化研究工程"系列設計一套叢書，我自然而然地產生了研究整理"兩浙詞譜要籍"的念頭，這是一個迄今爲止尚未開墾的園地，加上明清詞譜基本上都是兩浙譜家編纂，所以作爲浙江的文化工程自是名正言順。不久，華東師大朱惠國教授有意申報明清詞譜的整理，説是其中的《詞律》《詞譜》非得我來操刀，我自然是欣然答應，便一起交流了一些相關問題，朱老師有實際操作經驗，又是詞界宿將，我也班門弄斧地嘈嘈了一通關於詞體詞譜方面的己見。後來朱老師項目申報成功，拖了一段時間之後，"文化工程"的事因故未能繼續，不過這部書稿的撰寫已經進行，我認爲這部《詞繫》僅僅標點是不够的，得詳加疏解，於是有了這本書。

　　我一直有一個心願，要在幾部明清詞譜上留下一點自己的痕跡，這一批寶貴的文化遺產現在少有人知，甚至不爲有些詞學學者所知。今天，這部書出版，加上已出和將出的，算是開始實現這個心願，很感謝上海古籍出版社的支持。

　　本書依據北大藏《詞繫》稿本爲底本，參考了其他詞譜詞集，我所做的工作主要是兩個：一，版本上的校勘工作；二，韻律上的考辨工作。這兩部分分别體現於"校記"和"蔡案"。但是，作爲譜書，有時候常常會兩者糾纏在一起，版本上的問題涉及韵律，韵律上的問題關乎版本，所以，在這種情况下就祇能根據輕重來歸類了。而我的重點還是放在韵律的梳理上，因爲這個問題對於一部譜書來說至關重要。

　　由於是古籍整理的樣式，所以自然不好過多地添加圖譜，但既然是譜書，能增加它的實用價值自然是個應該考慮的問題，所以對少量常見、多見的詞調還是添了圖譜。這堆圖符中，須要説明什麽是應平而仄和應仄而平。通常前人在擬譜的時候都有一個前提，那就是假定（或認定）所有的範詞都是準確無誤的，但我們知道，即便是再偉大的詞人也不可避免地會有一些誤筆，他們在填詞的時候也絕不會想到，幾百年後該詞會被譜書作爲範詞。而我們當然不能撇開律理，僅僅就事論事描摹詞譜，何况有時候通過其他詞作也可以證明其誤。例如周邦彦的《鎖窗寒》中有"小唇秀靨今在否"一句，根據律理可知，"在"字應該用平聲字，而這裏無疑是個誤筆，但前人的譜中都將其擬爲仄聲，或仄可平，這自然是祇顧現象不論律理的典型表現，這就須要用"應平而仄"符，意謂譜中字是仄的，但依律應該用平聲字，如果創作，也不能用仄聲字。

　　本書基本體現了我在詞體韵律學上的一些觀點，我知道我的不少觀點是與主流或傳統的理念格格不入的，所以非常感激一路走來諸位專家、同好對我的容忍。如果您在閱讀中有任何不同的見解或疑問，懇請來函賜告，我的郵箱是 xixibuke@qq.com 和 xixibuke@asia.com（國際），微信號是 xixibuke，也歡迎到我的微信公衆號"老道雅譚"（laodao-yatan）中的本書專欄留言。

　　本書付梓之際，填詞一闋，調寄《攤破喝火令》：

　　　　幾度秋風起，心思向未闌。春光總在卷中蕃。忘了愁歡。

忘了暑與寒。忘了熄燈時候,窗外雨潺潺。　　疏解真何易,安他一韵難。才華天與本堪憐。況欲新翻。況欲出青藍。況欲林間獨步,萬籟已聽殘。

蔡國强

壬寅孟冬初六於杭州西溪抱殘齋

國家社科基金重大項目
"明清詞譜研究與《詞律》《欽定詞譜》修訂"（18ZDA253）

國家古籍整理出版專項經費資助

杭州師範大學人文社會科學振興計劃項目資助

明清詞譜要籍疏解叢書

詞繫韻律詮疏

〔清〕秦巘 ◎ 著

蔡國強 ◎ 考辨

- 叁 -

上海古籍出版社

雨中花慢 九十七字　　　　　　　　　　　張才翁

萬縷青青①。初眠官柳，向人猶未成陰。據雕鞍馬上②，擁
鼻微吟。遠宦情懷誰問，空嗟壯志消沉。正好花時節③，山
城留滯，忍負歸心。　　別離長恨，飄蓬無定，誰念會合難
憑。相聚裏、休辭金盞，酒淺還深。欲把春愁抖擻，春愁轉
更難禁。亂山高處，憑闌垂袖，聊寄登臨。

此與《雨中花》及《雨中花令》皆不同。故另列。

《能改齋漫録》云：張才翁風韵不羈。初仕臨邛秋官，郡守
張公庠待之不厚。會有白鶴之游，郡守率屬官同往，才翁不預。
乃語官妓楊皎曰："老子到彼，必有詩詞，可速寄來。"公庠既到白
鶴，便留題云："初眠官柳未成陰，馬上聊爲擁鼻吟。遠宦情懷消
壯志，好花時節負歸心。別離長恨人南北，會合休辭酒淺深。欲
把春愁閒抖擻，亂山高處一登臨"。皎録寄才翁，才翁增減作《雨
中花》詞。公庠再坐，皎歌於側。公庠問之，皎前稟曰："張司理
却寄來，令皎歌之，以獻臺座。"公庠遂青顧才翁尤厚。

此調與《錦堂春慢》相似而不同。趙長卿一首,於三句作七字,四句六字。後段起處,一六、兩四字,四句七字,七句亦七字,八句四字,九句六字。因俳體不録。

【蔡案】

① 原譜"青"字非韵,各標點本如《全宋詞》也不標韵,因爲本調首句不押韵爲常例,且本詞又是侵韵爲主。但是既然後段首均均脚爲"憑",則意味著"青"字也是韵脚,這種模式就如晁端禮的"小小中庭。深深洞户,誰人笑裏相迎"一樣,並非偶叶,故補入,但本調仍以首句不入韵爲正格。

② 本句對應後段"相聚裏、休辭金盞",依照律理,本句也應爲七字,如葉夢得的"春去也,應知相賞,未忍相違"當是本調正形,但奪二字的體式已經"木已成舟",宋詞的主流填法均爲五字一句。

③ 本調主要變化在前段,後段各家所填如一。本詞宋人填者最多,允爲正格。祇本句原譜作"正是好花時節",而該拍例作五字一句,宋詞皆如此填,未見有六字句者,因擬譜需要,據宋人《能改齋漫録》卷十六删"是"字。

又一體 九十八字 　　　　　　　蘇　軾

初至密州,以旱蝗齋素者累月。方春牡丹盛開,不獲一賞。至九月,忽開千葉一朵。雨中爲置酒作。

今歲花時深院,盡日東風,蕩漾茶烟。但有綠苔芳草,柳絮榆錢。聞道城西,長廊古寺,甲第名園。有國艷帶酒,天香染袂,爲我留連。　　　清明過了,殘紅無處,對此淚灑尊前。秋向晚、一枝何事,向我依然。高會聊追短景,清商不假餘妍。不如留取，十分春態，付與明年。

《畫墁録》謂波唐作《雨中花》，未嘗分別小令、慢曲。原詞不傳，無從訂證。此詞原題所云“旱蝗”，正與波唐打蝗蟲事暗合，想即其時所作。餘見《霜葉飛》下。

前段與張作句法異，後段同。吳則禮一首，於換頭作八字句，是誤筆，不可從。故不録。

又一體 九十七字　　　　　　　　　蘇　軾

邃院重簾，何處惹得多情①，愁對風光。睡起酒闌花謝，蝶亂蜂忙。今夜何人，吹笙北嶺，待月西廂。空悵望處，一株紅杏，斜倚低墙。　　　羞顔易變，傍人先覺，到處被著猜防。誰信道、些兒恩愛，無限凄凉。好事若無間阻[一]，幽歡却是尋常。一般滋味，就中香美，除是偷嘗。

前起一四、一六、一四字，前結三句四字，比前少一字，與張作亦異。

【校記】

［一］原注“間”字去聲。

【蔡案】

① 此詞首拍，若讀爲“邃院重簾何處”六字一句，則即蘇軾前一詞體，《全宋詞》即如此讀。

又一體 九十七字　　　　　　　　　　　　　　　蘇　軾

嫩臉羞蛾，因甚化作行雲，却返巫陽。但有寒燈孤枕，皓月
空牀。長記當初，乍諧雲雨，便學鸞凰。又豈料、正好三春
桃李，一夜風霜①。　　　　丹青畫②，無言無笑，看了謾結愁
腸。襟袖上、猶存殘黛，漸减餘香。一自醉中忘了[一]，奈何
酒後思量。算應負你，枕前珠淚，萬點千行。

　　　　前結一三、一六、一四字，後起一三、一四字，與前兩作異。
餘同第二首。

【校記】

　　[一]原注"忘"字去聲。

【蔡案】

　　① 尾均若讀爲"又豈料正好，三春桃李，一夜風霜"，則與正格
合。因此，這種所謂的不同，實際上並非韵律上的差異，而衹是後人
的閱讀習慣不同而已，今天我們所見的不少"律"，實際上就是這樣形
成的。

　　② 本調後段起拍，宋詞皆爲四字一句，惟此三字，必誤。檢汲古
閣本《東坡詞》，該句爲"丹青□畫"，原奪一字，則正是蘇軾"今歲花
時"詞，全同。

又一體 九十八字①　　　　　　　　　　　　　　葉夢得

寒食前一日，小雨，牡丹已將開。與客置酒，座中戲作。

痛飲狂歌，百計强留[一]，風光無奈春歸。也應知相賞②，未

忍相違。卷地風驚急③，催春暮雨[二]，頓回寒威。對黃昏蕭
瑟，冰膚洗盡，猶覆霞衣。　　　多情斷了，爲花狂惱，故飄萬
點霏微。低粉面、妝臺酒散，淚顋頻揮。可是盈盈有意，祇
應真惜分飛[三]。拚令吹盡，明朝酒醒，忍對紅稀。

> 前段第六句五字，與各家異，餘與蘇同。後段同張作。"強"
> 字仄聲，各家同。"急"字當屬下句，"暮"字衍誤，存參。"歸"字，
> 汲古作"去"，失韵。"回"字不當用平，恐亦有誤。

【校記】

[一]"強"字用◗符標識，意謂必用仄聲。

[二]《石林詞》此二句作"卷地風驚爭催春暮雨"，《全宋詞》讀爲
"捲地風驚，爭催春暮雨"。

[三]原注"應"字平聲。

【蔡案】

① 原本詞作百一字，誤多三字。

② 我們在前面説，前段第二均實際上是脱二字的（參張才翁詞
蔡案②），本詞可證。《石林詞》本均爲"春去也，應知相賞，未忍相
違"，正與後段第二均"低粉面、妝臺酒散，淚顋頻揮"相合，可見本調
正格當如此，而秦巘所據本，已奪二字。

③ 前段第六拍，語意拗澀，疑有衍字，各詞第三均皆爲十二字，
惟此多一字，是蹊蹺處，不可從。秦巘認爲應是"卷地風驚，急催春
雨"，亦可備一説。

又一體 九十七字　　　　　　　　　　　　　　　蔡　伸

寓目傷懷，逢歡感舊[一]，年來事事疏慵。歎身心業重，賦得情濃。況是離多會少，難忘雨跡雲踪。望斷無錦字①，雙鱗杳杳，新雁雝雝。　　良宵孤枕，人遠天涯，除非夢裏相逢。相逢處、愁紅斂黛，還又匆匆。回首綠窗朱户，可憐明月清風。斷腸風月，關河有盡，此恨無窮。

　　　前起三句、六七句，俱同張作。前結同蘇第一首。

【校記】

　　[一]"感"字用◗符標識，意謂必用仄聲。

【蔡案】

　　① 本詞實即張詞體格，惟汲古閣本、吴訥本《友古詞》前段第八拍皆無"望"字，與張詞不同。考究該字，宋詞各家本句皆爲一字逗領起句法，惟此用律句句法，應非是，然本句不用領字者，填者亦多，想"望"字或爲後世淺人妄補。

又一體 九十七字　　　　　　　　　　　　　　　趙長卿

春　雨

宿靄凝陰，天氣未晴[一]，峭寒勒住群葩。倚闌無語，羞辜負年華。柳媚梢頭翠眼，桃蒸原上紅霞。可堪那，盡日狂風蕩蕩，細雨斜斜。　　東君底事，無賴薄倖，著意殘害鶯花。惟是我、惜春情重，説奈咨嗟。故與殷勤索酒，更將簾幕高

遮。對花歡笑,從教風雨^[二],著醉酬他。

　　　　前段第四句四字,五句五字。前結一三、一六、一四字,與各
　　家異。餘同張作。

【校記】

　　[一]"未"字用◑符標識,意謂必用仄聲。

　　[二]原注"教"字平聲。

又一體 九十七字　　　　　　　　　　　　　張孝祥

長　　沙

一葉凌波,十里御風^[一],烟鬟雨鬢瀟瀟。認得江皋玉佩,水
館冰綃。秋净明霞乍吐,曙凉宿靄初消。恨微顰不語,欲進
還休,凝竚迢遥。　　　神交冉冉,愁思盈盈^[二],斷魂欲遣誰
招。還似待、青鸞傳信,烏鵲成橋。悵望胎仙琴疊,羞看翡
翠蘭苕。夢回人遠,紅雲一片,天際笙簫。

　　　　前段第四句六字,與蘇作同。餘同蔡作。惟次句平仄異,同
　　趙作。辛棄疾作亦然。

【校記】

　　[一]"御"字用◑符標識,意謂必用仄聲。

　　[二]"思"字原注去聲。

又一體 九十七字　　　　　　　　　　　　　葛立方

維揚途中小雨,見桃李盛開作。

壯歲嬉游，樂事幾經[一]，青門紫陌芳春。未見廉纖膏雨浥芳
塵①。濯錦寶絲增艷，洗妝玉頰尤新。向韶光濃處，點染芳
菲，總是東君。　　蘇州老子，經雨南園，爲誰一塢花林。
誰信道、佳聲著處，肌潤香勻。曉洗何郎湯餅，暮留巫女行
雲。寄言游子，也須留盼，小駐蹄輪。

　　與趙作同。惟前段第四、五句九字，一氣貫下，差異。

【校記】

　　[一]"幾"字用◑符標識，意謂必用仄聲。

【蔡案】

　　① 此即張詞正體，惟前段第二均讀破異。該均原譜未讀斷，據
《全宋詞》當讀爲四字一句、五字一句。

又一體 九十六字　　　　　　　　　　　京　鏜

玉局祠前，銅壺閣畔[一]，錦城藥市争奇。正紫萸綴席，黄菊
浮卮。巷陌連鑣共轡，樓臺吹竹彈絲。登高望遠①，一年好
景，九日佳期。　　自憐行客，猶對嘉賓，留連豈是貪癡。
誰會得、心馳北闕，興寄東籬。惜別未催鶲首，追歡且醉蛾
眉。明年此會，他鄉今日，總是相思。

　　前段第八句，比張才翁作少二字，餘同。張鬵、謝邁各一首，
與此同。惟起三句與蘇第二、三首同。

【校記】

　　[一]"閣"字用◑符標識，意謂必用仄聲。

【蔡案】

① 此即張詞正體,惟前段第八拍減一領字異,若蔡詞"望"字原無,則本詞亦即蔡詞,全同。

又一體 九十八字　　　　　　　　　　　　　黃庭堅

送彭文思使君

政樂中和,夷夏宴喜[一],官梅乍傳消息。待新年歡計①,斷送春色②。桃李成陰,甘棠少訟,又移旌戟。念畫樓朱閣,風流高會,頓冷談席③。　　　西州縱有,舞裙歌板,誰共茗邀棋敵。歸來未、先霑離袖④,管弦催滴。樂事賞心易散,良辰美景難得。會須醉倒⑤,玉山扶起,更傾春碧。

此用仄韻,與葉作同。

【校記】

[一]"宴"字用◑符標識,意謂必用仄聲。

【蔡案】

① 本句宋人多作六字一句,校之《山谷琴趣外篇》卷一,亦爲六字,應據其改爲"待作新年歡計"。

②"送"字依律爲平,如後二首,一作"空",一作"憐",故黃詞爲敗筆,或其方音入詞,不可從,填者應以平聲爲正,庶幾合律。

③ 本句"冷"字,以上作平,觀後二首一作"觀",一作"妨",即可知。

④ 本句《山谷琴趣外篇》作"歸來未得先沾離袖",多一字,"得"字疑衍。

⑤ 本句秦觀詞作五字,與前段同,當是正格,然宋人多減去該領字。

又一體 九十八字　　　　　　　　　　　　　秦　觀

指點虛無征路,醉乘斑虯[一],遠訪西極。見天風吹落,滿空寒白。玉女明星迎笑,何苦自淹塵域①。正火輪飛上,霧捲烟開,洞觀金碧。　　重重觀閣,橫枕鰲峰,水面倒銜蒼石。隨處有、奇香異火,杳然難測。好是蟠桃熟後,阿環偷報消息。任青天碧海,一枝難遇,占取春色。

　　　與蘇第一首同。祇前段第四句少一字,後段第八句多一字。"異"字,本集作"幽","任"字作"在",誤。

【校記】

　　[一]"醉"字用◗符標識,意謂必用仄聲。

【蔡案】

　　① 仄韵體前段第三均多作四字三句,惟此一首讀破句法,作六字二句,但如此前後段更爲整齊。後段第三均由一字逗領起,亦與前段合。

又一體 九十八字　　　　　　　　　　　　　缺　名

夢破江南春信,漸入江梅暗香初發[一]①。乞與橫斜疏影,爲憐清絶[二]。梁苑相如,平生有賦,未甘華髮。便廣寒,爭遣韶華驚怨,詎妨輕折。　　揚州二十四橋歌吹②,不道畫樓聲歇。生怕有、江邊一樹，要堆輕雪。老去苦無歡事，凌波空有纖襪。恨無好語，何郎風味，定教誰説^[三]。

> 見《梅苑》。體格與蘇第三首同。惟換頭八字句，與各家俱異。

【校記】

[一]"漸"字用◗符標識，意謂必用仄聲。

[二]"爲"字原注去聲。

[三]"教"字原注平聲。

【蔡案】

① 首均實應讀爲"夢破江南，春信漸入，江梅暗香初發"，其中"入"字以入作平。或讀爲一四一六一四。

② 起拍獨異，其實並不異，實爲二字逗領起句法，這原本就是慢詞常用手法，故"揚州"後，應予讀斷爲佳，後領起六字二句。前黃庭堅詞，其實也就是"西州、縱有舞裙歌板，誰共茗邀棋敵"，領六字儷句，京鏜詞，也就是"自憐、行客猶對嘉賓，留連豈是貪癡"。之所以如此，是因爲其韵律原本就有此"基因"在，熟悉詞的韵律就不會覺得怪異、有別。以張才翁詞爲例，其後段首均也可以視爲"別離、長恨飄蓬無定，誰念會合難憑"，領六字儷句，這是宋詞本來面目，而我們今天有這個不同、那個差異，説到底都是從自己的眼光、自己的理解來讀詞，而很少從宋人的角度去考慮。

莫打鴨 二十二字 梅堯臣

莫打鴨，打鴨驚鴛鴦。鴛鴦新向池中浴，不比孤洲老鸂鶒。

> 此以起句爲名，各譜皆不載^①。

《漫叟詩話》云：吕士隆知宣州，好笞妓。適杭妓到，喜之。一日欲笞宣妓，妓曰："不敢辭，但恐杭妓不安。"士隆宥之。梅聖俞爲詞云云。若增一句，即《謝秋娘》也。

【蔡案】

① 此應是聲詩，而非詞，亦非殘詞《謝秋娘》，因《謝秋娘》必以平起，且兩七字句亦未見有如此句法者。別本一作："莫打鴨，打鴨驚鴛鴦。鴛鴦新自南池落，不比孤洲老秃鶬。秃鶬尚欲遠飛去，何况鴛鴦羽翼長。"可見是詩。

賞南枝 <small>百五字</small>　　　　　　　　　　　曾 鞏

暮冬天地閉，正柔木凍折①，瑞雪飄飛。對景見南山，嶺梅露、幾點清雅容姿。丹染萼，玉綴枝。又豈是、一陽有私②。大抵化工獨許[一]③，使占却先時。　　霜威。莫苦禁持[二]。此花根性，想群卉争知④。貴用在和羹，三春裏、不管綠是紅非。攀賞處，宜酒卮。醉撚嗅、幽香更奇。倚闌仗何人去[三]，囑羌管休吹。

《九宫大成》入南詞羽調正曲。許《譜》同。

調見《梅苑》。自度曲，以本意爲名，《詞律》未收。

別無他作可證，平仄宜遵。《梅苑》缺"柔"字，各本缺"山"字，"大抵"下有"是"字，無"使"字，"禁"字作"凌"，"仗"字作"干"。今從《詞譜》本。

【校記】

[一] 四庫本《梅苑》卷一作"大抵是、化工獨許"，多一字。

［二］“禁”原注平聲。

［三］四庫本《梅苑》卷一作“倚闌干、仗何人去”，多一字。

【蔡案】

① “木”字，以入作平。

② “一陽有私”似是兩頓連平，但實際上本句是一領六句法，因此第三字後不宜獨斷，第四字平仄可不拘，而第六字則不可用平聲字。同樣的理由，後段對應句“醉捻嗅幽香更奇”的韵律也是如此。

③ 這一均的韵律結構，是二字逗領四字一句、五字一句。這類結構詞中極多，一字逗、二字逗、三字逗所領的並非一句，而是兩句甚至多句。仔細體味詞意可以悟出，這裏所説的“大抵如此”，該“如此”不是“化工獨許”，而是“化工獨許占却先時”。同樣，後段如果單純理解是“倚闌仗何人去”，便不通，惟整體理解爲“倚闌、仗何人去囑羌管休吹”方通。《全宋詞》所據《梅苑》，這兩句唐先生讀作“大抵是、化工獨許，占却先時”，“倚闌干、仗何人去，囑羌管休吹”，則韵律關係更清晰。

④ 後段首均，今所見諸本的句讀皆誤。之所以都讀錯，是因爲不知“性想”是一個詞，一個詞典中也未收入的佛教用語，唐玄奘《大般若波羅蜜多經》卷三百七十九之《初分諸功德相品第六十八之一》有“於一切法起有性想、成想、實想”語，可證。所以這裏的收拍意謂“此花根的性想，群卉怎知”，所謂“性想”，在這裏就是“本質和行爲”之意。因此，後段的首均仍應讀爲一六一五一四三句，與前段的“正柔木凍折，瑞雪飄飛”絲絲入扣，對應極爲工整，這便是韵律所在。

繫裙腰 五十八字 魏夫人

燈花耿耿漏遲遲。人別後，夜凉時①。西風瀟灑夢初回。誰

念我,就單枕,皺雙眉。　　　錦屏繡幌與秋期。腸欲斷,淚
偷垂。月明還到小窗西。我恨你,我憶你,你争知。

　　　魏夫人乃曾布妻,魏泰之姊。與張先同時。不知何人創
製②,姑繫於此,俟考[一]。

【校記】

　　[一] 本詞《花草粹編》卷十三調名作《芳草渡》。

【蔡案】

　　① 此爲六字句,折腰句法,而非三字兩句。秦巘雖三首皆如是
標點,但在行文中却將該六字均視爲一句,其概念可見十分含糊,此
類句子均應改用頓號"、"斷。後段同。

　　② 竊以爲本調與《芳草渡》實爲一體,詳參卷四《芳草渡》。

又一體 六十一字　　　　　　　　　　　　張　先

清霜蟾照夜雲天。朦朧影,畫勾闌。人情縱似長清月,算一
年年。又能得,幾番圓。　　　欲寄西江題葉字,流不到,五
亭前。東池始有荷新緑,尚小如錢。問何日藕,幾時蓮。

　　　前後第四句不叶韵,五句叶韵,换頭句亦不叶,平仄多不同。
比前作多"算"字、"尚"字、"問"字,皆襯字也。《詞律》謂"問"字
誤多,謬極①。"清霜""清"字,鮑本作"惜",注一作"濃"。"長
清""清"字作"情"。

【蔡案】

　　① 萬樹認爲"問"字衍,是因爲從前後段對應的原則出發,"問"
字確實突兀不諧,秦巘駁之"謬極",而無任何依據,難以服人。

又一體 五十九字　　　　　　　　　　劉儗

山兒轟轟水兒清[一]。船兒似，葉兒輕①。風兒更沒人情[二]。月兒明。廝合造，送行人[三]。　　眼兒籤籤淚兒傾。燈兒更，冷清清。遭逢著、雁兒又沒前程。一聲聲。怎生得，夢兒成。

> 前段第三句六字，後段三句九字，兩三四句均叶韵，與前兩作異。劉儗，一作劉仙倫，字叔儗。未詳孰是。

【校記】

[一] "轟轟"，不通，韵律也誤，顯是"蠱蠱"之誤，當據《絕妙詞選》《花庵詞選》改。

[二] 清徐釚《詞苑叢談》卷十一作"風兒陣陣沒人情"。

[三] 《詞品》及《花草粹編》卷十三作"廝合湊送人行"，《欽定詞譜》卷十三作"廝合造，送人行"，更諧。

【蔡案】

① 此六字，不但韵律是六字句，即便從詞意看，也是上二下四式的六字句，後段"燈兒更，冷清清"與"風兒"句同，尤其不能讀爲三字兩句。便是秦巘自家也是將"風兒"一句視爲第三句，可見毫無句拍理念。

絳都春 百字　　　　　　　　　　　朱淑真[一]

梅

寒陰漸曉[二]。報驛使探春[三]，南枝開早。粉蕊弄香，芳臉
○○●▲　　●◎●●○　　○○○▲　　●●●○　·●

凝酥、瓊枝小[四]①。雪天分外精神好。向白玉、堂前應
○○　○○　▲　　　◎○◎　●○○　▲　　●◎●　○○○

到[五]②。化工不管[六]，朱門閉也，暗傳音耗。　　輕渺。盈
▲　　　●○○●　　○○●●　●○○▲　　○▲　○

盈笑靨，稱嬌面、愛學宮妝新巧[七]。幾度醉吟，獨倚闌干、黃
○○●●　○○●、⊙○○○▲　　●●○○　◎●○○、○

昏後③。月籠疏影橫斜照。更莫待、笛聲吹老[八]。便須折
○▲　　◎○○⊙●○○▲　　●○●　○○○▲　　◎○○

取歸來，膽瓶插了[九]。
●○○　●○●▲

　　　　《九官大成》入南詞黃鐘官引。

　　　　此調不知何人創始，以此首爲最先。《草堂》爲朱敦儒作。

　　　　"到"、"耗"、"照"三字宜用上聲叶。陳詞注可證。"黃昏後"
"後"字不叶，或用江西音通叶，抑寫誤。"凝酥瓊枝"、"闌干黃
昏"，用四平聲。"漸"、"探"、"弄"、"閉"、"暗"、"笑"、"醉"、"膽"、
"插"，諸去聲字各家同，最吃緊。"膽"字上聲，宜用去，"插"字是
以入作去也。前後第五、六句皆七字，上句束上，下句起下，勿誤
認。上句亦可作兩句讀。趙彥端一首，平仄間異，不可從，故
不錄。

【校記】

　　　　[一]本詞《草堂詩餘後集》所收錄，作者爲無名氏，《全宋詞》亦
采此説，可從，應據改。

　　　　[二]"漸"字及第二句"探"字、第四句"弄"字、第九句"閉"字、結
句"暗"字，後段首句"笑"字、第三句"醉"字、結句"膽"字和"插"字用
●符標識，意謂必用去聲。

　　　　[三]"探"字原注去聲。

　　　　[四]"凝酥瓊枝"及後段"闌干黃昏"用○符標識，意謂必用

平聲。

　　〔五〕"應"字原注平聲。

　　〔六〕"不"字原注作平。

　　〔七〕"稱"字原注去聲。

　　〔八〕"笛"字原注作平。

　　〔九〕"膽"原注宜去，"插"原注作去。

【蔡案】

　　① "芳臉"七字原譜不讀斷，但兩句必須讀爲四字一句、三字一托。《欽定詞譜》此處七字亦均不讀斷，詞句因此韵律不諧，總不如萬氏《詞律》句讀精準。按，本調前後段第二均，例作四字儷句，然後三字一托，但是清代詞譜學家但知有"領"，而多不知有"托"，因此每每忽略此等句法，而導致句讀失致，韵律極爲不諧。四字連平本爲律中大忌，但因爲不知有三字托，便臆説爲必須如此，更有認爲這纔是精妙之處的荒謬説法。以本調此二均爲例，如吳文英之"路幕遞香，街馬衝塵、東風細"、"葉吹暮喧，花露晨晞、秋光短"、"問字翠尊，刻燭紅箋、慳曾展"，趙彦端之"舊日文章，如今風味、渾如許"，蔣捷之"細雨院深，淡月廊斜、重簾挂"，京鏜之"十里輪蹄，萬户簾帷、香風透"，丁仙現之"翠幰競飛，玉勒争馳、都門道"等等，手法莫不如此。自然不可讀作四字一句、七字一句。秦巘以爲當作四字連平，多次強調，是不知其中韵律關係，未讀通詞句之故。謹據改。

　　② 本句原譜讀爲上三下四式折腰句，則"白玉堂"已被讀破，語不成句，這裏應是一領六句法，之所以宋詞此處也常有作六字一句，即減去領字而已。後段"更莫"句也是如此。

　　③ 七字原作"獨倚闌干，黄昏後"兩句，誤，詳見蔡案①。又，本句爲主句，均脚所在，"後"字叶韵"巧"、"照"韵，原譜未識，標示爲

"句",甚誤。

又一體 九十二字　　　　　　　　　　　　毛滂

太師生辰

餘寒尚峭[一]。早鳳沼凍開,芝田春到。茂對誕期,天與公春向廊廟。元功開物爭春妙。付與穠華多少。召還和氣,拂開霽色,未妨談笑。　　縹緲。五雲亂處,種雕菰向熟,碧桃猶小。雨露在門,光彩充閭烏亦好。寶熏鬱霧城南道。天錫公任安危[二],二十四考[三]。

> 前段第七句六字,比朱作少一字,與後陳、張二體正合。後段少一七字句,應是缺落,此汲古本,俟考補。兩五句平仄異。

【校記】

[一]"尚"字及第二句"凍"字、第四句"誕"字、第九句"霽"字、結句"未"字,後段首句"亂"字、第四句"在"字、結句"二"字和"四"字用●符標識,意謂必用去聲。

[二]本句後段脫一六字句,據《彊村叢書》本《東堂詞》,爲"天自錫公難老",補足後,則與張榘詞全同。

[三]"十"字原注作平。

又一體 百字　　　　　　　　　　　　　　缺名

東君運巧[一]。向枝頭點綴,瓊英雖小。全是一般,風味花中最輕妙。橫斜疏影當池沼。似弄粉、初臨鸞照。衆芳皆有,深紅淺白，豈能争早。　　莫厭金樽頻倒。把芳酒賞花，追陪歡笑。有願告天，願□多情休教老[二]。奇花也願休殘了。免樂事、離多歡少。易老①。難叙衷腸，算天怎表。

　　見《梅苑》。換頭句叶韵，第二字不叶，結處多重叶一韵。

【校記】

　　[一]“運”字及第二句“點”字、第四句“一”字、第九句“淺”字、結句“豈”字，後段第四句“告”字、結句“算”字和“怎”字用●符標識，參之以前之朱詞，應意謂必用去聲，但“點”字、“淺”字、“豈”字、“怎”字俱爲上聲，“一”字入聲，則無法自圓其説，可見其説之謬。

　　[二]原注“教”字平聲。

【蔡案】

　　①“老”字偶叶，無須讀出。

又一體　九十九字　　　　　　　　　吴文英

余往來清華六年[一]，賦詠屢以感昔傷今，益不堪懷，乃復作此解。

春來雁渚[二]。弄艷冶，又入垂楊如許。困舞瘦腰，啼濕宮黄池塘雨[三]①。碧沿蒼蘚雲根路。尚追想、凌波微步。小樓重上，憑誰爲唱[四]，舊時金縷。　　凝佇。烟蕪翠竹，欠羅袖，爲倚天寒日暮[五]。强醉梅邊[六]，招得花奴，來尊俎。東風須惹春雲住。莫把飛瓊吹去[七]。便教移取薰籠，夜温繡户。

　　　　後段第八句六字,比各家少一字。

【校記】

　　［一］吴文英《夢窗稿》卷二和周密《絶妙好詞》卷四,"清華"後俱有"池館"二字,應據補。

　　［二］"雁"字及第三句"又"字、第四句"瘦"字、第九句"爲"字、結句"舊"字,後段第一句"翠"字、結句"夜"字和"繡"字用●符標識,意謂必用去聲。

　　［三］"宮黄池塘"四字及後段"花奴來尊"四字用○符標識,意謂必用平聲。

　　［四］原注"爲"字去聲。

　　［五］原注"爲"字去聲。

　　［六］原注"梅"字宜仄。

　　［七］朱彝尊《詞綜》卷十九,本句作"更莫把飛瓊吹去",彊村四校本《夢窗詞》作"□莫把、飛瓊吹去",有一脱字符,則與正體同。但吴文英《夢窗稿》卷二和周密《絶妙好詞》卷四俱無"更"字,應是脱誤。

【蔡案】

　　① 此爲三字托結構,"宮黄"後應讀斷。詳參第一首蔡案。

又一體 百字　　　　　　　　　　　　　　　　　吴文英

餞李太博赴括蒼别駕

長亭旅雁^[一]。斂倦羽,寄棲墙陰年晚。問字翠尊,刻燭紅箋慳曾展^{[二]①}。冰灘鳴佩舟如箭。笑烏幘、臨風重岸。可憐垂柳,清霜萬縷,送將人遠。　　吴苑。千金未散。買新賦,共賞文園詞翰。流水翠微,明月清風,平分半^②。花深驛路香不斷[三]。萬玉舞、罘罳東苑。衹應花底春多[四]，軟紅霧暖。

　　換頭句叶二韵，餘同前作。

【校記】

　　[一]“旅”字及第三句“寄”字、第四句“翠”字、第九句“萬”字、結句“送”字，後段第一句“未”字、第四句“翠”字、結句“軟”字和“霧”字用●符標識，意謂必用去聲。

　　[二]“紅篋慳曾”四字及後段“清風平分”四字用○符標識，意謂必用平聲。

　　[三]原注“不”字作平。

　　[四]原注“應”字平聲。

【蔡案】

　　① 此爲三字托結構，托四字儷句“問字翠尊，刻燭紅篋”，故應予讀斷。

　　② 這與前段完全相同，也是一個三字托結構，托四字儷句“流水翠微，明月清風”，但秦巘每將後段讀斷，而前段不讀斷，甚奇。

又一體 九十八字　　　　　　　　　　張　榘

次韵趙西里游平山堂

平山老柳[一]。寄多少勝游，春愁詩瘦。萬叠翠屏，一抹江烟，渾如舊[二]。晴空闌檻今何有。寂寞文章身後。喚回奇事，青油上客，放懷樽酒。　　知不。全淮萬里，羽書静，草緣長亭津埭。小隊出郊[三]，花底賡酬閒時候①。和熏簾幕垂春晝。坐看蓉池波皺。主賓同會風雲，盛名可久。

前後段第八句皆六字，與各家異。

【校記】

　　［一］"老"字及第二句"勝"字、第四句"翠"字、第九句"上"字、結句"放"字，後段第一句"萬"字、結句"盛"字和"可"字用◑符標識，意謂必用去聲。

　　［二］"江烟渾如"四字及後段"賡酬閒時"四字用○符標識，意謂必用平聲。

　　［三］"出"字用●符標識，意謂必用入聲。

【蔡案】

　　① 三字托，第四字後應讀斷。詳參第一首蔡案。

又一體 九十八字　　　　　　　　　　　　　陳允平

鞦韆倦倚[一]，正海棠半坼，不耐春寒。殢雨弄晴，飛梭庭院繡簾閒①。梅妝欲試芳情懶。翠蹙愁入眉彎。霧蟬香冷，霞綃淚搵，恨襲湘蘭。　　悄悄池臺步晚。任紅曤杏靥，碧沁苔痕。燕子未來，東風無語又黃昏。琴心不度春雲遠。斷腸難托啼鵑。夜深猶倚垂楊，二十四欄[二]②。

《日湖漁唱》原注："舊上聲韵，今改平聲。"

前後段第七句六字，各少一字。換頭二字不叶韵，與朱異。"懶"、"晚"、"遠"三字仍以上聲叶，亦平仄互叶也。《詞律》謂"晚"字可不叶，不知何據③。"倦"、"半"、"弄"、"淚"、"恨"、"步"、"未"、"二"、"四"等字，亦去聲，勿誤。"十"字是以入作平。

"痕"、"昏"二韵,不宜雜入元、文韵。《詞律訂》改"痕"作"瘢",
"黃昏"作"春殘","春雲"作"香雲",今仍照原本。

【校記】

〔一〕"倦"字及第二句"半"字、第四句"弄"字、第九句"淚"字、結
句"恨"字,後段第一句"步"字、第四句"未"字、結句"二"字和"四"字
用●符標識,意謂必用去聲。

〔二〕"十"字原注作平。

【蔡案】

① 改爲平韵體後,句法結構改變,七字由仄起改爲平起。

② 後結讀爲"夜深猶倚,垂楊二十四欄",或更諧。

③ 前後段首句,依照律理俱可叶可不叶,慢詞尤其如此,此
爲據。

月華清 九十九字　　　　　　　　　　　　　　朱淑真

梨　花

雪壓亭春,香浮花月,攬衣還怯單薄[一]。欹枕徘徊,又聽一
◎○○○　○○○●　●○○●●　▲　　　　⊙●○○●　●●○

聲乾鵲[二]。粉淚共、宿雨闌干,清夢與、寒雲寂寞[三]。除
○○▲　　●●●　●○○○　○●●　○○●●　　　○

却[四]。是江梅曾許,詩人吟作。　　　　長恨曉風飄泊。且莫
▲　　●○○○●　○○○▲　　　　　　　⊙●●○○▲　○●

遣、香肌瘦減如削①。深杏夭桃,端的爲誰零落。況天氣、妝
●　○○○●○▲　　⊙●○○　○●●○○▲　　◎◎●　○

點清明,對美景、不妨行樂。拚著。向花時喚取,一杯獨酌。
●○○　◎●●　◎○○▲　○▲　　●○○●●　○○○▲

此亦不知何人創製。

　　　　“怯”字、“减”字必仄聲，“除”字、“拚”字必平聲②，勿誤。蔡
松年一首，於三句用仄仄平平平仄，馬莊父於“拚”字用去，皆不
宜從。故不録。

【校記】

　　［一］“怯”字、後段第三句“减”字用◑符標識，意謂必用仄聲。

　　［二］“聽”字及後段第五句“爲”字，原注去聲。

　　［三］“寂”字及後段結拍“一”字、“獨”字，原注作平。

　　［四］“除”字及後段二字句“拚”字，用○符標識，意謂必用平聲。

【蔡案】

　　① 此九字原譜作五字一句、四字一句，四字句兩頓連仄失律。
這一句以律理分析，應對應前段“攬衣還怯單薄”，句法完全一致，以
詞意分析，“莫遣”的，是後六字，而並非“香肌”，故據改如此。如果需
要讀破，作五字一句、四字一句，則平仄需要微調，如洪瑹之“海棠微
綻”。秦巘謂“减”字必仄，是對應前段而斷，不知兩者句法不同，不可
同等觀之也。

　　② “拚”本可讀爲仄聲，所以馬子嚴作“怕裏”，前段亦同，所以無
名氏詞作“此際”，該韵脚本爲輔韵，不押都可，首字自然可平可仄。
秦巘分析用字，喜用“必用”，其實填詞一道，大部分字位並無此理，多
係妄説。

　　華清引 四十五字　　　　　　　　　　　　　　　蘇　軾

　　　　　　感　　舊

平時十月幸蓮湯。玉甃瓊梁。五家車馬如水，珠璣滿路
旁。　　　翠華一去掩方牀。獨留烟樹蒼蒼。至今清夜月①，

依舊過繚墙。

　　《九宮大成》入南詞小石調引。

　　此詠華清池舊事，即以爲名。

【蔡案】

　　① 此類前後段頭尾整齊，而獨中間參差的詞作，最爲可疑，多半中部會存在奪字。如前後段第二拍，疑或前段第二拍爲“□□玉甃瓊梁”，句前脫落一平聲雙音節動字，或後段衍“獨留”二字。而後段第三句，余以爲必是“至今清夜明月”之誤。

昭君怨 四十字 一名《宴西園》《洛妃怨》《一痕沙》　　　蘇　軾

送　別

誰作桓伊三弄。驚破綠窗幽夢。新月與愁烟。滿江天。
⊙●⊙○○▲　⊙●◎○○▲　⊙●●○△　●○△

欲去又還不去。明日落花飛絮。飛絮送行舟。水東流。
◎●○○●▼　⊙●○○●▼　⊙●●○▽　●○▽

　　《詞名集解》云：漢王昭君作《怨詩》，入琴操。樂府吟歎曲有《王昭君》，蓋晉石崇擬其意，作之以教綠珠。陳、隋相沿有此曲，一名《王昭君》，一名《明君詞》，一名《昭君歎》。填詞專名《昭君怨》。

　　朱敦儒詞詠洛妃，名《洛妃怨》。侯寘詞名《宴西園》，一名《一痕沙》，與《點絳唇》之別名不同。

　　凡四換韵①，以此首爲最先。不知何人創製。

【蔡案】

　　① 此爲正格。此類四換韵詞體，四韵部無論是否同部，皆須視

爲換韵,至要。詳參第一首李白《菩薩蠻》詞下注。

又一體 三十九字　　　　　　　　　　　　　　　　蔡　伸

一曲雲和鬆響。多少離愁心上。寂寞掩屏帷。淚沾衣。
最是銷魂處。夜夜綺窗風雨。風雨伴愁眠。夜如年。

　　換頭句五字,比蘇作少一字。

又一體 四十字　　　　　　　　　　　　　　　　周紫芝

滿院融融花氣。紅繡一簾垂地。往事憶年時。祇春知。
風又暖。花漸滿。人似行雲不見。無計奈離情。惡銷凝。

　　後起兩三字句①,皆換叶。多叶一韵,與蘇作異。

【蔡案】

　　① 後起原爲六字,本詞是變律句爲折腰句,但絕非"二句","暖"
字則爲句中韵。

又一體 四十字　　　　　　　　　　　　　　　　劉克莊

牡　丹

曾看洛陽舊譜。祇許姚黃獨步。若比廣陵花。太虧他。
舊日王侯園圃。今日荆榛狐兔。君莫説中州。怕花愁。

　　前後上半不換韵①,下半換韵。

【蔡案】

　　① 此亦換韵,可視爲同部換,猶李白《菩薩蠻》前段用"纖"、

"碧",後用"立"、"急",但體式仍屬四換韵。

又一體 四十字　　　　　　　　　　　　劉克莊

瓊　花

后土宫中標韵。天上人間一本。道號玉真妃。字瓊姬。

我與花曾半面。流落天涯重見。莫把玉簫吹。怕驚飛。

> 上半換韵,下半不換韵①。

【蔡案】

① 此亦換韵,可視爲同部換,猶李白《菩薩蠻》前段用"織"、"碧",後用"立"、"急",但體式仍屬四換韵。

卜算子 四十四字　一名《缺月挂疏桐》《孤鴻》《楚天遥》《百尺樓》　　　　　　　　蘇　軾

詠　雁

缺月挂疏桐,漏斷人初静。時見幽人獨往來,縹緲孤鴻

◎●●○○　◎●○○▲　⊙●○○●●○　◎●○○

影。　　　驚起却回頭,有恨無人省。揀盡寒枝不肯棲,寂寞

▲　　　　⊙●●○○　◎●○○▲　◎●○○●●○　○●

沙洲冷①。

○○▲

> 《高栻詞》注仙吕調,《九宫大成》入南詞仙吕宫引。
>
> 因首句又名《缺月挂疏桐》,以第四句又名《孤鴻》。僧晦有"目斷楚天遥"句,名《楚天遥》。秦湛詞有"極目烟中百尺樓"句,名《百尺樓》。《詞譜》以《眉峰碧》爲別名,兩結句不同,似非一

調，故不注。

　　王楙《野客叢書》云：東坡在惠州白鶴觀，有溫都監女，年十六，有色，不肯嫁。聞坡至，喜曰："吾婿也。"每夜聞坡諷詠，徘徊窗外。坡覺，女踰墻去。坡從而物色之，溫具言其事。坡曰："吾當呼王郎，與子爲姻。"未幾，坡渡海，議不諧，其女遂卒。坡回，悵然賦此詞。《女紅餘志》亦載其事。女名超超。《古今詞話》云：詞爲詠雁，當別有寄托，何得以俗情附會也（節録）。愚按：坡公渡海時，年已六十餘，未必有是事。當以《古今詞話》爲是。

　　末句，一本作"楓落吳江冷"。

【蔡案】

　　① 前後段結拍，本調或添一字，作六字折腰句。但此類添字法而成六字句，應以單起式句法爲正，如後一首張先作即是，因爲其添字實爲添一領字，該句的句法本質上是"但、自學孤鸞照"、"問、尺素何由到"，衹是習慣上都讀爲三三式折腰而已。但正因爲律理如此，所以第三字便不可填平聲字。因此，如歐陽修雙起式的"今世裏、教孤冷"者，便是敗筆，而黃童式"奚止朝朝暮暮"者，尤爲誤筆。

又一體　四十六字　　　　　　　　　　　張　先

夢短寒夜長，坐待清霜曉[一]。臨鏡無人爲整妝，但自學、孤鸞照。　　樓臺紅樹杪。風月依前好。江水東流郎在西，問尺素、何由到。

　　後起句叶韵，兩結句各六字，與蘇異。杜安世一首與此同，衹兩起句平仄反。"坐"、"自"、"尺"可平。

【校記】

[一]"坐"字及前結句"自"字、後結句"尺"字,原注可平。

又一體 四十五字　　　　　　　　　　　　　徐　俯

天生百種愁,挂在斜陽樹。緑葉陰陰占得春,草滿鶯啼處。　　不見凌波步。空憶如簧語。門外重重叠叠山,遮不斷、愁來路。

前結五字,後結六字,兩起句平仄亦異。

又一體 四十六字　　　　　　　　　　　　　杜安世

深院花鋪地。澹澹陰天氣,①水殿風微朱明景,又別是、愁情味。　　有情奈無計。謾惹成憔悴。欲把羅巾暗傳寄。細認取、斑點淚。

首句起韵,兩三句平仄拗,後三句叶韵,餘同張作。"取"字一本作"處"。

【蔡案】

① 本句應爲叶韵,原譜作"句",應是筆誤。

又一體 四十五字　　　　　　　　　　　　　黃公度

薄宦各東西,往事隨風雨。先是離歌不忍聞,又何况、春將暮。　　愁共落花多,人逐征鴻去。君向瀟湘我向秦,後會知何處。

前結六字,後結五字。

又一體 四十四字 石孝友

見也如何暮。別也如何遽。別也應難見也難[一],後會難憑據。　　去也如何去。住也如何住。住也應難去也難,此際難分付。

前後起句皆叶韵,餘同蘇作。

【校記】

[一]"應"字與後段第三句"應"字,原注平聲。

又一體 四十五字 施酒監

相逢情更深,恨不相逢早。識盡千千萬萬人,終不似、伊家好。　　別爾登長道。轉覺添煩惱。樓外朱樓獨倚闌,滿目圍芳草。

《詞苑叢談》云:杭妓樂苑與施善,施嘗贈以此詞。與黃體同,惟後起句多叶一韵。

占春芳 四十六字 蘇 軾

紅杏了,夭桃盡,獨自占春芳。不比人間蘭麝,自然透骨生香。　　對酒莫相忘。似佳人、兼合明光。祇憂長笛吹花落,除是寧王。

此以第三句立名,他無作者。

《歷代詩餘》題作《詠梨花》。

瑶池燕 五十一字　　　　　　　　　蘇　軾

琴曲有《瑶池燕》,其詞不協,而聲亦怨咽。變其詞作閨怨,寄陳季常。此曲奇妙,勿妄與人。

飛花成陣。春心困。寸寸。別腸多少愁悶。無人問。偷啼自揾。殘妝粉。　　抱瑶琴、尋出新韵[一]①。玉纖趁。南風未解幽愠。低雲鬟。眉峰斂暈。嬌和恨。

此與《宴瑶池》及《八聲甘州》之別名皆無涉。據原題,當是創製。《詞律》云:"燕"當作"讌"或"宴"。愚按:燕樂、燕喜,《詩經》本通用。《樂府雅詞》名《瑶池宴令》,廖正一作,誤。賀鑄亦有此體。舊譜謂因《越江吟》句更名,遂併爲一調。不知此詞自序,明白曉暢,何得混併。此本譜所以必録詞題也。

"寸"字、"趁"字、"揾"字、"暈"字,俱是藏韵②,蘇詞中多用之。説見《點絳唇》下。"出"字、"玉"字,賀詞用平聲,此是以入作平。"啼"字,《詞律》作"期",誤。"新"字,葉《譜》作"幽"。

【校記】

[一]原注"出"字及後一句"玉"字可平。此説甚誤。但秦巘備注中謂是以入作平,是"可平"與"作平",二者有別。

【蔡案】

①"出"字若作上三下四句法,則可謂以入作平,若作一六式句法,則仍以仄視之,"玉"字作平便無謂。此二字本就可以作平,因此

謂其可平便悖,秦巘這一概念極爲混亂。在此謂其可平,本質上是認定該字爲仄聲,但是根據韵律可知,"出"字必須用平,故"出"字作平無疑,若是一可平的仄聲字,則本句便違律。

② 秦巘謂"寸"、"趁"、"搵"、"暈"是藏韵,藏韵,即句中短韵,"陣"字亦是,蘇易簡詞,起拍作"非花非霧瑤池宴",可證。又,"寸"字若爲句中短韵,則其原句當是"寸寸別腸"四字,而非八字,然則"多少愁悶"句便失律,故"寸"字及所對應之"趁"字,應非句中短韵。

翻香令 五十六字　　　　　　　　　　蘇　軾

金爐猶暖麝煤殘。惜香更把寶釵翻。重勻處、餘熏在,這一般、氣味勝從前。　　背人偷蓋小蓬山。更拈沈水與同燃。且圖得、氤氳久,爲情深、嫌怕斷頭烟。

此以次句立名,無他作者,應屬創製。

"勻"字,汲古、《詞律》作"聞","般"字作"番","拈"字作"將","與"字作"暗"。"更"字,葉《譜》作"愛","燃"字作"煎",據《樂府雅詞》訂正。

荷華媚 六十字　　　　　　　　　　蘇　軾

荷　花

霞苞露荷碧。天然地、別是風流標格。重重青蓋下[①],千嬌照水,好紅紅白白。　　每悵望、明月清風夜,甚低迷不語,夭邪無力[②]。終須放、船兒去,清香深處,任看伊顏色。

此詠本意,亦無他作。

　　“露”字，汲古、《詞律》作“霓”[一]，“悵”字作“恨”，“夭”字作“妖”，“任”字作“住”，句讀亦誤。此傳寫之訛，校讎不精，貽誤非淺。今從《詞律訂》。

【校記】

　　[一]“霓”字又誤爲“電”字，見《全宋詞》。

【蔡案】

　　① 此類宋詞小令，捫其韵律，本句或脱一字，原句應是“●重重、青蓋下”，對應後段“終須放、船兒去”，方諧。

　　② 此九字以律爲先則應讀爲“甚低迷、不語夭邪無力”，以一個句拍顯示，作第一均的收拍，並對應前段“天然地、別是風流標格”。

感皇恩　六十七字　　　　　　　　　　蘇　軾[一]

暖律破寒威，春回宮柳。晴景初曦上元候[二]。禁城烟火，移
◎●●○○　　○○○▲　⊙●○○○●▲　　◎○○●　⊙

下一天星斗。素娥凝碧漢，明如畫。　　　繡轂電轉[三]，錦韉
●○○○▲　　●○○●●　○○▲　　　　○●●●　●○

飛騾。九踏笙歌按新奏。勝游方凝[四]，忽聽曉鐘銀漏。兩
○▲　　◎●○○●○▲　　○○○●　忽聽曉鐘銀漏　●

兩歸去也[五]，應回首。
○○●●　　○○▲

　　與張先之《感皇恩》不同。句法既別，平仄韵亦異。故分列。
　　“上元候”、“按新奏”，各家多用仄平仄。“電”字必用去聲，勿誤。宋人皆從此體。晁補之一首同。“轉”字各家皆用平。

【校記】

　　[一]《樂府雅詞拾遺》收録本詞，作者佚名，詞非蘇軾所作。

　　［二］"上元候"三字及後段"按新奏"三字,原譜用◑○◑符標識,意謂必用仄平仄。

　　［三］原注"轉"字作平。"電"字用⬤符標識,意謂必用去聲。

　　［四］原注"凝"字去聲。

　　［五］後"兩"字原注作平。

又一體 六十七字　　　　　　　　　　　　賀　鑄

蘭芷滿汀洲,游絲橫路。羅襪塵生步[一]。回顧[二]。整鬟顰黛,脉脉多情難訴。細風吹柳絮。人南渡。　　回首舊游[三],山無重數。花底深朱户。何處。半黃梅子,向晚一簾疏雨。斷魂分付與。春歸去。

　　　　前後兩三句五字,叶韵。下二字屬下句,藏韵①。兩七句亦叶韵。

【校記】

　　［一］"步"字及後段第三句"户"字用◑符標識,意謂必用仄聲。按,本調叶仄聲韵,自然須用仄聲字,此注蛇足,無謂。

　　［二］"回顧"二字及後段"何處"二字,用○◑符標識,意謂必用平仄聲。

　　［三］"舊"字用⬤符標識,意謂必用去聲。

【蔡案】

　　① 較之前一首可知,"回顧"、"何處"本屬前一句,讀破後屬後句,而本身則由原來的句脚韵變成爲藏韵。這是製作詞調、變化韵律的一種方式。

又一體 六十七字　　　　　　　　　　　　晁冲之

蝴蝶滿西園，啼鶯無數。水閣橋南路[一]。凝佇[二]。兩行烟柳，吹落一池風絮。鞦韆斜挂起，人何處。　　把酒勸君[三]，閒愁莫訴。留取笙歌住。休去。幾多春色，怎禁許多風雨[四]。海棠花謝也，君知否。

> 與賀作同，祇前後兩七句不叶韵，同蘇作。

【校記】

　　[一]"路"字及後段第三句"住"字用◑符標識，意謂必用仄聲。按，本調叶仄聲韵，自然須用仄聲字，此注蛇足，無謂。

　　[二]"凝佇"二字及後段"休去"二字，用○◑符標識，意謂必用平仄聲。

　　[三]"勸"字用●符標識，意謂必用去聲。

　　[四]原注"禁"字去聲。

又一體 六十五字　　　　　　　　　　　　趙長卿

送 林 縣 尉

碧水浸芙蓉，秋風楚岸。三歲光陰轉頭換[一]。且留都騎，未許匆匆分散。更持杯酒殷勤勸。　　休作等閒[二]，別離人看。且對笙歌醉須拚。如君才調，掌得玉堂詞翰。定應不久勞州縣[三]。

> 兩結各七字，比各家少一字。餘同蘇作。

【校記】

　　[一]"轉頭換"三字及後段"醉須拚"三字,原譜用◑○◑符標識,意謂必用仄平仄。

　　[二]"等"字用●符標識,按前詞秦巘所注,則意謂必用去聲,惟"等"爲上聲,謬。

　　[三]"應"字原注平聲。

又一體　六十八字　　　　　　　　　　周紫芝

竹坡老人步上南岡,得堂基於孤峰絶頂間。喜甚,戲作長短句。

無事小神仙,世人誰會。著甚來由自縈繫[一]。人生須是,做些閒中活計[二]①。百年能幾許。無多子。　　近日謝天[三],與片閒田地。作個茅堂待打睡[四]。酒兒熟也,贏取山中一醉。人間如意事。祇此是[五]。

　　　　後段次句五字,比蘇作多一字。兩六句亦叶韵,"許"字是借叶。魚、虞與支、時通叶,宋人中頗有之。

【校記】

　　[一]"自縈繫"三字及後段"待打睡"三字,原譜用◑○◑符標識,意謂必用仄平仄。

　　[二]原注"些"字上聲。

　　[三]"謝"字用●符標識,按前詞秦巘所注,則意謂必用去聲。

　　[四]"打"字原注作平。

　　[五]"祇此"二字原注作平。

【蔡案】

　①“些”字在本句爲平聲之字義，但可借音作去聲，豈能徑作上聲讀。

又一體 六十六字　　　　　　　　　　　　　　　韓　玉

廣東與康伯可

遠柳緑含烟，土膏纔透。雲海微茫露晴岫[一]。故鄉何在，夢寐草堂溪友。舊時游賞處，誰携手。　　塵世利名[二]，於身何有。老去生涯殢樽酒。小橋流水，一樹雪香瘦[三]。故人今夜月，相思否。

　　　　　　見《東浦詞》。後段第五句五字，與各家異。恐誤脱一字。

【校記】

　[一]“露晴岫”三字及後段“殢樽酒”三字，原譜用●○●符標識，意謂必用仄平仄。

　[二]“利”字用●符標識，按前詞秦巘所注，則意謂必用去聲。

　[三]朱彝尊《詞綜》卷二十六收録本詞，本句作“一樹雪香寒瘦”，與諸家同，應據補。又，《翰墨大全》無名氏詞，亦有“國賴維城力”五字一句者，必奪。

又一體 六十六字　　　　　　　　　　　　　　　汪　莘

年少尋芳，早春時節。飛去飛來似蝴蝶[一]。如今老大，懶趁五陵豪俠。夢中時聽得，秦簫咽。　　割斷人間[二]，柳枝桃葉。海上書來恨離別。舊游還在，空鎖雲霞萬叠。舉杯相憶處,青天月。

　　　　首句四字,與各家異[三]。

【校記】

　　[一]"似蝴蝶"三字及後段"恨離別"三字,原譜用●○●符標識,意謂必用仄平仄。

　　[二]原注"人"字宜仄。按,依律可平。

　　[三]首拍少一字者,是奪誤,應據《方壺存稿》補,作"年少好尋芳"。

　　祝英臺近 七十七字　或無"近"字。一名《燕鶯語》
　　　　　　　《寒食詞》《月底修簫譜》《英臺近》　　　　　　蘇　軾

惜　　別

挂輕帆,飛急槳,還過釣臺路[一]。酒病無聊,欹枕聽鳴
●○○　○●●　○○●○▲　　◎●○○　○●●○
櫓[二]。斷腸簇簇雲山,重重烟樹。回首望、孤城何處。
▲　　◎○○●○○　○○○▲　⊙◎●　○○○▲
間離阻。誰念縈損襄王,何曾夢雲雨。舊恨前歡,心事兩無
●○▲　⊙◎○●○○　○○●○▲　◎●○○　○●●○
據。要知欲見無由,癡心猶自①。倩人送、一聲傳語。
▲　●○◎●○○　○○○⊙▲　●○●　●○○▲

　　　　高栻詞注越調,《九宮大成》入南詞越調引。

　　　　呂渭老詞無"近"字。韓淲詞有"燕鶯語"句,名《燕鶯語》。又有"却又在他鄉寒食"句,名《寒食詞》。張輯詞有"趁月底重修簫譜"句,名《月底修簫譜》②。周密詞名《英臺近》。

　　　　"釣臺路"、"聽鳴櫓"、"間離阻"、"夢雲雨"、"兩無據",俱當

用仄平仄，勿誤。“樹”字叶，後段不叶。

【校記】

　　[一]“釣臺路”三字及“聽鳴櫓”、“間離阻”、“夢雲雨”、“兩無據”，原用◐○◐符標識，意謂必用仄平仄。

　　[二]“聽”字及過片句“間”字，原注去聲。

【蔡案】

　　①“自”字是以借叶，秦巘在前一調《昭君怨》周紫芝詞下注云“魚、虞與支、時通叶，宋人中頗有之”，正是宋詞一特色。本句即前段“重重烟樹”句，對應叶韵。

　　②“燕鶯語”、“寒食詞”之類實爲詞名，而非調名。詞名與調名之區別，在前者祇對應某一首具體的詞作，而後者則對應整個詞調，可以適用於所有同格或同體的詞作。但兩者之間也有可以轉化的基礎，當一個詞名被時人普遍接受之後，即成爲通用的調名，而“燕鶯語”、“寒食詞”乃至“月底修簫譜”均未被宋元人襲用，因此祇能算是詞名，“月底修簫譜”雖然在清代被一些詞人使用，但在詞譜學慣例中，明清詞例不作爲書證引用。

又一體 七十七字　　　　　　　　　　趙長卿

武陵寄暖紅諸院

記臨歧，銷黯處。離恨添歌舞[一]。恰是江梅，開遍小春暮。斷腸一曲金衣，兩行玉筯。酒闌後、欲行難去。　　　惡情緒。因念錦幄香奩，別來負情素。冷落深閨，知解怨人否。料應寶瑟慵彈[二]，露華懶傳。對鸞鏡、終朝凝佇。

次句即起韵，兩第七句皆叶韵，與前異。"深"字，一本作
"香"，今從汲古。

【校記】

[一]"添歌舞"三字及"小春暮"、"惡情緒"、"負情素"、"怨人
否"，原用◐○○◑符標識，意謂必用仄平仄。

[二]"應"字原注平聲。

又一體 七十七字　一名《寶釵分》《桃葉渡》　　　　　辛棄疾

晚　春

寶釵分，桃葉渡。烟柳暗南浦[一]。怕上層樓，十日九風雨。
斷腸點點飛紅，都無人管，倩誰喚、流鶯聲住。　　　鬢邊覷。
試把花卜歸期，纔簪又重數。羅帳燈昏，哽咽夢中語。是他
春帶愁來，春歸何處。却不解、帶將愁去。

> 因起句，名《寶釵分》，又名《桃葉渡》。
>
> 張端義《貴耳集》云：呂婆，呂正己之妻。正己爲京畿漕，有
> 女事辛幼安，因以微事觸其怒，竟逐之。今稼軒《桃葉渡》詞，因
> 此而作。
>
> 次句亦起韵。後段第七句亦叶。《詞譜》共收八體，惟押韵
> 不押韵之異。"倩誰喚"三字，一本作"更誰勸"。

【校記】

[一]"暗南浦"三字及"九風雨"、"鬢邊覷"、"又重數"、"夢中
語"，原用◐○○◑符標識，意謂必用仄平仄。

又一體 七十八字　　　　　　　　　　　　　黎廷瑞

彩雲空，香雨霽。一夢千年事[一]。碧幌如烟，却扇試新睡[二]。恁時楊柳闌干，芙蓉池館，還祇似、如今天氣。

遠山翠。空相思、淡埽修眉，盈盈照秋水。落日西風，借問雁來未。祇愁雁到來時，又無消息，祇落得、一番憔悴。

　　　後段次句七字，比各家多一字。

【校記】

　　[一] 原注"千"字宜仄。"年事"二字用○◑符標識，意謂必用平仄。

　　[二] "試新睡"及"遠山翠"、"照秋水"、"雁來未"，原用◑○◑符標識，意謂必用仄平仄。

又一體 七十七字　　　　　　　　　　　　　陳允平

待春來，春又到，花底自徘徊。春淺花遲，携手爲花催[一]。
●○○　○●●　○●●○△　○●○○　○●●○△

可堪碧小紅微，黃輕紫艷，東風外、妝點池臺。　　且銜杯。
●●●○○　○●●●　○○●、○●○△　　●○△

無奈年少心情，看花能幾回。春自年年，花自爲春開。是他
○●○○○○　●○○●△　○●○○　○●●○△　●○

春爲花愁，花因春瘦，花殘後、人未歸來。
○●○○　○○●●　○○●、○●●△

　　　此用平韵，見《日湖漁唱》。

　　　愚按：陳允平自度曲甚少，祇改用韵脚①，此其一也。

【校記】

　　[一] 本詞三處"爲"字,原注俱用去聲。

【蔡案】

　　① 本詞陳允平改韵,故字句與蘇軾詞同。

又一體 七十七字　　　　　　　　　　　　　　　蘇茂一

結垂楊,臨廣陌,分袂唱陽關。穩上征鞍。目極萬重山。歸
鴻若到伊行,丁寧須記,寫一封、書報平安。　　　漸春殘。
是他紅褪香收,絹淚點斑斑。枕上盟言。都做夢中看。銷
魂啼鴂聲中,楊花飛處,斜陽下、愁倚闌干。

　　　　與陳作同,亦用平韵。惟前後第四句皆叶韵,略異。"斑斑"
　　一作"成斑"。

憐薄命 七十七字　　　　　　　　　　　　　　　戴復古妻

惜多才,憐薄命,無計可留汝[一]。揉碎花箋,忍寫斷腸句。
道傍楊柳依依,千絲萬縷。抵不住、一分愁緒。　　　如何
訴[二]。便教緣斷今生,此身已輕許。指月盟言,不是夢中
語。後回君若重來,不相忘處,把杯酒、澆奴墳土。

　　　　以次句爲名。與《祝英臺近》無異,實是一調,故類列。《圖
　　譜》改名《揉碎花箋》,杜撰無理①。《詞律》未收。
　　　　《輟耕録》云:戴石屏未遇時,流寓江右。武寧有富家翁,愛
　　其才,以女妻之。居二三年,忽欲作歸計。妻問其故,告以曾娶。

妻白之父，父怒。妻宛曲解釋，盡以奩具贈夫，仍餞以詞云云。
夫既別，遂赴水死。可謂賢烈也已。

《輟耕録》本，缺後起三句十四字，今從葉申薌《本事詞》補。
"指"字，一本作"捉"。

【校記】

[一] "可留汝"與後"斷腸句"、"已輕許"、"夢中語"，原用❶○❶
符標識，意謂必用仄平仄。

[二] "如"字原注宜仄。"何訴"用○❶符標識，意謂必用平仄。

【蔡案】

① 本詞即蘇詞正體，惟後段第七拍叶韵異。"憐薄命"也並非調
名，是類似詞中短序的詞名。而"揉碎花箋"一名，本質上亦同。

皂羅特髻 八十一字　　　　　　　　　蘇　軾

采菱拾翠，算似此佳名，阿誰消得。采菱拾翠，稱使君知
客[一]。千金買，采菱拾翠，更羅裙、滿把真珠結。采菱拾翠，
正髻鬟初合。　　　真個、采菱拾翠，但深憐輕拍。一雙手，
采菱拾翠，繡衾下、抱著俱香滑。采菱拾翠，待到京尋覓。

此調他無作者①，汲古於調下注"采菱拾翠"四字，不知何
據，似非調名。凡用"采菱拾翠"七句，余謂時曲有品頭，即過腔
也，有聲無辭，停歌待拍。如《采蓮曲》之"舉棹"、"年少"等體。
或即《采菱曲》歟？

篇中五字句凡七，用上二下三字者二，上一下四字者五，
勿誤。

【校記】

［一］"稱"字原注去聲。

【蔡案】

① 本詞前段四均，後段三均，體例失均殘缺，依律理，"真個"後應奪十三字，補足後，則本調顯係一添頭體式。惜無別詞可校，俟達人斷之。

踏青游　八十四字　　　　　　　　　　　　蘇　軾

改火初晴，緑遍禁池芳草。鬥錦繡、大城馳道。踏青游，拾翠惜，襪羅弓小。蓮步裊。腰肢佩蘭輕妙①。行過上林春好。　　今困天涯，何限舊情相惱。念摇落、玉京寒早。任關心，空目斷，蓬山難到。仙夢杳。良宵又還過了。樓臺萬象清曉。

　　　前無作者，想以詞句爲名。

【蔡案】

① "腰肢"二字是逗，後段"良宵"亦同。

又一體　八十四字　　　　　　　　　　　　王　詵

金勒狨鞍，西城嫩寒春曉。路漸入、垂楊芳草。過平堤，穿緑徑，幾聲啼鳥。是處裏，誰家杏花臨水，依約靚妝斜照。　　極目高原，東風露桃烟島。望十里、紅圍翠繞。更相將，乘酒興，幽情多少。待向晚，從頭記將歸去，説與鳳樓人道。

《詞律》爲周邦彥作,《片玉詞》不載,誤。今從《歷代詩餘》本。前後第七、八句不叶韵。

又一體 八十三字　　　　　　　　　　缺　名

贈妓崔廿四

識個人人,恰止二年歡會。似賭賽、六隻渾四。向巫山、重重去如魚水①。兩情美。同倚畫闌十二。倚了又還重倚。　　兩日不來,時時在人心裏。擬問卜、常占歸計。拚三八清齋,望永同鴛被。到夢裏。驀然被人驚覺,夢也有頭無尾。

《能改齋漫録》云:政和間,一貴人未達時,嘗游妓崔廿四之館。因其行第,作《踏青游》詞云云,都下盛傳。

"向巫山"句九字,"拚三八"二句各五字,與前異。《詞律》不收,謂有誤字,其意總須前後段相同。不知變換句法,詞中似此者甚多,殊覺大謬②。"美"字、"裏"字叶韵,與蘇同。"二"字叶,後段"覺"字不叶,"裏"字重押。

【蔡案】

① 前段"向巫山"下九字,各家皆爲折腰式六字一句、四字一句,本詞不應少一字,且"重重去如魚水"亦莫知所云,原文必是"向巫山、重重去,□如魚水",奪一字。

② 由此可見,秦巘之見識遠不如萬樹。變化句法固然可以前後句法不同,但不會因此少字,而"前後段相同"乃是詞中基本韵律特

徵，但凡前後不對應者，每每因爲衍奪而致，其例多矣。即便今日之歌曲，也多有這種樣式，兩段乃至多段歌詞文字相等，這是一種歌詞音樂性的基本韵律規則，更何況近體格律詩。

又一體 八十四字　　　　　　　　　缺　名

嶺上梅殘，堤畔柳眠嬌小。綻數枝、橫烟臨沼。既大雅，且穠麗，繁而不擾。冒寒來，游蜂戲蝶尚阻，年年占得春早。　　　澹白輕紅清杳。迎芳道①。更情與、碧天如埽。魏臺妝，吳姬袖，妖妍多少。爲傳語，無言分付甘桃李②，不比閒花浪草。

　　　　見《梅苑》。後起二句，一六、一三字，八句七字，比各家多
　　　一字。

【蔡案】

　　① 黃大輿《梅苑》卷四，這兩句作“澹白輕紅，清香乍迎芳道”，本調第二句拍本以六字一句爲正，且有一種填法因王詵“東風露桃烟島”的誤導，而填爲平平仄平平仄這樣的不律句式，如另一個無名氏作“時時在人心裏”。因此，本詞該句應該據補一字，仍舊讀爲四字一句、六字一句。

　　② 此七字句句意不通。《梅苑》本句無“甘”字，應據删。

醉翁操 九十一字　　　　　　　　　蘇　軾

琅琊山水奇麗，泉鳴空澗，若中音會。六一居士作醉翁亭其上，欣然忘歸。既去十餘年，好奇之士沈遵往游，以琴寫其聲，

曰《醉翁操》。節奏疏宕，音韵和暢，知琴者以爲絕倫。然有聲無詞，醉翁爲之作歌，而與琴聲不合，又引楚詞作醉翁引，好事者亦倚其詞以製曲，而琴聲爲詞所縛，非大成也[一]。後三十餘年，公既捐館舍，遵亦隕久矣。有廬山玉澗道人，特妙於琴。恨其曲之無傳，乃譜其聲，請於軾，以補之，爲《醉翁操》云。

琅然。清圓。誰彈。響空山。無言。惟翁醉中和其天。月明風露娟娟[二]。人未眠。荷蕢過山前。曰有心也哉此賢[三]①。　　醉翁嘯詠，聲和流泉[四]。醉翁去後，空有朝吟暮怨[五]。山有時而童巔。水有時而回川②。思翁無歲年。翁今爲飛仙。此意在人間。試聽徽外三兩弦。

　　《九宮大成》入南詞正宮正曲，許《譜》同。

　　此本琴曲，辛棄疾編入詞中，遂沿爲詞調。詞之以“操”名者僅此。辛作平仄照注，餘當謹守。

　　亦見《澠水燕談錄》。“響”字作“嚮”，“翁醉中”三字作“有醉翁”，“賢”字作“弦”，“暮”字作“夜”，“川”字作“淵”，“三兩”二字作“兩三”。前段下注云：第二疊泛聲同此。

【校記】

　　[一]《東坡全集》卷三十二作“非天成也”，應據改。

　　[二] 原注“明”字及後一句“人”字、後段第四句“空”字、第五句“山”字、第七句“思”字、結句“徽”字可仄。

　　[三] 原注“有”字和“也”字可平。

　　[四] 原注“和”字去聲。

　　[五] 原注“怨”字和後結句“聽”字平聲。

【蔡案】

　　① 前段結拍原作七字一句,聲律與詞意皆不諧,且本詞好短句,可點讀爲"曰有心也哉,此賢"。

　　② 六字句通常作二二二讀,故"山有時"下十二字,當讀爲折腰式二句方洽,原作六字二句,則有"時而"連讀之虞,顯爲誤讀。

　　意難忘 九十二字　　　　　　　　　　　　蘇　軾

妓　館

花擁鴛房。記拖肩髻小,約鬢眉長。輕身翻燕舞,低語囀鶯
⊙●○△　●●○●●　◎●○△　○○●●●　⊙●●○

簧。相見處,便難忘。肯親度瑶觴。向夜闌,歌翻郢曲,帶
△　○●●　●○△　●○●○○　●●○　○○●●　◎

換韓香。　　　別來音信難將。似雲收楚峽,雨散巫陽。相
●○△　　　○○○●○△　●○○●●　●●○○　○

逢情有在,不語意難量。些個事,斷人腸。怎禁得悽惶。待
○○●●　◎●●○△　●●●　●○△　◎●●○△　●

與伊,移根換葉,試又何妨。
●○○　○○●●　◎●○△

　　高杙詞注南呂調,《九宮大成》入南詞南呂宮引,《歷代詩餘》
云:仙呂曲也,取以名詞。汲古注:原刻不載。

　　滿庭芳 九十五字① 　一名《瑣陽臺》《瀟湘夜雨》《滿庭霜》
　　　　　　　《梧桐鄉》[一]《江南好》《滿庭花》　　　　蘇　軾

警　悟

蝸角虛名,蠅頭微利,算來著甚乾忙。事皆前定,誰弱又誰

强。且趁閒身未老，儘放我、些子疏狂^[二]。百年裏、渾教是醉，三萬六千場。　　思量。能幾許，憂愁風雨，一半相妨。又何須抵死，説短論長。幸對清風皓月，苔茵展、雲幕高張。江南好、千鍾美酒，一曲滿庭芳。

《太平樂府》注中吕宮，高栻詞注中吕調，《九宮大成》入南詞中吕宮引。

周邦彥詞名《瑣陽臺》，周紫芝詞名《瀟湘夜雨》，與趙長卿正調不同。葛立方詞名《滿庭霜》，韓淲詞有"甘棠遺愛，與話桐鄉"句，名《話桐鄉》。吳文英因蘇詞有"江南好"句，名《江南好》。張埜詞名《滿庭花》。

換頭第二字叶韵。"何須抵死"四字，平仄與各家互異。

【校記】

〔一〕應是"話桐鄉"之誤。

〔二〕原注"儘放我"三字及後句"百"字、後段第三句"一"字、第四句"抵"字、結句"一"字可平。"些"字及結句"三"字、後段第二句"風"字、第七句"茵"字和"雲"字可仄。

【蔡案】

本詞是否創調，不能妄斷，而秦巘在秦觀詞下所言，兩條理由均不成立：其一，蘇詞中有"滿庭芳"三字。但詞中有詞調名，可能是創調詞，也可能不是，因爲後人將調名寫入詞中，比比皆是，更有"鳩佔鵲巢"式新名取代舊名的情況。其二，蘇在秦前。秦雖出於蘇門，蘇亦年長十二歲，但二人同世，若秦觀而立時創調，蘇軾知天命時填詞，亦在情理之中，除非能確鑿考定二詞創作年代。

又一體 九十五字　　　　　　　　　　　　　晏幾道

南苑吹花,西樓題葉,故園歡事重重。憑闌秋思[一],閒記舊相逢。幾處歌雲夢雨,可憐流水各西東。別來久、淺情未有[二],錦字繫征鴻。　　　年光還少味,開殘檻菊,落盡溪桐。謾留得尊前,淡月西風。此恨誰堪共説,清愁付、緑酒杯中。佳期在、歸時待把,香袖看啼紅。

　　　"可憐"句作七言詩句,換頭二字不叶韵,與蘇作異。"可憐"句,葉《譜》作"可憐便流水西東"①。"清愁付"三字,一本作"消愁時",誤,今從汲古本。

【校記】

　　[一] 原注"思"字去聲。

　　[二] 原注"别"字作平。

【蔡案】

　　① 彊村叢書本《小山詞》,本句也是"可憐便、流水西東",則原譜所據本有訛誤,應據改。

又一體 九十七字　　　　　　　　　　　　　張　耒

裂楮裁筠,虚明瀟灑,製成方丈屠蘇。草蒲團坐,中置一山爐。拙似春林鳩宿,易於□、秋野鶉居。誰相對、時煩孟婦,石鼎煮寒蔬。　　　嗟吁。人生隨分足,風雲□□,□□伸舒[一]。且偷取閒時,向此躊躇。漫□□金建廈[二],繁華夢、畢竟空虛。爭如且、寒□廚火^[三]，湯餅一齋盂。

> 見《樂府雅詞》。換頭句多二字，叶韵，餘同。原本空缺甚多，不知有誤否。

【校記】

〔一〕據《樂府雅詞拾遺》卷上，此二句爲"風雲變化，尺蠖伸舒"。

〔二〕同上作"漫取黄金建廈"。

〔三〕同上作"寒村廚火"。

又一體 九十五字　　　　　　　　　　秦　觀

山抹微雲，天黏衰草，畫角聲斷譙門。暫停征棹，聊共引離
○●○○　○○○●　●●○○●△　●○○●　○●●○
尊。多少蓬萊舊事，空回首、烟靄紛紛。斜陽外、寒鴉數點，
△　○●○○●●　○○●、○●○○　○○●、○○●●
流水繞孤村。　　消魂。當此際，香囊暗解，羅帶輕分。謾
○●●○△　　○△　○●●　○○●●　○●○△　●
贏得青樓，薄倖名存。此去何時見也，襟袖上、空染啼痕。
○○●○○　●●○○　●●○○●●　○●●、○●○△
傷情處、高城望斷，燈火已黄昏^①。
○○●、○○●●　○●●○○

> 《避暑錄話》云：秦少游善爲樂府，本隋煬帝詩，取以爲《滿
> 庭芳》詞。

> 愚按：此調作者如林，據《避暑錄話》當是淮海創調^②。然蘇
> 詞末句有"滿庭芳"字，在秦前，不知誰作。姑兩存之。"萬"字，
> 葉《譜》作"數"，"已"字作"欲"。

【蔡案】

① 此即蘇軾詞體，全同。略有微異者，在前段第三拍，秦詞用律

拗句法,後段第四句平仄反,均爲句法不同而已,無關韵律。但蘇詞兩處仄起式折腰句,秦詞均用平起,正是《滿庭芳》風度,則更爲規範,故本調以此爲正。

②《避暑録話》之語,並未涉及"創調","取以爲《滿庭芳》",但言取詩入詞耳。

又一體 九十三字　　　　　　　　　　　　　　　　黄公度

一徑叉分,三亭鼎峙,小園別是清幽。曲闌低檻,春色四時留。怪石參差卧虎,長松偃蹇拏虯。携筇晚、風來萬里,冷撼一天秋。　　優游。消永晝,琴尊左右,賓主風流。且偷閒,不妨身在南州。故國歸帆隱隱,西崑往事悠悠。都休問、金釵十二,滿酌聽輕謳。

　　　　汲古原注:公自高要倅攝恩平郡事,郡有西園,乃退食游息之地。

　　　　前後第六、七句各六字,作對偶,與各家不同。衹此一首。一本"長松"下有"瘦"字,"西崑"上有"念"字,改易原本,大謬。

又一體 九十三字　　　　　　　　　　　　　　　　程　瑉

戊戌上元喜霽訪開桃洞

去臘飛花,今春未已,迤邐將度元宵。俄然甲子,青帝下新條。净埽一天塵靄,紅輪滿、大地山河。從今好、便當聽取,萬國起歌謡。　　有人當此際,鋤雲深塢,剪月中阿。已占斷春風，自種仙桃。更扶疏桂影，直從巖底，上拂雲梢。仍爲我、長摩松石，無負此清波。

　　後段第六、七、八句作一五、兩四字句①，與各家異。歌、戈韵與蕭、肴韵同叶，太雜，不可從。

【蔡案】

　　① 本詞後段第三均，《全宋詞》唐先生讀爲："更扶疏桂影直，從巖底、上拂雲梢。"如此，則與其他詞體同，微異者，衹是"更扶疏桂影直"六字，唐先生所讀猶不精準，當讀爲折腰式句方是，因爲秦巘此處是意讀，而唐先生是取律讀，既然律讀，那麼"更扶疏、桂影直"就當依律讀斷。

又一體 九十七字　　　　　　　　　　　　胡翼龍

愁徹檐花，吟枯硯海，日長多費茶烟。懷芳心苦，持此過年年。雨外飛紅何許，應流到、采綠洲邊。銷凝處、別離情緒，正是海棠天。　　吹花題葉事，如今夢裏，記得依然。料歸來、鶯居春後，燕占人先。誰念文園倦客，琴空在、懶向人彈。愁何極、楚天老月，偏是到窗前。

　　後段第四句七字，比各家多二字。

又一體 九十八字　　　　　　　　　　　　陳　偕

送　春

榆莢抛錢，桃英胎子，楊花已送春歸。未成萍葉，水面綠紋肥。沙暖溪禽行哺,忘機處、雛母相隨。重簾静、銅壺晝歇,聲度竹間棋。　　　人生如意少,樂隨春減,恨爲情離。怕牽愁勾怨,漸近金徽。浮世更相代謝,江頭明月,渡口斜暉。關情處、摩挲釣石,莫遣上苔衣。

後段七、八兩句兩四字[一],與各家不同。

【校記】

[一] 清人丁紹儀《聽秋聲館詞話》云:"陳偕《滿庭芳》云:'浮世更相代謝,江頭月、渡口斜暉。''江頭'下多'明'字。"此説雖未見書證,或是丁氏主觀認定,但是就律理而言,應可取,疑"明"字是後人爲駢儷而誤添。

江南好 九十四字　　　　　　　　　吴文英

友人還中吴,密圍坐客,杯深情浹,不覺霑醉。越日,吾儕載酒問奇字,時齋示《江南好》詞,紀前夕之事。聊次韵。

行錦歸來,畫眉添嫵,暗塵重拂雕籠。穩瓶泉暖,花隘鬥春容。圍密籠香晻靄,煩纖手、新點團龍。温柔處、垂楊嚲髻,燭暗豆花紅。　　　行藏多是客,鶯邊話別,橘下相逢。算江湖幽夢,頻繞殘鐘。好結攣兄梅弟,莫輕似、西燕南鴻。偏宜醉、寒欺酒力,簾外凍雲重。

此因蘇詞有"江南好"句,故立别名,實是一調。與《憶江南》之别名《江南好》無涉。

前結句汲古缺"燭"字,一本作"映立"二字。汲古當是"燭暗豆花紅”五字[一]，今改正。“蠶兄梅弟”四字，汲古作“梅兄蠶弟”[二]。

【校記】

［一］“汲古”二字右邊均有三點，當是删除符。

［二］通常都稱“梅兄蠶弟”。

轉調滿庭芳 九十六字　　　　　　　　　劉　燾

風急霜濃，天低雲澹，過來孤雁聲切。雁兒且住，略聽自家說[一]。你是離群到此，我共那人纔相別①。松江岸、黄蘆影裏，天更待飛雪。　　聲聲腸欲斷，和我也淚珠，點點成血②。這一江流水，流也嗚咽。告你高飛遠舉，前程事、永無磨折。休煩惱、飄零聚散，終有見時節。

> 此用仄韵，見《樂府雅詞》及《花草粹編》，小有異同。《古今詞話》作無名氏[二]。

> 轉調者，用仄韵即轉入别調也。李清照平韵詞，亦名《轉調滿庭芳》，未詳何意③。

> 後段次句比各家多一字。“我共那”句，一作“我共個人人纔别”。“我”字下，《詞譜》及各本皆無“共”字。“休煩惱”，一作“須知道”，今從《花草粹編》本。

【校記】

［一］原注“聽”字去聲。

［二］《花草粹編》署名即爲“古今詞話”，意謂引自《古今詞話》，作者佚名。

【蔡案】

① 本句拍依律須用上三下四折腰式句法，本句句法不但迥别，

而且失律，應據《花草粹編》卷十七的"我共個、人人纏別"爲準改定。

②　這算是律讀，律讀在後詞樂時代容易出現彆扭的情況，畢竟歌唱與閱讀有很大的距離，會形成氣滯不暢，而如果按意讀讀爲"和我也、淚珠點點成血"，韵律並無違逆。

③　秦巘謂："轉調者，用仄韵即轉入別調也。"發噱。用仄韵之"轉"，是轉韵，與"調"何干？　如果此説成立，則平韵《滿江紅》即爲《轉調滿江紅》了。且既知李清照平韵詞亦可名之爲"轉調"，就不當有如此詮釋。所謂轉調者，宮調有變之謂，惟今日不得而知矣。

三部樂　九十九字　　　　　　　　　　　　　蘇　軾

美人如月。乍見掩暮雲[一]，更增妍絶。算應無恨[二]，安用陰晴圓缺[三]。嬌羞甚、空袛成愁，待下床又懶，未語先咽[四]。數日不來[五]，落盡一庭紅葉。　　　今朝置酒强起①，問爲誰減動[六]，一分香雪。何事散花却病，維摩無疾。却低眉、慘然不答。唱金縷、一聲怨切②。堪折便折[七]，且惜取、少年花發。

　　　《九宫大成》入南詞高大石調正曲。《填詞名解》云：商調曲，許《譜》同。

　　　《唐書·禮樂志》云：明皇分樂爲二部，堂下立奏謂之立部伎，堂上坐奏謂之坐部伎。又酷愛法曲，選坐部伎子弟三百，教梨園爲法曲部。《宋史·樂志》云：法曲、龜兹、鼓笛爲三部，凡二十四曲。

　　　"暮"、"下"、"又"、"語"、"爲"、"減"、"不"、"怨"等字用去聲，"堪折便折"用平仄去入，各家同。惟楊澤民於"暮"字用平，吳文

英於"語"字用平。"數日不來",各家用仄平仄仄,與此異③。首
句各家平仄反,皆不起韵④,《詞律》注韵。汲古、《詞律》皆缺
"羞"字,誤。從《詞律訂》增。"置酒强起"四字,《詞譜》作"猛起
置酒"。

【校記】

[一]"暮"字及第七句"下"字"又"字、第八句"語"字、後段第二
句"爲"字"減"字、第六句"不"字第七句"怨"字,用⏺符標識。

[二]原注"應"字平聲。

[三]原注"安"字及下句"嬌"字、後起"今"字、第七句"金"字
可仄。

[四]原注"語"字及前結句"落"字"一"字、後起"酒"字、第四句
"事"字、第七句"唱"字、結句"且惜"二字可平。

[五]原注"日"字及後段第七句"一"字作平。又注"來"字宜仄。

[六]原注"爲"字去聲。

[七]四字用○●◖●符標識。

【蔡案】

① 本調過片例用一仄起式律拗句法,如周邦彦之"回文近傳錦
字"、吴文英之"越裝片篷障雨"等,因此本句"酒"字並非秦巘所説"可
平",而是以上作平(一本本句作"今朝猛起置酒",則"起"字以上
作平)。

② 本句對應前段"待下床又懶,未語先咽"九字,故可知有奪字
之嫌,但本調自本詞起已經如此,可見本調創調詞並非此詞。

③ 本句"來"字實爲去聲,來者,徠也,這裏是"問"的意思,去聲。

④ 本調起拍例用⊙●○○,首字以平起爲正,蘇詞反用,只是爲
了叶韵,而於此也可見出,蘇詞並非創調詞,否則,決無後人無一相循

之理。

前段第八拍，第二字依律應作平聲，故後段對應句作"一聲怨切"，此爲以上作平，第二首周詞同此，方詞用入聲，因爲方千里和周最爲謹嚴，故此用以入作平。

過片句，各詞多作律拗句法，故"酒"字，以上作平。

又一體 九十九字　　　　　　　　　　　　　周邦彦

梅　　雪

浮玉飛璃①，向邃館静軒[一]，倍增清絶。夜窗垂練，何用交光明月。近聞道、官閣多梅，趁暗香未遠，凍蕊初發。倩誰折取[二]，持贈情人桃葉。　　回文近傳錦字，道爲君瘦損[三]，是人都説。祇如染紅著手，膠梳黏髮。轉思量、鎮長墮睫。都祇爲、情深意切。欲報信息[四]，無一句、堪喻愁結[五]。

　　此調《片玉詞》《清真集》俱不載。首句不起韵，"倩誰"句用去平入上，"欲報"句用平去去入。"堪喻"句用平去平入，各家同，與前作差異②。《詞律》無"近"字，從《詞律訂》增。

【校記】

　　[一] "静"字及第七句"暗"字"未"字、第八句"蕊"字、後段第二句"爲"字"瘦"字、第六句"墮"字、第七句"意"字用◐符標識，以前詞所説，是必用去聲。

　　[二] 四字用◐○●◑符標識。

　　[三] 原注"爲"字去聲。

［四］原注“欲”字作平。四字用○◖●◗符標識。

［五］四字用○●○●符標識。

【蔡案】

①“璚”字,這裏並不讀爲 qióng,而是 jué,同“玦”字,意爲環形有缺口的佩玉,這裏無疑是特別指尚未圓滿的月亮。因此,本詞依然是首句入韵的體式。但是該字歷來均被誤解,以致方千里、楊澤民和詞均未步其韵。

②秦巘絮絮於“倩誰”、“欲報”、“堪喻”三句,及前一詞“堪折便折”之平仄,甚是無謂。若詞句須講究四聲,則應於每一句均予絮絮,更應每一調均予絮絮,此類句子,多非起結過變,不知絮絮之必要何在。且即便考以秦巘所録四首,也並非“各家同”,若引入陳亮、楊澤民等詞,更待何言。

又一體 九十九字　　　　　　　　　　　　方千里

簾捲窗明,聽杜宇乍啼［一］,漏聲初絶。亂雲收盡,天際留殘月。奈相送、行客將歸,悵去程漸促,霽色催發。斷魂別浦［二］,自上孤舟如葉。　　悠悠音信易隔。縱怨懷恨語,到見時難説。堪嗟水流急景,霜飛華髮。想家山、路窮望睫。空倚仗、魂親夢切。不似嫩朵［三］,猶能替、離緒千結。

前段第五句五字,比周作少一字①。後段三句五字,比周作多一字。此和周原韵,不應參差。然集中似此增減一二字甚多,説見後。

【校記】

［一］“乍”字及第七句“去”字“漸”字、後段首句“易”字、次句

“怨”字“恨”字、第六句“望”字，用◖符標識，以前詞所説，是必用去聲。

　　〔二〕四字用◖○◖◖符標識，以前詞所説，是必用去平入上聲。後段“不似嫩朵”、“離緒千結”用○◖◖◑和○◖○●符標識，以前詞所説，是必用平去去仄和平去平入聲。

　　〔三〕“不”字原注作平。

【蔡案】

　　① 本詞奪一字，第五句原詞爲“天際□留殘月”，《全宋詞》唐先生云：汲古閣本《和清真詞》原校有“脱一字”三字。故應據補一脱字符，如此，則本詞與後一首同。

又一體 九十九字　　　　　　　　　　　吳文英

賦姜石帚漁隱

江鷗初飛，蕩萬里素雲[一]，際空如沐。詠情吟思[二]，不在秦箏金屋。夜潮上、明月蘆花，傍釣蓑夢遠，句清敲玉。翠罌汲曉[三]，欸乃一聲秋曲。　　　越裝片篷障雨，半竿渭水①，伴鷺汀幽宿。那知暖袍挾錦，低簾籠燭。鼓春波、載花萬斛。帆鬣轉、銀河可掬。風定浪息，蒼茫外、天浸寒綠。

　　　後起第二、三句，一四、一五字。“清”字用平，與前異。楊澤民一首與此同，惟於“清”字用上聲，“浸”字用平聲。換頭句，汲古、《詞律》作“片篷障雨乘風”，今從毛扆校汲古閣本。

【校記】

　　〔一〕“素”字及第七句“釣”字“夢”字、後段首句“障”字、次句

“半”字“渭”字、第六句“萬”字、結句“浸”字，用◕符標識，以前詞所説，是必用去聲。

　　［二］“思”字原注去聲。

　　［三］四字用◕○●◒符標識，以前詞所説，是必用去平入上聲。後段“風定浪息”用○●●◑符標識，以前詞所説，是必用平去去仄聲。

【蔡案】

　　① 後段第二拍，原詞實爲“瘦半竿渭水”，有一領字，雖各本均爲四字，但鄭文焯早已“疑仍有小誤”。但因第三拍蘇詞、周詞皆作四字一句，而本詞爲五字，或以爲此爲讀破，故《詞律》《詞譜》《歷代詩餘》等均如是抄，惟彊村據明鈔本四校後，謂是“瘦半竿渭水”，而第三拍不但方千里有五字者，楊澤民亦作“向麗人低説”五字，疑周詞本亦五字，如此，則本詞與前方千里詞全同。

無愁可解　百九字　　　　　　　　　　蘇　軾

國士范日新作越調《解愁》，洛陽劉九伯壽，聞而悦之，戲作俚語之詩，天下傳詠，以爲幾於達者。龍邱子猶笑之。此雖免乎愁，猶有所解也。夫游於自然而托於不得已，人樂亦樂，人愁亦愁，彼且惡乎解哉？乃反其詞作《無愁可解》。龍邱子，陳慥季常也。

　　　　愚按：“國士”當作“國工”。“范”，據《避暑録話》，當作“花”。

光景百年，看便一世[一]①。生來不識愁味。問愁何處來，更開解、個甚底②。萬事從來風過耳③，又何用、著在心裏④。

你唤做、展却眉頭,便是達者,也則恐未⑤。　　此理本不通言⑥,何曾道、歡游勝如名利⑦。道則渾是錯,不道如何即是。這裏原無我與你⑧。甚唤做、物情之外。若須待醉了,方開解時⑨,問無酒、怎生醉。

　　　　此自度曲,他無作者⑩。

　　　　"又何用"句,汲古、《詞律》作"何用不著心裏"。"眉"字下缺"頭"字。其意皆欲前後段同,不知所多字皆襯字也⑪。今據《詞律訂》改正。起處當於"看"字句,"世"字讀,與後段正合。祇換頭句多一字。《詞律》於"年"字句,"世"字起韵,恐未確。篇中多以上入作平,惜無他詞可證,未便臆注⑫。

【校記】

　　[一]"看"字原注平聲。

【蔡案】

　　①"便"字依律應爲平聲,此借音法,三于真人作"憂",無名氏作"忙",皆可證。

　　②"個"字讀平,該字詞中多有讀平用法。三于真人及《鳴鶴餘音》無名氏詞,"更開"、"不道"兩句各多一字,作上三下四折腰式句法,與此不同。蘇詞似前後各爲六字,但前段實用折腰句法,與後段不同,且"更開解、個甚底"已不成語,若作六字一氣,則不僅韵律紊亂,且"更開"亦不知所云。故余以爲,此處當各落一字,應是"更開解、□個甚底"、"□不道、如何即是"。

　　③"耳"字應視爲叶韵,秦巘失記。三于真人及無名氏詞皆如此填,所對應的後段爲"這裏原無我與你",也叶韵,可證。

　　④"在"字,以上作平,後段對應句作"情",三于真人作"勞",無

名氏作"他"，均可證明。

⑤ 此二句，"是"字亦以上作平，三于真人和無名氏作"賢"、"頭"，可證；"則"字作平，前段作"愁"，三于真人和無名氏作"先"、"朝"可證。

⑥ 過片"理"字爲句中短韵，原譜失記，三于真人詞作"何以。上答天恩"，無名氏詞作"聽説。古往今來"，亦皆同。

⑦ 本句如此讀便失律，應用律讀，讀爲五字一句、四字一句。

⑧ "我"字以上作平，校之前段作"風"，三于真人和無名氏作"求"、"爲"，可證。

⑨ "方開解時"，爲一三式句法，不可填爲律句句法。但後段尾均，無名氏最爲規正，作"這些兒、冷淡生涯，與誰共賞，有松窗月"，與前段絲絲入扣，應是正格。而蘇詞後段尾均，細玩之，幾成囈語，竟不知其所謂，余亦疑其有誤。從三于真人、無名氏二詞看，前後段結拍分別爲"致清平瑞……免人間累"、"看何時徹……有松窗月"，與蘇詞"也則恐未……●怎生醉"正合，然則"怎生"前必非"酒"字，後二句或是"開解無酒，問怎生醉"，惟無書證可據。

⑩ 《于湖詞》陳應行序云："昔陳季常晦其名，自稱爲龍丘子，嘗作《無愁可解》，東坡爲之序。"陳爲北宋人，其言可信，則本詞雖其序爲蘇軾所作，而詞實爲陳慥之詞也。

⑪ 秦巘所謂"其意皆欲前後段同"，蓋非，對校後段可知。

⑫ 前起秦巘謂當作五字一句，欲與後段相合，但詞之首均每每不合，並無所礙，元三于真人詞作"古往今來，多憂少喜"，正和本詞同。

念奴嬌 百字　一名《大江東去(或無去字)》《酹江月》
《赤壁詞》《白雲詞》《壺中天(或加慢字)》《千秋歲》
《壽南枝》《古梅曲》《大江西上曲》《太平歡》
《淮甸春》《百字謠》《無俗念》《百字令》《杏花天》
《慶長春》《湘月》　　　　　　　　　　　　蘇　軾

中　秋

憑高眺遠，見長空萬里，雲無留跡。桂魄飛來光射處，冷浸
⊙○●　●○○●　○⊙○▲　　◎○○○●●　◎●

一天秋碧①。玉宇瓊樓，乘鸞來去，人在清凉國。江山如畫，
◎○⊙▲　　◎○○●　○○○●　○⊙○▲　⊙○⊙●

望中烟樹歷歷[一]。　　我醉拍手狂歌，舉杯邀月，對影成三
●○○●●▲　　　　　◎●●○○●　●○○●　●●○○

客[二]。起舞徘徊風露下，今夕不知何夕。便欲乘風，翩然歸
▲　　◎●○○○●●　○●●○○▲　◎●○○　⊙●○

去，何用騎鵬翼。水晶宮裏，一聲吹斷橫笛②。
●　●⊙●○○▲　◎○○⊙●　●●○○●▲

《碧鷄漫志》云：大石調《念奴嬌》，世以爲天寶間所製曲。
後轉爲道調宮，又轉入高宮大石調，《白石詞》注雙調，《高栻詞》
注大石調，又中呂調，《九宮大成》入南詞高大石調正曲。
　　因詞句名《赤壁詞》，又名《酹江月》。米友仁詞名《白雲詞》。
張掄詞名《壺中天》，曾覿詞加"慢"字。游文仲因張詞句，又名
《千秋歲》，與歐陽修正調不同。韓淲詞有"年年眉壽，坐對南枝"
句，名《壽南枝》，又名《古梅曲》。戴復古詞有"大江西上"句，名
《大江西上曲》。姚述舜詞有"太平無事，歡娛時節"句，名《太平
歡》。張輯詞有"柳花淮甸春冷"句，名《淮甸春》。鮮于樞詞名
《百字謠》。邱處機詞名《無俗念》。張翥詞名《百字令》。林正大
詞括東坡《飲杏花下》詩，又名《杏花天》，與《端正好》之別名不

同。高信卿詞名《大江東去》。《翰墨全書》名《慶長春》。姜詞名《湘月》，自注鬲指聲，明楊慎改名《賽天香》。

《開元天寶遺事》云：念奴者，有姿色，善歌唱，每執板當席顧盼。帝謂妃子曰："此女妖麗，眼色媚人。"每轉聲，歌喉則聲出於朝霞之上，雖鐘鼓笙竽嘈雜而莫能遏。宮妓中帝之鍾愛者也。元微之《連昌宮詞》注云：念奴，天寶中名倡，善歌。李肇《國史補》云：李袞善歌於江外，名動京師。崔昭入朝，密載而至。乃邀賓客，請第一部樂及京邑之名倡，以爲盛會。昭言有表弟，請登末座，令袞弊衣而出，滿座嗤笑之。少頃命酒，昭曰："請表弟歌。"座中又笑。及喉轉一聲，樂人皆大驚，曰："是李八郎也。"羅拜之。李清照云：新及第進士，開宴曲江，歌者曹元謙奏《念奴嬌》，衆皆稱賞。李易服隱姓名同往（節録）。此説小異，是唐時早有此調也。

換頭次句四字，三句五字，此一體也。兩結句用仄平平仄平仄，是定格，勿誤。前段第二、三句有作一三、一六字者，可不拘。《詞律》不收此詞，反以辛棄疾作爲正格，是不考時代之過也。此調宜用入聲韵爲是。

【校記】

［一］原注前"歷"字作平。"望中烟樹歷"及後段結拍"一聲吹斷横"，用●○○●○符標識，意謂必用去平平去平聲。

［二］原注"影"字可平。疑是筆誤，因爲依律第二字必仄，可平者，應是"對"字。

【蔡案】

① 前段第二均，究其詞意，此處其實仍是"桂魄飛來，光射處、冷浸一天秋碧"，因爲前七字本不成句。再考之宋詞，凡是被後人標點

爲七字一句者,罕有不可用三字逗屬下的情況。後段亦同,"風露下、今夕不知何夕"才是一個完整的句子。故竊以爲本均總以四字一句起爲正。

② 前後段結拍,須用平起仄收式六字律句,亦即⊙○◎●○●,第一第三字,並非一定不可易,秦巘所録第七首,作"閒尋百草來鬥",即爲一例。

又一體 百字　一名《大江東去》《酹江月》　　　　　蘇　軾

赤　壁　懷　古

大江東去,浪聲沉[一],千古風流人物①。故壘西邊,人道是、三國孫吳赤壁。亂石崩雲,驚濤掠岸,捲起千堆雪。江山如畫,一時多少豪傑。　　　遥想公瑾當年,小喬初嫁了,雄姿英發。羽扇綸巾,談笑處、檣櫓灰飛烟滅。故國神游,多情應是,笑我生華髮。人生如寄,一尊還酹江月。

《九宫大成》入北詞高大石角隻曲。

《容齋隨筆》云:向巨源云:元不伐家,有魯直所書東坡《念奴嬌》,與今人歌不同者數處。如"浪淘盡"爲"浪聲沉","周郎赤壁"爲"孫吳赤壁","穿空"爲"崩雲","拍岸"爲"掠岸","多情應笑我,早生華髮"爲"多情應是,笑我生華髮","如夢"爲"如寄",不知此本今何在也。

亦名《酹江月》,前段次句三字,三句六字,換頭次句五字,三句四字,兩第四句於四字句,下三字逗,屬下句。此又一體也。《詞綜》謂後次句必宜四字,"了"字屬下乃合。又謂"多情"二句,世作"多情應笑我",益非。《詞律》謂九字一氣,此説亦不必。不知此詞有兩體,且有平仄二韵。宋人中似此者甚多,如後葉、曾諸作可證。凡詞體皆當以宋名家比校,不得臆斷。《詞律》未見洪本,嘵嘵置辯,殊覺辭費。此詞字句,今本多不同,洪邁是南宋初人,況山谷手書,必非僞托。當從《容齋隨筆》本。

【校記】

〔一〕"沉"字原注可仄。

【蔡案】

① 前段首均,第二拍應是一單起式詞句,故若理解爲"浪聲、沉",則是違律思維,但若作"浪、聲沉"便不成句,正解應是"浪聲沉千古,風流人物"。究之其餘宋詞,莫不如此讀。而後段,從前一首的"舉杯邀月"可知該句爲雙起式,因此即便讀破,其五字句亦非一字逗起,與前段不同。然則本詞與前一首同,惟後段首均讀破,前詞之一四一五,讀破爲一五一四異。

又一體 九十九字　　　　　曾　紆

片帆暮落,正前村梅蕊,愁人如雪。南陌西溪,長記得、疏影橫斜時節。六出冰姿,玉人微步,笑裏輕輕折。蘭房沉醉,暗香曾共私竊[一]。　　回首萬水千山,一枝重見處,離腸千結。料想臨鸞,消瘦損、時把啼紅浥①。怎得伊來,許多幽恨,共撚青梢説。如今千里,斷魂空對明月。

見《梅苑》。"時把"句五字,比各家少一字,想是脱落[二]。

【校記】

〔一〕"暗香曾共私竊"及後段結拍"斷魂空對明月",用●○○○●

○◗符標識，意謂必用去平平去平入聲。

［二］四庫本《梅苑》也是六字，與《樂府雅詞》同。

【蔡案】

① 後段第二均，例作四字一句、九字一句，本詞脱一字，其原本爲"消瘦損、時把啼紅偷湿"，應據《樂府雅詞》卷下補，補足後，本詞即前一詞體。

又一體 百字 一名《百字令》　　　　　　　　　葉夢得

南歸渡揚子作，雜用淵明語。

故山漸近，念淵明歸意，翛然誰論①。歸去來兮，秋已老、松
◎○◎●　●○○●●　○●■○△　　⊙●○○　●●●　○

菊三徑猶存。稚子歡迎，飄飄風袂，依約舊衡門。琴書蕭
●○●○△　●●○○　○○○●　○●●○△　○○○

散，更欣有酒盈尊［一］。　　　惆悵萍梗無根。天涯行已遍，空
●　●○○●○△　　　　○●○○○△　○○○●●　○

負田園。去矣何之，窗户小，容膝聊倚南軒。倦鳥知還，晚
●○△　●●○○　○●●　○●○●○△　●●○○　●

雲遥映，山氣欲黃昏。此中真意，故應欲辯忘言［二］②。
○○●　⊙●●○△　●○○●　○○○●●○△

此用平韵，同蘇第二體。換頭句叶韵，汲古注：或刻《百字
令》，字句迥異。可見《百字令》之名，是後人所加，字句並非迥
異，殊失詳考。

【校記】

［一］"有"字原注作平。"更欣有酒盈"及後段結拍"故應欲辯
忘"，用◗●○○◗○符標識，據第一首秦巘所注，意謂必用去平平去
平聲。

　　〔二〕原注"欲"字作平。

【蔡案】

　　① 原注"然"字可仄。按,本句依照律理,當用仄起式句法,第二字必用仄聲,而非可仄。可仄,則意味著亦可平,而可平則違律。葉詞本句違律,是敗筆,觀今存全部平韵體,獨本詞第二字用平,可見。故譜中用當仄而平符標示。

　　② 兩結拍同仄韵體,其第一第三字可不拘,而不必如秦巘所說填。

又一體 百字　　　　　　　　　　　　　　　　張元幹

代洛濱次石林韵

吳淞初冷,記垂虹南望,殘日西沉。秋入青冥三萬頃①,蟾影吞盡湖陰。玉斧爲誰,冰輪如許,宮闕想寒深。人間奇觀[一],古今豪士悲吟[二]。　　蒼弁丹頰仙翁,淮山風露底,曾賦幽尋②。老去專城猶好客,時擁歌吹登臨。坐揖龍江,舉杯相屬,桂子落波心。一聲猿嘯,醉來虛籟千林。

　　換頭句不叶韵,餘同葉作。

【校記】

　　〔一〕"觀"字原注去聲。

　　〔二〕"古今豪士悲"及後段結句"醉來虛籟千",用◖○○◖○符標識,據第一首秦巘所注,意謂必用去平平去平聲。

【蔡案】

　　① 前後段第四句可讀斷,作四字一句,三字一逗。

② 後段第二第三拍秦巘讀誤,當爲"淮山風露,底曾賦幽尋","底曾",意謂"何曾"。

又一體 百字　　　　　　　　　　　　　陳允平

水 仙

漢江露冷,是誰將瑶瑟,彈向雲中。一曲清泠聲漸杳,月高人在珠宮。暈額黃輕,塗腮粉艷,羅帶織青葱。天香吹散,佩環猶自丁東[一]。　　回首杜若汀洲,金鈿玉鏡,何日得相逢。獨立飄飄烟浪遠,襪塵羞濺春紅。渺渺予懷,迢迢良夜,三十六陂風。九疑何處,斷魂飛渡千峰。

　　此亦用平韵,同蘇第一體。

　　愚按:此調別名最多,其實無異。或宮調有不同者。舊譜皆以字句强分,殊屬支離。至體格有仄韵二體,平韵二體,列此四體,此調盡之矣。《詞律》謂原名《百字令》,豈有做九十八字,與百一、百二字者乎?余謂字之增減,原有傳寫之訛。但調名《百字令》《百字謠》皆後人所改,並非初名,不得以百字爲定衡。總視其體格何如,詳審論定,庶免臆斷。

【校記】

　　[一] "佩環猶自丁"六字及後段結拍"斷魂飛渡千",用❶○○○❶○符標識,據第一首秦巘所注,意謂必用去平平去平聲。

壺中天 九十八字　　　　　　　　　　歐 良[一]

日長晴晝。厭厭地、懶向窗前絣繡。困倚屏風無意緒,把眉兒雙皴。似醉還醒，纔眠又起，頻撋花枝嗅。看他兒女^[二]，閒尋百草來鬥^[三]。　　相思能幾何時，料歸期不到，有恁時候。生怕鴛鴦被冷，旋爇沈檀熏透。欲把單衣，鼎新裁剪，又怕伊春瘦。試看今夜^[四]，孤燈還有花否。

> 前段第五句五字，後段第四句六字，與各家異①。餘同蘇第一體。此調名《百字令》，原當百字。既有此體，且名《壺中天》，並非《百字令》，不得不收以備格。明楊慎一首於前第五句亦作五字，皆誤讀前作之過。宋人中錯填者頗多，並非訛脱。論詞者皆當以諸名家校勘，其餘亦不足爲法也。

【校記】

　　[一]本詞出《撫掌詞》，是集爲歐良所編，然各本多徑作歐良作，甚誤。

　　[二]原注"看"上聲。按，上聲，應是"去聲"之誤。

　　[三]原注"閒"字及後段結拍"孤"字宜仄，"百"字作平。按，此二字依律俱可平可仄，無謂。

　　[四]原注"看"字平聲。

【蔡案】

　　① 原譜本詞最大不同，在前段第四句爲五字一句，與各家皆異，但全宋六百首僅此一首五字，其脱訛明矣，故《全宋詞》於此補一脱字符，作"□把眉兒雙皴"，唐先生並注云"據律補"，甚是。

湘　月 百字　　　　　　　　　　　　　　　　　姜　夔

長溪楊聲伯，典長沙楫櫂，居湘江。窗間所見，如燕公郭熙畫圖,卧起幽適。丙午七月既望,聲伯約予與趙景魯、景望、蕭和父、裕父、時父、恭父大舟浮湘,放乎中流。山水空寒,烟月交映,凄然其爲秋也。坐客皆小冠練服,或彈琴,或浩歌,或自酌,或援筆搜句。予度此曲,即《念奴嬌》之髙指聲也,於雙調中吹之。髙指亦謂之過腔,見晁無咎集。凡能吹竹者,便能過腔也。

五湖舊約,問經年底事,長負清景。瞑入西山,漸唤我、一葉夷猶乘興。倦網都收,歸禽時度,月上汀洲冷。中流容與,畫橈不點清鏡[一]。　　　誰解唤起湘靈,烟鬟霧鬢,理哀弦鴻陣。玉麈談玄,歆坐客、多少風流名勝。暗柳蕭蕭,飛星冉冉,夜久知秋信。鱸魚應好[二],舊家樂事誰省。

　　　原注雙調。
　　　此調即《念奴嬌》之髙指聲。髙與隔通,髙指者,凡弦管工尺中,上字與四字隔一指。此詞用上去聲韵,正合上字住。比《念奴嬌》之四字住,僅隔一指。字句雖同,宫調實別。且"負"字用仄,前後第四、五句,上四、下九字,與蘇第二體同。後次、三句上四、下五字,與蘇第二體同。故附列於後,餘詳原題。
　　　愚按:論詞體製,皆當以宫律爲衡,不僅以字句相較,凡詞皆有一二處可以變化增減,餘則不可移易,各家從同。如此調前段次、三句,或作一五、一四字,或一三、一六字。四句或作七言詩句,或上四字句、下三字屬下句。後段次、三句,或作上四、下五字,或上五、下四字。此化板爲活法也。換頭句用平仄仄仄仄平仄平。兩結句仄平平仄平仄。此一定不移格也。蘇作仄韵二體，已盡其變。葉、陳改用平韵，各從一體。是以《九宮譜》分隸兩調。若《湘月》用去上韵，則移宮換羽矣。試觀各調，無不皆然。縱有參差，或誤筆，或率筆，或寫刻傳訛，不足取法。諸名家斷不出其範圍也。管窺所及，特發明於此，他調可以類推。質之高明，以爲然否。

【校記】

［一］"不"字及後段結句"樂"字，原注作平。

［二］原注"應"字平聲。

詞繫卷十三 宋

水龍吟　百二字　一名《鼓笛慢》《豐年瑞》《海天闊處》
《莊椿歲》《龍吟曲》《小樓連苑》　　　　蘇　軾

楚山修竹如雲，異材秀出千林表。龍鬚半剪，鳳膺微漲，玉
●○●●○○　●●●●○○▲　○○●●　●○○●　●
肌勻繞。木落淮南，雨晴雲夢，月明風裊。自中郎不見，桓
○○▲　●●○○　●○○●　●○○▲　●○○●●　○
伊去後，知辜負、秋多少。　　　　聞道。嶺南太守，後堂深、綠
○●●　○○●、○○▲　　　　○▲　●○●●　●○○、●
珠嬌小。綺窗學弄，梁州初遍，霓裳未了。嚼徵含宮，泛商
○○▲　●○●●　○○○●　○○●▲　●●○○　●○
流羽，一聲雲杪。爲使君洗盡，蠻風瘴雨，作霜天曉。
○●　●○○▲　●●○●●　○○●●　●○○▲

　　《白石詞》注無射商，俗名越調。蔣氏《九宮譜目》注越調。
《九宮大成》入北詞越角隻曲。

　　孫廣《嘯旨》云：龍吟水中，古之善嘯者，聞而寫之也。不揚
不殺，聲中宮商。愚按：調名實取諸此，想是創製。柳永有一首
雖在前，而《樂章集》不載。

　　呂渭老詞名《鼓笛慢》；曾覿詞有"是豐年瑞"句，名《豐年
瑞》；辛棄疾詞名《海天闊處》；解昉詞有"願莊椿歲"句，名《莊椿
歲》；史達祖詞名《龍吟曲》；楊樵雲因秦觀詞有"小樓連苑橫空"

句，名《小樓連苑》。

　　羅大經《鶴林玉露》云：聞邱公顯，致仕居吴，東坡過之，必流連信宿。嘗言過姑蘇不游虎邱，不謁聞邱，乃二欠事。一日聞邱出後房善吹笛者，名懃卿，佐酒，東坡作《水龍吟》，詠笛材以遺之。《中吴紀聞》云：聞邱孝直，字公顯。東坡謫黄州，公爲太守，與之往來甚密。

　　楊纘《作詞五要》云：第四要隨律押韵。如越調《水龍吟》、商調《二郎神》，皆合用平、入聲韵。古詞俱押去聲，所以轉折怪異，成不祥之音。白樸《天籟集・水龍吟》原題云：幺前三字用仄者，見田不伐《洋嘔集・水龍吟》，二首皆如此。曲妙於音，蓋□無疑。或用平字，恐不堪協。愚按：此詞通體用上聲韵，與楊守齋《作詞五要》正合。

　　此調體格極多①，當以蘇作三首爲正格，餘皆變體。《詞律》謂一定鐵板，殊不盡然。且收趙、辛、陸三體爲式，獨不録蘇詞，可謂數典而忘其祖也。又云第一字有用平聲者，不如仄聲起調。“霜天”二字須用相連語，名作多如此②。間有不連者，十中之一耳。此語良是。“道”字是藏韵。

【蔡案】

　　① 本調秦巘羅列頗多，竟達二十六首，但若以其標準臚列，則縱六十二首亦有餘，可知清儒之“又一體”已然成病。本調除有一二字錯訛，其實各詞體式均一，無非讀破各均，後起增減一二韵而已，所謂萬變不離其宗也。擬譜人若不能高屋建瓴，提綱切要，則如《水龍吟》《念奴嬌》《金縷曲》之類慢詞熟調，皆可臚列百餘體矣。

　　② 本調後結，非惟“霜天”二字須用相連語，更在結拍須用一二一句法之四字句，知此，則諸多句讀可嚴正不誤矣，惜人多不守，即便

秦巘本譜亦多有不諧者。

又一體 百一字　　　　　　　　　　　　　蘇　軾

詠　雁

露寒烟冷蒹葭老，天外征鴻嘹唳。銀河秋晚，長門燈悄，一聲初至。應念瀟湘，岸遥人静，水多菰米。望極平田①，徘徊欲下，依前被風驚起②。　　須信衡陽萬里。有誰家、錦書遥寄。萬重雲外，斜行横陣，纔疏又綴。仙掌月明，石頭城下，影摇寒水。念征衣未搗，佳人拂杵，有盈盈淚。

　　首句七字，次句六字，换頭句叶韵，與前作異，又一體也。"天外""外"字用仄。"望極"句上少一字，恐誤落。平仄亦異。

【蔡案】

　　① 前段第九第十拍，依律須作九字，而原譜僅得八字，必有一字脱誤，應據《東坡詞》補一奪字符，作"□望極平田"。

　　② 前段歇拍，依律應爲一折腰式六字句，用三三式句法，宋詞多如此填，偶有非折腰六字句者，俱爲誤填或誤傳，不足爲範。因此，本詞前段歇拍應予讀斷，作"依前被、風驚起"爲是，舊讀之《欽定詞譜》及新讀之《全宋詞》均如此句讀。

又一體 百二字　　　　　　　　　　　　　蘇　軾

楊　花

似花還似非花，也無人惜，從教墜。抛街傍路，思量却是，無情有思。縈損柔腸,困酣嬌眼,欲開還閉。夢隨風萬里,尋郎去處,又還被、鶯呼起。　　不恨此花飛盡,恨西園、落紅難綴。曉來雨過,遺踪何在,一池萍碎。春色三分,二分塵土,一分流水。細看來、不是楊花,點點是、離人淚。

> 後結句作一三、一四、一六字,《詞律》於"是"字、"點"字句,必欲比同,辨之不已。不知此原是流水句法,一氣貫下。如劉克莊作"待從今去,願年年強健,插花高會"。及後晁、趙、辛、葛諸家,則確然大異矣,又何說之辭。吳琚一首正用此句調①。

【蔡案】

① 後段尾均之句讀,官司由來已久,但如果把握住"結拍須用一二一句法爲正"之關紐,則本詞後結孰爲正讀之疑問,便迎刃而解。而考察本調實際,後結用折腰式六字句作結者,百中之一,亦可知大抵祇是誤填而已。故仍以讀爲"不是楊花點點,是離人淚"方是正格。

又一體 百二字　　　　　　　　　　　魯逸仲[一]

去年今日關山路,疏雨斷魂天氣。據鞍驚見,梅花的礫,籬邊水際。一枝折得,雪妍冰麗,風梳雨洗。正水村山館,倚闌愁立,有多少、春情意。　　好是。孤芳莫比。自不分、歌梁舞地。暗香疏影,高禪文友,清談相對。琴韻初調,茗甌催瀹,爐熏欲試。向此時、一段風流,付與晉人高致。

> 見《歷代詩餘》。後結一三、一四、一六字,與蘇第三體同。末句不用中二字連,前段第六句平仄反。

【校記】

　　[一] 本詞見《梅苑》卷一，作者佚名。

又一體 百三字 　　　　　　　　　　　晁補之

別吳興至松江作

水晶宮繞千家，卞山倒影雙溪裏。白蘋洲渚，詩成春晚，當
年此地。行遍瑤臺，弄英携手，月嬋娟際。算多情小杜，風
流未睹，空腸斷、枝間子。　　　　一似。君恩賜與，賀家湖、千
峰凝翠。黃粱未熟，紅旌已遠，南柯舊事。常恐重來，夜闌
相對，也疑非是。向松陵回首，平蕪盡處，人在青山外。

　　末句五字，想有遺脱①。

【蔡案】

　　① 末句五字，較正體多一字，秦巘如何反云"有遺脱"？ 發噱。
該句衍一"人"字，《樂府雅詞》作"在青山外"，應據删。

又一體 百二字 　　　　　　　　　　　程　垓

夜來風雨匆匆，故園定是花無幾。愁多愁極，等閒孤負，一
年芳意。柳困花慵，杏青梅小，對人容易。算好春長在，好
花長見，原衹是、人憔悴。　　　　回首池南舊事。恨星星、不
堪重記。如今但有，看花老眼，傷時清淚。不怕逢花瘦，衹
愁怕、老來風味。待繁紅亂處，留雲借月，也須拚醉。

　　前起一六、一七字，與蘇第一體同。後段第六、七句，一五、

一七字,破句也。

又一體 百二字　　　　　　　　　　　　　　曹　組

牡　　丹

曉天穀雨晴時,翠羅護日輕烟裏。醞釀徑暖,柳花風淡,千葩濃麗。三月春光,上林池館,西都花市。看輕盈隱約,何須解語,凝情處、無窮意。　　金殿筠籠歲貢,最姚黃、一枝嬌貴。東風既與花王,芍藥須爲近侍。歌舞筵中,滿裝歸帽,斜簪雲鬢。有高情未已,齊燒絳蠟,向闌邊醉。

後段第三、四句,各六字,亦化板爲活法也。

又一體 百二字　　　　　　　　　　　　　　趙長卿

雲　　詞

先來天與精神,更因麗景添殊態。拖輕苒苒,纔凝一段,還分五彩。畢竟非烟,有時爲雨,惹晴無奈。道無心,怎被歌聲遏斷,遲遲向、青天外。　　宜伴先生醉卧,得饒到、和山須買。也曾惱煞襄王,誰道依前不會。我欲乘歸去,翻悵恨,帝鄉何在。念佳期未展,天長暮合,儘空相對。

後段第三、四句,各六字,與曹作同。五、六、七句作一五、一三、一四字,與程作同。

又一體 百四字　　　　　　　　　　　　　　　趙長卿

酴　醾

韶華迤邐三春暮。飛盡繁紅無數。多情爲與牡丹，長約年年爲主。曉露凝香，柔條千縷，輕盈清素。最堪憐、玉質冰肌，婀娜江梅，漫休争妒。　　翠蔓扶疏隱映，似碧紗籠罩，越溪游女①。從前愛惜嬌姿，終日愁風怕雨。夜月一簾，小樓魂斷，有思量處。恐因循易嫁，東風爛漫，暗隨春去。

　　　　首句起韵，後起句不叶韵。"多情"二句，"從前"二句，皆六字。前結一三字，三四字句，後段次、三句，一五、一四字。比各家多二字。

【蔡案】

　　① 後段首均，依律應是六字起，七字收，獨本詞一首爲九字收，其中必有衍訛。

又一體 百二字　　　　　　　　　　　　　　　趙長卿

梅　詞

冰姿玉骨塵埃外，看自有、神仙格。花中越樣風流，曾是名標清客。月夜香魂，雪天孤艷，可堪憐惜。向枝間，且作東風第一，和羹事、期他日。　　聞道春歸未識。問伊家、那知消息。當時惱煞林逋，空繞團欒千百。橫管輕吹處，餘香散，阿誰偏得①。壽陽宮，應有佳人，待與點、新妝額。

一本爲趙彦端作。

次句於三字略逗。前後段第三、四句各六字,後段五、六、七句,一五、二七字,與第一首同。兩結句法亦異②。

【蔡案】

① 此七字秦巘自述爲一句,則三字後應逗不應句,清儒符號之混亂如此。

② 本詞除前段第三均、後段第一均外,均予讀破,與前一詞同樣變化極大,然終是基本體式,非又一體。由此二詞可知,詞調之基本體式大抵恆常不易,正所謂"調有定格"也,然其餘變化則可隨作者變化,遵循基本律理即可。

又一體 百二字　　　　　　　　　　　　　　趙長卿

雨　詞

淡烟輕霧濛濛,望中乍歇凝晴晝。纔驚一霎催花,還又隨風過了。清帶梨梢,暈含桃臉,添春多少。向海棠點點,香紅染遍,分明是、胭脂透。　　無奈芳心滴碎,阻游人、踏青携手。檐頭綫斷,空中絲亂,纔晴却又。簾幕中間垂處①,輕風送、一番寒峭。正留君不住,瀟瀟更下黄昏後②。

一本爲趙彦端作。《詞律》變格僅收此體,餘皆不録。作譜必求其備,以供後人采擇。去取之間,毫無深義,殊失確當。《詞律》每坐此弊,卷中不勝枚舉,聊記於此。

後段第六、七、八句作一六、一三、一四字,結尾一五、一七字,與各家異。"了"、"少"與"透"、"晝"並叶,亦閩音也,究不可從。

【蔡案】

　　① 後段第三均,依律爲十二字,本詞則多一字,校之他本《惜香樂府》,此句作"簾幕閒垂處",則必是前人一誤將"閒"字看作"間"字,又以爲"間垂處"不通,再誤而添一"中"字矣。

　　② 後段結拍七字一句,從無此等填法,該句必奪一字。

又一體 百二字　　　　　　　　　　　　　　缺　名

淡烟池館,霜飈乍緊,又是年華暮。黃花老盡,丹楓舞困,江梅初吐。點綴南枝,暗傳春信,玉苞微露。憑危闌空斷,誰家素臉,遥山遠、空凝佇。　　　昨夜一枝開處。正前村、雪深幽曙。看來袛恐,瑶臺雲散,玉京人去。庾嶺寒餘,漢宮妝曉,飛堆行雨。仗誰人惜取,孤芳雅致,作春光主。

　　　　見《梅苑》。
　　　　前起兩四、一五字,與各家異。

又一體 百字　　　　　　　　　　　　　　張元幹

周總領生朝

水晶宮映長城,藕花萬頃開浮蘂。紅妝翠蓋,生朝時候,湖山搖曳。珠露爭圓,香風不斷,普熏沈水。似瑶池侍女,霞裙緩步,壽烟光裏[①]。　　　霖雨已沾千里。兆豐年、十分和氣。星郎綠鬢,錦波春釀,碧筩宜醉。荷橐還朝,青氈奕世,除書將至。看巢龜戲葉,蟠桃着子,祝三千歲。

　　　　前結句四字,與後段同,與各家異。

【蔡案】

　　① 本調前段結拍,例作六字折腰句,本詞爲"壽烟光裏",少二字,宋詞中僅此一首,且文辭莫知所云,故前結必有二字脱落。

又一體 百二字　　　　　　　　　　周紫芝[一]

杏　花

小桃零落春將半。雙燕却來池館。名園相倚,初開繁杏,一枝遥見。竹外斜穿,柳間深映,粉愁香怨。任紅欹、宋玉墙頭十里,曾牽惹、人腸斷。　　　常記山城斜路,噴清香、日遲風暖。春陰趂後,馬前惆悵,滿枝妝淺。深院簾垂雨,愁人處,碎紅千片。料明年更發,多應更好,約鄰翁看。

　　　　前起句起韵,與趙第二首同。後段第六、七、八句,一五、一三、一四字,與程作同。前結句法略異。

【校記】

　　[一] 本詞出《閒齋琴趣外篇》,作者爲晁端禮,《歷代詩餘》作周紫芝,誤。

又一體 百四字　　　　　　　　　　葛立方

游　釣　臺

九州雄傑溪山,遂安自古稱佳處。雲迷半嶺,風號淺瀨[一],輕舟斜渡。朱閣橫飛,漁磯無恙,烏啼林塢。弔高人陳跡,空瞻遺像,知英烈、誰千古。　　憶昔龍飛光武。悵當年、故人何許。羊裘自貴,龍章難換,不如歸去。七里溪邊,鸕鷀源畔,一蓑烟雨。歎如今宕子,翻將釣手,遮日向、西秦路①。

> 後結一五、一四、一六字,與前結同,又變一格。張孝祥二首皆同,不得謂無此體也。

【校記】

　　[一]"號"字原注平聲。

【蔡案】

　　① 後段尾均校之正體多二字。然結拍讀爲六字折腰式,正如"點點是、離人淚"一般,不合本調基本韻律,唐圭璋先生在《全宋詞》中讀爲"翻將釣手遮日,向西秦路",結拍正是一二一格式,當是正格,應據改。

又一體 百二字　　　　　　　　　　辛棄疾

盤園任子嚴安撫,挂冠得請,客以高風名其堂,書來索詞,爲賦。

斷崖千丈孤松,挂冠更在松高處。平生袖手,故應休矣,功名良苦。笑指兒曹,人間醉夢,莫嗔驚汝。問黃金餘幾,旁人欲説,田園記、君推去。　　歎息蕺舊隱[一],對先生、竹窗松户。一花一草,一觴一詠,風流杖履。野馬塵埃,扶搖下視,蒼然如許。恨當年、九老圖中,忘却花盤園林路[二]。

後起句五字,結句一三、一四、一七字,與各家異。各譜均未收此體。

【校記】

〔一〕後段起拍,據《稼軒詞》乙集,應作"歎息薌林舊隱",正是六字,脱落一"林"字。

〔二〕後段結拍,則應是"九老圖中忘却,畫盤園路",多一"林"字。或是活字排版,竄行而誤。

又一體 百三字　　　　　　　　　　　　辛棄疾

愛李延年歌、淳于髡語。今爲詞,庶幾高唐、神女、洛神賦之意云。

昔時曾有佳人,翩然絶世而獨立。未論一顧傾城,再顧又傾人國。寧不知其,傾城傾國,佳人難再得[一]。看行雲行雨,朝朝暮暮,陽臺下、襄王側。　　堂上歌闌燭滅,記主人、留髡送客。合尊促坐,羅襦襟解,微聞薌澤。當此之時,止乎禮義,不淫其色。但啜其泣矣,啜其泣矣,又何嗟及。

前段第三、四句兩六字,七句五字,比各家多一字。

【校記】

〔一〕前段第三均,依律當是十二字,本詞多一字,據《稼軒詞》丙集,則爲"寧不知其,傾城傾國,佳人難得",原譜所引多一"再"字無疑。這一段本摹自漢李延年歌:"北方有佳人,絶世而獨立,一顧傾人城,再顧傾人國,寧不知傾城與傾國,佳人難再得。"故四庫本《稼軒詞》則爲"寧不知、傾城傾國。佳人難再得",仍爲十二字。

又一體 百二字　　　　　　　　　　　吴文英

用見山韵餞別

夜分溪館漁燈,巷聲乍寂西風定。河橋送遠,玉簫吹斷,霜絲舞影。薄絮秋雲,澹蛾山色,宦情歸興。怕烟江渡後,桃花又泛,宮溝上、春流緊。　　新句欲題還省。透香煤、重箋誤隱。西園已負,林亭移酒,松泉薦茗。携手同歸處,玉奴唤、綠窗春近。想驕驄、又踏西湖,二十四番花信。

後段第六、七句與程作同,結處句法與魯作同。

又一體 百二字　　　　　　　　　　　吴文英

壽嗣榮王

望中璇海波新,信槎又匝銀河轉。金風細裊,龍枝聲奏,鈞簫秋遠。南極飛仙,夜來催駕,祥光重現。紫霄承露掌,瑶池蔭密,蟠桃秀、蠡蓮綻。　　新棟晴雲凌漢。早涼生、蘭繁書卷。繡裳五色,昆台十二,香深簾捲。花萼樓高處,連清曉,千秋傳宴。賜長生玉宇,鸞迴鳳舞,下蓬萊殿。

後段六、七、八句與前同。"雲"字,汲古作"翬"。

又一體 百二字　　　　　　　　　　　　　　吳文英

壽尹梅津

望春樓外滄波，舊年照眼青銅鏡。煉成寶月，飛來天上，銀河流影。紺玉鈎簾處，橫犀塵，天香分鼎。記殷雲殿鎖，裁花剪露，曲江畔、春風勁。　　槐省。紅塵晝静。午朝回、吟生晚興。春霖繡筆，鶯邊清曉，金猊旋整。閬苑芝仙貌，生綃對、綠窗深景。弄瓊英數點，宮梅信早，占年光永。

　　　前後段第六、七、八句，皆一五、一三、一四字。換頭句叶二韵，與魯作同。

又一體 百六字　　　　　　　　　　　　　　張　雨

代元覽和東泉學士自壽之作

古來宰相神仙，有誰得似東泉老。今朝佳宴，楊枝解唱，花枝解笑。鐘鼎山林，同時行輩，故人應少。問功成身退，何須更學，鴟夷子、烟波渺。　　我自深衣獨樂，儘從渠、黃塵烏帽。後來官職，清高一品，還他三少。不須十載光陰，渭水相逢，又入非熊夢了。到恁時、拂袖逍遥，勝戲十洲三島[一]。

　　　後段第六、八句各六字，比各家多四字。

【校記】

　　[一]本調後段第三、第四均，獨本詞如此填，極疑該五句爲別詞

竄入。就作法而言,前段已經寫過"何須更學鴟夷子",此處再説"又入非熊夢了",贅言繁複,也是作詞之忌,張雨或不如此。

又一體　九十九字　　　　　　　　　　史孝祥

清明後浹日,過子方小飲。闌邊玉茶正花,香韵蕭遠。主人出侍人彈琵琶侑觴,酒未終,上馬徑去。恍然藍橋、溢浦之遇也,作《水龍吟》以紀其事。

等閒過了清明,草痕深、一庭新翠。光風信息,牡丹初褪,荼蘼猶未。燕語清圓,梅英鬆潤,困人天氣。笑文園倦客,詩才減盡,猶有傷春意[一]。　　　別有留春去裏。小房櫳、玉英雙倚。天香浮動,銖衣乍試,鉛華盡洗。一面琵琶,輕攏慢撥,未觴先醉。又匆匆、藍橋路隔,謾增凝睇[二]。

　　　見《墻東類稿》,原作史藥房。《鐵網珊瑚》有藥房《題范文正公書伯夷頌》詩,署款稱眉山史孝祥,下有朱文藥房印。可見孝祥爲藥房之名,眉山,其郡望也。

　　　前起與後起同,前結句五字,比各家少一字。後結一三、兩四字,比各家少二字。向無此體,定是訛脱。姑存之。

【校記】

　　　[一] 本詞前結五字,異於諸家,依律應是六字折腰句。據《全金元詞》載,本句實爲"猶□有,傷春意"。

　　　[二] 據《全金元詞》載,後結爲"又匆匆上馬,藍橋路隔,漫增凝睇",則秦巘所據本又脱二字。

又一體 百三字　　　　　　　　　　　　　　　辛棄疾

用"些"語再韵瓢泉歌，以飲客，聲語甚諧，客皆爲之釂。

聽兮清佩瓊瑶。些，明兮鏡秋毫。些，君無去此，流昏漲膩，生蓬蒿。些，虎豹甘人，渴而飲汝，猿揉。些[一]，大而流江海，覆舟如芥，君無助、狂濤。些。　　路險兮山高。些，予塊獨處無聊。些，冬槽春盎，歸來爲我，製松醪。些，其外芬芳，團龍片鳳，煮雲膏。些，古人兮既往，嗟予之樂，樂簞瓢。些。

> 此仿楚騷體，每句於住字上一字用韵。雖福唐體之變格，而規矩森然。較黃庭堅《瑞鶴仙》隱括《醉翁亭記》詞爲勝。録之以備一格。

> "膩"字，汲古作"賦"，"渴而"下缺"飲"字，"予塊"二字作"愧余"，皆誤。

【校記】

[一]《稼軒詞》卷二，本句作"寧猿揉些"，與諸詞字數同，秦巘所據本應奪一字。

又一體 百三字　　　　　　　　　　　　　　　蔣　捷

效稼軒體招落梅魂

醉兮瓊瀣浮觴。些，招兮遣巫陽。些，君毋去此，颶風將起，天微黃。些，野馬塵埃，汙君楚楚，白霓裳。些，駕空兮雲

浪,茫洋東下,流君往他方。些。　　　月滿兮方塘。些,叫
雲兮、笛凄凉。些,歸來兮爲我[一],重倚蛟背,寒鱗蒼。些,
俯視春紅,浩然一笑,吐幽香。些,翠禽兮弄曉,招君未至,
我心傷。些。

　　　此亦每句住字上皆叶平韵,同辛體。惟後段第三句五字,比
各家多一字。"方塘"二字,汲古作"西廂"。

【校記】
　　　[一] 秦巘謂後段第三句多一字,乃是版本之誤,據彊村叢書本
所據《竹山詞》,本句並無"兮"字,則與各家皆同。且蔣捷題序已云
"效稼軒體",而稼軒詞前後段第二均皆無"兮"字,其韵律如此,亦可
參證。

鼓笛慢 百二字　　　　　　　　　　　　　　　趙長卿

甲申五月,仙源試新水。雨過絲生,荷香襲人,因感而賦
此詞。

暑風吹雨仙源過,深院静、凉於水。蓮花郎面,翠幢紅粉,烘
人香細。別院新翻,曲成初按,詞清聲脆。奈難堪羞澀,朦
鬆病眼,無心聽、笙簧美。　　　還記。當年此際。歎飄零、
萍踪千里。楚雲寂寞,吳歌凄切,成何情意。因念而今,水
鄉瀟灑,風亭高致。對花前、可是十分蒙斗,肯辜歡醉①。時
病眼。

　　　此與秦觀《鼓笛慢》正調不同,與《水龍吟》恰合。想因蘇作

詠笛而立別名。呂渭老一首同。

　　次句亦六字，於三字逗，與趙作同。換頭句叶二韵，與魯作同。

【蔡案】

　①　本詞後段尾均若讀爲"對花前可是，十分蒙斗，肯辜歡醉"，則即蘇軾"楚山修竹"詞體，惟前段第二拍作折腰句法異。

龍吟曲　百二字　　　　　　　　　　　　　史達祖

陪節欲行留別社友

道人越布單衣，興高愛學蘇門嘯。有時也伴，四佳公子，五陵年少。歌裏眠香，酒酣喝月，壯懷無撓。楚江南、每爲神州未復，闌干靜、慵登眺。　　今日征夫在道。敢辭勞、風沙短帽。休吟稷穗，休尋喬木，獨憐遺老。同社詩囊，小窗針綫，斷腸秋早。看歸來、幾許吳霜染鬢，驗愁多少。

　　《絕妙好詞箋》云：梅溪曾陪侍臣至金，故有此詞。

　　此與《水龍吟》無異，衹兩結句法差殊。

賀新凉　百十五字　一名《賀新郎》《風敲竹》《乳燕飛》
　　　　　　　《貂裘換酒》《金縷歌》《金縷衣》《金縷曲》　　蘇　軾

余倅杭日，府僚湖中高會，群妓畢集。惟秀蘭不來，營將督之再三乃來。僕問其故，答曰："沐浴倦臥，忽有扣門聲，急起詢之，乃營將催督也。整妝趨命，不覺稍遲。"時府僚有屬意於蘭者,見其不來,恚恨不已,云:"必有私事。"秀蘭含淚力辯,而僕亦從旁冷語,陰爲之解。府僚終不釋然也。適榴花開盛,秀蘭以一枝藉手,獻座中。府僚愈怒,責其不恭。秀蘭進退無據,但低首垂淚而已。僕乃作一曲,名《賀新凉》,令秀蘭歌以侑觴。聲容妙絶,府僚大悦,劇飲而罷。

乳燕飛華屋。悄無人、槐陰轉午,晚凉新浴。手弄生綃白團扇,扇手一時似玉。漸困倚、孤眠清熟。簾外誰來推繡户,枉教人夢斷瑶臺曲。又却是、風敲竹。　　　　石榴半吐紅巾蹙。待浮花浪蕊都盡[一],伴君幽獨。穠艷一枝細看取,芳意千重似束。又恐被、西風驚緑。若待得君來向此,花前對酒不忍觸①。共粉淚、兩簌簌。

　　《九宫大成》入南詞南吕宫引。一名《金縷詞》,與本宫正曲不同。又入北詞南吕調隻曲。

　　各譜俱作《賀新郎》。據胡銓《玉音問答》所載,是蘇作,本名《賀新凉》,孝宗改爲《賀新郎》。今當從其朔。因前結句,又名《風敲竹》。黄機詞名《乳燕飛》。張輯詞有"貂裘换酒長安市"句,名《貂裘换酒》。吴文英詞名《金縷歌》,又名《金縷衣》。張榘因葉夢得詞有"唱金縷"句,名《金縷曲》。

　　《古今詞話》所載與原題同。《苕溪漁隱叢話》云:東坡此詞,冠絶古今,托意高遠,寧爲一妓而發耶。"簾外"三句,用古詩"捲簾風動竹,疑是故人來"之意。"石榴半吐"五句,蓋初夏之時,千花事退,榴花獨芳,因以寫幽閨之情也。野哉楊湜之言,真可入笑林矣。(節録)《玉音問答》云:隆興元年,五月三日晚,胡銓侍上於内殿之秘閣。上御玉荷杯，銓用金鴨杯，令潘妃唱《賀新郎》。蘭香執玉荷杯，上自注酒，賜銓曰："《賀新郎》者，朕自賀得卿也。酌以玉荷杯者，示朕飲食與卿同器也。"銓再拜謝。詞中有所謂"相見了又重午"，又有"湘江舊俗"之句，銓流涕，上亦黯然（節錄）。

前後第二句，有用仄仄平平者。"白"字、"細"字各家多用平，間有用仄者。如七言詩之拗句，可不拘。凡七言四句，下三字有用平平仄者，有前拗而後順者，有後拗而前順者，有全拗者。余謂此等詞，皆當前後整齊相對，不可參錯。且宜上四下三字，不可用上五下二句法。如此詞"若待"句，不可學。"花前"句上少一字，亦勿從。兩結各家多用平仄仄、仄平仄，祇當從其多者爲是。《詞律》謂定格，余所不解也。

【校記】

［一］原注"蕊"字及第四句"看"字、第七句"得"字、第八句"不忍"二字作平。

【蔡案】

① 本句例作八字一句，七字句極爲罕見，疑本詞亦有脫誤，清丁紹儀《聽秋聲館詞話》卷十一云："竊意'若待得君來向此'下，直接'花前對酒不忍觸'，語氣未洽，必係'花前'上脫一字。"所說極是。

又一體　百十六字　　　　　　　　　　　葉夢得

睡起流鶯語。掩蒼苔、房櫳向晚，亂紅無數。吹盡殘花無人
●●○○▲　●○○　○○●●　●○○▲　　○●○○○○
問①，惟有垂楊自舞。漸暖靄、初回輕暑。寶扇重尋明月
●　　○●○○●▲　●●●　○○○▲　●●○○○●
影［一］，暗塵侵上有乘鸞女②。驚舊恨、遽如許。　江南夢
●　　●○○●●○○▲　○●●　●○▲　　○○●

斷蘅皋渚。浪黏天、葡萄漲緑，半空烟雨。無限樓前滄波
●○○▲　　●○○、●○○●●　●○○▲　　○●○○○○

意，誰採蘋花寄與。但悵望、蘭舟容與[二]③。萬里雲騘何時
●，○○●○○▲　　●●●、○○○▲　　　●●○○○

到，送孤鴻目斷千山阻。誰爲我、唱金縷。
●，●○○●●○○▲　○●●、●○▲

　　劉昌詩《蘆浦筆記》云：葉石林《賀新郎》詞“容與”“與”字，
去聲。歌者不辨，妄改“寄與”作“寄取”，良可笑也。慶元庚申，
石林之孫筠守臨江，嘗從容語及。謂賦此詞，時年方十八。而傳
者乃云，爲儀真妓女作，詳味句意，皆不相干。或是書此以遺之
爾。（節録）

　　前後次句用平平仄仄，第四句及七句皆作平仄平平平平仄，
兩結用平仄仄、仄平仄，前後整齊。南宋後多用此體。“無人問”三
字，一本作“無人見”，“蘅皋”二字作“横江”，“寄與”二字作“寄取”。

【校記】

　　［一］原注“月”字作平。

　　［二］原注“與”字及結拍“爲”字去聲。

【蔡案】

　　① 前後段第四、第七拍，例用大拗句法，此類句法，實由四字一
句及後一拍之三字一逗拼合而來。

　　② 前後段第八拍，例作八字一句，可一七讀、三五讀，亦偶有五
三讀者，但總以一氣貫之爲正格。此類句法讀斷與否，惟兩種標準，
或因氣脉，或因文意，原譜於前段“暗塵侵”未讀斷，便覺語氣迫促，後
段“送孤鴻”亦未讀斷，而達意紊亂，皆非良讀。

　　③ 原譜“寄與”改爲“寄取”，以避重韵之失，疑本是淺人所改，《蘆浦
筆記》之去聲云云，無謂，蓋“容與”乃連綿字，若爲去聲，則是參與義矣。

又一體 百十四字　　　　　　　　　　　　　　吕渭老

別　竹　西

斜日封殘雪。記別時、檀槽按舞，霓裳初徹。唱煞陽關留不住，桃花面皮似熱。漸點點、珍珠承睫。門外潮平風席正，指佳期共約花同折。情未忍、帶雙結。　　釵金未斷腸先結。下扁舟，更有暮山千叠。別後武陵無好夢，春山子規更切。但孤坐、一簾明月。蠶共繭、花同蒂，甚人生要見底多離別。誰念我、淚如血。

> 後段次、三句，一三、一六字①，七句六字，八句九字②，與各家異。

【蔡案】

　　① 此二句依律爲三字逗領四字二句，罕有如此填者，"更有"二字前應脱兩平聲字。

　　② 此二句是讀破法。"甚"字由前移後，宋詞本句如此填者罕見，不可從。

又一體 百十六字　　　　　　　　　　　　　　張元幹

送胡邦衡待制赴新州

夢繞神州路。悵秋風、連營畫角，故宮離黍。底事昆侖傾砥柱。九地黄流亂注。聚萬落、千村狐兔。天意從來高難問，況人情老易悲難訴。更南浦，送君去①。　　涼生岸柳催殘

暑。耿斜河、疏星淡月，斷雲微度。萬里江山知何處。回首
對牀夜語。雁不到、書成誰與。目盡青天懷今古。肯兒曹
恩怨相爾汝。舉大白，聽金縷。

　　　　前後段第四句、後七句皆叶韵。"度"字，一作"雨"。

【蔡案】

　　① 此六字爲折腰句，韵律上爲一句，而非三字兩句，應與前二首
同，均讀爲三字一逗。

　　　又一體 百十六字　　　　　　　　　　　　　　楊炎正

夢裏驂鸞馭。望蓬萊不遠，翩然被風吹去。吹到楚樓烟月
上，不記人間何處。但疑是、蓬壺別所。縹緲霓裳天女隊，
奉一仙滿把流霞舉。如喚我、醉中舞。　　　醉醒夢覺知何
許。問瀟湘今日，誰與主盟樽俎。無限青春難老意，擬倩管
弦寄與。待新築、沙堤穩步。萬里雲霄都歷遍，却依前流水
桃源路。留此筆、爲君賦[一]。

　　　　前後段第二、三句，用一五、一六字，與各家異。

【校記】

　　[一] 原注"爲"字去聲。

　　　又一體 百十七字　　　　　　　　　　　　　　辛棄疾

柳暗凌波路。送春歸、一番新綠，猛風暴雨。千里瀟湘蒲桃

漲,人解扁舟欲去。又檣燕、留人相語[①],艇子飛來生塵步。唾花寒唱我新翻句。波似箭、催鳴艫。　　黃陵祠下山無數。聽湘娥、泠泠曲罷,爲誰情苦。行到東吳春已暮。正江闊、潮平穩渡[②]。望金雀、觚棱翔舞。前度劉郎今重到,問玄都千樹花存否。愁爲倩、幺弦語[一]。

> 此與葉體同。惟後段第五句七字多一字,而前第七句、後四句叶韻,四七字句,三用拗句。"語"字,汲古作"訴"。

【校記】

［一］原注"爲"字去聲。

【蔡案】

① 前段第六拍依律叶韻,也對應後段"舞"字,故"語"字原譜不叶,不當。

② 後段第五拍秦巘所據本添一字,作七字折腰句法,與諸家皆異。惟《歷代詩餘》卷九十四所錄,本句無"正"字。玩其意,"正"字是贅字,去之方是辛詞原句,應據删。

又一體 百十五字　　　　　　　　馬子嚴

客裏傷春淺。問今年梅蕊,因甚化工不管。陌上芳塵行處滿。可計天涯近遠。見説道、迷樓左畔。一似江南先得暖。向何郎庭下都尋遍。辜負了、看花眼[一]。　　古來好物難爲伴。祇瓊花一種,傳來仙苑[①]。獨許揚州作珍產。須勝了、千千萬萬[②]。又却待、東風吹綻。自昔聞名今見面。數歸期屈指家山晚。歸去説，也希罕。

　　　　後段第二、三句，一五、一四字，比各家少二字。五句七字多
　一字，而前後第四、七句皆叶韵，僅見此作。馬子嚴一作莊父，字
　子嚴。

【校記】
　　[一] 原注"看"字去聲。

【蔡案】
　　① 本句對應前段"因甚化工不管"，依律應爲六字，句首脱一
仄頓。
　　② 以文法觀，前一句已經説"獨許揚州作珍産"，則這裏就應該
是一個已然的句子，"須"字這種表將來的字便顯衍。

又一體 百十六字　　　　　　　　　　　　　李南金

流落今如許。我亦三生杜牧，爲秋娘著句。先自多愁多感
慨，更值江南春暮。君看取、落花飛絮。也有吹來穿繡幌，
有因風飄墮隨塵土。人世事、總無據。　　　　佳人命薄君休
訴。若説與、英雄心事，一生更苦。且盡尊前今日意，休記
綠窗眉嫵。但春到、兒家庭户。幽恨一簾烟月曉，恐明朝燕
亦無尋處。渾欲倩、鶯留住。

　　　　《鶴林玉露》云：有良家女流落可歎者，余同年李南金贈以
　詞云云。凄婉頓挫，不減古作者。
　　　　前段第二、三句，一六、一五字句法，史達祖數首多用此體。
"墮"字一作"墜"，"燕"字作"雁"。

哨 遍 二百三字 哨，一作“稍” 蘇 軾

陶淵明賦《歸去來》，有其詞而無其聲。余治東坡，築雪堂於上，人皆笑其陋，獨鄱陽董毅夫過而悅之，有卜鄰之意。乃取《歸去來詞》稍加檃括，使就聲律以遺毅夫，使家僮歌之。時相從於東坡，釋耒而和之，扣牛角而爲之節，不亦樂乎。

爲米折腰[一]，因酒棄家，口體交相累。歸去來，誰不遣君歸。
●●●○　　○●●●　◎●○○▲　○◎●　⊙○●◎○△

覺從前、皆非今是①。露未晞。征夫指予歸路②，門前笑語
●○○、○○○●▲　◎●△　○○●●○○　○○⊙○●

喧童稚。嗟舊菊都荒，新松暗老，吾年今已如此③。但小窗
○○▲　○●●○○　○○●●　○○○⊙○●▲　●●○

容膝閉柴扉。策杖看、孤雲暮鴻飛。雲出無心，鳥倦知還，
⊙●●○△　●●○、○○●○△　⊙●○○　●●○○

本非有意。　噫。歸去來兮。我今忘我兼忘世。親戚無
●○◎▲　　△　○●○○　●○○●○○▲　○●○

浪語④，琴書中有真味⑤。步翠麓崎嶇，泛溪窈窕，涓涓暗谷
●●　○○○●○▲　●●●○○　●○●●　○○●●

流春水。觀草木欣榮，幽人自感，吾生行且休矣。念寓形宇
⊙○▲　○●●○○　○○●●　○○○●○▲　●●○○

内復幾時⑥。不自覺、皇皇欲何之⑦。委吾心、去留誰計。
●●○△　●●●、○○●○△　●○○、●○○▲

神仙知在何處，富貴非吾志。但知。臨水登山嘯詠⑧，自引
⊙○○●○●　●●○○▲　●△　⊙●○○●▲　◎●

壺觴自醉。此生天命更何疑。且乘流遇坎還止⑨。
○○◎▲　◎○○⊙●○△　●○○●●○▲

《九宮大成》“哨”一作“稍”，入北詞中呂調套曲。

　　　　原注般涉調,涉讀作瞻,蓋世所謂般瞻之稍遍也。般瞻,龜茲語也。華言羽五聲,蓋羽聲也。此曲爲羽音,羽於五音之次爲第五,故以偏名。今世作般涉,誤矣。《稍遍》三叠,每叠加促字,當爲"稍",讀去聲。世作"哨",或作"涉",皆非是。

　　　　《侯鯖録》云:東坡在昌化軍,長負大瓢,行歌田間,所歌者,《哨遍》也。饁婦年七十,云:内翰昔日富貴,一場春夢耳。里人因呼此婦爲春夢婆。楊維楨詩:"東坡《哨遍》無知己,賴有人間春夢婆。"

　　　　此平仄互叶體。"折"字、"棄"字、"坎"字,必仄聲⑩。"但知"二句,是兩字領下兩六字句,均勿誤。"流春水"三字,《詞律》作"如流水","誰計"二字作"難計"。"孤雲暮鴻",一本作"孤鴻暮雲"。"志"字作"願",失叶。"臨水登山"四字,作"登山臨水"。不如此本較勝。

【校記】

　　[一] 原注"爲"字去聲。"折"字和次句"棄"字、結句"坎"字用◗符標識,意謂必用仄聲。

【蔡案】

　　① 本句讀爲上三下四句法,是律讀,但"從前皆非"爲固定結構,後詞樂時代的今天自以不讀破爲好,但若改爲一領六句法,則六字句韵律失諧,因此,今人填此,不可用一領六句法。

　　② 本句捫其韵律,"予"字實爲上聲,全句爲平起仄收式律句,"予"字應取其上聲,即"賜予""給予"之"予",但宋人多視爲平聲字而誤填,此爲因誤讀而造成誤填的一個例子。"歸"字原注平可仄,而依律不可仄。

　　③ "已"字原注可平,誤。本句爲平起仄收式律句,第四字必仄,秦巘應該是因辛棄疾"又説於羊棄意"而注爲可平,不知辛詞是仄起式句法,與此不同,不得互校。

④ “浪”字原注仄可平。按，本句依律第四字須平，“浪”字借音。

⑤ “真”字原注可仄，甚誤。秦巘必因後辛棄疾詞有“見”、“甚”二字而如此注，却不知本句句式爲仄收式，而辛詞則是平起式，二詞無可比之處。

⑥ 原注“幾”字可平，誤。依律該字須平，觀後幾首均爲平聲可知。這裏是借音法。

⑦ “不”字原注作平，極無道理，秦巘共收七首，祇有最後一首是平聲字，則可知該字應以仄聲爲正，無須作平。

⑧ 本句原不讀斷，據秦巘注文及句法韵律改。“但知”爲二字逗，但與其説領後二句，不如説領後十二字，如後王安中詞，“但知”所領便是“一逐浮榮，便喪素守，身成俗士”四字三句，當然，不領也可，如辛詞。又，“但知”這類二字逗，因有一讀住産生，故詞中常常兼任句中短韵，僅以秦巘所取七首，即有本詞一首，及王安中“信知。一逐浮榮，便喪素守，身成俗士”、汪莘“是中。有趣殊深，願子無忽。不能一一”，共計三例如此。而歷來各本詞譜均未標識，該均韵律自被輕慢，而其實不容忽略。

⑨ 原譜讀爲三字逗領四字句，但捫其律，則應該是一領六句法，“乘流遇坎還止”六字不可讀破，否則兩頓連仄失律。

⑩ 前起二句，秦巘謂第三字必仄，是四字句一種填法，所謂雙拗句，而第一字用平聲尤佳。但就律理而言，若謂“必”則過矣，因爲第三字本可平可仄，故李曾伯詞用“天限長江，雲擾中原”，亦不違律。

又一體 二百三字　　　　　　　　　　　　　　　　蘇　軾

春　詞

睡起畫堂^[一]，銀蒜押簾，珠幕雲垂地。初雨歇，洗出碧羅天，正溶溶、養花天氣。一霎時。風回芳草①，榮光浮動，卷皺銀塘水。方杏靨勻酥，花鬚吐繡，園林紅翠排比。見乳燕捎蝶過繁枝。忽一綫爐香惹游絲。晝永人閒，獨立斜陽，晚來情味。　　便携將佳麗。乘興深入芳菲裏。撥胡琴語，輕攏慢捻總伶俐。看緊約羅裙，急趣檀板，霓裳入破驚鴻起。正顰月臨眉，醉霞橫臉，歌聲悠揚雲際。任滿頭紅雨落花飛。漸鳷鵲樓西玉蟾低。尚徘徊、未盡歡意。君看今古悠悠[二]，浮幻人間世。這些百歲光陰幾日，三萬六千而已。醉鄉路穩不妨行，但人生、要適情耳。

　　《九宮大成》入南詞小石調正曲。愚按：小石調屬商音，與舊注羽音不合。

　　此亦平仄互叶體。但“天”字不叶韵，前段七、八、九句，一七、一四、一五字，換頭不用一字句，三、四句，一四、一七字。“園林”句，平仄不同，“漸鳷鵲”句，句法異。“悠”字用平住，“世”字叶，皆與前異。其餘平仄句法亦有不同，作者各從其一是可也。《詞律》“時”字作“暖”，“顰月”上缺“正”字，“飛”字下多一“墜”字。今從《詞林紀事》改正。

【校記】

　　[一]“晝”字和次句“押”字、結句“適”字用◐符標識，意謂必用仄聲。

　　[二]原注“看”字平聲。

【蔡案】

　　① 前段第三均，“一霎時”乃“一霎暖”之誤，因該均多以三字起，

故必是後人以爲"一霎暖"文理不通而妄改。唐圭璋先生《全宋詞》讀爲"一霎暖風回芳草,榮光浮動,掩皺銀塘水",文理雖通,然韵律的描述仍有瑕疵。愚以爲當作"一霎暖風回,芳草榮光浮動,卷皺銀塘水",類似王安中和汪莘詞之句讀。

又一體 二百三字

王安中

陽翟蔡侯原道,恬於仕進。其内吕夫人有林下風,相與營歸歟之計而未果。則囑予以《北山移文》度曲,且朝夕使家僮歌之,亦可以見泉石之勝。其詞曰:

世有達人[一],瀟灑出塵,招隱青霄際。終始追游覽①,老山棲。藐千金、輕脱如屣。彼假容江皋,濫巾雲岳,攖情好爵欺松桂。觀向釋談空,尋真講道,巢由何足相擬。待詔書來起便驥馳。席次早、焚裂芰荷衣。敲扑喧喧,牒訴忽忽,抗顔自喜。 嗟,明月高霞,石徑幽絶誰回睇。空悵猿驚處,凄凉孤鶴嘹唳。任别墅争譏,衆峰竦誚,林慚澗愧移星歲。方浪栧神京,騰裝魏闕,徘徊經過留憩。致草堂靈怒蔣侯麾。扃岫幌、驅烟勒新移。忍丹崖、碧嶺重滓。鳴湍聲斷幽谷,逭客歸何計。信知一逐浮榮②,便喪素守,身成俗士。伯鸞家有孟光妻。豈逡巡、眷戀名利。

　　此與蘇第一首同。惟"嗟"字不叶,"屣"字韵下少叶一韵,"彼假容"下九字,一五、一四字句,"信知"下一六、兩四字句,微異。

【校記】

　　[一]"達"字和次句"出"字、結句"戀"字用◑符標識,意謂必用仄聲。

【蔡案】

　　① "終始追"應讀斷,本調皆如此讀,且"追"字叶韵,猶後一首辛棄疾的"君試思"。

　　② "信知"即蘇軾詞中的"但知",是領字,領四字三句,也是句中短韵,原譜又落一韵。

又一體 二百三字　　　　　　　　　　　　　　　辛棄疾

秋　水　觀

蝸角鬥争[一],左觸右蠻,一戰連千里。君試思。方寸此心微。總虛空、并包無際。喻此理。何言泰山毫末,從來天地一稊米。嗟小大相形,鳩鵬自樂,之二蟲又何知。記跖行仁義孔邱非。更殤樂長年老彭悲。火鼠論寒,冰蠶語熱,定誰同異。　　噫。貴賤隨時。連城纔换一羊皮。誰與齊萬物,莊周吾夢見之。正商略遺篇,翩然顧笑,空堂夢覺題秋水。有客問洪河,百川灌雨,涇流不辨涯涘。於是焉河伯欣然喜。以天下之美盡在己。渺滄溟、望洋東視。逡巡向若驚歎,謂我非逢子。大方達觀之家未免,長見悠然笑耳①。此堂之水幾何其。但清溪一曲而已。

　　此與蘇第一首同。惟"思"字、"理"字、"知"字、"皮"字、"之"

字、“喜”字、“已”字七叶韵，平仄亦異。

【校記】

　［一］“鬥”字和次句“右”字、結句“曲”字用◑符標識，意謂必用仄聲。

【蔡案】

　① 後段第七均，文理欠通，應同後一首辛詞，讀破爲“大方達觀之家，未免長見，猶然笑耳”爲佳。如此，後段第五、第七均讀破句法，微異於正體。

又一體 二百一字　　　　　　　　　　　　　　　辛棄疾

爲趙成父賦魚計亭

池上主人[一]，人適忘魚，魚適還忘水。洋洋乎、翠藻青萍裏。相魚兮、無便於此。當試思。莊周談兩事①。一明豕蝨一羊蟻。説蟻慕於羶，於蟻棄知，又説於羊棄意。甚蝨焚於豕獨忘之。却驟説於魚爲得計。千古遺文，我不知言，以我非子。　　噫。子固非魚，魚之爲計子焉知。河水深且廣，風濤萬頃堪依。有網罟如雲，鵜鶘成陣，過而留泣計應非。其外海茫茫，下有龍伯，饑時一啖千里。更任公五十犗爲餌。使海上人人厭腥味。似鵾鵬、變化幾②。東游入海此計③。直以命爲嬉。古來謬算狂圖五鼎，烹死恆爲平地。嗟魚欲事遠游時。請三思而行可矣。

　　此亦與蘇前作同。祇“裏”字叶韵，“又説”句平仄異。“莊周”句五字，“似鯤鵬”句六字，各少一字，而平仄叶韵亦不甚同。《詞律》云：各譜俱於“幾”字上落一字，存參。“古來謬算”下十四字，是兩字領起下兩六字句法，與蘇作同。《詞律》作一六、兩四字句，誤。“恆”字，汲古作“伯”。

【校記】

　　［一］“主”字用◗符標識，意謂必用仄聲。

【蔡案】

　　① 本句拍校之諸詞少一字，檢《稼軒長短句》卷一，爲“莊周正談兩事”，《稼軒詞》卷一作“莊周曾談兩事”，則可知秦巘原據本奪一字。而“正”校之“曾”，略遜。

　　② 本句諸家均作折腰式七字句，原譜亦脱一字，應據《稼軒長短句》補，作“似鯤鵬、變化能幾”，《稼軒詞》則於“幾”字前注“闕”。

　　③ “計”字重韵。

又一體　百九十九字　　　　　　　　　　汪　莘

隱括王摩詰與裴迪書

近臘景和［一］，故山可過，足下聽余述。便是往山中，憩精藍，與僧飯訖①。北涉灞川明，月華映郭，夜登華子岡頭立。嗟輞水淪漣，與月上下，寒山遠火朦朧。聽林外、犬類豹聲雄。更村落誰家鳴夜舂。疏鐘相聞，獨坐此時，多思往日。　　噫，記與君同。清流仄徑玉玪琮。携手賦佳什。往來蘿月松風。祇待仲春天，春山可望，山中卉木垂蘿密。見出水輕儵，點溪白鷺，青皋零露方濕。雉朝飛隴鳴儔匹②。念去此非遥莫相失。倘能從我敢相必。天機非子清者，此事非所急。是中有趣殊深，願子無忽。不能一一。偶因馭虀附吾書，是山人、王維摩詰。

> 此亦與蘇第一首同。但平仄各叶韵，與各家異。前段第四、五句，一五、一七字，比蘇作少三字。"雊朝飛"句七字，少一字，句法亦異。"是中"三句，一六、兩四字，少四字。"藍"字、"書"字均不叶韵。

【校記】

［一］"景"字和次句"可"字用◑符標識，意謂必用仄聲。

【蔡案】

① 前段第二均，各詞均爲十五字，作上三下五、上三下四兩句折腰句，可知本詞於"便是往山中"前，必脫一三字逗。

② 後段第十二拍，例作八字一句，詞脫一"麥"字，應據《方壺存稿》補，作"雊朝飛麥隴鳴儔匹"，校之補足句，原譜"雊朝飛隴鳴儔匹"文理不通彰矣。

又一體 二百二字 　　　　　　　　　　劉克莊

昔坡公以《盤谷序》配《歸來詞》。然陶詞既檃括入，韓序則未也。暇日游方氏龍山別墅，試效顰爲之，俾主人刻之崖云。勝處可宮[一]，平處可田，泉土尤甘美。深復深、路絕住人稀。有人兮、盤旋於此。送子歸。是他隱居求志，是要明主媒當世[二]。嗟此意誰論，其言甚壯，孔顔猶有遺旨。大丈夫之被遇於時。入坐廟朝出旗麾①。列屋名姬，夾道武夫，滿前才子。　　　噫。有命存焉，吾非惡此而逃之。富貴人所欲，如之何倖而致②。向茂樹堪休，清泉可濯，谷中别有閒天地。鱠細於絲③，蕨甜似蜜，采於山、釣於水。大丈夫不遇時之所爲④。唐處士、依稀是吾師。覺山林、尊如朝市。五侯門下賓客，擾擾趨形勢。嗟盤之樂誰争子所，占斷千秋萬歲。呼童秣馬更膏車，便與君、從今逝矣。

　　　此仿蘇詞而作，與蘇第一首同。惟前段第十三句七字，少一字。後段次句"焉"字不叶，三句用平叶，九句少一領字，十二句九字，多一字，十九句不叶平韵。餘無異。

　　　愚按：蘇詞縱橫馳驟，全以氣行。不斤斤於繩尺，而節奏自然合拍，超乎跡象之外。其天才奇特，固不若子野、耆卿之含商咀徵者比也。兩作各極其勝。《詞律》謂《春詞》一首數處不合格，殊不可解。本譜臚列七體，作者欲填某體，即謹守某體，各從其是，慎勿參差作騎墙之見。他調仿此。

【校記】

　　　[一] 本句和次句兩"可"字，用◗符標識，意謂必用仄聲。

　　　[二] 原注"要"字平聲。

【蔡案】

　　　① 本句實脱一字，應據《後村詞》補，作"入則坐廟朝出旗麾"。

　　　② 本句各詞多以六字一氣填，而東坡作"琴書中、有真味"，正與此句"如之何、倖而致"相同。惟韵脚微有差異而已，但因皆爲輔韵，本可叶可不叶。應讀斷。

　　　③ 本句例作五字一句，宋人皆如此填，此亦脱一字，依據補，作"況膾細於絲"。

④ 後段第十二拍，各家均爲八字一句，此處衍一"時"字。以上諸字删補後，本詞即東坡"爲米折腰"詞體。

憶黃梅 七十九字　　　　　　　　　　　　　　王　觀

枝上葉兒未展。已有墜紅千片。春意怎生防，怎不怨。被我安排，矮牙床斗帳，和嬌艷。移在花叢裏面。　　請君看。惹清香，偎媚暖。愛香愛暖金杯滿。問春怎管。大家便、拚做東風，總吹教零亂①。猶兀自、輸我鴛鴦一半。

> 調見《梅苑》。他無作者，以詞意爲名。《詞律》未收。
>
> "便拚"二字，《梅苑》作"拚便"。"吹教"二字，葉《譜》作"教吹"，誤。

【蔡案】

① "大家便"實爲本調主句所在，原譜未注叶韵，且讀爲三字逗，甚誤。此三字對應前段"怎不怨"，"怎不怨"屬上而非屬下，並非句中韵，而是"春意怎生防、怎不怨"爲一句。因此，同理，後段也是"問春怎管大家便"（前四字疑脱一字）爲一句，而非"大家便、拚做東風"。但就語意而論，"大家便、拚做東風"並不通，"問春怎管大家便"也不通，查《梅苑》卷三本句實爲"問春怎管大家拚。便做東風總吹教零亂"，陳耀文《花草粹編》卷十五也是如此，可證此爲本貌。

江城梅花引 八十七字　一名《江梅引》　　　　　王　觀

年年江上見寒梅。幾枝開。暗香來。疑是月宮、仙子下瑶
○○○●●○△　　●○△　　●○△　　○●◎○　○●●○

臺。冷艷一枝春在手，故人遠，相思切，寄與誰。　　　怨極
△　◎●●○○●十●　●十○　○○●　●十●△　　　◎○

恨極，嗅玉蕊。念此情，家萬里。暮霞散綺。楚天碧、幾片
◎●　●●▲。念此○●　○●▲。●●○▲。●●○●　●●

斜飛。爲我多情、特地點征衣。花易飄零人易老，正心碎，
○△。●●○○、●●●○△。⊙●○○○●十、●⊙●

那堪聞，塞管吹。
●○○　●●●△。

　　　　洪皓詞名《四笑江梅引》。程垓詞名《攤破江城子》。白樸詞
名《江梅引》。趙崇嶓詞名《明月引》。周密詞名《梅花引》。陳允
平詞名《西湖明月引》。

　　　　見《花草粹編》，平仄互叶體。洪皓所和韵，即此詞也。其爲
創調無疑①。《梅苑》名《江梅引》，爲柳永作。誤[一]。又見姚燧
《牧庵詞》亦名《江梅引》，皆誤。

　　　　《詞律》云：此詞相傳爲前半用《江城子》，後半用《梅花引》，
故合名《江城梅花引》。蓋取"江城五月落梅花"句也。愚按：前
段比《江城子》多一三字句，後段祇六、七兩句與《小梅花》同，當
名《攤破江城子》爲是②。詞之以兩名合調者始此。後世集曲之
所由起也。

　　　　"春"字，《梅苑》作"雖"，"碧"字作"外"，"花易"二字作"我
已"，"人"字作"君"。

【校記】

　　　　[一]　"誤"字右有三點，意謂删除。

【蔡案】

　　　　①　據洪皓的公子洪邁在《容齋隨筆》中記載：直至紹興丁巳，即公
元1137年，時洪皓五十歲時，因洪氏四首和詞問世，本調"始歌"，此時

距王觀詞問世,已約有半個多世紀,再過兩三年,"北庭亦傳之",可見這個詞調在洪皓和詞之前,一直湮没無聞。正因爲長時間"不傳",有理由相信現在所見之前段,應有文字脱落,亦即前段"暗香來"之後,原文應另有十一字,所對應者,爲後段之"暮霞散綺。楚天碧、片片輕飛",補足後前後段對稱整齊。最重要者,是本詞即爲引詞,則依律前段當由三均構成,而脱落十一字後,第二均便明顯殘缺。長期來,對本調因糾纏於是否有《江城子》因子之存在,而未見有人對此質疑。

②本調調名應是"江城之梅花"、"江邊梅花"之意,與《江城子》無涉,否則便不可能又名《梅花引》,亦即,又名《梅花引》便説明與《江城子》無關,而"江梅"二字,更是直接詮釋了"江城梅花"之含義。又,《梅花引》另有五十七字體者,與此非同調,參卷十六賀鑄下。

又一體 八十七字　一名《四笑江梅引》　　　　　　　　　　洪　皓

使北時和李漢老

去年湖上雪欺梅。月飛來。片雲開[一]。雪月光中、無處認樓臺。今歲梅開依舊雪。人如月。對花笑,還有誰。

一枝兩枝。三四蕊。想西湖,今帝里。綵箋爛綺。孤山外,目斷雲飛。坐久花寒、香露濕人衣。誰作叫雲横短玉,三弄徹。對東風,和淚吹。

《容齋五筆》云:紹興丁巳,行在始歌《江梅引》,不知爲誰人所作。己未、庚申年,北庭亦傳之。至於壬戌,先忠宣公在燕,赴張總侍御家宴。侍妾歌之,感其"念此情,家萬里"之句,愴然曰"此詞殆爲我作"。既歸,不寐,遂用韵賦四闋。其一《憶江梅》,其二《訪寒梅》,其三《憐落梅》,第四篇失其稿。每首有一"笑"

字，北人謂之《四笑江梅引》，爭傳寫焉。愚按：原詞三首，皆與前同。此首或是第四首，或另作。原題《和李漢老》，想李邴亦有此體，非李創也。此和王韵。惟"雪"、"月"、"徹"三字自爲叶，換頭"枝"字叶韵，與前異。

【校記】

[一] 本詞爲步王觀韵之作，因此此二句應是"片雲開。月飛來"，秦巘或録自《陽春白雪》，循誤。

又一體 八十七字　一名《攤破江城子》　　　　　程 垓

娟娟霜月冷侵門。怕黄昏。早黄昏。手撚梅花、無語對芳
○○○●●○△　●○△　●○△　●○○○　○●○○
尊。酒又不禁愁未醒，斷魂遠，一更更，更斷魂。　　斷魂。
△　●●●●○●　●○○　○○○　●○△　　　●◇
斷魂。空斷魂。被兒裹，香半温。睡也，睡也①，睡不穩、誰
●◇　○○◇　●○△　○●○　●●　●●　●●●○
與温存。惟有窗前、殘燭照啼痕。深夜不眠聽畫角，人瘦
●○△　○○○○　○●●○△　○●●○○●●　○●
也，比梅花，瘦幾分。
●　●○○　●●△

《九宫大成》入南詞高大石調引。

見《陽春白雪》，原注比世傳本差異，而不知名氏。又見《書舟詞》名，《攤破江城子》。《詞律》爲康與之作，字句皆大不同。今從《陽春》本。

通首用平韵②，換頭處兩叠前尾。蔣捷作與此同。

【蔡案】

① 四字原不讀斷，韵律不諧。

② 本詞全爲平聲韵,韵律與前一首不同。《欽定詞譜》以本詞爲第一體,愚以爲本調初貌當是全平體式。

又一體 八十四字 李獻能

漢宮嬌額倦塗黄。試新妝。立昭陽。萼緑仙姿、高髻碧羅裳。翠袖捲紗閒倚竹,瞑雲合,瓊枝薦暮凉。 壁月浮香[一]。摇玉浪。春簾瑩綺窗[二]。冰肌夜冷,滑無粟、影轉斜廊。冉冉孤鴻、烟水渺三湘。青鳥不來天也老,斷魂些,清霜静楚江①。

換頭次句換仄叶。三句五字,兩結各五字,比各家少三字。《詞律》失收此體。

【校記】

[一] "壁",應是"璧"的誤筆。

[二] "瑩"字原注去聲。又,本句依律亦應作六字折腰句,此處五字,落一字,應據《中州樂府》補一字,作"拂春簾,瑩綺窗"。

【蔡案】

① 本調前後段結拍,均以六字折腰爲正格,現存宋詞皆如此填,但入元後多有以五字句作結者,蓋因王觀詞之兩結,一本作"相思寄與誰"、"那堪塞管吹",元人必循此而填,致落二字。

又一體 八十七字 趙汝芫

對花時節不曾忺。見花殘。任花殘。小約簾櫳、一面受春寒。題破玉箋雙喜鵲,香爐冷,繞銀屏,渾是山。 待眠。

未眠。事萬千。也問天。也恨天。髻兒半偏。繡裙兒、寬
了還寬。自取紅氈、重坐暖金船。惟有月知君去處,今夜
月,照秦樓,第幾間。

　　《陽春白雪》無名氏,今從《絶妙好詞》。
　　此與程作同。惟後段第三句、五句俱叶韵。

又一體 八十七字　　　　　　　　　　　　　　　　趙與洽

單衾寒引畫龍聲。雨初晴。月微明。竹外溪邊、低見一枝
橫。澹月疏花三四點。尚春淺。早相看[一],似有情。
夜來袖冷。暗香凝。恨半消,酒半醒。靚妝照影。未忺整。
雪艷冰清。祇恐不禁、愁絶易飄零。待得樓頭三弄徹,君試
看。比從前,太瘦生。

　　"點"、"淺"、"看"三字自爲叶,與洪作同。後段平仄互叶,與
各家異。又一格也。

【校記】
　　[一]原注"看"字平聲。

又一體 八十七字　　　　　　　　　　　　　　　　吳文英

贈 倪 梅 村

江頭何處帶春歸。玉川迷。路東西。一雁不飛、雪壓凍雲
低。十里黄昏成晚色,竹根籬。分流水,過翠微。　　　帶書

傍月自鋤畦。苦吟詩。生鬢絲。半黃細雨，翠禽語、似説相思。惆悵孤山、花盡草離離。半幅寒香家住遠，小簾垂。玉人誤，聽馬嘶。

> 通體平韻。“籬”字、“垂”字叶韻。後起句平仄不同。“誤”字當斷句，恐係筆誤，非有此體也。“細雨”二字，葉《譜》作“梅子”。

江梅引 八十七字　　　　　　　　　　　　　白　樸

一溪流水隔天台。小桃栽。爲誰開[一]。應念劉郎、早晚得重來。翠袖天寒憔悴損，倚修竹，□殘紅，墮緑苔。　　怨極恨極愁更哀。甚連環，無計解。百勞分背。燕飛去、雲樹蒼崖。□□千里，何處托幽懷。溫嶠風流還自許，後期杳，□塵生，玉鏡臺①。

> 亦平仄互叶體。換頭句叶平，三四句叶仄韻，差異。兩結句原各空一格，照李獻能作，可作五字句。白與李皆金人，或當時皆用此體。存參。

【校記】

[一] 原注“爲”字去聲。

【蔡案】

① 元詞多用《江梅引》爲調名，此一例。兩結元詞疑爲五字句，後人因其異於宋詞，而添以脱字符耳。

明月引 八十七字 一名《西湖明月引》 陳允平

和白雲趙宗簿自度曲

雨餘芳草碧蕭蕭。暗春潮。蕩雙橈。紫鳳青鸞、舊夢帶文簫。綽約佩環風不定。雲欲墮,六銖香,天外飄。 相思爲誰蘭恨銷[一]。渺湘魂,無處招。素紈猶在,真真意、還倩誰描。舞鏡空圓、羞對月明宵。鏡裏心心心裏月,君去矣,舊東風,新畫橋。

唐樂府名。琴曲亦有此名。

原題曰《明月引·和趙白雲自度曲》。考趙白雲名崇嶓,南宋宗室,在王觀、程垓之後。細校字句無異,何以云自度。惟兩結作平去平,差異。想因舊調變爲新聲,其宮調有不同耳。惜趙詞無考。周密有和詞二首。序云:"趙白雲初賦此詞,以爲自度腔,實即《梅花引》也。"陳允平又一首,名《西湖明月引》。字句悉同,不另錄。

《詞律》脱一"心"字,遂謂有八十六字體。今從《日湖漁唱》補正。"無"字,葉《譜》作"何","圓"字作"懸"。

【校記】

[一]原注"爲"字去聲。

梅花引 八十八字 蔣 捷

荆 溪 阻 雪

白鷗問我泊孤舟。是身留。是心留。心若留時、何事鎖眉頭。風拍小簾燈暈舞，對閒影，冷清清，憶舊游。　　憶舊游^[一]。舊游今在否。花外樓。柳下舟。夢也夢也，夢不到、寒水空流。漠漠黃雲、濕透木棉裘。都道無人愁似我，今夜雪，有梅花，似我愁。

汲古注：或作《江城梅花引》^①。

換頭二句，一三、一五字，比各家多一字。三句亦叶韵，"舟"字重叶。

【校記】

[一] 換頭必衍"憶"字，宋詞元詞皆無此填法，必是承前而衍。

【蔡案】

①《梅花引》另有令詞，疑此爲誤用調名，非別名也。

紅芍藥　九十一字　　　　　　　　　王　觀

人生百歲，七十稀少^①。更除十年孩童小^②。又十年昏老。都來五十載，一半被、睡魔分了。那二十五載之中^{[一]③}，寧無些個煩惱。　　仔細思量，好追歡及早。遇酒逢花堪笑傲^[二]。任玉山傾倒。對景且沉醉，人生似、露垂芳草。幸新來、有酒如澠，要結千秋歌笑。

蔣氏《九宮譜目》入南呂調。《九宮大成》入南詞中呂宮正曲，又入北詞南呂調隻曲。與南呂宮正曲不同。

此調無他作者，《詞律》失收。

前後第四句是上一下四字句法，七句是上三下四字句法。

　　"二十"之"十"字,當略逗,以入作平。

【校記】

　　[一] 原注"十"字作平。

　　[二] "堪"字一作"更",仄聲。

【蔡案】

　　① "七十"之"十",以入作平。

　　② "年"字應仄而平,疑爲"歲"字或"載"字之誤。

　　③ "那二十"句,句法應是折腰式,故秦巘謂"當略逗",本句對應後段"幸新來"句,故填時應以上三下四式句法爲正。

天　香　九十六字　　　　　　　王　觀

霜瓦鴛鴦,風簾翡翠,今年早是寒少[一]。矮釘明窗,側開朱
户,斷莫亂教人到[二]。重陰未解,雲共雪、商量不了。青帳
垂氈要密,紅爐放圍宜小①。　　　呵梅弄妝試巧。繡羅衣、
瑞雲芝草。伴我語時同語,笑時同笑。已被金尊勸倒。又
唱個、新詞故相惱。盡道窮冬,原來恁好。

　　《詞律》作王充,誤。此調作者極多,以此首爲最先。不知何人始製。

　　《古今詞話》云:王逐客冬景《天香》詞云云,涪翁見而賞之。且曰:此曲一處所,一物色,無一不是嚴冬蕭索之境。但仔細詳味之,略無半點酸寒憔悴之意。亦善於造語者矣。

　　"是"、"試"、"勸"、"故"、"恁"五字,必去聲,各家皆然。第三句多有用平仄仄仄平仄者,或仄平仄平平仄者,可不拘。此詞字句異同最多。"早是寒少"四字,一本作"較是寒早"。"放圍"二字作"圍炭",《古今詞話》作"錦縫放圍",《詞律》又少"錦"字,大誤。"伴"字,《詞話》作"共",《詞律》缺一"時"字。"倒"字,《詞律》作"酒",失却一韻,一本缺"個"字,皆誤。又"風"字,《詞話》作"珠","早"字作"又","側"字作"窄","斷"字作"切","衣"字作"襦","又"字作"更","盡"字作"儘"。今從《樂府雅詞》本。

【校記】

　　[一]"是"字及後段起句"試"字、第五句"勸"字、第六句"故"字、結句"恁"字用●符標識,意謂必用去聲。按,"是"字本爲紙部韻,上聲。僅以"是"字位而言,《欽定詞譜》本調共收錄八首,其中平聲四首、上聲二首、去聲祇得二首,可見"必用"云云,甚謬,"各家皆然"更是不知從何得出。

　　[二]原注"教"字平聲。

【蔡案】

　　① 前段第四均,依律以四字三句爲正,參毛詞。

又一體 九十四字　　　　　　　　　　　　毛　滂

宴錢塘太守內翰張公作

進止詳華,文章爾雅,金鑾恩異群彥[一]。塵斷銀臺,天低鰲禁,最是玉皇香案。燕公視草,星斗動、昭回雲漢。對罷宵分,又金蓮、燭引歸院①。　　　年來僑藩江畔。賴湖山、慰公心眼。碧瓦千家,借袴襦餘暖②。黃氣珠庭漸滿。望紅日、長安殊不遠。緩轡端門，青春未晚。

　　　　前結一四、一七字。後段第三、四句，一四、一五字，比各家
少二字。"江"字、"殊"字用平，不宜從。

【校記】

　　[一]"異"字及後段第五句"漸"字、結句"未"字用●符標識，意謂
必用去聲。

【蔡案】

　　① 前段第四均，依律爲十二字，原譜奪一字，應據《東堂詞》補，
作"對罷宵分，又是金蓮，燭引歸院"，此句法，爲本調正格。

　　② 後段第四拍，亦奪一字，《東堂詞》作"少借褌襦餘暖"，該均王
觀詞中作"伴我語時同語，笑時同笑"，正是十字，讀破而已。

慶清朝慢　九十七字　或無"慢"字　　　　　　　　王　觀

調雨爲酥，催冰做水，化工分付春還[一]。何人便將輕暖，點
破殘寒。結伴踏青去好，平頭鞋子小雙鸞。烟郊外，望中秀
色，如有無間。　　　晴則個，陰則個①，便帶得芳心[二]，有許
多般。空教鏤花撥柳[三]，爭要先看。不道吳綾繡襪，香泥斜
沁幾行斑。東風巧，盡收嫩綠，吹上眉端。

　　　《九宮大成》入北詞仙吕調隻曲。

　　　此調前無作者，亦不知何人創製。李清照一首，於前後第
四、五句作上四下六，可不拘②。"化工"二字，《詞律》作"東君"。
"便帶得芳心"句，作"餒飣得天氣"。"空"字作"須"，"鏤"字作
"撩"，"嫩"字作"翠"，"端"字作"山"。今從《陽春白雪》本。

【校記】

　　［一］原注"化"字、第五句"點"字、第六句"踏"字可平；"分"字、第七句"平"字"鞋"字、後段第七句"吳"字、第八句"香"字可仄。

　　［二］原注"得"字作平。

　　［三］原注"教"字平聲。

【蔡案】

　　① 後段起拍，以六字一氣爲正。

　　② 本調第二均，宋詞多以一四一六兩句爲正，但古詞填寫四六、六四本可通，可通，則屬於常態問題，也並非"可不拘"。

又一體 九十七字　　　　　　　　　　　　　史達祖

墜絮萍萍，狂鞭孕竹，偷移紅紫池亭。餘花未落，似供殘蝶
●●○○　○○●●　○○●○△　　○○●●　●○○●●

經營［一］。賦得送春詩了，夏帷擡斷綠陰成。桑麻外，乳鳩穉
○△　　●●●○○●　●○○●●○○　○○●　●○●

燕，別樣芳情［二］。　　　荀令舊香易冷，歎俊游疏侶，枉自銷
●　○●○△　　　　●●●○○●　●●○○●　●●○

凝。塵侵謝屐，幽徑斑駁苔生。便覺寸心易老，故人前度漫
△　○○●●　○○●●○△　　●●●○●●　●○○●●

丁寧。空相誤，被蘭曲水，挑菜東城。
○△　　○○●　●○●●　○●○△

　　　　汲古名《慶清朝》。

　　　　前後第四、五句，上四下六字，換頭作六字句，與王異。《詞律》謂此是正體，較王作易填，殊不可解①。又所謂仄聲字，與各家不盡合，不必從。"舊"字，葉《譜》作"衣"，"侶"字作"懶"，"自"字作"是"。"易"字，汲古作"尚"。

【校記】

　　［一］原注“供”字去聲。

　　［二］原注“别”字作平。

【蔡案】

　　① 萬樹《詞律》所謂較王詞易填者，或指過片王詞之折腰，且史詞通篇平仄諧和，即便“似供”句、“幽徑”句，亦均爲律拗句法，在律之中。故《欽定詞譜》云：“宋人依史詞體者爲多，故可平可仄，詳注史詞之下。”亦以史詞爲正格。

又一體 九十七字　　　　　　　　　　李宏模

木　芙　蓉

碧玉雲深，彤綃霧薄，芳叢亂迷秋渚①。重城傍水，中有吹簫儔侶。應是瓊樓夜冷，月明誰伴乘鸞女。仙游處。翠帘障塵［一］，紅綺隨步②。　　　別岸玉容伫倚，愛淺抹蜂黄，淡籠紈素。嬌羞未語，脉脉悲烟泣露。彩扇何人妙筆，丹青招得花魂住。歌聲暮。夢入錦江，香裏歸路。

　　　　此用仄韵③，見《陽春白雪》。此體《詞律》未載。
　　　　“處”字、“暮”字叶韵。“障”字、“綺”字、“錦”字，“裏”字必仄聲。“語”字偶合，非叶。

【校記】

　　［一］原注“障”字去聲。“障”字及後句“綺”字、後段第九句“錦”字、結句“裏”字，用●符標識，意謂必用仄聲。

【蔡案】

① "亂迷"，或是"迷亂"之倒誤。

② 前後段兩結拍，第二字俱用上聲，根據律理可知此處應是作平，秦巘謂必仄，則違律而失諧，無據。

③ 仄韵體詞，僅此一首，無別首可校。然本詞字句，與史詞悉合，惟前後段尾均各添一韵異，此亦填詞常見，所謂過變結拍，不妨多加韵也。

十月桃 九十九字 "桃"一作"梅" 王 觀[一]

東籬菊盡[二]，遍園林敗葉，滿地寒荄。露井平明，破香籠粉初開[三]。佳人共喜芳意，呵手翦、密插鸞釵。無言有艷，不避繁霜，變作春媒。　　問武陵溪上誰栽。分付與南園，舞榭歌臺。恰似凝酥襯玉，點綴裝裁。東君自是爲主，先暖信、律管飛灰。從今雪裏，第一番花，休話江梅。

　　調見《樂府雅詞》。以詞意爲名，自是創製。

　　《梅苑》名《十月梅》。

【校記】

　　[一] 本詞收錄於《樂府雅詞拾遺》，作者佚名，唐圭璋先生謂：劉毓盤輯《冠柳集》誤爲王觀詞。

　　[二] "菊"字及後一句"敗"字、第三句"滿"字、第五句"破"字、第六句"喜"字、第九句"不"字、結句"變"字、後段第四句"玉"字、第五句"點"字、第六句"是"字、第七句"律"字、第九句"第"字原注可平。

　　[三] "香"字"籠"字、後段第二句"分"字、結句"休"字原注可仄。

又一體 九十九字　　　　　　　　　　　　　　張元幹

梅　　花

年華催晚，聽尊前偏唱，衝暖欺寒。樂府誰知，分付點化金丹。中原舊游何在，頻入夢、老眼空潸。撩人冷蕊，渾似當時，無語低鬟。　　有多情多病文園。向雪後尋春，醉裏憑闌。獨步群芳，此花風度天然①。羅浮淡妝素質，呼翠鳳、飛舞斕斑。參橫月落，留恨醒來[一]，滿地香殘。

　　前後第四、五句，上四下六字，六句平仄亦微異。張別作上六下四字，可不拘。“飛”字，葉《譜》作“醉”。

【校記】

　　[一] 原注“醒”字平聲。

【蔡案】

　　① 本詞惟後段第二均作一四一六，與王詞反，此類讀破，本可如此，專擬一體，甚覺無謂。

十月梅 九十八字　　　　　　　　　　　　　　缺　名

千林凋盡，一陽未報①，已綻南枝。獨對霜天，冒寒先占花期。清香映月浮動，臨淺水、疏影斜欹。孤標不似，綠李夭桃，取次成蹊。　　縱壽陽妝臉偏宜。應未笑、天然雅態冰肌。寄語高樓，憑闌羌管休吹。東君自是爲主，調鼎鼐、終付他時。從今點綴，百草千花，須待春歸。

前段首、次句,兩四字對起,比王作少一字。餘同。

【蔡案】

① 本句宋人皆爲五字一句,獨此詞四字,疑奪。

瀟湘静 百三字　　　　　　　　　　　　　　　　王　觀

畫簾微捲,香風逗[一]①。正明月[二]、乍圓時候[三]。金盤露冷,玉爐篆爐,漸紅鱗生酒。嬌唱倚繁弦,瓊枝碎、輕廻雲袖。風臺焰短,銅壺漏永,人欲醉、夜如晝。　　　　因念流年迅景,被浮名、暗辜歡偶。人生大抵,離多會少,更相將白首。何似猛尋芳,都莫問、積金過斗[四]。歌闌宴闋,雲窗鳳枕,釵橫麝透。

　　　　亦見《樂府雅詞》。

　　　　前後第五句,是一領四字句,六句是上二下三字句,勿誤認。"乍"、"露"、"篆"、"焰"、"漏"、"夜"、"迅"、"暗"、"大"、"會"、"宴"、"鳳"、"麝"諸去聲字,必不可易。"爐"字一本作"消","焰"字一作"歌"。

【校記】

　　[一]"風"字及後段首句"因"字原注可仄。

　　[二]"月"字、第五句"玉"字、第十一句"欲"字、後段第五句"白"字、第七句"莫"字原注作平。

　　[三]"乍"字、第四句"露"字、第五句"篆"字、第九句"焰"字、第十句"漏"字、第十一句"夜"字、後段首句"迅"字、第二句"暗"字、第三句"大"字、第四句"會"字、第八句"宴"字、第九句"鳳"字、第十句"麝"

字,用◑符標識,意謂必用去聲。

　　[四]原注"過"字平聲。

【蔡案】

　　① 起調視爲平起仄收式七字律句,並無任何違逆,秦巘讀爲兩句不但多餘,且毫無律理依據。

湘江静　百三字　　　　　　　　　　　　　　史達祖

暮草堆青,雲浸浦。記匆匆、倦篙曾駐[一]。漁榔四起,沙鷗未落,怕愁沾詩句。碧袖一聲歌[二],石城怨、西風隨去[三]。滄波蕩晚,菰蒲弄秋[四],還重到、斷魂處[五]。　　酒易醒,思正苦。想空山、桂香懸樹。三年夢冷,孤吟意短,屢烟鐘津鼓。屐齒厭登臨,移橙後、幾番凉雨。潘郎漸老,風流頓减,閒居未賦。

　　　原名《湘江静》,與前作字句無異,實是一調。祇換頭作兩三字句,叶韵,差殊。諸去聲字,毫黍不爽,格律謹嚴。惟"秋"字用平,略異。其餘入作平者,兩首比較自明。"暮"字葉《譜》作"春","斷"字作"銷",皆誤。

【校記】

　　[一]"倦"字、第四句"四"字、第五句"未"字、第九句"蕩"字、第十句"弄"字、第十一句"斷"字、後段首句"正"字、第二句"桂"字、第三句"夢"字、第四句"意"字、第八句"漸"字、第九句"頓"字、第十句"未"字,用◑符標識,意謂必用去聲。

　　[二]"碧"字原注作平,無謂。

［三］“石”字、後段第六句“屐”字，原注作平。

［四］“秋”字原注宜仄。

［五］“重”字及後段首句“醒”字，原注平聲。

高陽臺　百字　　　　　　　　　　　　　　　王　觀

紅入桃腮，青回柳眼，韶華已破三分①。人不歸來，空教草怨
⊙●○○　○○●●　⊙○◎●○△　　⊙●○○　⊙○○◎●

王孫［一］。平明幾點催花雨，夢半闌、敧枕初聞［二］。問東君，
○△　　　⊙○⊙●○○●　●●○　⊙●○△　　●○○

因甚將春，老却閒人。　　　東郊十里香塵滿，旋安排玉
⊙●○○　◎●○△　　　⊙○⊙●○○●　○○●○

勒［三］，整頓雕輪。趁取芳時，共尋島上紅雲。朱衣引馬黄金
●　　　◎●○△　◎●○○　⊙○●●○△　　⊙○○●○

帶，算到頭、總是虛名。莫閒愁，一半悲秋，一半傷春。
●　●●○　⊙●○△　　●○○　⊙●○○　◎●○△

　　高栻詞，注商調。《九宮大成》入南詞商調引。與本調正曲
不同。

　　見《陽春白雪》。原注一作僧暉，暉，字皎如，舊譜皆作皎如。
今從《陽春》訂正。

　　“半”字、“到”字必用去聲②，勿誤。前後結兩三字句，必用
仄平平。有前不叶後叶者，是偶合③，非叶。《草堂》所注句讀，
大誤，《詞律》已辨明矣，茲不贅論。《詞律》缺“滿”字，以“塵”字
爲叶韵，非。餘詳《慶春澤》下。“却”字，一本作“了”，“滿”字作
“軟”，“共”字作“去”。

【校記】

［一］“教”字原注平聲。

［二］“半”字和後段第七句“到”字，用◓符標識，意謂必用去聲。

［三］“旋”字原注去聲。

【蔡案】

① 原注“破”字可平。按，本句爲平起平收式律句，第四字依律須仄，今存宋詞都如此填，不知秦巘何據。

② 但凡謂某字必用去聲，必謬。以譜而論，悲耶喜耶，並不知填者所填何詞，何以便知某處必得去聲？即以本譜而論，後吳夢窗前段用“曉”字，張玉田用“薔”字，劉叔安用“兩”字，六占其三，後段吳用“縞”、王用“何”、張用“重”、劉用“相”，六占其四，則“必用”云云，不知從何而來。

③ 秦巘謂，有前不叶後叶者，便是偶合，其實詞中但凡句脚入韵者，俱不妨視爲叶韵，寧可多一偶合，也不可失收。且“偶合”也衹是後人的揣度而已，何以知宋人就不是特意入韵，《欽定詞譜》所謂“過變曲終，不妨多加拍也”的説法，便是前後段尾均中增加韵脚的理論依據。

又一體 九十七字　　　　　　　　　吳文英

落　梅

宮粉雕痕，仙雲墮影，無人野水荒灣。古石埋香，金沙鎖骨連環。南樓不恨吹橫笛，恨曉風、千里關山。半飄零，庭上黃昏，月冷闌干。　　　壽陽宮裏愁鸞①。問誰調玉髓，暗補香瘢。細雨歸鴻，孤山無限春寒。離魂難倩招清些，夢縞衣、解佩溪邊。最愁人，啼鳥晴明，葉底清圓。

後起句六字叶韵,比王作少一字。

【蔡案】

① 後段起拍奪一字,“宮裏愁鸞”云云,文理不通,應據《絕妙好詞》《廣群芳譜》等補,作“壽陽宮裏愁鸞鏡”。又,後段起拍叶韵。詞之前後段首拍,均可視作者之必要,或叶或不叶,律理如此。

又一體 百字　　　　　　　　　　　　　　　王沂孫

詠　紙　被

霜楮刳皮,冰花擘繭,滿腔絮濕湘簾。抱甕工夫,何須待吐吳蠶。水香玉色難裁剪,更繡針、茸綫休拈。伴梅花,暗卷春風,斗帳孤眠。　　　篝熏鵲錦熊氊。一任粉融脂涴①,猶怯痴寒。我睡方濃,笑他欠此情緣。揉來細軟烘烘暖,儘何妨、挾纊裝綿[一]。酒魂醒[二],半榻梨雲,起坐詩禪。

後起句六字叶韵,次句亦六字,與吳作異。此體衹此一首,《詞律》未收。鮑本《花外集》無“一”字,“起”字一本作“記”。覃、咸韵與先、寒並叶,不宜從。

【校記】

[一]原注“何”宜仄。

[二]原注“醒”字平聲。

【蔡案】

① 后段第二拍,例作五字一句,其“一”字衍,應據《花外集》删。

又一體 百一字　　　　　　　　　　　　　　　蔣　捷

送　翠　英

燕捲晴絲，蜂粘落絮，天教縮住閒愁[一]。閒裏清明，匆匆粉
澀紅羞。燈摇縹暈茸窗冷，語未闌、娥影分收。好傷情，春
也難留。人也難留。　　芳塵滿目總悠悠。爲問縈雲佩
響[二]①，還繞誰樓。別酒纔斟，從前心事都休。飛鶯縱有風
吹轉，奈舊家、苑已成秋。莫思量，楊柳灣西，且櫂吟舟。

　　　換頭句七字叶韵，次句亦六字，與王觀作異。上"留"字叶
　　韵，是偶合。

【校記】
　　[一]"教"字原注平聲。
　　[二]"爲"字原注去聲。

【蔡案】
　　① 后段第二拍，例作五字一句，其"爲"字衍，應據《竹山詞》删。
過片《竹山詞》又作"芳塵滿目悠悠"，無"總"字，但該句本調亦有七字
者，衍奪與否，難以判定。

又一體 百字　　　　　　　　　　　　　　　　張　炎

接葉巢鶯，平波捲絮，斷橋斜日歸船。能幾番游，看花又是
明年。東風且伴薔薇住，到薔薇、春已堪憐[一]。更凄然。萬
緑西泠，一抹荒烟。　　　當年。燕子知何處，但苔深韋曲，

草暗斜川。見説新愁，如今也到鷗邊。無心再續笙歌夢，掩重門、淺醉閒眠。莫開簾。怕見飛花，怕聽啼鵑。

此與王觀作同。惟換頭二字，前後段第八句，皆叶韵。

【校記】

［一］原注"薔"字及後段第七句"重"字宜仄。

慶春澤 百字 或加"慢"字　　　　　　　　　　　劉　鎭

丙　子　元　夕

燈火烘春，樓臺浸月，良宵一刻千金。錦步承蓮，彩雲簇仗難尋。蓬壺影動星球轉，映兩行、寶珥瑤簪。恣嬉游[一]，玉漏聲催，未歇芳心。　　笙歌十里誇張地，記年時行樂，憔悴而今。客裏情懷，伴人閒笑閒吟。小桃未盡劉郎老，把相思、細寫瑤琴[二]。怕歸來，紅紫欺風，三徑成陰。

此詞原名《慶春澤》，實與《高陽臺》全合，自是一調。《草堂》以後起六字叶韵爲《高陽臺》，七字不叶爲《慶春澤》，分列兩調，大謬。《詞律》辨之良是，但不立《高陽臺》爲正調，且不知另有無名氏九十八字正調，與此迥不相符，亦一失也。又，舊説一名《慶春宮》，蓋因《詞綜》王沂孫詞誤刻調名，訛以傳訛，實非一調。《詞律》亦辨之矣。一字之差，謬以千里，校書固不可不審也。"承"字，《詞律》作"成"，誤。

【校記】

［一］"恣"字原注去聲。

[二]　"相"字原注宜仄。

翠華引 二十四字　　　　　　　　　　　沈　括

按舞驪山影裏，回鸞渭水光中。玉笛一天明月，翠華滿陌春風。

　　凡四首，因末句爲名。《填詞名解》以爲《三臺》之別名，非也①。故另列。
　　《侯鯖録》云：元豐中，沈存中入翰林爲學士，有《開元樂府》詞云云。裕陵賞愛之。

【蔡案】
　　① 此聲詩也，但對而不黏，只須依律爲句即可，無須擬譜。

南　浦 百二字　　　　　　　　　　　魯逸仲

風悲畫角，聽單于、三弄落譙門。投宿駸駸征騎，飛雪滿孤村。酒市漸闌燈火，正敲窗、亂葉舞紛紛。送數聲驚雁，乍離烟水，嘹唳度寒雲。　　好在半朧淡月，到如今、無處不消魂。故國梅花歸夢，愁損綠羅裙。爲問暗香閒艷，也相思、萬點付啼痕。算翠屏應是，兩眉餘恨倚黃昏[一]。

　　唐教坊曲名有《南浦子》。《九宮譜》注黃鐘官。
　　此詞頗似《滿庭芳》，但字句不同。用平韵者僅見此首。《圖譜》於後結“眉”字句,《詞律》於“是”字句。愚按:此調多五字句,如仄韵詞多用六字句,體格當如是也,應從《圖譜》①。“兩”字以上作平,“歸”字,葉《譜》作“飛”,誤。

【校記】

[一]“兩”字原注作平。

【蔡案】

① 後段尾均,秦巘以平韵體多五字句爲由,作折腰式七字一句、五字一句,似是而非。蓋本詞前後段尾均,首拍均爲五字一句,正合,若按折腰式讀,則一四一五相合,起處成一五對一三,反不諧矣。就整體韵律看,後段起拍添二字,結拍減二字,這是一種極爲標準的添頭式結構。謹改。

又一體 百五字　　　　　　　　　　　　　　　　程 垓

金鴨懶熏香[一],向晚來、春醒一枕無緒[二]①。濃綠漲瑶窗,東風外、吹盡亂紅飛絮。無言佇立,斷腸惟有流鶯語。碧雲欲暮。空惆悵、韶華一時虛度[三]②。　　追思舊日心情,記題葉西樓,吹花南浦。老去覺歡疏,傷春恨、都付斷雲殘雨。黄昏院落,問誰猶在憑闌處。可堪杜宇。空祇解、聲聲催他春去。

此用仄韵,與魯作大不相侔,南宋多從此體。程、周詞皆有“南浦”句,與魯同時,不知何人所創。

前後結相同。“暮”字、“宇”字叶韵。前結《詞律》於“華”字句,玩通首俱用三字六字句。此調體格當如是,各家皆同。後段第二、三句,史達祖作"怕事隨歌殘,情趁雲冷",平仄異。

【校記】

[一]"金"字、第二句"春"字、第五句"無"字、後段第二句"題"字、第三句"南"字原注可仄。

[二]"一"字、第四句"盡"字、第五句"仁"字、後段第四句"老"字原注可平。

[三]"一"字、後段第九句"衹"字原注作平。

【蔡案】

① "向晚來"下九字,校之後段,改爲一五一四,韵律更諧和。

② "空惆悵"下九字及後段"空衹解"下九字,原譜因作上三下六式折腰句法,而致前後段兩結拍音律大拗,也應改爲一五一四。

又一體 百四字　　　　　　　　　　　周邦彦

淺帶一帆風,向晚來、扁舟穩下南浦。迢遞阻瀟湘,蘅皋迥、斜艤蕙蘭汀渚。危檣影裏,斷雲點點遙天暮。菡萏裏,風偷送、清香時時微度①。　　吾家舊有簪纓,甚頓作天涯,經歲羈旅②。羌管怎知情,烟波上、黃昏萬斛愁緒。無言對月,皓彩千里人何處[一]。恨無鳳翼身③,衹待而今,飛將歸去。

此調《清真集》不載。前結"菡萏裏"三字必有脫誤,照程作應落一字。後結"鳳翼身"三字,文義亦不妥,姑爲句讀,惜無方、楊和詞可證。"皓彩"句與程作平仄異,照前段,"彩"字當是以上作平。

【校記】

[一]"彩"字原注作平。

【蔡案】

① 前段尾均，秦巘以爲必奪一字，甚是。蓋此前云"危檣影裏"如何如何，此處若再用"菡萏裏"如何如何，則作詞手段太低劣，決非美成手段也。《欽定詞譜》此處作"菡萏裊風斜，偸送清香，時時微度"，雖其文來路不明，却甚合律理，亦與後段合，可據改。

② "甚頓作"下九字，對應前段"向晚來"九字，其六字結構可有兩種讀法，或平起仄收式律句，或仄起式律拗，若作一五一四，則四字句難免違律，故應改讀爲折腰九字句。

③ 本句句意彆扭，亦應據《欽定詞譜》改爲"恨身無鳳翼"爲是。

又一體 百五字　　　　　　　　　　　　　　　王沂孫

春　水

柳下碧粼粼，認麴塵、乍生色嫩於染①。清溜滿銀塘，東風
●●●○○　●●○　●○●●○▲　　○○●○○　○○

細、參差縠紋初遍。別君南浦，翠眉曾照波痕淺。再來漲
●　○○●●○▲　●○○●　●○○●○○▲　●○●

綠，迷舊處、添却殘紅幾片。　　　蒲萄過雨新痕，正拍拍輕
●　○●●　○●○○●▲　　　○○●●○○　●●●○○

鷗，翩翩小燕。簾影蘸樓陰，芳流去、應有淚珠千點。滄浪
○　○○●▲　○●●○○　○○●　○●●○○▲　○○

一舸，斷魂重唱蘋花怨。采香幽徑，鴛鴦睡、誰道湔裙人遠。
●●　●○○●○○▲　●○○●　○○●○●○○▲

前段第二、三句，一五、一四字句，與程作異。兩八句不叶韻，"却"字、"道"字用仄，亦異。《詞律》謂後段"采香"下是七字句，誤，是未見程作也。各家平仄互異，可不拘。"睡"字一作"暖"，誤。

【蔡案】

① 前後段第一均，收拍的字句每每不合，往往是前段作三六式折腰句法，後段爲一五一四式，宋人多如此填。原譜前段作"認麵塵乍生，色嫩於染"，致兩句韵律都不諧，謹按律讀改。

惜餘春慢 百十三字　　　　　　　　　　魯逸仲

弄月餘花，團風輕絮，露濕池塘春草。鶯鶯戀友，燕燕將雛，惆悵睡殘清曉。還似初相見時[一]，携手旗亭，酒香梅小。向登臨長是，傷春滋味，涙彈多少。　　　因甚却、輕許風流，終非長久，又説分飛煩惱。羅衣瘦損，繡被香消，那更亂紅如掃。門外無窮路歧，天若有情，和天須老。念高唐歸夢，凄凉何處，水流雲繞。

> 《碧鷄漫志》云："《蘭畹曲會》，孔寧極之子方平所集。序引稱無爲、莫知非，其自作稱魯逸仲，皆方平隱名，如子虚、烏有、亡是之類。孔平日自號滏皋漁父，與侄處度齊名，李方叔詩酒侣也。"愚按：方平名夷，嘉祐間隱士。此以詞意爲名，字句雖與周、方諸家《選冠子》《蘇武慢》相同，未必是一調①。今分列，説詳《選冠子》下。
>
> "見"、"涙"、"路"、"水"四字，定用仄聲。

【校記】

[一]"見"字及前結"涙"字、後段第七句"路"字、後結"水"字用●符標識，意謂必用仄聲。

【蔡案】

① 此即《蘇武慢》，與《蘇武慢》之陸游詞、《選冠子》之侯寘詞同，

惟前後段第三均讀破異。

極相思　四十九字　　　　　　　　　　太尉夫人

柳烟霽色方晴。花露逼金莖。鞦韆院落，海棠漸老，纔過清
● ○◎◎●○△　●●●○△　○●○●　○●○●　⊙●○

明。　　嫩玉腕托香脂臉[一]①，相傅粉、更與誰情。秋波綻
△　　　　　◎●○○■●　　○○○　◎●○△　⊙○○

處，相思淚迸，天阻深誠。
●　○○●●　○○○△

《九宮大成》入南詞小石調引。一名《相思令》。

彭乘《墨客揮犀》云：仁廟時，皇族中太尉夫人一日入內，再
拜告帝曰：臣妾有夫，不幸爲婢妾所惑。帝怒，流婢於千里。夫
人亦得罪，居瑤華宮，太尉罰俸而不得朝。經歲，方春暮，夫人爲
詞，曲名《極相思》。

或加"令"字。呂渭老、吳文英各一首。換頭句作平仄平平
平仄仄，與此異。

【校記】

［一］"玉"字原注作平。"托"字原注可平。

【蔡案】

① 本句祇有一種填法，其標準格式如蘇軾詞，作"惆悵東君堪恨
處"，用仄起仄收式句式。因此，本句應是"托"字作平，"玉"字仍作入
聲，而"脂"字宋詞別首均用仄聲，此是敗筆，故用應仄而平符。

楚宮春慢　百六字　或無"慢"字　　　　　　　　僧　揮

輕盈絳雪。乍團聚同心，千點珠結。畫館繡幄低飛[一]，融融

香徹。笑裏精神放縱，斷未許、年華偷歇。信任芳春，都不管，漸漸南薰，別是一家風月。　　扁舟去後，回望處、娃宮淒凉凝咽①。月似斷雲零落，深心難説。不與雕闌寸地，忍覰著、漂流離缺。盡日厭厭[二]，總無語，不及高唐，夢裏相逢時節。

前無作者，《詞律》失收。

"點"字以上作平。"繡"、"放"、"斷"、"寸"四字去聲，勿易。

【校記】

[一]"繡"字、第六句"放"字、後段第三句"斷"字、第五句"寸"字用●符標識，意謂必用去聲。

[二]前"厭"字原注平聲。

【蔡案】

① 本句用平起式律拗句法，"凝"，去聲。

楚宮春 百八字　　　　　　　　　　　　周　密

爲洛花度無射宮

香迎曉白。看烟珮霞綃，弄妝金谷。倦倚畫闌[一]，無語情深嬌足。雲擁瑶房翠暖，繡幕捲、東風傾國。半捻愁紅，念舊游，凝佇蘭翹，瑞鸞低舞庭緑。　　猶想沉香亭北。人醉裏、芳筆曾題新曲。自剪露痕，移取春歸華屋。絲障銀屏静掩，悄未許、鶯窺蝶宿[二]。絳蠟良宵，酒半闌，重繞鴛機，醉屬爭妍紅玉。

原題無射宮,即俗名黃鐘宮。

後起句六字比前多二字①。前後第四、五句,上四下六字,可不拘。此詞各刻訛脱甚多,今從《蘋洲漁笛譜》訂正。"白"、"國"、"北"三字借叶,宋人多用之②。"白"字,一本作"日",失韻。"幕"字,《笛譜》作"帳","翹"字,《草窗詞》作"橈","蝶"字作"燕"。"弄妝"二字,《詞譜》作"姜女","暖"字作"幕","繡幕"二字作"暖","新"字作"私","自剪"二字作"輕澗","絲"字作"緑"。

【校記】

　[一]"晝"字、第六句"翠"字、後段第三句"露"字、第五句"静"字用◐符標識,意謂必用去聲。

　[二]"蝶"字原注作平。

【蔡案】

　① 此即所謂"添頭",本例可見添頭也可以是一種增字模式。

　② 所謂借叶,是臨時調用,是偶用,如是經常可以互叶,"宋人多用之",便非借叶。所以秦巘"借叶"的説法,並非出乎宋人立場,而是清人立場,難免自説自話。

柳梢青 四十九字　一名《雲淡秋空》《雨洗元宵》《玉水明沙》《早春怨》

　　　　　　　　　　　　　　　　　　　　　　僧　揮

岸草平沙。吳王故苑,柳裊烟斜。雨後寒輕,風前香細,春
◎●●△　　⊙●●△　●●○△　　●●○○　○○○●　○
在梨花。　　　行人一棹天涯。酒醒處、殘陽亂鴉[一]。門外
●○△　　　　　⊙○○●○△　　⊙○●、○○●△　　⊙●
鞦韆,墙頭紅粉,深院誰家。
○○　⊙○○●　⊙●○△

《九宮大成》入南詞雙調正曲。

《詞潔》《詞品》《詞綜》皆爲僧揮作,《歷代詩餘》爲秦觀作。查《淮海集》不載,今從《詞潔》諸書。

韓淲詞有"雲淡秋空"句,名《雲淡秋空》。又有"雨洗元宵"句,名《雨洗元宵》。又有"玉水明沙"句,名《玉水明沙》①。張雨詞名《早春怨》。

"亂"字必用去聲,各家同②,不可移易。"細"字一本作"軟"。

【校記】

[一]"亂"字用●符標識,意謂必用去聲。

【蔡案】

① 韓淲好用新名,但衹是一詞一名,一詞一名則可知並非調名,而是詞名,所以宋元人無襲用其名者。

② 秦巘謂"亂"字必用去聲,是未諳此中三昧,究其律理,該字位固應仄塡,而"處"字尤須提點用仄也。且動輒去聲,頗爲可厭,檢宋詞可知,此字位上聲、入聲無算,秦巘果不知乎?

又一體 四十九字　　　　　　　　　趙汝愚

水月光中,烟霞影裏,涌出樓臺。空外笙簫,人間笑語,身在蓬萊。　　天香暗逐風回。正十里、荷花盡開[一]。買個輕舟,山南游遍,山北歸來。

亦用平韵。首句不起韵。

【校記】

[一]"盡"字用●符標識,意謂必用去聲。

又一體 四十九字　一名《隴頭月》　　　　　　呂渭老

遠簾籠月。誰見南陌[一]，子規啼血。萸糝菊英，整冠落帽，
◎○○▲　　○●○●　　○○○▲　⊙●○●　●○●●
一時虛設。　　五湖自有深期，曾指定、燈花細說[二]。燕子
◎○○▲　　　○○○●○○　○○●●▲　　◎●
巢空，秋鴻程遠，音書中絶。
○○　⊙●○●　⊙○○▲

　　此用仄韵。《古今詞話》無名氏詞，有"隴頭殘月"句，名《隴
頭月》。

　　"細"字，必去聲。"誰見南陌"句，謝逸作"尊前忍聽"，平仄
異，各家多同。

【校記】

　　［一］"陌"字及第四句"菊"字，原注作平。

　　［二］"細"字用●符標識，意謂必用去聲。

又一體 四十九字　　　　　　　　　　　　　　蔡　伸

聯璧尋春，踏青尚憶，年時携手。此際重來，可憐還是，年年
時候①。　　陰陰柳下人家，人面桃花似依舊②。但願年
年，春風有信，人心長久。

　　後段次句，上四下三字句法，與各家異。

【蔡案】

　　① "年年時候"句意不通，《欽定詞譜》改爲"去年時候"，吳訥本
《友古居士詞》及《歷代詩餘》卷二十則爲"年時時候"，雖復，但更恰，
應據改。

② 本句《欽定詞譜》和《歷代詩餘》均爲"人面似、桃花依舊",但不知其所據。《友古居士詞》則作"人面桃花似舊",《全宋詞》從之。唐先生並云:"此句應於'人面'上缺一字。汲古閣本此句作'人面桃花似依舊',疑妄增一'依'字。"就全宋本調看,本句減字作六字一句者極罕見,現存六字句均有奪誤之疑,而"人面似"三字逗爲平聲字起,也極爲罕見,故句首奪一字之説,最爲可信。

又一體 四十九字　　　　　　　　　　　　　　　　侯　寘

小院輕寒,酒濃香軟,深沉簾幕。我輩相逢,歡然一笑,春在杯酌。　　家山辜負猿鶴。軒冕意、秋雲似薄[一]。我自西風,扁舟歸去,看君寥廓。

　　　　亦用仄韵,後起句不叶韵。

【校記】

　　[一]"似"字用●符標識,意謂必用去聲。

又一體 四十八字　　　　　　　　　　　　　　　　張孝祥

碧雲風月無多。莫被名繮利鎖。白玉爲車,黃金作印,不戀休呵。　　爭如對酒當歌。□□□□□麽[一]。年少甘羅,老成吕望,畢竟如何。

　　　　此平仄互叶體。前後起二句各六字,比各家少一字。"羅"字非叶韵。

【校記】

　　[一]本句《全宋詞》作"人是人非恁麽",應據補。

詞繫卷十四 宋

醉花陰 五十一字　一名《醉春風》　　　　　　　舒　亶

月幌風簾香一陣。正千山雪盡。冷對酒尊傍，無語含情，別是江南信。　　壽陽妝罷人微困。更玉釵斜襯。擬插一枝歸[一]，祇恐風流，羞上潘郎鬢。

《中原音韵》注黄鐘宮，《太平樂府》注中吕宮，《九宮大成》入北詞黄鐘調隻曲。

見《梅苑》，兩次句是一領四字句。"插一枝"句上應落一字。舒凡二首，其一少此一句[二]，與後毛作同。揚无咎有二首，兩起句平仄異。

【校記】

[一]原無"擬"字，據《樂府雅詞》卷中補"擬"字。

[二]舒詞二首，並無殘缺，是秦巘所據本脱一句，別首據宋曾慥《樂府雅詞》卷二，其全詞爲："露芽初破雲腴細。玉纖纖親試。香雪透金瓶，無限仙風，月下人微醉。　　相如消渴無佳思。了知君此意。不信老盧郎，花底春寒，贏得空無睡。"

又一體 四十七字 　　　　　　　　　　　　　　　　　毛 滂

檀板一聲鶯起速。山影穿疏木。人在翠陰中,欲覓殘春,春在屏風曲。　　勸君對客杯須覆。燈照瀛洲綠。魄冷魂清,獨引金蓮燭。

> 前後段次句,是五言詩句。"山影"句平仄與舒異。後段缺第三句[一],當是脱落。但舒有一首亦如此[二]。

【校記】

[一] 該句秦巘不應脱,《東堂詞》《歷代詩餘》卷二十三均有第三句"西去玉堂深",《欽定詞譜》爲秦巘重要參考書,其第九卷也是全詞收錄毛滂本詞。

[二] 舒詞亦不脱,見前一首校記。

又一體 五十二字 　　　　　　　　　　　　　　　　　李清照

薄霧濃氛愁永晝。瑞腦銷金獸。佳節又重陽,寶枕紗廚,半夜秋初透。　　東籬把酒黄昏後。有暗香盈袖。莫道不銷魂,簾捲西風,人比黄花瘦。

> 《瑯環記》云:李易安以《重陽·醉花陰》詞寄德甫云云。德甫得詞,思欲勝之。廢寢食者三日,得詞十五闋。雜易安詞以示陸德夫。陸吟玩良久,曰:"祇有'莫道不銷魂'三句最佳,餘不及也。"

> 前次句與毛同,後次句與舒同。"氛"字一本作"云","寶"字作"玉","秋"字作"凉","比"字作"似"。

醉春風 五十二字　　　　　　　　　　　　米友仁

一陽來復群陰往。吾道從今長。萬事莫關情，月夕風前，依舊須豪放。　　卿雲舒卷浮青嶂。從古書珍賞。滿引唱新詞，春意看看，又到梅梢上。

見鮑刻《知不足齋叢書‧陽春集》。

此與《醉花陰》無異，自是一調異名。惟起句平仄異①。

【蔡案】

①　詞中句法，原本並無律定，因此首拍的句式，舒、毛、李都可以是仄起式，而本詞則可以是平起式，此類差異，詞中頗多，並非是詞人誤筆，亦不惟本詞如此，填詞即如此。秦巘這裏雖然指出兩者有所不同，但還是認定"自是一調異名"，這是正確的見識，遺憾的是在他處往往會有因一句兩句的不同，而判爲異類。至於更多句子之間的句法都相同，也並非當時有一個文字的平仄律存在，而僅僅是因爲襲用而已。

散天花 六十字　　　　　　　　　　　　舒　亶

次師能韵

雲斷長空葉落秋。寒江烟浪静，月隨舟①。西風偏解送離愁。聲聲南去雁，下汀洲。　　無奈多情去復留。驪歌齊唱罷，淚爭流。悠悠別恨幾時休。不堪殘酒醒、凭危樓。

唐教坊曲名。《隋書‧樂志》云：行曲有《單交路》，舞曲有《散天花》。

《詞譜》云：調近《朝玉階》，然換頭句平仄自不同也②。《歷代詩餘》謂與《小重山》相近，則換頭句少二字，大相懸殊矣。且《朝玉階》有二體，未可一概論也。

考師能乃宋宗室。題云"次韵"，是師能所製。惜原詞無考。

"斷"字，葉《譜》作"淡"，"葉落"二字作"落葉"，"危"字作"高"。

【蔡案】

① 此八字秦巘讀爲兩句，實誤，本調每一個五三式結構其實均應是一句。

② 本調應即《朝玉階》，較之《朝玉階》"簾卷春寒"一格，除換頭句其爲平起外，其餘字句、平仄、韵律悉同（參見卷十六杜安世下）。秦巘將二者分列，顯係讚同《詞譜》之説，這也是秦巘的基本理念，儘管前一首剛剛説過完全同樣的實例，"惟起句平仄異"，也"自是一調異名"。

眼兒媚 四十八字　一名《小闌干》《秋波媚》　　　　　王　雱[一]

楊柳絲絲弄輕柔。烟縷織成愁。海棠未雨，梨花先雪，一半春休。　　　而今往事難重省，歸夢繞秦樓。相思祇在，丁香枝上，豆蔻梢頭。

《九宫大成》入南詞高大石調引，一名《東風寒》。

左譽詞有"斜月小闌干"句[二]，名《小闌干》。與《少年游》之別名不同。陸游詞名《秋波媚》。

起四字，左譽、陸游皆用平仄平平拗句，與《惜分飛》《戀繡衾》體同，並非誤倒①。亦有不拗者。又程垓、葛立方、無名氏各一首,句法不同,皆是《朝中措》誤寫調名,非別體也。 故不録。

【校記】

　[一] 按,本詞爲無名氏作,《類編草堂詩餘》誤作王雰詞。

　[二] 查左譽並無《眼兒媚》詞,《花庵詞選》卷六有阮閱一首,前起作"樓上黄昏杏花寒。斜月小闌干";《草堂詩餘》也有收録,而作者佚名,《全宋詞》仍之(《古今圖書集成‧歲功典》卷十三誤作秦觀詞;《惜香樂府》卷三也收録,作趙長卿詞;皆誤),《花草粹編》卷七誤作左譽詞,《詞綜》《歷代詩餘》《欽定詞譜》皆循其誤,秦巘必也是循之而誤。

【蔡案】

　① 前段起拍用仄仄平平仄平平者,並非誤倒,而是誤填,而所誤者,也多是循誤而已,因爲作爲歌曲文本的歌詞,本與平仄律無太多關係,今人將詞樂時代的歌詞用平仄律規範,祇是後詞樂時代的一種"古爲今用"而已,本句的兩種宋人填法,即爲證明。 故以譜而論,應以"蕭蕭江上荻花秋"爲正格,宋人多如此填。 今詞樂亡佚,填詞更宜以律句爲正格,故平仄譜擬於後一詞下。

　　又一體 四十八字 　　　　　　　　　　賀　鑄[一]

蕭蕭江上荻花秋。 做弄許多愁。 半竿落日,兩行新雁,一葉
⊙○⊙●●○△　◎●●○△　○○●●　◎○○●　○●

扁舟。 　　惜分此去應難遇,直待醉時休。 今宵眼底,明朝
○△　　　◎○○●●○●　○●●○△　⊙○●●　⊙○

心上,後日眉頭。
⊙●　◎●●△①

　　此起句不用拗體者②,宋人中亦有之。

【校記】

[一] 本詞出《于湖先生長短句》,作者爲張孝祥,唐先生在《全宋詞》中認爲,謂作者爲賀鑄,乃是因《陽春白雪》而誤題。張詞,文字有多處與此不同,"蕭蕭"作"曉來","許多"作"個離","落日"作"斜日","新雁"作"珠淚","惜分"作"須知","醉時"作"醉方","今宵"作"如今"。

【蔡案】

① 原譜未擬可平可仄,前段首拍,魏了翁詞作"乃翁表裏玉無瑕","乃"、"表"仄聲;次拍,張元幹詞作"人在綺窗中","人"字平聲;第三拍陸遊作"悲歌擊築","悲"字平聲;第四、五拍趙長卿作"嬌鶯姹燕,爭喚何郎","嬌""爭"字平聲,"姹"字仄聲。後段首拍,趙長卿作"西風明月相逢夜","西"、"明"平聲;第二拍高觀國作"芳意未全酬","芳"字平聲;第三、四拍,陸遊作"灞橋烟柳,曲江池館","灞"、"曲"仄聲,"烟"字平聲;第四第五拍,朱敦儒作"羞回眼尾,愁聚眉叢","眼"字仄聲,"愁"字平聲。譜內可平可仄據此補。

② 前段起拍,除有少量●●○○●○△填法外,另還有仄起平收式句法若干首,如王質"雨潤梨花雪未乾",亦爲律句。

又一體 五十字 　　　　　　　　　　　　　林少瞻

曉　　行

霽霞散曉月猶明。疏木挂殘星。山徑人稀,翠蘿深處,啼鳥兩三聲。　　霜華重逼雲裘冷,心共馬蹄輕。十里青山,一溪流水,都做許多情①。

　　　　兩結皆五字,比王作各多一字。

【蔡案】

① 本詞爲《少年遊》,調名誤。

倦尋芳 九十六字　　　　　　　　　　王　雱

露晞向曉[一],簾幕風輕[二],小院閒晝。翠徑鶯來,驚下亂紅鋪繡。倚危樓,登高樹①,海棠經雨胭脂透。算韶華、又因循過了,清明時候。　　倦游宴、風光滿目,好景良辰,誰共携手。恨被榆錢,買斷兩眉長鬥。憶得高陽人散後[三]。落花流水仍依舊。這情懷,對東風、盡成消瘦。

> 原注中吕宮,《九宮大成》入南詞中吕宮正曲,許《譜》同。
>
> 《捫虱新語》云:王元澤一生不作小詞,或者笑之,元澤遂作《倦尋芳慢》一首。時服其工,今人多能誦之。然元澤自此亦不復作。
>
> "向"、"院"、"共"三字定去聲,勿誤。"後"字可不叶。"樓"字,《詞譜》作"闌","經"字作"着"。

【校記】

[一]原注"露"字及第七句"海"字、後段首句"滿"字、次句"好"字、第五句"買"字、第六句"憶"字、第七句"落"字可平。"向"字、第三句"院"字、後段第三句"共"字,用●符標識,意謂必用去聲。

[二]原注"簾"字和結句"清"字可仄。

[三]曾慥《樂府雅詞》卷四收錄本詞,本句爲"憶高陽、人散後",正與前段"倚危樓、登高樹"合,或是原本如此。

【蔡案】

① 此類結構一般都是六字折腰句,宋人多添一字作七字一句

（僅王質詞與此詞同，爲六字折腰），因此，可見就韵律而言，衹是一個句拍，但清儒每每讀爲三字兩句，甚誤。

又一體 九十七字 或加"慢"字 潘元質

獸鐶半掩[一]，鴛甃無塵，庭院瀟灑。樹色沉沉，春盡燕嬌鶯
◎○●● ⊙●○○ ○○●▲ ●●○○ ○●●○○

姹。夢草池塘青漸滿，海棠軒檻紅相亞。聽簫聲、記秦樓夜
▲ ●●○○○●● ◎○○●○○▲ ●○○ ●●○●

約，彩鸞齊跨。 漸迤邐、更催銀箭，何處貪歡，猶繫驄
● ●○○▲ ●○○ ●○○● ○●○○ ○●○

馬。旋剪燈花[二]，兩點翠蛾誰畫。香滅羞回空帳裏，月高猶
▲ ●●○○ ●●●○○▲ ○●○○○●● ⊙○○●●

在重簾下。恨疏狂，待歸來、碎捼花打。
●○○▲ ●○○ ●○○ ●○○▲①

《詞筌》爲蘇庠作。

"夢草"句七字，與後段同，與王作異。各家皆照此填。"香滅"句不叶韵。盧祖皋作，於第三句作"春晴寒淺"，"記秦樓"句作"記寶帳歌慵"，"猶繫"句作"牡丹開遍"，"待歸來"句作"但鎮日"，平仄皆異。"蛾"字，《詞筌》作"眉"，"捼"字作"揉"。

【校記】

　[一] "半"字、第三句"院"字、後段第三句"繫"字，用●符標識，意謂必用去聲。

　[二] "旋"字原注去聲。

【蔡案】

　① 宋人多按此填。本詞格律謹嚴，多人填詞而平仄大抵相同。前後段第三句，余意以爲必以"平仄平仄"爲正，秦巘謂盧詞前段第三

拍作"春晴寒淺"，"晴"字是"晦"字之誤，後張端義詞用"侵"字，則獨此一首，偶例而已。而後段"牡丹"之"丹"亦是偶例，皆不必據，不必從。該句與後段"猶繫"句對應，均爲大拗句法，此爲首均韵脚所在，關乎起調，必有講究，惟今詞樂不存，不可解耳，故須謹守。而後段"驄馬"之"驄"須平，同前段之"瀟"字，據律理不可仄填，後一首吳詞作"濕"是以入作平。前段第六拍，吳文英作"羅襪輕塵花笑語"，"羅"字平聲。

又一體　九十七字　　　　　　　　　　　　　　吳文英

花翁遇舊歡吳門老妓李憐，邀分韵同賦此詞。

墜瓶恨井[一]，塵鏡迷樓，空閉孤燕。寄別崔徽，清瘦畫圖春面。不約舟移楊柳繫，有緣人映桃花見。叙分携、悔香瘢謾蓺，綠鬟輕剪。　　聽細語、琵琶幽怨。客鬢蒼華，衫袖濕遍。漸老芙蓉，猶自帶霜□看[二]。一縷情深朱戶掩。兩痕愁起青山遠。被西風、又驚吹，夢雲分散。

　　　後起句叶韵，六句亦叶。"恨"、"袖"必用去聲。

【校記】

　　[一]"恨"字、第三句"閉"字、後段第三句"袖"字，用●符標識，意謂必用去聲。

　　[二]清朱彝尊《詞綜》卷十九本句作"猶自帶霜重看"，可據補。

又一體　九十七字　　　　　　　　　　　　　　張端義

曉聽社雨[一]，猶帶餘寒，尚侵襟袖。插柳千門，相近禁烟時候。鬢墜搔頭深舊恨，臂寬條脫添新瘦。卷重簾，看雙飛燕羽，舞庭花畫。　　　誰共語、春來怕酒。一段情懷，燈暗更後。罨畫屏山，今夜夢魂還又。愁墨題箋魚浪遠，粉香染淚鮫綃透。待相逢，想鴛衾、鳳幃依舊。

　　見《陽春白雪》。換頭句叶韵，後六句不叶。

【校記】

　　［一］"社"字和後段第三句"暗"字，用●符標識，意謂必用去聲。

選冠子 百十三字　　　　　　　　　　　　　　張景修

詠　　柳

嫩水挼藍，遙堤影翠，半雨半烟橋畔[一]。鳴禽弄舌，夢草縈心，偏稱謝家池館[二]。紅粉墻頭步遙，金縷纖柔，舞腰低軟。被和風、搭在闌干，終日畫簾高捲。　　　春易老、細葉舒眉，輕花吐絮，漸覺綠陰成幔。章臺繫馬，灞水維舟，誰念鳳城人遠。惆悵故國陽關，杯酒飄零，惹人腸斷。恨青青客舍，江頭風笛，亂雲空晚。

　　此調各説不同。舊《草堂》祇分《過秦樓》《惜餘春慢》二調，《嘯餘譜》仍之。沈際飛辨之，合而爲一。《詞律》斷之，曰：李甲詞當名《過秦樓》。以其止有一百九字，而平聲迥異，且有此三字在末也。周、魯等詞當名曰《惜餘春慢》。吕詞止一百七字，當名曰《蘇武慢》。蔡同於周，陸同於魯，則各附之。至《選冠子》之名，則竟以別號置之，庶幾歸於畫一耳。余謂：所分調名，類列

尚屬允協。惟《選冠子》爲張景修作，乃治平時人，在周、呂諸人
之前。謂諸家改易張作調名則可，斷無張襲諸家調名之理。何
得以別號置之，獨遺張作，誦詩讀書，不可以不論其世也。今列
張景修《選冠子》名，以周、侯諸作附之①。其餘詳核體製，各調
分列訂正。餘詳周邦彥作下。

【校記】

　　[一] 原注"半"字、第五句"夢"字、後起句"細"字、第三句"漸"
字、第六句"客"字可平。

　　[二] 原注"偏"字、後段第二句"輕"字、第四句"章"字、第七句
"惆"字、第八句"杯"字、第十句"青"字可仄。"稱"字去聲。

【蔡案】

　　① 本調即《蘇武慢》，別名耳。除非有確證證明《蘇武慢》乃蔡伸
等後世人首創。秦巘之迂，在必死守生於前則必爲前一體，生於後則
必爲後一體，生於前則調名必前，生於後則調名必後。按此邏輯，則
後世之人，就不可以用前人調名、前人體式了。就詞的體格來説，本
詞詞格，即《蘇武慢》之"放棹滄浪"詞，惟前後段第三均、後段尾均讀
破異。

又一體 百十一字　"冠"一作"官"　　　　　　　　　　周邦彥

水浴清蟾，葉喧涼吹[一]，巷陌雨聲初斷。閒依露井，笑撲流
螢，惹破畫羅輕扇[二]。人靜夜久凭闌，愁不歸眠，立殘更箭。
歎年華一瞬，人今千里，夢沉書遠。　　空見説、鬢怯瓊梳，
容銷金鏡，漸懶趁時匀染。梅風地濕，虹雨苔滋，一架舞紅
都變。誰信無聊爲伊[三]，才減江淹，神傷荀倩[四]。但明河

影下，還看稀星數點。

　　此詞《清真集》名《選官子》，注云：或作《惜餘春慢》。方千里和詞結句本六字，與此同①。一本改爲八字，與張作同。趙崇嶓和韵，結尾亦八字，與張作同。又名《過秦樓》。此三詞本屬符合，皆因注語參差，以致各説紛紜，迄無定論。或歸併《選冠子》內，或併入《過秦樓》內。以余考之，《選冠子》以張景修爲最先，此詞僅少二字，方、趙和作字句無二，自是一調。而《過秦樓》前後段第四、五、七句皆五字，換頭句一八、一五、一四字，與各家《選冠子》皆不相同，決非一調。且用平韵，以末句爲名，自是李甲創製。後人牽强附會，妄下注語，遂成轇輵。詞中各體傳訛者不少，不可不辨明分列。至《蘇武慢》蔡、吕兩作，當依原名分列，不必再爲牽合。《惜餘春慢》祇魯作一首，字句與張作《選冠子》却合，尚可併一。《過秦樓》名斷不可混。考宣政時競造新聲，人思自效。蔡、吕皆屬同時，定係各人自製，不謀而合，并非彼此沿襲。考論世次，自可辨明。兹譜叙列時代，庶合乎知人論世之旨也。

　　前後段第七句、結句，句法與張作異。後結句六字少二字。"雨"字，《清真集》作"馬"，"濕"字作"溽"，"神"字作"情"，"稀"字作"疏"。今從汲古本。

【校記】

　　［一］原注"吹"字去聲。

　　［二］原注"惹"字可平。

　　［三］原注"爲"字去聲。

　　［四］原注"神"字可仄。

【蔡案】

　　① 本調後結有兩種填法，正格爲十一字，以蔡伸詞爲代表，吕渭

老及本詞即是。吳文英、周密等都有如此填法。變格爲十三字,如此譜所收入其他各詞,但亦無非添入二字,全調體式依然。之所以認爲十一字是正格,就律理的角度來説,這種添頭式的體格,有一個基本的規則: 後段添頭之後,尾均便會減去二字一頓。

又一體 百十一字　　　　　　　　　　　缺　名

庾嶺烟光,江南風景,冷落歲寒庭院。疏林凍折孤根,獨犯曉霜回暖①。萼點胭脂,粉凝芳葉,依稀幾枝初綻。上層樓、月夜憑闌,風送暗香清遠。　　嗟往昔、漢妃臨鸞[一],新妝纔飾,艷絕人間金鈿。東君信息,造化工夫,却笑衆葩開晚。若是芳菲迅速,終與和羹,鳳池仙館。願樓頭、羌笛休吹,免使爲花腸斷[二]。

　　見《梅苑》。前段第四、五句各六字,與各家異。六、七、八句與後段亦不合。後結二句與前段合。

【校記】
　　[一] 原注"妃"字宜仄。
　　[二] 原注"爲"字去聲。

【蔡案】
　　① 本詞前段第二均,例作十四字,宋人皆如此填,此處乃是奪字,並非變體,應據《花草粹編》卷二十三補,讀爲"疏林萬木凍折,孤根獨犯,曉霜回暖"。本詞補足後,亦即《蘇武慢》之"放棹滄浪"詞體,惟後段第三均讀破異。

又一體 百十三字　湖州趙守席上作　　　　　　　　侯　寘

暗雨收梅,晴波摇柳,萬頃水晶宮冷。橋森畫棟,岸列紅樓,兩岸翠簾交映。天上行舟,鑑中開户,人在蕊珠仙境。況吟烟嘯月,彈絲吹竹,太平歌詠。　　　人盡説、銅虎分賢,銀潢儲秀,鞏固行都藩屏。棠陰散暑,鼎篆凝香,永日一庭虛静。紅袖持觴,緑箋揮翰,適意酒豪詩俊。看飛雲丹詔,行沙金勒,待公歸覲。

　　前後段第七、八、九句,兩四、一六字,與張作異,餘同①。"兩岸""岸"字與上重,當是"桁"字之訛。

【蔡案】

　　① 此即《蘇武慢》,與陸游《蘇武慢》詞全同。

雪花飛 四十二字　　　　　　　　　　　　　　黄庭堅

携手青雲路穩,天聲迤邐傳呼。袍笏恩章乍賜,春滿皇都。　　　何處難忘酒,瓊花照玉壺。歸橐絲鞘競醉,雪舞郊衢。

　　《宋史·樂志》:太宗製,高大石角調。愚按:高大石角爲大吕之角聲。

　　此以詞意爲名,他無作者。

　　"郊"字,葉《譜》作"街"。

望江東　五十二字　　　　　　　　　　　　　黄庭堅

江水西頭隔烟樹[一]。望不見、江東路。思量祇有夢來去。更不怕、江攔住。　　燈前寫了書無數。算没個、人傳與。直饒尋得雁分付。又還是、秋將暮。

> 此以次句立名，想是創製①。
>
> 《草堂詩餘》云：此調用平韵，即《醉紅妝》。愚按：平仄韵異，小令中相仿者甚多，何得牽合。
>
> “隔作去烟樹”、“夢來去”、“雁分付”皆用去平去，勿誤。

【校記】

[一] 原注“隔”字作去。“隔烟樹”、“夢來去”、“雁分付”用●○●符標識，意謂必用去平去聲。

【蔡案】

① 本調有王哲詞一首可校，王詞起拍爲“扶桑祥瑞生芝草”，平起，與此異。第二拍作“便移在、蓬萊島”，“移”字平聲，則本詞“不”字以入作平；第四拍作“昆侖上、變珍寶”，“昆侖”平聲，“變”字仄聲。後段第二拍作“明焰裏、通顛倒”，“明”字平聲；第三拍作“青童捧詔添嘉號”，“青”字、“添”字平聲，“捧”字仄聲；結拍作“無爲處、這回到”，“無”字平聲，“這”字仄聲。

鼓笛令　五十五字　　　　　　　　　　　　　黄庭堅

寶犀未解心先透①。惱煞人、遠山微皺。意淡言疏情最厚。

枉教作、著行官柳^[一]。　　　小雨勒花時候。抱琵琶、爲誰清瘦^[二]。翡翠金籠思珍偶^②。忽拚與、山鷄儔儷。

> 與《鼓笛慢》無涉，故另列。説詳《鼓笛慢》下。
>
> 與《步蟾宮》相似。换頭句黄別作七字，因俳體不録。

【校記】

[一] 原注“教”字平聲。

[二] 原注“爲”字去聲。

【蔡案】

① 朱敦儒詞，前起六字一句，與後段同。

② “思”字仄讀，去聲。

少年心　六十字　　　　　　　　　　　　黄庭堅

對景惹起愁悶^①。染相思、病成方寸。是阿誰先有意^②，阿誰薄倖。陡頓恁、少喜多嗔。　　　合下休傳音問。你有我、我無你分。似合歡桃核^③，真堪人恨。心兒裏、有兩個人人^④。

> 《九宫大成》入北詞小石角隻曲。
>
> 調見《山谷詞》。平仄互叶體，他無作者，自是創製。本譜不録俳體，因立調名，不得不存以備格。説見《品令》下。王敬之曰：“兩”字疑誤多。愚按詞意，“兩”字必不可少。

【蔡案】

① “起”字以上作平，即後段的“傳”字，後一首的“時”字。

② 本句應讀爲折腰句“是阿誰、先有意”。

③ 本句校之後一詞，即"待來時、鬲上與"，校之前段，即"是阿誰、先有意"，乃是折腰式六字句無疑，字句極爲整齊。因此本句的本來面目，必也是六字折腰句，在"桃核"的前後有一字脫落。

④ 本句不合事理，秦巘謂"必不可少"，與中國情愛專一之習俗相悖，"兩"字必衍，校之後詞也可以知道，後段結拍當爲上三下四折腰式句，與前段歇拍同。且後一詞山谷已注"添字"，則添字格猶七字，豈有不添字反八字之理，必是折腰七字。

又一體 六十七字　一名《添字少年心》　　　　黄庭堅

心裏人人，暫不見、霎時難過①。天生你、要憔悴我。把心頭、從前鬼，着手摩挲。抖擻了、百病銷磨。　　見説那廝，脾鱉熱大②。不成我、便與坼破。待來時、鬲上與，厮噷則個。温存着、且教推磨③。

《山谷詞》注添字，故一名《添字少年心》。

比前作多六字，亦平仄互叶體。

【蔡案】

① 本詞所謂添字，全在前後段首均中，可見宋詞之變化，主要在起調畢曲、過變結拍，除此之外，若字有多寡者，多是增減字而已，或竟是衍奪。以前一詞爲基準，則本詞所添之字爲前段"心裏人人暫"五字，後段"見説"二字，餘下即與前詞相同。由此亦可知，前一首前段第三拍須讀斷，後段第三拍奪一字，後段結拍衍一字。較之前詞，總共多七字。而就添字部分研究，疑前一首起拍之原貌，或爲"□對景、惹起愁悶"，惜無他詞可證，但述不改。而本詞原譜讀爲"見説那廝，脾鱉熱大"亦差，較之前段，校之添字，應以二字逗領六字爲是，這

也和詞的過片多用二字逗調節音律的特徵相吻合。

　　②“驚”字以入作平。

　　③“教”字,平聲。

　　品　令 六十六字　　　　　　　　　　　黄庭堅

茶

鳳舞團團餅。恨分破、教孤另[一]。金渠體净,隻輪謾碾[二],
●●○○▲　　●●○、○○▲　　○○●●　●○○●

玉塵光瑩。湯響松風,早减了、二分酒病。　　　味濃香永。
●○○▲　　○●○○　●○●、●○○▲　　　●○○▲

醉鄉路、成佳境。恰如燈下,故人萬里,歸來對影。口不能
●○●、○○▲　　●○○●　●○●●　○○●▲　●●○

言,心下快活自省[三]①。
○　○●●○●▲

　　　　王行詞注夷則商,《九宫大成》入南詞仙吕宫正曲。

　　　　此用去上韵,見《山谷集》,與後秦作不同②。《詞律》删去
“了”字,誤③。此襯字也。“隻”、“二”、“酒”、“故”、“快”、“自”六
字宜仄聲。“活”字以入作平。

【校記】

　　[一]原注“教”字平聲。

　　[二]“隻”字、前結“二”字和“酒”字、後段第四句“故”字、後結
“快”字和“自”字,用◗符標識,意謂必用仄聲。

　　[三]“活”字原注作平。

【蔡案】

　　① 後段結拍第四字,以律理分析,應爲平聲,故後一首用“中”,

周詞用"誰",雖文句讀破,平仄未變也。故"活"字以入作平。

②《品令》有近詞、令詞兩種。然各譜歷來混爲一調,祇是認作又一體而已,皆誤。本調玩其律,應是引詞,調名宜改爲"品令近"爲好,以別於五十一字體令詞。

③"了"字疑衍,是有韵律依據的,見黃詞後一首可知。

又一體 六十四字[一] 黃庭堅

送黔守曹伯達供備

敗葉霜天曉。漸鼓吹、催行棹[二]。栽成桃李未開,便解銀章歸□。去取麒麟圖畫,要及年少[三]。　　勸君醉倒。別語恁、醒時道[四]。楚山千里暮雲,鎮鎖離人懷抱。記取江州司馬,座中最老。

前後第三、四句各六字,破句也。五、六句,一六、一四字,與前異。汲古"歸"字下少一字,則"去"字應叶韵。下句不當五字,想"歸"字下落一"早"字,"去"字屬下句讀,與前方合。"麟"字原作"麒",刻誤,今改正。

【校記】

[一] 應是"六十五字"。

[二] "吹"字原注去聲。

[三] 原注"及"字作平,"年"字宜仄。

[四] "醒"字原注平聲。

又一體 五十一字　　　　　　　　　　秦　觀

幸自得。一分索强,教人難喫①。好好地、惡了十來日。恰
而今、較些不。　　　須管嚃持教笑,又也何須肐織。衡倚
賴、臉兒得人惜。放軟頑、道不得。

　　　此調多作俳詞,故爲當時歌伶語氣。多用入聲韵。本譜不
收俳體,然調名不知何人創始,姑録以立調名。作者照填,琢以
清辭妙句,未爲不可。其餘辛棄疾、石孝友等作,皆俳體,不録。

　　　此與黄作迥異,又一體也。“衡”音諄,見《西廂》“一團衡是
嬌”。“得”字重叶。

【蔡案】

　　　① 令詞前段首均,以十二字爲正格,宋人多如此填,究其句拍關
係,則爲六字折腰式一句、仄起仄收式六字一句,而非原譜後二首中
所描述的三字一句、上三下六式一句,因爲,第三字實爲句中短韵。
由此可知,本詞原詞之意,應是“幸自得、□了一分,畢竟索强教人難
喫”,亦即其詞爲“幸自得。□一分”,“索强”二字屬後。若作“一分索
强”,便文意不通。然此雖合律理,却無書證,故述而不改。

又一體 五十二字　　　　　　　　　　秦　觀

棹又臞。天然個、品格於中壓一[一]。簾兒下、時把鞋兒踢。
●●▲　○○●、●●○○▲　○○●、○●○●▲
語低低、笑咭咭。　　　每每秦樓相見,見了無限憐惜①。人
●○○、●●△　　　●●○○○●、●●○●○▲　○
前强、不欲相沾濕②。把不定、臉兒赤[二]。
○○、●●○○▲　●●●、○○▲

次句九字，比前作多一字。曹組作同。"濕"字，集作"識"。

【校記】

　　［一］原注"壓"字、後段第三句"不"字、結句"不"字作平。

　　［二］原注"定"字可平。

【蔡案】

　　① "限"字平讀，詳參《花犯》蔡案。

　　② "强"字應仄讀。

又一體 六十四字　　　　　　　　　　　　　周紫芝

九日寓居招提，旅中不復出。步上西菴絶頂，擷黄菊一枝，凄然有感，復作此詞。

霜蓬零亂。笑緑鬢、光陰晚。紫萸時節，小樓長醉，一川平遠。休説龍山佳會，此情不淺。　　黄花香滿。記白苧、吳歌軟。如今却向，亂山叢裏，一枝重看。對着西風搔首，爲誰腸斷[一]。

此與黄第一首同①。惟起句四字少一字，兩結上六下四字與黄第二首同。《詞律》作吕渭老，誤。"萸"字，汲古作"茱"，亦非。吕另一首、《梅苑》三首，皆與此同。祇兩結作上四下六字，可不拘。

【校記】

　　［一］原注"爲"字去聲。

【蔡案】

　　① 此是近詞，與"鳳舞團團餅"詞，本爲一體。

又一體 四十九字　　　　　　　　　　　　　　　顏博文

夜蕭索。側耳聽、清海樓頭吹角①。停歸棹、不覺重門閉，恨暮潮落。　　偷想紅啼綠怨，道我真個情薄。紗窗外、厭厭新月上[一]，應也睡不着[二]。

　　此與秦體同。惟前後第三句不叶韵，兩結一四、一五字，略異。"恨暮"句應脱一字②。

【校記】

　　[一] 原注前"厭"字平聲。

　　[二] 原注"不"字作平。

【蔡案】

　　① 捫其韵律，應是"夜蕭索、側耳聽，清海樓頭吹角"。

　　② 本詞迥異於諸詞，初疑必非同一詞調，後見《能改齋漫録》本，前後段結爲"恨祇恨、暮潮落"、"也應則、睡不著"，方知秦巘所據本，竟奪三字。如此，更可證明前述秦觀"幸自得"詞中，前起"一分索强"句脱一字。

喝火令 六十五字　　　　　　　　　　　　　　　黄庭堅

見晚情如舊，交疏分已深[一]。舞時歌處動人心。烟水數年魂夢，無處可追尋。　　昨夜燈前見，重題漢上襟。便愁雲雨又難尋。曉也星稀，曉也月西沉。曉也雁行低處，不會寄芳音。

　　此調前無作者，不解命名之意。《詞律》以後段多九字，疑前有脱落。不知宋元此調甚多,俱作三叠句,且前後段不同者何止一調。以此持論,殊失古人用意之妙。"尋"字重叶[二]。"已"字,葉《譜》作"更";"便"字,亦作"更"。

【校記】

［一］原注"分"字去聲。

［二］後段第三句,《詞律》卷九及《欽定詞譜》卷十四均作"便愁雲雨又難禁",是,"尋"字則語意牴牾。

逍遙樂 九十八字　　　　　　　　　　黄庭堅

春意漸歸芳草。故國佳人,千里信沉音杳。雨潤烟光,晚景澄明,極目危闌斜照①。夢當年少。對尊前、上客鄒枚,小鬟燕趙。共舞雪歌塵,醉裏談笑②。　　花色枝枝爭好。鬢絲年年漸老。如今遇風景,空瘦損、向誰道。東君幸賜與,天幕翠遮紅繞。休休醉鄉歧路,華胥蓬島③。

《九宮大成》入南詞商調引,又入北詞商角隻曲。

前無作者,平仄宜遵。"塵"字,葉《譜》作"雲"。

【蔡案】

① 本調前後段參差,詞中此類格局少見,極疑對應前二均處,後段有文字脱落。惜僅此一首,無從校勘。

② 前段後結,原譜四字句音步連仄失諧。按,歌塵,動聽之歌,或動聽貌。前五字語意欠通,當不成句,應讀爲"共舞雪、歌塵醉裏談笑"。

③ 後段尾均也應是二字逗領四字對偶句,即"休休"者並非衹是

"醉鄉歧路",所以若不讀斷,則句法關係不明,且六字句失律不諧。

看花回 百一字　　　　　　　　　　　　　黄庭堅

茶　詞

夜永蘭堂,釀餘半倚頹玉[一]①。爛漫墜鈿墮履,是醉時風
景,暗花殘燭②。歡意未闌,舞燕歌珠成斷續。催茗飲,旋煮
寒泉[二],露井瓶竇響飛瀑③。　　纖指緩、連環動觸。漸泛
起、滿甌銀粟。香引春風在手,似粤嶺閩溪,初采盈掬④。暗
想當時探春,連雲尋篁竹[三]⑤。怎歸得、鬢將老[四],付與杯
中綠。

《九宫大成》入北詞越角隻曲,琴曲宫聲亦有此弄。

　　此與柳永六十七字體不同,宜另列。前無作者,不知創自何
人。各家俱用入聲韵。

　　"半"、"墮"、"暗"、"未"、"斷"、"響"、"動"、"在"、"采"、"鬢"
等字仄聲,勿誤。《詞律》於"泉"字句,與各家合,宜從。"粤嶺閩
溪"四字,一本作"閩嶺越溪",非。周邦彦一首與此全同,惟起句
作"蕙風初散輕暖",四句作"帶雨態烟痕",六句作"危弦弄響"。
後段六句作"雲飛帝國",平仄異。前結作一三、一四、一七字,可
不拘。

【校記】

　　[一]"半"字及第三句"墮"字、第五句"暗"字、第六句"未"字、第

七句“斷”字、前結句“響”字、後段首句“動”字、第三句“在”字、第五句“采”字、第八句“鬢”字用◗符標識，意謂必用仄聲。

　　〔二〕原注“旋”字去聲。

　　〔三〕原注“春”字、“篁”字可仄。

　　〔四〕原注“得”字作平。

【蔡案】

　　① 前段起調，原作“夜永蘭堂釂餘，半倚頹玉”，六字句失律不諧。因此，本調首拍若爲六字一句，則應以仄收，如後文蔡詞、趙詞都是如此韵律。而如果第六字爲平，則必以四字一句起拍，本詞爲“釂餘半倚頹玉”，正以“頹玉”狀“熏餘”。其後周詞也是如此，説的是“秀色芳容”中的“明眸就中奇絶”，所以纔有“細看艷波”如何如何，但以“艷波”狀“明眸”也。這就是韵律學中的所謂“讀破”。但校之後段，本調應是一典型的添頭結構，故更疑“釂”字前脱落一字。

　　② 詞中真正意義上的大拗句極少，大多所謂違律，都是因爲或文字衍奪、或句讀失致、或讀音錯訛、或後人妄改、或作者填誤而引起，本句《山谷詞》原作“花暗燭殘”，因本句正在主韵位置，“燭殘”便是失韵，因此《歷代詩餘》《欽定詞譜》《廣群芳譜》等俱改爲“殘燭”。但既爲“殘燭”，則前二字從文理來説就當爲“暗花”，構成聯合結構，否則陳述式便不通，且驗之宋詞各首，本句第二字均爲平聲，斷無獨本詞用仄出律之理。原譜應是承該三書而誤作“花暗”，今據改。

　　③ “井”字原注可平，但該字位宋詞各首均用平聲，則該字必爲以上作平。

　　④ 本句對應前段“暗花殘燭”，第二字應平，此爲以上作平。

　　⑤ “暗想”下十一字，原讀爲四字一句、七字一句，七字句五字連平失諧，改讀爲蔡伸詞句法。本句“尋篁”二字中必有一字原爲仄聲，觀本句其

餘宋詞皆爲律句,此二字或平仄或仄平可知,故擬"篁"字應仄而平。

又一體 百一字　　　　　　　　　　　　　周邦彦

詠　　眼

秀色芳容明眸,就中奇絶[一]。細看艷波欲溜[二],最可惜微重[三],紅綃輕帖。匀朱傅粉,幾爲嚴妝時洖睫。因個甚、底死嗔人,半晌斜盼費貼燮。　　　斗帳裏、濃歡意愜。帶困時、似開微合。曾倚高樓望遠,自笑指頻瞤[四],知他誰説。那日分飛,淚雨縱橫光映頰。揾香羅、恐揉損,與他衫袖裏。

　　　　此與黄作同,但平仄差異。《詞律》謂"眸"字是"媚"字之訛,
　　未確。"貼燮"二字,應是"熨貼"之訛。

【校記】

　　[一]"就"字及第三句"欲"字、第六句"傅"字、第七句"洖"字、前結句"費"字、後段首句"意"字、第三句"望"字、第七句"映"字、第八句"恐"字用◗符標識,意謂必用仄聲。

　　[二]"看"字及第七句"爲"字原注去聲。

　　[三]"重"字原注平聲。

　　[四]"瞤"字原注宜平。按,本字有平仄二讀,平聲在真部韵,《廣韵》擬音爲如匀切,《説文解字》釋爲"目動也"。故本詞中本即平聲。

又一體 百一字　　　　　　　　　　　　　蔡　伸

和趙智夫韵

夜久凉生庭院,漏聲頻促[一]。念昔勝游舊地,對畫閣層巒,

雨餘烟簇。新詩暗藏小字，霜力刊翠竹。携素手、細繞回塘，芰荷香裏彩鴛宿。　　　別後想、香銷膩玉。帶圍減、削寬金粟。雖有鱗鴻錦素，奈事與心違，佳期難卜。擬解愁腸萬結，惟憑尊酒綠。望天涯、斷魂處，醉拍闌干曲。

　　前後第六、七句作一六、一五字，微異，破句法也。餘同周作。

【校記】

　　[一]"漏"字及第三句"舊"字、第六句"暗"字、第七句"翠"字、前結句"彩"字、後段首句"膩"字、第三句"錦"字、第七句"酒"字、第八句"斷"字用◗符標識，意謂必用仄聲。

又一體 百三字　　　　　　　　　　　　　　　　趙彥端

張 守 生 日

注目。正江湖浩蕩，烟雲離屬。美人衣蘭佩玉[一]。淡秋水凝神，陽春翻曲。烹鮮坐嘯，清净五千言自足。横劍氣、南斗光中，浩然一醉引雙鹿[二]。　　　回雁未歸書未續。夢草處、舊芳重綠[三]。誰想瀟湘歲晚，爲喚起長風[四]，吹飛黄鵠。功名異時，圯上家傳謝寵辱。待封留、拜公堂下，授我長生籙。

　　首句二字起韵。次句五字，第四句"玉"字叶。換頭句，上四下三字句法。結尾一三、一四、一五字，比各家多一字。"授我"句上叶《譜》多"願"字。"想"字，汲古作"憶"。趙又一首於"功名異時"二句,作上六下五字。

【校記】

　　［一］"衣"字原注去聲。"佩"字及第六句"坐"字、第七句"自"字、前結句"引"字、後段首句"未"字、第三句"歲"字、第六句"異"字、第七句"寵"字、第八句"拜"字用◑符標識,意謂必用仄聲。

　　［二］"一"字原注作平。

　　［三］原注"草"字及第四句"唤"字、第七句"寵"字可平。

　　［四］原注"爲"字去聲。

又一體 百四字　　　　　　　　　　　　　　　　趙彦端

爲　壽

端有恨,留春無計,花飛何速。檻外青青翠竹^[一]。鎮高節凌雲,清陰常足。春寒風袂,帶雨穿窗如利鏃。催處處、燕巧鶯慵,幾聲鈎輈叫雲水^[二]。　　　看波面、垂楊蘸綠。最好是、風梳雨沐。陰重薰簾未捲,正乳泛新芽,香飄清馥。新詩惠我,開卷醒然欣再讀。歎詞章、過人華麗,擲地勝如金玉。

　　　　起句一三、兩四字,結句一三、一四、一六字,與諸家又異。"梳"字,汲古作"流","乳泛"二字作"泛乳"。"正"字,《詞律》作"且",皆誤。"新"字缺,據汲古補。

【校記】

　　［一］"翠"字及第七句"利"字、前結句"叫"字、後段首句"蘸"字、第三句"未"字、第七句"再"字、第八句"過"字用◑符標識,意謂必用

仄聲。

[二]"水"字失韵,顯誤,《花草粹編》卷二十二作"雲木",應據改。

惜餘歡 百四字　　　　　　　　　　　黄庭堅

茶　　詞

四時美景[一],正年少賞心,頻啓東閣①。芳酒載盈車,喜朋侶簪盍②。杯觶交飛,勸酬互獻,正酣飲、醉主公陳榻。坐來爭奈,玉山未頹[二]③,興尋巫峽。　　歌闌旋燒絳蠟[三]。況漏轉銅壺,烟斷香鴨。猶整醉中花,借纖手重插。相將扶上,金鞍驟驀,碾春焙、願少延歡洽。未須歸去,重尋艷歌,更留時霎。

此調無他作者,想因詞意爲名。《詞律》云:"閣"、"合"、"峽"、"蠟"同叶,是江西音也。不知原本"閣"作"閤","合"作"盍",並非誤。《詞律》缺"互"字,"觶"字作"觴","燒"字作"繞","驀"字作"腰",皆沿汲古之誤。校讐不精,徒事饒舌。又云"主公"乃戲場白,是"主人"之誤,不知"主公"見《漢書》,何必妄改。"喜朋侶"句,"醉主公"句,皆一領四字句法,後段同。"美"、"賞"、"啓"、"侶"、"主"、"手"、"少"七字上聲,"未"、"興"、"旋"、"絳"、"斷"、"艷"、"更"七字去聲,宜從,切勿作平。"中"字,葉《譜》作"巾",誤。"借"字作"倩"。

【校記】

[一]"美"字與次句"賞"字、第三句"啓"字、第五句"侶"字、第八

句"主"字、後段第五句"手"字、第八句"少"字用⬤符標識,意謂必用仄聲。

　　[二]"未"字及前結"興"字、後起"旋"字和"絳"字、第三句"斷"字、第十句"艷"字、結句"更"字用⬤符標識,意謂必用去聲。

　　[三]原注"旋"字及後段第八句"焙"字去聲。

【蔡案】

　　① 前後段第三拍第二字,依律用上聲作平,看李甲用"火"字、"盡"字,悉同。因此本句的"啓"字和後段第三句的"斷"字,也都是以上作平(表示"截""絕"之義的"斷"爲上聲,"斷案"的"斷"才是去聲)。

　　② "侶"字和後段對應句"手"字,亦是以上作平。

　　③ 前後段尾均作四字三句,則第二句兩頓皆平而失諧,細玩其詞意,當作二字逗領六字句方諧,如李甲詞,其意亦爲"異鄉、憔悴那堪更逢",六字句恰是仄起平收式律句。

望春回 百二字　　　　　　　　　　　　　　李　甲

霽霞散曉[一],射水村漸明,漁火方絶。灘露夜潮痕,注凍瀨淒咽。征鴻來時應有信[二],見疏柳、更憶伊同折。異鄉憔悴,那堪更逢,歲窘時節。　　　東風暗回暖律,算坼遍江梅,消盡巖雪。唯有這愁腸,也依舊千結。私言竊語曾誓約,便眠思、夢想無休歇。這些離恨,除非對着[三],説似明月。

　　　調見《樂府雅詞》,以換頭句立名。《詞譜》與《惜餘歡》合調,但前後第七句各少一字,不知是一調否,姑類列。《詞律》失收,他無作者。

　　　"散"、"漸"、"火"、"瀨"、"有"、"憶"、"更"、"歲"、"窘"、"暗"、

"暖"、"盡"、"舊"、"誓"、"想"、"對"、"説"、"似"等字仄聲，勿忽。各本字多互異。"絶"字一作"滅"，"有信"二字作"附書"，"逢"字作"值"，"窘"字作"窮"，"律"字作"力"，"曾"字作"些"，"便"字作"更"。今擇其善者從之。

【校記】

[一]"散"字與次句"漸"字、第三句"火"字、第五句"瀨"字、第六句"有"字、第七句"憶"字、第九句"更"字、前結句"歲窘"二字、後段起句"暗""暖"二字、第三句"盡"字、第五句"舊"字、第六句"誓"字、第七句"想"字、第九句"對"、後結"説似"二字，用◑符標識，意謂必用仄聲。

[二]原注"應"字平聲。

[三]原注"着"字作平。

江亭怨 四十六字　一名《荆州亭》　　　　　　　　吴城小龍女

簾捲曲闌獨倚。江展暮雲無際。淚眼不曾晴，家在吴頭楚尾。　　數點落花亂委。撲漉沙鷗驚起。詩句欲成時，没入蒼烟叢裏。

《九宫大成》入南詞小石調引。

《花庵詞選》名《清平樂令》，誤[一]。

《詞綜》云：黄魯直登荆州亭，見亭柱間有此詞。夜夢一女子，云有感而作。魯直驚寤，曰："此必吴城小龍女也。"因又名《荆州亭》。見《冷齋夜話》。今考《冷齋夜話》無此語。一説夜夢女子，曰："我家豫章，附客舟至此，溺水死，不得歸，故賦此詞。"未知孰是。

"江"字一本作"山"，"雲"字作"天"，"落"字作"雪"。

【校記】

[一] 本詞調名，《詞律》作《荆州亭》，又名《江亭怨》，《詞譜》名《江亭怨》，又名《荆州亭》，細玩傳説，此二題顯繫後人因事而名，絕非本調原名。而《花庵詞選》去黃庭堅二百年，真實性無疑更高，秦巘以爲《清平樂令》之名爲誤，並以《江亭怨》爲正名，未知其理由何在，或因有《清平樂》一調在焉，祇是詞有同名，數不勝數，本亦屬常見。

風流子　百十字　一名《內家嬌》　　　　　張　耒

亭皋木葉下，重陽近、又是搗衣秋。奈愁入庾腸[一]，老侵潘
○○●●　○○●　●○○△　●●●　　　●○○
鬢，謾簪黃菊，花也應羞。楚天晚[二]①，白蘋烟盡處，紅蓼水
●　●●○○　○⊙●○△　●○○　　◎○○●●　○○●
邊頭。芳草有情，夕陽無語，雁橫南浦，人倚西樓。　　　玉
○○　○○●○　●○○●　●○○●　○●○△
容知安否[三]，香箋共錦字，兩處悠悠。空恨碧雲離合，青鳥
○○○●　○○●◎●　●●○○　○●●○⊙●　○⊙
沉浮。向風前懊惱，芳心一點，寸眉兩葉，禁甚閒愁。情到
○△　●○○⊙●　○○●●　●○●●　◎●○○　○●
不堪言處，分付東流。
◎○○●　○○○△

唐教坊曲名。

此與《風流子》小令不同，故另列。舊説一名《內家嬌》，與柳
永《內家嬌》正調不同。

《堯山堂外紀》云：張文潛十七歲作《函關賦》，從東坡游。
元祐中在秘閣，上巳日集西池，張詠云："翠浪有聲黃繖動，春風
無力彩旌垂。"少游云："簾幕千家錦繡垂。"同人笑曰："又將入小

石調也。"因文潛作大石調《風流子》,故云。

調中四字、五字句,作者多用駢語。"庾"、"有"、"碧"、"懊"四字必仄聲。"楚天晚"必仄平仄,間有用仄平平者②。換頭句四平,各家多同。亦有用平仄仄平者。"愁入"句有作平平仄仄者,"風前"句有作仄平平平者,"寸眉"句有作仄仄平平者,皆不必從。"寸"字,葉《譜》作"翠"。

楊慎《丹鉛總録》載"三郎年少客"一首,不著名氏。又稱石已磨爲別刻。今臨潼尚存此碑,署云:近侍副使僕散公,嘗作《風流子》長短句,題之於壁,命刻於石。正大三年慕藺記。(節録)《詞統》選之,強名之曰《驪山石》,更屬杜撰。明人著書,不事考據,即此足徵其謬妄。僕散名汝弼,金人。詞與吳激作同,故不録。

【校記】

[一]"庾"字、第九句"有"字、後段第四句"碧"字、第六句"懊"字用●符標識,意謂必用仄聲。

[二]"楚天晚"用●○●符標識,意謂必用仄平仄聲。

[三]"玉"字原注作平。"玉容知安"用○○○○符標識,意謂多用四平聲。無謂。

【蔡案】

① 這裏是三字逗領五字儷句,三字並非獨立句,特此注明,其後諸詞皆然,不再一一注明。

② 秦巘論用字,常有自我牴牾處,如云"庾"、"有"、"碧"、"懊"四字必仄,而"庾"、"懊"宋詞皆有用平者,即便秦巘自選諸詞,"念北里音塵"、"聽出塞琵琶"第四字便皆與"懊"字不同。又如云"楚天晚"必仄平仄,而自選張野詞用"回首處",格格不入。再則,云"必如何",須

有"必"之律理,爲何"必仄",若平又會如何,皆應有個道理。如"向風前懊惱"之"懊"字,依律可平,縱自宋自今無一不仄,亦祇是現象而已,填者依舊可以用平,因合乎律理之規則也。

又一體 百十字　　　　　　　　　　　　　　秦　觀

初　春

東風吹碧草,年華換、行客老滄洲。見梅吐舊英[一],柳摇新綠,惱人春色,還上枝頭。寸心亂[二],北隨雲黯黯,東逐水悠悠。斜日半山,暝烟兩岸,數聲橫笛,一葉扁舟。　　青門同携手[三],前歡記、渾似夢裏揚州。誰念斷腸南陌,回首西樓。算天長地久,有時有盡,奈何綿綿,此恨無休。擬待倩人説與,生怕伊愁。

> 此與張作同。祇後起次句一三、一六字句,"奈何"句平仄異。

【校記】

[一]"舊"字、第九句"半"字、後段第四句"斷"字、第六句"地"字用◑符標識,意謂必用仄聲。

[二]"寸心亂"用◑○◑符標識,意謂必用仄平仄聲。

[三]"青門同携"用○○○○符標識,意謂多用四平聲。

又一體 百九字　　　　　　　　　　　　　　賀　鑄

何處最難忘。方豪健、放樂五雲鄉。彩筆賦詩[一],禁池芳

草,香鞿調馬,輦路垂楊。綺筵上^[二],扇偎歌黛淺,汗裛舞羅

香。蘭燭伴歸,繡輪同載,閒花別館,隔水深坊。　　零落

少年場^[三]。琴心漫流怨,帶眼偷長。無奈占牀燕月,欺鬢吳

霜。念北里音塵,魚封永斷,便橋烟雨,鶴表相望。好在後

庭桃李,應記劉郎^[四]。

　　　　首句即起韵,平仄異。"彩筆"上少一字,一本有"記"字。換
　　頭句不用四平,與前兩作異。"羅"字一本作"衣","北里"二字作
　　"塞北"或作"北地"。

【校記】

　　[一]"賦"字、第九句"伴"字、後段第四句"占"字用◐符標識,意
謂必用仄聲。又按,本句少一字,可據《歷代詩餘》卷八十六補,作"記
彩筆賦詩"。

　　[二]"綺筵上"用◐○○◐符標識,意謂必用仄平仄聲。

　　[三]"落"字原注作平,"少"字原注宜平。"零落"、"年"均用○
符標識,意謂多用平聲。

　　[四]"應"字原注平聲。

又一體　百十字　　　　　　　　　　　　　　　　周邦彥

新綠小池塘。風簾動^①,碎影舞斜陽。羨金屋去來^[一],舊時

巢燕,土花繚繞,前度莓墙。繡閣裏^[二],鳳幃深幾許,聽得理

絲簧。欲說又休,慮乖芳信,未歌先咽,愁轉清觴。　　遙

知新妝了^[三],開朱戶^②,應自待月西廂^[四]。最苦夢魂,今宵

不到伊行。問甚時却與,佳音密耗,寄將秦鏡,偷換韓香。

天便教人^[五]，霎時厮見何妨。

　　《揮麈録》云：美成爲溧水令，主簿之姬有色而慧，每出侑
酒，美成爲《風流子》以寄意。"新緑"、"待月"皆主簿廳軒名。

　　此亦首句起韵。後段第四、五句、結尾句，皆一四、一六字，
與前異。"羨"字一本作"念"，"裏"字缺，"觴"字作"商"，"遥知"
二字作"暗想"，"却"字作"説"，"寄"字作"擬"。

【校記】

　　[一]"去"字、第九句"又"字、後段第四句"夢"字、第六句"却"字
用◑符標識，意謂必用仄聲。

　　[二]原注"閣"字作平。"繡閣裏"用◑○◑符標識，意謂必用仄
平仄聲。

　　[三]"遥知新妝"用○○○○符標識，意謂多用四平聲。

　　[四]原注"應"字平聲。

　　[五]原注"教"字平聲。

【蔡案】

　　①此三字從韵律層面看，並非獨立句，而是三字逗，前三首秦巘
均讀爲逗，後一首吴激詞也是，但吴文英詞則與本詞同，又讀爲三字
句，是缺乏基本理念之故。

　　②此三字同前所述，也是三字逗，而非一獨立句。

　　又一體　百十一字　　　　　　　　　　　　　　　　吴　激

書劍憶游梁。當時事、底處不堪傷。望蘭楫嫩漪^[一]，向吴南
浦，杏花微雨，窺宋東墙。鳳城外^[二]，燕隨青步障，絲惹紫游
繮。曲水古今，禁烟前後，暮雲樓閣，春草池塘。　　　　回首

斷人腸。年芳但如霧，鬢髮已成霜①。獨有蟻尊陶寫，蝶夢悠揚。聽出塞琵琶，風沙淅瀝，寄書鴻雁，烟月微茫。不似海門潮信，能到潯陽。

換頭第二、三句各五字，與各家異。《中州樂府》與《詞綜》不同，今從《詞譜》訂正。"鬢髮"句五字，葉《譜》作"鏡髮成霜"。"獨有"二字作"猶賴"。

【校記】

［一］"嫩"字、第九句"古"字、後段第四句"蟻"字用◑符標識，意謂必用仄聲。

［二］"鳳城外"用◑○◑符標識，意謂必用仄平仄聲。

【蔡案】

① 後段首均，各家均爲十四字，後兩句或五四，或三六，故本詞第三拍自應作"鬢髮成霜"爲是，無謂多一字。葉《譜》四字，應是本《中州集》，是集卷十一收錄本詞，《中州集》校之《詞綜》《詞譜》，無疑更爲可信。

又一體 百九字　　　　　　　　　　　　　　　吳文英

芍　藥

溫柔醁紫曲，揚州路①，夢繞翠盤龍。似日長傍枕[一]，墮妝偏髻，露濃如酒，微醉欹紅。自別楚嬌天正遠，傾國見吳宮。銀燭夜闌，暗聞香澤，翠陰秋寂，重返春風。　　芳期嗟輕誤[二]，詫君去，腸斷妾若爲容。惆悵舞衣疊損，露綺千重。料繡窗曲理，紅牙拍碎，禁階敲遍，白玉盂空。猶記弄花相謔,十二闌東。

　　　前段第八、九句,一七、一五字,與各家異。凡二首相同,并非訛脱。"似日長"句平仄仄。

【校記】

　　　[一]"傍"字、第九句"夜"字、後段第四句"舞"字、第六句"曲"字用❶符標識,意謂必用仄聲。

　　　[二]"芳期嗟輕"用○○○○符標識,意謂多用四平聲。

【蔡案】

　　　① 此三字及後段"詫君去"三字均非獨立句,而是三字逗。

又一體　百九字　　　　　　　　　　　　　　　　王千秋

同雲垂六幕,啼烏静①,風御玉妃寒。漸聲入釣蓑[一],色侵書幌,似花如絮,結陣成團。倦游客[二],一番詩思苦[三],無算酒腸寬。黄竹調悲,綺衾人病,豈堪梅蕊,索笑巡檐。

　　　一杯知誰勸[四],空搔首,還是憶舊青氈②。問素娥早晚,光射江干。待醉披鶴氅,高吟冰柱,剡溪何妨,乘興空還。祇恐櫓聲咿軋,棲鳥難安。

　　　後段第四句少一字,餘同張作。

【校記】

　　　[一]"釣"字、第九句"調"字、後段第四句"素"字、第六句"鶴"字用❶符標識,意謂必用仄聲。

　　　[二]"倦游客"用❶○❶符標識,意謂必用仄平仄聲。

[三] 原注“思”字去聲。

[四]“一”字原注作平。“一杯知誰”用〇〇〇〇符標識,意謂多用四平聲。

【蔡案】

① 此三字及後段“空搔首”三字均非獨立句,而是三字逗。

② 本句句法爲折腰式,與他詞不同,應是誤填。

又一體 百九字　　　　　　　　　　　　　　　　張　埜

離思滿春江[一]。當時事①,爭忍不思量。記花徑月斜[二],憑肩私語,蘭舟風軟,携手尋芳。回首處,青山遮望眼,綠柳繫柔腸。雲落雨零,燕愁鶯恨,寶釵留股,鸞鏡無光。　　天涯飄零客[三],情緣向何處,最是難忘。猶剩滿襟清淚,半臂餘香。心似雨花②,一枝寂寞,夢隨風絮,萬里悠揚。誰信覺來依舊,烟水茫茫。

　　“心似”句上少一字,餘同賀作。愚按:以上二首各少一字,或是訛脫,或是襯字,可以增減。萬氏“詞無襯字”之論,余不謂然。

【校記】

[一] 原注“思”字去聲。

[二]“月”字、第九句“雨”字、後段第四句“滿”字、第六句“雨”字用◗符標識,意謂必用仄聲。

[三]“天涯飄零”用〇〇〇〇符標識,意謂多用四平聲。

【蔡案】

① 此三字非獨立句,而是三字逗。

② 本詞非减字,據彊村叢書本《古山樂府》,該句爲"□心似雨花",原奪一字,落一脱字符。

人月圓 四十八字 一名《青衫濕》　　　　　　王　詵

小桃枝上春來早,初試薄羅衣。年年此夜,華燈競處,人月
◎○○⊙●　○○●　⊙●●○△　⊙○○●　○○●●　⊙●

圓時。　　禁街簫鼓,寒輕夜永,纖手同携。夜閒人静,千
○△　　　◎○○●　○○●●　⊙○○△　◎○○●　○

門笑語,聲在簾幃。
○●●　⊙●○△

《中原音韵》注黄鐘宫,《九宫大成》入南詞大石調正曲。一名《青衫濕》。又入北詞平調隻曲。

吴激詞有"青衫淚濕"句,名《青衫濕》。

《西清詩話》云:王晋卿有《人月圓》《燭影摇紅》《花發沁園春》諸調。《能改齋漫録》云:李持正《人月圓》詞,膾炙人口。近時以爲小王都尉作,非也。愚按:二説未知孰是。但此詞有"人月圓時"句,《西清詩話》亦宋人語,當從之[一]。

"來早"二字,《詞林紀事》作"風早","此夜"二字作"樂事","同携"二字作"重携","夜閒人静"四字作"更闌人散"。

【校記】

[一] 宋人《花庵詞選》亦收録本詞,作者爲王詵,故可取。

又一體 四十八字　　　　　　　　　　　　　　揚无咎

風和日薄餘烟嫩,側側透鮫綃。相逢且喜,人圓玳席,月滿丹霄。　　爛游勝賞,高低燈火,鼎沸笙簫。一年三百六十日[一],願長似今宵。

> 結處一七、一五字,此破句法也。説見《訴衷情》下。"六"、"十"二字,皆以入作平。

【校記】

　　[一]原注"六十"二字作平。

又一體 四十八字　　　　　　　　　　　　　　揚无咎

月華燈影光相射。還是元宵也。綺羅如畫。笙歌遞響,無
●○○●○○▲　○●○○▲　●○○▲　○○○●　○
限風雅。　　鬧蛾斜插,輕衫乍試,閒趁尖耍。百年三萬六
●○▲　　　　●○○●　○○●●　○●○▲　●○○●●
千夜[一]。願長如今夜①。
○▲　　　●○○○▲

> 此用仄韵,句法同前作。首句起韵,第三句、後段第四句皆叶韵。《詞律》失注。

【校記】

　　[一]原注"六"字作平。

【蔡案】

　　① 就前二首可知,後段第二均,也可填爲●○○●　○○●
●　○○○▲。

憶故人　五十字　一名《燭影搖紅》《歸去曲》　　　　　王　詵

燭影搖紅，向夜闌①，乍酒醒、心情懶。尊前誰爲唱陽關[一]，
離恨天涯遠。　　　無奈雲沉雨散[二]。憑闌干、東風淚眼。
海棠開後，燕子來時，黃昏庭院。

> 毛滂詞有"送君歸去添凄斷"句，名《歸去曲》。

> 《能改齋漫録》云：王都尉詵有《憶故人》詞，徽宗喜其詞意，
> 猶以不豐容宛轉爲憾。命大晟府別撰新腔。周美成增益其詞，
> 而以首句爲名，謂之《燭影搖紅》云②。

> "雨"字、"淚"字宜仄聲，各家同。

【校記】

[一] 原注"爲"字去聲。

[二] "雨"字及後一句"淚"字，用●符標識，意謂宜用仄聲。

【蔡案】

① 本詞前段起拍，各本均讀爲四字一句、三字一句，其實無謂。
此非"怒髮衝冠憑欄處"，作七字一拍讀，並無所礙，前人或因"燭影搖
紅"已爲成語，因此讀斷。此類句法，若無音律拗怒處，若無文理欠順
處，俱可合作一句讀。

② 本調此格僅此一首，其餘小令，均以慢詞之半闋爲準，即減去
"向夜闌"三字，"乍酒醒"六字添一字，作平起平收式七字一句，且易
名爲《燭影搖紅》。

燭影搖紅　四十八字　　　　　　　　賀　鑄

波影翻簾，淚痕凝燭青山館。離魂千里念佳期，襟佩如相

款。　　惆悵更長夢短[一]。但衾枕、餘香賸暖。半窗斜月，照人腸斷，啼烏不管①。

　　本詞以王作首句爲名，然次句七字，比王作少二字，大有分別。作者不得以此體名《憶故人》也②。

　　“照人”句，平仄與王作異。毛滂用“瘦石寒泉”及“蝶子相迎”句。“斷”字偶合，非叶韵。

【校記】

　　[一]“夢”字及後一句“賸”字，用◑符標識，意謂宜用仄聲。

【蔡案】

　　① 詞句之句法不同者極多，尤其是四字句，但此處作者原意或爲“半窗斜月照人，腸斷啼烏不管”，與前段之第二均同，皆爲兩拍一均，故與王詞、毛詞俱不同。兩讀皆可，述而不改，但填者不妨爲之。

　　② 此即《憶故人》，首拍減三字異，實爲減字格。關於調名，謂五十字體不得名《燭影搖紅》，可，謂此不得名《憶故人》，則不可。此猶言子肖父可，言父肖子不可也。且《燭影搖紅》本自其詞，用其句可，用其名反不可，尤無此理。

又一體　四十八字　　　　　　　　　毛　滂

松窗午夢初覺

一畝清陰，半天瀟灑松窗午。牀頭秋色，小屏山碧，長垂烟縷。　　枕畔風搖綠戶[一]。喚人醒、不教夢去[二]。可憐恰到，瘦石寒泉，冷雲出處。

前結四字三句,與前兩作異。亦破句也。

【校記】

[一]"綠"字及後一句"夢"字,用◖符標識,意謂宜用仄聲。

[二]原注"醒"字上聲,"教"字平聲。

燭影搖紅 九十六字 一名《秋色橫空》《玉耳墜金環》
《玉珥度金環》　　　　　　　　　　周邦彦

香臉輕勻,黛眉巧畫宮妝淺。風流天付與精神,全在嬌波
○●○○　●○●○◎●　○○○●●○○　○●○◉

轉。早是縈心可慣[一]。更那堪、頻頻顧盼。幾回得見,見了
▲　●●○○▲　●○○、○○●▲　◎○○●　●●

還休,爭如不見[二]。　　　燭影搖紅,夜闌飲散春宵短。當時
○○　○○○▲　　　◎●○○　●○●●○○▲　○◉

誰解唱陽關,離恨天涯遠。無奈雲收雨散。憑闌干、東風淚
○●●○○　○●○○▲　○◉○○●▲　○○○、○○●

眼。海棠開後,燕子來時,黃昏庭院。
▲　●○○●　●●○○　○○○▲

《九宮大成》入南詞大石調引,許《譜》同。

元好問詞名《秋色橫空》,與白樸正調不同,趙雍詞名《玉耳
墜金環》,一作《玉珥度金環》。

此即王詞加前叠,而體格與賀作同。《草堂》爲王詵作,誤。

【校記】

[一]"可"字及後一句"顧"字、後段第五句"雨"字、第六句"淚"
字,用◖符標識,意謂宜用仄聲。

[二]"不"字,原注作平。

又一體 九十七字　　　　　　　　　　　　缺　名

點點飛香，見梅知道春心透。怕寒不捲玉樓簾，羞與花同瘦。手撚青枝頻嗅。誚冷落、薔薇金斗[一]。翻驚綠鬢，不似芳姿，年年依舊。　　纔被凝酥，滿園桃李看看又。江南幽夢了無痕，啼暈殘襟袖。鴛被有誰溫繡。初怎敢、更十分殢酒[二]①。伴君獨自，幾個黃昏，月明時候。

　　見《梅苑》。後段第六句八字，比周作多一字，或"初"字是誤多耳。

【校記】

　　[一]原注"金"字宜仄。按，該字依律可平，盧祖皋、趙以夫、劉辰翁等等俱如此填。

　　[二]"殢"字用●符標識，意謂宜用仄聲。

【蔡案】

　　① 本詞《梅苑》本衍多一"初"字，宋詞無如此填者，應據《花草粹編》刪。

又一體 七十一字　　　　　　　　　　　　邱　氏

綠靜波光，淺寒先到芙蓉島。謝池幽夢屬才郎，幾度生春草。恨鎖橫波，遠山淺黛無人埽。　　湘江人去，歎無依、此意從誰表。喜趁良宵月皎[一]。況難逢、人間兩好。莫辭沉醉，醉入屏山，祇愁天曉。

　　《樂府紀聞》云：舒信道中丞宅在明州，子弟群處。有一舒於燈下，忽見女子，自稱邱氏。舉手代拍，歌《燭影搖紅》一解，遂相從月餘。家人以爲祟，延法士治之，則一池中物也。

　　比周作缺前段第五、六句十三字，後段次三句十四字。又多"歎無依"三字，與各家不同①。

【校記】

　　［一］"月"字及後句"兩"字，用◖符標識，意謂宜用仄聲。

【蔡案】

　　① 此爲殘詞，"春草"後脱落兩均，若據《花草粹編》補上"塵世多情易老。更那堪、秋風嫋嫋。晚來羞對，香芷汀洲，枯荷池沼"，則與前詞同。又，"歎無依"三字應屬上，作"湘江人去歎無依"一句，此即余謂"燭影搖紅向夜闌"不應讀斷之理也。

撼庭竹 七十二字　　　　　　　　　　王　詵

綽略青梅弄春色[一]。真艷態堪惜。經年費盡東君力。有情先到探春客。無語泣寒香，時暗度瑶席。　　月下風前空悵望，思携手同摘。畫闌倚遍無消息。佳辰樂事再難得。還是夕陽天，空暮雲凝碧。

　　"弄"、"態"、"探"、"暗"、"手"、"再"、"暮"七字，必仄聲。兩次句、兩結句，俱一領四句法，勿誤。

【校記】

　　［一］"弄"字及次句"態"字、第四句"探"字、前結"暗"字、後段第二句"手"字、第四句"再"字、後結"暮"字，用◖符標識，意謂必用

仄聲。

又一體 七十二字　　　　　　　　　　黃庭堅

宰太和日吉州城外作

嗚咽南樓吹落梅。聞鴉樹驚飛。夢中相見不多時。隔城今夜也應知[一]。坐久水空碧，山月影沉西。　　買個宅兒住著伊。剛不肯相隨。如今却被天嗔你①。永落雞羣受雞欺。空恁惡憐惜，風日損花枝。

> 通用平韵，後段三句換仄叶，亦平仄互叶體。換頭句叶韵。兩結句法異。《詞律》謂"你"字以上叶平，是。若謂兩第五句是叶，北宋時尚無四聲並叶之格，大非。"惜"字，汲古、《詞律》作"伊"，與上重，誤。今從《詞譜》。

【校記】

[一] "應"字原注平聲。

【蔡案】

① 本詞平韵體，究其體式，應是近詞，故"你"字不必視爲叶韵，蓋本句本爲可叶可不叶處。若以爲前段"時"字叶，故此處亦須叶，則誤，因從無前後段必須對應叶韵之律理也，如前一首王詞，前段首拍"色"字叶，後段不叶，其理一。

花發沁園春 百五字　　　　　　　　　　王　詵

帝里春歸，早先妝點，皇家池館園林。雛鶯未遷[一]①，燕子乍歸，時節戲弄晴陰。瓊樓珠閣，恰正在、柳曲花心。翠袖艷裝[二]，憑闌干②，慣聞弦管新音。　　此際相携宴賞，縱行樂隨處，芳樹遥岑③。桃腮杏臉，嫩英細葉，千枝綠淺紅深。輕風煦日，泛暗香、長滿衣襟。洞户醉歸，放笙歌，晚來雲海沉沉。

　　《西清詩話》云：晋卿有《人月圓》《燭影摇紅》《花發沁園春》諸調。愚按：據此是王詵創製，與《沁園春》迥别。《詞律》附列一處，誤。至調名《花發沁園春》當是《花發狀元紅》與《沁園春》合成。然字句大殊，或用其宫調耶，不敢强爲之説。

　　“未”、“乍”、“宴”、“樂”、“處”、“杏”、“細”七字，宜仄聲。“翠袖艷妝”、“洞户醉歸”，用去去去平，須著意。“桃腮”二句與前段平仄異。

【校記】

　　[一]“未”字及後句“乍”字、後起“宴”字、次句“樂”字和“處”字、第四句“杏”字、第五句“細”字，用●符標識，意謂宜用仄聲。

　　[二]本句及後段“洞户醉歸”，用●●●○符標識，意謂宜用去去去平聲。

【蔡案】

　　①“遷”字應仄而平，誤筆，或是後人筆誤。

　　②“翠袖”下七字，若是上四下三，則與其餘諸首句法異，而據《絕妙詞選》，“裝”字當爲“衣”字，而“衣”即“依”，假借，或更是“依”字之誤，《全宋詞》讀本句爲“翠袖艷、衣憑闌干”，則與諸詞句法俱同，竊以爲此爲正讀。後段“洞户醉歸放笙歌”，原譜秦蟸仍讀爲四字一句、三字一句，亦誤，均應據《全宋詞》所讀改。

　　③此九字前五字失律，應讀爲“縱行樂、隨處芳樹遥岑”，後六字

即前段“皇家池館園林”六字。

又一體 百五字　　　　　　　　　　　　　　劉子寰

呈 史 滄 洲

換譜伊凉，選歌燕趙，一番樂事重起[一]。花新笑靨，柳軟纖腰，濟楚衆芳圍裏。年年佳會。長是傍、清明天氣。正魏紫衣染天香，蜀紅妝破春睡。　　　一簇猩紅鳳翠[二]。遍東園西城[三]，點檢芳事[四]①。鈴齋吏散，畫館人稀，幾闋管弦清脆。人生適意。流轉共、風光游戲。到遇景取次成歡，怎教良夜休醉[五]。

　　葉《譜》作劉子寰，字圻父，俟考。

　　此用仄韵。“會”、“意”二字叶韵。兩結二句，用一領兩六字句法，與前異。“東園西城”四字平聲，“樂事”二字仄聲，“鳳翠”二字去聲，“點檢”二字上聲，勿誤。“濟”字，《詞律》作“齊”，“芳事”二字作“芳字”，“鈴”字作“銓”，均誤。今改正。“新”字一本作“迎”，“紅妝”二字作“妝紅”，“猩紅”二字作“猩羅”，亦誤。今從《詞律》。

【校記】

　　[一]“樂事”二字用●●符標識，意謂宜用兩仄聲。

　　[二]“鳳翠”二字用●●符標識，意謂宜用兩去聲。

　　[三]“東園西城”用○○○○符標識，意謂宜用四平聲。

　　[四]“點檢”二字用●●符標識，意謂宜用兩上聲。

　　[五]原注“教”字平聲。

【蔡案】

　　① 此爲仄韵體,字句悉與前詞同,可互校。"東園西城"四字連平,其韵律不諧彰矣,秦巘反欲强調,大謬。按,此亦折腰句法,黄昇詞作"是天姿、妖嬈不减姚魏",最易明白,應讀爲"遍東園、西城點檢芳事"纔諧。

落　梅　百七字　或加"慢"字　　　　　王　詵

壽陽妝晚,慵勻素臉,今宵醉痕堪惜①。前村雪裏,幾枝初綻,正冰姿仙格。忍被東風,亂飄滿地,殘英堆積。可堪江上,起離愁、憑誰説寄②,腸斷未歸客[一]。　　　流恨聲傳羌笛。感行人、水亭山驛。越溪信阻,仙鄉路杳,但風流塵跡。香艷濃時,未多吟賞,已成輕擲。願身長健,且憑闌,明年還放春消息。

　　　　此詠本意,見《梅苑》。原調作《落梅風》,誤,今從《花草粹編》本。《詞律》失收。

　　　　此調皆用入聲韵。"未"、"放"二字宜去聲。前六、後五句是一領四字句,勿誤。一本無"正"字。"忍"字作"免","今"字《梅苑》作"經","未多"二字作"東君",俱誤。今訂正。

【校記】

　　[一]"未"字及後段結句"放"字,用●符標識,意謂宜用去聲。

【蔡案】

　　① 此十字應讀爲"慵勻素臉今宵,醉痕堪惜","醉痕堪惜"正對應後段"水亭山驛",然則文字前後對應。

② 此二句應作"可堪江上起離愁，憑誰説寄"，讀斷無謂，且語意紊亂。"憑誰説寄"顯應關乎後一句，而"起離愁"則顯係關乎前一句，正合一均字句，符合律理。後段同理，"願身長健且憑闌"不當作一四一三。詞中此類結構，可合則以合爲要，如前《憶故人》《花發沁園春》等詞悉同。

落梅慢 百六字　　　　　　　　　　　　　　缺　名

帶烟和雪，繁枝淡泞，誰將粉融酥滴。疏枝冷蕊，壓群芳，年年常占春色。江路溪橋漫倒，裊裊風中無力。暗香浮動冰姿，明月裏，想無花、比高格。　　爭奈光陰瞬息。動幽怨、潛生羌笛。新花鬥巧，有天然閒態，倚闌堪惜。零亂殘英片片，飛上舞筵歌席。斷腸忍淚，念前期經歲，還有芳容隔。

> 亦見《梅苑》。前段第四、五句，一七、一六字，兩六、七句各六字，前結一六、一三、一六字，後段四、五句，一四、一五字，後結兩五字句。"經歲""歲"字仄聲，皆與前異。《梅苑》缺"暗"字，據《歷代詩餘》補。

並蒂芙蓉 九十八字　　　　　　　　　　　　晁端禮

太液波澄，向鑑中照影，芙蓉同蒂。千柄綠荷深，並丹臉爭媚[一]。天心眷臨聖日，殿宇分明獻嘉瑞。弄香嗅蕊[二]。願君王、壽與南山齊比。　　池邊屢回翠輦，擁群仙醉賞，憑闌凝思①。萼綠攬飛瓊，共波上游戲。西風又看露下[三]，更結雙雙新蓮子②。鬥妝競美。問鴛鴦、向誰留意。

《能改齋漫録》云：政和癸巳，大晟樂成。蔡京以晁端禮薦，詔乘馹赴闕。端禮至都，會禁中嘉蓮生。分苞合跗，复出天造，人意有不能形容者。次膺效樂府體，屬辭以進，名《並蒂芙蓉》。上覽之，稱善，除大晟樂府協律郎，不克受而卒。

前後第五句是一領四句法。"臉""媚"、"上""戲"用上去聲，"弄香嗅蕊"、"鬥妝競美"用去平去上聲，必不可易。

【校記】

［一］"臉""媚"二字、後段第五句"上""戲"二字，用◗◗符標識，意謂宜用上聲、去聲。

［二］本句用◗○◗◗符標識，意謂用去平去上聲。

［三］"看"字原注平聲。

【蔡案】

① 本詞應是平仄互叶體詞調，原譜後段首均應讀爲："池邊。屢回翠輦擁群仙。醉賞憑闌。凝思。"

② 本句違律，"新"字，校之前段應仄，偶誤。

黃河清慢 九十八字　　　　　　　　　　晁端禮

晴景初升風細細。雲收天淡如洗[一]。望外鳳凰城闕[二]，葱葱佳氣。朝罷香烟滿袖，侍臣報、天顏有喜。夜來連得封章，奏大河、徹底清泚①。　　　君王壽與天齊，馨香動、上穹頻降祥瑞。大晟奏功，六樂初調宮徵。合殿薰風乍轉，萬花發、千官盡醉。内家傳詔，重開宴、未央宮裏。

《九宮大成》入南詞黃鐘宮正曲。

《鐵圍山叢談》云：晁次膺先在韓師朴丞相坐上，作聽琵琶詞，爲世所重。又有一曲曰："深院鎖春風，悄無人、桃李自笑。"亦歌之，遂入大晟。時燕樂新成，八音告備，有曲名《黃河清》，音調極韶美。次膺作一詞云云。時天下無問遐邇小大，雖偉男髫女，皆爭唱之。

此調《詞律》未收，足見遺漏不少。前三、四句，上六下四，後三、四句，上四下六字，可不拘。"淡"字、"降"字用去聲。"望外鳳凰"、"大晟奏功"，用去去去平，均不可易。一本無"奏"字，誤。"宮"字，《詞譜》作"角"，"發"字作"覆"。

【校記】

［一］"淡"字及後段次句"降"字，用◖符標識，意謂必用去聲。

［二］"望外鳳凰"和後段"大晟奏功"用◖◖◖○符標識，意謂必用去去去平聲。

【蔡案】

① 折腰式七字句一般有兩種讀法，或點斷讀爲上三下四，或不點斷讀爲一六式，兩種讀法均合乎韵律，但如何讀，則屬於意讀問題。本句詞意，顯然是"奏：大河徹底清泚"，後六字作爲"奏"的對象，是一個整體，所以自然不可讀破，一讀破，後四字兩頓連仄，韵律也被破壞。可見，形式和內容是一體的。

無　悶 百字　　　　　　　　　　　　　丁　注

　　　　　　　　　　雪

風急還收，雲棟又開[一]①，海闊無人剪水。算六出工夫，怎教容易^[二]。剛被郢歌楚舞^[三]，鎮獨向、尊前誇輕細^{[四]②}。想謝庭詩詠，梁園賦賞，未成歡計。　　　天意。是則是。便下得，控持柳梢梅蕊③。又爭奈看看^[五]，漸回春意。好趁東君未覺，預先把、園林先妝綴^[六]。看是處、玉樹瓊枝，勝却萬紅千翠。

> 見《陽春白雪》。原作丁葆光。考葆光名注，知永州，有《丁永州集》。《泊宅編》稱丁葆光名經，或係寫訛。
>
> "又"、"剪"、"怎"、"賦"、"未"、"控"、"漸"、"萬"等字必去聲。
>
> 前後第七句，宜仄仄仄平平平平仄，各家體格皆如此，不可移易。

【校記】

[一] "又"字及後一句"剪"字、第五句"怎"字、第九句"賦"字、前結句"未"字、後段第二句"控"字、第四句"漸"字、後結句"萬"字，用●符標識，意謂必用去聲。

[二] "教"字原注平聲。

[三] 原注"剛"字可仄，"郢"字"楚"字及後段第二句"柳"字、第五句"好"字"未"字、第七句"看"字、第八句"玉"字可平。

[四] 此八字，用●●●○○○●●符標識，意謂必用仄仄仄平平平平仄句法。

[五] 原注前"看"字平聲。

[六] "先"字原注宜仄。

【蔡案】

① "雲棟"，當是"雲凍"的筆誤。

② 本句讀爲上三下五式折腰，則韵律不諧，後段對應句"預先把、園林先妝綴"亦同。此二句應於第五字略逗，將"獨向尊前"視爲

一緊密結構,後段同樣如此,"把"的對象衹是"園林",而非"園林先妝
綴"。意通,則律通,否則四字連平,韵律極不和諧,秦巘謂必用"平平
平平"云云,衹是無法解釋之下的自欺而已。

　　③ 同前蔡案,"下得控持"爲一單位,應據《全宋詞》讀爲一五一
四,以避免後六字兩頓連平而韵律失諧之病。

　　又一體九十九字　　　　　　　　　　　　　　　程　垓

天與多才,不合更與[一],殢柳憐花情分。甚總爲才情[二],惱
人方寸。早是春殘花褪。也不料、一春都成病[三],自失笑、
因甚腰圍半减,淚珠頻搵。　　　難省。也怨天,也自恨。怎
免千般思忖。倩人説與①,又却不忍。拚了一生愁悶。又衹
恐、愁多無人問[四]。到這裏、天也憐人,看他穩也不穩[五]。

　　　原集名《閨怨無悶》,吳作名《催雪》。惟張炎《山中白雲詞》
　　衹《無悶》二字,與丁作同。是《閨怨》《催雪》皆是題目,此連寫之
　　誤。如《芳草鳳蕭吟》之類,詞中比比皆然。

　　　前結一三、一六、一四字,可不拘。前後兩六句叶韵,後段次
　　句不叶,三句叶。五句四字,比丁作少一字。"因甚""甚"字,《選
　　聲》注叶,大謬。

　　　《詞律》謂因俳體,平仄難學。不知篇中多以上入作平,細按
　　之,與丁、吳諸家吻合。萬氏未嘗校對,致滋疑竇。

【校記】
　　[一]原注"不"字和"與"字、第七句"一"字、後段第四句"却不"
二字、第五句"一"字、結句"也不"二字作平。"更"字、第五句"惱"字、
第八句"半"字、前結"淚"字、後段第二句"怎"字、第四句"又"字、結句

"穩"字,用●符標識,意謂必用去聲。

　　[二]原注"爲"字去聲。

　　[三]此八字,用◑◑◯◯◯◯◯◑符標識,意謂必用仄仄仄平平
平平仄句法。

　　[四]此八字,用◑◑◑◯◯◯◯◑符標識,意謂必用仄仄仄平平
平平仄句法。

　　[五]原注"看"字去聲。

【蔡案】

　　① 本句奪一領字,觀前丁詞作"又争奈看看",後吴詞作"要須借
東君"可知。

又一體　九十九字　　　　　　　　　　　吴文英

催　雪

霓節飛璃,鸞駕弄玉[一],杳隔平雲弱水。倩皓鶴傳書,衛姨
呼起。莫待粉河凝曉[二],趁夜月、瑶笙飛環佩[三]。寒驢吟
影①,茶烟竈冷,酒亭門閉。　　　　歌麗。泛碧蟻[四]。放繡箔
半鈎,寶臺臨砌。要須借東君,灞陵春意。曉夢先迷楚蝶,
早風戾、重寒侵羅被[五]。還怕掩、深院梨花,又作故人清淚。

　　原集詞名《催雪》,應是題目,脱落調名。或引蔣捷詞"這催
雪曲兒休唱"句,及張翥詞"催雪新詞未穩"句爲證②,但蔣作《寶
鼎現》詞,亦有"倚窗猶唱,夕陽西下"句,然則"夕陽西下"亦得謂
爲調名乎?

　　此與丁作同,惟前結四字三句,少一字,異。"玉"字、"碧"字

以入作平,王沂孫、張炎作皆用平。

【校記】

　[一]"玉"字原注作平。"弄"字及第三句"弱"字、第五句"衛"字、第九句"竉"字、第十句"酒"字、後段第二句"半"字、第七句"早"字和"戾"字、後結句"故"字,用◗符標識,意謂必用去聲。

　[二]原注"凝"字去聲。

　[三]此八字,用◗◗◗◗○○○◑符標識,意謂必用仄仄仄平平平平仄句法。

　[四]原注"碧"字作平。

　[五]原注"風"字宜仄。"早"字用◗符標識,意謂必仄;後六字用◗○○○○◑符標識,意謂必用仄平平平平仄句法。

【蔡案】

　① 本句奪一領字,應據《夢窗詞》補,作"正蹇驢吟影"。

　② 宋人本有填詞不用調名、但用詞名之風,今人不知而已,並非脫落調名。至於蔣捷、張翥,都是吳文英後數輩人,豈有前世人用後世句之理,此"或"尤覺荒謬。

萬年歡 九十八字　或加"慢"字　　　　　　　王安禮

梅

雅出群芳。占春前信息[一],臘後風光。野岸郵亭,繁似萬點輕霜[二]。清淺溪流倒影[三],更黯淡、月色籠香。渾疑是、姑射冰姿,壽陽粉面初妝。　　多情對景易感,況淮天庾嶺,迢遞相望。愁聽龍吟,淒絕畫角悲凉。念昔因誰醉賞,向此際、空惱危腸。終須待結實，恁時佳味堪嘗^①。

> 唐教坊曲名。《宋史·樂志》：中吕宫大曲名，太宗製。《元史·樂志》：舞隊曲。《九宫大成》入北詞中吕調。許《譜》同。

> 《玉音問答》云：隆興元年五月十三日晚，胡銓侍上於内殿之秘閣。上命潘妃執玉荷杯，唱《萬年歡》。此詞乃仁廟所製。(節録)《高麗史·樂志》名《萬年歡慢》。

> 此調與《慶春澤》相近。"倒"、"易"、"醉"三字必用去聲，各家同。"結實"下，照各家應落二字，當是"和羹"二字。"龍"字，《梅苑》作"清"。

【校記】

[一] 原注"春"字、第六句"清"字、第八句"姑"字、後段第二句"淮"字、第三句"迢"字、第四句"愁"字可仄。

[二] 原注"萬"字、第七句"黯淡月"三字、前結"粉"字、後段次句"庾"字、第五句"畫"字、第六句"念"字、第七句"此際"二字、第八句"結"字可平。

[三] "倒"字、後起"易"字、第六句"醉"字，用●符標識，意謂必用去聲。

【蔡案】

① 本詞或從明人陳耀文《花草粹編》，故有奪字，但若從宋人黄大輿《梅苑》，自是正格，黄本後段尾均作"終須待、結實和羹，恁時佳味堪嘗"，完璧。應據補。

又一體　百二字　　　　　　　　　　　　賀　鑄

淑質柔情，靚妝艷笑，未容桃李争妍。紅粉墻東，曾記窺宋三年。不分雲朝雨暮^[一]，向西樓、南館留連。何嘗信、美景良辰，賞心樂事難全^[二]。　　　青門解袂，畫樓回首，初沉漢佩，永斷湘弦。漫寫濃愁幽恨，封寄魚箋。擬話當時舊好，問同誰、與醉尊前。除非是、明月清風，向人今夜依然。

> 前起三句，兩四、一六字，後起四句皆四字，與王作異。四、五兩句，前上四下六，後上六下四字，可不拘。"與"字，葉《譜》作"共"。

【校記】

　　[一] 原注"分"字去聲。"雨"字、後段次句"畫"字、第七句"舊"字，用●符標識，意謂必用去聲。

　　[二] 原注"樂"字作平。

又一體 百一字　　　　　　　　　　　　　　　　趙師俠

電繞神樞，虹流華渚，誕彌良用佳辰。萬寓謳歌歸舞，寶歷增新。四七年間盛事^[一]，皇威暢、邊鄙無塵。仁恩被、華夏咸安，太平極治歡聲。　　　重華道隆德茂，亙古今稀有，揖遜重聞。聖子三宮歡聚，兩世慈親。幸際千秋聖旦，霅鎬宴、普率維均。封人祝、億萬斯年，壽皇尊並高真。

> 前起同賀作，後起同王作。"聲"字庚、青韵，不應雜入真、文韵，不可從①。

【校記】

　　[一] "盛"字、後起"德"字、第六句"聖"字，用●符標識，意謂必用

去聲。

【蔡案】

　　① 庚、青韵和真、文韵雜用，是宋詞常見用韵法，秦巘謂"不可從"，是以清律規範宋詞，謬甚。

又一體 百字　　　　　　　　　缺　名

禁籞初晴。見萬年枝上，巧囀鶯聲。藻棟連雲，萍曦高照檐
●●●○△　●◎○○●　◎○△　●○○●　○○○●○

楹。好是簾開麗景[一]，裊金爐、香暖烟輕。傳呼道、天蹕來
△　◎●○○●　⊙⊙　⊙●○△　○○●　⊙○

臨，兩行拱引簪纓。　　　看看筵敞三清[二]①。洞寶玉杯中，
○　●○●●○△　　　○○○●○△　●◎○●⊙⊙

滿酌犀觥。爛漫芳葩，斜簪慶快春晴。更有簫韶九奏，簇魚
◎●○△　●○○○　○○●●○△　●●○○●●　●○

龍、百戲俱呈。吾皇願、永保洪圖，四方長樂昇平。
⊙　◎●○△　○○●　◎●○●　●○○●○△②

　　　　此調見《高麗史·樂志》，不著撰人名氏。

　　　　與王作同。秖換頭句叶韵，平仄亦異。後結多二字，可證王詞脱亂也。"春晴""晴"字重叶。《碎金譜》作"春情"。"洞"字必是"向"字之訛，傳寫錯誤。

【校記】

　　[一]"麗"字和後段第九句"九"字，用●符標識，意謂必用去聲。

　　[二]前"看"字原注平聲。

【蔡案】

　　① 過片兩"看"字，皆宜平讀，而非僅第一字平讀。前三詞分作"多情"、"青門"、"重華"，皆爲平平，可證。

②　本詞原無可平可仄校注,本譜可平可仄據前三首校。又,過片"清"字也有不用韵者,故用可叶可不叶符。

又一體 九十九字　　　　　　　　　　　　　　　晁補之

心憶春歸,似佳人未來[一],香徑無跡。雪裏江梅,因甚早知消息。百卉芳心正寂。夜不寐、幽姿脉脉[二]。圖清曉[三],先作宮妝,似防人見偷得。　　　真香媚情動魄。算當時壽陽,無此標格。應寄揚州,何郎舊曾相識。花似何郎鬢白。恐花笑、逢花羞摘。那堪羌笛驚心①,也隨繁杏拋擲。

　　此用仄韵,兩六句皆叶。"那堪"下少一字。晁共三首,斷無此首獨少一字之理,必是脱誤。《梅苑》有"愁"字,葉《譜》有"聽"字。"未"、"徑"、"正"、"見"、"動"、"此"、"鬢"、"杏"等字,必去聲,勿誤。"心憶春歸"四字,汲古作"春憶心歸",誤。"消息"二字,《梅苑》作"春色","芳心"二字作"群芳","寄"字作"記"。至"得"字作"摘",重叶。"情動魄"三字作"動清魂",皆誤。"時"字,葉《譜》作"日","花笑"二字作"多笑","笛"字作"管"。今從汲古。

【校記】

　　[一]"未"字及後句"徑"字、第六句"正"字、前結句"見"字、後起句"動"字、第三句"此"字、第六句"鬢"字、後結句"杏"字,用●符標識,意謂必用去聲。

　　[二]原注"不寐"二字、後段第八句"笑"字可平。

　　[三]原注"清"字、後段第五句"郎"字、第七句"花"字可仄。

【蔡案】

①"那堪"下有脱字,應據《欽定詞譜》補,作"那堪聽、羌笛驚心"。秦巘明知奪字也不依譜補足,顯見祇是停留在敘述詞調的來龍去脉,而非擬定爲人作規範的"譜"。

又一體 百字　　　　　　　　　　　　　　　晁補之

寄韵次膺叔

十里環溪,記當年、並游依舊風景[一]①。彩舫紅妝,重泛九
●●○○　●○○、●○○●▲　　●●○○　○●●

秋清鏡。莫歎歌臺蔓草,喜相逢、歡情猶勝。蘋洲畔、橫玉
○○▲　●○○○●●　●○○、○○○●　○○●、○●

驚鸞,半天雲正愁凝。　中秋醉魂未醒②。又佳辰、授衣
○○　●●○●○▲　　　○○●○●▲　●○○、●○

良會堪更。早歲功名,豪氣尚凌汝穎。能致黄金一井。也
○●○▲　●●○○　○●●○●▲　○●○○●▲　●

莫負、鴟夷高興。別有個、瀟灑田園,醉鄉天地同永。
●●、○○○▲　●●●、○○○●　●○○●○▲③

　　"別有"句七字,比前作多一字,與賀作正合。"草"字不叶,
　"井"字叶。

【校記】

[一]"並"字與後句"舊"字、第六句"蔓"字、前結句"正"字、後起句"未"字、次句"授"字、第三句"會"字、第六句"一"字、後結句"地"字,用◖符標識,意謂必用去聲。

【蔡案】

①"記當年"下九字,及後段"又佳辰"下九字,原作一五一四,四字句不律,而依律實應讀爲一三一六字,後六字爲平起仄收式句法。

若欲一五一四,則第五字須仄,第七字須平。

　　② 後段起拍,有兩種填法,或平起式律拗,則第四字必平,第五字必仄,如本詞;或平起式律句,則第四字必仄,第五字必平,如晁補之後一首的"君如未遇元禮",不可有違。

　　③ 本調可平可仄可以基本詩律酌定。

又一體 百字　　　　　　　　　　　　　　　　晁補之

次 韵 和 季 良

憶昔論心,盡青雲少年[一],燕趙豪俊。二十南游,曾上會稽千仞。振袂江中往歲,有騷人、蘭蓀遺韵。嗟管鮑、當日貧交,半成翻手難信。　　　君如未遇元禮,肯抽身盛時,尋我幽隱。此事談何容易,驥才方騁,綵舫紅妝圍定。笑西風、黃花斑鬢。君欲問。投老生涯,醉鄉歧路偏近。

　　　換頭句不叶,平仄亦異。"定"字、"問"字皆叶韵,餘同。

【校記】

　　[一]"少"字與後句"趙"字、第六句"往"字、前結句"手"字、後次句"盛"字、第三句"我"字、後結句"路"字,用●符標識,意謂必用去聲。

又一體 百字　　　　　　　　　　　　　　　　胡浩然

燈月交光,漸輕風布暖[一],先到南國。羅綺嬌容,十里絳紗籠燭。花艷驚郎醉目。有多少、佳人如玉。春衫袂、整整齊齊,内家新樣妝束。　　　歡情更闌未足。謾勾牽舊恨,縈亂心曲。悵望歸期,應是紫姑頻卜。暗想雙眉對蹙。斷弦待、鸞膠重續。休迷戀、野草閒花,鳳簫人在金谷。

　　　前後兩次句仄字住,平仄與前作異。兩第六句俱叶。

【校記】

　　[一]"步"字與後句"到"字、第六句"醉"字、前結句"樣"字、後起"未"字、次句"舊"字、第三句"亂"字、第六句"對"字、後結句"在"字,用●符標識,意謂必用去聲。

又一體　百字　　　　　　　　　　　　　　缺　名

天氣嚴凝,乍寒梅數枝[一],嶺上開拆。傅粉凝脂,疑是素娥妝飾。先報陽和信息。更雪月、交光一色[二]。因追念、往日歡游,共君攜手同摘。　　　別來又經歲隔。奈高樓夢斷,無計尋覓。冷艷寒容,啼雨恨烟愁濕。似向人前淚滴。怎不使、伊家思憶。惟祇恐、寂寞空枝,又隨昨夜羌笛。

　　　見《梅苑》。與晁第一首同,第六句皆叶。結處比晁多一字,與各家同①。"飾"字一本作"拭",誤。"伊家"二字作"當窗","惟"字作"還"。

【校記】

　　[一]"數"字與後句"上"字、第六句"信"字、前結句"手"字、後起"歲"字、次句"夢"字、第三句"計"字、第六句"淚"字、後結句"夜"字,用●符標識,意謂必用去聲。

　　［二］原注"一"字作平。

【蔡案】

　　① 本詞即前一詞體，字句、韵律皆同，無謂。

又一體 百字　　　　　　　　　　　　史達祖

兩袖梅風，謝橋邊，岸痕猶帶陰雪[一]。過了匆匆燈市，草根
青發。燕子春愁未醒，誤幾處、芳音遼絶。烟溪上、采綠人
歸，定應愁沁花骨。　　　非干厚情易歇。奈燕臺句老，難道
離別。小徑吹衣，曾記故里風物[二]。多少驚心舊事，第一
是、侵階羅襪。如今但、柳髮睎春。夜來和露梳月。

　　　　　前後第六句皆不叶韵。次句於三字讀，可不拘。

【校記】

　　［一］"岸"字與"帶"字、第六句"未"字、前結句"沁"字、後起"易"
字、次句"句"字、第三句"道"字、第六句"舊"字、後結句"露"字，用●
符標識，意謂必用去聲。

　　［二］原注"里"字作平。

又一體 百字

天上春來。正陽和布澤[一]，斗柄初回。一朵祥雲捧日，萬象
生輝。帝德光昭四表，玉帛盡、梯航來會。彤庭敞、花覆千
官，紫霄鴛鷺徘徊。　　　仁風遍滿九垓。望霓旌緩引，寶扇
齊開。喜動龍顏和氣，藹然交泰。九奏簫韶舜樂，獸尊舉、

麒麟香靉。從今數、億萬斯年，聖主福如天大。

> 此平仄互叶體，《詞律》失收[二]。句法與無名氏平韵詞同，句中平仄微異。"天大"二字，一本作"大大"，誤。

【校記】

[一] "布"字與第六句"四"字、次句"緩"字、第六句"舜"字，用●符標識，意謂必用去聲。

[二] 本詞爲元人趙孟頫作，秦巘失記。

滿朝歡 百字　　　　　　　　　　　　　　　　　　李　劉

壽韓尚書出守

一點箕星，近天邊光彩，輝映南極。竹馬兒童，盡道使君生日。原是鳳池仙客。曾曳履、持荷簪筆。稱觴處，晚節花香，月周猶待五夕。　　　誰道久拘禁掖。任雙旌五馬，暫從游逸。九棘三槐，都是等閒親植。見説玉皇側席。但早晚、促歸調爕。功成了，笑傲南山，壽如南山松柏。

> 此調名《滿朝歡》，與胡作全合①，實《萬年歡》之別名②。與柳永《滿朝歡》正調不同。想因"萬年"二字，不合施之臣僚，故易其名耳。各譜皆以爲《滿朝歡》之又一體。《詞律》未載。細加校勘，剖晰始明。若不亟爲釐正，必致合爲一調，聚訟紛如，又增一重公案矣。調名之糾纏錯雜，皆由於此。本譜於源流分合最爲着意，庶免鏐轕。

【蔡案】

① 此即晁補之"心憶春歸"詞，晁詞補足奪字後，與此全同。

② 在未見別首如是的情況下，斷言"實《萬年歡》之別名"，未免輕言，竊以爲極可能是誤植調名而已，並非再取別名，因爲柳永《滿朝歡》時已問世。

瀟湘逢故人慢 百四字　"逢"一作"憶"　　　　　　王安禮

初　夏

薰風微動，方榴花弄色，萱草成窩。翠幛敞[一]，輕羅試，冰簟初展，幾尺湘波。疏簾廣廈，稱瀟湘、一枕南柯[二]。引多少、夢魂歸緒，洞庭雨棹烟蓑。　　驚回處、閒晝永，更時時、燕雛鶯友相過。正綠影婆娑。況庭有幽花①，池有新荷。青梅煮酒，幸隨分、贏取高歌。功名事、到頭終在[三]，歲華忍負清和。

　　此以第八句爲名，前無作者，衹錢應金一首可證②。"翠幛"下六字，錢作"擘紫蟹，蒸黃雀"兩三字句。玩文義亦當如此。《詞律》於"羅"字句，注叶。照後段原可如此斷句，但以"幛"字爲"帳"字之訛，"綠"字入作平，則大謬不然矣。所注可平可仄，亦不必從。"榴花"二字，《樂府雅詞》作"櫻桃"，"稱"字作"寄"，"魂"字作"中"，"更"字作"但"，"取"字作"得"。

【校記】

[一] 原注"幛"字可仄，不知何據。

[二] 原注"稱"字去聲。

[三] 原注"終"字可仄，不知何據。

【蔡案】

① 該十字也應與前段相同，讀爲"正緑影、婆娑況，庭有幽花"。"況"猶"狀"，唐李商隱《別薛嵒賓》詩"清規無以況，且用玉壺冰"，宋韋驤《京居》詩"聊作支離況，詩成祇自哂"，都是如此用法。

② 錢應金爲明人，以詞譜學研究之潛規則，明人之作，但可參考，而不可佐證。因明人字句俱源自唐宋，如本句，祇是錢的理解，本即照貓畫虎，並無内在韵律依據，而以此虎證明貓即如此，則大謬。

又一體 百四字　　　　　　　　　　　王秋英（女鬼）

春光將暮。見嫩柳拖烟，嬌花帶霧。頃刻間風雨[一]。把堂上深恩，閨中遺事[二]。鑽火留餳，都付却、落花飛絮。又何心，挈罍提壺，鬥草踏青載路。　　　子規啼，蝴蝶舞。遍南北山頭，紙仄緑醑。莫一丘黄土。嗟海角飄零，湘陰凄楚。無主泉扃，也能得、有情鷄黍。畫角聲，吹落梅花，又帶離愁歸去。

《詞統》云：嘉靖甲子，福清韓夢雲過石湖山前，見遺骸，惻然掩之。夜中夢一麗人，自稱王秋英，字淡容，元季兵不辱而死。感君掩骨恩，願偕伉儷。明年上巳，夢雲携鷄酒，奠其墓而哭之。秋英出見，歌所製《瀟湘逢故人慢》一闋，遂與夢雲同歸。

此用仄韵，字句與王作同，他無作者。紀事雖在明時，究是元人[三]。故甄録。

【校記】

[一] 原注"間"字去聲。

［二］原注“事”字備叶。

［三］實爲明人，亦無佐證價值。

臘梅香 百字　　　　　　　　　　　　　　　　　吳師孟

錦里陽和，看萬木凋時，早梅獨秀[一]。珍館瓊樓畔[二]，正絳跗初吐，穠華將茂。國艷天葩，真淡泞、雪肌清瘦[三]。似廣寒宮①，鉛華未御，自然妝就。　　凝睇倚朱闌，噴清香暗度，易襲襟袖[四]②。好與花爲主，宜秉燭頻觀，泛湘酎。莫待南枝，隨樂府、新聲吹後。對賞心人，良辰美景，須信難偶③。

> 調見《梅苑》。與《一剪梅》之別名不同，《詞律》失收。《詞譜》作“吳師益”，考《宋詩紀事》有吳師孟，“益”字當是“孟”字之訛。今改正。
>
> “廣寒”二字、“賞心”二字相連。“襲”字用仄聲，均勿誤。“宜秉燭”句，《詞譜》於“燭”字注豆。據賀詞比此作多一字，自當於“頻觀”斷句。“泛”字下脱一字，但喻陟又一首亦三字④。“畔”字，《梅苑》作“時”，誤。“美”字作“好”。《詞林叢著》云：“吐”、“泞”、“御”、“度”、“主”、“府”六字，皆以尤叶魚、虞，引《音韵闡微》爲證。愚按：此六字并非應叶之字，毋庸計較。且有賀詞可證。

【校記】

［一］原注“獨”字作平。

［二］原注“珍”字、第六句“穠”字、後結“須”字可仄。

[三] 原注"雪"字和後段次句"暗"字作平。

[四] "襲"字用❶符標識,意謂必用仄聲。

【蔡案】

① 本調前後段尾均之首句,例作一三句法,如"似廣寒宫"、"想玉樓中"等,不可填爲二二句法。

② "襲"字秦巘謂須用仄聲,大誤。此字以入作平,觀其前段對應字"梅"可知,喻陟詞,本句作"素英如墜","英"字亦平。

③ 後結"信"字,本有平去二讀,平讀在十一部真韵。如《詩經·小雅·節南山》"弗躬弗親,庶民弗信",親、信互押,朱熹注爲"叶斯人反"。但《正韵》以爲:"信本有平、去兩音,其讀平者亦音,而非叶矣。"可知"信"本有平讀,宋詞中時有所見。

④ 此類情況並非偶見,蓋後人承前人誤而已,不可佐證。

又一體 百一字　　　　　　　　　　　　　　　喻　陟

愛日初長。正園林,纔見萬木凋黄①。檻外朝來,已見數枝,復欲掩映回廊。賜與東皇。付芳信、妝點江鄉。想玉樓中,誰家艷質,試學新妝。　　　桃杏苦尋芳。縱成蹊,豈能似恁清香。素艷妖嬈,應是晝夜,曾與明月風光。瑞雪濃霜。渾疑是、粉蝶輕狂。待拚吟賞,休聽畫閣,橫笛悲傷。

調見《梅苑》,不著名氏。葉《譜》爲喻陟作[一]。

此用平韵。前後次、三句,一三、一六字,四、五、六句,兩四一六字,句法差異,平仄無訛,亦破句法也。兩起句,兩七句,皆叶韵。"晝"字,《梅苑》作"盡","濃"字作"冰","閣"字作"樓","笛"字作"管",均誤。"待拚吟賞"句,中二字不連,是率筆。

【校記】

［一］本詞作者應據《梅苑》，作無名氏。

【蔡案】

①"纔見"句與後"復欲"句、"曾與"句均用律拗句法，第五字不可爲仄，除非第二字易爲平聲。

梅香慢 百一字　　　　　　　　　　　　　　　　賀　鑄

高閣寒輕，映萬朵芳梅，亂堆香雪。未待江南，早冠百花，先占一陽佳節。剪彩凝酥，無處學、天然奇絶。便壽陽妝，工夫費盡，艷姿終別。　　風裏弄輕盈，掩珠英明瑩[一]，麝蠟飄烈。莫放芳菲歇。剩永宵歡賞，酒酣吟折。倒玉何妨，且聽取、尊前新闋。怕笛聲長，行雲散盡，漫悲風月。

> 見《東山樂府》，名《梅花慢》。葉《譜》名《早梅香慢》，與吳作《蠟梅香》無異，自是一調異名。《詞律》失收。
>
> "早"字不叶，或"歇"字亦偶合，非叶。"早"字，一本作"信"，斷句。下"占"字句，與後段同，恰與吳作合。"便壽陽妝"、"怕笛聲長"，必中二字連。詞之體格在此，勿誤。"永宵"二字，集作"夜永"，葉《譜》作"芳宵"。"麝蠟"二字，《梅苑》作"待蠟"，誤。

【校記】

［一］原注"瑩"字去聲。

早梅香 九十六字　　　　　　　　　　　　　　　　缺　名

北帝收威，又探得早梅[一]，漏春消息。粉蕊瓊苞，擬將胭脂[二]，輕染顔色①。素質盈盈，終不似、雪霜欺得。奈化工□，偏宜賦與，壽陽妝飾。　　獨自逞冰姿，比夭桃、繁杏殊別。爲報山翁逢此[三]，有花尊前，且須攀折。醉賞吟戀[四]，莫孤負、好天風月。恐笛聲悲，紛紛便似，亂飛香雪。

　　　　調見《梅苑》。與《早梅芳》迴別，與喻作《蠟梅香》同。惟前段第六句少二字，後段次句亦少二字。三、四、五句，一六、兩四字，句法異。與吳、賀諸作體格亦合，自是一調，故附列。

　　　　"擬將胭脂"、"有花尊前"連用三平，平仄亦別②。"化工"下當脫一字。"似"字，《梅苑》作"許"。

【校記】

　　[一]原注"探"字去聲。

　　[二]"將胭脂"及後段"花尊前"用○○○符標識，意謂必用三平聲。

　　[三]原注"爲"字去聲。

　　[四]原注"戀"字宜平。

【蔡案】

　　① 捫本均韵律，其原貌應是"粉蕊瓊苞，擬將□□，胭脂輕染顔色"。校之後段，則應是"爲報山翁，逢此有花，尊前且須攀折"。《欽定詞譜》即如此讀，但"須"字即前段"染"字，應仄讀，此爲敗筆。

　　② 所謂必用三平，與基本韵律相悖，其謬彰然。清儒這類宏論時有所見，貽誤今人不淺，似是自圓其説，其實祇是無法解釋之下的自欺欺人而已，惜今人常常以之爲金玉之見。

詞繫卷十五 宋

十二時 四十六字 一名《隴首山》《憶少年》《桃花曲》[①] 晁補之

別 歷 下

無窮官柳，無情畫舸，無根行客。南山尚相送，祇高城人隔。 罨畫園林溪紺碧。算重來、盡成陳跡[一]。劉郎鬢如此，況桃花顏色。

　　《詞名集解》云：隋煬帝幸江都，令大樂令白明達造此。與柳永長調及無名氏體皆不同。

　　万俟詠詞有"上隴首凝眸"句，名《隴首山》。劉秉忠詞有"恨桃花流水"句，名《桃花曲》。

　　兩結各兩五字句，上是五言詩句，下是一領四字句法。"尚"、"鬢"二字必用去聲，均勿誤。

【校記】

　　[一]"算"字原注可平。"重"、"來"二字原注可仄。

【蔡案】

　　① 本調調名，應以宋代黃昇《花庵詞選》爲正，作《憶少年》，不應以明代《花草粹編》爲準。原譜大量收入別名詞，導致體式重複，爲該書一大疵病。

憶少年　四十七字　　　　　　　　　　　　　曹　組

年時酒伴[一]，年時去處，年時春色。清明又近也，却天涯爲客。　　念過眼光陰難再得。想前歡、盡成陳跡。登臨恨無語，把闌干暗拍。

《九宫大成》入□詞商調[二]。

此比《十二時》祇多一"念"字，自是一調無疑。《詞律》以爲誤多，不知万俟詠亦有此體①。《歷代詩餘》云：與《十二時》之别名相辨者，在後段之長短平仄也。

【校記】

[一] 原注"酒"字及後段結拍"暗"字可平。

[二] □字原空，應是"北"字。

【蔡案】

① 万俟詠詞，《花庵詞選》卷七作"上隴首凝眸天四闊"，但《花草粹編》卷六，換頭作"隴首凝眸天四闊"，也是七字。

朝天子　四十六字　　　　　　　　　　　　　晁補之[一]

酒醒情懷惡。金縷褪、玉肌如削[二]①。寒食過却[三]①。早海棠零落。　　漸日照闌干烟淡薄。繡額朱簾籠畫閣②。春睡著。覺來失、鞦韆期約。

唐教坊曲名《朝天》，《九宫大成》入北詞中呂調隻曲，一名《謁金門》。又入南詞南呂宫正曲。"子"本作"紫"，乃以蜀牡丹花爲名。今通作"子"。

此詞又見馮延巳《陽春集》，名《思越人》。前結句缺"早"字。今考揚无咎《朝天子》詞，與此悉合，的是誤寫調名、人名。至《謁金門》句法與此大異。《九宮譜》列爲別名，誤。

"早海棠"三字，汲古作"海棠花"，誤。

【校記】

［一］本詞《陽春集》收錄，調名爲《思越人》，應是馮延巳詞。

［二］"金"字及後段結拍"來"字原注可仄；"縷"字及第四句"海"字原注可平。

［三］"食"字原注作平。

【蔡案】

① 這類小詞，通常都是前後段各四個句拍構成，研究兩段的結拍，都可以提取出一四結構的結拍，即"早、海棠零落"與"失、鞦韆期約"。因此，前段準確的句讀，應該是第三句拍爲"寒食▲。過却"和後段的"春睡著。覺來"，前段奪一字，且很可能所奪是一韵字。

② "繡額朱簾"何可"籠畫閣"，顯然不通，原詞第三字必非"朱"字，而是一個可以與"繡額"結合構成三字逗的詞，即原句應該是"繡額●、簾籠畫閣"，如此則與前段相合。

鹽角兒 五十字　　　　　　　　　　　　晁補之

亳 社 觀 梅

開時似雪。謝時似雪。花中奇絶。香非在蕊，香非在萼，骨中香徹。　　占溪風，留溪月。堪羞損、山桃如血。直饒更、疏疏淡淡，終有一般情別。

《嘉祐雜志》云：梅聖俞說：始教坊家人市鹽，於紙角中得一曲譜,翻之,遂以名,今雙調《鹽角兒令》是也。歐陽永叔嘗製詞。
愚按:古樂府有"烏鹽角",或取名以此。歐詞今不傳^[一],他無
作者。"鹽"即"曲"也,古曲有《昔昔鹽》《黃帝鹽》《突厥鹽》皆以
"鹽"名。《嘉祐雜志》之誤,恐不足據。

【校記】

[一]《全宋詞》録有歐詞本調二首,所異者,爲前段第一第二句
均不叶韵。

金鳳鈎　五十四字　　　　　　　　晁補之

雪晴閒步花畔。試屈指、早春將半。櫻桃枝上最先到,却恨
小梅芳淺。　　忽驚拂水雙來燕。暗自憶、故人猶遠。一
分風雨占春愁,愁來又對花腸斷。

此調衹晁二首^[一],《詞律》失收。後結比前多一字。"又"字
是襯字也。

【校記】

[一]本調另有賀鑄一首,其韵律與後一詞同。

又一體　五十五字　　　　　　　　晁補之

送　春

春辭我向何處。怪草草、夜來風雨。一簪華髮,少歡饒恨,
無計殢春且住^①。　　春回常恨尋無路。試向我、小園徐
步。一闌紅藥,倚風含露。春自未曾歸去。

兩結兩四、一六字,與前異。"露"字偶合,非叶韵[一]。

【校記】

[一] 賀鑄詞,前後段第二個四字句均叶韵,因此,是本詞前段未叶,而非後段偶合。

【蔡案】

① 本調韵脚均以○▲收束,晁詞、賀詞皆如此,"且"字以上作平。

惜分飛 五十字　一名《惜芳菲》　　　　　　　　晁補之

別　吳　作

山水光中原無暑①。是我消魂別處。衹有多情雨。會人深
○●○○○⊙　▲　　⊙●　⊙●○○●　▲　　◎●○○　▲　　●○⊙

意留人住。　　　不見梅花來已暮。未見荷花又去。圖畫他
●○○　▲　　　　◎●○○○●　▲　　◎●○○●　▲　　⊙●○

年覷。斷腸千古苕溪路。
○　▲　　●●○○●○　▲

《九宮大成》入南詞小石調正曲。

《樂府雅詞》賀鑄詞,名《惜雙雙》,與張先《惜雙雙》、劉弇《惜雙雙令》皆不同。曹冠詞名《惜芳菲》。

《詞律》與《惜雙雙》合爲一調,是因《雅詞》《詞綜》之誤寫調名,遂以爲別名而未之察也。

起句用拗體,與《眼兒媚》《戀繡衾》體格同。

【蔡案】

① 前段起拍,僅有數篇兩頓連平,其主流填法,仍以●▲收束爲正。秦巘所收録諸詞,僅晁補之一人如此,基本上是準確反映實際情

況的。因此，今人填本調，應以律句爲規範。

又一體 五十一字　　　　　　　　　陳　著

吳氏館寄内董氏

築壘愁城書一紙。雁雁兒將不起。好去西風裏。到家分付顰眉底。　　落日闌干羞獨倚。十里江山萬里。容易成憔悴。惟歸來還是歸去是。

　　結句八字，比各家多一字①，亦襯字也。

【蔡案】

　　① 後段結拍有舛誤，不惟多一字，"去"字亦不在律。據彊村所校，其結拍爲："惟歸來是。歸來是。"應據改。

又一體 五十字　　　　　　　　　晁補之

代　　別

消暑樓前雙溪匜①，畫柱水晶宮裏。人共荷花麗。更無一點塵埃氣。　　不會使君匆匆至。又作匆匆去計。誰解連紅袂。大家都把蘭舟繫。

　　首句不起韵。

【蔡案】

　　① 前段首拍，本調例作叶韵，全宋諸詞皆如此填，《晁氏琴趣外篇》作"消暑樓前雙溪市"，叶韵，當是原作，"匜"，形近而誤，應據改。

又一體 五十字　　　　　　　　　　　　　　　　毛　滂

富陽僧舍作別語贈妓瓊芳

淚濕闌干花著露。愁到眉峰碧聚。此恨平分取。更無言語
空相覷①。　　　短雨殘雲無意緒。寂寞朝朝暮暮。今夜山
深處。斷魂分付潮回去。

《唐宋絶妙詞》注云：元祐中，東坡守錢塘。澤民爲法曹掾，
秩滿辭去。是夕宴客，有妓歌此詞。坡問誰所作，妓以毛法曹
對。坡與坐客曰："郡寮有詞人不及知，某之罪也。"翌日折柬追
還，留連數月。澤民因此得名。樓近思辨以爲非。余謂黃昇宋
人，援據當有所本，何必嘵辨。

起句用順體，"著"字各家作平②。"更"字、"斷"字陳平允
作平③。

【蔡案】

① 本詞前後段結拍各增一句中短韵，應作："更無言語。空相
覷。""斷魂分付。潮回去。"須補入，秦巘未讀出。

② 前已説明，本調起句偶作大拗句，計張先一首、晁補之二首、
毛滂一首、趙子發一首、吳淑姬一首，共計六首，其餘幾十首第六字均
用仄聲，"各家作平"不知如何説起，秦巘此處舉陳允平（原誤寫作陳
平允）例，亦作"釧閣桃腮香玉溜"。

③ 七字句首字依律可平可仄，辛棄疾、范成大等等均填爲平聲，
強調此，甚無謂。

又一體 四十八字　　　　　　　　　　　　　　　　辛棄疾

翡翠樓前芳草路。寶馬墮鞭暫駐。最是周郎顧。幾度歌聲誤①。　　望斷碧雲空日暮。流水桃源何處。古道春歸去。更無人管飄紅雨。

　　　前結句五字，比各家少二字，不知是遺脱否。存之。

【蔡案】

　　① 本詞前段歇拍有奪字，應據《稼軒長短句》補"尊前"二字，作："尊前幾度。歌聲誤。""度"，句中短韵，同前一詞之"更無言語。空相覷"。

紫玉簫 九十九字　　　　　　　　　　　　　　　　晁補之

過堯民金部四叔位，見韓相家姬輕盈所留題。

羅綺圍中，笙歌叢裏，眼狂初認輕盈。無花解比，似一鈎新月，雲際初生。算不虛得，卿占與、第一佳名。輕歸去，那知有人，別後牽情。　　襄王自是春夢，休漫説東墙，事更難憑①。誰教慕宋，要題詩曾倚，寶柱低聲。似瑶臺曉，空暗想、衆裏飛瓊。餘香冷，猶在小窗，一到魂驚。

　　　《宋史·樂志》：太宗製，歇指調。《九宫大成》入北詞小石角隻曲。許《譜》入北詞小石調。

　　　此與《碧玉簫》無涉。

　　　此調別無他作，平仄宜從。"輕"字，各本作"卿"，據《詞律訂》改正。"圍"字，葉《譜》作"叢"，"叢"字作"筵"，"新"字作

“低”，“卿”字作“都”。

【蔡案】

① 此九字從韵律的角度考慮，讀爲“休漫説、東墻事更難憑”更諧。

惜奴嬌 七十一字 晁補之

歌闋瓊筵，暗失金貂侣①。説衷腸、丁寧囑咐。棹舉帆開，黯行色、秋將暮。欲去。待却回、高城已暮[一]。　　漁火烟村，但觸目、傷離緒。此情向、阿誰分訴。那裏思量，争知我、思量苦。最苦。眠不穩、西風夜雨。

《高麗史・樂志》：宋賜大晟樂，有《惜奴嬌》曲破。高栻詞注雙調。《九宮大成》入南詞仙吕宫引，又入北詞雙角隻曲。

“欲去”、“最苦”是叶韵，勿誤。“已”、“夜”二字用仄，此聲調也。“侣”字，汲古作“似”，誤。

【校記】

[一]“已”字和後段結拍“夜”字，用●符標識，意謂必用仄聲。

【蔡案】

① 本調前段第二拍，例作折腰式六字句，宋詞單曲皆如此填，而獨本詞五字，萬樹疑有奪字，所疑並非空穴來風，故本詞不可爲範。

又一體 七十一字 蔡 伸

隔閡多時，算彼此、難存濟。咫尺地、千山萬水。眼眼相看，

要説話、都無計。衹是。唱曲兒、詞中認意。　　　雪意垂
垂，更刮地、寒風起。怎禁這幾夜意①。未散痴心，便指望、
長偎倚。衹替。火桶兒、與奴暖被。

　　汲古原注：一作《粉蝶兒》，誤。兩調句法略有不同。

　　前段次句六字，後段三句亦六字，與晁作異。

【蔡案】

　　① 本句對應前段"咫尺地、千山萬水"，依例當是三字一逗、四字
一句，且宋詞諸家亦如此填，故原句應是"怎禁這、幾□夜意"，疑有一
字脱落。

又一體　七十二字　　　　　　　　　　　　史達祖

梅

香剥酥痕，自昨夜、春愁醒。高情寄、冰橋雪嶺。試約黄昏，
○●●○　●●●　○○▲　●●●　○○▲　●●○○

便不誤、黄昏信。人静。倩嬌娥、留連秀影。　　　吟鬢簪
●●●　○○▲　○▲　●○○　○○●▲　　　○○

香，已斷了、多情病。年年待、將春管領。鏤月描雲，不枉
○　●●●　○○▲　○○●　○○●▲　●●○○　●●

了、閒心性。漫聽。誰敢把、紅顏比並。
●　○○▲　●▲　○○●　○○●▲

　　前後兩次句皆六字。《詞律》謂此句應六字，晁詞恐有脱誤，
何所見而云然。又於"雪"字、"管"字注宜平①，觀晁詞後用"分"
字，則此説不確明矣。又列石孝友二詞皆俳體，直似柘枝打油，
墮入惡道，不足爲訓。並於兩結兩字句，用"冤家"以叶話、禡韵。
萬氏以爲平仄互叶體，大謬。趙長卿於"不枉了"句作"捧出金盞

銀臺",不叶韵,是誤筆,不可從。

【蔡案】

① 萬樹謂:"此調凡七字句於第六字皆用仄聲,如此詞'雪'、'秀'、'管'、'比'是也。間有用平者,不如從仄爲是,故未注可平。"則意謂不宜用平也,或秦蠍誤落一"不"字。

金盞倒垂蓮 九十二字　　　　　　　　　　　晁補之

次韵寄霸帥楊仲謀安撫①

休説將軍,解彎弓掠地,崑嶺河源[一]。彩筆題詩,綠水映紅蓮[二]。算總是、風流餘事,會須行樂芳年。祇有一部,隨軒脆管繁弦。　　多情舊游尚憶②,寄秋風萬里,鴻雁天邊。未學元龍,豪氣笑求田。也莫爲、庭槐興歎,便傷搖落凄然。後會一笑,猶堪醉倒花前。

> 《南渡典儀》:賜筵樂次第十七盞,奏《金盞倒垂蓮》。"祇有一部"、"後會一笑",作仄仄入去,晁又一首同。想是宮調應如此,作者勿誤填。"崑"字葉《譜》作"蔥","芳年"二字作"年年"。汲古缺"芳年"二字,脱誤。

【校記】

[一]"崑"字、後段第三句"鴻"字原注可仄。

[二]"綠"字、前結"脆"字、後起"尚"字原注可平。

【蔡案】

① 本詞小序,已然注明"次韵",則據索原玉更佳。《閒齋琴趣外篇》卷二收此調創體,作者爲晁補之十二叔晁端禮。晁端禮詞,前段

第二均云"痛飲狂歌,金盞倒垂蓮",調名出此。然較之二詞,字句韵律大抵相同,惟前後段第四均依律須六字一句、四字一句,晁端禮作"別後空報瑶琴,誰聽朱弦"、"此外莫問升沈,且鬥樽前",字字協律。而原譜前四字爲句,則失律違和,應讀爲"祇有一部隨軒,脆管繁弦"、"後會一笑猶堪,醉倒花前",則韵律更諧,應據改。

② 後段起拍,是律拗句法,第五字"尚"字絶不可作平,秦巘謂可平,蓋因晁詞別首作"身閒未應無事",而"無"字出律失諧,乃是敗筆,不可參校。

又一體 九十三字 缺名

依約疏林,見盈盈春意,幾點霜蕤。應是東君,試手作芳菲。粉面倚、天風微笑,是日暖、雪已晴時。人静幺鳳翩翩,踏碎殘枝。　　幽香渾無著處,甚一般雨露,獨占清奇。淡月疏雲,何處不相宜。陌上報春來也①,但緑晴、青子離離。桃香應仗先容②,次第追隨。

見《梅苑》。前段第七句七字,後段六句六字,七句七字。兩結一六、一四字,與晁作異。

【蔡案】

① 本句拍校之諸詞少一字,"陌上"的前後應脱一字。

② "桃香",應是"桃杏"之誤,故曰"仗先容"。

又一體 九十二字 曹勛

穀雨初晴,對鏡霞乍斂[一],暖風凝露。翠雲低映,捧花王留住。滿園嫩紅貴紫①,道盡得、韶光分付。禁籞浩蕩,天香巧隨天步②。　　群仙倚春欲語。遮麗日、更著輕羅深護。半開微吐。隱非烟非霧。正宜夜闌秉燭,況更有、姚黃嬌妬。徘徊縱賞,任放濛濛柳絮。

> 此用仄韵,見《松隱集》。前後第六句六字,七句七字,與晁作異。"徘徊"二字用平,與前段不合,究不宜從。"吐"字恐非叶。《詞律》未收此體,皆因比較字數,以致遺漏不少。"園"字,《詞譜》作"闌","欲"字作"似"。

【校記】

［一］"鏡霞",是"曉霞"之誤。應據曹勛《松隱集》卷三十九改。

【蔡案】

① "滿園"句及後"群仙"句、"正宜"句亦皆爲律拗句法,第五字不可作平。

② 前段尾均,兩句音律皆拗而不諧,應改讀爲六字一句、四字一句,説見晁詞下。這類句法如果必須構思爲四字一句、六字一句,則平仄應予微調,如後段"徘徊",改用平聲,是改律拗句法爲律句句法,於律便合。

下水船 七十六字　　　　　　晁補之

上客驪駒繫。驚喚銀屏睡起。困倚妝樓,盈盈正解羅髻。鳳釵墜。繚繞金盤玉指。巫山一段雲委。　　半窺鏡[一],向我橫秋水。斜頷花枝交鏡裏①。淡拂鉛華,匆匆自整羅綺。斂眉翠。雖有悁悁密意。空作江邊解珮。

　　唐教坊曲名。

　　王定保《摭言》云：裴延裕乾寧中在内廷，文書敏捷，號"下水船"。

　　《能改齋漫録》云：廖明略與无咎同登科。明略所游田氏，麗姝也。一日，明略邀无咎晨過田氏。田遽起對鑑理髮，且盼且語，草草妝掠，以與客對。无咎以明略故，有意而未傳也，因賦《下水船》一闋。

　　"半窺鏡"用去平仄，勿誤。"屏"字一作"瓶"，"樓"字作"臺"，"羅髻"二字作"螺髻"。"領"字作"領"，誤[二]。

【校記】

　　[一]"半窺鏡"用●○◗符標識，意謂必用去平仄聲。

　　[二] 該"誤"僅指"領"字，而不涉及前述四字，按秦巘體例，如果四對字詞均誤，則用"皆誤"，故"螺髻"後用句號。

【蔡案】

　　① 本調爲一典型"添頭式"結構，故該拍必爲六字一句，晁詞別首，及賀鑄、黃庭堅皆如此填。該句宋人吳曾《能改齋漫録》作"斜領花枝交鏡裹"，而宋人胡仔《苕溪漁隱叢話》則爲"斜領花交鏡裹"，其後《詞綜》《歷代詩餘》《詞律》均依吳本，而吳本實誤，衍一"枝"字，究之律理可知也。應據胡仔本删。又，兩種宋本均作"領"字，秦巘謂誤，不知何據。

又一體 七十五字　　　　　　　　　　　　晁補之

和季良瓊花

百紫千紅翠。惟有瓊花特異。便是當年，唐昌觀中玉蕊。

尚記得、月裏仙人來賞，明日喧傳都市。　　甚時又、分與揚州本，一朵冰姿難比。曾向無雙亭邊①，半酣獨倚。似夢覺、曉出瑤臺十里，猶憶飛瓊標致。

> 「便是」句，「曾向」句，上四下六字，一氣貫下，可不拘。惟「得」字、「本」字、「賞」字、「覺」字不叶韵。「記」字、「夢」字用去。後段次句少一字，與前異。

【蔡案】

　①「曾向」句依律須作四字一句，否則第六字須用仄字救，如賀鑄前段的「回想」句。此處未救，而仍用六字語意，乃是敗筆，「邊」字當易爲「下」字方諧。

又一體 七十五字　　　　　　　　　　賀　鑄

芳草青門路。還拂京塵東去。回想當年，離聲送君南浦。愁幾許。尊酒留連薄暮。簾卷津樓烟雨。　　憑闌語①。草草蘅皋賦。分首驚鴻不駐。燈火虹橋，難尋弄波微步。漫凝佇。莫怨無情流水，明月扁舟何處。

> 換頭句叶韵，「暮」字叶，黃庭堅與此全同，於此字不叶。「水」字或是借叶。

【蔡案】

　①「憑」字去聲。

勝勝慢　九十九字　一名《人在小樓》，"勝"或作"聲"　　晁補之

楊　花

朱門深掩，擺蕩春風，無情鎮欲輕飛。斷腸如雪，撩亂去點
○○○●　●●○○　○○●●○△　●○○●　○○●●

人衣①。朝來半和細雨[一]，向誰家、東館西池。算來肯、似
○△　○○●◎●　●○○　○●○○　○○●　●

桃含紅蕊，留待郎歸。　　還記章臺往事，別後縱青青，似
○○○⊙　○●○○　　○●○○●●　●●●○○　●

舊時垂。灞岸行人多少，競折柔枝。而今恨啼露葉，鎮香
●○△　●●○○○●　●●○○　○○●○●●　●○

街、拋擲因誰。又爭可、妒郎誇春草，步步相隨。
○　○●○○　●⊙●　●●○○●　◎●○△

蔣氏《九宮譜目》入仙呂調，《九宮大成》入南詞仙呂宮引。

調見《琴趣外篇》。《梅苑》亦名《勝勝慢》，賀鑄詞名《聲聲慢》。吳文英詞有"人在小樓"句，名《人在小樓》。舊説因蔣捷詞得名，大誤。説詳蔣作下。汲古原題作《家妓榮奴既出有感》。

"半"、"細"、"恨"、"露"四字必去聲。周密一首，於"斷腸如雪撩亂"六字作"恨入琵琶小憐"，後段同。"別後縱青青"句作"看黄花緑酒"，平仄異，可不拘。愚按：北宋初，詞律猶不甚精，每多參差。至周邦彥等立大晟府樂章，於是具備，始得規矩整齊。《詞律》反以晁作爲誤，此讀書未嘗論世也。説見《發凡》。"肯"字，葉《譜》作"有"。

愚按：此體與《萬年歡》相仿，祇前起及兩結不同。可見詞調重在起調、畢曲。稍有不同，宮調即別，不可僅於字句間斤斤求之也。

【校記】

[一]"半"字、"細"字及後段第六句"恨"字、"露"字,用●符標識,意謂必用去聲。

【蔡案】

① "撩亂"句及後"朝來"句、"而今"句悉爲律拗句法,第五字不可易。後段第二均亦可讀破,與前段並作四字一句、六字一句,則六字句亦以律拗句法爲正。

聲聲慢　九十七字　　　　　　　　　　　　　　　賀　鑄

園林幕翠,燕寢凝香,華池繚繞飛廊。坐按吳娃清麗,楚調圓長。歌闌橫流美盼[一],乍疑生、綺席輝光[二]。文園屬意,玉觴交勸,寶瑟高張。　　南薰難消幽恨[三]①,金徽上、殷勤彩鳳求凰。便訴卷收行雨,不戀高唐。東山勝游在眼,待紉蘭、擷菊相將。雙棲安穩,五雲溪是故鄉②。

> "故"字必用去聲,各家定格。"坐按吳娃"二句,上四下六、上六下四字。"金徽"下五字,平仄各家不同,皆可不拘。惟前結三句皆四字,後結一四、一六字,與晁異。

【校記】

[一]"橫"字原注去聲。

[二]原注"綺"字及後結句"五"字可平。

[三]原注"薰"字及後一句"徽"字"勤"字、第七句"安"字、第八句"溪"字可仄。

【蔡案】

① 本調後起第二字,依律爲仄聲字,宋人均如此填,這裏是秦巘

不知"薰"字可以仄讀，而誤將其視爲平聲字，故旁注其"可仄"。

②《聲聲慢》之後段尾均，例以三字起，惟賀鑄二首以四字起，且六字句皆用折腰式句法，形成四三三讀，韵律迥異，疑是誤填，或竟是別調。

又一體 九十七字　　　　　　　　　徽　宗

欺寒衝暖，占早争先，江梅又報南枝。暗香浮動，偏宜映月臨池。天然素肌瑩骨[一]，笑等閒桃李芳菲。勞夢想，似玉人羞懶，弄粉妝遲。　　常恐行歌聲斷，猶堪恨，無情塞管輕吹。寄遠叮嚀折贈，隴首相思[二]。前村夜來雪裏，殢東君、須索饒伊。爛熳也、算百花，猶自未知[三]。

> 此體見《梅苑》，無名氏作，字多異同。結尾與賀、晁兩作皆異。"暗香"句與後段平仄異。又一首和韵，前後段平仄同，可不拘。"折"字本作"相"，"相思"二字作"雲飛"。又一首亦叶"思"字，當從《梅苑》。

【校記】

[一] "瑩"字原注去聲，甚是。

[二] "寄遠叮嚀折贈，隴首相思"，句讀改爲"寄遠叮嚀，折贈隴首相思"即可。

[三] "未"字用●符標識，意謂必用去聲。

又一體 九十六字　　　　　　　　　元好問

林間鷄犬，江上村墟，扁舟處處經過。袖裏新詩，買斷古水滄波。山中一花一草，也留教、老子婆娑。任人笑、風雲氣少，兒女情多。　　不待求田問舍，被朝吟暮醉，慣得蹉跎。百尺高樓，更問平地如何。朝來斜風細雨，喜紅塵、不到漁蓑。一樽酒、喚元龍，來聽浩歌[一]。

　　此與徽宗作同。惟前結"任人笑"下少一字，石孝友一首同，并非誤落。當列此一體。

【校記】

　　[一]"浩"字用●符標識，意謂必用去聲。

又一體 九十五字　　　　　　　　　　　　周　密

柳　花

燕泥沾粉，魚浪吹香，芳堤十里新晴[一]。靜惹游絲，花邊裊裊扶春。多情最憐漂泊，記章臺、曾挽青青。堪愛處、是撲簾嬌軟，隨馬輕盈。　　長是河橋三月，做一番晴雪，惱亂詩魂。帶雨沾衣，羅襟點點離痕。休綴潘郎鬢影，怕綠窗年少人驚[二]。卷春去、東風千縷碎雲[三]。

　　此同賀體。惟結句六字，比各家少一字。一本上有"剪"字①。"多情"句，一本少"情最"二字，是脫落。"軟"字作"嫩"。今從《笛譜》《草窗詞》。

【校記】

　　[一]"芳堤"，秦巘誤作"芳提"，筆誤，徑改。

　　[二]原注"綠"字作平。

　　[三]“碎”字用●符標識，意謂必用去聲。

【蔡案】

　　① 秦巘此舉最不能解：明知有善本完本，却偏偏不取，如明知有“剪束風、千縷碎雲”的版本，與各家皆合，依然要取有脱去一字的，無謂多作一個又一體。即便是要考察一個詞調的發展淵源，引入此類殘缺也毫無意義。

又一體 九十七字　　　　　　　　　　　　　蔣　捷

秋　聲

黄花深巷，紅葉低窗，凄凉一片秋聲。豆雨聲來，中間夾帶風聲。疏疏二十五點[一]，麗譙門、不鎖更聲。故人遠、問誰搖玉珮，檐底鈴聲。　　彩角聲吹月墜，漸連營馬動，四起笳聲。閃鑠鄰燈，燈前尚有砧聲。知他訴愁到曉，碎噥噥、多少蛩聲。訴未了，把一半、分與雁聲[二]。

　　此與徽宗體無異，但韵脚全用“聲”字，亦福唐體也。舊説此調由此詞得名，且謂作“勝勝”者非是。不知蔣爲南宋末人，入元不仕。晁作本名《勝勝慢》。《梅苑》亦名《勝勝慢》，其《聲聲令》亦名《勝勝令》，是北宋先有此名。晁、賀諸人皆在數十年前，何得謂調由蔣起耶？本譜叙列時代，不辨自明。特録此以備一格，且證舊説之誤。

【校記】

　　[一]原注“十”字作平。

　　[二]“雁”字用●符標識，意謂必用去聲。

又一體 九十七字　　　　　　　　　　　劉　涇[一]

梅黃金重,雨細絲輕,園林烟霧如織[二]。殿閣風微,簾外燕喧鶯寂。池塘彩鴛戲水,露荷翻、千點珠滴。閒晝永,稱瀟湘竿叟[三],爛柯仙客。　　日午槐陰低轉,茶甌罷清風頓生雙腋。碾玉盤深,朱李静沉寒碧。朋儕間歌白雪,卸紗巾、尊俎狼籍。有皓月,照黃昏、眠又未得[四]。

　　此用仄韵。前結同晁作,後結同徽宗作。

【校記】

　　[一]《草堂詩餘》前集收録本詞,作者佚名。

　　[二]原注"烟"字及後一句"風"字、後段次句"茶甌"二字可仄。又注"霧"字、第七句"點"字、後段第六句"俎"字可平。

　　[三]原注"稱"字及後段第五句"間"字去聲。

　　[四]"未"字用●符標識,意謂必用去聲。

又一體 九十七字　　　　　　　　　　　李清照

尋尋覓覓。冷冷清清,凄凄慘慘戚戚[一]。乍暖還寒,時候最難將息。三杯兩盞澹酒,怎敵他、晚來風急。雁過也[二],正傷心,却是舊時相識。　　滿地黃花堆積。憔悴損,如今有誰堪摘。守著窗兒,獨自怎生得黑。梧桐更兼細雨,到黃昏、點點滴滴。這次第、怎一個,愁字了得。

　　兩起句即起韵,與各家異。餘與劉作同。《詞律》謂"慘"、

“戚”、“盞”、“點”四字作平。愚按：“慘”字亦有用仄者，“敵”、“晚”、“也”、“得”、“點”、“滴”等字，何嘗不是作平，較劉作便知。“堪”字葉《譜》作“忱”。

【校記】

[一] 前“戚”字、第七句“敵”字和“晚”字、第八句“也”字、後段第五句“得”字、第七句“點點滴”三字，原注作平。

[二] 原注“過”字平聲。

又一體　九十九字　　　　　　　　　　　　趙長卿

府　判　生　辰

金風玉露，綠橘黃橙，商秋爽氣飄逸。南斗騰光，應是間生賢出[一]。照人紫芝眉宇，更仙風、誰能儔匹。細屈指、到小春時候，恰則三日。　　莫論早年富貴，也休問文章，有如椽筆。堯舜逢君，啓沃定知多術。而今且張錦幄，麝煤泛、暖香鬱鬱[二]。華堂裏、聽瑶琴輕弄，水仙新律。

　　此用晁體改仄韵，是以入作平也。此調不宜用上去聲，學者審之。

【校記】

[一] 原注“間”字去聲。

[二] 原注前“鬱”字作平。

夜合花 九十七字　　　　　　　　　晁補之

和季浩季良牡丹

百紫千紅，占春多少，共推絶世花王[一]。西都萬户，擅名不爲姚黄[二]。漫腸斷巫陽①。對沉香、亭北新妝。記清平調，詞成進了一夢仙鄉。　　　天葩秀出無雙。倚朝暉、半如酣酒成狂。無言自省，檀心一點偷芳[三]。念往事情傷。又新艷、曾説滁陽②。縱歸來晚，君王殿後，別是風光。

> 《九宫大成》入南詞大石調引，許《譜》同。

> 調見《琴趣外篇》。前後兩六句，是一領四字句法。"西都"二句，或上六下四，或上四下六，可不拘。"記清平調"句，"縱歸來晚"句，二字相連，各家同，惟周密詞與下句對，不可從③。"萬户擅名"四字，汲古、《詞律》作"萬家俱好"；"省"字作"有"，今從《詞律訂》改正。"酣酒"二字《詞譜》作"酣醉"，"情"字作"成"。

【校記】

[一] 原注"絶"字作平。

[二] 原注"擅"字、前結句"進"、"一"二字、後起"秀"字可平。

[三] 原注"檀"字可仄。

【蔡案】

① 本調前後段第三均首拍，例作六字一句，或折腰，或不折腰，晁詞前後皆少一字，作五字一句，僅此一例。

② "陽"字重韻。

③ 本調極似《聲聲慢》，雖然前後段尾均皆用四字句起，與《聲聲慢》似乎韵律互異。但該四字句乃一二一句法，本爲同源，如張炎《聲

聲慢》作"似夢裏,對清尊白髮",若讀爲"似夢裏對,清尊白髮",便是
《夜合花》模式。

又一體 百字　　　　　　　　　　　　　　　　　高觀國

斑駁雲開,濛鬆雨過,海棠花外輕陰。湖山翠暖,東風正要
○●○○　○○●●　○○○●○△　　○○●●　○○●●

新晴。又喚醒、舊游情。記年時、今日清明。隔花陰淺①,香
○△　●●●、●○△　●○○、●●○△　●○○●　○

隨笑語,特地逢迎。　　　　人生②。好景難并③。依舊秋千卷
○●●　●●○△　　　　　　○△　●●○△　○●○○●

陌,花月蓬瀛。春衫抖擻,餘香半染芳塵。念嫩約、杳無憑。
●　○●○△　○○●●　○○●●○△　●●●、●○△

被幾聲、啼鳥驚心。一庭芳草,危闌晚日,無限銷凝。
●●○、○●○○　●○○●　○○●●　○●○△

　　　　前後第六句作兩三字句。後段次句六字,多一字。換頭二
　　字叶韵,與各家異。"一庭芳草"二字不相連,是誤筆,不可從。
　　"淺"字汲古作"殘",誤。"無"字作"難"。

【蔡案】
　　①"隔花陰淺"之句法,是本調正格,惟一二一結構在無標點時
代,末字極易移下,成一三一五句法,如"隔花陰、淺香隨笑語",故本
調或從《聲聲慢》化來。
　　② 本詞換頭有句中短韵,現存諸詞中僅此一例,故不必爲正。
　　③"并"字平聲,讀"兵","難并"即"難兩兼"之意。

又一體 百字　　　　　　　　　　　　　　　　　史達祖

柳鎖鶯魂,花翻蝶夢,自知愁染潘郎。輕衫未攬,猶將淚點

偷藏。念前事、怯流光。早春窺、酥雨池塘。向銷凝裏，梅開半面，情滿徐妝。　　風絲一寸柔腸。曾在歌邊惹恨，燭底縈香。芳機瑞錦，如何未織鴛鴦。人扶醉、月依墻。是當初、誰敢疏狂。把閒言語，花房夜久，各自思量。

　　與高作同，祇換頭二字不叶韵。周密一首同，但第八句作"梨花雲暖"，句法異，後同。"早春窺"句，汲古多"去"字，衍誤。"人扶醉"三字作"醉扶人"，皆誤。

又一體　九十九字　　　　　　　　　　吳文英

自鶴江入京泊葑門外有感

柳暝河橋，鶯晴臺苑，短策頻惹春香。當時夜泊，溫柔便入深鄉。詞韵窄，酒杯長。剪蠟花、壺箭催忙。共追游處，凌波翠陌，連棹橫塘。　　十年一夢凄凉。似西湖燕去[①]，吳館巢荒。重來萬感，依前喚酒銀缸。溪雨急，岸花狂。趁殘鴉、飛過蒼茫。故人樓上，憑誰指與，芳草斜陽。

　　與高、史兩作同，惟後段次句五字與晁同。孫惟信一首亦然。《詞律》不收此體。

【蔡案】

　　① 後段第二拍減一字，宋詞遵從此種填法者多。

鬥百草　百二字　　　　　　　　　　　晁補之

別日常多，會時常少，天難曉。正喜花開，又愁花謝，春也似人易老。慘無言、念舊日朱顔，清歡莫笑[一]。便冉冉如雲，霏霏似雨，去無音耗。　　追想牆頭梅下[二]，門裏桃邊，名利爲伊都忘了[三]。血寫香箋，淚封羅帕，記三日、離腸浪攪。如今事、十二樓空憑誰到①。此情悄。擬回船、武陵路杳。

　　《詞名集解》云：隋煬帝幸江都，令太樂令白明達造。與《鬥百花》無涉。

　　此調晁共二首，平仄照注。其一首於"笑"字不叶韵，誤。次句"少"字非叶，可作七字句。"憑"字用仄可通。"少"字葉《譜》作"寡"，"浪"字汲古、《詞律》作"恨"。

【校記】

［一］原注"莫"字及後段第六句"日"字、第七句"十"字作平。

［二］原注"梅"字及後段第七句"憑"字可仄。

［三］"爲"字、"忘"字原注去聲。

【蔡案】

①"憑"字不是可仄，而是應讀仄，可仄意謂其爲平聲，而此字位不可用平。

摸魚子 百十六字　一名《買陂塘》《邁波塘》《安慶模》
　　　　《陂塘柳》《雙蕖怨》　　　　　　　　晁補之

東　皋　寓　居

買陂塘，旋栽楊柳，依稀淮岸湘浦[一]。東皋雨足新痕漲，沙
●○○　●○○　○○●●○▲　　○○●●○○●　○
觜鷺來鷗聚。堪愛處[二]。最好是、一川夜月光流渚。無人
●●○○▲　　○●▲　　●●●、○○●●○○▲　　○○

自舞^[三]。任翠幄張天，柔茵藉地，酒盡未能去。青綾被，莫
●　▲　　　●　●　●　○　○　　○　○　●　●　　●　●　●　○　▲　　　○　○　●，　●

憶金閨故步。儒冠曾把身誤。弓刀千騎成何事，荒了邵平
●　○　○　●　▲　　○　○　○　●　▲　　○　○　○　●　●　○　●，　○　●　●

瓜圃。君試覰。滿青鏡、星星鬢影今如許。功名浪語。便
○　▲　　○　●　▲　　●　○　●、　○　○　●　●　○　○　▲　　○　○　●　▲　　●

得似班超，封侯萬里，歸計恐遲暮。
●　●　○　○，　○　○　●　●，　○　●　●　○　▲

　　唐教坊曲名。《九宮大成》入北詞中呂調隻曲。

　　《詞名集解》云：辛棄疾製，宋大曲也。愚按：唐《教坊記》有
此名，固不始於宋①。晁在辛前，此說大謬。

　　原名《摸魚子》，南宋人始名《摸魚兒》②。因此詞起句，故易
名《買陂塘》。元好問詞名《邁陂塘》，張榘詞名《安慶模》，李冶詞
名《雙蕖怨》，明劉基因辛詞名《山鬼謠》。

　　《苕溪漁隱叢話》云：《摸魚兒》一詞，晁无咎所作也。《滿江
紅》一詞，呂居仁所作也。余性樂閒退，一丘一壑，蓋將老焉。二
詞俱能道阿堵中事，每一歌之，未嘗不擊節也。

　　前後段第三句，當用平平平仄平仄。七句十字，當於三字頭
領起下七字，定格。其不同者勿從。"自舞"、"浪語"當用去上。
"岸"、"愛"、"未"、"把"、"試"、"恐"六字當用仄，然亦有平者，不
可從。"湘"字汲古作"江"，"雨足"二字作"嘉雨"，"得似"二字作
"似得"，誤。"新"字一作"輕"，"自"字作"獨"，"幄"字作"幕"，
"得似"二字作"做得"。前結句，汲古刻程垓詞，作"簌簌釀寒輕
雪"六字。"寒"字應是衍誤。愚按：此調當以此體爲正格。兩
起次句，有叶韵不叶之異。其餘增減字數者，錄以備體，或脫誤，
或偶筆，作者皆不必從。

【校記】

［一］本句及後段第三句用〇〇〇◗〇◑符標識,意謂當用平平平仄平仄。

［二］"愛"字、前結"未"字、後段第六句"試"字、後結"恐"字,用◗符標識,意謂必用仄聲。

［三］"自舞"和後段"浪語"用●◐符標識,意謂必用去上聲。

【蔡案】

①《教坊記》祇是録有曲名而已,宋人創調常常用舊曲名,而並非徑用舊曲,故宋曲自然始於宋,否則宋詞豈非就是唐曲了。

② 本調填者衆多,多有不合格律者,此詞最爲規正,應以此爲範。而秦巘所注,多有極端語,各調皆然。如本詞前後段第三拍,例用平起仄收式六字律句,則第一第三字必可仄可平,於律無礙,如姜夔作"雨聲時過金井"、劉辰翁作"海棠也恁空過"、辛棄疾作"須臾動地聲鼓"等等,但本句末四字以平仄平仄爲正,是宋詞本色。而所謂第七句是十字定格,亦未必,因其三字逗領,故其後七字便極易移上,形成前句一字逗領四字,後句五字律句形式,此類填法極多,如陳允平"正簾卷蒼雲,和氣生芝草"、劉辰翁"但細雨斷橋,憔悴人歸後"、王沂孫"系羅帶相思,幾點青鈿綴"、何夢桂"待把酒送君,恰又清明後"、盧祖皋"更雁帶邊寒,嫋嫋欺羅袖"等等,這類句法,常常是後人閱讀所致,並非填者心意,故即便今日讀爲三七式者,亦不妨視爲五五,如劉克莊"愴故國,百年陵闕誰回首",讀爲"愴故國百年,陵闕誰回首"又有何妨。至於"自舞"、"浪雨"當用上去之類,更屬無稽,秦巘所收十四首,其中"自舞"處用平上者一,平去者三,用入入者一、入上者二,用上上者二,用去去者三、去入者一,用去上者僅一個半,蓋"自舞"一本猶作"獨舞",爲入上,秦巘亦認可,則"獨舞"便是半個。如此

而云"當用去上",真不知其依據何在,豈非笑談。要之,詞中不分去上,但分平仄,故所有談及去聲如何者,俱爲無稽之談。

又一體 百十五字 　　　　　　歐陽修

卷繡簾,梧桐院落,一霎雨添新綠。小池閒立殘妝淺,向晚水紋如縠。凝遠目。恨人去、寂寥鳳枕孤難宿。倚闌不足。看燕拂風簾,蝶翻露草,兩兩鎮相逐。　　雙眉蹙。可惜年華婉娩,西風初弄庭菊。況伊家年少,多情未已難拘束。那堪更,趁凉景、追尋甚處垂楊曲。佳期過盡,但不説歸來,多應忘了,雲屏去時囑。

> 此調相傳爲晁製,此詞恐有訛誤。或歐襲其調名,故附列。
> 前段同晁作,後段第四、五句,一五、一七字,與各家皆不同①。"婉"字、"更"字、"盡"字,俱不叶韵,自是誤筆②,當依晁體爲正格。汲古、《詞律》於"院落"上多"秋"字,"小池"上多"對"字,"伊家年少"句缺"家"字,"寂寥"二字作"寂寂","鎮"字作"長"。今從《歷代詩餘》本。

【蔡案】

① 後段第二均少一字,宋詞中僅此一例,余以爲此處必有錯訛、奪字,無須爲範。而本均起拍例作平起仄收式七字律句,本詞則是罕見的單起式句法,考慮到前段對應句一本作"對小池閒立殘妝淺"(《歐陽文忠公集》卷三、《六一詞》及《花草粹編》卷二十四均如此,《全宋詞》也采此本),則本句的原來面貌,也應該是"況伊家年少多情□,□未已難拘束"。

② 至於"娬"、"更"、"盡"三字不叶,雖異於別首,然此三字均非主韵,不叶亦合律理。但歐陽修填詞謹嚴,此三處不叶,確有可疑處。

又一體　百十六字　　　　　　　　　　　　　辛棄疾

淳熙己亥,自湖北漕移湖南,同官王正之置酒小山亭賦。

更能消、幾番風雨。匆匆春又歸去[一]。惜春長怕花開早,況復落紅無數。春且住[二]。見説道、天涯芳草迷歸路。怨春不語[三]。算祇有殷勤,畫檐蛛網,盡日惹飛絮。　　長門事,準擬佳期又誤。蛾眉争有人妬。千金縱買相如賦,脉脉此情誰訴。君莫舞。君不見、玉環飛燕皆塵土。閒愁最苦。休去倚危闌,斜陽正在,烟柳斷腸處。

　　　前起句叶韵,後起句不叶。"況復"二字,汲古作"何況","迷"字作"無","争"字作"曾","縱"字亦作"曾"。

【校記】

　　[一] 本句及後段第三句用○○○◑○◑符標識,意謂當用平平平仄平仄。

　　[二] "且"字、前結"惹"字、後段第六句"莫"字、後結"斷"字,用◑符標識,意謂必用仄聲。

　　[三] "不語"和後段"最苦"用●◐符標識,意謂必用去上聲。

又一體　百十六字　一名《山鬼謡》　　　　　　辛棄疾

雨巖有石,狀甚怪。取《離騷》《九歌》名曰"山鬼",因賦《摸魚兒》，改名《山鬼謠》。

問何年，此山來此，西風落日無語[一]。看君似是義皇上，直作太虛名汝。溪上住[二]。算祇有、紅塵不到今猶古。一杯誰舉[三]。笑我醉呼君，崔嵬未起，山鳥覆杯去。　　須記取。昨夜龍湫風雨。門前石浪掀舞[四]。四更山鬼吹燈嘯，驚倒世間兒女。依然處。還問我、清游杖屨公良苦。神交心許。待萬里携君，鞭笞鸞鳳，送我遠游賦[五]。

> 換頭句叶韵。“誰”字、“心”字用平。汲古缺“住”字，誤，失韵。

【校記】

[一]原注“落”字作平。本句用○○○●○○●符標識，意謂當用平平平仄平仄。

[二]“上”字、前結“覆”字、後結“遠”字，用●符標識，意謂必用仄聲。

[三]“舉”字和後段第八句“許”字，用●符標識，意謂必用上聲。

[四]本句“門前”用○○符標識，意謂當用平平，“浪掀舞”用●○●符標識，意謂當用仄平仄。按，本句秦巘未圖“石”字，其實“石”與前段“落”字同，皆爲以入作平。

[五]詞末原注云：“石浪，庵外巨石也，長三十餘丈。”

又一體　百十六字　　　　　　　　　　　　李俊民

送侄謙甫出山

這光景，能銷幾度。大都數十寒暑。結廬人在山深處。萬塹千岩風雨。朝復暮。甚不管、堂堂背我青春去。高情自許。似野鶴孤雲，江鷗遠水，此興有誰阻。　　　功名事，休歎儒冠多誤。韓顛彭蹶無數。一溪隔斷桃源路。祇有人家雞黍。歌且舞。更不住、醉中時出烟霞語。暫來樵斧。貪看兩爭棋，人間不道，俯仰成今古。

　　　前後兩次句、兩四句俱叶韵，與各家異。

又一體　百十五字　　　　　　　　　　　　杜　旟

湖　　上

放扁舟，萬山環處，平鋪碧浪千頃。仙人憐我征塵久，借與夢游清枕。風乍静。望兩岸、群峰倒浸玻璃影。樓臺相映。更日薄烟輕，荷花似醉，飛鳥墮寒鏡。　　　中都内，羅綺千街萬井。天教此地幽勝。仇池仙伯今何在，堤柳幾眠還醒。君試問。此意只今更有何人領。功名未竟。待學取鴟夷，仍携西子，來動五湖興。

　　　後段第七句九字，比各家少一字[一]。

【校記】

　　　[一] 此詞“少一字”爲奪，唐圭璋先生據律補爲“□此意、只今更有何人領”，甚是。

又一體 百十六字　　　　　　　　　　　　　李昴英

送王子文知太平州

怪朝來,片紅初瘦,半分春事風雨。丹山碧水含離恨,有脚陽春難駐。芳草渡。似叫住①。東君滿樹黃鸝語。無端杜宇。報采石磯頭,驚濤屋大,寒色要春護。　　陽關唱,畫鷁徘徊東渚。相逢知又何處。摩挲老劍雄心在,對酒細評今古。君此去。幾萬里、東南隻手擎天柱。長生壽母。更穩坐安輿,三槐堂上,好看彩衣舞。

> 汲古云:俊民因此詞得名,黃叔暘稱爲詞家射雕手。考李昴英,《詞品》作李昴英[一],汲古閣《文溪詞》作李公昴。今從《花庵詞選》訂正。
>
> "住"字似叶韵。

【校記】

[一] 按,《詞品》作李昴英,此筆誤。

【蔡案】

① 本詞"似叫住"叶韵,應是刻意加添,觀後白樸詞可知。秦巘疑"住"字似叶韵,更不如疑後段"是"字似叶韵。

又一體 百十四字　　　　　　　　　　　　　徐一初

九　　日

對茱萸,一年一度。龍山今在何處。參軍莫道無勳業,消得從容尊俎。君看取。便破帽飄零，也得傳千古。當年幕府。知多少時流，等閒收拾，有個客如許。　　追往事，滿目山河晉土。征鴻又過邊羽。登臨莫上高層望，怕見故宮禾黍。觴綠醑。澆萬斛牢愁，淚閣新亭雨。黃花無語。畢竟是、西風披拂[一]，猶憶舊游侶。

　　　　"便破帽"二句，"澆萬斛"二句，各兩五字，與蔣作後段同。"畢竟是"句三字，比各家少二字。《草堂》有"孤芳"二字。"得傳"二字，《草堂》作"傳名"，《詞律》作"博名"[二]。"上"字作"苦"，"過"字作"遞"，"憶舊游侶"四字作"識舊時主"。

【校記】

　　[一]"西風"後奪二字。唐圭璋先生據《渚山堂詩話》補足爲"畢竟是西風，朝來披拂"。

　　[二]《摸魚兒》一調，《詞律》僅收錄兩首，即張耒詞和歐陽修詞，並無徐詞，不知秦巘所據何本。

又一體　百十六字　　　　　　　　白　樸

問雙星、有情幾許。消磨不盡今古。年年此夕風流會，香暖月窗雲戶。聽笑語。知幾處。彩樓瓜果祈牛女。蛛絲暗度。似抛擲金梭，縈回錦字，織就舊時句。　　愁雲暮，漠漠蒼烟桂樹。人間心更誰苦。擘釵分鈿蓬山遠，一樣絳河銀浦。烏鵲渡。離別苦。啼妝灑盡新秋雨。雲屏且住。算猶勝姮娥，倉皇奔月，祇有去時路。

前後起句及六句皆叶韵。

又一體 百十七字　　　　　　　　　　　　　陳　著

隨湖南安撫隨德修自長沙回至魯港，值其生日。

碧油幢，一開藩後，便思量早歸去。工夫着緊新城好，風月
萬家笙鼓。游宴處。要管領春光補種花無數①。何須更駐。
祇畫了瀟湘，扁舟輕發，揮手謝南楚。　　　江帆細，撐入清
溪綠樹。家山三兩程路。安排小馬，追隨猿鶴，勾引詩朋酒
侶[一]。瀟灑處。是則是初心祇恐難留駐。忙須著句。把泉
石烟霞，平章一遍，回首鳳綸舞。

　　　後段第四、五句，兩四字句，比各家多一字。“處”字、“駐”字
皆重叶。

　　　按：陳著字子微，號本堂，鄞縣人。寶祐四年進士。官著作
郎，出知嘉興府。忤賈似道，改臨安通判。有《本堂集》九十二
卷，詞二卷[二]。

【校記】

　　　[一] 彊村叢書本《本堂詞》，後段第二均作“安排小馬隨猿鶴，勾
引詩朋酒侶”，無“追”字。檢宋詞，本均均爲十三字，則“追”字必是手
誤衍字。

　　　[二] 四庫全書本《本堂集》，録詞五卷。

【蔡案】

　　　① 前段“要管領”句十字應讀斷，以五字二句爲佳。

又一體 百十六字　　　　張　榘

九日登平山和趙子固帥機

望神京，目斷烟草，青天長劍頻倚。香街十里朱簾月，空想當年華麗。堪歎處。沙靄蒹葭咿嚘雁聲起[一]。平山謾記。悵楊柳春風，晴空闌檻，陳跡總非是。　重陽好，紅葉黄花滿地。良辰美景如此。青油幕府傳芳斝，苒苒露瓊花氣。還更喜。看玉閫規恢笑騁伊吾志。塵清北冀。便向關洛聯鑣[二]，巍巍冠佩，麟閣畫圖裏。

前段第七句比各家少一字，後段第九句多一字。

【校記】

［一］《芸窗詞》本句作"渺沙靄蒹葭，咿啞雁聲起"，原譜所據奪一字。

［二］本句中"便"字應是衍文，宋詞中獨此一句六字，必無是理。《歷代詩餘》卷九十三無"便"字。

又一體 百十六字　　　　蔣　捷

壽東軒

彈吟鞭，雁峰高處①，曾游長壽仙府。年年長見瑶簪會，霞杪蓋芝輕度。開繡户。芙蓉萬朵，香紅勝染秋光素。清簫麗[一]，任艷玉杯深，鸞酣鳳醉，猶未洞天暮。　塵緣誤。迷却桃源舊步。飛瓊芳夢同賦。朝來聞道仙童宴，翹首翠

房玄圃。雲又霧。身恍到微茫,認得胎禽舞[二]。遥汀近浦。便一葦漁航,撑烟載雨,歸去伴寒鷺。

　　"芙蓉"二句,一四、一七字,"身恍到"二句兩五字,此變體也。"清簫麗"句,三字,不叶,恐落一叶韵字[三]。

【校記】

　　[一] 此二句校之各詞多一字,據彊村叢書本《竹山詞》,"繡户"後三句爲"笑萬朵香紅,賸染秋光素。清簫麗鼓",必是誤"笑"爲"芙",而"芙"字不成文,更添一"蓉"字。而四庫本《竹山詞》則作"有萬朵、芙容賸染秋光素",與諸家合。

　　[二] 本句律讀爲"身恍到、微茫認得胎禽舞"更好。

　　[三] 落一"鼓"字,見校記[一]。

【蔡案】

　　① "高處"亦是韵脚,即"更能消、幾番風雨"填法,原譜失記。

又一體 百十五字　　　　　　　　　　吳　存

揚　州

笑風流、少年杜牧①,如今雙鬢成雪。來尋豆蔻梢頭夢,二十四橋明月。人事别。故國興亡、欲問無人説[一]。淮雲萬叠。但雨外疏鐘,烟中斷角,到曉共嗚咽。　　蕪城外,幾樹西風落葉。消磨多少豪傑。平山堂上歌中措,千載妙音幾絶。歌一闋。怪水部梅花、怪我心如鐵。才情未竭。待跨鶴重來,纏腰半解,一奏玉笙徹。

前段第六句九字，比各家少一字。後段十字，與各家同。

按，存字仲退，鄱陽人。延祐元年舉於鄉，以薦授寧國路儒學教授。有《樂庵詩集》二卷，詞附。

【校記】

〔一〕清史簡《鄱陽五家集》録本詞，本句作"把故國興亡、欲問無人説"，可據補。

【蔡案】

① 前人擬譜，凡三字者，均爲一筆糊塗賬，如本詞前起，三字後頓，則起手七字稱之爲"一句"，若用逗號，則起手七字便目爲"二句"，隨心所欲，一至於此。《詞律》如此，《詞譜》如此，秦巘本書亦可爲代表矣。

又一體 百十六字　　　　　　　　　　　缺　名

歲華向晚，遥天布同雲，霰雪初飛。前村昨夜漏春光，楚梅先放南枝。歎東君，運巧思[一]。裁瓊縷玉裝繁蕊。花中偏異。解向嚴冬逞芳菲。免使游蜂粉蝶戲。　　　梁臺上，漢宮裏。殷勤仗，高樓羌笛休吹。何妨留取憑闌干，大家吟玩□醉。待明年念芳草、王孫萬里歸得未。仙源應是。又被花開向天涯。淚灑東風對桃李。

《詞譜》云：此詞用本部三聲叶句法，多與本調不同①。因見《梅苑》詞，係北宋人作，採以備體。

兩起兩結句，皆與各家不同。"初"字，《梅苑》作"輕"，"笛"字作"管"。

【校記】

〔一〕原注“思”字去聲。

【蔡案】

① 本詞前後段第一均、第四均迴異，自不必説，二三均其實亦是似是而非。第二均第一句，《摸魚兒》正格當是仄收式句法，而本詞的前後段均爲平收，用“光”字、“干”字，《摸魚兒》中絶無如此用者；第二句應是仄起仄收式，而本詞的前段竟是平起平收式，連韵脚都改變了，後段第二拍平起式，也異於《摸魚兒》之仄起式。第三均，“運巧思”、“念芳草”三字在《摸魚兒》中屬下，而本詞則是屬上，後段秦蠍儘管標注爲頓，但並不改變其實質。雖然這可以用讀破詮釋，然於全局論，六字折腰句法已迴異於《摸魚兒》，自是別格。綜上所論，兩者相同之句僅得“裁瓊”、“星星”二句，故必是它調，而非《摸魚兒》。惜無別詞可校。

陂塘柳 百十四字　　　　　　　　　　　　　　趙從橐

壽 賈 師 憲

指庭前，翠雲金雨。霏霏香滿仙宇。一清透徹渾無底，秋水也無流處。君試數。此樣襟懷、頓得乾坤住。閒情爾許。聽萬物氤氲，從來形色，每向静中覷。　　琪花路。相接西池壽母。年年弦月時序。荷衣菊珮尋常事，分付兩山容與。天證取。此老平生、可向青天語。瑶巵緩舉。要見我何心，西湖萬頃，來去自鷗鷺。

前後段兩次句叶韵。兩七句皆九字，比各家少二字。

宴瓊林　百四字　　　　　　　　　　　　　　黄　裳

紅紫趁春闌，獨萬簇瓊英，猶未開罷①。問誰共、綠幄宴群真，皓雪肌膚相亞。華堂路，小橋邊，向晴陰一架②。爲香清、把作寒梅看，喜風來偏惹。　　莫笑因緣，見影跨春空，榮稱亭榭③。助巧笑、曉妝如畫。有花鈿堪借。新醅泛、寒冰幾點，拚今日、醉猶飛斝。翠羅幙中，卧蟾光碎④，何須待還舍。

　　　　唐教坊曲名。《宋史・樂志》：太宗製。注雙調。

　　　　此調詠木香作。《詞律》失收，他無作者。

　　　　黄又一首句法異。"華堂"三句，作"紅蓮萬斛，開盡處，長安一夜"。"莫笑"三句，作"因甚雲山在此，是何人，能運神化"。"翠羅"三句，作"向來猶幸，時如故，群芳未開謝"。

【蔡案】

　　① 此句改讀爲"瓊英猶未開罷"，韵律更諧。

　　② 本調僅黄裳四首，另外三首前段第三均分別爲"紅蓮萬斛，開盡處、長安一夜"、"紅嬌翠軟，誰頓悟、天機此理"、"東君到此，緣費盡、天機亦老"，因此，本詞本均也應該是"華堂路小，橋邊向、晴陰一架"，纔合乎格律。

　　③ 其餘三首後段第一均分別是"因甚靈山在此，是何人、能運神化"、"當度仙家長日，向人間、閒看佳麗"、"莫道兩都迥出，倩多才、吟看誰好"，雖然詞可以有讀破，但本詞還是以"莫笑因緣見影，跨春空、榮稱亭榭"讀爲是，因爲一則每一均中以兩拍爲佳，二則"見影"一詞有專門意思，表示有某種跡象顯露出來，那麼"見影跨春空"，就莫知

其所謂矣。

④ 黃詞其餘三首,後段尾均起拍均用三五式八字折腰句法,故疑"中"字是訛字,也應屬下,構成"□臥"一詞。

怨三三 五十字 　　　　　　　　　　　　李之儀

登姑熟堂寄舊游用賀方回韵

清溪一派瀉柔藍。岸草毿毿。記得黃鸝語畫檐。喚狂裏、醉重三。　　春風不動重簾。似三五、初圓素蟾[①]。鎮淚眼廉纖。何時歌舞,再和池南。

> 古詞有"狂喚醉裏三三"句,遂以名調。《詞律》以爲恐訛,不知前結正用古語。此失考之過。

> 據原題當是賀作,《東山樂府》未載其詞[一]。"柔"字,汲古作"揉","重"字作"垂"。

【校記】

[一] 本詞題序已然言明"用賀方回韵",則是賀鑄首創無疑,詞見彊村叢書本《賀方回詞》,此失考之過。賀詞首拍作"玉津春水如藍",少一字;第四句,賀詞作"記佳節、約是重三",李詞少一字,應據補脫字符。

【蔡案】

① 後四字失諧。該句當是一字逗領六字句法,六字用仄起平收式律句句法。

早梅芳 八十二字 　或加近字 　　　　　　　李之儀

雪初晴,陡覺寒將變。已報梅梢暖。日邊霜外,迤邐枝頭自柔軟[一]。嫩苞勻點綴，綠萼輕裁剪。隱深心，未許清香散。　　　漸融和，開欲遍。密處疑無間。天然標韵，不與群花鬥深淺。夕陽波似動，曲水風猶懶。最銷魂，弄影無人見。

　　　《九宮大成》入南詞黃鐘宮正曲。一名《早梅芳近》。
　　　此與《早梅芳》小令、《早梅芳慢》及《早梅香慢》皆不同，宜加"近"字①。
　　　"自柔軟"、"鬥深淺"，必用去平仄。前後六、七兩句對偶，勿誤。"頭"字，汲古作"條"。

【校記】
　　　[一]"自柔軟"及後段"鬥深淺"三字，用●○◗符標識，意謂必用去平仄聲。

【蔡案】
　　　① 本體僅此一詞，其餘各詞皆同周邦彥體。兩種體式之不同，在周詞爲"齊頭式"，而本詞則爲"齊尾式"。即周詞前後段起拍至第六句，字句、韵律皆同，惟尾部兩句不一；而本詞則前段從"已報"起、後段從"密處"起，直到結拍，字句、韵律皆同，此類架構，亦惟此一調，尚未發現有別種詞調如此。

早梅芳近　八十二字　　　　　　　　　　周邦彥

花竹深[一]，房櫳好[二]。夜闃無人到。隔窗寒雨，向壁孤燈弄餘照。淚多羅袖重，意密鶯聲小。正魂驚夢怯，門外已知曉。　　　去難留，話未了。早促登長道。風披宿霧，露洗初

陽射林表。亂愁迷遠覽，苦語縈懷抱。謾回頭，更堪歸
路杳。

> 此加"近"字，實是一調。前段次句三字，比李作少二字，蓋
> 李之"陡覺"二字是襯字也。"正魂驚"句五字，各家同，比李作多
> 二字。恐李作脱二字（汲古無"陡覺"二字，"魂驚"下空二格）。
> "已"字用仄，結句平仄亦異。周別作於"堪"字用"滿"字，是以上
> 作平，各家皆用平聲。

【校記】

　　［一］"竹"字、第三句"隔"字、第四句"向"字、第五句"淚"字、第
八句"已"字、後段起句"話"字、次句"早"字、第三句"宿"字原注可平。

　　［二］"櫳"字、第八句"門"字原注可仄。

又一體 八十字　　　　　　　呂渭老

畫簾深，妝閣小。曲徑明花草。風聲約雨，暝色啼鴉暮天
杳。染眉山帶碧，勻臉霞相照。漸更衣對客，微坐自輕
笑。　　　醉紅明，金葉倒。姿看還新好。瑩注粉淚[一]，滴爍
波光射庭沼。犀心通密語，珠唱翻新調，佳期定約秋了①。

> 結句六字，餘同周作。"注"字宜平，恐寫誤。

【校記】

　　［一］"注"字，唐宋明賢百家詞本《聖求詞》作"汪"，在律，應
據改。

【蔡案】

　　① 後結少二字，疑脱，非減字也。

又一體 八十二字　　　　　　　　　　　　　　　　　缺　名

冰唯清，玉唯潤，清潤無風韵。此花風韵，自然清潤傳香粉。
故應春意别，不使凡英恨。到春前臘後，長是寄芳信。　　　此
情閒，此意遠①，一點縈方寸。風亭水館，解與行人破離恨。
廣寒宮未有，姑射仙曾認。向雪中、月下吟未盡。

　　　　　見《梅苑》。換頭次句不叶韵，餘同周作。"恨"字重叶。

【蔡案】

　　　① 此即周邦彦詞體，後段"遠"字叶韵，是以清人詞韵之十三部
叶十四部，鄰韵通押。

憶王孫 三十一字　一名《豆黃葉》[一]《獨脚令》
　　　　　　《憶君王》《畫蛾眉》《闌干萬里心》　　　　　秦　觀

萋萋芳草憶王孫。柳外樓高空斷魂。杜宇聲聲不忍聞。欲
⊙○⊙●●○△　　◎●○○⊙●△　　◎●○○⊙●△　　●
黃昏。雨打梨花深閉門。
○△　◎●○○⊙●△

　　　　　《太平樂府》注黃鐘宮，《太和正音譜》注仙吕宮，《九宫大成》
　　　　　入南詞仙吕調隻曲。

　　　　　《梅苑》詞名《獨脚令》。

　　　　　謝克家詞名《憶君王》，吕渭老詞名《豆黃葉》，張輯詞有"一
　　　　　曲闌干萬里心"句，名《闌干萬里心》。舊説一名《怨王孫》。北曲
　　　　　《詞林萬選》云：《一半兒》即是此調。愚按：《一半兒》是仄韵，且
　　　　　曲名，故不注。

《草堂詩餘》作李重元,《詞律》因之。《歷代詩餘》作李甲。愚按:李甲字景元,"重"字或是"景"字之訛。或云是"重光"之訛,未確。今據汲古《淮海詞》訂正。當時黨禁甚嚴,淮海詩文皆嫁名於人,久假不歸,伊於胡底。詞中誤寫人名調名,大率類此。歐陽公詞爲尤甚。在宋時已覺涇渭難分,均宜詳細辨正。

陸游詞有"畫蛾眉勝舊時"句[二],名《畫蛾眉》。

【校記】

［一］豆黄葉,應是"豆葉黄"之誤,詞後秦注同。

［二］陸游詞爲"畫得蛾眉勝舊時",秦巘抄落一字。

海棠春　四十八字　或加"令"字。一名《海棠花》　　　　秦　觀

流鶯窗外啼聲巧[一]。睡未足、把人驚覺[二]。翠被曉寒輕,寶篆貎烟裊。　　　宿酲未解宫娥報。道别院、笙歌會早。試問海棠花,昨夜開多少。

《九宮大成》入南詞仙吕宫引,"春"作"花"。

史達祖詞加"令"字。馬莊父詞,因此詞句,名《海棠花》。

此以結句立名。舊刻不載。

【校記】

［一］原注"流"字及後段次句"笙"字可仄。

［二］原注"未"字和"把"字、第三句"翠"字、第四句"寶"字、後起"宿"字和"未"字、第二句"别"字、第三句"試"字可平。

又一體 四十六字　　　　　　　　　　　　　　　馬莊父

柳腰暗怯東風弱。紅映鞦韆院落。歸逐雁兒飛，斜撼珍珠箔。　　滿林翠葉胭脂萼。不忍頻頻覷着。護取一庭春，莫彈花間雀[一]。

前後段次句皆六字。

【校記】

［一］"彈"字原注去聲。

醉鄉春 四十九字　一名《添春色》　　　　　　　　　秦　觀

喚起一聲人悄。衾冷夢寒窗曉。瘴雨過，海棠開①，春色又添多少。　　社瓮釀成微笑。半缺瘦瓢共舀。覺顛倒，急投牀，醉鄉廣大人間小。

《九宮大成》入北詞雙角隻曲，一名《添春色》。又入南詞羽調正曲。

汲古《淮海詞》不書調名，後人取末句爲名。又因前結句，名《添春色》。

《冷齋夜話》云：少游在橫州，飲於海棠橋。橋南北多海棠，有書生家於海棠叢間。少游醉宿於此，題詞壁間。又見陳思《海棠譜》云：東坡愛之，恨不得其腔。當有知之者耳。愚按：橫州原作黃州，誤，今改正。

"舀"字見《廣韻》，上聲，三十小部，以沼切。或改作"酌"，非。"倒"字偶合，非叶韵。"冷"字一作"暖"，或作"枕"。"窗"字

作"空"，"缺"字作"破"，"瘦"字作"椰"，"顛"字作"傾"，或作
"健"。

【蔡案】

① 典型小令，前後各四句，故"過"字及後"倒"字均應讀爲三字
逗，爲六字折腰句。

夜游宮 五十七字　　　　　　　　　　　　　　　　　秦　觀

何事東君又去[一]。滿空院、落花飛絮。巧燕呢喃向人語①。
⊙●○○●▲　　◎○●　●○○▲　　◎●○○●○▲

何曾解，說伊家、些子苦②。　　　況是傷心緒。念個人、久成
⊙○●　●○○　●●▲　　　　　●●○○▲　●●⊙　○○

睽阻。一覺相思夢回處。連宵雨，更那堪、聞杜宇[二]。
○▲　◎●⊙○○●▲　⊙○◎　○○○　○●▲

　　金詞注般涉調，《九宮大成》入南詞仙呂宮引，與南詞羽調正
曲不同。又入北詞黃鐘調隻曲。

　　此調前無作者。《陽春白雪》載陸維之詞，亦名《夜游宮》，實
是《步蟾宮》，誤刻調名。說詳《步蟾宮》下。

　　"又"、"向"、"說"、"子"、"夢"、"更"、"杜"等字，宜去聲，
勿誤。

【校記】

　　[一]"又"字、第三句"向"字、前結句"說"字和"子"字、後段第三
句"夢"字、結句"更"字和"杜"字，用●符標識，意謂宜用去聲。

　　[二]"那"字原注作平。

【蔡案】

① "向"字，秦巘特意用●符標識，意謂宜用去聲，但又在左邊特

意標注"可平"，兩種説法本即不可調和的矛盾。就韵律而言，本句爲仄起仄收式小拗句法，因此第五字必仄，若可平就是違律，故譜中不採信"可平"之説。

　　② 凡三個三字結構連綴者，往往九字實爲一體，然兩處皆斷之爲逗，或兩處皆斷之爲句，斷斷不宜。宜或於第一處，或於第二處，或句或逗，玩其語意，精當句讀，是爲至要。本詞則前句後逗，較爲妥當。原譜一概句之，總是潦草。

又一體 五十七字　　　　　　　　　　　　　　　　吴文英

竹窗聽雨，坐久隱几就睡。既覺，見水仙娟娟於燈影中。窗外梢溪雨響映窗裏、嚼花燈冷。渾似瀟湘繫孤艇。見幽仙，步凌波月邊影[①]。　　　香苔欺寒勁。牽夢繞、滄濤千頃。夢覺新愁舊風景。紺雲欹，玉搔斜，酒初醒。

　　　　首句不起韵。兩結用仄平仄，與秦作異。

【蔡案】

　　① 原譜前段"響"字、"波"字後未讀斷，誤。

新念別 五十七字　　　　　　　　　　　　　　　　賀　鑄

　　　　　　　　　　詠　梅　花

湖上蘭舟暮發。揚州夢斷燈明滅。想見瓊花開似雪。帽檐香，玉纖纖，曾爲折[一]。　　　漁管吹還咽。問何意、煎人愁絶。江北江南新念別。掩芳尊，與誰同，今夜月。

調見《詞綜》，以詞句立名。與《夜游宮》實是一調，故類列。前段次句，用上四下三句法，差異。

【校記】

［一］原注“爲”字去聲。

夢揚州 九十九字　　　　　　　　　　　　秦　觀

晚雲收。正柳塘花塢，烟雨初休。燕子未歸，惻惻輕寒如秋[一]。小闌干外東風軟，透繡幌、花密香稠。江南遠，人今何處，鷓鴣啼破春愁。　　長記曾陪燕游[二]。酬妙舞清歌，麗錦纏頭。殢酒困花，十載因誰淹留。醉鞭拂面歸來晚，望翠□捲□鈎[三]。佳會阻、離情正亂，頻夢揚州。

此憶揚州而作，取末句爲名。他無作者。

兩第四、五句，用去上去平入仄平平平平，宜恪守。“載”字亦不可用去聲。“燕游”“燕”字去聲。“花塢”二字各本無，據《詞緯》本補。“今”字各本亦缺，據葉《譜》補。“花密”二字作“陰密”。

【校記】

［一］此二句與後段“殢酒困花，十載因誰淹留”二句，用●●◑●○　●◑○○○○符標識，意謂須用去上去平，入仄平平平平聲。

［二］“燕”字用●符標識，意謂須用去聲。

［三］本句對應前段“透繡幌、花密香稠”，以律理，亦應作七字折腰句法，《彊村叢書》本《淮海居士長短句》及《淮海集》均作“望翠樓、簾捲金鈎”，正與前段“透繡幌、花密香稠”合，原譜更奪一字，應據補。

青門飲 百六字　　　　　　　　　　　　　秦　觀

贈　妓

風起雲間，雁横天末，嚴城畫角，梅花三奏。塞草西風，凍雲籠月，窗外曉寒輕透。人去香猶在，孤衾長閒餘繡恨恨與宵長[一]，一夜熏爐，添盡香獸。　　前事空勞回首。雖夢斷春歸，相思依舊。湘瑟聲沉庾梅信斷[二]，誰念畫眉人瘦。一句難忘處，怎忍辜、耳邊輕咒。任人攀折，可憐又學，章臺楊柳。

> 調見《詞譜》黃裳詞，名《青門引》。與張先《青門引》不同。《淮海集》、汲古、《詞律》皆未載。"盡"字必用去聲，勿誤①。一本無"擁"字，葉《譜》作"擁孤衾"[三]。

【校記】

[一] 此十一字對應後段"怎忍辜、耳邊輕咒。任人攀折"，應讀爲兩句，且有一韵。《欽定詞譜》作"孤衾擁、長閒餘繡。恨與宵長"，爲平起式三字逗，細玩其詞意，"怎忍辜"爲仄起式三字逗，曹組作"盡龍山"、"厭時聞"，亦均爲仄平平，則所脱字必在"孤衾"前，《欽定詞譜》也是妄補，故應按葉申薌《天籟選詞譜》卷五的"擁孤衾"爲準補字。而"繡"字當爲韵字，其後兩"恨"必衍其一。

[二] 八字應讀爲四字兩句，爲一儷句。

[三] 以此注語看，秦巘或原本《欽定詞譜》作"孤衾擁"，抄落一"擁"字。

【蔡案】

① 秦巘謂"盡"字必用去聲，或未到。此字對應後段"臺"字，依

律應平，而本字亦即曹組詞中之"在"，皆爲上聲，二字顯係以上作平，不可用去聲替。

又一體　百六字　　　　　　　　　　　　　　　曹　組

山靜煙深，岸空潮落，晴天萬里，飛鴻南渡。冉冉黄花，翠□金鈿[一]，還是倚風凝露。歲歲青門飲，盡龍山、高陽儔侶。舊賞成空，回首舊游，人在何處。　　　此際誰憐萍泛，空自感光陰，暗傷羈旅。醉裏悲歌，夜深驚夢，無奈覺來情緒。孤館昏還曉，厭時聞、南樓鐘鼓。但淚眼臨風，腸斷望中歸路①。

　　調見《陽春白雪》。或云：以詞中語立名，但秦在曹前，當是秦創。

　　換頭句不叶韵。結句一五、一六字，比秦作少一字。《陽春白雪》無"但"字，據《歷代詩餘》補。

【校記】

　　[一] 奪字符，宋曾慥《樂府雅詞》卷三本句作"翠翹金鈿"，應據補。又，原注"鈿"字去聲。

【蔡案】

　　① 本詞後結必有錯訛。檢本調宋詞，後段尾均皆爲十二字，或四字三句，或六字二句，此其一；其餘諸家，本均皆爲雙起式，本詞用"但"單起，顯不合律，此其二；其餘諸家，此十二字用平頓起，三組平平仄仄復沓，則本詞或爲"但□淚眼，臨風腸斷，望中歸路"，必奪一平聲字。

鼓笛慢　百六字　　　　　　　　　　　　　　秦　觀

亂花叢裏曾携手，窮艷景、迷歡賞。到如今、誰把雕闌鎖定，阻游人來往。好夢隨春遠，從前事、不堪思想。念香閨正杳，佳歡未偶，難留戀、空惆悵。　　永夜嬋娟未滿，歎玉樓、幾時重上。那堪萬里，却尋歸路，指陽關孤唱。苦恨東流水，桃源路、欲回雙槳。仗何人，細與叮嚀問呵，我如今怎向[一]。

　　《宋史·樂志》云：法曲、龜兹、鼓笛三部，凡二十有四曲。《金史·樂志》云：女真，其樂惟《鼓笛》，其歌惟《鷓鴣曲》。第高下長短，如鷓鴣聲而已。

　　此與《鼓笛令》無涉，故分列。葉《譜》列《水龍吟》後，注：細玩此調，可作《水龍吟》別體。《淮海詞》亦列在"小樓連苑"之後。蓋因攤破、添字兩體，故立新名耳。愚按：詞中相仿之調甚多，既明立調名，何得强合①。惟吕渭老一首與《水龍吟》無二，應是別名。此爲《鼓笛慢》正調，故分列。餘詳《水龍吟》下。

　　"阻游人"句是一領四字句法，後段同。"闌"字，葉《譜》作"鞍"。

【校記】

　　[一]原譜全文未作標點，據韵律補。

【蔡案】

　　① 此即《水龍吟》別名，《欽定詞譜》謂《水龍吟》添字格，的論。秦巘謂"既明立調名，何得强合"，其論甚迂，然則吕渭老詞也不當作《水龍吟》看。

金明池 百二十字　一名《昆明池》　　　　　秦　觀[一]

瓊苑金池，青門紫陌，似雪楊花滿路。雲日淡、天低畫永，過
三點、兩點細雨。好花枝、半出墻頭，似悵望、芳草王孫何
處[二]。更水繞人家，橋當門巷，燕燕鶯鶯飛舞。　　　怎得東
君常爲主[三]。把綠鬢朱顏，一時留住。佳人唱、金衣莫惜，
才子倒、玉山休訴[四]。況春來、倍覺傷心，念故國情多，新年
愁苦。縱寶馬嘶風，紅塵拂面，也祇尋芳歸去。

　　《綱目》云：宋太宗太平興國七年，廷美欲圖帝，幸西池。
注：即金明池，在開封府城西南。宋德壽出游，修舊京金明池故
事。王士正《分甘餘話》云：《石林燕語》：瓊林苑金明池，每二月
命士庶縱觀，謂之開池。

　　李彌遜詞，名《昆明池》。

　　此調汲古《淮海詞》不載。考公年譜，元祐七年壬申，公年四
十四歲。先生作《西池宴集》詩、《金明池》詞。

　　僧揮"天闊雲高"一首與此同。《詞匯》題曰《夏雲峰》，大誤。
或云：即此調別名，更訛以傳訛矣。

　　《詞律》云："兩點"二字，以上作平。僧揮亦用平，與後段同。
"似悵望"二句，僧揮於"草"字句，可不拘。"飛"字，集作"對"。
"當"字，葉《譜》作"通"。

【校記】

　　[一] 本詞出《草堂詩餘》前集，作者佚名，《類編草堂詩餘》誤作
秦觀。

　　[二] 原注"草"字、後段第三句"一"字、第五句"子"字、第六句

“况”字、第七句“故”字可平。又注“王”字、後段第六句“來”可仄。

　　[三]原注“爲”字去聲。按，按其句意，當讀爲平聲，讀去聲爲借音法。

　　[四]原注“玉”字作平。

解語花　百字　　　　　　　　　　　　　　秦　觀[一]

窗涵月影[二]，瓦冷霜華，深院重門悄。畫樓雲杪。誰家笛，
○○●●　　●○○●　　○●○○▲　　●○○▲　　○○●

弄徹梅花新調。寒燈凝照。見錦帳、雙鸞飛繞。當此時，倚
●●○○○▲　　○○○▲　　●●●、○○○▲　　○○○　●

几沉吟，好景都成惱。　　　曾過雲山烟島。對繡襦甲帳，親
●○○　◎●○○▲　　　　○○●○○▲　　●●○●●　○

逢一笑[三]。人間年少。多情子，惟恨相逢不早。如今見了。
○○▲　　○○○▲　　○○●、○●○○●▲　　○○●▲

却又惹、許多愁抱[四]。算此情[五]，除是青禽，爲我殷勤報。
●◎●、○○○▲　　●●●　　⊙●○○　●○○●▲

　　《王行詞》注林鐘羽，《九宮大成》入南詞羽調正曲，《詞名續解》云：高平調曲。

　　《開元天寶遺事》云：明皇秋八月，太液池有千葉白蓮，數枝盛開。帝與貴戚宴賞焉，左右皆歎羨。久之，帝指貴妃示於左右曰：“争如我解語花。”

　　此詞見《天籟軒詞譜》，而本集及各刻皆不載。或誤寫人名。姑繫於此。

　　“月”字、兩“此”字，宜仄聲。“逢”字、“烟”字，周邦彦作，用仄，後結用上一下四字句法。

【校記】

　　[一]本詞因出在《草堂詩餘》新集的張綖名下，唐圭璋先生以爲

乃明人張綖詞，未入《全宋詞》。

[二]"月"字及"當此時"和"算此情"兩"此"字，用◑符標識，意謂須用仄聲。

[三]原注"一"字和後段第五句"不"字作平。"逢"字原注可仄，失律，不從。

[四]七字原譜不讀斷。

[五]原注"算"字宜平。

又一體 九十八字　　　　　　　　　　　　　　　　施 岳

雲容沍雪，暮色添寒，樓臺共臨眺。翠叢深窅。無人處、數蕊弄春猶小。幽姿謾好。遥相望、含情一笑。花解語，因甚無言，心事應難表。　　莫待墻陰暗老。趁琴邊月夜，笛裏霜曉。□□須早[一]。東風度、咫尺畫闌瓊沼。歸來夢繞。歌雲□、依□□覺[二]。想恁時，小儿銀屏冷未了。

結處一三、一七字，比秦作少二字。

【校記】

[一]據《絶妙好詞》，此句應是"護香須早"。

[二]據《絶妙好詞》，此句應是"歌雲墜、依然驚覺"。

又一體 百一字　　　　　　　　　　　　　　　　　周 密

羽調《解語花》，音韵婉麗，有譜而無其詞。連日春晴，風景韶媚，芳思撩人。醉捻花枝，倚聲成句。

晴絲罥蝶，暖蜜酣蜂，重簾捲春寂寂[一]。雨萼烟梢，壓闌干、

花雨染衣紅濕。金鞍誤約。空極目、天涯草色。閬苑玉簫
人去後，惟有鶯知得。　　　餘寒猶掩翠戶，梁燕乍歸，芳信
未端的。淺薄東風，莫因循、輕把杏鈿狼籍。塵侵錦瑟。殘
日綠窗春夢窄。睡起折花無意緒，斜倚秋千立。

　　此詞用入聲韵，專屬羽調。與秦詞去上韵不同。

　　第三句六字，比秦作多一字。前後第四句用平住，不叶。
“干”字、“循”字用平。“閬苑”句、“睡起”句、“殘日”句，如七言
詩。換頭句不叶。第二、三句，一四、一五字，俱與秦作異。“約”
字宜叶。“鶯”字，葉《譜》作“春”。“折花”二字，《詞潔》作
“折枝”。

【校記】

　　[一] 本句多一字，疑衍一“寂”字。

步蟾宮 五十五字　一名《折丹桂》《釣臺詞》[一]　　　　汪　存

送佺赴省試

玉京此日春猶淺。正雪絮、馬頭零亂。姮娥剪就綠雲裳，□
●○○●○○▲　●●●　○○○●　○○●●●○○　□
來□、□宮與換[二]。　　　明年二月桃花岸。棹雙槳、浪平風
○●　□○●▲　　　　　○○●●○○●　●○●　●○○
暖[三]。揚州十里小紅樓，盡捲上、珠簾一半。
●　○○●●●○○　●●●　○○●▲

　　蔣氏《九宮譜目》入南呂引，《九宮大成》入南詞南呂宮引。

　　劉儗詞名《折丹桂》，與王之道正調不同。韓淲詞名《釣臺
詞》[四]。

此以第四句立名[五]，與《夜游宮》無涉。與沈會宗《柳搖金》却合。

《詞律》疑"雙槳"句誤落一字。

【校記】

[一] 本調當爲晁端禮、黃庭堅詞最爲早作，且晁詞最爲規正，汪存詞，實爲晁詞之減字格，前後段第三拍三字逗各減一字耳。秦巘每以詞中有調名文字，即斷爲首創，殊爲牽强。《翰墨大全》丁集有無名氏詞，上段有"喜妙齡、秀髮步蟾宮，信富貴、榮華莫敵"，莫非并列首創？甚謬。

[二] 此七字原譜不讀斷。

[三] 原作"雙槳浪平風暖"，脱一字，今據《花草粹編》卷六補。

[四] "淲"字原空。

[五] 該句原文有三字用脱字符，則意謂秦巘不知所脱何字，但秦巘注曰"以第四句立名"，則又是知此處脱去"步蟾"二字，查該句《花草粹編》作"待來步、蟾宮與换"，不知爲何又用脱字符，而不補字。

又一體 五十九字　　　　　　　　　　黃庭堅

蟲兒真個惡靈利。惱亂得、道人眼起。醉歸來、恰似出桃源，但目斷、落花流水。　　不如隨我歸雲際。共作個、住山活計。照清溪①，匀粉面，插山花②，算終勝、風塵滋味。

前段第三句八字，後段第三句改作三句九字，與前異。

【蔡案】

① "照清溪"，即前段"醉歸來"，應是三字逗，不當爲句。

② 本調前後段第三拍，其正格是用上三下五式折腰句法，前一

首汪詞的前後段俱爲七字，實是三字逗減一字而成。本詞後段作"照清溪、匀粉面，插山花"，照其字面，則按韻律分析，應是下五字添一字作六字。然余以爲，看前段所填，此處或衍一"匀"字。凡詞，所有變化俱應有韻律脈絡，若無脈絡，則非訛即異。

又一體 五十七字　　　　　　　　　　　　　　　揚无咎

九月二十六，夜宿周師從家。睡覺，風雨作，有懷木犀。

桂花馥鬱清無寐。覺身在、廣寒宮裏。憶吾家、妃子舊游[①]，瑞龍腦、暗藏葉底。　　　不堪午夜西風起。更颭颭、萬絲斜墜。向曉來、却是給孤園，乍驚見、黃金布地。

　　　　前段第三句用上三下四句法，後段三句上三下五字，與前異。

【蔡案】

　　① 前段第三拍，較之後段應是八字，正如杜文瀾所説，本調"他作前後段均字句相同"，故"游"字前後，必脱一平聲字。《花草粹編》卷十二是"憶吾家、妃子舊游時"，當是其本來面目，應據補。

又一體 五十六字　　　　　　　　　　　　　　　陸維之

東風捏就腰肢細。繫六幅、裙兒不起。從來祇慣掌中行[①]，怎忍在、燭花影裏。　　　酒紅應是鉛華褪。暗蹙損、眉峰雙翠。夜深著鞁小鞋兒，靠那個、屏風立地[②]。

　　　　此詞見《樂府雅詞》及《豹隱紀談》。《雅詞》名《夜游宮》，誤。

今從《詞綜》改正。《宋詩紀事》云：陸永仲字維之，一名凝之，字子才。今從《洞霄詩集》。

周遵道《豹隱紀談》云：此阮郎中贈妓詞也。《詞苑叢談》云：有名妓侍宴開府，一士人訪之，相候良久。遂賦《玉樓春》詞，投諸開府。開府見此詞，喜其纖麗，呼士人以妓與之。愚按：二說未知孰是，自當以《雅詞》爲是。《玉樓春》不作上三下四字句，是傳聞之誤。

此體前後整齊，可從。鍾過一首與此同。“六幅”二字，《雅詞》作“滴粉”。“行”字作“看”，“著”字作“點”，“小”字作繡。

【蔡案】

① 本句實即“□從來、袛慣掌中行”的減字格，後段第三句亦是如此，所以與汪存詞同爲一格，惟汪詞原譜因爲落一字，本詞成了又一體。

② 原譜全詞俱未句讀。

花心動　百四字　“花”一作“好”。《桂飄香》《上昇花》，
　　　　　　或加“慢”字　　　　　　　　　　　　　劉　燾

詠　梅

偏憶江梅，有塵表豐儀，世外標格[一]。低傍小橋，斜出疏籬，似向隴頭曾識。暗香孤韵冰霜裏，初不怕、春寒邀勒[二]。問桃杏嬌姿，怎生向前争得①。　　　省共蕭娘去摘。玉纖映瓊枝，照□□色[三]。淡粉暈酥，多少飛來，到得壽陽宮額。再三留待東君管，都將那、別花不惜。但袛恐，高樓又三弄笛。

金詞注小石調，元詞注雙調，《九宮大成》入南詞仙呂宮引。

《高麗史‧樂志》加“慢”字，曹勛詞名《好心動》，曹冠詞名《桂飄香》，《鳴鶴餘音》名《上昇花》。

“外”、“小”、“向”、“去”、“暈”、“又”、“弄”等字必仄聲，用去聲更妙。“杏嬌姿”三字，《梅苑》作“本盈門”，“飛來”二字作“工夫”，“將那”二字作“拚醉”。“嬌姿”下，《雅詞》多“瞞”字，“管”字上多“看”字、少“那”字，皆誤。“高樓”作“南樓”。

【校記】

[一] “外”字、第六句“向”字、後起“去”字、第四句“暈”字、後結“又”字和“弄”字，用⬤符標識，意謂必用仄聲，去聲尤妙。

[二] “不”字原注作平。

[三] 本句《歷代詩餘》卷八十一作“照人一色”，可據改。

【蔡案】

① 本調前段第四均，宋詞例以三四四句法結，獨本詞讀破爲一五一六，故詞譜擬於周邦彥詞下，以求規正。

又一體　百四字　　　　　　　　　　　　周邦彥

簾捲青樓，東風滿、楊花亂飄晴晝①。蘭袂褪香，羅帳襄紅，
○●○○，○○●、○○●○○▲　　○●●○，○●○○，

繡枕旋移相就。海棠花謝春融暖，偎人悮、嬌波頻溜②。象
●●●○○▲　●○○●○○●，○○●、○○○▲　●

牀穩、鴛衾謾展，浪翻紅縐。　　　一夜情濃似酒。香汗漬、
○○●、○○●●，●○○▲　　　●●○○●▲　○●●、

鮫綃幾番微透③。鸞困鳳慵，婭姹雙眼，畫也畫應難就④。
○○●○○▲　○●●○，●●○●，●●●○○▲

問伊可煞於人厚，梅萼露、胭脂檀口⑤。從此後。纖腰爲郎
●○○●●○○● 　●○● 　●○○▲　　 ●●● 　○○●○
管瘦⑥。
●▲

次、三句一三、一六字。前結一三、兩四字，後結一三、一六
字。"後"字叶韵，與前異。各家多從此體。"就"字重叶，"厚"字
偶合，非叶。《樂府雅詞》有一首與此同，注云：得於江西歌者，
而不知名氏。

"瘦"等字與"抄"、"早"并叶，正江西音也，並非另體，故不
録。《陽春》：無名氏作，於"海棠花謝"作"御柳宫花"，平仄異。

【蔡案】

① 前三字原作句，誤。"飄"字在本句作去聲讀，《集韵》云：匹妙
切，音剽，在嘯部韵。曹植《感節賦》："折若華之翳日，庶朱光之長照。
願寄軀于飛蓬，乘陽風而遠飄。"

② 本句原不讀斷，韵律失致。

③ 九字秦巘未讀斷，韵律失致。本句即前段"東風"下九字，因
此"番"字去聲。

④ 重韵。重韵非病，能避則避，不避亦可。

⑤ 本句原不讀斷，韵律失致。

⑥ 後段結拍爲律拗句法，第五字不可爲平，如劉鎮詞作"沉"，便
是敗筆。

又一體 百五字　　　　　　　　　　　　　　　趙長卿

荷　花

緑水平湖，浸芙蕖爛錦，艷勝傾國。半斂半開，斜立斜敧，好

似困嬌無力。水仙應赴瑶池宴,醉歸去、美人扶策。駐香駕,擁波心①,媚容靓妝顔色。　　　曾見苕川澄碧。勻粉面,溪頭舊時相識。翠被繡裯,彩扇香篝,度歲杳無消息。露痕滴盡風前淚,追往恨、悠悠踪跡。動怨憶。多情自家賦得。

前結兩三、一六字,比各家多一字。後段二、三句,一三、一六字,亦異。餘同周作。

【蔡案】

①　前段第四均以三四四爲正,三字逗後依律須用雙起式句法,而獨本詞一首用“擁”,單起,趙詞後一首便是正格,故“擁”字疑衍。

又一體　百四字　　　　　　　　　　　　趙長卿

客中見寄暖香書院

風軟寒輕,暗香飄撲面,無限清楚①。乍淡乍濃,應想前村,定是早梅初吐。馬兒行過坡兒下,危橋外、竹梢疏處。半斜露。花花蕊蕊,燦然滿樹。　　　一晌看花凝佇。因念我西園,玉英真素。最是繫心,婉娩精神,伴得水雲仙侣。斷腸没奈人千里,無計向、釵頭頻覷。淚如雨。那堪又還日暮。

次二三句,平仄微異。“露”字、“雨”字俱叶韵。

【蔡案】

①　僅前段二三句讀破,其餘同周詞。此類讀破極爲勉强,《全宋詞》即讀爲“暗香飄、撲面無限清楚”,則與周邦彥詞體格全同。故此類所謂又一體,毫無意義。“限”字平讀。

又一體 百四字 　　　　　　　　　　　　　張元幹

七　夕

水館風亭，晚香濃，一番芰荷新雨①。簟枕乍閒，襟裾初試，散盡滿天褥暑。斷雲却送輕雷去，疏林外、玉鈎微吐。夜漸永、秋驚敗葉，凉生庭戶。　　天上佳期久阻。銀河畔仙車縹緲雲路[一]。舊怨未平，幽歡□駐[二]，恨入半天風露。綺羅人散金猊冷，醉魂到華胥深處洞戶悄南樓畫角自語[三]。

　　前段同周作，後段同趙作。惟“悄”字不叶韵。前後第五句平仄異。“幽歡”下當是“難”字。

【校記】

　　[一] 本句應對應前段“晚香”下九字，作上三下六折腰句讀。

　　[二] 本句四庫本《蘆川詞》作“幽歡難駐”，可據補。

　　[三] 原未讀斷，應讀爲：“醉魂到、華胥深處。洞戶悄。南樓畫角自語。”

【蔡案】

　　① “番”字應仄讀。

又一體 百四字 　　　　　　　　　　　　　劉　鎮

鳩雨催晴，遍園林，一番綠嬌紅媚。柳外金衣，花底香鬚，消得艷陽天氣。障泥步錦尋芳路，稱來往、縱橫珠翠。笑携手、旗亭問酒，更酬春思。　　還記。東山樂事。向歌雪香

中,伴春沉醉。粉袖殢人,彩筆題詩,陶寫老來風味。夜深
銀燭明如畫,待歸去、看承花睡夢雲散[一],屏山半熏沉水。

换頭第二字叶韵,餘同周作。

【校記】

[一]"睡"字是韵字,尤應讀斷。

又一體 百一字　　　　　　　　　　　蟾英（諸葛章妻）

□　　夕[一]

忽睹菱花,這一成,减却風流顏色。鄰姬戲問,愧我爲羞,無
語低頭寥寂。珠淚紛紜和粉垂,襟袂舊痕乾又濕。感起愁
懷①,堆堆積積。杜宇催春急②。　　　　烟籠花柳,粉蝶難尋
覓。紫燕喃喃,黄鶯恰恰,對景脂消香浥。篆烟將盡,愁未
休息[二]。若得御溝玻璃碧。教紅葉往來,傳個消息。

前段第七、八句各七字,前結兩四、一五字,後起一四、一五
字。六、七、八句兩四、一七字,與各家全異③,平仄亦多不同。
此另體也。

【校記】

[一]本詞《歷代詩餘》有題,曰"寄外",原譜作"□夕",或即"外"
之殘字。《花草粹編》卷二十二則題序爲"憶諸葛章"。

[二]後段第七拍,原作八字,不讀斷,爲"篆烟將盡愁未休息",
"愁未休息"似不通。但若據《欽定詞譜》本,則衍一"息"字,删去後本
句與諸詞同。

【蔡案】

① 按《欽定詞譜》，"感起愁懷"四字前另有一"但"字，須補入，然則與後段"教紅葉往來"合。

② "杜宇催春急"一句屬前，不知秦巘所據何本，而考之《花草粹編》，則該句爲後段起拍。如此，前後段對應整齊，第二、三、四均字句韵律悉同。若屬前，則第一第四均均有一拍之差，極不和諧。

③ 本詞雖兩段之前半頗似《花心動》，然本詞兩段之後半，則韵律與諸詞迥異，把玩再三，疑其爲別種詞調，惜無別詞可校。

錦堂春 四十八字　　　　　　　　　　　　　　趙令時

樓上縈簾弱絮[一]，墙頭礙月低花[二]。年年春事關心事，腸斷欲棲鴉。　　舞鏡鸞衾翠减，啼珠鳳蠟紅斜。重門不鎖相思夢，隨意繞天涯。

《九宮大成》入南詞大石調引，又入南詞正宮引。

《詞律》因舊説一名《烏夜啼》，遂并爲一調。考此調起二句皆六字，各家多用對偶，與《烏夜啼》五字句起不同，決非一調①。此皆誤寫調名之故，今分列。

【校記】

[一] "樓"字、次句"墙"字、第三句"年"字和"春"字、第四句"腸"字、後段第二句"啼"字、第三句"重"字、結句"隨"字原注可仄。

[二] "礙"字、後段次句"鳳"字、第三句"不"字原注可平。

【蔡案】

① 本詞多個版本均名爲《烏夜啼》，即卷四《烏夜啼》下蘇軾《寄遠》詞，字句、韵律全合。

又一體 五十九字　　　　　　　　　　　　　　程　玹

留　春

最是春來，苦多風雨。祇恁匆匆歸去①。看游絲、都不恨，恨秦淮新漲，向人東注。　　醉裏仙人，惜春曾賦。却不解、留春且住。問何人、留得住，怕小山更有，碧蕪春句。

> 此用仄韵，句法與各家迥異②。"留得住""住"字偶合，非叶韵。"春來""春"字，汲古、《詞律》作"元"，"多"字作"無"，皆誤。

【蔡案】

　① 本句之韵律，即後段"却不解、留春且住"，因此"祇恁"應該是一個三字逗的奪字形式，脱一字。

　② 此非"又一體"，而是《錦帳春》，調名誤刻。詳見卷二十一《錦帳春》。

詞繫卷十六 宋

天門謠 四十五字　　　　　　　　　　　　　　　　　賀　鑄

登采石蛾眉亭

牛渚天門險。限南北、七雄豪占[一]。清霧斂。與閒人登覽。　　待月上潮平波灔灔。塞管輕吹新阿濫。風滿檻。歷歷數、西州更點。

此以首句爲名。《碧雞漫志》名《朝天子》，惟前段第三句少一字。名是創製，宜分列。

前結句是一領四字，後起句是一領七字，句法勿誤。"更點"，李之儀和詞用"數點"，《詞律》注可平，宜用平，故不注。

"阿濫"，曲名有《阿濫堆》。詳見《逸調備考》。

【校記】

［一］原注"南"字可仄。

青玉案 六十七字　一名《西湖路》　　　　　　　　　　賀　鑄

春暮題橫塘路

凌波不過橫塘路。但目送、芳塵去。錦瑟年華誰與度。月
○○●●○○▲　　●●●　○○▲　●●○○○●▲　●

臺花榭,綺窗朱户。惟有春知處。　　碧云冉冉蘅皋暮。
○○●　●●○○▲　　○●○○▲　　　●●●●○○▲

彩筆空題斷腸句[一]。試問閒愁添幾許。一川烟草,滿城風
●●○○●○▲　　　●●○○●○▲　　○○●●　●○○

絮。梅子黃時雨。
▲　　○●○○▲

　　《中原音韵》注雙調,《太和正音譜》注高平調,蔣氏《九宮譜目》入中吕引子。許《譜》入南詞中吕宮引。

　　韓淲詞有"蘇公堤上西湖路"句[二],名《西湖路》。

　　《中吳紀聞》云:鑄有小築,在姑蘇盤門之内十餘里,地名横塘。方回往來其間,作此詞。《竹坡詩話》云:賀方回《青玉案》詞,有"梅子黃時雨"之句,人皆服其工。士大夫謂之"賀梅子"。

　　此詞和韵者甚衆①,想是創製。歐雖在前,當列在賀鑄下。

　　"斷腸句"三字,必用去平仄。各家皆然,勿誤。"户"字、"絮"字,和韵者多不叶。黃庭堅叶"語"字、"浦"字,不和原韵。李清照一首亦和韵,於次句作"莫便匆匆歸去",不於三字逗。"臺"字一作"樓",一作"橋"。"榭"字一作"院"。"月臺"句,一作"小橋幽徑"。"綺"字一作"鎖","惟"字一作"衹","空"字一作"新","添"字一作"都"、或作"知","風"字一作"飛",各本多不同。惟"暮"字一作"閉",失韵。

【校記】

　　[一]"斷腸句"用●○◑符標識,意謂必用去平仄聲。

　　[二]"淲"字原空。

【蔡案】

　　① 本調的變化極爲繁多,但是擇其要者,無非下列諸端:其一,增減字者,前後段第二句,或七字,或減一字作六字折腰句法;後段第

二句，或七字，或添一字作一字逗領七字句句法。其二，增減韵者，前後段兩四字句，或都叶韵，或都不叶韵，或僅前一句叶韵，或僅後一句叶韵；且其叶韵雖亦有單邊式，但總以前後段同時相叶爲正。以上變化交錯運用，可生出數十種不同填法，而其體式仍舊如一，並非因此就算有數十種"又一體"。

又一體 六十八字　一名《一年春》　　　　　　　歐陽修

一年春事都來幾。早過了、三之二。綠暗紅嫣渾可事。垂楊庭院，暖風簾幕，有個人憔悴。　　買花載酒長安市。又爭似家山見桃李[一]。不住東風吹客淚。相思難表，夢魂無據，惟有歸來是。

　　因起句又名《一年春》①。

　　後段次句八字，"又"字是襯字也。第五句皆不叶韵。

【校記】

　　[一]"見桃李"三字，用●○◑符標識，意謂必用去平仄聲。

【蔡案】

　　①《一年春》就是李商隱"錦瑟"類標題，是後人所起的"指代名"。參卷一《訴衷情》毛文錫詞蔡案。

又一體 六十八字　　　　　　　　　　　　　　晁補之

十年不向東門道。信匹馬、羞重到。玉府驂鸞猶年少[一]。宮花頭上，御爐烟底，常日朝回早。　　霞觴翻手群仙笑。恨塵土人間易春老[二]。白髮愁占彤庭杏。紅墻天阻，碧濠烟鎖，細雨連芳草。

> "猶年少"、"彤庭杳"皆用平平仄，與《賀新凉》之第四、七句
> 同。餘同歐作。

【校記】

[一]"猶年少"三字及後段"彤庭杳"三字，用○○◑符標識，意謂
須用平平仄。

[二]"易春老"三字，用●○◑符標識，意謂必用去平仄聲。

又一體 六十七字　　　　　　　　　　晁補之

三年宋玉墙東畔。怪相見①。常低面。一曲文君芳心亂。
匆匆依舊吹散②。月淡梨花館。　　秋娘苦妬浮金盏。漏
些子堪猜是嬌盼[一]。歸去相思腸應斷。五更無寐，一懷好
事依舊藍橋遠[二]。

> 前段次句叶韵，五句六字亦叶。後段同前作。

【校記】

[一]"是嬌盼"三字，用●○◑符標識，意謂必用去平仄聲。

[二]應讀爲一四一五兩句。

【蔡案】

① 就本調韵律分析，前段第二句並不存在其他的句中韵例子，
因此"見"字衹是偶合而已，宋詞僅此一句叶韵，足見其偶然性。

② 依據本調基本韵律，"匆匆"句須爲四字兩句，本詞不但後段
仍爲四字兩句，且宋詞別首也再無填作六字一句者，因此本句必脱
二字。

又一體 六十六字　　　　　　　　　　黃知命

送兄山谷謫宜州

千峰百嶂宜州路。天黯淡、知人去。曉別吾家黃叔度。弟兄華髮，遠山修水，異日同歸處。　　長亭飲散尊罍暮。寫別語、不成句[一]①。已斷離腸能幾許。水村山郭，夜闌無寐，聽盡空階雨。

　　此和賀韵。後段次句六字，與前段同。"水"字、"寐"字不叶韵。

【校記】

　　[一] "不成句"三字，用●○◐符標識，意謂必用入平去聲。

【蔡案】

　　① 本句，《能改齋漫錄》作"別語纏綿不成句"，韵律參差。

又一體 六十六字　　　　　　　　　　趙長卿

壓波艣客

結堂雄占云烟表。萬象爭呈巧①。老木參天溪四繞。亂山橫秀，一湖澄照。天付陰晴好。　　夜空喚客清尊倒。明月飛來上林杪[一]。凉滿九霄風露浩。酒慵起舞，一聲清嘯。平壓波聲小。

　　前次句五字，後次句七字，兩五句叶韵，與前各家異。

【校記】

[一]"上林杪"三字,用●○◑符標識,意謂必用去平仄聲。

【蔡案】

①　本調前段第二拍,或七字一句,或減一字作六字折腰句,宋詞有極偶然填爲五字一句者。捫其韵律,其實都是六字句奪字,而非減字,如本詞第二句,原詞必是"□萬象、爭呈巧",此類詞,不足爲範。

又一體　六十六字　　　　　　　　　　　　　史達祖

蕙花老盡離騷句。綠染遍、江頭樹。日午酒消聽驟雨。青榆錢小,碧苔錢古。難買東君住。　　官河不礙遺鞭路。被芳草、將愁去。多定紅樓簾影暮。蘭燈初上,夜香初炷。猶是聽鸚鵡。

　　　與黄作同,惟兩五句叶韵。

又一體　六十八字　　　　　　　　　　　　　張　槼

被檄出郊題陳氏山居

西風亂葉溪橋樹。秋在黃花羞澀處。滿袖塵埃推不去。馬蹄濃露,鷄聲淡月,寂歷荒村路。　　身名多被儒冠誤。十載重來漫如許[一]。且盡清尊公莫舞。六朝舊事,一江流水,萬感天涯暮。

　　　前後次句俱七字,與各家異。"維"字,葉《譜》作"吹"。

【校記】

　　［一］"漫如許"三字，用●○◑符標識，意謂必用去平仄聲。

又一體 六十六字　　　　　　　　　　　　　　張　炎

萬紅梅裏幽深處。甚杖履、來何暮。草帶湘香穿水樹。塵
留不住。雲留却住。壺内藏今古。　　　獨清懶入終南去。
有忙事、修花譜。騎省不須重作賦。園中成趣。琴中得趣。
酒醒聽風雨。

　　　　兩次句各六字，兩四、五句叠韵。張詞每多叶韵，亦巧法也。

又一體 六十三字　　　　　　　　　　　　　　李孝光

兒童齊唱民安作[一]。問底事、來何暮。酷似當年廉叔度。
春風千里[二]，綠到棠陰處。　　　玉壺清貯金莖露。翻向人
間作霖雨。今日東甌成樂土。清都虎豹，借恂無計，袞職須
君補。

　　　　見《玉峰集》。前結少一四字句，不知是脱誤否。各家俱無
　　此體。

【校記】

　　［一］"作"字原注去聲。

　　［二］清丁紹儀《聽秋聲館詞話》卷十三云："'千里'下似脱四
字。"按，按本調韵律，前後結均應是二四一五的句法，尤其是後段並
未減字，則前段更無可能也是作者主觀上減字，故本詞顯脱。四印齋

所刻詞本《五峰詞》中，"春風千里"後有四脱字符，應據補。

獻金杯 六十六字　"獻"一作"厭"　　　　　　　　　　賀　鑄

風軟香遲，花深漏短。可憐宵、畫堂春半。碧紗窗影，卷帳
蠟燈紅，鴛枕畔。密寫烏絲一段。　　　拾翠沙空，采蘋溪
晚。儘愁倚、夢雲飛觀[一]。木蘭艇子，幾日渡江來，心目斷。
桃葉青山隔岸。

> 調見《樂府雅詞》《花草粹編》《詞緯》，無他作者。《詞律》未
> 收。"獻"各本作"厭"。今從《雅詞》。
>
> 換頭二句，各本皆倒轉。此詞前後段相對，"晚"字是叶韵，
> 與前"短"字同。今從《詞緯》本訂正。

【校記】

[一] "觀"字原注去聲。

兀　令 八十四字　　　　　　　　　　　　　　　賀　鑄

盤馬樓前風日好。雪消塵掃。樓上宮妝早。認簾箔微開①，
一面嫣妍笑。携手別院重廊②，窈窕花房小。任碧羅窗
曉。　　　間闊時多書問少。鏡鸞空老。身寄吳雲杳。想轆
轆車音，幾度青門道。占得春色年年，隨處隨人到。恨不如
芳草。

> 調見《東山寓聲樂府》。無他作者。《詞律》失收。
>
> 兩結句是一領四字句法。"任碧羅"句，一本屬下段，誤，今訂正。

【蔡案】

① "認簾箔"句、"想轄轆"句及兩結句悉爲一四式句法。

② "携手"句及後段"占得"句,均用律拗句法,第五字不得用仄聲字,除非第二字或第四字換平。

金人捧露盤 八十一字 "金"一作"銅"。一名《上平西》
《上西平》《西平曲》《上平南》 賀 鑄

控滄江①。排青嶂,燕臺凉。駐彩仗,樂未渠央。巖花磴蔓,妳
●○△　　○○○　○○○　●●●　●●○△　○○●●　⊜

千門、珠翠倚新妝②。舞筵歌悄,恨風流、不管餘香。　繁華
○○　●●●○△　●○○●　●○○　●●○△　　○○

夢,驚俄頃,佳麗地,指蒼茫。寄一笑、何與興亡。量船
●　○○●　○●●　●○○　●●●　○●○○　●○

載酒,賴使君、相對兩胡牀。緩調清管,更爲儂、三弄
●●　⊜●○　○●●○○　●○○●　●○○　○●

斜陽。
○△

金詞注越調。《九宮大成》入南詞越調正曲,許《譜》同。

"金人"一作"銅人"。程垓詞名《上平西》,張元幹詞名《上西平》,又名《西平曲》。劉之昂詞名《上平南》。

"筵"字葉《譜》作"閒"。

【蔡案】

① "江"字原譜未作叶韵,脱一韵。但本句亦可不叶韵,故用可叶可不叶符。

② "妳"字及後段對應的"賴"字,依本調韵律可減去,故用可增可減符。

又一體 七十九字　一名《上平西》　　　　　　　　　程垓

愛春歸，憂春去，爲春忙。旋點檢、雨障雲妨。遮紅護綠，翠幢羅幕任高張。海棠明月杏花天，更惜濃芳。　　　喚鶯吟，招蝶拍，迎柳舞，倩桃妝。盡呼起、萬籟笙簧。一觴一詠，儘教陶寫繡心腸。笑他人世漫嬉游，擁翠偎香。

　　汲古名《上平西》。第六句比賀作少一字，前後七言詩句。"杏花天"、"漫嬉游"，屬上句，不作上三下四字句。此體宋人多用之。《詞律》祇收此體，前後遺去二體。韓玉一首，結句六字，是脱誤，不録。

又一體 七十九字　一名《上西平》　　　　　　　　　張元幹

臥扁舟，聞寒雨，數佳期。又還是、輕誤仙姿。小樓夢冷，覺來應恨我歸遲。鬢雲鬆處，沉檀斜露泣花枝[①]。　　　名與利，空縈繫，添憔悴，謾孤悽。得見了、説與教知。偎香倚暖，夜爐圍定酒溫時。任他飛雪，灑江天、莫下層梯。

　　汲古名《上西平》。
　　前後第六句作上三下四句，後段七句作七字詩句。前結亦作七字句，後結作上三下四句。《詞律》謂後起"名與利"三字不必學。此種三字句，如《滿江紅》體，平仄可不拘。

【蔡案】
　　① 本詞實即前一詞體，讀者點讀不同而已，這裏讀爲"鬢雲鬆處沉檀斜，露泣花枝"，後段讀爲"任他飛雪灑江天，莫下層梯"，則何異

之有。"沉"字仄讀，直禁切，音"酖"，在廿七部沁韵，《康熙字典》云："沒也。一曰投物水中也。"

上西平 七十八字　　　　　　　　　　　辛棄疾

會稽秋風亭觀雪

九衢中，杯逐馬，帶隨車。問誰解、愛惜瓊華。何如竹外，静聽窣窣蟹行沙[一]。自憐是海，山頭種玉人家①。　　紛如鬥，嬌如舞，纔整整，又斜斜。要圖畫、還我漁蓑。凍吟應笑，羔兒無分謾煎茶。起來極目，向瀰茫、數盡歸鴉。

> 前結十字，與各家異。《詞律》謂"自憐是"一句内落一字。以後段比較，不知辛又一首作"夜來風雨，春歸似欲留人"②，句法與此同。何嘗有誤，全憑臆改牽合。《詞律》一書，每坐此弊。況題是"觀雪"，"自憐是海"用銀海故事，下文"海山頭"三字連用，不成文理矣。

【校記】

　[一]原注"聽"字平聲。

【蔡案】

　①前結顯誤，"自憐是海"一句，莫知所云，《欽定詞譜》及《全宋詞》則讀爲"自憐是、海山頭，種玉人家"，達意差可，但於律依然不諧，且少一字。四庫本《稼軒詞》作"自憐是海上山頭，種玉人家"，字數雖合，但句法又差，總是不諧，故此處必有舛誤。

　②此二句，四庫本《稼軒詞》卷二作"夜來風雨，春未歸、似欲留人"，也是奪字形成。

上平南 七十九字　　　　　　　　　　　　劉之昂

蠆鋒搖，螳臂振，舊盟寒。恃洞庭、彭蠡狂瀾。天兵小試，百蹄一飲楚江乾。捷書飛上九重天，春滿長安。　　舜山川，周禮樂，唐日月，漢衣冠。洗五州、妖氣關山。已平全蜀，風行何用一泥丸。有人傳喜日邊路，都護先還。

　　《九宮大成》入北詞越角隻曲。

　　《歸潛志》云：次霄有才譽，以光有劉昂，之昂故號小劉昂。泰和南征，作樂章一闋《上平西》，爲時所傳。《齊東野語》云：開禧用兵，金人元帥紇石烈子仁領兵駐濠梁，大書一詞於濠之倅廳壁間，詞名《上平南》，即《上平西》之調云。且云：子仁，蓋女真之能文者，故敢肆言無憚如此。愚按：二説未知孰是，但《歸潛志》係金人劉京叔撰，必有據。紇石烈姓氏，亦見《歸潛志》中。《詞品》以爲元將，誤。今從《歸潛志》作劉昂。《詞律》作《上西平》，誤。

　　此調亦名《上平西》，句法微異。故類列。

馬家春慢 百三字　　　　　　　　　　　　賀　鑄

珠箔風輕，繡簾浪捲，乍入人間蓬島。鬥玉闌干，漸庭館、玲瓏春曉①。天許奇葩貴品[一]，異繁杏、夭桃輕巧②。命化工、傾國風流，□與一枝纖妙。　　尊前、五陵年少③。縱丹青異格④，難仿顏貌。惹露凝烟，困紅嬌額，微顰低笑。須信濃香易歇，更莫惜、醉攀吟繞。待舞蝶游蜂，細把芳心

都告。

見《東山樂府》[二]。餘無作者，自是創製。《詞律》失收。

"貴"、"仿"、"異"三字仄聲，勿誤。"妙"字原作"巧"字，重叶，今從《詞譜》改正。"玲瓏"二字，《梅苑》作"簾櫳"，"仿"字作"別"，"惹"字作"悲"，誤。"風流"下空一格，當缺一字。

【校記】

[一] "貴"字和後段次句"異"字、第三句"仿"字，用◐符標識，意謂必用仄聲。

[二] 本詞出南宋黄大輿《梅苑》卷四，作者佚名。《花草粹編》《歷代詩餘》均誤爲賀鑄詞。

【蔡案】

① 按韵律，前段"漸庭館、玲瓏春曉"與後段"困紅嬌額，微顰低笑"本應相合，但本句少一字，則"漸"字後應有一平聲字脱落。細玩其章法，後段第二均爲二一式結構，即"悲露凝烟，困紅嬌額"爲儷句，結合更緊，"微顰低笑"祇是四字托而已，因此前段第二均亦應如此，亦即，"漸庭館、玲瓏春曉"不可能成爲一個句子，而"闌干"和"庭院"則顯然相對，二句一體是很明顯的。

② 本句不當讀斷，其韵律應擬定爲一字逗領六字句法。同理，後段也可以調整爲"更、莫惜醉攀吟繞"句法。

③ 從該句兩頓連平可知，後段起拍有一個二字逗。過片用二字逗，是詞中尤其是慢詞中極爲多見的韵律現象，以在過片時調節音律。

④ 本句若是雙起式句法，則更合乎韵律，極疑是"縱然""縱是"之脱誤。

石州引 百二字　一名《柳色黃》《石州慢》　　　　　　賀　鑄

薄雨收寒，斜照弄晴[一]，春意空闊。長亭柳色纔黃，倚馬何
●●○○　○●●○　　○●○▲　○○●●○○　●●○⊙

人先折。烟横水漫，映帶幾點歸鴻，平沙消盡龍沙雪。猶記
○○▲　○○●●　●●●●○○　○○○●○○▲　○⊙

出關來，恰如今時節。　　將發。畫樓芳酒，紅淚清歌，便
●○○　●○○○▲　　　○▲　●○○●　○●○○　●

成離別。回首經年①，杳杳音塵都絕。欲知方寸，共有幾許
○○▲　○●○○　●●○○○▲　◎○○●　●●●◎

清愁，芭蕉不展丁香結。憔悴一天涯，兩厭厭風月。
○○　○○●●○○▲　⊙●●○○　●○○○▲

唐樂府名。《羯鼓録》屬太簇角，《宋史·樂志》越調大曲名。
《樂苑》云：商調曲，又有《舞石州》。《嬌紅傳》作《石州引》。此
調創自秦伯堅，又名《柳色黃》，大曲也。愚按：太簇角，即俗名
中管高大石角。

　　《唐書·地理志》云：石州昌化郡，本離石郡，天寶元年更
名。《輿地廣記》云：後周改爲石州郡。

　　此調自是賀製。蔡是南宋初人，在後，舊説訛誤。因第四句
故名《柳色黃》，蔡松年詞名《石州慢》，謝懋詞名《石州引》②。

　　《能改齋漫録》云：方回眷一姝，別久，姝寄詩云：“獨倚危闌
淚滿襟，小園春色懶追尋。深恩縱似丁香結，難展芭蕉一寸心。”
賀因所寄詩語，賦成此詞。

　　《碧鷄漫志》云：賀方回《石州慢》，予舊見其稿。“風色收
寒，雲影弄晴”改作“薄雨收寒，斜照弄晴”。又“冰垂玉筯，向午
滴瀝簷楹，泥融消盡墻陰雪”，改作“烟横水際，映帶幾點歸鴻，東
風消盡龍沙雪”。

“弄”、“意”二字必去聲，各家同。兩結兩五字句，上是上二下三，下是上一下四字句法。均勿誤認。《詞律》及各本與《樂府雅詞》字句大異，今從《雅詞》訂正。各家俱用入聲韵。《圖譜》收謝懋《石州引》一首，遺落二字，并無此體。

【校記】

[一]“弄”字及後句“意”字用●符標識，意謂必用去聲。

【蔡案】

① 本詞爲標準添頭式結構，除過片多二字作添頭外，其餘字句依律應悉同，但惟本句校之前段“長亭柳色纔黃”句少二字，定是脱落。而今存本調以本詞最先，後人所填或均依此，則可知“此調自是賀製”之説不可信，本詞與“石州”毫無關係，已是破綻，創調詞也不可能會於本句闕二字。

② 本調應該以《石州慢》爲標準調名，本詞之篇章結構，符合慢詞律理，而絕非引詞規模，王灼小賀鑄三十歲，其《碧雞漫志》亦稱之爲《石州慢》，可見“引”字應是後人誤植調名。今人填此，不宜用。

石州慢 百二字　　　　　　　　　　　　　　　　　　張元幹

寒水依痕，春意漸回，沙際烟闊。溪梅晴照生香，冷蕊數枝爭發。天涯舊恨，試看幾許消魂，長亭門外山重叠。不盡眼中青，是愁來時節。　　情切。畫樓深閉，想見東風，暗消肌雪。辜負枕前雲雨，尊前風月。心期切處，更有多少凄凉，殷勤留與歸時説。到得再相逢，恰經年離別。

前段第四、五、六句各四字，此破句法也。後段五、六句上六下四字，可不拘。

又一體 百二字 　　　　　　　　　　　　蔡松年

高麗使還日作

雲海蓬萊，風霧鬖鬖，不假梳掠。仙衣捲盡雲霓[一]，方見宮
腰纖弱。心期得處，世間言語非真，海犀一點通寥廓。無物
比情濃，覓無情相博。　　離索。曉來一枕餘香，酒病賴花
醫却。灔灔金尊，收拾新愁重酌。片帆雲影，載將無際關
山，夢魂應被楊花覺。梅子雨絲絲，滿江干樓閣。

　　換頭第二、三句皆六字，亦破句也。與賀作異，平仄亦不同。

【校記】

　　[一] 原注“仙”字、第九句“無”字、後段第五句“雲”字可仄，“捲”
字、後段第五句“片”字、第六句“載”字可平。

又一體 百二字 　　　　　　　　　　　　張　炎

書所見寄子野公明

野色驚秋，隨意散愁，踏碎黃葉。誰家籬下，閒心似語，試妝
嬌怯。行行步影，未教背寫，腰肢一搦。猶立門前雪。依約
鏡中春，又無端輕別。　　癡絕。漢皋何處，解珮何人，底
須情切。空引東鄰，遺恨丁香空結。十年舊夢，尚餘恍惚雲
窗，可憐不是舊時蝶。深夜醉醒來，好一庭風月。

前段第六、七、八、九句，三四字、一五字，與賀、吳二作異。後段同賀作。

又一體 九十四字　　　　　　　　　　　　張　雨

和黃一峰秋興

落日空城禾黍，夜深砧杵纔歇。怪他夢薛絺衣[一]，風露潤滋涼浹。清愁多少，衹消目送飛鴻，五弦已是心悲咽。把酒問青天，又中秋時節。　　聞說。謫仙去後，何人敢擬，酒豪詩傑。草草山窗，還我舊時明月。書帷冷落[二]，閒文閒字偏情熱。孤負楮先生，有一庭紅葉。

前起兩六字句，與各家異。"冷落"下少一句六字，或是誤筆，抑是遺脫。"怨"字不宜用去①，當是"愁"字之訛。

【校記】

[一]彊村叢書本《貞居詞》，本句作"怪他羅薛絺衣"，第三字平聲。

[二]本句之後彊村叢書本有六奪字符，應據補。

【蔡案】

① 詞中無"怨"字，疑即指前段第五句，或秦巘已予改易。

望湘人 百七字　　　　　　　　　　　　賀　鑄

春　思

厭鶯聲到枕，花氣動簾[一]，醉魂愁夢相半。被惜餘薰，帶驚剩眼，幾許傷春春晚。淚竹痕鮮，佩蘭香老，湘天濃暖①。記小江、風月佳時，屢約非烟游伴。　　　　須信鸞弦易斷。奈雲和再鼓，曲終人遠。認羅襪無踪②，舊處弄波清淺。青翰棹艤[二]，白蘋洲畔③，儘目臨皋飛觀。不解寄、一字相思，幸有歸來雙燕。

> 此調他無作者，以詞語爲名，平仄無可改易。"動"、"夢"、"易"三字必去聲，勿誤。"皋"字，《詞律》作"高"，一本缺"淺"字，皆誤。"目"字作"日"。

【校記】

[一]"動"字及後句"夢"字、後起"易"字用●符標識，意謂必用去聲。按，本調僅此一首，不知秦巘如何得知"必去聲"。此類標記，看似嚴謹，實則爲歪曲。

[二] 原注"翰"字平聲。

【蔡案】

① 本調前後段不齊，此類詞調極少，以律理推之，前段應奪二字，原詞必是"□□湘天濃暖"，須補二仄聲字，這樣便可與後段"儘目臨皋飛觀"合。亦即，本詞第二均起，直至結拍，前後段對應齊整，方是原貌。雖本詞僅此一首，無別首可校，但依據律理可知衍奪。

② 同上理由，後段"認"字前也尚闕三字，第二均應是"□□□認，羅襪無踪，舊處弄波清淺"，如此，與前段第二均"被惜餘薰，帶驚剩眼，幾許傷春春晚"正合。

③ 此二句結構特殊，爲上三下一結構，韵律如此，勿誤。

薄　倖 百八字　　　　　　　　　　　　　賀　鑄

憶　故　人

淡妝多態[一]。更滴滴、頻回盼睞[二]。便認得、琴心先許，欲
綰合歡雙帶[三]。記畫堂、風月逢迎，輕顰淺笑都無奈。待翡
翠屏開，芙蓉帳掩，羞把香羅偷解。　　自過了、燒燈夜[四]，
都不見、踏青挑菜。幾回憑雙燕，叮嚀深意，往來翻恨重簾
礙。知何時再。正春濃酒暖，人間晝永無聊賴。懨懨睡起，
猶有花梢日在。

　　《九宮大成》入南詞南呂宮引。

　　"盼"、"日"二字，各家俱仄聲。上"滴"字、"合"字、"踏"字，
各家俱平聲。"幾回憑雙燕"句，平仄各家不同。呂渭老作"如今
但暮雨"，韓元吉作"任雞鳴起舞"，沈端節作"閒愁消萬縷"。祇
毛开作與此同①。"正春濃"下十二字，呂、沈兩作一三、一四、一
五字。句法不同，平仄無殊，皆可不拘。前結《詞綜》作"向睡鴨
爐邊，翔鴛屏裏"。後起缺"夜"字，《詞律》作"後"字。"都"字，
《詞潔》作"嬌"，"偷"字作"暗"，"翻"字作"却"，"知"字作"約"，
"暖"字作"困"。"滴滴"二字，葉《譜》作"的的"，"欲綰"二字作
"與綰"。

【校記】

　　[一]"淡"字及第三句"認"字、第四句"欲"字、第八句"帳"字、後
起句"自"字、第三句"幾"字、第七句"酒"字、第八句"晝"字原注可平。

　　[二]"滴"字及第四句"合"字、後段第二句"踏"字原注作平。此
三字用〇符標識，意謂必用平聲。又，"盼"字及後結"日"字，用◐符

標識，意謂必用仄聲。

〔三〕"雙"字、第八句"芙"字、結句"羞"字和"偷"字、後段第二句
"都"字、第三句"憑雙"二字、第六句"知"字、後結句"猶"字原注可仄。

〔四〕"過"字原注去聲。

【蔡案】

① 一個句子，各家平仄不同，當考慮唐宋詞句式本與平仄無關，
平起可，仄起也可，平收可，仄收也可，衹要是用律句便合乎韵律。惜
清儒遇到此類問題，却衹是從"又一體"角度考慮。一歎。

小梅花 百十四字　一名《梅花引》　　　　　　　　　賀　鑄

縛虎手[一]。懸河口。車如鷄棲馬如狗。白綸巾。撲黃塵。
不知我輩，可是蓬蒿人。衰蘭送客咸陽道。天若有情天亦
老。作雷顛。不論錢。誰問旗亭，美酒斗十千。　　　斟大
斗。更爲壽。青鬢常青古無有。笑嫣然。舞翩翩。當壚秦
女，十五語如弦。遺音能記秋風曲。事去千年恨猶促。攬
流光。繫扶桑。爭奈愁來，一日却爲長。

> 唐大角曲，有《大梅花》《小梅花》等曲。《中原音韵》注越調，
> 本笛曲也。《九宫大成》入北詞越角隻曲，又入南詞高大石調引。
> 　《詞名續解》云：此梅花水調也。太白有"羌笛梅花引"句。
> 此調凡八換韵，平仄互用，前無作者。万俟雅言、高憲皆分此調
> 之半。《詞律》云：合前調之兩段爲一，復加一叠。又注云：一名
> 《貧也樂》。愚按：賀、向皆在北宋，高憲、王特起，金人，當南宋
> 之初，如何數十年前預加一叠乎？明係先有此調，賀名《小梅

花》,向名《梅花引》,而後減一叠,改名《貧也樂》也。不考時代,顛倒次序,語殊無據。信乎！讀書者不可以不論其世也[一]。"可"字,一本作"不","斠"字作"酌","更"字作"起","翩翩"二字作"翩然",或作"翩翩"。"常青古無有"五字作"泰古有無有",誤。

【校記】

[一]"縛"、"虎"二字原注可平。

【蔡案】

① 秦巘之思想僵化,一至於此。詞由單段而雙段,由小令而慢詞,是一個基本規則,此類實例頗多,而由雙段而單段,由慢詞而小令,則未見一例。秦巘所言,無非以現存之作論演變,却不知考慮在賀鑄之前也有小令,衹是今已不傳而已。如果賀鑄詞是創調詞,何以和"小梅花"或"梅花引"並無任何關係?

梅花引 百十四字 向子諲

花如頰。梅如葉。小時笑弄階前月。最盈盈。最惺惺。閒愁未識,無計説深情。一年空省春風面。花落花開不相見。要相逢。得相逢。須信靈犀,中自有心通。 同杯杓。同斠酌。千愁一醉都忘却。花陰邊。柳陰邊。幾回擬待,偷憐不成憐。傷春玉瘦慵梳掠。抛擲琵琶閒處着。莫猜疑。莫嫌遲。鴛鴦翡翠,終日一雙飛。

《古今詞話》云:向子諲有《梅花引》①,戲代李師周作。即所傳"花如頰,眉如葉"是也。

此體汲古分兩闋,與賀作句法同,平仄略異。

《詞律》所論或從向,或從賀,未免騎墻之見。余謂古人製詞,必協音律。作者從其一體,切勿參雜。故備録,不注可平可仄。

【蔡案】

① 本詞爲典型慢詞,故"引"字非令引近慢之"引",《梅花引》即《梅花三弄》之別名,古曲。李白《清溪半夜聞笛》詩:"羌笛《梅花引》,吳溪隴水情。"

又一體 百十四字　　　　　　　　　　缺　名

園林静。簫索景。寒梅漏洩東君信,探春回探春回①。四時却被,伊家苦相催。江村畔。開爛熳。看看又近年光晚。綻芬芳。噴清香。壽陽宮裏,愛學靚梳妝。　　　夭桃紅杏,誇顔色。争似情懷雪中折。冒嚴寒。冒嚴寒。游蜂戲蝶,莫作等閒看。故人別後花何處。春色嶺頭逢驛使。贈新詩。折高枝。樓上一聲,羌管不須吹。

見《梅苑》。前段後半與後段前半,句法互換②,此變體也。"使"字是借叶。又劉均國一首,後段結處少一三字句。是遺脱,故不録。

【蔡案】

① 按照本詞韵律,六字應是兩三字叠,第三字後應讀斷,且叶韵。

② 秦蠍謂此爲兩段互換,實即一句减字、一句添字而已。

又一體 五十七字　　　　　　　　　　　　万俟詠

曉風酸。曉霜乾。一雁南飛人度關。客衣單。客衣單。千里斷魂[一]，空歌行路難[二]。　　　寒梅驚破前村雪。寒鴉啼落西樓月。酒腸寬。酒腸寬。家在日邊[三]，不堪頻倚闌。

　　《歷代詩餘》云：本笛曲也，亦名《小梅花》。

　　此用賀之一段，分爲兩叠也①。起三句用平韵，與賀、向兩作異。"客衣單"、"酒腸寬"，各叠一句②。"斷"字、"日"字（作去）去聲，"行"字、"頻"字，平聲，宜從。或謂"魂"字、"邊"字亦是叶，可通。

【校記】

　　[一]"斷"字及後段第四句"日"字，用●符標識，意謂必用去聲。

　　[二]"行"字及後段結句"頻"字，用○符標識，意謂必用平聲。

　　[三]原注"日"字作去。

【蔡案】

　　① 秦巘以爲本調乃截慢詞一半而成，這樣的創調法，或僅此一例，因此此説殊爲可疑。慢、令今日所見固有先後，但是並不證明賀鑄之前便定無此體小令，畢竟複叠小令爲慢詞，乃常見手法。

　　② 凡詞中之叠韵、叠句，本爲修辭，屬於作法範疇，而並非屬於律法範疇，因此都是可叠可不叠，例詞如此，填詞不必如此。

貧也樂 五十七字　　　　　　　　　　　　高　憲

六國擾。三秦掃。初謂商山遺四老。馳單車。致緘書。裂荷焚芰，接武曳長裾。　　　高陽真得杯中趣。身到醉鄉安穩處。生忘形。死忘名。二豪侍側，劉伶初未醒。

　　高別首有“須信在家貧也樂”句，故名。

　　《詞統》云：王庭筠，字子端。讀書黃華山寺，好賦《梅花引》，後改名《貧也樂》。

　　此亦用賀作之半調①，但起韵用仄，凡四換韵，與万俟詠作不同。王特起一首與此同，祇前三句、七句平仄異，與向作後段同。

【蔡案】

　　① 此乃殘詞，本爲賀鑄《小梅花·城下路》之後半，無謂。

上林春令 五十三字　　　　　　　　　　毛　滂

十一月三十日見雪

蝴蝶初翻簾繡方玉女、齊回舞袖[一]。落花飛絮濛濛，長憶着、灞橋別後。　　　　濃香斗帳自永漏①。任滿地、月深雲厚。夜寒不近流蘇，祇憐他、後庭梅瘦。

　　《宋史·樂志》：宋太宗製，中呂宮。周密《天基聖節》：排當樂次，奏《上林春引子》。揚无咎詞無“令”字②。

　　《詞律》所錄揚无咎詞，脫落二句又一字。並非有此體。“方”字，汲古作“萬”。

【校記】

　　[一] 應於“繡”字讀斷。原注“方”字和“齊”字、後句“飛”字、後起“濃”字、結句“他”字可仄。“舞”字及後句“落”字、後起“自”字、次句“滿”字和“月”字、第三句“夜”字、後結“祇”字可平。

【蔡案】

　　① “永”字，以上作平。

　　② 所有令詞，均可在調名中用“令”字，故也可不用；同理，所有慢詞，均可在調名中用“慢”字，也可不用。此與“別名”無關。

散餘霞　四十五字　　　　　　　　　　　　　　　毛　滂

墻頭花蕊寒猶嚲。放繡簾晝静。簾外時有蜂兒①，趁楊花不定。　　　闌干又還獨憑。念翠低眉暈。春夢枉斷人腸，更懨懨酒病。

　　　《詞名續解》云：一名《餘霞》，無據，當遺一字。

　　　四五字句，皆是一領四字句，勿誤。“蕊”字，汲古缺，今據《歷代詩餘》補。“斷”字作“惱”，亦誤。

【蔡案】

　　① 本詞三處六字句，皆用律拗句法，第五字不可換用平仄填。

遍地花　五十六字　“花”一作“錦”　　　　　　　　毛　滂

孫守席上詠牡丹

白玉闌邊自凝佇。滿枝頭、彩雲雕霧。甚芳菲繡得成團，砌合出、韶華好處。　　　暖風前、一笑盈盈，吐檀心、向誰分付。莫與他、西子精神①，不枉了、東君雨露。

　　　《花草粹編》注小石調，《九宮大成》入北詞小石角隻曲。

　　　許《譜》入小石調，名《遍地錦》。吳任臣云：於古樂府爲林鐘商調。

　　汲古於"彩"字上多"新"字,《詞律》因之,衍誤。"暖風"下,一本缺"前"字,於"吐"字句,注叶,亦誤。

【蔡案】

　　① "莫"句對應前段"甚"句,而"甚"句原譜未讀斷,作一字領六字讀,故後段亦宜用一領六句法,否則後段四句連用上三下四句法,未免呆滯。

粉蝶兒　七十二字

雪遍梅花[一],素光都共奇絶[二]。到窗前、認君時節。下重幃香篆冷蘭膏明滅[三]。夢悠揚,空繞斷雲殘月。　　　沈郎帶寬,同心放開重結。褪羅衣、楚腰一捏[四]。正春風、新著模,花花葉葉。粉蝶兒,這回共花同活。

　　金詞注中呂調,《太和正音譜》注中呂宮,《九宮大成》入南詞中呂宮引,又入北詞中呂調隻曲。此以後結句立名,與《粉蝶兒慢》不同。

　　辛棄疾一首,換頭二句平仄微異①。

【校記】

　　[一]"雪"字及後句"素"字,原注可平。

　　[二]"都"字及第五句"蘭"字和"明"字、後段第五句"花"字,原注可仄。

　　[三]"冷"字後應讀斷,秦巘誤漏。

　　[四]"一"字及第五句"葉"字,原注作平。

【蔡案】

①　本調之變化，僅在前後段四五兩句，或各爲五字一句，或讀破後作兩三字一四字，此固作者之意，然有時亦是後人讀法不同，如本譜"下重幃香篆，冷蘭膏明滅"，《全宋詞》唐先生則讀爲"下重幃，香篆冷，蘭膏明滅"，可見所謂"又一體"者，往往祇是理解差異而已，並非格律有差異。而作者，除創調者外，本亦讀者，故余謂，此類變化之體式並無改易，俱爲一體也。

又一體 七十二字　　　　　　　　　　　　　　　　曹　冠

繞舍清陰，還是暮春天氣。遍蒼苔、亂紅堆砌。問春留不住，春怎知人意。最關情、雲杪杜鵑聲碎。　　休愁春歸，四時有花堪醉。漸紅蓮、艷妝依水。次芙蓉岩桂，與菊英梅蕊。稱開尊、日日殢香偎翠。

　　前後第四、五句各五字，與前異。

又一體 七十一字　　　　　　　　　　　　　　　　蔣　捷

啼鴂聲中，春光釀成春夢。問東風、仗誰持送。燕憐晴、鶯愛暖，一窗芳蕪。奈匆匆，催他柳綿狂縱。　　輕羅小扇，桐花又飛幺鳳。記寒吟、沁梅霜凍。古今人易老①，莫閒雙鞬。尚堪游，荼蘼粉雲香洞。

　　"古今"句五字，比毛作少一字。《詞律》謂落一字，非，有七十一字體。曹詞亦作五字，臆斷未確。"釀"字，汲古作"化"，"風"字作"君"，"持"字作"時"，"蕪"字作"哄"。

【蔡案】

①"古今"下應兩句十字,少一字,應據《彊村叢書》本《竹山詞》添一奪字符,作"古今□,人易老,莫閒雙鬖",讀法與毛詞同。萬樹所斷,最爲到位。

最高樓 八十二字　　　　　　　　　　　　毛滂

散　　後

微雨過,深院芰荷中。香冉冉,繡重重。玉人共倚闌干角,
○◎●　○●○△　●○●　●○△　◎○○○○●

月華猶在小池東。入人懷,吹鬢影,可憐風。　　分散去、
◎○○●○△　○○●　○○●　●○△　　　○●●

輕如雲與雪。賸下了、許多風與月①。侵枕簟,冷簾櫳。剛
⊙○○●▲　●●○▲　○●●　●○△　⊙

老小睡還驚覺[一],略成輕醉早惺忪。仗行雲,將此恨,到
○◎●●○●　◎○⊙●●○△　●○○　○●●　●

眉峰。
○△

《九宮大成》入北詞中呂調隻曲。一名《醉高歌》,梁元帝有《醉高歌曲》。

此調不知何人創始,與姚燧《醉高歌》不同。《詞譜》以柳富《醉高春》爲一調。愚按:前後兩起不同,似非別名。仍分列。

換頭用仄韵,自爲叶,各家同。"雪"字,汲古誤作"夢",《詞律》遂謂另有此格,大謬。

【校記】

[一]"老"字,《東堂詞》《花草粹編》卷十六等各本均作"能",合乎韵律,應是筆誤。

【蔡案】

　　① 本調前後段各三均,後段第一均兩八字句,自用一仄韵,可如本詞上三下五讀,可與後一詞讀爲一字逗領起七字句法,但須一氣貫之。若作三五式讀,兩三字逗往往用排比法,或竟以同詞用,以增詞趣。

又一體 八十二字　　　　　　　　　　　　　毛　滂

春　恨

新睡起,熏過繡羅衣。梳洗了,百般宜。東風淡蕩垂楊院,一春心事有誰知。苦留人,嬌不盡,曲眉低。　　謾良夜月圓空好意,恐落花流水終寄恨[①],悲歡往往相隨[②]。鳳臺凝望雙雙羽,高唐愁著夢回時。又爭如,遵大路,合逢伊。

　　　　後起二句不換仄韵叶,第三句不作兩三字句。

【蔡案】

　　① 本調換頭例換仄韵,兩句自叶,本詞第二句"寄"字,應是倒誤,當爲原詞之韵脚。故本詞即前一詞體。

　　② 本句句法微異,宋詞中僅此一首不作折腰句法,疑誤。

又一體 八十三字　　　　　　　　　　　　　程　垓

舊時心事[①],説着兩眉羞。長記得,憑肩游。緗裙羅襪桃花岸,薄衫輕扇杏花樓。幾番行,幾番醉,幾番留。　　也誰料、春風吹已斷。又誰料、朝雲飛亦散。天易老,恨難酬。蜂兒不解知人苦，燕兒不解説人愁。舊情懷，銷不盡，幾時休。

> 起句四字，比毛作多一字。汲古缺"時"字，又缺"長"字。今從《歷代詩餘》本。

【蔡案】

① 首句添一字，宋詞中有部分如此填，雙起式句法，較之單起式語氣更和緩。

又一體 八十一字　　　　　　　　　　　　辛棄疾

客有敗棋者代賦梅

花知否，花一似何郎。又似沈東陽①。瘦棱棱地天然白，冷清清地許多香。笑東君，還又向，北枝忙。　　　著一陣、霎時間底雪。更一個、缺些兒底月。山下路，水邊墻。風流怕有人知處，影兒守定竹旁厢。且饒他，桃李趁，少年場。

> 前段第三句五字，與毛、程兩作異。

【蔡案】

① 本句減一字，作五字一句，宋詞中大量作品如此填，爲主流填法。

又一體 八十四字　　　　　　　　　　　　司馬昂父

九　　日

登高懶，且平地、過重陽。風雨又何妨。問牛山悲淚又何苦①，龍山佳會又何狂。笑淵明，便歸去，又何忙。　　　也休説玉堂金馬樂。也休説竹籬茅舍惡。花與酒、一般香。西風莫放秋容老，時時留待客徜徉。便百年，渾是醉，幾千場。

前段次句六字，三句五字，四句多一"問"字，與各家異。"便歸去"三字，一作"歸去來"。

【蔡案】

① 此同前一詞體，惟前段第四拍添一領字異。此類微調，其實隨手之筆。

又一體 八十二字　　　　　　　　　　缺　名

梅花好，千萬君須愛。比杏兼桃猶百倍①。分明學得嫦娥□不施朱粉天然態②。蟾宮裏，銀河畔，風霜耐。　　　嶺上故人千里外。寄去一枝君要會。表江南倍相思瞥。清香素艷應難對，滿頭宜向尊前戴。歲寒心，春消息，年年在③。

此用仄韵，見《梅苑》。

前後段第三句各七字，換頭兩句皆七字。不換韵，與毛作異。

【蔡案】

① 第三拍添一字。此類添字皆爲即興之筆，與詞調之律並無關係，注及即可，不必擬入詞譜，以之爲範則更謬。

② 奪字符後應予讀斷。四庫本《梅苑》卷二，前一句作"分明學得嫦娥樣"，故脱字符應是"樣"字。《欽定詞譜》卷十九亦同，《詞譜》爲秦巘寫作本書的重要參考書，而未作補字或備注，頗爲費解。

③ 後段原譜未作句讀。

八節長歡　九十八字　　　　　　　　　　毛　滂

送孫守公素

名滿人間[一]。記黃金殿，舊賜清閒。才高鸚鵡賦[二]，風凛惠文冠。波濤何處試鮫鰐，到白頭、猶守溪山。且做龔黃樣度，留與人看。　　　桃溪柳曲陰圓。離唱斷，旌旗却捲春還。襦褲寄餘溫，雙石畔、惟聞吏膽長寒。詩翁去①，誰細繞、屈曲闌干。從今後、南來幽夢，應隨月度雲端。

　　　此調無他作者，自是創製②。《詞律》云："溫"字宜叶，此借韵耳。愚按：毛又一首用真、文韵，此處用"妍"字，不叶韵，可知非叶。此不以他作爲證之過也。"鰐"字別作用平，此以入作平也。"應"字，《詞律》作"夜"，"端"字，汲古作"湍"。據《詞譜》改正。

【校記】

　　[一]"名"字及後句"黃"字、第四句"鸚"字、第七句"猶"字、第八句"龔"字、第九句"留"字、後段第四句"惟"字、第五句"翁"字和第六句"誰"字，原注可仄。

　　[二]"鵡"字及第六句"鰐"字、第七句"白"字、後段第四句"石"字、第六句"繞"字，原注可平。

【蔡案】

　　① 本調前後段中間二均極爲參差，這種韵律詞中罕見。前段"風凛惠文冠。波濤何處試鮫鰐"十二字，與後段"雙石畔、惟聞吏膽長寒。詩翁去"十二字除外，前後兩句都十分整齊，這類情況基本就是因爲文句有衍奪。但毛詞二首字句如一，或是後人爲"統一"起見，

均已做過調整。

② 無他作者，便是創製，這種邏輯極爲怪異。無理。

入　塞 五十二字　　　　　　　　　　　　　　　　　程　垓

好思量。正秋風，半夜長[一]。奈銀缸一點，耿耿背西窗①。衾又凉。枕又凉。　　露華、凄凄月半牀[二]。照得人、真個斷腸。窗前誰浸木樨黄。花也香。夢也香。

> 琴曲名有《入塞》《出塞》，皆作黄鐘商。又横吹曲名。
>
> “夜”字、“半牀”之“半”字、“斷”字，必去聲。兩結叠韵，換頭句用四平聲，不可移易②。或謂“缸”字是叶韵，非。

【校記】

[一]“夜”字、後起“半”字、次句“斷”字，用●符標識，意謂必用去聲。

[二]“露華凄凄”四字用○○○○符標識，意謂必用平聲。

【蔡案】

① “點”字以上作平。這兩句十字應有四字脱落，其原型應該是“奈○○、●●銀缸。一點耿耿背西窗”，或是“奈銀缸、●●○○。一點耿耿背西窗”，或是“奈銀缸、一點○○。○○耿耿背西窗”。之所以認爲有奪字，是因爲按現在所見，前段無法分均。後段第一均之均脚爲“腸”字，而前段所對應的均脚闕如，顯然是奪字。

② 過片兩頓連平，並不合乎韵律，當是二字逗之典型特徵。秦蠍所謂四字須平，“不可移易”云云，毫無韵律依據，衹是無法解釋下的强辭而已。

芭蕉雨 六十五字　　　　　　　　　　　　　　　　　　程　垓

雨過涼生藕葉①。晚庭消盡暑，渾無熱。枕簟不勝香滑。爭奈寶帳情生，金尊意愜②。　　玉人何處夢蝶③。思一見冰雪。須寫個帖兒、叮嚀説。試問道、肯來麽。今夜小院無人，重樓有月。

　　　此調無他作者，想取本意爲名。葉《譜》爲蔣捷作，《竹山詞》不載，今從《詞律》。虞集一首與此不同，故另列。明人晏璧一首亦不同。

【蔡案】

　　① 本調僅此一首，無詞可校。但捫其後段韵律，"須寫個帖兒、叮嚀説。試問道、肯來麽"應該是完整一均，然則本調當爲近詞，前後段應各有三均。按此考察前段，則可見首均奪一拍，其原形應是："雨過涼生藕葉。□□□□□。"第二均"晚庭消盡暑，渾無熱。枕簟不勝香滑"，據其詞意，也是一個完整的均單位，與後段正合。

　　② "爭奈"二字、"今夜"二字，皆爲二字逗，其所領者非僅後四字，而是後四字兩句，此亦前一詞所謂"兩頓連平或連仄，當是二字逗典型特徵"之一例。

　　③ 過片"夢"字，依律應平而仄，填誤。

酷相思 六十六字　　　　　　　　　　　　　　　　　　程　垓

惜　　別

月挂霜林寒欲墜。正門外、催人起。奈離別如今真個是。

欲往也、留無計。欲去也、來無計。　　馬上離情衣上淚。各自個空憔悴①。問江路梅花開也未。春到也、須頻寄。人到也、須頻寄。

《詞苑叢談》云：正伯與錦江某妓眷戀甚篤，別時作《酷相思》云云。《詞品》云：程正伯，東坡中表之戚。其《酷相思》《四代好》《折紅英》俱佳，故咸以詞名。獨尤尚書以爲，正伯之文過於詞。

前後兩第三句是一領七字句，兩結疊句叶韵，與《入塞》體同，俱勿誤。"空"字，汲古作"供"。

【蔡案】

① 本句就詞意及韵律而言，均應讀斷，作三三式折腰句。

瑤階草 八十字　　　　　　　　　　　　程　垓

空山子規叫，月破黃昏冷。簾幕風輕，綠暗紅又盡①。自從別後，粉消香減，一春成病。那堪晝閒日永②。　　恨難整。起來無語，綠萍破處池光淨。悶裡殘妝③，照花獨自憐瘦影。睡來又怕，飲來越醉[一]，醒來却悶。看誰似我孤另。

此調鮮他作者。《詞律》謂"日"字入作平，是。"越"字、"却"字亦作平，失注。又云："我"字可平可仄，"減"字，汲古作"膩"，誤。

【校記】

[一] 原注"越"字及後一句"却"字作平。

【蔡案】

　　① 本句對應後段"照花獨自憐瘦影"句,梳理兩句韵律,可見均有訛誤。首先前段應有奪字,原句當是"綠暗紅□□又盡",爲仄起式七字句,由此可以判斷後段應該也是仄起式律句,所見應是"獨自照花憐瘦影"的倒誤。

　　② 本句爲律拗句法,第五字不可作平,除非第二字或第四字爲仄,萬樹謂本句"日"字以入作平,是不知律拗句法。

　　③ "裡"字,《書舟詞》及《詞律》等均作"理"字。是,應據改。

雪獅兒 八十九字 一名《獅兒詞》　　　　　　　　　　程　垓

斷雲低晚,輕烟帶暝①,風驚羅幕。數點梅花,香倚雪窗摇落紅爐對譃②。正酒面、瓊酥初削。雲屏暖,不知門外,月寒風惡。　　　迤邐慵雲半掠。笑盈盈、間弄寶箏弦索。暖極生春,已向橫波先覺。花嬌柳弱。漸倚醉要人扶著[一]③。低告托。早把被香薰却。

　　《九宫大成》入南詞南吕宫正曲。一名《鵲踏枝》,與《蝶戀花》之別名不同。

　　張雨詞名《獅兒詞》。

　　此調前無作者。"要"字平聲。"扶"字,汲古作"摟"。

【校記】

　　[一] "要"字原注平聲,並用○符標識,意謂必用平聲。

【蔡案】

　　① 原詞有殘缺,第一句後脱落一三字逗。本調祇有仇遠、張雨

及本詞三首,校之仇詞、張詞,前段第二句原句疑爲"■□輕、烟帶暝□",然則"烟帶暝□"與下四字"風驚羅幕"相儷,方合律理。

② 此十字應在"落"字讀斷,否則失一韵。

③ 本句應讀爲上三下四折腰句式,與前段"正酒面、瓊酥初削"相合。

又一體 九十二字 張 雨

賦梅。次仇山村韵。

含香弄粉,便勾引、游騎尋芳,城南城北。別有西村,斷港冰澌微綠。孤山路熟。伴老鶴、晚先尋宿。怕凍損,三花兩蕊,寒泉幽谷。　　幾番花影濯足①。記歸來醉卧,雪深平屋。春夢無憑,鬢底鬧蛾争撲。不如圖幅。相對展、官奴風竹。燒黄獨。自聽瓶笙調曲。

比前作多"便勾引"三字②,餘同。"幅"字,各本作"畫",《詞律》謂宜叶,今據《詞譜》改。"奴"字一作"梅","燒"字一作"挑","獨"字一作"燭",皆誤。

【蔡案】

① 過片爲仄起仄收式律句,同前一詞,故"番"字取其仄讀音,猶杜甫之"會須上番看成竹,客至從嗔不出迎"。而"影"字即程垓詞中的"雲"字,依律須平,故應據《彊村叢書》本《貞居詞》改爲"陰"字。又,"濯"字以入作平。

② 張雨本詞,爲本調正格。蓋張詞爲步仇遠韵而作。仇詞前段首均,《全宋詞》讀作:"武林春早,乘興試問,孤山枝南枝北。"校之張

詞,顯係三字逗奪一字,正讀應爲"■乘興、試問孤山,枝南枝北",根據這樣的韵律可知,前七字句中的後四字,應當以仄仄平平爲正格,故前一詞斷程詞應該是"■□輕、烟帶暝□"。

惜黄花　七十二字　　　　　　　　　　　許冲元

雁聲曉斷。寒霄雲捲。正一枝開,風前看,月下見。花占千花上,香笑千香淺。化工與、最争先裁剪①。　　誰把瑶林,閒抛江岸。恁素英濃,芳心細,意何限。不恨宫妝色,不怨吹羌管。恨天遠。恨春來晚。

> 金詞注仙吕調,《九宫大成》入北詞仙吕調隻曲。
>
> 見《梅苑》。與《惜黄花慢》無涉,故另列。《蘇文忠公集》有次韵許冲元詩,是與蘇同時人,爵里俟考。前結句比後結多一字。"最"字疑衍。

【蔡案】

　　① 本調是一齊頭式詞調,前後段字句,對應極工,故前段結拍各家均爲四字一句,與後段同。原作前結爲"最争先裁剪",較諸家多一字,《梅苑》本如此,顯從其引來。但《花草粹編》卷十四所用正是四字,無"争"字,意一,《欽定詞譜》亦用四字,"争"字或是衍誤。應據删。

又一體　七十字　　　　　　　　　　　史達祖

九月七日定興道中

涵秋寒渚。染霜丹樹。尚依稀,是來時,夢中行路。時節正思家,遠道仍懷古。更對着、滿城風雨。　　黃花無數。碧雲欲暮。美人兮,美人兮,未知何處。獨自捲簾櫳,誰爲開尊俎[一]。恨不得、御風歸去。

> 《詞律》云:"稀"、"時"二字自相爲叶,兩"兮"字亦叶。恐未確。"數"字,葉《譜》作"語"。"捲"字一作"倚"。"爲"去聲。

【校記】

　　[一]原注"爲"字去聲。

夢玉人引 八十四字　　　　　　　　　　沈會宗

追舊游處[一]①,思前事,儼如昔。過盡鶯花,橫雨暴風初息。杏子枝頭,又自然、別是般天色[二]②。好傍垂楊,繫畫船橋側。　　小歡幽會,一霎時、光景也堪惜③。對酒當歌,故人情分難覓。山遠水長,不成空相憶④。這歸去重來,又却是、幾時來得。

> 調見《樂府雅詞》。前無作者,各家多用入聲韵。《詞律》未收仄韵體,遺漏太多,未易闔數。

> "舊游"二字相連,各家同。惟朱敦儒用"浪萍風梗",不可從。前結句是一領四字句,勿誤。

【校記】

　　[一]原注"舊"字、第三句"過"字、第四句"橫雨暴"三字、第五句"杏"字、第六句"別"字、第七句"好"字、後段第二句"一霎"二字、第四句"分"字、第五句"水"字、第七句"去"字、第八句"幾"字可平。

　　[二]原注"般"字、後段第二句"時"字、"光"字、第四句"情"字、第五句"山"字、第六句"成"字、第八句"又"字可仄。

【蔡案】

　　① 本調起拍，例以一仄聲字領三字起，原作平字領，於律大不相合，是倒誤，應據《樂府雅詞》改爲"舊追游處"。

　　② 本句范成大兩首、陳三聘兩首皆爲上三下六句法，故疑本詞原文亦是"又自然、別是一般天色"，"是般天色"幾不成語。

　　③ "一霎時"八字，原句未讀斷，本句應讀爲上三下五句式。

　　④ 本句現存諸詞例作大拗句，但該大拗句式甚無來由，缺乏韵律基礎。從全詞考察，本句對應前段"別是一般天色"，故極疑本大拗句蓋因奪字而形成。深入探討該均韵律，在第二均韵律和諧的基礎上，更可知後段實脱四字，其原詞根據詞意及韵律分析，必是"不成□、□□□空相憶"，這纔符合一般的韵律態勢，其後諸詞均如此。

又一體 八十四字 　　　　　　　　　　李　甲

漸東風暖，隴梅殘，霽雲碧。嫩草柔條，又回江城春色。乍促銀簽，便篆香、紋蠟有餘跡。愁夢相兼，儘日高無力。　　這些離恨，依然是、酒醒又如織。料伊情懷[一]，也應向人端的[二]。何故近日[三]，全然無消息。問伊看、伊教人到此，如何休得。

　　　亦見《雅詞》。李與沈同時，不知何人創製。
　　　後結一三、一五、一四字，與沈作異，餘同。

【校記】

　　[一]原注"伊"字宜仄。
　　[二]原注"應"字平聲。

［三］原注"日"字作平。

又一體 八十五字　　　　　　　　　　　　范成大

送行人去，猶追路，再三覓。天末交情，長是合堂同席。從此尊前，便頓然、少個江南羈客。不忍匆匆，少駐船梅驛。　　酒斟雖滿，尚少如、別淚萬千滴。欲語吞聲，結心相對嗚咽。燈火淒清，笙歌無顏色。縱別後、儘相忘，算也難忘今夕①。

"便頓然"句九字，比前兩作多一字。後結兩三、一六字，亦微異。

【蔡案】

① 本調可以此爲正格。"笙歌"句，例作兩頓連平之大拗句法，其韵律原因不明。

又一體 八十二字　　　　　　　　　　　　呂渭老

上危梯望，畫閣迴，畫簾垂。曲水飄香，小園鶯喚春歸。舞袖弓彎，正滿城、烟草淒迷。結伴踏青，趁蝴蝶雙飛。　　賞心歡計，從別後、無意到西池。自檢羅囊，要尋紅葉留詩。嫩約無憑據[一]，鶯花都不知。怕人問，強開懷，細酌酴醾。

此用平韵。"烟草"句四字，比沈、李兩作少一字。"嫩約"二句兩五字，多一字。結句少二字。《詞律》於"梯"字注起韵，大誤。蓋未見仄韵數體也。"望"字，汲古作"盡盡"，兩結多兩一字，“嫩”字作“懶”，皆誤。“晝”字葉《譜》作“繡”。

【校記】

[一] 本句對應前段“舞袖弓彎”，故雖各本多爲五字，但其他各首皆爲四字一句，且此詞平仄韵句式相同，亦可參校，故應取《聖求詞》本，改作四字一句。

尋　梅 六十字　　　　　　　　　　　　沈會宗

今年早覺花信蹉①。想芳心、未應誤我。一月花徑幾回過。始朝來、尋見雪痕微破[一]。　　眼前大抵情無那[二]。好景色、衹消些個。春風爛漫都且可。是而今、枝上一朵兩朵[三]。

　　見《樂府雅詞》後一首，題作《不見》，調即《如夢令》。《尋梅》是題，如《催雪》之類。與各調皆不合，故仍其名。《梅苑》載亦同。

　　“蹉”字，《音韵集成》作去聲，“月”字入作平，“且”字、“朵兩”二字，皆以上作平。“花”字一作“小”，“都”字作“却”，“一朵”字作“三”。

【校記】

[一] 原注“尋”字及後結“枝”字可仄。

[二] 原注“眼”字及後段次句“色衹”二字可平。

[三] 原注“朵兩”二字作平。

【蔡案】

① 前段首拍，“信”字平讀。“信”本有平去二讀，平讀在十一部真韵。如《詩經·小雅·節南山》“弗躬弗親，庶民弗信”，親、信互押，朱熹注爲“叶斯人反”。但《正韵》以爲：“信本有平、去兩音，其讀平者

亦音,而非叶矣。"可知"信"本有平讀。

柳搖金 五十六字 沈會宗

相將初下蕊珠殿。似醉粉、生香未遍[一]。愛惜嬌心春不管。被東風、賺開一半[二]。　　中黃宮裏賜仙衣,鬥淺深、妝成笑面。放出嬌嬈難繫綰。笑東君、自家腸斷。

《九宮大成》入南詞雙調正曲。

調見《歷代詩餘》無名氏,注一名《思歸樂》。考柳永《思歸樂》兩起句平仄不同,換頭句叶韻,故另列。《詞律》失收。葉《譜》作沈會宗。

此與《尋梅》相仿,只兩結七字,各少二字,後起句不叶韻。字句與《步蟾宮》亦相似,但兩三句,換頭句不叶,平仄亦不同。皆非一調①。

"未"字、"笑"字宜去聲,"一"字以入作平。"黃"字,葉《譜》作"央",誤。

【校記】

[一]"未"字及後結"笑"字,用●符標識,意謂宜用去聲。

[二]原注"一"字作平。

【蔡案】

① 余以爲本調即《惜芳時》,可參閱。

望雲涯引 八十三字 李　甲

秋容江上,岸花老,汀蘋白①。露濕蒹葭,浦嶼漸增寒色。閒漁唱晚，驚雁驚飛處，映遠磧②。數點輕帆，送天際歸客。　　鳳臺人散，漫回首，沉消息。素鯉無憑，樓上暮雲凝碧。危樓靜倚，時向西風下，認遠笛。宋玉悲懷，未信金尊消得。

祇此一首，自是創製。"危樓靜倚"四字，《詞律》缺，遂疑爲不全，今從《詞緯》增補。"汀蘋"二字，一作"蘋洲"，誤。

【蔡案】

① 六字是首均收拍，因此並非三字二句，而是六字折腰一句，後段"漫回首，沉消息"也是如此。

② 本句也是八字一句，而非五字一句、三字一句，其律理同前，八字是第三均的收拍。

帝臺春　九十六字　　　　　　　　　　　李　甲

芳草碧色。萋萋遍南陌①。飛絮暖紅，也知人、春愁無力②。憶得盈盈拾翠侶，共携賞、鳳城寒食。至今來、海角逢春，天涯倦客。　　愁旋釋。還是織。淚暗拭。又偷滴。漫倚遍危闌[一]，儘黃昏，也只是、暮雲凝碧。拚則而今已拚了，忘則怎生便忘得。又還問鱗鴻，試重尋消息。

唐教坊曲名。《宋史·樂志》：琵琶獨彈曲破名，屬無射宮。《詞譜》：大石調。

此調無他作可證。"飛"字，《詞綜》作"暖"，"暖"字，《詞律》作"亂"。"也"字下，《詞律》多"似"字，"至"字作"到"，"倦"字作"行"，"倚遍"二字作"遍倚"。今從《樂府雅詞》訂正。《詞律》於"拾"字注作平，照後段亦宜用仄。"旋"字注去聲，亦未確。《圖譜》所注平仄全誤。起句《譜》於"碧"字起韵,下有"碧"字重韵。自依《詞律》"色"字起韵爲是。"盡黃昏"下,《詞律》於"也"字句,誤。此句當與前段同。"至今來"三字,葉《譜》作"到如今","似"字作"如"。

【校記】

[一] 宋曾慥《樂府雅詞》卷三録此,本句爲"謾佇立、倚遍危闌",多二字。

【蔡案】

① 前段起調,校之後段,應該也是一個三三式的結構,韵律更和諧。

② 本詞結構上極爲怪異,前後段頗不對稱,必有文字衍奪存在。細玩結構,其主要參差在第二均中。"暖絮亂紅,也知人、春愁無力"二句,應對應後段"謾遍倚危闌,盡黃昏,也只是、暮雲凝碧",則應爲"□暖絮亂紅,□□□,也知人、春愁無力"。但《欽定詞譜》作"暖絮亂紅,也似知人、春愁無力",則前段必爲"□暖絮亂紅,□□也,似知人、春愁無力",惜無別詞可校,但述不改。

過秦樓 百九字　　　　　　　　　　李　甲

賣酒壚邊,尋芳原上,亂紅飛絮悠悠。已蝶稀鶯散,便擬把長繩,繫日無由。漫道草忘憂。也徒將、酒解閒愁。正江南春盡,行人千里,蘋滿汀洲。　　有翠紅徑裏盈盈侶,簇芳茵褉飲,時笑時謳。當暖風遲景,任相將永日,爛漫狂游。誰信盛狂中,有離情、忽到心頭。向尊前擬問,雙燕來時,曾

過秦樓。

此以末句爲名，自是創製。且用平韵，句法與《選冠子》等調渺不相涉，斷無混同之理。皆因趙崇嶓一詞誤刻調名，遂謂有仄韵《過秦樓》，曲爲之説，致起紛紜之論。可謂一字之差，謬以千里也。今分列，餘詳《選冠子》《惜餘春》下。

前後第四、五句，皆一領四字句，換頭是一領七字句法，勿誤。"稀"字，葉《譜》作"飛"，兩"時"字俱作"宜"，"信"字作"料"。

八寶妝　百十字　　　　　　　　　　　　　李　甲[一]

門掩黄昏，畫堂人寂，暮雨乍收殘暑。簾捲疏星庭户悄，隱隱嚴城鐘鼓。空街烟暝半開[二]，斜月朦朧，銀河澄淡風凄楚。還是鳳樓人遠，桃源無路①。　　惆悵夜久星繁②，碧雲望斷，玉簫聲在何處。念誰伴、茜裙翠袖，共携手、瑶臺歸去。對修竹、森森院宇。曲屏香暖凝沉炷③。問對酒當歌，情懷記得劉郎否。

蔣氏《九宫譜》注商角調。

此《八寶妝》正調，與陳允平九十九字體，乃《新雁過妝樓》之別名不同，與張先《八寶妝》小令亦無涉。所謂《八寶妝》者，撮合八調而成，但不知所犯何調，俟考④。李吕《澹軒集》亦載此詞。

"半"字、"在"字定去聲，"鐘"字，集作"更"，"街"字作"階"。

【校記】

[一] 本詞出《樂府雅詞拾遺》，作者爲劉燾，《詞綜》誤作李甲詞。

[二] "半"字和後段第三句"在"字用●符標識，意謂必用去聲。

【蔡案】

　　① 後段尾均爲單起式句法，如果前段尾均同爲單起式句法，則所犯尾均便是《雪獅兒》的尾均，否則無從尋起。

　　② 過片一句平仄，若第二字爲仄，則第五字不可仄，若第二字爲平，則第五字不拘。

　　③ 本詞首均是一極爲規範的添頭式詞調結構，而第二第三均極爲參差，其中必有文字之錯訛，但今存僅此二首，無從校起。

　　④ 細捫韻律，所犯八調應分別是：《選冠子》之前段首均，《賀新郎》之前段次均，《石州慢》之前段第三均（以仇遠詞之句讀爲準），《雪獅兒》前段第四均（以設定與後段相同，單起式句式爲準），《霜葉飛》後段首均，《念奴嬌》之後段次均，《夢橫塘》後段第三均，《曲江秋》後段第四均。其中前後段第四均未對應，各缺一字，備考。

八犯玉交枝　百十字　一名《八寶玉交枝》　　　　　　仇　遠

招寶山觀月上

滄島雲連，綠瀛秋入，暮景却沉洲嶼。無浪無風天地白，聽得潮生人語。擎空孤柱。翠倚高閣憑虛，中流蒼碧迷烟霧。惟見廣寒門外，青無重數。　　不知是水是山，不知是樹。漫漫知是何處。倩誰問、凌波輕步。漫凝睇、乘鸞秦女。想庭曲、霓裳正舞。莫須長笛吹愁去。怕喚起魚龍，三更噴作前山雨。

　　《欽定四庫全書提要》云：即《八寶妝》。試取李詞合之，契若符節。愚按：八犯者，採合八曲集成，但不知所犯何調。與李

甲《八寶妝》一一吻合，衹"攀空孤柱"四字叶韵，下句六字，比李
作上六下四字差異。"倚"字用仄，換頭句"不知"二字仄平，下
"是"字用仄，"樹"字叶。"凌波輕步"用亦叶韵[一]，"凌"字、"輕"
字用平，與李作異。餘則平仄悉合，自是一調。詞至南宋，調名
至數百之多，可云備矣。後人自度新腔，不過錯綜變化，無能出
其範圍。是以元人《解佩環》及此詞，雖易新名，體格與宋調仿
佛。究不知腔調可合一否。

　　"嶼"字，各本皆作"渚"，今從《詞林紀事》本較勝。"却"字，
葉《譜》作"欲"，"見"字作"是"，誤。

【校記】

　　[一]"用"字應是"句"字之筆誤。

暮雲碧 百十九字　　　　　　　　　　　　　　　　　李　甲

吊　嚴　陵

蕙蘭香泛，孤嶼潮平，驚鷗散雪。迤邐點破①，澄江秋色②。
暝靄向斂，疏雨乍收，染出藍峰千尺。漁舍孤烟鎖寒
磧③[一]。畫鷁翠帆旋解，輕艤晴霞岸側。正念往悲酸懷鄉
慘切[二]，何處引羌笛。　　　　追惜。當時富春佳地[三]④，嚴
光釣址空遺跡。華星沉後，扁舟泛去，瀟灑閒名圖籍。離觴
吊古寓目⑤，意斷魂消淚滴。漸洞天晚，回首暮雲千里碧。

　　以結句爲名，自是創製。調見《樂府雅詞》，名《吊嚴陵》。愚
按：詞詠嚴子陵事，當是題目。與《芳草·鳳簫吟》《閨怨·無
悶》等調，同一寫誤，今訂正。

　　　此等孤調平仄皆當照填，不可臆測。“古”字一作“終”，“斷”
字作“闌”，“晚”字作“曉”。“酸”字，葉《譜》作“傷”，“光”字作
“陵”。

【校記】

　　　[一]本句及以前全部標點原譜未加。

　　　[二]“酸”字應讀斷作句。

　　　[三]“追惜當時”爲一句，“惜”字爲句中韵，“時”字應讀斷爲句。

【蔡案】

　　　① “邐”字以上作平。

　　　② 本調亦前後段字數懸殊，捫其韵律，應是前段有衍文，此二句
八字，余疑即爲他詞竄入。

　　　③ 細察全調韵律，本句疑亦爲衍文。

　　　④ 後段起拍，爲一四字句“追惜當時”，“惜”字爲句中短韵，故
“當時”二字不可移後連讀，原譜作“追惜。當時富春佳地”，是不知句
中短韵也，以致兩頓皆平失律，甚誤。

　　　⑤ “寓”字此處讀平，牛居切，在魚部韵。

宴清都　百二字　　　　　　　　　　　　　　　　　　何　籀

細草沿階軟。遲日薄，惠風輕靄微暖[一]。春工靳惜，桃紅尚
◎　●○○▲　○●●　●○○●○▲　○○●●　○○●

小，柳芽猶短。羅幃繡幕高捲。早已是、歌慵笑懶。憑畫
●　●○○▲　○○●●○▲　●●●、○○●▲　○●

樓、那更天遠。山遠。水遠[二]。人遠①。　　堪怨。傅粉
○、●●○▲　○▲　●◆　◎◆　　○◆　　　○▲　●●

疏狂，竊香俊雅，無計拘管。青絲絆馬，紅巾寄羽，甚處迷
○○　●●●●　○●○▲　○○●●　○○●●　●●○

戀②。無言淚珠零亂③。翠袖儘、重重漬遍。故要得、別後
▲　　　○○●●○●▲　　●◎●　○○●▲　　●●◎　◎●
思量，歸時覷見。
○○　　○○●▲

　　　程垓詞名《四代好》。

　　　"靄"、"笑"、"計"、"漬"、"覷"五字用去聲。"處"字亦有用平
聲者。"天遠"、"山遠"，二"遠"字以上代平，故名《四代好》也。
"水遠""遠"字亦有用仄者。作者切勿用去聲字，此巧法。從宋
祁《浪淘沙近》詞中翻出。

【校記】

　　　[一]"靄"字、第八句"笑"字、後段第三句"計"字、第八句"漬"
字、後結"覷"字，用●符標識，意謂必用去聲。

　　　[二]原注前三"遠"字均作平。誤，此處四"遠"字皆應在韵。

【蔡案】

　　　① 原譜前結作"憑畫樓、那更天遠山遠，水遠人遠"，讀斷後更合
本意。但此非律，填者無須亦步亦趨，若填爲折腰式七字一句、六字
一句，則第一"遠"字須平，六字句可填爲●●○○○▲，亦可填爲
○○●●○▲。

　　　② "甚處"之"處"是誤填，依律須用平聲，各家皆如此，故用應平
而仄圖符。

　　　③ "零亂"之"零"，郎定切，去聲。見《廣韵》，借音。此爲律拗句
法，"零"字不可用平。

　　　又一體　百字　一名《四代好》　　　　　　　　　　程　垓

翠幕東風早。蘭窗夢，又被鶯聲驚覺。起來空對，平階弱

絮,滿庭芳草。厭厭未忺懷抱。記柳外、人家曾到。憑畫
闌、那更春好花好[一],酒好人好。　　春好。尚恐闌珊,花
好又怕,飄零難保①。直饒酒好,未抵意中人好。相逢盡抔
醉倒。況人與、才情未老。又豈因、春去春來,花愁花惱。

汲古名《四代好》。

此與何詞同,祇"直饒"句下少二字②,與各家異。"酒好"
下,汲古有"酒"字,葉《譜》有"如澠"二字,不知何據。"因"字,汲
古作"關"。

【校記】

[一]原注兩"好"字作平。

【蔡案】

① "那更春好花好,酒好人好"、"花好又怕,飄零難保"兩處,
"好"字皆叶,應讀爲:"那更春好。花好。酒好。人好。""花好。又怕
飄零難保。"方切原意。

② 秦蟫謂,"直饒"句下少二字,是所據版本有奪字,汲古閣本
《書舟詞》,此處作"直饒酒好。□澠,未抵意中人好",則與何詞字數
相同。

又一體 百二字　　　　　　　　　周邦彦

地僻無鐘鼓[一]。殘燈滅,夜長人倦難度[二]。寒吹斷梗,風
翻暗雪,灑窗填户。賓鴻謾説傳書,算過盡、千儔萬侶。始
信得、庾信愁多,江淹恨極須賦①。　　凄涼病損文園,徽弦
乍拂,音韵先苦。淮山夜月[三],金城暮早,夢魂飛去。秋霜

半入清鏡，歎帶眼、都移舊處。更久長、不見文君，歸時認否。

　　　前後段第七句及換頭句，皆不叶韵，與何作異。前結一四、一六字句，可不拘。

【校記】

　　　[一] 原注"地"字、第三句"夜"字、第八句"過"字、第九句"始信得"三字、前結"恨極"二字、後段第七句"入"字可平。

　　　[二] "倦"字、第八句"萬"字、後段第三句"韵"字、第八句"舊"字、後結"認"字，用●符標識，意謂必用去聲。

　　　[三] 原注"淮"字、第五句"金"字、第七句"秋"字可仄。

【蔡案】

　　　① 秦注"恨極"二字可平，若"極"字作平，則"須"字依律必須用仄聲字。

又一體 百二字　　　　　　　　　　　　　吴文英

送馬林屋赴南宫分韵得動字

柳色春陰重。東風力，快將雲雁高送[一]。書槧細雨，吟窗亂雪，天寒筆凍。家林秀橘霜老，笑分得、蟾邊桂種。應茂苑、斗轉蒼龍，淮潮獻奇吴鳳。　　　玉眉暗隱華年，凌雲氣壓，千載雲夢[二]。名箋淡墨，恩袍翠草，紫驑青鞀，飛香杏園新句，眩醉眼、春游乍縱。弄喜音、鵲繞庭花，紅簾影動。

　　　前後段第七句用仄，不叶韵。

【校記】

　　〔一〕"雁"字、第八句"桂"字、後段第八句"乍"字,用◗符標識,意謂必用去聲。

　　〔二〕後段第三句"載"字、後結"影"字,用◖符標識,意謂必用上聲。

又一體 百字　　　　　　　　　　　　　　　吴文英

壽 榮 王 夫 人

萬壑蓬萊路。非烟霧,五雲城闕深處。璇源媲鳳,瑤池種玉,煉顏金姥。長虹夢入仙懷,便洗日、銅華翠渚。向瑞世、獨佔長春,蟠桃正飽風露。　　殷勤漢殿傳卮,隔江雲起,暗飛青羽。南山壽石,東周寶鼎,千秋鞏固。何時地拂龍衣,待迎入、玉京園圃。看膡擁湖船[一],三千彩御。

　　　　後結比各家少二字。

【校記】

　　〔一〕後結,彊村四校本《夢窗詞》作"看□□、剩擁湖船,三千彩禦",有二脱字符。

又一體 九十九字　　　　　　　　　　　　陳允平

聽徹南樓鼓。玉壺冰漏遲度[一]。重温錦幄,低護青氈,曲通朱户。巡檐細嚼寒梅,歎寂寞、孤山伴侣。更信有、鐵石心腸,廣平幾度曾賦。　　寒深試擁羊裘,松醪自酌,誰伴吟

苦。摩挲醉眼，闌干相拍，白鷗驚去。梁園勝賞重約，漸玉
樹、瓊花處處。怕柳條、未覺春風，青青在否。

　　　　此和周作，四聲無不吻合，何以次句獨少三字，其爲脱誤無
　　疑[二]。然《日湖漁唱》本是如此，不得不列此體。

【校記】

　　　　[一] "漏"字、第八句"伴"字、後段第三句"伴"字、第八句前"處"
字、後結"在"字，用●符標識，意謂必用去聲。

　　　　[二] 本詞彊村叢書本《西麓繼周集》亦有收錄，前段首均爲"聽
徹南樓鼓。寒宵迥、玉壺冰漏遲度"，有一三字逗，應據補。

又一體 百四字　　　　　　　　　　　　　　　　　　胡翼龍

夢雨隨春遠。征衫薄、短篷猶逗寒淺。裁芳付葉，書愁沁
壁，水窗竹院。別來被篝梅潤，暗塵積、舊題紈扇。許多時、
閒了闌干，放得蘚痕青滿。　　　誰念。杜若還生，蘋花又
綠，不堪重□。山程水記，茶經硯譜，共誰閒展。湖山舊曾
游遍。不怪得、近番心懶。恰今朝、水落洲平，江上楚帆
風轉①。

　　　　調見《陽春白雪》。後段末句六字，比各家多二字。兩七句
　　前不叶後叶，亦異。

【蔡案】

　　　　① 本調後段尾均，例作十一字，獨本詞十三字，或疑"江上"二字
是衍文，非是。因爲此類增字有韻律依據，甚至説本句爲增字，不如

説別首都是減字,補足此二字後,前後段文字劃一,或竟是本來樣式。

又一體 百三字 趙必豫[一]

舟中思家用美成韵

遠遠漁村鼓。斜陽外、賓鴻三兩飛度。茅檐春小,白雲隱几,青山當户。騷人底事飄蓬,渾忘却、耕徒釣侣。何時尋、斗酒江鱸,悠悠千古重賦。　　風流種柳淵明,折腰五斗,身爲名苦。有秫田二頃,菊松三逕,不如歸去。山靈休勒俗駕,容我卧、草堂深處。問故園、悲鶴啼猿,今無恙否。

後段第四句五字,比各家多一字。

【校記】

[一]“豫”字應是璩字之誤。

又一體 百二字 黄　璩[一]

墜葉窺簾語。風簾薄,遞來幽恨無數。牙籤倦展,銀缸細剔,悄然歸旅。聲傳漏閣偏長,更奈向、瀟瀟亂雨。想近日、舞袖翻雲,吟箋度雪誰顧。　　當時翠縷吹花,東城繡陌,雙燕何許。香羅睡碧,暗紗印粉,甚緣重覯。藍橋鎮芳夢[二],念騎省、悲秋浸賦。待倚闌、或遇賓鴻,殷勤寄與。

見《陽春白雪》。後段第七句五字,或是脱誤。

【校記】

[一]作者名當爲黄廷璩。

[二]清抄本《陽春白雪》，後段第七拍作"藍橋鎮隔芳夢"，本是六字，秦巘所據本脱一字。

黄鶴引 八十三字　　　　　　　　　　　方（缺名）

生逢垂拱。不識干戈免田隴。士林書圃終年，庸非天寵。才粗闒茸。老去支離何用。浩然歸弄。是黄鶴、秋風相送。　　　　塵事塞翁心，浮世莊生夢。漾舟遥指烟波，群山森動。神閒意聳。回首利轗名鞚。此情誰共。問幾許、淋浪春甕。

> 方勺《泊宅編》云：先子晚官鄧州，於紹聖改元，致政歸隱，遂爲此詞。序曰："因閲阮田曹所製《黄鶴引》，愛其詞調清高，寄爲一闋，命稚子歌之。"（節録）愚按：阮田曹、方勺父名皆無考[一]。姑繫紹聖初以俟考。
>
> "粗"字，《詞律》作"初"，"弄"字作"算"，皆誤。"是"字，《詞綜補遺》作"似"，"利轗名鞚"四字作"名轗利鞚"。

【校記】

[一]原譜作者因失考而闕名，據《全宋詞》補。

上林春慢 百二字　　　　　　　　　　　晁冲之

上　　元

帽落宫花[一]，衣惹御香[二]，鳳輦晚來初過。鶴降詔飛，龍銜燭戲，端門萬枝燈火①。滿城車馬，對明月、有誰閒坐。任狂游,更許傍禁街[三],不屑金鎖。　　　玉樓人、暗中擲果。珠簾下、笑着春衫裊娜。素蛾繞釵②,輕蟬撲鬢,垂垂柳絲梅朵。夜闌飲散,但贏得、翠翹雙嚲。醉歸來,又重向、曉窗梳裹。

《宋史·樂志》中吕宫。

此與《上林春令》不同,當另列。

晁補之、曾紆各一首[四],於"鶴降詔飛"句、"更許傍禁街"句、"素蛾繞釵"句,平仄皆異。"御"字定用去聲,晁、曾兩作同。前結晁作兩三、一六字略異。其餘《詞律》所注仄聲字,未確。

【校記】

[一] 原注"帽"字、第三句"晚"字、第四句"降"字和"詔"字、第十句"許"字和"傍"字、前結"不"字、後段第二句"裊"字、第三句"繞"字、第四句"撲"字、第六句"夜"字可平。

[二] "御"字用●符標識,意謂定用去聲。

[三] 原注"街"字、後段第三句"釵"字可仄。

[四] 今存爲晁端禮三首、曾紆一首,秦巘所謂晁補之詞,或即晁端禮"伊洛清波"詞之誤。

【蔡案】

① 依本調韵律,此二句當依律讀爲六字一句、四字一句:"龍銜燭戲端門,萬枝燈火。"同理,後段也應該讀爲"輕蟬撲鬢垂垂,柳絲梅朵",韵律庶幾和諧,否則平仄違律。

② 本句晁端禮三首、曾紆一首均用平起仄收式句法,"釵"字應是誤填或誤傳。

七娘子 六十字　　　　　　　　　　黄大臨

畫堂銀燭明如畫。見林宗、巾墊羞蓬首。針指花枝，綫賒羅
⊙○◎●○○▲　　●⊙○◎●○○▲　⊙●○○　○○⊙

袖。須臾兩帶還依舊。　　　　勸君倒戴休令後。也不須、更
▲　⊙○◎●○○▲　　　　◎○●●○○▲　●●○　◎

瀧淵明酒。寶篋深藏，濃香熏透。爲經十指如葱手。
●○○▲　◎●○○　⊙○○▲　　◎○◎●○○▲

　　　　《九官大成》名《河西七娘子》，入南詞正官引，與高大石調引
同。“子”一作“兒”。

　　　　唐李白有《贈段七娘》詞，調名取此。

　　　　《能改齋漫録》云：豫章先生兄黄元明宰廬陵縣。赴郡會，
坐上巾帶偶脱，太守諭妓令綴之。既畢，且俾元明撰詞云。亦見
《宋稗類鈔》。

　　　　謝逸作首句用平仄平平平平仄，與各家異[1]。是誤筆，不可
從，故不録。

【蔡案】

　　① 謝逸詞，首拍作“風剪冰花飛零亂”，乃仄起式律句，“零”字表
“零亂”義時，讀仄聲，前何籀《宴清都》下已有附注，《廣韻》：零，郎定
切，去聲。而起調不用平起式，本填詞之常，他如《截江網》無名氏詞，
起拍亦爲仄起式，作“暖律未回春時候”。

又一體 五十八字　　　　　　　　　　蔡　伸

天涯觸目傷離緒。登臨况值秋光暮。爭捻黄花，憑誰分付。
離離雁落兼葭浦。　　　　憑高目斷桃溪路。屏山樓外青無

數。綠水紅橋,鎖窗朱戶。如今總是消魂處。

> 兩次句七字,比黃作各少一字。"爭"字,汲古作"手"。

又一體 六十字　　　　　　　　　　缺 名

清香浮動到黃昏,向水邊、疏影梅開盡。溪邊畔、清蕊有如淺杏①。一枝喜得東君信。　　風吹祇怕霜侵損。更新來、插向多情鬢。壽陽妝鑑,雪肌玉瑩。嶺頭別微添粉②。

> 見《梅苑》。首句不起韻,前段第三句九字。"畔"字當是誤多。後結句六字,應落一字。餘同黃作。

【蔡案】

　　① 本句諸家均作四字一句,就詞意看,"溪邊"即"溪畔","畔"字無疑是個贅字,於律而言必是衍文,原句當是"溪邊清蕊"。但諸家本句均用仄起平收式句法,與此詞不同,初疑是"溪畔清蕊","蕊"字作平,但校之後段"壽陽妝鑑",也是平起仄收式,故斷爲"畔"字衍。

　　② 原結句《欽定詞譜》作"嶺頭別自添微粉",秦巘所據本奪一字無疑。改正後,本詞即黃詞正體,惟前段起拍不叶韻異。

茶瓶兒 五十六字　　　　　　　　　　李元膺

去年相逢深院宇①。海棠下、曾歌金縷。歌罷花如雨。翠羅衫上,點點紅無數②。　　今歲重尋攜手處。空物是、人非春暮。回首青門路。亂英飛絮,相逐東風去。

> 《冷齋夜話》云:許彥周云:李元膺喪妻,作《茶瓶兒》詞[一]。

元膺尋亦卒。又見《花庵詞選》。

　　"年"字,《歷代詩餘》作"歲"。"絮"字偶合,非叶韵。石孝友
有五十字一首,《詞律》以爲誤脱,故不録。

【校記】

　　[一]《花草粹編》卷九收録五代梁意娘《茶瓶兒·寄李生》詞,秦
巘列第三首,應是秦巘以爲梁爲宋人故。

【蔡案】

　　① 起拍失律,應據《歷代詩餘》改爲"去歲相逢深院宇"。

　　② 本調如此填者,僅此一例,其餘諸家,起拍均爲六字,前後段
第二均皆用讀破格填。

又一體 五十四字　　　　　　　　　　　　　　　趙彦端

上　　元

淡月華燈春夜。送東風、柳烟梅麝。寶釵宮髻連嬌馬。似
記得、帝城游冶。　　　悦親戚之情話。況溪山、坐中如畫。
凌波微步人歸也。看酒醒、鳳鸞誰跨。

　　　　兩起句六字,三句七字,四句上三下四字,與前異。"城"字,
汲古作"鄉"。

又一體 五十三字　　　　　　　　　　　　　　　梁意娘

滿地落花鋪繡。麗色着人如酒。曉鶯窗外啼楊柳。愁不奈
兩眉頻皺。　　　關山杳。音信悄。那堪是、當年時候。盟
言辜負知多少。對好景、頓成消瘦。

前段次句六字，後起兩三字，比趙作多叶一韵。餘同。"杳"、"悄"、"少"與"繡"、"酒"同叶，此閩音也，非換韵。

清江曲 五十六字 蘇 庠

屬玉雙飛水滿塘。菰蒲深處浴鴛鴦。白蘋滿棹歸來晚，秋著蘆花一岸霜。　　扁舟繫岸依林樾。蕭蕭兩鬢吹華髮。萬事不理醉復醒[一]，長佔烟波弄明月。

《詞品》云：蘇養直名伯固，與東坡同族，坡集中有《送伯固兄還吳》詩。其《清江曲》當時盛傳，詞亦工。考《詩話總龜》：蘇庠字養直，伯固之子。《詞品》誤。

調見《花草粹編》。前段近《瑞鷓鴣》，後段近《玉樓春》，宋人中罕見填此體者①。《詞律》未收。與《岷江緑》之別名《清江引》無涉。

【校記】

[一]原注"理"字作平。

【蔡案】

① 蘇氏《清江曲》計兩首，別首爲："層波渺渺山蒼蒼。輕霜隕木蓮葉黄。呼兒極浦下筌箵，社甕欲熟浮蛆香。　　輕蓑淅瀝鳴秋雨。日暮乘流自相語。一笛清風萬事休，白鳥翩翩落烟渚。"細玩之下，則此所謂二首者，實爲四首七言絶句耳，每首均意蘊架構完整，且相互間並無關礙。如"屬玉"四句，本爲一完整七絶，與"扁舟"四句之主題、韻律皆無關係。蓋詞至南宋，已臻完美，此作或不能從《花草粹編》。

憶王孫 五十四字 向子諲[一]

楊柳風前旗鼓鬧[二]。正陌上、閒花芳草[三]。忍將愁眼覷芳菲，人未老、春先老。　　長安比日知多少。日易見、長安難到。無情苕水不西流，漸迤邐仙舟小①。

> 調見《樂府雅詞拾遺》。與秦觀《憶王孫》大不相同，雙叠平仄韻異，決非一調。向俱類列，似未允協。

【校記】

[一]《樂府雅詞拾遺》載本詞，作者佚名，《全宋詞》歸入無名氏作。

[二]"楊"字和"風"字、次句"閒"字、第三句"愁"字、第四句"人"字、後起"長"字，原注可仄。

[三]"正"字和後段起句"比"字、次句"日"字，原注可平。

【蔡案】

① 後段結拍應予讀斷，句法同前段"人未老、春先老"。

又一體 五十四字 劉學箕

清 明 病 酒

淑景韶光晴晝。簾外雨、欲無還有。流鶯枝上轉新聲[一]，夢初醒、慵慵病酒。　　天連碧草凝情久。思舊事、不堪搔首。懷人有恨水雲深，又綠暗西橋柳[二]。

> 起句六字，結句七字，後段同向作。
> 按：劉學箕字習之，自號種春子。子翬之孫，珵之子，隱居

不仕。有《方是閒居士小稿》二卷。

【校記】

[一] "枚"字，應是"枝"字，筆誤。

[二] 後段結拍應予讀斷，句法同前詞。

怨王孫 五十四字　　　　　　　　　　　　　　　　　李清照

湖上風來波浩渺。秋已暮、紅稀香少。水光山色與人親，説
不盡、無窮好。　　　蓮子已成荷葉老。清露洗、蘋花汀草。
眠沙鷗鷺不回頭，似也恨人歸早[一]。

　　　亦見《雅詞》。與向作字句相同。原名《怨王孫》，與韋莊之
《怨王孫》迥別。是《憶王孫》別名，俟考。

【校記】

[一] 後段結拍應予讀斷，句法同前段"説不盡、無窮好"。

雙頭蓮令 四十八字　　　　　　　　　　　　　　　趙師俠

信　豐　雙　蓮

太平和氣兆嘉祥。草木總成雙。紅苞翠蓋出橫塘。兩兩鬥
芳芳。　　　幹搖碧玉並青房。仙髻擁新妝。連枝不解引鸞
凰。留取映鴛鴦。

　　　此詠本意爲名，與《雙頭蓮》《雙瑞蓮》皆無涉。他無作者。
體格與《武陵春》相似，惟兩起句叶韵①。師俠或作師使，誤。

【蔡案】

① 起拍是否叶韵，與體式並無關，凡首拍叶韵之詞，均可不叶韵，惟《武陵春》有一句法特徵：每句皆用仄起式爲正格，祇偶有如本詞後段起拍例外。兹録趙師俠一首，以供比較："一陣曉風花信早，先到小桃枝。冉冉紅雲映翠微。開宴憶瑶池。　　零亂分飛貪結子，芳逕自成蹊。消得劉郎去路迷。腸斷武陵溪。"填者宜以過片仄起爲範。

伊州三臺 四十八字　或加令字。"州"作"川"　　　　　　趙師俠

丹　桂

桂花移自雲巖。更被靈砂染丹[一]。清露濕酡顔。醉乘風下臨世間。　　素娥襟韵蕭閒。不與群芳並看。簌簌絳綃單。覺身輕、夢回廣寒①。

> 《詞譜》注正宫，《九宫大成》入南詞商調引，名《熙州三臺》。此與《三臺令》及《調笑令》《伊川令》皆不同，當另列。楊韶父詞，名《伊川三臺令》。"染"、"下"、"世"、"並"、"夢"、"廣"六字宜仄聲，勿誤。楊韶父一首於"下"、"夢"二字用平，不可從。

【校記】

[一]"染"字、前結"下"字和"世"字、後段第二句"並"字、結句"夢"字和"廣"字，用◗符標識，意謂宜仄聲。

【蔡案】

① 前後兩結之四字，關鍵在"臨世"二字、"回廣"二字須爲"平仄"，"下"字、"夢"字應不拘平仄。此外，三字逗以仄平平爲正，不宜變通。

東坡引 五十三字　　　　　　　　　　趙師俠[一]

別 周 誠 可

相看情未足。離觴已催促[二]。停歌欲語眉先蹙。何期歸太
〇〇〇●　▲　〇〇〇●　▲　〇〇〇〇〇　▲　⊙〇〇●
速。何期歸太速①。　　　如今去也，無計追逐②。怎忍聽、
▲　⊙〇〇●◆　　　　　〇〇●●　〇〇〇　▲　●●〇
陽關曲。扁舟後夜灘頭宿。愁隨烟樹簇。愁隨烟樹簇。
〇〇▲　⊙〇〇●●〇　▲　〇〇〇●▲　〇〇〇●◆

《九宮大成》入南詞大石調引。

“已”字用仄。“無計”句，後趙作用平平仄仄，辛作用仄平平
仄。“觴”字亦有用仄者。前結當疊句，趙凡三首皆不疊③。

【校記】

[一]本調似應繫於袁去華下，袁早於趙師俠約五十年，且本詞
並未有創調痕跡。

[二]“已”字用◑符標識，意謂必用仄聲。

【蔡案】

① 原譜前段無疊句，是脱訛，今據《花草粹編》卷十二補。

② 趙師俠本調三首，本句第二字兩用入聲、一用上聲，於律言都
是作平用法。“計”，作“謀劃”解時讀爲入聲，在屑部韵。秦巘後一首
謂“江頭”與此平仄異，可見已誤將“計”字作去聲看。

③ 竊以爲本調以前後段皆疊句爲正，且趙詞後起兩四字句，並
六字折腰，諸家依該格者最多，最是正氣。而前段未疊，或是據汲古
閣本《坦庵詞》而來，當以《花草粹編》所録者爲據，前後段皆有疊句。
據補，擬譜。

又一體 五十八字　　　　　　　　　　　　　　　　　趙長卿

茅齋無客至。冰硯凍寒泚[一]。南枝喜入新詩裏。惱人頻嚼
蘂。惱人頻嚼蘂。　　　因思去臘,江頭醉倚。動客興、傷春
意。經年自歎人如寄。光陰如撚指。光陰如撚指。

　　前結亦叠句叶韵,"硯"字用仄,"江頭"句平仄異。《詞律》録
　　辛棄疾一首,於換頭用"夜深拜半月",《圖譜》於"半"字爲句,《詞
　　律》駁之,良是。今考《花草粹編》無"半"字,實是衍文,即此體
　　也。故不録。

【校記】

　　[一]"硯"字用◐符標識,意謂必用仄聲。

又一體 五十九字　　　　　　　　　　　　　　　　　辛棄疾

閨　　怨

花梢紅未足。條破驚新綠。重簾下遍闌干曲。有人春睡
熟。有人春睡熟。　　　鳴禽破夢,雲遍月蹙[一]。起來香腮
褪紅玉。花時愛與愁相續。羅裙過半幅。羅裙過半幅。

　　後段第三句七字,比前作多一字。

【校記】

　　[一]"遍"字失律,《稼軒詞》《詞律》《歷代詩餘》諸本均爲"偏"
　　字,在律,應從改。

又一體 四十九字　　　　　　　　　　　　　　　袁去華

隴頭梅乍吐。江南歲將暮。閒窗盡日將愁度。黃昏愁更苦。　　歸期望斷，雙魚尺素。念嘶騎、今到何處。殘燈背壁三更鼓。斜風吹細雨。

見《袁宣卿集》。

兩結皆不用叠句。後段第三句七字，上三下四句法。

又一體 五十七字　　　　　　　　　　　　　　　楊冠卿

歲癸丑季秋二十六日，夜夢至一亭子，榜曰朝雲。見二少年公子，云："久誦公樂章，願得從容笑語。"因舉似離筵舊作，稱贊久之。余謝不能。公子咈然不樂，令小史呼姝麗十數輩至，圍一方臺而立，相與群唱，聲甚淒楚。俄頃，歌者取金花青箋所書詞展於臺上。熟視字畫，乃余作也。讀未竟，一歌者從旁攫取詞置袖中，舉酒相勞，苦云："'釵分金半股'之句，朝夕誦之，胡爲余不及此乎。"公子云："左驗如此，奚事多遜。"抵掌一笑而寤，恍然不曉所謂。戲用其語，綴《東坡引》歌之。

淥波芳草路。別離記南浦。香雲剪贈青絲縷。釵分金半股。釵分金半股。　　陽關一曲聲淒楚。惹起離筵愁緒。夢魂擬逐征鴻去。行雲無定據。行雲無定據。

後起句七字,與各家不同。

廳前柳 五十六字　　　　　　　　　　　　趙師俠

晚秋天。過暮雨,雲容斂,月澄鮮。正風露、凄清處,砌蛩喧。更黃葉,舞翩翩。　　　念故里千山雲水隔,被名韁、利鎖縈牽①。莫作悲秋意,對尊前。且同樂,太平年。

> 金詞注越調,《九宮大成》入北詞越角。

> 趙凡二首,《歷代詩餘》作無名氏。此與《亭前柳》後段相同,前段上半,迥不相侔,宮調亦異,未必是一調。《詞律》以"亭"、"廳"二字音近類列,其説太鑿。前段頗近《芳草渡》,不知是誤合否。

【蔡案】

　　① 原譜"名韁利鎖"讀斷,此類句式,可上三下四,也可一字逗領六字,故應當以意讀爲主,與前一句不讀爲上三下五或上五下三,而讀爲一領七句式一樣。

采桑子慢 九十字　一名《愁春未醒》《醜奴兒慢》　　潘元質

愁春未醒[一],還是清和天氣。對濃綠陰中庭院,燕語鶯啼①。數點新荷[二],翠鈿輕泛水平池[三]。一簾風絮[四],纔晴又雨,梅子黃時。　　忍記那回[五],玉人嬌困,初試單衣。共携手、紅窗描繡,畫扇題詩。怎有而今,半牀明月兩天涯。章臺何處,多應爲我,慼損雙眉。

《陽春白雪》名《丑奴兒慢》，吳文英詞，因首句，名《愁春未醒》，又名《丑奴兒》。《圖譜》分列兩調，大誤。

此與《采桑子》及促拍、攤破皆不同，故另列。

平仄互叶體，吳文英一首與此同。可平可仄照注。"未醒"二字用去上，"忍記那回"句，用仄去去平，勿誤。葉《譜》於"記"字注叶，不確。

【校記】

[一]"未醒"二字用●◗符標識，意謂必用去上聲。

[二]原注"數"字及第七句"一"字可平。

[三]原注"鈿"字平聲。

[四]原注"風"字、前結"梅"字、後段次句"嬌"字、第三句"初"字可仄。

[五]"忍記那回"四字，用◗●●○符標識，意謂必用仄去去平聲。

【蔡案】

① 前後段第二均，原作"對濃綠陰中庭院，燕語鶯啼"、"共携手、紅窗描繡，畫扇題詩"，未免雜亂。按，詞乃美文，前後段除極少詞調外，均講求對稱工穩，如此讀法，則必傷韵律，故填時前後一致爲宜。

又一體 九十字　　　　　　　　　　蔡　伸

明眸秀色，別是天真瀟灑。更鬒髮堆雲，玉臉澹拂輕霞。醉裏精神，衆中標格誰能畫。當時携手，花籠淡月，重門深亞。　　巫峰夢回，已成陳事，豈堪重話。謾赢得、羅襟清淚，鬢邊霜華①。懷念傷嗟。憑闌烟水渺無涯。秦源目斷，

碧雲暮合[一]，難認仙家。

亦平仄互叶體。平五韵，仄四韵，與潘作異。前段第三、四句，一五、一六字，此破句也。“鬢”字，汲古作“髩”，“峰”字作“峽”。“懷念傷嗟”，“嗟”字叶。汲古、《詞律》作“念傷懷”，少一字。今從《詞譜》補正。

【校記】

［一］原注“碧”字作平。

【蔡案】

① 後段“鬢邊霜華”，《欽定四庫全書考證》云：“刊本‘髮’訛‘邊’。按，此字應仄，今改。”應據改。

又一體　九十字　　　　　　　　　　吳禮之

金風顫葉，那更餞別江樓。聽凄切、陽關聲斷，楚館雲收。去也難留。萬重烟水一扁舟。錦屏羅幌，多應換得，寥岸蘋洲。　　　凝想恁時歡笑，傷今萍梗悠悠。謾回首、玉人何處，眷戀無由。先自悲秋。眼前景物只供愁。寂寥情緒，也恨分淺，也悔風流。

通首用平韵，“留”字、“秋”字亦叶。換頭作六字二句，與前兩作異。《詞律》獨不收此體，不解何意①。自亂其例，疏漏已甚。“玉人”二字，葉《譜》作“妖嬈”，“景”字作“風”。

【蔡案】

① 秦巘謂：《詞律》未收此體，不解何意。或因爲此，秦巘兩收本詞，一於此，一於卷廿二《探芳信》下，欲替萬樹補過歟？一笑。

醜奴兒 九十字　　　　　　　　　　　　　　　吳文英

雙清樓在錢唐門外

空濛乍斂。波影簾花晴亂。正西子、梳妝樓上,鏡舞青鸞。潤逼風襟,滿湖山色入闌干。天虛鳴籟,雲多易雨,長帶秋寒。　　遙望翠凹,隔江時見越女低鬟[①]。算堪羨、烟沙白鷺,暮往朝還。歌管重城,醉花春夢,半香殘。乘風邀月,持杯對影,雲海人間。

> 首句即起仄韵,多叶一韵,餘同潘作。又一首後段第六、七句作一六、一五字,破句也,可不拘。

【蔡案】

① "隔江"下八字當斷不斷,而"醉花春夢,半香殘"一句,則反而無端讀破,毫無意義。

叠青錢 八十九字　　　　　　　　　　　　　　　缺　名

夏日正長,無奈如焚天氣。火雲聳、奇峰天外,未雨先雷。畏日流金,六龍高駕火輪飛。紋簟紗廚,風車漫攬,月扇空揮。　　金爐烟細。午風輕轉,堪避炎威。漸涼生池閣,卷起簾幕珠璣。嬌娥美麗。天然秀色冰肌。曲闌深徑,荷香旖旎,玉管聲齊。

> 調見《歷代詩餘》。與潘作《采桑子慢》正同[①],惟兩起句平仄異。後段第四、五句,一五、一六字,七句六字,比潘作少一字。

葉《譜》以爲一調，不知何據，姑從之。"細"字、"麗"字亦當是以仄叶，葉《譜》失注。《詞律》不載。

【蔡案】

① 此即《采桑子慢》，别名而已。至於後段第四、五句，改讀潘詞後，已然一致，惟少字一句，獨此一首六字，甚爲可疑，或是奪誤。

孟家蟬 九十七字　　　　　　　　　　　　　　　　潘元質

詠　蝶

向賣花擔上，落絮橋邊，春思難禁。正暖日温風裏，鬥採遍香心。夜夜穩棲芳草，還處處、先釂春禽。滿園林。夢覺南華，直到如今。　　　情深。記那人小扇，撲得歸來，繡在羅襟。芳意贈誰，應費萬綫千針。謾道滕王畫得，枉謝客、多少清吟。影沉沉。舞入梨花，何處相尋。

調見《陽春白雪》。無他作者。《詞律》未載。

《詞林叢著》云：前後段同。不應"芳意贈誰"二句，與前段句法參差，又少一字，或"正"字是誤多，而"鬥"字屬上句，於義終嫌未妥，疑有訛誤。愚按："裏"字定是訛字，"正"字是襯字，不必定誤多也①。

【蔡案】

① 就韵律的角度來説，前段第二均是單起式句法，而後段第二均之"芳意"則是雙起式句法，韵律迥異，必無如此格局。至於是"正"字衍文，抑或後段脱一領字，校之前後韵律，後段少領字的可能性更大。其次，"採遍香心"四字句意已完，"鬥"字多餘，則"裏鬥"二字應

是一詞，但文字有訛。

惜春令 五十字　　　　　　　　　　　　杜安世

今夕重陽秋意深。籬邊散、嫩菊黃金。萬里霜天林葉墜，蕭
索動離心。　　臂上茱萸新[①]。似前歲、堪賞光陰。一盞香
醪聊寄與，牛嶺會難尋。

> 《九宮大成》入南詞羽調引。

> 《詞譜》有高漢臣一首，名《惜春全》。"全"字或是"令"字之
> 訛，然字句不合，故另列。

> 通首用閉口韵，不應雜入真、文一韵。"新"字非叶。"今"
> 字，《歷代詩餘》作"此"，"黃"字，汲古、《詞律》作"開"，"前歲"二
> 字作"舊年"，"一"字作"百"。"醪聊寄與"四字作"醡且酬身"，
> "嶺"字作"山"。今從《詞律訂》。

【蔡案】

　　① 後段起拍"新"字為韵，原譜未作韵腳擬定，誤，觀後一詞
可知。

又一體 五十字　　　　　　　　　　　　杜安世

春夢無憑猶懶起。銀燭盡、畫簾低垂[①]。小庭楊柳黃金翠。
桃臉兩三枝。　　妝閣慵梳洗。悶無緒、玉簫慵吹。紛紛
飄絮人疏遠，空對日遲遲。

> 此平仄互叶體。

> "翠"字，據前首未必是叶。"慵吹"二字，汲古、《詞律》作"拋

摵”，葉《譜》作“頻吹”。“紛紛飄絮”四字作“絮飄紛紛”，皆誤。今從《詞律訂》本。

【蔡案】

① 原譜注“翠”字叶韵，不必。原注“吹”字仄韵，是。但原注“垂”字平韵，誤。該句對應後段“悶無緒”句，故格律同一，若“垂”字平韵，則格律應同前詞之“嫩菊黃金”，“簾”字不可爲平也。“垂”字有仄讀，《集韵》擬爲樹僞切，音瑞。

端正好　五十四字　一名《於中好》　　　　　杜安世

檻菊愁烟沾秋露[一]。天微冷、雙燕辭去。月明空照別離苦。透素光、穿朱户。　　夜來西風雕寒樹。憑闌望、迢遥長路。花箋寫就此情緒。待寄與、知何處。

　　《中原音韵》注正宫，《九宫大成》入南詞正宫引，又入北詞高宫正曲。許《譜》同。

　　揚无咎詞名《於中好》，趙長卿詞名《杏花天》，辛棄疾詞名《杏花風》，祇兩結句、後起句皆不同，故類列。

　　前後起句用拗體。杜凡四首，亦有不拗者，平仄互異①，今照注。“寄與”二字，汲古、《詞律》作“傳寄”。此與向子諲《憶王孫》字句同，但兩第三句叶韵。通首平仄不同，並非一調。

【校記】

[一] 原注“菊”字和次句“燕”字、第三句“月”字和“別”字、後段第三句“寫”字和“此”字、結句“寄”字可平。又注“秋”字、次句“天”字和“雙”字、第三句“空”字、前結“光”字、後段起句“來西風”三字、次句“遥”字、第三句“花”字可仄。

【蔡案】

① 杜安世填詞,多無章法,本詞前後段起拍均用大拗句法,且杜詞四首起拍竟是四種模式,前六字三頓分別是:平平仄、仄平平、平平平、仄平仄,僅一句合律。因此杜詞不必以之爲範,另有揚无咎三首,均用平起仄收式七言律句,更爲規正,今人填此,宜用楊式。

又一體 五十四字　　　　　　　　　　　　　趙長卿

乍涼淅淅風生幕。人獨在、朱闌翠閣。吹簫信杳爐香薄。眉上新愁又覺。　　從前事、擬將拚却。夢不斷、花梢柳萼。一杯睡起誰同酌。斜日陰陰轉角。

汲古名《杏花天》。

後起句上三、下四字句法。"翠"、"柳"、"又"、"轉"四字用仄。兩結六字句,不於三字豆,與《杏花天》同。是《端正好》本有兩體,各家多如此填①。

【蔡案】

① 此非《端正好》。原譜列於《端正好》後,《欽定詞譜》則單列《杏花天》一調,應從,單列,惟本詞非最早所見者,以首見論,或當推賀鑄,但賀詞後起不叶韵,而本調應以後起叶韵爲正格。

於中好 五十四字　　　　　　　　　　　　　揚无咎

濺濺不住淚流素[一]。憶曾記、碧桃紅露。別來寂寞朝還暮。恨遮斷、當時路。　　仙家豈解空相誤。嗟塵世、自難知處。而今重與春爲主。儘浪蕊浮花妒。

《九宫大成》入南詞越調引。一名《杏花天》，"天"一作"風"。與《鷓鴣天》之別名《於中好》不同。

此與杜作《端正好》全合，實是一調①。

【校記】

［一］原注"淚"字可平。

【蔡案】

① 此即前一詞體，惟前後段起拍皆諧，宜學。

杏花天 五十五字　　　　　　　　　　　　　　侯　寘

豫　章　重　午

寶釵整鬢雙鸞鬥。睡初醒、薰風襟袖。彩絲皓腕宜清畫。更艾虎衫兒新就。　　玉杯共飲菖蒲酒①。願耐夏、宜春厮守。榴花故意添紅皺。映得人來越瘦。

蔣氏《九宫譜目》入越調。

辛棄疾詞名《杏花風》。《詞律》以兩結及後起句與《於中好》不同，分列兩調。又疑尾句少一字。愚按：各家調名不盡相同。此詞衹前結多一"更"字，是襯字，餘同揚作。汪莘、周密各一首，與趙長卿《端正好》恰合。是《端正好》亦有六字一氣體也，未可判分。衹汪於兩次句用仄仄住，周於兩結句用仄仄住，當是一調，不得專以杜作爲式也。當從其多者。《詞律》每於當合者分之，當分者合之，皆未遍觀各家體格之過。

《詞譜》云：此調略近《端正好》，坊本多誤刻。今以六字折腰者爲《端正好》，六字一氣者爲《杏花天》。

"初"字，汲古作"來"，誤。"添紅"二字作"紅添"。

【蔡案】

① 此即趙長卿詞體，惟前段結拍多一字，後段起拍不作折腰句法異，應是誤填。

又一體 三十四字　　　　　　　　　　　史達祖

慈寧殿春晚出游

□城柳色藏春絮。嫩綠滿、游人歸路。殘紅臕蕊留春住。無奈霏微細雨。　　南陌上、玉轡鈿車[一]，悵紫陌、青門日暮。黃昏院落人歸去。猶有流鶯對語。

> 後起句上三下四字，"鈿"字、"對"字用仄①，亦與趙長卿《端正好》同。惟後起句不叶韻，與各家異。吳文英作與此同，於"藏"字、"歸"字用仄，"玉轡"二字用平。

【校記】

[一]"鈿"字及結句"對"字，用●符標識，意謂必用仄聲。

【蔡案】

① "對"字因涉及韵律，謂其必仄尚有理由，而"鈿"字所在字位本可平可仄，如後一首辛詞即用"人"字，"亦與趙長卿《端正好》同"，而趙詞用"拚"也可視爲平聲，況且"鈿"字本可平讀，因此此類所謂必須用仄乃至必須用去的説法，看似嚴謹，實則極不負責，均可忽略。後文又謂吳文英詞"玉轡"二字用平，吳詞三首本句均叶韵，與本詞句式迥異，亦無可比性。

又一體 五十四字　　　　　　　　　　　　　　　　辛棄疾

牡丹昨夜方開遍。畢竟是、今年春晚。荼䕷付與薰風管。
燕子忙時鶯懶。　　　多病起、日長人倦。待得酒闌歌散[一]。
甫能得見荼甌面。却早安排腸斷。

　　　調名《杏花天》，與趙長卿《端正好》同。祇後段次句六字，少
　　一字，是誤脱。

【校記】

　　[一]本句以七字爲正，即前段“畢竟是、今年春晚”句，《稼軒詞》
卷四本句作“不待得酒闌歌散”，《歷代詩餘》卷二十五作“不待到酒闌
歌散”，句首均有“不”字，秦巘所據本或奪。而明知有脱誤，亦强列一
體，則甚爲無謂。

又一體 五十六字　　　　　　　　　　　　　　　　盧　炳

鏤冰剪玉工夫費。做六出、飛花亂墜[一]。舞風情態誰相似。
算祇有江梅可比[二]。　　　極目處、瓊瑤萬里。海天闊、清寒
似水。從教高捲珠簾起。看三白、年豐瑞氣。

　　　兩結句亦上三下四字，與辛、史作又異，足見侯作之非誤也。
　　“亂”、“可”、“萬”、“似”、“瑞”皆用去聲。“起”字下八字，《詞律》
　　缺，從《詞譜》補。

【校記】

　　[一]“亂”字及前結“可”字、後起“萬”字、次句“似”字、後結“瑞”
字，用●符標識，意謂皆用去聲。

〔二〕"有"字後應讀住。

玉闌干　五十六字　　　　　　　　　　　　　　杜安世

珠簾怕捲春殘景。小雨牡丹零落盡。庭軒悄悄燕高飛，風飄絮、綠苔侵徑。　　欲將幽恨傳愁信。想後期、無個憑定。幾回獨睡不思量，還悠悠、夢裏尋趁。

> 與《眼兒媚》之別名《小闌干》無涉。
>
> 此與《步蟾宮》相似，衹次句不用上三下四字句。無他作者。汲古、《詞律》缺"怕"字、"落"字，"飛"字作"空"，"侵徑"二字作"暗侵"，"個"字作"今"，"落"字，葉《譜》作"欲"，皆誤。今從《花草粹編》訂正。《詞律》於"裏"字注作平，不知因上用"悠"字平聲，此處用仄方協。若上用仄，此字自當用平①。如五七言詩句，用平平仄平仄，方能調協。

【蔡案】

　①　秦巘關於"裏"字之論極爲在理，此處不必作平，但秦巘以律句之拗句相比譬，則誤，是不知此爲律句也。惟此處不改，則不可讀爲上三下四式句法，當讀爲上一下六式句法，方纔在律。

朝玉階①　五十八字　　　　　　　　　　　　　杜安世

春色欺人拂眼青。柳條綠軟雪花輕②。黃金縷鎖掩銀屏。陰沉深院，静語嬌鶯③。　　美人春困寶釵橫。惜花芳態淚盈盈。風流何處最多情。千金一笑，須信傾城。

> "青"字，汲古作"清"。"綠"字下，各譜有"絲"字，《詞律》遂

謂"惜花"句少一字，"鎖"字作"鈨"，皆誤。"院"字當句，《詞律》疑誤，何以不與後段比較耶？今從《詞律訂》。

【蔡案】

① 本詞實即《散天花》。《欽定詞譜》謂："其調近《散天花》，然換頭句平仄自不同也。"按，一句平仄之異，諸調中多矣，若因此皆可另爲一調，於律理無據。

② 前段第二拍奪一字，應據《杜壽域詞》補，作"柳條緑絲軟、雪花輕"，後段第二拍應是脱落一字，校之杜詞後一首可知。

③ 歇拍亦當從《全宋詞》，讀爲上五下三式句法，如此，即《散天花》。秦巘此類做法看似謹嚴，實則是不知取捨，殘漏之詞若均須臚列於詞譜内，則天下無譜也。

又一體 六十字　　　　　　　　　　　　　杜安世

簾捲春寒小雨天。牡丹花落盡，悄庭軒。高空雙燕舞翩翩。無風輕絮墜，暗苔錢。　　　擬將幽怨寫香箋。中心多少事，語難傳。思量真個惡因緣。那堪長夢見，在伊邊。

前後次句一五、一三字①，比前各多一字。兩結亦一五、一三字。此體與《散天花》相似，祇換頭句平仄少異。

【蔡案】

① 既然謂是"次句"，則五字後便應逗而不應句，"句"概念清人都淡薄。

采明珠 九十六字　　　　　　　　　　　　杜安世

雨乍收,小院塵消,雲淡天高露冷。坐看月華生,射玉樓清
瑩。蟋蟀鳴金井。下簾幃、悄悄空階,敗葉墜風,惹動閒愁,
千端萬緒難整。　　秋夜永。凉天迥。可不念光景。嗟薄
命。倏忽少年,忍教孤零。燈閃紅窗影。步回廊、懶入香
閨,暗落淚珠滿面,誰人知我,爲伊成病。

《宋史・樂志》:太宗製,中呂調。

此調無他作者。"珠"字上,汲古落"淚"字,從《詞律訂》補。
"景"字,《詞律》謂不是叶,不知何所見而云然。余謂"命"字未必
是叶,此字當逗也。葉《譜》於"悄悄"斷句,未確。愚按:凡長調
皆八段八韵,此詞"悄悄"下少叶一韵,或"蟋蟀"句在"空階"下,
文義乃順。後同①。《壽域詞》顛倒缺佚甚多,惜無他作可證。

【蔡案】

① 秦巘謂"蟋蟀"句在"空階"下,極是。否則於律理不通。

杜韋娘 百九字　　　　　　　　　　　　杜安世

暮春天氣,鶯兒燕子忙如織。間嫩葉、枝亞青梅小[一],乍遍
水、新萍圓碧。初牡丹謝了①,秋千搭起,垂楊暗鎖深深陌。
暖風輕,盡日閒把②,榆錢亂擲[一]。　　恨寂寂。芳容衰
減,頓欹玳枕困無力。爲少年、狂蕩恩情薄,尚未有、歸來消
息。想當初、鳳侶鴛儔,喚作平生,更不輕離坼。倚朱扉淚

眼,滴損紅綃數尺。

> 唐教坊曲名。《九宫大成》入南詞仙吕宫引。

> 《耆舊續聞》云：劉賓客官蘇州刺史。李司空罷鎮日,慕其名招致之,出妓佐觴。劉賦"春風一曲杜韋娘",司空呼妓歸之詞。《詞名集解》云：韋娘,樂部也。

> "亂"、"困"、"數"三字必去聲,勿誤。"想當初"下三句與前段異,平仄恰合。此破句也。"兒"字,汲古、《詞律》作"老","枝亞青"三字作"題詩哨",皆誤。據《詞律訂》葉《譜》改正。"頓"字,《詞律》疑是"頻"字,誠然。

【校記】

[一] 原注"間"字去聲。

[二] "亂"字及後段第三句"困"字、結句"數"字,用●符標識,意謂三字必用去聲。

【蔡案】

① "初"字,疑是訛字,觀其句意,應是一領字,領"牡丹謝了,秋千搭起"八字,而與後段"想"字相合,仄聲字可能性更大。

② 本句應以律讀爲好,與後段同,作一五、一六式讀,"閒把榆錢亂擲"本爲一句。

又一體 百九字　　　　　　　　　缺　名

華堂深院,霜籠月彩生寒暈。度翠幄、風觸梅香噴。漸歲晚、春光將近。惹離恨萬種,多情易感,歡難聚少愁成陣。擁紅爐,鳳枕慵欹,銀燈挑盡。　　當此際争忍。前期後

約,度歲無憑準。對好景、空積相思恨。但自覺、厭厭方寸[一]。擬金箋象管,丹青妙手,寫出寄與伊教信[二]。儘千工萬巧,惟有心期難問。

> "噴"字、"恨"字叶韵,比前作多叶二韵。換頭一五、一四、一五字,六、七、八句與前段同。稍異杜作。

【校記】

　　[一]原注前"厭"字平聲。

　　[二]原注"出"字作平。

更漏子　百四字　　　　　　　　　　　　　　杜安世

遙遠塗程。算萬水千山,路入神京。暖日春郊綠楊紅杏,香徑舞燕流鶯。客館閒庭悄悄,堪惹舊恨深[一]。有多少馳驅,驀嶺涉水,枉費身心。　　思想厚利高名。漫惹得憂煩,枉度浮生。幸有青松白雲深洞,清閒且樂昇平。長是宦游羈思[二],別離淚滿襟。望江鄉踪跡,舊游題書,尚自分明。

> 此與溫庭筠小令迥別,當另列。無他作者。
>
> "暖日"句、"幸有"句各八字,是二字領起,勿作兩四字句及上三下五字填①。"惹"字、"嶺"字是以上作平。"深"、"襟"二字不應用閉口韵。"書"字當是"字"字之訛②。"遙遠"二字,汲古、《詞律》作"庭遠",或作"邊遠"。"萬水千山"四字作"千山萬水","楊"字作"柳","閒庭悄悄"四字作"悄悄閒庭","馳驅"二字作"驅驅","費"字作"慶",俱誤。"憂煩"二字,《詞律》作"意煩","白雲"二字作"雪"。據葉《譜》改正。

【校記】

[一] 原注"惹"字及後二句"嶺"字作平。

[二] 原注"思"字去聲。

【蔡案】

① 詞句的句式其實未必鐵定，後段可以讀爲"幸有、青松白雲深洞"，前段則應該是"暖日春郊、緑楊紅杏"，未必就是二領六，總體韵律視爲一句即可。

② 秦巘謂"書"字當是"字"之誤，就平仄而言，甚是，依律應用仄聲字。但是宏觀而論，賀鑄前段用"洞府人間"，後段用"明月多情"，均爲仄仄平平，則本句應是"游"字有訛誤，而前段也不應"嶺"字作平，而應該"水"字作平。

詞繋卷十七 宋

金蓮繞鳳樓 五十五字　　　　　　　　　　　　　　宋徽宗

絳燭朱籠相隨映①。馳繡轂、塵清香襯。萬金光射龍軒瑩。繞端門、瑞雷輕振。　　　元宵爲開勝景。嚴黼座、觀燈錫慶。帝家華燕乘春興。襄珠簾、望堯瞻舜。

> 調見《花草粹編》，觀燈詞也，故名。他無作者。《詞律》未載。《詞譜》注此調與《睿恩新》相近，但前後第三句不同，實非一調。却與《步蟾宮》相似，祇後起句六字亦異。餘詳《睿恩新》下。

【蔡案】

① "絳燭朱籠"疑是"朱籠絳燭"的倒誤。又，《史記·天官書》有"前列直斗口三星，隨北端兌"句，《索隱》：隨，他果反。則"隨"亦可仄讀。

雪明鳷鵲夜 九十四字　　　　　　　　　　　　万俟詠[一]

望五雲多處，探春開閬苑①，別就瑶島[二]②。正梅雪韵清，桂月光皎③。鳳帳龍簾縈嫩風，御座深、翠金間繞。半天中，香泛千花，燈挂百寶。　　　聖時觀風重臘，有簫鼓沸空，錦繡匝道。競呼盧氣貫調歡笑。袖裏金錢擲下,來侍宴、歌太平睿藻。願年年此際,迎春不老。

　　　　亦見《花草粹編》。無他作者。"明"字,葉《譜》作"寒",不知何據。《詞律》未收。

　　　　"就"、"韵"、"間"、"沸"、"匝"、"睿"等字宜去聲。"百"字、"不"字,以入作平。"競呼盧"下二十二字,疑有訛誤④。或於"來"字句、"歌"字逗,與前段合,但"擲下來"三字欠妥。"探春"二字,一作"春深"。"瑶"字作"篷"。今從《粹編》本。

【校記】

　　[一]本詞出宋人陳元靚《歲時廣記》,作者爲万俟詠,《花草粹編》誤將本詞列爲"道君",即徽宗,誤,應從宋人著作。

　　[二]"就"字及後句"韵"字、第七句"間"字、後段次句"沸"字、第三句"匝"字、第六句"睿"字,用●符標識,意謂宜用去聲。

【蔡案】

　　① 前起"望"字、"探"字皆爲領字。

　　②"就"字及後段對應之"繡"字用仄,不律,應有其講究,無考而已,不宜用平。

　　③"桂月"之"月"及後段第三句"匝道"之"匝",以入作平,秦巘謂"匝"字宜去聲,乃偏嗜去聲之病,此即前段"瑶"字,作平無疑也。

　　④ 後段確有訛誤,但並非二十二字内,而是"競呼盧"句内,其餘錯訛均因後人句讀不當而致,試作詳細韵律分析。首先,前段第七句是一個仄聲的雙起式句法,因此,"御座深"所對應的三字逗便不應該是"來侍宴"這樣平聲的單起式句法,"侍宴歌、太平睿藻"才是準確的原句。其次,由此可知,"來"字應該是屬上的,而"袖裏金錢擲卜來"的句法,仄起平收,恰與前段"鳳帳龍簾縈嫩風"對應,秦巘以爲欠妥,

必是以爲造語過於俚俗，不知宋詞中此等用法並非僅見，如同時代之辛棄疾，亦有"時把瓊瑤蹴下來"之語，不知秦巘以爲"蹴下來"是否亦"欠妥"。所以，前後第三均的第五六兩句並無文字錯訛。再次，依照律理，第二均應是"競呼盧氣貫，□調歡笑"，其中'調'字讀平聲，兩拍構成，這是硬道理，現在後段讀成八字一句，則第二均成了孤拍。所以説，對應前段第二均，這裏應該也是五字一句、四字一句，原譜奪一字無疑。如此，前段"探春"至"間繞"，與後段"有簫"至"睿藻"相對，絲絲入扣，極爲整齊，正是詞調之一般樣貌。

燕山亭 九十九字　　　　　　　　　　　　　宋徽宗

北行見杏花作

裁剪冰綃[一]，輕叠數重[二]，冷淡胭脂勻注[三]。新樣靚妝，艷溢香融，羞煞蕊珠宮女。易得凋零，更多少、無情風雨。愁苦。閒院落淒凉[四]，幾番春暮。　　　憑寄離恨重重，這雙燕、何曾會人言語①。天遥地遠，萬水千山，知他故宮何處②。怎不思量，除夢裏、有時曾去。無據。和夢也、新來不做[五]。

《九宮大成》入南詞小石調正曲，許《譜》同。

與《山亭宴》無涉。一本爲僧揮作，誤。

《詞品》云：徽宗此詞，北狩時作也。詞極凄婉。愚按："燕"、"宴"原可通用。若北狩時作，當作燕國之燕，讀平聲。《詞匯》作"宴"，誤。

"數"、"靚"、"地"三字宜去聲。次句張雨作平平仄仄，差異。

"天遥地遠"四字,各家作平仄去平,與此異,當是"天遠地遥",或
寫倒。"新來"二字,一作"有時"。《詞統》《草堂》缺"匀"字,誤。
"做"字是借叶。

【校記】

[一]原注"裁"字、第六句"羞"字、第八句"多"字、第九句"無"
字、第十句"聞"字、後段次句"雙"字、第七句"除"字可仄。

[二]"數"字及第四句"靚"字、後段第三句"地"字,用●符標識,
意謂宜去聲。

[三]原注"冷"字、第八句"更"字、第九句"院"字、後段第六句
"怎"字、第九句"夢"字和"有"字可平。

[四]"閒"字誤,應據《花草粹編》卷十九改爲"問"字。

[五]原注"不"字作平。

【蔡案】

① 本調是一個極爲典型的添頭式結構,故此處疑奪一字,其原
貌應是"這雙雙燕,何曾會人言語"。

② "他"字仄讀,勿誤。

醉春風 六十四字　　　　　　　　　　　　　　　趙　鼎

寶鑑菱花瑩。孤鸞慵照影。魚書蝶夢兩消沉①,恨。恨。
恨。結盡丁香,瘦如楊柳,雨疏雲冷。　　　宿醉懨懨病。羅
巾空淚粉。欲將遠意托湘弦,悶。悶。悶。香絮悠悠,畫簾
悄悄,日長春困。

　　《太平樂府》《中原音韵》俱入中吕宫。《太和正音譜》注中吕
宫,亦入正宫,又入雙調。蔣氏《十三調譜》注中吕調。《九官大

成》入南詞中吕宫引。許《譜》同。一名《怨春風》，又入北詞中吕
調隻曲。

此《醉春風》正調，與《醉花陰》之别名不同。《詞律》收趙德
仁一首[一]，後段次句用"春睡何曾穩"，平仄與此異。究宜前後
相同爲是。

【校記】

[一] 實爲無名氏詞。秦巘謂"宜前後相同爲是"，甚是，但陳德
武二首該句也是仄起式句法，如"淚滿鮫綃帕"，究不爲正。

【蔡案】

① "蝶"字，各家俱平，則本詞當是以入作平。後段前"悄"字亦
同，以上作平。

瓊　臺 九十三字　　　　　　　　　　　　李　光

元夕次太守韻

老閣臨流，渺滄波萬頃，湧出冰輪。星河淡天衢，迥絕纖
塵[一]。瓊樓玉館，遍人間、水月精神。清江瘴海，乘流處處
分身[二]。　　邦侯盛集嘉賓。有香風縹渺，和氣氤氲。華
燈耀綺席，競笑語烘春[三]。窺簾映牖，眷素娥、遍顧幽人。
空悵望、通明觀闕，遥瞻一朵紅雲。

此調各譜俱不載，與各調皆不符合，自是創製。

王敬之云：此詞見長洲陶凫香樑《詞綜補遺》，詞未到工處。
考《宋史》，李光字泰發，上虞人。崇寧五年進士，官至參知政事。
謚莊簡。詞附《莊簡集》。因忤秦檜，安置瓊州，移昌化軍，則爲

端人無疑。又陶選李詞,有《重九日宴瓊臺‧南歌子》詞。則瓊臺實有其地,當在瓊州[四]。李取爲詞,定是自製腔,或如張輯《疏簾淡月》之類。戈順卿之説可信。

【校記】

　　[一] 本詞四印齋所刻詞本《莊簡詞》有收録,實爲《漢宮春》,此二句爲"星河澹澹,天衢迥絶纖塵",奪一"澹"字。

　　[二] 四印齋所刻詞本此二句爲"□□□,清江瘴海,乘流處處分身",奪三字。

　　[三] 四印齋所刻詞本此二句爲"華燈耀添,綺席笑語烘春",錯訛二字。

　　[四] 本調爲《漢宮春》,則"瓊臺"二字也是題序中語,爲"瓊臺元夕次太守韵"。

雪夜漁舟　百字　　　　　　　　　張繼先(虚靖真君)

晚風歇。謾自棹孤舟,順流觀雪。山聳瑶岑,林森玉樹,高下盡無分別。襟懷澄澈。更没個、故人堪説。恍然塵世,如居天上,水晶宮闕。　　　萬塵聲影絶。瑩虚空無外[一],水天相接。一葉身輕,三花頂聚,永夜不愁寒冽。漫憐薄劣。但祇解、附炎趨熱。停橈失笑,知心都付野梅江月①。

　　此取詞句爲名。

【校記】

　　[一] "瑩"字原注去聲。

【蔡案】

　　① 此結拍八字,同前結八字,都應讀斷爲四字領四字。

萬里春 四十六字　　　　　　　　　　　　周邦彦

千紅萬翠。簇定清明天氣①。爲憐他、種種清香，好難爲不醉。　　我愛深如你。我心在、個人心裏。便相看、老却春風，莫無些歡意。

> 以下俱見《片玉詞》。此下四調，方千里無和詞。
>
> 此調他無作者，平仄宜守。《詞律》缺"定"字，今從《片玉詞》補正。

【蔡案】

① 本句疑脱一字，竊以爲本應作"簇定了、清明天氣"，與後段"我心在、個人心裏"相合。

鳳來朝 五十字　　　　　　　　　　　　周邦彦

佳　　人

逗曉看嬌面[一]。小窗深、弄明未辨。愛殘妝、宿粉雲鬟亂。最好是、帳中見。　　説夢雙蛾微斂。錦衾温、獸香未斷。待起難捨拚①，任日炙、畫樓暖。

> 《九宫大成》入南詞越調引。
>
> "待起"句，《清真集》作"待起又如何拚"，多一字，與史作正合，亦當叶韵。兩"未"字宜去聲。"看"去聲，"深"字一本作"凉"。

【校記】

［一］原注"看"字去聲。

【蔡案】

① 秦巘五字未叶韵，檢陳允平和詞，作："買一笑、千金拚。"則陳允平所見周詞，應是秦巘所注《清真集》之六字句，五字者必爲其後奪誤，且"拚"字應叶韵。當據改。但此等小令，尾均連下四個三字，韵律亦怪，余疑當是："待起□、□又如何拚。"奪二字，"起"字後，且應是平聲字，雖無書證，然韵律如此，通首吟來便知。

又一體 五十一字　　　　　　　　　　　　史達祖

暈粉就妝鏡。掩金閨、綵絲未整。趁無人、學煞鴛鴦頸。恨誰踏、蘚花徑。　　　一夢蒲香葵冷。墮銀瓶、脆繩挂井。扇底并團圓影①。衹此是、沈郎病。

　　"扇底"句六字叶韵，足證《片玉》《清真》之誤②。

【蔡案】

① 本詞同周詞體，"扇底"六字應是史達祖摹周詞殘句而誤（可見周詞在百年後已經有脱落），但亦須讀爲折腰句法。惟此六字同周詞，應奪一字。本調僅存周、史及陳允平三首，周美成之後久已不傳，史達祖去美成百年，詞有脱誤，亦在情理之中。

② 秦巘指誤，未免隔靴搔癢。原譜周詞作"待起難捨拚"，未作叶韵，姑不論奪字與否，"拚"字本可叶"斷"、"暖"，秦巘自家未擬叶韵耳，與奪字何涉。

玉團兒 五十二字　　　　　　　　　　　　周邦彦

鉛華淡泞新妝束。好風韵、天然異俗[一]。彼此知名，雖然初見,情分先熟^[二]。　　爐烟淡淡雲屏曲。睡半醒、生香透肉。賴得相逢,若還虛度^[三],生世不足^[四]。

“異”、“分”、“透”、“世”四字必去聲,各家皆然,勿誤^①。惟張鎡於“分”字、“世”字用平,不可從。汲古爲趙長卿作,誤。

【校記】

[一]原注“風”字可仄。“異”字與前結“分”字、後段次句“透”字、後結“世”字用●符標識,意謂必用去聲。

[二]原注“分”字去聲。

[三]原注“若”字可平。

[四]原注“不”字作平。

【蔡案】

① 秦巘謂“異”、“分”、“透”、“世”四字必去聲,各家皆然,不知其據,本調現存宋詞僅六首,該四字有平聲三處,上聲、入聲各二處,“必去聲”云云無據。且秦巘此類説法,概無詮釋,從不知其律理依據爲何?此説自萬樹誤解宋人之意始,貽誤至今。且詞譜當解譜爲是,分析律理,詳加推演、詮釋,方是正理,奈何每每解詞邪?一歎。惟本調兩結拍,俱用大拗句法,竊以爲此必和詞樂相關,故第二字絶不可用平聲替。

紅羅襖 五十三字　　　　　　　　周邦彥

畫燭尋歡去,羸馬載愁歸。念取酒東壚^①,樽罍雖近,采花南圃,蜂蝶須知。　　自分袂、天闊鴻稀。空乖夢約心期。楚客憶江籬。算宋玉、未必爲秋悲。

　　唐教坊曲名。《詞譜》注大石角,《九宫大成》入北詞大石調
隻曲。《詞名集解》云:古石調曲也。吴任臣云:於古樂爲太簇
商調。

　　"乖"字上,汲古多"懷"字,誤。

【蔡案】

　　①"壚"字應叶,或有舛誤。前段二拍一均、四拍一均,或無如此
韵律。

垂絲釣　六十六字　　　　　　　　　　　　　　　周邦彦

縷金翠羽[一]。妝成纔見眉嫵。倦倚玉奩,看舞風絮[二]。愁
●○●▲　　○○○●▲　　●●○●,●●○●▲　　　　○

幾許。寄鳳絲雁柱。春將暮。向層城苑路。　　　鈿車如
●▲　●●●●▲　○○●　●○○●▲　　　　　○○●

水,時時花徑相遇。舊游伴侶。還到曾來處。門掩風和雨。
●　○○○●○●▲　●●●▲　⊙●○○▲　⊙●○○▲

梁燕語。問那人在否。
○●▲　　●●○●▲

　　《太平樂府》注商調,《中原音韵》注商角調,《九宫大成》名
《蓋天旗》,入北詞商角隻曲。

　　汲古於"如水"句分段,失叶,誤。考各家分段多不同,趙彦
端二首,方和詞,俱於"雁柱"句分段。可見宋時已無定格①。詞
意當如趙體,論體格當從吴體。"翠"、"倦"、"玉"(作去)、"舞"、
"雁"、"舊"、"伴"、"在"等字必用仄聲,用去更妙。各家皆同。間
有用平者,不必從。"縷"字亦宜用仄。只吴文英一首首句不起
韵。"玉奩"二字,葉《譜》作"綉簾"。於"看"字句,考各家皆兩四
字句。葉《譜》"苑"字,汲古作"宛",誤。

【校記】

[一]"翠"字及第三句"倦"字和"玉"字、第四句"舞"字、第六句"雁"字、後段第三句"舊"字和"伴"字、後結"在"字,用●符標識,意謂必用仄聲。

[二]原注"看"字平聲。

【蔡案】

① 此爲近詞,則前後段當各爲三均,第一第三均極爲整齊,而第二均不合,此類結構,詞調中極爲罕見,大都因中間有舛誤故。本調前後段第二均,其可疑處在:一,前段第三拍不叶韵,後段則叶韵,且所有宋詞莫不如此,此類不對應,屬韵律異常現象,正常情況或有一二首皆不叶韵,或皆叶韵。二,"看舞風絮愁幾許"對"還到曾來處",差二字,疑應是"還到□□曾來處",奪二字一韵。三,"看舞風絮"之造語彆扭,"看"字或應屬前,余甚至以爲後段原文爲"舊遊伴侶□,□還到、曾來處"。綜前所論,前後段第二均應該分別爲:"倦倚玉奩看,舞風絮、愁幾許"、"舊游伴侶□,□還到、曾來處"。謹置疑,待高明。

又一體 六十六字　　　　　　　　　　揚无咎

鄧瑞友席上贈呂倩倩

玉纖半露。香檀低應鼉鼓。逸調響穿空①,雲不度。情幾許。看兩眉碧聚。爲誰訴。　　聽敲冰戞玉[一]②,恨雲怨雨。聲聲總在愁處。放懷未舉。傾坐驚相顧。應也腸千縷。人欲去。更畫檐細雨。

前段第三句五字,四句三字,與周作異。"聽敲冰"句宜屬上段。此誤填，不可從。

【校記】

　　[一]《歷代詩餘》卷四十三，本句屬前段。應從。秦巘知誤而不改，是羅列體式以敘來龍去脉，而非製譜。

【蔡案】

　　① 本句填法，或恰是正格，若周邦彥詞讀爲"倦倚玉奩看，舞風絮。愁幾許"，則五字句平仄如一，與本詞正合。

　　② 後段起拍，依律應屬前，爲前段結拍。"玉"字入作去聲，北音也，叶韵。

又一體 六十七字　　　　　　　　　　　　　　袁去華

江楓秋老。曉來紅葉如掃。暮雨生寒，正北風低草①。賓鴻早。亂半川殘照。傷懷抱。　　　記西園飲處②，微雲弄月，梅花人面争好。路長信杳。度日房櫳悄。還是黄昏到。歸夢少。縱夢歸易覺。

　　前第四句比楊作少一字，五句多二字[一]。換頭句亦屬下段。後段二句不叶。

【校記】

　　[一]"前四句"應是"前三句"之誤筆，"五句"應是"四句"之誤筆。

【蔡案】

　　① 本句"正"字衍。

　　② 本詞之異，全在"記西園飲處"一句不叶韵，因爲不叶韵，所以

被移至後段,而如此分段自然於韵律而言大爲不諧,可知此句必有失韵之訛。

又一體 六十六字 　　　　　　　　　　　　　　　陳 亮

九月七日自壽

菊花細雨。蕭蕭紅蓼汀渚。景物漸幽,風致如許。秋未暮。又值吾初度。　　看天宇。正澄清,欲往登高未也,紅塵當面飛舞。幾人弔古。烏帽牢收取。短髮還羞覷。遐壽身,近五雲深處。

　　"看天宇"句屬下段。"正澄清"二句,一三、一六字,少叶一韵①。"身"字不叶韵②,與各家異。

【蔡案】

　　① 本詞之舛誤,在於"往"字,其字原本當是韵字,《歷代詩餘》作"注",叶韵,然抑或是清人杜撰,余以爲本字或是"住"字,形近而誤作"往"。如此,則與周詞同矣。

　　② "身"字爲輔韵,可叶可不叶。

又一體 六十六字 　　　　　　　　　　　　　　　楊冠卿

翠簾畫卷。庭花日影初轉。酒力未醒,眉黛斂。還傳歌扇[一]。背畫闌倚遍。情無限。悵韶華又晚。　　錦轔去後,愁寬珠袖金釧。碧雲信遠。難托西樓雁。空寫銀箏怨。腸欲斷。更落紅萬點。

前段第四句三字,五句四字,與各家皆不同。

【校記】

　　[一]本句《聽秋聲館詞話》卷十二作:"酒力未醒,眉黛還斂。情無限。"《全宋詞》所據《客亭類稿》爲:"酒力未醒,眉黛還斂。停歌扇。"字句均與前相同。又,"醒"作"銷"字,更恰。

又一體 六十六字　　　　　　　　　　　　　　　　吴文英

雲麓先生以畫舫載洛花燕客

聽風聽雨,春殘落花門掩。乍倚玉蘭,旋剪夭艷。携醉屧。放溯溪游纜。波光掩。映燭花黯澹。　　碎霞澄水,吴宫初試菱鑑。舊情頓减。孤負深杯灔。衣露天香染。通夜飲,問漏移幾點。

　　此與周作平仄全合,惟首句及"飲"字不叶韵。

一剪梅 六十字　一名《臘梅香》　　　　　　　　　周邦彦

一剪梅花萬樣嬌。斜插疏枝,略點眉梢。輕盈微笑舞低回,
●●○○●●△　　●●○○　●●○○　○○○●●○○
何事尊前,拍手相招。　　夜漸寒深酒漸消。袖裏時聞,玉
○●○○　●●○△　　　●●○○●●△　●●○○　●
釧輕敲。城頭誰恁促殘更,銀漏何如,且慢明朝。
●○△　○○○●●○○　○●○○　●●○△

　　元高栻詞注南吕宫,《九宫大成》入南詞南吕宫引,許《譜》同。

　　此以起句立名。李清照一詞名《玉簟秋》。韓淲詞有"一朶

梅花百和香"句，名《蠟梅香》，與吳師孟正調不同。

方無和詞。

又一體 六十字 　　　　　　　　　　　　　　　　　程 垓

小會幽歡整及時。花也相宜。人也相宜。寶香未斷燭光低。莫厭杯遲。莫恨歡遲。　　夜漸深深漏漸稀。風已侵衣。露已沾衣。一杯重勸莫相違。何似休歸。何自同歸。

通首皆叶韵，且用排句叠叶，後人多效之。辛棄疾、方岳皆有此體，並不始於蔣捷也。

又一體 五十九字　一名《玉簟秋》　　　　　　　　李清照

紅藕香殘玉簟秋。輕解羅裳，獨上蘭舟。雲中誰寄錦書來，雁字回時月滿樓①。　　花自飄零水自流。一種相思，兩處閒愁。此情無計可消除，纔下眉頭，却上心頭。

因首句，又名《玉簟秋》②。

《瑯嬛記》云：趙明誠德甫，李格非以女妻之。結褵未久，明誠即負笈遠游，易安殊不忍別，覓錦帕書《一剪梅》詞以送之。

此詞汲古載入《惜香樂府》，字句差殊。"月滿"下多一"西"字。考趙長卿別作，用"別是人間一段愁"七字句，見汲古。向子諲亦作"明日從教一綫添"七字句，見《雅詞》。可見當時本有此體，舊譜謂脫去一字者，非。

【蔡案】

① 此即正體，前結脫一字異。秦巘以趙、向有七字一句填法，證

李詞亦爲七字,無邏輯。別家有七字,不等於此亦七字,否則諸詞莫不是七字矣。須有早期版本李詞爲七字,以趙、向詞證明七字並非脱字,方是正道。

②"玉簟秋"衹是後人所用的指代名,並非調名,因此宋元以來鮮有所聞,且無人襲用。

又一體 六十字　　　　　　　　　　　　　　　　辛棄疾

游蔣山呈葉丞相

獨立蒼茫醉不歸。日暮天寒,歸去來兮。探梅踏雪幾何時。今我來思,楊柳依依。　　　白石岡頭曲岸西。一片閒愁,芳草萋萋。多情山鳥不須啼。桃李無言,下自成蹊。

四七字句皆叶韵①。"思"字非叶。

【蔡案】

① 凡詞有主韵,有輔韵,輔韵多爲修辭而已,可增可不增,可叠可不叠,並非律定,此詞之律理也。故程垓詞可以四句相叠,辛詞可以七字句增韵,後盧炳詞可以四字句增韵,其理皆同。

又一體 六十字　　　　　　　　　　　　　　　　史達祖

誰寫梅溪字字香。沙邊幽夢,常恁芬芳。不如花酒伴昏黄。衹怕東風,吹斷人腸。　　　小閣無燈月浸窗。香吹羅袖,酒映宫妝。如今竹外怕思量。谷裏佳人,一片冰霜。

前後次句用平平平仄,與各家異①。

【蔡案】

　　① 句法不同，不足爲又一體。

又一體 六十字　　　　　　　　　　　　　　　　　劉　儗

唱到陽關第四聲。香帶輕分。羅帶輕分。杏花時節雨紛紛。山繞孤村。水繞孤村。　　更没心情共酒尊。春山香滿，空有啼痕。一般離思兩消魂。馬上黄昏。樓上黄昏。

　　通首叶韵，獨後段次句不叶①，平仄亦異。

【蔡案】

　　① 如前所述，詞中輔韵若有增韵、叠韵，本屬作者主觀行爲，而非格律客觀設定，屬於作法範疇，而非律法範疇。宋人如此，今人亦如此。

又一體 六十字　　　　　　　　　　　　　　　　　盧　炳

　　　　　　　　　　　　　元　宵

燈火樓臺萬斛蓮。千門喜笑，素月嬋娟。幾多急管與繁弦。巷陌喧闐。畢獻芳筵。　　樂與民偕五馬賢。綺羅叢裹，一簇神仙。傳柑雅宴約明年。盡夕留連。滿泛金船。

　　前後次句不叶韵，平仄與史作同。兩第五句皆叶韵。各家皆用平聲住，因而順便用韵，踵事而增，轉相仿效。序列時代，即知分合變化之故。本譜立意在此，知音者諒不河漢余言。

隔浦蓮 七十三字　或加"近"字,或加"近拍"二字。
"浦"或作"渚"[一]　　　　　　　　　　周邦彦

中山縣圃姑射亭避暑作

新篁搖動翠葆[二]。曲徑通深窈。夏果收新脆,金丸驚落飛
○○●●▲　　●●○○▲　●●○○●　○○●●○

鳥。濃靄迷岸草。蛙聲鬧。驟雨鳴池沼。　　水亭小。浮
▲　○●○●▲　○○▲　●●○○▲　　　　●○▲　○

萍破處,檐花簾影顛倒。綸巾羽扇①,困臥北窗清曉。屏裏
○●●　○○○●○▲　○○●●　◎●●○○▲　◉●

吳山夢自到。驚覺。依然身在江表。
○○●●▲　○▲　○○○●○▲

此周邦彦令溧水時作。《白香山集》有《隔浦蓮曲》,調名或本
此。陸游詞名《隔浦蓮近拍》,吳文英詞名《隔浦蓮近》。"濃靄"句平
仄各家互有異同,宜從此體。方和詞、史達祖與此合。"翠"、"水"、
"夢"三字,宜仄聲,勿誤。"水亭小"句,當是換頭句。揚无咎一首,陸
游、高觀國二首皆屬上段,吳文英屬下段。"鬧"字,陸、吳不叶,"覺"
字,吳亦不叶。不可從。"金丸驚落",汲古作"金丸落驚",高作平平
仄平,吳作仄平平仄。"檐花簾影",《花庵詞選》作"簾花檐影",俱誤。
《野客叢書》已明辨之,茲不具論。"困"字,葉《譜》作"醉"。

【校記】

[一]"渚"字實爲訛誤,不當"或作"。

[二]"翠"字及後起"水"字、後段第六句"夢"字,用◑符標識,意
謂必用仄聲。

【蔡案】

① 本句揆其韻律,應是五字一句,疑奪一字,而後人皆循周而誤。

隔浦蓮近 七十三字 彭元遜

夜寒晴早人起。見柳知新翠。撼樹試花意。兩蜂狂救墮蕊。見著羞懶避。春都在，時節到愁地。　屏間字。香痕半搖，誤期一一曾記。朱弦謾鎮，不會近番慵脆。強踏秋千似醉裏。扶下，眼花跕跕飛墜。

> "在"字、"下"字不叶韻。

解蹀躞 七十五字 一名《玉蹀躞》 周邦彥

候館丹楓吹盡[一]，面旋隨風舞[二]。夜寒霜月飛來伴孤旅[三]①。還是獨擁秋衾，夢餘酒困都醒[四]，滿懷離苦。甚情緒②。深念凌波微步。幽房暗相遇。淚珠都作秋宵枕前雨。此恨音驛難通，待憑征雁歸時，帶將愁去。

> 曹勛詞名《玉蹀躞》。
>
> 《九宮大成》入南詞商調正曲。
>
> "夜寒"句、"淚珠"句，九字一氣。此種句法，周詞常用之，實始於柳永。結處十字一氣，或上六下四，或上四下六不拘③。"伴"、"滿"、"甚"、"暗"、"枕"、"帶"等字必用仄，用去更妙。各家皆同。"都醒"二字，方和詞作"終日"，平仄異，且屬下句。"面"字，《歷代詩餘》作"四"，亦可通。"帶"字，葉《譜》作"寄"。

【校記】

[一] "館"字及第六句"酒"字原注可平。"丹"字及第五句"還"字、後起"深"字原注可仄。

　　［二］原注“旋”字去聲。

　　［三］“伴”字、前結“滿”字、換頭“甚”字、後段第三句“暗”字、第五句“枕”字、後結“帶”字，用◖符標識，意謂必用仄聲，用去更妙。

　　［四］原注“醒”字平聲。

【蔡案】

　　① 秦蠍未將此九字讀斷，前後都如此，顯然是有意的，而並不是漏點，顯然他認爲這九字是“一氣”，實誤。該九字實爲一均，按照韵律必須讀斷爲兩個句拍，這是清代譜家缺乏均拍理念的結果。至於不讀斷的原因，或是爲究竟讀作“夜寒霜月飛來、伴孤旅”，還是“夜寒霜月，飛來伴孤旅”而斟酌不定。

　　② 本調爲添頭式詞調，除後段多“甚情緒”三字，前後段字句、韵律均相合。

　　③ 結處的十字，也並非如秦蠍所説，或上六下四，或上四下六不拘，這種韵律情況在許多別的詞調中也都是如此。以本詞爲例，依據基本的韵律，如後段便不可讀爲“待憑征雁，歸時帶將愁去”，文意或通，韵律則悖。如果要構思爲上四下六句法，第六字就需要微調，易平爲仄，如曹勛兩首都是如此。方千里詞，最爲典型：其前段爲上四下六句法：“恨添客鬢，終日子規聲苦。”其中第六字爲仄。其後段爲上六下四句法：“夢魂猶記關山，屢隨書去。”其中第六字爲平。這是“讀破”中的韵律要點。讀破，並非簡單的標點易位即可，讀破是一種韵律變化，因此必定涉及韵律的調整，惜清儒多不知此。

又一體　七十五字　　　　　　　　　　　　揚无咎

呂 倩 倩 吹 笛

金谷樓中人在，兩點眉顰綠。叫雲穿月橫吹楚山竹[一]。怨

斷憂憶因誰，坐中有客，猶記在、平陽宿。　　淚盈目。百
囀千聲相續。停杯聽難足[二]。謾誇天風海濤舊時曲。深夜
烟慘雲愁，倩君沉醉，明日看、梅梢玉。

> 兩結用一四、兩三字句，與前異。"深夜"二字，汲古、《詞律》
> 作"夜深"，"沉"字作"況"。據《詞律訂》改正。

【校記】

〔一〕"楚"字、前結"在"字、換頭"淚"字、後段第三句"聽"字、第
五句"舊"字、後結"看"字，用●符標識，意謂必用仄聲，用去更妙。

〔二〕原注"聽"字及後結"看"字去聲。

又一體 七十四字　　　　　　　　　　　　　　　　方千里

院宇無人晴晝，靜看簾波舞。自憐春晚漂流尚羈旅[一]。那
況淚濕征衣，恨添客鬢，終日子規聲苦。　　動離緒。謾徘
徊愁步①。何時再相遇。舊歡如昨，匆匆楚臺雨。別後南北
天涯，夢魂猶記關山，屢隨書去。

> 前結一四、一六字，與周作略異。後段次句五字，少一字。
> 此和周韻，不應少一字，或有脫誤。

【校記】

〔一〕"尚"字、前結"子"字、換頭"動"字、後段第三句"再"字、第
五句"楚"字、後結"屢"字，用●符標識，意謂必用仄聲，用去更妙。

【蔡案】

① 本詞步韵周邦彥詞，詞句不應少一字，據《歷代詩餘》卷四十

八、《欽定詞譜》卷十七,此句並作"漫整徘徊愁步",亦爲六字,與諸家同,可據補。

側　犯　七十七字　　　　　　　　　　　周邦彦

暮霞霽雨,小蓮出水紅妝靚[一]。風定。看步襪江妃照明鏡[二]①。飛螢度暗草,秉燭游花徑。人静。携艷質、追凉就槐影②。　　金環皓腕,雪藕清泉瑩。誰念省。滿身香猶是舊荀令[三]。見説胡姬,酒壚深迥。烟鎖漠漠[四],藻池苔井。

> 陳暘《樂書》云:五行之聲,所司爲正,所敬爲旁,所斜爲偏,所下爲側。正宫之調,正犯黄鐘宫,傍犯越調,偏犯中吕宫,側犯越角之類。樂府諸曲,自昔不用犯聲。唐自天后末年,劍器入渾脱,始爲犯聲。明皇時,樂人孫處秀善吹笛,好作犯聲,亦鄭衛之變也。《歷代詩餘》云:犯調起於宣政,詞家有《側犯》《尾犯》《花犯》等名。餘詳《凄凉犯》下。

> "看步襪"句、"携艷質"句,皆八字。"看"字、"携"字是領句字,觀後姜詞可知。"照"、"度"、"就"、"舊"四字必用去聲。"漠漠"二字,以入作平,方和詞同。袁去華、姜夔俱作平平,陳允平和詞亦然。"鎖"字,《詞律》因方千里和詞用"愁聽"二字,用韵,遂説"鎖"字句宜叶韵。又云:白石之"寞"字借作"暮"字,謬極。强作解事,徒然嘵舌。"深迥"二字,汲古作"寂静",重叶。"荀"字或作"時",皆誤。

【校記】

[一]"出"字及後段次句"雪"字原注可平。按,二字俱爲入聲,徑作平聲即可。

〔二〕“照”字及後句“度”字、前結“就”字、後段第四句“舊”字，用
●符標識，意謂必用去聲。

〔三〕“香”字及後二句“深”字原注可仄。又，本句應於第三字後
讀住。

〔四〕兩“漠”字原注作平。

【蔡案】

① 秦巘“看步襪”下八字、“滿身香”下八字，皆未讀斷，是誤將其
視爲一句，但本詞中此三字實爲句，非逗，蓋原爲“風定看步襪”一句，
“定”爲句中韵。而後段“誰念省、滿身香”則是六字折腰句，仍是
一句。

② 秦巘讀“携艷質”爲三字逗，其誤也同前述，這裏“人静携艷
質”本爲一句，“静”爲句中短韵。

又一體 七十七字　　　　　　　　　　　　　　姜　夔

詠　芍　藥

恨春易去。甚春却向揚州住。微雨。正繭栗梢頭弄詩
句〔一〕。紅橋二十四，總是行雲處。無語。漸半脱宮衣笑相
顧。　　金壺細葉，千朵圍歌舞。誰念我、鬢成絲，來此共
尊俎。後日西園緑陰無數。寂寞劉郎，自修花譜。

首句即起韵，與周異。

【校記】

〔一〕“弄”字及後句“二”字、前結“笑”字、後段第四句“共”字，用
●符標識，意謂必用去聲。

又一體 七十七字　　　　　　　　　　　　　譚宣子

素秋漸爽,倚香曲枕情依舊。懷袖。浸數尺湘漪簟紋縐^[一]。悲歡盡夢裏,玉骨從消瘦。空又思,太液芙蓉未央柳^①。　　翔鳳何在,樂府傳孤奏。人病酒。有鴛鴦雙字倩誰繡。拜月西樓,幾聲滴漏。應恐紉潔,已疏郎手。

　　前結一三、一七字,少叶一韵,與周、姜俱異。"潔"作平。

【校記】

　　[一]"簟"字及後句"盡"字、前結"未"字、後段第四句"倩"字,用⚊符標識,意謂必用去聲。

【蔡案】

　　① 秦巘此十字句讀錯誤,應該在"空又"後讀斷,"空又"即周邦彥的"人靜",所以"又"字即韵脚,而該句原形則是"空又思太液",故"太液"後必須讀斷,不可視爲三字逗。《全宋詞》唐先生即如此讀。

倒　犯 百二字　一名《吉了犯》　　　　　　　周邦彦

詠　月

霽景,對霜蟾乍昇,素烟如掃。千林夜縞。徘徊處、漸移深窈。何人正弄孤影,翩躚西窗悄^①。冒露冷貂裘,玉斝邀雲表。共寒光,飲清醥^②。　　淮左舊游,記送行人,歸來山路窅。駐馬望素魄^③,印遥碧,金樞小。愛秀色、初娟好。念漂浮、綿綿思遠道。料異日宵征,必定還相照^[一]。奈何人自老④。

　　《九宮大成》入南詞仙呂宮正曲。

　　《清真集》作《吉了犯》。所謂《倒犯》者，自是所犯之調，顛倒於其間也。與《轆轤金井》同例。

　　方有和詞，及吳文英作，字字相同，四聲悉合，不可妄易。惟方作六、七句，作上四、下七字，略異。“千林”二字，各本作“千秋”。“醲”或作“醪”，失韵，大誤。今從《片玉》舊譜。句讀不協句，今從吳詞訂正。

【校記】

　　［一］“必”字原注可平。

【蔡案】

　　① 本詞句讀頗可研究，如前段“蹁躚西窗”，四字連平，必有可斟酌處，如方千里和詞，作“斜陽到地，樓閣參差，簾櫳悄”，如與周詞相同，讀爲“斜陽到地樓閣，參差簾櫳悄”，顯誤，然周詞讀爲“何人正弄，孤影蹁躚，西窗悄”，讀爲三字托八字，或較原譜更佳，蓋“蹁躚西窗悄”一句，細玩則不成句也。但是，這一均捱其韵律，竊以爲有三字脫落，其原貌或是“何人正、弄孤影，●蹁躚，●●西窗悄”，與後段“愛秀色”下相應，如此最爲諧和。

　　② 此六字爲折腰式一句，而非三字兩句。

　　③ 後段“駐馬望素魄”一句，竟五字連仄，何不讀爲“駐馬望、素魄印遙碧，金樞小”，猶方千里之“曲沼瞰、靜綠蔭簷影，龜魚小”，則更暢達。

　　④《全宋詞》據《片玉集》卷七錄本詞，本句作“奈何人自衰老”，詞意無別，韵律更諧和，惟須讀爲六字折腰句，作“奈何人、自衰老”。

花　犯 百二字　　　　　　　　　　　　周邦彥

詠　梅

粉墙底、梅花照眼，依然舊風味。露痕輕綴。疑静洗鉛華①，

無限佳麗②。去年勝賞曾孤倚。冰盤同燕喜③。更可惜、雪

中高樹，香篝熏素被。　　今年對花最匆匆，相逢似有恨，

依依愁頓。吟望久④，青苔上、旋看飛墜[一]。相將見、脆圓

薦酒，人正在、空江烟浪裏。但夢想、一枝瀟灑，黄昏斜

照水。

《詞名集解》云：小石調曲。

此亦周自製曲，但不知所犯何調耳。吴文英、周密、王沂孫、譚宣子作，皆四聲悉合，一字不可移易⑤。吴作於“花”字用“作”字，王用“蕊”字，周用“怨”字，皆作平聲讀，勿誤認。《詞律》旁注可平可仄，不可從⑥。《圖譜》更不待言矣。“似”字、“望”字，方和詞用平。“同”字，《草堂》《詞潔》作“供”，誤。篇中諸去聲字及去上字，各家皆同，宜謹守。“樹”字，葉《譜》作“士”，“最”字作“太”。“露”字，《梅苑》作“雪”，“疑”字作“凝”，皆誤。“清”字作“佳”，“吟”字作“凝”。“青苔”上七字，作“青苔一簇春飛墜”。

【校記】

[一]原注“旋”字去聲、“看”字平聲。

【蔡案】

① 此五字即後段“吟望久，青苔”五字，聲響如一，可知句末尚脱一字。凡詞，前後段首均、尾均韵律相合，而第二第三均反而不合，則中間基本可以判斷有文字衍奪，本句即爲一例。周邦彦後世詞人填本調，也可見已祇是案頭詞，而非坊間詞了。

② “限”字在詞中常可作平，如前文《花心動》趙長卿第二首、《人月圓》揚无咎仄聲韵詞、《品令》秦觀第二首等，其律理不知。本句亦平讀。

③ 本調後段第三均十五字，而前段此二句僅得十二字，參差不諧，依照後段校驗韵律，則前段實脱落一三字逗，原文或爲“○○●、去年勝賞，曾孤倚、冰盤同燕喜”，與後段“相將見、脆圓薦酒，人正在、空江烟浪裏”合。

④ “望”字本平仄兩讀，故秦巘謂“望字可平”不通，惟方千里作“腰肢小”，楊澤民作“攀玩對”，一平一仄，故該字位可見平仄不拘。

⑤ 詞本小曲，人多曲解張炎字聲之論，至清，尤變本加厲，至有“一字不可移”之謂。須知張炎謂“撲定花心”與“守定花心”，乃字音之聲韵之異，與聲調無關，故有“深”字不協，則改“幽”字之説。故凡妄言平仄“一字不可移”者，皆爲謬論，秦巘先有“一字不可移”之定論，謂萬樹所注可平可仄皆誤而不可從，後則又云“照”、“雪”、“望”可平，“疑”可仄，余已不知如何評説矣。

⑥ 前段第一拍，吴文英作“清溪分影”，“分”字平聲；第二拍，吴文英作“脩然空鏡曉”，“空”字平聲、“鏡”字仄聲；第三拍，劉辰翁作“平沙浩浩”，“平”字平聲、“浩”字仄聲；第四拍，陳允平作“幻姑射精神”，“幻”字仄聲、“姑”字平聲；第六拍周密作“凌波路冷秋無際”，“凌”字平聲，劉辰翁作“落梅天上無人掃”，“天”字平聲；第八拍之四字吴文英作“黄昏驛路”，“黄”字平聲、“驛”字仄聲；後段第一拍，周密

作"冰弦寫怨更多情","怨"字仄聲;第二拍,方千里作"朱顏迎縞露",
"迎"字平聲;第三拍劉辰翁作"置兒懷抱","置"字仄聲;第四拍劉辰
翁作"奈轉眼","奈"字仄聲;第五拍"旋"字,亦平仄二讀,惟王沂孫用
"護"、劉辰翁用"塵生熱惱",故該字亦屬可平可仄,且"熱"字仄聲;第
六拍,劉辰翁作"待說與、天公知道","待"字仄聲、"天"字"知"字平
聲;第八拍,周密作"幽夢覺、涓涓清露","幽"字、"涓"字平聲。譜中
可平可仄據此補擬,詞中可平可仄,通常以詩律衡之即可,如此絮絮
贅言,期讀者可知所謂"一字不可移"之謬也。

又一體 百二字　　　　　　　　　　　　　吳文英

謝黃復庵除夜寄古梅枝

剪橫枝,清溪分影,翛然鏡空曉。小窗春到。憐夜令霜娥,
相伴孤照。古苔淚鎖,霜千點,蒼華人共老。料淺雪、黃昏
驛路,飛香遺冷草。　　　行雲夢中認瓊娘,冰肌瘦窈窕。風
前纖縞①。殘醉醒屏山外、翠禽聲小。寒泉貯、紺壺漸□年
事對、青燈驚挨了②。但恐舞、一簾蝴蝶,玉龍吹又杳。

　　　與周作平仄悉合,惟"點"字不叶韵,"窈"字叶。吳又一首於
此字亦叶。

【蔡案】

　　① 後段第一均,與周詞應略有不同,原讀似欠當,"冰肌瘦窈窕"
不通,人可言"窈窕","肌"曰"窈窕"則不知其形如何了,唐先生《全宋
詞》讀爲"行雲夢中認瓊娘,冰肌瘦,窈窕風前纖縞",竊以爲甚恰。

　　② 本詞即前一詞體,其中幾處句式不同者,也無非是標點者主

觀上的不同而已，而非詞格本身有所不同，如周詞作"去年勝賞曾孤倚"七字一句，而吳詞作"古苔淚鎖，霜千點"；又如周詞"吟望久，青苔上"，吳詞則作"殘醉醒屏山外"，本應讀爲折腰式句法的，未予讀斷而已。而本句也應該在奪字符後讀斷纔是。

繡鸞鳳花犯　百二字　　　　　　　　　　　　　　周　密

賦　水　仙

楚江湄，湘娥乍見，無言灑清淚。淡然春意。空獨倚東風，芳思誰寄。凌波路冷，秋無際。香雲隨步起。漫記得漢宮仙掌，亭亭明月底。　　　冰弦寫怨，更多情，騷人恨，枉賦芳蘭幽芷。春思遠，誰歎賞國香風味。相將共歲寒伴侶，小窗靜、沉烟熏翠袂。幽夢覺，涓涓清露，一枝燈影裏。

　　　　此與周作《花犯》相同，自是一調，當類列。《詞律》未收①。

　　　　"寄"字一本作"記"，"路"字作"露"，"記得"二字作"說"，"歎"字缺，《草窗詞》作"笑"，"袂"字作"被"。

【蔡案】

　　① 此即周詞正體，祇需將"謾記得"、"誰歎賞"、"相將共"俱讀斷，"凌波路冷"、"冰弦寫怨"不讀斷，即一致。至於《詞律》，已收同格的詞例，而未收本詞，則是很正常的事。

玲瓏四犯　九十九字　　　　　　　　　　　　　　周邦彥

穠李夭桃，是舊日、潘郎親試春艷①。自別河陽，長負露房烟
○●○○　●●●　○○○○▲　　◎●○○　○●●○

臉。憔悴鬢點吴霜，細念想、夢魂飛亂。歎畫闌玉砌都换②。
▲　○●●●○●　●●●　●○○●▲　　●　●◎○◎●○△

纔始有緣重見。　　　夜深偷展。香羅薦。暗窗前、醉眠葱
○●●○○▲　　　　　◎○⊙▲　○○▲　●○○⊙　●○○

蒨。浮花浪蕊都相識，誰更曾覷眼。休問舊色舊香③，但認
▲　○○●●○○●　○●○●▲　○○●●●○　　●●

取、芳心一點。又片時一陣，風雨惡，吹分散④。
●　○○●▲　●●○●▲　○●●　○○△

　　據姜夔詞注，此是大石調。

　　"試"字必去聲。舊譜於"細念想"句少一"細"字，"又片時"
上多"奈"字，誤。《詞律》於結尾"陣"字斷句，引方和詞及吴詞爲
證。愚按：此詞當於"時"字句，觀後張詞可見。《圖譜》於"雨"
字句，則大謬矣。"换"字是韵，千里和之。徽宗、高觀國皆用平。
换頭是七字句，"展"字藏韵於句中。吴作亦然，方作不用韵。

【蔡案】

　　① "是舊日潘郎親試春艷"本爲九字一氣，可有多種讀法，但根
據韵律規則，這裏讀爲上三下六最合乎律理，原譜讀爲上五下四，則
後四字兩頓連仄，以致韵律不諧。而該句組本由七字一句、六字一句
而來，僅以本譜所收八首考察，即可得此認識，如"水外輕陰做弄得，
飛雲吹斷晴絮"、"幾叠雲山隔不斷，闌干天外凝眺"、"窗外曉鶯報數
日，西園花事都空"。此類從均拍意識出發，校準"讀法"問題，乃是詞
體韵律學研究之根本。

　　② 本句原譜讀爲"歎畫闌、玉砌都换"，"畫闌玉砌"四字讀破，在
並不違逆韵律的前提下，應以意讀爲是，作一六式折腰句讀，即爲
"歎、畫闌玉砌都换"。後面曹邊的"看、翠蛟白鳳飛舞"、高觀國的
"恨、燕鶯不識閒情"、劉之才的"問、愁根當年誰種"等等都是如此，惟

一字逗在行文中不必點出而已。又按，"砌"字原注可平，誤，在本句式中不得爲平。不從。

③ "色"字以入作平，各家本句第四句多用入聲，少量用上聲，均爲作平用法。

④ 尾均原作"又片時，一陣風雨惡，吹分散"，五字句失律不諧。比較後周密詞，可見秦巘句讀詞句都是依據意讀，而基本不考慮律讀。"又片時一陣"實際上就是周詞的"倚畫闌無語"，因韵律不同，故句式不同，楊澤民和詞的"應自來恨悶，和想憶、都消散"、陳允平的"奈翠屏一枕，雲雨夢、誰驚散"、方千里的"仗夢魂一到，花月底、休飄散"等，都是如此。

又一體 百字　　　　　　　　　　　　　　　　　高觀國

水外輕陰，做弄得飛雲，吹斷晴絮。駐馬橋西，還繫舊時芳樹。不見翠陌尋春，問着小桃無語①。恨燕鶯、不識閒情，却隔亂紅飛去。　　少年曾失春風意，到如今、怨恨難訴。魂驚冉冉江南遠，烟草愁如許。此意待寫翠箋，奈斷腸、都無新句。問甚時、舞鳳歌鸞，花裏再看仙侶②。

"問着"句六字，比周作少一字。後結一三、一四、一六字，與周異。

【蔡案】

① 前段第七句，各家俱爲折腰式七字句，本詞此句則奪一字，須依彊村叢書本《竹屋癡語》補，作"每問着、小桃無語"。

② 本詞後結添二字，句法亦異，是添字且讀破格填法，其句法的變化最能看出周詞是五字句起拍，因爲"問甚時、舞鳳歌鸞"依據起

拍,就是"又片時一陣"起拍,所不同者衹是一字逗添字成爲三字逗而已,故體式終是一致,並非又一體。而更多的填爲五字一句、四字二句,則是在本詞的基礎上讀破句法而成。

又一體 百一字　　　　　　　　　　　　　　　史達祖

雨入愁邊,翠樹晚,無人風葉如剪①。竹尾通涼,却怕小簾低
●●○○　●●●　○○○●○▲　　●●○○　●●●○○

捲。孤坐便怯詩慳,念俊賞、舊曾題遍。更暗塵偷鎖鸞影②,
▲　○●●●○○　●●●　●○○▲　　●●○○●○●

心事屢羞團扇。　　　賣花門館生秋草③,悵弓彎、幾時重見。
○●●○▲　　　　　●○○●○○●　●○○　●○○▲

前歡盡屬風流夢,天共朱樓遠。聞道秀骨病多④,難自任、從
○○●●○○●　○●○○▲　　○●●●●○　○●●　○

來恩怨。料也和前度,金籠鸚鵡,説人情淺⑤。
○○▲　●●○○●　○○○●　●○○▲

　　　"影"字、"草"字不叶韵。結尾作一五、兩四字句,與周作異,史別作一三、一六、一四字,可不拘。

【蔡案】

　　① 此九字原讀爲一五一四,韵律不諧,今據《全宋詞》改爲如此句讀。

　　② 本句原讀爲上三下四句法,韵律關係描述有誤,此處尾均本來的韵律應該是一字逗領六字兩句的句法,其中"暗塵偷鎖鸞影,心事屢羞團扇"是對仗儷句,一旦讀破,不但韵律不諧,導致"偷鎖鸞影"四字兩頓連仄,而且也破壞了儷句本身的文意。

　　③ 後段起拍有一句中短韵,"館"字原譜未注叶,這個字同周詞的"展"字相同,應予讀出。衹是此類輔韵,可叶可不叶,全在作者一念之間,非律所定,填者自可斟酌,無須恪守。

④ “骨”字以入作平,參周詞之蔡案③。

⑤ 本詞同前一詞體,後段尾均添字讀破,與周詞異。此百一字填法擬譜於此,尾均填法無須死守,亦可作“料也和、前度金籠鸚鵡,説人情淺”,或同高詞、曹詞、劉詞。

又一體 百一字　　　　　　　　　　　　曹 邍[一]

被 召 賦 荼 蘼

一笑幽芳,自過了梅花,獨佔清絕①。露葉檀心,香滿萬條晴雪。肌素净洗鉛華,似弄玉、乍離瑶闕。看翠蛟、白鳳飛舞②,不管暮烟啼鴂。　　　酒中風格天然別。記唐宮、賜樽芳列。玉蕤唤得餘春住,猶醉迷飛蝶。天氣乍雨乍晴,長是伴、牡丹時節。夜散瓊樓,宴金鋪,深掩一庭香月。

前段第八句不叶韵。後結一四、一三、一六字,與各家異。

【校記】

[一] 原無“邍”字。

【蔡案】

① 參前詞蔡案①。

② 本句不當讀斷,以致句意讀破,韵律失諧。參前詞蔡案②。

又一體 九十九字　　　　　　　　　　周 密

戲 調 夢 窗

波暖塵香,正嫩日輕陰,摇蕩清晝①。幾日新晴,初展綺屏紋繡。年少忍負韶華,儘佔斷、艷歌芳酒。看翠簾②,蝶舞蜂喧,催趁禁烟時候。　　　杏腮紅透。梅鈿皺。燕歸時、海棠厮勾[一]。尋芳較晚東風約,還約劉郎歸後③。憑問柳陌情人,比似垂楊誰瘦④。倚畫闌無語,春恨遠,頻回首。

　　《詞律》爲吴文英作,誤。

　　"喧"字用平不叶,"透"字亦藏韵。"還約"句六字,比前多一字。"比似"句六字,比前少一字。"透"字,《草窗詞》作"破","還約"句,《笛譜》作"還在劉郎後"。《草窗詞》"還"字上多"約"字。"憑問"二句,俱作"憑問柳陌舊鶯,人比似垂楊誰瘦"。是與周無異,存參。"屏"字,《笛譜》作"枰","歸時"二字作"將歸"。"忍"字,《草窗詞》作"恐","看"字作"奈"。

【校記】

　　[一] 原注"勾"字去聲。

【蔡案】

　　① 參史達祖詞蔡案①。

　　② 此處即便讀斷,也應是三字逗,而非三字句,因爲"看翠簾、蝶舞蜂喧"爲一句。

　　③ 所謂多一字者,本是衍誤,因前一句有"東風約","約"字因衍,《全宋詞》唐先生讀爲"尋芳較晚,東風約、還在劉郎後"。

　　④ 本句應據《蘋洲漁笛譜》補字,作"人比似、垂楊誰瘦",與各家俱同。

又一體 百字　　　　　　　　　　　　　　　劉之才

幾叠雲山,隔不斷闌干,天外凝眺①。秋與愁併,梧逕雨痕先

表。嬌夢半握芙蓉，奈曲曲、翠屏深窈。問愁根，當年誰

種②，漠漠淡烟衰草。　　　鴛鴦懶拂蘋花影，記眉嫵、縈情多

少。轆轤玉虎牽絲轉，聽盡秋釭曉。算誰念、臥雲衣冷，香

壓金蟾小。寫新詞先寄，江鴻歸去，且教知道。

　　　見《陽春白雪》。後段第五句七字，第六句五字，與諸家異。

結尾與史作同。

【蔡案】

　　① 此二句也應律讀爲上三下六式折腰句。

　　② 此七字爲一句，不當讀爲兩句。第五字平聲，與前幾首均不

同，是本句用上三下四式句式，而非一領六句式，故韵律微調平仄。

　　又一體 九十九字　　　　　　　　　　　　　翁元龍

窗外曉鶯，報數日西園，花事都空。繡屋專房，姚魏漸邀新

寵。蔥翠試剪春畦，羞對酒、夜寒猶重。誤暗期、綠架香洞。

月黯小階雲凍。　　　算春將纜郵亭鞚。柳成圈、記人迎送。

蜀魂怨染岩花色，泥徑紅成隴。樓上半揭畫簾，料看雨、玉

笙寒擁。怕驟晴無事，消遣日長清夢。

　　　與周作同。惟後結句一五、一六字，句法異。

　　又一體 百字　　　　　　　　　　　　　　張　炎

　　　　　　杭友促歸調此寄意

流水人家，乍過了斜陽，一片蒼樹。怕聽秋聲，卻是舊愁來

處。因甚尚客殊鄉，自笑我、被誰留住。問種桃、莫是前度。不礙桃花輕誤。　　少年未識相思苦。最難禁、此時情緒。行雲暗與風流散，方信別淚如雨。何況帳空夜鶴，怎奈向、如今歸去。更可憐、閒裏白了頭，還知否。

> 與周作同。惟後段第四句六字多一字，與周密作同。"識"字不用藏韻。

四圍竹　七十七字　"四"或作"西"　　　　　　　周邦彥

浮雲護月，未放滿朱扉。鼠搖暗壁，螢度破窗，偷入書幃。秋意濃，閒佇立、庭柯影裏。好風襟袖先知。　　夜何其。江南路繞重山，心知漫與前期。奈向燈前墮淚，腸斷蕭娘、舊日書辭。猶在紙。雁信絕，清宵夢又稀。

> 《九宮大成》入南詞小石調引。"四"字作"西"，"裏"字、"紙"字是以仄叶平。此平仄互叶體。

紅林檎近　七十九字　或無"近"字　　　　　　　周邦彥

雪

高柳春纔軟，凍梅寒更香。暮雪助清峭，玉塵散林塘①。那
⊙●○○●　●○○●△　●●●○●　○○●○△　○
堪飄風遞冷，故遣度幕穿窗。似欲料理新妝。呵手弄絲
○○○●●　●●●●○△　●●●●○△　○○●○
簧。　　冷落詞賦客，蕭索水雲鄉。援毫授簡，風流猶憶東
△　　◎●○●●　○●●○△　◎○●●　○○○●○

梁。望虚檐徐轉，迴廊未埽^[一]，夜長莫惜空酒觴^{[二]②}。
△　●○○⊙●　○○●●　　●○◎●○●△

　　唐教坊曲名。《九宮大成》入南詞雙調引。"近"一作"慢"。
又入南詞仙吕宫正曲，又入小石角。慢者拖音，嬝娜不欲輒盡。
此調即《紅林檎慢》引子③。

　　《洽聞記》云：唐永徽中，王方言於河灘拾得小樹栽之，及長，
乃林檎也。進於高宗，以爲朱柰，又名五色林檎。教坊以爲曲名。

　　結尾"未"字必用去聲。末句用去平平仄平入平上平，祇
第三字可通。餘則各家皆同，但上入聲字稍異，亦無用
去者，須着意。"梅"字，一作"枝"，"助"字作"照"。方無
和詞④。

【校記】

　　［一］"未"字用●符標識，意謂必用去聲。

　　［二］"夜長莫惜空酒觴"句，用●○◐●●○◐○符標識，意謂必用
去平平^仄_平入平上平聲。按，小字爲注文，意謂第三個平聲字爲可仄
可平。

【蔡案】

　　① 本句及前段結拍均爲大拗句法，此類大拗句法在詞中極爲少
見，或與詞樂相關，涉及演唱問題，或竟是填誤、刻誤、抄誤，失律而
已。余以爲應是後者，若屬於前者，則此類大拗句法將比比皆是。

　　② 後結句句法，疑是因爲有文字脱落而形成，而並非本調韵律
如此。其基本原因是：前段共計四個均，而後段僅得三個均，其原型
或爲："迴廊未埽○△。●○○●夜長。莫惜空酒觴。"如此，既與前
段相合，"長"字也入韵，韵律非常諧和。

③ 本詞揆其韵律,應該是慢詞,惟後段脱落一拍而已,"近"字則必是誤訛。因爲"近"與"慢"是兩種完全不同的詞調單位,就如"令"不可與"慢"混爲一談一樣。至於秦巘認爲它是慢詞的"引子",則純屬憑空臆想,慢詞是一種完全獨立的體式,並非大曲,由幾個單位構成,從未見有某某慢詞另有一個"引子"的事實,就可以充分證明這一點。

④ 方有兩首和詞,秦巘未見而已。

蕙蘭芳引 八十四字　或無"引"字　　　　　　周邦彦

寒瑩晚空[一],點青鏡、斷霞孤鶩[二]。對客館深扃,霜草未衰更綠[三]。倦游厭旅[四],但夢繞、阿嬌金屋。想故人別後,盡日空疑風竹。　　塞北氈氍,江南圖幛,是處溫燠①。更花管雲箋,猶寫寄情舊曲。音塵迢遞但勞遠目②。今夜長、争奈枕單人獨③。

　　《九宫大成》入南詞仙吕宫引。

　　楊澤民和詞無"引"字④。《詞律》謂"更"、"故"、"舊"、"夜"等字用去聲,"厭旅"、"夢繞"用去上,乃詞中抑揚起調處,是。至"對"、"更"等字是領字,去聲居多,不必穿鑿。"晚"字、"處"字用仄,"遠"字用上,各家皆同,竟未注明。楊澤民於"寒"字用仄,"點"字用平,想不拘。

【校記】

　　[一]原注"寒"字及後段第六句"音"字可仄。又,"瑩"字原注去聲。"晚"字及後段第三句"處"字,用●符標識,意謂必用仄聲。

　　[二]原注"點"字及第三句"客"字、後起"塞"字可平。

〔三〕"更"字及第七句"故"字、後段第五句"舊"字、第七句"夜"字,用◕符標識,意謂須用去聲。

〔四〕"厭旅"及後句"夢繞"用◕◑符標識,意謂須用去上聲。

【蔡案】

① "是處"之"處",當是誤筆,此四字對應前段"斷霞孤鶩","處"對應"霞"字,依律須平,此律理如此也。

② 此八字應是後段第三均,校之前段,余疑奪三字,其詞本貌應是"音塵迢遞,□□□、但勞遠目",否則,"音塵迢遞"則當言"但勞遠聽",考之前段,第三均爲一四一七,後段若補足三字,則前後段韻律便相合,庶幾合乎律理。

③ "今夜長"是前段"想故人別後"的減字格,按一般韻律減去二字一頓後,此三句應仍是一句,而非三字逗,否則尾均便成孤拍。

④ 本詞揆其韻律,實爲慢詞,周邦彥詞原本調名應無"近"字,因此楊澤民、方千里和詞均無"近"字,直至宋末吳文英、陳允平和詞,才有"近"字,可見此時令引近慢已經失去了其本有的符號意義了。

華胥引 八十六字　　　　　　　　　　周邦彥

川原澄映,烟月冥濛,去舟似葉〔一〕。岸足沙平,蒲根水冷留雁唉①。別有孤角吟秋②,對曉風鳴軋。紅日三竿,醉頭扶起還怯。　　離思相縈〔二〕,漸看看、鬢絲堪鑷。舞衫歌扇,何人輕憐細閱③。點檢從前恩愛,但鳳箋盈篋。愁剪燈花,夜來和淚雙叠。

"去"、"似"、"雁"、"醉"、"細"、"鳳"、"夜"等字去聲。"對曉風"句,"但鳳箋"句,是一領四字句,均勿誤。"堪"字,《詞律》作

"盈"、"但"字,汲古缺。"似"字,葉《譜》作"如","點檢"二字作
"檢點"。

【校記】

[一]"去"字和"似"字、第五句"雁"字、前結"醉"字、後段第四句
"細"字、第六句"鳳"字、第八句"夜"字用●符標識,意謂必用去聲。

[二]原注"思"字去聲。

【蔡案】

① 此七字應予四字後讀斷,避免七字形成失律態勢。按,本均
韵律應是四字對偶句加一三字托之結構,第八字後須作讀斷,否則極
易誤讀,填者構思,尤須注意。

② 本句若第二字爲仄,則第五字不可仄填。

③ 本句若第二字爲平,則第五字不可用平聲。

又一體 八十六字 　　　　　　　　　　　　奚　淢

中秋紫霞席上

澄空無際,一幅輕綃,素秋弄色。剪剪天風,飛飛萬里,吹净
遥碧。想玉杵芒寒①,聽珮環無跡。圓缺何心,有心偏向歌
席。　　　多少情懷,甚年年、共憐今夕。蕊宮珠殿,還吟飄
香秀筆。隱約霓裳聲度,認紫霞樓笛。獨鶴歸來,更無清夢
成覓。

前段第五、六句,一四、一五字,與各家異。

【蔡案】

① 前段第二均,如前所述,應爲一四字儷句加三字托結構,故

"吹净遥碧"衍一字,而第七拍例作六字一句,此落一字,蓋因"碧遥"倒誤爲"遥碧"故也,其原詞,余以爲必是"剪剪天風,飛飛萬里、吹净碧。遥想玉杵芒寒",檢《絶妙好詞箋》,正如此。應據改。

又一體 八十七字　　　　　　　　　　　　丁　默

論交眉語,惜別心啼,費情不少。蕙渺溙期,蘋深泛約輕誤了。幾度金鑄相思,又燕歸鴻杳。誰料如今,被鶯閒占春早。　　頻把愁勾,惜鴉雲、嬌紅猶遶。渾拚如夢,争奈枕醒屏曉。欲寄芙蓉香半握,怕不禁秋惱。重是親逢,片帆雙度天杪。

後段第五句七字,較周作多一字。

浣溪沙慢 九十三字　　　　　　　　　　　周邦彦

水竹舊院落,鶯引新雛過。嫩英翠幄[一],紅杏交榴火。心事暗卜[二],葉底尋雙果。深夜歸青瑣。燈盡酒醒時[三],曉窗明、釵横鬢嚲。　　怎生那。被間阻時多。奈愁腸數叠,幽恨萬端,好夢還驚破。可怪近來,傳語也無個。莫是嗔人呵[四]。真個若嗔人,却因何、逢人問我。

與《浣溪沙》本調無涉,故分列。惜無方、陳和詞可證,平仄悉宜從之。

"竹"字、"卜"字皆以入作平,切勿用去上聲。"翠"、"暗"、"鬢"、"萬"、"近"、"問"六字必去聲①,毋誤。"鶯引新雛過",《詞律》及各本皆作"櫻笋新蔬果","果"字一作"朵",《詞律訂》據《苕溪詩話》改正,今從之。

【校記】

[一]"翠"字與第五句"暗"字、第五句"鬢"字、後段第三句"萬"字、第五句"近"字、結句"問"字用⬤符標識,意謂必用去聲。

[二]原注"卜"字作平。

[三]原注"醒"字平聲。

[四]原注"呵"字上聲。

【蔡案】

① 本詞有馬子嚴詞可校,馬詞,"翠"字用"倒",上聲;"暗"字用"鬱",入聲;"問"字用"玉",亦入聲,均未用去聲,以秦巘該數字"必去聲"之標準,顯然馬子嚴乃不善填詞者。

粉蝶兒慢 九十六字 周邦彦

宿霧藏春,餘寒帶雨,佔得群芳開晚。艷姿初弄秀,倚東風嬌懶。隔葉黃鸝傳好語,喚入深叢中探。數枝新,比昨朝又早①,紅稀香淺。　　眷戀。重來倚檻。當韶華、未可輕辜雙眼。賞心隨分樂[一],有清尊檀板。每歲嬉游能幾日,莫使一聲歌欠。忍因循,一片花飛,又成春減。

此與毛滂《粉蝶兒》不同,故另列。

"檻"、"欠"、"減"等字閉口韵,雜入寒、刪韵,不甚協。"倚東風"句,"有清尊"句,是一領四字句。《詞律》"艷"字下缺一字,《片玉詞》無缺。《詞律訂》增"姿"字,"音"字改"語"字。後段

“日”字亦可作平。或以“隨分”斷句，誤。惜無楊、方、陳和詞可校。

【校記】

［一］“分”字原注去聲。

【蔡案】

① 此五字達意或誤，按這樣的句讀，“早”字便太過於實，余以爲原詞之意，應是“已經如何”之意，是一種虛説。而按原句讀，字實而意不實，讀者無法明白“早”者爲何。因此，“又早”二字應移後，九字作三字領六字句法讀，最爲暢達。又按，以語感辨之，余疑“又”字爲衍文，尤其是後結已有一“又”字，以周邦彦之手，亦似不當有此重出之陋筆。

拜星月慢　百四字　或無“慢”字，“星”一作“新”　　　　周邦彦

夜色催更，清塵收露［一］，小曲幽坊月暗［二］。竹檻燈窗，識秋娘庭院。笑相遇，似覺瓊枝玉樹相倚，暖日明霞光爛①。水眄蘭情［三］，總平生稀見。　　畫圖中、舊識春風面。誰知道、自到瑤臺畔。眷戀雨潤雲溫，苦驚風吹散。念荒寒、寄宿無人館。重門閉、敗壁秋蟲歎。怎奈向、一縷相思②，隔溪山不斷。

　　唐教坊曲。《宋史・樂志》般涉調。《九宮譜》入小石調。《詞名集解》云：此舊調也，宋太宗譜爲新聲。《填詞名解》云：高平調曲，或無“慢”字，“星”一作“新”，宋詞也。

　　《嘯餘圖譜》《詞統》《詞綜》諸書皆無“相倚”二字，惟《片玉

《詞名集解》云：大石調也。

《歷代詩餘》云：義取塞上翁事。琴操也，取以名詞。

《詞律》以"芙蓉"上爲一叠，共分三叠，如《瑞龍吟》雙拽頭。戈氏説同。愚按：雙拽頭甚多，字句必相同。此前五字後七字，非雙拽頭體也。

"鏡"字必用去聲。"一岸"之"一"字，《詞律》注作平。方千里、楊澤民和詞，一作"枕"字，一作"木"字，張炎作"淡"字，皆非平聲③。

【校記】

［一］"鏡"字用●符標識，意謂必用去聲。

【蔡案】

① 本調按照傳統讀法，前段四均，後段三均，則必有舛誤，而宋詞皆如此填，所見前後段極爲參差，幾無可相對應之句，實際上是誤讀了整個詞調，在本句之後，當斷而未斷。本句讀斷之後，可見第二段去除"蘄州"之後，是與第一段韵律絲絲相扣的，這種結構，不妨稱爲"添頭式雙曳頭"。秦巘不從韵律著手思考分析，以爲但凡雙曳頭就必須"字句必相同"，是識見問題。

② 原譜"羞艷冶"讀爲三字一逗，誤。因爲在韵律上，"艷冶都消鏡中"爲一仄起平收式六字結構，不可讀斷。就詞意説，"羞"的對象顯然並非"艷冶"，而是"艷冶都消鏡中"。

③ "一"字作平，萬樹是較之於第二段"鉛"字而言，也有依據。至於"枕"字、"木"字，也可視爲以上作平、以入作平，並無衝突，而張炎用"淡"，是因爲第二段也是仄聲字，與此韵律不同。

集》有之。吳文英作與此同，陳允平和詞僅作六字，觀周密作亦六字。下句八字又不同，是當有此二字，亦二字領下二句也。周詞中多用之。況後段八字句者三，但於三字逗。當從《片玉集》。《詞律》謂宜分四段，不確。詞中凡五字句者四，皆上一、下四字句法，不可誤。祇陳詞用"寂寞芙蓉院"句差異。"向"字，葉《譜》作"何"。

【校記】

［一］"收"字、第五句"秋"字、後段第二句"誰"字原注可仄。

［二］原注"月"字及第七句"玉"字作平聲。

［三］原注"水"字、後段第二句"道"字可平。

【蔡案】

① 前段第三均，原譜讀爲"笑相遇、似覺瓊枝玉樹相倚，暖日明霞光爛"，中間八字拗澀，蓋詩詞以七字爲高限，八字句或讀爲四四式，或讀爲三五或五三式，或讀爲一七式，而本句"瓊枝玉樹"緊密，宜讀爲二六式，其句法實爲二字逗領六字儷句，"相倚"與"光爛"寬對。

② "向"字應該是一個衍文，本句對應"眷戀雨潤雲温"句，也即周密詞中的"幾千萬縷垂楊"。這是因爲本調是一個類似"雙曳頭"的結構，祇是所曳的不是頭，而是尾，亦即後段實爲兩段，應於"吹散"後分段，"畫圖中"以下與"念荒寒"以下，其字句完全相合。

又一體 百二字 　　　　　　　　　　周　密

癸亥春，沿檝荆溪，朱□日賓送[一]，忽忽不知芳事落鵑聲草色間。郡寮閒載酒相慰[二]，薦長歌清醻，政亦供愁。客夢栩栩，已蜚度四橋烟水外矣。醉餘短弄，歸日將大書之垂虹。

膩葉陰清，孤花香冷，迤邐芳洲春換。薄酒孤吟，悵相如游倦。想人在絮夢香簾凝望，誤認幾許烟檣風幔①。芳草天涯，負華堂雙燕。　　記簫聲、淡月梨花院。研箋紅、謾寫東風怨。一夜落月啼鵑，喚四橋吟纜。蕩歸心已過江南岸②。清宵夢、遠逐飛花亂。幾千萬縷垂楊，剪春愁不斷。

原題，《草窗詞》作《春暮寄夢窗》。前段第六句九字，七句八字，結句一六、一五字，與周作異。

【校記】

　　[一] □符原爲空，據《蘋洲漁笛譜》，應是"墨"字。

　　[二] "寮"字應是"僚"字之訛，"郡僚"即郡中同僚。

【蔡案】

　　① "想人在"和"誤認"後均應讀住，詞同周體，惟周詞的二字逗在兩六字前，本詞則在後一六字句前。

　　② "蕩歸心"後也須讀斷，全句爲三領五句式，而非一領七句式。

又一體 百二字　　　　　　　　　　　　　陳允平

漏閣閒籤，琴窗倦譜，露濕宵螢欲暗。雁咽涼聲，寂寞芙蓉院。畫檐外、樹色驚霜漸改①。淡碧雲疏星爛。舊約桐陰，問何時重見。　　倚銀屏、更憶秋娘面。想凌波、共立河橋畔。重念酒污羅襦[一]，漸金篝香散。剪孤燈、伴宿西風館②，黃花夢、對發凄涼歎。但悵望、一水家山，被紅塵隔斷。

此是和周韵者,平仄一字無訛,豈有少二字之理。或周作是誤衍耳。

【校記】

[一]"污"字原注去聲。

【蔡案】

① 本句"改"字本非同一韵部,非叶,誤多一韵。又,本詞爲步韵詞,較之原作周邦彦詞,"驚霜漸改"後脱落二字。

② 後段第五句"館"字應叶韵,原譜失記,誤脱一韵。

又一體 百一字　　　　　　　　　　　　　　彭泰翁

祠壁宫姬控弦可念

霧冒孤棱,塵侵團扇,恨滿哀彈倦理。控雨籠雲,共閒情孤倚。斂蛾黛、怕似流鶯歷歷,惹得玉鎖瓊碎①。可惜闌干,但苔花沈穗。　　　算天香、不入人間耳。何人謾、裛捐青衫淚②,不是舊譜都忘,厭新腔嬌脆。多生不得丹青意③,重來又花鎖長門閉。到夜永、笙鶴歸時,月明天似水。

"多生"句七字,比各家少一字。結句上二、下三字,亦異。

【蔡案】

① 本詞同前一首,本均亦脱落二字。

② "淚"字即周邦彦"畔"字、周密"怨"字,應入韵,秦蠍失記。

③ "多生"應是"□多生",校之其餘各首,脱落一仄聲字。又,"意"字應入韵,秦蠍失記。

夜飛鵲 百六字　或加“慢”字　　　　　　　　　　周邦彥

別　情

河橋送人處[一]，良夜何其[二]。斜月遠墮餘輝[三]。銅盤燭
淚已流盡，霏霏涼露霑衣。相將散離會，探風前津鼓，樹杪
參旗。花驄會意，縱揚鞭、亦自行遲。　　　　迢遞路回清野，
人語漸無聞，空帶愁歸。何事重經前地，遺鈿不見，斜逕都
迷。兔葵燕麥，向殘陽、影與人齊，但徘徊班草，欷歔酹酒，
極望天西。

> 《詞名續解》云：道調宮曲。
>
> 盧祖皋詞加“慢”字。
>
> “送”、“散”、“路”三字去聲，勿誤。“相將散離會”下，《詞律》
> 多“處”字。《片玉詞》祇五字，趙以夫、吳文英、陳允平、張炎作皆
> 五字。《陽春》盧祖皋作六字①。《蒲江詞》及各本無“粉”字，是
> 衍文。萬氏云：自來相傳如此，不敢收一百六字體。不知何人
> 所傳，無據之談，貽誤來學。“殘”作“斜”，與上重，亦誤。趙作結
> 尾一三、一四、一六字，差異。“班”字或作“青”，“墮”字，葉《譜》
> 作“墜”，“斜徑”二字作“芳徑”。

【校記】

[一] “送”字、第六句“散”字、後起“路”字，用●符標識，意謂必用
去聲。

[二] “良”字及第四句“已”字、第七句“風”字和“津”字、第九句
“花”字、後段第二句“聞”字、第三句“空”字、第四句“前”字、第五句
“遺”字、第九句“班”字可仄。按，“已”字本爲仄聲，秦巘誤注。

[三]"遠"字及第四句"燭"字、第八句"樹杪"二字、第九句"會"字、前結"亦"字、後起句"路"字、第五句"不"字、第七句"兔"字、第八句"陽"字、後結"極"字可平。按,"陽"字本爲平聲,秦蟺誤注。

【蔡案】

① 前段第六拍,確有六字一句者,但僅見劉辰翁詞,爲"何堪更嗟遲暮",語意亦圓潤,似無衍文。然不可學,總以五字爲正。

芳草渡 八十九字　　　　　　　　　　　　周邦彦

昨夜裏,又再宿桃源,醉邀仙侶。聽碧窗風快,疏簾半捲愁雨。多少離恨苦。方留連啼訴。鳳帳曉,又是匆匆,獨自歸去①。　　　愁顧滿懷淚粉②,瘦馬衝泥尋去路。謾回首、烟迷望眼,依稀見朱户。似痴似醉,暗惱損、憑闌情緒。淡暮色,看盡棲鴉亂舞。

> 此與馮延巳小令迥別,故另列。
> 方無和詞,平仄當謹守。

【蔡案】

① 結八字,應讀爲"又是、匆匆獨自歸去",韵律方和諧,否則後四字兩頓連仄,極爲不諧。

② 後段起拍六字連讀,未標記句中短韵"顧"字,脱一韵脚,大誤。

又一體 八十七字　　　　　　　　　　　　陳允平

芳草渡。漸迤邐分飛,鴛儔鳳侶。灑一枝香淚,梨花寂寞春雨。惜別情思苦[一]。匆匆深盟訴。翠浪遠,六幅蒲帆,縹緲東去。　　　夕陽冉冉①,恨逐潮回南浦路。謾空念、歸來燕子,雙棲舊庭户。市橋細柳,尚不減、少年張緒。漸瘦損,懶照秦鸞對舞。

　　此和周作,不應少換頭二字,想是脱落。"渡"字,據周詞似偶合,不是起韵②。

【校記】

　　[一]"思"字原注去聲。

【蔡案】

　　① 後起換頭,本調例用一句中短韵,原譜前詞失記,而本詞脱落"遠顧"二字,應據彊村叢書本《西麓繼周集》補。

　　② 凡詞,起句皆可叶可不叶,若是步韵,也是如此,因此"渡"字自是起韵。

塞翁吟 九十二字　　　　　　　　　　　　　　周邦彦

暗葉啼風雨,窗外曉色朧璁。散冰麝,小池東。亂一岸芙
●●○○● ○●●○○ ●○● ●○△ ●●●○
蓉①。蘄州簟展雙紋浪,輕帳翠縷如空。夢遠別,淚痕重。
△ ○○●●○○● ○●●○○ ◎○● ●○△
淡鉛臉斜紅。　　　忡忡。嗟憔悴、新寬帶結,羞艷冶都消鏡
●○●○△ 　　○△ ○○● ○○●● ○●●○●
中[一]②。有蜀紙、堪憑寄恨,等今夜、灑血書詞,剪燭親封。
△ ●●◎ ○○●● ●○● ●●○○ ●●○○
菖蒲漸老,早晚成花,教見薰風。
○○●● ●●○○ ⊙●○△

掃花游　九十五字　一名《掃地游》《掃地花》　　　　　　周邦彥

曉陰翳日[一]，正霧靄烟橫，遠迷平楚。暗黃萬縷[二]。聽鳴
◎○●●　　●●○○　●○○▲　●○●▲　　●○

禽按曲，小腰欲舞[三]。細繞回堤，駐馬河橋避雨。信流去。
○●●　●○●▲　　●○○　●●○○●▲　　●○▲

問一葉怨題①，今到何處。　　春事、能幾許②。任占地持
●◎◎●○　○●○▲　　　　○●　○●▲　●●●○

杯，掃花尋路。淚珠濺俎[四]。歎將愁度日，病傷幽素。恨入
○　●○○▲　◎○●▲　　●○○●●　●○○▲　●●

金徽，見説文君更苦。黯凝佇。掩重關、遍城鐘鼓。
○○　●●○○●●　●○▲　○●○　●○○●

　　此以詞句立名，自是創調。《清真集》名《掃地花》。

　　"春"字平聲。"翳"、"暗"、"按"、"怨"、"到"、"度"、"遍"等字
去聲。"萬縷"、"避雨"、"濺俎"、"更苦"用去上。方千里、楊澤
民、陳允平、吳文英、王沂孫、張炎各家，字字皆同。祇"一葉"二
字，吳用平平及平仄，餘皆用入。抑當用平，此以入作平。作者
勿用去聲可也。"曉"字、"怨"字，周密、張炎用平。"欲舞""欲"
字各家用平。間有用入者，是以入作平無疑。"曉陰翳日"四字，
一作"曉日翳陰"，誤。"日"字間有用韵者。"到"字一作"在"。

【校記】

　　[一]"翳"字及第四句"暗"字、第五句"按"字、第十句"怨"字、結
句"到"字、後段第五句"度"字、結句"遍"字，用●符標識，意謂必用
去聲。

　　[二]"萬縷"及後文"避雨"、後段"濺俎"和"更苦"，用●●符標
識，意謂必用去上聲。

　　[三]原注"欲"字作平。

［四］原注"濺"字去聲。

【蔡案】

①　"葉"字原注可平，若按此五字一句讀，則失律。秦巘該字必是校之吳文英詞，而吳文英詞爲三字逗領六字句法，與此略異。但本調前段收束，捫其韻律，則應以三領六字之句法爲是，如此，則結四字可避免兩頓連仄之拗。

②　過片五字，原譜未讀斷，音律也失諧。詞的過片，多有二字逗調節韻律，凡句律大拗者，必有此種讀住存在，後一首王沂孫詞，秦巘即讀爲二字一句，其韻律其實同此。又，"事"字或爲韻，宋詞多以相叶，楊澤民用"心事"，可作叶韻一證。

又一體　九十五字　　　　　　　　　　　王沂孫

綠　　陰

小庭蔭碧[一]，遇驟雨疏風，剩紅如掃。翠交徑小[二]。問攀條弄蕊，有誰重到。謾説青青，比似花時更好。怎知道。自一別漢南，遺恨多少。　　　清晝，人悄悄。任密護簾寒，暗迷窗曉。舊盟誤了。又新枝嫩子，總隨春老。漸隔相思，極目長亭路杳。攪懷抱。聽蒙茸、數聲啼鳥。

前段第十句比周作少一字，後段八句少二字，不知是脱誤否①。

【校記】

［一］"蔭"字及第四句"翠"字、第五句"弄"字、第十句"漢"字、結句"恨"字、後段第五句"嫩"字、結句"數"字，用●符標識，意謂必用

去聲。

　［二］"徑小"及後文"更好"、後段"誤了"和"路杳"，用●●◗符標
識，意謂必用去上聲。

【蔡案】

① 本詞與周詞字數本同，應是秦巘所用版本有奪字。

塞垣春 九十六字　　　　　　　　　　　　　周邦彥

暮色平分野。傍葦岸、征帆卸。烟深極浦，樹藏孤館，秋景
如畫[一]。漸別離、氣味難禁也。更物象、供瀟灑。念多才、
渾衰減，一懷幽恨難寫。　　追念綺窗人，天然自、風韵閒
雅。竟夕起相思，謾嗟怨遥夜。又還將、兩袖珠淚，沉吟向、
寂寥寒燈下①。玉骨爲多感[二]，瘦來無一把。

　　《九宮大成》入南詞大石調引。

　　前結句，方和詞祇五字，是脱誤。"又還將"下，或於"淚"字
斷，或於"吟"字斷。據方和詞作一七、一八字句。據吳文英作，
當於"袖"字斷。"景"、"恨"、"韵"、"怨"、"爲"五字必仄聲。"一
把""一"字，方和作"滿"，陳和作"半"，吳文英作"香"，此字似宜
用仄。

【校記】

　［一］"景"字、前結"恨"字、後段第二句"韵"字、第四句"怨"字、
後結"爲"字，用●符標識，意謂必用仄聲。

　［二］原注"爲"字去聲。

【蔡案】

① 後段第三均之韵律，以此平仄之架構，則當以吳文英詞爲正

格，按目前兩三字逗讀法，則韵律大爲不諧。就詞意看，前一句爲一字逗領六字句，六字爲平起仄收式律句句法。後一句"寂寥寒燈"則是兩頓連平，亦不合音律，其句讀實爲"沉吟，向寂寥、寒燈下"。後一首讀破，本均第九字處亦有一讀住，可見"沉吟"後有一讀住。"向寂寥"亦即吳詞之"過郵亭"，故"寂"字以入作平。應據改。

又一體　九十八字　　　　　　　　　吳文英

丙　午　歲　旦

漏瑟侵瓊管。潤鼓借、烘爐暖。藏鈎怯冷，畫鷄臨曉，鄰語鶯囀。殢綠窗、細咒浮梅琖。換密炬、花心短。夢驚回、林鴉起，曲屏春事天遠。　　迎路柳絲裙，看爭拜東風，盈灞橋岸①。髻落寶釵寒，恨花勝遲燕。漸街簾影轉，還似新年，過郵亭、一相見[一]。南陌又燈火，繡囊塵香淺②。

　　"看爭拜"二句九字，比前作多二字。"漸街簾"下句法，與方和詞不同。"鷄"字，《詞律》作"難"，誤。據戈本改。

【校記】
　　[一]原注"一"字作平。

【蔡案】
　　①"爭拜"二字，或"東風"二字，余以爲必衍。因其後有一二一結構之四字句，若非衍文，則此九字之韵律，便是三三三結構，就詞意而言，"拜東風"亦莫知所謂，可疑之甚。
　　②"香"字依律須仄，填誤。

黃鸝繞碧樹　九十七字　　　　　　　　　　周邦彦

雙闕籠佳氣①，寒威日晚，歲華將暮。小院閒庭，對寒梅照雪，淡烟凝素。忍當迅景，動無限、傷春情緒。猶賴是、上苑風光漸好，芳容將煦。　　草莢蘭芽漸吐。且尋芳、更休思慮。這浮世、甚驅馳利祿，奔競塵土。縱有魏珠照乘，未買得流年住②。爭如盛飲流霞，醉偎瓊樹。

　　　“風光漸好”，自宜爲句，《詞律》誤。“盛飲流霞”四字，《詞律》作“剩引榴花”，誤。據《清真集》改正。“漸”字，葉《譜》作“盡”。方無和詞。

【蔡案】

　　① 本詞另有晁端禮詞一首可校，且晁在周前。晁詞前段首均十四字，此少一字，或應作“雙闕□籠佳氣”，與後段起拍同。

　　② 晁詞後段第六拍，作“對畫堂、高啓賓筵”，正合前段“動無限、傷春情緒”，可知本詞少一字，應作“未買得、流年□住”。

瑣窗寒　九十九字　　　　　　　　　　　周邦彦

寒　食

暗柳啼鴉，單衣佇立，小簾朱戶。桐陰半畝，静鎖一庭愁
●●○○　○○●●　●○○●　○○●●　●●●○○
雨[一]。灑空階、更闌未休①，故人剪燭西窗語。似楚江暝
▲　　●○○　○○●●　●○●●○○●　●●○○
宿，風燈零亂，少年羈旅。　　遲暮。嬉游處。正店舍無
●　○○○●　●○○▲　　　○●　○○▲　●●●○

烟，禁城百五^[二]。旗亭喚酒，付與高陽儔侣。想東園、桃李
　○　　●●▲　　　　○○●●　●●○○▲　　●○○　○●

自春，小唇秀靨今在否^②。到歸時、定有殘英，待客携尊俎。
●○　●○●●○□▲　　●●○　●●○○　●●○○▲

　　《宋史·樂志》太宗製正宫曲。《九宫大成》入南詞南吕宫
正曲。

　　一名《鎖寒窗》。《樂府雅詞》以"遲暮"屬上段，皆刻誤。

　　"陰"字一作"花"。"更"字，汲古作"夜"。"歐"字、"酒"字，
方千里和詞作"許"字、"羽"字，叶韵，可不拘。"更闌"二句，前後
不同，其四聲定應恪守。若以前後段比較，"李"字可以上作平，
"靨"字以入作平，但不可用去聲字。"在"字原有用平者，既從此
體，不可改易。

【校記】

　　[一]"一"字原注作平。

　　[二]"百"字原注可平。按，"百"字入聲，本可作平。

【蔡案】

　　①"闌"字應仄而平，同時之揚无咎作"庭榭未春"，周詞後段作
"桃李自春"，均可證本句韵律應作○●●○，至於後人方千里輩，則
是循誤而已，無參校意義。是以譜中用應仄而平符。

　　②仍以揚无咎詞爲參照，"今在"二字楊詞作"荼蘼"，可知本句
應是平起仄收式律句句法，對應周詞前段"故人剪燭西窗語"可證，故
"在"字用應平而仄符。

　　又一體 九十八字　　　　　　　　　　　　　　揚无咎

柳暗藏鴉，花深見蝶，物華如繡。情多思遠^[一]，又是一番清

瘦。憶前回、庭榭未春，個人預約同携手。恨遲留、載酒期程，孤負踏青時候。　　搔首。雙眉暗鬥。況無似今年，一春晴晝。風僝雨僽①，直得迤逗②。想閒窗、針線倦拈，寂寞細撚酴醾嗅[二]。待還家、定是冤人，淚粉盈襟袖。

　　前結作一七、一六字句法，平仄相同。原可一氣貫下，不拘。換頭一二字、一四字叶，比周作多一字，《詞律》作"忽雙眉暗鬥"，今從《歷代詩餘》本。"直得迤逗"四字定是脫誤。"榭"字、"線"字用去聲。"醾"字用平。前後段相同。

【校記】

　　[一]"思"字原注去聲。

　　[二]"寞"字原注作平。

【蔡案】

　　① 本調第二均起拍有叶韻之可能，"僽"字或非偶叶，周邦彥詞前段用"畝"字，或亦是同理。

　　② 本調後段第五拍，例作六字一句，各家皆如此填，本句顯奪二字，可據汲古閣本《逃禪詞》補，作"直得恁時迤逗"。

又一體　九十八字　　　　　　　　　　　　　　程　先

雨洗紅塵，雲迷翠麓，小車難去。淒涼感慨，未有今年春暮。想曲江、水邊麗人，影沉香歇誰爲主。但兔葵燕麥，風前搖蕩，徑花成土。　　空被多情苦。嘉會難逢，少年幾許。紛紛鼎沸，負了青陽百五。待何時、重睹太平，典衣賞酒相爾汝。算蘭亭、有此歡娛，又却悲今古。

　　"被"字不叶韵。"嘉會"上比周作少一字。"水"字、"睹"字用上聲,是以上作平①。

【蔡案】

　　① "水"字依律本可平可仄,謂作平則無謂。"睹"字在律,作平則不律,周詞也應該以律句"桃李自春"爲正,豈有以失律句"更闌未休"爲正之理。

又一體 九十八字　　　　　　　　　　　　　吴文英

玉　蘭

　　紺縷堆雲,清腮潤玉,記人初見。蠻腥未洗,梅谷一懷凄惋。渺征槎、去乘閬風,占香上國幽心展。遺芳掩色①,真姿凝澹,返魂騷畹。　　一眸。千金換。又笑伴鴟夷,共歸吴苑。離烟恨水,夢杳南天秋晚。比來時、瘦肌更消,冷熏沁骨悲鄉遠。最傷情、送客咸陽,佩結西風怨。

　　"遺芳"上比各家少一字。"鄉"字用平聲。"渺征槎"二句,"比來時"二句,前後平仄同。以上二體,《詞律》不收。然各調皆列異體,此獨不列,何也?

【蔡案】

　　① 前段第八拍,例作五字一句,各家皆如此填,此奪一字,應據《夢窗詞》補,作"□遺芳掩色"。

又一體 九十九字　　　　　　　　　　　　　張　炎

　　亂雨敲春,深烟帶晚,水窗慵憑。空簾慢捲,數日更無花影。

怕依然、舊時燕歸,定應未識江南冷。最憐他樹底,蔫紅不語,背人吹盡。　　清潤。通幽徑。待移燈剪韭,試香溫鼎。分明醉裏,過了幾番風信。想竹間、高閣半扃[①],小車未來猶自等[②]。傍新晴、隔柳呼船,待教濤信穩。

　　"待移燈"句及尾句,平仄與各家異。

【蔡案】

　　① "竹"字,以入作平。

　　② 後段"小車"句,照前段應用平起仄收式七言律句,但該句各家多用大拗句,且各無所依,此類句法實爲三字托托四字單句結構。

又一體 九十九字　　　　　　　　　　曾　隶

簾　下

繡額雲橫,銀鈎月小,綠楊庭院。疏明滿幅,永晝未煩高捲。愛空紋巧勻曲波,弄晴日色花陰轉。任篩金影碎,輕敲檐玉,礙雙飛燕。　　凝見。窗留篆影,六曲雕闌,翠深絳淺。香風暗度,不隔嬌鬆鶯囀。似無情重霧下垂,嫩桃想像添笑臉。望瑤階、窣地雙鴛,注眄金蓮遠。

　　換頭一二、三四字,與各家異。

月下笛 九十八字　　　　　　　　　　周邦彥

小雨收塵,涼蟾瑩徹,水光浮碧。誰知怨抑[一]。靜倚官橋吹

笛。映宮墻、風葉亂飛，品高調側人未識。想開元舊譜，柯
亭遺韵，盡傳胸臆。　　　　闌干四遶，聽折柳徘徊，數聲終拍。
寒燈陋館，最感平陽孤客。夜沉沉、雁啼正哀，片雲盡捲清
漏滴。黯凝魂、但覺龍吟，萬壑天籟息。

　　《七家詞選》云：此調諸本皆作《月下笛》，細按之，實是《鎖
窗寒》也①。換頭與結句稍異，乃一調而異體者。説本淩廷堪。
《填詞名解》云：此詞由彭巽吾"江上行人"詞得名。愚按：彭巽
吾名元遜，姜、張皆在其前，此語固不足據。遍考諸家，周作而
後，以姜詞爲最先，此詞體格實與《瑣窗寒》無二。白石旁譜不注
工尺，並非自製，究不知何人創始。或曰姜以兩七字句倒轉爲
《鎖窗寒》之變體，至元，始更名《月下笛》。抑題是《月下聞笛》，
遂致傳訛，均未可知。姑繫於末，俟考。方、楊皆無和詞。

　　"怨"、"亂"、"未"、"陋"、"正"、"漏"、"籟"等去聲字，勿誤。
《詞律》謂"館"字宜叶，改"室"字，大謬。詞中此等句，或叶或不
叶，各家甚多。觀諸後作可知。"闌干"下，葉《譜》多"空"字，"平
陽"作"山陽"，"清漏"作"秋漏"。

【校記】

　　[一]"怨"字、第六句"亂"字、第七句"未"字、後段第四句"陋"
字、第六句"正"字、第七句"漏"字、結句"籟"字，用●符標識，意謂必
用去聲。

【蔡案】

　　① 本詞即《瑣窗寒》，調名誤植。除後段起拍脱一字，其餘與"暗
柳啼鴉"詞俱同。

又一體 九十九字　　　　　　　　　　　　　　　　姜　夔

與客携壺,梅花過了,夜來風雨。幽禽自語。啄香心度墙去。春衣都是柔黃剪,尚沾惹殘茸半縷①。悵玉鈿似掃,朱門深閉,再見無路。　　凝佇。曾游處。但繫馬垂楊,認郎鸚鵡。揚州夢覺,彩雲飛過何許。多情須倩梁間燕,問吟袖、弓腰在否怎知道、誤了人年少②,自恁虚度。

　　　　前後兩七字句,句法比周作倒轉,餘與《鎖窗寒》無二。衹結處句法略殊,而字數亦合,豈非一調。

　　　　兩結作去仄平去,與各家異。"啄香心","心"字略逗。元人曾允元作,與此同。

【蔡案】

　　① 原譜"尚沾惹"句未讀斷。

　　② 後段失記一韵,"弓腰在否"當爲韵句。改正後即後一詞體。

月下笛 九十九字　　　　　　　　　　　　　　　　張　炎

寄仇山村

千里行秋,支筇背錦,頓懷清友。殊鄉聚首。愛吟猶自詩瘦。山人不解思猿鶴,笑問我、蕭娘在否。記長隄畫舫,花柔春鬧,幾番携手。　　別後。都依舊。但靖節門前,近來無柳。盟鷗尚有。可憐西塞漁叟。斷腸不恨江南老,恨落葉、飄零最久。倦游處、减羈愁,猶未消磨病酒。

此與姜作同①。"友"字叶韵，結處兩三、一六字，姜詞亦可如此讀。"蕭"字，《詞潔》作"韋"，"减"字作"感"，"病"字作"是"。

【蔡案】

① 本調可以以本格爲正。然余亦以爲本調即《瑣窗寒》，兩者之別，惟前後段第三均兩拍互倒而已。

又一體 百字　　　　　　　　　　　　　　　　　張　炎

孤遊萬竹山中，閉門落葉，愁思黯然，因動黍離之感。時寓甬東積翠山舍。

萬里孤雲，清遊漸遠，故人何處。寒窗夢裏，曾記經行舊時路。連昌約略無多柳，第一是、難聽夜雨。漫驚回悽悄，相看燭影，擁衾誰語。　　張緒。歸何暮。半零落依依，斷橋鷗鷺。天涯倦旅。此時心事良苦。祇愁重灑西州淚，問杜曲人家在否。恐翠袖、已天寒，猶倚梅花那樹。

前段"裏"字不叶，後"旅"字叶。"曾記"句七字，與各家異。《詞律》缺"夢"字，誤。"零"字，《詞潔》作"冷"，"已"字作"正"。

又一體 九十七字　　　　　　　　　　　　　　　彭元遜

江上行人，竹間茅屋，下臨深窈。春風嫋嫋。翠鬟窺樹猶小。遙迎近倚歸還顧，分付橫枝未了。扁舟却去①，中流回首，驚散飛鳥。　　重踏新亭屐齒，耿山抱孤城，月來華表。鷄聲人語，隔江相伴歌笑。壯游歷歷同高李，未擬詩成草草。長橋外有醒人吹笛，併在霜曉。

> 前後兩七句各六字。後起句六字。前結八句四字，少一字。後結一三、一五、一四字，與各家異。"嬝"字叶韻，"語"字不叶。

【蔡案】

① 詞中文字多寡，是脱是減，是衍是增，殊難斷定，惟本詞前後段第七拍，均少一字，應是減字無疑。而"扁舟却去"，多爲脱誤。

大　有　九十九字　　　　　　　　　周邦彦

仙骨清羸[一]，沈腰憔悴，見傍人、驚怪消瘦[二]①。柳無言、雙眉盡日齊鬥②。都緣薄倖賦情淺，許多時、不成歡偶。幸自也總由他，何須負這心口[三]③。　　　令人恨[四]，行坐呪。斷了更思量，没心永守。前日相逢，又早見伊仍舊。却更被溫存後④。都忘了、當時僝僽。便搊撮、九百身心，依前待有。

> 此調不知命意⑤，《清真集》不載，方亦無和詞。"怪"字、"賦"字、"待"字必去聲，勿誤。"這"字是以入作平，《詞律》注可仄，誤。

【校記】

[一] 原注"仙"字、第三句"傍"字、前結"何"字可仄。

[二] "怪"字、第五句"賦"字、後結"待"字，用●符標識，意謂必用去聲。

[三] "這"字原注作平。

[四] 原注"令"字、第二句"斷"字、第三句"没"字可平。

【蔡案】

①　本句捫其韵律,應是一領六句式,秦巘讀爲上三下四句式,則韵律失諧。

②　本調爲慢詞,故前段第二均有誤,以如此格局,僅得一孤拍,難以成均,校之後段,正是兩拍,後潘詞亦同,作"秋色無多,早是敗荷衰柳",故可知前段周詞或爲"楊柳無言",潘詞"恰"字前後,亦應補足一字。

③　"這"字正處節奏點,必須爲仄,不可如秦巘所説作平,"這"乃去聲,毫無讀平之音理。其必强校之潘詞,而潘詞作"郎",乃是誤填,敗筆。

④　本句若是如此,則應該是一個折腰句,不可不讀斷,但校之前段"都緣薄倖賦情淺",則少一字,斷無如此作法,余疑後段本爲"却因更被温存後",與前段句法正合。而潘詞與本詞皆合,必是循周而誤耳。宋詞僅此二首,無別作可校。

⑤　本詞或爲創調詞,余以爲本名應是《待有》,因結拍而名,"待"、"大",古音均爲開口呼,一等韵,定母蟹韵,所異者,一濁上,一濁去而已,而中古音濁上已變爲去聲,故二字同音,讀誤爲《大有》。

又一體　九十九字　　　　　　　　　　　　潘希白

九　　　日

戲馬臺前,采花籬下,問歲華、還是重九。恰歸來、南山翠色依舊。簾櫳昨夜聽風雨[一],都不是、登臨時候。一片宋玉情懷,十分衛郎清瘦。　　　紅萸佩,空對酒。砧杵動微寒,時欺羅袖。秋色無多,早是敗荷衰柳。强整帽檐敧側①,曾經向、天涯搔首。幾回憶、故國蓴鱸，霜前雁後。

後段第七句不叶韵，句法亦異。"聽"字去聲，《圖譜》注平，誤。觀周作可知。

【校記】

［一］原注"聽"字去聲。按，本字依律爲平可仄，故以平爲正，作去則無謂，周詞用仄，權也。

【蔡案】

① 本詞與周詞全同。至於本句拍，周詞亦是偶叶而已，觀前段對應句並未叶韵，且詞意前後兩句一氣可知。

丁香結 九十九字　　　　　　　　周邦彥

蒼蘚沿階，冷螢粘屋，庭樹望秋先隕［一］①。漸雨淒風迅。淡暮色、倍覺園林清潤。漢姬紈扇在，重吟翫棄擲未忍［二］②。登山臨水，此恨自古，消磨不盡③。　　牽引。記醉酒歸時，對月同看雁陣④。寶幄香纓，熏爐象尺，夜寒燈暈。誰念留滯故國，舊事勞方寸。惟丹青相伴，那更塵昏蠹損。

《填詞名解》云：商調曲。

"未"、"恨"、"雁"、"故"、"蠹"五字必去聲。前結方和詞作兩六字句，平仄如一。"擲"字，吳文英作平，方、陳和詞皆作仄，此字似以入作平。"自古""自"字，吳作平，或誤。"雨淒風迅"，一作"風淒雨迅"，誤。

【校記】

［一］原注"庭"字及後段次句"同"字可仄。原注"樹"字可平。

〔二〕"未"字及後二句"恨"字、後段第二句"雁"字、第六句"故"字、後結"蠱"字,用◖◗符標識,意謂必用去聲。

【蔡案】

① "樹"字依律不可平,秦巘謂可平,必是因方千里此處作"爲誰"故,而諸家此字皆仄,方詞則是"誰爲"之倒誤,即便方詞無誤,亦不可因一偶例而改順爲拗。

② "擲"字以入作平,律理如此。

③ 前段尾均中,第六字處有一讀住,然則後六字仄起仄收,這也是方千里之所以填爲六字二句的律理所在。因此,此處應讀爲"此恨、自古消磨不盡"。

④ "看"字應讀平聲。

渡江雲 百字

周邦彦

晴嵐低楚甸[一],暖回雁翼,陣勢起平沙。驟驚春在眼,借問
○○　○●●　　●●●○　◎●●●△　●○○●●

何時,委曲到山家。塗香暈色,盛粉飾、争作妍華。千萬絲、
○○　◎●●○△　○○●●　●○○　○●○○△　○●○⊙

陌頭楊柳,漸漸可藏鴉。　　　堪嗟。清江東注,畫舸西流,
◎○○●　◎●●○△　　　　　○△　⊙○○●　●○○●

指長安日下。愁宴闌、風翻旗尾,潮濺烏紗。今宵正對初弦
●○○◎▲　⊙○○⊙●　○○●　⊙●○○△　○○●●○

月,傍水驛、深艤蒹葭。沉恨處,時時自剔燈花。
●　◎◎●◎　○●○△　●●●　○○●●○△

　　《九宫大成》入南詞高大石調正曲。《詞名集解》云:小石
調曲。

　　平仄互叶體。"下"字以仄叶。"楚"、"雁"、"暈"三字用去

聲，各家皆同。前尾，《圖譜》脱"可"字，誤。後尾，《樂府雅詞》諸書皆有"但"字，各家皆無。方千里和詞作□。余謂此即所謂襯字也。與夢窗"縱芭蕉不雨也颼颼"同例。每按南北曲多有襯字工尺者甚多，所謂帶腔也。萬氏謂詞無襯字，余大不爲然。詞與曲皆被管弦，本無二理，觀此等處可知。

【校記】

[一]"楚"字及後句"雁"字、第七句"量"字用●符標識，意謂必用去聲。

又一體　百字　　　　　　　　　　　　　　　　陳允平

桐花寒食近，青門紫陌，不禁綠楊烟。正長眉仙客，來向人間，聽鶴語溪泉。清和天氣，爲栽培、種玉心田。鶯晝長，一尊芳酒，容與看芝山。　　庭間。東風榆莢，夜雨苔痕，滿地欲流錢。愛墙陰、成蹊桃李，春自無言。殷勤曉鵲憑檐喜，丹鳳下、紅藥階前。蘭砌繞，香飄舞袖斑斕。

"錢"字用平叶，不換仄韵，餘同。換頭二字，周密詞屬上段，誤。

三犯渡江雲　百字　　　　　　　　　　　　　　陳允平

爲竹友謝少保壽

風流三逕遠，此君澹薄，誰與伴清足。歲寒人自得，傍石鋤雲，閒裏種蒼玉。琅玕翠立，愛細雨、疏烟初沐。春晝長，秋聲不斷,洗紅塵凡俗。　　　高獨。虛心共計,淡節相期,幾人間棋局。堪愛處、月明琴院,雪晴書屋。心盟更許青松結,笑四時、梅礬蘭菊。庭砌繞,東風旋添新綠①。

　　原注"舊平韵,今改入聲韵",此陳允平創製。"秋聲"二字,葉《譜》作"清風","旋"字作"漸"。"繞"字,《詞譜》作"曉"。

【蔡案】

　　① 後段結,韵律依然是平韵體,然末句第四字與平韵體諸詞皆異,爲一平聲字,故若循原句法,則必然失諧,應讀爲五字一句、四字一句。

遠佛閣 百字　　　　　　　　　　　　　　周邦彥

旅　　況

暗塵四斂。樓觀迥出[一]①,高映孤館。清漏將短。厭聞夜久簽聲動書幔②。桂華又滿。閒步露草,偏愛幽遠。花氣清婉。望中迤邐城陰度河岸[二]③。　　　倦客最蕭索,醉倚斜橋穿柳線。還似汴堤虹梁橫水面[三]。看浪颭春燈,舟下如箭。此行重見。歎故友難逢,羈思空亂。兩眉愁、向誰舒展。

　　汲古入吳文英《夢窗甲稿》,缺"高映"二字,誤。又一首"花氣"二字用"暗晴"。一首於"髻"字用平,起句皆不叶。陳允平和詞,首句起韵,惟"望中"用"重懷","重"字平。"索"字用"人"字,平,"堤"字用"積"字,仄,餘無不同。此調體格應如是,不可因其太拗改順。"厭聞"句、"望中"句、"還似"句，皆九字，是二字領起下七字。當於二字豆，切勿於三字、五字豆爲要④。其餘平仄不可移易一字。諸去聲字尤緊要，均當照填，故不細注。"橋"字，汲古、《詞律》作"陽"，"浪颭"二字作"緑颺"。"舒"字一作"行"。

【校記】

［一］原注"觀"字去聲。

［二］原注"望"字及後起"索"字可平。

［三］原注"堤"字可仄。

【蔡案】

① 本詞多處用兩頓連仄之四字句，其韵律頗爲特殊。本調雖各首體式皆同，但整體韵律雜亂，尤其第三段，必有字句之舛誤。

② "厭聞"九字及後"望中"九字、"還似"九字，原譜均未讀斷，則句中結構、韵律、關係易生歧義，前二句應點出二字逗。但"還似"句揆其韵律，應是四字一逗，並非也是二字逗句法，否則韵律失諧。

③ 本調實爲三段式詞，即通常所謂雙曳頭調式，"暗塵"起至"書幔"爲第一段，"桂華"起至"河岸"爲第二段，兩段字句、韵律如一。各譜悉誤。

④ 只要韵律合，並非一定二字一逗，四字一逗亦可。至於三字、五字逗，則是句法不同了，自是異格。

又一體 百字　　　　吴文英

贈郭李隱

蒨霞艷錦，星媛夜織，河漢鳴杼。紅翠萬縷。送幽夢與人間秀芳句①。怨宫恨羽。孤劍漫倚，無限凄楚。賦情縹緲，東

風摇颶花絮□□□。　　　鏡裏半髻雪,詞老春深鶯曉處。長閉翠陰幽坊楊柳户②。看故苑離離,遍生禾黍。短藜青屨。笑寄隱閒退,鷄社歌舞。最風流墊巾沾雨。

　　　"錦"字、"緲"字不叶韵,與周異。又一首於"緲"字叶,"錦"字不叶。汲古原刻空三格。"花絮"二字,當是結字叶韵。"東風"上應三脱字③。

【蔡案】

　　　① 本調爲雙曳頭,本句後應分段。

　　　② 此九字應讀爲四字一句、五字一句。

　　　③ 因爲本句爲二字逗領七字句法,因此句式必爲雙起式,如果是"東風"前脱三字,則本句韵律便與正格不同,必誤。四庫本《夢窗詞》,前段尾均作:"無限凄楚。賦情縹緲,東風摇颶,陣陣沾花絮。"彊村四校本作:"□□□□。賦情縹緲、東風颶花絮。"似更可信,可從。"颶"字仄讀。

　　　又一體 百字　　　　　　　　　　　　　　　張　艾

渚雲弄濕。烟縷際晚,江國遥碧。鴻過無跡。怕聞野寺孤鐘動悽惻①。小橋路窄。疏袖暗拂。衰草愁聽②,蛩語還寂。可堪過了龜紗負瑶席。　　　荏苒露華白。一夜秋窗驚曉色。柳影孤危殘蟬空抱葉③。想摇落關情,歸夢頻折。物華消歇。盡倒斷寒塘,幽香先滅。怨紅供、拒霜啼頰。

　　　見《陽春白雪》。

　　　"拂"字叶韵,"聽"字不叶。換頭句叶,與周作異。"拂"字或非叶。“葉”、“歇”、“頰”等字，叶入職，韵太雜。

【蔡案】

① 本調爲雙曳頭，本句後應分段。

② 本句爲主句，主韵所在，必須叶韵，故此二句必是倒誤，應作“衰草愁聽，疏袖暗拂”。

③ 此九字應讀爲四字一句、五字一句。

玉燭新 百一字　　　　　　　　　　　　　　周邦彥

早　梅

溪源新臘後。見數朵江梅，剪裁初就[一]。暈酥砌玉[二]，芳英嫩、故把春心輕漏。前村昨夜，想弄月、黃昏時候。孤岸峭，疏影橫斜，濃香暗沾襟袖。　　尊前賦與多才，問嶺外風光[三]，故人知否。壽陽漫鬥。終不似、照水一枝清瘦[四]。風嬌雨秀。好亂插、繁華盈首。須信道、羌笛無情，看看又奏。

《梅苑》爲李清照，方無和詞。

“剪”、“砌”、“昨”、“暗”、“故”、“漫”、“雨”、“又”諸仄聲字，勿誤，用去聲更妙。“又”字各家皆去聲。吳文英於“夜”字叶，“玉”字不叶。此等調究宜前後相符爲是，且作七字句亦可，但宜藏韵爲正。《梅苑》缺“亂”字、“道”字，“數”字作“幾”，“峭”字作“悄”，皆誤。

【校記】

[一] “剪”字、後段第六句“雨”字，用◑符標識，意謂須用上聲。

　　［二］“砌”字、第六句“昨”字、前結“暗”字、第三句“故”字、第四句“漫”字、後結“又”字，用●符標識，意謂必用仄聲。又，原又注“砌”字可平，則不知何解。

　　［三］原注“嶺”字及第五句“不”字、“一”字可平。

　　［四］原注“終”字可仄。

又一體 百一字　　　　　　　　　　　　　　　揚无咎

荒山藏古寺。見傍水梅開，一枝三四。蘭枯蕙死。登臨處、慰我魂消惟此。可堪紅紫。曾不解、和羹結子。高壓盡、百卉千葩，因君合修花史。　　　韶華且莫吹殘，待淺揾松煤，寫教形似。此時胸次。凝冰雪、洗盡從前塵滓。吟安個字。抻不寐、勾牽幽思。誰伴我、香宿蜂媒，光浮月姊。

　　前後段第四、六句俱叶韵①。

【蔡案】

　　① 此即前一詞體，所謂增韵，亦僅前段而已，俱是輔韵，非依律所增者。但正如秦巘所説，就叶韵而言，“此等調究宜前後相符爲是”，因此本詞更具正格要素，可摹。

詞繫卷十八 宋

齊天樂 百二字　一名《臺城路》《五福降中天》《如此江山》　　周邦彥

綠蕪彫盡臺城路,殊鄉又逢秋晚①。暮雨生寒,鳴蛩勸織,深
◎　◎⦿●●○○●　○⦿●●○▲　●●○○　○○●●　○

閣時聞裁剪。雲窗静掩[一]。歎重拂羅裀,頓疏花簟。尚有
●○○○▲　　○○●▲　●⦿●○○　●○○▲　●●

練囊,露螢清夜照書卷[二]。　　荆江留滯最久,故人相望
◎○　●○○●●○▲　　　○○○●●○　●○○●

處,離思何限[三]②。渭水西風,長安亂葉,空憶詩情宛轉。
●　○●○▲　●●○○　○○●●　○●○○●▲

憑高眺遠。正玉液新蒭,蟹螯初薦。醉倒山翁,但愁斜
◎○●▲　●●●○○　●○○▲　●●○○　●○○

照斂③。
●●▲

《宋史・樂志》太宗製仙吕調《齊天長壽樂》。又云:正宫調
大曲名。周密《天基聖節排當樂次》:□鐘宫第二盞[四],觱篥起
聖壽《齊天樂慢》。又諸部合《齊天樂》曲破。姜夔詞自注正宫。
《九宫大成》南詞正宫、北詞仙吕調,皆有此名。因首句,一名《臺
城路》。沈端節詞名《五福降中天》。張輯詞有"如此江山"句,名
《如此江山》。

　　"静掩"、"眺遠"、"最久"、"照斂",用去上聲,勿誤。《詞律》

不知。前結"照"字去、"卷"字上,亦不可易,失注。後起六字,三平三仄,有不拘者。次句有用一領四字句,三句有用平平平仄者,或仄平平仄者。然名家姜、吳、王、張皆如此填。"練"字,一本作"練"。

【校記】

[一]"静掩"、"最久"、"眺遠"、"照斂",用●●符標識,意謂必用去上聲。

[二]"照"字用◐符標識,"卷"字用◑符標識,意謂必用去聲和上聲。

[三]原注"思"去聲。

[四]查《天基聖節排當樂次》原文,奪字是"夾"字,原文爲"上壽第一盞觱篥起舞《聖壽齊天樂慢》",見周密《武林舊事》卷一。

【蔡案】

① 本句依律應是仄起仄收式句法,宋詞中雖亦有仄起式填法,但因爲周邦彦的影響,則多作平起句式,而周詞"鄉"字極疑爲誤筆,或誤刻。後詞樂時代的今天,則應以仄爲諧,故第二字依據其後揚无咎、吕渭老、劉子寰等詞添補爲平可仄。

② "思"字依律應平,如揚无咎作"感時懷古"、高觀國作"朱簾曾捲"、王沂孫作"如今休説""涼生江滿"等。惟受周邦彦影響,多用仄聲,而周氏填此,實爲借音之法,應讀平,觀其後各首皆用平聲可知。

③ 本詞爲此調正格,後段第一均,由一六、一五、一四三句構成。原譜所收九首,看似變格繁多,實則祇有添字一格,亦即後段第一均中,四字句添二字作六字一句,無非句讀各異,人爲參差耳。

又一體 百二字　　　　　　　　　　　　　　　　周邦彦

端　　午

疏疏幾點黃梅雨。佳節又逢重五①。角黍包金，香蒲泛玉，風物依然荆楚。形裁艾虎。更釵裊朱符，臂纏紅縷。撲粉香綿，喚風綾扇小窗午。　　沉湘人去已遠，勸君休對景，感時懷古。慢囀鶯喉，輕敲象板，勝讀離騷章句。荷香暗度。漸引入醺醺，醉鄉深處。臥聽江頭，畫船喧叠鼓。

《片玉詞》注云：或刻無名氏。汲古爲揚无咎作[一]。

此首句即起韵，餘同。"五"字，《草堂》本作"午"，重叶。今從汲古。"節"字，汲古作"時"，"叠"字作"韵"，誤。

【校記】

[一] 本詞爲揚无咎詞，應據汲古改。

【蔡案】

① 本詞多用律句，本句第二字、後段第三句第二字皆是，可爲今人之範。

又一體 百三字　　　　　　　　　　　　　　　　呂渭老

觀　兢　渡

香紅飄没明春水，寒食萬家游舫。整整斜斜，疏疏密密，簾纈旗紅相望。江波蕩漾。稱彩艦龍舟，繡衣霞漿。舞楫争先，笑歌簫鼓亂清唱。　　重來劉郎老，對故園、桃紅春晚，盡成惆悵①。淚雨難晴，愁眉又結，翻覆十年手掌。如今怎向。念舞板歌塵，遠如天上。斜日回舟，醉魂空舞颺。

> 後起一五、一三、兩四字，比各家多一字。"笑歌"二字，汲古作"歌笑"，誤。

【蔡案】

① 此亦正體，惟後段第三拍添二字異。按，後段標準填法爲一六一五一四，變格爲一六一五一六，體式不變，祇第三拍添二字。本詞首拍奪一字，全均當作"重來劉郎已老，對故園桃紅，春晚盡成惆悵"，應據《聖求詞》補一字。

又一體 百二字　　　　　　　　　　劉子寰

壽史滄州

雅歌堂下新堤路。柳外行人相語。碧藕開花，金桃結子，三見使君初度。樓臺北渚。似畫出西湖，水雲深處。彩鷁雙飛，水亭開宴近重午。　　溪蒲堪薦綠醑。幔亭何惜，爲曾孫留住[一]①。碧水吟哦，滄洲夢想，未放舟横野渡。維申及甫。正夾輔中興，擎天作柱。願祝嵩高，歲添長命縷。

> 前後起句皆叶韵。

【校記】

[一] 原注"爲"字去聲。

【蔡案】

① 本詞即周詞正體詞格，惟後段第二、第三拍句讀失當，應讀爲

"幔亭何惜爲，曾孫留住"，"何惜爲"，即"何爲惜"，"爲"字語助，無實義，猶項羽謂"天欲亡我，我何渡爲"，問句形式而已。

又一體 百三字　　　　　　　　　　　　　　陸　游

左 綿 道 中

角殘鐘曉關山路，行人乍依孤店。塞月征塵，鞭絲帽影，常把流年虛占。藏鴉柳暗。歎輕負鶯花，漫勞書劍。事往關情，悄然頻動壯游念。　　孤懷誰與強遣，市壚沽酒，酒薄怎當愁釀[①]。倚瑟妍詞，調鉛妙筆，那寫柔情芳艷。征途自厭。況烟斂燕痕，雨稀萍點。最是眠時，枕寒門半掩。

> 後起一六、一四、一六字，與各家異。又一體也。"遣"字非叶。陸又一首亦不叶。且通首用閉口韵甚嚴，此字不應出韵。

【蔡案】

① 本詞惟後段第二、第三拍多一字，句讀失誤。本調後段第二拍，從無四字一句者，故必有錯訛，此"酒"字重出，必有一衍，原文第一均當是"孤懷誰與強遣。市壚沽酒薄，怎當愁釀"，就作手而言，豈有如此費字者。又，"遣"字爲韵，原譜失記。

又一體 百五字　　　　　　　　　　　　　方千里

碧紗窗外黃鸝語，聲聲似愁春晚。岸柳飄綿，庭花墮雪，惟有平蕪如剪。重門向掩。看風動疏簾，浪鋪湘簟。暗想前歡，舊游心事寄詩卷。　　鱗鴻音信未覿，夢魂尋訪後，關山又隔無限^①。客館愁思，天涯倦跡，幾許良宵展轉。閒情意遠。記密閣深閨，綉衾羅薦。睡起無人，料應眉黛斂。

> 後段第三句六字。此和周韵，不應多二字，想是襯字。各家和詞，每每參差，意到筆隨，非若後世之尋行數墨者比也。可見詞不當以字數計，當以聲調格律爲重。

【蔡案】

① 千里和周，亦步亦趨，最爲謹慎，平上去入，猶一絲不苟，豈有遽然而增二字者。《歷代詩餘》卷七十七收録本詞，本句作"關山無限"，則可知"又隔"二字爲後人誤入。就文意而言，"關山無限"意即"關山又隔無限"，若是添字，必是添不可或缺之字，豈有添可有可無之字之理。應據删。

又一體　百三字　　　　　　　　　　　王月山

夜來疏雨鳴金井，一葉舞風紅淺。蓮渚生香，蘭皋浮爽，凉思頓欺班扇。秋光冉冉。任老却蘆花，西風不管。清興難磨，幾回有句到詩卷。　　長安故人別後，料征鴻聲裏，畫闌憑遍。橫竹吹商，疏砧點月，好夢又隨雲遠。閒情似綫。共繫損柔腸，不堪裁剪。聽作鳴蛩，一夜聲聲是怨^[一]。

> 見《草堂詩餘》。結句六字，與各家異。

【校記】

[一] 結拍衍一字，應據《陽春白雪》作"一聲聲是怨"。

又一體 百四字　　　　　　　　　　　　　　　　衞元卿

填溫飛卿江南曲

藕花洲上芙蓉楫，羞郎故移深處。弄影萍開，搴香袖胃，鸂
鶒雙雙飛去。垂鞭笑顧。問住否橫塘，試窺簾戶。妙舞妍
歌，甚時相見定相許。　　歸來憔悴，錦帳久塵金，櫝櫝連
娟，黛眉顰嫵。扇底紅鉛，愁痕暗漬，消得腰支如許。鸞弦
解語。鎮明月西南，伴人凄楚。悶拾楊花，等閒春又負。

後起一四、一五、兩四字，與各家異。

又一體 百一字　　　　　　　　　　　　　　　　張　翥

紅霜一樹凄凉葉，驚烏夜深啼落。客裏相逢，尊前細數，幾
度風飄雨泊。微吟緩酌。漸月影斜敧，畫闌東角。祇怕梅
花，無人看管瘦如削。　　江湖容易歲晚，想多情念我，歸
信曾約。塵土狂踪，山林舊隱，夢寄草堂猿鶴。離懷最惡。
酒醒香殘[一]，燭寒花薄。一段銷□[二]，覺來無數著。

後段第八句四字，比各家少一字。

【校記】

[一] 衆皆五字，此獨四字，便是可疑處，當反復校勘纔是，見字
有多少，輒冠之以"又一體"，猶"懶政"之"懶考"也。本句應據《蛻巖
詞》卷上或《歷代詩餘》《詞綜》添一字，作"是酒醒香殘"。

[二] 前述三種詞集，本句均爲"一段銷凝"，應據補。

五福降中天 百字　　　　　　　　　　　　沈端節

梅

月朧烟淡霜蹊滑，孤宿暮村荒驛。遠樹微吟，巡檐索笑，自分平生相得。池冰半釋。正節物驚心，淚痕沾臆。流水濺濺照影，古寺滿春色①。　　沉歎今年未識。暗香微動處，人初寂。酷愛芳姿，最憐幽韵，來款禪房深密。他時恨憶。悵却月凌風，信音難的。雪底幽期，爲誰還露立。

　　　見汲古《克齋詞》。與《齊天樂》悉合，自是別名。與江致和正調不同，故附列。

　　　"人初寂"句三字，必係遺脱。"他時恨"下，汲古缺"憶"字，"村"字作"林"，誤。"池冰"二字作"冰池"。今從《詞譜》。

【蔡案】

　　　① 此即周詞體。前段尾均，因正格第六字爲平聲，而本詞爲仄聲，故讀爲六字一句、五字一句，略異。

慶春宮 百二字　　　　　　　　　　　　周邦彦

悲　秋

雲接平崗，山圍寒野，路回漸轉孤城。衰柳啼鴉，驚風驅雁，
○●○○　○○○●　●○●●○△　○●○○　○○○●

動人一片秋聲。倦途休駕，澹烟裏、微茫見星[一]。塵埃憔
●○●●○△　●○○●　●○●　○○●△　⊙○○

悴，生怕黄昏，離思牽縈[二]。　　華堂舊日逢迎。花艷參
●　○○○○　○●○△　　○○●●○○　○●○

差，香霧飄零。弦管當頭，偏憐嬌鳳，夜深簧暖笙清。眼波
〇　⊙●〇△　　●〇●〇　　〇〇●　　●〇〇●〇△　　●〇

傳意，恨密約匆匆未成①。許多煩惱，祇爲當時，一晌留情。
〇●　●●●〇〇△　　　●●〇〇　　〇●〇〇　　●●〇△

《九宮大成》入南詞越調正曲。此與《慶春澤》不同。《詞綜》
刻王沂孫"淺薲梅酸"一首，誤作《慶春澤》，舊譜遂沿其誤，注作
別名，實非一調。

《絕妙好詞》名《慶宮春》，亦係誤倒[三]，故不注。汲古入吳
文英《夢窗甲稿》，題作《旅思》，誤，今據方千里和詞改正。《片玉
詞》注云：或刻柳耆卿。"偏憐嬌鳳"，一作"唯他絕藝"。

"見"、"未"二字，各家俱用去聲，斷不可平，《圖》注大誤。

【校記】

［一］"見"字、後段對應之"未"字，用●符標識，意謂必用去聲。

［二］"思"字原注去聲。

［三］《全宋詞》唐先生將平韻皆名之爲《慶春宮》，仄韻皆名之爲
《慶宮春》，似亦爲解決之道。所謂名者，本標記而已。

【蔡案】

① 本句原讀爲上三下四式句法，誤。本句與前段對應句"澹烟
裏、微茫見星"，據其韻律，均爲一領六句法，故不可獨斷，而前段周邦
彥填爲雙起式句法，實爲誤填，或是後人抄誤、刻誤。

又一體 百二字　　　　　　　　　　　　　　　周　密

送趙元父過吳

重叠雲衣，微茫鴻影，短篷穩載吳雪。霜葉敲寒，風燈搖暈，
〇●〇〇　〇〇〇●　●〇●●〇▲　⊙●〇〇　〇〇〇●

棹歌人語嗚咽。擁衾呼酒，正百里、冰河乍合。千山換色，
●○○○○▲　○○○▲　○●●　○○○▲　○○◎●

一鏡無塵，玉龍吹裂。　　夜深醉踏長虹，表裏空明，古今
◎●○○　●○○▲　　　●○●●○○　●●○○　●○

清絕。高堂在否，登臨休賦，忍見舊時明月。翠銷香冷，怕
○▲　○○○●　○○○⊙●　◎●◎○○▲　●○○●　●

空負、年芳輕別。孤山春早，一樹梅花，待君同折。
○●　○○○▲　○○○●　●●○○　●●○▲

　　　草窗詞名《慶宮春》。此用入聲韵。"高堂在否"四字，各家
同。王沂孫作"花惱難禁"，可不拘①。

【蔡案】

　　① 詞中句子之句法，律所不拘，可平平仄仄，亦可仄仄平平，其
例甚夥，"高堂再否"句，張樞亦作"楚驛梅邊"，非王碧山如此也。

瑞鶴仙 百二字　　　　　　　　　　周邦彦

悄郊原帶郭[一]。行路永，客去車塵漠漠。斜陽映山落。斂
●○○●●▲　○○●　●●○○●●▲　○○●●▲　●

餘紅、猶戀孤城闌角①。凌波步弱②。過短亭、何用素約③。
○○　○●○○○▲　○○●▲　●○○　○○●▲

有流鶯勸我，重解繡鞍，緩引春酌。　　不記歸時早暮④，上
●○○●●　○●●○　●●○▲　　　◎▲○○◎●　◎

馬誰扶，醒眠朱閣。驚飆動幕。扶殘醉，繞紅藥。歎西園已
●○○　○○○▲　○○●▲　○○●　●○▲　●○○●

是，花深無地，東風何事又惡。任流光過却。猶喜洞天
●　○○○●　○○○●●▲　●○○●▲　○●●○

自樂。
●▲

　　　高栻詞注正宫。《九宫大成》入北詞仙呂調，又入南詞正宫

引。《填詞名解》云：高平調曲。

　　與《淒涼犯》別名《瑞鶴仙影》及《臨江仙》別名《瑞鶴仙令》皆無涉。

　　《玉照新志》云：美成以待制提舉南京鴻慶宮，自杭徙居睦州，夢中作《瑞鶴仙》一闋。既覺，猶能全記，了不詳其所謂也。未幾，遇方臘之亂，欲還杭州舊居，而道路吳戈已滿，僅得脫免。美成生平好作樂府，末年夢中得句，字字皆應，豈偶然哉？（節錄）

　　"帶"、"映"、"步"、"素"、"緩"、"動"、"又"、"洞"、"自"等字去聲。各家同，不可移易。南宋人多從此體，祇"東風"句各家不同。"暮"字，一本作"著"，誤。各家俱不叶。後結，方和詞於"喜"字用平爲句，"光"字逗。

【校記】

　　[一]"帶"字、第三句"映"字、第五句"步"字、第六句"素"字、結句"緩"字、後段第四句"動"字、第八句"又"字、後結"洞"字和"自"字，用●符標識，意謂必用去聲。

【蔡案】

　　① 原譜本句未讀斷。

　　② 本句對應後段"歎西園已是"，少一領字。本詞多個句子少字，另有後一句七字，但對應後段則爲"花深無地，東風何事又惡"十字，少三字；後段第四句比前段少一字；後段第五句比前段少三字。細究周詞，殆非創調之作，或填時已經缺失，後人則均爲循誤。

　　③ 原譜本句未讀斷。

　　④ 本詞與後一詞，主要區別在換頭是否有句中短韻，宋詞本調兩大類，區別蓋在於此。

又一體 百三字　　　　　　　　　　　　　　周邦彦

暖烟籠細柳,弄萬縷千絲,年年春色。晴風蕩無際,濃於酒,偏醉情人詞客。闌干倚處,度花香、微散酒力。對重門半掩,黃昏淡月,院宇深寂。　　　愁極。因思前事,洞房佳宴,正值寒食。尋芳遍賞,金谷里,銅駝陌。到而今,魚雁沉沉無信息①。天涯常是淚滴。早歸來、雲館深處,那人正憶。

　　《清真集》不載。起句上二、下三字句。第四句、"處"字、"賞"字、"館"字俱不叶韵[一]。"魚雁"句七字,結句一三、兩四字,與前作異。前後次句平仄亦不同。"散"字、"字"字用仄,與前首同。《詞律》謂有訛錯,大謬。"詞"字,汲古作"調"字,刻誤。

【校記】

　　[一]"第四句"後應有"'際'字及"之類的文字脱落。

【蔡案】

　　① 後段第三均,例作十五字,各家皆如此填,本詞衍多一字,毛扆已指出。《全宋詞》作"魚雁沈沈無信",唐先生注云:"'信'下原衍'息'字,據毛校本删。"應從。

又一體 百二字　　　　　　　　　　　　　　趙長卿

殘 秋 有 感

敗荷擎沼面,紅葉舞林梢,光陰何速。碧天净如水,金風透簾幕,露清蟬伏。追思往事,念當年、悲傷宋玉。漸危樓、向晚魂銷,空倚遍闌干曲①。　　　凝目。一霎微雨,塞鴻聲斷,酒病相續。無情賞處，金井梧，東籬菊。漸蘭橈歸去，銀蟾滿夜，水村烟渡怎宿。負伊家萬愁千恨，甚時是足。

字句與周第一首同，而平仄叶韵與周次首同。起二句上二、下三字，似對偶。九句不叶，與前皆異。"空"字汲古，《詞律》作"處"，誤。

【蔡案】

① 本句秦巘雖未讀斷，但其韵律仍是折腰句法，與諸詞不同。

又一體 百一字 一名《一捻紅》 紫 姑

賦一捻紅牡丹

覰嬌紅細捻。是西子當日，留心千葉。西都競栽接。好園林臺榭，何妨日涉。輕羅慢褶。費多少、陽和調燮。向晚來、露浥芳苞，一點醉紅潮頰。　　雙靨。姚黃國艷，魏紫天香，倚風羞怯。云鬟試插。引動狂蜂蝶①。況東君開宴，賞心樂事，莫惜獻酬頻叠。看相將、紅藥翻階，尚餘媵妾。

《詞苑叢談》云：乾道五年，吳興周權選知衢州西安縣，招郡士沈延年爲館生。沈能邀紫姑神，談未來事多驗。尤善屬文，清新敏捷，出人意表。通判方粢宴客，就郡借妓。周適邀仙，因求賦一詞往侑席。借瓶内一捻紅牡丹令詠之，用捻字爲韵。既成，略不加點。又見《夷堅志》。前結一三、一四、一六字，與周作異。"引動"句五字，與各家異。辛棄疾一首同。"晚"字，《詞綜》作"曉"。

【蔡案】

①　本句拍奪一字,各家俱六字,應據《夷堅志》補,作"引動狂蜂浪蝶"。

又一體 百二字　　　　　　　　　　　　　　　　　陸　淞

臉霞紅印枕。睡覺來,冠兒還是不整。屏間麝煤冷。但眉山壓翠,涙珠彈粉。堂深畫永。燕交飛、風簾藻井。恨無人、説與相思,近日帶圍消盡。　　　重省。殘燈朱幌,淡月紗窗,那時風景。陽臺路逈。雲雨夢,便無準。待歸來、先指花梢教看,却把心期細問。問因循、過了青春,怎生意穩。

《草堂》爲歐陽修作,誤。

《耆舊續聞》云:南渡初,南班宗子寓居會稽,爲近屬士子最盛。園亭甲於浙東,一時坐客皆騷人墨士,陸子逸與焉。士有侍姬盼盼,色藝殊絶。公每屬意焉。一日宴客偶睡,不預捧觴之列。陸因問之,士即呼至,其枕痕猶在臉。公爲賦《瑞鶴仙》,有此詞"臉霞紅印枕"之句[一]。一時盛傳,逮今爲雅唱。後盼盼亦歸陸氏。考子逸名淞,曾刺辰州。放翁之弟也。

起三句與周第一首同。後段第八句,句逗略異。"便無準",《詞潔》作"便無憑準",多一字。兩"來"字,《本事詞》作"時","山"字作"峰","因循"二字作"等閒"。"覺"字,《詞林紀事》作"起","藻"字作"露","恨"字作"悵"。"説與"二字倒。"逈"字作"遠",失叶。

【校記】

[一]"詞"字右有三點,是删除符。

又一體 百二字　　　　　　　　　　　　　趙彥端

壽　細　君

記長亭折柳。問畫堂樂事，燕鴻難偶。十年慢回首。但亭亭紫蓋，差差南斗。傳聞小有。種桃花、親煩素手。待歸來、道骨仙風縹緲，迥然非舊。　　青晝。江南如畫，紫菊冬前，翠橙霜後。扁舟渡口。佳客至，奉名酒。喚青鸞起舞，雲窗月檻，一曲山明水秀。笑相看玉海，別來淺如故否。

前結一三、一六、一四字，與周作異。“長亭”二字，汲古作“河梁”，“待”字作“怪”。

又一體 百二字　　　　　　　　　　　　　毛　幵

柳風清晝溽。山櫻晚，一樹高紅爭熟。輕紗睡初足。悄無人，欹枕虛檐鳴玉。南園秉燭。歎流光、容易過目。送春歸去，有無數弄禽，滿徑新竹。　　閒記追歡尋勝，杏棟西廂，粉墻南曲。別長會促。成何計，奈幽獨。縱湘弦難寄，麟香終在，屏山蝶夢斷續。對沿階細草，淒淒爲誰自綠[一]。

此與周第一首同。惟前結一四、一五、一四字句，與各家異①。

【校記】

［一］“爲”字原注去聲。

【蔡案】

① 本詞異於別首是，並不在幾字一句，而在韵律上由單起式易爲雙起，這種改變無關乎是否讀破，所以是對韵律的重要改變。

又一體 百字　　　　　　　　　　　　　　洪　璵

離　筵　代　意

聽梅花吹動，夜何其①，明星有爛。相看淚如霰。問而今去也，何時會面。匆匆聚散。任分作、秋鴻社燕。最傷心、夜來枕上，斷雲零雨無限。　　因念人生無事，回首悲凉，都成夢幻。芳心繾綣。空惆悵，巫陽館。況船頭一轉，三千餘里，隱隱高城不見。恨無情、春水連天，片帆如箭。

前段第二、三句，一三、一四字，比各家少二字。樓采一首與此同。汲古"夜何其"有"凉"字[一]，"任分"二字作"便恐"，"心"字作"情"，"無限"二字作"何限"，"如"字作"似"。

【校記】

[一] 奪字。檢汲古閣本，本句應是"'夜何其'上有'凉'字"。

【蔡案】

① 前段第一均，各家均爲十四字，惟本詞少二字，檢《中興以來絕妙詞選》，作"凉夜何其"，丁紹儀《聽秋聲館詞話》則爲"正凉夜何其"，與正格同，應是的本，當據補。

又一體 百三字　　　　　　　　　　　　　張　樞

捲簾人睡起。放燕子歸來，商量春事。芳菲又無幾。減風光,都在賣花聲裏。吟邊眼底。被嫩綠、移紅換紫。甚等閒、半委東風,半委小橋流水。　　還是。苔痕湔雨,竹影留雲,待晴猶未。繁華迤邐。西湖上,多少歌吹。粉蝶兒,守定花心不去,閒了尋香兩翅。那知人、一點新愁,寸心萬里。

張炎《詞源》云:先人曉暢音律,有《寄閒集》,旁綴音譜,刊行於世。每作一詞,必使歌者按之,稍有不協,隨即改正,曾賦《瑞鶴仙》一詞云云。此詞按之歌譜,聲字皆協。惟"撲"字稍不協,遂改爲"守"字,乃協。始知雅詞協音,雖一字亦不放過。信乎協音之不易也。

"西湖"二句七字,與各家異。《詞律》謂多填一字,必係傳訛。一本刪去"上"字。愚按:紫姑詞既可作五字,周詞下句七字,各爲一體。張樞爲炎父,《詞源》所論詳審之至。音且必協,豈有多填之理。萬氏臆斷,往往類是①。"芳菲"句,《詞綜》作"風光又能幾"。"減風光",一作"減芳菲"。"被"字作"披","橋"字作"溪"。"繁華"句作"蘭舟靜艤"。"花心"二字作"落花","閒了"二字作"濕重"。想是初稿如此,今從《詞源》本。

【蔡案】

① 本詞異於他詞者,惟後段"西湖上"一句,各詞皆爲六字,獨此七字,本即可疑,萬樹云:"張樞詞於'相思後'六字作'西湖上多少歌吹',多填一字,他家俱無此體,必系傳訛。"本是高論,秦巘以紫姑之奪字格説之,本已粗糙失考,更以張樞精於音律爲之辯,豈不知詞有後人傳抄之誤之一端邪?

又一體 九十九字　　　　　　　　　　　　　吳文英

贈道女陳華山内夫人

練雲棲翡翠。聽鳳笙吹下，飛軯天際。晴霞剪輕袂。淡春姿雪態，寒梅清泚。東皇有意。旋安排、闌干十二。早不知、爲雨爲雲，盡日建章門閉。　　堪比。紅綃纖素，紫燕輕盈，内家標致。游仙舊事。星斗下，夜香裏。華峰紙屏横幅[一]，春色長供午睡。更醉乘、玉井秋風，采花弄水。

　　"夜香裏"下比各家少三字，想是遺脱，姑存此體。

【校記】

　　[一] 後段第三均，例作十五字，本句應是九字，彊村四校本《夢窗詞》，此處爲"□華峰□□，紙屏横幅"，《詞綜》卷十九則更作"少華峯頭有，紙屏横幅"，可參補。

又一體 百字　　　　　　　　　　　　　　　蔣　捷

鄉　城　見　月

紺烟迷雁跡。漸□鼓零鐘[一]，街喧初息。風檠背寒壁。放冰蜍飛到，絲絲簾隙。瓊魂暗泣。念鄉關、霜蕪似織。謾將身化鶴來[二]，忘却舊游端的。　　歡極。蓬壺渠浸，花院梨溶，醉連春夕。柯雲罷奕。櫻桃在，夢難覓。勸清光乍可，幽窗相伴，休照紅樓夜笛。怕人間、換譜伊凉，素娥未識。

　　前結兩六字句，比各家少一字。□當是"斷"字。

【校記】

　　[一] 奪字符,《竹山詞》作"斷",《歷代詩餘》和《圖書集成》則爲"碎"字。

　　[二] 本詞前結少一字者,脫誤也。蔣詞本調共填四首,其餘三首均爲七字,則基本可以斷定或有奪誤,檢《彊村叢書》本《竹山詞》及《詞綜》《歷代詩餘》,本句均作"謾將身、化鶴歸來",正是七字。

又一體 百二字　　　　　　　　　　　　　　　黃庭堅

櫽括醉翁亭記

環滁皆山也。望蔚然深秀,瑯琊山也。山行六七里①,有翼然泉上,醉翁亭也。翁之樂也。得之心、寓之酒也。更野芳佳木,風高日出,景無窮也。　　游也。山肴野蔌,酒洌泉香,沸觥籌也。太守醉也②。諠譁衆賓歡也。況宴歡之樂,非絲非竹,太守樂其樂也。問當時太守爲誰,醉翁是也。

　　《山谷詞》不載。

　　《風雅遺音》云:歐公知滁日,自號醉翁,因以名亭作記。山谷櫽括其詞,合以聲律,作《瑞鶴仙》云云。一記凡數百言,此詞備之矣。山谷其善櫽括如此。

　　愚按:此福唐獨木橋體也,並爲櫽括詩文之濫觴。但通首不押韵,於音律不協③。如後蔣作及辛棄疾《水龍吟》皆用"些"字,於上一字皆押韵。方成詞調,方岳一首亦用"也"字,與洪作同。故僅録兩作附後,以備一格。"諠譁"句六字,不作兩三字句,與各家差異。

【蔡案】

① "七"字以入作平。

② "守"字以上作平。

③ 秦巘既然謂此詞爲福唐體,則當認可"也"字係韵,奈何又云"通首不押韵,於音律不協"? 奇。姑不論《風雅遺音》早已有"合以聲律"之斷語,但云"通首不押韵",便不可謂之"福唐體"也。所謂福唐體,即通首以某一字作爲韵脚,如此則自相矛盾之甚。

又一體 百二字 　　　　　　　　　　　　蔣　捷

壽東軒。立冬前一日。

玉霜生穗也[一]。渺州雲翠痕,雁繩低也。曾簾四垂也。錦堂寒,早近開鑪時也。香風遞也。是東籬、花深處也。料此花、伴我仙翁,未肯放秋歸也。　　嬉也。繒波穩舫,鏡月危樓,醽瓊酏也。籠鸚睡也[二]。紅妝旋舞衣也。待紗燈客散,紗窗日上,便是嚴凝序也。換青氊、小帳圍春,又還醉也。

與趙體同,俱用"也"字住句,亦福唐體也①。"也"字上一字俱押韵。凡七平叶,六仄叶。"處"、"序"二字是借叶。較黃作格律謹嚴,雖是戲筆,自諧音調。"日上",一本作"月上"。

【校記】

[一]原譜於"穗"字旁注"韵"字,於"也"字旁注"句"字,而其後叶韵處則旁注"平叶"、"仄叶",通首如此。另有"花深處"之"處"字、"嚴凝序"之"序"字,旁注"仄借韵"。

［二］“睡”字仄叶，原譜失記。

【蔡案】

① 此非福唐體，秦巘又誤。蓋福唐體僅以句末一字爲韵，通首一律，而本詞之韵，在“也”字之前，猶蔣捷別首《水龍吟》，用“醉兮瓊瀣浮觴些”，“觴”字爲韵，“些”字爲飾，摹擬者，楚辭體也。

氐州第一 百二字　一名《熙州摘遍》　　　　　　　　周邦彦

波落寒汀，村渡向晚，遥看數點帆小[一]。亂葉翻鴉，驚風破雁[二]，天角孤雲縹緲。官柳蕭疏，甚尚挂、微微殘照。景物關情，川途換目，頓來催老。　　漸解狂朋歡意少[三]。奈猶被、思牽情繞[四]。座上琴心，機中錦字，覺最縈懷抱。也知人、懸望久，薔薇謝、歸來一笑。欲夢高唐，未成眠、霜空已曉。

《詞名集解》云：商調曲。唐樂府有《氐州歌第一》，蓋歌頭也。調名取此。《片玉詞》注：一名《熙州摘遍》，字句略異。

愚按：第一者，如《霓裳中序第一》也。摘遍者，如《薄媚摘遍》也。

方、陳皆有和詞，平仄如一，略有數字照注如右，餘不可易。“覺最”二字，一本作“最覺”。

【校記】

［一］原注“看”字平聲。

［二］原注“破”字可平。

［三］原注“狂”字、後結句“霜”字可仄。

［四］原注“思”字去聲。

晝錦堂 百二字　　　　　　　　　　　　　　　周邦彦[一]

閨　情

雨洗桃花,風飄柳絮,日日飛滿雕簷[二]。懊恨一春幽怨,盡屬眉尖。愁聞雙飛新燕語①,更堪孤館宿醒忺。雲鬟亂,獨步畫堂[三],輕風暗觸珠簾。　　　　多厭②。晴晝永,瓊户悄,香消金獸慵添。自與蕭郎别後,事事俱嫌。短歌新曲無心理,鳳簫龍管不曾拈。空惆悵,常是每年三月,病酒懨懨。

　　《九官大成》入南詞仙吕官正曲。

　　"厭"字是以仄叶平,觀蔣捷作於此字用"上"字可知。惟吴、孫兩作用平叶。"晝"字,各家俱去聲,勿誤。"忺"字,集作"歎",失韵。通首用閉口韵,宜學。"愁聞"句用拗體,可不拘。"恨"字,汲古作"惱","怨"字作"恨","館"字作"枕","語"字一作"子"。方無和詞。

【校記】

　　[一]《草堂詩餘續集》收録本詞,作者佚名。《全宋詞》唐先生以爲《類編草堂詩餘》"誤作周邦彦詞",應據改。

　　[二]次"日"字原注作平。

　　[三]"晝"字,用●符標識,意謂必用去聲。

【蔡案】

　　①"聞"字去聲。

　　②"厭"字原注"换仄叶",誤,本調别家俱平,蔣捷詞,是後有"蕩"字相叶,與此不同,況"多厭"本即"厭足"之意,通"饜"。

又一體 百二字　　　　　　　　　　　　　　吳文英

有　感

舞影燈前，簫聲酒外，獨鶴華表重歸。舊雨殘雲猶在，門巷
都非。愁結春情迷醉眼，老憐秋鬢倚蛾眉。難忘處、猶恨綉
籠[一]，無端誤放鶯飛。　　　當時。征路遠，歡事差①。十年
輕負心期。楚夢秦樓，相遇共歡相違。淚香沾濕孤山雨，瘦
腰折損六橋絲。何時向、窗下剪殘紅燭，夜抄參移。

　　換頭二字用平叶韵，第三句亦叶。

【校記】

　　[一]"綉"字用●符標識，意謂必用去聲。

【蔡案】

　　① "歡事差"入韵，或誤，"差"在此處應讀如"釵"，在佳部，不叶，
且本句原不必叶韵，如前一首無名氏詞之"悄"，後一首孫詞之"了"等
皆如此。

又一體 百二字　　　　　　　　　　　　　　孫惟信

薄袖禁寒[一]①，輕妝媚曉，落梅庭院春妍。映户盈盈，回倩
笑整花鈿。柳裁雲剪腰支小，鳳盤鴉聳鬢鬟偏。東風裏，香
步翠搖[二]，藍橋那日因緣。　　　嬋娟。流慧盼，渾當了，匆
匆密愛深憐。夢過闌干，猶認冷月秋千。杏梢空鬧相思眼，
燕翎難繫斷腸箋。銀屏下，爭信有人真個，病也天天。

前後段第四、五句，上四、下六字，與前異，可不拘。換頭第二字用平叶，與周異，與吴同。餘則字字相同。可見宋人亦無能出其範圍也。

【校記】

[一]"禁"字原注平聲。

[二]"翠"字用●符標識，意謂必用去聲。

【蔡案】

① 本詞前段首拍起韵，原譜失記。凡詞，前後段首拍均可叶可不叶，乃一定之規，秦蠍或囿於他作皆無起調用韵故。

又一體 百二字　　　　　　　　　　　　　　　　　蔣　捷

荷　花

染柳烟消，敲菰雨斷，歷歷猶記斜陽。掩冉玉妃芳袂，擁出雲場。倩他鴛鴦來寄語，駐君舴艋亦何妨。漁榔静，獨奏擢歌，邀妃試酌清觴。　　　湖上。雲漸瞑，秋浩蕩。鮮風支盡蟬糧。贈我非環非佩，萬斛生香。半蝸茅屋歸吹影，數螺苔石壓波光。鴛鴦笑，何似且留雙楫，翠隱紅藏。

後段起二字、三句，皆換仄叶。

又一體 百二字　　　　　　　　　　　　　　　　　陳允平

北城韓園即事

上苑寒收，西塍雨散，東風是處花柳。步錦籠紗，依舊五陵

臺沼。繡簾珠箔金翠裊①,鎖窗雕檻青紅鬥。頻回首。茶竈
酒壚,前度幾番携手。　　　知否。人漸老。嗟眼爲花狂,肩
爲詩瘦。喚醒鄉心,無奈數聲啼鳥。秉燭清游嫌夜短,采香
心意輸年少。歸來好。且趁故園池閣,綠陰芳草。

> 此用仄韵,句讀與孫作同。"柳"、"首"與"沼"、"鳥"并叶,閩
> 音也,不可從。"裊"字非叶。"塍"字一本作"城","肩爲"二字,
> 葉《譜》作"肩因"。

【蔡案】

① "繡簾珠箔",應是"珠箔繡簾"之倒誤,觀後段作"秉燭清游"
可知。

還京樂 百三字　　　　　　　　　　　　　　周邦彦

禁烟近,觸處浮香秀色相料理①。正泥花時候[一],奈何客
裏[二],光陰虛費。望箭波無際。迎風漾日黃雲委。任去遠,
中有萬點相思清淚。　　　到長淮底。過當時樓下,殷勤爲
説,春來羈旅况味。堪嗟誤約乖期,向天涯、自看桃李[三]。
想如今、應恨墨盈箋,愁妝照水。怎得青鸞翼,飛歸教見
憔悴。

> 唐教坊曲名。《九宮大成》入南詞大石調正曲。
>
> 《唐書》云:明皇自潞州還京師,製《還京樂》曲。餘詳《夜半
> 樂》下。
>
> 方、陳皆有和詞,平仄祇易二字,照注。許《譜》於次句"香"

字斷句,非是。此九字句於"處"字略逗,與《荔枝香》前結句法同。"中有"下亦是八字句,於"有"字略逗,觀方和詞可知。"際"字,方用"醉"字叶,想此處非正韵也。凡詞皆四段,如七律首句用韵。每每和詩不用原韵,亦是此意。"長淮"二字相連,勿誤。

【校記】

[一] 原注"泥"字去聲,"時"字可仄。

[二] 原注"客"字可平。

[三] 原注"看"字去聲。

【蔡案】

① 詞中八字句、九字句,總屬非標句式,既爲譜書,似以讀斷爲佳。此二詞起調處,周詞、吳詞兩九字句,皆以上六下三式句法爲是,宜讀斷,秦巘謂"九字句於'處'字略逗"則誤,其後七字人爲變拗。前結八字,亦以二六式讀更佳。

又一體　百三字　　　　　　　　　　　吳文英

箏笙琵琶方響迭奏

宴蘭潊,促奏絲縈管裂飛繁響①,似漢宮人去,夜深獨語,胡沙淒硬。對雁斜玫柱,瓊瓊弄玉,臨秋影。風吹遠、河漢去槎,天風吹冷②。　　　汎清商,竟轉銅壺敲漏③,瑤林二八,青娥環珮再整。菱歌四碧無聲,變須臾、翠矞紅暝。歎梨園、今調絶音稀,愁深未醒。桂楫輕如翼,歸霞時點清鏡。

"響"字、"柱"字不叶韵,與周異。"柱"字原可不叶,"響"字當起韵,定是訛誤。"瓊瓊"二字當是"飛瓊"之訛。"風吹"二字亦不應重用，恐誤。

【蔡案】

① 此"響"字爲正韵所在，必叶，因此若非訛誤，便是借叶。

② 歇拍有誤，明朱存理《鐵珊瑚網》歇拍作"河漢去裏，天風飄冷"，彊村四校本《夢窗詞》前三字則作"鳳吹遠"，故並無重用"風吹"。

③ 後段起拍誤讀，檢宋詞諸家，後起換頭均爲四字一句，且除張炎外，均予叶韵，"泛清商竟"一句，既合乎字數，又叶韵脚，惜秦巘竟予破讀。

綺寮怨 百四字　　　　　　　　　　周邦彦

上馬人扶殘醉，曉風吹未醒。映水曲、翠瓦朱檐，垂楊裏、乍見津亭。當時曾題敗壁，蛛絲罩、淡墨苔暈青①。念去來、歲月如流，徘徊久、歎息愁思盈[一]②。　　去去倦尋路程。江陵舊事[二]，何曾再問楊瓊。舊曲淒清。斂愁黛、與誰聽。尊前故人如在③，想念我、最關情。何須渭城。歌聲未盡處，先淚零。

　　《填詞名解》云：中吕曲。戈載《翠薇花館詞》云：黃鐘羽一解。起調、畢曲皆用南吕，以羽聲生於南吕也。又名中吕調。

　　或於"徘徊久"下分段，誤。篇中用平去平者，亦不可移易。陳允平和詞，"程"、"清"、"城"三字不叶韵，《詞律》注叶，惜無方、楊和詞爲證。元人王學文有一首，不足爲據。《詞律》云：宋詞止此一首，竟未見陳與鞠花翁兩作。蓋當時《陽春白雪》《日湖漁唱》等書尚未流傳也。

【校記】

〔一〕“思”字原注去聲。

〔二〕“舊”字原注可平。

【蔡案】

①“墨”字,以入作平。

②“息”字,以入作平。

③“人”字仄讀,參見本卷周密《憶舊游·寄王聖與》蔡案。

又一體　百二字　　　　　　　　　　　　　陳允平

滿院荼蘼開盡,杜鵑啼夢醒。記曉月、綠水橋邊,東風又、折柳旗亭。蒙茸輕烟草色,疏簾净、亂織羅帶青。對一尊別酒[一],征衫上、點滴香淚盈。　　幾度恨沉斷雲,飛鸞何處,連環尚結雙瓊。一曲琵琶,溢江上、慣曾聽。依依翠屏香冷,聽夜雨、動離情。春深小樓,無心封錦瑟,空涕零。

> 此和周韵。四聲悉合,獨於“別酒”下少二字,不得不另録。陳和周詞,每少三字,不解何故。至周作換頭句,“程”字及“情”字、“城”字皆不叶。愚按:“情”、“城”二字本可不叶,是周偶合。“程”字不當失叶。

【校記】

〔一〕本調前段第七拍,依律均爲折腰式七字句,原譜所據本少二字,應據《西麓繼周集》補二字,作“對一尊、別酒初斟”。

又一體 百四字　　　　　　　　　　　　　　　　趙　文

題　寫　韵　軒

絳闕珠宫何處，碧梧雙鳳吟。爲底事、一落人間，輕題破、隱韵天音。當時點雲滴雨，匆匆處、誤墨沾素襟。算人間、最苦多情，争知道、天上情更深。　　世事似晴又陰。羅襦甲帳，回頭一夢難尋。虎嘯嵩嶽。護遺跡、尚如今。斜陽落花流水，吹紫宇、淡成林。霜空月明，天風響環珮，飛翠禽。

前結七句七字，比陳作多二字。後段四句叶韵，餘同。

又一體 百三字　　　　　　　　　　　　　　　　鞠花翁

月　下　殘　棋

又見花陰如水，兩心猶未平。正坐久、主客成三，空無語、影落楸枰。千年人間事業，垂成處、一着容易傾。便解圍、小住何妨，機鋒在、瞬息天又明。　　甚似漢吴對營。紛紛不了，孤光照徹連城。又是殘星。向零落、有餘情。姮娥笑人遲暮，念才力，底便争。從虧又成。何人正聽隔壁聲①。

見《陽春白雪》。鞠花翁，吉水人，名未詳。結句七字，比周作少一字。

【蔡案】

　　① 後段結拍，例作八字一句，或上三下五，或上五下三，宋代諸家莫不如此，故本詞疑奪一字，原詞或爲“何人□、正聽隔壁聲”，或爲

"何人正□聽、隔壁聲"。

西　河　百五字　一名《西湖》　　　　　　　　周邦彥

長安道,瀟灑西風時起。塵埃車馬晚游行,灞陵烟水。亂鴉
○○●　○●○○○▲　○○○●●○○　●○⊙▲　●○

棲鳥夕陽中,參差霜樹相倚。　　到此際、愁如葦。冷落關
○○●○○　○○○○○▲　　　●●●　○○▲　●○○

河千里。追思唐漢昔繁華,斷碑殘記。未央宮闕已成灰,終
○○▲　○○⊙●●○○　●○○▲　●○○●●○○　○

南依舊濃翠。對此景、無限愁思。遠天涯、秋蟾如水。轉使
○○●○▲　●●●　○●○○▲　●○○　○○○▲　●●

客情如醉。想當時、萬古雄名盡是。作往來人、淒凉事①。
●○○▲　●○○　●●○○●▲　●○○　○○▲

　　《碧鷄漫志》云:大石調。《西河慢》聲犯正平,極奇古。《九
宮大成》入南詞大石調正曲。許《譜》同。

　　張炎詞名《西湖》。

　　《碧鷄漫志》云:崔元範自越州幕府拜侍御史,李訥尚書餞
於鑒湖,命盛小叢歌,坐客各賦詩送之。又云:"爲公唱作西河
調,日暮偏傷去住人。"

　　《西河》是曲部名,與《水調歌頭》《水調》《河傳》同類。《片玉
詞》及《詞綜》皆分兩段,今從《花庵詞選》。

　　"如葦",《詞律》云當作"似葦",是,然不能改。"際"字偶合,
非叶。此句方和詞作六字一句。

【蔡案】

　　① 本調後段尾均,例作十六字,原譜作"想當時、萬古雄名,盡作
往來人、淒凉事",奪一字。而《欽定詞譜》作"算當時、萬古雄名,盡是

作、後來人、淒涼事",正十六字,與正體合。現據《欽定詞譜》補,但參照後一詞,後段尾均第九字入韵,如此,原讀便有參差處,"是"字無疑應予叶韵,據改。

又一體 百五字　　　　　　　　　　周邦彦

金 陵 懷 古

佳麗地。南朝盛事誰記。山圍故國遶清江,髻鬟對起。怒
○ ● ▲　○ ● ● ● ○ ▲　○ ○ ● ● ● ○ ○,● ○ ● ▲　●

濤寂寞打孤城,風檣遥度天際。　　斷崖樹、猶倒倚。莫愁
○ ○ ● ● ○ ○,○ ○ ○ ● ○ ▲　　● ○ ● 、○ ● ▲　● ○

艇子曾繫。空餘舊跡鬱蒼苔,霧沉半壘。夜深月過女墙來,
● ● ○ ▲　○ ○ ● ● ● ○ ○,● ○ ● ▲　● ○ ● ● ● ○ ○,

傷心東望淮水。酒旗戲鼓、甚處市①。想依稀王謝鄰里②。
○ ○ ○ ● ○ ▲　● ○ ● ● 、● ● ▲　● ○ ○ ○ ● ○ ▲

燕子不知何世。向尋常、巷陌人家相對③。如説興亡、斜
● ● ○ ◎ ○ ○ ▲　● ○ ○ 、● ● ○ ○ ⊙ ▲　⊙ ● ○ ○

陽裏④。
○ ▲

《花庵詞選》作三疊,《清真集》於"空餘舊跡"下分段,今從《花庵》。篇中諸去聲字及後起五仄,結尾四平,尤吃緊。後結句法不同,比前多一字。各家皆用此體,惟吳文英於"想依稀"作"殘寒褪","燕"字作"除"。"對"字,辛作及陳允平和詞皆不叶。二段起六字,楊、陳和詞作一句,仄平平仄仄仄。方和詞亦作一句,與此平仄同。辛棄疾用"會君難,別君易",平仄異。"市"字,《片玉詞》、汲古作"是",方、楊、陳和詞皆作"市"。"傷心"二字,一本作"賞心",誤。張炎作結處用仄仄平平平仄仄,稍異。

【蔡案】

①　本句原不讀斷，不讀斷，則韵律不諧，此類句法均爲三字托結構。

②　本句原讀爲上三下四句法，誤，據其韵律，應是一字領六字句法。此類句法，若需三四式讀斷，則第五字須爲平聲，如"遶天涯、秋蟾如水"。

③　此九字一氣，當讀爲九字一句，原讀爲五字一句、四字一句。

④　本句原不讀斷，不讀斷，則韵律不諧，此類句法均爲三字托結構。

又一體 百十一字　　　　　　　　　　　　　　　　　　劉一止

山驛晚，行人乍停征轡。白沙翠竹鎖柴門，亂峰相倚。一番急雨洗天回，堆雲風定還起。　　　斷岸樹，愁無際。念凄斷，誰與寄。雙魚尺素難委。遥知洞户隔烟窗，簟橫秋水。淡花明玉不勝寒，綠尊初試冰螢。　　　小歡細酌任欹醉。撲流螢、應卜心事。誰把天涯憔悴。對金宵皓月，明河千里。夢越空城疏烟裏。

次段次句作兩三字句，多①。"雙魚"句六字，與各家異。餘同周第二首。

【蔡案】

①　次段並非次句有誤，而是衍出"斷岸樹，愁無際"六字。

又一體 百四字　　　　　　　　　　　　　　　　　　　王埜

感　　懷

天下事。問天怎忍如此。陵圖誰把獻君王，結愁未已。少豪氣概總成塵,空餘白骨黃葦。　　千古恨,吾老矣。東游曾弔淮水。繡春臺上一回登,一回搵淚。醉歸撫劍倚西風,江濤猶壯人意。　　祇今袖手野色裏。望長淮、猶二千里。縱有英心誰寄。近新來,又報胡塵起。絕域張騫歸來未。

> 三段第四、五句,一三、一五字,比周作少一字。曹西士和韵一首同。

丹鳳吟 百十四字　　　　　　　　周邦彦

春　恨

迤邐春光無賴,翠藻翻池,黃蜂游閣。朝來風暴,飛絮亂投簾幕。生憎暮景,倚墻臨岸,杏靨夭斜,榆錢輕薄。晝永惟思傍枕,睡起無聊,殘照猶在庭角[一]。　　況是別離氣味[二],坐來但覺心緒惡。痛飲澆愁酒,奈愁濃如酒,無計銷爍[三]。那堪昏暝,簌簌半檐花落。弄粉調朱柔素手,問何時重握。此時此意,生怕人道着。

> 《九宮大成》入南詞中呂宮正曲,又入羽調引。一作越調。
>
> 此爲《丹鳳吟》正調,與張翥詞爲《孤鸞》之別名不同。吳文英詞,名《丹鳳鳴》。
>
> "在"、"緒"、"計"、"道"四字去聲,勿誤。"但"字,葉《譜》作"便","半檐花"三字作"檐花半",與方和詞不協。

【校記】

[一]"在"字、後段次句"緒"字、第五句"計"字、後結"道"字,用●

符標識,意謂必用去聲。

　　［二］原注“别”字作平。

　　［三］原注“無”字可仄,“計”字可平。

蘭陵王　百三十字　一名《高冠軍》　　　　　　　周邦彦

柳陰直[一]。烟縷絲絲弄碧[二]。隋堤上、曾見幾番,拂水飄
●○▲　　　○●○○●▲　　　○○●　○●●　◎●○

縣送行色。登臨望故國。誰識。京華倦客。長亭路、年去
○●○　▲　　○○○●▲　○　▲　○○●▲　○○●　○○

歲來,應折柔條過千尺。　　　閒尋舊蹤跡[三]。又酒趁哀弦,
●○　○●○○●○▲　　　　○○●○▲　　●●◎●○

燈照離席。梨花榆火催寒食。愁一箭風快,半篙波暖,回頭
○●○▲　○○○●○○▲　○●●○●　●○○●　○○

迢遞便數驛。望人在天北。悽惻。恨堆積。漸别浦縈迴,
⊙●●●▲　○○●○▲　○　▲　●○▲　●●●○○

津堠岑寂。斜陽冉冉春無極。念月榭携手,露橋聞笛。沉
⊙●○▲　○○●●○○▲　●◎●○○　●○○▲　⊙

思前事,似夢裏、淚暗滴。
○⊙●　●　●●○　●●▲

　　　唐教坊曲名,謂之軟舞。《碧鷄漫志》云：今越調《蘭陵王》,
凡三段二十四拍。或曰遺聲也①。此曲聲犯正宫,管色用大凡
字、大一字、勾字,故亦名大犯。又有大石調《蘭陵王慢》,殊非舊
曲。周、齊之際,未有前後十六拍慢曲子耳。《九宫大成》入南詞
正宫正曲。

　　　《南史》云：蘭陵王,名長恭,文襄第四子也。突厥入晋陽,
王擊之。芒山之敗,王再入周軍,遂至金墉之下,被圍甚急。城
上弩手救之,於是大捷。武士共歌謡之,爲《蘭陵王入陣曲》也。

《歷代詩餘》云：周齊之間，多用爲樂府，亦名《高冠軍》。餘詳周作《少年游》下。

《詞譜》謂創始於秦觀。今考此調，各本皆無秦作，想係傳訛。據《貴耳録》，自是周倚唐人舊調創爲新聲也。

此體各家皆如此填。"柳"、"弄"、"幾"、"故"、"倦"、"歲"、"過"、"照"、"舊"、"便"、"在"、"榭"、"夢"等字，宜仄聲，勿誤。間有一二可平仄者。其去聲、上聲字不可易。祇"尋"字，劉辰翁用仄叶，以"箭"字有用平者。"回頭"四字，張元幹用平仄平仄。"月榭"四字，有用仄平平仄者，亦有用平平仄仄者，不可從。"識"字是藏韵，方和詞亦叶，楊、陳和詞及高觀國、袁去華則不叶，高且用平。"席"字，高亦用平，不叶，是誤刻。"惻"字亦有不叶者，以叶爲是。"夢裏"二字，汲古作"夢魂裏"。"聞笛""聞"字，方和詞用"塞"字仄。

【校記】

［一］"柳"字及第三句"幾"字，用◖符標識，意謂必用去平去聲。

［二］"弄"字、"故"字、"倦"字、"歲"字、"過"字、"照"字，用◖符標識，意謂必用去平去聲。

［三］"舊"字、"便"字、"在"字、"榭"字、"夢"字，用◗符標識，意謂必用去平去聲。

【蔡案】

①《碧雞漫志》乃宋人著作，其云本調廿四拍，則本詞必非其所見者。既謂廿四拍，則詞中應無藏韵，庶幾合格，而"隋堤上"、"長亭路"原譜擬爲句，亦誤，須以三字逗視之，此爲填詞構思者須知也，謹改。

又一體 百三十字　　　　　　　　　　劉辰翁

丙 子 送 春

送春去。春去人間無路。秋千外，芳草連天，誰遣風沙暗南浦。依依甚意緒。慢憶海門飛絮。亂鴉過斗轉城荒，不見來時試燈處。　　春去。最誰苦。但箭雁沉邊，梁燕無主。杜鵑聲裏長門暮。想玉樹彫霜，淚盤如露。咸陽送客屢回顧。斜日未能渡。　　春去尚來否①。正江令恨別[一]，庾信愁賦。蘇堤盡日風和雨。歎神游故國，花記前度。人生流落，顧孺子，共夜語。

　　　　次段第二字叶韵，其餘平仄微異。“亂”字一本作“饑”。

【校記】

　　[一]“令”字原注平聲。按，“令”字原爲仄讀，平讀是借音法。

【蔡案】

　　① 本詞校之前一首，添二韵，減一韵。第三段起拍，“春去”亦爲句中短韵，章法如此，原譜未予標識。本詞三段，第一段以“送春去”起，第二第三段復云“春去”，皆爲句中短韵，三叠韵法。

瑞龍吟 百三十三字　　　　　　　　　　周邦彦

章臺路。還見褪粉梅梢，試華桃樹。愔愔坊陌人家，定巢燕
⊙○▲　　○●●○○　●○○▲　○○○●○○　●○●
子，歸來舊處[一]。　　黯凝佇。因記個人痴小，乍窺門戶。
●　○○●▲　　　●○▲　○●●○○●　●○○▲

侵晨淺約宮黃，障風映袖，盈盈笑語。　　　前度。劉郎重
○○●●○○　●○●●　○○●▲　　　○　▲　○○○

到，訪鄰尋里，同時歌舞。惟有舊家，秋娘聲價如故①。吟箋
●　●○○●　○○○▲　○●●○　○○○●○●▲　　○○

賦筆，猶記燕臺句。知誰伴、名園露飲，東城閒步。事與孤
●●　○◉●○▲　○○●　○○●●　○○○▲　●●○

鴻去。探春盡是，傷離意緒。官柳低金縷。歸騎晚纖纖、池
○▲　○○●●　○○●▲　○●○○▲　○●●○○　○

塘飛雨②。斷腸院落，一簾風絮。
○○▲　　●●○●　●○○▲

　　《花菴詞選》云：此調前兩段雙拽頭，屬正平調，後一段犯大
石調。"歸騎晚"以下仍屬正平調。《九宮大成》入北詞平調
隻曲。

　　一本於"聲價如故"分段，非。《歷代詩餘》云：此調或分三
疊，或分四段。若於"低金縷"爲第三段，合末段爲第四段，則爲
四疊體。各本互異，今從三疊③。

　　各家和詞皆平仄如一，間有一二差異者，照注，不如從此詞
爲妥。"舊"、"笑"、"舊"、"意"、"院"五字去聲，尤吃緊。《詞律》
既知爲此調鼻祖，當爲準繩，獨不錄此詞，而以張翥詞爲式，亦
奇。"度"字，各家不叶，可不拘④。"因"字，一作"曾"，"宮黃"或
作"宮妝"。"燕臺"二字作"蘭臺"，非。"陌"字，葉《譜》作"曲"，
"記"字作"念"。

【校記】

　　［一］"舊"字、次段結拍"笑"字、第三段第四句"舊"字、十二句
"意"字、十五句"院"字，用●符標識，意謂必用去聲。

【蔡案】

　　① 此十字，原讀爲六字一句、四字一句，兩句均有連頓平仄，

不諧。

　　② 本句應予律讀，如後一首之"生怕遺樓前，行雲知後"。

　　③ 本詞多作三段，如秦巘本詞所斷者，然第三段未免畸長，似不合章法，余以爲雖有其他四段分者，總以"閒步"後作第四段爲妥。

　　④ "前度"處，秦巘謂各家不叶，誤。別家亦有叶者，陳允平和周邦彦詞云："幾度。月昏霜曉"，便是一例。但即便別家俱叶，也仍是"可不拘"。

又一體　百三十四字　　　　　　　　　　吴文英

送　梅　津

黯分袖。腸斷去水流萍，住船繫柳。吴宫嬌月嬈花，醉題恨倚，蠻江豆蔻吐春繡①。筆底麗情多少，眼波眉岫。新團鎖却愁陰，露黃迷漫，委寒香半歃②。還背垂虹秋去，四橋烟雨，一宵歌酒。猶憶翠微携壺，烏帽風驟。　　　西湖到日，重見梅鈿皺。誰家聽、琵琶未了，朝驄嘶漏。印剖黃金籀。待來共憑，齊雲話舊。莫唱朱櫻口③。生怕遺樓前，行雲知後。唳鴻悲角空教人瘦。

　　　分段與周作不同④，當從周作。"背"字不叶韵，吴共二首，皆然。"委寒香"五字，比周多一字。或"委"字當衍。"嬌"字原作"曉"，汲古原注當作"嬌"，今改正。

【蔡案】

　　① 本句大誤，應拆分爲兩句，於"蔻"字斷，叶韵，且分段。"吐春繡"即前一首的"黯凝佇"。

② “委寒香”句,彊村四校本《夢窗詞》作“露黄漫委,寒香半畝”,衍一“迷”字。本句之後,亦應分段。

③ “口”字疑原爲奪字符。

④ 秦巘既知分斷錯誤,而不予糾正,看似尊重原讀,實則並非尊重也,若不欲修正,則注明即可,何必以之爲“譜”,甚覺無謂。

又一體 百三十五字　　　　　　　　　　　　吳文英

賦 蓬 萊 閣

墮紅際。層觀冷翠玲瓏,五雲飛起。玉虬縈結城痕,淡烟半野,斜陽半市。口瞰危梯①,門巷去來車馬,夢游宮蟻。秦鬟古色凝愁,鏡中暗換,明眸皓齒。　　　東海青桑生處,勁風吹淺,瀛洲清泚。山影泛出[一],碧樹人世。旗槍芽焙綠[二],曾試雲根味。岩流濺涎香,怕攪驕龍春睡。露草啼清淚。酒香斷、文邱廢隧[三]。今古秋聲裏。情謾黯、寒鴉孤村流水。半空裏。畫角落月地。

> 後段句法與周作迥異。“梯”字用平,不叶韵②。“山影”二句,兩四字,比前作少二字。“旗槍”句五字,多一字。“酒香”句七字,少一字。結句一三、一五字,多叶一韵,與前異。此見《丁稿》,恐有訛脱。

【校記】

　[一]本句,彊村本《夢窗詞》“山影泛出”後另有“瓊壺”二字,應據補。

　[二]本句,彊村本《夢窗詞》無“旗”字,與諸家合,應據刪。

［三］本句，彊村本《夢窗詞》作"酒香斷到，文邱廢隧"，應據補。

【蔡案】

　① 本詞雙拽頭詞體，該奪字符必是秦巘所據本中的分段符，秦巘誤將其當做了奪字標記。據本詞韵律，應於脱字符處分斷。

　② 本句諸家皆叶韵，此處不叶便有疑，"梯"字或是以平叶仄。但《全宋詞》所據本作"睇"，在韵，惟"瞰危睇"詞意不通，或是後人所改。

又一體 百三十二字　　　　　　　　　　　翁元龍

清明近。還是遞趲東風，做成花信。芳時一刻千金，半晴半雨，酹春未準。□雁橫陣①。數字向人慵寫，暗雲難認。西園猛憶逢迎，翠紒障面，花間笑隱。　　曲徑池連平砌，絳裙曾與，濯香湔粉。無奈燕幕鶯簾，輕負嬌俊。春榆巷陌，馬蹄紅成寸。十年夢、秋千弔影。襪羅塵褪。事往憑誰問。晝長病酒，添新恨②。烟冷斜陽暝。山黛遠、曲曲闌干憑損[一]③。柳絲萬尺半堤風緊④。

　"晝長病酒"句七字，比周作少一字。

【校記】

　［一］兩"曲"字原注作平。

【蔡案】

　① 本詞亦應於脱字符處分斷，該方框本意必爲分斷之意。

　②"晝長"兩句七字，諸家均爲四字兩句，"添"字前必奪一字。

　③"曲曲"本可視爲句式變化中的微調，無須作平，若要作平，則

必須注明"憑"字不可平讀,方纔韵律諧和。

④ 結尾四字兩句,秦巘多不讀斷,不知何意。

大 酺 百三十三字　　　　　　　　　　周邦彥

春　雨

對宿烟收,春禽静,飛雨時鳴高屋①。墙頭青玉旆,洗鉛霜都
●●　　○○●　　○●○○○▲　　○○○●●　　●○○○
盡,嫩梢相觸。潤逼琴絲,寒侵枕障,蟲網吹黏簾竹。郵亭
●　●○○▲　　●●○⊙　○○●◎　　○●○○○▲　　○○
無人處[一],聽檐聲不斷[二],困眠初熟。奈愁極頻驚,夢輕難
⊙○●　　●⊙○●▲　　●○○▲　　●○●○○　　●○○
記,自憐幽獨。　　行人歸意速[三]。最先念、流潦妨車轂。
●　●◎○○▲　　　○●○○▲　　　●○●　○●○○▲
怎奈向、蘭成憔悴,衛玠清羸,等閒時、易傷心目。未怪平陽
●●●　○○○⊙●　◎●○○　●○○　●○○▲　　●●○○
客,雙淚落、笛中哀曲。況蕭索、青蕪國。紅糝鋪地,門外荆
▲　○○●　●○○▲　●○●　○○▲　　⊙○○●　○○○⊙
桃如菽。夜游共誰秉燭。
○○▲　　◎○●○●▲

唐教坊曲名。唐樂府皆名《大酺樂》。《羯鼓録》有太簇商
《大酺樂》。《樂苑》云:商調曲,唐張文收造。愚按:太簇商,即
俗名中管高大石調。

《樂府雜録》云:明皇一日賜大酺於勤政樓,觀者數千萬衆,
喧譁聚語,莫辨魚龍百戲之音。上怒,欲罷宴,中官高力士奏請
命宫人張永新出樓歌一曲,必可止喧。上從之。永新乃撩鬢舉
袂,直奏曼聲。至是廣場寂寂,若無一人。

汲古爲吴文英作,誤。篇中平仄,一字不可移易。方、楊、陳

和詞皆同，吳文英又一首亦然。"郵亭無人"四平，"意"、"糝"、"秉"三字仄，尤吃緊。衹趙以夫一首於"潦"字用平，勿從。周密於"流"字用仄，劉辰翁於"鳴"字用仄。"青玉"二字，"歸意"二字，"妨車"二字，"平陽"二字，俱用仄平。"蘭成"二字或作"蘭臺"，非。"何"字，汲古作"向"，缺"怎"字、"游"字。"衛玠"作"樂廣"，今從《詞譜》。

【校記】

［一］"郵亭無人"四字用○符標識，意謂必用四平聲。

［二］"不"字原注作平聲。

［三］"意"字、第九句"糝"字、結句"秉"字，用●符標識，意謂必用仄聲。

【蔡案】

① 原譜注"鳴"字可仄，誤。該句除劉辰翁一首句法不同，作"春寒知有人處"外，其餘各首第四字均爲平聲。其實此乃律理如此，惜清代詞譜家皆不循律理，但循實證，每有實證，常忘唐宋詞亦有誤填者。

六　醜　百四十字　　　　　　　　　　周邦彥

薔薇謝後作

正單衣試酒，恨客裏、光陰虛擲。願春暫留[一]，春歸如過翼。一去無跡。爲問花何在，夜來風雨，葬楚宮傾國。釵鈿墮處遺香澤[二]。亂點桃蹊，輕翻柳陌。多情更誰追惜。但蜂媒蝶使，時叩窗隔。　　　東園岑寂[三]。漸蒙籠暗碧。静遶珍叢底，成歎息。長條故惹行客。似牽衣待話，別情無極。殘英小，強簪巾幘。終不似、一朵釵頭顫裊，向人欹側。漂流處、莫趁潮汐^[四]。恐斷鴻、尚有相思字，何由見得。

《浩然齋雅談》云：朝廷賜酺，師師又歌《大酺》《六醜》二解。上顧教坊使袁綯問，綯曰："此起居舍人新知溧州周邦彥作也。"問六醜之義，莫能對。召邦彥問之，對曰："此犯六調，皆聲之美者，然絕難歌。"上喜。

此調名《六醜》，是合六調而成。舊說明楊慎以其名不雅，改名《個儂》。不知廖瑩中有《個儂》一調，與此迥別。是宋末已有此名，楊慎襲之也。餘詳《個儂》下。

《陽春白雪》原題《落花》，"暫"、"過"、"去"、"柳"、"叩"、"暗"、"歎"、"惹"、"趁"、"斷"、"見"諸去聲字最吃緊，不可因楊慎詞而誤也。楊詞和周韻，分句錯誤，不可從。汲古、《詞綜》於"岑寂"上分段，方千里和詞亦然。"底"字，各本作"底"，《詞律》作"底"，五字句。方、楊、陳和詞同是五字，宜從《詞律》。祇後吳作兩四字句，與此異。"鴻尚"二字或作"紅上"，誤。"恨"字，葉《譜》作"悵"，"碧"字作"密"，誤。

【校記】

［一］"暫"字、第四句"過"字、第五句"去"字、第十一句"柳"字、前結"叩"字、後段次句"暗"字、第三句"歎"字、第四句"惹"字、第十句"趁"字、第十一句"斷"字、後結"見"字，用●符標識，意謂必用去聲。

［二］原注"鈿"字平聲。

［三］原注"岑"字可仄。

［四］原注"莫"字作平。

又一體 百四十字　　　　　　　　　　　　　吴文英

壬寅歲吳門元夕風雨

漸新鵝映柳，茂苑鎖、東風初掣。館娃舊游，羅襦香未滅。玉夜花節。記向留連處，看街臨晚，放小簾低揭。星河瀲艷，春雲熱①。笑靨欹梅，仙衣舞纈。澄澄素娥宮闕。醉西樓十二，銅漏催徹。　　紅綃翠歇。歎霜簪練髮②，過眼年光，舊情盡別。泥深厭聽啼鴂。恨愁霏潤沁，陌頭塵襪。青鸞杳、鈿車音絕。却因甚、不把歡期，付與少年花月。殘梅瘦、飛趁風雪。丙夜永、更説長安夢，燈花正結。

　　　通篇平仄俱同。惟"過眼"八字作兩四字句，"不把歡期"二句作一四、一六字③，與周微異。元人簦正一首與此同。

【蔡案】

　　①"星河"下七字本爲一句，前後兩首皆如此，於此讀斷，覺無端。

　　② 後段第二拍，宋詞諸家均叶韵，本句"髮"字應視爲韵脚，原譜失記。

　　③ 本詞即周詞正體，爲後段三四句讀破小異，而"不把歡期，付與少年花月"並非讀破，讀者標點不同而已，若讀爲"不把歡期付與，少年花月"，則與周詞同，蓋此十字總須一氣貫之，方爲本色。

又一體 百四十字　　　　　　　　　　　　　彭元遜

楊　　花

似東風老大，那復有、當時風氣。有恨難收，江山身似寄。

浩蕩何世。但憶臨官道，暫來不住，便出門千里。痴心指望
迴風墜。扇底相逢，釵頭微綴。他家萬條千縷，解遮亭障
驛，不隔江水。　　　瓜洲曾艤。等行人歲歲[^①]，日下長秋，城
烏夜起。帳廬好黏春睡。共飛歸湖上，草青無地。惜惜雨、
春心如膩。欲待化、豐樂樓前，帳飲青門都廢。何人念流落
無幾。點點搏作，雪綿鬆潤，爲君浥淚。

> 後結三句各四字，與周、吳作異。後段三、四句各四字，與吳
> 同。"有恨難收"，一本作"有情不在"，或作"有情不定"，平仄俱
> 異。"黏"字一作"在"，當用仄。"無幾點點"四字作"無際幾點"。

【蔡案】

① "歲"字叶韵，原譜失記。

憶舊游 百二字　　　　　　　　　　　　　　　　周邦彥

記愁橫淺黛，淚洗紅鉛[一]，門掩秋宵[二]。墜葉驚離思[三]，
聽寒螿夜泣，亂雨蕭蕭。鳳釵半脱雲鬟[四]，窗影燭光搖。漸
暗竹敲涼，疏螢照曉，兩地魂消。　　　迢迢。問音信、道徑
底花陰，時認鳴鑣。也擬臨朱户，歎因郎憔悴，羞見郎招。
舊巢更有新燕，楊柳拂河橋。但滿眼京塵，東風竟日吹
露桃[五][^①]。

> 《清真集》不載。各家俱用此體[^②]。
> 　　前後第五句是一領四句法，屬下，與上句句法不同。"鳳"、
> "半"、"鬟"、"舊"、"更"、"燕"六字必去聲。"脱"、"有"二字，間有

用平者。結句平平去仄平去平,各家皆然,均勿誤。"螢"字,葉《譜》作"蚤","花"字作"光"。

【校記】

[一]"淚"字、第四句"墜"字、第五句"夜"字、第九句"暗"字、第十句"照"字、前結句"兩"字、後段次句"徑"字原注可平。

[二]"門"字、後段第三句"時"字、第八句"楊"字原注可仄。

[三]"思"字原注去聲。

[四]本句"鳳"字、"半"字、"鬢"字,及後段對應句"舊"字、"更"字、"燕"字,用●符標識,意謂必用去聲。

[五]結句用○○●◑○●○符標識,意謂必用平平去仄平去平聲。

【蔡案】

① 這兩句詞意爲"但滿眼京塵,東風竟日,吹露桃","滿眼京塵,東風竟日"爲一整體,"東風竟日"是一個整句,故依律"東"字可仄、"竟"字可平,如張炎有"鶴衣散影"、"陽關西出"填法,"竟"字不但不必去聲,甚至可以不是仄聲。

② 秦巘謂:本調"各家俱用此體",是謂本調但有一體而已,此乃真知灼見。然其後又列三首"又一體",則是自相矛盾之舉也。故曰:體概念不立,詞譜不作。

又一體 百一字　　　　　　　　　　　吳文英

別 黃 澹 翁

送人猶未苦,苦送春,隨人去天涯。片紅都飛盡,陰陰潤綠①,暗裏啼鴉。賦情頓雪雙鬢,飛夢逐塵沙。歎病渴凄凉,

分香瘦减，兩地看花。　　西湖斷橋路，想繫馬垂楊，依舊
欹斜。葵麥迷烟處，問離巢孤燕，飛過誰家。故人爲寫深
怨，空壁掃秋蛇。但醉上吴臺，殘陽草色歸思瞭[一]。

　　前起句，用上二、下三字句。次、三句，一三、一五字，原可一
　　氣貫下。五句四字，少一字，必是脱落，不必從。後起第二字不
　　叶韵。餘同。

【校記】

　[一]"思"字原注去聲。

【蔡案】

　①"陰陰潤綠"句，各家都作五字，此奪一領字，《夢窗詞》本脱，
應據《中興以來絕妙詞選》補，作"正陰陰潤綠"。

又一體 百四字　　　　　　　　　　　　　　　　周　密

寄王聖與

記移燈剪雨，換火篝香，去歲今朝。乍見翻疑夢，更梅邊携
● ○○●● ●●○○ ●●○△ ●●○○● ●○○
手，笑挽吟橈。依依故人情味①，歌舞試春嬌。對娬婉年芳，
● ●○○△ ○○●○○● ○●●○△ ●●●○○
飄零身世，酒趁愁消②。　　天涯未歸客，望錦羽沉沉，翠水
○○○● ●●○△ ○○●●● ●●○○○ ●●
迢迢。歎菊荒薇老，負故人猿鶴，舊隱難招。疏花漫撩愁
○○ ○△ ●●○○● ●●○○● ●●○○ ○○●○○
思，無句到寒梢。但夢繞西泠，空江冷月，魂斷隨潮③。
● ○●●○○ ●●●○○ ○○●● ○●○△

　　換頭亦不叶韵。前結句五字，後結句八字，比各家各多一

字。《笛譜》、《草窗》皆無，自是另格。周别作，前結作"别鳳引離洛"，後結作"江上孤峰"，與此同。一本去"引"字、"孤"字，何必牽合。"故人情味"，"人"字不宜用平，後同。"難"字，《草窗》作"誰"。

【蔡案】

① "人"字，各家均填爲仄聲，故此應讀爲仄聲。"人"在宋詞中爲二讀字，有仄讀，僅以本卷爲例，就有《齊天樂》的"行人乍依孤店"、《綺寮怨》的"樽前故人如在"、《西河》的"行人乍停征轡"、《大酺》的"郵亭無人處"、《憶舊遊》的"隨人去天涯"。

② 前段結拍例作四字，句首原譜衍多一"尊"字，已據《草窗詞》删。

③ 本調字句基本一律，僅於換頭處有或添或不添句中短韵之别，惟周密詞，於後段結拍添一字，作四字兩句，其兩首皆然，必是因原唱結句七字過拗，音律不諧，故添一平聲字，以諧和音律，故此格可從。若校之前段，則可知本格比周邦彦詞體更爲規正，兩結字句、平仄皆同，或此格竟是本調之原貌，所謂流行體式，皆因奪一字而來歟？

又一體　百三字　　　　　　　　　　　　劉將孫

同宋梅洞、滕玉霄、周秋陽、蕭高峰邂逅古洪流連，以數重與細論文爲韵，題樟鎮華光閣誌别，分韵得論字。

正落花時節，憔悴東風，綠滿愁痕。悄客夢、驚呼伴侣，斷鴻有約①，回泊歸雲。江空共道惆悵，夜雨隔篷聞。儘世外縱橫，人間恩怨，細酌重論。　　　　歎他鄉異縣，渺舊雨新知，歷落情真。匆匆那忍别，料當君思我，我亦思君。人生自非麋鹿，無計久同群。此去重消魂。黃昏細雨人閉門。

> 前段第四句七字，恐誤多。此調不應前後參差。換頭句與
> 起句句法同，不叶。後結"魂"字或偶合，諸家皆不叶。此調雖列
> 四體，當從周爲妥。

【蔡案】

① 本詞四、五兩句多字，亦有讀破手法融入，全宋此種填法獨此
一首，多爲填誤。

雙頭蓮 百三字　　　　　　　　　　　　　　　周邦彥

一抹殘霞，幾行新雁，天染斷紅，雲迷陣影，隱約望中，點破
晚空澄碧。助秋色①。門掩西風，橋橫斜照，青翼未來，濃塵
自起，咫尺鳳幃，合有人相識②。　　　歎乖隔③。知甚時恣
與，同携歡適。度曲傳觴，并轡飛彎，綺陌畫堂連夕。樓頭
千里，帳底三更，盡堪淚滴。怎生向、總無聊，但祇聽消息。

> 此與《雙頭蓮令》《雙瑞蓮》皆不同，故分列。《清真集》不載。
> 凡詞，小令四韵，餘非正叶。名家和詞每不叶，所謂四犯是也④。
> 長調加一疊八韵，所謂八犯是也。此調第三句、九句當叶韵，斷
> 無前段祇叶三韵體格。且"助秋色"三字與下文不貫，明係顛倒
> 錯亂於其間。惜無方、楊和詞可證，姑仍舊譜⑤。

【蔡案】

① 本調所謂"雙頭"者，蓋謂"雙曳頭"之意，與後三首不同，迥爲
別調也。作爲雙曳頭，則當與本句後分段，原譜所録，於"相識"後分
段，斷爲雙段式詞，大誤，韵律迥異，是非《雙蓮頭》矣。

② 本句依律應是六字一句,據律理,必於第一字或第三字奪。

③ 本句應屬上,爲第二段收煞,即第一段"助秋色"三字。

④ 此論極是,對詞韵的理解已然透徹,但秦巘謂"四犯是也",則不敢苟同。

⑤ 秦巘以均論析,思路甚是,惜未作多面考量,然則縱有方、楊、陳和詞在,諒亦枉然矣。本詞韵律,第一段兩均,其中"紅""中"換叶;第二段兩均,其中"來""幃"換叶。而通篇以"碧"、"色"韵爲主韵,眉目極爲清晰。至於"助秋色"三字與下文不貫,是因爲本分屬兩段之故。

又一體 百字　　　　　　　　　　　　　缺　名

觸目庭臺,當歲晚凋殘,恁時方見。瓊英細蕊,似美玉、碾就輕冰裁剪。暗想蜂蝶不知,有清香爲扌[一]。深疑是,傅粉酡顏,何殊壽陽妝面。　　　惟恐易落難留,仗何人、巧把名詞褒羨。狂風橫雨,枉墜落、細蕊紛紛千片。異日結實成陰,托稱殊非淺。調鼎鼐,試作和羹,佳名方顯。

　　　見《梅苑》。與周作迥異。

【校記】

［一］"扌"原爲半邊字,據四庫本《梅苑》,爲"援"字。

又一體 百字　　　　　　　　　　　　　陸　游

呈范至能待制

華鬢星星,驚壯志成虛,此身如寄。蕭條病驥。向暗裏、消盡當年豪氣。夢斷故國山川，隔重重烟水。身萬里[1]。舊社凋零，青門俊游誰記。　　盡道錦里繁華，歡官閒晝永，柴荆添睡。清愁自醉。念此際、付與何人心事。縱有楚柁吳檣，知何時東逝。空悵望、鱠美菰香，秋風又起。

> 此與《梅苑》作合，整齊可從。前後段第四句、前段八句皆叶韵，略異。《詞律訂》云："裏"字、"際"字是句中韵。陸別作不叶。"鱠"字，葉《譜》作"鱸"。

【蔡案】

①　此類句中偶叶之字，全在看是否前後對應使用，後段對應句作"空悵望"，非叶，則"里"字多爲偶叶，而"向暗裏"與"念此際"對應，均在韵，則可知爲作者有意爲之，當視爲叶韵處，即便陸作別首末叶，因爲本詞叶韵不必首首叶韵，此乃常例。

又一體 九十八字　　　　　　　　　　　陸　游

風捲征塵，堪歡處，青驄正搖金轡。客襟貯淚。謾萬點、如血憑誰持寄。伫想艷態幽情，壓江南佳麗。春正媚。怎忍長亭，匆匆頓分連理。　　目斷滄日平蕪，烟濃樹遠[1]，微茫如薺。悲歡夢裏。奈倦客、又是關河千里。最苦唱徹驪歌，遲留無計[2]。何限事。待與叮嚀，行時已醉。

> 前起次、三句，一三、一六字。後段次句、七句各四字，比前作各少一字。汲古空一格，應有缺字。"媚"字、"事"字亦叶，與前異。

【蔡案】

　　① 本句別家均爲五字一句,《渭南文集》作“望烟濃樹遠”,當是的本,應據補。

　　② 本句別家亦均爲五字一句,《渭南文集》作“重遲留無計”,則原譜顯落一字,亦應據補。

鈿帶長中腔 六十七字　　　　　　万俟詠

　　鈿帶長。簇真香。似風前、坼麝囊。嫩紫輕紅,間鬥異芳[一]。風流富貴,自覺蘭蕙荒[二]。獨佔蕊珠春光[三]①。

　　繡結流蘇密緻,魂夢悠颺。氣融液、散滿洞房②。朝寒料峭,殢嬌不易當[四]。著意要得韓郎。

　　　　以下俱見《大聲集》。此調詠鈿帶香囊本意,即以起句爲名③。《花草粹編》缺首三字,誤④。《詞律》未收。

　　　　“間鬥異芳”、“散滿洞房”,用去仄去平。“蘭蕙荒”、“不(作平)易當”用平去平。“珠”字、“得(作平)”字用平聲,宜從。一本“得”作“待”,誤,“蕙”字作“麝”,亦非。

【校記】

　　[一] 本句及後段“散滿洞房”,用●◐◖●○符標識,意謂必用去仄去平聲。

　　[二] “蘭蕙荒”及後段“不易當”,用○●○符標識,意謂必用平去平聲。

　　[三] “珠”字及後段結句“得”字,用○符標識,意謂必用平聲。誤。

　　[四] “不”字及後結“得”字,原注作平。

【蔡案】

①"蕊珠"應是"珠蕊"之倒誤,該語境用"蕊珠"便甚爲突兀,校之後段結拍,第四字也須用仄聲字,方纔合律和諧。雖無別首可證,但第四字擬爲仄聲,方纔合律。而後段對應句,秦巘謂"得"字須平,是不知律拗句法。

②"氣融"句,秦巘作上三下四式讀,亦誤。但"氣融"一句當對應"嫩紫"八字,秦巘直覺未誤,惟"滿洞房"處奪一字,未能指出。疑後段原文爲"氣融液散,散滿洞房",後人以爲誤多一字,而妄删後"散"字也。依律理論,此處絶無七字之理。

③《欽定詞譜》調名用"鈿帶長中調"。

④《花草粹編》未必有誤,就韵律説,前段首均多二字本屬異常,"鈿帶長"三字或本即調名,誤入詞中,故《歷代詩餘》亦取此。

快活年近拍 七十九字　　　　　　　　万俟詠

千秋萬歲君,五帝三王世。觀風重令節,與民樂盛際①。蕊闕長春,洞天不老,花艷蟾輝,十里照春珠翠。　　鬧羅綺遥望太極光②,一簇通明裏。鈞臺奏壽曲,蓬山呈妙戲。天上人來,五雲樓近,風送歌聲,依約睿思新製。

> 金詞注黄鐘宫,《太和正音譜》注雙調,《九宫大成》入北詞雙角隻曲,又入黄鐘調隻曲。
>
> 此調衹此一首,無他作可證,平仄悉宜從之。

【蔡案】

①"樂"字,以入作平。

②換頭"綺"字應是叶韵,原譜失注。此三字即所謂"添頭"。

卓牌子慢 九十七字　或無"慢"字　　　　　　　万俟詠

東風緑楊天,如畫出、清明院宇。玉艷淡泊,梨花帶月,胭脂零落,海棠經雨。單衣怯黄昏,人正在珠簾笑語。相並戲蹴秋千,共携手,同倚闌干,暗香時度。　　　翠窗繡户。路繚繞、潛通幽處。斷魂凝佇。嗟不似飛絮。悶悶悶愁,難消遣、此日年年意緒。無據。奈酒醒春去。

　　《花菴詞選》云:五十六字者,始自揚无咎。九十七字者,始自万俟詠。

　　《詞律訂》於"經雨"分段,作三叠①。

　　"泊"字,葉《譜》作"薄","綺"字作"憑"。

【蔡案】

　　① 本詞須依《詞律訂》,以雙曳頭體格校,否則前後段懸殊過大,且後段僅得三均,也和慢詞的結構不合。但"人正在"七字須讀斷,以其所對應者爲"如畫出、清明院宇",平仄正合。"玉艷"下十六字,爲一扇對,則必無衍奪字,然則與之相對應的後段"相並"下三句必有錯訛。以前段扇對爲思路,"戲蹴秋千"與"同倚闌干"必分屬另一組扇對中的第一、第三句,"相並"二字則是衍文。另一種思路,是前後段並不對應,而以"相並戲蹴秋千,携手同倚闌干"爲儷句,句式正相同,這種前段扇對、後段儷句的作法,在《沁園春》中也有出現,如是,則"共"字無疑爲衍字。校之第一段,"携"字前必是一平聲頓,亦可旁證。

卓牌兒 九十三字　　　　　　　　　趙與仁

當年早梅芳,曾邂逅、飛瓊侣。肌雲瑩玉,顔開嫩桃,腰肢輕

裊,未勝金縷。佯羞整云鬟,頻向人、嬌波寄語。湘佩笑解
韓香,暗傳幽歡。後期難訴。　　夢魂頓阻。似一枕、高唐
雲雨。蕙心蘭態,知何計重遇。試問春蠶,絲多少、未抵離
愁半縷。凝佇。望鳳樓何處。

　　　“飛瓊侶”,比前作少一字。“韓香”下少三字[①],且重叶“樓”
　　字[一],恐有脫誤。姑錄之。

【校記】
　　[一]“樓”字應是“縷”字之誤。後段重叶,可證其非主韵。

【蔡案】
　　① 本詞應是奪字詞,校之前詞,共脫落三字,“韓香”下應少二
　　字。補足後,本詞同前一詞體,並無體式變化。

又一體 九十八字　　　　　　　　　　　　　　趙彦端

席上用韵送程德遠罷金谿

燕初歸。正春陰暗淡,客意悽迷。玉觴無味,晚花雨褪凝
脂。多情細柳,對沈腰、渾不勝衣。垂別袖、忍見離披[①]。江
南陌上,强半紅飛。　　樂事從今一夢[②],縱錦囊空在,金椀
誰揮。舞裙歌扇,故應閒鎖幽閨。練江詩就,算艤舟、寧不
相思。腸斷莫訴離杯。青雲路穩,白首心期。

　　　許氏《詞譜》入南詞小石調。
　　　前段第八句七字,比前作多一字。許《譜》無“袖”字,後起六
　　字,比前少一字。《詞律》謂“腸斷”下少一仄聲字,作者宜照前

填。誤。蓋未見万俟作前後俱用六字句也。且上已用七字句，
此處句調犯重，當以六字爲是。然玩詞意又不可少③。

【蔡案】

　　① 本句依律應是仄起式律拗句式，檢後段作“腸斷莫訴離杯”可
知，而宋人別家均爲六字，或衍一“垂”字，應據《介庵趙寶文雅詞》改
爲“對沈腰、渾不勝垂。別袖忍見離披”。如此，則韵律通諧。

　　② 後段起拍例作七字一句，然各本本詞多奪一字，應據《介庵趙
寶文雅詞》補，作“樂事從今一夢散”。

　　③ 此爲《茇荷香》，非《卓牌子》。惟《茇荷香》即列於左，秦巘居
然未能識別，一歎。

茇荷香　九十八字　　　　　　　　　　　　万俟詠

小瀟湘。正天影倒碧①，波面容光。水仙朝罷，間列綠蓋紅
幢。和風細雨，蕩十頃、浥浥清香。人在水晶中央②。霜綃
霧縠。襟袂先凉。　　　款放輕舟鬧紅裏，有蜻蜓點水，交頸
鴛鴦。翠陰密處，曾覓相並青房。晚霞散綺，泛遠净、一葉
鳴榔。擬去儘促瑚觴③。歌雲未斷，月上飛梁。

　　金詞注雙調，《九宮大成》入南詞小石調正曲，又入北詞雙角
隻曲。

　　詞詠本意，自是創製。“和風”二字，《詞譜》作“風吹”，“先”
字，葉《譜》作“收”。

【蔡案】

　　① 本句“影”字，同前一首趙彦端詞之“陰”字，亦即後段“蜓”字，

以上作平。

② 第八拍"晶"字敗筆,此字位須用仄聲,宋詞各家皆然,除前一首趙彥端用"見"外,朱敦儒用"語",曹勛用"此",史浩用"爽",趙以夫用"墨",而檢所對應之後段,作"擬去儘促瑂觴",亦用仄聲,句式亦全同。或"水晶"是"水精"之誤,"精"字有仄讀,《廣韵》擬爲子姓切,則是借音法。

③ 本調前後段第二均收拍、第四均起拍皆用律拗句法,勿誤。

春草碧　九十八字　　　　　　　　　　万俟詠

又隨芳渚生,看翠連霽空,愁遍征路[一]。東風裏、誰望斷西塞①,根迷南浦。天涯地角[二],意不盡、消沉萬古。曾是送別,長亭下②,細綠暗烟雨。　　何處。亂紅鋪繡裀,有醉眠蕩子,拾翠游女。王孫遠③,柳外共殘照,斷魂無語。池塘夢生④,謝公後、還能繼否。獨上畫樓,春山暝、雁飛去。

《大聲集》自注中管高宮。愚按:《唐書·禮樂志》有中管之名,不詳其義。宋仁宗《樂髓新經》云:大吕宮爲高宮,太簇宮爲中管高宮。蓋以太簇宮與大吕宮同字譜,故謂之中管也。俗譜以中管高爲別名,誤。《白石詞》有太簇宮《喜遷鶯》,自注俗呼中管高宮,可證也。

此與李獻能之《春草碧》爲《番槍子》之別名不同,故分列。舊說始於吳激作,大曲也。然吳本宋人,與万俟同時,後仕於金。詞無可考⑤。

"遍"、"斷"、"塞"、"送"、"暗"、"翠"、"共"、"照"、"畫"、"雁"等字必去聲,勿誤。《詞律》謂"角"字、"別"字以入作平,是極,不知"拾"字亦以入作平也⑥。"生"字一作"坐",連下句讀,誤。今從《詞譜》。"編"字,葉《譜》作"渦"。"魂"字,一作"雲"。

【校記】

[一]"遍"字、第四句"斷"字和"塞"字、第八句"送"字、前結"暗"字、後段第三句"翠"字、第四句"共"字和"照"字、第八句"畫"字、後結"雁"字,用◖符標識,意謂必用去聲。

[二]原注"角"字及後段第三句"拾"字作平。

【蔡案】

① 参照後段,本句應是仄起仄收式句法,不可以一四式句法讀。

② 前段尾均讀爲三拍,繁複,三字應屬下,作三字逗,同理,後段"春山暝"三字逗方成立。

③ "王孫遠"對應前段"東風裏",自是三字逗,秦巘於此最爲漫不經心。

④ "生"字於律極不諧,丁紹儀《聽秋聲館詞話》卷十三作"池塘夢醒",可據改。

⑤ 以韵律求之,本詞絕非創調詞,其首均已經讀破,斷非本來的韵律句式。若吳激爲首創,則其詞首均之收拍,必爲"●●○◎○○⊙●○●",蓋律理如此。陳景沂《全芳備祖》後集卷十作"看翠霄連空",疑也是爲彌補讀破後失律而改。

⑥ 萬樹以爲"角"字作平,無非是因爲後段對應爲"生"字,不知"生"字本誤,故不律,如果"角"字作平,則是改順爲拗,無理。而秦巘謂"拾"字作平,則殊爲無謂,該字依律本可仄可平,毫無必要對應前段"愁"字。

戀芳春慢 百二字　　　　　　　　　万俟詠

蜂蕊分香,燕泥破潤,暫寒天氣清新。帝里繁華,昨夜細雨初匀。萬品花藏西苑，望一帶、柳接重津。寒食近，蹴鞠秋千，又是無限游人①。紅妝趁戲，綺羅夾道，青簾賣酒，臺榭侵雲。處處笙歌，不負治世良辰。共見西城路好，翠華定、將出嚴宸。誰知道，人主祈祥，爲民非事行春[一]。

《九宮大成》入南詞南呂宮引。

《大聲集》自注云：寒食前進，故以《戀芳春》爲名也。崇寧中，詠充大晟樂府製撰，依月用律製詞，多應制之作，此其一也。別本作晁端禮，誤。

此調與《萬年歡》字句相同，《詞律》未收，不知是一調否②。"西苑"，《詞譜》作"四苑"。"人主"一作"仁主"，今從《歷代詩餘》。

【校記】

［一］原注"爲"字去聲。

【蔡案】

① 本詞兩段，應於此分段，秦巘和合一團，或是筆誤。

②《萬年歡》雖與本調略近，尤其前後二三均與此字句如一，但前段首均彼作四字起、九字收，與本調八字起、六字收迴異；後段首均，彼作六字起、九字收，與本調八字起、八字收亦迴異；後段尾均，彼作五字起、六字收，與此七字起、六字收也不同。起調畢曲，爲詞中重要部分，由此可認定兩詞不是一調。

安平樂慢 百三字　　　　　　　　　　　　　　　　万俟詠

都門池苑應制

瑞日初遲，緒風乍暖，千花百草爭香。瑤池路穩，閬苑春深，

雲樹水殿相望。柳曲沙平,看塵隨青蓋,絮惹紅妝。賣酒綠
陰旁。無人不醉春光。　　　有十里笙歌,萬家羅綺,身世疑
在仙鄉。行樂知無禁,五侯半隱少年場。舞妙歌妍,空妬
得、鶯嬌燕忙①。念芳菲、都來幾日,不堪風雨疏狂。

　　　周密南渡典儀,賜筵樂次第盞奏《安平樂》。
　　　此調《詞律》不收,平仄不可移易。

【蔡案】

　　①　循本句律法,當是一字逗領六字句法。

別瑤姬慢 百五字　　　　　　　　　　　　　　万俟詠

可惜香紅。又一番驟雨,幾陣狂風。霎時留不住,便夜來和
月,飛過簾櫳。離愁未了,酒病相仍,更堪此恨中。片片隨流
水,斜陽去、各自西東。　　　又還是、九十春光,誤雙飛戲蝶,
並採游蜂。人生能幾許,細算來何物,得似情濃。沈腰暗減,
潘鬢先秋,寸心不易供[一]。望暮雲,千里沉沉障翠峰①。

　　　此調《詞律》未收。
　　　"此"字上作平,"不"字入作平。"障翠"二字去聲。觀後蔡
　　作可證②。

【校記】

　　[一]　原注"不"字作平。

【蔡案】

　　①　本詞爲添頭格結構,後段若删去"又還是",則兩兩對稱,直至

結拍,故後段尾均讀爲"望暮雲千里,沉沉障翠峰",韵律更諧。

　　② 此類標注最爲無謂,同是該二字,王質作兩入聲,史達祖作平上,僅蔡伸同,即視爲一定之規,毫無道理。

又一體 百五字　　　　　　　　　　　　　　蔡　伸

南徐連滄觀賞月

微雨初晴。洗瑶空萬里,月挂冰輪。廣寒宮闕迥,望素娥縹緲,丹桂亭亭。金盤露冷,玉樹風輕。頓覺秋思清[一]。念去年、曾共吹簫侶,同賞蓬瀛。　　奈此夜、旅泊江城。漫花光眩目,綠酒如澠。幽懷終有恨,怕綺窗清影,虚照娉婷。藍橋路杳,楚館雲深。擬憑歸夢尋。强就枕、無奈孤衾夢易驚。

　　　前後段第八句叶韵。前結一三、一五、一四字,與前異。"深"、"尋"二字閉口韵,雜入庚、青,不可從。汲古、《詞律》列《憶瑶姬》内,又缺"迥"、"頓"、"路"三字,大誤。今從《歷代詩餘》訂正。"頓"字,葉《譜》作"倍","怕綺窗",汲古作"恨綺窗","尋"字作"去"。

【校記】

　　[一] 原注"思"字去聲。

憶瑶姬 百九字　　　　　　　　　　　　　　史達祖

嬌月籠烟,下楚嶺,香分兩朵湘雲。花房時漸密,弄杏箋初會,歌裏殷勤。沉沉夜久西窗,屢隔蘭燈幔影昏。自彩鸞、飛入芳巢,繡屏羅薦粉光新。　　十年未始輕分。念此飛花,可憐柔脆銷春。空餘雙淚眼,到舊家時節,謾染愁巾。神仙説道凌虛,一夜相思玉樣人。但起來、梅發窗前,哽咽疑是君。

　　汲古注：騎省之悼也。

　　此與曹組《憶瑤姬》字句全殊,平仄韵異。與《別瑤姬慢》大略相同。惟前後段第七、八句,句法異而字數同。兩結各多二字,換頭句少一字,二、三句多一字。實是一調異名,故附列。

　　“嶺”字,汲古、《詞律》作“領”,“時”字在“密”字下,“節”字作“郎”,“神仙”二字作“袖止”,大誤,今從《七家詞選》改正。“香”字,葉《譜》作“春”,“裏”字作“袖”。

三　臺　百七十一字　　　　　　　　万俟詠

見梨花初帶夜月,海棠半含朝雨①。内苑春、不禁過青門[一],御溝漲、潛通南浦。東風静、細柳垂金縷。望鳳闕、非烟非霧。好時代、朝野多歡,遍九陌、太平簫鼓。　　乍鶯兒百囀斷續,燕子飛來飛去。近緑水、臺榭映鞦韆,鬥草聚、雙雙游女。餳香更、酒冷踏青路[二]。會暗識、夭桃朱户。向晚驟、寶馬雕鞍,醉襟惹、亂花飛絮。　　正輕寒輕暖漏永,半陰半晴雲暮。禁火天、已是試新妝,歲華到、三分佳處。清明看、漢宫傳蠟炬,散翠烟、飛入槐府。斂兵衛、閶闔門開,任傳宣、又還休務。

> 唐教坊曲名。

> 《古今詞話》云：万俟雅言自號詞隱,崇寧中,充大晟府製撰,與晁次膺按月律進詞。其清明應制一首尤佳。舊刻分兩段,宜從《詞律》作三段爲是。所注入作平、上作平,皆以三段比較,但不可用去聲字。"夜月",葉《譜》作"淡月","漏"字作"晝"。"漢宮傳蠟"四字,《詞律》作"漢蠟傳宮",是寫誤。

【校記】

[一]"禁"字原注去聲。

[二]"踏"字和第三段"入"字原注作平。

【蔡案】

① 本調每段第一均皆用兩大拗句,"月"、"續"、"永"三字作平,不可用去聲。萬樹並於《詞律》謂："内用'不、闋、陌、百、踏、識、入'等字,乃以入作平;'九、子、水、莫、晚、寶、惹、已'等字,乃以上作平。皆須細心體認,此言尤爲讀詞關鍵,不可不知。以入、以上作平處,不可用去聲字"。

探　春　百二字　　　　　　　　　　田不伐

小雨分山[一],斷雲鏤日,丹青難狀清曉[二]。柳眼窺晴,梅妝迎暖,林外幽禽啼早。烟徑潤如酥,正濃淡、遥看堤草。望中新景無窮,最是一年春好。　　驕馬黃金絡腦。爭探得東君,何處先到①。萬璣飛觴,千金倚玉,不肯輕辜年少。桃李怯殘寒,半吐芳心猶小②。謾教蜂蝶多情,未應知道。

此與《探春令》無涉。或加"慢"字，不知何人創始，以此爲最先，説詳《探春令》下。

【校記】

[一] 原注"小"字、第三句"狀"字、後段第五句"倚"字、第六句"不"字、第七句"怯"字、第九句"謾"字、後結句"未"字可平。

[二] 原注"丹青"二字、第六句"林"字和"啼"字、第七句"酥"字、第八句"濃"字和"遥"字、後段第七句"寒"字、第八句"芳"字、後結句"應"字可仄。

【蔡案】

① "東君何處先到"，對應前段"丹青難狀清曉"，兩句字句平仄如一，可知不可讀斷，秦巘此讀，使後一句成兩仄頓，韵律大失，誤。

② 本調田詞早於諸家，故"半吐"句若無脱誤，則後人必有六字者，而今所見其他各家，均爲折腰式七字句，則田詞正如秦巘所云，"是田作脱一字也"，本句應以七字爲範，需補。

探春慢 百三字　　　　　　　　　　　　　　趙以夫

南國收寒，東郊放暖，條風初回臺榭。小燕橫釵，鬧蛾低鬢，眼底吴娃妖冶。纖手傳生菜，向人道、新春來也。莫惜沉醉尊前[一]，這些風景無價。　　　　長恨年年此日，迎着個牛兒，綵鞭羞打。颭颭金幡，星星華髮，得似家山閒暇。都把心期事，待問訊、柳邊花下。簫鼓聲中，温存小樓深夜。

《詞譜》注小石調。

換頭句不叶韵。"待問訊"句七字，比田作多一字，與前段同，自是田作脱一字也。惟後結一四、一六字,可不拘。前後段第三、七、十句,平仄與前異。各家俱從此體。前第三句,姜夔、陳允平用平平平仄平仄。兩七句,姜同趙作,陳與周密同。田作前結句,姜夔、張炎用平仄平平仄平仄,陳、周同田作。後段三句,姜同田作,結句姜同。前結換頭句或叶或不叶[二],想可不拘。

【校記】

　　[一] 原注“惜”字作平。

　　[二] “前結換頭句”,“前結”二字衍。

又一體　百三字　　　　　　　　　　　　　　周　密

修門度歲和友人韵

綵勝宜春,翠盤消夜,客裏暗驚時候。剪燕心情,呼盧笑語,景物總成懷舊。愁鬢妬垂楊,怪稚眼漸濃如豆。儘教寬盡春衫,畢竟爲誰消瘦。　　梅浪半空如繡。便管領芳菲,忍孤詩酒。映竹占花,臨窗卜鏡,還念嫩寒宮袖。簫鼓動春城,競點綴、玉梅金柳。厮勾元宵,燈前共誰携手。

　　　　此與趙作同,祇換頭句叶韵,與田作同,宋人多從此體。“笑”字《草窗詞》作“音”,“怪”字作“早”,“嫩”字作“歲”。“稚”字一作“青”,“前”字作“市”,今從《笛譜》。

又一體　九十三字　　　　　　　　　　　　吳文英

龜翁下世後登研意

苔徑曲深深,不見故人,輕敲幽户。細草春回,目送流光一羽。重雲冷、哀雁斷,翠微空、愁蝶舞。逞鳴鞭,游蓬小夢,枕殘驚瘝。　　還識西湖醉路。向柳下並鞍,銀袍吹絮。事影難追,那負燈裖夜雨。冰溪憑誰照影[①],有明月、乘興去。暗相思,梅孤瘦[②],共江亭暮。

此與各家迥不相侔,恐是別調,誤寫調名,故列後。"夜"字,汲古作"聞"。

【蔡案】

① 本句校之前段,對應"重雲冷、哀雁斷",因"重雲"六字對偶後六字,故必無錯訛,則"冰溪"六字便須檢討。余以爲"冰溪憑"即"憑冰溪"之倒裝,因"重雲冷"爲平平仄,故不用"憑冰溪",由此可知,此六字亦須讀爲折腰句。

② 本句落一"鶴"字,校之前段,對應句爲"遊蓬小夢",亦爲四字,平仄俱合,應據《欽定詞譜》補。

惜黄花慢 百八字　　　　　　　　　　　　田不伐

雁空浮碧,印曉月,露洗重陽天氣。望極樓外[①]。淡烟半隔疏林,掩映斷橋流水。黄金籬畔白衣人,更誰會、淵明深意。晚風低落日[②],亂鴻飛起無際[一][③]。　　情多對景淒凉,念舊賞、步屧登高迢遞。興滿東山,共携素手持杯勸,泛玉漿雲蕊[④]。此時霜鬢欲歸心,謾老盡、悲秋情味。向醉裏。免得又成憔悴。

《九宫大成》入南詞仙吕宫正曲。

見《樂府雅詞》，詠本意爲名，與《惜黃花》小令無涉，宜另列。"起"字、"又"字宜仄聲，勿誤。

【校記】

[一]"起"字及後結"又"字，用◐符標識，意謂必用仄聲。

【蔡案】

① "極"字，以入作平。

② 本調前後段尾均中，均有一三字韵句，本詞前段版本有誤，應據《陽春白雪》改爲"晚風底"，叶韵。整個尾均則讀爲"晚風底。落日亂鴻，飛起無際"。

③ "起"字對"成"字，秦鑭謂"宜仄"者，無據。應是以上作平。

④ "共携"下十二字，因其本屬雙起式句子，所以或四字三句，或六字二句，而未見有如此讀破者，"勸"字應屬下句，以六字二句爲宜，改後並未變其詞意。

又一體 百七字　　　　　　　　　　　　揚无咎

霽空如水。襯落木墜紅，遥山堆翠。獨立閒階，數聲蟬度風前，幾點雁橫雲際。已凉天氣未寒時，問好處、一年誰記。笑聲裏。摘得半釵。金蕊來至。　　橫斜爲插烏紗，更揉碎。泛入金尊瓊蟻。滿酌霞觴，願教人壽百千，可奈此時情味。牛山何必獨沾衣，對佳節、惟應歡醉。看睡起。曉蝶也愁花悴。

亦詠本意。起句叶韵。前段次、三句，一五、一四字，對偶。前結一三、兩四字，多叶一韵。後段次句亦叶，五、六句各六字，與田作異。"獨立閒階","階"字平,不叶,與各家異。後次句《詞律》於"入"字句,"落"字、"入"字注作平,皆誤。觀田、趙二詞可知,皆考證不精故耳[1]。"人"字上加一□,據《詞律訂》增"教"字。

【蔡案】

[1] 該九字田詞、趙詞均爲三領六句法,但不等於揚无咎就不能五字一句、四字一句,"落木墜紅,遥山堆翠"爲儷句極明,自不可用三領六句法,則後段對應,且並無詞意上語病,而"碎"字實爲偶叶,無須視爲韵脚。

又一體　百八字　　　　　　　　　　　趙以夫

菊

衆芳凋謝。堪愛處,老圃寒花幽野。照眼如畫。爛然滿地金錢,買斷金天無價。古香逸韵似高人,更野服、黄冠瀟灑[1]。向霜夜。冷笑暖香,桃李妖冶。　　　襟期問與誰同,記往昔、獨自徘徊籬下。采采盈把。此時一段風流,賴得白衣陶寫。而今爲米負初心,且細摘、輕浮三雅。沈醉也。夢落故園茅舍。

前起同田作,前結、後段五六句,俱同楊作。"畫"、"把"二字叶韵,與前異。"高"字葉《譜》作"幽","香"字作"春","襟"字作"心",誤。

【蔡案】

[1] 本句"野服黄冠"不讀破爲佳。

又一體 百七字　　　　　　　　　　　吳文英

賦　菊

粉靨金裳。映繡屏，認得舊日蕭娘[一]。翠微高處，故人帽底，一年最好，偏是重陽[二]。避春祇怕春不遠[三]，傍幽逕、偷理秋妝。殢醉鄉。寸心似剪，漂蕩愁觴。　　潮腮笑入清霜。鬥萬花樣巧，深染蜂黃。露痕千點，自憐舊色，寒泉半挹，百感幽香。雁聲不到東籬畔，滿城但、風雨淒凉。最斷腸。夜深怨蝶飛狂。

　　此用平韵，前後第五、六、七句改用四字句，微異。"認"、"醉"、"似"、"蕩"、"樣"、"斷"等字去聲，必不可易，其別作亦然，餘平仄照注。"腮"字作"臉"，誤，今從汲古。

【校記】

　　[一]"認"字、第十句"醉"字、第十一句"似"字、前結句"蕩"字、後段第二句"樣"字、第十句"斷"字，用●符標識，意謂必用去聲。

　　[二]原注"偏"字可仄。

　　[三]原注"祇"字可平。

江神子慢 百十字 "神"一作"城"　　　　　　田不伐

玉臺挂秋月[一]。鉛素淺、梅花傅香雪。冰姿潔。金蓮襯、小小凌波羅襪。雨初歇。樓外孤鴻聲漸遠，遠山外、行人音信絕。此恨對語猶難，那堪更、寄書説①。　　教人紅綃翠減，覺衣寬金縷，都爲輕別[二]。太情切銷魂處、畫角黃昏時節②。聲嗚咽。落盡庭花春去也，銀蟾迴、無情圓又缺。恨伊不似，餘香惹、鴛鴦結③。

此與《江城子》小令小同，故另列。前無作者。

"挂"、"傅"、"雨"、"信"、"寄"、"翠"、"爲"、"太"、"又"等字，當仄聲，勿誤，去聲更妙。前後第四、五句，各三字句屬下，非偶語，毋忽。

【校記】

[一]"挂"字、第二句"傅"字、第五句"雨"字、第七句"信"字、前結句"寄"字、後起句"翠"字、第三句"爲"字、第四句"太"字、第八句"又"字，用●符標識，意謂必用去聲。

[二]"爲"字原注去聲。

【蔡案】

① 本句讀爲折腰句，是未與別詞互校。這一句不可讀斷，否則音律大變，此爲歇拍處，至要之地，韵律自不可隨意。呂渭老作"行雲自没消息"，蔡松年作"廬山舊夢清絶"，均爲平起仄收式律句，足可證明"更寄"須連讀。

② 原譜"太情切"未讀出，連後作六字一句，甚誤。"切"字爲韵脚，本句正對前段"冰姿潔"，亦是呂詞之"甚端的"，必須叶韵。

③ 後段結拍擬爲六字折腰句，亦誤。後段尾均，起拍對應前段，當是六字一句，秦蠟讀爲四字一句，已失律理，"餘香"二字移後再折腰，更誤。

又一體 百九字   呂渭老

新枝媚斜日。花徑霽晚，碧泛紅滴①。近寒食。蜂蝶亂、點

檢一城春色。倦游客。門外昏鴉啼夢破，春心似、游絲飛遠
碧。燕子又語斜檐，行雲自没消息。　　當時烏絲夜語，約
桃花時候，同醉瑶瑟。甚端的。看看是、榆莢楊花飛擲。怎
忘得。斜倚紅樓回淚眼，天如水、沉沉搖翠璧。想伊不整啼
妝，影簾側②。

> 前段次、三句各四字，後結比田作少一字，蔡松年一首與此
> 同。前結同田作，後結九字，《陽春白雪》增一“春”字，不知本有
> 此體也。《圖譜》於“晚碧”“碧”字注叶，“食”字不注叶，大誤。
> 《詞律》駁之，良是。至謂末句九字，不可於“妝”字注斷，亦非。
> “莢”字汲古作“角”，“搖”字作“連”，“滴”字《歷代詩餘》作“摘”。

【蔡案】

　　① 前段第二第三句，之所以不同，祇是句讀差誤而已，若讀爲
“花徑霽、晚碧泛紅滴”，則與田詞同，蔡松年詞亦非四字兩句，其爲
“崖樹小、婆娑歲寒節”，如何讀成四字一句。諸項差異調整後，即同
田詞體，惟後結少一字異。

　　② 這一類體式，就填詞看，是極爲標準的添頭式結構，過片添二
字，結拍減二字，爲宋詞主流添頭體式。而校之吕詞及蔡詞，後段結
處均爲九字（蔡作“夜寒回施幽香、與愁客”），校之田詞更少一字，便
與基本格式不同，結拍共減三字，便覺異常，此處應是有奪字存在，也
因此其後的元詞，後結皆爲六字一句、四字一句。

鳳凰臺上憶吹簫 九十五字

　　　　　一名《憶吹簫》　　　　　　　李清照（趙明誠妻）

香冷金猊，被翻紅浪，起來慵自梳頭。任寶奩塵滿，日上簾

鈎。生怕别愁離苦，多少事、欲説還休[一]。新來瘦，非干病酒，不是悲秋。　　休休①。這回去也，千萬遍陽關，也則難留。念武陵人遠，烟鎖秦樓。惟有樓前流水，應念我、終日凝眸[二]。凝眸處，從今又添②，一段新愁。

　　《九宫大成》入北詞仙吕調隻曲，許《譜》同。
　　舊説皆以此調爲李清照製，不知確否，姑仍之[三]。
　　《高麗史·樂志》名《憶吹簫》。
　　《九宫譜》以"瘦"、"酒"二字爲仄叶平，未確。"非干病酒"，晁、侯兩作用仄仄仄平，元人亦然。"添"字，元人詞用仄。"别愁離苦"，《詞律》作"别懷離苦"，葉《譜》作"離懷别苦"。"干"字作"關"，今從《詞譜》。

【校記】

　　[一] 原注"多"字及後句"來"字、後段次句"千"字、第五句"烟"字、第六句"惟"字和"樓"字"流"字、第七句"終"字和"眸"字可仄。又，原注"少"字和"欲"字、前結"不"字、後段次句"萬"字、第三句"也"字、第四句"武"字、後結"一"字可平。

　　[二] "應"字原注平聲。

　　[三] 本調應以晁補之詞體爲正格，宋詞多依其格填，且晁氏年齒亦遠高於李清照，依秦嶧體例，當繫於晁氏名下。

【蔡案】

　　① 後段起用句中短韵"休休"，與前段重韵，一本或爲避重韵而改爲"明朝"。然宋詞似不避重韵，即以本調爲例，亦有"江南遠，今夜就中，愁損行人。　　愁人。舊香遺粉，空淡淡餘暖，隱隱殘痕"之填法。後文有重韵者，將再予提出。

②“從今更添”一句，兩頓皆平，不合律理，應據《樂府雅詞》改，作“從今更數”。

又一體 九十七字　　　　　　　　　　　　　晁補之

自金鄉之濟至羊山迎次膺

千里相思，况無百里，何妨暮往朝還。又正是、梅初澹泞，禽
○●○○　●○●●　○○●●○△　●●●　○○●●　○

未綿蠻。陌上相逢緩轡，風細細，雲日斑斑。新晴好，得意
●○△　●●○○●●　○●●　○●○○　○○●　●●

未妨[一]，行盡青山。　　　應携後房小妓，來爲我，盈盈對舞
●●　　○○○△　　　　●○●○●●　○●●　○○●●

花間。便拚了、松醪翠滿，蜜炬紅殘。誰信輕鞍射虎，清世
○△　●●●　○○●●　●●○○　○●○○●●　○●

裏、曾有人間。都休説，簾外夜久春寒①。
●　○●○△　○○●　●●●●○△

　　前後段第四句七字，比李作各多二字。結句六字，比前少二
字。換頭二字不叶韵。侯寘四首與此同，祇一首於“便拚了”二
句作一五、一六字，可不拘。“未”字必去聲。汲古缺“夜”字，遺
誤。“禽”字，葉《譜》作“鶯”，“青山”二字作“春山”，“了”字作
“却”。今從汲古本。

【校記】

［一］“未”字用●符標識，意謂必用去聲。

【蔡案】

① 本調應以此爲正體，宋詞多同此，故於此擬譜。後段起拍、結
拍皆爲律拗句法，除非第二第四字改變平仄，則第五字不可易。後段
過片，其第二字亦有用句中短韵者，然於本調，非主流填法。

又一體 九十六字　　　　　　　　　　　　吴元可

秋　　意

更不成愁，何曾是醉，豆花雨後輕陰。似此心情自可，多了
閒吟。秋在西樓西畔，秋較淺、不似情深。夜來月，爲誰瘦
小，塵鏡羞臨。　　　彈箏舊家伴侶，記雁啼秋水，下指成音。
聽未穩、當時自誤，又況如今。那是柔腸易斷，人間事、獨此
難禁。雕籠近，數聲別似春禽。

　　　此與晁作同，惟"似此"句六字，少一字①。"記雁啼"句平仄
亦異。葉《譜》於"箏"字注叶，通體用侵、尋閉口韵甚嚴，何獨此
處出韵，斷不是叶。"那是"二字作"那更"。

【蔡案】

　　　① "似此"句少一字，應是脱誤，其後段第二均作"聽未穩、當時
自誤，又況如今"，便可知之，且宋詞中僅此一例，亦殊屬異常。

十樣花 二十八字　　　　　　　　　　　　李彌遜

陌上風光濃處。第一寒梅先吐。待得春來也，香消減、態凝
●●○○○▲　　●●○○○▲　　●●○○●　○○▲　●○
佇①。百花休漫妬。
▲　　●○○●▲

　　　李凡十首，分詠十樣花，故名②。皆以"陌上"句爲起句。

【蔡案】

　　　① 第四拍爲折腰式六字句，非三字兩句，故原譜注"句"失宜。

該句可用句中短韵,如後一首然。

　②歷來都誤將《十樣花》視爲單段廿八字體,實誤。蓋本調同《九張機》,爲聯章體十首之名,非其中一首之名,填此,則例作十首爲準,而非一首即可,若僅作一首,又何以名之爲"十樣"邪。

又一體 二十八字　　　　　　　　　　　李彌遜

陌上風光濃處。紅藥一番經雨。把酒遶花叢,花解語。勸春住。莫教容易去。

　　　第四句叶韵,三句平仄亦異。

徵招調中腔 五十五字　　　　　　　　　王安中

天　寧　節

紅雲舊霧籠金闕。聖運叶、星虹佳節①。紫禁曉風馥天香②,奏九韶,帝心悦。　　瑶階萬歲蟠桃結。睿算永、壺天風月。日觀幾時六龍來[一],金鏤玉牒告功業。

　　　此調他無作者,説詳《徵招》下。
　　　《樂府雜録》云:徵音有其聲而無其字。《國史補》云:宋沈爲太樂令,知音近代無比。太常久亡徵音調,沈考鍾律得之。《宋史・樂志》:政和間,詔以大晟雅樂,施於燕饗御殿,按試補徵、角二調,播之教坊。凡曲有歌頭、有中腔,此即《徵招》之中腔也。

【校記】

　　[一]"觀"字原注去聲。

【蔡案】

①　"叶"字，讀如"協"，原即古文"協"字。

②　"紫禁"句及後"日觀"句，原譜均未讀斷，此二句猶"怒髮衝冠憑欄處"，原非七字句律法，若不讀斷，則韵律過拗。

法駕導引　三十字　　　　　　　　　　　上清蔡真人

闌干曲，闌干曲，紅颭繡簾旌。花嫩不禁纖手捻，被風吹去
○○●　　○○●　　○●●○△　　　○●●○○●●　　●○○●

意還驚。眉恨蹙山青。
●○△　　　○●●○△

　　《文體明辨》云：唐制大駕、法駕、小駕，皆有鼓吹。宋更其名爲導引。

　　此與朱敦儒《導引》無涉。首句不叠即是《望江南》。據陳與義序文當有九闋，説詳後。

　　《復齋漫録》云：李定記宣和中，太學士人飲於任氏酒肆。忽有一婦人，妝飾甚古，衣亦穿敝，肌膚雪色，而無左臂。右手執拍板，乃鐵爲之，唱詞"闌干曲"云云。諸公怪其辭異，問之，答曰："此上清蔡真人《法駕導引》也。妾本唐人，遭五季之亂，左手爲賊所斷。今游人間，見諸公飲酒，求一杯之遺耳"。遂與一杯，飲畢而去。諸公送之，出門，杳無所見。又《夷堅志》云：陳東靖康間飲於酒樓，有倡歌《望江南》詞。東問何人所製，曰："上清蔡真人詞也。"愚按：二説差異，未知孰是。

又一體　三十字　　　　　　　　　　　　陳與義

世傳頃年都下市肆中，有道人携烏衣椎髻女子，買斗酒獨飲。

女子歌詞以侑，凡九闋，皆非人世語。或記之，問一道士，道士驚曰"此赤城韓夫人所製，水府蔡真君《法駕導引》也。烏衣女子疑龍"云。得其三而亡其六，擬作三闋。

烟漠漠，烟漠漠^[一]，天淡一簾秋^[二]。自洗玉舟斟白醴，月華微映是空舟。歌罷海西流^①。

> 此詞見《樂府雅詞》，凡三首，今錄其一。前有"朝元路"、"東風起"二首。據原序，是此調本應九首，陳僅記其三。序文與《復齋漫志》^[三]《夷堅志》差異，與汲古同。《歷代詩餘》以"朝元路"一首爲陳作，"東風起"、"烟漠漠"二首爲赤城仙子作，《闌干曲》一首爲蔡真人作。愚按：調名爲赤城韓夫人製，其詞則陳與義效之也，未可臆別。二"烟"字，汲古作"簾"，誤。

【校記】

[一] 二前"漠"字、第三句"自"字、第四句"月"字原注可平。

[二] "天"字原注可仄。

[三] 應是《復齋漫錄》之誤。

【蔡案】

① 本詞與前一首全同，不識秦巘何以名之爲"又一體"。

明月逐人來 六十二字　　　　　　　　　　　李持正

星河明淡。春來深淺。紅蓮正、滿城開遍。禁街行樂^[一]，暗塵香拂面。皓月隨人近遠。　　　天半。鰲山光動，鳳樓兩觀^{[二]①}。東風靜、珠簾不捲。玉輦待歸，雲外聞弦管。認得宮花影轉。

此以前結句立名,作者甚少。

"兩"字各本作"西",據葉《譜》改,較勝。

【校記】

［一］"行"字原注可仄。

［二］"鳳"字原注可平。

【蔡案】

① 後段起首十字,其正確的讀法,應是"天半鰲山,光動鳳樓兩觀"兩句,"半"字是句中韵。

又一體 六十二字　　　　　　　　　　　張元幹

燈夕趙端禮席上

花迷珠翠。香飄羅綺。簾旌外、月華如水。軟紅影裏。誰會王孫意。最樂昇平景致。　　　長記。宮中五夜,春風鼓吹①。游仙夢、輕寒半醉。鳳幰未暖,歸去濃薰被。更問陰晴天氣。

前段第五句,後段第四句,平仄與前異。"裏"字,葉《譜》注叶。愚按:恐是偶合。《詞律》於"宮中"爲句,"記"字不注叶,誤。"軟"字,汲古作"暖","濃薰"二字作"薰濃",皆誤。

【蔡案】

① 此十字同前一首,爲四字一句、六字一句,第二字爲句中韵,不影響"長記。宮中,"的讀法,但通常詞譜家可以習慣"長記。",却不能習慣"宮中,",故有此誤。

寰海清 八十七字　　　　　　　　　　　王庭珪

畫鼓轟天。暗塵隨馬，人似神仙。天恁不教晝短，明月長圓。天應未知道，天知道，須肯放三夜如年。　　流蘇擁上香軿。爲甚個、晚妝特地鮮妍。花下清陰，怎合曲水橋邊。高人到此也乘興，任橫街、一一須穿。莫言無國艷，有朱門、鎮嬋娟。

《宋史‧樂志》：太宗製琵琶獨彈曲破，有此名。《九宮大成》入南詞大石調正曲。

他無作者。《詞律》未收①。

【蔡案】

① 本詞前後段極爲參差，似合而不合，《全宋詞》據趙萬里校《盧溪詞》，文字與此頗多相異，分段亦不同。其前段第二拍作“暗塵隨寶馬”，多一字，但“暗塵隨寶馬，人似神仙”與後段“爲個甚晚妝，特地鮮妍”合；“天知道”作“天天”，少一字，但“天應未知道，天天。須肯放、三夜如年”與後段“高人到此也，乘興，任橫街，一一須穿”合；“流酥擁上香軿”句屬前，似韻律更穩。兹錄全詞如次：“畫鼓轟天。暗塵隨寶馬，人似神仙。天恁不教晝短，明月長圓。天應未知道，天天。須肯放、三夜如年。流酥擁上香軿。　　爲個甚、晚妝特地鮮妍。花下清陰乍合，曲水橋邊。高人到此也，乘興，任橫街，一一須穿。莫言無國艷，有朱門、鎮嬋娟。”

傳言玉女 七十三字　　　　　　　　　　袁　綯

眉黛輕分，慣學女真梳掠。艷容可畫，那精神怎貌[一]。鮫綃

映玉,鈿帶雙穿纓絡。歌音清麗,舞腰柔弱。　　　宴罷瑶
池,御風跨皓鶴[二]①。鳳皇臺上,有簫郎共約。一面笑開,
向月斜褰朱箔。東園無限,好花羞落。

　　《高栻詞》注黄鐘宫。《九宫大成》入南詞黄鐘正曲,與本宫
引不同。

　　《漢武内傳》云:帝閒居承華殿,忽見一女子曰:"我墉宫玉
女王子登也,七月七日王母暫來。"言訖,不知所在。世所謂"傳
言玉女"也。

　　朱弁《續骫骳説》云:政和中,袁綯爲教坊判官。一日爲蔡
京撰此詞,上見之,改"女真"二字爲"漢宫"。蓋當時已與女真盟
於海上矣,而中外未知。帝思其語,故竄易之也。

　　此詞見《樂府雅詞拾遺》,前後第四句是一領四字。"怎"字、
"共"字、"映"字、"笑"字定用去聲。"跨皓鶴"用去去入,各家皆
同。前後第五句,各家平仄互異。"貌"字音"莫"。"女真"一作
"玉真"。

【校記】

　　[一]"怎"字、後句"映"字、後段第四句"共"字、第五句"笑"字,
用●符標識,意謂必用去聲。按,"怎"字本非去聲。

　　[二]"跨皓鶴"三字用●●●符標識,意謂必用去去入。

【蔡案】

　　① 本句例作六字一句,各家皆然,獨本詞五字,疑原詞當是"御
□風、跨皓鶴"。

又一體 七十四字　　　　　　　　　　　　　　晁冲之

上　元

一夜東風,吹散柳梢殘雪。御樓烟暖,對鰲山綵結[一]。簫鼓
●●○○　●●○○●▲　　●○○●　●○○▲　　○○

向晚[二]①,鳳輦初回宮闕。千門燈火,九衢風月。　　　繡閣
●●　　●●○○○▲　　⊙○○●　●○○▲　　　　●●

人人,乍嬉游、困又歇[三]。艷妝初試,把珠簾半揭。嬌波溜
○○　●●○　●●▲　　●○○●　●○○▲　　○○●

人②,手撚玉梅低説。相逢長是,上元時節。
●　　◎●●○○▲　　○○●　●○○▲

《草堂箋》爲胡浩然作,誤。

後段第二句六字,比袁作多一字。“吹散”二字,《詞律》作
“不見”。“嬌波溜人”四字作“嬌羞向人”,黃機用平仄仄平。
“對鰲山”句,黃機用仄仄平平仄,此句各家多不同。今據《詞綜》
改正。

【校記】

[一]“綵”字,用●符標識,意謂必用上聲。這一圖符與前一首不
同,或是秦巘意識到“綵”字爲上聲。

[二]“向”字、後段第四句“半”字、第五句“溜”字,用●符標識,意
謂必用去聲。

[三]“困又歇”三字用●●●符標識,意謂必用去去入聲。

【蔡案】

① “鼓”字以上作平。

② “人”字有二讀,詞句應仄讀,詞中多用。

五綵結同心 百九字 　　　　　　　　袁 絇

珠簾垂户,金索懸窗,家接浣紗溪路。相見桐陰下,一鈎月、恰在鳳凰棲處。素瓊撚就宮腰小,花枝嫋、盈盈嬌步。新妝淺、滿腮紅雪,綽約片雲欲度[一]。　　　塵寰豈能留住①。唯祇愁化作,綵雲飛去。蟬翼衫兒薄,冰肌瑩,輕罩一團香霧。彩箋巧綴相思苦,脉脉動、憐才心緒。好作個、秦樓活計,吹簫伴侶。

> 《九宫大成》入南詞越調正曲,許《譜》同。
>
> 　此調見《樂府雅詞》,不注撰人。《詞綜補遺》爲袁絇作,不知何據②。深情旖旎,宛轉關生,必是北宋人作。想以詞意爲名。《詞律》所云,徐釚所賦仄聲韻,朱見其譜者,即此是也。
>
> 　"欲"、"伴"二字仄聲,勿誤。"户"字非起韵。起二句對偶,不應用韵,觀趙作可知。"苦"字亦非叶,"吹簫"上,《詞譜》多"要待"二字。"垂"字一作"繡"。"索"字《詞綜補遺》作"粟","桐"字作"露"。

【校記】

　[一]"欲"字及後結"伴"字,用◑符標識,意謂必用仄聲。

【蔡案】

　① 換頭句不律,是二字逗所存,凡詞之後段起拍,多有二字處讀住之變,音律變化故也,通常或以句中短韵標識,或以兩頓連平或連仄標識。後一首同此。

　② 本詞被録於《樂府雅詞拾遺》,作者佚名,非袁詞。

又一體 百十一字　　　　　　　　　　　　趙彥端

爲淵卿壽

人間塵斷，雨外風回，涼波自泛仙搓。非郭還非野，閒鶯燕，時傍笑語清佳。銅壺花漏長如線，金鋪碎、香暖檐牙。誰知道、東園五畝，種成國色天葩。　　主人漢家龍種①，正翩翩迴立，雪綯烏紗。歌舞承平舊，圍紅袖，詩興自寫春華。未知三斗朝天去，定何似、鴻寶丹砂。且一醉、朱顏相慶，共看玉井浮花。

> 此用平韻。只結尾句六字，比前多二字。"色"字，汲古作"艷"。"三斗"，葉《譜》作"五斗"。

【蔡案】

① 換頭句是二領四句法，參見前一首蔡案①。

.

國家社科基金重大項目
"明清詞譜研究與《詞律》《欽定詞譜》修訂"（18ZDA253）

國家古籍整理出版專項經費資助

杭州師範大學人文社會科學振興計劃項目資助

詞繫韻律詮疏

〔清〕秦巘 ◎ 著

蔡國強 ◎ 考辨

- 貳 -

上海古籍出版社

詞繫卷五 宋

風光好 三十六字　　　　　　　　　　　　　　　　　陶　穀

好因緣。惡因緣。祇得郵亭一夜眠[一]。會神仙。　　琵琶撥盡相思調。知音少①。安得鸞膠續斷弦[二]。是何年。

《九宮大成》入南詞羽調引。

鄭文寶《南唐近事》云："陶穀學士奉使，恃上國勢，下視江左，醉色毅然不可犯。韓熙載命妓秦弱蘭詐爲驛卒女，每日弊衣持帚掃地。陶悦之，與狎，因贈一詞，名《風光好》云云。明日，後主設宴，陶醉色如前。乃命弱蘭歌此詞勸酒，陶大沮，即日北歸。"沈叡達《雲巢編》云："陶使吴越，惑倡女任社娘，因作此詞。任大得陶資，後用以創仁王院，落髮爲尼。"兩説互異，當以《南唐近事》爲是。

《墨莊漫録》云："一名《愁倚闌令》。"愚按：此因《春光好》誤傳，實與《春光好》不同。

"會"字，《詞林紀事》作"别"，"安得"二字作"再把"。"只"、"撥"可平。"安"可仄。

【校記】

［一］原注"祇"字及後起"撥"字可平。

[二]原注"安"字可仄。

【蔡案】

①《本事曲》載無名氏詞,用韵模式與本詞相同,則本調是以平韵爲主韵,這兩句是插入仄韵,而並非換韵,所以後段的平韵必須與前段相同,換言之,本調的基本韵爲平聲。

越江吟　四十九字　　　　　　　　　　　　　蘇易簡

非烟非霧瑶池宴。片片碧桃,冷落黄金殿[一]。蝦鬚半捲。天香散。　　奏雲和孤竹清婉。入霄漢①。紅顔醉態,爛漫金輿轉。霓旌影斷。簫聲遠。

> 郭維禮《詞譜》云:"世傳琴曲宫聲十小調,皆隋賀若弼製,其五名《越江吟》。"
>
> 釋文瑩《續湘山野録》云:"太宗酷愛琴曲十小詞,命近臣十人各探一調,撰一詞。蘇翰林易簡探得《越江吟》,遂賦此闋。"《古今詞譜》云:"宋初以詞章早著名者,梓州蘇易簡作《越江吟》,載《百琲明珠》,蜀之大魁自此始。"
>
> 詞之以"吟"名者,始此。舊譜謂賀鑄更名《瑶池宴》,遂與蘇軾詞並見一調,字句全異,大誤。
>
> 《湘山野録》所載,"冷落"下多"誰見"二字[二]②。"奏"字,《詞律》誤"青"字,費解,《詞譜》作"春"字,今從《花草粹編》。

【校記】

[一]冷落,《苕溪漁隱叢話》《詩話總龜》均作"零落",應據改。

[二]檢所能見到的幾個宋人的記載,大多没有"誰見"二字,如《苕溪漁隱叢話》《詩話總龜》《錦繡萬花谷》《古今合璧事類備要》等,

包括明人的《花草粹編》也是如此，所以極疑《湘山野録》或有衍文。

【蔡案】

① 這兩句秦巘受萬樹的影響而誤讀，"奏雲和孤竹清婉。入霄漢"這樣的句讀，在韵律上是没有依據的，其正確的讀法，應該是"孤竹清婉入霄漢"七字句對應前段的"非烟非霧瑶池宴"，其句法同一，這是韵律上的依據之一；其次，"奏雲和"就整體結構來看，是一個三字添頭，也是韵律上的另一個依據。因此，正確的讀法應該是"奏雲和、孤竹清婉入霄漢"。至於"婉"字雖然可以視爲句中短韵，但在這個韵律環境中，將它看做祇是偶叶應該更好，否則就很容易如《欽定詞譜》那樣，把前七字誤讀成折腰句，結構就成"奏雲和孤竹清婉。入霄漢"。又，"竹"字以入作平。

② 本詞今人所讀的分句，基本都是按照《欽定詞譜》而來，但是從全詞韵律分析，秦巘所讀才是正確的。首先，本詞是一個前後各四句的體式，宋初的小令所秉承的還是唐五代的風格，前後對應整齊；其次，"誰見"二字在宋人的書中多未見，應該是衍文，確實不應該羼入；再次，從韵律上分析，本詞是一個添頭式的整體結構，遺憾的是秦巘没有讀出來；最後，如果按照《欽定詞譜》讀，則"紅顔醉態爛漫"就是一個很怪的表達，更重要的是其韵律也大爲不諧。

江南春 三十字　　　　　　　　　　　　　　　　寇　準

波渺渺，柳依依。孤村芳草遠，斜日杏花飛。江南春盡離腸斷，蘋滿汀洲人未歸。

> 此自度曲，以詞句立名。與吴文英雙調《江南春》無涉，與李白《秋風清》體同[一]，平仄微異。

司馬光《温公詩話》云："寇萊公詩，才思融遠。年十九成太平興國進士，嘗爲《江南春》云云，一時膾炙。"

【校記】

[一] 李白《秋風清》爲詩，此爲詞，不可相提並論。

甘草子 四十七字　　　　　　　　　　　寇　準

春早。柳絲無力，低拂青門道。暖日籠啼鳥①，初坼桃花小。　　遙望碧天净如掃。曳一縷、輕烟縹緲。堪惜流年謝芳草。任玉壺傾倒。

《九宫大成》入北詞高宫隻曲。

《湘山野録》云："寇萊公因早春宴客，自撰《甘草子》詞，俾工歌之。"（節録）

末句用一領四字句法。"烟"字一作"寒"，"謝"字作"對"，誤。

【蔡案】

① 後段"草"字叶韵，則可知本句也是叶韵，秦巘失記。這雖然不是主韵，但詞句的輔韵，除非因爲韵律所關，都應秉持"寧濫勿缺"的標點原則，因爲詞樂佚失之後，韵或不韵我們現在已經渾然不知，所以寧信其有，以保持它本來的面目。《欽定詞譜》擬譜多按照這一原則，而《詞繫》則常常並不如此，這一點高下立判。

又一體 四十七字　　　　　　　　　　　柳　永

秋暮。亂灑衰荷，顆顆真珠雨。雨過月華生，冷徹鴛鴦浦。　　　池上憑闌愁無侶。奈此個單棲情緒^①。却傍金籠共鸚鵡。念粉郎言語。

《樂章集》屬正宮。

前段第二第四句，平仄與前異^②。"愁"字平，亦異。"侶"字，汲古作"似"，《詞律》注借叶，誤。"共"字作"教"，今據宋本改正。柳別首用平聲。

【蔡案】

① 本句應該是上三下四式折腰句，以第三字讀斷爲好。

② 本詞即前一詞體，祇不過是句式中的平仄微調而已，所以與體式無關，構不成"又一體"。

踏莎行 五十八字　一名《柳長春》《喜朝天》《踏雪行》　　寇　準

春色將闌^[一]，鶯聲漸老。紅英落盡青梅小。畫堂人静雨濛
◎●○○　　◎○●▲　◎○●○●▲　◎○◎●●
濛，屏山半掩餘香裊。　　　密約沉沉，離情杳杳。菱花塵滿
○　◎●◎○●▲　　　●●○○　◎○●▲　◎○◎●
慵將照。倚樓無語欲銷魂，長空黯淡連芳草。
○○▲　◎○◎●●○○　◎○●●○○▲

《九宮大成》入南詞仙呂宮引，一名《柳長春》，又入北詞商角隻曲。

《樂府雅詞》加令字。

張先詞，屬中呂宮。《金詞》注中呂調。趙長卿詞，名《柳長春》；曹冠詞，名《喜朝天》，與張先正調不同；《鳴鶴餘音》名《踏莎行》^[二]。

第二句有不起韵者，然宋人多如此填，詞之以行名者始此。

【校記】

　　［一］原注"春"字可仄，其餘旁注可平可仄均標於圖符中。

　　［二］《鳴鶴餘音》之名爲《踏雪行》，若是同名便無注出的必要，此處應是筆誤。

轉調踏莎行　六十五字　　　　　　　　　　　曾　覿

翠幄成陰，誰家簾幕。綺羅香擁處，觥籌錯①。清和將近，春寒更薄[一]②。高歌看、簌簌梁塵落。　　　好景良辰，賞心行樂。金杯無奈是，苦相虐。殘紅飛盡，裊垂楊輕弱。來歲斷、不負鶯花約。

　　　　"春寒"句四字，比後趙作少一字。"金杯"句平仄亦異。

【校記】

　　［一］本句較之後段少一字，清人丁紹儀在《聽秋聲館詞話》卷十四中早已指出"脱'奈'字"，故應據《欽定詞譜》補入"奈"字，作"奈春寒更薄"。

【蔡案】

　　① 本句及後段"金杯"下八字，依例應該讀爲八字一氣，秦巘第五字都擬爲"句"，誤。按，本句的八字，就是從寇詞的"紅英落盡青梅小"轉來，所以是一句，依律應一氣貫下，或三五式，或五三式讀，才合乎調子的韵律。其衍化的方式，就是原句的"落盡"這一音頓添一字而已。

　　② 這裏的九字就其韵律而言也是一句，是從寇詞的"畫堂人静雨濛濛"轉來，準確的點讀應該是"清和將近奈春寒、更薄"，後段則是"殘紅飛盡裊垂楊、輕弱"，校之寇詞，很明顯就是加了一個二字托，所

以"奈"字的增加是正確的，而我們今天構思，如果以二字托七字的句法入手，而不是四字一句、五字一句，應該更接近其本源的樣貌。而從全篇來看，這恰是"轉調"的重要部位。

又一體　六十六字　　　　　　　　　　　趙彥端

路宜人生日

宿雨纔收，餘寒尚力[一]。牡丹將綻也、近寒食。人間好景，
●●○○，○○○▲。　●○○●●、●○▲。　○○●◎●

算仙家也惜。因循盡掃斷、蓬萊跡。　　舊日天涯，如今咫
●○○●▲。○○●●●、○○▲。　　●●○○，○○●

尺。一月五番價、共歡集[二]。些兒壽酒，且莫留半滴[三]。
▲。　●○●○○、●○▲。　○○●●，○●○○○▲。

一百二十個、好生日。
○○●●●、●○▲。

一本爲趙師俠作，誤。

第三、五句加一字，四句加二字，故名轉調。"一月"句作五字，與前段同。《詞律》缺"價"字，茲據《詞律訂》增入。

【校記】

[一] 原注"尚"字可平。其餘旁注可平可仄均標於圖符中。

[二] 原於"歡"字斷句，作韻脚，誤，"集"才是韻，應是筆誤。

[三] 原注"莫"字及後結"一百"二字作平。

陽關引　七十八字　　　　　　　　　　　寇　準

塞草烟光闊。渭水波聲咽。春朝雨霽，輕塵斂，征鞍發①。指青青楊柳，又是輕攀折。動黯然、知有後會甚時節[一]②。　　更

盡一杯酒^[二]，歌一闋。歎人生裏，難歡聚，易離別。且莫辭沉醉，聽取陽關徹。念故人、千里自此共明月。

　　《九宫大成》入南詞大石調引。

　　晁補之詞名《古陽關》。又《琴論》云："引者，進德修業申達之名也。"陳暘《樂書》："謂之引者，引説其事也。"

　　按無名氏《古陽關》與此不同，似非一調，故分列。

　　"知有""有"字，"千里""里"字，晁補之詞皆作平，此却以上作平。

　　"後"、"甚"、"自"、"共"四字，必用去聲，勿誤。

【校記】

　　［一］原注"然"字可仄，"有"字可平；"後"、"甚"二字及後結"自"、"共"二字用●符標識，意謂必用去聲。

　　［二］原注"一"字作平。

【蔡案】

　　① 這裏十字爲一句，是一個一字逗領九字的句法，晁詞也是如此。但是"春"字疑是筆誤，揆其韵律，這裏應該是一個動字領三三三的句法，"朝雨、輕塵、征鞍"三者排列，本爲一個句拍。當然，這個三三三結構，並非必須排比式，也可以是一二式、二一式，祇要是一字統領即可，這是填詞的常法。所以晁詞的前段是"空庭雨過，西風緊，飄黄葉"，並不是"空庭"雨過，而是"空"字領二一結構，"庭雨過、西風緊"則爲一對偶，而寇詞後段和晁詞的後段"有飛鳬客，詞珠玉、氣冰雪"，則都是一二式的結構，後二都是儷句。又按，這個結構中的一字領或以平聲爲正，所以後段的"歎"字宜平讀。

　　② 秦巘認爲"然"字可仄，必是校之於晁詞，或誤。晁詞作"重感歎"，其實應該校之於寇詞，視"歎"字爲平讀才對。我們再綜合看本

詞後段的"念故人"、晁詞後段的"問幾時"就可以知道，這三個字必用
仄仄平，纔是正格。

憶餘杭 五十二字　　　　　　　　　　　　潘　閬

長憶西湖湖水上①。盡日憑闌樓上望[一]②。三三兩兩釣魚
舟。島嶼正清秋。　　　　笛聲依約蘆花裏。白鳥數行忽驚
起。別來閒想整綸竿。思入水雲寒。

《九宮大成》入南詞羽調引。

《湘山野錄》云："潘閬自度曲，因憶西湖諸勝，故名《憶餘杭》。"③

楊湜《古今詞話》云："潘逍遙狂逸不羈，往往有出塵之語。
自製《憶餘杭》三首，一時盛傳。東坡愛之，書於玉堂屏風。石曼
卿使畫工繪之作圖，其詞云云。舊刻或云《虞美人》，或云《酒泉
子》，皆誤。更有失去第二首'山影獨'字，第三首添'碧溜'字者，
不成詞矣。"④

按《詞綜》引《湘山野錄》云："錢希白愛之，書於玉堂屏風。"
未知孰是。

《詞綜》《詞律》皆名《酒泉子》，誤。"樓"字《古今詞話》作
"湖"，"數行忽驚起"作"成行忽飛起"。《碎金詞譜》無"忽"字。

【校記】

［一］原注"盡"字及第三句前"兩"字、後起"笛"字、後段次句
"白"字、"數"字、"忽"字可平；"憑"字及第三句前"三"字、後段第三句
"閒"字、後結"思"字可仄。

【蔡案】

① 本句有衍文，早在明代楊慎《詞品》中就已經指出"《逍遙詞》

無'湖水上'三字"，在《湘山野録》上也並無"湖水上"三字。較之潘詞別首均爲四字句，更可以看出。

②　潘閬本調小令，在宋詞中最爲奇特，第二個句拍都不叶韵，由於前一句並無"湖水上"三字，所以"望"亦不叶韵。這種韵律模式，在唐宋詞中是絶無僅有的。

③　秦巘所引的《湘山野録》並非原文，而祇是引述而已，這也是古人引述時的慣例，其中也明顯加入了自己的理解。《湘山野録》的原文爲："閬有清才，嘗作憶餘杭一闋。"這句話中並没有將"憶餘杭"視爲調名的意思，且南宋都杭州，却至今也未見有別首同調名的詞作可以用來印證，也是十分可疑的。所以，所謂"憶餘杭"者，最多就是詞的題序而已。各本本調皆作《酒泉子》，《詞律》也是如此，還是依照各本的調名爲是。

④　唐圭璋《詞話叢編》本《古今詞話》，未見本條，不知秦巘所據。其中所謂的後一首詞的起拍爲"長憶孤山山影獨"，則正與本詞相同，無非就是想"獨"、"簇"相押，祇是他本都没有這三字，應該和"湖水上"一樣，都是因爲第二句不叶韵，太不合常理，而爲好事者所添。

又一體 四十九字　　　　　　　　　　　　　前　人

長憶孤山，山在湖心如黛簇，僧房四面向湖開。輕棹去還
○●○○　○●○○○●● 　○○●●●○△ 　○●●○

來。　　芰荷香細連雲閣。閣上清聲檐下鐸。別來塵土污
△ 　　　●○○●○○▲ 　●●○○○●▲ 　○○○●●

人衣。空役夢魂飛。
○△　○●●○△

　　　《古今詞話》於"孤山"下有"山影獨"三字。"黛簇"一作"簇黛"。書城按：此有三字，方與下段同。然《詞林紀事》三首一律

少三字,俟考①。

【蔡案】

① 明鈔本《逍遥詞》録潘詞十首,起拍均爲四字,應該是正格。至於"方與下段同"的説法,似乎有韵律上的依據,但是,詞到宋代開始有了添頭的作法,我們在前面蘇易簡的《越江吟》中曾説過,"奏雲和"三字是添頭,那麽本調前後段的上下段"不同"也就很好理解了:後段也是有三字添頭的。

千秋引 八十四字　一名《澹紅綃》　　　　　　　李　冠

杏花好,仔細君須辨。比早梅深,夭桃淺①。想鮫綃、澹拂鮮紅綻②。蠟融紫萼重重現。烟外悄,風中笑,香滿院③。
欲綻全開俱可羡。粹美妖嬈無處選。除卿卿似尋常見。倚天真、艷冶輕朱粉,分明洗出胭脂面。追往事,繞芳樹,千千遍。

　　《高麗史·樂志》名《千秋歲令》。

　　此與《千秋歲引》《千秋歲》俱不同④。一名《千秋萬歲》;因"想鮫綃"句,又名《澹紅綃》。

【蔡案】

① 這七個字的句式,是一字逗領六字折腰句,第四字後應該用頓號斷句,而所對應的後段"除卿卿似尋常見",秦巘竟没有讀斷,它的韵律也應該是一領六的句法,讀爲"除卿卿似、尋常見"。

② 本句的"綻"字可以不叶韵,同樣,後段的"粉"字也可以叶韵,因爲兩句所屬的都是輔韵的位置,可叶可不叶。

③ 這一個三三三結構，前後不一，前段是"三三、三"的二一式構思，後段則是一二式構思，可見其三部分之間的邏輯關係是不拘的，這一點很重要。

④ 此即《千秋歲引》，"千秋引"，應該祇是奪了一個"歲"字。祇是無名氏詞一變而"想"句、"倚"句減一領字，後人再變而首拍添一字、次拍減一字，有所變化而已。

六州歌頭 百四十三字　　　　　　　　　　　　　李　冠

驪　山

凄凉繡嶺，宫殿倚山阿。明皇帝。曾游地。鎖烟蘿。鬱嵯峨。憶昔真妃子。艷傾國，方妹麗[一]。朝復暮。嬪嫱妒。寵偏頗。三尺玉泉，新浴蓮羞吐。紅浸秋波。聽花奴。敲羯鼓。酣奏鳴鼉。體不勝羅。舞婆娑。　　　　正霓裳曳。驚烽燧。千萬騎。擁雕戈。情宛轉。魂空亂。蹙雙蛾。奈兵何。痛惜三春暮，委妖麗，馬嵬坡。平寇亂。回宸輦。忍重過。香瘞紫囊，猶有鴻都客，鈿合應訛。使行人到此，千古只傷歌。事往愁多①。

> 程大昌《演繁露》云："《六州歌頭》，本鼓吹曲也。近世好事者，倚其聲爲吊古詞，音調悲壯。又以古興亡事實文之，聞其歌，使人慷慨。良不與艷詞同科，誠可喜也。"《詞品》云："宋大典大卹，皆奏此樂。"《詞苑叢談》云："六州，蓋唐人西邊之州：伊州、梁州、石州、甘州、渭州、氐州是也。"《詞名集解》云："六州各有歌曲，統名《六州》，樂之變也。"

按：此與後唐莊宗《歌頭》、無名氏《六州》皆無涉。

凡四換韵，多用三字句，自相爲叶，或分三叠，或分四段，皆誤。"亂"字重叶。

【校記】

［一］"妹"字，應是"姝"字，刻誤。

【蔡案】

① 本調前後段各以六均爲律，其均脚以前段爲例，分別爲"阿"、"蘿"、"麗"、"頗"、"波"、"娑"。但後段"聽花奴。敲羯鼓。酺奏鳴鼉"十字，通常都作五字兩句，如此填者祇有韓元吉相同，讀破法，非典型。

又一體 百四十二字　　　　　　　　　　　　程　秘

送辛稼軒

向來抵掌，未必總談空。難遍舉，質三事，試從公。記當年①，賦得一丘一壑，天鳶闊，淵魚静②，莫擊磬，但酌酒，盡從容。一水西來，他日會從公。曳杖其中。問前回歸去，已笑白髮成蓬。不識如今，幾西風。　　蒙莊多事，論虱豕，推羊蟻，未辭終。又驟説，魚得計，孰能通。欺如雲網罟，龍伯啖，眇難窮。凡三惑，誰使我，釋然融。豈是匏瓜繫者，把行藏、悉付鴻濛。且從頭檢校，想見共迎公。湖上千松。

通體不換韵。"賦得"句六字；"問前回"二句，一五、一六字；"豈是"句六字；"把行藏"句七字，皆與李作異。"年"字不叶韵，"公"字三叶，重複。"他日"句，各家多不叶，故不注叶［一］。"笑白髮"上,汲古刻及《詞律》無"已"字,"共"字缺,今從《詞律訂》增。

【校記】

［一］本句詞中秦巘仍注叶。

【蔡案】

① 此即正體,但是本詞"孰能通"下脱三字一句,"孰能通。●○○",也就是前詞的"蹙雙蛾。奈兵何"、賀詞的"落塵籠。簿書叢",奪一三字句是很明顯的。至於在"賦得"句、"已笑"句中各添一字,則祇是屬於韵律的微調而已。

② 本句應叶韵而未叶,失韵,敗筆。本詞爲超長調,每段六均,這樣的結構在詞中極少,"静"字應該是第三均的均脚,即前詞的"麗"、賀詞的"縱",必須叶韵,所以如果本詞是原文既誤,則可知本詞爲一案頭詞,而非用來演唱的。

又一體 百四十三字　　　　　　　　　　　袁去華

淵　明　祠

柴桑高隱,丘壑歲寒姿。北窗下,義皇上,古人期。俗人疑。束帶真難事,賦歸去,吾廬好①,斜山路,携筇杖,看雲飛。六翮冥冥,高舉青霄外,矰繳何施。且流行坎止,人世任相違。採菊東籬。　　　正悠然、見南山處②,無窮景,與心會,有誰知。琴中趣,杯中物,醉中詩。可忘飢。一笑騎鯨去,向千載,賞音稀。嗟倦翼,瞻遺像,是吾師。門外空餘衰柳,摇疏翠、斜日輝輝。遣行人到此,感歎不勝悲。物是人非。

"正悠然"三字,屬下段,比各家少一韵,餘同李作。後段同程作,亦不換仄韵。

愚按:詞中分段每多參差,"正悠然"句當屬上段,在宋時已有誤填者。小令中《垂絲釣》亦然。袁詞實誤筆。本譜皆以創製爲式③,以諸名家爲證,庶免疑義。作者當從其多者、精者爲準,不得以宋人已有此體爲藉口地耳。

【蔡案】

① 本句爲均脚,應叶韵。

② 本詞也就是正體,祇是過片有填誤,"正悠然"三字是不當屬下的。但是這一錯誤也並非袁氏一人如此,細玩宋人諸詞,大多都有這樣的痕跡,例如賀鑄的"樂匆匆",必是"樂匆匆、似黃粱夢",而非"狡穴俄空樂匆匆",其原文分段如何,不得而知。也有人認爲這三字依律應當屬後,則稼軒"白鷺振振,鼓咽咽"中的"振",程珌"不識如今,幾西風"中的"今",都並不在韵脚上,同樣也是無法解釋的。但無論怎樣,這種段落的混亂,祇能證明我們在前一首中判斷的:本調實際上就是一個文人的案頭詞,而並非可以入樂演唱的。

③ 秦巘所謂"以創製爲式",按照這裏的具體語境來理解,當然不是僅僅指的"創調"而已,而是説所有在一個詞調中體式有所革新的詞作,我們可以從已經疏解過的内容看出,這種革新既包括了正革新,比如變調、攤破、減字及各種微調等,也包括了負革新,比如調名誤寫、同調異名、字句脱落等等,秦巘試圖從這種種異同中探究一個完整的詞調來龍去脉,而作爲範式的詞譜,則僅僅是包容在其中的一個順帶的功能而已。但問題是,要真正釐清一個詞是否爲某種"創製",在數百年之後是一個極爲困難的工作,由於大量唐宋元詞的佚失,很多本源的内容很難追溯,祇能做到一個"大概如此"的程度,以

本調爲例，祇能假設袁去華之前没人如此填而已。

又一體①　百四十三字　　　　　　　　　　　賀　鑄

少年俠氣，交結五都雄。肝膽洞。毛髮聳。立談中。死生
●○○●　○●●○△　○●▲　●●▲　●○○　●○

同。一諾千金重。推翹勇。矜豪縱。輕蓋擁。聯飛鞚。斗
△　●●○○▲　○○▲　○○▲　○●▲　○○▲　●

城東。轟飲酒壚，春色浮寒甕。吸海垂虹。間呼鷹嗾犬②，
○△　○●●○　○●○○▲　●●○○　○○○●▲

白羽摘雕弓。狡穴俄空。樂匆匆。　　似黄粱夢③。辭丹
●●●○○　●●○○　●○○　　　　●○○▲　○○

鳳。明月共。漾孤篷。官冗從。懷倥傯。落塵籠。簿書
▲　○●▲　●○○　○●▲　○○▲　●○○　●○

叢。鶡弁如雲衆。供鹿用。忽奇功。笳鼓動。漁陽弄。思
△　●●○○▲　○●▲　●○○　○●▲　○○▲　●

悲翁。不請長纓，繫取天驕種。劍吼西風。恨登山臨水，手
○△　●●○○　●●○○▲　●●○○　●○○○●　●

寄七弦桐。目送歸鴻。
●●○△　●●○△

　　　　此平仄互叶體，不换別韵。

　　　　"勇"字、"衆"字、"用"字、"種"字俱叶。"間呼"二句兩五字，
　　　與李作異。"鹿"字，葉《譜》作"麁"。

【蔡案】

　　①　本調以平韵爲主韵，雜以仄韵，除了幾處均脚所在的主韵外，
其餘的各韵、各脚，都是可韵可不韵的，這也算是本調的法門。

　　②　"間呼鷹嗾犬"句，爲一四式句法，"間"字仄讀。秦巘注中用
"間呼"二字，而不用"間呼鷹"，據其體例可知，也没有將這一句的句

法讀對(如其後晏殊第一首《清商怨》中,秦巘云"'漸素秋'句,是一領四字句",而不說"漸素")。

③"似黃粱夢"句,以一三式句法爲正格,後黃機、汪元量詞二首,都填爲二二式句法,屬於誤填,不可從。

又一體 百四十二字　　　　　　　　　　　　　韓元吉

東風著意,先上小桃枝。紅粉膩。嬌如醉。倚朱扉。記年時。隱映新妝面。臨水岸。春將半。雲日暖。斜陽轉。夾城西。草軟沙平,驟馬垂楊渡,玉勒爭嘶。認蛾眉。凝笑臉,薄拂胭脂。繡戶曾窺。恨依依。　　昔携手處。香如霧。紅隨步。怨春遲。消瘦損。憑誰問。只花知。淚空垂。舊日堂前燕,和烟雨,又雙飛。人自老。春長好。夢佳期。前度劉郎,幾許風流地,也應悲。但茫茫暮靄,目斷武陵溪。往事難追。

　　此與李作同,惟"也應悲"句少一字。凡六換韵,比李作多一韵。"恨依依"三字,疑當屬下段。

又一體 百四十三字　　　　　　　　　　　　　張孝祥

長淮望斷,關塞莽然平。征塵暗,霜風勁,悄邊聲。黯銷凝。追想當年事,殆天數,非人力①,洙泗上,弦歌地,亦羶腥。隔水氈鄉,落日牛羊下,區脫縱橫。看名王宵獵。騎火一川明。笳鼓悲鳴。遣人驚。　　念腰間箭,匣中劍,空埃蠹,竟何成。時易失，心徒壯，歲將零。渺神京。干羽方懷遠，靜烽燧，且休兵。冠帶使，紛馳騖，若爲情。聞道中原遺老，常南望，翠葆霓旌②。使行人到此，忠憤氣填膺。有淚如傾。

　　《朝野遺記》云："安國在建康留守席上，賦此歌闋，魏公爲罷席而入。"

　　各家多用此體，或於"亦膻腥"分爲首段，"且休兵"爲次段，共三叠。"膻腥"二字，《絕妙好詞》作"軍營"，今從汲古。

【蔡案】

　　① 本句爲均脚，應叶韵，原詞失韵。

　　② 與前段不同，後段第四均也有兩種填法，而以六字一句、七字一句爲正格，賀鑄詞通常被讀爲"不請長纓，繫取天驕種。劍吼西風"，而秦巘讀本詞爲"聞道中原遺老，常南望，羽葆霓旌"，較之於賀鑄詞，其實不如"聞道中原，遺老常南望，羽葆霓旌"。

又一體 百四十三字　　　　　　　　　　　辛棄疾

屬得疾，暴甚，醫者莫曉其狀。小愈，困卧無聊，戲作以自釋。晨來問疾，有鶴止庭隅。吾語汝①，只三事，大愁余。病難扶。手種青松樹，礙梅塢，妨花徑②，纔數尺，如人立，却須鋤。秋水堂前，曲沼明於鏡，可燭眉鬚。被山頭急雨，耕壟灌泥塗。誰使吾廬。映污渠。　　歎青山好，檐外竹，遮欲盡，有還無。删竹去，我乍可，食無魚。愛扶疏。又欲爲山計，千百慮，累吾軀。凡病此，吾過矣，子奚如。口不能言臆

對,雖盧扁,藥石難除。有要言妙道,往問北山愚。庶有
瘳乎。

　　此與張作悉同,原可不録,但"塢"字似與"樹"字叶,"立"字
　　似與"尺"字叶,"矣"字似與"此"字叶,未知是否,故不注。汲古
　　於"須鋤"上爲一段,"吾軀"上爲一段,分三段。"如"字作"知",
　　失却一韵,亦非。

【蔡案】

　　① 本調以平仄韵混叶爲正格,本詞的仄韵原譜未注,而實際上
從"汝"字開始仄韵就已經起韵,後面有"樹"、"塢"、"雨"、"去"、"慮"
五韵,同時"樹"、"塢"韵宋詞中又常與"事"、"計"韵通叶,這樣又有
"事"、"計"、"此"、"矣"、"對"五韵相叶。但較之本調正格,計闕八處
韵脚。

　　② 本句爲均脚,必叶,原詞失韵。

又一體 百四十三字　　　　　　　　　　　　劉　過

鎮長淮,一都會,古揚州。昇平日,珠簾十里春風,小紅樓。
誰知艱難去,邊塵暗,胡馬擾①,笙歌散,衣冠渡,使人愁。屈
指細思,血戰成何事,萬户封侯。但瓊花無恙,開落幾經秋。
故壘荒丘。似含羞。　　　　悵望金陵宅,丹陽郡,山不斷綢
繆。興亡夢,榮枯淚,水東流。甚時休。野竈炊烟裏,依然
是,宿貔貅。歎燈火,今蕭索,尚淹留。莫上醉翁亭看,濛濛
雨,楊柳絲柔。笑書生無用,富貴拙身謀。騎鶴來游。

　　起四句各三字,第五句六字,後起句、三句皆五字,與各家全

異。字數雖同，而句讀迥異，亦破句法也。

【蔡案】

　①擾，從憂，《康熙字典》云："又叶忍九切，柔上聲。"在有部韵。本字對應後段"猴"字，此處應叶韵。

又一體 百四十四字　　　　　　　　　　　　黃　機

　　丘總幹櫽括上吳荆州啓，以此腔歌之，因次韵

百年忠憤，無淚灑江濱。曹劉事，埋露草，鎖烟榛。哭英魂。此恨有誰知者[一]，時把劍，頻看鏡①，徒自苦，拳破裂，眼眵昏。從古時哉去速，鄹人子，反袂傷麟。望家山何在，袞袞已鑾纓。欲刬還生。猛堪驚。　　膏肓危病②，寧有藥，針匕具，獻無門。荆州啓，條舊畫，漢將軍。不已存。便合囊封去，倉庚地，尚間關。此不用，心漫有，恐無干。人世歡哀數耳，天或者又假人言。又一番春盡，高柳暗如雲。夢斷重城。

　　"此恨"句六字，比各家多一字。"從古"二句，一六、一三字，亦異。"條舊畫"三字，疑有誤。用韵太雜③。

【校記】

　[一]本句據唐宋名賢百家詞本《竹齋詩餘》，無"有"字，則本句與賀鑄詞正同。

【蔡案】

　①本句爲均脚，必叶，原詞失韵。
　②後段首拍依律應該是一字起，如李冠的"正霓裳曳"、賀鑄的

“似黄粱夢”、辛棄疾的“歎青山好”，都是如此。這裏用雙起式句法，應是填誤。

③ 秦巘所謂用韵太雜，是清人基於清人詞韵系統的認識，用今天的話來説，黄詞也就是前後鼻音混叶而已，黄機是浙江東陽人，至今前後鼻音不分，所以黄詞衹是用方音填詞而已，没有任何不諧之處。但是，如果比較《詞繫》本調正體的詞格，黄詞通篇少用十八韵，倒是應該説用韵太過簡化了。

又一體 百三十三字　　　　　　　　　　　　汪元量

江　都

緑蕪城上，懷古恨依依。淮山碎。江波逝。昔人非。今人悲。惆悵隋天子。錦帆裏。環珠履。叢香綺。展旌旗。蕩漣漪。擊鼓摛金，擁瓊璈玉吹。恣意游嬉。斜日暉暉。亂鶯啼。　　銷魂此際。君臣醉。貔貅弊。事如飛。山河墜。烟塵起。風凄凄。雨霏霏。草木皆垂淚。家國棄。竟忘歸。笙歌地。歡娱地。盡荒畦。惟有當時皓月，依然挂、楊柳青枝。聽堤邊漁叟，一笛醉中吹。興廢誰知。

　　此與賀作平仄互叶體同，惟前段少第十五、六二句，共十字，“旗”字用平叶。後段十五句、十六句少叶一韵，與李、賀兩作相似。“惟有當時皓月”句，與程、張兩作合。“時”字非叶。

又一體① 百四十四字　　　　　　　　　　　　張翥

孤山歲晚，石老樹楂枒。逋仙去，誰爲主，自疏花。破冰芽。

烏帽騎驢處,近修竹,侵荒蘚②,知幾度,踏殘雪,趁晴霞。空
谷佳人,獨耐朝寒峭,翠袖籠紗。甚江南江北,相憶夢魂賒。
水繞雲遮。思無涯。　　又苔枝上,香痕沁,么鳳語,凍蜂
銜。瀛嶼月,偏來照影[一],橫斜處,瘦爭些。好約尋芳客,問
前度,那人家。重呼酒,摘瓊葩。插鬢鴉。喚起春嬌扶醉,
休孤負③、錦瑟年華。怕流芳不待,回首易風沙。吹斷城笳。

　　　後段第六句四字,比各家多一字。七句不叶韵,十三句"葩"
字叶,亦異。餘與張孝祥作同。

【校記】

　　[一]"瀛嶼月,偏來照影"七字,較之各詞多一字,疑"來"字衍。

【蔡案】

　　① 本詞校之賀鑄正體詞格,字句全同,祇是全詞按照秦巘的讀
法少叶十八個韵。但是,本詞實質上也是一個平仄韵混叶的詞體,秦
巘失記仄韵,大誤。其中"去"、"主"、"處"(二處)、"竹"(入作去)、
"度"(二處)、"語"、"負"都是韵脚。因此,秦巘認爲"七句不叶韵"的
説法,也是錯誤的。

　　② 本句爲均脚,必叶,原詞失韵。

　　③ "休孤負"三字應該屬上,並叶韵,"喚起"下九字,相當於賀鑄
的"不請長纓,繫取天驕種",因秦巘不識其爲韵脚,所以誤將其屬下。

清商怨 四十二字[一]　一名《關河令》《傷情遠》《傷情怨》晏　殊

關河愁思望處滿[二]。漸素秋向晚。雁過南雲,行人回淚
○○○●○●▲　　●●○●▲　　●●○○　○○○●

眼。　　　雙鸞衾稠悔展。夜又永、枕孤人遠。夢未成歸，梅
▲　　　　○○○○●▲　　●●●　●○○▲　　●●○○　　○

花聞塞管。
○○●▲

《九宮大成》入南詞越調正曲。《詞名續解》云："林鐘曲。"

《詞名集解》云："晉樂府有《清商曲》，《子夜》諸歌辭是也。
至唐舞曲有《清商伎》，詞採其意，變今名。"

周邦彥詞，因首二字，又名《關河令》；《雅詞》歐陽修作，注一
名《傷情遠》[三]；方千里詞，名《傷情怨》。

通首俱用上聲韵，起句"思"字當讀去聲。《詞律》引周邦彥
詞"秋陰時作"，"作"音做，汲古本誤刻作"晴"字，遂定爲平聲。
且以此詞"思"字亦作平讀，不知此句必用平平平去去去上[①]。
觀趙長卿二首皆同，晏幾道詞亦然，只少一字，可證其誤[②]。至
"向晚"、"淚眼"、"塞管"等字，宜用去上，《片玉》及陳允平和詞皆
然。"悔展"二字，亦宜用去上爲是[③]。"漸素秋"句，是一領四字
句，均勿誤。

【校記】

［一］應是四十三字，筆誤。

［二］原注"思"字去聲，並用●符標識，意謂必用去聲。

［三］《傷情遠》無此名，"遠"字，必是"怨"字之誤。

【蔡案】

① 前後段起調雖用拗句，但也不必恪守秦巘所謂的"平平平去
去去上"，如賀鑄第四字用"女"、"酒"、"巢"，趙師俠第五字用"飛"、第
六字用"柔"，所以，但凡認定詞中某字"必用"去聲的説法，基本可以
斷定是沒有實例依據的。而就本句來説，"望"字視爲平聲更佳，祇是
拗句而已，如果七字句後四字連仄，則必是違律句，詞句即詩句，詞本

是近體,所謂"律詞",已然説透。

②　所謂趙長卿二首皆同者,檢趙長卿並無本調創作,故應該是"趙師俠二首"之誤。趙詞的起句,一首作"亭皋霜重飛葉滿","飛"字可證本句"望"字平聲,又疑"葉"字是以入作平;另一首作"江頭伊軋動柔櫓",更是律句,秦巘所謂"去去去"處,均用一去一入一平。所以不存在"皆同"的問題。至於晏幾道的詞,已經是六字句,句法完全不相同,所以就更無從"證"起。

③　這個詞調的關鍵在它的上聲韵,上聲可以作平,和入聲可以作平一樣,有其獨特性,而入聲可以獨立成韵,上聲自然也有這樣的韵律條件,但是上聲在這個方面的發育,遠没有入聲成熟。所以,我們發現在唐宋詞的上聲韵詞調中,有時候就會有一些去聲的羼入。因爲這樣的原因,清人在分析韵脚爲"去上"組成的案例時,實際上祇説對了一半,即他們的後一字往往是上聲,但是前一字則往往並非去聲。秦巘自然知道這個實際,所以祇能説"《片玉》及陳允平和詞皆然",同樣是和詞的方千里、楊澤民就迴避了,因爲這三處二人分別用了兩個平上、兩個入上、兩個去上。這種祇説對自己有利的詞例的作法,極不可取。實際上,就算是《片玉》二首也祇有三處去上而已。更應該説明的是,"向晚"實際上是一個創作上的瑕疵,雖然不能説是失律,也不能説是誤填,但是"向"字用平聲纔是最好的填法。正因爲如此,秦巘所説的《片玉》二首,以及方、楊、趙、晏幾道等,都是用的"平上"收束。

又一體 四十二字　　　　　　　　　　晏幾道

庭花香信尚淺。最玉樓先暖。夢覺香衾,江南依舊遠。

回文錦字暗翦①。漫寄與、也應歸晚。要問相思,天涯猶自遠[一]。

> 亦用上聲韵,惟起句六字,比前作少一字。"先"字、"歸"字
> 用平,"字"字用仄微異。"香"字,葉《譜》作"春"。

【校記】

[一]"遠"字重韵,雖然重韵未必是病,但通常都是能避則避。
而且今所見諸本,如《小山詞》《花草粹編》,乃至《歷代詩餘》《詞綜》,
都是"猶自短",懷疑原本是筆誤。

【蔡案】

① 晏殊本句用的是平起式律拗句法,如果以此爲標準,可見晏
幾道的"字"字其實是敗筆,而其後大都受其影響,填成大拗句法,衹
有趙師俠二首用晏殊句法。這個例子可以很典型地説明,句式句法
的運用,一般情況下都是依樣畫葫蘆的產物,和詞樂並沒有什麼關
係,很多詮釋往往衹是後人一廂情願的見解而已。

又一體 四十三字　　　　　　　　　　　　沈會宗

城上鴉啼斗轉。漸玉壺冰滿。月淡寒梅,清香來小院。
誰遣鶯簫寫怨。翻錦字、叠叠和愁捲。夢破蘆笳,江南烟
樹遠。

> 許氏《詞譜》入南詞越調。
> 起句亦六字,後段次句八字,比前作多一字。"遣"字,《詞
> 律》作"遺",誤①。"簫"字,《詞譜》作"箋"②,"蘆"字作"秋"。此
> 詞平仄不同,不足爲法。

【蔡案】

① 如前詞蔡案所説,本調後段起句是一個平起式的律拗句法,

第二第四字均以平聲爲正。按照這個韵律特點分析，"遺"字纔是正字，而因爲律拗句法前人多不識，所以"遺"字很可能就是後人爲了扭拗爲律而改，同時改的還有"簫"字，改爲"箋"，用簫"寫"怨並無不妥。

②"簫"字《詞譜》作"箋"，而秦巘不據之而改，顯然是覺得"簫"字不應該改爲"箋"字的緣故，也算是一種曲折的否定。

望仙門 四十六字　　　　　　　　　　　　晏　殊

玉池波浪碧如鱗。露蓮新。清歌一曲翠眉顰[一]。舞華裀。　　滿酌蘭英酒，須知獻壽千春。太平無事荷君恩。荷君恩。齊唱望仙門。

> 《九宮大成》入南詞小石調正曲。
> 《史記》："漢武帝題集靈宮門曰'望仙'。"
> 以末句立名。晏凡三首，皆叠三字，是定格。

【校記】

　　[一] 原注"清"字可仄，"一"字可平。

相思兒令 四十七字　或無"兒"字　　　　　　晏　殊

昨日探春消息，湖上綠波平。無奈繞堤芳草，還向舊痕生。　　有酒且醉瑤觥①。更何妨、檀板新聲。誰教楊柳千絲，就中牽繫人情。

> 《九宮大成》入南詞小石調引。
> 《花草粹編》名《相思令》，與張先《相思兒令》不同，故另列。
> 愚按：晏作諸調，雖無製曲確據，然當宋初，詞調未備，或以

詞意爲名，或以詞句爲名，應是創製，前無作者。

【蔡案】

① 本句爲仄起式律拗句法，但是晏詞別首的過片作"醉來擬恣狂歌"，因此，也可以視"酒"字爲以上作平。

秋蕊香　四十八字　　　　　　　　　　　晏　殊

梅蕊雪殘香瘦[一]。羅幕輕寒微透。多情只似春楊柳。占斷
⊙◎○○⊙　▲　　○○○○○　▲　　⊙○○●○○　▲　　○●

可憐時候。　　蕭娘勸我杯中酒。翻紅袖。金烏玉兔長飛
◎○⊙　▲　　　⊙○○●○○　▲　　○⊙　▲　　⊙○●⊙○○

走。争得朱顔依舊。
▲　　⊙●⊙○⊙　▲

《九宮大成》入南詞高大石調正曲，又入南詞雙調引。"蕊"一作"葉"。

此與《秋蕊香引》及趙以夫九十七字體皆無涉。黄鑄詞加"令"字。

【校記】

[一] 原注"梅"字、"香"字可仄，"雪"字可平。其餘旁注可平可仄標注於圖符中。

胡搗練　四十八字　或加"令"字　　　　　　晏　殊

小桃花與早梅花[一]，盡是芳妍品格。未上東風先坼。分付
春消息。　　佳人釵上玉尊前，朵朵穠香堪惜。誰把綵毫
描得。免恁輕拋擲。

韓維詞加"令"字,與《搗練子》無涉。或云《桃源憶故人》即此,然彼首句即起韵,與此微異,未必是一調①,故另列。首句葉《譜》作"夜來江上見寒梅","盡是"二字作"自逞","未上"二字作"爲甚","風"字作"君"。

【校記】

[一] 原注"小"字、次句"品"字、第三句"未"字、後段第三句"綵"字、後結"免"字可平;"花"字、次句"芳"字、第三句"東"字、前結"分"字、後起"佳"字和"釵"字、次句"堪"字、第三句"誰"字可仄。

【蔡案】

① 起拍是否押韵,祇是詞調本身的一種微調而已,這兩個詞調之所以判爲兩種,祇是因爲凡是不押韵的都被稱爲《胡搗練》了。

又一體　五十字　　　　　　　　　　　　　　杜安世

數枝半斂半開時,洞閣曉妝新注。寶香格艷姿天賦[一]。甘被群芳妒。　　　　狂風橫雨且相饒,又恐有、彩雲迎去。牽破少年心緒。無計長爲主。

前段第三句,後段第二句,各七字,與晏作異。"長爲"二字,汲古、《詞律》皆倒,誤。愚按:"寶香格"三字當讀,恐有誤。

【校記】

[一]《欽定詞譜》這兩句作"洞閣曉、寶妝新注。香格艷姿天賦",較之秦巘所讀,韵律更爲和諧,合乎宋初小令的基本形式。該詞陸貽典所校本注云"'香格'上多一字",則"寶"字應是誤植,應據《欽定詞譜》改。

撼庭秋　四十八字　　　　　　　　　　　　晏　殊

別來音信千里。恨此情難寄。碧紗秋月，梧桐夜雨，幾回無
寐。　　樓高目斷，天遥雲黯，只堪憔悴。念蘭堂紅燭，心
長焰短，向人垂淚。

　　唐教坊曲名。《九宫大成》入南詞仙吕宫正曲。“撼”一作
“感”。

　　此以詞意爲名，他無作者[一]。與《撼庭竹》無涉。“恨此情”
句、“念蘭堂”句皆一領四句法，勿誤。“遥”字，葉《譜》作“涯”。

【校記】

　　[一]歐陽修另有一首，調名爲《感庭秋》，句式與本詞略微不同，
但比較之下，可知祇是句法讀破而已，應屬一調。

燕歸梁　五十一字　　　　　　　　　　　　晏　殊

雙燕歸飛繞畫堂[一]。似留戀虹梁。清風明月好時光。更何
況、綺筵張。　　雲衫侍女，頻傾壽酒，加意動笙簧。人人
心在玉爐香。慶佳會、祝延長。

　　張先詞屬高平調。《九宫大成》入南詞正宫引。

　　此以起二句立名，與《喜遷鶯》之別名不同，張先、周邦彥皆
有此體。“壽酒”二字，葉《譜》作“桂醑”。

【校記】

　　[一]原注“雙”字可仄。其餘旁注可平可仄均標示於圖符中。

又一體 五十字　　　　　　　　　　　　　　　柳　永

織錦裁篇寫意深。字值千金。一回披玩一愁吟。腸成結、
淚盈襟。　　　幽歡已散前期遠，無聊賴、是而今。密憑歸雁
寄芳音。恐冷落、舊時心。

　　　《樂章集》屬平調。

　　　前段次句四字，後起二句，一七字，一六字，與晏作異。"篇"
字一本作"編"，"雁"字，汲古、《詞律》作"燕"，今據宋本訂正。

又一體 五十二字　　　　　　　　　　　　　　柳　永

輕躥羅鞋掩絳綃。傳音耗、苦相招。語聲猶顫不成嬌。乍
得見、兩魂消[一]。　　　匆匆草草難留戀，還歸去、又無聊。
若諧雨夕與雲朝。得似個、有囂囂。

　　　《樂章集》屬中呂調。

　　　次句亦六字，前後段相同，與前作異。"綃"字，汲古作
"紗"，誤。

【校記】

　　　［一］原注"得見"二字及後結"似個"二字均可平。

又一體 四十九字　　　　　　　　　　　　　　杜安世

風擺紅綃捲畫簾。寶鑒慵拈。日高梳洗幾時忺。金盆水、
弄孅孅。　　　鬟雲鬆軃衣斜褪，和嬌懶、瘦巖巖。離愁更、

宿醒兼[一]。空贏得、病懨懨。

　　　前段與柳第一首同，後段第三句六字，比柳少一字。通首用
閉口韵甚嚴。

【校記】

　　[一]本詞又作歐陽修詞，收入《醉翁琴趣外篇》，續修四庫全書
本卷三，本句作"離情更被宿醒兼"。因此體式並未改變，即柳永"織
錦裁篇"詞體，秦巘所引脱一字。

又一體 五十一字　　　　　　　　　　　　呂渭老

樓外東風杜宇聲。雙枕細眉顰。女郎番馬小山屏。金籠
冷、夢魂驚[一]。　　　起來重綰雙羅髻，無個事、淚盈盈。楊
花蝴蝶亂分身。飛不定暮雲晴①。

　　　前段同晏作，後段同柳前作。

【校記】

　　[一]原注"金"字及後結"飛"字可仄，"冷"字及後結"不定"二字
可平。

【蔡案】

　　① 本句對應前段"金籠"句，也是六字折腰句，原文未讀斷，誤。

又一體 四十九字　　　　　　　　　　　　張孝祥

風柳搖絲花纏枝[一]。滿目韶輝。離鴻過盡伯勞飛。都不
似、燕來歸。　　　舊時王謝堂前地，情分獨依依。畫梁雕栱

啓朱扉。看雙舞、羽人衣。

　　　　前段同柳作。後段次句五字,比柳少一字。

【校記】

　　[一] 原注"纏"字去聲。

又一體 五十字　　　　　　　　　　　　　　石孝友

樓外春風桃李陰。記一笑千金。翠眉山斂眼波侵。情滴
滴、怨深深。　　　當初見了,而今別後[①],算此恨難禁。與其
向後兩關心。又何似而今。

　　　　此與晏作同,惟末句五字,少一字。後次句句法亦異。

【蔡案】

　　① 本詞即晏殊正體,但是秦巘所據的本子脱落了一字,《金谷遺
音》已經有注云:"'而今'上脱一字。"因此體式未變,非又一體。

又一體 五十字　　　　　　　　　　　　　　吳文英

　　　　　　　對雪醒坐,上雲麓先生

一片游絲拂鏡灣。素影護梅殘。行人無語看春山。背東
風、兩蒼顏。　　　夢飛不到梨花外,孤館閉更寒[①]。誰憐消
渴老文園。聽溪聲、瀉冰泉。

　　　　前後次句皆五言詩句,與各家異。
　　　　愚按:南宋詞前後整齊者居多。

【蔡案】

① 本詞也是晏殊正體,秦巘所據脫落一字而已。據《夢窗詞》,本句應是"孤館閉、五更寒",捫其韵律,五字顯誤,補足後也就是呂渭老詞格。

少年游① 五十字 一名《小闌干》《玉蠟梅枝》 晏　殊

芙蓉花發去年枝。雙燕欲歸飛。蘭堂風軟②,金爐香暖,新
〇〇〇●〇〇△　　〇●●〇△　　〇〇●●　　〇〇〇●　〇
曲動簾帷。　　　佳人拜上千春壽③,深意滿瓊卮。綠鬢朱
●●〇△　　　　　〇〇●●〇〇●　　〇●●〇△　●●〇
顏,道家裝束,長似少年時。
〇　●〇〇●　〇●●〇△

張先詞屬林鐘商。《九宮大成》入南詞大石調引。

此以末句爲名,盧祖皋詞名《小闌干》,與《眼兒媚》之別名不同;韓淲詞有"明窗玉蠟梅枝"句,名《玉蠟梅枝》。

"綠鬢"句,張先二首俱用平平平仄,微異。"佳人拜"三字,葉《譜》作"家人並"。

【蔡案】

① 本調的前後段第一均,其句法變化極似《燕歸梁》,都是將七字一句添一字後,讀爲四字兩句,五字一句添一字後,讀爲折腰式六字句。但是本調前後段的第二均,也是遵循這樣的變例,在讀破句法後,兩四字句脫一字移後,成七字一句、六字折腰一句。這是本調的基本"變招",所以本調雖然千變萬化,却全都在這一變化規則中進行,因此體式上都沒有實質性的變化,都衹是字句微調而已。

② 前後段的第三個句拍,句法都不拘,平起或仄起都可以,這類例子並非絕無僅有,尤其是四字句,很多見,這一事實足以證明詞樂本身與平平仄仄沒有關係,就如今天的歌曲與平平仄仄無關一樣。

當然,這個問題宋人也早已經説過了。

　③後段起拍,宋詞以平起句式爲正,但是衹有蘇軾詞有仄起式,其"對酒捲簾邀明月"句,疑是"捲簾對酒邀明月"之倒誤,蘇門晁補之詞,作"願得吴山山前雨",或亦是承蘇而誤。

又一體 五十一字　　　　　　　　　　　　　　　　晏　殊

重陽過後,西風漸緊,庭樹葉紛紛。朱闌向曉,芙蓉妖艷,特地鬥芳新。　　霜前月下,斜紅澹蕊,明媚欲回春。莫將瓊萼等閒分①。留贈意中人。

　　　前後段兩四、一五字起,後段第四句七字叶韵,與前異。

【蔡案】

　①本句屬於偶叶,無須作爲必遵規則。

又一體 五十一字　　　　　　　　　　　　　　　　歐陽修

去年秋晚此園中。携手玩芳叢。拈花嗅蕊,惱烟撩露,拚醉倚西風。　　今年重對芳叢處,追往事、又成空。敲遍闌干,向人無語,惆悵滿枝紅。

　　　張先詞屬雙調。
　　　後段次句六字,與晏作異。餘同晏前作。

又一體 五十一字　　　　　　　　　　　　　　　　歐陽修

闌干十二獨凭春。晴碧遠連雲。千里萬里,二月三月,行色苦愁人。　　謝家池上，江淹浦畔，吟魄與離魂。那堪疏雨滴黃昏。更特地、憶王孫①。

《詞律》爲梅堯臣作，又缺“浦”字。《六一詞》凡三首，不載此體。後段與《燕歸梁》相似。

後結句一七字叶韵，一六字與前異。“千里”“千”字，以上作平[一]。“二月”“月”字以入作平。

【校記】

[一] 應是“‘里’字，以上作平”，筆誤。

【蔡案】

① 此即晏詞正體，惟後段第一拍添一字，作四字兩句，第二均用讀破法，作七字一句、六字折腰式一句異。

又一體 五十二字　　　　　　　　　　柳　永

一生贏得是凄凉。追前事、暗心傷。好天良夜，深屏香被，爭忍便相忘。　　王孫動是經年去，貪迷戀、有何常。萬種千般，把伊情分，顛倒儘思量。

《樂章集》屬林鐘商。

前後段次句俱六字，與前異。汲古、《詞律》脫“是”字，“儘”字作“盡”。“前”字，一本作“住”，“把”字作“托”，據宋本訂正。

又一體 五十字[一]　　　　　　　　　　　　　　　　　蘇　軾

潤 州 作

去年相送,餘杭門外,飛雪似楊花。今年春盡,楊花似雪,猶
不見還家。　　對酒捲簾邀明月,風雪透窗紗。却似嫦娥
憐雙燕,分明照、畫梁斜。

　　　前段與晏第二首同,後段一七、一五、一七、一六字,與各家
　　異,平仄亦拗。

【校記】

　　[一] 應是“五十一字”。

又一體 五十二字　　　　　　　　　　　　　　　　　晏幾道

緑鈎欄畔,黄昏淡月,携手對殘紅。紗窗影裏,朦朧春睡,繁
杏小屏風。　　須愁別後,天高海闊,何處更相逢。幸有花
前,一杯芳酒,歸計莫匆匆。

　　　前後四段,俱與晏第二首前段同。

又一體 五十字　　　　　　　　　　　　　　　　　張　耒

含羞倚醉不成歌。纖手掩香羅。偎花映燭,偷傳深意,酒思
入橫波[一]。　　看朱成碧心迷亂,脉脉斂雙蛾。相見時稀
隔别多。又春盡、奈愁何。

　　　《苕溪漁隱叢話》云:“文潛官許州,喜營妓劉氏,爲作《少年

游》云云。其後去任，又爲《秋蕊香》寄意云云。元祐諸公皆有樂府，惟張僅見《風流子》及此二詞，玩其句意，不在諸公之下矣。"《本事詞》："劉妓名潄奴。"

前段與晏第一首、歐第二首同，後段與蘇作同，但後起句平仄異，三句叶韻。一本"脉脉"上有"翻"字，"燭"字作"竹"。"迷"字，葉《譜》作"還"。

【校記】
［一］原注"思"字去聲。

又一體 五十字　　　　　　　　　　　　　　李　甲

江國陸郎封寄後，獨自冠群芳。折時雪裏帶時香。燈下面、訝爭光。　　而今不怕吹羌笛，一任更繁霜。玳筵賞處，玉纖整後，猶勝嶺頭香。

見《梅苑》。前段首句不起韻，三句七字，四句六字，與各家異。後段同晏第一首。

又一體 五十一字　　　　　　　　　　　　　周邦彦

并刀如水，吳鹽勝雪①，纖指破新橙。錦幄初温，獸香不斷，
●○○●　○○●●　　○●●○△　　○●○○　●○●●
相對坐調笙。　　低聲問向誰行宿，城上已三更。馬滑霜
○●●○△　　　　○○●●○○●　○●●○△　　●●○
濃，不如休去，直是少人行。
○　●○○●　●●●●○△

張端義《貴耳錄》云："道君幸李師師家，偶周邦彦先在焉。

知道君至,遂匿牀下。道君自携新橙一顆云:'江南初進來。'遂與師師謔語。邦彦悉聞之,隱括成《少年游》云云。師師因歌此詞,道君問誰作,師師奏云:'周邦彦詞。'道君大怒,宣諭蔡京:'周邦彦職事廢弛,可日下令押出國門。'隔一二日,復幸李師師家,不見師師。問其家,知送周監税。坐久,至更初,李始歸,愁眉淚睫,憔悴可掬。道君大怒云:'爾往那裏去?'李奏:'臣妾萬死,知周邦彦得罪,押出國門,略致一杯相别,不知官家來。'道君問:'曾有詞否?'李奏云:'有《蘭陵王》詞。'即'柳陰直'者是也,道君云:'唱一遍看。'李奏云:'容臣妾奉一杯,歌此詞爲官家壽。'曲終,道君大喜,復召爲大晟樂正。"

　　前段與二晏同,後段與晏殊第一首同。薩都剌《小闌干》詞與此同,不另録。

【蔡案】

　　① 本調的主要變化,無非就是七字句添一字作四字二句,比如本詞,如果將起調的兩個四字句"并刀如水,吳鹽勝雪"合併爲一個七字句,那就是晏殊的"芙蓉花發"詞體了;如果把後段第一個七字句改爲兩個四字句,那就是晏幾道的"緑鈎闌畔"詞體了;如果又在晏幾道的詞體上再將本詞最後一組的兩個四字句合併爲一個七字句,那就是蘇軾的"去年相送"詞體了;如果不改後段第一個七字句,祇是將本詞最後一組的兩個四字句合併爲一個七字句,那就是晏殊的"重陽過後"詞體了。此外,每個五字句也都可以加一字,改爲六字折腰句,整個詞調的變化就會形成很多不同的體式,但是,這所有的變化所形成的,祇是不同的微調,對於整個詞調的"體"並没有作出改造,所以所有的其他體式都祇能稱爲"變格",而不是"又一體",因爲它們的"體"始終就是同一個,在這種情況下,"又一體"便是一種層級概念的偷换了。

又一體 五十二字 吳　億

江南節物，水昏雲淡，飛雪滿前村。千重翠嶺，一枝芳艷，迢
遞寄歸人。　　壽陽妝罷，冰姿玉態，的的寫天真。等閒風
雨又紛紛，更忍向、笛中聞①。

> 見《梅苑》。與晏第二首同，只結句多一字。

【蔡案】

　　① 理論上說，本調的每一個五字句，都可以在加一字的基礎上
變爲折腰式六字句，但在宋詞實際中，則主要是後段的兩個五字句可
以衍化爲六字。而由於這個折腰式六字句是由五字句衍化，所以它
的韵律上就有兩個顯著的特色：其一，第三字必須是仄聲，因爲這個
字就是原來五字句的第二字；其二，後三字必須是仄平平，因爲這三
字就是原來五字句的三字尾。順便說，只要深入理解了一個詞調的
韵律，填詞未必是需要用詞譜的，循律而填，遠比循譜而填可靠。

又一體 四十九字 周　密

賦　涇　雲　軒

松風蘭露滴崖陰。瑤草入簾青。玉鳳驚飛，翠蛟時舞，噴薄
濺春雲。　　冰壺不受人間暑，幽碧哢珍禽。花外琴臺，竹
邊棋墅，處處閒情[一]。

> 前後段同晏殊第一首，只末句四字少一字，草窗二首皆然，
> 非有脫誤也。《笛譜》"處處"下多"是"字，今從《草窗詞》。

【校記】

[一]據乾隆丙午刻本《蘋洲漁笛譜》,結拍爲"處處是閒情",更諧,應據補。

又一體　四十九字　　　　　　　　　　　晁補之

當年携手,是處成雙,無人不羡。自間阻五年也,一夢擁、嬌嬌粉面。　　　柳眉輕掃,杏腮微拂,依前雙靨。甚睡裏、起來尋覓,却眼前不見。

> 此用仄韵,字句恐有訛誤①。愚按:當於"年"字句,"夢"字讀。

【蔡案】

① 我們從韵律的角度來詳細分析這首詞。首先,本詞的句法與各家都不一樣,加上又是仄聲韵,因此就此而論,則本詞的韵律所呈現的,顯然就並不是《少年遊》,或者説並不是平韵體《少年遊》的仄韵化,即便它確實也叫《少年遊》,那也衹是同名異調而已。所以萬樹在《詞律》中説:"此詞全與本調不似,未審果是《少年遊》否。"因爲平韵體變爲仄韵體,其基本的句法結構應該是基本相同的,這個我們從《滿江紅》《念奴嬌》等詞調平仄韵的比較中,可以很清楚地看出。但是,本詞的前後段參差不對應,所以更基本的判斷應該是本詞並非"字句恐有訛誤",而是必有訛誤,那麽在經過删補,字句無誤的情況下,就可能是《少年遊》的仄韵體。而因爲前後段的第一均與平韵體的差異僅在第三句少一字,但由於它是前後段的五字句都少一字,所以可以視爲五字句一字移前,使七字句構成兩四字句,或者乾脆視爲减字法。這些都是作詞中非常常見的一種手法,很正常,無須以爲是

有文字脫落，後一首盧祖皋詞即可證明。因此，本詞具體的字句訛誤，祇在前後段的第二均中。先看前段第二均，秦巘認爲應該讀爲"自間阻五年，也一夢、擁嬌嬌粉面"，顯然與原文一樣，與《少年遊》的韵律風馬牛，我們從後段的結拍可以看到，它是一個一領四的五字句，那麼以對應原則來看，前段就應該是"擁嬌嬌粉面"一句，而根據《少年遊》的基本韵律特徵，一均中去掉五字句後，或是一個七字句，或是兩個四字句。前八字由於無法讀成四字兩句，也很難拼合成四字兩句，所以祇能是一個七字句。由此可以判斷這裏存在第一個訛誤，"自"字是一個衍文。刪去"自"字，前段第二均就是"間阻五年也一夢，擁嬌嬌粉面"，這是基本與《少年遊》的韵律合拍的。再看後段第二均，由於後五字與前段相合，因此問題必在前七字"甚睡裏、起來尋覓"，這七字既不和《少年遊》的韵律相吻合，也不與前段的七字句韵律相同，有訛誤的可能性就很大。如果我們依據《少年遊》的韵律補足一字，成爲"甚人睡裏，起來尋覓，却眼前不見"，那就與平韵體的韵律基本相符了。由此，我們可以認爲，秦巘所懷疑的"字句恐有訛誤"是肯定存在的，具體而言，就是前段衍一字，後段脫一字。而仄韵體與平韵體的差異祇在兩點：前後段第一均的收拍均爲四字一句；前後段的結句都爲一領四句法。

小闌干 四十八字 盧祖皋

桂　花

露華深釀古香醲。一樹出雲叢。窗間試與，閒培秋事，聊寄幽悰。　　　鈎簾静對西風晚，塵外小房櫳。輕陰淡日，淺寒清月，想見山中。

兩結各四字,與周密作後段同。薩都剌詞亦名《小闌干》,全與周同,自是一調,與《眼兒媚》別名《小闌干》不同①。

【蔡案】

①《眼兒媚》實際上就是《少年遊》中的一個特定體式,其固定格式爲每段都是七五四四四句式,就其體式的固定性來説,將它視爲一個獨立的詞體也未嘗不可,秦巘在前面周密詞下説"草窗二首皆然",另一首周密即名爲《眼兒媚》,與盧詞體式相同,兩結都是四字句。因此,這其間的邏輯關係是:七五四四四式的《少年遊》即《眼兒媚》,《少年遊》的別名《小闌干》,則也可以是《眼兒媚》的別名,因此,不存在此《小闌干》與彼《小闌干》不同的問題。

憶少年令 五十一字　　　　　　　　　　　　　康與之

雙龍燭影,千門夜色,三五宴瑶臺。舞蝶隨香,飛蟬撲鬢,人自蕊宮來。　　太平簫鼓宸居曉,清漏玉壺催。步輦歸時,綺羅生潤,花上月徘徊。

見《陽春白雪》,名《憶少年令》,體格與《憶少年》全不相符。且《憶少年》從無平韵,却與周邦彦《少年游》吻合,想是誤寫調名,或《少年游》之別名,均未可定,故附列於此。

迎春樂① 五十三字　　　　　　　　　　　　　晏　殊

長安紫陌春歸早。罨垂陽、染芳草。被啼鶯語燕催清曉。正好夢、頻驚覺。　　當此際青樓臨大道。幽會處、兩情多少。莫惜明珠百琲,占取長年少。

此調不知何人創始，想以詞意爲名。

【蔡案】

① 本詞雖早見，但並非主流填法，周邦彥的"清池小圃"詞體，宋代填寫最多，因此圖譜標於其下。

又一體 五十字　　　　　　　　　　　　　　　　　張　先

城頭畫角催夕宴。憶前時、小樓晚。殘虹數尺雲中斷。愁送目、天涯遠。　　　枕清風，停畫扇①。逗蠻簟、碧紗零亂。怎生得伊來，今夜裏、銀蟾滿。

張先詞屬小石調。

前段第三句七字，比晏作少一字。後起兩三字句，結處一五一七字，亦異②。

【蔡案】

① 此六字即從晏詞"當此際青樓臨大道"衍化而來，因此是折腰式句法一句，而非三字兩句。清代詞譜家對這一句法韵律結構的認識極爲混亂，常有誤讀。

② "一五一七"應是"一五一六"的筆誤。如此填法，與後所收賀鑄詞相同，其所異處，祇是兩句讀破，將前一首的"琲"字移下，作結句開頭而已。

又一體 五十一字　　　　　　　　　　　　　　　　柳　永

近來憔悴人驚怪。爲別相思瞞。我前生負你愁煩債。便苦恁、難開解。　　　良夜永、牽情無計奈。錦被裏、餘香猶在。

怎得依前燈下，恣意憐嬌態。

> 《樂章集》屬林鐘商。元王行詞注夾鐘商。《九宮大成》入南
> 商調正曲[一]。

> 前段次句五字，比晏作少一字，"爲別"下《詞譜》多"後"字，
> 似勝，正與晏作合[二]。

【校記】

　　[一] 南商調正曲，應是"南詞商調正曲"的脱誤。

　　[二] 本句宋詞祇有宇文虚中一首五字，其餘均爲六字句，秦蟹
所據本脱一字無疑，致使詞意也不通順，當作"爲別後、相思賒"。

又一體 五十一字　　　　　　　　　　　　　秦　觀

菖蒲葉葉知多少。惟有個、蜂兒妙。雨晴紅粉齊開了。露
一點、嬌黃小。　　　早是被、曉風力暴。更春共、斜陽俱老。
怎得花香深處，作個蜂兒抱。

> 前段與張作同，後起句七字，比晏、柳二作少一字。

又一體 五十一字　　　　　　　　　　　　　賀　鑄

瓊瓊絶藝真無價。指尖纖、態閒暇。幾多方寸關情話。都
付與、弦聲寫。　　　三月十三寒食夜。映花月絮風臺榭。
明月待歡來，久背面、秋千下。

> 前段第三句、後段起句，皆七字，與前異。結句一五兩三字，
> 與張作同，或謂"久"字句，不知賀另二首亦如此讀[一]。

【校記】

[一] 賀詞共有四首，後結均爲五字一句、折腰式六字一句。

又一體 五十二字　　　　　　　　　　　　周邦彥

清池小圃開雲屋。結春伴、往來熟。憶年時縱酒杯行速。
○○●●○○▲　●○●、○○▲　●○○○●●○○▲

看月上、歸禽宿①。　　　　墙裏修篁紛似束。記名字、曾看新
○●●、○○▲　　　　　○●○○○●▲　●○●、○○○

綠。見説別來長，冷翠蘚、封寒玉。
▲　　●●●○○　●●●、○○▲

前段同晏作，後段同賀作②。

【蔡案】

　　① 本句第一字應以平聲爲正。周詞三首，其他二首作"頻醉臥、
胡姬側"，"醒醒個、無些酒"，且宋人其他作品也多用平聲，可證。

　　② 本調體式也僅此一種，宋人多依本詞填，因此以本詞爲範式。
本調的句式略有如下變化：前段第三拍減一領字，作七字律句；後段
起拍添一領字，作一字逗領七字句法；後段第二均讀破句法，由五字
一句、六字折腰式一句變爲六字一句、五字一句。除此而外的一些細
小不同，多是因爲訛誤而形成。

又一體 四十九字　　　　　　　　　　　　宇文虛中

寶幡彩勝堆金縷。雙燕釵頭舞。人間要識春來處。天際
雁、江邊樹。　　　　故國鶯花又誰主。念憔悴、幾年羈旅。把
酒祝東風，吹取人歸去。

　　《碧雞漫志》云："宇文叔通久留金國，不得歸，立春日作《迎春樂》云云。"前段次句五字，後結二句各五字，與各家異。

又一體 五十一字　　　　　　　　　　　　揚无咎

新來特特更門地。都收拾、山和水。看明年、事事如意[一]。迎福禄、俱來至。　　莫管明年添一歲。儘同向、樽前沉醉。且共唱、迎春樂，祝母千秋歲[二]。

　　前段第三句上三下四字，後結二句一六一五字，與各家異。

【校記】

　　[一] 本句秦巘所引的本子脱一字，按照毛校本《逃禪詞》，本句爲"看明年事事都如意"，與正體相同。

　　[二] 毛校本《逃禪詞》此二句作"且唱迎春樂，祝慈母、千秋歲"。本調後段第三句今存宋人各家的詞，都没有填爲六字折腰的，獨此一詞如此，便有蹊蹺，應據《逃禪詞》改，改定後，即正體。

紅窗聽 五十三字　　　　　　　　　　　　晏　殊

澹薄梳妝輕結束[一]。天付與、臉紅眉緑[二]。斷環書素傳情久，許雙飛同宿。　　一晌無端分比目。誰知道、風前月底，相看未足。此心終擬，覓鸞膠重續。

　　無名氏詞名《紅窗睡》。《詞律》本汲古，以"聽"字爲誤，然柳詞亦名《紅窗聽》，並非誤寫，今從宋本。

　　兩結句是一領四字句。"斷"字，葉《譜》作"連"，"飛"字作"雙"。"澹"、"斷"、"一"可平。"天"可仄。

【校記】

　　［一］原注"澹"字、第三句"斷"字、後起"一"字可平。

　　［二］原注"天"字可仄。

又一體 五十四字[一]　　　　　　　　　　　　　柳　永

如削肌膚紅玉瑩。舉措有、許多端正。二年三歲同鴛寢，表
溫柔心性。　　　別後無非良夜永。如何向、名牽利役，歸期
未定。算伊心裏，却冤人薄倖。

　　　《樂章集》屬仙呂宮。

　　　無名氏一首與此同。"舉措"上，汲古多一"峰"字，是衍文。

【校記】

　　［一］應是五十三字。或秦巘原録五十四字，後删去第二句"峰"
字。但按照本書體例，秦巘不會删去衍文，祇作文字注明，否則本詞
與晏詞一般無二，"又一體"之"又"就無從説起了，何況更謂"無名氏
詞一首與此同"，則言下之意是晏詞與無名氏詞不同，又不知有何
不同。

睿恩新 五十五字　　　　　　　　　　　　　　晏　殊

芙蓉一朵霜秋色[一]。迎曉露、依依先坼。似佳人、獨立傾
城，傍朱檻、暗傳消息[二]。　　　静對西風脉脉。金蕊綻、粉
紅如滴。向蘭堂、莫厭重新，免清夜、微寒漸逼。

　　　此調只晏作二首，不解命名之義。

　　　《詞譜》注此調近《金蓮繞鳳樓》，但前後段第三句《金蓮繞鳳

樓》皆七言詩句，叶韵與此異，仍分列。

【校記】

［一］原注“霜”字、次句前“依”字、前結“朱”字、後段次句“金”字、後結“清”字可仄。

［二］原注“傍”字、後起前“脉”字可平。

鳳銜杯 五十六字　　　　　　　　　　　　　　　　　晏　殊

青蘋昨夜秋風起。無限個、露蓮相倚。獨憑朱闌，愁放晴天際[一]。空目斷、遥山翠。　　　彩箋長，錦書細。誰信道、兩情難寄。可惜良辰好景歡娛地①。只恁空憔悴②。

　　晏共三首[二]，亦不知命意。“山”字，一本作“天”，誤。

【校記】

［一］“愁放晴天際”語意不通，《全宋詞》據吳訥本《珠玉詞》改爲“愁望”，應據改。

［二］今所見晏殊三首，另二首爲平韵體，不知是否秦巘所指三首。

【蔡案】

① 詞中的九字句，一般都以中間讀斷爲基本形態，統觀晏殊三首，這個九字句另外兩首分別爲“何況、舊歡新恨阻心期”、“端的、自家心下眼中人”，這兩首雖然是平韵詞，但韵律應該相同（參見《少年遊》晁補之“當年携手”詞蔡案），因此，這裏也應該是“可惜、良辰好景歡娛地”。再反觀前段的對應句，則也應該是“獨憑、朱闌愁望晴天際”，另二首是“可惜、倒紅斜白一枝枝”、“一曲、細絲清脆倚朱唇”，韵

律都是極爲諧和的。九字句由於通常都是由七字句添字而來，所以往往讀爲二字逗領七字句法，最爲諧和。

②　本調的後段結拍，以六字折腰句爲佳，爲正，今存宋詞包括晏詞另二首，都是六字，祇有本詞是五字，極疑"只恁"前後脱落一字。

又一體 六十三字　　　　　　　　　　　　　　柳　永

有美瑶卿能染翰[一]。千里寄、小詩長簡。想初擘苔箋[二]，旋揮翠管[三]，紅窗畔。漸玉箸、銀鈎滿。　　錦囊收，犀軸捲。常珍重、小齋吟翫。更寶若珠璣，置之懷袖，時時看①。似頻見、千嬌面。

　　《樂章集》屬大石調。

　　前後第三、四句，一五、一七字，後結亦六字，比晏作多七字，"管"字恐是偶合，非叶。"苔"字，一本作"蘭"，"齋"字，汲古作"齊"，誤。"看"字下，汲古空一格，一本有"此"字，非是，今從宋本。

【校記】

　　[一]原注"染"字、次句"里"字、第四句"翠"字可平。

　　[二]原注"初"字可仄。

　　[三]原注"旋"字可仄。按，這一體式僅柳詞二首，别首"旋"字作"似"，而"旋"字本爲二讀字，所以此處標明讀爲去聲即可。

【蔡案】

　　①　本詞看似與前一首詞體大異，但是當我們將晏詞的韵律釐清後，就很容易看出本詞與晏詞之間的關係，兩者所不同者，祇是在前後段九字句的二字逗中，各再添三字而已，所以，本詞依然是前一詞

體的添字模式,是變格,也不能稱爲又一體。基於這樣的韵律關係,兩七字句"旋揮翠管,紅窗畔"、"置之懷袖,時時看"都無須讀斷,秦巘之所以讀成一四一三,就是因爲没有搞清楚這個詞調的韵律。

又一體 五十六字　　　　　　　　　　　　　　晏　殊

留花不住怨花飛。向南園、情緒依依。可惜欹紅斜白一枝枝。經宿雨、又離披。　　　凭朱檻,把金卮。對芳叢、惆悵多時。何況舊歡新恨阻心期。滿眼是相思[一]。

> 此用平韵,字句與前首同,惟第三句不讀,是二字領起七字也。《詞律》云:"汲古《壽域詞》亦載此首,末句作'滿空眼是相思'。"愚按:晏共三首,皆五字。"白"字,《珠玉詞》作"向","恨"字作"寵","欹"字作"倒"。

【校記】

　　[一] 秦巘所見"晏共三首,皆五字",顯然都是有奪字的,前一首已辨,本詞《全宋詞》據陸貽典校《杜壽域詞》,本句作"空滿眼、是相思",校之汲古閣本語意更爲準確,韵律也合乎首字平聲的主流填法,應該是的本。

玉堂春 六十一字　　　　　　　　　　　　　　晏　殊

帝城春暖。御柳暗遮空苑[一]。海燕雙雙,拂颺簾櫳①。女伴相携,共繞林間路,折得櫻桃插髻紅。　　　昨夜臨明微雨,新英遍舊叢②。寶馬香車,欲傍西池看,觸處楊花滿袖風。

此調作者甚少，晏凡三首，句法如一。“御”可平。

【校記】

［一］原注“御”字可平。

【蔡案】

① “颺”字是個二讀字，在這裏應該仄讀，一本作“揚”，誤。

② 這個詞調就本身的韵律分析，必定不是晏殊所創，因爲晏殊三首體格如一，都在“舊叢”一句下脱了四字兩句，而我們檢現存的元詞，都有這兩句。即便比照前段，“海燕雙雙，拂颺簾櫳”八字在後段也沒有了對應句，而“寶馬”下十六字，正對應前段“女伴”下十六字。以張玉田的均拍論考核本詞，前段三均，則本詞恰爲近詞規模，以這樣的體式看後段，則後段無疑奪了八字兩拍一均。所以我們認爲本調後段有訛誤，晏殊在填這三首詞的時候，其母本已殘缺。

漁家傲 六十二字　一名《緑蓑令》　　　　　　前　人

畫角聲中昏又曉[一]。時光只解催人老。求得淺歡風日好。
◎⊙○○●▲　　⊙○○●○○▲　　⊙●○●○○●▲

齊揭調。神仙一曲漁家傲。　　緑水悠悠天杳杳。浮生豈
○○▲　⊙○○●○○▲　　◎○⊙○○●▲　⊙○○

得長年少。莫惜醉來開口笑。須信道。人間萬事何時了。
●○○▲　◎○●○○●▲　○●▲　⊙○●●○○▲

張先詞屬般涉調。《詞譜》注商大石調[二]。《九宮大成》入南詞中呂宮引，與本宮正曲不同。

此以前結句立名。張元幹詞有“緑蓑雨細春江渺”句，名《緑蓑令》。

《歷代詩餘》云：“詞家將《憶王孫》改用仄韵，後加一叠，即名

此調。"愚按：晏在秦前，何得襲用，自不相涉。

　　"角"字，葉《譜》作"鼓"。

【校記】

　　〔一〕原注"畫"字可平，"聲"字可仄。其餘旁注可平可仄均標注於圖符中。

　　〔二〕檢清康熙五十四年內府刊朱墨本，未見這一注文，祇有"蔣氏《九宮譜目》，入中呂引子"一句。

又一體　六十二字　　　　　　　　　　　　　周紫芝

遇坎乘流隨分了。鷄蟲得失能多少。兒輩雌黃堪一笑。堪一笑。鶴長鳧短從他道。　　　幾度秋風吹夢到。花姑溪上人空老。喚取扁舟歸去好[一]，歸去好。孤篷一枕秋江曉。

　　　明蔣氏《九宮譜目》入中呂引。《九宮大成》入北詞高大石調隻曲。

　　　愚按：周共五首，惟此詞疊三字①，其餘平仄與晏合，亦用去上韵，不知何以宮調南北互異，錄俟知音審定。

【校記】

　　〔一〕原注本句爲"句"，筆誤，應是"叶"。

【蔡案】

　　① 詞中的疊韵，是詞人自身創作的一種修辭手段，屬於作法方面的問題，而不屬於律法的問題，所以但凡祇要是疊韵，就一定都是可疊可不疊的。因此，在詞譜詮疏中無須提及這些問題，就像詞人在詞中使用一個比喻無須提及一樣。

又一體 六十二字 　　　　　　　　　　　　　杜安世

疏雨纔收淡净天。微雲綻處月嬋娟。寒雁一聲人正遠。添幽怨。那堪往事思量遍。　　誰道綢繆兩意堅。水萍風絮不相緣。舞檻鶯腸虛寸斷。芳容變。好將憔悴教伊見。

> 前後起二句用平韻,下換仄叶,此平仄互叶體。杜別作有用拗句者,不可從。王敬之云:"'淡净'或'淡泞'之訛。"

又一體 六十二字 　　　　　　　　　　　　　前　人

微雨初收月映雲。巢棲燕子欲黃昏。花片不飛風力困。春色盡。蠟梅枝上櫻□嫩。　　誰撼金環鎖深洞①,薰餘乍厭錦衾溫。消減玉肌誰與問。朱明近。日長無事添閒悶。

> 後起句不叶韻,餘同前作,亦平仄互叶體。空格當是"桃"字。

【蔡案】

　　① 詞的一個基本韻律特徵是,前後段的起拍,都可以根據需要而叶韻或不叶韻,這首詞就是一個很典型的例子。

又一體 六十六字 　一名《添字漁家傲》 　　　　蔡　伸

烟鎖池塘秋欲暮。細細荷香,直到雙棲處①。並枕東窗聽夜雨。偎金縷。雲深不見來時路。　　曉色朦朧人去住。香覆重簾,密密聞私語。目斷征帆歸別浦。空凝佇。苔痕綠

映金蓮步。

> 見《友古集》。前後次句各添二字，攤破作兩句，名《添字漁
> 家傲》。《詞譜》謂近《蝶戀花》，只多兩三字句，王僧保《詞林叢
> 著》云：“當名《添字蝶戀花》。”其實兩不相涉，何必更改。

【蔡案】

① 秦巘對這九字的來歷，認定爲“添二字”，這是準確的，但是添二字後並没有所謂的“攤破作兩句”，而仍然祗是一句，這一句無論是讀爲上四下五式，還是讀爲上二下七式，都適用傳統概念中的“一氣”讀法，而並非攤破。

殢人嬌 六十八字　　　　　　　　晏　殊

二月春風[一]，正是楊花滿路。那堪更、別離情緒。羅巾掩
◎●●　　　●●○○▲　◎⊙·○○▲　○○●
淚，任粉痕霑污。爭奈向、千留萬留不住[二]①。　　玉酒頻
●　●○○▲　⊙●●　○⊙●○▲　　　●●●
傾，翠眉愁聚。空腸斷、寶箏弦柱。人間後會，又不知何處。
○　◎○⊙▲　○○●、寶○○▲　○○●●　●○○○▲
魂夢裏、也須時時飛去②。
○●●、●○○○○▲

> 《樂章集》屬林鐘商。
> 此調前無作者，不知何人創製。
> 兩結或用平仄仄平平仄，或仄仄平平平仄，可不拘③。揚无咎用上五下四字句。兩第五句，是一領四字句。

【校記】

[一] 原注“二”字可平。其餘旁注可平可仄，均標注於圖符中。

〔二〕原注"不"字作平。

【蔡案】

① "千留萬留不住"一句,本是律拗句法,第五字必須用仄聲,這一句法通常都被誤解爲大拗句法,以致至今爲止幾乎所有涉及韵律的分析都是錯誤的,在這一句式中,第五字用平的前提,是第二字必須改爲仄聲,所以秦巘將"不"字擬爲作平,就完全違反了該句的句法。

② 本調前後段的兩個結句,有兩種填法是正例的:一爲◎●● ◎●◉○○▲,如晏殊別首,作"斟壽酒、重唱妙聲珠綴……良會永、莫惜流霞同醉";一爲◎●●○○ ●○◎▲,如揚无咎的"念八景園中,畫誰能盡……却待約重圓,後期難問"。這就是我們經常可以看到的句法若有變化,平仄就需要微調的韵律特徵。而今人句讀詞句,自然是應該以韵律爲基本依據,而不能以文意爲依據,典型的例子如"小喬初嫁,了雄姿英發"。因此,本詞根據韵律,結拍的第五字爲平時,該九字就應該讀爲五字一句、四字一句,以這個原則來看,秦巘原讀爲"魂夢裏、也須時時飛去",就與韵律不合,應該讀爲一五一四才韵律諧和。

③ 這兩個句式的規定,並非來自宋詞實際,而衹是來自秦巘主觀上"合律"的理念,換言之,是一種脱離實際的美好願望,所以很多像"也須時時飛去"這樣第二個字是平聲的例子,就根本無法適用,而這樣的句式是佔了很大一個比例的,宋詞中超過了八成,也是本調的一個重要韵律特徵,如果按照秦巘所説填詞,則都是次品了。

又一體 六十四字　　　　　　　　　　　　　　毛滂

雪做屏風,花爲行幛。屏幛裏見春模樣[①]。小晴未了,輕陰一晌。酒到處、恰如把春黏上[②]。　　　官柳黄輕,河堤緑漲。

花多處、少停蘭槳。雪邊花際,平蕪疊巘。這一段凄凉爲誰悵望[一]③。

前段次句比晏作少二字,前後第五句各少一字,可見前兩作所多,皆襯字也。《梅苑》一首同。

【校記】

[一]原注"悵"字可平。

【蔡案】

① 這一句依然應該是上三下四式的折腰句,三字後必須讀斷。

② 本句應讀爲上五下四式句法。詳參前一首蔡案。

③ 本句也應讀爲上五下四式句法。詳參前一首蔡案。

又一體 六十七字　　　　　　　　　王庭珪

小院桃花,烟鎖幾重珠箔。更深海棠睡著[一]。東風吹去,落誰家墻角。平白地、教人爲他情惡①。　　花若有情應不薄[二]。也須悔、從前事錯。而今夜雨念他玉顏飄泊[三]。知那裏、人家怎生頓著②。

原本收柳永一首,與晏作同,已删去。今檢《詞林萬選》得此。前段第三句作六字,後起句作七字,與各家異。亟爲補入,以備參考。(馬書城注)

【校記】

[一]據趙萬里校本《蘆溪詞》,本句爲"更深後、海棠睡著",原文奪一字。

[二]據趙萬里校本《蘆溪詞》,本句爲"花若有情,情應不薄",原

文奪一字。

　　〔三〕據趙萬里校本《蘆溪詞》，本句爲“而今夜雨，念玉顔飄泊”，
原文衍一字。

【蔡案】

　　① 這九字應該讀爲“平白地教人、爲他情惡”，否則韵律不諧。

　　② 這九字讀爲“知那裏人家、怎生頓著”，與前段對應，則韵律
更諧。

又一體 六十六字　　　　　　　　　　　　　　　張方仲

多少胭脂，匀成點就。千枝亂、殘紅堆繡。花無長好，更光
陰去驟。對景憶、良朋故應招手①。　　　　曾記年時，花開
把酒。任淋浪、春衫濕透。文園今病，問遠能來否。却道
有、酴醾牡丹時候②。

　　　　與晏作同，惟次句四字，與毛作同。“開”字，《詞綜補遺》作
　　“間”，“遠”字一作“速”。

【蔡案】

　　① 本句應讀爲“對景憶良朋，故應招手”。

　　② 本句應讀爲“却道有酴醾、牡丹時候”，這裏的“酴醾”“牡丹”
並非並列關係，意思是：在牡丹開放之時，“却道有酴醾”。

長生樂 七十五字　　　　　　　　　　　　　　　晏　殊

閬苑神仙平地見，碧海架蓬瀛。洞門相向，倚金鋪微明。處處
天花撩亂，飄散歌聲。裝真延壽，賜與流霞滿瑶觥①。　　　紅

鸞翠節,紫鳳銀笙。玉女雙來近,彩雲隨步,朝夕拜三清②。爲傳王母金籙,祝千歲長生。

《宋史·樂志》:南渡典儀,賜筵樂次,其一曰《長生樂引子》。此詞只晏二首,想是壽詞,以結句立名。

"延"字,《詞律》作"筵",今從《詞律訂》本。"玉女"二句恐有訛字,或謂"近"字是以仄叶平。《詞律訂》云:"晏詞通首用庚、青韵,'近'字則真、文韵矣。有謂'彩雲'斷句,'雲'字注韵者,皆非也。鄙意'玉女'三句,當作一四兩五較爲妥順。"愚按:白石《鶯聲繞紅樓》詞,於"近"字注平聲,足見可通讀也③。

【蔡案】

① 這裏尾均十一字的韵律結構,並非四字一句、七字一句,而是四字兩句,三字一托,這種三字托承四字兩句的句法,最典型的是《望海潮》的"市列珠璣,户盈羅綺,競豪奢",也就是説後三字所涉及的是前八字,而不僅僅是四字。如果我們從語義的角度來説,那就是前八字的關係更緊密,爲第一層,然後三字托纔是第二層。

② "玉女"下九字,文意不通,必有舛誤,參校晏殊別首,作"榴花滿酌觥船。人盡祝",其文意同樣也很生澀,而且細玩全詞,前後段竟無一句相吻合的字句。我們懷疑這裏可能共奪了五字,原文或當是:"玉女雙來,近□□彩雲。隨步朝夕□□,□拜三清。"這樣纔和前段的"洞門相向,倚金鋪微明。處處天花撩亂,飄散歌聲"字句韵相合。

③ 白石詞的"近"在句首,本詞則在句尾,毫無可比性,"可通讀"云云,不知秦巘是如何得出的。

又一體 七十五字　　　　　　　　　　　晏　殊

玉露金風月正圓。臺榭早涼天。畫堂嘉會,組繡列芳筵。洞
房星辰龜鶴,福壽來添。歡聲喜色,同入金爐濃泛烟。　　清
歌妙舞,急管繁弦。榴花滿酌鮹船。人盡祝,富貴又長年。
莫教紅日西晚,留著醉神仙。

> 首句起韵,後段第三句六字,叶韵。四句三字,六句六字,多
> 一字與前異。"福壽來添",《詞律》作"來添福壽",今從《詞律訂》
> 改正。"榴花"二字,葉《譜》作"流霞"。

山亭柳 七十九字　　　　　　　　　　　前　人

題　贈　歌　者

家住西秦。賭博藝隨身。花柳上,鬥尖新[①]。偶學念奴聲
調,有時高遏行雲。蜀錦纏頭無數,不負辛勤。　　數年來
往咸京道,殘杯冷炙漫銷魂。衷腸事,托何人。若有知音見
採,不辭遍唱陽春。一曲當筵落淚,重掩羅巾。

> 此調作者甚少[②],以此首爲最先。不解立名之意。

【蔡案】

　　① 此六字爲折腰式六字句,並非三字兩句,中間應用頓號讀斷。
後段"衷腸"六字同。

　　② 王重陽有平韵體三首,字句如一,可作校正。王詞後段第三
句拍均爲五字一句,較晏詞少一字;而前後段第四句拍則均爲五字一
句,校之晏詞亦各少一字;但第五拍則均爲上三下四式折腰七字,校

之晏詞各多一字;前後段結拍王詞均爲六字句,各多二字。此外,劉處玄詞,前後段第三拍均爲折腰式六字句,各多一字;第五拍、第六拍與王重陽同,結拍與晏詞同。此三種填法之不同,最可見出長短句變化的一般規律。

又一體 七十九字 杜安世

曉來風雨,萬花飄落。歎韶光,虚過却。芳草萋萋,映樓臺、淡烟漠漠。紛紛絮飛院宇。燕子過朱閣。　　玉容淡妝添寂寞①。檀郎辜願太情薄。數歸期,絶信約。暗恨春宵,向平康、恣迷歡樂[一]。時時悶飲緑醑②,甚轉轉、思量著。

此用仄韵,前後第五六句,兩結句,一五一六字,句法不同。"恨"字,汲古、《詞律》作"添"。"向"字作"恨"。今從《詞律訂》。

【校記】

[一] 原注"恣"字去聲。

【蔡案】

① 後起第二字"容",段玉裁認爲"今字假借爲頌貌之頌",即與"頌"通。兩字相同的基礎,是《説文解字》的"古文'容',從公"。而"頌"字,《説文解字》云:"頌,貌也。"段玉裁注云:"貌下曰:頌儀也,與此爲轉注。……古作頌貌,今作容貌,古今字之異也。"此一觀點,顏師古注《前漢書》亦云:"古'頌'與'容'同。"所以,"容"字有仄讀,讀爲"涌",在上聲腫韵部,《正字通》擬音爲余壟切。

② "緑醑"之"緑"字,以入作平。

拂霓裳 八十三字

晏　殊

喜秋成。見千門萬户樂昇平[一]①。金風細，玉池波浪縠紋生。宿露霑羅幕，微凉入畫屏。張綺宴，傍薰爐、蕙炷和新聲②。　　神仙雅會，會此日，象蓬瀛③。管弦清。旋翻紅袖學飛瓊。光陰無暫住，歡醉有閒情。祝辰星。願百千、爲壽獻瑶觥。

> 唐教坊曲名。唐道調法曲有《霓裳羽》。《宋史·樂志》女弟子舞隊第五有《拂霓裳》。《九宮大成》入南詞小石調正曲。《碧雞漫志》云：“世有般涉調《拂霓裳》曲，因石曼卿所作，傳撫述開元天寶舊事。曼卿云：本是月宮之音，翻作人間之曲。近夔帥曾端伯增損其詞，爲勾遣隊口號，亦云開寶遺音。”蓋二公不知此曲，自屬黄鐘商，而《拂霓裳》則般涉調也。

【校記】

[一] 原注“千”字、後句“風”字可仄；“萬”字、前結“蕙”字可平。

【蔡案】

① 《歷代詩餘》所録本詞，前段第二句拍無“見”字，本調今存僅晏殊三首，另外二首都祇是七字句，疑“見”字是衍文。

② 本調的前後段結拍均爲一字逗領七字句句式，這一句的“薰爐蕙炷”和後結的“百千爲壽”都是很緊密的語言單位，在後詞樂時代尤其不可讀斷。又，“和”字去聲。“和新聲”的肯定是“傍薰爐蕙炷”的人，如果按照秦巘讀斷，則“和新聲”的就是“蕙炷”了，顯然是個謬誤。所以，本句即便不讀爲一領七句法，也應該讀爲“傍薰爐蕙炷、和新聲”。

③ 這六個字即前段"見千門萬户樂昇平"，所以是六字折腰句，而非三字兩句。

又一體 八十二字　　　　　　　　　　　　　　　晏　殊

笑秋天。晚荷花綴露珠圓。風日好，數行新雁貼寒烟。銀簧
●○△　●●○○●●○　○○●　●○○●●○○　　○○

調脆管，瓊柱撥清弦。捧鵃船。一聲聲、齊唱太平年。　　人
○●●　○●●○○　●○△　●○○、○●●○△　　　　○

生百歲，離別易，會逢難①。無事日，剩呼賓友啓新筵。星霜
○●●　○●●　●○△　○●●　●○○●●○○　○○

催綠鬢，風露損朱顔。惜清歡。又何妨、沉醉玉尊前。
○●●　○●●○△　●○△　●○○、○●●○△

次句比前作少"見"字。"銀簧"二句平仄異。"捧鵃船"句叶韵，"無事日"句不叶。"笑"字，《詞譜》作"樂"，"新"字作"芳"。

【蔡案】

① 這六個字即前段"晚荷花綴露珠圓"減一字而成，所以是六字折腰一句，而非三字兩句。

雨中花 五十一字　一名《送將歸》　　　　　　　　晏　殊

翦翠妝紅欲就。折得清香滿袖①。一對鴛鴦眠未足，葉下長
相守。　　　莫傍細條尋嫩藕。怕綠刺胃衣傷手。可惜許月
明風露好②，恰在人歸後。

王觀詞，名《送將歸》。調本波唐作，見《畫墁録》，原詞未見。此首最先，録之爲式。與《雨中花慢》異。餘詳《霜葉飛》下。《詞律》以《夜行船》併爲一調，考各家分列兩名，字句互異，決非一

調③，仍分列。

【蔡案】

① 校之本詞後段，本句疑脱落一領字。

② 本句如果是八字句，則以讀爲上三下五式爲好。但本句疑衍一“許”字。根據詞句韵律的一般變化規則，“可惜許、月明風露好”一句，可衍化爲七字一句，而罕有衍化爲四字二句的。

③ 本調與《夜行船》並没有實質性的差異，因此萬樹將二者合爲一體，《欽定詞譜》則認爲“以兩結句五字者，爲《雨中花》，兩結句六字、七字者，爲《夜行船》”，這種强爲分體的説法，祇不過是一種極爲原始的感覺而已，毫無韵律上的依據。秦巘以“字句互異”的理由，認爲絶非一調，同樣没有律理上的説服力。我們細究兩者的全部詞作，發現二者祇不過是存在一二字的增減而已，而詞之增減一字，原本是一個極爲常見的微調方式，如果僅僅因爲增減一字就成了别調，那麽詞調便是個不可勝數的樣式了。此外有些詞所存在的調名互用情況，也可以證明二者實爲一體，如秦巘所録的劉一止詞，此爲《雨中花》，而彊村叢書本《苕溪詞》則名爲《夜行船》。

又一體 五十二字　　　　　　　　　　　　　　歐陽修

千古都門行路。能使離歌聲苦。送盡行人，花殘春曉，又別東君去。　　醉藉落花吹暖絮。多少曲堤芳樹。且携手流連，良辰美景，留作相思處。

前段第三、四句各四字，後段次句六字，三、四句一五一四字，與晏異。毛滂一首同。《詞律》以爲誤多或誤少，未確。“又別”句，汲古刻作“又到君東去”，誤。“曉”字，葉《譜》作“晚”[一]。

【校記】

[一] 根據本詞語境，"晚"字比"曉"字更恰。

又一體 五十六字　　　　　　　　　　　　王　觀

百尺清泉聲斷續。映瀟灑、碧梧翠竹。面千步回廊，重重簾幕，小枕欹寒玉。　　試展鮫綃看畫軸。是一片瀟湘凝綠①。待玉漏穿花，銀河垂地，月上闌干曲。

　　　前段首句七字，次句亦七字，三句五字，後段同，與歐作異。

【蔡案】

　　① 本句對應前段"映瀟灑、碧梧翠竹"，前段既然讀爲上三下四式句法，則後段自應也讀爲上三下四，因爲詞的一個基本韵律特徵是前後段的對應美。在有標點時代，前後段的一致性是一個很重要的形式美表現，甚至會影響到作品的達意，細品可知，"是一片瀟湘凝綠"和"是一片、瀟湘凝綠"是有一些語意上的差異的。

又一體 五十字　　　　　　　　　　　　李之儀

王德循東齋瑞香花

點綴葉間如繡。開傍小春時候。莫把幽蘭容易比，都占盡、人間秀。　　信是眼前稀有。消得千鍾美酒。只有些兒堪恨處，管不似、人長久。

　　　汲古名《雨中花令》，前段同晏作，只結句六字異。後段與前段合。

又一體 五十二字[一] 前 人

休把身心攔就。著便醉人如酒。富貴功名雖有味，畢竟因誰守。　看取刀頭切藕。厚薄都隨他手。趁取日中歸去好，莫待黃昏後。

前後段同，兩結俱五字，與前作異。

【校記】

[一] 應是"四十八字"。

又一體 五十四字 劉一止

十頃疏梅開半就。折芳條、嫩香滿袖。今度何郎，尊前疑怪，花共人俱瘦。　惻惻輕寒吹散酒。高城近、怕聽更漏。可惜溪橋，月明風露，長是人歸後。

前起二句各七字，後段次句亦七字，三句四字，與歐作異。

又一體 五十四字 揚无咎

早已是、花魁柳冠①。更絕唱、不容同伴。畫鼓低敲，紅牙隨應，著個人勾喚。　漫引鶯喉千樣囀。聽過處、幾多嬌怨。換羽移宮，偷聲減字，不怕人腸斷。

此同劉作，惟首句上三下四字，句法異。"怕"字，汲古作"顧"。

【蔡案】

① 本調起拍或六字或七字，都是律句句法，宋詞中未見有折腰式起句，“早”字應是衍文，檢毛校本《逃禪詞》，本句作“已是花魁柳冠”，應據删改。

雨中花令 五十四字　　　　　　　　　　　張　先

贈 胡 楚 草

近鬢彩鈿雲雁細。<small>大雲雁小雲雁</small>好容顔、花枝争媚。<small>花枝十二</small>學雙燕、同棲還並翅。<small>雙燕子</small>我合著你難分離①。<small>合著</small>這佛面、前生應布施②。<small>金浮圖</small>你更看蛾眉下秋水③。<small>眉十</small>似賽九底、見他三五二。<small>胡草</small>正悶裏也須歡喜④。<small>悶子</small>

　　　　見鮑本《子野詞》，句法與各家全異。調名加“令”⑤，與周紫芝《雨中花令》亦不同。原本不分段，似當於“分離”句分段。所注“大雲雁”、“小雲雁”、“金浮圖”皆是調名，想合各曲而成。然“花枝十二”、“合著”等名，從未之見，想皆逸調。此已開後世集曲之先聲矣，附列於後，俟考。

【蔡案】

①《欽定詞譜》於“分離”後分段，並云：“前段結句‘我’字、‘你’字，後段起句‘這’字，第二句‘下’字，第三句‘底’字，結句‘正’字、‘也’字，此皆襯字，若都減去，亦是此調正格，前後未嘗不整齊也。”按，如果按照這個説法減去諸字，前段“學雙燕”句，後段“眉十”句、“見他”句依然與前調不相吻合，因此没有説服力，有牽强的嫌疑，不可取。又，“合”字以入作平。

② 本句宜讀爲上三下五句法。又按，“施”字去聲，在置部。

③ 本句宜讀爲上三下五句法。

④ 本句宜讀爲上三下四句法。

⑤ "你更看"句、"正悶裏"句，原譜未讀斷。"底"字原譜注"豆"，誤。本調與前一體應該是同名異調。至於《雨中花令》，也就是《雨中花》，調名加"令"與否並沒有任何不同。自明清以來，詞譜家都不知道詞調中的"令、引、近、慢"各字，僅僅是起一個區別體制的作用，而並非別名，因此，所有的詞調都可以添加相對應的字，"令、引、近、慢"也就相當於是一個"題注"而已。

六幺令 九十一字　一名《録要》《緑腰》《樂世》　　　晏　殊[一]

雪殘風信[二]，悠颶春消息[三]。天涯倚樓新恨①，楊柳幾絲
◎○●●　　⊙●○○▲　　⊙○●◎○●　　○●◎○

碧[四]。還是南雲雁少，錦字無端的。寶釵瑤席。香□歌聲，
▲　　◎●○○●●　　●●○○▲　　◎○○▲　　⊙○○●

拚作尊前未歸客。　　　遥想疏梅此際，月底香英白。別後
⊙●○○●○▲　　　　⊙○◎○●●　　●●○○▲　　◎●

誰繞前溪，手揀繁枝摘。莫道傷高恨遠，付與臨風笛。儘堪
○●○○　　●●○○▲　　◎●○○●●　　●●○○▲　　◎○

愁寂。花時往事[五]，更有多情故人憶。
○▲　　⊙○◎●　　◎●○●○●▲

> 唐《教坊記》大曲名有《緑腰》，唐軟舞曲。《宋史·樂志》：中呂調，大曲名，又入南呂調，又入仙呂調。《樂章集》屬仙呂宮。《碧雞漫志》云："今《六幺》行於世者，曰黃鐘羽，即俗呼般涉調；曰夾鐘羽，即俗呼中呂調；曰林鐘羽，即俗呼高平調；曰夷則羽，即俗呼仙呂調。皆羽調也。""歐陽永叔云'貪看六幺花十八'，此曲內一叠，名花十八，前後十八拍，又四花拍，共二十二拍。樂家老流所謂花拍，蓋非正也。"《九宮大成》入南詞仙呂宮正曲，此曲

拍無過六字者，故名《六幺》，又入北詞黄鐘調隻曲。

　　《碧雞漫志》又云："《六幺》亦名《緑腰》，一名《樂世》，一名《録要》。《唐史·吐蕃傳》云：'奏涼州、渭州雜曲。'[六] 段安節《琵琶録》云：'《緑腰》，本《録要》也。樂工進曲，上令録其要者。'《青箱雜記》云：'曲有《録要》者，《霓裳羽衣》之要拍也。'《琵琶録》又云：'貞元中，康昆侖琵琶第一手，兩市鬥樂，昆侖踞東彩樓，彈新翻羽調《緑腰》，自謂無敵手矣。曲罷，市之西彩樓出一女郎，抱樂器云："我亦彈此曲。"兼移在楓香調中，撥聲如雷雨交集，奇妙入神。昆侖悵然自失，願拜爲師。女郎更衣出，乃僧善本，俗姓段者也。'亦見《樂府雜録》中。《明皇雜録》云：'開元中樂工李龜年善歌，製《渭州》《六幺》，亦奏《霓裳羽衣》，特承顧遇。'"

【校記】

　　[一]《小山詞》收録本詞，則作者應是晏幾道。據唐圭璋先生考，《梅苑》作晏殊詞，屬於誤題。

　　[二] 原注"雪"字可平。其餘旁注可平可仄均標示於圖符中。

　　[三] 原注"颭"字去聲。

　　[四] 原注"幾"字作平。

　　[五] 往事，原作"往來"，不合韵律，據彊村叢書本《小山詞》改。

　　[六] 這一段《碧雞漫志》原文爲："《唐史·吐蕃傳》亦云：'奏《涼州》《胡渭》《録要》雜曲，今小石調《胡渭州》是也。然世所行《伊州》《胡渭州》《六幺》皆非大遍全曲。"秦巘失録最重要的二字，以致不知所謂。

【蔡案】

　　① 本句句法大拗，第五字應仄而平，是失律處。就本句而言，既

非警句,又非韵律中關紐,通篇律句的詞中無理由夾入一個違律的大拗句式。且從本詞内容可知,此詞應該並非創調詞,則基本可以斷定是所據的母詞已經舛訛。之後儘管有賀鑄、周密等人糾正,這一舛訛依然成爲主流填法。詞由近體詩衍化而來,所以詞也是近體的,詞句即詩句,正常情況下都是律句,不律的句子基本上都是出於誤填,而不是萬樹、吴梅們説的什麽"音律最妙處"。如果失律的大拗句式是音律最妙處,何以最妙的詞句並不是都由失律句構成? 另一方面,將所有的失律句都搜集起來,可以發現,它們往往既非名作也非名句,比如這一句就是一個很好的例子。

又一體 九十四字　　　　　　　　　　　　　周　密

次韵劉養源賦雪

癡雲翦葉,簷滴夜深悄。銀城飛捷翠壠,占祥豐年報[一]。白戰清吟未了。寒鵲驚枝曉。鶴迷翠表。山陰醉卧,今日何人問安道。　　交映虚窗净沼。不許游塵到。誰念絮帽茸裘,歎幼安今老。玉鑒修眉未掃。白雪詞新草。冰蟾光皎。梅心香動,閒看春風上瓊島。

　　　　前後段第五句及换頭句,皆叶韵,周二首和韵同。"祥"字别首用仄,此用平,當誤①,勿從。

【校記】

　　[一] 原注"祥"字宜仄。

【蔡案】

　　① 本詞的前後段第二均,是一個不對稱結構,更與晏詞迥異。

後段第四句拍，與晏詞不同，是一個一領四的折腰句式，而前段則是一個三字托承四字儷句的結構。因爲這樣的韵律結構，"祥"字就必須是一個平聲字，這一均具體而言是"銀城飛捷，翠壠占祥"是一個偶句，由"豐年報"承托。

繞池游 七十二字　　　　　　　　　　　　　　　　　晏　殊

漸春工巧，玉漏花深寒淺。韶景變，融晴蕙風暖。都門十二，三五銀蟾光滿。瑞烟葱蒨，禁城閬苑。　　棚山雉扇。絳蠟交輝星漢。神仙籍，梨園奏弦管。都人游玩，萬井山呼歡抃。歲歲天仗，願瞻鳳輦。

　　　　蔣氏《九宮譜目》注雙調。《九宮大成》入南詞商調引。
　　　　"池"一作"地"。見《樂府雅詞》本，《詞律》失收。各本皆無名氏，《珠玉詞》不載[一]。
　　　　兩起句，句法異。"禁"、"閬"、"願"、"鳳"四字仄聲，"變"字、"蒨"字非叶韵①。第二"歲"字，應作平聲，疑誤。

【校記】

　　［一］本詞作者並非晏殊，《樂府雅詞拾遺》收録本詞，作者無名氏，秦巘知而不改，不知道其所據是什麼本子。

【蔡案】

　　① 本調僅此一首，無別首可校。秦巘認爲"變"、"蒨"未必是韵，我們則以爲亦未必不是韵。秦巘所據，無非是前後段的比較，但是前後段韵脚不對應使用的情況很多，如本詞前段首拍不叶韵，但是後段首拍則叶韵，就是一個很好的例子，所以不足爲憑。除此二字，後段的"玩"字也可能是韵。當然，這三處填者可韵可不韵，或更加合乎其

本來的韵律。

夏日宴贊堂 九十八字 晏　殊

日初長。正園林換葉，瓜李浮香。簾外雨過，送一霎微凉。
蘋蕪逕曲凝珠顆，襯沙汀、細簇蜂房。被晚風輕颭，圓荷翻
水，潑覺鴛鴦。　　此景最難忘。趁芳樽泛蟻，筠簟鋪湘。
蘭舟棹穩，倚何處垂楊。豈能文字成狂飲，更紅裙、閒也何
妨。任醉歸明月，蝦鬚簾捲，幾綫微霜。

> 《九宮大成》入南詞小石調正曲。
> 　詞見《樂府雅詞》，詠本意爲名。各譜皆無名氏，一本爲同叔
> 作，《珠玉詞》不載[一]。玩辭意不類，姑繫於後，俟考。
> 　前後第二、五、八句，皆一領四字句。“浮”字，一作“飄”，
> “颭”字作“颺”，“微”字作“餘”。“外”字宜用平，葉《譜》作“前”。
> “萍”字作“平”，“沙”字作“莎”，“更”字作“便”[二]。

【校記】
　［一］本詞作者並非晏殊，《樂府雅詞拾遺》收録本詞，作者無名
氏，秦巘知而不改，不知道其所據是什麽本子。
　［二］“外”字應作“前”，“更”字應作“便”。

玉樓人 五十五字 晏　殊

去年尋處曾持酒。又還是、向南枝見後。宜霜宜雪精神，没
些兒、風味減舊[一]①。　　先春似與群芳鬥。度暗香、不待
頻嗅。有人笑折歸來，玉纖長、儘露羅袖[二]。

《九宫大成》入北詞高宫隻曲。

《珠玉詞》不載,《梅苑》作無名氏[三]。少"又"字[四],"度暗香",作"暗香味"。"羅袖",一本作"衫袖"。《詞律》失收此調。"味"字、"露"字,宜用去聲。

【校記】

[一]"味"字用●符標識,意謂宜用去聲。

[二]"露"字用●符標識,意謂宜用去聲。

[三]本詞作者並非晏殊,《梅苑》卷七收録本詞,作者無名氏,秦巘知而不改,不知道其所據是什麽本子。

[四]並非《梅苑》本少一"又"字,而是秦巘所據本多一"又"字。後段對應句爲"度暗香、不待頻嗅",可知應該是一個上三下四式的句式。以他詞校,本詞僅二首,别首魏了翁詞本句作"共慶賀、娘娘七帙",也是折腰七字句,因此本句應該以"還是向、南枝見後"爲正。

【蔡案】

① "减"字以上作平。

憶人人 五十五字　　　　　　　　　　晏　殊

密傳春信[一],微裝曉艷。澹泞香苞欲綻。臨風雖未吐芳心,奈暗露、盈盈粉面。　　何人月下,一聲長笛,即是飛英凌亂。憑闌無惜賞芳姿[二],更莫待、傾筐已滿。

《梅苑》收此,凡二首,叠韵。《詞譜》爲《鵲橋仙》别名,然各立主名,無他作可證①。《珠玉詞》《詞律》皆不載。

一本缺"凌"字,"無"字作"莫",誤。

【校記】

[一] 原注"密"字、次句"曉"字、第三句"澹"字、前結"粉"字、後起"月"字、次句"一"字可平。按，"密""月""一"三字本爲入聲，入聲則不存在"可平"的問題，準確的備注，應爲"作平"才是。"春"字、前結前"盈"字可仄。

[二] 原注"憑"字可平。按，"憑"字本可讀爲平聲。

【蔡案】

① 此即《鵲橋仙》，與正體同，非別體。秦巘"各立主名，無他作可證"如果成立，則不存在別名了。

滿江紅 九十四字 一名《上江虹》　　　　　杜　衍

退　寓　南　都

無名無利，無榮無辱，無煩無惱①。夜窗前、獨歌獨酌，獨吟獨笑。又值群山初雪後，又兼明月交光好。便假饒、百歲擬如何，從他老。　　知富貴，誰能保。知功業，何時了。算簞瓢金玉，所爭多少。一瞬光陰何足道，但思行樂終須早。待春來、携酒殢東風，眠芳草。

> 唐教坊曲名。高栻詞注南呂調。《古今詞譜》云："《滿江紅》，仙呂宮曲。"《教坊記》有此名。《九宮大成》入北詞仙呂調隻曲。又名《滿江紅急》《滿江紅尾》，入南詞正宮正曲。與南呂宮引不同。

> 朱慶餘《冥音錄》云："廬江尉李侃有外婦崔氏，性酷嗜音。有女弟茝奴善鼓箏，未嫁而卒。二女幼傳其藝，終莫究其妙，每

心念其姨。開成五年四月三日,因夜夢寐,謂其母曰:'向者夢姨,執手泣曰:"我自辭人世,在陰司簿屬教坊,汝之情懇,我乃知也。"'翌日,乃灑掃一室,仿佛如有所見,因執箏就坐,閉目彈之,隨指有得,一日獲十曲,其六曰《上江虹》,注正商調二十八叠。(節録)《歷代詩餘》云:"《冥音録》云:名《上江虹》,後轉易二字得今名。韵必平仄獨用,不可兼用,若換頭互用韵者,非。"

　　此用上聲韵,惟"笑"字去聲。《歷代詩餘》所云,不知何據。

　　起三句各四句,與各家不同,僅見此首。凡三字句,各家平仄參差,可不拘。惟兩結用平平仄,間有異者,即失音律。觀姜詞原題,可見詞之宫調在是,勿誤。

【蔡案】

　　① 本詞或爲首見詞,而非首創詞,所以其體式不正,不可爲範。本調首均例作四字一句、折腰式七字一句,這是定格,本詞多一字,其實祇是誤填而已,而不是微調。

　　又一體 九十三字　　　　　　　　　　　　張　先

初　春

飄盡寒梅[一],笑粉蝶、游蜂未覺。漸迤邐、水明山秀,暖生簾
⊙●○○　　●○●　○○●▲　○●●　●○○●　●○○
幕。過雨小桃紅未透,舞烟新柳青猶弱。記畫橋、深處水邊
▲　⊙●●○○●●　●○○●○○▲　●○○　○●●○
亭,曾偷約①。　　　　多少恨,今猶昨。愁和悶,都忘却②。拼
○　○○▲　　　　　○◎●　○○▲　○⊙●　○○▲　○
從前爛醉,被花迷著。晴鴿試翎風力軟,雛鶯弄舌春寒薄。
⊙○○●　●○○▲　○○●○○●●　○○●●○○▲
但祇愁、錦繡鬧妝時,東風惡。
●●○　●●●○○　○○▲

《樂章集》屬仙呂宮。

此用入聲韵，宋人填此體者最多，是爲正格。

“翎”字，一作“鈴”，“鬧”字作“鬥”，今從鮑本。

【校記】

〔一〕原注“飄”字可仄。其餘旁注可平可仄均標示於圖符中。

【蔡案】

① 本調的前後段兩個尾均，有一種常見却至今不爲人所認識的填法，本詞前段就是一個典型的例子：“記畫橋深處，水邊亭、曾偷約。”很奇怪這種在詞意上一五一六很明顯的句子，怎麼會都讀破、讀錯。

② 此爲正體。換頭四個三字結構，均須平聲字起，前後段尾拍三字，則更以○○▲爲正格，宋人偶有不諧的詞例，不足爲範。

又一體 九十一字　　　　　　　　　　　柳　永

匹馬驅驅，搖征轡、溪邊谷畔。望斜日西照，漸沉山半。兩兩棲禽歸去急，對人相並聲相喚。似笑我、獨自向長途，離魂亂。　　中心事，多嗟惋。人獨宿，前村館。想鴛衾今夜，共他誰暖。惟有枕前相思淚，背燈彈了依前滿。怎忘得、香閣共伊時，嫌更短。

《樂章集》屬中呂調。

此體汲古未載。前段第三句比各家少二字，葉夢得、呂渭老皆有此體。

又一體 九十七字　　　　　　　　　　　　　　前　人

萬恨千愁，將年少、衷腸牽繫。殘夢斷、酒醒孤館，夜長滋味。可惜許、枕前多少意。到如今、兩總無終始。獨自個、贏得不成眠，成憔悴。　　　添傷感，將何計。空祇恁，厭厭地。無人處思量，幾度垂淚。不會得、都來些子事。甚恁底、抵死難拚棄。待到頭、終久問伊看，如何是。

　　《樂章集》屬仙吕宫。

　　此用去聲韵，然"始"字、"是"字皆上聲。兩段七字句俱作八字，皆叶韵，此體祇此一首。汲古缺"將"字、"抵"字。又"看"字作"著"，"著"字可讀作平，今據宋本訂正。

又一體 九十四字　　　　　　　　　　　　　　蘇　軾

董義夫名鉞，自倅漕得罪，歸鄱陽。遇東坡於齊安，怪其豐暇自得，曰："吾再娶得柳氏，三日而去官，吾固不戚戚而憂柳氏，不能忘懷於進退也。已而欣然同憂患，如處富貴，吾是以益安焉。"乃令家僮歌其所作《滿江紅》。東坡嗟歎之，次其韵。

憂喜相尋，風雨過、一江春綠。巫峽夢、至今空有，亂山屏簇。何似伯鸞携德曜，簟瓢未礙清歡足。漸燦然、光彩照階庭，生蘭玉。　　　幽夢裏，傳心曲。腸斷處，憑他續。文君婿知否，笑君卑辱。君不見、周南歌漢廣，天教夫子休喬木。

便相將、左手抱琴書，雲間宿。

> 後段第七句八字，與各家異。《詞律》謂無此體，不知東坡詞二首皆如此。愚按：此等處意到筆隨，偶增一二襯字以暢其意①，歌時常腔即過，無礙宮調，詞固不得以字數計較也。今之作者宮調不明，必按譜填腔，專依某體爲據，不可任意增損，致蹈杜撰之譏。

【蔡案】

① 清代詞譜家有關於"詞有無襯字"的爭論，萬樹以爲無，秦巘以爲有，除二人外，置辭"有無之爭"的人不少，至今依然紛爭不息。秦巘認爲有，是因爲對"何謂襯字"缺乏理論上的認識，在後詞樂時代，姑不論詞樂中的板眼問題，僅就文本詞的形式而論，襯字應該至少有兩個自由性的特徵：其一，作者自由性。這就意味著所有填《滿江紅》的人，都可以在後段第七句第八字植入襯字，其時既非"偶增"，今天也不是"不可任意增損"；其二，文字自由性。如果我們認定"君不見"句有襯字，那就意味著這個七字句不僅可以變成八字，也可以九字、十字甚至更多字。

又一體 九十四字　　　　　　　　　　　趙　鼎

慘結秋陰，西風送、絲絲雨濕。凝望眼、征鴻幾字，暮投沙磧。欲向鄉關何處是，水雲浩蕩連南北。但修眉、一抹有無中，遙山色。　　　天涯路，江上客。腸已斷，頭應白。空搔首興歎，暮年離隔。欲待忘憂除是酒[一]，奈酒行有盡愁無極。便挽將、江水入尊罍，澆胸臆①。

後段第八句八字，比各家多一字，"奈"字是襯字也。李昴英
一首與此同。《詞律》不收此體。

【校記】

[一] 本句四印齋所刻詞本《得全居士詞》作"須信道消憂除是
酒"，則本句也是八字，七字聯兩句各添一字，與柳永"萬恨千愁"詞體
作法相同，衹是前段不添字而已。

【蔡案】

① 本句的"挽將江水"和前段的"修眉一抹"，都是不可讀斷的，
而"入尊罍，澆胸臆"更是一個儷句，所以，即便我們不讀爲"便挽將
江水，入尊罍、澆胸臆"，至少也應該讀爲"便挽將江水入尊罍，澆
胸臆"。

又一體 九十字　　　　　　　　　　　　　　　程　垓

葺屋爲舟，身便是、烟波釣客。况人間原似，泛家浮宅。秋
晚雨聲篷背穩，夜深月影窗欞白。滿船詩酒滿船書[一]，隨宜
索。　　也不怕，雲濤隔。也不怕，風帆側。但獨醒還睡，
自歌還歇。卧後從教鰍鱔舞，醉來一任乾坤窄。恐有時、撑
向大江頭，占風色。

前段第三句五字與柳第一首同，七句七字，少一字，與各
家異。

【校記】

[一] 宋詞此處均作三五式八字句，《全宋詞》作"□滿船詩酒滿
船書"，並注云："陸校：'滿船'上疑脱一字。據補。"此處脱字無疑。

又一體 八十九字　　　　　　　　　　呂渭老

晚浴新凉,風蒲亂、松梢見月。庭陰盡,暮蟬啼歇。螢繞井
闌簾入燕,荷香蘭氣供摇箑。賴晚來、一雨洗浮塵,無些
熱。　　心下事,峰重叠。人甚處,星明滅。想行雲應在,
鳳凰城闕。曾約佳期同菊蕊,當時共指燈花説。據眼前、何
日是西風,凉吹葉。

　　　前段第三句三字,比各家少四字①。"浮"字,汲古、《詞律》
　　作"游","峰"字作"蜂",誤。

【蔡案】

　　① 本詞《詞律》《欽定詞譜》等譜書都作爲又一體收録,表明
清代詞譜家都已經没有了宋人的均拍概念。本調第二均正確的
結構是三字一逗、四字兩句,爲一起一收的兩拍,即"庭陰盡"本是
一個三字逗,這樣第二均就只剩下一個孤拍,而構不成一個完整
的均,結構上的殘缺是很顯然的,絶不存在"減字"的問題。清代
詞譜家在這類問題上,往往用一個含糊其辭、没有韵律概念的
"少"字,袛是籠統地説"少四字",而没説清楚到底是"減四字"還
是"奪四字"。

又一體 九十三字　　　　　　　　　　張元幹

自豫章阻風吳城山作

春水連天,桃花浪、幾番風惡。雲乍起、遠山遮盡,曉風還
惡。緑遍芳洲生杜若。楚帆帶雨烟中落。傍向來、沙嘴共

停橈，傷漂泊。　　　寒猶在，衾偏薄。腸欲斷，愁難著。倚篷窗無寐，引杯孤酌。寒食清明都過却。最憐輕負年時約。想小樓、終日望歸舟，人如削。

　　　《草堂》原題作《春暮》，爲周美成作，均誤，今從汲古本。
　　　前段第五句，後段七句皆叶韵，與柳同。"却"字，《草堂》作"了"。程玠一首同。

又一體 九十四字　　　　　　　　　　　　　辛棄疾

暮　　春

點火櫻桃，照一架、荼蘼如雪。春正好、見龍孫穿破①，紫苔穿壁。乳燕引雛飛力弱，流鶯喚友嬌聲怯。問春歸、不肯帶愁歸，腸千結。　　　層樓望，春山叠。家何在，烟波隔。把古今遺恨，向他誰説。蝴蝶不傳千里夢，子規叫斷三更月。聽聲聲、枕上勸人歸，歸難得。

　　　前段第三句比各家多一字。《詞律》亦未收。

【蔡案】
　　　① 本詞即張先正體的詞格，祇是前段第三拍多一字異。從全宋《滿江紅》五百餘首、辛棄疾三十三首中僅此一首多一字這一事實，可以基本斷定這是文字的誤衍，而非添字。從韵律的角度分析，如果這一句法成立，那麼就會形成一個"三字逗領一字逗領四字兩句"的奇怪結構。由此可見，本詞無須收入詞譜類專著中，但《詞繫》作爲以詞調研究爲主要功能的專著，則不在此例。

又一體 九十五字　　　　　　　　　　　　　吳　淵

投老未歸，太倉粟、尚教饘食。家山夢秋江漁唱[①]，晚峰牛笛。別墅風流慚莫繼，新亭老淚空成滴。笑當年、君作主人翁，今爲客。　　紫燕泊，猶如昔。青鬢改，難重覓。記携手同游此處[②]，恍如前日。且更開懷成樂事，可憐過眼成陳跡。把憂邊、憂國許多愁[③]，權抛擲。

後段第五句七字比各家多二字。《詞律》亦未收。

【蔡案】

① 本句應於第三字後讀斷，原意表示"秋江漁唱，晚峰牛笛"都屬於"家山夢"的範圍，兩個四字句爲對仗句，而非"家山夢秋/江漁唱"，或者"家山/夢秋江漁唱"之意。三字逗有兩種基本形式，一種是單起式，如本詞的"笑當年"、"記携手"，一種是雙起式，如本詞的"太倉粟"、"家山夢"。單起式的三字逗，根據具體的語境是可以允許在其後不用頓號的，如本詞的"記携手同游此處"，有的甚至不可以讀斷，如本詞的"把憂邊憂國，許多愁、權抛擲"，但是雙起式的則必須有一個讀住，除非他是二字逗。

② 秦巘稱本句是"多二字"，而沒有爲什麼多二字的闡述，這就使得這一詞的分析變得毫無價值，因爲即便一個不識字的人，也可以對比正體得出"多二字"的結論。詞譜家至少應該在"多二字"這一表象下，依據律理進一步分析出：這是作者在創作時主觀上的"添二字"，還是這是在作者創作後因爲客觀因素形成的"衍二字"。如果是前者，則可以列爲"又一體"，如果是後者，那就是舛誤詞，可以在分析被收錄的其他詞這一句拍時作一個舉例分析，但不應該列爲"又一

體"。我們根據本調的韻律分析,認爲這裏應該不是衍文,而是有意
爲之的添字,而添字的目的,則是爲了試圖與前段形成一種更和諧的
對應,屬於創作上的微調。

③ 在本調第二首張先"飄盡寒梅"詞蔡案中,我們曾説本調的前
後段尾均中,有一種常用的結法,與我們通常所見一成不變的句讀不
同,是五字一句、六字折腰一句,如杜衍的"便假饒、百歲擬如何,從他
老"、"待春來、携酒殢東風,眠芳草"應該是"便假饒百歲,擬如何、從
他老"、"待春來携酒,殢東風、眠芳草";張先的"記畫橋、深處水邊亭,
曾偷約"應該是"記畫橋深處,水邊亭、曾偷約";趙鼎的"但修眉、一抹
有無中,遥山色"、"便挽將、江水入尊罍,澆胸臆",應該是"但修眉一
抹,有無中、遥山色"、"便挽將江水,入尊罍、澆胸臆";張元幹的"傍向
來、沙嘴共停橈,傷漂泊"應該是"傍向來沙嘴,共停橈、傷漂泊"等等。
有些則更宜讀爲八字一氣,如本句就應該讀爲"把憂邊憂國許多愁,
權拋擲"。

又一體 九十五字　　　　　　　　　　　　　　　　姜　夔

《滿江紅》舊調用仄韵,多不諧律。如末句云"無心撲"三字,
歌者將"心"字融入去聲,方諧音律,予欲以平韵爲之,久不能
成。因泛巢湖,聞遠岸簫鼓聲,問之舟師,云:"居人爲此湖神
姥壽也。"予因祝曰:"得一席風徑至居巢,當以平韵《滿江紅》
爲迎送神曲。"言訖,風與筆俱馳,頃刻而成。末句云"聞佩
環",則協律矣。書以綠箋,沉於白浪,辛亥正月晦也。是歲
六月,復過祠下,因刻之柱間。有客來自居巢,云:"土人祠
姥,輒能歌此詞。"按,曹操至濡須口,孫權遺操書,曰:"春水

方生，公宜速去。”操曰：“孫權不欺孤。”乃徹軍還。濡須口與

東關相近，江湖水之所出入。予意春水方生，必有司之者，故

歸其功於姥云。

仙姥來時，正一望、千頃翠瀾[一]。旌旗共、亂雲俱下[二]，依
○●○○　●　●●　　○●△　　　　○⊙●　●○●●　　　○

約前山。命駕群龍金作軛，相從諸娣玉爲冠[三]。向夜深、風
●○△　●●○○○●●　　○○○●●○△　　　　●　◎○●　⊙

定悄無人，聞佩環[四]。　　　神奇處，君試看。奠淮右，阻江
●●○○　○●△　　　　　　○⊙●　○●●　　◎○●　●○

南。遣六丁雷電，別守東關。却笑英雄無好手，一篙春水走
△　　●●○○●　　●●○○　●●○○○●●　●○○●●

曹瞞。又怎知、人在小紅樓，簾影間[五]。
○△　　●●○　⊙●○○　○●△

　　　　此用平韵，“翠”字必去聲①，兩結字必平仄平，不可移易，説

詳原題。

　　　　《古今詞譜》云：“彭芳遠有平韵詞。”愚按：彭乃元人，姜作

在前，改用平韵實始於姜，此原體，不可不録也。此調四聲各押，

不知何人創製。今以杜、張、柳、姜四首爲式，餘皆變體。宋以

後，填入聲者多。

【校記】

　　　　[一]“翠”字用●符標識，意謂必用去聲。

　　　　[二]原注“旗”字可仄。其餘旁注可平可仄均標示於圖符中。

又，原譜本句不讀斷。

　　　　[三]本句原注云：“廟中列坐如夫人者，十三人。”

　　　　[四]“聞珮環”三字用○◐○符標識，意謂必用平仄平聲。

　　　　[五]“簾影間”三字用○◐○符標識，意謂必用平仄平聲。

【蔡案】

① 秦巘認爲"翠"字必用去聲，依然是一個樸素的認識，而没有任何韵律上的依據，目前宋詞本調平聲韵存世者，共爲八首，這四字劉辰翁作"花陰滿城"，彭元遜作"銖衣幾重"，彭芳遠作"蘆花雪深"，二上一入，八中有三，足見"必用去聲"的説法不可靠。

霜天曉角 四十三字　一名《踏月》《長橋月》《月當窗》
《梅花令》　　　　　　　　　　　　　　　　　　　林　逋

梅　花

冰清霜潔[一]。昨夜梅花發[二]。甚處玉龍三弄，聲摇動、枝
⊙○⊙▲　　◎●○○▲　　◎●◎○○○　○○●　○

頭月。　　夢絶①。金獸爇。曉寒蘭燼滅。更捲珠簾清賞，
○▲　　　●▲　●○▲　◎○○●▲　◎●○○●

且莫掃、階前雪。
◎●●　○○▲

元高栻詞注越調，《九宮大成》入南詞越調引。

程垓詞，有"須共踏、夜深月"句，名《踏月》。張輯詞，有"一片月、當窗白"句，名《月當窗》。《詞律》及各譜作毛滂，誤。吳禮之詞有"長橋月"句，名《長橋月》。《歷代詩餘》名《梅花令》②。

《古今詞話》云："林君復結廬孤山二十年，足不及城市。真宗賜以束帛，詔長吏歲時存問。有詠梅《霜天曉角》詞。"

周密《癸辛雜識》云："嘗記淳熙間，王氏子與陶女名師兒，共溺西湖，有人作'長橋月'、'短橋月'，正其事也。"黄昇《花庵詞選》作吳禮之賦《霜天曉角》弔之，與林作同，故不另録。

【校記】

［一］原注"冰"字、"霜"字可仄。

〔二〕“昨夜”，原作“昨天”，違律，今據《全芳備祖》卷一改。

【蔡案】

① 本詞過片以○○○●▲爲正，也有多家於第二字間入句中短韵者，則以◎▲⊙◎▲爲正。本詞“絶”叶韵“爇”、“滅”，也是句中短韵，從後一首趙詞的秦巘注疏中可知，秦巘應該知道有句中韵，但最終漏記，故謹補。

②《踏月》《月當窗》《長橋月》《梅花令》均非正式調名，所以宋元無人襲用，這一類詞名或指代名，被清代詞譜家誤標注爲調名的極多，其數量或已經超過了正名。

又一體 四十二字　　　　　　　　　　趙師俠

三　衢　道　中

雨餘風勁。霧重千山暝。茅舍寒林相映。分明是、畫圖景。　　　去程何日定。天遠長安近。喚起新愁無盡。全没個、故園信。

前後第三句皆叶韵，換頭第二字不叶①，與前異。“畫”字、“故”字，以後各家皆用仄。“舍”字一本作“屋”，“全”字作“今”，誤。

【蔡案】

① 從這一句可以看出前一首的句中短韵，秦巘是知道的。

又一體 四十四字　　　　　　　　　　程　垓

玉清冰樣潔。幾夜相思切。誰料濃雲遮涌，同心帶、甚時

結。　　　匆匆休惜別。還有來時節。記取江陰歸路，須共

踏、夜深月。

　　　　一本爲趙長卿作，今從汲古。

　　　　起句五字比前多一字。"涌"字汲古作"擁"。

　　又一體　四十四字　　　　　　　　　　　　　　　　程　垓

幾夜鎖窗揭。素蟾光似雪。恰恨照人欹枕，紗廚爽、冰簟

滑。　　　迤邐篆香裊。好懷誰共説。若是知人風味，來分

付、半牀月。

　　　　與前作同，平仄均異①。

【蔡案】

　　① 所謂"平仄均異"，即句式不同而已，並非別體。

　　又一體　四十四字　　　　　　　　　　　　　　　　吳文英

烟林退葉紅，偶藉游人屧。十里秋聲松路，嵐雲重、翠濤

涉。　　　佇立間素箑。畫屏羅帳叠。明月雙成歸去，天風

裏、鳳笙浹。

　　　　首句不起韵，後起二句與程作同。

　　又一體　四十一字　　　　　　　　　　　　　　　　趙希㯝

嫦娥戲劇。手種長生粒。寶幹婆娑，千古飄芳，吹滿虛

碧。　　韵色。檀露滴。人間秋第一。金粟如來境界,誰
移在、小亭側。

見《陽春白雪》。前段第三、四、五句各四字,破句法也。餘
同林作。

又一體 四十四字　　　　　　　　　　　趙長卿

霜　夜　小　酌

閣兒幽寂處,圍爐向小窗。好似鬥頭兒坐,梅烟炷、返魂
香。　　對火怯夜冷①,猛飲消漏長②。飲罷且須自臥,斜
月照、滿林霜。

此用平韵,兩起句俱不用韵。"寂"字,汲古作"靜","向"字
作"面","似"字作"是","須自臥"三字作"收拾睡","林"字作
"簾",今據《詞律訂》改正。一作趙君舉,或作趙彥端。

【蔡案】

① "火"字以上作平,"怯"字以入作平。
② "飲"字,以上作平。

又一體 四十三字　　　　　　　　　　　黃　機

玉粟冰寒。月痕侵畫闌。客裏安愁無地,爲徙倚、到更
●●　○△　　●●○○△　　●●○○　○●●　●○
殘。　　問花花不語,嗅香香欲闌①。消得個温存處②,山
△　　　●○○●●　●○○●△　　●●●○○●　○
六曲、翠屏間。
●●　●○△

亦用平韵③，與林作衹換頭句不叶韵。

【蔡案】

　　① "闌"字兩出，前段"闌"字爲實物，後段"闌"字爲動作，有所不同。《竹齋詩餘》前段作"畫欄"。

　　② 本句本質上就是一個六字折腰句，屬於誤填，不可學。

　　③ 平韵體以本式爲正，宋人多從此填，但後段第三句拍不可用折腰句式。

又一體 四十三字　　　　　　　　　　　　　　　　樓　槃

梅

月澹風輕。黄昏未足清。吟到十分清處，也不啻、二三更。　　晚鐘天未明。曉霜人未行。衹有城頭殘角，説得盡、我平生。

　　與黄作同，惟換頭句多叶一韵，同林作。

又一體 四十三字　　　　　　　　　　　　　　　　蔣　捷

人影窗紗。是誰來折花。折則從他折去，知折去、向誰家。　　簷牙。枝最佳。折時高折些。説與折花人道，須插向、鬢邊斜。

　　此與樓作全同，但換頭二字，多叶一韵。

滴滴金 五十字　　　　　　　　　　　　　　李遵勗

帝城五夜宴游歇。殘燈外、看殘月。都來猶在醉鄉中^①,聽
●○●●●○▲　　○○●　●○▲　　○○○●●○○　　●

更漏初徹^②。　　　行樂已成閒話說。如春夢、覺時節。大家
○□○▲　　　　○●●○○●▲　　○○●　●○▲　●○

同約探春行,問甚花先發。
○●●○○　●●○○▲

《九宮大成》入南詞雙角隻曲,一名《甜水令》,又入南詞黃鐘
宮引,與本宮正曲不同。蔣氏《九宮譜目》入黃鐘宮。

《能改齋漫錄》云:"此李駙馬正月十九所撰詞也。京師上元
初,放燈祇三夕,時錢氏納土進錢買兩夜,其後十七、十八兩夜
燈,因錢氏而添,故云'五夜'。"

《樂府雅詞》名《燕歸梁》,左譽作,全誤。

兩結句是一領四句法,勿誤。

【蔡案】

① 前後段第三拍,如果不叶韵,則平仄以本詞爲正,如果叶韵,
則應以晏殊詞爲正,作⊙●○○●○▲。

② 本句"漏"字誤填,依律本句第三字必須平聲,其餘的宋詞均
如此填,故擬爲應平而仄,填時不可用仄聲字。又按,前後段結拍爲
一字逗領四字句法,也有減去領字作四字一句的填法,秦巘未予
收錄。

又一體 五十字　　　　　　　　　　　　　　晏　殊

梅花漏洩春消息。柳絲長、草芽碧。不覺星霜鬢邊白。念

時光堪惜。　　蘭堂把酒留嘉客。對離筵、駐行色。千里音塵便疏隔。合有人相憶。

　　前後第三句皆叶韵,及換頭句平仄均異。

又一體 五十字　　　　　　　　　　　　　揚无咎

相逢未盡論心素。早容易、背人去。憶得歌翻腸斷句。更惺惺言語。　　萋萋芳草迷南浦。正風吹、打船雨。静聽愁聲夜無眠,到水村何處。

　　與晏作同,惟後段第三句用平,不叶韵。趙彦端一首,於前段第三句亦用平,正與此後段同①。

【蔡案】

　　① 這是一個很典型的前後段韵脚不對應的實例。

又一體 五十一字　　　　　　　　　　　　孫道絢

月光飛入林前屋。風策策、度庭竹。夜半江城繫柝聲[一],動寒梢棲宿。　　等閒老去年華促。祇有江梅伴幽獨。夢繞夷門舊家山,恨驚回難續。

　　後段次句七字,與各家異。餘同李作,平仄亦不合。

【校記】

　　[一]“繫”字,應是“擊”字之誤。

憶漢月 五十二字 或作“望”[一]

李遵勖

黄菊一叢臨砌。顆顆露珠裝綴。獨教冷落向秋天[二]，恨東
○ ●●○○ ▲　　●●●○○ ▲　　●○○●●○○　　● ○

風、不曾留意。　　雕闌新雨霽①。綠蘚上、亂鋪金蕊。此
○ ●○○ ▲　　○○○●▲　　●●●、○○○▲　　●

花開後更無花，願愛惜、莫同桃李。
○○●●○○　　●●●、●○○▲

唐教坊曲名《憶漢月》。《九宮大成》入北詞平調隻曲。

歐陽修詞亦名《憶漢月》。

《能改齋漫録》云：“李文和公作詠菊《望海月》詞，一時稱美。
公鎮澶淵，寄劉子儀書云：‘澶淵營妓，有一二擅喉塵之聲者，惟
以“此花開後更無花”爲酒鄉之資也。’”愚按：各本俱無作《望海
月》者，“海”字或是傳寫之訛。

【校記】

［一］應是“或作《望海月》”，筆誤。

［二］本句原文作“獨冷落教向秋天”，語意紊亂，平仄不諧，顯
誤，今據《能改齋漫録》卷十六改。

【蔡案】

① 後段第一拍叶韵，但宋詞僅此一首如此填，故應以不叶爲正。

又一體 五十字

晏　殊

千縷萬條堪結。占斷好風良月。謝娘春晚已多愁，更撩亂
絮如雪①。　　短亭相送處，長憶得、醉中攀折。年年歲歲
好時節[一]，怎奈有人離別。

两結各六字,後起句不叶韵,與李作異。"節"字,各家皆用平,是以入作平,非叶韵。前結句歐陽修作"故惹蜂憐蝶惱",與後同。

【校記】

[一] 原注"節"字作平。

【蔡案】

① 秦巘所據本奪二字。據明陳耀文《花草粹編》卷九,前段結拍作"更撩亂、絮飛如雪",後段結拍作"怎奈向、有人離別",正與前詞同。

又一體 五十一字　　　　　　　　　　　　　　柳　永

明月明月明月①。争奈乍圓還缺。恰如年少洞房人,暫歡會、依前離別。　　小樓憑檻處,正是去年時節。千里清光又依舊,奈夜永、厭厭人絶。

《樂章集》屬平調。

後段起句亦不叶韵,次句六字比前少一字,餘同李作。第二"月"字作入[一]。"争奈"二字,汲古作"何事"。"缺"、"暫"字,據宋本訂正。

【校記】

[一] 筆誤,應該是"第二'月'字作平"。

【蔡案】

① 本句讀爲:"明月。明月。明月。"如此應該更加符合原意。這是作者刻意進行的詞句變化,而不必將第四字視爲以入作平。

夜行船 五十五字　一名《夜厭厭》《明月棹孤舟》　　　　謝　絳

昨夜佳期初共。鬢雲低、翠翹金鳳。尊前和笑不成歌，意偷
●●○○○　▲　　●○○　●○○也　▲　　○○○●●●　●○

傳、眼波微送。　　　　草草不容成楚夢。漸寒深、翠簾霜重。
○　●○○　▲　　　　　●○○○○○●　▲　　○○○　●○○　▲

相看送到斷腸時，月西斜、畫樓鐘動。
○○○●●●○，●○○、●○○　▲

《太平樂府》《中原音韵》、高栻詞俱注雙調。《九宮大成》入
南詞仙呂宮引。又《夜行船序》，入南詞雙調正曲。

古樂府有《夜航船》，舊説自考黃在軒始[一]，在軒名公紹，南
宋人，與謝、歐相去二百餘年，何得謂之創始？ 此不考時代之過
也。又云《明月棹孤舟》調與此相近，是以"明月"代"夜"字，"棹"
代"行"字，"孤舟"代"船"字也。《詞律》以爲即《雨中花令》。愚
按：《雨中花》《夜行船》體格俱多，最爲參錯[二]，以致寫刻訛誤。
《花草粹編》以兩結五字句者爲《雨中花》，兩結六字、七字句者爲
《夜行船》，但趙長卿二首兩結亦五字。各集中皆明分兩調，決非
一調異名，宜分列①。

此首又見《子野詞》。"和"字，鮑本作"含"，"傳"字作"期"，
"草草不"三字作"峽雨豈"，"漸"字作"夜"，"送"字作"還"。

【校記】

[一] 本句疑爲"考舊説，自黃在軒始"之舛誤。

[二] "最爲"應是"最易"之誤。

【蔡案】

①《夜行船》歷來與《雨中花》混淆不清，這裏作一個詳細的異同
分析：一、兩者前後段各由四拍構成，其中前後段首拍都叶韵，前段

首拍都可或六言、或七言不拘,後段首拍都以七言仄起仄收式句法爲正。但是《雨中花》有一例六字、一例添一領字,當屬偶例。二、第二拍都以折腰式七字句爲正,惟《雨中花》有減一字作六字句者,占四之一,《夜行船》有二例添一字者,偶例。三、第三拍都可添一字,作四字兩拍,且以四字兩拍爲正格,此二拍又均以仄平、平仄頓爲正格。四、衹有尾拍《雨中花》以五字句爲正格,僅二例添一字,作折腰式六字句,《夜行船》則仄起仄收式六字律句爲正,另有三成添一字,作折腰式七字句,及偶有折腰式六字句者。綜上四點可見,兩者若有差異,亦在結拍一句,但是六字句減一字作五字句,或五字句添一字作六字句,本來就是詞中的基本微調形式,相同的例子不勝枚舉,萬樹以爲"《夜行船》亦即《雨中花令》",應該説是頗有見地的,但是之後的《欽定詞譜》,卻僅僅因爲一字之差,而將其判爲異調,貽誤至今。而如李之儀詞的兩個結句前五後六、無名氏詞的兩個結句前六後五,或許應該依據同樣的理由而稱其爲《雨中夜行船》了,趙長卿兩首《夜行船》,前後都五字結,則此船更不知如何行法。

又一體 五十八字[一]   歐陽修

憶昔西都歡縱。自別後、有誰能共。伊川山水洛川花,細尋思、舊游如夢。   記今日相逢情愈重。愁聞唱、畫樓鐘動。白髮天涯逢此景,倒金尊、殢誰相送。

    全同謝作,惟換頭句多一"記"字,是襯字也①。《六一詞》此調二首,其一與謝同,衹後第三句平仄異,與此同。

【校記】

    [一] 應是"五十六字",筆誤。

【蔡案】

① 後段首拍例作七字一句，今存的宋人詞作中未見有八字者，而在《歐陽近體樂府》《醉翁琴趣外篇》諸本中，本句均無"記"字，則秦巘所據本衍一字無疑。原譜作五十八字，誤。

又一體 五十五字 　　　　　　　　　　孫浩然

何處採菱歸暮。隔宵烟、菱歌輕舉。白蘋風浸月華寒，影朦朧、半和梅雨。　　脉脉相逢心似許。扶蘭棹、黯然凝佇。遥指前村隱隱，烟樹含情，背人歸去。

後結一六兩四字句，平仄亦異。

又一體 五十三字 　　　　　　　　　　趙長卿

龜甲爐烟輕裊。簾櫳静、乳鶯啼曉。拂掠新妝，時宜頭面，繡草冠兒小。　　衫子揉藍初着了。身材稱、就中恰好。手撚雙紉，菱花重照，帶朵宜男草。

《歷代詩餘》云："與《雨中花》迥別，此本調之正格也。"愚按：趙作三首，祇此首與歐作《雨中花》差同，而兩次句各多一字，亦非全合，不得以一首略同，遂使全調合併也。兩結兩四一五字句，與謝、歐作俱異。

又一體 五十三字　　　　　　　　　　　前　人

送胡彦直歸槐溪

淚眼江頭看錦樹。別離又還秋暮。細水浮輕風冉冉[一]，穩
送扁舟去。　　歸去江山應得助。新詩定須多賦。有雁南
來，槐溪千萬，寄我驚人句。

　　　　兩起句七字，次句六字，與前異。"有雁"句，《詞律》脱落
二字。

【校記】

　　[一]本句《惜香樂府》卷五作"細水浮浮，輕風冉冉"，則與後段
相同，於韵律而言更爲可信，秦巘所據本奪一字。

又一體 五十八字　　　　　　　　　　　前　人

送張希舜歸南城

綠蓋紅幢籠碧水。魚跳處、浪痕勻碎。惜別殷勤，留連無
計，歌聲與淚和柔脆。　　一葉扁舟烟浪裏。曲灘頭、此情
無際。窈窕眉山，暮霞紅處，雨雲想翠峰十二。

　　　　兩次句、兩結句俱七字，與前二作又異，此與劉一止《雨中
花》相仿，衹兩結各多二字①。趙又一首與劉全合。"和"字，葉
《譜》作"珠"。

【蔡案】

　　① 以衍變痕跡看，本詞當是從"綠鎖窗紗"微調而來，衹是兩結

拍各添一字異，應臚列於其後。

又一體 五十八字　　　　　　　　　　　　趙長卿

初　夏　遠　思

綠鎖窗紗梧葉底。麥秋時、曉寒慵起。宿酒懨懨，殘香冉
冉，渾似那時天氣。　　　別日不堪頻屈指。回頭早、一年不
嗇。搔首無言，闌干十二，倚了又還重倚。

> 汲古名《雨中花令》，誤。
>
> 兩結各六字，又一變體也。高觀國、吳文英亦有此體。

又一體 五十六字　　　　　　　　　　　　揚无咎

夾岸綺羅歡聚。看喧喧、彩舟來去。晴放湖光，雨添山色，
誰識總相宜處。　　　輸與騷人，却知勝趣[一]。醉臨流、戲評
坡句。若把西湖比西子，這東湖似東鄰女①。

> 後起兩四字句，結處兩七字句，與各家全異。又變一格。

【校記】

　　[一]本詞換頭，《逃禪詞》作"輸與騷人知勝趣"，則後段與正體
同。這種四字兩句的填法，宋詞中也別無他詞，因此基本可以判斷秦
巘所據的本子有誤，且就詞意而言，添一"却"字反而不通。

【蔡案】

　　① 本句是典型的上三下四折腰式句，第三字必須讀斷。

又一體 五十三字　　　　　　　　　　　　　丘　崟

越　上　作

水滿平湖香滿路。繞重城、藕花無數。小艇紅妝，疏簾青蓋，烟柳畫橋斜渡。　　　恣樂追凉忘日暮。簫鼓月明人去。猶有清歌迢遞[一]。聲在芰荷深處。

> 後段一七三六，字句與各家異，餘同趙第四首。

【校記】

[一] 彊村叢書本《丘文定公詞》，後段第二第三拍作"簫鼓動、月明人去。猶有清歌，隨風迢遞"，則本詞正與趙長卿"綠鎖窗紗"全同。

又一體 五十八字　　　　　　　　　　　　　王　嵎

曲水湔裙三月二。馬如龍、鈿車如水。風颭游絲，日烘晴晝，人共海棠俱醉。　　　客裏光陰難可意。掃芳塵、舊游誰記。午夢醒來，不覺小窗人静[一]，春在賣花聲裏。

> 此與趙第四首同，惟多"不覺"二字。
>
> 愚按：此調體格極多，以趙一人而兼數體，且與《雨中花》相犯，想是調名訛寫，以致後人疑爲一調異名。詞調中似此者甚多，不獨此二調相混也①，備録俟考。

【校記】

[一]《陽春白雪》收録本詞，本句並無"不覺"二字。今所見的這種填法也僅此一首，可以認定秦巘所據的本子有衍字。

【蔡案】

　　① 像《雨中花》《夜行船》這樣關係的詞調極少，所謂“似此者甚多”的説法，不過是打馬虎眼而已。

夜厭厭 五十五字　　　　　　　　　　　　　張　先

昨夜小筵歡縱。燭房深、舞鸞歌鳳。酒迷花困共厭厭，倚朱弦未成歸弄①。　　峽雨忽收尋斷夢。依前是、畫樓鐘動。爭拂雕鞍匆匆去，萬千恨、不能相送。

　　《子野詞》屬小石調。

　　　　見知不足齋本，實與謝作無異。自是取詞句另立新名，決是一調②。惟後段第三句平仄略異。張又一首即是謝作，究不知應屬誰作。

【蔡案】

　　① 本句爲折腰句，第三字後應予讀斷。

　　② 本詞“決是一調”無須費口舌即可證明，因爲本詞與本調第二首歐陽修的“憶昔西都歡縱”本爲一體，甚至連韵脚都基本一致。所以自然是同調異名而已。

明月棹孤舟 五十六字　　　　　　　　　　　楊无咎

贈　妓　周　三　五

寶髻雙垂烟縷縷。年紀小、未周三五。壓衆精神，出群標格，偏向衆中翹楚。　　記得譙門初見處。禁不定、亂紅飛去。掌托鞋兒，肩拖裙子，悔不做閒男女①。

《古今詞話》云："楊補之有《贈妓周三五》詞,調寄《明月棹孤舟》云云。補之在高宗朝累徵不起,自號清夷長者,而詞之艷如此。"此與趙第四首悉同,的是一調。

【蔡案】

① 本句爲六字折腰句法,應是誤填。

蘇幕遮 六十二字　一名《鬢雲鬆》,或加"令"字　　　　范仲淹

碧雲天,紅葉地。秋色連波[一],波上含烟翠。山映斜陽天接
●○○　○●▲　⊙●○○　●●○○▲　⊙●○○○●

水。芳草無情,更在斜陽外。　　　黯鄉愁,追旅思[二]。夜夜
▲　⊙●○○　●●○○▲　　　●○○　○●▲　　◎●

除非,好夢留人睡。明月樓高休獨倚。酒入愁腸,化作相
○○　◎●○○▲　⊙●○○○●▲　◎●○○　●●○

思淚。
○▲

唐教坊曲名。《金詞》注般涉調。《九宮大成》入北詞黃鐘調隻曲。《歷代詩餘》云："本西域國婦人油帽飾。"《唐書》："中宗神龍二年,并州清源縣尉呂元泰上言:比見坊邑,相率爲渾脱駿馬胡服,名曰'蘇幕遮'。張説有《蘇幕遮》詩云。是海西歌舞,蓋本其國舞人之飾,後隸教坊,因以名詞調也。"

此調以此首爲最先①,周邦彥詞句首句"鬢雲鬆",故又名《鬢雲鬆》。"紅"字,葉《譜》作"黃"。

【校記】

［一］原注"秋"字可仄。其餘旁注可平可仄,均標示於圖符中。

［二］原注"思"字去聲。

【蔡案】

① 這個詞調的首唱之作應該是清晰的,因此,分析本詞的韵律,對認識這個詞調特性以及更準確創作這個詞調有重要意義。本調實際上也是一個七言律詩模式衍化的詞體,亦即全詞實際上是由八句構成:"碧雲天、紅葉地"是由七字減一字形成的一句,所以不可以讀爲三字兩句;"秋色連波、波上含烟翠"是第二句,同樣不可讀爲兩句,而後段更可看出由一個七字句添加二字逗的成型軌跡——"夜夜、除非好夢留人睡",我們甚至可以將這一句視爲它的標準模式,前段的句式則是在標準模式下轉化的;第三句依然保持七字律句的原型;第四句是又一個七字擴展型句式,與第二句一樣,是一個一氣貫下的九字句,這四個九字句不用細讀,就可以讀出他們之間並不存在"二句"的意味,都是一氣呵成的一個整句。

剔銀燈 七十八字　　　　　　　　　范仲淹

昨夜因看蜀志。笑曹操孫權劉備。用盡機關,徒勞心力,祇得三分天地。屈指細尋思,争如共、劉伶一醉。　　人世都無百歲。少癡騃、老成尫瘁。祇有中間,些子少年,忍把浮名牽繫。一品與千金,問白髮、如何迴避。

《中吴紀聞》云:"范文正與歐陽文忠席上分題作《剔銀燈》,皆寓勸世之意。"

舊説此調毛滂自製,以"頻剔銀燈"句立名。今考范、沈、柳諸作,皆在毛滂數十年前,非毛創製,觀《中吴紀聞》所載,亦非范製,似是舊調。然前無作者,姑按時代叙列,以俟考證。通體用去聲韵,想宮調當如是耳。

又一體 七十六字　　　　　　　　　　　　　沈子山

一夜隋河風勁。霜混水天如鏡。古柳堤長，寒烟不起，波上月無流影。那堪頻聽。疏星外、離鴻相應。　　須信道、情多是病^[一]。酒未到、愁腸還醒。數叠羅衾，餘香未减，甚時鴛枕重並。教伊須更。將蘭約、見時先定。

《能改齋漫録》云：“宿州妓張玉姐，字温卿，色藝冠一時。沈子山爲獄掾，最所鍾愛。罷官，途次南京，念之不忘，爲《剔銀燈》一闋。其後明道中，張子野、黄子思相繼爲掾，尤賞之。偶陳師之求古以光禄卿來掌榷酤，温卿遂托其家，僅二年而亡，纔十九歲。子思以詩吊之云：‘人生第一莫多情，眼看仙花結不成。爲報兩京才子道，好將詩句吊温卿。’”《古今詞話》《詞綜》皆作波子山。愚按：此時有波唐，《樂府雅詞》作沈唐，想因波姓生僻，傳寫誤改。具在同時，當即其人，亦未可知。詳見《霜葉飛》下。

前段次句六字，前後第六句皆四字，叶韵。後起句七字，與范作異。“堤長”二字，《古今詞話》作“長堤”，“無流”二字作“流無”，“頻”字作“賴”，又缺“道”字、“未”字。

訂正：“教伊”句或於“須”字讀，其實“更”字叶韵，此處略逗，正與前段合①。鴛枕，葉《譜》作“枕鴛”，“蘭約見時先定”六字作“盟誓後約言定”。

【校記】

[一] 後段起拍，《古今詞話》作“須信情多是病”，或以爲“道”是衍字，但檢沈氏別首，其換頭作“那堪更、酒醒孤棹”，且另有無名氏詞亦作“君今也、五男還又”，可見本有此添字填法。

【蔡案】

① 這裏應該是"教伊"二字略逗纏對，而不是"教伊須"三字略逗，否則就不存在"正與前段合"的情況了。就前段而言，可以視爲"那堪、頻聽疏星外，離鴻相應"，所以後段響應的就是"教伊、須更將蘭約，見時先定"，也就是實質上是由一個七字句、一個四字句構成的尾均，而"聽""更"是句中短韻。這樣的填法，通過減字，將范式的五字一句、七字一句作了微調，詞中的變化如何進行，這個例子可以給我們一點啓發。

又一體 七十五字　　　　　　　　　　　　柳　永

何事春工用意。繡畫出、萬紅千翠。艷杏夭桃，垂楊芳草，
○●○○●▲　　●●●　●○○▲　　●●○○　○○○●

各鬥雨膏烟膩。如斯佳致。早晚是、讀書天氣。　　漸漸
●●●○○▲　　○○○▲　　●●○●　●○○▲　　　　●●

園林明媚。便好安排歡計。論檻買花[一]，盈車載酒，百徘千
○○○▲　　●●○○○▲　　○●●○　　○○●●　●○○

金邀妓。何妨沉醉。有人伴、日高春睡。
○○▲　　○○○▲　　●●●、●○○▲

《樂章集》屬仙吕宫，《金詞》注仙吕調，高栻詞注中吕宫，蔣氏《九宫譜》屬中吕調，名《剔銀燈引》。

亦用去聲韻，與范作同。後段次句六字，比范、沈兩作少一字①。兩第六句亦四字，叶韻，與沈作同。宋人皆如此。"買"字當用平，是以上作平。"檻"字，汲古作"籃"，今從宋本。

【校記】

［一］原注"買"字作平。

【蔡案】

① 本調具有前期詞調的一個典型特徵,即前後段的韵律十分諧和,因此,就前一句拍的前後段都是仄起仄收式六字句看,這個"少一字",極可能是在傳抄中被脱落一字,而非柳永刻意減字。

又一體 七十五字　　　　　　　　　　　　　毛　滂

同公素賦侑歌者以七疾拍七拜勸酒

簾外風光自足^[一]。春到席間屏曲。瑶瓮酥融,羽觴蟻鬥,花映酈湖寒渌。淚羅愁獨。又何似、紅圍翠簇。　　聚散悲歡箭速。不易一杯相屬。頻剔銀燈,别聽牙板,尚有龍膏堪續。羅熏繡馥。錦瑟畔、低迷醉玉。

　　《九宫大成》入南詞中吕宫引,與本宫正曲不同。

　　此與沈作字句悉合,惟用入聲韵,宫調不同①,故備録。愚按:詞之宫調,全在起調畢曲,即起韵結韵也。范、柳兩作,用去聲韵,屬仙吕宫。此詞用入聲,屬中吕宫,判然有别。如《桂枝香》一調,王安石用入聲韵,入北曲,張輯用去上韵,入南曲。凡仄韵詞比比皆然。填詞家當從始製之詞押韵,自能協律,改用韵脚,即犯别宫,勿徒斤斤於字數也。舊説以此調爲毛自製,玩原題"同公素賦",或公素所製。考公素即孫會宗,亦在范後。

　　"自"、"翠"、"箭"、"醉"四字必去聲②,勿誤。"春"字下,《詞律》有"忽"字,今據《花草粹編》本。"淚"字,葉《譜》作"泪",誤。

【校記】

　　[一]"自"字、前結"翠"字、後起"箭"字、後結"醉"字用●符標識,意謂必用去聲。

【蔡案】

① 歷來都錯誤地認爲，宮調的異同與詞的韵律和體式有關，實際上某詞所標示的宮調，祇是代表該詞在演奏時的宮調，而並非代表該調在演奏時的宮調。所以，同樣的作者所寫的同樣韵律、字句的同一個詞調，也可以是不同的宮調。一個更直接的證據是，我們經常可以看到某詞譜中某詞調會引入多種宮調名，如本調，在柳永詞下秦巘有箋疏云：“《樂章集》屬仙吕宫，《金詞》注仙吕調，高栻詞注中吕宫，蔣氏《九宫譜》屬中吕調。”這四個宮調排列在同一個詞調下，顯然並不是説明這一個詞調在不同的書中從屬於不同的宮調，因爲如果一個詞調一會兒是這個宮調，一會兒是那個宮調，豈不等於没有了宮調？但無論是《欽定詞譜》還是《詞繫》或者别的譜書，却恰恰是這個意思。因爲編撰者不知道《樂章集》也好，《九宫譜》也好，所涉及的宮調名都是指的某一個具體的詞作，而非這個詞調。這樣我們就可以明白，爲什麽同一個作者柳永在填同一個《迷神引》的時候，一首是仙吕調，一首是中吕調，儘管兩者的韵律、字句、句法等等全都一樣。正因如此，我們認爲在詞完全脱離詞樂、成爲文本藝術的時候，詞譜中每每要去提及宮調，是一個很怪異的事，更不要説提的人其實自己根本不知道這個宮調和這個詞調之間有什麽關係。

② 我們曾在張泌的《點絳唇》平韵《滿江紅》中説過“必用去聲”的荒謬，這是又一個例子。這四處在范仲淹的詞中是三入一平，在柳永的詞中是三平一去，在其他人的詞中也是很少用到去聲，不知秦巘的“必用”是如何得出的。

又一體 七十六字　　　　　　　　　　　　　　杜安世

好事争如不遇。可惜許、多情相誤。月下風前，偷期竊會，

共把衷腸分付。尤雲殢雨。正繾綣、朝朝暮暮。　　　無奈
別離情緒。和酒病、雙眉長聚。往事凄凉，佳音迢遞，似此
因緣誰做。洞雲深處。暗回首、落花飛絮。

> 兩次句各七字，與范作同，兩第六句各四字，與沈、柳
> 作同①。

【蔡案】

① 本詞即范詞正體，惟前後段第六拍各減一字，且叶韵異。本
詞前後段整齊，推薦爲範式。

又一體 七十五字　　　　　　　　　　　　　　　杜安世

夜永衾寒夢覺。翠屏共、繡幃燈照。就枕思量，離多會少，
孤負小歡輕笑。風流爭表。空惹盡、一生煩惱。　　　寫遍
香箋，分剖鱗翼，路遥難到。淚眼愁腸，朝朝暮暮，去便不知
音耗。終須拚了。別選個、如伊才調。

> 後起三句各四字，與前作異。

御街行 七十八字　一名孤雁兒　　　　　　　　　范仲淹

紛紛墜葉飄香砌[一]。夜寂静，寒聲碎①。真珠簾捲玉樓空，
⊙○●●○○▲　　◎●○　○○▲　⊙○○●●○○
天澹銀河垂地。年年今夜，月華如練，長是人千里。　　愁
⊙●⊙○○▲　⊙○●●　●○○●　⊙○○●▲　　⊙
腸已斷無由醉。酒未到，先成淚。殘燈明滅枕頭欹，諳盡孤
○●●○○▲　●●●　○○▲　○○○●●○○　◎●⊙

眠滋味。都來此事，眉間心上，無計相回避。
○○▲　⊙○◎●　⊙○⊙●　⊙●○○▲

> 《九宮大成》入北詞雙角隻曲。
>
> 程垓詞名《孤雁兒》。《梅苑》"街"作"階"。
>
> 宋人多從此體②。

【校記】

　[一]原注前"紛"字可仄。其餘旁注可平可仄均標注於圖符中。

【蔡案】

　① 本句句法爲六字折腰式，是一句，而不是三字兩句。因此可以轉化爲五字的一句。

　② 本調以本詞和第三首柳永詞爲正，但柳詞亦即本詞體式，惟前後段第二拍各減一字異。本調主要變化有二：一即柳永式前後段各減一字，一爲前後段第四拍各添一字，作上三下四折腰式七字句。

又一體 七十七字　　　　　　　　　　張　先

天非花艷輕非霧。來夜半，天明去。來如春夢不多時，去似朝雲何處。遠鷄棲燕，落星沉月，統統城頭鼓。　　參差漸辨西池樹。珠閣斜開户。綠苔深徑少人行，苔上屐痕無數。餘香遺粉，膩衾閒枕，天把多情付。

> 此詞《安陸集》未載。一本爲歐陽修作。
>
> 《詞品》云："白樂天《花非花》詞。蓋其自度之曲，因情生文，雖《高唐》《洛神》，奇麗不及也。張子野衍之爲《御街行》，亦有出藍之色。"愚按：前四句衍其詞意，並非衍爲調體也。
>
> 後段次句五字，比范作少一字①。"何處"二字，一作"無覓

處"，"落星沉月"四字作"落月沉星"，"餘香"二句作"殘香餘粉，閒衾剩枕"。

【蔡案】

① 本調具有前期詞調的一個典型特徵，即前後段的韵律十分諧和。因此，就前一句拍的前後段都是平起仄收式七字句看，這個"少一字"，極可能是在傳抄中被脱落一字，而非張先刻意減字。

又一體 七十六字 　　　　　　　　　　　　　柳　永

聖　壽

燔柴烟斷星河曙。寶輦回天步。端門羽衛簇雕闌，六樂舜韶先舉。鶴書飛下，鷄竿高聳，恩霈均寰寓。　　赤霜袍爛飄香霧。喜色成春煦。九儀三事仰天顔，八彩旋生眉宇。椿齡無盡，蘿圖有慶，常作乾坤主。

《樂章集》屬雙調，張先詞亦屬雙調。

前後段次句俱五字，晏幾道亦有此體。北宋人多用之。"霈"字，汲古、《詞律》作"露"，各本作"澤"，均誤。今據宋本訂正。

又一體 七十六字 　　　　　　　　　　　　　柳　永

前時小飲春庭院。悔放笙歌散。歸來中夜酒醺醺，惹起舊愁無限。雖看墜樓換馬，爭奈不是鴛幃伴。　　朦朧暗想如花面。欲夢還驚斷。和衣擁被不成眠，一枕萬回千轉。

惟有畫梁,新來雙燕,徹曙聞長歎。

> 本集亦屬雙調。

> 前結一六、一七字,一氣貫下,原可不拘,但"墜"字、"馬"字、"畫"字作仄聲異。或"馬"字是以上作平。"暗想如"三字,汲古作"俱妙暗",今據宋本改正。

又一體 八十字　　　　　　　　　　　　　缺　名

霜風漸緊寒侵袂。聽孤雁,聲嘹唳。一聲聲送一聲悲,雲淡碧天如水。披衣告語,雁兒略住,聽我些兒事。　　塔兒南畔城兒裏。第三個,橋兒外。瀕河西岸小紅樓,門外梧桐雕砌。請教且與,低聲飛過,那裏有、人人無寐。

> 見《古今詞話》,程垓以次句改名《孤雁兒》,自是北宋人作①。

> 通體同范作,惟末句七字,多二字,是襯字也。

【蔡案】

① 詞中有調名用字,祇能疑似是因此而立名,而不能斷定。這一點,秦巘是明白的,例如他前面在《剔銀燈》中毛滂詞是否創調詞的分析就是證明。所以,在沒有其他證據的情況下,斷定程垓因本詞的次句而改名《孤雁兒》,就顯得證據不足而很難站得住腳了,更何況,在程垓之前的李清照,早已用過這一調名了。

又一體① 七十八字　　　　　　　　　　　　程　垓

傷春時候一憑闌。何況別離難。東風祇解催人去,也不道、
○○○●●○△　○●●○△　○○●●●○●　●●●

鶯老花殘。青箋未約,紅綃忍涙,無計鎖征鞍。　　寶釵瑶
○●○△　　○○●●　○○●●　○●●○△　　●○○

鈿一時閒。此恨苦天慳。如今直恁抛人去,也不應、人瘦衣
●●○△　　●●●○△　　○○○●●○○　●●●　○●○

寬。歸來忍見,重樓淡月,依舊五更寒。
△　　○○●●　○○●●　○●●○△

　　　　見《草堂詩餘》,而《書舟詞》不載。

　　　　前後段第三句,《草堂》作“也”字斷句,觀後高作,下句當作

七字,“也”字應連下讀②。

【蔡案】

　　① 本詞是《御街行》的平韵體,又名《一叢花》,《欽定詞譜》將其

分爲兩個不同的詞調。

　　② 這個韵律問題不應該校之高觀國詞,因爲平韵和仄韵體並非

同一韵律關係,不可比較。平韵體有張先、蘇軾、秦觀等名家詞在,前

後段第二均都是平起式七言律句一句、折腰式七言一句,所以,儘管

“也”字斷句也能讀通,却還是應該遵循通常讀法斷句。

又一體 七十七字　　　　　　　　　　　　　　蔡　伸

東君不鎖尋芳路。曾是鶯花主。有情風月可憐宵,猶記綠

窗朱户。十里空想春風面[一],杳無計憑鱗羽①。　　凄凉

懷抱今如許。天與重相遇。不應還向楚峰前,朝暮爲雲爲

雨。算來各把平生分付,也不是惡著處②。

　　　　前結一七、一六字,後結兩一六字,與各家異。

【校記】

　　[一]“十里”,韵律不合,應據《友古詞》改爲“十年”。

【蔡案】

　① 本句實際上是一個折腰句式，前七字由四字兩句衍化後，落一字到本句，形成六字折腰句法一句，因此須在第三字後讀斷。

　② 如前所述，本調的兩個尾均是從四字兩句、五字一句衍化而來的，其衍化的方式是第二個四字句句脚移下，組成一個六字折腰句，所以前一句必爲七字句，"算來"下八字疑有衍誤。不過我也懷疑前段的"面"字是個錯訛字，其原文應該是"十年空想，春風□杏，無計憑鱗羽"，這樣，後段就應該是"算來各把，平生分付，不是惡著處"，即"也"字是一個衍文。兩種可能都存在。

又一體 七十八字　　　　　　　　　　趙長卿

夜　雨

晚來無奈傷心處。見紅葉、隨風舞①。解鞍還向亂山深，黃昏後、不成情緒。先來離恨，打叠不下，天氣還凄楚。

風兒住後雲來去。裝撰些兒雨[一]。無眠托首對孤燈，好語向誰分付。從來煩惱，嚇得膽碎，此度難擔負。

　　　前段第四句七字，餘同范作。"叠"作平。

【校記】

　[一] 按照本調的韵律特徵，本句應該是和前段一樣，是一個六字折腰句式，趙長卿本調共三首，別二首也都是六字折腰句，或可作爲一個旁證。

【蔡案】

　① 六字折腰句，這是罕見的一個準確的句讀。但是同樣的句位

都被讀爲三字兩句,可見秦巘給詞句的句讀,並不是出於該詞調的韵律考慮,而是出於對詞句的文法考慮,這也是清代詞譜家的一個通病,或者説也是今天很多學者的一個通病。

又一體 八十一字　　　　　　　　　　高觀國

賦　簾

香波半窣深深院。正日上,花陰淺。青絲不動玉鈎閒,看翠額、輕籠葱蒨。鶯聲似隔,篆烟微度,愛横影、參差滿。
那回低挂朱闌畔。念悶損,無人捲。窺春偷倚不勝情,仿佛見、如花嬌面。纖柔緩揭,瞥然飛去,不似春風燕。

前後第五句皆七字,前結六字,與各家異。

離亭宴 七十二字　　　　　　　　　　張　昇

一帶江山如畫。風物向秋瀟灑。水浸碧天何處斷,霽色冷光相射。蓼嶼荻花洲,掩映竹籬茅舍。　　雲際客帆高挂[一]。烟外酒旗低亞[二]。多少六朝興廢事,盡入漁樵閒話。悵望倚層樓,寒日無言西下。

《九宫大成》名《離亭燕煞》,入北詞雙角隻曲。
舊説以張先詞次句立名,但此作在前[三],不知何人創製。
《花庵詞選》爲孫浩然作,誤。

【校記】

[一]原注“客”字可平。

〔二〕原注"烟"字、第三句"多"字可仄。

〔三〕張昇與張先爲同時代人,且張先生年早兩年,應是秦巘所見史料不足的緣故。張先詞有"隨處是、離亭別宴"句,以此爲立名依據,可爲一説。

又一體 七十七字　　　　　　　　　　張　先

公擇別吳興

捧黄封詔卷。隨處是、離亭別宴。紅翠成輪歌未遍。早已恨、野橋風便。此去濟南非久,惟有鳳池鸞殿。　　三月花飛幾片。又减却、芳菲過半。千里恩深雲海淺。民愛比、春流不斷。更上玉樓西望,雁與征帆俱遠。

> 前段起句五字,兩次句各七字,兩四句亦七字,前段五句六字,與張昇作異。《詞譜》云:"末句,坊本作'更上玉樓西,歸雁與征帆共遠[一]'。"今照蕉雪堂《詞譜》校定。鮑本缺"早"字。

【校記】

〔一〕"西歸"韵律不合,顯誤。《欽定詞譜》編者認爲坊本作"更上玉樓西,歸雁與征帆共遠"不當,遂據《蕉雪堂詞譜》校定爲"更上玉樓西望,雁與征帆俱遠"。

又一體 七十二字　　　　　　　　　　晁補之

吳　興

憶向吳興假守。雙溪四垂高柳。儀鳳橋邊蘭棹過,映水雕甍華牖。燭下小紅妝,争看使君歸後。　　携手松亭難又。

題詩水軒依舊。多少綠荷相倚恨，背立西風回首。悵望採蓮人，烟水萬重吴岫。

　　此與張昇作同，惟兩次句"雙溪"、"題詩"字作平平，略異①。"棹"字，汲古、《詞律》作"舟"。

【蔡案】

　　① 本"又一體"就一個拗句之别，無非是"略異"，作爲詞譜，或者作爲詞譜研究，都只須在張昇詞後備注指出即可，專列一體，無疑有濫收之嫌，毫無意義。

多　麗　百四十字　　　　　　　　　聶冠卿

李良定席上賦

想人生，美景良辰堪惜。向其間賞心樂事[一]，古今難是并
●○○　●●○○▲　　●○○●●○○　　　●○●○

得。況東城、鳳臺沁苑，泛晴波、淺照金碧。露洗華桐，烟罪
▲　　●○○　●○●●　　○○○　●●○▲　　●●○○　○○

絲柳，綠陰摇曳蕩春色[二]。畫堂迥、玉簪瓊珮[三]，高會盡詞
○●　●○○●●○▲　　●○●　●○○●　　○●●○

客。清歡久，重燃絳燭，别就瑶席。　　有飄若驚鴻體態①，
▲　　○○●　○○●●　●●▲　　　　　●○●○○●●　

暮爲行雨標格。逞朱唇、緩歌妖麗，似聽流鶯亂花隔。慢舞
●○○●○▲　　●○○　●○○●　●●○○●○▲　　●●

縈回，嬌鬟低嚲，腰肢纖細困無力。忍分散、彩雲歸後，何處
○○　○○○●　○○○●●○▲　　●○●　●○○●　○●

更尋覓。休辭醉，明月好花，莫謾輕擲。
●○▲　　○○●　○●●○　●●○▲

　　《詞品》云："張均妓名多麗，善琵琶。一名《多麗曲》。"[四]

《復齋漫録》云："蔡君謨知泉州,寄良定公書云:'新傳《多麗》詞,述宴游之娛,使病夫舉首增歎耳。'"(節録)

《詞律》謂"泛晴波"句,當是七言詩句,又改"聽"字平聲,"流鶯"乃"鶯語"之訛②;"蕩春一色","一"字誤多③;"明月好花"改"好花明月"。余謂古人傳作斑然可觀,且有晁作可證。何得妄改以就己見? 謬極。"歡"字作"歌"亦非。"飄"字作"翩"。"晴"字,葉《譜》作"清","淺"字作"殘"。

【校記】

[一]原讀爲"向其間、賞心樂事",雖未嘗不可,但是因爲後段的對應句作一六式句法,因此改爲一致,以諧和韵律。

[二]原作"緑陰摇曳,蕩春一色",根據韵律分析,應是七字句,可以和後段的"腰肢纖細困無力"對應,據宋吳曾《能改齋漫録》卷十六改。

[三]原文誤點"瓊"字爲句,筆誤,徑改。

[四]"善琵琶"的説法,明楊慎、清郭麐的《詞品》中都未見記載。疑秦巘轉摘於《詞苑叢談》,而誤將前一條引《詞品》的植入了。"一名《多麗曲》"則未知所出,應該是將"《多麗》曲"誤作了"《多麗曲》"。

【蔡案】

① 後段首拍,宋詞各首都填爲上三下四式折腰句法,但本詞"有飄若驚鴻體態"則爲一六式句法,這是一種常見的調整,但是今天我們填詞,當以三四式爲正。

② "泛晴波、淺照金碧"一句與"似聽流鶯亂花隔"一句爲對應句,所以其韵律通常來説應該一致,今存仄韵體僅二首,別首曹勛詞前後段都是折腰句法,其後段作"騰紫府、香濃金獸",而萬樹《詞律》謂:"凡詞之平仄可兩用者,其調本同,但叶字用仄耳。"檢平韵體除了

晁補之一首前後段均爲律句外,其餘全是折腰句法。由此可見,萬樹認爲"泛晴波"七字應該是律句的説法固然不對,但其"前後應該對應一致"的思路是正確的,祇不過是後段"似聽"一句應該是個折腰句。而後段一句的原貌,很可能是"聽流鶯、語亂花隔",如此,不但與前段韻律完全一致,而且詞意的表達上也更加流暢準確。

　　③"緑陰搖曳,蕩春一色"八字,如前述校記所説,作七字纔與後段相對應,而且,今存三十首宋詞平仄韻體在這一句位上的也都是七字律句,可見萬樹認爲"一"字爲衍文的判斷是正確的。

緑頭鴨 　百三十九字　　　　　　　　　　　　　　晁端禮

韓師朴相公會上觀佳妓輕盈彈琵琶

新秋近,晋公別館開筵[一]。喜清時、銜杯樂聖,未饒緑野堂
●○○　　●○○△　　　　●⊙○　○○●●　　●○●●○
邊。繡屏深、麗人乍出,座中雷　雨起鯤弦[二]。花暖間關,
△　●○○　◎○●●　●○⊙　　●●○○　　　⊙○○○

冰凝幽咽,寶釵搖動墜金鈿。未彈了、昭君遺怨,四座已凄
○○⊙●　●○○●●○△　●⊙●　○○○●　●●◎○

然。西風裏,香街駐馬,嬉笑微傳。　　算從來、司空見慣,
△　○○●　○○●●　○●○△　　　●○○　○○●●

斷腸初對雲鬟。夜將闌、井梧下葉,砌蛩收　響悄林蟬。賴
●○○●○○　●○○　●○●●　●○○　　●●○○　◎

得多愁,潯陽司馬,當時不在綺筵前。競歡賞、檀槽倚困,沉
●○○○　○○○●　○○●●●○○　●○●　○○●●　○

醉倒觥船。芳春調,紅英翠萼,重變新妍。①
●●○△　　○○●　○○●●　○●○△①

　　唐教坊曲名,或作《鴨頭緑》者,非。利登詞名《多麗》,亦用
平韻,明是一調,疑故類列。

　　張表臣《珊瑚鈎詩話》云：“客有獻李衛公以古木者，云有異。公命剖之，作琵琶槽，其文自然成白鴿。予嘗語晁次膺曰：‘公《綠頭鴨》琵琶詞誠妙絕[三]，蓋自“曉風殘月”之後，始有“移船出塞”之曲，然某亦曾有詩云云。’公曰：‘詩亦不惡。’”

　　此詞汲古閣編入《琴趣外篇》，各本皆沿其誤，今改正。“座中”句作七言詩句，“寶釵”句七字與轟作微異。晁又一首於“馬”字用平，“紅英”句用平仄仄平，與轟同。汲古缺“見”字，誤。

【校記】

　　[一] 原注“別”字作平。

　　[二] 原注“座”字可平；“中”字和“雷”字、後段第四句“蚤”字和“收”字均可仄。其餘旁注可平可仄均標示於圖符中。

　　[三] “綠頭鴨”三字原文空，據北師大本補。

【蔡案】

　　① 本詞爲平韵體，而字句與仄韵體同，但前段“座中”句、後段“砌蚤”句，都不用折腰句法填，宋詞祇有本詞如此，屬偶例，甚至可能是誤填，所以圖譜用折腰式表示。圖譜中個別有差異者説明如下：“座中”句、“砌蚤”句第二字，在三字逗時可平可仄，但在律句中不可仄；“馬”字原注可平，誤，該字位必平。

　　又一體 百三十九字　一名《隴頭泉》　　　　晁端禮

中　　秋

晚雲收，淡天一片琉璃。爛銀盤、來從海底，皓色千里澄
●○○　●○○●●　●⊙○　●○●●　●●○○●

輝[一]。瑩無塵、素娥淡泞[二]，静可數、丹桂參差。玉露初
△　　●●○　●○●●　◎○●　⊙●○△　●●○

零,金風未凜,一年無似此佳時。向坐久、疏星時度,烏鵲正南飛。瑶臺冷,闌干凭暖,欲下遲遲。　　念佳人、音塵隔後,對此應解相思①。最關情、漏聲正永,暗斷腸、花影潛移。料得來宵,清光未減,陰晴天氣又爭知。共凝戀、如今別後,還是隔年期。人縱健,清尊素月,長願相隨。

張元幹詞名《瓏頭泉》②。

胡仔《苕溪漁隱叢話》云:"中秋詞自東坡《水調歌頭》一出,餘詞盡廢。然其後亦豈無佳詞,如晁次膺《緑頭鴨》一詞[三],殊清婉。但尊俎間以其篇長憚唱,故湮没無聞焉。"③

起句用仄平平,前段第六句,後段第四句,皆上三下四字,與前作異。"向"字,《陽春白雪》作"露","星"字作"瑩","隔後"二字作"別後","潛"字作"偷","縱"字作"强","月"字作"影",今從《樂府雅詞》本。

【校記】

[一]原注"色"字、後段次句"此"字作平。

[二]原注"瑩"字去聲。

[三]"緑頭鴨"三字原文空,據北師大本補。

【蔡案】

① 本句的"此"對應前段"皓色"的"色",秦巘認爲都是"作平",其實這裏可以視爲用律拗句法,無須作平。

②《瓏頭泉》應是詞名,而非調名,所以無人襲用。

③ 本詞爲平韵體正體，宋人多依此填。

又一體 百四十字　　　　　　　　　　　　缺　名

斂同雲。破臘雪，霽前村[一]。占陽和、孤根先暖，數枝已報新春。如青女、謾同素質，笑姑射、難並天真。疏影橫斜，澄波清淺，暗香浮動月黃昏。山驛畔、行人立馬，回首幾銷魂。　　江南遠，隴使趁程，踏盡冰痕。　　有個人人[二]。玉肌偏似，移我索對金尊。撚纖枝、鬢邊斜戴，嗅芳蕊、眉暈潛分。素臉籠霞，香心噴日，壽陽妝罷酒初醒。待調鼎、須貪結子，忍見落紛紛。宿天曉，愁聞畫角，聲斷誰門。

　　見《梅苑》。前起三三字句，後起兩四字句，多叶一韵，與各家異，餘同晁作。"程"字用平①。

【校記】

　　[一] 此六字句讀錯誤。"破臘"是一個時間詞，猶如"破曉""破春"，否則"破雪"便不可解。

　　[二] 這一句則應該是衍一個"人"字，因爲"個人"也就是"那個人"，其詞義等同於"人人"，都是"伊人"的意思。在轉接處出現變異，往往是有文字上的舛誤，也因此宋詞中唯有這一首四字。

【蔡案】

　　① "隴使趁程"四字平仄與正體反，此亦填詞之常見方式，與體式無涉。

又一體 百三十九字　　　　　　　　　　　葛立方

七夕游蓮蕩作

破波光如鏡，雙翼輕舟①。對雨餘、重巖叠嶂，何妨影墮清流。望芙蕖、渺然如海，張雲錦、掩映汀洲。出水奇姿，凌波艷態，眼看一葉弄新秋。恍疑是、金沙池内，玉井認峰頭。花深處，田田葉底，魚戲龜游。　　　正微凉、西風初度，一彎斜月如鈎。想天津、鵲橋將駕，看寶奩、蛛網初抽。曬腹何堪，穿針無緒，不如溪上少淹留。競笑語追尋，惟有沈醉可忘憂。憑清唱，一聲檀板，驚起沙鷗。

> 起句五字，次句四字，後段第八、九句，一五、一七字，與晁作異，餘同晁二首。"雙"字，汲古作"三"，誤。

【蔡案】

① 前段起調讀破，作一字逗領四字起，這種變化祇是微調，對於體格的變化並没有任何影響。至於後段第八九句，祇不過是句讀不同而已，亦可讀爲"競笑語，追尋惟有，沈醉可忘憂"，則與正體同。詞句的句讀，不同於散文，必須以韵律爲主，輔之以詞意的考量，很多人不知這一點，所以纔會有大多數人對"小喬初嫁，了雄姿英發"不解的情況。

又一體 百三十八字　　　　　　　　　　　李漳

好人人。去來欲見無因。記當時、竊香倚暖，豈期蝶散鶼分。到而今、漫勞夢想，嗟後會、慘啼痕。繡閣銀屏，知他何處，一重山盡一重雲。暮天杳、梗蹤萍迹，還是寄孤村。寂寥月[一]，今宵爲誰，虛照黃昏。　　細追思、深誠密意，黯然一晌銷魂。仗游魚、漫傳尺素，望塞雁、空憶回紋。帳冷衾寒，香消塵滿，博山沉水更誰熏。斷腸也、無聊情味，惟是殢芳尊。沉吟久，移燈向壁，掩上重門。

　　　　首句即起韵，張翥詞亦然。“嗟後會”句六字，比各家少一字[二]。“誰”字用平聲，與《梅苑》及晁别作同。

【校記】

　　[一]原注“寂”字作平。

　　[二]賀鑄詞，本句作“調琴思、認歌颦”，也是六字。但賀鑄後段作“轉南浦、背西曛”，顯然是各減一字的作法。本詞前後不合，疑是傳抄中脱落一字。

又一體 百三十八字　　　　　　　　　　　詹　正[一]

念　　念

晚雲歸，小樓又做陰凉。霎兒間、恨桐招雨，西風葉葉商量。醒時心、又還南浦，愁邊句、多在斜陽。菱椀籠青，蓮瓶拖艷，旋傾花水嚥茶香。怨蛩有、許多言語，説動軟心腸。夜沉沉，幾條凉月，界破晴窗。　　共繡簾、吹絮未久，却孤劍水雲鄉。自家書、未能成字，鄰家笛、且莫吹商。好夢偏慳，閒情未了，隔墙又唱秋娘。帕綃依舊時香摺，戲封做書囊。鴛鴦字，見時千萬，繡一雙雙。

後段第七句六字,比各家少一字。八句上四下三字^[二],句
法亦異。

【校記】

　　[一] 詹正,應是"詹玉"之誤。

　　[二] 這一句應該讀爲"帕綃依、舊時香摺",依,依照的意思,否
則"時香摺"三字就不可解。

又一體 百三十八字　　　　　　　　　　　　　　張　翥

西湖泛舟夕歸施成大席上以晚山青爲起句各賦一詞

晚山青。一川雲樹冥冥。正參差、烟凝紫翠,斜陽畫出南
屏。館娃歸、吳臺游鹿,銅仙去、漢苑飛螢。懷古情多,憑高
望極,且將樽前慰漂零。自湖山、愛梅仙遠,鶴夢幾時醒。
空留在、六橋疏柳,孤嶼危亭。　　待蘇隄、歌聲散盡,更須
携妓西泠。藕花深、雨凉翡翠,菰蒲軟、風弄蜻蜓。澄碧生
秋,鬧紅駐景,採菱新唱最堪聽。一片水天無際^[一],漁火兩
三星。多情月,爲人留照,未過前汀。

　　　　見《蜕巖詞》。或作石孝友,誤。
　　　　後段第八句六字,比各家少一字,鮑本空一格①,想脱一字。

【校記】

　　[一] 萬樹《詞律》及《欽定詞譜》本句均作"見一片水天無際",秦
巘竟未校,奇。

【蔡案】

　　① 鮑本"一片"上有一"□",故本詞即正體也。秦巘收錄本詞,

最能看出其初衷並非爲擬譜，而是釐清詞調各種體式的來龍去脉。

又一體 百二十一字 傅按察

錢 塘 懷 古

靜中看。記昔日、淮山隱隱，宛若虎踞龍盤。下襄樊、指揮湘漢，鞭雲騎、圍繞江干。勢不成三，時當混一，過唐之數不爲難。陳橋驛，孤兒寡婦，久假當還。 挂征帆、龍舟催發，紫宸初卷朝班。禁庭空、土花暈碧，輦路悄、呵喝聲乾。縱餘得、西湖風景，花柳亦凋殘。去國三千，游仙一夢，依然天澹夕陽閒。昨宵也，一輪明月，還照臨安。

　　《輟耕録》云：“傅按察者，忘其名，‘錢塘懷古’嘗作一詞云云。蓋《緑頭鴨》調也[一]。”

　　前段次句六字，“不爲難”下少二句十二字，“縱餘得”二句，與下三句顛倒，與各家全異，想是誤填，或傳寫之誤耳[二]。

【校記】

　　[一] “緑頭鴨”三字原文空，查《輟耕録》亦未著名。本句應是秦巘所添，今據《西湖遊覽志》卷六補。按，本調三處“緑頭鴨”秦巘都予空格處理，必是抄録時有躊躇處，所猶像的原因，疑是在“緑頭鴨”和“鴨頭緑”之間。

　　[二] 本詞錯訛不堪，從編詞譜的角度説，自然不當收入，但在摸清各種體式來龍去脉的時候，録入以正本清源，便有其收録的理由。

詞繫卷六 宋

折紅梅 百八字　　　　　　　　　　　　　　　吳　感

梅花館小鬟

喜輕澌初泮①，微和漸入，芳郊時節。春消息、夜來陡覺紅
●○○○▲　　○○○●　○○○▲　　○○◎●○

梅[一]，數枝爭發②。玉溪仙館③，不是個、尋常標格。化工別
○　　●○○▲　◎○○⊙●　　◎●●　○○○▲　●○●

與，一種風情，似匀點胭脂，染成香雪。　　　重吟細閱。比
●　◎○○●　●○●○○　●○○▲　　　○○●▲　○

繁杏夭桃，品流終別。只愁共、彩雲易散，冷落謝池風月。
○●○○　○○○▲　●○●　○○●●　○●●○○▲

憑誰向説。三弄處、龍吟休咽。大家留取，時倚闌干，聞有
○○◎▲　○●●　○○○▲　　●○○●　○●○○　○●

花堪折，勸君須折。
○○●　●○○▲

　　　龔明之《中吳紀聞》云："吳應之居小市橋，有侍姬曰紅梅，因
以名其閣。嘗作《折紅梅》二詞，傳播人口。春日郡宴，必使倡人
歌之。楊繪《本事集》，誤以爲蔣堂侍郎有小鬟，號紅梅，其殿丞
作此詞贈之。(節錄)"《談苑》云："王琪知歙州，吳感作《折紅梅》
小詞寄之，曰：'山花冷落何曾折，一曲紅梅字字香。'"愚按：吳
感，字應之，吳郡人。葉《譜》作吳應，字感之。二説互異，當以

《中吳紀聞》爲是。

此以詞句立名。《梅苑》《草堂》《詞綜》皆爲杜安世作，以後一首屬之吳感。人名互淆，自是傳寫之誤。

"只愁共"三字，汲古、《草堂》《詞律》作"可惜"二字，少一字。"泮"字汲古、《草堂》作"綻"，"芳郊"二字作"郊原"，"仙"字作"珍"，皆誤。"輕"字，《梅苑》作"冰"，"芳郊"作"東郊"，"紅"字作"寒"，"流終"二字作"格真"，今從《中吳紀聞》本。

【校記】

［一］原注"息"字、"覺"字可平，"來"字可仄。

【蔡案】

① 本詞調結構較爲規整，詞調的變化不是很大，前段首拍偶有押韻的情況，所以我們用可叶可不叶的圖符標注句脚。

② 第二均十三字，有兩種填法，前後段都相同，主流填法是上三下四折腰式一句、六字律句一句，如後段的"只愁共、彩雲易散，冷落謝池風月"，又如後一首前段的"獨紅梅、自守歲寒，天教最後開綻"。今人填詞，宜以這種主流填法爲準，這種填法的六字句比較靈活，可以平起，也可以仄起，韻律諧和即可。另一種就是本詞前段的"春消息、夜來陡覺紅梅，數枝爭發"和後一首後段的"曾飛落、壽陽粉額妝成，漢宮傳遍"，這種句法，今人標點常常誤點成前一種，導致後六字失律。詞的句讀，我們往往是基於文意的理解而點讀，而忽略了應該按照詞的韻律點讀，這樣纔能勾勒這個詞句的本來韻律面貌。古人由於沒有標點符號，所以有移前移後的情況產生，是很自然的事。今天我們讀詞，除了少部分人爲了研究，還有更多的人是爲了欣賞、摹擬，所以給出一個準確的韻律樣式至關重要，否則，在有標點時代祇能創作出有瑕疵的作品來。

③ 前後段第六個句拍以叶韵爲正格,間或也有不叶韵的,例如本句,所以我們用可叶可不叶的圖符標注句脚。但是,因爲叶韵是主流填法,所以我們在創作的時候,本句還是以叶韵爲好。

折紅梅 百八字　　　　　　　　　　吴　感[一]

覩南翔征雁。疏林敗葉,凋霜零亂。獨紅梅、自守歲寒,天教最後開綻。盈盈水畔。疏影蘸、横斜清淺。化工似把,深色胭脂,怪姑射冰姿,剩與紅間①。　　誰人寵眷。待金鎖不開②,憑闌先看。曾飛落、壽陽粉額,妝成漢宫傳遍。江南風暖。春信喜、一枝清遠③。對酒便好[二],折取奇葩,撚清香重嗅,舉杯重勸。

> 汲古爲杜安世作,誤。
>
> 前段首句、六句皆叶韵,與前異。"酒"字是以上作平。"遍"字,《梅苑》作"滿","葩"字作"苞"。

【校記】

[一] 本詞宋黄大輿《梅苑》收録於第三卷,作者佚名。唐先生《全宋詞》認爲,《永樂大典》所收本詞"誤作吴感詞"。

[二] 原注"酒"字作平。

【蔡案】

① "與"字以上作平,本調的前後段結句,各首均用仄平平仄,僅此一字不合,所以可以認定該字讀爲平聲。

② "不"字以入作平,宋詞皆如此填。

③ "一"字以入作平,宋詞皆如此填。

又一體　百六字　　　　　　　　　　　　　　　缺　名

憶笙歌筵上，忽見了，□□相別。紅爐暖，畫簾繡閣，曾共鬢邊斜插。南枝向暖，此檻裏、春風猶怯[一]。也應別後[二]，不減芳菲，念咫尺闌干，甚時重折。　　清風間發[三]。如天與濃香，粉勻檀頰。紗窗影，故人凝處，吟落暮天殘雪。一軒明月。悵望花爭清切。便教儘放[四]，都不思量，也須有，驀然上心時節。

> 亦見《梅苑》。"悵望"句六字，比各家少一字。前段次三句原空二格，當缺三字。

【校記】

［一］"此"字應誤，《梅苑》卷三作"北"，就語境來看，"北檻"呼應前文的"南枝"，應該是原文。

［二］原注"應"字去聲。誤。前後段這一句的第二字，各詞均作平聲，前一首"酒"字秦巘猶旁注作平。

［三］原注"間"字去聲。

［四］原注"教"字平聲。

又一體　百八字　　　　　　　　　　　　　　　缺　名

隴上消殘雪，曲水流斷①，淑氣潛通。群花冷，未吐夜來[一]，
●●●●●　●○△　●●●　●●●　●●●○

梅萼數枝繁紅②。先奪化工。發艷色、不染東風。信憑曉
○●●●○△　○●●△　●●●　●●○○　●●●

風，難壓精神，占青春未上，別是標容。　　天香漸杳，似蓬
○　○●○○　●○○●●　●●○△　○○●●　●○

闕玉妃,酒困嫣慵。祇愁恐、上陽愛惜,和種移向瑶宫。西
●●○　●●●△　　●●○、●●○○　●●○○△　○

歸驛使,折贈處、庾嶺溪東[二]。又須寄與,多感多情,道此花
○●●　●●●、○○○△　　●○●●　○●○○　●●○

開早,未識游蜂。
○●　●●○△

　　　　亦見《梅苑》。此用平韵,各譜失收此體。

【校記】

　　[一] "未吐"原作"來吐",應是筆誤。

　　[二] "東"字原爲脱字符□,據《梅苑》卷三補。

【蔡案】

　　① "水"字以上作平,宋詞都如此填。

　　② 本句失律,疑是"數枝梅萼繁紅"的倒誤。此爲平韵體,字句
與仄韵體同,惟"群花"下十三字,其語意節奏當爲"群花冷未吐,夜來
梅萼,數枝繁紅",此爲語意節奏與韵律節奏不同之例,詞中亦不鮮
見,填者應以原譜爲正。

　　好事近　四十五字　一名《翠圓枝》《釣船笛》　　　　宋　祁

睡起玉屏風[一],吹去亂紅猶落。天氣驟生輕暖,襯沉香帷
◎●●○○　　⊙●●○○▲　⊙●●○○○　●○○

箔。　　　珠簾約住海棠風,愁拖兩眉角[二]。昨夜一庭明月,
▲　　　⊙○○◎●○○　○○●○▲　　◎●●○○●

冷秋千紅索。
●○○○▲

　　　　《子野詞》屬仙吕宫。《九宫大成》入南詞中吕宫引,一名《翠
　　圓枝》,又入中吕宫正曲,一名《杏壇三操》。

　　韓淲詞有“吟到翠圓枝上”句，名《翠圓枝》。張輯詞有“恰釣船橫笛”句，名《釣船笛》[一]。詞之以“近”名者始此，即近拍也。《詞譜》云：“宋人填詞有犯，有近，有促拍，有近拍。近者其腔調微近也。”[二]

　　“兩”字必仄聲[三]。兩結是一領四字句法，勿誤。“風”字葉《譜》作“空”，“吹”字作“驚”，“帷箔”二字作“羅簿”。

【校記】

　　〔一〕原注“睡”字可平。其餘旁注可平可仄均標注於圖符中。

　　〔二〕“兩”字用●符標識，意謂必仄。

【蔡案】

　　① 韓淲《翠圓枝》、張輯《釣船笛》均衹是詞名，而非調名，所以宋元無人襲用。

　　② 本調名的“近”，並非令引近慢的“近”，所謂“近”者，張炎曾有過定義，指的是前後段都由三均組成，而本詞前後段則各衹有二均，是典型的令詞。清代詞譜家對於這一點，基本茫然不知，這是很典型的一例。其次，所謂“近”者，是關乎體式的概念，而並不是什麼“腔調微近”之意，如果是“腔調微近”，則應該有二調相列，才可以稱之爲“近”，但《好事近》一調，是與哪個調相近的呢？

　　③ “兩”字爲什麼必仄，秦蟫没有從韵律的角度也就是其所以然的角度解釋，顯然屬於衹知道一個表面上的現象。實際上，“兩”字就韵律的層面説，也是可以平的，其前提是第四字如果是仄聲。儘管這樣的填法很少，但是如果填爲平平平仄仄的話，也並不違律，例如程大昌的“要花花便現”。

又一體　四十五字　　　　　　　　　　　　陸　游

客路苦思歸，愁似繭絲千緒。夢裏鏡湖烟雨。看山無重
數。　　尊前消盡少年狂，慵著送春語。花落燕飛庭户。
歎年光如許。

> 前後第三句皆叶韵，與前異。

浪淘沙近　五十四字　　　　　　　　　　　　宋　祁

少年不管①。流光如箭。因循不覺韶華换。到如今、始惜月
●○○▲　　○○○▲　○○●●○○▲　●○○、●○○
滿。花滿。酒滿②。　　扁舟欲解垂楊岸。尚同歡宴。日
▲　○▲　○▲　　　　○○●●○○▲　●○○▲　●
斜歌闋將分散。倚蘭橈、□望水遠。天遠。人遠③。
○○●○○▲　●○○、□●●▲　○▲　○▲

> 《九宫大成》入北詞雙角隻曲。
> 此與《浪淘沙令》《浪淘沙慢》皆不同④，故另列，他無作者。
> 《能改齋漫録》：侍讀劉原父守維揚，宋景文赴壽春，道出治
> 下。原父爲具以待，又爲《踏莎行》詞以侑歡，宋即席爲《浪淘沙
> 近》，以别原父云云。
> 後結比前結少一字，當是遺脱。三"滿"字、三"遠"字，必有
> 二一以上作平，何籤《宴清都》詞實本諸此，作者切不可用去
> 聲字。

【蔡案】

　　① 分析本詞韵律，可見這是一個以○○▲收束的詞調（甚至可
以認爲是一個●○○▲收束的詞調），如"韶華换"、"垂楊岸"、"將分

散"等等,因此可知"不"字以入作平。

　　②　原文八字一句不讀斷,不合韵律。"惜月"二字均爲以入作平,"酒"字以上作平。

　　③　原文七字一句不讀斷,不合韵律。又按,後結脫一字應該是一個共識,據補。"望"字平讀。

　　④　從本詞的均拍來看,並不是近詞,而是《浪淘沙》的仄韵體。它與平韵體的不同,在這樣兩個方面:一,前段首拍減一字;二,前後段第二均讀破,作折腰式七字一句、四字一句。而本詞又有一些微調:後段起拍更添二字,前後段第二均再讀破,後段第四拍少一字,或脫。不過本調仄韵體現存極少,僅宋祁、杜安世、史浩三首,而且字句的添減也各不相同,兹錄杜安世詞一首,以作比較並窺其全豹:"又是春暮。落花飛絮。子規啼盡斷腸聲,秋千庭院,紅旗彩索,淡烟疏雨。　　念念相思苦。黛眉長聚。碧池驚散睡鴛鴦,當初容易分飛去。恨孤兒歡侶。"

鷓鴣天 五十五字　一名《剪朝霞》《思佳客》《驪歌一叠》《醉梅花》

宋　祁

畫轂雕鞍狹路逢[一]。一春腸斷繡簾中。身無彩鳳雙飛翼,
◎●○○●●△　　○○◎●●○△
心有靈犀一點通。　　金作屋,玉爲櫳①。車如流水馬游
⊙●○○◎●△　　○○●　●○△　○○◎●●○
龍。劉郎已恨蓬山遠,更隔蓬山幾萬重。
△　⊙○◎●○○●　◎●○○●●△

　　唐教坊曲名。《樂章集》注正平調,《太和正音譜》注大石調。《填詞名解》作平調,蔣氏《九宮譜目》入仙呂宮引子,《九宮大成》入北詞大石角隻曲。

　　賀鑄詞有"剪刻朝霞釘露盤"句,名《剪朝霞》②。李元膺詞名《思佳客》,與《上林春》之別名不同。韓淲詞有"祇唱驪歌一叠休"句,名《驪歌一叠》③。盧祖皋詞有"人醉梅花卧未醒"句,名《醉梅花》④。趙令時詞誤刻《思越人》名,舊譜以爲別名,誤。

　　《集解》云:"晏叔原作。"愚按:此調實《瑞鷓鴣》之變聲也,祇後起兩三字句微異,姑分列⑤。宋在晏前,《集解》誤。餘詳《瑞鷓鴣》下。

　　黃昇《花菴詞選》云:"子京過繁臺街,逢内家車子,中有搴簾者曰:'小宋也。'子京歸,遂作此詞。都下傳唱,達於禁中,仁宗知之,問内人第幾車子,何人呼小宋,有内人自陳:'頃侍御宴,見宣翰林學士,左右内臣曰小宋也,時在車子偶見之,呼一聲爾。'上召子京,從容語及,子京惶懼無地。上笑曰:'蓬山不遠。'因以内人賜之。"又見《詞林海錯》。

　　《詞律》録淮海詞爲式,以句中第五字宜用平。考宋人用仄者多,如用成語不妨用平,否則宜仄⑥,各家平仄多不同,如七律體可不拘。"一春"二字,《詞林海錯》作"一聲","游龍"二字作"如龍","幾"字作"一"。

【校記】

[一] 原注"畫"字、"狹"字可平。其餘旁注可平可仄均標注於圖符中。

【蔡案】

　　① 本調是典型的從七言律詩衍化而來的小令,所以此六字從韵律上可知是一個句拍,而非兩句。

　　②《剪朝霞》祇是賀鑄自己取的詞名,而非調名,所以以賀梅子在詞界的名望,也並無一人襲用這個名字。

③《驪歌一叠》也是韓淲自己的詞名,而非調名,所以宋元無人襲用。

④《醉梅花》的肇始並非盧祖皋,而是朱敦儒。朱敦儒有多首《鷓鴣天》寫到"醉梅花",如"紙帳梅花醉夢間"、"曾爲梅花醉不歸"、"且插梅花醉洛陽",其後多人響應,如管鑒有"年年一爲梅花醉",盧炳有"且把梅花醉一觥",吕勝己有"且醉梅花作地仙"。所以盧祖皋纔説"賦醉梅花一首"爲人賀壽,而該詞並無涉及"醉梅花",這種口吻顯然是擷用現成的名字。盧祖皋晚朱敦儒近百年,"人醉梅花卧未醒"一句並非出前述賀詞,甚至也不知何人所寫,所以秦巘之説必誤。

⑤ 秦巘以爲本調衹是《瑞鷓鴣》的變聲,這是極有見地的認識。詞中七字句減一字作六字折腰句,這是詞中極爲常見的一種變化手法,甚至連詞體都沒有改變。衹是這一體格已爲世人所熟知,木已成舟的事了,但是今人研究或創作,則不可不知。

⑥ 秦巘以爲本調第五字"宜平",竊以爲這一句本是律句,凡依律可平可仄的地方,自然本不講究,若以爲必須講究,那麼就不存在可平可仄的唐宋詞實際了。也有人説詞的可平可仄處最爲要緊,就更是故作驚人語了,試想,平仄本來就已經無所謂了,又如何緊要?

錦纏道 六十六字　一名《錦纏絆》《錦纏頭》　　　　　宋　祁

燕子呢喃,景色乍長春晝。覩園林、萬花如繡。海棠經雨胭脂透。柳展宫眉,翠拂行人首。　　　向郊原踏青,恣歌携手。醉醺醺、尚尋芳酒。問牧童、遥指孤村道,杏花深處,那裏人家有。

　　《九宫大成》入南詞正宫正曲。"道"一作"郎",又作"絆"。

　　《全芳備祖》名《錦纏頭》①。

　　後段第四句八字,比前段多一字。"問"字是襯字。《草堂》改上句,定作"尚尋芳問酒"。《詞律》謂或以"海棠"句上落一字。余謂詞中前後段不同者甚多,何必穿鑿。葉《譜》於"孤村"斷句,以"道"字屬下句,亦可②。

【蔡案】

　　①《錦纏頭》疑是誤筆而已。

　　② 秦巘以爲"問"句也可以同葉《譜》讀,作"問牧童、遥指孤村,道杏花深處,那裏人家有",蓋誤。這是不明前後段這一句拍韵律的緣故,綜合僅存的幾首詞來看,前段正如萬樹所說,實際上是"□海棠、經雨胭脂透"的殘句,所以對應後段就必然是"問牧童、遥指孤村道"了,這個我們從馬子嚴詞後段作"勸路旁、立馬莫踟躕"可以看出,這一句拍必爲八字一句,而絕非兩讀皆可的。萬樹《詞律》之説,自有他韵律上的道理,秦巘以爲"穿鑿",顯然没有認識到這一點。至於"詞中前後段不同者甚多"的問題,要具體問題具體分析。詞中固然存在不少前後段文字參差的情況,但多在起調畢曲的地方,如果某一句的前後字句都非常整齊,而獨獨中間一句參差不同,那麼基本可以斷定這一句的文字是有錯訛的,這已經被很多實例所證明。至於秦巘認爲"問"字是"襯字",也存在概念錯誤的問題。所謂"襯字"者,顧名思義是一個起陪襯作用的文字,衹是輔助而已,而領字却是一個句子中的關紐,儘管按照唐宋詞實際,領字往往是可以不用的,但這個"不用"不是"省略",不用的衹是一個空泛的音頓,省略的則是具體的"領字"。這一點向來被混爲一談,忽視了"作前"和"作後"的本質差異,所以,自然是不可以一"襯"了之的。

錦纏絆　六十四字　　　　　　　　　惠應廟神[一]

屈曲新堤,占斷滿村佳氣。畫檐兩行連雲際。亂山疊翠水回環,岸邊樓閣,金碧遥相倚。　　柳陰低、艷映花光,美好昇平①,爲誰初起。大都風物衹由人,舊時荒壘,今日香烟地。

> 元無名氏《異聞總録》云:"邵武惠應廟,建中靖國元年建,陽江屯里亦立祠事之。士人江衍謁祠下,夜夢往溪南神宇,閣人曰:'公與夫人方坐白雲障下,調按新詞。'少選神命呼衍問曰:'汝得此詞否?'衍恐懼謝曰:'世間那復可聞。'神曰:'此黄鐘宫《錦纏絆》也。'乃誦其詞。衍驚覺,即録而傳之。"愚按:黄鐘之宫聲,俗呼正宫。

> 此與《錦纏道》體格相同,惟前段第三句句法異,五句平仄異。後段起句少二字,次句多一字,三句少一字,自是一調。今從《詞譜》類列。

【校記】

[一] 本詞作者按《異聞總録》,自是宋人江衍,廟神衹是假托而已,《欽定詞譜》已經注明,秦巘猶以爲是真,一歎。

【蔡案】

① 後段首均或誤。按,本調後段第二句拍,各詞都叶韵,唐圭璋先生讀爲"柳陰低,艷映花光美",我們以爲這兩句或許應該是"□柳陰低艷,映花光美"的减字或脱字。"美"字必爲韵字。

玉漏遲　九十四字　　　　　　　　　宋　祁[一]

杏香消散盡,須知自昔[二],都門春早。燕子來時,繡陌亂鋪
●○○●▲　⊙○○●●　　⊙○○　▲　●●○○　◎●●○

芳草。蕙圃妖桃過雨,弄笑臉、紅篩碧沼^[三]。深院悄。緑楊
○　▲　　◎●○○●●　◎●○　⊙●●▲　　　○●▲　◎○

巷陌,鶯聲弄巧。　　　早是。賦得多情^[四],更遇酒臨花,鎮
●●　⊙○○▲　　　　◎　▲　●○○○　　●●○○○　●

辜歡笑。數曲闌干,故國漫勞凝眺。漢外微雲盡處,亂峰
○○▲　●●○○　●●○○○▲　◎●○○●●　◎○⊙

鎖、一竿殘照。問瑯玕,東風淚零多少。
●　◎○○▲　　●●⊙▲　○○○●○○▲

　　《宋史·樂志》:"南渡典儀,賜筵樂次,其二,《玉漏遲慢》。"
琴曲商調亦有此名。《九宮大成》入南詞黄鐘宮引。

　　"問瑯玕""玕"字各家皆叶韵^①。《草堂》作"歸路杳"。換頭
句,吴文英作"每圓處",張炎作"幽趣盡",何夢桂作"年年吹落"。
尾句,程垓作"不耐飛來蝴蝶",張炎作"那更好游人老",何夢桂
作"無奈酒闌情好",平仄多不同,可不拘^②。"昔"字,草堂作
"古","都門"二字作"皇都","亂鋪"二字作"漸薰","笑臉"二字
作"碎影","碧"字作"清","巷陌"二字作"陰裏","弄巧"二字作
"低巧","遇酒臨花"四字作"對景臨風","凝"字作"登","漢外"
二字作"天際","盡處"二字作"過盡","殘"字作"斜"。今從《雅
詞》本。

【校記】

　　[一]本詞據《花草粹編》當是韓嘉彦詞。

　　[二]原注"須"字可仄。其餘旁注可平可仄均標注於圖符中。

　　[三]原注"碧"字作平。

　　[四]本句原譜不讀斷,失記一句中短韵。

【蔡案】

　　①本調韵律的變化,主要在起調畢曲中的用韵增減,如這個後

結"問瑯玕"三字句中可叶韵可不叶韵、後段起拍可添一句中短韵、前段起拍也是可叶韵也可不叶韵。至於程垓詞、史深詞、滕賓詞的字句有多有少，都是因爲有文字脱落的緣故，並非增减字的體格。不過，"問瑯玕"目前看來獨此一首如此填，《草堂詩餘》作"歸路杳"，在韵律上是絲絲入扣的，據改應更佳，填本詞也以叶韵爲好。

② 本調後段的結拍，實際上是由前段减字而成，也就是説，當"深院悄。緑楊巷陌，鶯聲弄巧"减去第六第七字的時候，就成了"問瑯玕，東風淚零多少"，這是本詞後結的來歷，而當减去第四第五字的時候，就成了後一首程垓的"魂夢切。不耐飛來蝴蝶"。這種變化也是詞樂音樂變化的一種基本模式，很多詞調都用這樣的方式變化其韵律。但是前一種句法容易形成大拗句式，所以入元後，就抛棄了這一句法，而一概用後一種句法填，這種扭拗爲順的手法，也是詞句韵律發展的一般規律，詳參元好問詞。

又一體 九十三字　　　　　　　　　　　　　　　　程　垓

一春渾不見，那堪又是，飛花時節。忍對危闌，數曲暮雲千叠①。門外星星柳眼，看誰似、當時風月。愁萬結。憑誰爲我，殷勤低説。　　　不是慣却春心，奈新燕傳情，舊鶯饒舌。冷篆餘香，莫放等閒消歇。縱使繁紅褪盡，猶有酴醾堪折②。魂夢切。不耐飛來蝴蝶③。

> 後段第六、七句作兩六字，八句叶韵，與前異。蔣捷一首與此同，是對偶句。《詞律》謂誤落一字。汲古"猶"字下有"自"字。

【蔡案】

① "數曲暮雲千叠"六字不通，這兩句有句讀錯誤，正確的分句

應該是"忍對危闌數曲,暮雲千叠","危闌數曲,暮雲千叠"是一個對偶句,"忍對"是一個二字逗,它的對象,正是這八字而並不是非"危闌"。這是詞中經常會出現的"讀破"現象,詞句一旦讀破,前後段的句子就未必對應工整了。

② 本句依律應當是一個折腰式七字句,因爲對應的是"看誰似、當時風月",所以宋詞其餘各家都如此填,這裏有奪字是無疑的,應據汲古閣本添"自"字,作"猶自有"。

③ 一本後段結拍作:"魂夢切。如今不奈,飛來蝴蝶。"不採用減字的手法(參前一首蔡案②),則與前段同,是一種最初始的填法,按照秦巘的體例,應該列爲第一首。

又一體 九十四字 　　　　　　　　　　　　　元好問

有懷浙江別業

浙江歸路杳。西南却羡,投林高鳥。升斗微官,世累苦相縈繞。不如麒麟畫裏[一]①,又不與、巢由同調。時自笑。虛名負我,平生吟嘯。　　擾擾。馬足車塵②,被歲月無情,暗消年少。鐘鼎山林,一事幾時曾了。四壁秋蟲夜雨,更一點、殘燈斜照。清鏡曉。白髮又添多少③。

　　　換頭二字叶韵。《詞律》既以此詞爲式,又謂起句不必起韵,"擾"字非叶,毫無定見。考南宋諸家首句起韵、換頭叶韵者,比比皆是,張炎詞尤多,何獨於此調爲非,殊不可解。又以"白髮"二字爲入作平,宋人亦有用仄者,故不注。

【校記】

[一] 彊村叢書本《遺山樂府》作"不入麒麟畫裏"。

【蔡案】

　　① 檢宋詞各首,本句未見有第二字用平聲的,雖然用"如"字祇是句式不同,並非違律,但總是選擇"入"字爲宜。

　　② 首句及換頭句中,都可韵可不韵,換頭句如果不用句中韵,則第五字絶不可仄。

　　③ 本句的第二字,可以仄爲正,不宜用平聲填。參見宋祁詞蔡案②。

又一體 九十四字　　　　　　　　　　　　周　密

題吳夢窗霜花腴詞集①

老來歡意少。錦鯨仙去,紫簫聲杳。怕展金奩,依舊故人懷抱。猶想烏絲醉墨,驚俊語、香紅圍繞。閒自笑。與君共是,承平年少。　　雨窗短夢難憑,是幾調宮商,幾番吟嘯。淚眼東風,回首四橋烟草。載酒倦游處[一],已換却、花間啼鳥。春恨悄。天涯暮雲殘照。

　　　　後段第六句五字,比各家少一字。"錦鯨"下一本缺"仙"字,"俊"字作"醉"。"難"字,厲鶚《絶妙好詞箋》作"誰","調"字作"番","春恨悄"缺"恨"字,下多"幾"字,今從《笛譜》《草窗詞》。

【校記】

　　[一] 本調宋人此句均作六字一句,檢《宋七家詞選》《弁陽老人詞》本句並作"載酒倦遊何處",多一字;曼陀羅華閣叢書本《草窗詞》則作"載酒倦遊甚處",也是六字,則秦巘原本應該是脱落一字。校之韵律,取《弁陽老人詞》補"何"字最爲妥帖。

【蔡案】

① 所謂的"霜花腴詞集"，也是一種指代名，並非真有這個名字的詞集。

又一體 九十三字 　　　　　　　　　　　　史　深

綠樹深庭院。侵簾暝草，沿砌幽蘚。問訊餘芳，糝徑碎紅千點。暗有芹香墮几，認杏棟、營巢新燕。晴思軟[一]。春光幾許，費人裁剪。　　梅陰地濕無塵，但密袖薰虬，静看詩卷。半掬羈心，似翠蕉難展①。花事因循過了，漸愁入、薰風團扇。屏晝掩。屏上數峰青遠。

　　　後段第五句五字與各家異，或落一字。

【校記】

[一] 原注"思"字去聲。

【蔡案】

① 本句依律應是六字一句，各家都是如此，此當是奪一字。

又一體 九十字 　　　　　　　　　　　　滕　賓

七夕行臺諸公見饯

問誰争乞巧。誰知巧處成煩惱[一]。天上佳期，底事别多歡少。雨夢雲情半餉，又早被、西風吹曉。愁未了。星橋隔斷，銀河深杳。　　可笑。兒女浮名，似瓜果、絲縈繞。百拙無能，赢得自家華皓。我笑姮娥解事，但歲歲、孤眠空老。

歸去好。江上緑波烟草。

> 前段次句七字，比各家少一字。後段次句六字，少二字[二]①。

【校記】

[一] 本句應該是"誰知巧處，□成煩惱"的奪誤，很可能脱落一個"爭"字。宋詞本調，今存各家的前段第一均，都是填爲一五二四的十三字，所以必和韵律不合。

[二] 這一句依律應該是一字逗領四字兩句，"似瓜果、絲縈繞"在詞意上也是不通，原文或是"似瓜果□□，□絲縈繞"，宋元諸家從無緊縮爲六字折腰一句的。檢唐圭璋先生《全金元詞》，有注云"元脱'登盤情'三字"，則此處當是"似瓜果登盤，情絲縈繞"。又，"少二字"應是"少三字"的訛誤。

【蔡案】

① "後段次句"四字，意味深長。這意味著秦巘至少在這一首詞中，没有和其他清代詞譜家一樣，將"可笑"和"兒女浮名"視爲兩句。這是一個極爲重要的進步。

鳳凰閣 六十七字 一名《數花風》 葉清臣[一]

遍園林緑暗[二]，渾如翠幄[三]。下無一片是花萼。可恨狂風橫雨，忒煞情薄。盡底把、韶華送却。 楊花無奈，是處穿簾透幕。豈知人意正蕭索。春去也、這般愁，没處安著。怎奈向、黄昏院落。

> 高栻詞注商調，《九宫大成》入南詞中吕宫正曲，一名《數花

風》,與南詞商調引不同。愚按:"敷"字當是"數"字之訛。

　　張炎詞名《數花風》。

　　調見《花草粹編》,前無作者,自是創製,但不知命意①。

　　此調宜押入聲韵。"翠"、"是"、"送"、"透"、"正"、"院"等字,
必用仄聲②,勿誤。用去聲更協。

【校記】

　　[一] 本詞據《草堂詩餘》前集卷上,作者爲佚名者,因此首見詞
當是柳永。

　　[二] 原注"緑"字、第三句"一"字及前結"底"字可平。

　　[三] 本調首拍以四字爲正,次拍以六字爲正,其餘宋詞次拍都
是六字一句,《廣群芳譜》則作"渾如昨翠幄",可見本句應有脱誤。
"翠"字、第三句"是"字、前結"送"字、後段次句"透"字、第三句"正"
字、後結"院"字用●符標識,意謂必用去聲。

【蔡案】

　　① 創製詞的一個特點是,詞的内容和詞調往往會透露出某種必
然的關係,或者是詞意上的,或者是文字上的,"不知命意"就説明該
詞和調名没有任何關係,這種情況下僅僅因爲"前無作者",就判斷説
"自是創製",無疑是草率的。

　　② 前面説過幾次,但凡説"必用去聲"的,必定是妄言,同樣,在
基本韵律没有限定的字位,也要慎言"必用仄聲"。今人填本調,不可
能都和葉清臣詞的聲容相同。詞的情緒不一樣,用字自然就不同,祇
要符合詞的基本韵律,如何確定平仄是完全可以各據所需的,否則,
詞譜中也不會存在那麼多的"可平可仄"。秦巘這裏所列的六個字,
均不在韵律的節奏點上,填爲平聲字是韵律所允許的。如前後第二
句的"翠""透",劉克莊用"丘""從";前後第三句的"是""正",柳永用

"人""闌";衹有"送""院"二字因爲處於前後段結句,加之是韵前字,關乎韵律變化,所以不能用平聲。從劉、柳二詞可以看出這個"必用"的荒謬性。

又一體 六十八字　　　　　　　　　　柳 永

匆匆相見,懊惱恩情太薄。霎時雲雨又抛却。教我行思坐想,肌膚如削。恨衹恨、相違舊約。　　相思成病,那更瀟瀟雨落。斷腸人在闌干角。山遠水遠人遠[一],音信難托①。這滋味、黄昏更惡。

　　　此調宋本、汲古《樂章集》皆未載,見葉申薌《天籟軒詞譜》。
　　　起二句,一四、一六字,與前異。

【校記】

　　[一] 原注"水遠"二字都作平。

【蔡案】

　　① "信"字應平而仄,宋詞除本詞及前"没處安著"二首外,都是平聲。古音"信"字本可平讀,所以詞中也並非偶見,可視爲借音。

又一體 六十七字　　　　　　　　　　趙師俠

己酉歸舟衡陽作

正薰風初扇,梅黄暑溽[一]①。並摇雙槳去程速[二]。那更黄流浩淼,白浪如屋。動歸思、離愁萬斛[三]。　　平生奇觀[四],頗快江山寓目。日斜雲定晚風熟。白鷺飛來,點破一川明緑。展十幅、瀟湘畫軸。

　　　　後段第四、五句作上四下六字，與前異。“川”字用平②，
“幅”字非叶。“思”、“觀”去聲。

【校記】

　　[一]“暑”字用◐符標識，意謂必用仄聲。
　　[二]“去”字、前結“萬”字、後段次句“寓”字、第三句“晚”字、後
結“畫”字用◗符標識，意謂必用去聲。按，“晚”字非去聲。
　　[三]原注“思”字去聲。
　　[四]原注“觀”字去聲。

【蔡案】

　　① 前段第二句，各本都是四字，但是汲古閣本《坦庵詞》作“雨細
梅黃暑溽”，與其餘諸家宋詞相同，都是六字句，這類情況一般有兩種
可能，或是六字句爲後人刻書的時候，根據通常的體式擅自補入二
字，或是四字句的版本確實存在奪誤。
　　② 這種差異，僅僅是一種讀破而已，屬於無標點時代的產物，與
體式的變化毫無關係。至於“川”字用平聲，是正格。

數花風　六十八字　　　　　　　　　　　　　　張　炎

別義興諸友

好游人老，秋鬢蘆花共色。征衣猶戀去年客。古道依然黃
葉，誰家蕭瑟。自笑我、如何是得。　　酒樓仍在，流落天
涯醉白。孤城寒樹美人隔。烟水此程應遠[一]，須尋梅驛。
又漸數、花風第一。

此以末句立名，原集注別本作"鳳凰閣"，與柳作全同，自是一調無疑。《詞律》失收。

【校記】

［一］原注"應"字平聲。

賀聖朝影[①]　　四十字　一名《太平時》　　　　　　　歐陽修

白雪梨花紅粉桃[一]。露華高。垂楊慢舞綠絲縧。草如
◎　●　○○　⊙●　△　　　●　○△　⊙○　○○　●●　○△　　●○

袍。　　風過小池輕浪起，似江皋。千金莫惜買香醪。且陶陶。
△　　　⊙●●○○●●　●○△　⊙○○●●○△　●○△

《宋史·樂志》小石調，《九宮大成》入北詞平調隻曲，亦名《添聲楊柳枝》。

《樂府雅詞》名《楊柳枝》，誤[②]。賀鑄詞名《太平時》[③]，與《賀聖朝》無涉。詞之以"影"名者始此。

此與顧敻之《楊柳枝》所不同者，在"皋"字叶韵，與無名氏作全合，是彼作誤寫調名也，宜分列。

愚按：陳質齋云："歐陽公詞，多有與《花間》《陽春》相混，亦有鄙褻之語廁其中，當是仇人無名子所爲也。"羅長源亦云："公有《平山集》盛傳於世，其淺近者多謂劉煇僞作。"據此二說，在宋時已經誤傳，且多與馮延巳、張先名參互，沿訛已久。汲古、《草堂》未能分析，今皆一一辨證。其不類者，概從刪削。

【校記】

［一］原注"白"字可平，"紅"字可仄。其餘旁注可平可仄均標注於圖符中。

【蔡案】

①本調原屬唐詞，並非宋人所創，至今仍可見到有顧敻、張泌的詞各一首，調名就是《添聲楊柳枝》。祇是唐詞後段的第一二句拍另外換用仄聲韻，而在宋詞中則祇有許棐一首仍然按照唐風創作。

②《添聲楊柳枝》《賀聖朝影》二名本爲一調，宋詞中也有不少題爲《楊柳枝》的，如晁補之、張元幹、王質、葛長庚等都有，占總數的四成，所以秦巘認爲"誤"，是一個錯誤的判斷。

③《太平時》祇是賀鑄自娛自樂之名，詞界並不認可，故不爲別家所用。

珠簾捲　四十七字　　　　　　　　　歐陽修

珠簾捲，暮雲愁。垂楊暗鎖青樓。烟雨濛濛如畫，輕風吹旋收[一]。　　香斷錦屏新別，人間玉簟初秋。多少舊歡新恨，書杳杳，夢悠悠。

> 《九宮大成》入南詞高大石調引，許《譜》同。
>
> 汲古閣《六一詞》不著調名。想後人以起句立名，與《蝶戀花》別名《捲珠簾》不同，他無作者。

【校記】

[一] 原注"旋"字去聲。

聖無憂　四十七字　　　　　　　　　歐陽修

世路風波險，十年一別須臾。人生聚散長如此，相見且歡娛。　　好酒能消光景，春風不染髭鬚。爲公一醉花前倒，

紅袖莫來扶。

> 唐教坊曲名。
>
> 《詞律》以此調與《烏夜啼》相同，附列於後。然《教坊記》已分兩名，足證其非一調也，宜分列①。
>
> "十年"二字，汲古作"千年"。

【蔡案】

① 本調即《烏夜啼》，與李後主《烏夜啼》"昨夜風兼雨"詞的字句、字音、韵律都完全一致，就是一個證明。至於秦巘的論據"《教坊記》已分兩名"並不說明問題，因爲《教坊記》中的曲和唐宋詞並沒有一一對應的關係，唐宋人祇不過是撿一頂現成的大家熟悉的帽子戴上而已，說原來兩個人戴過的帽子現在不可以一個人戴，豈有此理？不過，秦巘這裏否定《詞律》的用意，可能也是一種春秋筆法，其目的是爲了否定《欽定詞譜》，因爲《欽定詞譜》也認爲兩者就是一體："此調五字起者，或名《聖無憂》；六字起者，或名《錦堂春》。宋人俱填《錦堂春》體，其實始於南唐李煜，本名《烏夜啼》也。《詞律》反以《烏夜啼》爲別名者，誤。"當然，《欽定詞譜》的觀點也有它錯誤的地方，因爲一調多名是一個非常常見的現象，並沒有什麼規則可尋，如果"五字起者名《聖無憂》，六字起者名《錦堂春》"是如此涇渭分明的話，那麼他們就不是同調，而是兩個不同的詞調了。本調宋人多用《烏夜啼》爲題，即便朱敦儒、蘇軾、賀鑄、權無染等五字起的詞作也是如此。此外，《錦堂春》其實是一個慢詞，與本調原無任何關係，趙令時詞，《唐宋諸賢絕妙詞選》也是題爲《烏夜啼》的。

洛陽春 四十九字 　　　　歐陽修

紅紗未曉黃鸝語。蕙爐銷蘭炷①。錦屏羅幕護春寒，昨夜三

更雨。　　　繡簾閒倚吹輕絮。斂眉山無緒。看花拭淚向歸
鴻，問來處、逢郎否。

　　　　舊譜以此調爲《一絡索》别名，但前後次句皆五字，句法不
　　同②。考歐與張先同時，並無别名確據。且小令不過數句，稍變
　　句法，即另一調，何得合併？仍分列爲是。惟毛滂作與周邦彦
　　《一絡索》詞全同，是誤寫調名，遂致訛傳，兹辨明不録。

【蔡案】

　　① 本調前後段第二句拍依律應當爲一字逗領起的句式，但本詞
前段句法不同，且二四字均爲平聲，顯然仍舊是“斂眉山無緒”的底
版，因此“蕙”字必是别一領字的錯訛，歐陽别首的次拍，前後段分别
作“滿、簾籠花氣”、“更、黄昏細雨”，可以旁證。

　　② 本調就是《一絡索》，歐陽修本調有兩首，一首名《一絡索》，一
首名《洛陽春》，前後段次句都是五字一句。兩首所不同處，在前段結
拍本詞爲五字，較之通常的體式少一字，應該是有文字脱誤，因爲即
便是陳師道、宋驤的《洛陽春》，前後段兩結句也都是六字折腰句式。
檢《高麗史·樂志》前結作“昨夜裏、三更雨”，應據改。

朝中措　四十八字　一名《照江梅》《芙蓉曲》《梅月圓》　　　歐陽修

平　山　堂

平山闌檻倚晴空[一]。山色有無中。手種堂前楊柳，别來幾
⊙○○●●○△　　　⊙●●○△　　　◎○◎●○○

度春風。　　　文章太守，揮毫萬字，一飲千鍾。行樂直須年
●○△　　　⊙○◎●　◎○◎●　◎○△　⊙●◎○

少，尊前看取衰翁。
●　⊙○○●●○△

《宋史·樂志》黃鐘宮,《九宮大成》入南詞正宮引。

李祁詞,有"初見照江梅"句,名《照江梅》;韓淲詞,名《芙蓉曲》,又有"香動梅梢圓月"句,名《梅月圓》①。

《詞苑叢談》云:"劉原父出守揚州,公作《朝中措》餞之云。"②

"楊"字,汲古作"垂"。

【校記】

［一］原注"平"字可仄。其餘旁注可平可仄均標注於圖符中。

【蔡案】

①《照江梅》《芙蓉曲》《梅月圓》都不是調名,而衹是詞名。

② 歐陽詞,雖然是本調的流行模式,但是根據秦巘的初衷而言,本調更早的體式並非本詞,而是後一首趙長卿詞體。歐陽詞很明顯是趙詞體的讀破式:第二句首字移前,形成八字,讀爲四字兩句。

又一體 四十八字　　　　　　　　　　趙長卿

梅

別來無事不思量。霜日最淒涼。凝想倚闌干處,攢眉應爲蕭郎。　　梅花豈管人消瘦,衹恁自芬芳。寄語行人知否,梅花得似人香。

前段同,後起二句,一七、一五字異,所謂破句法也①。

【蔡案】

① 本詞爲本調原形,歐詞四字三句,即從此化來,因此不是破句,而是被破句。

又一體 四十九字 　　　　　　　　　　　蔡　伸

章臺楊柳月依依。飛絮送春歸。院宇日長人静,園林綠暗
紅稀。　　庭前花謝了,行雲散後,物是人非。惟有一襟清
淚,憑闌灑遍殘枝。

　　　　換頭句五字,比歐作多一字。

又一體 四十八字 　　　　　　　　　　　辛棄疾

年年金蕊艷西風。人與菊花同。霜鬢經春重綠,仙姿不飲
長紅。　　焚香度日儘從容。笑語調兒童。一歲一杯爲
壽,從今更數千鍾。

　　　　此與趙作同,換頭句多叶一韵。

洞天春 四十八字 　　　　　　　　　　　歐陽修

鶯啼綠樹聲早。檻外殘紅未掃。露點珍珠遍芳草。正簾幃
清曉。　　鞦韆宅院悄悄①。又是清明過了。燕蝶輕狂,柳
絲撩亂,春心多少②。

　　　　《宋史·樂志》:太宗製,平調。《九宮大成》入南詞羽調引。
　　　　此調詠院落之春景如洞天也,他無作者。《圖譜》注可平可
仄,無據。

【蔡案】

　　① 根據前段可知,後段的首拍應該是個平起仄收式的六字律

句,因此第五字必平,"悄"在這裏用爲以上作平。這種兩上聲連讀,前一字讀平的語言特色,今天依然存在。

② 後段尾均其實對應前段尾均,但是秦巘或是不知"撩"字可以仄讀,所以誤斷。撩,《唐韵》《正韵》擬爲盧鳥切,《集韵》《韵會》擬爲朗鳥切,都讀如"了",在上聲筱部韵,字義則與蕭部同。所以本均的句讀、平仄、韵腳都和前段相同,且全詞均用上聲叶韵,是一個典型的上聲詞調。

虞美人影 四十八字 一名《轉聲虞美人》《桃源憶故人》
(源或作園,憶或作逢)《醉桃源》《杏花風》 歐陽修

梅梢弄粉香猶嫩[一]。欲寄江南春信。別後寸腸縈損。説與伊爭穩。　　小爐獨守寒灰燼。忍淚低頭劃盡。眉上萬重新恨。竟日無人問。

　　《九宮大成》入南詞雙調引。

　　張先詞名《轉聲虞美人》,黃庭堅詞名《桃源憶故人》,趙鼎詞名《醉桃源》。韓淲詞有"杏花香裏東風峭",名《杏花風》。陸游詞名《桃園憶故人》,周密詞名《桃源逢故人》[二]。

　　"寸"字,葉《譜》作"愁"。

【校記】

　　[一]原注"梅"字、次句"江"字、後段次句"低"字、第三句"眉"字可仄;"弄"字、次句"欲"字、第三句"別"字和"寸"字、前結"説"字、後起"小"字和"獨"字、次句"忍"字和"劃"字、第三句"萬"字、後結"竟"字可平。

　　[二]本調《詞律》《欽定詞譜》都以《桃源憶故人》爲正名,這樣不

至於與《虞美人》相混淆，可取。《轉聲虞美人》實際上就是《虞美人影》的具體稱説。所謂"影"就是類似的意思，這個類似不是文體上的類似，而是旋律上的類似。作爲音樂文化，可以想見賀聖朝影、虞美人影、瑞鶴仙影等與原詞調之間的詞樂有其相似點；而《醉桃源》應該是調名誤植，並非別名；《杏花風》是詞名，也不是調名；至於《桃園憶故人》和《桃源逢故人》，也無非就是一時的筆誤而已，整個宋元時代找不出第二個，就是證明。

轉聲虞美人 四十八字　　　　　　　　　　　　　　張　先

雪上送唐彦猷

使君欲醉離亭酒。酒醒離愁轉有。紫禁多時虛右。苔雪留難久。　　一聲歌掩雙羅袖。日落亂山春後。猶有東城烟柳。青蔭長依舊。

　　《子野詞》屬高平調。

　　原注又名《胡擣練》，然起句不起韵，却與《虞美人影》相同，故名轉聲，即轉調也。自是一調，與《胡擣練》無涉。舊譜分晰未清，今辨正。詞之以"轉聲"名者僅此。

　　"欲"字一作"少"，"苔"字作"清"，"亂山"二字作"汀花"，又缺"多"字，今從鮑本。

醉桃源 四十八字　　　　　　　　　　　　　　趙　鼎

春　　曉

青春不與花爲主。花正開時春暮。花下醉眠休訴。看取春

歸去。　　鶯愁蝶怨君知否。欲問春歸何處。衹有一尊芳

醑。留得青春住。

> 此與張先之平韵《醉桃源》全不同，實與《桃源憶故人》字字
> 吻合。《詞律》以《醉桃源》附列《阮郎歸》下，未曾分晰此體，故錄
> 之，以證其疏漏，趙長卿一首與此同。

鵲橋仙 五十六字　或加"令"字。一名《金風玉露

相逢曲》《廣寒秋》　　　　　　　　歐陽修

月波清霽[一]，烟容明澹，靈漢舊期還至。鵲迎橋路接天津，

◎○⊙●　　○○⊙●　⊙●○◎⊙●▲　◎○○●●○○

映夾岸、星榆點綴。　　雲屏未捲，仙鷄催曉，腸斷去年情

◎○●　○○●▲　　○○●●　○○⊙●　⊙●●○⊙

味。多應天意不教長，恁恐把、歡娛容易。

▲　⊙○⊙●●○○　◎○●　○○⊙▲

> 高栻詞注仙呂調。《九宮大成》入南詞仙呂宮引。
> 此以第四句立名，周邦彥詞加"令"字。韓淲詞取秦觀"金風
> 玉露一相逢"句，名《金風玉露相逢曲》。張輯詞有"天風吹透廣
> 寒秋"句，名《廣寒秋》①。此與《鵲橋仙慢》無涉。《梅苑》晏殊
> 《憶人人》一調與此同[二]，不知是一調否，姑分列。

【校記】

　　[一] 原注"月"字可平，"清"字可仄。其餘旁注可平可仄均標注
於圖符中。

　　[二]《憶人人》今可見衹有《梅苑》卷七二首，作者佚名，秦巘以
爲是晏殊詞，或因《珠玉詞補遺》而誤。

【蔡案】

①《金風玉露相逢曲》和《廣寒秋》都衹是作者自己使用詞名,而非調名。

又一體 五十七字　　　　　　　　　　　黄庭堅

次東坡七夕韵

八年不見,清都絳闕,望銀漢、溶溶漾漾。年年牛女恨風波,算此事、人間天上。　　　野麋豐草,江鷗遠水,老夫唯便疏放。百錢端往問君平,早晚具、歸田小舫。

此體見汲古《山谷詞》。第三句七字與歐異,各家皆作六字,然則"望"字是襯字也①。後段三句平仄亦異。

【蔡案】

① 再辨"襯字"。如果認可襯字在詞中是存在的,則很多詞調都將完全改寫其譜式。以本詞爲例,假定"望"字既不是添字,也不是衍文,而是襯字,那麽這一譜式就應該注明本句句首可以襯字,從而這一句拍任何一個填詞者都可以隨意增加襯字;其次,襯字從來沒有任何字數的規定,那麽這一句可以是七字、八字句,也可以是九字、十字句,甚至更多的十幾個字,如果認爲這並不影響我們對"詞"的認識,那麽"襯字"就可以被接受。

又一體 五十六字　　　　　　　　　　　辛棄疾

贈　鷺　鷥

溪邊白鷺。來吾告汝。溪裏魚兒堪數。主人憐汝汝憐魚,要物我、欣然一趣。　　白沙遠浦。青泥別渚。賸有蝦跳鰍舞。任君飛去飽時來，看頭上、風吹一縷。

前後段首、次句俱叶韵。"主人"句，汲古作"主憐汝汝又憐魚"，誤。

又一體 五十八字　　　　　　　　　　韓　淲

雨意生凉，雲容催暮。畫樓人倚闌干處。柳邊新月已微明，銀潢隱隱疏星渡。　　今古佳期，漫傳牛女。一杯試與尋新句。幽懷冷眼是青山，舊歡往恨渾無據。

前後兩次句起韵，兩三句七字，兩五句句法異[一]。

【校記】

[一] 本詞捫其韵律，則是《踏莎行》，其字句、韵律完全相同，詳見該調。

又一體 五十六字　　　　　　　　　　元好問

梨花春暮，垂楊秋晚。歸袖無人重挽。浮雲流水十年間，算袛有、青山在眼。　　風臺月榭，朱脣檀板。多病全疏酒盞。劉郎爭得似當年，比前度、心情更減。

前後次句皆叶韵。

千秋歲 七十二字　　　　　　　　歐陽修

數聲啼鴂[一]。又報芳菲歇。惜春更把殘紅折。雨輕風色
◎○○▲　　◎●○○▲　●○●●○○▲　◎○○●

暴，梅子青時節。永豐柳，無人盡日花飛雪。　　莫把幺弦
●　⊙○○▲　　○○●　○○●●○○▲　　　◎●○○

撥。怨極弦能說。天不老，情難絕。心似雙絲網，中有千千
▲　◎○○▲　　○●●　○○▲　⊙●○○●　○●○○

結。夜過也，東窗未白殘燈滅。
▲　●●●　⊙○●●○○▲

　　《宋史·樂志》云："太宗洞曉音律，親製歇指角九，其九曰
《千秋歲》。"[二]《子野詞》屬仙呂調，《金詞》注中呂調，《九宮大
成》入北詞中呂調隻曲。"歲"一作"節"，或作《千秋萬歲》。與
《千秋引》《千秋歲引》皆不同。愚按：太宗親製調名甚多，惜詞
皆不傳。當時諸公倚聲而歌，皆非創製[三]。兹以時代最先者爲
式，後仿此。

　　又見鮑本《子野詞》，不知孰是。"惜春"下多"去"字，"殘燈
滅"三字作"凝殘月"。"幺"字，汲古作"絲"，誤。"數"、"又"、
"雨"、"永"、"莫"、"怨"可平。"梅"、"心"、"中"、"東"可仄。

【校記】

　　[一] 原注"數"字可平。其餘旁注可平可仄均標注於圖符中。

　　[二] "九"字原空。查《宋史》卷一百四十二，其原文爲："太宗洞
曉音律，前後親制大小曲及因舊曲創新聲者，總三百九十。凡制大曲
十八……歇指角九：《玉壺冰》《卷珠箔》《隨風簾》《樹青葱》《紫桂叢》
《五色雲》《玉樓宴》《蘭堂宴》《千千歲》。"並無《千秋歲》，《千千歲》也
未必就是《千秋歲》。

　　[三]《樂志》所載，可以清晰地看出當時譜、詞分離的狀態，但是

認爲"詞皆不傳"，也未必如此，只不過因爲譜、詞分離，今天無法一一
對應，也許某一首今存的宋詞就是用某一個太宗親製的調名演唱的，
不知道而已。

又一體 七十一字　　　　　　　　　　　　　　　蘇　軾

淺霜侵緑。髮少仍新沐。冠直縫，巾橫幅①。美人憐我老，
玉手簪黃菊。秋露重，珍珠落袖沾餘馥。　　坐上人如玉。
花映花奴肉。蜂蝶亂，飛相逐。明年人縱健，此會應難復。
須細看，晚來月上和銀燭。

前段第三、四句各三字，比歐作少一字，宋人多從此體。

【蔡案】

　　① 此六字並非"前段第三、四句"，而是第三句，它本身是從歐陽
詞的"惜春更把殘紅折"一句中減一字而來，所以不是兩句。秦巘謂
兩個三字均爲"句"，概念混亂，清代詞譜家的理念如此，源於沒有均
拍理念。

又一體 七十一字　　　　　　　　　　　　　　　葉夢得

　　　　小雨達旦東齋獨宿不能寐有懷松江舊游

雨聲蕭瑟，初到梧桐響。人不寐，秋襟爽。低簷燈暗澹，畫
幕風來往。誰共賞。依稀記得船篷上。　　拍岸浮輕浪。
水闊菰蒲長。向別浦，收橫網。綠蓑衝暝色，艇子搖雙槳。
君莫忘[一]。此情猶是當時唱。

首句不起韵,前後第七句俱叶韵。"襟"字,汲古、《詞律》作"聲",據《詞律訂》改。

【校記】

[一]原注"忘"字去聲。

又一體 七十二字　　　　　　　　葉夢得

次韵兵曹席孟惠廨中千葉黄梅

曉烟溪畔。曾記東風面。化工更與重裁剪。額黄明艷粉,不共妖紅軟。凝露臉。多情正是當時見。　　誰向滄波岸。特地移閒館。情一縷,愁千點。煩君搜妙語,爲我催清宴。須細看。紛紛亂蕊空凡艷。

此與歐作同,祇前後兩六句皆叶韵。

又一體 七十二字　　　　　　　　缺　名

臘殘春盡。江上梅開粉。一枝漏洩東君信。壽陽妝面靚。姑射冰姿瑩。似淺杏。清香試與分明認。　　祇恐霜侵破,又怕風吹損。待折取、還不忍。莫將花上貌,來點多情鬢。凝睇久,行人立馬成遺恨。

見《梅苑》。前段第三句、五句叶韵,後起句、六句不叶。

又一體 七十二字　　　　　　　　　　　　周紫芝

葉審言生日

當年文焰。蜀錦詞華爛。年正少、聲初遠。手攀天上桂，書奏蓬萊殿。人盡道，洛陽盛事今重見。　　千尺青蒼幹。直節凌霄漢。天未識、應嗟晚。飲殘長壽醆。歸奉春皇燕。金葉滿。擗麟且受麻姑勸。

前段第六句不叶韻，後段四句、六句叶。

越溪春 七十六字　　　　　　　　　　　　歐陽修

三月十三寒食夜，春色遍天涯。越溪閬苑繁華地，傍禁垣、珠翠烟霞。紅粉墙頭，秋千影裏，臨水人家。　　歸來晚，駐香車。銀箭透窗紗。有時三點兩點雨霽[一]，朱門柳細風斜①。沈麝不燒金鴨，玲瓏月照梨花。

此以詞句立名，自是創製②。

"兩點"二字以上作平，與淮海詞《金明池》同。"玲瓏"二字，汲古作"冷籠"。一本"玲"字上多"冷"字，俱誤，今據《詞綜》本。

【校記】

[一]原注"兩點"二字作平。

【蔡案】

① 這兩句歷來句讀皆誤，十四字正確的讀法應當是"有時三點兩點雨，霽朱門、柳細風斜"。"三點兩點雨霽"六字，語意牴牾不通，

“三點兩點”，就説明雨雖然小，却還在下，而“雨霽”又是無雨的描述，兩者自然不可雜糅。“霽朱門”，即霽於東門。糾正句讀後，則前後段一二均的句式都很整齊，與夢窗詞完全一致。詳參卷十一晏幾道下。

②　本調即《風入松》，與夢窗諸詞同，祇是夢窗詞的前後段尾均，都是六字兩句，而本詞前段尾均採用讀破法，作四字三句異。

驀山溪　八十二字　一名《陽春》《上陽春》　　　　歐陽修

新正初破[一]①，三五銀蟾滿。纖手染香羅，剪紅蓮、滿城開
⊙○○●　▲　　⊙●○○●　　○●●○○　　●○○　◎○○
遍。樓臺上下，歌管咽春風，駕香輪、停寶馬②，祇待金烏
▲　　○○◎●　⊙●●○○　　○●○　▲　○●▲　　◎●○○○
晚。　　帝城今夜，羅綺誰爲伴。應卜紫姑神，問歸期、相
▲　　　◎○⊙▲　○●○○▲　⊙○●○○　　●○○　○
思望斷。天涯情緒，對酒且開顏，春宵短。春寒淺。莫待金
○●▲　　○○⊙●　◎●○○　○○▲　　○○▲　　◎●○
杯暖。
○▲

《金詞》注大石調，蔣氏《九宮譜目》入大石角，《九宮大成》入南詞大石調引。

毛滂詞有“彩筆賦陽春”句，名《陽春》，與吕渭老正調不同。《翰墨全書》名《上陽春》。

此調作者甚多，不知何人創始。其前後起句，及兩結三字句，或叶或不叶，句法悉同，平仄各異。

【校記】

[一]　原注“新”字可仄。其餘旁注可平可仄均標注於圖符中。

【蔡案】

　　① 本調字句劃一,全宋283首作品無一不同,但又呈現出很繁複的變化,這些變化主要集中在用韵的不同上。所不同者,在前後段兩個起拍及第七個句拍,或叶韵或不叶韵,或成對叶韵,或單邊叶韵,不一而足。這樣的兩對句脚的不同,形成了極爲豐富的變化樣式,因此本譜在這兩句中使用了可叶可不叶的圖符。填者創作本調,可以自主選擇,無須死扣母詞,但是以前後段對稱者爲佳,韵律上則不要使用三平結構。

　　② 前後段第七個句拍,本身屬於折腰式六字句,因此如果第三字不叶韵的話,則第三字後應該使用表示三字逗的逗號"、",秦巘原譜前段的"輪"字後用表示句拍的句號",",其後諸詞也莫不如此,皆誤。又,後段"歸期"後,原譜亦作句號,並誤。

又一體 八十二字　　　　　　　　　　　　黃庭堅

贈衡陽妓陳湘

鴛鴦翡翠,小小思珍偶。眉黛斂秋波,儘湖南、山明水秀。婷婷嫋嫋,恰近十三餘,春未透。花枝瘦。正是愁時候。　　尋芳載酒。肯落誰人後。祇恐晚歸來,綠成陰、青梅如豆。心期得處,每自不由人,長亭柳。君知否。千里猶回首。

> 後起句及四三字句皆叶韵。"誰"字,《詞林紀事》作"他","君知"二字作"知君"。

又一體 八十二字　　　　　　　　　　　　沈會宗

想伊不住。船在藍橋路。別語未甘聽,更忍問、而今是去。

門前楊柳，幾日轉西風，將行色，欲留心，忽忽城頭鼓。
一番幽會，衹覺添愁緒。邂逅却相逢，又還有、此時歡否。
臨歧把酒，莫惜十分斟，尊前月，月中人，明夜知何處。

　　　　前起句叶韵，後起句不叶。

又一體 八十二字　　　　　　　　　　　　　周邦彦

樓前疏柳，柳外無窮路。翠色四天垂，數峰青、高城闊處。江
湖病眼，偏向此山明，愁無語。空凝佇。兩兩昏鴉去。　　平
康巷陌，往事如花雨。十載却歸來，倦追尋、酒旗戲鼓。今
宵幸有，人似月嬋娟，霞袖舉。深杯注。一曲黄金縷。

　　　　兩起句皆不叶韵，四三字句皆叶。

又一體 八十二字　　　　　　　　　　　　　万俟詠

芳菲葉底。誰會秋工意。深緑護輕黃，怕青女、霜侵憔悴。開
分早晚，都占九秋天，花四出，香十里。獨步珠宫裏。　　佳
名岩桂。却是因遺子。不自月中來，又那得、蕭蕭風味。霓
裳舊曲，休問廣寒人，飛大白，酬仙蕊。香外無香比。

　　　　兩起句皆叶韵，上兩三字句不叶，下兩三字句皆叶。

又一體 八十二字　　　　　　　　　　　　　張　震

春光如許。春到江南路。柳眼弄晴暉，笑梅花、落英無數。

峭寒庭院,羅幕護窗紗,金鴨暖,錦屏深,曾記看承處。
雲邊尺素。何計傳心緒。無處說相思,空惆悵、朝雲暮雨。
曲闌干外,小立近黃昏,心下事,眼邊愁,借問春知否。

　　　兩起句皆叶韵,四三字句皆不叶。

又一體 八十二字　　　　　　　　　　　　石孝友

鶯鶯燕燕。搖蕩春光懶。時節近清明,雨初晴、嬌雲弄暖。醉
紅濕翠,春意釀成愁,花似染。草如剪。已是春強半。　　小
鬟微盼。分付多情管。癡騃不知愁,想怕他、貪春未慣。主
人好事,應許玳筵開,歌眉斂。舞腰軟。怎便輕分散。

　　　兩起句及四三字句皆叶韵。

又一體 八十二字　　　　　　　　　　　　易　祓

海棠枝上,留得嬌鶯語。雙燕幾時來,並飛入、東風院宇。夢
回芳草,綠遍小池塘,梨花雪,桃花雨。畢竟春誰主。　　東
郊拾翠,襟袖沾飛絮。寶馬趁雕輪,亂紅中、香塵滿路。十
千斗酒,相與買春閒,吳姬唱,秦娥舞。拚醉青樓暮。

　　　兩起句不叶,下兩三字句叶韵。

御帶花 百字　　　　　　　　　　　　歐陽修

元　宵　詞

青春何處風光好,帝里偏愛元夕^{[一]①}。萬重繒綵,搆一屏峰嶺,半空金碧。寶槊銀釭^[二],耀絳幕、龍騰虎擲。沙堤遠,雕輪繡轂,争走五王宅。　　雍雍熙熙似畫^{[三]②},會樂府神姬,海洞仙客③。曳香摇翠,稱執手行歌,錦街天陌。月淡寒輕,漸向曉、漏聲寂寂。當年少,狂心未已,不醉怎歸得。

　　《九宫大成》入南詞大石調正曲,許《譜》同。

　　此調無他作者,想是創製④。"愛"、"絳"、"五"、"洞"、"向"、"怎"必用仄聲⑤,勿誤。"騰虎"二字,汲古作"虎騰","雍雍"二字作"雍容","似"字作"作",皆誤。《詞律》於"會"字句,非,據《詞律訂》改正。"槊"、"稱"去聲。"雍"上聲。

【校記】

　　[一]"愛"字、第七句"絳"字、前結"五"字、後段第三句"洞"字、第八句"向"字、後結"怎"字用◖符標識,意謂必用仄聲。

　　[二]原注"槊"字、後段第五句"稱"字去聲。

　　[三]原注前"雍"字上聲。

【蔡案】

　　①"里"字以上作平。

　　②"雍"字如果按照一般讀法讀爲平聲,其實仍是一個律句,並不妨礙韵律。但清人每每將其視爲一個大拗句,秦巘特注爲上聲,必是這個原因。

　　③"樂",以入作平。僅以本句的韵律細節,就可以判斷出本詞

並非創調之作。這九字，按照韵律分析，應該是○○● ○○●●○●，秦巘認爲"洞"字必用仄聲，其意在指出這是一個拗句，不可將其改爲平聲而諧律，但秦巘必定不知道這個"拗句"之所以形成的原因。本調是一個典型的添頭式詞體，前起爲○○●● ○○● ○○●○●（青春何處、風光好、帝里偏愛元夕），後段爲●●○○● ○○● ○○●●○●（雍雍熙熙似畫、會樂府、神姬海洞仙客），●●本是一個添頭。但歐陽本詞，顯然不可以如此句讀，他已經讀破句法，後九字成了一字逗領四字儷句，所以它肯定祇是變格，而不是創調詞。

④ 因爲"無他作者"，便是"創製"，這個邏輯顯然是荒謬的，是否創製，有許多信息隱藏在詞調的韵律之中，詳見前述。

⑤ 本調僅此一首，秦巘"愛"、"絳"等六字必用仄聲的論斷不知根據什麽作出，其中的"絳"、"向"位於三字逗的中間，而這個字位恰恰是最爲活潑的；"五"、"怎"在一個可平可仄的字位上，其規律性的信息應該是兩字恰好都是上聲字，由此入手分析才能切中肯綮；而"愛"、"洞"二字，本身就處於"二四六分明"的字位，根本没有必要做一個特别的强調。擬譜中這一類斷語，貌似嚴謹，實則不靠譜。

涼州令① 百五字 歐陽修

東 堂 石 榴

翠樹芳條颭。灼灼裙腰初染。佳人携手弄芳菲，綠陰紅影，共展雙紋簟。插花照影窺鸞鑒。祇恐芳容減。不堪零落春晚，青苔雨後深紅點。　　一去門閒掩。重來却尋朱檻②。離離秋實弄輕霜，嬌紅脉脉，似見胭脂臉。人非事往眉空斂。誰把佳期賺。芳心祇願長依舊③，春風更放明年艷。

> 《宋史‧樂志》正宮調大曲名，又入南吕宮。《九宮大成》入
> 南詞正宮引。"涼"或作"梁"，非，説詳《涼州歌》下。
>
> "芳心"句七字，《詞律》謂後段多一字，柳詞亦七字，何必拘
> 定。"晚"字，《圖譜》注叶，誤。通體俱用閉口仄韵，豈有雜入一
> 韵之理？況晁詞亦不叶。"灼灼"二字，汲古作"的的"，亦非。一
> 本無後段者更誤。

【蔡案】

① 本詞即由小令《涼州令》複叠而成，因此，按照秦巘的體例，應
該附録類列於柳永令詞之後，方纔符合詞體的發展脉絡。

② 本句"來"字仄讀，所以晁詞用"眼"字，二詞前段對應句的第
二字則分别爲"灼"、"起"，也可旁證。"來"有去聲，如《楚辭‧遠遊》：
"因氣變而遂曾舉兮，忽神奔而鬼怪。時髣髴以遥見兮，精皎皎以
往來。"

③ 萬樹認爲本句多一字，是有其韵律上的理由的，因爲前段對
應句"不堪零落春晚"是六字句。所以，比較而言，晁補之的複叠體就
要比歐陽詞韵律更諧和，填詞人應以晁詞爲範。而《欽定詞譜》所録
本詞没有"長"字，可見"多一字"的説法是符合本調的韵律特徵的。

涼州令叠韵 百四字 　　　　　　　晁補之

田野閒來慣。睡起初驚曉燕。樵青走挂小簾鈎，南園昨夜，
細雨紅芳遍。　　平蕪一帶烟花淺。過盡南歸雁。江雲渭
樹俱遠①。憑闌送目空腸斷。　　好景難常占。過眼韶華
如箭。莫教鵾鴂送韶華，多情楊柳，爲把長條絆。　　清斝滿

酌誰爲伴。花下提壺勸。何妨醉臥花底,愁容不上春風面。

　　詞之以"疊韵"名者始此。舊本皆分四段,所謂疊韵者,加後
一疊也[2]。通首與歐作同,祇"何妨"句六字,少一字。"俱遠"
上,汲古、《詞律》缺四字,據《琴趣外篇》補。"斟"字,《琴趣》
作"尊"。

【蔡案】

　　① "遠"字是偶叶,填者不叶也可。

　　② 秦巘認爲,所謂疊韵者,即複疊小令,這個説法是標準答案。
不過宋詞複疊小令而成爲慢詞的,都祇是以二段式規範,如前一首歐
詞的分段就是遵循"複疊後依然是二段詞"的基本原則的,所以本詞
分爲四段,就顯得非常外行了。

涼州令 五十五字　　　　　　　　　　　　　　　　柳　永

夢覺紗窗曉。殘燈黯然空照[1]。因思人事苦縈牽,離愁別
恨,無限何時了[2]。　　　憐深定是心腸小。往往成煩惱。一
生惆悵情多少。月不長圓,春色易爲老。

　　《樂章集》注中呂宮。

　　此即歐詞前段,不疊韵也。祇結二句九字,多二字,與前段
合,後第三句叶韵,與歐異。汲古不分段,"黯"字作"掩","少"字
作"感",據宋本訂正。

【蔡案】

　　① "燈"字出律,是敗筆,疑是"燭"字之誤。

　　② 這九字一氣,不應讀爲兩句,前四字一逗才是準確的讀法。

又一體 五十字　　　　　　　　　　　　　　　晏幾道

莫唱陽關曲^[一]。淚濕當年金縷。離歌自古最消魂，於今更有消魂處。　　南橋楊柳多情緒。不繫行人住。人情却似飛絮。悠揚便逐春風去。

　　此亦歐詞之半闋，祇前結七字，少二字，與後段合。“曲”字是以入作去押韵，各家首句俱用韵也。

【校記】

　　[一] 原注“曲”字去聲。

又一體 五十一字　　　　　　　　　　　　　晁補之

二月春猶淺。去年櫻桃開遍。今年春色怪遲遲，紅梅尚早，未露胭脂臉。　　東君遣春來緩①。似會人深願。蟠桃新鏤雙盞。相期似此春長遠。

　　此即前叠韵之半闋，後起句六字，少一字。《詞譜》“遣”字上多“故”字，三句亦叶韵。“尚”字，汲古作“常”。

【蔡案】

　　① 後段起拍脱一字，當作“東君故遣春來緩”，應據《欽定詞譜》補。

醉垂鞭 四十二字　　　　　　　　　　　　　張　先

錢唐送祖擇之

酒面灩金魚^[一]。吳娃唱。吳潮上。玉殿白麻書。待君歸後除^[二]。　　　勾留風月好。平湖曉。翠峰孤。此景出關無。西州空畫圖。

> 《子野詞》屬正官。
>
> 凡三換韵。張共二首,字句叶韵皆同。
>
> 此下俱見《子野詞》。愚按:張詞以鮑廷博知不足齋刻本《子野詞》爲最精,今從訂正,亦有未盡善者,則從他本參考。"酒"、"玉"、"待"可平。"歸"、"勾"可仄。

【校記】

　　[一] 原注"酒"字、第三句"玉"字可平。

　　[二] 原注"待"字可平,"歸"字、後起"勾"字可仄。

慶金枝 五十字　　　　　　　　　　　　　　　　張　先

合　歡　曲

青螺添遠山。兩嬌靨、笑時圓。抱雲勾雪近燈看。算何處、不堪憐^①。　　　今生但願無離別^②,花月下、繡屏前。雙蠶成繭共纏綿。更重結、後生緣。

> 《子野詞》屬中呂宮。《九宮大成》入南詞羽調引。
>
> 此首《安陸集》不載,當加"令"字。
>
> "算何處"三字,鮑刻知不足齋本作"妍處"二字,"重"字缺。兩結皆五字。

【蔡案】

　　① 由於五字句往往是二三式結構,六字折腰句法如果是一個單起式的結構,那麼大多實際上是一個一字逗領五字的句法,衹是我們

通常都將其視爲三三式而已。這種結構的折腰句如果減字，一般實質上就是減去領字，剩下的還是個五字句，本調的兩結有兩種填法，其不同衹在於六字折腰句是不是減去那個領字。例如無名氏詞二首，一作“算楚岸、未香殘”、“付樽前、漸成歡”，就是有領字“算”、“付”；一作“莫待折空枝”、“莫待滿頭絲”，便是去了領字的五字句。所以，我們今天填詞，可以根據詞意的需要，根據所在語境韵律的需要，選擇是否用一個領字來處理這兩個結拍，而其實不必顧忌“譜”如何如何，因爲這是“律”。“譜”是後人所擬，擬譜的目的本來就是爲了描述“律”，但“譜”因爲是詞譜家的主觀認識，所以必然會因爲資料的匱乏、理念的缺失、見識的鄙陋而有不周到的時候，而“律”則是一種客觀存在，本來就隱藏在幾萬首唐宋元的詞中，因此，“譜”源於“律”，“律”高於“譜”，應該是一個最基本的常理。

②　這首詞是一個典型的“添頭式”結構，從這個例子中我們可以知道添頭式有時候未必就衹是“在過片的句首”增加二字，因此，所謂“添頭式”的定義應該是“在過片中”添二字。“今生但願無離別”較之於前段的起拍“青螺添遠山”所添的不是句首，而是句尾，如果去掉句尾的“離別”二字，那麽前後段起句就完全一致了。

又一體　四十八字　或加“令”字①　　　　　　　　　缺　名

莫惜金縷衣。勸君惜、少年時。花開堪折直須折，莫待折空枝。　　　一朝杜宇纔鳴後，便從此、歇芳菲。有花有酒且開眉。莫待滿頭絲。

　　　見《高麗史·樂志》，名《慶金枝令》。《詞譜》爲張雨作，誤。兩結各五字，比張作少二字。

【蔡案】

　①“令”字並不是根據具體的詞調添加的,所有的小令都可以無條件地添加“令”字,這與唐宋人是否曾經用過這個“令”字無關。

又一體 五十字　　　　　　　　　　　　　　　　缺　名

新春入舊年。綻梅萼、一枝先。隴頭人待信音傳。算楚岸、未香殘。　　小枕風雪凭闌干。下簾幕、護輕寒。年華永占入芳筵。付尊前、漸成歡。

　　　見《梅苑》。與張作同,惟後起句叶韵。“前”字偶合,非叶。“枕”字宜平,應是寫誤①。

【蔡案】

　①“枕”字,秦巘認爲當平而仄,屬於填誤,這是秦巘忘了“枕”字是個上聲字,祇有在作“枕木”解的時候纔是去聲,所以可以以上作平,並非“寫誤”。

　此即張先詞體,惟後段首拍叶韵異。

相思兒令 四十五字　一名《好女兒》　　　　　　張　先

惜　　月

春去幾時還[一]。問桃李無言[二]。燕子歸棲風緊,梨雪亂西園。　　猶有月嬋娟。似人人、難近如天。願教清影常相見,更乞取長圓。

　　　《子野詞》屬中吕宫,《九宫大成》入北詞仙吕調隻曲,又入南詞南呂宮正曲。

此與晏殊《相思兒令》不同,一本作《好女兒》,與晏幾道六十二字體亦不同,宜分列。黄庭堅詞名《好女兒》,曾覿詞名《繡帶兒》。"兒",《花草粹編》作"子",實是一調。此調又見汲古《山谷詞》,誤①。

"緊"字,《詞律》作"勁","猶"字作"唯","長"字作"團",今從鮑本。

愚按:《詞律》收曾覿《繡帶兒》,以《好女兒》注爲別名,不知張詞本名《相思兒令》,黄詞名《好女兒》,皆在曾前,不得世次倒置。各集調名已屬錯雜,若再歸併,益滋混淆。本譜俱録原集原名,其別名注一名某,並注某人名某調,俾閱者可考而知,説詳凡例。

【校記】

[一] 原注"春"字、後起"猶"字、次句"人人"二字可仄。

[二] 原注"問"字、第三句"燕"字、後段第三句"願"字可平。

【蔡案】

① 本詞作者各本多爲黄庭堅,《全宋詞》據明本《豫章黄先生詞》定爲山谷詞,可據。而本調與六十二字體《好女兒》迥異,本是兩調,故本調調名以《繡帶兒》最宜,原譜名之爲《相思兒令》,或爲晏殊詞詞體形近誤植。

好女兒 四十五字　一名《繡帶兒》(兒或作子)　　黄庭堅

張寬夫園賞梅

小院一枝梅。衝破曉寒開。偶到張園游戲,沾袖帶香回。　　玉酒覆銀杯。盡醉去、猶待重來。東鄰何事,驚吹怨曲,雪片成堆。

《梅苑》題作《戎州賞梅》。

黃凡三首,兩首同,其一即張作,曾覿《繡帶兒》與此同。

後結三句各四字,亦破句法也。"曲"字一作"笛",誤。

惜雙雙 五十四字 或加"令"字 張 先

溪 橋 寄 意

城上層樓天邊路。殘照裏、平蕪綠樹①。傷遠更惜春暮②。有人還在高高處。 斷夢歸雲經日去。無計使、哀弦寄語。相望恨不相遇[一]。倚橋臨水誰家住。

《子野詞》屬中呂宮。

舊譜皆以爲《惜分飛》別名,考時代,此調在先,論字句,第二、三句大不同,不應類列③。

"惜"字、"不"字,當是以入作平,切勿用去聲字始協④。

【校記】

[一] 原注"望"字去聲。

【蔡案】

① 本調前後段第二句句法用折腰式六字句,多數《惜雙雙》都這樣填,但也有用減字法填的,如賀鑄前後段的"碧玉山圍四際……偏照空床翠被"、趙鼎前段的"腸斷江南千里",可見,第二個句拍的減字是存在的。

②《惜雙雙》調名的宋詞今可見八首,但前後段第三句六字的,僅此一首,所以應該視本詞的第三句以五字爲正。因此,本句與《惜分飛》便完全一致。

③《惜分飛》和《惜雙雙》是否同一個詞調,應該是没有什麽疑問

的，秦巘這裏的"舊譜"實際上是個春秋筆法，説的就是將兩者合二爲一的《欽定詞譜》。但是秦巘惟一的依據也衹是"第二、三句大不同"而已，但是，這個不同在韵律的合理變化之中，我們在蔡案①②中已經做過分析，因此，二者實爲一體，是没有什麽疑議的，二、三句雖然有所不同，却都是很常見的一些微調而已。

④ 六字句如果是仄起仄收式的句式，則第四字必須用平聲。

惜雙雙令　五十二字　　　　　　　　　　　劉　弇

風外橘花香暗度。飛絮綰、殘春歸去。醖造黄梅雨。冷烟曉占橫塘路。　　翠屏人在天低處。驚斷夢、行雲無據。此恨憑誰訴。恁時却倩危弦語。

　　　前後段第三句五字，比張作各少一字，自是一調①。

【蔡案】

　　① 這就是張先詞體，只是第三句六字句減一字作五字句不同，屬於填詞的慣用手法，體式没有任何變化。但是，秦巘認可這雖然少了一字也仍然"自是一調"，却是對自己前面説的"第二、三句大不同"的一個自我否定。

師師令　七十三字　　　　　　　　　　　張　先

春　興

香鈿寶珥。拂菱花如水[一]。學妝皆道稱時宜[二]，粉色有、天然春意。蜀錦衣長勝未起[三]。縱亂霞垂地[四]。　　都城池苑誇桃李。問東風何似。不須回扇障清歌，唇一點、小於朱蕊。正值殘英和月墜。寄此情千里。

　　《子野詞》屬中呂宮。

　　舊譜原題作《贈美人》，今從鮑本。

　　《詞林紀事》云：“《古今詞話》：張子野晚年多爲官妓作詞，有贈妓李師師‘香鈿寶珥’云云，閱之不覺失笑。”按：子野天聖八年進士，至熙寧六年東坡在杭，子野年八十五。又《吳興志》：“子野年八十九卒。”若至徽宗政和年間，是百餘歲矣，斷無詞贈李師師。沈雄因調名《師師令》，又調下有“贈美人”三字，率意附會，疑誤後人[五]。此外考訂疏謬者，難以枚舉。又按，《敏求記》：“《李師師小傳》，臨安刊於権場中，惜不可得見矣。”愚按：《小山詞·生查子》有“醉後莫思家，借取師師宿”句，《淮海詞》亦有“年時今夜見師師”句，晏、秦皆不及見宣政間事，或師師是當時歌妓之通稱，別有所指耳。

　　五字句凡四，皆以一領四字句。“菱”、“東”二字用平，“亂”、“此”二字用仄，勿誤①。“錦”字，《安陸集》作“彩”，“霞”字，鮑本作“雲”，“朱蕊”二字作“珠子”，“值”字作“是”，“朱蕊”《詞苑叢談》作“花蕊”。

【校記】

　　[一]“菱”字、後段次句“東”字用○符標識，意謂必用平聲。

　　[二]原注“稱”字去聲。

　　[三]原注“勝”字平聲。

　　[四]“亂”字、後結“此”字用◗符標識，意謂必用仄聲。

　　[五]疑誤，應是“貽誤”之誤。

【蔡案】

　　① 本調僅此一首，必平必仄的判斷便毫無根據，根據一領四句

法的韵律特徵,第二字本來就是個可平可仄的字位,當第四字平聲的時候,尤其如此,這四個句子的句法完全相同,本身就證明了他們是可平可仄的。

謝池春慢 九十字　　　　　　　　　　張　先

玉仙觀道中逢謝媚卿

繚墻重院,時間有、啼鶯到[一]①。繡被掩餘寒[二],畫幕明新曉。朱檻連空闊[三],飛絮無多少。徑莎平,池水渺。日長風静,花影閒相照。　　　塵香拂馬,逢謝女,城南道。秀艷過施粉[四],多媚生輕笑。鬥色鮮衣薄,碾玉雙蟬小。歡難偶,春過了。琵琶流怨,都入相思調。

《子野詞》屬中吕宫。

與《謝池春》小令無涉。

《古今詞話》:子野於玉仙觀道中逢謝媚卿,作《謝池春慢》云云,一時傳唱幾遍。

李之儀一首於"秀艷"句,作"不見又思量",平仄異,與前段合。《詞律》於首句注可平可仄,無據。"間"字,鮑本作"閒"。《安陸集》無"時"字,"啼"字作"流","掩"字,一本作"堆","幕"字作"閣","無"字作"知","艷"字作"麗","偶"字作"遇","怨"字作"韵"。

【校記】

[一] 原注"間"字、後段第七句"過"字去聲。

[二] 原注"繡"字、第四句"畫"字、後段第六句"碾"字可平。

〔三〕原注"朱"字、後段第四句"多"字、第八句"琵"字可仄。

〔四〕原注"過"字平聲。

【蔡案】

① 本句秦巘讀爲六字折腰句,這種標讀極爲少見,因爲他大都錯誤地標讀爲兩個三字句。就本詞而論,"時間有、啼鶯到"、"徑莎平,池水渺"、"逢謝女,城南道"、"歡難偶,春過了",這四組的句法是完全一致的,但衹有第一組標讀正確,可見清代詞譜家對這一認識完全沒有一個清晰的理念,也可見他們在研究詞的韵律的時候,很多情況下衹是在文法的範疇内進行淺層次的思考,並未涉及韵律本身。而這種問題一直影響到今天,至今罕有人是從律理的角度,對一首詞進行韵律上的分析。

山亭宴 百二字　　　　　　　　　　　　　張　先

有美堂贈彦猷主人

宴亭永晝喧簫鼓。倚青空、畫闌紅柱。玉瑩紫微人〔一〕,靄和氣、春融日煦。故宮池館更樓臺,約風月、今宵何處。湖水動鮮衣,競拾翠、湖邊路。　　落花蕩漾愁空樹。晚山静、數聲杜宇。天意送芳菲,正黯淡、疏烟逗雨。新歡寧似舊歡長,此會散、幾時還聚。試爲挹飛雲,問解寄、相思否。

《子野詞》屬中吕宫,加"慢"字。

因首句立名,與《燕山亭》無涉。

"愁"字,一作"怨",《詞律》讀作"冤",意與前段同耳。鮑本《子野詞》本作"愁"。又"逗"字,《詞律》作"短"。"亭"字一作

“堂”,“問”字作“爲”,尾句少“寄”字,皆誤,今從鮑本訂正。

【校記】

〔一〕原注“瑩”字、後段第七句“爲”字去聲。

又一體 百字　　　　　　　　　　　　　張　先

湖 亭 燕 別

碧波落日寒烟聚。望遥山、迷離紅樹。小艇載人來,約樽酒、商量歧路。衰柳斷橋西①,共携手、攀條無語。水際見鳧鷺,一對對、眠沙淑。　　西陵松柏青如故。剪烟花、幽蘭啼露。油壁間花驄[一],那禁得、風吹細雨。饒他此後更細量,總莫似、當筵情緒。鏡面緑波平,照幾度、人來去。

見《子野詞·補遺》,亦見《西湖志》。前段第五句五字,比前作少二字,或是遺脱。

【校記】

〔一〕原注“間”字去聲。

【蔡案】

① 本詞就是前一詞體,因此無論是從前後段互校,或是前後詞對校,都可以看出該句應是脱落二字,而明知是殘詞還收録於譜中,無論是給人提供範式的譜書,還是作爲譜式研究的專著,都毫無價值。

八寶妝[一] 五十二字　　　　　　　　　　張　先

錦屏羅幌初睡起。花陰轉、重門閉。正不寒不暖,和風細雨，困人天氣。　　此時無限傷春意。憑誰訴、厭厭地。這淺情薄倖，千山萬水，也須來裏。

　　《子野詞》屬南呂宮。

　　此與李甲之《八寶妝》，及《新雁過妝樓》之別名，皆無涉①。

【校記】

　　［一］彊村叢書本《張子野詞》，調名作"八寶裝"。

【蔡案】

　　① 本詞一本又作《雨中花令》，但字句的差異就韻律考察，應該也不是同調。

一叢花　七十八字　　　　　　　　　　　張　先

傷春懷遠幾時窮。無物似情濃。離愁正引千絲亂，更南陌、
○○○●●○△　　○●●○△　　○○●●○○●　　●○●

飛絮濛濛[一]。歸騎漸遥[二]，征塵不斷，何處認郎踪。
⊙●○△　　○●●○　　⊙○○●　　○○●●△

雙鴛池沼水溶溶。南北小橋通。梯橫畫閣黄昏後，又還是、
○○○⊙●●○△　　○●●○△　　○○●●○○●　　●○●

新月簾櫳。沉恨細思[三]，不如桃杏，猶解嫁東風。
○●○△　　⊙●●○　　◎○○◎　　⊙●●○△

　　《子野詞》屬南呂宮，加"令"字。

　　《過庭錄》云："子野郎中《一叢花》詞云'沉恨細思，不如桃杏，猶解嫁東風'，一時盛傳。永叔尤愛之，恨未識其人。子野家南地，以故至都謁永叔。閽者以通，永叔倒屣迎之，曰：'此乃桃杏嫁東風郎中。'東坡守杭，子野尚在，嘗預宴席，蓋年八十

餘矣。"

　　各本爲歐陽修作,誤。"更南陌"有作仄平平者,"歸騎漸遥"句亦有作平平仄仄者,均不可從①,後段同。"漸"字、"細"字各家俱去聲②,勿誤。"引千"二字,《安陸集》作"恁牵"。"南"字鮑本作"東","橋"字作"橈","新"字作"斜","沉恨細思"四字作"沉思細恨",誤。"杏"字,一本作"李","猶"字作"還","東風"二字作"春風",今從《安陸集》本。

【校記】

　　[一]原注"飛"字可仄。其餘旁注可平可仄均標注於圖符中。

　　[二]原注"騎"字去聲。"漸"字用●符標識,意謂必用去聲。

　　[三]"細"字用●符標識,意謂必用去聲。

【蔡案】

　　① 秦巘認爲"歸騎漸遥"不可用平平仄仄,確實如此,因爲從韵律的角度來說,本句常常與後一句相偶,如果兩句都形成同一個句式,韵律上總歸欠缺一點,例如晁端禮作"經綸器業,文章光焰",則終是不諧,所以不可學。

　　② 凡清代詞譜家説"必用去聲"的地方,基本上都是靠不住的,就這一詞調"各家俱去聲"而言,用上聲的有蘇軾的"少"、程垓的"忍"、趙長卿的"婉"和"五"、陸游的"幾",用入聲的有袁去華的"不",甚至有用平聲的如林正大的"宗"和"相"、韓淲的"人"等等。

　　又一體　七十八字　　　　　　　　　　晁補之

東君密意在芳心。飛雪戲妝林。多情定怪春來晚,故奇花、千點深深。烟柳上,輕風絲漫衾,樓閣晚還陰。　　　雕梁雙

燕悄來音。簾幕鎮沉沉。西城未有花堪採，醉狂興、冷落難
禁。應約萬紅，商量細細，留向未開尋。

　　前結一三兩五字，破句也，與張作異。然文義不甚協，或
"上"字是"尚"字、"正"字之訛①，姑存俟考。

【蔡案】

　　① 前結語意雜蕪，不如讀爲四四五更加諧和，而不必採用讀破
的方式。秦巘認爲"上"是訛字，竊以爲應該是"正"字的缺筆之誤，而
"烟柳正輕"和"風絲漫裊"正是一對對偶句，與本調這兩個句子的通
常填法相吻合，這樣，本詞就和前一詞完全相同了。

燕春臺　九十八字　一名《夏初臨》　　　　　　　　張　先

東都春日李閣使席上

麗日千門，紫烟雙闕，瓊林又報春回。殿閣風微，當時去燕
●●○○　●○○●　○○●○○△　　●●○○　○○●●

還來。五侯池館頻開。探芳菲、走馬天街。重簾人語，轔轔
○△　●○○●○△　○○○、●●○△　○○○●　○○

車轊，遠近輕雷。　　　雕甍霞灩，翠幕雲飛，楚腰舞柳，宮面
○●　●●○△　　　○○○●　●●○○　●○●●　○●

妝梅。金猊夜暖，羅衣暗裹香煤。洞府人歸，放笙歌、燈火
○△　○○●●　○○●●○○　●●○○　●○○、○●

樓臺。下蓬萊。猶有花上月，清影徘徊。
○△　●○△　○○○●●　○●○○

　　《子野詞》屬仙呂宮，加"慢"字。

　　此調自是創製，《嘯餘譜》作《燕臺春》，大誤。"燕"、"宴"，古
通用，《詩經》"燕樂"、"燕喜"可證，何必深辨？況題是本意，本譜

所以必録詞題也。

“洞府”句四字，比前段少二字，此等平調不應参差，恐是遺脱①。

“走馬”下《詞律》缺“天街”二字，“笙歌”下，多“院落”二字，無“放”字。《樂府雅詞》《陽春白雪》《草堂詩餘》各本皆如是。原詞整齊明順，無可致疑，《詞律》不照舊本校勘，而以傳抄之誤，大加議論，此弊不淺。或云“微”、“飛”、“歸”三字叶韵，與後劉作合，亦通。

“頻”字一作“屏”，“放”字一作“擁”，“車轓”二字，鮑本作“繡軒”，“下”字在“樓臺”上，“林”字一作“樓”，皆誤。“閣”字作“角”。

【蔡案】

① 秦巘以爲“洞府”句或有文字脱落，這一判斷是準確的，所脱的是句首二字。但是研究本詞的相關句拍，其詞意清晰，並無錯訛的痕跡，因此很可能張先也是循前人詞而誤，就像目前所存的所有宋詞都是四字一句，不能證明它本來就是四字，而是因爲循前人而誤所致。也就是説，“此調自是創製”的判斷未必可信。

夏初臨 九十七字　　　　　　　　　　　劉　涇

泛水新荷，舞風輕燕，園林夏日初長。庭樹陰濃，雛鶯學弄新簧。小橋飛入橫塘。跨青蘋、綠藻幽香。朱闌斜倚，霜紈未摇[一]，衣袂先凉。　　歡歌稀遇，怨別多同，路遥水遠，烟淡梅黄。輕衫短褐，相携洞府流觴。況有紅妝。醉歸來、寶蠟成行。拂牙牀。紗廚半開，月在回廊。

此以本意立名。《詞律》云：“與《燕春臺》字句音響皆同。”

《詞律訂》亦云。愚按：衹"紗廚"上少一字，"未"字、"半"字用去聲，"妝"字叶韵，與張作異。曹冠二首亦名《夏初臨》，與此全同。想用之春日名《燕春臺》，用之夏日名《夏初臨》。此二調前後整齊，不應後段七句比前少二字，可見宋時已經脫誤，明是一調異名，當類列。至謂換頭四字四句，斷無兩調者，則大不然。如《醉蓬萊》《漢宮春》等調皆是，何足爲據？

　　"飛"字下，《詞律》依沈際飛《草堂》本增"蓋"字。又云舊刻俱六字，此調風範當以六字爲正，天羽或有所考。愚按：此騎墙之見，凡詞當以別作校勘，折衷一是。觀後洪作，此句亦六字，且增入"蓋"字，意殊費解，當删去。"未"字、"半"字定用去聲。張作"車"字，鮑本原作"繡"，正屬吻合①。

【校記】

　　［一］"未"字、後結"半"字用●符標識，意謂必用去聲。

【蔡案】

　　① 秦嶽可愛，剛在前詞説"鮑本作'繡軒'""皆誤"，這裏又不誤了，吻合了。

又一體 九十七字　　　　　　　　　　洪咨夔

鐵甕栽荷，銅彝種菊，膽瓶萱草榴花。庭户深沉，畫圖低映窗紗。數枝奇石嶔㠑。染宣和、瑞露明霞。於菟長嘯，風林□□，霜草先斜。　　雪絲香裏，冰粉光中，興來進酒，睡起分茶。輕雷急雨，銀篁迸插檐牙。凉入琵琶。枕幬開、又送蟾華。問生涯。山林朝市，取次人家。

此體見《詞律》。"風林"下缺二字,不知何據①。"朝市"二字,平仄與前略異。

【蔡案】

① 字有脱落,也成了又一體,"體"之濫,令人生厭。

恨春遲 五十八字　　　　　　　　　　　　　張　先

好夢纔成成又斷①。因晚起、雲朵梳鬟。秀臉拂輕紅,滴入嬌眉眼,薄衣減春寒②。　　　紅柱溪橋波平岸。畫閣外、落日西山。不忿鬧花並蒂,秋藕同根,何時重得雙蓮。

《子野詞》屬大石調,《詞律》未收。

此平仄互叶體,鮑本首句缺一"成"字,次句坊本缺"因"字,各六字,今從《粹編》訂正。"斷"字、"岸"字以仄叶平,觀後作可知。"朵"字,鮑本作"鞞","滴"字作"酒","同"字作"蓮","蓮"字作"眠","紅"字作"短"。"因"字,一本作"日","晚"字作"曉"。

【蔡案】

① 前段起拍是六字還是七字,各有所據,認爲是七字的,主要是因爲後段起拍是七字的緣故。但是,後段起拍,細究其韵律,其實並非是七字一句,而是四字一句、三字一句,所以鮑本、彊村叢書本《張子野詞》的前段起拍作"好夢纔成又斷"。由這一點來看,六字句極可能是原本如此,更可信。

② 本句的"衣"字,依律應仄而用平聲,就屬於敗筆,這一點我們玩味後一首的"夢去"二字,就可以明白。所以我們認爲張先本是用的去聲,所謂"薄衣",就是說"薄薄地穿(衣)",亦通。否則如果作平聲解,詞意也不通。

又一體 五十八字 張　先

欲借紅梅薦飲。望隴驛、音信沉沉。住在柳洲東岸，彼此相
思，夢去難尋①。　　乳燕來時花期寢。淡月墜、將曉還陰。
爭奈多情易感，音信無憑，如何消遣得初心②。

> 《子野詞》亦屬大石調。
>
> 亦平仄互叶體，一名《八寶妝》，誤。
>
> 前段首句六字，三句六字，四句四字，後段結句七字，與
> 前異。

【蔡案】

① 這一首或許有誤，《醉翁琴趣外篇》也有收録，本句作"住在柳
州東，彼此相思夢，迴雲去難尋"，正與前詞同。

②《醉翁琴趣外篇》作"如何消遣初心"，也與前詞同。

慶佳節 五十一字 張　先

莫風流。莫風流。風流後有閒愁①。花滿南園月滿樓。偏
使我、憶歡游。　　我憶歡游無計耐，除却且醉金甌②。醉
了醒來春復秋。我心事、幾時休。

> 《子野詞》屬雙調。各譜皆未收。

【蔡案】

① 本句原譜沒有讀斷，但是從其語意、語氣看，無疑是一個折
腰句。

② 本句根據其基本韵律節奏，應該是一個折腰式的六字句結

構,所以應該第三字讀住。但是後段的對應句"除却且醉金甌",則與本句句法不同。我們從後一首張先詞來看,似乎是前後段的第二句拍或律或折兩可,這種句法可以隨意改換的情況較爲罕見。

又一體 五十一字　　　　　　　　　　　　　張　先

芳菲節。芳菲節。天意應不虚設。對酒高歌玉壺缺。慎莫負、狂風月。　　　人間萬事何時歇。空赢得鬢成雪①。我有閒愁與君説。且莫用、輕離别。

　　　亦屬雙調。
　　　此用仄韵,換頭句叶,與前異。

【蔡案】

　　① 本句原譜没有讀斷,但是從其語意、語氣看,無疑是一個折腰句。

一絡索 四十七字　一名《玉聯環》,"絡"一作"落"　　　張　先

南　幽　夜　飲

來時露浥衣香潤。彩縧垂鬢。捲簾還喜月相親,把酒與、花
〇〇●●〇〇▲　　●〇〇▲　　●〇〇●●〇〇　◎◎●　〇
相近[一]。　　　西去陽關休問。未歌先恨。玉峰山下水長
〇▲　　　　　●〇〇●〇▲　　●〇〇▲　　◎〇〇●●〇
流,流水盡、情無盡。
〇　⊙●●　〇〇▲

　　　《子野詞》屬雙調,《九宫大成》入南詞高大石調引。"絡",一
　　作"落"。

鮑本名《玉聯環》，舊説又名《洛陽春》。愚按：字句互有不同，各家皆分列各名，未必一調，惟《玉聯環》與《一絡索》意義相近，故附列，《洛陽春》則另列。

【校記】

［一］原注"把酒"二字均可平。其餘旁注可平可仄均標注於圖符中。

又一體 五十字　　　　　　　　　　　　　　黄庭堅

誰道秋來烟景素。任游人不顧。一番時態一番新，到得意、皆歡慕。　　紫萸黄菊繁華處。對月庭風露。愁來即便去尋芳，更作甚、悲秋賦。

兩起句皆七字，兩次句皆五字，與張作異。五字句是一領四字句，多一襯字也①。"月庭風露"四字，葉《譜》作"風庭月露"。

【蔡案】

① 關於此類所謂的"襯字"，詳參《滿江紅》東坡詞、《鵲橋仙》黄庭堅詞、《錦纏道》宋祁詞蔡案。

又一體 四十八字　　　　　　　　　　　　　　秦　觀

楊花終日飛舞。奈久長難駐。海潮雖是暫時來，却有個、堪憑處。　　紫府碧雲爲路。好相將歸去。肯如薄倖五更風，不解與、花爲主。

兩起句皆六字，與張作異。兩次句皆五字，與黄作同。

又一體 四十六字　　　　　　　　　　　　　　　　周邦彦

眉共春山争秀。可憐長皺。莫將清淚濕花枝，恐花也、如人瘦。　　清潤玉簫閒久。知音稀有。欲知日日倚闌愁，但問取、亭前柳。

　　兩起句亦皆六字，與秦作同。兩次句皆四字，與張作同。

又一體 四十五字　　　　　　　　　　　　　　　　呂渭老

宮錦裁書寄遠。意長辭短。香繭泣露兩催蓮，暑氣昏池館。　　向晚小園行遍。石榴紅滿。花花葉葉盡成雙，渾似我、梁間燕。

　　此與周作同，惟前結句五字，微異。

又一體 四十四字　　　　　　　　　　　　　　　　缺　名

臘後東風微透。越梅時候。一枝芳信到江南，來報先春秀。　　宿醉頻拈輕嗅。堪醒殘酒。笛聲容易莫相催，留待纖纖手。

　　見《梅苑》。兩起句六字，兩結皆五字。

又一體 四十八字　　　　　　　　　　　　　　　　嚴　仁

清曉鶯啼紅樹。又一雙飛去。日高花氣撲人來，獨自個、傷春無緒。　　別後暗寬金縷。倩誰傳語。一春不忍上高樓,爲怕見、分携處。

> 前段次句五字,後段次句四字,前結句七字,與各家異。
> "個"字,《草堂》作"價"。

又一體 四十六字　　　　　　　　　　　　陳允平

欲寄相思愁苦。倩流紅去。淚花寫不斷離懷,都化作、無情雨。　　渺渺暮雲江樹。澹烟橫素。六橋飛絮,夕陽西盡,總是春歸處①。

> 此與周體同,惟後結改作兩四一五字,破句法也,與各家異。
> "絮"字偶合,非叶。

【蔡案】

① 彊村叢書本《西麓繼周集》,本均作"夕陽西下杜鵑啼,怨截斷、春歸處",此外,陳允平另外一首的後段尾均也作"舞腰銷減不禁愁,怕一似、章臺柳",兩者完全相同。就一般創作實際來説,一人之手,體式同一是個很正常的表現,所以該本更爲可信,那麼本詞也就是周邦彦的"眉共春山"詞體了。

玉聯環 四十九字　　　　　　　　　　　　張　先

南園已恨歸來晚。芳菲滿眼。春工偏上好花多,疑不向、空枝暖。　　袛恐紅雲易散。叢叢看遍。當時猶有蕊如梅,問幾日、東風綻。

此與《一絡索》全同,與馮偉壽《玉連環》無涉。

後結句,《安陸集》作"問幾日上東風綫",今從鮑刻《子野詞》。"祇"字,鮑本作"惜"。

又一體 四十九字　　　　　　　　　　陳鳳儀

蜀江春色濃如霧。擁雙旌歸去。海棠也似別君難,一點點、啼紅雨。　　此去馬蹄何處。向沙堤新路。禁林賜宴賞花時,還憶著、西樓否。

《古今詞話》云:"陳鳳儀有送別《一絡索》詞,傳唱一時。"葉申薌《本事詞》云:"成都守蔣龍圖,内召郡餞,時樂籍陳鳳儀侍宴,輒歌自製《洛陽春》以侑觴云云。蔣大贊賞,仍厚賜焉[一]。"愚按:各本以爲元人,誤。

此與黃作《一絡索》全同,自是一調,所稱《洛陽春》蓋傳聞之誤。"禁"字,《本事詞》作"瓊"。

【校記】

[一] 仍,應是"乃"字之誤。

武陵春 四十八字　　　　　　　　　　張　先

秋染青溪天外水,風棹採菱還。波上逢郎密意傳。語近隔
○●○○○●　○●●○△　○●○○●●△　●●●

叢蓮。　　相看。忘却歸來路①,遮日小荷圓。菱蔓雖多不
○△　　　○△　●●○○●　○●●○△　○●○○●

上船。心眼在郎邊。
●○△　○●●○△

《子野詞》屬雙調,《九宮大成》入高大石調。

《梅苑》"陵"作"林"。

兩起與《阮郎歸》不同,自是兩調,舊譜合爲一調,非也。起句,一本作"秋染青溪在水"六字,各家皆七字。"遮日"句,一作"家在柳城前"。

【蔡案】

① 換頭原譜作七字一句,失記一句中短韻。

又一體 四十七字　　　　　　　　　　　　　張　先

每見韶娘梳鬢好,釵燕傍雲飛。誰搠彤霞露染衣。玉透柔肌。　　梅花瘦雪梨花雨,心眼未芳菲。看著嬌妝聽柳枝。人意覺春歸。

見鮑本。前結四字,比前作少一字①,恐脫誤。

【蔡案】

① 本詞前結,彊村叢書本《張子野詞》在"玉"字前有一脫字符"□",則本調即前一詞體。

又一體 四十九字　　　　　　　　　　　　　李清照

風住塵香花已盡,日晚倦梳頭。物是人非事事休。欲語淚先流。　　聞説雙溪春尚好,也擬泛輕舟。祇恐雙溪舴艋舟。載不動、許多愁①。

後結句六字,比前作多一字。《詞匯》《詞統》皆以"載"字爲襯字。"舟"字重叶。

【蔡案】

① 五字句添一字作六字折腰句,或六字折腰句減一字作五字句,是詞中的基本句式變化法,其例不勝枚舉。這一類添字減字,並不改變其體式。

夢仙鄉 五十二字   張　先

寄　　遠

江東蘇小。夭斜窈窕。都不勝、彩鸞嬌妙。春艷上新妝。風過著人香。　　佳樹陰陰池院。華燈繡幔。花月好、豈能長見。離聚此生緣。何計問高天。

　　《子野詞》屬雙調。

　　原題一作《寄越》。《詞譜》名《夢仙郎》[一]。《詞律》未收。

　　凡四換韵,無他作者。"風過著"三字,鮑本作"肌肉過","何計"句,作"無計問天天"。

【校記】

　　[一] "夢仙鄉",疑即"夢仙郎"的筆誤。

百媚娘 七十四字   張　先

眼　　前

珠閣五雲仙子。未省有誰能似。百媚算應天乞與,净飾艷妝俱美。取次芳華皆可意。何處比桃李。　　蜀被錦文鋪

水。不放彩鴛雙戲。樂事也知存後會。爭奈眼前心裏。綠
皺小池紅疊砌。花外東風起。

　　《子野詞》屬雙調。

　　《古樂府》有"思我百媚娘"句，此以第三句立名，自屬創製，
他無作者。

　　"會"字偶合，不是叶韵①。"取次"上鮑本多"若"字，當衍。
"算"字，《詞律》作"等"，誤。"比"字作"無"，"能"字，葉《譜》作
"得"，"乞"字作"付"。"鴛"字，一作"鸞"，據菉斐軒鈔本《安陸
集》改正。

【蔡案】

　　① 秦巘注云"'會'字偶合，不是叶韵"，但是譜中却注"叶"字，莫
知其所見。對應的前段第三句，"與"字可以視爲叶韵，也就是詞韵的
三四部通叶，所謂循古韵也，宋詞中此類叶韵極多。如此，也符合本
詞每一個句拍都叶韵的特點。

歸朝歡 百四字　一名《菖蒲緑》　　　　　　張　先

聲轉轆轤聞露井[一]。曉引銀瓶牽素綆。西園人語夜來風，
⊙●●○○●▲　　◎●○○●●▲　　○○○●●○○

叢英飄墮紅成逕。寶猊烟未冷。蓮臺香蠟殘痕凝[二]。等身
○○○⊙●○▲　●○○●▲　⊙○○●○○▲　　●○

金，誰能得意，買此好光景。　　粉落輕妝紅玉瑩。月枕橫
○　⊙○●●　●●●○▲　　●●○○○●▲　◎●○

釵雲墜領。有情無物不雙棲，文禽祇合常交頸。畫長歡豈
○○●▲　◎○○●●○○　⊙○○●○○▲　●●○●

定。爭如翻作春宵永。日曈曨，嬌柔懶起，簾幕捲花影。
▲　⊙○○●○○▲　●○○　○○●●　⊙●●○▲

《子野詞》屬雙調,《樂章集》屬雙調,用入聲韵。《九官大成》入南詞黄鐘宫正曲。

與《滿朝歡》無涉,辛棄疾詞名《菖蒲緑》①。

"光"字,《詞律》作"風","長"字作"夜"②,"幕"字作"壓",鮑本作"押"。"捲"字作"殘",今據陳無己《後山詩話》。

【校記】

［一］原注"聲"字可仄。

［二］原注"凝"字、後起"瑩"字去聲。

【蔡案】

① 本調體式很穩定,宋人都是如此填法,但是首見詞應該是柳永所作,首創詞尚不能確定,根據柳詞和張詞看,很可能早於柳永。至於《菖蒲緑》則是辛棄疾詞的詞名,辛詞題序已經説明:"因效介庵體爲賦,且以'菖蒲緑'名之。"所名的,即該詞而已,只是一個臨時性的題名,否則,以辛棄疾當時已負盛名的情況,應該有很多人跟從沿用這一調名了,文人本來就好這一口。

② "長"字作"夜",失律,必誤,檢宋元人本調諸作,都是平聲。而萬樹在《詞律》中之所以以爲不拘,是因爲誤讀了柳永《樂章集》前段的"漸漸分曙色",以爲"漸漸"是仄讀,所以認爲柳詞"前仄後平"。不知這個"漸漸"正是宋詩中"添得明朝詩興好,池塘草漲水漸漸"的"漸漸",讀平聲。而柳詞云:"別岸扁舟三兩隻。葭葦蕭蕭風淅淅。沙汀宿雁破烟飛,溪橋殘月和霜白。漸漸分曙色。"此"漸漸"意思正是在漸漸聲中曙色判然,而不是"逐漸"。

雙燕兒 五十字　　　　　　　　　　　　　張　先

榴花簾外飄紅。藕絲罩、小屏風。東山別後,高唐夢短,猶喜相逢。　　幾時再與眠香翠,悔舊歡、何事匆匆。芳心念我,也應那裏,蹙破眉峰。

《子野詞》屬歇指調。

各譜及《詞律》皆未載①。

【蔡案】

① 本調與《欽定詞譜》所收的《雙雁兒》不同,第二均的字句迥異,而且沒有讀破的規則可以適用,兩者所屬之宮調也不相同。參見後文張先《醉紅妝》蔡案。

喜朝天 百一字　　　　　　　　　張　先

清暑堂贈蔡君謨

曉雲開。睨仙館凌虛,步入蓬萊。玉宇瓊瑤[一]①,對青林近,歸鳥徘徊。風月頓消清暑[二],野色對江山、助詩才[三]②。簫鼓宴,璇題寶字,浮動持杯。　　人多送目天際,識渡舟帆小,時見潮回。故國千里③,共十萬室,日日春臺。睢社朝京非遠,正和羹、民□渴鹽梅④。佳景在,吳儂還望,分閫重來。

《子野詞》屬林鐘商。唐教坊曲有《朝天》,又有《西國朝天》。《宋史·樂志》有越調《萬國朝天樂》大曲,又琵琶獨彈曲破有《朝天樂》,正仙呂調,蓋取其名而自製新詞也。

"玉宇"句、"故國"句,用去仄平仄。"江山"句、"民□"句用平平仄平平。"對青林"句、"共十萬"句中二字相連,均勿誤。"曉"字,一作"晚","頓消"二字作"從今","對"字作"帶"。"野

色”句，一作“對江山野色助詩才”，與後晁作不合。“人”字作
“天”，“天”字作“無”，“朝”字作“廟”，今從鮑本。“民□”□字當
是缺字空格，非口字也。此字照晁作宜用平聲。

【校記】

　　〔一〕“玉宇瓊甃”及“故國千里”，用●◗○◖符標識，意謂須用去
仄平仄。

　　〔二〕原注“清”字、後段第七句“非”字、第八句“羹”字可仄。

　　〔三〕原注“對”字、後段第八句“□”字、第九句“景”字可平。“江
山助詩才”及“民□渴鹽梅”五字用○○◗○○符標識，意謂須用平平
仄平平。

【蔡案】

　　① 本句的第二字依律不可用仄聲，秦巘所謂要“用去仄平仄”的
説法，僅僅是就事論事，衹看到表象而已。根據基本韵律，本句必須
是●○○●，所以第二字就應該是一個以上作平的用法，晁補之“碎
錦繁繡”的“錦”字，以及黃裳“惹起離恨”的“起”字都可以證明。如果
按照秦巘的“去仄平仄”填成“去去平仄”，就必然違律了。至於第一
字秦巘認爲必須用去聲，則更加無稽，正是我們所説的但凡説必用去
聲的一定是錯的，張先的“玉”就是一個入聲，黃裳的“惹”則是一個上
聲，足以證明必用去聲的荒謬。

　　② 這八個字，秦巘在正文中讀爲“野色對江山、助詩才”，但是在
箋疏中讀爲“野色對、江山助詩才”，這種罕見的前後牴牾，足見秦巘
在這八個字韵律的拿捏上極爲糾結，因爲就文法來説，今存的三首詞
基本上都是合乎上三下五式讀斷的，而按照律法來説，則應該是上五
下三才對。這個問題説簡單其實很簡單，因爲它就是一個“小喬初
嫁，了雄姿英發”的問題，儘管會有人不認可這樣的讀斷。

③ 本句對應的是前段的"玉宇瓊甃"，韻律全同，不同的祇是前段是第二字以上作平，這裏是以入作平。另外兩首，黄裳是"寂寞時候"，與張先一樣是以入作平，而晁補之則是"縱有狂雨"，以上作平。因此，本句與前段一樣，也是一個●○○●的句式。

④ 本句韻律與前段"野色對江山、助詩才"同，參見蔡案②。

又一體 百三字　　　　　　　　　　　　　　　晁補之

秦宅海棠作

衆芳殘。海棠正輕盈，緑鬢朱顔。碎錦繁繡[一]，更柔柯映碧，纖綃匀殷。誰與將紅間白[二]，採熏籠、仙衣覆斑斕[三]。如有意、濃妝淡抹，斜倚闌干。　　　妖嬈向晚春後，慣困欹晴景，愁怕朝寒。縱有狂雨，便離披瘦損[四]，不奈幽閒。素李來禽總俗，謾遮映、終羞格疏頑。誰來顧、斜風教舞，月下庭間。

> 前後段第五句各五字，比前作各多一字。"瘦"字、"李"字，汲古、《詞律》缺，據《詞律訂》補。

【校記】

[一] "碎錦繁繡"和後段"縱有狂雨"，用◐●○○◑符標識，意謂須用去仄平仄。

[二] 原注"間"字去聲。

[三] "仙衣覆斑斕"和後段"終羞格疏頑"五字，用○○◐○○符標識，意謂須用平平仄平平。

[四]《全宋詞》據雙照樓本《晁氏琴趣外篇》，本句作"便離披

損"，仍爲四字。

破陣樂 百三十三字　　　　　　　　　　　張　先

錢　塘

四堂互映，雙門並麗，龍閣開府[一]①。郡美東南第一[二]，望
故苑、樓臺霏霧。垂柳池塘，流泉巷陌，吳歌處處。近黄昏，
漸更宜良夜，簇繁星燈燭，長衢如畫[三]②。暝色韶光，幾簾
粉面，飛甍朱户[四]。　　　歡遇。雁齒橋紅，裙腰草綠，雲際
寺，林下路。酒熟梨花賓客醉，但覺滿山簫鼓。盡朋游，因
民樂，芳菲有主。自此歸從泥詔去③。指沙堤，南屏水石，西
湖風月④，好作千騎行春，畫圖寫取⑤。

　　　唐教坊曲名。《羯鼓録》屬太簇商，《宋史·樂志》："正宫。"
《歷代歌辭》："《破陣樂》小歌曲。"《樂苑》："商調曲也。"《子野詞》
屬林鐘商。愚按：太簇商，即俗名中管高大石調，林鐘商即俗名
歇指調。

　　　《唐書·禮樂志》云："太宗製七德舞，本名《秦王破陣樂》。"
劉餗《隋唐嘉話》云："太宗平劉武周，河東士庶歌舞於道，軍人相
與爲《秦王破陣樂》之曲。及即位，宴會必奏之，後因編入樂府。"
陳暘《樂書》云："唐《破陣樂》屬龜兹部，秦王所製。舞用二千人，
皆畫衣甲，執旌旗。外藩鎮春秋犒軍設樂，亦舞此曲，兼馬軍引
入場，尤壯觀也。"《綱目》注云："此曲舞用百二十八人，披銀甲執
戟而舞，後更號《神功破陣樂》。貞觀七年正月，宴元武門，更名
《破陣樂》，曰《七德舞》。"

此與《破陣子》《小秦王》無涉。

"閣"、"處"、"有"、"寫"四字必仄聲，"畫"字、"月"字宜叶韵。"簇繁星"，鮑本作"簇簇繁星"，據柳作，不應多一字。"簾"字作"許"，亦當用平。"歡遇"二字作"和煦"，"因"字作"同"。

【校記】

[一]"閣"字、第八句前"處"字、後段第八句"有"字、後結"寫"字用◑符標識，意謂須用仄聲。

[二]原注"郡"字、第十句"簇"字可平。

[三]"畫"字原注宜叶。

[四]"薿"字應是"薆"字，筆誤。

【蔡案】

① "閣"字依律須用平聲，這裏是以入作平，柳永詞本句用"沼"字，則是以上作平。因爲該句看似拗句，所以秦巘以爲必須用仄聲，實質上是要説本句必須用拗句句式，這一理由説到底無非是就事論事，而沒有任何律理上的依據。

② "畫"字叶韵"霧"、"處"，這裏讀爲株遇切，《韵補》在遇部韵中收錄。

③ 本句柳永詞祇有六字，且不叶韵，檢《全宋詞》及《欽定詞譜》，這裏都讀爲"自此歸從泥詔，去指沙堤"，應該可從，如此則兩詞的字句、用韵就很統一了。

④ 本調是一首超長慢詞，前後段各由五均構成，但是清代詞譜家沒有均拍概念，所以秦巘與《欽定詞譜》本詞都失校一韵。就前段而言，五均彰然，但是後段本詞則祇有四均，本句本應是主韵所在，所以"月"字必須叶韵，對照柳永詞作"相將歸遠"，叶"轉"、"晚"韵，即可明了。"風月"，應該是"風雨"之誤。

　　⑤ 秦巘認爲"寫"字必須仄聲,包括前段"吳歌處處"、後段"芳菲有主"的第三字,都特意添加圖符,注明必須用仄聲字,其理由是什麼,極難體會,因爲這三個字都處在可平可仄的字位上,強調他們不可以平是没有任何律理依據的。琢磨再三方纔理解秦巘的用意:因爲這三個字都處於主韵的前一字,而除這三字外,其餘主韵的韵前字都是平聲字,秦巘或許認爲,假設這三字不用平聲,則可以形成整體韵律上的跌宕。如果秦巘確實如此理解,則大錯,因爲這三字加上秦巘遺漏的"林下路"的"下"字,構不成一個整齊的間隔。而我們從本詞所圖的"處"、"有"、"寫"三字以及柳永詞中所圖的"水"、"宛"、"日"三字,加上"林下路"的"下"字和與之相對應的柳詞中"開鎬宴"的"鎬"字,可以看出一個非常規律的特徵,這八個字就是我所提出的"兼聲":它們不是上聲,就是入聲,其特點是都可以作平聲用。這樣,本詞在整體韵律中所形成的,實際上是一個比較常見的○▲收束的煞尾,這纔是本調的一個韵律特徵,也就是説,這幾個字不但不是"必仄",而且應該是"作平"。

又一體 百三十三字　　　　　　　　　　柳　永

露花倒影,烟蕪蘸碧,靈沼波暖[一]。金柳摇風木末,繫彩舫、龍船遥岸。千步虹橋,參差雁齒,直趨水殿。遠金堤、曼衍魚龍戲,簇嬌春羅綺,喧天絲管。霽色榮光,望中似睹,蓬萊清淺。　　時見鳳輦宸游①,鸞觴禊飲,臨翠水,開鎬宴。兩兩輕舠飛畫檝,競奪錦標霞爛。罄歡娱,歌魚藻,徘徊宛轉。别有盈盈游女,各委明珠,争收翠羽,相將歸遠。漸覺雲海沉沉,洞天日晚。

《樂章集》亦屬林鐘商。

後段第十句六字，十一句四字，“管”字、“遠”字叶韵，與張作異。“木末”二字，汲古作“木木”，《詞律》遂於“繫”字句。“見”字作“先”，“罄”字作“聲”，“委”字作“採”，“遠”字作“去”。一本“女”字上多“洛”字，下缺“各”字，俱誤。今據宋本改正。

【校記】

［一］“沼”字、第八句“水”字、後段第七句“宛”字、後結“日”字用❶符標識，意謂須用仄聲。

【蔡案】

① 本句同張詞，第二字應該是句中短韵，秦蠟失記。

醉紅妝 五十二字　一名《醉紅樓》　　　　　　　　　張　先

瓊林玉樹不相饒。薄雲衣，細柳腰①。一般妝樣百般嬌。眉兒秀，總如描。　　東風搖草雜花飄。恨無計，上青條。更起雙歌郎且飲，郎未醉，有金貂。

《子野詞》屬中呂調。

舊説因黃庭堅詞有“望不見、江東路”句，又名《望江東》。［一］然彼是仄韵，大相逕庭，宜分列。

四段相同，祇“更起”句不叶韵，而三字句一用仄平平，一用平平仄，一用仄平仄，一用平仄仄，錯落有法。“兒”字，《草堂詩餘》作“眼”。“秀”字，鮑本作“細”，“總”字作“好”，“雜”字作“百”。

【校記】

［一］原本此處空兩格，意謂分段，應是抄録者的筆誤。

【蔡案】

① 詞中三三式均爲六字折腰句，秦巇都讀爲三字兩句，誤。

于飛樂 七十三字　一名《鴛鴦怨曲》，或加"令"字　　　　張　先

寶奩開，菱鑒净，一掬青蟾①。新妝臉、旋學花添。蜀紅衫，雙繡蝶，裙縷鸂鶒。尋思前事，小屏風、巧畫江南。　　　怎空教、草解宜男[一]。柔桑暗、又過春蠶。正陰晴天氣，更暝色相兼。幽期消息，曲房西、碎月篩簾。

　　　《子野詞》屬高平調，《金詞》亦注高平調，元詞注南呂調，《九宫大成》入南詞羽調引。

　　　史達祖詞名《鴛鴦怨曲》②，一本加"令"字。

　　　通首用覃、鹽韵，謹嚴可法。"巧"字，各本作"仍"，誤，據鮑本改正。《詞律》於"晴"字、"更"字斷句，非③。此與後毛作及杜安世《兩同心》句法同，亦破句法也。

【校記】

[一]"怎空教"下奪"花解語"三字，但各本都是如此殘缺，清人蔣敦復《芬陀利室詞話》、丁紹儀《聽秋聲館詞話》、謝章鋌《賭棋山莊詞話》等均有指出。

【蔡案】

①"寶奩開、菱鑒净，一掬青蟾"十字與後段"怎空教、花解語，草解宜男"對應，因此前三字爲逗，秦巇作三字一句讀，誤。

②《鴛鴦怨曲》應是詞名，而非調名，即便是"鴛鴦怨"，宋元也無人襲用。

③"正陰晴，天氣更、暝色相兼"，與前段"蜀紅衫，雙繡蝶、裙縷

鵜鶘"對應,因此按照《詞律》讀更恰。

又一體 七十二字　　　　　　　　　　晏幾道

曉日當簾,睡痕猶占香腮。輕盈笑倚鸞臺。暈殘紅,勻宿翠,滿鏡花開。嬌蟬鬢畔,插一枝、淡蕊疏梅。　　每到春深,多愁饒恨,妝成懶下香階。意中人,從別後,縈繫情懷。良辰好景,相思字、喚不歸來。

　　前起二句,一四兩六字,後起二句,兩四一六字,與張作異①。

【蔡案】

　①《于飛樂》的體式實有兩種,一種爲七十二字體,即晏幾道詞體,一種爲七十六字體,即張先詞體。兩種體式的差異極大,晏詞體,除前後段第二拍各減一字外,前段起調十字讀破爲四字一句、六字一句,這衹是一種微調,但後段十字,除讀破,更減二字,去一韻,已影響體式(李流謙詞,前段起十字亦如是填),是真正意義上的"又一體"。又按,秦巘在這裏使用的"後起二句"這一說法顯得非常另類,應是"三句"之筆誤。

又一體 七十六字　　　　　　　　　　毛滂

和太守曹子方

水邊山、雲畔水,新出烟林。送秋來、雙檜寒陰。檜堂寒、香霧碧,簾箔清深。放衙隱几,誰知共、雲水無心。　　望西園飛蓋,夜月到清尊①。爲詩翁、露冷風清。褪紅裙、袪碧袖,花草爭春。勸翁須飲,莫辜負、風月留人。

　　　前段同張作,後起處,《詞律》分兩三字,一四字,句意與前段
合。愚按:"到"字疑是"倒"字之訛,當分兩五字句,與張作"正陰
晴"二句句法同。毛又一首,換頭用兩三、一四字句,前段用閉口
韵,後段雜入庚、青、真、文,太涉泛濫,不宜從。"褪"字,汲古、
《詞律》作"退","袪"字作"去",注宜平。"須"字作"强",今據《詞
律訂》改正。

【蔡案】

　　① 後起這二句,毛滂本調三首,一作"繫畫船、楊柳岸,曉月亭
亭",一作"黛尖低、桃萼破,微笑輕顰",顯然都應該是同一個句式,應
據唐先生《全宋詞》改爲三三四式爲是。

畫堂春 四十九字　　　　　　　　　　　　　張　先

外湖蓮子長參差。霅山青處鷗飛。水天溶漾畫橈遲。人影
●○○●●△　　●○○●○△　　●○○●●○△　　○●
鑒中移。　　　桃葉淺聲雙唱,杏紅深色輕衣。小荷障面避
●○△　　　　○●●○○●　●○○●○△　　●●●●
斜暉。分得翠陰歸。
○△　　○●●○△

　　　《九宫大成》入南詞高大石調。此下俱見《安陸集》,皆不注
宫調。

　　　"鑒"字,《安陸集》作"檻"。

又一體 四十七字　　　　　　　　　　　　　秦　觀

落紅鋪徑水平池。弄晴小雨霏霏。杏園憔悴杜鵑啼。無奈

春歸。　　柳外畫樓獨上，凭闌手撚花枝。放花無語對斜暉。此恨誰知。

> 兩結句各四字，與前異①。
> 《詞律》爲徐俯作，誤。

【蔡案】

① 本體式宋人填寫最多，允爲正格。

又一體 四十八字　　　　　　　　趙長卿

輦下游西湖有感

湖光乘雨碧連天。繞堤映草芊芊。舞風楊柳欲撕綿。依依起翠烟。　　還是春風客路，對花空負嬋娟[一]。暮寒樓閣碧雲間。羅袖成斑。

> 前結五字，後結四字，與前異。《詞律》未收此體。

【校記】

[一] 一本前後段第二拍各多一字，作"繞堤映、草色芊芊……對花時、空負嬋娟"，趙長卿後段第二拍多作七字句，或出其手。

又一體 四十八字　　　　　　　　趙長卿

長新亭小飲

小亭烟柳水溶溶。野花白白紅紅。惱人池上晚來風。吹損春容。　　又是清明天氣，記當年、小院相逢。凭闌幽思幾千重[一]。殘杏香中。

後段次句七字,與前異。兩結俱四字,同秦作。《歷代詩餘》無"記"字①。

【校記】

[一]原注"思"字去聲。

【蔡案】

① 趙詞本調共有四首,後段第二拍三首用折腰式七字句,多一字或非衍字。

又一體 四十九字　　　　　　　　　　　趙長卿

當年巧笑記相逢。玉梅枝上玲瓏。酒杯流處已愁儂。寒雁橫空。　　去程無計更從容。到歸來、好事匆匆①。一時分付不言中。此恨難窮。

後起七字,次句亦七字,與前又異。

【蔡案】

① 後段第一第二拍各多一字,宋詞中惟此一首,疑誤。

又一體 四十五字　　　　　　　　　　　石孝友

寒蛩切切響空幃。斷腸風葉霜枝。鳳樓何處雁歸遲。空數歸期。　　沈腰春瘦,却成宋玉秋悲。又還辜負菊花時。沒個人知。

前段與秦作同。後起句四字,與各家異。汲古以"空數"句屬下段,大誤。或因此脱寫二字,姑存之。

又一體 四十六字 謝懋

西風庭院雨垂垂。黃花秋閏遲①。已涼天氣未寒時。纔褪
單衣。　　睡起枕痕猶在,鬢鬆釵壓雲低。玉奩重拂淡胭
脂。情入雙眉。

> 前段次句五字,餘同秦作。

【蔡案】

① 本句少一字,宋詞惟此一首,或爲脫誤。

慶春澤 六十六字 張先

飛閣危橋相倚[一]。人獨立東風,滿衣輕絮。還記憶江南,如
今天氣。正白蘋花,遠堤漲流水[二]。　　寒梅落盡誰寄。
方春意無窮,青空千里。愁草樹依依①,關城初閉。對月黃
昏,角聲傍烟起[三]。

> 此與《慶春澤慢》及《陽臺》之別名,皆不同,宜各列。
>
> 《詞律》云:“絮”字借叶,是,餘說以“記”字、“草”字爲句,不
> 確,張別作及王沂孫作可證。兩次句、四句皆一領四字,“正”字、
> “對”字是領句字。“漲流水”、“傍烟起”用去平上,勿誤②,《詞
> 律》漏注。“橋”字,葉《譜》作“樓”。

【校記】

[一] 原注“飛”字、第五句“如”字、後段次句“春”字、第三句“青”
字、第五句“關”字、第六句“昏”字可仄。

[二] “漲流水”三字,用●○●符標識,意謂須用去平上聲。

［三］原注"角"字可平。"傍烟起"三字,用◓○◒符標識,意謂須用去平上聲。

【蔡案】

① "人"、"還"、"方"、"愁"四字都是領字,平聲,此類句法本來就少,四句都平聲字領,更是罕見。

② 張先另一首就有"爲春唱",去聲收束。

青門引 五十二字　　　　　　　　　　　　　　　張　先

春　思

乍暖還輕冷。風雨晚來方定。庭軒寂寞近清明,殘花中酒,又是去年病。　　樓頭畫角風吹醒。入夜重門静。那堪更被明月,隔墻送過秋千影。

　　此與《青門飲》《青門怨》皆無涉。《草堂詩餘》題曰"懷舊"。青門,長安城東門也,見《三輔黄圖》。"青"或作"清",非。

惜瓊花 六十字　　　　　　　　　　　　　　　張　先

汀蘋白。苕水碧。每逢花駐樂,隨處歡席[一]。别時携手看春色[二]。螢火而今,飛破秋夕①。　　汴河流,如帶窄。任身輕似葉,何計歸得。斷雲孤鶩青山極。樓上徘徊,無限相憶。

　　"處"、"破"、"計"、"限"四字必去聲,勿爲《圖譜》所誤。"河流"上各本少"汴"字,一本無"身"字、"何"字。"身輕"二字,一作

"輕舟"。"雲"字,葉《譜》作"霞","限"字作"盡",據鮑本訂正。

【校記】

[一]"處"字、前結"破"字、後段第三句"計"字、後結"限"字用●符標識,意謂必用去聲。

[二]原注"看"字平聲。

【蔡案】

① 前後兩結八字,玩其文理,應該是一個二字逗領六字的句式,否則四字二句的韵律就不和諧,不能振起。

行香子 六十六字 張 先

美 人

舞雪歌雲。閒淡妝勻。藍溪水、深染輕裙[一]。酒香熏臉[二],粉色生春。更巧談話,美情性,好精神。　　江空無畔,凌波何處,月橋邊、青柳朱門。斷鐘殘角,又送黃昏。奈心中事,眼中淚,意中人①。

《太平樂府》《中原音韵》俱注雙調,《九宮大成》入南詞中呂宮引,又入北詞雙角隻曲。

《古今詩話》云:"有客謂子野曰:'人皆謂公張三中,即心中事、眼中淚、意中人也。'公曰:'何不目之為張三影?'客不曉,公曰:'"雲破月來花弄影"、"嬌柔懶起,簾壓捲花影"、"柳徑無人,墮飛絮無影",此予生平所得意也。'"

各本皆作歐陽修,誤。一本無"深"字,"月橋邊"三字作"向越橋邊","巧"字作"雅","美"字作"好","好"字作"美"。"江空"

二字,《花庵詞選》作"空江"。

【校記】

[一] 原注"藍"字和"深"字、後句"熏"字、前結"情"字、後起"江"字"無"字、第三句"青"字、第六句"心"字、後結"中"字可仄。

[二] 原注"酒"字、後句"粉"字、第六句"巧"字"話"字、前結"美"字、後段第四句"斷"字、第五句"又"字、第六句"事"字、第七句"眼"字可平。

【蔡案】

① 本調前後結中的三三三結構,多用排比式,與前文李冠《千秋引》等詞調中的三三三句式不同。

又一體 六十六字　　　　　　　　　　　　晏幾道

晚绿寒紅。芳意匆匆。惜年華、今與誰同。碧雲零落,數字征鴻。看渚蓮凋,宮扇舊,怨秋風。　　流波墜葉,佳期何在,想天教、離恨無窮。試將前事,閒倚梧桐。有銷魂處,明月夜,錦屏空。

　　　後起二句不叶韵。"紅"字,一作"江",誤。"錦"字,汲古作"粉"。

又一體 六十六字　　　　　　　　　　　　蘇　軾

茶

綺席纔終。歡意猶濃。酒闌時、高興無窮。共誇君賜,初坼

●●○△　　○●○△　　●○○、○●○△　　●○○●　○●

臣封。看分香餅，黃金縷，密雲龍。　　鬥贏一水[①]，功敵千
○△　　●●○○●　○○●　●○△　　　●○●　△　　　○●○

鍾。覺涼生、兩腋清風。暫留紅袖，少却紗籠。放笙歌散，
△　　●○○　●●○△　　●○○●　●●○△　　●○○●

庭館靜，略從容。
○●●　●○△

《古今詞話》云："秦、黃、張、晁爲蘇門四學士，每來必命取密
雲龍供茶，家人以此記之。廖明略晚登東坡之門，公大奇之，一
日又命取密雲龍，家人謂是四學士，窺之，則廖明略也。坡爲賦
《行香子》一闋。"

首句起韵，後起次句亦叶，平仄異。蘇又一首，後起用平仄
平平，不叶，可不拘。"龍"字，一本作"籠"，誤。

【蔡案】

① 後段起拍，若叶韵用●●○△，不叶韵，則用○○●●，須用
仄收式。

又一體 六十八字　　　　　　　　　　　　　杜安世

柳

黃金葉細，碧玉枝纖。初暖日、當乍晴天。向武昌溪畔，於
彭澤門前。陶潛影，張緒態，兩相牽。　　數株堤面，幾樹
橋邊。嫩垂條、絮蕩輕綿。繫長江舴艋，拂深院秋千。寒食
下，半和雨，半和烟[①]。

前後首句不叶韵，次句俱叶，第四、五句皆五字，結尾三句上
各少一領句字，與各家異。

【蔡案】

　　① 本詞兩結的三三三不用排比句式，前段用二一式，後段用一二式。

又一體 六十四字　　　　　　　　　　　　　　　趙長卿

馬 上 有 感

驕馬花驄。柳陌經從。小春天、十里和風。個人家住，曲巷墙東。好軒窗，好體面，好儀容。　　燭炖歌慵。斜月朦朧。夜新寒、斗帳香濃。夢回畫角，雲雨匆匆。恨相逢，恨分散，恨情鍾。

　　　　前後起四句俱叶韵，兩結亦無領句字，與各家又異。“歌”字，一本作“燈”。

又一體 六十六字　　　　　　　　　　　　　　　辛棄疾

雲 巖 道 中

雲岫如簪。野漲挼藍。向春闌、綠醒紅酣。青裙縞袂，兩兩三三。把麴生禪，玉版局[一]，一時參。　　拄杖彎環，過眼嵌巖。岸輕烏、白髮鬖鬖。他年來種，萬桂千杉。聽小綿蠻，新格磔，舊呢喃。

　　　　前起二句叶韵，後起句不叶，次句叶，餘同張、蘇兩作。通體用覃、咸韵，甚謹嚴。“環”字斷非叶①。“桂”字，一作“樹”，誤。

【校記】

[一] 原注“玉”字作平。

【蔡案】

① 宋人閉口音與開口音混用已經常見,本詞後起本可叶韵。況且本詞還有兩處秦巘失記:“把麴生禪”的“禪”和“聽小綿蠻”的“蠻”,這樣,“禪”、“環”、“蠻”三字自然也可以形成一韵。這種前後結的三三三結構中,第一個三字叶韵的情況,約佔宋詞中的一成,因此也是一種填法,例如石孝友的“是好相知。不相見、只相思……且等些時。說些子、做些兒”等等。

又一體 六十四字 　　　　　　　　　許　古

秋入鳴皋。爽氣飄簫。挂衣冠、初脱塵勞。窗間巖岫,看盡昏朝,夜山低,晴山近,曉山高。　　細數閒來,幾處村醪。醉模糊、信手揮毫。等閒陶寫,問甚風騷。樂因循,能潦倒,也逍遥。

　　　　兩起同辛作,兩結同杜、趙兩作①。

【蔡案】

① 此即趙長卿詞體,惟後段首拍不叶韵異。

又一體 六十七字 　　　　　　　　　蔣　捷

　　　　　　　舟　宿　蘭　灣

紅了櫻桃。綠了芭蕉。送春歸、客上蓬飄。昨宵榖水,今夜蘭皋。奈何雲溶溶,風淡淡,雨蕭蕭。　　銀字笙調。心字香燒。料芳踪、乍整還凋。待將春恨,都付春潮。過窈娘堤,秋娘渡,泰娘橋。

前結用兩字領句,比各家多一字,或"何"字是誤多。

碧牡丹 七十五字 張　先

晏同叔出姬

步障搖紅綺。曉月墜、沉烟砌[一]①。緩板香檀,唱徹伊家新製[二]。怨入眉頭,斂黛峰橫翠。芭蕉寒,雨聲碎。　　鏡華翳。閒照孤鸞戲。思量去時容易②。鈿合瑶釵,至今冷落輕棄。望極藍橋,但暮雲千里。幾重山,幾重水。

《金詞》注中呂調,《九宮大成》入南詞仙呂宮正曲。

與《碧牡丹慢》無涉。

王暐《道山清話》云:"晏元獻爲京兆,辟張先爲通判,新納侍兒,公甚屬意。先能爲詩詞,公雅重之。每張來邸,令侍兒出侑觴,往往歌子野所爲之詞。其後王夫人寖不容,公即出之。一日,子野至,公與之飲,子野作此詞,令營妓歌之。至末句,公聞之憮然,曰:'人生行樂耳,何自苦如此?'亟命於宅庫支錢若干,復取前所出侍兒。既來,夫人亦不復誰何也。"

"斂黛"句、"但暮"句,是一領四字句法。晁補之作五言詩句③。"至今冷落",晁作"困入流波",可不拘。"墜"字,葉《譜》作"墮","板"字作"拍","家"字作"州"。

【校記】

[一] 原注"曉月"二字、第六句"斂"字可平。

[二] 原注"伊"字和"新"字、前結"芭"字"寒"字、後起"閒"字可仄。

【蔡案】

① 本句秦巘讀爲六字折腰句,雖然這樣讀非常少見,但顯然説明清人並非沒有六字折腰的概念,衹是這種句拍上的意識極爲淡漠而已。例如即便是在文法上也完全相同的結構,前結的六字一句就被秦巘讀成了三字兩句,而我們實在分不出"曉月墮、沈烟砌"和"芭蕉寒,雨聲碎"究竟在他們的理念中有何區別,甚至按照他們的一般讀法,認爲前者或是誤讀,因此,衹能認爲他們缺乏這一理念。而我們今天的構思中,自然都應該將其作爲一句處理。

② 本句是一個大拗句。詞中這類大拗句非常少見,其形成一般都有其律理上的來由。本句對應前段"曉月墮"六字,所以從韵律上説仍然具有折腰的基因,衹不過這個折腰不在第三字,而在第二字,換言之,這是一個二字逗領四字的句法。詞是近體詩的一種,本來就來自近體,所以詞句理論上説必然都是律句。在唐宋詞中"非律句"極爲少見,這種"非律句"的形成原因不外乎兩個:或是因爲填誤、刻誤、筆誤形成的韵律違反,或是因爲我們沒有正確解讀,將"思量、去時容易"讀爲"思量去時容易",就是一個典型的例子,原因是我們既非常缺乏"二字逗"的意識,又往往不從韻律的角度解讀詞句。

③ 通常在句法不變的情況下,改易句式,是填詞中經常可以看到的一種内部韵律微調手段,這種微調不影響體式本身。但是偶爾也會有句法本身就作了改變的例子,像這種將折腰句改變爲律句的情況,也從一個側面説明了,在詞創作的時候,句法變易也是被允許的。

又一體 七十四字　　　　　　　　　　　晏幾道

翠袖疏紈扇。涼葉催歸燕。一夜西風、幾處傷高懷遠。細菊枝頭,開嫩香還遍。月痕依舊庭院①。　　　事何限。悵望

秋意晚。離人鬢華將換②。静憶天涯,路比此情還短。試約
鸞箋,傳素期良願。南雲應有新雁。

> 汲古以"事何限"屬上段,誤。前段次句五字,兩結作六字
> 句,與張作異。"意"字用仄亦異。"葉"字,葉《譜》作"月","意"
> 字作"色","鸞"字作"螢"。"還"字,汲古作"猶"。

【蔡案】

① 我們在前一首的蔡案中,以一四式五字句也可以被填爲二三
式時説到,在詞創作的時候,偶爾的句法變易也是被允許的。這首詞
則提供了另一個例子:晏幾道將張先六字折腰句法的"芭蕉寒、雨聲
碎"和"幾重山、幾重水",改變成了平起仄收式六字律句句法的"月痕
依舊庭院"和"南雲應有新雁"。但是,句式的改變僅僅是一種微調,
並不影響韻律本身,而句法的變易則會影響到韻律的改變,因此,今
人在創作中不宜採用。

② 本句實爲二字逗領四字句法,而並不是一個單純的六字句,
詳見前一首蔡案。

少年游慢 八十四字　　　　　　　　　　　張　先

春城三二月。禁柳飄綿未歇。仙籞生香,輕雲凝紫臨層
闕①。歌掌明珠滑,酒臉紅霞發。華省名高,少年得意時
節。　　　畫刻三題徹。梯漢同登蟾窟。玉殿初宣,銀袍齊
脱生仙骨。花探都門曉[一],馬躍芳衢闊。宴罷東風,鞭梢一
行飛雪②。

> 此與《少年游》小令迥別,故另列。因前結句立名,詞以小令

衍爲慢曲者始此。郭茂倩《前緩聲歌》題解："緩歌，聲之緩也。"[二]按，慢猶緩義也。慢，曼也，曼引其聲以長之也③。

"刻"字，葉《譜》作"漏"。

【校記】

[一]原注"探"字、後結"行"字去聲。

[二]郭茂倩《樂府詩集》卷六十五之原文爲："緩聲，本謂歌聲之緩。"

【蔡案】

① "輕雲"句和後段"銀袍"句，都是四三式結構，而並非單純的七字一句。這一結構我們稱之爲"三字托"，其構成並非七字一句，而是四字一句、三字一托。在這裏是四字句與前一句首先構成一個對偶句，三字爲托，所托者則是前面的四字兩句，韵律如此，不可誤作普通七字句。

② 本句對應前段歇拍，爲一平起仄收式六言律句，所以第四字依律須仄，"行"字對應前段"意"字，此處須讀爲去聲。"一行"讀爲去聲，猶如唐人貫休五律《觀棋》詩尾聯云："今朝慚一行，無以造玄微。"

③ 秦巘這裏其實是對"慢"字作出了兩種不同的解釋：其一，慢是緩的意思，則慢詞就是緩歌；其二，慢是曼的意思，則慢詞就是長歌。根據現有的唐宋詞來看，慢詞祇是表示整個詞調篇幅的曼長，是否涉及旋律的緩慢，"曼引其聲"，在詞樂亡逸的今天固然不能作出準確的答案，但是根據一些慢詞激昂的聲容可以判斷，未必慢詞就都是慢吞吞演唱的。

剪牡丹① 百一字　　　　　　　　　　　　張　先

舟中聞雙琵琶

野緑連空，天青垂水，素色溶漾都净②。柔柳搖搖，墜輕絮無影③。汀洲日落人歸，修巾薄袂，擷香拾翠相競。如解凌波，

泊烟渚春暝④。　　　　彩綯朱索新整。宿繡屏、畫船風定。金
鳳響雙槽,彈出古今幽思誰省[一]⑤。玉盤大小亂珠迸。酒
上妝面,花艷媚相並。重聽。盡漢妃一曲,江空月静⑥。

　　《宋史·樂志》:"女弟子舞隊,第四曰'佳人剪牡丹隊'。"
　　"柔柳"句,據《古今詞話》當作"柳徑無人",較勝,説見《行香
子》下。《詞律》謂通篇俱有訛錯,未必然也。"彈出"句八字,是
二字領起下六字句。"古今"二字,鮑本作"今古"。

【校記】

　　[一] 原注"思"字去聲。

【蔡案】

　　① 卷二十三李致遠《碧牡丹》,與本詞應是同一詞調。

　　②"色"字以入作平。按,本句對應"擷香拾翠相競",是一個平
起式律句,第二字依律必須用平聲。

　　③ 這九字在本詞中並非四字一句、五字一句,根據其韵律分析,
應該是七字一句,二字一句。而這兩個二字句,並非突兀形成,正好
是與後段的"重聽"在韵律上形成呼應的,相反,如果没有這兩個二字
句,後段的"重聽"倒確實是顯得突兀了。

　　④ 通常本詞都被解讀爲前後兩段,並在本句後分段,而這個分
段其實是錯誤的。本調的總體結構,應該是三段,其中到"無影"爲第
一段,到"春暝"爲第二段。這種結構可以稱爲添頭式雙曳頭,該結構
在宋詞中也不是本調僅有,如《塞翁吟》《白苧》等等都是同樣的類型。
而本調的雙曳頭可以從兩結韵律的高度一致性中看出:"柔柳搖搖墜
輕絮,無影"與"如解凌波泊烟渚,春暝"之間,平仄聲響完全一致。

　　⑤ 這兩句正確的讀法應該是:"金鳳響、雙槽彈出,古今幽思誰

省。"金鳳者,泛指弦樂;雙槽者,則是專指琵琶。

⑥ "月"字以入作平。本調的韵脚,都是由○▲收束的煞尾。

泛清苕 百八字　一名《濺羅裙》《感皇恩》　　　　張　先

正月十四日與公擇吳興泛舟

綠净無痕。過曉霽,清苕鏡裏游人①。紅柱巧,彩船穩。當
●●○△　●●●　○○●●○①　○○●　●○▲　○

筵主、祕館詞臣。吳娃勸飲韓娥唱,競艷容、左右皆春。學
○●　●○●○△　○○●●○○●　●●○　●●○△　○

爲行雨,傍畫槳,從教水濺羅裙。　　淡烟混月黄昏。漸樓
○○●●　●●●　○○●●○△　　　●○●●○△　●○

臺上下,火影星分。飛檻倚,斗牛近。響簫鼓、遠破重雲。
○●●　●●○△　○●●　●○▲　●○●　●●○△

歸軒未至千家待,掩半妝、翠箔朱門。衣香拂面,扶醉卸簪
○○●●○○●　●●○　●●○○　○○●●　○●●○

花,滿袖餘温。
○　●●○△

　　此調見《安陸集》自度曲,取次句爲名。因前結句又名《濺羅
　裙》,一名《感皇恩》。與張先、蘇軾之正調無涉。《詞律》失收。
　　"穩"、"近"二字是以仄叶平。"柱"字,《安陸集》作"妝","勸"
　字作"歡","娥"字作"娟",皆誤。"皆"字作"生","彩"字葉《譜》作
　"畫","淡"字作"溪","妝"字作"牀",當從鮑本《子野詞補遺》。

【蔡案】

　① 此九字應該讀作五字一句、四字一句,因爲此九字對應後段
"漸樓臺"下九字。就詞意而言,所過者,無疑是"清苕",而並不是"曉
霽"。其實,我們從秦巘的箋疏文字"取次句爲名"中也可以看出,秦

巇也曾有過讀作五字一句、四字一句的考量,衹是不知道他是忘了改正文,還是改變了這個想法。

雙韵子 四十九字　　　　　　　　　　　　　　　　張　先

鳴鞘電過,曉闈静斂,龍旗風定。鳳樓遠出霏烟,聞笑語、中天迥。　　　　清光近,歡聲競。鴛鴦集、仙花鬥影。更聞度曲瑶山,升瑞日、春宮永。

> 《九宫大成》入南詞羽調正曲。
>
> 此與《雙聲子》不同,金元曲子有《雙聲叠韵》調名,疑出於此,《詞律》未收。
>
> 此下三調見《子野詞》,而《安陸集》不載。葉《譜》、戈本皆以"静"字爲首句起韵,"斂"字屬下句。"近"字《詞譜》注叶,似可不必。"鴦"字,《詞譜》作"鷰"。"聞"字,一本作"闌"。

熙州慢 九十六字　　　　　　　　　　　　　　　　張　先

贈　述　古

武林鄉,占第一湖山,詠畫争巧[一]①。鷲石飛來,倚翠樓烟靄,清猿啼曉。況值禁垣師帥,惠政流入歡謡。朝暮萬景[二]②,寒潮弄月,亂峰回照。　　　　天使尋春不早。併行樂、免有花愁花笑。持酒更聽,紅兒肉聲長調[三]③。瀟湘故人未歸④,但目送、游雲孤鳥。際天杪。離情盡寄芳草。

> 宋改鎮洮軍爲熙州,本漢時隴西郡,見《輿地廣記》。

周邦彦《氏州第一》詞，注“一作《熙州摘遍》”，或此調不止一首，周因摘其一遍，故字句不相合也。詞之以“慢”名者始此。

此調無他作可證。“畫”、“更”、“永”、“寄”四字去聲。“朝暮萬景”句，用平去上[四]，勿誤。“謠”字宜仄，叶韵。然“謠”字無仄聲，是以平叶仄。《詞譜》云，亦三聲叶。《詞律》未收。

【校記】

[一] “畫”字、後段第四句“更”字、第五句“未”字、後結“寄”字用●符標識，意謂必用去聲。

[二] “朝暮萬”三字，用○●●符標識，意謂必用平去上聲。

[三] 原注“聽”字平聲。

[四] 應該是“用平去去上”，抄落一字。

【蔡案】

① 該九字對應後段的“併行樂、免有花愁花笑”，按其韵律，結構理當相同，則句拍自然是不拗的。所以應該讀爲“占第一、湖山詠畫爭巧”，四字句的韵律失諧問題，就不存在了。

② “景”字以上作平。

③ “持酒”下十字，六字句韵律失諧，而“肉聲長調”四字對應的是前段的“清猿啼曉”，因此應該讀爲“持酒更聽紅兒，肉聲長調”。

④ 本句“人”字仄讀。這是詞中的一個特殊字，多次被用爲仄聲。

沁園春　百十五字　一名《洞庭春色》《東仙》《壽星明》
　　　　《大聖樂》　　　　　　　　　　　　　張　先

寄都城趙閱道

心膂良臣，帷幄元勳，左右萬幾[一]。暫武林分閫[二]，東南外翰,錦衣鄉社,未滿瓜時。易鎮梧臺,宣條期歲,又西指夷橋千騎移^[三]。珠灘上,喜甘棠翠蔭,依舊春暉。　　須知。繫國安危。料節召還趨浴鳳池^[四]。且代工施化^[五],持鈞播澤,置盂天下,此外何思。素卷書名,赤松游道,飈馭雲駢仙可期。湖山美,有啼猿唳鶴,相望東歸。

　　《金詞》注般涉調,蔣氏《十三調譜目》注中呂調,《九宮大成》入南詞中呂宮引,許《譜》同。

　　程垓減字詞名《洞庭春色》。張輯詞有"號我東仙"句,名《東仙》^①,李劉詞名《壽星明》。《明詞統》云一名《大聖樂》。

　　第二句各家平仄不同,可不拘。三句更不同,宜用仄上去平爲是。且第三字必得用去聲,自當以張、蘇兩作爲式。第十句有前七後八字者,有前八後七字者,換頭次句,或七字,或八字,皆不拘,所謂襯字也。"闠"字、"化"字皆當用仄^②,"千"字、"浴"字(作平)、"仙"字,皆當用平聲^③,勿誤。其餘體格不同者列後。

【校記】

　　[一]本句四字,用◑◐●○符標識,意謂宜用仄上去平。

　　[二]"闠"字用◑符標識,意謂必用仄聲。

　　[三]"千"字、後段次句"浴"字、第九句"仙"字用○符標識,意謂必用平聲。

　　[四]原注"浴"字作平。

　　[五]"化"字用◑符標識,意謂必用仄聲。

【蔡案】

　　①《東仙》爲張輯自取詞名,在宋元時代並不被認可爲調名,因此此類名稱不可視爲別名。

　② 這兩個字本來就在仄聲字位上，特意指出必用仄聲毫無意義，就像説"大江東去"的"去"字、"怒髮衝冠"的"髮"字必用仄聲一樣。

　③ 該字位依律本屬可平可仄，秦巘認爲當用平聲，不可用仄聲，如果確實如此，則秦巘本書所引的範詞中，就有好幾首不合格了。

又一體 百十四字　　　　　　　　　　　蘇　軾

孤館燈青，野店鷄號，旅枕夢殘。漸月華收練，晨霜耿耿，雲
○●○○　　●●○△　　●●●○　　●●○○●　　○○●●　　○

山摛錦，朝露漙漙。世路無窮，勞生有限①，似此區區長鮮
○○●　　○●○△　　●●○○　　○❶●●　　●●○○○●

歡。微吟罷，憑征鞍無語，往事千端。　　當時共客長安②。
△　　○○●　　○○○○●　　●●○△　　　　○△●●○△

似二陸初來俱少年③。有筆頭千字，胸中萬卷，致君堯舜，此
●●●○○●○△　　●●○○●　　○○●●　　●○○●　　●

事何難。用舍由時，行藏在我，袖手何妨閒處看。身長健，
●○△　　●●○○　　○○●●　　●●○○○●△　　○○●

但優游卒歲，且鬥尊前。
●○○●●　　●●○△

　　　前後段第十句皆七字，比張作各少一字。換頭第二字不叶韻。"摛"字，葉《譜》作"横"，"鮮"字作"尠"。

【蔡案】

　① 前段"世路"下八字、後段"用舍"下八字，都可以減一字，作●●○○○●●七字一句。

　② 本調過片句中，常在第二字嵌入一個句中短韵，所以本譜擬爲可叶可不叶圖符。

　③ 本調前段第十句拍及後段第二句拍、第九句拍如果是八字

句,則該八字必須用一氣貫之的筆法,尤其以用一字逗領起七字的句法爲正,因此該三個句子常有減一字而作七字句的變化方式。

又一體 百十三字　　　　　　　　　　　　　　　曾　鞏

蠟　梅

絳萼欺寒,暗傳春信,一枝乍芳①。向籬邊竹外,前村雪裏,青梢猶瘦,疏影溪傍。惹露和烟凝酥艷,似瀟灑玉人初試妝。江南路,有多情佇立,迴盡柔腸。　　倚樓最難忘處,正皓月、千里流光。縱廣平心動,難思麗句,少陵詩興,猶愛清香。休怪東君先留意,問他日和羹誰又强。還輕許,笑凌空檜影,松蔭交相②。

> 第三句平仄異。前後段第八句七字,九句八字,換頭句不叶韵。次句七字,上三下四字,俱與張、蘇兩作異。

【蔡案】

① 第二字應仄而平,敗筆。
② 後結九字讀破,應是"笑凌空、檜影松蔭交相"。

又一體 百十五字　　　　　　　　　　　　　　　秦　觀

春　思

宿靄迷空,膩雲籠日,晝景漸長。正蘭皋泥潤,誰家燕喜,蜜脾香少,觸處蜂忙。盡日無人簾幕挂,更風遞游絲時過墻。微雨後,有桃愁杏怨,紅淚淋浪。　　風流寸心易感,但依依佇立，回盡柔腸。念小奩瑶鑒，重勻絳蠟，玉籠金斗，時熨沉香。柳下相將游冶處，便回首青樓成異鄉。相憶事，縱蠻箋萬疊，難寫微茫。

> 此與曾作同，祇後段二三句，一五一四字，比曾作多二字。

又一體 百十四字　　　　　　　　　賀　鑄

宮燭分烟，禁池開鑰，鳳城暮春。向落花香裏，澄波影外，笙歌遲日，羅綺芳塵。載酒追游，聯鑣歸晚，燈火平康尋夢雲。逢迎處，最多才自負，巧笑相親。　　離群。客宦漳濱。但驚見來鴻歸燕頻。念日邊消耗，天涯悵望，樓臺清曉，簾幕黃昏。無限悲凉，不勝憔悴，斷盡危腸消盡魂。方年少，恨功名誤我，樂事輸人。

> 字數與蘇作同。換頭句，叶二韵，與張作同。

又一體 百十二字　　　　　　　　　韓　玉

壯歲耽書，黃卷青燈，留連寸陰。到中年贏得，清貧更甚，蒼顏明鏡，白髮輕簪。衲被蒙頭，草鞋著腳，風雨蕭蕭秋意深。凄凉否，瓶中匱粟，指下忘琴。　　一篇梁父高吟。看谷變陵遷古又今。便離騷經了，靈光賦就，行歌白雪，愈少知音。試問先生，如何即是，布袖長垂不上襟。掀髯笑，一杯有味，萬事無心。

前後段第十句七字,十二句四字,比諸家各少一字。

又一體 百十五字 葛長庚

客裏家山,記踏來時,水曲山崖。被灘聲喧夜,鷄聲破曉,匆匆驚覺,依舊天涯。抖擻征衣,寒欺薄袂,回首銀河西未斜。塵埃積,歎有如此髮,空爲伊華。　　古來旅況堪嗟。儘貧也還須貧在家。料驛舍傍邊,月痕白處,暗香微度,應是梅花。揀折一枝,路逢南雁,和兩字平安寄與他。教知道,有長亭短堠,五飯三茶。

前段第十句七字,後段第十句八字。

又一體 百十六字 林正大

括 酒 德 頌

大人先生,高懷逸興,酒因寓名。縱幕天席地,居無廬室,以八荒爲域,日月爲扃。貴介時豪,縉紳處士,未解先生酒適情。徒勞爾,漫是非蜂起,有耳誰聽。　　先生挈榼提罍。更箕踞銜杯枕麴生。但無思無慮,陶陶自得,任兀然而醉,恍然而醒。静聽無聞,熟觀無覩,以醉爲鄉樂性真。誰知我,彼二豪猶是,蜾蠃螟蛉。

前後段第六句五字,比各家多一字,十句七字同蘇作。

又一體 百十四字　　　　　　　　　　　　王千秋

晁共道侍郎生日

荳蔻嬌春，烟花羞暖，物華漸嘉。也不須鶯怨，桃封絳萼，也不須蜂恨，蘭鬱金芽。料是東君，都將和氣，分付清豐詩禮家。光閭慶，有青氈事業，丹鳳才華。　　乘槎。早上雲霞。侍祠甘泉瞻羽車。試笑憑熊軾，嘉禾合穗，進思魚鑰，菡萏駢花。蕭寇勛名，龔黃模樣，入拜行趨堤上沙。今宵裏，且鯱船滿棹，醉帽欹斜。

　　前段第六句五字，與林作同，後段次句七字，與各家異。晁說之，字以道，"共道"當作"以道"。

又一體 百十四字　　　　　　　　　　　　蔣　捷

次強雲卿韻

結算平生，風流債負，請一筆勾。蓋攻性之兵，花圍錦陣，毒身之酖，笑齒歌喉。豈識吾儒，道中樂地，絕勝珠簾十里迷樓①。因底歡，晴乾不去②，待雨淋頭。　　休休。著甚來由。硬鐵漢從來氣食牛。但祇有千篇，好詩好曲，都無半點，閒悶閒愁。自古嬌波，溺人多矣，試問還能溺我否。高抬眼，看牽絲傀儡，誰弄誰收。

　　前段第十句八字，比各家多一字，或"迷"字是衍文。十二句四字，少一字。

【蔡案】

① 本句韵律可疑,該句例作一字逗領七字句句法,偶有三字逗領者,如"硬鐵漢、從來氣食牛"之類,但未見有二字逗領起的填法,檢彊村叢書本《竹山詞》,該句作"絶勝珠簾十里樓",或是其本來原文。

② 本調兩尾均中的五字句,前後參差,《竹山詞》前段作"歡晴乾不去",多一領字,與後段字句相同,應該是可據的本子。

洞庭春色　百十二字　　　　　　　　　　　程 垓

錦字親裁,淚巾偷裹,細説舊時。記笑桃門巷,妝窺寶靨,弄花庭榭,香濕羅衣。幾度相隨游冶去,任月細風尖猶未歸。多少事,有垂楊眼見,紅燭心知。　　如今事都過也,但贏得、雙鬢成絲。歎半妝紅豆,相思有分,兩分青鏡,重合難期。惆悵一春飛絮,夢悠颺教人分付誰①。銷魂處,又梨花雨暗,半掩重扉。

> 蘇軾《洞庭春色》詩序云:"安定郡王以黄柑釀酒,謂之'洞庭春色',色香味三絶。"

> 此即《沁園春》之别名,《詞統》以爲非。《詞律》云"後段次句七字不同",不知正與曾體合,實是一調。《梅苑》有一首,"游冶"二字、"分付"二字,俱用平平,與曾全合。

> "惆悵"句六字,比後陸作少一字,或是脱誤。

【蔡案】

① 此即曾覿詞體,但是後段第七、八句,秦巘的原文脱落了一字,句讀也有誤。依據《詞綜》卷十三,應當讀作"惆悵一春飛絮夢,恁

悠颺教人分付誰”，因爲第七句宋詞中没有填成六字句的。《欽定詞譜》本句作“惆悵一春飛絮盡”，也通，依據或是《歷代詩餘》，但後一句也脱一字。在卷八十八中這兩句是“惆悵一春飛絮盡，夢悠颺教人分付誰”。此外，《書舟詞》這兩句是“惆悵一春飛絮亂，夢悠颺教人分付誰”，同樣是十五字。

又一體 百十三字　　　　　　　　　　　　　　　陸　游

壯歲文章，暮年勛業，自昔誤人。算英雄成敗，軒裳得失，難如人意，空喪天真。請看邯鄲當日夢，待吹罷黄粱徐欠伸。方知道、許多時富貴，何處關身。　　　人間定無可意，怎換得、玉膾絲蒓。且釣竿漁艇，筆牀茶竈，閒聽荷雨，一洗衣塵。洛水情關千古後，尚棘暗銅駝空愴神。何須更、慕封侯定遠，圖像麒麟。

　　此與曾作全合①。“洛水”句七字，比程作多一字。

【蔡案】

　　① 秦巘既謂“此與曾作全合”，又將其列爲“又一體”，清人概念混亂，一至於此。

落梅風 四十一字　　　　　　　　　　　　　　　張　先[一]

宫烟如水濕芳晨。梅似雪相親。數枝春。惹香塵。　　　壽陽嬌面偏憐惜，妝成一片花新。鏡中重把玉纖匀。酒初醺。

　　《九宫大成》入南詞小石調引，一名《壽陽曲》。

　　調見《梅苑》無名氏，與王詵之《落梅》《落梅慢》皆無涉。獨

《歷代詩餘》爲張先作。《安陸集》、鮑刻《子野詞》皆不載。"梅"字上,《詞譜》據《詞鵠》本多"寒"字,"數枝春"上多"玉樓側畔"四字①。今從《梅苑》《歷代詩餘》本。明解縉有單調一首,因明人不録。"片"字,《梅苑》作"面",重誤。

【校記】

[一] 本詞張先本集不載,《欽定詞譜》據《梅苑》本作無名氏詞,《梅苑》是宋人所編的詞集,自然要比清人的《歷代詩餘》可靠。明《花草粹編》亦收録本詞,作者也是無名氏,而其後一首是張子野的《醉垂鞭》,疑《歷代詩餘》因此而誤題爲子野詞。

【蔡案】

①《全宋詞》採《欽定詞譜》説,補入五字,雖《欽定詞譜》所補的不知所據何本,且《詞譜》常有無據而補的情況,但是究之韵律,如果不補入五字,顯然就於韵律不諧,均拍失當,前段明顯整體結構殘缺,其補入有律理依據。

漢宫春　九十六字　或加"慢"字。一名《慶千秋》　　　　張　先

蠟　梅

紅粉苔墻[一]。透新春消息,梅粉先芳。奇葩異卉,漢家宫額塗黄[二]。何人鬥巧,運紫檀剪出蜂房。應爲是、中央正色[三],東君別與清香。　　　仙姿自稱霓裳。更孤標俊格,霏雪凌霜。黄昏院落,爲誰密解羅囊。銀瓶注水,浸數枝、小閣幽窗。春睡起、纖條在手,厭厭宿酒殘妝。

　　《九宫大成》入南詞高大石調正曲,許《譜》同。

《高麗史·樂志》作《漢宮春慢》，此以第五句立名①。《安陸集》不載，又見《梅苑》。

"粉"字，一本作"蕊"，"運"字，葉《譜》作"暈"，"密"字作"別"，"起"字作"別"。"霏"字，鮑本作"非"，誤。趙長卿一首於末二句兩六字，因俳體，不錄。

【校記】

［一］原注"紅"字可仄，並注次句"新"字、"消"字、第三句"梅"字、前結句"東"字、後段首句"姿"字、次句"孤"字、第三句"霏"字、後結句"厭"字可仄。

［二］原注"漢"字可平，並注第七句"紫"字和"剪"字、前結句"別"字、第五句"爲"字、第七句"數"字和"小"字、第八句"在"字、後結句"宿"字可平。其中"小"字誤作"可仄"。

［三］原注"應"字平聲，後段首句"稱"字去聲。

【蔡案】

①《漢宮春慢》就是《漢宮春》，並非別名，就如"小常寶"就是"常寶"一樣。清代詞譜家都將其視爲別名，是不知"令引近慢"在調名中的"標籤"功能。本調平仄二體，仄韻體以使用入聲爲宜。平韻體則以晁沖之詞填者最多，允爲正格，因此詞譜附於其後。本調的微調主要有二種：其一，前後段首拍，或叶或不叶；其二，前後段第二均，以六字一句、四字一句的填法爲正格，也可以讀破爲四字一句、六字一句。其餘的詞體不同，則往往或因文字的衍奪而致，或是偶例，如彭元遜詞少字、無名氏詞添韵等等，都不必爲範。

又一體 九十七字 　　　　　　張 先[一]

玉減香銷，被嬋娟誤我，臨鏡妝慵。無聊強開強解，蹙破眉峰。憑高望遠,但斷腸、殘月初鍾。須信道、承恩不在貌^[二],如何教妾爲容。　　　風暖鳥聲和碎,更日高院静,花影重重。愁來秖待殢酒,酒薄愁濃。長門怨感,恨無金、買賦臨邛。翻動念、年年伴女,越溪共採芙蓉。

　　　　兩起句不叶韵。前段第八句五字,比前作多一字。前後第四、五句上六下四字,亦差異。

【校記】

　　　[一]本詞《樂府雅詞拾遺》作無名氏詞,唐圭璋先生以爲"誤作張先詞"。

　　　[二]本句《樂府雅詞拾遺》作"須信道,承恩在貌",與諸詞同。

漢宮春 九十六字　　　　　　　　　　晁冲之

黯黯離懷,向東門繫馬,南浦移舟。熏風亂飛燕子,時下輕
●●○○　　○○○●●　○○○△　○○●●●○　○●○
鷗。無情渭水,問誰教、日日東流。常是送、行人去後,烟波
△　○○●●　○○○　●●○△　○●●　○○●●　○○
一晌離愁。　　　回首舊游如夢,記踏青殢飲,拾翠狂游。無
●●○△　　　○●●○○●　●●○●●　●●○△　○
端彩雲易散,覆水難收。風流未老,拚千金、重入揚州。應
○○●●●　●●○△　○○●●　○○○　○●○△　○
又似、當年載酒,依前名占青樓。
●●　○○●●　○○○●○△

　　　《古今詞話》云:"晁冲之政和間作《漢宮春·詠梅》獻蔡攸,攸以進其父京,曰'今日於樂府中得一人',因以大晟府丞用之。"
　　　　與張作第二首全同。秖前段八句四字,與各家同。"飛"字、

“雲”字，辛棄疾用仄，各家皆否，可不從。此體宋人最多。

又一體 九十四字　　　　　　　　　　　　　彭元遜

元　夕

十日春風，又一番調弄，怕暖愁陰。夜來風雨，搖得楊柳黃深。熏篝未斷，夢舊寒、淺醉同衾。便是聞燈見月，看花對酒驚心。　　攜手滿身花影，香霏冉冉，露濕羅襟。笙歌行人歸去，回首沉沉①。人間此夜，誤春光、一刻千金。明日問、紅巾青鳥，蒼苔自拾遺簪。

前結少一字，後段第二句亦少一字，與前異。

【蔡案】

① 這兩句應該對應前段，作四字一句、六字一句，韵律纔和諧，否則“笙歌行人歸去”就極不諧和了。

又一體 九十四字　　　　　　　　　　　　　王　觀[一]

江月初圓，正新春夜永，燈市行樂①。芙蕖萬朵，向晚為誰開却。層樓畫閣。盡捲上、東風簾幕。羅綺擁、歡聲和氣，驚破柳梢梅萼。　　綽約。暗塵浮動，正魚龍曼衍，戲車交作。高牙影裏，緩控玉轡金絡。鉛華間錯。更一部、笙歌圍著。香散處、厭厭醉聽，南樓畫角。

此用仄韵。葉《譜》：無名氏。

前後段第六句俱叶韵，後起二字藏韵。結尾少二字，恐有遺脫。

【校記】

[一] 本詞與前"玉減香銷"詞同列於《樂府雅詞拾遺》,作者爲無名氏。

【蔡案】

① 市,以上作平。按,本句對應後段"戲車交作",第二字依律須平。

又一體 九十六字　一名《慶千秋》　　　　　　　康與之

慈寧殿元夕

雲海沉沉,峭寒收建章①,雪殘鳱鵲。華燈照夜,萬井禁城行
○●○○　●○○●○　●○●▲　○○●●　●●○○○

樂。春隨鬢影,映參差、柳絲梅萼。丹禁杳、鰲峰對聳三山,
▲　○○●●　●○○ ●○○▲　○●● ○○●●○○

上通寥廓②。　　春衫、繡羅香薄③。步金蓮影下,三千綽
●○○●　　　春衫、○○●▲　●○○●●　○○●

約。冰輪桂滿,皓色冷侵樓閣。霓裳帝樂,奏昇平、天風吹
▲　○○●●　●●●○○▲　○●●▲　●○○ ○○○

落。留鳳輦、通宵宴賞,莫放漏聲閒却。
▲　○●● ○○●●　●●●○○▲

《九官大成》入北詞平調隻曲,名《慶千秋》。

　　此亦用仄韵,換頭句叶韵,"鬢影"二字不叶,"帝樂"二字叶,餘同張作。"春隨"句、"霓裳"句,《圖譜》作七字句,《詞律》辨其誤。此等句法,原可通用,但不可於三五字讀耳。如《玉蠋新》《疏影》等調皆然。

【蔡案】

① "章"字應仄而平,這裏是借音,借"章"字漾韵中的去聲(之亮切)。

② 此二句原作"丹禁杳、鰲峰對聳,三山上通寥廓",後六字韻律不諧。

③ 本調換頭句第二字有一讀住，這一點從前一首藏韵例可以看出，這種句式如果不藏韵，那就是一個二字逗，仍然需要讀住。

慶千秋 九十六字 歐慶嗣

點檢堯蓂，自元宵過了，兩莢初飛。葱葱鬱鬱佳氣，喜溢庭闈。誰知降、月裏姮娥，欣對良時。但見婺星騰瑞彩，年年輝映南箕。　　好是庭階蘭玉，伴一枝丹桂，戲舞萊衣。椒觴迭將捧獻，歌曲吟詩。如王母、款對群仙，同宴瑤池。萱草茂，長春不老，百千祝壽無期。

> 周密《天基聖節樂次》："第十盞，笛獨吹高平調《慶千秋》。"《九宮大成》入北詞平調隻曲，一名《漢宮春》。

> 《高麗史·樂志》名《漢宮春慢》。

> 見《花草粹編》。《翰墨全書》："此壽詞也。"《詞譜》《詞律》皆未載。調與《漢宮春》相似，惟兩六句上三下四字，句法倒轉，八句七字不於"婺"字逗，餘同，的是一調異名①，故類列。與《慶千秋》小令無涉。惜時代、爵里無考。

【蔡案】

① 此即晁沖之詞體，惟前後段第三個句拍讀破，作折腰式七字一句、四字一句異。

勸金船 九十二字 張　先

流杯堂倡和翰林主人元素自撰腔

流泉宛轉雙開竇。帶染輕沙皺。何人暗得金船酒。擁羅綺前後[一]①。緑定見花影②,並照與、艷妝争秀。行盡曲名,休更再歌楊柳。　　光生飛動摇瓊毵。隔障笙簫奏。須知短景歡無足③,又還過清晝[二]。翰閣遲歸來,傳騎恨留住難久④。異日鳳凰池上,爲誰思舊⑤。

　　此調《安陸集》不載。據原題並蘇詞題,皆云元素自撰腔。考元素名楊繪,爲前六客之一,惜原詞不傳,故附列於後。前後第四句是一領四字句。"綺"、"見"、"過"、"遲"四字宜仄聲,"足"字當叶韵,前結當作上四下六字句,不得以蘇詞比較。"翰閣"下十二字當於"來"字句,"恨"字逗,與前段同,然文義難解,似當"歸"字句、"騎"字逗爲是,姑缺疑,俟考。

【校記】

　　[一] "綺"字及第五句"見"字、後段第四句"過"字、第五句"遲"字用◑符標識,意謂宜用仄聲。

　　[二] 原注"過"字去聲。又,後一句"遲"字亦注去聲。

【蔡案】

　　① "綺"字秦巘以爲宜用仄聲字,其潛臺詞實際上是説本句宜用不律的句子。由於本調僅此二首,因此祇能與蘇詞相校,蘇詞本字位用"道",上聲,該句蘇詞一本又作"似軒冕相逼",也是上聲,而蘇詞所對應的後段"又還是輕别"仍然是上聲,祇有本詞後段"又還過清晝"是個平聲字。現在根據韵律分析,這是一個一四折腰的句式,第三字依律須平,而涉及這一字位的幾乎都是可以作平的上聲字。因此,這裏不是"宜仄",而是"作平"。

　　② 秦巘認爲"見"字宜仄,無論怎麽也找不出其律理上的依據,後段句式不同,而蘇詞本句爲四字,也都無從參校,獨此一句,無疑是憑感

覺而已。關於這四字宜仄的問題，其實很是多餘，何謂“宜仄聲”？“宜仄聲”就是説最好是用仄聲，實在不行也可以用平聲，等於没説。

③ 前後段第三拍，本屬輔韵位，所以本詞後段未叶韵，蘇詞前段未叶韵。秦巘因爲没有輔韵概念，所以會以爲“足”字當叶，“却”字借叶，而不知這幾句都屬於可叶可不叶的句子，即便前後段不對應，也在情理之中。

④ 傳騎，讀爲 zhuàn jì，古代傳舍中供人使用的交通馬匹。因此，本句和前段一樣，讀爲“傳騎恨、留住難久”，並無不可。又，本句“住”字應平而仄，是誤填。

⑤ 前後段尾均，即可以以六字一句、四字一句填，也可以讀破後作四字一句、六字一句填，秦巘以爲前結一定要按照四六式填，是没有任何韵律依據的。這種句法，都是兩可，不僅本調如此，各詞皆然。

又一體 八十八字　　　　　　　　　　　　蘇　軾

和元素韵自撰腔命名

無情流水多情客。勸我如曾識。杯行到手休辭却[一]。這公道難得[二]。曲水池邊，小字更書年月。如對茂林修竹，似永和節。　　纖纖素手如霜雪。笑把秋光插。尊前莫怪歌聲咽。又還是輕别。此去翱翔，遍賞玉堂金闕。欲問再來何日，應有華髮。

前後第五句四字，六句六字，比前作各少二字。“永”字、“有”字用仄聲，亦異。“却”字是借叶。“邊”字，各本俱作“上”，從《詞譜》改正。“光”字，《本事詞》作“花”，“日”作“歲”。

【校記】

[一] 原注"却"字借叶。

[二] 本句一作"似軒冕相逼"。

感皇恩 六十字 一名《叠蘿花》   張　先

安車少師訪閱道大資同游湖山

廊廟當時共代工。睢陵千里約,遠相從①。欲知賓主與誰同。宗枝内,黃閣舊,有三公。　　廣樂起雲中。湖山看畫軸,兩仙翁。武林佳話幾時窮。元豐際,德星聚[一],照江東。

> 唐教坊曲名。《子野詞》注道調宮。《金詞》注大石調,《中原音韵》注南吕宫,《九宮大成》入北詞南吕調隻曲。
>
> 陳暘《樂書》云:"祥符中,諸工請增龜兹部如教坊,其曲有《雙調感皇恩》。"
>
> 此與蘇軾仄韵體不同,與《泛清苕》之别名亦無涉。
>
> 党懷英詞,名《叠蘿花》②。
>
> 《詞律訂》云:"《感皇恩》調,從無用平韵體,而前後結各多一字者,趙長卿《小重山》'一夜中庭'一首,前結'疏雨響、入芭蕉',後結'虚過了、可憐宵'與此正同,當爲《小重山》之又一體,宜注明。此是《添字小重山》,又名《感皇恩》,與仄韵《感皇恩》無涉。唐時舊調,後人各倚新聲,每多不同,自出新裁。"愚按:此詞辭意與《感皇恩》名合,且宮調各别,宜分列注明。至《添字小重山》名,從未之見,調名已錯出叢生,不勝枚舉,斷不可再立新名。後一首則確是《小重山》,已注明於後,不得併此首而疑之也[二]。
>
> "約遠相從"四字,鮑本《子野詞》作"遠約過從"。

【校記】

[一] 原注“德”字可平、“星”字可仄。

[二] 本詞實爲《小重山》，張先另有一首《小重山》，與本詞字句全同：“延壽芸香七世孫。華軒承大對，見經綸。溟魚一息化天津。袍如草，三百騎，從清塵。　玉樹瑩風神。同時棠棣萼，一家春。十年身是鳳池人。蓬萊閣，黃閣主，遲談賓。”詳參《小重山》下。至於《添字小重山》一名，秦巘以爲是新名，實際上就是我們所説的“指代名”，他衹是一種爲準確描述而使用的臨時性稱謂，並非調名。

【蔡案】

① 這是上五下三句式的八字句，而非五字一句、三字一句。

②《疊蘿花》衹是党懷英詞名，而非調名。元好問《中州集》卷十一所收録，即名爲《感皇恩·賦疊蘿花》。

又一體 五十八字　　　　　　　　　　　　　　　張　先

萬乘靴袍御紫宸。揮毫敷麗藻，盡經綸。第名天陛首平津。東堂桂，重占一枝春。　　殊觀聳簪紳。蓬山仙話重，霑恩新。暫時趨府冠談賓。十年外，身是鳳池人。

《子野詞》屬中吕宫。

此確與《小重山》無異，的是誤寫調名①。如《醉落魄》調“山圍畫幛”一首，與《慶金枝》相連，即誤寫《慶金枝》調，《恨春遲》即誤寫《八寶妝》，調名傳訛，多由於此。

【蔡案】

① 明知是誤寫調名，就應該最多衹是在備注中引用，不當以“又一體”列出，因理念缺失而混亂至此。

卜算子慢 九十三字　　　　　　　　　　　張　先

溪山別意，烟樹去程[一]，日落採蘋春晚。欲上征鞍，更掩翠簾回面。相盼①。惜灣灣淺黛長長眼。奈畫閣歡游，也學狂花亂絮輕散。　　　水影橫池館。對静夜無人，月高雲遠。一晌凝思，兩袖淚痕還滿。難遣。恨私書又逐東風斷。縱夢澤，層樓萬丈，望湖城那見。

　　《子野詞》屬歇指調。

　　"去"字必用去聲，前後第七句是一領七字句，結句是一領五字句[二]，勿誤。前結，《詞律》於"閣"字逗，"學"字句，此等句法是一氣貫下，不可拘泥。"花"字，《詞律》作"風"，"凝"字一作"相"。鮑本前段少"回面"二字，後段少"難遣"二字。"夢澤"二字作"西北"，"文"字作"尺"，"湖"字作"重"。

【校記】

　　[一]"去"字用●符標識，意謂必用去聲。

　　[二]按照秦巘的句讀，前段結拍是二字逗領六字句句法，後段結拍是一字逗領四字句句法，因此"結句是一領五字句"應是筆誤。

【蔡案】

　　① 本調現存僅四首，除本詞外，其餘三首均無二字句，檢彊村叢書本《張子野詞》，也沒有兩二字句，似乎這兩個二字句應該删去纔是正格。但是就韵律的角度來看，如果删去這兩個二字句，那麼正格詞調的結構就大亂，第三均衹剩下了一個孤拍，不符合慢詞的基本規模。應該可以肯定，彊村叢書本《張子野詞》所依據的本子，已經誤失了四字，而其餘的三首，或誤從此格，或同樣被後人誤删，以至於以訛

傳訛。因此填本調，應當以本詞爲正。

又一體 八十九字　　　　　　　　鍾　輻

桃花院落，烟重露寒，寂寞禁烟晴晝。風拂珠簾，還記去年時候。惜春心不喜閒窗繡。倚屏山、和衣睡覺，醺醺暗消殘酒。　　獨倚危闌久。把玉筯偷彈，黛蛾輕鬥。一點相思，萬般自家甘受。抽金釵欲買丹青手。寫別來、容顔寄與，使知人清瘦。

《樂章集》亦屬歇指調。

與《卜算子》小令無涉。

《全唐詩》注：“輻，江南人，咸通末以廣文生爲蘇州院巡。”《江南野録》云：“後周時，中選甲科第二，後隱鍾山，壽八十餘。”李昌齡《樂善録》云：“鍾輻年少負才傲物，樊若水妻以女，才質雙盛。輻登第，買一妾自侍，曰青箱，久不歸。一日過蒲城，邑令留飲樓上。輻醉，夢其妻以詩怨責曰：‘楚水平如練，雙雙白鳥飛。金陵幾多地，一去不言歸。’翌日輻歸，至采石，妾暴死。及抵家，樊已死數月。物故之夜乃輻夢於縣樓之時。”愚按：三説當是兩人。考咸通末年庚申至後周初，已六十餘年，既壽八十餘，與“年少負才傲物”語不合。樊若水亦宋初人。凡詞皆先有小令，後加慢曲①。《卜算子》爲蘇軾作，晚唐尚無此調。即後周至蘇公嘉祐時又八九十年，輻豈尚在人世耶？《宋史·樂志》所載，太宗親製調名有二百餘調之多，宋初諸公所製又不知凡幾，無一慢曲②。實始於張、柳二家，宣政間始盛行。此闋辭意，亦非五代人語氣，殊多疑竇。《全唐詩》《詞綜補遺》皆列唐末，恐未確。今列後，以俟考。

　　前後第六句上，比張作各少二字，少叶二韵。柳永一首與此同，不另録。

【蔡案】

　　① 這是一種錯誤的認識。調名上綴加"令引近慢"的目的，是爲了區别不同體式的同名詞調，一個《卜算子》的調名，可以指小令，也可以指慢詞，而無須一定加上"令"或"慢"。而慢詞由小令而發展本身也是一個假象。從現存的敦煌詞可以看出，早在中唐就已經有慢詞産生，並非一定由令而慢，而所有的"某某慢"也基本上都與"某某令"無關，更不是在"某某令"的基礎上發展而成的。所以，不論《卜算子令》和《卜算子慢》的産生孰先孰後，試圖通過"凡詞皆先有小令，後加慢曲"來證明《卜算子慢》晚於《卜算子令》，這樣的論證本身就是錯誤的。

　　② 據《宋史·樂志》所載，太宗親製應是三百餘首，但史書所記載的都是調名，後人根本無從證明其中的某一詞調（如《朝天樂》）是令是慢，更不能證明爲什麽無射宫調中的《帝臺春》，就不是現存的慢詞《帝臺春》。因此，説太宗親製中"無一慢曲"，是毫無根據的。

誤桃源　三十六字　　　　　　　　　　　缺　名

砥柱勒銘賦，本贊禹功勳。試官親處分[一]**，贊唐文。　　　秀才冥子裏，鑾駕幸并汾。恰似鄭州去，出曹門。**

　　《九宫大成》入南詞羽調引。

　　張耒《明道雜志》云："掌禹錫學士考試太學生，出'砥柱勒銘賦'題。此銘今具在，乃唐太宗銘禹功，而掌公誤記爲太宗自銘其功。宋渙中第一，其賦悉是太宗自銘。有無名子作此嘲之。"

原注"冥"字上聲，"冥子裏"，俗謂昏也。

【校記】

［一］原注"分"字去聲。後段起句原注"冥"字上聲。

折新荷引① 八十二字 一名《新荷葉》《泛蘭舟》 趙扞

雨過回廊[一]，圓荷嫩緑新抽[二]。越女輕盈，畫橈穩泛蘭舟。芳容艷粉，紅香透、脉脉嬌羞。菱歌隱隱漸遥，依約回眸。 堤上郎心，波間妝影遲留。不覺歸時，淡天碧襯蟾鈎。風蟬噪晚，餘霞際、幾點沙鷗，漁笛不道，有人獨倚危樓。

《九宮大成》入南詞正宮引。

調見《樂府雅詞》，以本意爲名。《陽春白雪》名《新荷葉》。因第三句，又名《泛蘭舟》。

【校記】

［一］原注"雨"字及第二句"嫩"字、第三句"越"字、第四句"畫"字和"穩"字、第六句前"脉"字、第七句前"隱"字、後段第三句"不"字、第四句"淡"字和"碧"字、第五句"噪"字、第六句"際"字和"幾"字、第七句"笛"字和"不"字、結句"獨"字可平。

［二］原注"圓"字及第五句"芳"字、第六句"紅"字、第七句"菱"字、第八句"依"字、後段首句"堤"字、次句"波"字和"妝"字、第三句"歸"字、第五句"風"字、第六句"餘"字、第七句"漁"字可仄。

【蔡案】

① 本調宋人所用調名都是《新荷葉》，《折新荷引》僅見趙扞一人

使用,不宜作爲正名使用。就本調體式,前後段各爲四均,應該是一個慢詞的規模,也並不是引詞。

新荷葉 八十二字　　　　　　　　　　　　辛棄疾

人已歸來,杜鵑欲勸春歸。緑樹如雲,等閒付與鶯飛。兔葵
○●○○　●○●●○△　●●○○　●○●●○△　●○

燕麥,問劉郎、幾度沾衣。翠屏幽夢,覺來水繞山圍。
●●　●○○　●●○△　●○○●　●○●●○△

有酒重携。小園隨意芳菲。往日繁華,而今物是人非。春
●●○△　●○○●○△　●●○○　○○●●○△　○

風半面,記當年、曾識崔徽。南雲雁少,錦書無個因依。
○●●　●○○　○●○△　○○●●　●○○●○△

與趙作同,祇後起句多叶一韵。

水調歌頭 九十五字　一名《元會曲》《凱歌》　　　　蘇舜欽

滄　浪　亭

瀟灑太湖岸[一]①,淡泞洞庭山。魚龍隱處烟霧,深鎖渺瀰
⊙●○○●　●○●○△　○○●●○●　○●●○

間②。方念陶朱張翰,忽有扁舟急槳③,撇浪載鱸還。落日
△　⊙●○○○●　●●○○●▲　●●●○○　●●

暴風雨,歸路遠汀灣。　　　丈夫志,當景盛,恥疏閒。壯年
●○●　○●●○△　　　　●○⊙　○●●　●○△　●○

何事憔悴,華髮改朱顔。擬借寒潭垂釣。又恐相猜鷗鳥④。
○○○●　○●●○△　●●○○○●　●○○○○▲

不肯傍青綸。刺棹穿蘆荻⑤,無語看波瀾[二]。
◎●●○△　◎●○⊙●　⊙●●○△

《碧鷄漫志》中吕調。餘詳唐人《水調歌》及後唐莊宗《歌

頭》下。

　　《水調歌》已見卷首，此調是採其第一遍，如《六州歌頭》之類。毛滂詞名《元會曲》⑥，張榘詞注，一名《凱歌》。《草堂》注姜夔詞，名《花犯念奴》，吳文英詞名《江南好》。今考《草堂詩餘》有楊慎《花犯念奴》一調，而白石歌曲旁譜《水調歌頭》二闋，並無《花犯念奴》之名。吳文英《江南好》實《滿庭芳》之別名，舊說訛誤太甚，今訂正。

　　《東行筆錄》云：“蘇子美謫居吳中，欲游丹陽，潘師旦深不欲其來，宣言於人，欲拒之，子美作《水調歌頭》。”

　　此調作者最多，平仄各異。如“太湖岸”、“暴風雨”有用平平仄者。究宜用仄平仄爲是，後起三字句，更多不同。第三、四句，或一四、一七，或一六、一五，皆一氣貫注，可不拘。

【校記】

　　［一］原注“瀟”字“湖”字可仄，“太”字可平。其餘旁注可平可仄均標注於圖符中。

　　［二］原注“看”字去聲。

【蔡案】

　　① 原注“湖”字可仄，誤。本句句式爲仄起仄收式，第二字仄讀，則第四字必平，除非第二字用平聲，第四字才可以用仄聲，如辛棄疾的“帶湖吾甚愛”。

　　② 本調前後段第二均以六字一句、五字一句爲正格，這十一字的韻律本身就是依據這一格律而擬定的，不過這兩句也可以讀破，填作四字一句、七字一句。但是，兩種讀法無論選擇哪一種，其第五字都必須用平聲，不可以用仄聲替。

　　③ 本詞調的主要變化之一，是前後段的第三均中，兩個六字句

常常可以自爲叶韵，例如後段第三均的“釣”、“鳥”，就是自相爲叶，原譜没有標注，是一個失誤。這種自相爲叶，既可以是前後段叶相同或不同的韵部，也可以僅叶前段或僅叶後段，甚至也可以前後段都不叶韵，所以用可叶可不叶標示。

④ 原注“猜”字可仄，“鷗”字平聲，應是筆誤。仄起仄收式的六字律句，第四字絶不可仄。

⑤ 原注“蘆”字可仄，誤。該字位宋詞確有用仄聲字的詞例，但基本上都是兼聲字，即可以作平，且七百餘首中偶有去聲，應是填誤，作爲填詞規範的標準，譜式中不應將偶例校出。

⑥《元會曲》衹是詞名，而非調名。

又一體 九十五字　　　　　　　　　　蘇　軾

　　丙辰中秋歡飲達旦大醉作此篇兼懷子由

明月幾時有，把酒問青天。不知天上宮闕，今夕是何年。我欲乘風歸去。又恐瓊樓玉宇。高處不勝寒。起舞弄清影，何似在人間。　　　轉朱閣，低綺户，照無眠。不應有恨，何事常向别時圓。人有悲歡離合。月有陰晴圓缺。此事古難全。但願人長久，千里共嬋娟。

　　《坡仙集外紀》云：“神宗讀至‘瓊樓玉宇，高處不勝寒’，乃歎曰：‘蘇軾終是愛君。’即量移汝州。”《鐵圍山叢談》云：“歌者袁綯，乃天寶之李龜年也，宣政間，供奉九重，嘗爲吾言：東坡公者，與客游金山。適中秋夕，天宇四垂，一碧無際，加以江流澒涌，俄月色如晝，遂共登金山山頂之妙高臺，命綯歌其《水調歌頭》。歌罷，坡爲起舞，而顧問曰：‘此便是神仙矣！吾輩文章人物，誠千載一時，後世安所得乎？'"

　　後段第三、四句，一四一七字，一氣貫下，分逗不拘。"我欲"二句、"人有"二句，間用兩仄韵各叶，與前異。各家多用此體。"常"字一作"偏"。

又一體 九十五字　　　　　　　　　　賀　鑄

南國本瀟灑。六代浸豪奢。臺城游冶。襞箋能賦屬宮娃。
○●●○▲　●●○○△　○○○▲　●○○●●○△

雲觀登臨清夏。璧月留連長夜。吟醉送年華。回首飛鴛
○●○○○▲　●●○○○▲　○●●○△　●●○○

瓦。却羨井中蛙。　　　訪烏衣，成白社。不容車。舊時王
▲　●●●○△　　　●○○　○●▲　●○△　●○○

謝。堂前雙燕過誰家。樓外河橫斗挂。淮上潮平霜下。檣
▲　○○○●●○△　○●○○●●▲　○○○○○▲　○

影落寒沙。商女篷窗罅。猶唱後庭花。
●●○△　○●○○▲　○○●○△

　　此平仄三聲互叶體①，賀詞多用此格。

　　前後第三、四句亦上四、下七字，"箋"字、"前"字用平。"璧"字，葉《譜》作"碧"。

【蔡案】

　　① 本詞三聲叶，但也是有其特定的韵律規則的，其韵脚的構成，八個主韵依舊是採用平聲韵，所有的仄韵則都在輔韵的句脚上。這個實例也從一個側面證明了我們提出的輔韵本身是可叶可不叶這一觀點。

詞繫卷七 宋

黃鶯兒 九十六字 柳　永

園林晴晝春誰主。暖律潛催，幽谷暄和，黃鸝翩翩，乍遷芳樹①。觀露濕縷金衣，葉映如簧語。曉來枝上綿蠻，似把芳心，深意低訴②。　　無據。乍出暖烟來，又趁游蜂去。恣狂踪跡，兩兩相呼，終朝霧吟風舞。當上苑柳濃時，別館花深處。此際海燕偏饒，都把韶光與。

《樂章集》屬正宮，《九宮大成》入南詞商調正曲，一名《金衣公子》。

《開元天寶遺事》云："明皇每於禁苑中見黃鶯，常呼之爲金衣公子。"

"觀"字、"當"字是領字，下各五言句，勿誤。《詞律》謂"催"字是"吹"字之誤，"谷"字以入作去，叶韻。愚按："催"、"吹"二字無別，皆可解。"谷"字叶韻，非。《梅苑》二首皆四字句，並不叶韻。晁補之作"兩兩三三，修篁新笋"，王詵作"北圃人來，傳到江梅"，均作兩四字句。"暄和"之"和"字，《詞律》謂去聲，又改"暄"作"喧"。晁作"新笋"，王作"依稀"，無名氏作"紅芭"，其非去聲可知，或"笋"字以上作平耳。"似把"二字，晁作"遠林"，"林"字用平，王作“正好”，無名氏作“似睹”，與此同。“此際海燕”，晁作“怪來人道”，無名氏作“肯與梅臉”，平仄異，王作則無一字不同。想萬氏未見王詞，故臆見強分也。惟“黃鸝”二句，無名氏作“隱映疏篁，紅翠相間”，略異，其餘平仄何能改易。《圖譜》亂注，《詞律》已駁之矣，茲不具論。“春誰主”三字，汲古作“誰爲主”，“恣”字作“恐”。“映”字，葉《譜》作“隱”。

此下俱見《樂章集》宋刊本，其未協者，依各本訂正。

【蔡案】

① 前段第一第二均是宋詞韵律中的一個難點，歷來對如何句讀形成兩種説法，一種是如《欽定詞譜》所點的七字一句、四字四句，一種則是萬樹《詞律》的七字一句、六字二句、四字一句。前者由於完全没有基本韵律概念，二十三字後纔有一個主韵，無疑是極爲錯誤的。後者意識到在“樹”字之前應該有本詞的第一個主韵，所以將“谷”字視爲韵脚，勉強湊出一個主韵，因爲合乎基本韵律，鄭文焯等人都讚同。但是，由於這種解釋太過拘泥於現狀，難免就有捉襟見肘的窘迫，很難自圓其説的是，爲什麽前後段的第二均，字、句都不諧和對應。實際上，詳細分析韵律，可知前段的“翩翩乍遷芳樹”與後段的“終朝霧吟風舞”絲絲緊扣，對應十分整齊，由此可以推斷，第二均的字句應該是對應整齊的。而“暖律潛催”所對應的應該是“又趁游蜂去”，那麽我們就可以很清晰地看出，這個主韵就在這一個句拍中，前段的本來面目應該是“暖律潛催□”，主韵脱落了。當然，這裏脱的不是一字，而是連續三字，補足之後前後段對照，其字句是非常整齊諧和的：

暖律潛催▲。●○幽谷，暄和黃鸝，翩翩乍遷芳樹。

又趁游蜂去。恣狂踪跡，兩兩相呼，終朝霧吟風舞。

這裏剩下的衹有"暄和"兩字了。如果按照萬樹的解析,就毫無違和之處了,否則"暄和黃鸝翩翩乍遷"四個平聲頓連用,是絕對不合韻律的。秦巘以晁補之、王詵、無名氏等人的作品爲例,來證明"和"字當平,卻忽略了這些去柳永一代以上的人,其詞之所以與柳詞相同,就是因爲他們的母本很可能就是柳詞,依樣畫出來的葫蘆自然是相同的,除了説明柳詞在其當代已經有了錯訛,應該没有别的理由了。

② 前段歇拍,原作秦巘讀爲"似把芳心,深意低訴",唐圭璋先生的《全宋詞》則讀爲四字一逗,竊以爲都是誤讀。但是這八字唐先生讀成一句,眼力精當,因爲這八字是前段尾均中的收拍,衹是應該讀爲二字一逗領六字一句,全句方纔合律,是平起仄收句式。王詵"正好、相看因甚輕别"的"正好",陳允平"料把、春來詩夢驚覺"的"料把",無名氏"似睹、溪邊仙子妝面"的"似睹",細玩,都可以體悟出其中的"逗"味。

又一體 九十六字 　　　　　　　　晁補之

南園佳致偏宜暑。兩兩三三,修篁新笋[一],出初齊,猗猗過簷侵户。聽亂颭芰荷風,細灑梧桐雨。午餘簾影參差,遠林蟬聲,幽夢殘處。　　凝佇。既往盡成空,暫遇何曾住。算人間事,豈足追思,依依夢中情緒。觀數點茗浮花,一縷香縈炷。怪來人道陶潛,做得羲皇侣。

　　前段第三句七字,四句六字①,與柳作異。

【校記】

　　[一]《全宋詞》所據本無"笋"字。

【蔡案】

① 原文如此,正文中的"七字"被讀爲四字一句、三字一句。六字句爲平平仄平平仄,大拗句法,正是我們在前一首中説過的"翩翩乍遷芳樹",這個收拍應該是無誤的。

鬥百花 八十一字 一名《夏州》　　　　　　　柳　永

煦色韶光明媚,輕靄低籠芳樹[一]。池塘淺蘸烟蕪,簾幕閒垂風絮。春困厭厭,抛擲鬥草工夫[二]①,冷落踏青心緒[三]。終日扃朱户。　　遠恨綿綿,淑景遲遲難度②。年少傅粉,依前醉眠何處③。深院無人,黄昏乍坼鞦韆,空鎖滿庭花雨。

> 本集屬正宫,原注:"亦名《夏州》。"
>
> 《開元天寶遺事》云:"長安士女,春時鬥花戴插,以奇花多者爲勝。"調名取此,與《鬥百草》無涉。
>
> "終日"句五字,《詞律》謂是後段起句,然晁詞皆屬上段。柳又一首,第三句一作"長門深鎖悄悄",一與晁同。第四句一作"滿庭秋色將晚",換頭處一作"無限幽恨,寄情空殢紈扇",頗多參差。"年少傅粉","粉"字以上作平。柳又二首,俱用平仄仄平。"心"字,葉《譜》作"情"。"風"字一作"飛","青"字作"春"。

【校記】

[一] 原注"輕"字及第五句"春"字、第八句"終"字、後段第二句"難"字、第五句"深"字、第七句"空"字可仄。

[二] 原注"擲"字及後段第三句"粉"字作平。

[三] 原注"冷"字可平。

【蔡案】

　　① 本句爲律拗句法，第五字必平。

　　② 這一均十字是一個二字托結構，即"遠恨綿綿，淑景遲遲"偶句，由"難度"所托。前卷張先《卜算子慢》的"一晌凝思，兩袖淚痕、還滿"也是這一類結構。

　　③ 本調後段第二均，宋詞都是十字，但是校之前段，這一均必有二字脱落。前段韻律和諧，但是後段却不能與前段的文字相合，尤其是兩頓連仄、兩頓連平，校之後一首，則更是三頓連仄，柳詞別首又作"應是帝王，當初怪妾辭輦"，本調今存總共祇有六首詞，却有三種句法，極疑是後人削裁而成。根據一般韻律，本詞"依前"後應該還有一個仄聲頓，庶幾詞意纔能貫通，韻律纔能諧和。

又一體 八十一字　　　　　　　　　　　　柳　永

滿搦宮腰纖細。年紀方當笄歲。剛被風流沾惹，與合垂楊雙髻。初學嚴妝，如描似削身材，怯雨羞雲情意。舉措多嬌媚。　　　争奈心性未會。先憐佳婿①。長是夜深，不肯便入鴛被。與解羅裳，盈盈背立銀缸，却道你還先睡。

　　本集亦屬正宮。

　　首句起韵，第三句平仄異。換頭句六字，次句四字，皆叶，餘同前作。"還"字，宋刊本作"但"，汲古作"彈"，誤。考各家此字皆用平聲，今從毛扆校本。

【蔡案】

　　① 後段首均，秦巘句讀失誤，應當同其他幾首一樣，讀爲"争奈心性，未會先憐佳婿"，無須强行添入一韵。

又一體 八十字　　　　　　　　　　　　晁補之

汶 妓 閣 麗

小小盈盈珠翠。憶得眉長眼細。曾共映花低語，已解傷春情意。重向溪堂，臨風看舞梁州，依舊照人秋水。轉更添姿媚。　　與問階上，簸錢時節，記微笑、但把纖腰，向人嬌倚。不見還休，誰教見了厭厭[一]，還是向來情味。

> 後段次三、四句，一四、一七、一四字，與柳作句讀迥殊。舊譜於"記"字注叶，"把"字句，誤①。詞中句法變化者甚多，祇要平仄相同，無礙歌喉。如《訴衷情》一五、一七改爲三句四字，《人月圓》三句四字改爲一七、一五，比比皆是。《詞律訂》於"秋水"句分段，與柳作及後一首不協。

【校記】

[一] 前"厭"字原注平聲。

【蔡案】

① 後段的第二個句拍與其他幾首比較，都少一字，明顯有奪誤，原文應該是"與問階上，簸錢時節□記。微笑但把，纖腰向人嬌倚"。□，或是"猶"、"應"、"曾"等平聲字，這樣就與前一詞體相同，否則不但韵律不諧，詞意上也有殘缺，"問"字沒有了著落。當然，如果按照我們前一首分析的，後二句添上兩個仄聲字，改爲"微笑但把纖腰，●●向人嬌倚"應該更加符合原貌。至於秦巘後面說的《訴衷情》和《人月圓》，祇是在相同字數下的讀破，不能拿來類比，更重要的是，清代詞譜家沒有均拍的理念，所以他們不知道，本詞如果失落一個"記"字韵脚，整個詞就完全不符合最基本的韵律規則了。

又一體 八十字　　　　　　　　　　　　　晁補之

斜日東風深院。繡幕低迷歸燕。瀟灑小屏嬌面。彷彿燈前初見。與選筵中，銀杯半折姚黃，插向鳳凰釵畔。微笑遮紈扇。　　教展香裀，看罷霓裳促遍。紅颭翠翻，驚鴻乍拂秋岸。柳困花慵，盈盈自整羅巾，須勸倒金盞①。

> 後結句五字，比柳作少一字，餘同柳第一首。"罷"字，汲古作"舞"。

【蔡案】

① 後段結拍少一字，或有脫誤。

玉女搖仙珮 百三十九字　　　　　　　　　　柳　永

飛瓊伴侶，偶別珠宮，未返神仙行綴。取次梳妝，尋常言語，有得幾多姝麗。擬把名花比。恐傍人笑我，談何容易。細思算、奇葩艷卉，唯是深紅，淺白而已①。爭如這多情②，占得人間，千嬌百媚。　　須信畫堂繡閣，皓月清風，忍把光陰輕棄。自古及今，佳人才子，少得當年雙美。且恁相偎倚。未消得憐我③，多才多藝。但願取、蘭心蕙性，枕前言下，表余深意。爲盟誓。從今斷不孤鴛被。

> 本集屬正宮。

> 或入《片玉集》，誤。"幾"字，汲古作"許"，"淺"字作"淡"，"畫"字作"華"。"但願取"三字，汲古、《詞律》作"願奶奶"，"從

今”二字作“今生”；“辜”字，《詞律》作“負”，皆大誤。據宋本
改正。

【蔡案】

①　“唯是深紅，淺白而已”一句，“白”字不諧，萬樹認爲是以入作
平的手法，也是頭痛醫頭而已。其實這裏的“深紅淺白”本是一緊密
單位，不可讀斷，即便是在詞樂中，雖然我們已經無從證明，但也可以
想見這四字在曲子中不會讀破。所以，這八字應該是一個二字逗領
六字的句法，就如別首朱雍的“更是、殷勤忍重回首”一樣，八字總是
需要一氣而下纔對。而後段原讀爲“枕前言下，表余深意”，像“枕前”
“言下”這樣淺顯的詞，都會變得十分生澀，令人不能解“枕前言下”之
意，同樣也是句讀不予讀斷的緣故。

②　這五字僅第三字仄聲，韵律盡失，這樣的讀法必然不妥。比
較一下晁端禮（一作黃庭堅）詞，唐圭璋先生讀爲：“爐烟裊。高堂半
卷珠簾，神仙飄紗。”朱雍詞讀爲：“誰知道，春歸院落，繽紛雪飛鴛
甃。”所以本詞也應該讀爲“爭如這、多情占得人間，千嬌百媚”，文句
的詞意也更加暢達，韵律更加諧和。

③　本句“得”字以入作平。或者如前條一樣修正句讀爲三字逗
領六字一句。改讀“未消得、憐我多才多藝”之後，自然氣脉豁然暢
通。這自然是因爲秦巘過於拘泥前後段字句整齊的緣故，而詞的前
後段未必字字都對，正如朱雍詞，前段是五字一句、四字一句，但後段
這裏却是“臨妝罷、一點眉峰傷皺”，並沒有任何失諧違和的感覺。

雪梅香 九十四字　　　　　　　　　　　　　柳　永

景蕭索，危樓獨立面晴空[一]。動悲秋情緒，當時宋玉應同。
漁市孤烟裊寒碧[二]，水村殘葉舞愁紅。楚天闊、浪浸斜陽，

千里溶溶。　　臨風。想佳麗,別後愁顏,鎮斂眉峰。可惜
當年,頓乖雨跡雲踪。雅態妍姿正歡洽,落花流水忽西東。
無聊意、盡把相思,分付征鴻。

　　本集屬正宮。

　　《詞律》:"恐'風'字偶合,非叶。"愚按:過變處,每於第二字
用韵,乃藏韵於句中,仍係五字句,北宋人詞中甚多,東坡尤著意
於此,何得謂非叶①。"無聊意,盡把相思",汲古、《詞律》作"無
聊恨,相思意盡",據宋本改正。

【校記】

　　[一]原注"獨"字及第七句"楚"字、後段第四句"可"字、第六句
"雅"字可平。

　　[二]原注"孤"字及後段結句"分"字可仄。

【蔡案】

　　① 萬樹認爲"風"字不是韵脚,秦巘認爲"風"字就是韵脚,都是
因爲太過於看重"韵"的緣故。其實在詞中,有很多句脚都是可叶可
不叶的,例如過片中的句中韵,就是一個典型的例子,本詞叶,後一首
不叶,都可以。

又一體 九十四字　　　　　　　　　　缺　名

歲將暮,云帆風捲正淒凉。見梅花呈瑞,□英澹薄含芳。千
片逞姿向江國,一枝無力倚鄰墙。凝眸望、昨夜前村,雅態
難忘。　　爭妍鬥鮮潔,皓彩寒輝,冷艷清香。姑射真人,
更兼傅粉容光。梁苑奇才動佳句,漢宮嬌態學嚴妝。無聊

恨、獨對光輝，別岸垂楊。

　　見《梅苑》。換頭第二字不叶韵。又一首和柳韵，於七字句
皆用拗體，又前段第七句作六字，是脱誤，故不録。

尾　犯　九十五字　　　　　　　　　　柳　永

夜雨滴空階，孤館夢回[一]，情緒蕭索。一片閒愁，想丹青難
●●●○○　○●●▲　　○●○▲　●●○○　●○○●

貌。秋漸老、蛩聲正苦，夜將闌、燈花旋落[二]。最無端處，忍
▲　○●●　○○●●　●○○　○○○●　　●○○●　●

把良宵，袛恁孤眠却。　　佳人應怪我[三]，自別後、寡信輕
●○○　○●○○▲　　　○○○●●　●●●　●●○

諾。記得當時，剪香雲爲約。甚時向、幽閨深處，按新詞、流
▲　●●○○　●○○○▲　○○●　○○○●　●○○　○

霞共酌。再同歡笑，肯把金玉珍珠博。
○●▲　●○○●　●●○●○○▲

　　本集屬正宮。《九宮大成》入南詞中呂宮引，許《譜》同。
　　此調名《尾犯》①，定是結尾句別調，與《凄凉犯》尾句差同，
但不知所犯何調耳。《詞律》謂依吳文英、蔣捷末句，順而易填，
然吳作“遠夢越來溪畔月”，又一首“滿地桂陰無人惜”，蔣作“我
逢著、梅花便説”，上三下四字，與此差異。汲古誤入《夢窗乙
稿》。“夢”、“緒”、“漸”、“正”、“怪”、“信”、“共”等字，去聲不可
易②。此調諸家皆用入聲韵，是定格。趙以夫一首用上去韵，不
可從。“貌”音“莫”，《嘯餘》諸書皆誤。“想丹青”句，“剪香雲”
句，是一領四句法，勿誤。汲古、許《譜》無“自”字，據宋本增。
“正”字一作“最”，“旋”字一作“漸”，“忍”字汲古作“總”，“當時”
二字作“當初”，“詞”字作“調”。

【校記】

　　[一]"夢"字及第三句"緒"字、第六句"漸"字和"正"字、第七句"旋"字、後段首句"怪"字、次句"信"字、第六句"共"字,原譜用◓符標識,意謂必用去聲。

　　[二]原注"旋"字去聲。

　　[三]原注"應"字平聲。

【蔡案】

　　① 原譜所收四首,實爲兩種詞調,即九十五字體之《尾犯》,與九十八字體之《碧芙蓉》,二調迥異,而諸譜皆混爲一調,應予分列。

　　② 詞中但凡云"去聲不可易"者,皆爲妄言。如本詞秦巘謂"夢"、"緒"、"漸"、"正"、"怪"、"信"、"共"不可易者,後秦觀詞作"一"、"賞"、"乍"、"凝"、"此"、"兄"、"謾",其中一平二上二去一入,"凝"字平仄二讀,去聲不足七中之三。若參校別首,如趙以夫"漸"字用"光",仇遠"正"字用"不"、"共"字用"酒",則無一遵循"不可易"之規則矣。

　　又一體　九十八字　一名《碧芙蓉》　　　　　　　　柳　永

晴烟羃羃。漸東郊芳草,染成輕碧。野塘風暖游魚動,觸冰漸微拆①。幾行斷雁,旋次第,歸霜磧②。詠新詩、手撚江梅,故人贈我春色。　　似此光陰催逼。念浮生,不滿百③。雖照人軒冕,潤屋金珠,於身何益。一種勞心力。圖利禄、殆非長策。除是恁、點檢笙歌,訪尋羅綺消得。

　　　　本集屬林鐘商。

　　　　通首另一體格,與前迥異④。"羃羃"二字,汲古作"幕",失叶。“勞”字作“芳”，皆誤。今從宋本。

【蔡案】

①“野塘”下十二字，本調其餘各詞都讀爲四字三句，因此在不影響詞意的前提下，這裏也無須讀破。

②“旋次第”及後段的“念浮生”，原譜都讀爲三字一句，誤。“旋次第、歸霜磧”一句，後段的對應句是一個折腰式的七字句，同格的無名氏詞則作“天不許、雪霜欺得”，因此這裏的“霜”字前應該有一個字脫落。

③“念浮生、不滿百”句，同格的無名氏詞作“迥不同、群花品格”，則本詞也疑有一字脫落。

④本詞與前一首詞迥異，韵律多不相合，絕非同一詞調，可以以原譜題注的《碧芙蓉》爲正名，以示區別。

又一體 九十四字　　　　　　　　　　　　秦　觀

九　　日

客裏過重陽[一]，孤館一杯[二]，聊賞佳節。日暖天晴，喜秋光清絕。霜乍降、寒山凝紫[三]，霧初消、澂潭皎潔。闌干閒倚，庭院無人，顛倒飄黃葉。　　故園當此際，遙想弟兄羅列①。携酒登高，把茱萸簪徹。歎籠鳥、羈踪難去，望征鴻、歸心謾切。長吟抱膝，就中深意憑誰説。

　　後段第二句六字，比柳作第一首少一字，末句吳文英二首，作仄仄仄平平平仄[四]，一作仄仄仄平平仄仄，微異。《詞律》所注平仄，較此詞不甚確，故不注。

【校記】

[一] 原注"客"字及後段首句"故"字、第七句"抱"字可平。

[二] "一"字及第三句"賞"字、第六句"乍"字、第七句"皎"字、後段首句"此"字、第六句"謾"字，原譜用⬤符標識，意謂必用去聲。

[三] 原注"霜"字和"凝"字及第七句"澂"字、第八句"闌"字、第九句"庭"字和"無"字、後段第三句"携"字、第七句"長"字可仄。

[四] 應是"一作仄仄仄平平平仄"之筆誤。

【蔡案】

① 本句疑是"遙想處、弟兄羅列"之類的脱誤。

又一體　九十九字[一]　　　　　　　　　缺　名

輕風淅淅。正園林蕭索，未回暖律。嶺頭昨夜，寒梅初發，
○○●▲　　●○○●　●○●▲　●○●●　○○○●

一枝消息①。香苞漸拆。天不許、雪霜欺得。望東吳、驛使
●○○▲　　○○●▲　○●●　○○○▲　●○○　●●

西來，爲誰折贈春色。　　玉瑩冰清容質[二]。迥不同、群花
○○　●○○●○▲　　　●●○○○▲　　●○○　○○

品格。如曉妝勻罷，壽陽香臉，徐妃粉額。好把瓊英摘。頻
●▲　○○○●　●○○◉　○○●●　●●○○▲　○

醉賞、舞筵歌席。休待聽、臨風嗚咽，數聲月下羌笛。
●●　●○○▲　◉○●　◉○○●　○○●●●▲

　　見《梅苑》。前段第四、五、六句各四字，七句叶韵。八句、後段次句皆七字，比柳作各多一字，餘同柳第二首。"臉"字當是"臉"字之訛。

【校記】

[一] 應是一百字。筆誤。

[二]原注"瑩"字去聲。

【蔡案】

① 這十二字應該是六字兩句,而非四字三句,因爲"發"的不是"寒梅",而是"消息",所以應該屬後。

又一體 九十九字 　　　　　　　　　　　　晁補之

廬　山

廬山小隱。漸年來疏懶,寖濃歸興。彩橋飛過,深溪池底,奔雷餘韵。香爐照白,望處與、清霄近。想群仙、呼我應還^[一],怪曉來、鬢絲垂鏡。　　　海上雲車回軑。少姑傳,金母信。森翠裾瓊珮,落日初霞,紛紜相映。誰見湖中景。花洞裏、杳然漁艇。別是個、瀟灑乾坤,世情塵土休問。

此與柳作第二首同,衹"怪曉來"多一"怪"字,自是一調無疑。《詞律》謂"鬢絲"應作"絲鬢",不可擅改①。"白"字,汲古作"日"。

【校記】

[一]原注"應"字平聲。

【蔡案】

① "鬢絲"應作"絲鬢",否則韵律不合,尤其是在起結處,一字不可忽慢,萬樹所説不錯,兩相比較,秦巘總還是稍欠一點。

早梅芳慢 百五字 　　　　　　　　　　　　柳　永

海霞紅,山烟翠。故都風景繁華地。譙門畫戟,下臨萬井,金碧樓臺相倚。芰荷浦溆，楊柳汀洲，映紅橋倒影①，蘭舟飛棹，游人聚散，一片湖光裏。　　　漢元侯，自從破虜征蠻，峻陟樞庭貴。籌帷厭久，盛年畫錦，歸來吾鄉我里②。鈴齋少訟，宴館多歡，未周星③、便恐皇家，圖任勛賢，又作登庸計。

　　　　本集屬正宮。

　　　　與《早梅芳》《早梅芳近》皆無涉，宋本無"慢"字。

　　　　此詞亦見《花草粹編》。前後段語意不倫，每段僅三韵，恐有錯誤。但宋本如是，存以俟考。

【蔡案】

　　　① 本調是慢詞，因此根據基本韵律，其前後段應當是各爲四均，本句爲收拍，"影"字就是均脚所在，所以本句必有舛誤，以致脱落一韵。

　　　② 此爲六字律拗句法，其二、四、五字不可改換平仄。

　　　③ "未周星"對應前段的"映紅橋倒影"句，因此應該是五字一句，這裏必定脱落二字。此外，本句也是收拍，所以所脱的字中，含有一個韵脚。

送征衣　百二十字　　　　　　　　　　　　柳　永

過昭陽。璿樞電繞，華渚虹流，運應千載會昌。馨寰宇、薦殊祥。吾皇。誕彌月，瑤圖纘慶，玉葉騰芳。並景貺、三靈眷祐，挺英哲，掩前王①。遇年年、嘉節清和，頒率土稱觴。　　　無間要荒華夏[一]，盡萬里、走梯航。彤庭舜張大樂，禹會群方②。鵷行。趨上國，山呼鼇抃，遥爇爐香。競就日、瞻雲獻壽，指南山、等無疆。願巍巍、寶曆鴻基，齊天地遙長。

　　唐教坊曲名，本集屬中呂宮。

　　此調他無作者，平仄不可改易。《詞律》以"南山""山"字比前段，謂是"岳"字之訛，究屬臆度。"皇"字、"行"字是藏韵，非叶韵，作者不可斷作兩句。"大"字，汲古作"太"，"方"字作"芳"，重韵，今據宋本改正。"昭"字，宋本作"韶"，未確。"頌"字一作"頌"。"齊天地遙長"五字，一作"天地遙長"。

【校記】

　　[一] 原注"間"字去聲。

【蔡案】

　　① "挺英哲，掩前王"應該是一個六字折腰句，而不是三字兩句，秦巘於"哲"字句，誤。本句對應後段的"指南山、等無疆"，而秦巘於"山"字豆，表示六字折腰，則前後同樣的韵律，用完全不同的兩種句法標示，可見秦巘並無這一概念。

　　② 這三句疑有倒文，應該是"彤庭舜張大樂，禹會群方。盡萬里、走梯航"，這樣，第一句的"華夏"與引出"舜""禹"，前後的勾連脉絡很清晰。在韵律上，正合前段的"華渚虹流，運應千載會昌。馨寰宇、薦殊祥"，祇是一二句讀破而已。

晝夜樂　九十八字　　　　　　　　　柳　永

洞房記得初相遇[一]。便只合、長相聚。何期小會幽歡，變作別離情緒[二]。況值闌珊春色暮。對滿目、亂花狂絮。直恐好風光，盡隨伊歸去。　　一場寂寞憑誰訴。算前言、總輕負。早知恁地難拚,悔不當初留住。其奈風流端正外,更別有、繫人心處。一日不思量^{[三]①},也攢眉千度。

本集屬中吕宫,《九宫大成》入北詞平調隻曲。

"暮"字叶,"外"字不叶,黄庭堅作亦然。兩結句是一領四字句法,與《石州慢》相似,勿誤認。宋本無"長"字;"別離情緒"四字作"離情別緒","初"字作"時",仍從汲古本。

【校記】

[一] 原注"記"字及第二句"只合"二字、第四句"變"字和"別"字、第五句"值"字和"色"字、第六句"滿目"二字、第七句"直"字、後段第二句"總"字、第三句"早"字、第四句"悔"字、第五句"正"字、第六句"別有"二字可平。

[二] 原注"情"字及第五句"珊"字、後段第四句"當"字和"留"字、第五句"流"字可仄。

[三] 原注"一"字作平。

【蔡案】

① 秦巘指出"一"字以入作平,但是該字本來就在可平可仄的字位上,其對應的前段也並非是個平聲字,所以這種標注很無謂。

柳腰輕^① 八十二字 柳 永

贈 妓

英英妙舞腰肢軟。章臺柳,昭陽燕。錦衣冠蓋,綺堂筵會,是處千金爭選。顧香砌、絲管初調,倚輕風、珮環微顫。 乍入霓裳促遍。逞盈盈、漸催檀板。慢垂霞袖,急趨蓮步,進退奇容千變。算何止、傾國傾城,暫回眸、萬人腸斷。

> 本集屬中呂宮,《九宫大成》入南詞小石調正曲,許《譜》同。
>
> "會"字,汲古、《詞律》作"宴","算"字作"笑",據宋本改正。

【蔡案】

①《欽定詞譜》云:"調近《柳初新》,但《柳初新》調,前後段第六句押韵,此不押韵。又,柳詞所注宫調不同,自應各爲一體。"這兩個理由其實都不成立,因爲第六句是尾均的起拍,並非均脚,因此或叶韵或不叶韵,悉隨作者而定。這種例子唐宋詞中比比皆是,如前詞《晝夜樂》,前段第五拍叶韵,而後段第五拍不叶,難道可以因爲這個原因而判爲另一個詞調? 而柳永歇指調《浪淘沙》與周邦彦商調《浪淘沙》,不但宫調不同,而且字數、韵脚、句讀也有多處不同,《欽定詞譜》也不是照樣列爲同調中的又一體? 這一類實例,各譜中比比皆是,如果因爲祇是調名不同就分而列之,那就太過隨心所欲,毫無標準了。

安公子　八十字　一名《公安子》　　　　　　柳　永

長川波潋艷。楚鄉淮岸迢遞,一霎烟汀雨過①,芳草青如染。　　　驅馬携書劍②。當此好天好景,自覺多愁多病,行役心情厭。　　　望處曠野沉沉,暮雲黯黯③。行侵夜色,又是急槳投村店。認去程將近,舟子相呼,遥指漁燈一點。

> 唐教坊大曲名。《碧雞漫志》云:"據《理道要訣》:唐時《安公子》在太簇角,今已不傳。其見於世者,中呂調有《安公子近》,般涉調有《安公子慢》,尾聲皆無所歸宿,亦異已。"《樂章集》屬中

呂調,《九宮大成》入南詞正宮正曲,一名《公安子》,蔣氏《十三調譜》亦注正宮。

《教坊記》云:"安公子,隋大業末,煬帝幸揚州,樂人王令言以年老不去,其子從焉。其子在家彈琵琶,令言驚問此曲何名,其子曰:'内裏新翻曲子,名《安公子》。'令言流涕悲愴,謂其子曰:'爾不須扈從,大駕必不回。'子問其故,令言曰:'此曲宮聲往而不返,宮爲君,吾是以知之。'"

《詞律》云:此調當作三叠,"如染"句分一段,亦雙拽頭也。宋本分兩段,今從《詞律》。據《碧雞漫志》當加"近"字。

【蔡案】

① 這個雙曳頭的韵法爲中間二句换韵,因此第二段的"景"、"病"相叶,由此可知第二句"迢遞"的"遞"字,依律應該是均脚所在,而本句的"過"字必是"逝"字的傳誤,與"遞"相叶。此所謂"抱韵",極似顧敻《酒泉子·楊柳舞風》詞。本詞宋人雖然僅此一首,但我們從清人的一些作品中,可以看出他們對這個雙拽頭的理解,例如丁澎詞,其第一段的第二、第三句填作"三生休負。爲著些子,驀騰騰地","負"字叶,顯係理解柳詞爲"楚鄉淮岸。迢遞一霎,烟汀雨過";而第二段的第二第三句填作"埋冤着人薄幸。忒煞女兒心性",兩句互叶,是理解柳詞"景"、"病"爲换韵的證據。

② 本句各本都是"驅驅携書劍",秦巘不知何據,作"驅馬"。但其實"驅"字是有仄讀的,《廣韵》標爲"區遇切",音姁,在遇部。與平聲義同。如班固的《東都賦》云:"舉燧伐鼓,申令三驅。輕車霆激,驍騎電騖。"陶侃的《相風賦》也有:"華蓋警乘,奉引先驅。豹飾在後,葳蕤先路。"

③ 雙拽頭算不得一個完整的段,所以第三段可以看出"近詞"的

基本規模：一段三均。而其第一均則是一個二字逗領四字儷句的結構，其起拍的第二字可以小逗。

又一體 百六字　　　　　　　　　　　　　　　　柳　永

遠岸收殘雨。雨殘稍覺江天暮。拾翠汀洲人寂靜[一]，立雙雙鷗鷺。望幾點、漁燈掩映蒹葭浦。停畫橈、兩兩舟人語。道去程今夜，遙指前村烟樹[二]。　　　游宦成羈旅。短檣吟倚閒凝佇。萬水千山迷遠近，想鄉關何處。自別後、風亭月榭孤歡聚。剛斷腸、惹得離情苦。聽杜宇聲聲，勸道不如歸去。

> 本集注般涉調。
>
> 此與前調迥異，當是《安公子慢》。前調當加“近”字。
>
> “立雙雙”句、“道去程”句，皆一領四句法，後段同。“雨殘稍覺”，晁作“閬苑花間”，平仄不同。“遙”字，汲古作“搖”，“檣”字作“墻”，“道”字作“人”。“宇”字一本作“鵑”，皆誤，今從宋本。

【校記】

[一]原注“拾”字及第五句“掩”字、第七句“去”字、後段第二句“短”字、第五句“月”字、第七句“宇”字、第八句“不”字可平。

[二]原注“遙”字和“烟”字及後段第二句“吟”字、第四句“鄉”字、第八句“歸”字可仄。

又一體 百四字　　　　　　　　　　　　　　　　晁補之

送進道四弟官無爲

柳老荷花盡。夜來霜落平湖净。征雁橫天，鷗舞亂①，魚游清鏡。又還是、當年我向江南興[一]。移畫船、深渚蒹葭映。對半篙碧水，滿眼青山魂凝。　　　一番傷華鬢。放歌狂飲猶堪逞。水驛孤帆明夜事，此歡重省。夢回處、詩塘春草愁難整。宦情與、歸思終朝競②，記他年相訪，認取斜川三迳。

> 前後第四句比前各少一字。"事"字汲古，《詞律》誤在"重"字下，"思"字作"期"，誤，據《詞譜》改正。"征雁"句照柳、杜兩作當作七字句，"天"字略逗，《詞律》於"天"字句，"亂"字逗，誤。後段同。"興"、"凝"、"番"、"思"去聲。

【校記】

[一] 原注"興"字及前結"凝"字、後段起句"番"字、第六句"思"字去聲。

【蔡案】

① "征雁"下七字，即前一首"拾翠汀洲人寂静"，因此在這裏讀爲兩句無意義。

② "競"字應該是韵脚，秦巘未標出，誤。

又一體　百六字　　　　　　　　　　　　杜安世

又是春將半。杏花零落閒庭院。天氣有時陰淡淡，綠楊輕軟。連畫閣、繡簾半捲。招新燕。殘黛斂、獨倚闌干遍。暗思前事，月下風流，狂踪無限。　　　惜恐鶯花晚。更堪容易相拋遠。離恨結成心上病，幾時消散。空際有、斷雲片片。遥峰暖。聞杜宇、終日哀啼怨。暮烟芳草，寫望迢迢，甚時重見。

前後第四句比柳作各少一字，與晁同。兩結三句各四字，與諸家異。兩第三句作七字句，原可於四字讀，但不可於五字逗。"捲"字、"片"字，雖叶韵，實藏韵於句中也，與《木蘭花慢》《春從天上來》換頭處同。作者如用此體，即當遵從。汲古缺"遍"字。"殘黛斂"三字，葉《譜》作"斂殘黛"，"哀啼"二字作"啼哀"。

又一體 百二字　　　　　　　　　　陸　游

風雨初經社[一]。子規聲裏春光謝[二]。最是無情，零落盡、薔薇一架。況我今年，憔悴幽窗下。人盡怪、詩酒消聲價。向藥爐經卷，忘却鶯窗柳榭。　　萬事收心也。粉痕猶在香羅帕。恨月愁花，爭信道、如今都罷。空憶前身，便面章臺馬。因自來、禁得心腸怕。縱遇歌逢酒，但説京都舊話。

前後第四句，與晁作同。第五、六句作一四、一五字，與諸家皆不同。"爭"字，葉《譜》作"怎"，"腸"字作"情"。"面"字一本作"向"，誤。

【校記】

[一] 原注"風"、"聲"、"憔"、"詩"、"猶"、"空"、"來"、"禁"可仄。"一"作平。

[二] 原注"子"、"最"、"況"、"怪"、"柳"、"萬"、"粉"、"恨"、"便"、"但"、"舊"可平。

菊花新① 五十二字　　　　　　　　　　柳　永

欲掩香幃論繾綣[一]。先斂雙蛾愁夜短[二]。催促少年郎，先去睡、鴛衾圖暖。　　　須臾放了殘針綫[三]。脱羅裳、恣情無限[四]。留著帳前燈，時時待、看伊嬌面。

　　本集注中呂調，《子野詞》亦屬中呂調，《九宮大成》入南詞仙呂宮引，又入南詞中呂宮引。“新”一作“心”。

　　周密《齊東野語》云：“宋思陵朝，掖庭有菊夫人，善歌舞，妙音律，名冠仙韶院，號菊部頭。恨不獲幸，稱疾歸。宦者陳源聘貯西湖。一日，德壽按梁州舞，屢舞不稱旨。提舉官闚禮知上意，奏曰‘非菊部頭不可’，於是再入。陳遂感悵成疾，客知其意，遂演爲曲，名《菊花新》，持以獻陳。陳大喜，酬田宅金帛不貲。教坊都管王公，謹爲譜其聲，陳聞歌輒淚下。”愚按：張先亦有此調，不始於高宗時也。

　　此調《詞律》未收，“著”字，宋本作“取”，又缺“伊”字，今從汲古。

【校記】

[一] 原注“論”字平聲。

[二] 原注“雙”字及後段首句“須”字、後結“時”字可仄。

[三] 原注“放”字可平。

[四] 原注“恣”字、結句“看”字去聲。

【蔡案】

　　① 本調祇有這一體式，宋詞諸家都如是填。後一首杜詞的前段第三句叶韵，本屬閒句添韵，祇是個例，可略。而《全宋詞》所收葛長庚的九首，是大曲，類似一個組詞，不可與單曲混爲一談。

　　又一體 五十三字　　　　　　　　　　　　　杜安世

怎奈花殘又鶯老。檻裏青梅數枝小。新荷長池沼[一]。當晴晝、燕子聲鬧。　　　亭欄花綻顔色好。風雨催、等閒開了。

酒醒暗思量，無個事、怎生煩惱。

前起二句、後起句，平仄拗，三句叶韵亦拗。後次句，汲古多一"催"字，誤重。或云"又鶯老"當作"鶯又老"，"色"字當是以入作平，杜別作平仄同，可見非誤。"怎生"二字，汲古作"甚剛"。

【校記】

［一］原注"長"字去聲。

戚　氏　二百十二字　一名《夢游仙》① 柳　永

晚秋天。一霎微雨灑庭軒[一]。檻菊蕭疏，井梧零亂，惹殘烟②。凄然。望鄉關。飛雲黯淡夕陽間[二]③。當時宋玉悲感，向此臨水與登山④。遠道迢遞，行人凄楚[三]，倦聽隴水潺湲[四]。正蟬吟敗葉，蛩響衰草，相應聲喧。　孤館度日如年。風露漸變，悄悄至更闌。長天净、絳河清淺，皓月嬋娟。思綿綿。夜永對景那堪。屈指暗想從前。未名未禄，綺陌紅樓，往往經歲遷延⑤。　帝里風光好，當年少日，暮宴朝歡⑥。況有狂朋怪侶，遇當歌對酒競留連。別來迅景如梭，舊游似夢，烟水程何限⑦。念利名憔悴長縈絆。追往事、空慘愁顏。漏箭移、稍覺輕寒。聽嗚咽畫角數聲殘。對閒窗畔，停燈向曉，抱影無眠。

本集屬中吕調，《九宮大成》入南詞大石調引，又入北詞中吕調隻曲。《歷代詩餘》云："本曲名爲詞調。"

　　《碧雞漫志》云：“前輩云：‘離騷寂寞千年後，戚氏淒凉一曲終。’《戚氏》，柳所作也，柳何敢知世間有《離騷》。”

　　丘處機詞有“夢游仙”句，名《夢游仙》。

　　此調柳、蘇兩首，平仄大略相同。其不同者一二，照注如右，勿徇《圖譜》之誤。“年少”、“閒窗”皆中二字相連。“聲喧”二字，汲古作“喧喧”，今從《詞譜》。“鄉關”二字，《詞律》作“江關”。“净”字，汲古作“静”，“烟”字作“裏”。“嗚”字，葉《譜》作“吟”，“怪”字作“快”，“向”字作“待”，今從宋本。

【校記】

　　［一］原注“一霎”二字及第三段第十二句“咽”字作平。

　　［二］原注“黯”字、第八句“此”字、第九句“遠”字、第十一句“隴”字、第二段第六句“夜”字、第十句前“往”字、第三段第六句“別”字、第十句“往”字可平。

　　［三］原注“凄”字及第二段第四句“清”字可仄。

　　［四］原注“聽”字平聲。

【蔡案】

　　①《夢遊仙》祇是指代名，而非正式調名，後世所謂《夢遊仙》的詞，通常都是指小令《憶江南》。

　　② 本調有很多句中短韵，如“淒然望鄉關”爲一句，“飛雲黯澹夕陽間”爲一句，“孤館度日如年”爲一句，“風露漸變悄悄至”爲一句，“更闌。長天净”爲一句，“思綿綿、夜永對景那堪”爲一句等等。所以，如果並不認爲“亂”字是三聲叶，則“井梧零亂惹殘烟”七字一句就没必要讀斷。

　　③ “飛雲黯澹”後脱落四字。因爲“黯澹”之前一二段是相對應的，可參見蔡案⑦，而“夕陽間”之後一二段也是相對應的，可參見蔡

案⑤，獨獨第二段的"皓月嬋娟"四字缺了所對應的文字，可見這四個
字是脫落了。而蘇軾填的詞，顯然是以脫落後的柳詞爲母本的，所以
其錯誤與柳詞完全一致。

④ 本句衍一字，詳見其後蔡案⑤。

⑤ 就韵律而言，第一段從"夕陽間"到"潺湲"和第二段從"思綿
綿"到"遷延"是相對應的一節，由此可見兩個問題：其一，"屈指"句
應該對應"向此"句，就句法、韵律和詞意看，應該都是六字句，所以前
段應該是"向此臨水登山"，是一個仄起式的律拗句法，與"屈指"句絲
絲入扣。當然，也可能是"屈指"句脫落一字，祇是"臨水登山"這樣一
個很完整的句子非要加上一個純屬多餘的"與"字，實在是敗筆。其
二，"倦聽"對應第二段的"往往"，又是一個仄起式的律拗句法，因此，
秦巘認爲"聽"字平聲，就是一個錯誤的判斷，當然，連蘇東坡都誤讀
了，這個也可以理解。

⑥ 以上三句，應該是第二段的尾均，因爲第一二段的文字是
相對應的（參見蔡案⑤⑦），但第一段的尾均"正蟬吟敗葉，蛩響衰
草，相應聲喧"，卻在第二段中是個空缺，而如此大的均拍不對稱，
則是一個十分明顯的錯誤，所以這三句一直來都被人誤讀到第三
段了。其實我們仔細品味這一均和前一均"未名未祿，綺陌紅樓，
往往經歲遷延"之間的詞意，應該是可以讀出他們之間的勾連是
非常緊密的。

⑦ 本調是一個平仄混叶的詞體，另有幾個韵脚秦巘沒有讀出，
如第一段的"亂"、"澹"二字，第二段的"變"、"淺"二字未讀出。而前
段的"檻菊蕭疏，井梧零亂。惹殘烟。凄然。望鄉關。飛雲黯澹"與
中段"度日如年。風露漸變。悄悄至，更闌。長天净，絳河清淺"正
合，兩組仄韵相對，不是巧合，而是韵律如此。而中段換頭句中短韵，
更是填詞之慣用手法。

又一體 二百十三字　　　　　　　　　　　　蘇　軾

玉龜山。東皇靈姥統群仙。絳闕岩嶤，翠房深迥，倚霏烟。幽閒。志蕭然。金城千里鎖嬋娟。當時穆滿巡狩，翠華曾到海西邊。風露明霽，鯨波極目，勢浮輿蓋方圓。正迢迢麗日，玄圃清寂，瓊草芊綿。　　　爭解繡勒香韉。鸞輅駐蹕，八馬戲芝田。瑶池近、畫樓隱隱，翠鳥翩翩。肆華筵。間作脆管鳴弦。宛若帝所鈞天。稚顔皓齒，綠鬢方瞳，圓極恬澹高妍。　　　盡倒瓊壺酒，獻金鼎藥，固大椿年。縹緲飛瓊妙舞，命雙成奏曲醉留連。雲璈韵響瀉寒泉。浩歌暢飲，斜月低河漢。漸綺霞天際紅深淺。動歸思、迴首塵寰[一]。爛漫游、玉輦東還。杏花風、數里響鳴鞭。望長安路，依稀柳色，翠點春妍。

　　李端叔跋云："東坡在山中，燕席間有歌《戚氏》調者，坐客言調美而詞不典，以請於公。公方觀《山海經》，即叙其事爲題，使妓再歌之，隨其聲填寫，歌竟篇就，纔點定五六字而已。"陸游《老學庵筆記》云："東坡先生在山中，作《戚氏》樂府詞，最得意。幕客李端叔跋三百餘字，叙述甚備，欲刻石傳爲定武盛事，會謫去不果。今乃不載集中。至有立論排詆，以爲非公作者，識真之難如此哉。"愚按：《梁溪漫志》辨，以爲非公作。

　　此與柳作同①，衹"雲璈"句七字多一字，"漸"字下，舊刻重一字，衍誤。《詞律》於"姥"字作"媼"，"顔"字作"頭"，"鬢"字作"髮"，"綺"字作"倚"，皆誤。"迴首"二字作"迴兮"，"間"作"句"。

《詞律》缺一字，今從《詞林紀事》補正。

【校記】

　　［一］原注“思”字去聲。

【蔡案】

　　① 本詞根據柳詞爲範本而填，所以其中的錯誤與柳詞一脉相承。偶有若干韵脚參差，可以看出填詞的用韵，本來就不是鐵板一塊，而是在很多輔韵上可以靈活增减。

輪臺子 百十四字　　　　　　　　　　　　　　柳　永

一枕清宵好夢，可惜被、鄰鷄喚覺[一]。匆匆策馬登途，滿目淡烟衰草。前驅風觸鳴珂，過霜林、漸覺驚棲鳥①。冒征塵遠况，自古凄凉長安道②。　　　行行又歷孤村，楚天闊、望中未曉。念勞生、惜芳年壯歲，離多歡少③。歎斷梗難停，暮雲漸杳。但黯黯銷魂，寸腸憑誰表。恁馳驅、何時是了。又爭似、却返瑶京，重買千金笑。

　　　本集屬中吕調，《九宫大成》名《古輪臺》，入南詞中吕宫正曲。

　　　輪臺，西域地名，詞調取此。

　　　他無作者，平仄不可移易。“喚”、“未”、“漸”、“是”四字仄聲，勿誤。“馳驅”二字，汲古、《詞律》作“馺駈”，誤。

【校記】

　　［一］本句“喚”字及後段第二句“未”字、第六句“漸”字、第九句“是”字，用◖符標識，意謂必用仄聲。

【蔡案】

①"漸覺驚棲鳥"對應後段的"寸腸憑誰表",則其前面的文字,就還缺五字一韵。所以本詞從律理的角度考究,缺失良多。總體而言,前段爲四均,而後段則至少有五均,在看前後段的起拍處,兩個十三字的對應十分整齊,則分段應該無誤,所以可以斷定是前段的後部有至少一均文字脱落了。因此本詞不必摹擬,以免誤人。

② 玩本詞韵律,前後段各均,除一二均尚合,其後各均都是混亂不堪,無從校起。所以前段第二句後必有文字脱誤,奪字或達十餘數,而導致文句和韵律都不通,如"冒征塵"下十二字,其七字句音步連平失諧。因爲這兩句的句讀本來就有訛誤,以文法論,我們可以説"冒……遠",但我們肯定不能説"冒……遠況",所以由此可知,"況"字應當屬於下句。如此,這十二字中就應當有"冒征塵"、"況自古"兩個三字逗,才能達到文通律合的標準。

③ 以上十二字,對應的是前段的"匆匆策馬登途,滿目淡烟衰草",所以後段按照韵律就應該也是六字兩句,儘管"念勞生、惜芳年"的句法不合,"壯歲離多歡少"則無疑是正確的,因爲正好和"滿目淡烟衰草"相合。

又一體　百四十字　　　　　　　　　　柳　永

霧澂澄江,烟鎖藍光碧。彤霞襯遥天,掩映斷續,半空殘月①。孤村望處人寂寂。問釣叟、甚處一聲羌笛②。九嶷山畔雨纔過,斑竹作、血痕添色。感行客。翻思故國。因循阻隔③。路久沉消息。　　正老松柏如織。聞野猿啼,愁聽得④。見漁舟初出。芙蓉渡頭,鴛鴦灘側。干名利禄終無益。歲歲間阻,迢迢紫陌。翠娥豔,從別後經今、花開柳拆。傷魂魄⑤。俗塵牽役。又爭忍、把光景拋擲。

　　本集亦屬中吕調。

　　此體汲古、《詞律》皆未載,與前作迥異,另一格也。

　　《歷代詩餘》本,"利名"上多"怕"字。《花草粹編》本,"因循"上多"恨"字、"歲歲"上多"念"字。其餘字多不同,今從宋本。

【蔡案】

　　① 前段第二均,"彤霞襯遥天,掩映斷續,半空殘月",對應後段第二均的"見漁舟初出。芙蓉渡頭,鴛鴦灘側",這兩均之間有四處不協和的地方:五字句句法不同、五字句叶韻不對應、前後段前一個四字句韻律都同聲連頓。而我們讀這兩均詞則都語意暢達,所以問題不在原文,必然在後人的解讀,因此需要調整句讀。我們改讀爲"彤霞襯,遥天掩映斷續,半空殘月"、"見漁舟,初出芙蓉渡頭,鴛鴦灘側"之後,除了"遥天掩映斷續"仍然有一"斷"字不穩,須讀"續"爲以入作平外,其他問題都不再存在了。

　　② 前段第三均,這一均試比較"孤村望處人寂寂。問釣叟、甚處一聲羌笛"和"孤村望處人寂寂。問釣叟甚處,一聲羌笛",顯然不是一個兩可的問題,而是必須按照後一種讀,"問釣叟甚處"正是因爲"人寂寂"而問,而"一聲羌笛"則正是一問一答的構思設計,更有"有聲勝無聲"的神韵,再一次勾連"人寂寂"。而反觀前一讀法,不但神韵全無,詞意都牴牾不通了。更重要的是,前一種讀法祇是句讀人自己的文字理解而已,後一種讀法則有其韻律上的依據,因爲這一均對應的後段文字,根據《花草粹編》是"干名利禄終無益。念歲歲間阻,迢迢紫陌",其韻律節奏正是一七一五一四,而後兩句不可能被讀爲"念歲歲、間阻迢迢紫陌"。須附帶説明的是,秦巘過於信任宋本,認

爲《花草粹編》"'歲歲'上多'念'字",是一個錯誤的判斷,"念"字不應該被删去。柳永的詞,因爲在宋代廣爲傳播,所以錯訛很多,這些錯訛在宋代已經形成,所以即便是宋本也未必可靠。

③ 秦巘認爲《花草粹編》"因循"上多"恨"字,而從蔡案②中我們可以看出,《花草粹編》這個本子要比他的宋本可靠,所以是否確實衍一"恨"字,需要從韵律入手進行考察。比較前後段尾均,一作"翻思故國。因循阻隔。路久沉消息",一作"俗塵牽役。又爭忍、把光景拋擲",兩相比較,則"恨因循阻隔"顯然更合乎韵律的一般規則。因爲詞的後段尾均,通常通過減去二字來構成旋律上的變化,這種變化尤其在慢詞中佔了多數。

④ 這七字,讀爲"聞野猿、啼愁聽得",作爲一句更諧和,更暢達,也更有詞味。

⑤ 第四均的後段有錯訛,對應前段第四均"九嶷山畔雨纔過,斑竹作、血痕添色。感行客",則後段應該據彊村叢書本《樂章集》作"翠娥嬌艷從別後,經今□、花開柳拆。傷魂魄",秦巘脱一"嬌"字,句讀也不穩,而"今"字前後必還有一字脱落,所以唐圭璋先生讀爲"翠娥嬌艷,從別後經今,花開柳拆傷魂魄",也是有瑕疵的。

望遠行　百七字　　　　　　　　　　　　　　柳　永

繡幃睡起殘妝淺①,無緒匀紅補翠。藻井凝塵,金梯鋪蘚,寂寞鳳樓十二。風絮紛紛,烟蕪冉冉,永日畫闌,沈吟獨倚②。望遠行,南陌春殘悄歸騎。　　凝睇。消遣離愁無計。但暗擲、金釵買醉。對兹好景,空飲香醪,爭奈轉添珠淚。待伊游冶歸來,故故解放,翠羽輕裙重繫。見纖腰圍小,信人憔悴。

　　　本集屬中呂調。

　　　此與《望遠行》小令無涉，自當另列。想以"望遠行"句爲名。
　　　"補"字，汲古作"鋪"，"梯"字作"階"，"好景"上缺"對兹"二
字。"圍小"二字作"圖"，誤，據宋本改正。

【蔡案】

　　　① 本調的前段起句，應以讀爲四字一句爲佳，以"起"字起韵，
"殘妝淺"則是一個三字逗，用以引起後面的六字句，其他幾首宋詞，
也基本如此。

　　　② "烟蕪"下十二字，宋詞其他諸首均爲六字二句，細玩本詞的
詞意，也並沒有用讀破法，仍是六字二句，否則"永日畫闌"無法成句，
而"畫闌沈吟獨倚"就是一個非常順達的句子。至於"烟蕪苒苒永
日"，則是一個二字托結構，即"永日"承托前面的"風絮紛紛，烟蕪苒
苒"八字偶句，"永日"的不僅僅是前面四字。

又一體　百六字　　　　　　　　　　　　　柳　永

長空降瑞寒風剪[一]①，淅淅瑶華初下[二]②。亂飄僧舍，密灑
歌樓，迤邐漸迷鴛瓦。好是漁人，披得一蓑歸去，江上晚來
堪畫③。滿長安，高却旗亭酒價。　　　幽雅。乘興最宜訪
戴，泛小棹、越溪瀟灑。皓鶴奪鮮[三]④，白鷗失素，千里廣鋪
寒野。須信幽蘭歌斷，同雲收盡，別有瑶臺瓊樹。放一輪明
月，交光清夜。

　　　本集屬仙呂宮。

　　　　前結六字,比前少一字;後段“皓鶴”二句各四字,比前多二
　　字;後結一五一四字,比前亦少一字⑤。《詞律》謂“亂飄”二句誤
　　倒,大謬⑥。前後段不同者甚多,前結於“却”字句,亦謬。前詞
　　何能於“陌”字句乎?

【校記】

　　　　[一] 原注“寒風”二字及第八句“江”字和“堪”字、後段第六句
　　“千”字、第七句“須”字、第九句“瓊”字可仄。

　　　　[二] 原注“淅淅”二字及第四句“密”字、第八句“晚”字、尾句
　　“酒”字、後段第三句“棹”字和“越”字、第九句“别”字可平。

　　　　[三] 原注“鶴”字及後一句“白”字作平。

【蔡案】

　　　　① 秦巘原注“寒風”均可仄,則將形成五連仄的句式,顯誤。目
　　前本調宋詞僅存四首,該二字僅無名氏一首用仄仄,其餘兩首均同本
　　詞,所以秦巘未必有錯,但正如前一首蔡案所説,本調起拍應作四字
　　一句,如陳德武詞首均作“城頭初鼓,天街上、漸漸行人聲悄”,柳詞二
　　首,都可作如是讀。

　　　　② “淅淅”如果填爲平聲,則本句也將成爲一個違律句子,此二
　　字僅無名氏用平平,而無名氏詞首均爲“重陰未解,又早是年時,梅花
　　争綻”,分句不同,自然不可予以互校。

　　　　③ 本句秦巘注一三五字可平可仄,但清人對這類可平可仄的標
　　注,往往呈現一種就事論事的態勢,衹是考慮某字是否他詞有異聲存
　　在,而不考慮他詞的具體韵律如何,這種標注就極容易導致後人填詞
　　錯誤。如本句第五字秦巘必校之無名氏的“昨夜東風布暖”,但“布”
　　仄是因爲有“東”平的存在,並不是第三字仄讀的時候,第五字也可以
　　用仄聲填。所以這一類“有條件可平可仄”的句子,必須予以注明,而

至今爲止各種新舊詞譜，基本都對此類問題不作説明。

④ 本句"鮮"字應讀爲平聲，則本句與陳德武的"不是悲花"韵律相同，因此"鶴"字不可作平聲看，否則兩頓連平違律。

⑤ "皓鶴"下多二字，後結少一字，莫知所云。

⑥《詞律》所説的"'亂飄'二句誤倒"，是以句法和韵律來推論的，雖然沒有書證，但合乎律理。

引駕行　百字　一名《長春》　　　　　　　　柳　永

虹收殘雨，蟬嘶敗柳長堤暮①。背都門、動銷黯，西風片帆輕舉②。愁睹。泛畫鷁翩翩，靈鼉隱隱下前浦[一]。忍回首、佳人漸遠，想高城、隔烟樹[二]。　　　幾許③。秦樓永晝，謝閣連宵奇遇。算贈笑千金，酧歌百琲，盡成輕負。南顧。念吳邦越國，風烟蕭索在何處。獨自個、千山萬水，指天涯去。

> 本集屬中呂調，《九宮大成》入南詞南呂宮正曲。
>
> 晁補之詞亦名《長春》[三]④。
>
> "幾許"二字，《詞律》屬上段，誤，觀晁作自應如是。"天涯"二字宜相連，勿誤。"千山萬水"四字，葉《譜》作"萬水千山"。

【校記】

[一] 原注前"隱"字可平。

[二] 原注"烟"字可仄，後段起拍"幾"字、第三句"笑"字、第七句"越"字可平。

[三] 疑是"晁補之詞注云：'亦名《長春》'"。脱誤。

【蔡案】

① 前段首均是一個三字托結構，即"長堤暮"托承儷句"虹收殘

雨,蟬嘶敗柳"八字。三字托在性能上等同於三字逗,因此這兩句等於是"長堤暮、虹收殘雨,蟬嘶敗柳"的意思。又按,起拍應是叶韵句,秦巘失記。

②　"帆"字去聲。晁補之詞作"無事對花垂淚",句式不同,句法同。

③　"幾許"應當屬前,本是"隔烟樹幾許"五字一句,因句中韵而讀斷,而"幾許秦樓永晝"則顯然不通。秦巘謂"觀晁作自應如是",但晁補之的兩首作"把羅袂。雅戲"、"詠窈窕。多少",也都是如此,不可能在後段讀作"雅戲櫻桃紅顆"、"多少盧家壺範"。

④　宋元無人用此名,疑是指代名。

又一體 百二十五字　　　　　　　　　　柳　永

紅塵紫陌,斜陽暮草長安道①,是離人、斷魂處,迢迢匹馬西征。新晴。韶光明媚,輕烟淡薄,和氣暖望花村,路隱映,搖鞭時過長亭。愁生。傷鳳城仙子,別來千里重行行。又記得、臨歧淚眼,濕蓮臉盈盈。　　　銷凝。花朝月夕,最苦冷落銀屏。想媚容、耿耿無眠,屈指已算回程。相縈。空萬般思憶,争如歸去睹傾城。向繡幃深處,仔細説,如此牽情。

　　　本集屬仙吕宫。

　　　此用平韵。《詞律》云:"自起至'西征'方起韵,無此詞格。"愚按:起處與晁作同②。"道"字當叶,"新晴"以下至"長亭"廿五字,恐是另一首後段竄入,去此一段,正與前合③。但宋本如此,未便臆改。前結當於"歧"字句，"濕"字逗，與後段同。"村"字不是叶韻，通首庚、青韻，決無竄入文、元韻一字之理。"離"字，汲古及各本作"誰"，"眠"字作"限"，"仔細"二字作"並枕"。汲古於"銷凝"分段，《詞律》不分段，今從宋本。

【蔡案】

① 三字托結構，等於"長安道、紅塵紫陌，斜陽暮草"。詳參前一首蔡案。

② 用後代的詞來比較，終歸容易落入循環證明的陷阱，因爲晁補之詞基本是以柳詞爲母本而填的，所以實際上無法通過"因爲瓢和葫蘆一樣"，來進行證明。

③ 秦巘以爲"新晴"以下至"長亭"廿五字或爲衍文，筆者也曾作過這樣的分析，主要是從詞意著手。但是如果以四個句拍一段解，那麼"紅塵"至"新晴"、"韶光"至"愁生"、"傷鳳城"至"銷凝"、"花朝"至"相縈"則恰好爲四節。如果再以兩節爲一段，則本詞就是很整齊的三段式結構，並不存在不和諧的地方。所以，儘管本調僅此一詞，無別首可校，但是按照這一思路分段，最爲端正合拍，如果以"盈盈"分段，或依秦巘刪去廿五字，都沒有這樣整齊的架構。不過，秦巘所引的詞，有個別地方需要進行句讀調整，還有個別文字需要刪補，我們依據彊村叢書本《樂章集》進行重讀後，得出這樣的譜式："紅塵紫陌，斜陽暮草長安道，是離人、斷魂處，迢迢匹馬西征。新晴。韶光明媚，輕烟淡薄和氣暖，望花村，路隱映，搖鞭時過長亭。愁生。　　傷鳳城仙子，別來千里重行行。又記得、臨歧淚，眼濕蓮臉盈盈。銷凝。花朝月夕，最苦冷落□銀屏。想媚容、耿無眠，屈指已算回程。相縈。　　空萬般思憶，爭如歸去睹傾城。向繡幃深處，仔細説，如此牽情。"其中原文"耿"字衍；"道"、"暖"失韻，當有舛誤；"最苦"句諸詞

皆爲七字,脱一字。

又一體　五十二字　　　　　　　　　　晁補之

梅梢瓊綻,東君次第開桃李。怨年年、好風景,無事對花垂
淚。　　園裏。舊賞處,幽葩柔條,一一動芳意。恨心事、
春來間阻,憶年時,把羅袂。雅戲。

　　　　此與柳第一首前叠同,然有脱誤。《詞律》以爲逸去後段①,
　　誠然,姑存俟考。"怨"字,汲古、葉《譜》作"痛","舊"字作"幽",
　　皆誤。

【蔡案】

　　① 此乃殘篇,闕後段,原詞爲:"梅梢瓊綻,東君次第開桃李。痛
年年、好風景,無事對花垂淚。園裏。舊賞處幽葩,柔條一一動芳意。
恨心事。春來間阻,憶年時、把羅袂。雅戲。　　櫻桃紅顆,爲插邊
明麗。又漸是、櫻桃嘗新,忍把舊遊重記。何意。便雲收雨歇,瓶沈
簪折兩無計。謾追悔。憑誰向説,只厭厭地。"

彩雲歸　百字　　　　　　　　　　　柳　永

蘅皋向晚艤輕航。卸雲帆、水驛魚鄉。當暮天、霽色如晴
畫,江練静、皎月飛光。那堪聽、遠村羌管,引離人斷腸①。
此際恨、浪萍風梗,度歲茫茫。　　堪傷。朝歡暮散,被多
情、賦與凄涼。別來最苦,襟袖依約,尚有餘香②。算得伊、
鴛衾鳳枕,夜永争不思量。牽情處、唯有臨歧,一句難忘。

《宋史·樂志》仙吕調大曲名，本集屬中吕調。

此調無他作可證。《圖譜》以"別來"二句爲兩六字，《詞律》謂四字三句，文氣一貫，可不拘。汲古缺"恨"字，據宋本補。"散"字，宋本作"宴"。"魚"字一作"雲"，"管"字作"笛"，"有"字作"帶"，"衾"字作"被"。

【蔡案】

① 本句對應後段"夜永争不思量"句，顯脱一字。前後段固然不必句句對應，但如果頭尾相對應整齊，而中間出現參差的情況，則必有舛誤。加上"引離人"句的韵律也不諧和，兩頓連平違律，如果在句首添上一字，形成"□引離人斷腸"句式，那就是一個仄起平收式的律句了。

② 前段"當暮天、霽色如晴晝，江練静、皎月飛光"兩句，對應後段"別來最苦，襟袖依約，尚有餘香"，顯然"依約"後有三字脱落。萬樹於此最爲糾結，所以"別來"下十二字，乾脆就不作標點，囫圇一句。以詞意理解，自"別來最苦"如何，説到"有餘香"，其中間必有一個表示轉折的詞語脱落，而比較前段，"尚有餘香"前有這三字轉折是無疑的。而"別來"八字，語意上則是斷裂的，並不通達。

洞仙歌慢 百二十六字　　　　　　　　　柳　永

佳景留心慣。況少年、彼此風情非淺。有笙歌巷陌，綺羅庭院。傾城巧笑如花面。恣雅態、明眸回美盼。同心綰。算國艷仙材，翻恨相逢晚。　　繾綣。洞房悄悄，繡被重重，夜永歡餘，共有海約山盟，記得翠雲偷剪。和鳴彩鳳于飛燕。向柳徑花陰携手遍。情眷戀。問其間、密約輕憐事何限。忍聚散。況已結深深願[①]。願人間天上，暮雲朝雨長相見。

　　本集屬中吕調。

　　《詞譜》收以下五體爲《洞仙歌慢》，蘇詞或加令字，別乎慢詞而言之也。或柳因《洞仙歌令》衍爲慢曲，亦未可知。況晁作一人而兼兩體，是當時本有此體也。今從《詞譜》另列。愚按：此與蘇作全不相同，凡柳作諸調，皆係創製[②]，蓋當時調名尚少，故多自製。此調前有定格，故移換宫調，另爲一體。觀晁補之兩作與此仿佛，可見。

　　"繾綣"二字，汲古、《詞律》屬上段，誤。"少年"二字作"年少"，"向"字作"問"，"問其間"三字作"向其間"，今從宋本訂正。"約"字，葉《譜》作"誓"，"人間天上"四字作"天上人間"。

【蔡案】

　　① 本句爲折腰句，三字後應讀斷。

　　② 柳永詞因民間傳抄甚久，所以字句常有舛誤之處，本調現存諸詞，也多有錯訛，祇是不能據本考正，祇能從律理的角度進行分析。這就難免會有主觀臆測的嫌疑，所以後詞的所有分析，均用"疑爲"標識，僅供參考。

　　又一體 百二十三字　　　　　　　　　　柳　永

乘興閑泛蘭舟，渺渺烟波東去[①]。淑氣散幽香，滿蕙蘭汀渚。緑蕪平畹，和風輕暖，曲岸垂楊，隱隱隔、桃花塢。芳樹外，閃閃酒旗遥舉。　　　羈旅。漸入三英風景，水村漁浦。閑思更遠，神京抛擲，幽會小歡何處。不堪獨倚危檣，凝情西望，日邊繁華地②，歸程阻。空自歎當時，言約無據③。傷心最苦。佇立對、碧雲將暮。關河遠，怎奈向、此時情緒。

本集屬仙呂宮。

此與前作迴別。汲古以"羈旅"二字屬上段。《詞律》所定句讀皆誤。葉《譜》於"神京"分句可從，"日邊"分句不可從。"汀"字，汲古作"江"，"檣"字作"樓"，誤，今從宋本。"塢"字，宋本作"圃"，"繞"字作"遶"。

【蔡案】

① 前段疑爲"乘興間□□，泛蘭舟、渺渺烟波東去"，脫落二字，補足後即和前一詞體相同。

② 秦巘認爲"日邊"不可屬下，則形成"仄平平平平"大拗句而違律，該句韵律失諧自然不是本來面目，不知秦巘依據是什麽。

③ "約"，以入作平。

又一體 百二十一字　　　　　　　　　　柳　永

嘉景况，少年彼此，爭不雨沾雲惹。奈傅粉英俊，夢蘭品雅。金絲帳暖銀屏亞。並燦枕、輕偎輕倚，綠嬌紅姹。算一笑、百琲明珠非價。　　　閒暇。每只向、洞房深處，痛憐極寵，似覺些子輕孤，早恁背人淚灑。從來嬌縱多猜訝。更對剪香雲，須要深心同寫。受搵了雙眉[一]，索人重畫。忍辜艷冶。斷不等閒輕捨。鴛衾下。願常恁、好天良夜。

本集屬般涉調。

　　汲古、《詞律》不分段,前段差同第一首,後段差同第二首,又
變一格。《詞律》謂有訛錯,然據宋本祇增"輕偎"二字。"淚"字
汲古、《詞律》作"沾","須"字作"深","辜"字作"負"。"揾"字,一
本作"印",今改正。"况"字,宋本作"向"。

【校記】

　　[一]"受"字,應是"愛"字之筆誤。

又一體 百二十三字　　　　　　　　　　　　　　　晁補之

填盧仝詩

當時我醉,美人顏色,如花堪悦。今日美人去,恨天涯離
別。青樓珠箔嬋娟,蟾桂三五初圓,傷二八、還又缺。空佇
立,一望不見心絶。　　　心絶。頓成凄凉,千里音塵,一夢
歡娱,推枕驚、巫山遠,灑淚對、湘江闊。美人不見,愁人看
花心亂①,含愁奏、緑綺弦清切。何處有知音,此恨難説。
怨歌未闋。恐暮雨收,行雲歇。窗梅發。乍似睹、芳容
冰潔。

　　前段與柳第一首差同,惟起三句各四字,七、八句各六字,句
法略變。後段與柳第二首同,第五、六句句法亦異。"湘江"下直
同柳第二首,惟"恐暮雨"二句略異,自是又變一格。汲古以"心
絶"屬上段,誤。

【蔡案】

　　① 本句失律,疑誤。

又一體 百二十四字　　　　　　　　　　　　晁補之

留　春

花恨月惱①。更夏有凉風，冬軒雪皎。閒事不關心，算四時
皆好。從來又説，春臺登覽，人意多同，常是惜春過了。須
痛飲，莫放歡情草草。　　　年少。尚憶瑶階，得雋尋芳，驂
騑東坡，適見垂鞭，酕醄南陌，又逢低帽。鶯花蕩眼，功名滿
意，無限嬉游榮華事，如夢杳。傷富貴浮雲，曾縈懷抱。爲
春醉倒。願花更好。春休老。開口笑。占醉鄉、莫教人到。

> 此與晁前作差同，祇次句五字多一字，"從來"三句各四字，
> 多二字，"驂騑"四句各四字，"無限"句七字，又多二字。《詞
> 譜》於"游"字句，"事"字逗，與柳詞相背②。"好"字叶韵，與柳二首
> 皆不同。汲古以"年少"屬上段，誤。

【蔡案】

　①　"恨"，平聲。該字詞中有時候用作平聲，如前一首的"此恨難
説"也是，其原理未詳。

　②　以"與柳詞相背"爲由是極爲荒謬的，詞句有變化是一個常
態，體式之間的"相背"正是詞調豐富的基礎，應該是一個很常識的
問題。

擊梧桐 百八字　　　　　　　　　　　　　　柳　永

香靨深深，姿姿媚媚，雅格奇容天與。自識伊來，便好看承，
會得妖嬈心素。臨歧再約同歡，定是都把、平生相許①。又

恐恩情，易破難成，未免千般思慮。　　近日書來，寒暄而已，苦没叨叨言語。便認得、聽人教當[一]，擬把前言輕負[二]。見説蘭臺宋玉，多材多藝善詞賦[三]②。試與問、朝朝暮暮。行雲何處去。

本集屬中呂調，《九宮大成》入北詞中呂調隻曲，許《譜》同，又入南詞商調正曲。

"伊來"二字，汲古作"來來"，《詞律》於上"來"字句。"看承"二字作"看伊"。"歧"字一作"期"，俱誤。"便好"二字，許《譜》作"好好"，皆誤。據宋本訂正。通篇多用叠字，李易安"聲聲慢"詞仿此。

【校記】

[一] 原注"教"字平聲。

[二] 原注"擬"字及後段第八句"與"字可平。

[三] 原注後"多"字及後結句"行"字可仄。

【蔡案】

① 這八字讀爲"定是、都把平生相許"應該更爲流暢，也不違韵律。

② 本句萬樹《詞律》作"多才多藝，最是善詞賦"，與後一首"柳飄狂絮，没個人共折"字數相合，與前段也更加合拍，應是原詞本貌，可據補改。

又一體 百十字　　　　　　　　　　　　　李　甲

杳杳春江闊[一]。收細雨，風蹙波聲無歇。雁去汀洲暖，岸無静,翠染遥山一抹[二]。群鷗聚散,征航來去[三],隔水相望楚越。對此凝情久,念往歲、上國嬉游時節。　　鬥草園林,賣花巷陌,觸處風光奇絶。正恁濃歡裏,悄不意、頓有天涯離別。看即梅生翠實,柳飄狂絮,没個人共折①。把而今、愁煩滋味,教向誰説[四]。

　　　此與前調迥異,李珏有一首與此全同。平仄照注。"一"、"楚"、"共"、"向"四字仄聲,勿誤②。《詞律》李珏作"晚"字即此"陌"字,注叶,又"生"字句,"飄"字句,"没"字讀,反疑平仄相反,又以"但"字誤多,皆大誤。觀此詞可知,今訂正。"岸"字,葉《譜》作"平","航"字作"帆","楚"字作"吳"。

【校記】

　　[一] 原注前"杳"字及第九句的"隔"字、後段起句"鬥"、次句"賣"字、第六句"看"字和"翠"字可平。

　　[二] "一"字及第九句"楚"字、後段第八句"共"字、結句"向"字,用●符標識,意謂必用仄聲。

　　[三] 原注"來"字可仄。

　　[四] 原注"教"字平聲。

【蔡案】

　　① 這個句拍有兩種填法,一種是柳永的仄起仄收式律句"最是善詞賦",一種是李珏的一字領四字折腰句式"但碧雲半斂"。本句涉及對詞作的理解,通常都會因爲柳詞的影響和現代漢語的影響,而按照律句模式理解爲"没有一個人共折",但如果是這樣,便意味著隨便有個人作者就會與之共折,顯然不會是這個語境中作者想要表達的意思。這裏的關鍵在"個人",古代漢語中"個人"的意思等同於"伊

人", 作者想要説的是: 她不在, 我與誰共折? 所以後文纔有"教向誰説"的感歎, 這纔是本句的原意。因此, 本句絶對不是一個律句, 而是一個李珏式一字領四字的折腰句。

② 對於字音的平仄是否可以機動地界定, 是需要有律理的依據的, 而不是僅僅依據一兩首詞的實際樣貌, 就可以原生態地給予確定, 尤其是要給後人填詞作爲準則的譜書類著作, 尤其不可以祇是就事論事地下結論, 否則便是貽誤後人。《詞繫》的一大弊病, 就是這一類平仄的界定幾乎都缺乏必要的律理依據。以這四個字爲例,"翠染遥山一抹"、"隔水相望楚越"中的第五字本身就在仄聲字位上, 依律用仄, 但是如果第三字用仄, 則這一字位就以平聲爲佳;"没個人共折"也是同樣的律理;而"向"字從早期柳永詞的體式來看, 本句原本應該是一個五字句,"向"字前後應另有一字, 作類似"教我向誰説"或"教向阿誰説"的句子, 而祇有在後者的句法中,"向"字才是必須用仄聲字的。

夜半樂 百四十四字

柳 永

凍雲黯澹天氣, 扁舟一葉, 乘興離江渚①。渡萬壑千巖, 越溪深處[一]。怒濤漸息, 樵風乍起, 更聞商旅相呼, 片帆高舉。泛畫鷁、翩翩過南浦[二]。　　望中酒旆閃閃②, 一簇烟村, 數行霜樹。殘日下、漁人鳴榔歸去③。敗荷零落, 衰楊掩映, 岸邊兩兩三三, 浣紗游女。避行客、含羞笑相語。　　到此因念④, 繡閣輕拋, 浪萍難駐。歎後約、叮嚀竟何據。慘離懷、空恨歲晚歸期阻⑤。凝淚眼、杳杳神京路。斷鴻聲遠長天暮。

唐教坊曲名,本集屬中呂調。

詞之雙拽頭體始此。

《樂府雜録》云:"明皇自潞州入平内難,正夜半,斬長樂門關,領兵入宮,剪逆人。後撰此曲,製《還京樂》《夜半樂》二曲。"《碧雞漫志》云:"今黃鐘宮有《三臺夜半樂》,中呂調有慢、有近拍、有序。"

此調前無作者,祇柳二首,平仄宜從。前兩段相同,所謂雙拽頭也。祇中段第三句少一字,"渡萬壑"下二句,一五一四字,中段"殘日"下二句,一三一六字,可不拘。"越"、"片"、"數"、"浣"、"竟"五字去聲。"過南浦"、"笑相語"用去平上,"竟何處"用去平仄,勿誤。"離江渚""離"字亦當作去,正合去平上。然後詞亦用平聲,故不注。"笑相"二字,汲古作"相笑","後約"上,汲古缺"歎"字,據宋本補正。宋本於"鳴榔歸去"分段,汲古前段不分,細較前兩段字句相同,當分三段爲是。

【校記】

[一]"越"字及第九句"片"字、第二段第三句"數"字、第八句"浣"字,原譜用●符標識,意謂必用去聲。

[二]"過南浦"及第二段結拍"笑相語",用●○●符標識,意謂須用去平上。第三段"竟何據"用●○◐符標識,意謂須用去平仄。

【蔡案】

① 本句應衍一字。本調正如秦巘所説,屬於雙拽頭結構的詞體,因此,本句的字數在律理上就應該與第二段的"數行霜樹"一致,而後段"一簇烟村,數行霜樹"是一個儷句,不可能如秦巘所説,是"中段第三句少一字",所以本句衍字無疑。而就本詞語境來看,並無"興"可言,原句應是"乘離江渚",甚至可能是"乖離江渚"。不過,柳

詞別首的填法，也與本詞一樣，參差一字，則祇能理解爲後人爲統一體式而作的誤改。

②“望中”句對第一段的“凍雲”句，所以前“閃”字應當是以上作平，否則就是違律，比照前段第五字作平聲“天”字，可以證明。

③此九字秦巘誤讀，應該讀爲“殘日下漁人，鳴榔歸去”。校之第一段，此九字對應的是“渡萬壑千巖，越溪深處”，校之後一首詞，則正是“擁粉面韶容，花光相妒”，所以也應當讀爲五字一句、四字一句，韵律纔能諧和，不至於“漁人鳴榔歸”五字連平。萬樹《詞律》以爲兩段語氣一貫是對的，秦巘以爲“可不拘”，則可商榷。因爲更重要的是，如果按照秦巘的讀法，第二段的第二均就成了孤拍，均拍就有了殘缺，這是個影響全局的大問題。

④“此”，以上作平，後一首亦同。

⑤“恨”字在這裏讀爲平聲，詞中的“恨”字常用平，參見晁補之《洞仙歌慢·花恨月惱》詞蔡案。

又一體　百四十五字　　　　　　　　　　　柳　永

艷陽天氣，烟細風暖，草芳郊磴閒凝佇[①]。漸妝點亭臺，參差佳樹。舞腰困力，垂楊緑映，淺桃穠李，夭夭嫩紅無數[一][②]。度綺燕、流鶯鬥雙語[二]。　　翠娥南陌簇簇，躡影紅陰，緩移嬌步。擁粉面韶容，花光相妒。絳綃袖舉，雲鬟風顫，半遮檀口，含笑背人偷顧。競鬥草、金釵笑争賭。　　對此佳景，頓覺銷凝，惹成愁緒。念解珮、輕盈在何處。忍良時、辜負少年等閒度。空望極、回首斜陽暮。歎浪萍風梗如何去[③]。

本集亦屬中呂調。

起處三句,兩四、一七字句,與前句法異。結尾八字多一字,餘同。宋本、汲古皆不分段。"草芳郊礎"四字,汲古作"芳草郊燈明"五字,《詞譜》作"芳草郊汀"。"無"字,汲古、《詞律》作"光","笑"字作"羞","釵"字作"斂","賭"字作"睹",皆誤,今從宋本。"度空"二字,宋本作"空度",與前作不合。

【校記】

[一]"嫩"字及第二段第三句"緩"字、第九句"背"字,原譜用●符標識,意謂必用去聲。

[二]"鬥雙語"及第二段結句"笑爭賭"、第三段"在何處"用●○●符標識,意謂須填爲去平上。

【蔡案】

① 在不妨礙詞意表達的情況下,雙拽頭兩段文字,能對稱的應該盡量對稱,所以這幾句不必讀破,仍舊以"艷陽天氣烟細"六字句起拍,不但詞意上並無不妥,韵律上也避免了"烟細風暖"的違拗,柳永的初意必然如此。

② 點讀詞句的第一要務,是遵守韵律的規則,其次纔是詞意的表達,再次是字句的形式,所以才有"小喬初嫁,了雄姿英發"。這裏自然應該是"淺桃穠李夭夭,嫩紅無數",以規避"夭夭嫩紅無數"這樣違律的句式。

③ 竊以爲本調結拍的正格,應該是一領七字的句式,前一首是減字。

祭天神 八十四字　　　　　　　　　　柳　永

歡笑筵歌席輕抛彈。背孤城、幾舍烟村停畫舸。更深釣叟

歸來,數點殘燈火。被連綿、宿酒醺醺,愁無那。寂寞擁、重
衾卧^①。　　　又聞得、行客扁舟過。蓬窗近,蘭橈急,好夢還
驚破。念平生、單棲踪跡,多感情懷,到此厭厭^[一],向曉披
衣坐。

　　　本集注中吕調,《九宫大成》入南詞中吕宫正曲。

　　　《因話録》云:"北方季冬二十四日,以板畫一人,有形無口,
人各佩之,謂可辟眚。時有作譴詞,名《祭祆神》。"《詞律》引此以
爲"天"字或是"祆"字之訛。愚按:"天神"二字,見《周禮》,此説
非也。

　　　起句八字是一領七字句法,勿誤認。"筵歌"二字,《詞律》作
"歌筵",又落"向曉"二字。汲古於"無那"句分段,今據宋本訂
正。"橈"字,汲古作"棹",皆誤。

【校記】

　　　[一] 前"厭"字原注平聲。

【蔡案】

　　　① 本詞字句前後極爲參差,可看出祇有"數點殘燈火。被連綿、
宿酒醺醺"與後段的"好夢還驚破。念平生、單棲踪跡"是互相對應
的。同時,也大致可以看出前段"更深釣叟歸來,數點殘燈火"應該是
第二均,那麼"蓬窗近、蘭橈急,好夢還驚破"顯然也是後段的第二均。
這樣就可以發現一個問題,那就是前段的首均只剩下了一個孤拍"又
聞得、行客扁舟過",所謂孤拍不均,第二段的首均肯定有殘缺。但是
《花草粹編》所收本詞,與秦巘所説的汲古閣本一樣,都是於"無那"分
段,這樣,"寂寞擁、重衾卧"六字就成了本詞的換頭句,重要的是,加
入了這一個折腰句後,首均的起拍、收拍就都完整了。所以可以得出

結論：秦巘所據的宋本（包括後來的彊村叢書本《樂章集》及今天的《全宋詞》）分段是錯誤的。但是"愁無那"匹配"多感情懷，到此厭厭，向曉披衣坐"顯然也是太過懸殊，宋詞中這樣的對應也是絕無僅有的，其中前段必有文字脫落，至少也應該是後一首"那更滿庭風雨"式的六字句。

又一體 八十五字　　　　　　　　　　　柳　永

憶繡衾相向輕輕語。屏山掩、紅蠟長明，金獸盛熏蘭炷。何期到此，酒態花情頓辜負。柔腸斷、還是黃昏，那更滿庭風雨。　　　聽空階和漏，碎聲鬥滴愁眉聚。算伊還共誰人，爭知此冤苦。念千里烟波，迢迢前約，舊歡慵省，一向無心緒。

　　本集注歇指調，《九宮大成》入北詞小石角，許《譜》同。

　　此與前調迥異，換頭句恐有訛誤①。汲古不分段。"柔"字，汲古、《詞律》作"愁"，"省"字上落"慵"字，誤，今從宋本。

【蔡案】

　　① 細加分析，本詞未必就和前一首迥異，這裏且從頭開始梳理："憶繡衾相向輕輕語。屏山掩、紅蠟長明"對應的是前一首的"歡笑筵歌席輕拋擲。背孤城、幾舍烟村"，不對應的祇有"金獸盛熏蘭炷"與"停畫舸"，或是本詞衍文，或是前一首奪字；本詞第二均"何期到此，酒態花情頓辜負"對應前一首"更深釣叟歸來，數點殘燈火"，祇是讀破而已；第三均"柔腸斷、還是黃昏，那更滿庭風雨"對應前一首"被連綿、宿酒醺醺，愁無那"，應該是前一首有奪字。後段我們也認爲"換頭句恐有訛誤"，第一均應該是"聽空階、和漏□，碎聲□、鬥滴愁眉聚"，補足後正對應前一首的"寂寞擁、重衾臥。又聞得、行客扁舟過"

（這也説明"寂寞擁、重衾卧"六字應該是後段起拍）；第二均"算伊還、共誰人，爭知此冤苦"對應前一首"蓬窗近，蘭燒急，好夢還驚破"；第三均秦巘讀"迢迢前約"肯定不合，因爲"迢迢"不可修飾盟約，所以應該讀爲"念千里、烟波迢迢，前約舊歡"，對應前一首的"念平生、單棲踪跡，多感情懷"，剩下的參差二字，我們以爲是本詞奪二字，補足後爲"慵省□□，一向無心緒"，正好對應前一首的"到此厭厭，向曉披衣坐"。總結一下這兩首詞，其差異僅在四處：本詞第三句拍多三字，前詞前結奪三字，本詞後起奪二字、後結奪二字。而大致的結構是對應整齊的，衹是因爲柳詞在當時被廣爲傳抄，所以錯訛特別多，有衍奪而已，它們總體上的框架還是一致的。至於這兩首詞的宮調不同，與字句的是否參差無關，因爲屬於兩個完全不同的領域，任何一個宮調下都可以填入各種不同的句子，除非你認爲歇指調後段尾均的收煞必須是十八個字的。雖然我相信誰都不敢説這句話，但是任何提出宮調與詞的字句有關聯的人，其實都陷在這句話的泥沼中。

過澗歇　八十字　　　　　　　　　　柳　永

淮楚[一]。曠望極，千里火雲燒空[二]①，盡日西郊無雨。厭行旅。數幅輕帆漸落，艤棹兼葭浦。避畏景、兩兩舟人夜深語。　　此際爭可便恁[三]②，奔名競利去。九衢塵裏。衣冠冒炎暑。回首江鄉，月觀風亭，水邊石上③，幸有散髮披襟處④。

　　　本集屬中呂調。

　　　晁補之一首與此同。"奔名競利去"句，《詞律》落二字，據宋本補。"漸"字，宋本作"旋"。

【校記】

[一]原注"淮"字及後一句"望"字、第三句"火"字、第五句"厭"字、後段起句"此"字、第二句"利"字、第七句"石"字、結句"散"字可平。

[二]原注"千"字及後段第七句"邊"字可仄。

[三]原注"可"字作平。

【蔡案】

① "燒"字去聲，諸本詞譜都未指出，以致本句被誤認爲失律。《廣韵》《集韵》等韵書均列於嘯部韵中，擬音爲失照切，《廣韵》釋義爲"放火"，《韵會》釋義云"野火曰燒"，正是本句所用的字義。

② "便恁"二字屬下句更好，不僅是因爲詞意更加暢達，重要的是可以與後一首的"怎向心緒，近日厭厭長似病"相吻合，不至形成太多的不同結構。

③ "邊"字秦巘認爲可仄，必是因爲校之晁補之的"好夢初覺"，但晁詞是"覺"字以入作平用法，四字爲仄起平收，與此不同。如果本詞第二字可仄，則必須注明第四字可平，方纔合乎韵律。

④ "有"字以上作平。

過澗歇近　八十字　　　　　　　　　　　柳　永

酒醒。夢纔覺，小閣香炭成煤，洞户銀蟾移影。人寂静。夜永清寒，翠瓦霜凝①，疏簾風動，漏聲隱隱。飄來轉愁聽②。　　怎向心緒，近日厭厭長似病[一]。鳳樓咫尺，佳期杳無定。展轉無眠，絮枕冰冷。香虬烟斷，是誰與把重衾整。

　　本集屬中吕調。

　　此調加"近"字，各譜未載，據宋本補③。

　　前段第六、七、八、九句各四字，十句五字，後段起句四字，次句七字，六句叶韵，與前作異。

【校記】

　　[一]原注前一"厭"字平聲。

【蔡案】

　　① 原譜以"凝"字爲句，結構上是一個大錯誤，因爲"凝"字不韵，前段就祇有兩均詞，而構不成近詞應有的結構了。想來秦巘必定是因爲"翠瓦"爲仄頓，所以斷"凝"字爲平，而不知這裏應當讀如去聲，作韵方諧。至於"翠瓦"形成的兩頓連仄，則有其他原因，詳參後一蔡案。

　　② 本詞應該就是前一詞體，因此不應該在字句上與前詞迥異。反復玩賞這一段，斟酌其韵律，可以悟出本詞其實是存在錯簡的問題，所以會迥別於前一首詞。如果我們將前段的第二三均調整爲"人寂静。夜永清寒翠瓦，疏簾風霜凝。動漏聲、隱隱飄來轉愁聽"，那麽就和前一首完全吻合了，這應該不是巧合。這一調整，祇有"疏簾風霜"還存在兩頓連平的問題，想來還是原詞存在字句上的錯訛。

　　③ 任何一首詞都可以根據詞體體式的不同，而添加"令"、"引"、"近"、"慢"諸字，所以是否添加"令"、"引"、"近"、"慢"後，並不構成別名。

離別難 百十二字　　　　　　　　　　　　　　　　柳　永

花謝水流倏忽，嗟年少光陰。有天然、蕙質蘭心①。美韶容、何啻值千金②。便因甚、翠弱紅衰，纏綿香體，都不勝任[一]。算神仙、五色靈丹無驗，中路委瓶簪。　　人悄悄，夜沉沉。閉香閨、永棄鴛衾。想嬌魂、媚魄非遠，總鴻都、方士也難尋。最苦是、好景良天，尊前歌笑，空想遺音。望斷處、杳杳巫峰十二，千古暮雲深。

　　　　本集屬中呂調。

　　　　通體用平韻，與薛昭蘊八十七字仄韻體不同③，想宮調有別，惜無他作可證，宜分列。

【校記】

　　[一]原注"勝"字平聲。

【蔡案】

　　① 本句宜讀爲一字逗領六字句句式，因爲所對應的後段"想嬌魂媚魄非遠"一句中，"嬌魂媚魄"是一個不可讀破的詞組，因此在合乎基本韻律的前提下，以七字句一氣讀下爲是。

　　② 本句同樣宜讀爲八字一氣，而不宜讀斷，因爲所對應的後段"總鴻都方士也難尋"一句中，"鴻都方士"是一個不可讀破的詞組。又按，"韶容"即美容，"美"字疊床，疑或有錯訛，原詞或爲一字起逗。

　　③ 薛昭蘊詞，並非仄韻體，而是平仄韻兼用的詞體。

迷神引 九十七字　　　　　　　　　　　柳　永

紅板橋頭秋光暮[一]①。滄月映烟方煦[二]。寒溪蘸碧，繞垂楊路②。重分飛[三]，携纖手，淚如雨[四]。波急隋堤遠，片帆舉。倏忽年華改，尚期阻。　　暗覺春殘，漸漸飄花絮。好夕良

天，長辜負。洞房閒掩，小屏空，無心覷。指歸雲，仙鄉杳，在
何處。遙夜香衾暖，算誰與。知他深深約③，記得否[五]。

　　　　本集屬中呂調，又屬仙呂宮。

　　　　此與《迷仙引》無涉。

　　　　"橋頭秋光"與結句"知他深深"四平相對，其三字句用去平仄
者凡六，勿誤。柳又一首，朱雍一首，皆與此同，惟"算誰與"作"殘
照滿"，朱作同。"好夕良天"作"覺客程勞"，朱作"覺璧華輕"，與後
晁作同。"小屏空"空字作入聲，朱亦然，似以入作平，餘與晁作對
較自明。萬氏未見柳作，所注多不符，此本譜所以必窮其原也。
"覷"字，一本作"處"。"誰"字，汲古作"難"，末缺"否"字，今從宋
本。"映"、"倏"可平。"紅"可仄。"重"平聲。"得"作平。

【校記】

　　[一]原注"紅"字可仄。"橋頭秋光"四字及後結"知他深深"用
○○○○符標識，意謂四字須平聲。

　　[二]原注"映"字及第七句"倏"字可平。

　　[三]原注"重"字平聲。

　　[四]"淚如雨"及下文"片帆舉"、"尚期阻"、後段"在何處"、"算
誰與"、"記得否"，用●○◑符標識，意謂須用去平仄。

　　[五]原注"得"字作平。

【蔡案】

　　① 本調前後段首均中有兩處似乎是四連平的填法，實際上都不
相連，"紅板橋頭秋光暮"就是"好夕良天，長辜負"，應讀爲四字一句，
三字一句。而我們從柳永別首作"一葉扁舟，輕帆捲、暫泊楚江南岸"
來看，"秋光暮"也應該是一個移後的三字逗，祇不過它們都是個句中
短韵而已。但是這七字自明清以來都誤讀爲一句，忽略了"暮"字和

“澹月”之間的勾連，形成了一個“怒髮衝冠憑欄處”爲一句的錯誤。本調通篇由短句構成，韵律本身如此，細酌可知，如果作七字一句，則起拍就和整個詞調的音響、節奏不諧了。

②　這兩句八字，對應的是後段的“洞房閒掩，小屏空，無心覰”十字，因此，疑“繞”字後脱落二字。

③　“他”字這裏是去聲，看前段對應句作“倐忽年華改”，後一首晁補之本句作“燭暗不成眠”，就可知這是一個仄起仄收式的律句，並不存在四字連平的問題。其實，在一個通篇都是律句的詞中，柳永在這裏填一個四字連平是没有什麽理由的。誠然，柳詞别首作“佳人無消息”，似乎正是同樣的韵律，却不知“人”字在詞中時有用作去聲讀的，僅以柳永詞爲例，即可略舉數例：如《内家嬌》的“那堪困人天氣”、《彩雲歸》的“引離人斷腸”、《安公子》的“勸人不如歸去”等等。

又一體 九十九字　　　　　　　　　　　　　晁補之

貶玉溪對江山作

黯黯青山紅日暮。浩浩大江東注。餘霞散綺，回向烟波路。使人愁，長安遠，在何處[一]。幾點漁燈小，迷近塢。一片客帆低，傍前浦。　　　暗想平生，自悔儒冠誤。覺阮途窮，歸心阻。斷魂縈目一千里，傷平楚。怪竹枝歌，聲聲怨，爲誰苦[二]。猿鳥一時啼，驚島嶼。燭暗不成眠，聽津鼓。

　　“回向”句五字，比柳作多一字。後段七句多“怪”字，當是襯字①。“千里”“里”字與柳别作、朱作同。“迷近塢”、“驚島嶼”，平仄亦異，《詞律》所注未確。“青山紅日”日字尚可作平，“燭暗不成眠”，平仄則大異。“縈目”二字，汲古作“素月”，大誤。

【校記】

〔一〕"在何處"及歇拍"傍前浦"、後段"爲誰苦"、"聽津鼓",用●○◐符標識,意謂須用去平上。

〔二〕原注"爲"字及結拍"聽"字去聲。

【蔡案】

① 晁詞校之柳詞多二字,研究本調韵律我們以爲並非晁氏添字。晁補之這首詞無疑是以柳詞爲母本填的,這個從他起手用"黯黯青山,紅日暮"本來就是摹自柳永的"紅板橋頭,秋光暮"便可看出。所以,在晁補之的時候,他還能看到比今天更加完整一些的柳詞。我們在前面說柳永的"繞垂楊路",實際上應該是"繞□□、垂楊路",晁補之的"□回向、烟波路"從一個側面證明了這一點,他至少多看到了一個字。而萬樹認爲"回向"句落了一字。其次,"怪竹枝歌"也並非添字,而是柳詞原本就如此,因爲如果這個地方原本就是三個字,晁補之根本不必添字,填"怪竹枝、聲聲怨"就可以了,"歌"字實質上就是一個多餘的廢字。這一點我們想想就可以明白,一首歌中連續五個三字句,韵律怎麽會優美,又不是三字經。這樣,從整體旋律分析,第二第三均結構相同,都是四字一句、六字折腰一句。

一寸金　百八字　　　　　　　　　　　　　　柳　永

井絡天開[一],劍嶺雲橫控西夏[二]。地勝異、錦里風光,蠶市繁華[三],簇簇歌臺舞榭。雅俗多游賞,輕裘俊、靚妝艷冶。當春晝、摸石池邊,浣花溪畔景如畫。　　夢應三刀,橋名萬里,中和政多暇。仗漢節、攬轡澄清,高掩武侯勛業,文翁風化。臺鼎須賢久,方鎮静、又思命駕。空遺愛、兩蜀三川,

異日成嘉話。

> 本集屬中呂調，《九宮大成》入南詞越調正曲。

> 此調汲古缺載，據宋本補。

> "控"、"景"、"政"三字必仄聲，勿誤①。"雅俗"下十五字，宋本缺，據《詞譜》補。"畔"字，一本作"上"，"須"字作"思"，"思"字作"還"，"兩"字作"西"，"三"字作"山"，據宋本改。"風化"二字，葉《譜》作"雅化"。"光"字，宋本作"流"，誤，今從《詞譜》。"蠶"、"裘"可仄。

【校記】

[一] 原注"井"字及第三句"異"字和"錦"字、第五句"舞"字、第六句"雅"字、後段首句"夢"字、次句"萬"字、第四句"節"字可平。

[二] "控"字及前結"景"字、後段第三句"政"字，用◐符標識，意謂必用仄聲。

[三] 原注"蠶"字及第七句"裘"字可仄。

【蔡案】

① "控"、"政"二字必須用仄聲，尚有律理上的依據，因爲涉及拗救的問題，但是"景"字必須用仄聲則毫無道理，因爲這是一個平起式的句子。倒是以周邦彥爲代表的填法，因爲是仄起式的拗句，所以第五字也是一個必須用仄聲的字位。

一寸金 百八字　　　　　　　　　周邦彥

新 定 詞

川夾蒼崖，下枕江山是城郭[一]。望海霞接日[二]，紅翻水面，晴風吹草，青揺山腳。波暖鳬鷖作。沙痕退、夜潮正落[三]。

疏林外、一點炊烟，渡口參差正寥廓。　　　自歎勞生^[四]，經年何事，京華信飄泊。念渚蒲汀柳，空歸閒夢，風輪雨楫，終辜前約。情景牽心眼，流連處、利名易薄。迴頭謝、冶葉倡條，便入漁釣樂。

　　　　題名《新定詞》，想因柳舊製，改宮調而倚其聲也①。前後第三、四、五句，字數同，句法異。七句叶韵，餘同。吳文英二首，其一於"眼"字叶韵，陳允平有和詞，平仄照注如後。"是"、"正"、"信"三字，亦仄聲，勿誤。"接"、"入"二字，吳、陳皆用平，是以入作平也。

【校記】

　　［一］"是"字及前段歇拍"正"字、後段第三句"信"字，用●符標識，意謂須用仄聲字。

　　［二］原注"接"字及後段結句"入"字作平。

　　［三］原注"痕"字及後段次句"何"字、第八句"情"字可仄。

　　［四］原注"自"字可平。

【蔡案】

　　① 新定詞，《花庵詞選》作"新定作"。新定，地名，即今浙江建德，唐玄宗天寶元年改睦州爲新定郡，故名。

詞繫卷八　宋

傾杯樂　百六字　　　　　　　　　　　　　　柳　永

禁漏花深[一]，繡工日永[二]，蕙風布暖。變韶景、都門十二，元宵三五[三]，銀蟾光滿。連雲複道凌飛觀。聳皇居麗，嘉氣瑞烟葱蒨。翠華宵幸，是處層城閬苑。　　龍鳳燭、交光星漢。對咫尺、鰲山開雉扇。會樂府兩籍神仙，梨園四部弦管。向曉色、都人未散。盈萬井、山呼鰲忭。願歲歲、天仗裏，常瞻鳳輦。

唐教坊曲名。《羯鼓録》屬太簇商。本集屬仙吕宫。《九宫大成》入北詞平調隻曲。

鄭樵《樂略》云：“係宫調。唐太宗内宴，詔長孫無忌造《傾杯曲》。明皇有《馬舞傾杯》數十曲。宣宗喜吹蘆管，自製《傾杯》，皆唐樂府也。”

與《傾杯令》《傾杯近》皆不同，故分列。

愚按：調名起於唐代，辭皆不傳。今所傳者以柳作爲最多。而《樂章集》中八首注明宫調，名各不同，故備列，以俟知音論定，不得以其字句同而漏列也。

葉夢得《避暑録話》云：“永初爲上元辭，‘會樂府兩籍神仙，

梨園四部弦管’之句，傳禁中，多稱之。後因秋晚張樂，有使作
《醉蓬萊》詞以獻，語不稱旨。後改名三變，終屯田員外郎，死，旅
殯潤州僧寺。”

　　“聳皇居”句，中二字相連，曾覿、揚无咎皆有此調同體，勿
誤，平仄亦不可易。“蕙”字，汲古作“薰”，據宋本改。

【校記】

　　［一］原注“禁”字及次句“繡”字、第三句“蕙”字和“布”字、第九
句“氣”字、後段第三句“樂”字和“兩”字、第四句“部”字可平。

　　［二］原注“日”字及第四句“十”字、第七句“複”字作平。

　　［三］原注“元”字及後一句“銀”字可仄。

又一體①　　百四字　　　　　　　　　　　　柳　永

樓鎖輕烟，水橫斜照，遥山半隱愁碧。片帆岸遠，行客路杳，
○●○○　●○●●　○○●●○▲　●○●●　○●●○

簇一天寒色。楚梅映雪，數枝艷，報青春消息。年華夢促，
●●○○▲　●○●●　●○●　●○○○▲　○○●●

音信斷、聲遠飛鴻南北。　　　算伊別來無緒，翠消紅減，雙
○●●　○●○○○▲　　　●○●○○●　●○○●　○

帶長拋擲。但淚眼沉迷，看朱成碧，惹閒愁堆積。雨意雲
●●○▲　●●●○○　○○○●　●○○○▲　●●○

心，酒情花態，辜負高陽客。恨難極。和夢也、多時間隔[一]。
○　●○○●　○●○○▲　●○▲　○●●　○○●○▲

　　本集屬林鐘商，注水調。

　　五字句凡四，皆一領四句法。“成碧”“碧”字重上韵，不是
叶，觀第三首可知。“恨難”下十字，宋本、汲古俱缺，據《詞譜》
補。“楚”字，一本作“野”。

【校記】

［一］原注“間”字去聲。

【蔡案】

① 較之於其他幾首，本詞的韻律比較諧和，前後段基本對稱，四均詞清晰可辨，可以看出一個慢詞的清晰的輪廓，因此以本詞爲範擬譜。與本詞韻律基本一致的，是其後的“鶩落霜洲”詞，兩相比較，除了“鶩落霜洲”詞多一個換頭處的句中短韻外，其他兩詞字句如一。而本詞的前後段對應也算整齊，祇有四字參差：第一均後段收拍少一字、第二均前段起拍少一字、第三均前段起拍少一字、第四均後段起拍少一字，因此，這種參差本身也是有規則性。

又一體 百八字　　　　　　　　　　　　　柳　永

離宴殷勤，蘭舟凝滯，看看送行南浦。情知道、世上難使，皓月長圓，彩雲鎮聚。算人生、悲莫悲於輕別，最苦。正歡娛、便分鴛侶①。淚流瓊臉，梨花一枝春帶雨。　　慘黛蛾、盈盈無緒。共黯然銷魂②，重携纖手，話別臨行，再三問道君須去。頻耳畔低語。知多少、他日深盟③，平生丹素。從今盡把憑鱗羽④。

本集屬林鐘商。

前段比前作，略同。後段則迥不相侔。汲古、《詞律》於“淚流”下分段，照“皓月初圓”一首當於“春帶雨”分段爲是。“蛾盈”至“手話”十五字，汲古缺，“臨行”下多“猶自”二字，“世上”二字作“世人”⑤，“圓”字作“晝”，“流”字作“滴”，“今”字作“此”⑥，俱從宋本訂正。

【蔡案】

①　這九字實際上是五字一句、四字一句，"苦"字是前一句的句中韵，因此，第五字後不可作"豆"，也即不可用頓號。

②　依律分析，本句是第二均的收拍，因此應該叶韵。

③　依律分析，本句是第三均的收拍，因此應該叶韵。

④　結拍疑是一個折腰式句，與前兩首同。

⑤　應該取"世人"，"人難使月圓雲聚"的説法，詞意通，取"世上"則不通，更重要的是"人"字合律，"上"字違律。

⑥　"此"字失律。

又一體 百四字　　　　　　　　　　　　　　　柳　永

鶩落霜洲，雁橫烟渚，分明畫出秋色。暮雨乍歇，小楫夜泊，宿葦村山驛。何人月下臨風處，起一聲羌笛。離愁萬緒，聞岸草、切切蛩吟如織。　　　爲憶。芳容別後，水遥山遠，何計憑鱗翼。想繡閣深沉，爭知憔悴，損天涯行客。楚峽雲歸，高陽人散，寂寞狂踪跡。望京國。空目斷、遠峰凝碧。

　　本集屬雙調，注散水調。

　　此與第二首同①。汲古、《詞律》不分段，誤。"鶩"字作"木"，今據宋本訂正。

【蔡案】

①　兩者不同處，本詞換頭用句中短韵修飾韵律。

又一體 百十六字　　　　　　　　　　　　柳　永

皓月初圓，暮雲飄散，分明夜色如晴晝。漸消盡、醺醺殘酒。
危閣迴、凉生襟袖。追舊事、一晌憑欄久。如何媚容艷態，
抵死孤歡偶。朝思暮想，自家空恁添清瘦。　　　算到頭、誰
與伸剖。向道我別來，爲伊牽繫①，度歲經年，偷眼覷、也不
忍覷花柳②。可惜恁、好景良宵，未曾略展雙眉暫開口。問
甚時與你，深憐痛惜還依舊。

　　　　本集屬大石調。

　　　　前段與"離宴殷勤"一首略同，各本不分段。"閣"字，汲古作
　　"樓"，"清"字作"晴"，今據宋本訂正。

【蔡案】

　　① 依律分析，本句是第一均的收拍，因此應該叶韵。

　　② 這兩句應讀爲七字一句、六字一句。

又一體 百七字　　　　　　　　　　　　曾　覿

席上賞雪

錦帳寒添，畫檐雀噪，凍雲布野。望空際、瑶峰微吐，瓊花初
綻，江山如畫。裁冰剪水裝鴛瓦。杳旗亭路，依稀管弦臺
樹。倚小樓佳興，一行珠簾不下[一]。　　　隨縷板、歌聲閒
暇。傍翠袖、雲鬟憐艷冶。似佯醉不耐嬌羞，濃歡旋學風
雅。向暝色、雙鸞舞罷。紅獸暖、春生金斝。但殢飲、香霧

捲,壺天不夜。

原注仙吕宫。

與柳作"禁漏花深"一首同,祇"倚小樓"句多一字。

【校記】

[一]原注"行"字去聲。

又一體 百六字　　　　　　　　　　程　珌

丁 亥 自 壽

鑾殿秋深,玉堂宵永,千門人静。問天上、西風幾度,金盤光滿,露濃銀井。碧雲飛下雙鸞影。迤邐笙歌笑語,群仙隱隱。更前問訊。墮在紅塵今省。　　漸曙色、曉風清迥。更積靄沉陰都捲盡。向窗前引鏡看來,尚喜精神炯炯。便折簡、浮丘共酌,奈天也、未教酪酊。來歲却笑群仙,月寒空冷[一]。

前段"訊"字叶韵,後段"酌"字不叶韵。"迤邐"二句,"來歲"二句,俱上六下四字,與柳作異。餘同"禁漏花深"一首。

【校記】

[一]詞末原注:"余家天都山,乃浮丘升仙之地。"

古傾杯 百八字　　　　　　　　　　柳　永

凍水消痕,曉風生暖,春滿東郊道。遲遲淑景,烟和露潤,遍繞長堤芳草。斷鴻隱隱歸飛,江天杳杳。遥山變色,妝眉淡掃。目極千里^[一],閒倚危檣迴眺。 動幾許、傷春懷抱。念何處、韶陽偏早。想帝里看看,名園芳榭,爛熳鶯花好。追思往昔年少。繼日恁、把酒聽歌,量金買笑,別後暗負,光陰多少。

> 本集屬林鐘商。

> "水"字,汲古作"冰","潤遍繞"三字,汲古、《詞律》作"偏潤"二字。"暗"字,《詞律》作"頓",據宋本訂正。"榭"字,宋本作"樹"。

> 此下三首,一名《古傾杯》,二名《傾杯》,不僅字句互異,實因宮調懸殊也,仍列原調名,以存真面。

【校記】

> [一]原注"極"字作平。

傾 杯 百八字 柳 永

水鄉天氣,灑蒹葭、露結寒生早。客館更堪秋杪。空階下、木葉飄零①,颯颯聲乾,狂風亂掃。黯無緒、人静酒初醒②,天外征鴻,知送誰家歸信,穿雲悲叫。 蛩響幽窗,鼠窺寒硯,一點銀缸閒照。夢枕頻驚,愁衾半擁,萬里歸心悄悄。往事追思多少。贏得空使方寸③,攪斷不成眠,此夜厭厭,就中難曉。

> 本集屬黄鐘羽。

> 汲古不分段。"醒"字作"酲","外"字作"上","鼠"字作

"風",今據宋本訂正。"黯"字,汲古作"當","攪"字作"撓",今據
別本。"空"字,一本作"雲"。"贏得"句,照前作當於"攪"字句,
然照後作當屬下。

【蔡案】

① 依律分析,本句是前段第二均的收拍,因此應該叶韵。

② 依律分析,本句是前段第三均的收拍,因此應該叶韵。

③ 依律分析,本句是後段第三均的收拍,因此應該叶韵。

又一體 百八字　　　　　　　　　　　　　　柳　永

金風淡蕩,漸秋光老,清宵永。小院新晴天氣,輕烟乍斂,皓月
當軒練净。對千里寒光,念幽期阻,當殘景。早是多愁多病。
那堪細把,舊約前歡重省。　　　最苦碧雲信斷,仙鄉路杳,歸
鴻難倩。每高歌、强遣離懷,奈慘咽、翻成心耿耿。漏殘露
冷①。空贏得悄悄無言,愁緒終難整。又是立盡梧桐碎影。

　　　　本集屬大石調。

　　　　汲古、《詞律》不分段。"碎"字作"清",據宋本改正。

【蔡案】

① 本句疑應在"難整"之後,"愁緒終難整"則是後段第三均的收
拍,否則後段脱落一均。

又一體 百七字　　　　　　　　　　　　　　張　先

　　　　　　吳　興

橫塘水静,花窺影,孤城轉。浮玉無塵①,五亭争景,畫橋對

起,垂虹不斷。愛溪上瓊樓,凭雕欄、坐久飛雲遠。人在虛空,月生溟海,寒魚夜泛,游鱗可辨。　　正是草長蘋老[一],江南地暖。汀洲日晚。更茶山、已過清明,風雨暴、千巖啼鳥怨。芳菲故苑②。深紅盡、綠葉陰濃,青子枝頭滿。使君莫放尋春緩。

此調見《安陸集》。

前段與柳作數首皆不相同,後段與柳作"金風淡蕩"一首同,尾句又少一字,此另一體也。《傾杯》調本柳創製無疑,張與同時,故此詞列後,非例不畫一也。

【校記】

[一]原注"長"字平聲。

【蔡案】

① 這十四字應該是"橫塘水靜花窺影,孤城轉、浮玉無塵",一起拍,一收拍,所以"無塵"的字位應該是主韻叶韻處,落一韻。但從後一首來看,應該是張先所據的母詞有誤,而非後人誤刻、誤抄張詞。

② 同前一首,本句疑應在"頭滿"之後,"青子枝頭滿"則是後段第三均的收拍,否則後段脫落一均。

又一體 百七字　　　　　　　　張　先

飛雲過盡,明河淺。天無畔。草色棲螢,霜華清暑,輕颸弄袂,澄瀾拍岸。宴玉塵談賓,倚瓊枝、香挹雕觴滿。午夜中秋,十分圓月,香槽撥鳳,朱弦軋雁。　　正是欲醒還醉,臨空悵遠。壺更疊換。對東西、數里迴塘,恨零落、芙蓉春不管。籠燈待散①。誰知道、座有離人，目斷雙歌伴。烟江艇子歸來晚。

　　此調《安陸集》不載，與前同，祇次句"淺"字多叶一韵。"香"字，一本作"秀"。

【蔡案】

　　① 同前一首，本句疑應在"歌伴"之後，"目斷雙歌伴"則是後段第三均的收拍，否則後段脱落一均。

又一體 百十字　　　　　　　　　　　　　　　沈會宗

梅英弄粉，尚淺寒、臘雪消未盡。布彩箔、層樓高下，燈火萬點，金蓮相照映。香徑縱横，聽畫鼓聲聲隨步緊。漸霄漢無雲，月華如水，夜久露清風迅。　　輕車趁馬，微塵雜霧，帶曉色、綺羅生潤。花陰下、瞥見仍回，但時聞、笑音中，香陣陣。奈酒闌人困，淺漏裏、年年餘恨[一]。歸來沉醉，何處一片，笙歌又近。

　　此與柳、張各體皆不相同，是變格也，故列後。

【校記】

　　[一] 淺漏，本貌應該是"殘漏"，所據本刻誤，秦巘抄誤。

笛家弄 百二十五字　一作《笛家》　　　　　　柳　永

花發西園，草薰南陌，韶光明秀。乍晴輕暖清明後。水嬉舟動，禊飲筵開，銀塘似染，金堤如繡。是處王孫，幾多游妓，往往携纖手。遣離人，對嘉景，觸目傷懷，盡成感舊。

別久。汴城當日，蘭堂夜燭，百萬呼盧，畫閣春風，十千沽酒。未省宴處能忘弦管①，醉裏不尋花柳。豈知秦樓②，玉簫聲斷，前事難重偶。空遺恨，望仙鄉，一晌消凝，淚沾襟袖③。

　　本集屬仙呂宮，汲古、《詞律》名《笛家》。

　　《宋書·樂志》云："自列和（晉人善吹笙，協律郎）父祖漢世以來，笛家相傳，不知此法。"

　　此調自是創格，平仄字句皆當謹守，"未省"二句是二字領下兩六字句，勿誤④。《詞律》竟欲移"未省"下十四字於"蘭堂"四句前，何所憑證？可謂不知而作之者。"別久"二字是換頭語，顯而易知，何必嘵辨？"秀"字，汲古誤作"媚"，是失卻一韻矣。朱雍有《詠梅》一首和柳韻，亦用"秀"字。萬氏往往駁別譜之謬，此獨未考，竟尤而效之耶。朱於"薰"字、"嬉"字、"銀"字用仄，"盡"字用平，"城"字、"沽"字、"弦"字用仄，"不"字用平，"知"字用仄。"望仙鄉"下十一字，作"惹幽香不減，尚沾春袖"，一五一四字，與此略異，不另錄。"傷懷"二字，"消凝"二字，汲古缺。"遺"字作"遣"。"帝"字，一本作"汴"，今據宋本訂正，與朱作適合。"弦管"二字宋本作"管弦"，非。"豈知"二字，《詞律訂》疑是"豈料"，與前段"是"字合，存參⑤。

【蔡案】

　　①④ 二字逗有清以來一向不夠重視，像這樣能提及的已經鳳毛麟角，更應該標注明白。

　　②⑤ "豈知"句，朱雍作"忍聽高樓"，王質作"月下心飛"，可見第

二字應該用仄聲字，明知"豈知秦樓"應該是"豈料秦樓"，而不作改易，也可以看出秦巘並不著意於擬譜，而祇是梳理各種詞體的來龍去脉而已。

　　③ 朱雍詞，前後段的尾均都少二字，而《欽定詞譜》本詞的前後段也與朱詞相同，前段作"對嘉景，觸目盡成感舊"，後段作"望仙鄉，一晌淚沾襟袖"。而王質詞則和秦巘録詞相同，作"因緣斷。時節轉。自然如彼。自然如此……今看昔、後看今，未一回頭，已百彈指"，但本詞僅存這樣三首，無別首可校，孰是孰非，不能妄斷。

鳳歸雲 百一字　　　　　　　　　　　　　柳　永

向深秋、雨餘爽氣肅西郊。陌上夜闌，襟袖起凉飆。天末殘星，流電未滅①，閃閃隔林梢。又是曉鷄聲斷，陽烏光動，漸分山路迢迢。　　　驅驅行役[一]，苒苒光陰，蠅頭利禄[二]，蝸角功名②，畢竟成何事，謾相高。抛擲林泉，狎玩塵土③，壯節等閒銷。幸有五湖烟浪，一船風月，會須歸去老漁樵。

　　　唐教坊曲名。唐樂府商調曲。本集屬仙吕宫。

　　　此調祇趙以夫一首可證，平仄無異，略異數字，照注如右，可見宋時本有此體，不得謂有脱誤也④。"末"字，汲古缺，各本作"際"。"歸"字下缺"去"字，"歸"字一作"終"，據宋本訂正。

【校記】

　　[一] 原注前"驅"字及第三句"蠅"字、第八句"塵"字可仄。
　　[二] 原注"利"字及第十一句"一"字可平。

【蔡案】

　　① "滅"字以入作平。

② 後段直到第二十四字處才起韵,必然是有錯訛存在的緣故,疑本詞以"陰""名"換韵,"名"字爲第一均主韵。

③ "土"字以上作平。

④ 本詞僅趙以夫詞一首可校,但是趙以夫距柳永已經有二百餘年,其時柳詞傳抄有誤,而趙氏因誤而循誤,本來也是在情理之中,秦巘以爲"不得謂有脫誤"者,未免太過僵化。就本調的規模來説,顯然屬於慢詞,而慢詞按照基本規則須有八均詞構成,本詞和趙詞的前段各爲四均,合乎規則,但是後段目前却僅能分析出三均詞,其第一均竟達廿四字之多,竟然超過了前段第一第二兩均的十九字,則其中脫落一個主韵是無疑的。豈能撇開基本規則,僅憑兩詞一致而認定没有脫落?又,後段結拍,《欽定詞譜》作"會須歸老漁樵",檢趙詞亦爲六字句,備參。

又一體 百十八字　　　　　　　　　　柳　永

戀帝里、金谷園林,平康巷陌①,觸處繁華,連日疏狂,未嘗輕負,寸心雙眼。況佳人盡,天外行雲,堂上飛燕②。向玳筵、一一皆妙選③。長是因酒沉迷,被花縈絆④。　　更可惜、淑景亭臺,暑天枕簟。霜月夜凉,雪霰朝飛,一歲風光,盡堪隨分,俊游清宴。算浮生事,瞬息光陰,錙銖名宦。正歡笑、試恁暫時分散⑤。却是恨雨愁雲,地遥天遠。

　　本集屬林鐘商。

　　此用仄韵,細玩前後段字字相同,祇後多"一歲風光"四字⑥,"試恁"句多一字,然無廿七字始起韵之例。且與前詞比較,起三字同,次四字四句,與前一七、一四、一五字數同,而平仄少異。"天外"至尾,與前"天末"至"光動"同,但多"向玳筵"三字,少末句六字。後起四字四句同,又多"更可惜"三字。"瞬息"下至末,與前"抛擲"至末同,但"正歡笑"句多四字。亦少末句六字,或有遺脱。"佳人"、"浮生"皆相連,宜從。前首"天末""末"字、此首"夜凉""凉"字、"時"字,汲古、《詞律》俱缺。"却"字作"即"。"堂"字,一作"掌"。據宋本訂正。

【蔡案】

① 依律分析,本句是前段第一均的收拍,主韵所在,因此這一句脱落一韵。

②"堂上飛燕"一句對應後段的"錙銖名宦",所以是誤筆,第二字填者應該用平聲字,切不可盲從用仄。

③"一一"二字,都以入作平。

④"長是"下十字和後結的"却是"下十字,都是二字逗領四字儷句的句法,以讀出二字逗爲宜。

⑤ 本句《欽定詞譜》作"試恁暫分散",五字句,正和前段的"一一皆妙選"句相合。

⑥ 所謂後多"一歲風光"四字,是秦巘没有釐清句子中的邏輯關係,這裏的"一歲風光,盡堪隨分"是一個單位,按照四字逗讀應該更加符合韵律,八字正對應前段的"連日疏狂,未嘗輕負",二者都是八字一氣的句法。本調也是必有脱誤,前段廿七字纔起韵,幾乎與後二均字數相當,斷無這樣的律理。還是因爲柳詞傳抄甚廣,且多在底層民間傳播,所以其詞常常有文字上的錯訛。

鶴冲天 八十七字　　　　　　　　　　　　　柳　永

黄金榜上。偶失龍頭望。明代暫遺賢,如何向。未遂風雲

便,爭不恣游狂蕩①。何須論得喪[一]。才子詞人,自是白衣卿相。　　　烟花巷陌,依約丹青屏幛。幸有意中人,堪尋訪。且恁偎紅翠②,風流事、平生暢。青春多一晌。忍把浮名,換了淺斟低唱。

> 汲古《樂章集》屬仙呂宮。宋本注黃鐘宮。
>
> 與《喜遷鶯》之別名無涉。
>
> 《能改齋漫録》云:"仁宗留思儒雅,務本理道,深斥浮艷虛薄之文。初,進士柳三變好爲淫冶曲調,傳播四方,嘗有《鶴冲天》詞云云。及臨軒放榜,特落之,曰:'此人風前月下,好去淺斟低唱,何要浮名,且填詞去。'三變由此自稱奉旨填詞。景祐中,方及第,後改名永,方得磨勘轉官。"
>
> "且恁"句,各本多"倚"字,據宋本刪。"恣游""游"字,宋本缺,照後段不應作五字句,然後作亦六字。

【校記】

[一] 原注"論"字平聲。

【蔡案】

① 本句其餘宋詞都是折腰式六字句,疑本句實爲"□爭不、恣狂蕩","游"字淺人所添,應據宋本刪,而後段作"風流事、平生暢",正合。

② "偎紅翠"的説法確實非常彆扭,或者是前段脱落一字。

又一體 八十四字　　　　　　　　　　　　柳　永

閒窗漏永,月冷霜華墮。悄悄下簾幕,殘燈火。再三追往事[一]，離魂亂愁腸鎖①。無語沉吟坐。好天好景，未省展眉則個。　　　從前早是多成破。何況經歲月，相拋彈。假使重相見，還得似、當初麼。悔恨無計那。迢迢良夜，自家祇恁摧挫。

　　　本集屬大石調，《九宮大成》入南詞大石調正曲。

　　　首句不起韵，前段第六句六字，換頭句七字，比前作少三字。汲古缺"追"字，一本作"思"字，據宋本補。"當初"二字，宋本作"舊時"，未確。

【校記】

　　　[一] 原注"三"字及後句"魂"字、第七句"無"字、後段次句"何"字、第七句前"迢"字、第八句"家"字可仄。又注"往"字及第八句後"好"字、第九句"未"字和"則"字、後段第六句"計"字、第八句"恁"字可平。

【蔡案】

　　　① 本句是六字折腰句，中間應該讀斷。

又一體 八十六字　　　　　　　　　　　　杜安世

清明天氣。永日愁如醉。臺榭綠陰濃，薰風細。燕子巢方就，盆池小、新荷蔽。恰是逍遥際。單夾衣裳，半攏軟玉肌體[一]。　　　石榴吐艷，一撮紅綃比。窗外數修篁，寒相倚。有個關心處，難相見、空凝睇。行坐深閨裏。懶更妝梳，自知新來憔悴。

換頭處二句九字，與前兩作異。"吐"字，汲古作"美"。

【校記】

［一］原注"玉"字作平。

如魚水 九十四字　　　　　　　　　　　　　柳　永

輕靄浮空，亂峰倒影，潋灔十里銀塘。遠岸垂楊。紅樓朱閣相望。芰荷香。雙雙戲、鸂鶒鴛鴦。乍雨過、蘭芷汀洲，望中依約似瀟湘。　　風澹澹，水茫茫。摇動一片晴光。畫舫相將。盈盈紅粉清商。紫薇郎。修禊飲、且樂仙鄉。便歸去、遍歷鸞坡鳳沼，此景也難忘。

本集屬仙呂宮，汲古作仙呂調。以下十一調同。

《詞律》以"中"字改"裏"字，與後段六字句同，此等破句，詞中結尾最多不同，何必拘泥①。"摇"字，汲古缺，據宋本補。"朱"字，葉《譜》作"翠"。

【蔡案】

① 詞的韵律特徵最重要的一點，是前後段的對稱和諧。確實尾均多有參差不齊的情況，應該是詞樂變化的體現，但是如果有版本依據，自然以對稱爲佳。不過萬樹也衹是在箋疏中一説，並没有改譜，想來也是因爲没有書證。

又一體 九十七字　　　　　　　　　　　　　柳　永

帝里疏散，數載酒縈花繫，九陌狂游。良景對珍筵，惱佳人、自有風流①。勸瓊甌。絳唇啓、歌發清幽。被舉措、藝足才

高,在處別得艷姬留。　　　浮名利,擬拚休。是非莫挂心
頭。富貴豈由人,時會高志須酬。莫閒愁。共綠蟻、紅粉相
尤。向繡幄、醉倚芳姿睡,算除此外何求。

　　　本集屬中吕調。

　　　汲古不載,據宋本補。

　　　前段次句六字,三句四字。四句五字,不叶韵,比前作多一
字。五句七字,亦多一字。後段四句五字,亦多一字,不叶。結
二句,一五、一六字,與前異。

【蔡案】

　　　① 本句疑衍一字,原作應是"良景對珍筵,佳人、自有風流",與
前一首作"紅樓朱閣相望",後段作"時會高志須酬"相比較,可知。

臨江仙 九十三字　　　　　　　　　　　　　　　柳　永

夢覺小庭院,冷風淅淅,疏雨瀟瀟。綺窗外秋聲,敗葉狂
飄①。心搖。奈寒漏永,孤幃悄,淚燭空燒。無端處、是繡衾
鴛枕,閒過清宵。　　　蕭條。牽情繫恨,爭向年少偏饒。覺
新來憔悴,舊日風標。魂銷。念歡娛事,烟波阻、後約方
遙②。還經歲、問怎生禁得[一],如許無聊。

　　　本集屬仙吕宫。

　　　此與《臨江仙》小令迥不相侔。葉《譜》有"慢"字,宜另列。

　　　"寒漏"、"歡娛"二字相連,"奈"字、"念"字是領字,勿誤。汲
古於"蕭條"分段。"爭"字一本作"曾",今從宋本。

【校記】

[一] 原注"禁"字平聲。

【蔡案】

① 這九字應該是一字逗領四字二句,看後段"覺、新來憔悴,舊日風標"可知,所不同的祇是後段是對偶句。所以前段的五字句中,"綺"字也應該是誤字,本應是一個可以做領字的動字。

② 這裏的十一字,仍然可以從前段看出,應該是一字逗領三三四的結構,其詞意即爲"念歡娛事,念烟波阻,念後約方遥",秦巘讀爲四字一句、七字一句,大誤。

臨江仙引 七十四字　　　　　　　　　　柳　永

渡口向晚[一]①,乘瘦馬、陟崇岡。西郊又送秋光。對暮山橫翠,襯殘葉飄黄。憑高念遠[二],素景楚天,無處不凄凉。

香閣別來無信息,雲愁雨恨難忘。指帝城歸路,但烟水茫茫。凝情望斷淚眼②,盡日獨立斜陽[三]。

> 本集屬南吕調,又屬中吕調。
>
> 宋本名《臨江仙引》,汲古無"引"字。
>
> 此與前作不同。"向"、"瘦"、"又"、"暮"、"素"、"信"、"帝"、"斷"諸去聲字,勿誤。"對暮山"四句,皆一領四句法,須著意。"崇"字一本作"平"。"憑高"下,《詞律》於"景"字句,誤。"閣"字,汲古作"閨",今從宋本。柳又一首缺二字,並非别體,不録。

【校記】

[一] "向"字和次句"瘦"字、第三句"又"字、第四句"暮"字、第七句"素"字、後段首句"信"字、第三句"帝"字、第五句"斷"字,原譜用●

符標識,意謂必用去聲。

　　[二]原注"憑"字和後段首句"香"字可仄。又注"念"字和後段首句"別"字可平。

　　[三]原注"日"字作平。

【蔡案】

　　① "口"字以上作平。

　　② "眼"字以上作平。

玉蝴蝶 九十九字　　　　　　　　　　　　　　柳　永

秋　　思

望處雨收雲斷[一],凭闌悄悄[二]①,目送秋光。晚景蕭疏,堪
●●◎◎●　　○○●●　　●●○○　○●
動宋玉悲涼②。水風輕、蘋花漸老,月露冷、梧葉飄黄。遣情
●●●○○　　○○○　○○●●　●●●　○●○○　●●
傷。故人何在,烟水茫茫。　　　　　難忘。文期酒會,幾辜風
△　　●○●●　○●○○　　　　　　○△　　○○●●　●○○
月,屢變星霜。海闊山遥,未知何處是瀟湘③。念雙燕、難憑
●　●●○○　　●●○○　●○○●●○○　　●○●　○○
遠信,指暮天、空識歸艎。黯相望。斷鴻聲裏,立盡斜陽。
●●　○●○　○●○○　●○△　●○○●　●●○○

　　本集注仙吕宫,《九宫大成》入南詞越調正曲。

　　此與《玉蝴蝶》小令全異,當另列。作者多從此體。

　　宋本於"難忘"分段,誤,今從汲古。"相望""望"字宋本作"忘",重韵,今從《草堂》。"憑"字必用仄聲。晁補之作次句三字,是遺脱,故不錄。

【校記】

　　［一］原注"雨"字可平。其餘旁注可平可仄均標注於圖符中。

　　［二］原注"憑"字去聲。

【蔡案】

　　①　"凭"字可以平仄兩讀,在這裏擬爲平聲更好,因爲後段另有一個"憑"字,依律必須讀爲平聲,所以在一個語境中不宜分爲兩種讀音,而考察宋詞,這個字位本身就是有平有仄,如辛棄疾兩首,前段第七字均爲平聲。

　　②　本句句法爲仄起平收律拗句法,第五字不可用仄。

　　③　本句應衍多一個"是"字,祇是從宋詞來看,錯訛在宋代已經成立,所以也有前段七字的,而後段祇有李之儀填"常記巧語綿蠻",與前段吻合。

又一體 九十八字　　　　　　　　　　　　　李之儀

九月十日,時登黃山,遽爲雨阻,遂飲敝止。陳君俞獨不至。已而以三闋見寄,輒次其韵。

坐久燈花開盡,暗驚風葉,初報霜寒。冉冉年華催暮,顏色非丹。攬回腸、蛩吟似織,留恨意、月彩如攤。慘無歡。篆烟縈素,空轉雕盤。　　　何難。別來幾日,信沉魚鳥,情滿關山。依約耳邊常記,巧語綿蠻。聚愁窠、蜂房未密,傾淚眼、海水猶慳。奄更闌。漸移銀漢,低泛簾顏。

　　"依約耳邊"二句十字,與前段同,比柳作少一字。"奄更闌"三字,《詞律》作"掩荚闥",大誤。"依約耳邊"四字,各本作"耳邊依約”,今據《詞譜》改正。

又一體　九十九字　　　　　　　　　　　　　　　潘元質

睡起日高鶯囀,畫簾低捲,花影重重。醉眼羞抬嬌困,猶自
未惺忪。繡床近、强來描翠,妝鏡掩、不肯勻紅。錦屏空。
對花無語,獨怨東風。　　　匆匆。庚郎去後,香消玉減,是
事疏慵。縱鸞箋封了,何處問鱗鴻。眼中淚、萬行難盡,眉
上恨、一點偏濃。杳無踪。夜來惟有,幽夢相逢。

前段第五句五字①,後段五、六句,兩五字,與前兩作異。

【蔡案】

①　此句（“猶自未惺忪”）應是誤多一“未”字,所以與前一句詞意
牴牾。

又一體　九十九字　　　　　　　　　　　　　　　張　炎

賦玉繡球花

留得一團和氣,此花開後,春已規圓。虛白窗深,恍訝碧落
星懸。颭芳叢、低翻雪羽,凝素艷、爭簇冰蟬。向西園。幾
回錯認,明月秋千。　　　欲覓生香何處,盈盈一水,空對蟬
娟。待折歸來,倩誰偷解玉連環。試結取、鴛鴦錦帶,好移
傍、鸚鵡珠簾。晚階前。落梅無數,因甚啼鵑。

後段第四、五句,上四下七字,與柳作同。換頭二字不叶韵,
與各家異。

又一體 九十九字　　　　　　　　　　　　　元無名女子

爲甚夜來添病,强臨寶鏡[一],憔悴嬌慵。一任釵橫鬢亂,永日薫風。惱脂消、榴紅徑裏,羞玉減、蝶粉叢中。思悠悠,垂簾獨坐,倚遍薫籠。　　　朦朧。玉人不見,羅裁囊寄,錦寫箋封。約在春歸,夏來依舊各西東。粉墻花、朝來疑是,羅帳雨、夢斷成空。最難忘,屏邊瞥見,野外相逢。

　　《詞苑叢談》云:"武林卓珂月云:此詞當時甚爲馬東籬、張小山諸君所服。或曰洞天女作,詳見元之《夢游詞》序中。詞共十有八闋,周勒山《林下詞選》録其半。"

　　"悠"字、"忘"字不叶韵①;後段第四、五句,一四、一七字②,與柳同。"朝"字,一作"影",誤。

【校記】

　　[一]原注"强"字上聲。

【蔡案】

　　① 這兩處原本就是不必押韵的地方,張炎等人多加一韵,正是《欽定詞譜》所説的"詞以韵爲拍,過變曲終,不妨多加拍也"的緣故。換言之,這種加韵的做法,本質上與律無關,而衹是一種修飾的作用,在詞樂的層面,是音樂上的一種變化,在文字層面,則衹是一種修辭而已,每個人都可以根據自己内容的需要,來定奪是否需要添加一個韵脚。

　　② 這一句再一次證明,秦蕙對"'朦朧'衹是句中韵,而不是一個獨立的'句'"這一點,有時候是有清晰的認識的。這一點相當重要,即便是今人,絶大多數也對此没有一個清晰的認識。

八聲甘州　九十七字　或加"慢"字。一名《宴瑶池》
《甘州》《瀟瀟雨》　　　　　　　　　　　柳　永

對瀟瀟暮雨灑江天，一番洗清秋[一]①。漸霜風凄緊，關河冷
●○○●●●○○　●○●○△　　●○○○●　○○●

落，殘照當樓②。是處紅衰綠減，苒苒物華休。惟有長江水，
●　⊙●○△　　●●○○●●　⊙●●○△　○●○○●

無語東流。　　　不忍登高臨遠，望故鄉渺邈，歸思難收。歎
⊙●○△　　　　●●○○○●　●●○●●　○○○△　●

年來踪跡，何事苦淹留。想佳人、妝樓長望，誤幾回、天際識
○○○●　⊙●●○△　●○○、○○○●　●●○、○●●

歸舟。爭知我、倚闌干處，正恁凝眸。
○△　○○●、●○○●　⊙●○△

　　本集屬仙吕宮。《碧鷄漫志》云："《甘州》世不見，今仙吕調
有曲破，有八聲，有慢，有令，而中吕調有《蒙甘州八聲》，他宮調
不見。凡大曲就本宮調轉引、序、慢、近，今蓋度曲者斂態，若《蒙
甘州八聲》，即是用其法於中吕調，此例甚廣。"《九宮大成》入南
詞仙吕宮引，與本宮正曲一名《瀟瀟雨》不同，並與北詞仙吕調隻
曲亦不同。許《譜》亦入仙吕宮。

　　白樸詞名《宴瑶池》，與奚㴑《宴瑶池》正調不同。周密詞名
《甘州》，張炎詞名《瀟瀟雨》，鄭子玉詞加"慢"字③。《歷代詩餘》
云："一名《甘州曲》，《西域記》載龜兹國工製《伊州》《甘州》《凉
州》等曲，皆翻入中國詞調，八聲者，歌時之節奏也。"愚按：凡長
調皆八韵，八聲者八韵也。

　　起二句十三字，一氣貫下，蘇軾作"有清風萬里送潮來"[二]，
程垓作同，是第三字句。葉夢得作"故都迷岸草"，是第五字句，
又作"又新正過了"，亦五字句，又一句法。張炎於"天"字起韵，

皆可不拘。《絕妙好詞》周密作，後起句七字，是誤多。後段第六句，程作"總使梁園賦猶在"，句法不同，是誤筆，故不另列。"一番"二字，或用平平，或平仄，或仄平，在宋人已無定見。然用平平者多，"一"字原可作平，"番"字亦可讀去，柳集中作去者甚多。"闌干"二字相連，各家同。亦有不連用者，不可從。"瀟瀟"二字，汲古作"蕭蕭"。"渺邈"二字，一本作"渺渺"，葉《譜》作"綿邈"。"眸"字作"愁"。

【校記】

[一] 原注"一"字可平，"番"字去聲。其餘旁注可平可仄均標注於圖符中。

[二] "清風"，應是"情風"的筆誤。

【蔡案】

① 首句秦巘原讀爲"對瀟瀟暮雨，灑江天"，無謂，且錯誤，因爲所對的不是"雨"，而是"天"。又，"番"是個平仄二讀字，而柳永的字庫中則是一個仄聲偶可作平的字，所以多次仄用，如《巫山一段雲》的"一番碧桃成"、《鵲橋仙》的"片時幾番回顧"。《欽定詞譜》擬平，誤。

② 前段第二均，是一個一字逗領四字三句的結構，如果一字逗衹是與後四字有關，便與韵律不合。不過三個四字句之間的關係，未必排比，四四、四的格局也在其中，如蘇東坡的"問錢塘江上，西興浦口，幾度斜暉"，但問的一定是這十二個字。

③ 任何一首慢詞都可以加"慢"字，就如任何一首小令都可以加"令"字一樣。所以加了"慢"字之後並不意味著就是一個新的別名，清代詞譜家對此基本都缺乏認識。

又一體 九十五字　　　　　　　　　　　　　　劉　過

送湖北招撫吳獵

問紫巖去後漢公卿，不知幾貂蟬。誰能借留侯箸，著祖生鞭。依舊塵沙萬里，河洛染腥膻。誰識道山客，衣鉢曾傳。　　共記玉堂對策，欲先明大義，次第籌邊。況重湖八桂，袖手已多年。望中原，馳驅去也，擁十州、牙纛正翩翩。春風早，看東南王氣，飛繞星躔。

> "誰能"句下比前少三字，末二句多"看"字，餘同。原題疑有訛缺。

又一體 九十五字　　　　　　　　　　　　　　楊　恢

摘青梅薦酒，甚殘寒，猶怯芎藘衣。正柳腴花瘦，綠雲冉冉，紅雪霏霏。隔屋秦箏依約，誰品春詞。回首繁華夢，流水斜暉。　　寄隱孤山山下，但一瓢飲水，深掩苔扉。羨青山有思[一]，白鶴忘機①。悵年華、不禁搔首，又天涯、彈淚送春歸。銷魂遠，千山啼鴂，十里荼蘼。

> "誰品"句，比各家少一字，餘同。
> 考楊恢一作湯恢，今從《絕妙好詞》。

【校記】
[一] 原注"思"字去聲。

【蔡案】

　　① 後段第五個句拍原來是律句句法，減字後構成“青山有思，白鶴忘機”偶句，則可見是作者刻意減字。

又一體 九十八字　　　　　　　　　　　　張　鎡

秋夜奉懷浙東辛帥

領千巖萬壑，豈無人，唯欠稼軒來。正松梧秋到，旌旗風動，樓觀雄開。俯檻何勞一笑，瀚海蕩纖埃。餘事了、鳬鷖閒詠今尊罍。　　　江左風流舊話，想登臨浩歎，白骨蒼苔。把龍韜藏去，游戲且蓬萊。念鄉關、偏憐霜鬢，愛盛名、何似展真才。懷公處、夜深凝望，雲漢星回。

　　　　見《南湖集》。前結一三、一七字句，與各家異[一]。

【校記】

　　[一] 前結多一字，據《全宋詞》所注，“詠”字衍，應據《永樂大典》刪。又，“今”字，應是“命”字。如此，則本結爲“餘事了鳬鷖，閒命尊罍”，與正體同。

又一體 九十五字　　　　　　　　　　　　李好古

壯東南飛觀，切雲高，峻堞繚波長[一]。叠蔽空樓櫓，重關警柝，跨水飛梁。百萬貔貅夜築，隱形勝金湯。坐落諸蕃膽，扁榜安江。　　　游子憑闌凄斷，百年故國，飛鳥斜陽。恨當時肉食，一擲賭封疆。骨冷英雄何在，望荒烟、殘戍觸悲凉。

無言處，西樓畫角，風轉牙檣。

後段次句、六句各少一字①。

【校記】

[一]原注"繚"字上聲。

【蔡案】

① 李詞二首皆如此填，當是刻意減字。

又一體 百字 胡翼龍

甚年年，心事占秋多，芳洲亂燕生。正小山已桂，東籬又菊，秋爲人清。腸斷洞庭葉下，倚西風、誰可寄芳蘅。嫋嫋愁予處，欲醉還醒。 爲問素娥飲否，自謫仙去後，知與誰明。耿盈盈如此，分影落瑶觚。步高臺、夜深人静，有飛仙、同跨海山鯨。歸來也、遠游歌罷，失却秋聲。

此調見《陽春白雪》。前段第七句上多"倚西風"三字①，與諸家不同。

【蔡案】

① 以詞意度之，"倚西風"三字意贅，且宋詞也僅此一首，應該是衍字。

又一體 九十六字 鄭子玉

草

漸鶯聲近也，探年芳、河畔杞輕輪。旋東風染綠，綿綿平野，無際烟春。最苦夕陽天外,愁損倚闌人。無奈瀟湘杳,留滯王孫。　　冷落池塘殘夢,是送君歸後,南浦銷魂。賴東君能容,醉臥展香裀。儘教更行人遠,也相伴、連水復連雲。關山道,算無今古,客恨長新。

　　"儘教"句六字,比各家少一字①。

【蔡案】

　　①"儘教更行人遠,也相伴、連水復連雲"一均,達意佶屈,句讀必有錯誤,如果讀爲"儘教更、行人遠也,相伴連水復連雲",則文從字順。後一句拍應脫一字,原文或爲"□相伴、連水復連雲"。

又一體 九十七字　　　　　　　　　　　張　炎

記玉關、踏雪事清游①。寒氣脆貂裘。傍枯林古道,長河飲馬,此事悠悠。短夢依然江表,老淚灑西州。一字無題處,落葉都愁。　　載取白雲歸去,問誰留楚珮,弄影中洲。折蘆花贈遠,零落一身秋。向尋常、野橋流水,待招來、不是舊沙鷗。空懷感,有斜陽處,却怕登樓。

　　起句"游"字即用韵,與各家異,餘同柳作。"斜陽"二字亦相連。"脆"字,一本作"散","却"字作"最",今從《山中白云詞》。

【蔡案】

　　①本調起拍作八字一句已經爲人接受,因此秦巘多處讀斷並無必要,如本句讀爲"記、玉關踏雪事清游",韵律、詞意均無二致,頓號便不必用。又,起拍添一韵,是填詞中的通常手法,不礙體式。

又一體 九十五字　　　　　　　　　　　　　蕭　烈

同宋梅洞、滕玉霄、周秋陽、劉尚友邂逅古洪，以"重與細論文"爲韵，題樟鎮華光閣誌別，分得"文"字。

可憐生，飄零到荼蘼，依然舊銷魂。殘春幾許，風風雨雨，客裏又黃昏。無奈一江烟霧，腥浪捲河豚。身世忽如葉，那自清渾。　　莫厭悲歌笑語，奈天涯有夢，白髮無根。怕相思別後，無字寫回文。更月明洲渚，杜鵑聲裏，立向臨分。三生石，情緣千里，風月柴門。

　　"殘春"上比柳作少一字，"客裏"句多一字，"更月明"三句，一五兩四字，少二字①。句法亦與各家異。

【蔡案】

　　① 宋詞惟此一例如此填，疑奪，不必爲範。

又一體[一] 九十八字　　　　　　　　　　　姚雲文

競　渡

卷絲絲雨織半晴天，櫂歌發清舷。甚蒼虯怒躍，靈鼉急吼，雪湧平川。樓外榴裙幾點，描破綠楊烟。把畫羅遥指，助嘯爭先。　　憔悴潘郎，曾記得、青龍千舸，采石磯邊。歎內家帖子，閑却縷金箋。覺素標、插頭如許，盡風情、終不似鬪贏船。人聲斷，虛齋半掩，月映枯禪。

　　後起一四一七字，第七句九字，比柳作多一字。

【校記】

［一］北師大本無本詞。

瀟瀟雨　九十七字　　　　　　　　　　　　　張　炎

泛江有懷袁通父唐月心

空山彈古瑟，掬長流，洗耳復誰聽。倚闌干不語，江潭樹老，風挾波鳴。愁裏不須啼鴂，花落石牀平。歲月鷗前夢，耿耿離情。　　記得相逢竹外，看詞源倒瀉，一雪塵纓。笑匆匆呼酒，飛雨夜舟行。又天涯、零落如此，掩閒門、得似晋人清。相思恨，趁楊花去，錯到長亭。

用柳詞首句爲名，字句平仄悉合，自是一調，故附後。

竹馬子　百三字　“子”或作“兒”。一名《番竹馬》　　　柳　永

登孤壘荒涼[一]，危亭曠望，靜臨烟渚。對雌霓挂宇，雄風拂檻，微收煩暑。漸覺一葉驚秋[二]①，殘蟬噪晚，素商時序。覽景想前歡[三]，指神京、非霧非烟深處。　　向此成追感，新愁易積，故人難聚。憑高盡日凝佇。贏得消魂無語。極目霽靄霏微，暝鴉零亂，蕭索江城暮。南樓畫角，又逐殘陽去。

本集屬仙呂宮，《九宮大成》入南詞大石調正曲。另有《古竹馬》，入北詞中呂調隻曲。

葉夢得詞名《竹馬兒》。

　　葉夢得一首，起句作一三、一六字，可不拘。《詞律》令作者依柳，而獨收葉詞，不收柳作，不解其意。"逐"字，叶用平聲。"漸覺"二字，"暝"字，汲古缺。一作"斷"，今據宋本訂正。"字"字，汲古作"雨"。"逐"字，宋本作"送"。

【校記】

　　[一] 原注"登"字和後段第五句"贏"字可仄。

　　[二] 原注"一"字和後段第四句"日"字作平。

　　[三] 原注"覽"字及後段結句"逐"字可平。

【蔡案】

　　① 入聲字什麼時候爲仄，什麼時候爲平，自然不是想當然，而是要依據韵律，如本句秦巘謂"一"字作平，便既無依據，又無必要。因爲該句第三字平仄皆可，唯獨第五字則必須用平，不可改用仄聲字，所對應的後段"極目霽靄霏微"句，也是如此。

女冠子 百十一字　　　　　　　　　　　　柳　永

　　淡烟飄薄。鶯花謝、清和院落。樹陰翠、密葉成幄。麥秋霽景，夏雲忽變奇峰，倚寥廓①。波暖銀塘綠漲，新萍魚躍。想端憂多暇，陳王是日，嫩苔生閣。　　　正鑠石天高，流金晝永，楚榭光風轉蕙[一]。披襟處、波翻翠幕。以文會友，沉李浮瓜，忍輕諾。別館清閒，避炎蒸、豈須河朔。但尊前隨分，雅歌艷舞，盡成歡樂。

　　唐教坊曲名。本集屬仙吕宮。《九宮大成》入北詞大石角隻曲，一名《雙鳳翹》。又入南詞南吕宮正曲，與《小女冠子》不同。

此調祇前段第四句下五句，與薛昭蘊作同，餘則迥異。想宮調懸殊，故《九宮》加"小"字以別之。宜分列。

"麥秋"下二十三字，《圖譜》作一四、一九、兩五字句。《詞律》云不敢妄注。余謂：此數句與五代小令法相同，何竟未一對勘耶？"蕙"字應叶韻，《圖譜》作"惡"字，無理。"端憂"二字，《譜》作"憂端"亦非，宜從《詞律》。"波暖"下十字，汲古"綠"字在"萍"字下，《詞律》謂無理，今據《詞律》改正。"光風"二字，汲古作"風光"，"樹"字，宋本作"樹"。

【校記】

［一］原注"蕙"字宜叶。

【蔡案】

① 這十三字如果讀爲"麥秋霽景，夏雲忽變，奇峰倚寥廓"，或更達。後一首作"銀河濃澹，華星明滅，輕雲時度"，也與此相合，祇是第三句減字而已。

又一體 百十三字　　　　　　　　　　　　柳　永

斷烟殘雨。灑微涼，生軒戶。動清籟、蕭蕭庭樹。銀河濃淡，華星明滅，輕雲時度。莎階寂靜無睹。幽蛩切切秋吟苦。疏篁一徑，流螢幾點，飛來又去。　　對月臨風，空恁無眠耿耿，暗想舊日牽情處。綺羅叢裏，有人人、那回飲散，略略曾偕鴛侶。因循忍便睽阻。相思不得長相聚。好天良夜，無端惹起，千愁萬緒。

本集屬大石調。

此與前作迥異，"莎階"下與後段"因循"下同，前半則句法懸殊，姑爲句讀。"烟"字，宋本作"雲"。"略略"二字少一"略"字。

又一體 百十四字　　　　　　　　　　　　周邦彦

雪　景

同雲密布。撒梨花、柳絮飛舞。樓臺悄似玉。向紅爐暖閣，院宇深沉，廣排筵會[一]。聽笙歌猶未徹，漸覺輕寒，透簾穿户。亂飄僧舍，密灑歌樓，酒帘如故。　　　想樵人、山徑迷蹤路。料漁父、收綸罷釣歸南浦。路無伴侶。見孤村寂寞，招颭酒旗斜處。南軒孤雁過，噦噦聲聲，又無書度。見臘梅枝上嫩蕊，兩兩三三微吐。

見汲古刻《片玉詞補遺》，注云："或刻柳耆卿。"《詞律》斷爲柳作，《樂章集》並不載，何所見而云然。細較柳第二首，前段首句同，次句多一字，三句少二字。"玉"字或是借叶①。四、五、六句同，上多一"向"字，所謂襯字也。"會"字宜叶。七句同，"徹"字亦宜叶②。八句又多一字。末三句同。後段起句少二字，次句多三字，三句同，多叶一韵。四、五句少二字，六、七、八句句法不同，結又多一字，平仄亦不同，自是因舊調而譜爲新聲也。周、柳兩集，名同格異者，不僅此一調也。

【校記】

　[一] 原注"會"字宜叶。

【蔡案】

　① "玉"字這裏讀爲去聲。

②“徹”字不在主句，是起拍，起拍都可以不叶，或者説起拍都不必叶。

又一體 百七字　　　　　　　　　　　　　　　　康與之

火雲初布。遲遲永日炎暑。濃陰高樹。黃鸝葉底，羽毛學整，方調嬌語。薰風時漸動，峻閣池塘，芰荷争吐。畫梁紫燕，對對銜泥，飛來又去。　　想佳期、容易成辜負。共人人、同上畫樓斟香醑。恨花無主。卧象牀犀枕，成何情緒。有時魂夢斷，半窗殘月，透簾穿户。去年今夜，扇兒扇我，情人何處。

　　此與柳第二首差同，惟前後段第三句少三字，七、八、九句，一五、兩四字，少叶一韻。後段起二句多一字，多叶一韻。四、五句共少四字，後段與周作差同，但少三字。

又一體 百十二字　　　　　　　　　　　　　　蔣　捷

元　夕

蕙花香也。雪晴池館如畫。春風飛到，寶釵樓上，一片笙簫，琉璃光射。而今燈漫挂。不是暗塵明月，那時元夜。况年來、心懶意怯[一]，羞與鬧蛾争耍。　　江城人悄初更打。問繁華、誰解再向天公借。剔殘紅炧。但夢裏隱隱，鈿車羅帕。吴箋銀粉砑。待把舊家風景，寫成閑話。笑绿鬟鄰女，倚窗猶唱，夕陽西下。

此仿康體,惟前段第三句不叶韵;前後第七句叶韵;八句六字各多二字;後段十句五字多一字;前結一三、一四、一六字;後結少一字;換頭句少一字,與康作異。"鬧蛾"二字,各本作"蛾兒","鬢"字作"鬢","倚"字作"綺",誤,今從《詞律》。"蕙花"二字,一作"蕙風";"雪晴"二字作"霜晴",此本較勝。

【校記】

　[一]原注"怯"字作平。

又一體 百十字　　　　　　　　　　　　　　　　蔣　捷

競　渡

電旗飛舞。雙雙還又爭渡。湘灘雲外,獨醒何在,翠藥紅蘅,芳菲如故。深衷全未語。不似素車白馬,捲潮起怒。但悄然,千載舊跡,時有閒人吊古。　　生平慣受椒蘭苦。甚魄沉寒浪,更被饞蛟妬。結瓊紉璐。料貝闕隱隱,騎鯨烟霧。楚妃花倚暮。玉簫吹了,沂波同步。待月明洲渚。小留旌節,朗吟騷賦。

後段第八句四字,比前作少二字;十句叶韵;次句於"浪"字句。前作亦當於"解"字句,餘同前作。

小鎮西 七十九字　　　　　　　　　　　　　　　柳　永

意中有個人,芳顏二八。天然俏、自來妍黠。最奇絶。是笑時媚靨。深深百態千嬌,再三偎著,再三香滑。　　久離缺。夜來魂夢裏，尤花殢雪。分明似、舊家時節。正歡悦。被鷄聲喚起，一場寂寞，無眠向曉，空有半窗殘月。

唐教坊曲名有《鎮西子》《鎮西樂》，唐樂府名商調曲，本集屬仙呂宮。

"久離缺"三字，是換頭句[①]，汲古訛刻，今從宋本。末三句《詞律》作一六兩四字句，意與前段合，不知此等不礙宮調，改變者甚多[②]，況後蔡作有此讀法乎？何必拘泥如此。"鷄聲"二字，宋本作"鄰鷄"。"寞"字作"寥"，未確。

【蔡案】

① "久離缺"三字，不是換頭句，而是添頭句，因爲結構上"夜來魂夢裏"和前段"意中有個人"本是一個齊頭式，添三字過片爲頭。

② 秦巘的説法是對的，但是沒有理論依據，便是知其然而不知其所以然了。詞的尾均爲求韵律上的變化，避免雷同呆板，常常在後段的尾均中通過增字、減字、添韵、讀破等手法刻意調整句拍，打破前後對應，造成參差，有時候看似前後文字相等，但句法已經通過字音的微調而作了讀破處理。如本詞的變化有二：一是在起拍中減去一韵，二是五字句後第八字構成的是一個平聲頓，但後段所構成的則是一個仄聲頓，這一頓字音的改變，就決定了"向曉空有"不能成句，而應該讀爲一五二四一六。

小鎮西犯 七十二字　　　　　　　　柳　永

水鄉初禁火，青春未老。芳菲滿、柳汀烟島。波際紅幃縹緲。盡杯盤小。歌袚褉、聲聲諧楚調。　　　路繚繞。野橋新市裏，花穠枝好。引游人、競來歡笑。酩酊誰家年少。任玉山傾倒^[一]。家何處、落日眠芳草。

> 本集屬仙吕宫。
>
> 《詞律》缺"楚"字，謂"杯盤"、"玉山"宜相連，是極。前後下半段，與前作迥異，所以名犯者，是換本調犯他調也^①。《詞律》云："題有犯字，必非《鎮西》全體。"此不明宫調之論也，詳見《凄凉犯》白石自注。汲古於"繚繞"分段，今從宋本。"枝"字，宋本作"妓"。"任"字，汲古作"信"。"玉山"下，《歷代詩餘》多"傾"字，皆誤。

【校記】

　　[一]"傾"字爲衍文，秦巘自家已經説明，應是筆誤。

【蔡案】

　　① 本詞爲犯調，自然就和《鎮西》本調不同，不可混爲一談。比較前後二詞，前段"烟島"之前、後段"歡笑"之前都是《鎮西》本調，而其後則犯他調，玩其韵律，類似《聲聲慢》中字句。

鎮　西　七十九字　　　　　　　　　　　蔡　伸

秋風吹暗雨，重衾寒透^[一]。傷心聽、曉鐘殘漏。凝情久。記
⊙○○●●　○○⊙▲　　○○●　●○○▲　⊙○▲　●

紅窗夜雪，促膝圍爐，交杯勸酒。如今、頓孤歡偶^①。　　念
⊙○●●　●○○○　○○●▲　　○○　●○○▲　　　●

別後。菱花清鏡裏，眉峰暗鬥。想標格、怎禁消瘦。忍回
◎▲　○○○●●　○○●▲　◎○●　●○○▲　●○

首。但雲箋妙墨，鴛錦啼妝，依然似舊。臨風、淚沾襟袖^②。
▲　　●○○●●　○●○○　○○●▲　○○　●○○▲

> 此名《鎮西》，前後與柳作《小鎮西》同，祇前起一四、一五字，

前後第七句叶韵，略異。"格"字，汲古、《詞律》作"容"。"妙墨"二字，《詞律》作"墨妙"。

【校記】

［一］原譜前起作"秋風吹雨，覺重衾寒透"，今據吳訥本《友古居士詞》改。

【蔡案】

① 本詞校之柳詞，不同處在前段尾均，柳詞爲一六二四，蔡詞爲二四一六，考究韵律，應是柳詞讀破前段尾均，因此，柳詞所用體式在後，必不是創調詞。此外，本詞尾均各添一韵，是另一個變化。

② 前後段兩結拍，原譜六字一句不讀斷，因兩頓連平，且不用律拗句法，所以正是二字逗的標識，讀斷後韵律與原文不同，讀後自能體味。

甘州令 七十八字 　　　　　　　　　　柳 永

凍雲深，淑氣淺，寒欺綠野。輕雪伴、早梅飄謝。艷陽天，正明媚，却成瀟灑。玉人歌，畫樓酒，對此早、驟增高價[一]。
賣花巷陌，放燈臺榭。好時節、怎生輕捨。賴和風，蕩霽靄，廓清良夜。玉塵鋪，桂華滿，素光裏、更堪游冶。

本集屬仙吕宫。

亦是《六州歌頭》之一[二]，與《甘州子》《甘州遍》《甘州曲》皆不同，故另列。餘詳《甘州曲》《八聲甘州》下。

"節"字，汲古作"代"，"華"字作"莖"，今據宋本訂正。

【校記】

［一］"對此早、驟增高價"的文意不通，疑是筆誤，應據彊村叢書

本《樂章集》改"對此景、驟增高價"。

　　[二] 原文或是"亦是六州歌之一"的意思,筆誤。

玉山枕 百十三字　　　　　　　　　　　　　　柳　永

驟雨新霽①。蕩原野,清如洗。斷霞散彩,殘陽倒影,天外雲峰,數朵相倚②。露荷烟芰滿池塘,見次第、幾番紅翠。當是時、河朔飛觴,避炎蒸,想風流堪繼。　　晚來高樹清風起。動簾幕,生秋氣。畫樓晝寂,蘭堂夜静,舞艷歌姝,漸任羅綺[一]。訟閒時泰足風情,便争奈、雅歡都廢。省教成、幾闋清歌,盡新聲,好尊前重理。

　　　本集屬仙吕宫。

　　　此調無他作可證,平仄宜悉從之。《圖譜》謂"雨"字起韵,固非;《詞律》謂"芰"字、"泰"字叶韵,亦未確。又兩結當一三、一七、一五字,一氣貫下,可不拘。"荷"字,汲古作"莎","清歌"二字作"新歌",與下重。"理"字作"里",今從宋本。"雅歡"二字,宋本作"雅歌",與上下三重,今從《歷代詩餘》。

【校記】

　　[一] 原注"任"字平聲。

【蔡案】

　　① "雨"字以上作平。
　　② "朵"字以上作平。

望海潮 百七字　　　　　　　　　　　　　　　　柳　永

錢塘懷古

東南形勝，三吳都會，錢塘自古繁華。烟柳畫橋[一]，風簾翠
○○○● ○○○● ○○◎●○△ ○●●△ ○○◎

幕[二]，參差十萬人家。雲樹繞堤沙。怒濤捲霜雪[三]，天塹
● 　○○●●○△ 　○●●○△ 　○○●○● 　○⊙

無涯。市列珠璣，户盈羅綺競豪奢①。　　　重湖叠巘清嘉。
○△ ●●○○ ●○○●●○△ 　　　⊙○●●○△

有三秋桂子，十里荷花。羌管弄晴，菱歌泛夜，嬉嬉釣叟蓮
●○○●● ●●○△ 　○●●○ ○○●● ○○◎●○

娃。千騎擁高牙。乘醉聽簫鼓[四]，吟賞烟霞。異日圖將好
△ ⊙●●○△ 　○●●○● 　○○●△ 　●●○○●

景，歸去鳳池誇。
● ○●●○△

　　本集屬仙呂宮。

　　《詞名集解》云："大曲也。鄧千江作。"愚按：鄧乃金人，在南宋時，柳自在前，此語不確。

　　《青泥蓮花記》云："柳耆卿與孫相何爲布衣交。孫知杭，門禁甚嚴，耆卿欲見之不得，作《望海潮》詞云云。往謁名妓楚楚，曰：'欲見孫相，恨無門路，若因府會，願借朱唇歌於孫之前，若問誰爲此詞，但説柳七。'中秋夜會，楚宛轉歌之，孫即日迎耆卿預坐。"《錢塘遺事》云："孫何帥錢塘，柳耆卿作《望海潮》詞贈之，有'三秋桂子，十里荷花'之句。此詞流播，金主亮聞之，欣然起投鞭渡江之志。"

　　"畫""弄"二字，必去聲，各家同，切不可易。祇石孝友一首用平，是敗筆②。揚无咎一首用"菊暗荷枯"，亦不可從③。"捲"

字仄，各家用平，或以上作平。“濤”字間有用平者④。《圖譜》所注，固不可從，《詞律》所論起字必用平，亦未確⑤。“怒濤捲”三字，《詞律》謂當作“捲怒濤”，是也⑥。“三吳”二字，葉《譜》作“江湖”，“巇”字作“嶂”。“十萬”二字，宋本作“十里”，與下重。

【校記】

　　[一]“畫”字及後段第四句“弄”字，原譜用●符標識，意謂必用去聲。

　　[二]原注“翠”字和第八句“捲”字、後段第六句“釣”字可平。

　　[三]原注“濤”字和後段首句“重”字、第七句“千”字可仄。

　　[四]原注“聽”字平聲。

【蔡案】

　　① 此十一字是一個典型的三字托結構，即“市列珠璣，戶盈羅綺”爲四字儷句，由三字托“競豪奢”承托，“競豪奢”不僅關乎“戶盈羅綺”，也關乎“市列珠璣”，類似大家所知的“競豪奢、市列珠璣，戶盈羅綺”。填者在三字托的地方務須注意它特有的句法結構特徵和詞意的勾連。

　　② 但凡説“必用去聲”的，就一定並不如此，陳德武六首，除一個上聲外，都是平聲，晁補之、張元幹、揚无咎、史浩、趙崇磻、洪適等，都有如此“敗筆”。

　　③ 這兩句是抄的萬樹《詞律》，但是萬樹説的是本調的起拍要用平平仄仄，“‘菊暗荷枯’用仄仄平平，恐是‘荷枯菊暗’之誤”，秦巇挪用至此，未免令人誤解。

　　④ 原注“捲”字可平，大誤。“怒濤捲霜雪”是一個平起仄收式的小拗句，但是這一句式從晁端禮用“正望迷平野”之後，便被人抛棄，而改用晁式的一字逗領四字句句法，所以第三字都用平聲，而兩種句

法不同，自然不可互校，秦巘注爲可平及以上作平，都是錯誤的説法。

⑤ "《詞律》所論起字必用平"一句，也是斷章取義，《詞律》中説得很清楚，是包括這一句等六個句子要除外的。

⑥ 本句對應的是後段"乘醉聽簫鼓"，所以可知都應該是律句句法，如果改爲"捲怒濤霜雪"，句法就完全改變，以致與後段無法對應，顯然改爲敗筆了。

又一體 百七字　　　　　　　　　　　　　　秦　觀

洛 陽 懷 古

梅英疏淡，冰澌溶洩，東風暗換年華。金谷俊游[一]，銅駝巷陌，新晴細履平沙。長記誤隨車。正絮翻蝶舞[二]，芳思交加。柳下桃蹊，亂分春色到人家。　　西園夜飲鳴笳。有華燈礙月，飛蓋妨花。蘭苑未空，行人漸老，重來事事堪嗟。烟暝酒旗斜。但倚樓極目，時見棲鴉。無奈歸心，暗隨流水到天涯。

後結一四、一七字，與前異①，餘同。晁補之作，結句用上三下四字句法②。

【校記】

〔一〕"俊"字及後段第四句"未"字，原譜用●符標識，意謂必用去聲。

〔二〕原注"蝶"字和後段第八句"極"字作平。

【蔡案】

① 此即柳永正體，但是後段尾均讀破，仍然採用三字托結構，與

柳詞不同。這種變化屬於詞內的微調而已，並不影響體式，不能稱之爲又一體。對於此類的句法微調，平仄也往往會隨之作出微調：柳詞"異日圖將好景"，"景"字仄聲，此詞該字位便用平聲字"隨"，不可再用仄聲字。此類句法，若填爲一字逗，便是敗筆，所以秦巘認爲無名氏詞後結用一字領，就可以判斷出其中必有舛誤。

　　② 秦巘謂晁補之詞用上三下四句法者，應是其所讀有誤，晁詞結句云"夢魂驚恐在縣鄉"，似乎是可以讀爲折腰式的，但是根據語境可知，該句的句法依據韵律應該是一個四三式的結構，因此，必須讀爲"夢魂驚恐/在縣鄉"，讀爲"夢魂驚/恐在縣鄉"便屬讀誤。

又一體 百八字　　　　　　　　　　　　　　　沈公述

上太原知府王君貺尚書

山光凝翠，□容如畫[一]，名都自古并州。簫鼓沸天，弓刀似水，連營十萬貔貅。金騎走長楸。少年人、一一錦帶吳鈎。路入榆關，雁飛汾水正宜秋。　　追思昔日風流。有儒將醉吟，才子狂游。松偃舊亭，城高故國，空餘舞榭歌樓。方面倚賢侯。便恐爲霖爲雨，歸去難留。好向西溪，恣移弦管燕蘭舟①。

　　"少年人"二句，一三、一六字②。"便恐"句六字，比各家多一字③，此亦襯字也④。結句亦多一字。

【校記】

　　[一] 原文"翠"字後空一格，據《草堂詩餘》卷四，爲"川"字。

【蔡案】

① “燕蘭舟”即“宴蘭舟”，爲三字托。

② 本句唐先生《全宋詞》讀爲“少年人一一，錦帶吳鈎”，則與正格無異。律先意後，清人往往不知。

③ 這裏有衍文，應據《唐宋諸賢絕妙詞選》作“便恐爲霖雨”。

④ 添字減字本是填詞的常用微調手法，而絕非是“襯”。前人見有添字則曰“襯字”，是不知所謂“襯”者，詳參《滿江紅》東坡詞、《鵲橋仙》黃庭堅詞、《錦纏道》宋祁詞蔡案。

又一體 百七字　　　　　　　　　　鄧千江

獻張六太尉

雲雷天塹，金湯地險，名藩自古皋蘭。營屯繡錯，山形米聚，襟喉百二秦關。鏖戰血猶殷。見陣雲冷落，時有雕盤。静塞樓頭曉月[一]，依舊玉弓彎。　　看看。定遠西還。有元戎閫令，上將齋壇。區脱晝空，兜鍪夕解，甘泉又報平安。吹笛虎牙閒。且宴陪珠履，歌按雲鬟。招取英靈毅魄，長繞賀蘭山。

> 《歸潛志》云：“金國初，有張六太尉者，鎮西邊。有一士人鄧千江者，獻一樂章《望海潮》云云。太尉贈以白金百星，其人猶不愜意而去。詞至今傳之。”

> 換頭二字叶韵，前結一六、一五字，與後結同，比各家異。“營屯”句、“有元戎”句，平仄反，是誤筆，勿從。

【校記】

［一］原注“月”字作平。

又一體 百六字　　　　　　　　　　　　　　　缺　名

彩筒角黍,蘭橈畫舫,佳節競吊沅湘。古意未收,新愁又起,
斷魂流水茫茫。堪笑又堪傷。有臨皋仙子,連璧檀郎。暗
約同歸,遠烟深處弄滄浪。　　　　倚樓魂已飛揚。共偷揮玉
箸,痛飲霞觴。烟水無情,揉花碎玉,空餘怨柳凄凉。楊謝
舊遺芳。世間縱有,不恁非常。但看芙蕖並蒂,他一日
雙雙。

> 《詞苑叢談》云:"紹興庚午,台之黄巖妓有姓謝者,與楊芳情
> 好甚篤。爲嫗所制,相約投之江。好事者爲《望海潮》以吊
> 之云。"
>
> 　"世間"句四字,比各家少一字①。結處用一領四字句,亦差
> 異②。"共偷"句,平仄與鄧作同③。

【蔡案】

　①　該句例作一字逗領起,宋詞均如此填,應據《能改齋漫録》補
字,作"算世間縱有"。

　②　後結"他一日雙雙"不通,應該是"他日一雙雙"的倒誤。

　③　填詞論句法,不論句式,所以平平仄仄可以填爲仄仄平平,反
之亦然。

促拍滿路花 八十三字　　　　　　　　　　　　　柳　永

香靨融春雪,翠鬢嚲秋烟。楚腰纖細正笄年。鳳幃夜短,偏愛
日高眠。起來貪顛耍①,祇恁殘却黛眉[一],不整花鈿。

有時携手閒坐，偎倚緑窗前。温柔情態儘人憐。畫堂春過，
悄悄落花天。最是嬌癡處，尤殢檀郎，未教拆了鞦韆。

> 本集屬仙吕宫，《太平樂府》注南吕調，《九宫大成》入南詞仙
> 吕宫正曲。
> 詞之以"促拍"名者始此。促拍解，見卷四。
> 前段第七句，"却"字以入作平，"笄年"二字，汲古、《詞律》
> 缺。"鬌"字作"鬌"，"耍"字作"顛"，"最"字作"長"，皆誤。今據
> 宋本增改。

【校記】

　[一] 原注"却"字作平。

【蔡案】

　① 前段第六拍，宋詞均以律句填，且以仄起仄收式律句爲正，偶
有平起式，二頓連平者惟此一例，因此"來"字當爲仄讀，如《楚辭·遠
遊》："因氣變而遂曾舉兮，忽神奔而鬼怪。時髣髴以遥見兮，精皎皎
以往來。"

又一體 八十三字　　　　　　　　　　　吕渭老

同柳仲修在趙屯

西風晴日短，小雨菊花寒。斷雲低古木，暗江天①。星娥尺
五，佳約誤當年。小語憑肩處，猶記西園，畫橋斜月闌
干。　　　鳥啼花落，春信遣誰傳。尚容清夜夢，小留連。青
樓何處，寶鏡注嬋娟。應念紅箋事，微暈春山②，背窗愁枕
孤眠。

前後段第三四句,一五、一三字,比柳作各多一字。換頭句
四字,比柳作少二字,餘同。"晴"字,汲古作"秋"。"誤"字葉
《譜》作"阻","月"字作"日"。"西風"句平仄與柳異。

【蔡案】

① 這裏的所謂"兩句",實際上是一個八字句,這從柳永本爲一
句可以看出。而本詞前段的這個八字句,則是一個二字逗領三字儷
句的句法,後段的"尚容清夜夢,小留連",雖然不是三字儷句,但仍然
是二字逗領一個六字折腰句。

② 前後段第七個句拍的"園"和"山",均屬於韵脚,原譜失校,這
是本詞不同於柳永詞的一個重要方面。當然,作爲輔韵,韵脚的增減
也衹是一種微調,體式並未改變。

又一體　八十六字　　　　　　　　　　　　　　趙師俠

信豐黃師尹跳珠亭

栽花春爛漫,叠石翠巑岏。小亭相對倚,數峰寒。主人尋
勝[一],接竹引清泉。鑿破蒼苔地,一掬泓澄,六花疑是深
淵[二]。　　　向閒中、百慮翛然。情事寄鳴弦。爐香陪茗盌,
可忘言。噴珠濺雪,歷歷聽潺湲。塵世知何計,不老朱顏,
靜看日月跳丸[三]。

前後段第三、四句,與吕作同。換頭句七字,比柳作多一字。

【校記】

[一] 原注"主"字及後一句"接"字、後段第四句"濺"字可平,
"尋"字及前結"疑"字可仄。

　　［二］原注：“山前六花小池。”

　　［三］原注“看”字平聲，“日”字作平。

促拍滿路花 八十四字　　　　　　　　　吕勝己

瑞　　香

名花無影跡，寒氣日凄凉①。人間千萬樹、歇芬芳[一]。紫微
〇〇〇●●　〇●●〇△　　〇〇〇●●　●〇△　　●〇

宮女，仙馭降霓裳。名在仙班簿，不屬塵凡，洞天密鎖雲
〇●　〇●●〇△　〇●〇〇●　●●〇〇　●〇●●〇

窗。　　　遺瑒連寶珥②，人世識天香。凝寒承雨露、傲冰霜。
△　　　　〇〇〇●●　〇●●〇△　〇〇〇●●　●〇△

凌波仙子，邂逅水雲鄉。更約南枝友，游遍江南，共歸三島
〇〇〇●　●●●〇△　●●〇〇●　〇●〇〇　●〇〇●

扶桑。
〇△

　　　換頭兩五字句，與前段對起同。“風”字宜仄，可不拘。餘同
　　吕作。

【校記】

　　［一］此八字原譜讀爲五字一句、三字一句，但實爲二字逗領起
折腰式六字一句，所以句中原標“句”，誤。後段“凝寒”下八字同。柳
永詞減一字作七字句，但僅此一例，不足爲範。

【蔡案】

　　① 本句宋詞都用仄起平收式句法填，原譜作“寒風”，失律，今據
汲古閣本《渭川居士詞》改。

　　② 本調換頭處，最多可達八字，如葛長庚“莫思量、駿馬與高
軒”，最少則爲四字，如吕渭老詞，但是宋人多如本詞填，作五字一句，

宜爲正格。

又一體 八十三字　　　　　　　　　　　　　　　　秦　觀

露顆添花色。月彩投窗隙。春思如中酒，恨無力[一]。洞房咫尺，曾寄青鸞翼。雲散無踪跡。羅帳更殘，夢回無處尋覓。　　輕紅膩白。步步薰蘭澤。約腕金環重，宜裝飾。未知安否，一向無消息。不是尋常憶。憶後教人，片時存濟不得。

　　此用仄韵，體格與吕作同。"恨"字宜用平。"思"字，葉《譜》作"寒"，誤。"寄"字一作"記"，"更"字作"春"。

【校記】

　　[一] 原注"思"字去聲，"恨"字宜平。

又一體① 八十三字　　　　　　　　　　　　　　　　周邦彦

金花落爐燈，銀礫鳴窗雪。庭深微漏斷、行人絶。風扉不
○○●○○　○●○○▲　○○○●●、○○▲　○○●
定，竹圍琅玕折。玉人新間闊[一]。著這情懷，更當恁地時
●　●○●○▲　●○○○●　●●○○　●○○◎○
節[二]。　　無言敧枕[三]②，帳底流清血。愁如春後絮、來相
▲　　　○○○●　●●○○▲　○○○●●、○○
接。知他那裏，争信人心切。除共天公説。不成也還，似伊
▲　○○●●　○●○○▲　○●○○▲　●○●○　●○
無個分別③。
○●○▲

前後段起句不用韵，首句及前後第三句，平仄與秦作異。"玉人"句、"除共"句，另一首平仄相反，想不拘。"不成也還"句，宜仄仄平平。觀方千里和詞作"攬鏡沉吟"，又作"那日情懷"，陳允平作"天若有情"，可見。"著這情懷"四字，葉《譜》作"著甚情悰"。

【校記】

[一] 原注"間"字去聲。

[二] 原注"恁"字可平。

[三] 原注"歆"字及結拍"無"字可仄。

【蔡案】

① 本詞體格，仄韵體中填者最多。與平韵體一樣，前後段的第二均中，也有二字逗領六字折腰句式，原譜"斷"字、"絮"字後均注"句"，誤。

② 換頭處四字，與平韵體同，最多亦有八字句者，如秦詞、袁詞。

③ 後結的這十字，其意應該是"不成也，還似伊、無個分別"，祇是本著律先意後的原則，仍作如是讀。

滿園花 八十七字　　　秦　觀

一向沉吟久[一]。淚珠盈襟袖。我當初不合，苦揾就。慣縱得軟頑，見底心先有。行待癡心守。甚捻著脉子[二]，倒把人來僝僽。　　近日來、非常羅皂醜。佛也須眉皺。怎掩得、眾人口①。待收了孛羅[三]，罷了從來斗。從今後。休道共我，夢見也不能得勾。

　　　　此調見《淮海集》。《詞律》云："名與《滿路花》相似,前段祇
　　多'慣'字、'甚'字;後段起句八字,比趙作多一字;次句五字,同
　　趙作;三句少二字、四句多"待"字、六句少二字、末句多"也"字,
　　皆虛字作襯,實是一調。"《詞律訂》云:"《歸去難》《滿園花》《一枝
　　花》,皆《滿路花》也。"故類列。"能得"二字,當是"得能",訛倒。

【校記】

　　[一]原注"一"字及第三句"我"字和"捆"字、後段第三句"掩得"
二字、第五句"罷"字、第七句"我"字可平。

　　[二]原注"脉子"二字、後段第四句"孛"字、結句"得"字作平。

　　[三]原注"收"字可仄。

【蔡案】

　　① 本句即前幾首詞中的二字逗領六字折腰句,減去了二字逗。
原譜"怎掩得"後未讀斷,誤。其後袁去華詞的"乍飄零、有誰管",
同此。

又一體　八十六字　　　　　　　　　　　　　袁去華

江上西風晚。野水兼天遠。雲衣拖翠縷,易零亂。見柳葉
滿梢,秀色驚秋變。百歲今强半[一]。兩鬢青青,盡著吳霜偷
換。　　　向老來、功名心事懶。客裏愁難遣。乍飄零、有誰
管。對照壁孤燈,相與秋蟲歎。人間事、經了萬千,這寂寞、
幾時曾見。

　　　　此與秦作同。惟前段第八句少一字,與各家同。

【校記】

　　[一]原注"强"字平聲,或是筆誤。

歸去難 八十三字

周邦彦

佳約人未知,背地伊先變。惡會稱停事,看深淺。如今信我,委的論長遠。好彩無可怨。自合教伊,推些事後分散。　　密意都休,待説腸先斷。此恨除非是,天相念。堅心更守,未死終須見。多少閒磨難。到得其間,知他做甚頭眼。

　　前後段結句"事"字、"做"字用仄,換頭句用仄仄平平,與秦作異,餘皆同,自是一調各名,無可擬議。

詞繫卷九 宋

西 施 七十三字   柳 永

苧蘿妖艷世難儕。善媚悦君懷。後庭恃愛寵，盡使絶嫌猜。正恁朝歡暮宴，情未足，早江上兵來。   捧心調態軍前死，旋羅綺、變塵埃。至今想怨魄，無主尚徘徊。夜夜姑蘇城外，當時月，但空照荒臺。

> 本集屬仙吕宫。

> 此詠西施事，即以名調。"後庭"句，"至今"句，明明可解，《詞律》謂有訛錯，亦奇。兩結句是一領四字句，勿誤。"儕"字，汲古缺，宋本作"偕"。"旋羅綺"三字，汲古、《詞律》作"羅綺旋"，誤[①]，今據《詞譜》改正。"愛"字，宋本缺。

【蔡案】

① 關於這一點的論述，秦巘是對的，問題是爲什麽"誤"，這一類關乎到所以然的問題，秦巘及其他的清代詞譜家往往都不涉及。也就是説，這種問題往往都衹是出於詞譜家們本能的、下意識的一種直覺，中國的傳統學術往往上升不到理論的程度，也恰恰是因爲讀者以爲有這種直覺就已經够了。從律理的角度來説，"旋羅綺、變塵埃"對應的是前段的"善媚悦君懷"，而前段的五字句和後段的六字句之間

最重要的對應點,則是他們有一個共同的五字句基因,六字句的本質是一個一字逗領五字句的結構。而任何詞中的一字逗,在結構上都是可以被減去的元素,這一點,即便是在我們今天的創作中依然適用,無非是我們不敢減而已。而減去一字逗就是前段的句子,所以本詞的"羅綺變塵埃"和後一首的"憐愛奈伊何"是一個與前段完全吻合的句式。這一個律理上的原由,便是爲什麽後段必須是單起式的"旋羅綺、變塵埃",而不能是雙起式的"羅綺旋、變塵埃"。

又一體 七十一字　　　　　　　　　　　　　　柳　永

柳街燈市好花多。盡讓美璠娥。萬嬌千媚,的的在層波[一]。取次妝梳,自有天然態,愛淺畫雙蛾。　　斷腸最是金閨客,空憐愛、奈伊何。洞房咫尺,無計枉朝珂[二]。有意憐才,每遇行雲處,幸時恁相過。

　　　　本集屬仙吕調。
　　　　兩第三句比前各少一字①,兩第五、六句作一四、一五字讀,略異。宋本缺"幸"字,脱誤,宜從汲古。

【校記】
　　[一]原注"的"字可平。
　　[二]原注"無"字及結句"時"字可仄。

【蔡案】
　　① 前一首減字單邊進行,本詞則是雙邊進行,原因是前一首是在首均減字,而本詞則是在第二均減字,而第二均一般都是嚴格要求前後對應的。與前一首我們談的減字不同的,是五字律句的減字都在後三字中進行,所減的是單音節的字,知道這一點,對平仄的把握

會有一個更加理性的認識。

郭郎兒近拍 七十三字　　　　　　　　　　　柳　永

《樂府雜録》：傀儡子戲，引歌舞有郭郎者，善優笑，閭里呼爲郭郎，調名或取此。

帝里。閒居小曲深坊①，庭院沉沉朱户閉。新霽。畏景天氣②。薰風簾幕無人，永晝厭厭如度歲。　　　愁瘁。枕簟微凉③，睡久輾轉慵起④。硯席塵生，新詩小闋，等閒都盡廢。這些兒、寂寞情懷，何事新來常恁地。

　　　本集屬仙吕調。

　　　《樂府雜録》："有郭郎者，髮正秃，善優笑，閭里呼爲郭郎。凡戲場必在俳兒之首。"

　　　近拍者，音節拍促也，與促拍差同⑤。詞之以"近拍"名者始此。

　　　或云"帝里"即是起韵。汲古於"愁瘁"分段，《詞律》謂宜屬後段，是。"輾轉"二字，汲古作"轉轉"，誤，今從宋本改正。

【蔡案】

　　　① 這八字正確的讀法應該是"帝里閒居、小曲深坊"，"里"字爲句中短韵。

　　　②"景"字，以上作平。本句也是六字句，"霽"字是句中短韵。

　　　③"愁瘁枕簟微凉"爲六字句，"瘁"字是句中短韵。

　　　④"久"字，以上作平。

　　　⑤ 現在雖然無法還原本調的詞樂，但就本詞的文字來看，認爲

“近拍者，音節拍促也”的説法未必正確。前後結均爲七字句，便没有
“促”的意味。所謂“近拍”，應該就是“近詞之拍”，從今存的本詞及
《快活年近拍》《隔浦蓮近拍》的詞句、詞意來看，都没有“促”的意味。
本詞就應該屬於近詞，但是，前段的均拍不足三均，應該是有脱落的
字句存在，萬樹謂：“此詞非有落字，必有訛字，難以論定，姑注如右。
所無疑者，‘愁瘁’二字，必是後段起句，蓋‘何事’句與‘永晝’句合
耳。”這個判斷是對的，所以按照這個分段，則前段的“新霽”後應該是
脱落了七個字，補足七字則韵律和諧，惜無他詞可校。

透碧霄　百十二字　　　　　　　　　　　　　柳　永

月華邊。萬年芳樹起祥烟。帝居壯麗，皇家熙盛，寶運當
千。端門清晝，觚棱照日，雙闕中天[一]。太平時、朝野多歡。
遍錦街香陌[二]①，鈞天歌吹[三]，閬苑神仙。　　昔觀光得
意，狂游風景，再睹更精妍。傍柳陰，尋花逕，空悁嬋孌垂
鞭。樂游雅戲，平康艷質，應也依然。仗何人、多謝嬋娟。
道宦途踪跡，歌酒情懷，不似當年。

　　本集屬南吕調。

　　此調自詠本意，想是創格。查荃一首與此同，“空悁”句，作
“須采掇，倩纖柔”，於三字豆，《詞律》所論，穿鑿無謂。又以“日”
字、“質”字作平，更不確。“寶”字，葉《譜》作“景”，“野”字，汲古
作“夜”，誤。“途”字，宋本作“名”，葉《譜》作“游”。

【校記】

　　[一] 原注“雙”字及下一句“朝”字、後段第八句“何”字、第九句

"踪"字可仄。

　　[二]原注"錦"字及後段第三句"再"字、第七句"艷"字、第九字"宧"字可平。

· 　[三]原注"吹"字去聲。

【蔡案】

　　① 本句爲一字逗領四字句法，但是這個一字逗所領的，是後面的四字三句，而不是僅僅一個四字。後段的"道"字也是一樣，所"道"的是十二個字。

又一體　百十七字　　　　　　　　　　　　　　曹　勛

閬苑喜新晴。正桂華、飄下太清。寶籙凉秋，夢祥明月，天開輔盈成。宮闈女職遵慈訓，見海宇儀型①。奉東朝，晨夕趨承。化内外、咸知柔順，已看彤管賦和平。　　　宴坤寧。香騰金猊，烟暖，祕殿彩衣輕②。六樂絲竹[一]，繞雲縈水，總按新聲。天臨帝幄，親頒壽酒，恩意兼勤。雁行綴、宰府殊榮。願萬億斯年，南山并永，坤厚贊堯明。

　　調見《松隱集》。起處多二字，"天開"句多一字，兩結各多一字，餘則變化句法，與柳作大異。

【校記】

　　[一]原注"竹"字作平。

【蔡案】

　　①"見"字，疑衍。

　　② 後段首均，應讀作"宴坤寧。香騰。金猊烟暖，祕殿彩衣輕"，

秦巘失記一韵,致兩平頓相連失諧。

木蘭花慢 百一字 柳 永

古繁華茂苑[一],是當日,帝王州①。詠人物鮮明[二],土風細膩[三],曾美詩流。尋幽。近香徑處,聚蓮娃釣叟簇汀洲。晴景吳波練静,萬家緑水朱樓。　　凝眸。乃睠東南,思共理,命賢侯②。繼夢得文章,樂天惠愛,布政優優。遨頭。況虛位久,遇名流勝景且淹留。贏得蘭堂醖酒,畫船携妓歡游。

> 本集屬南吕調。
>
> 此與《木蘭花》小令,及減字、偷聲,皆不相協。自是創成慢曲,故另列。
>
> 首句是一領四字句,"幽"字、"頭"字是藏韵,詞中用藏韵者始此③。"茂"、"近"、"徑"、"練"、"萬"、"乃"、"睠"、"況"、"位"、"醖"、"畫"諸去聲字,勿誤④。《詞律》獨取蔣捷詞,以爲規矩森然,不知柳作二首在先,乃是正格⑤,何嘗不嚴謹已極耶。"夢"字,汲古作"楚",今從宋本。"眸"字,宋本作"旄","遨"字,汲古作"螯",今從《詞譜》。

【校記】

　　[一]"茂"字及第六句"近"字"徑"字、第八句"練"字、第九句"萬"字、後段起拍"乃睠"二字、第六句"況"字"位"字、第八句"醖"字、第九句"畫"字,原譜用●符標識,意謂必用去聲。按,"乃"非去聲字。

　　[二]原注"人"字及第五句"曾"字、第八句"晴"字、後段結句

“携”字可仄。

　　［三］原注“土”字和“細”字、第七句“釣”字、第九句“緑”字、後段第四句“樂”字和“惠”字、第五句“布”字、第七句“勝”字可平。

【蔡案】

　　① 此類六字折腰句,在秦巘本書内以及《詞律》《欽定詞譜》等譜書中,多被讀爲三字兩句,極偶然的情況下才會被讀爲折腰句式,兩者之間也基本上没有任何區分的依據,並非文法上的一句才被讀爲折腰句式,本句就是一個典型的例子。

　　② 本句多以六字折腰的句法爲正格,也有減一字作五字一句的填法,是本調變化較多的句子之一。

　　③ 本調之變化,主要在三處句中短韵,或叶或不叶。句中短韵又稱藏韵、暗韵、短韵等,在唐五代詞中已經大量出現,例如温庭筠《訴衷情》的“鶯語花舞春晝午”一個七字句,就是連用兩個句中韵,成了“鶯語。花舞。春晝午”。大量的句中短韵甚至形成了唐詞的一個明顯特色。

　　④ 但凡必用去聲的説法,都是可以説,但不可以檢驗的,僅以第一字爲例,秦巘選八首,僅四首去聲,其餘三上一入,更不用説秦巘所指的這幾個字中,本身就不全是去聲,“乃”字没有一本字書是收入去聲的,後一首的“草”字、“永”字也是如此。這種錯誤本身不是疏忽,而是説明這種“必用”的説法没有任何律理上的依據,不存在某種規則化的因素,但是秦巘主觀上又希望是規則性的,於是就祇好將上聲字也一併收入。

　　⑤ 正格的標準,目前來看大致不外乎這樣兩種: 使用人最多的詞格、出現最早的詞格。秦巘是以後者爲標準,萬樹《詞律》則往往以前者爲標準,兩相比較,《詞律》的做法更勝。因爲首創者未必受到大

家的認可，自然無"正"可言，而繼出者大受歡迎，爲世人所追捧，那麼"正"也就在其中了。從實際操作的層面來說，也是後者更容易確定，比較數量的多寡即可，而首創詞或者首見詞則未必就是真正的"首"，尤其是首見詞，很可能並非首創詞詞格，而其後的詞倒反而可能是首創詞詞格，如果仍然以詞人年齒爲序，則謬。要之，"詞格"是關乎詞體的問題，與詞人毫無關係。

又一體 百一字　　　　　　　　　　　　　　柳　永

清　明

拆桐花爛漫[一]，乍疏雨、洗清明[二]①。正艷杏燒林，緗桃繡
●○○●● 　●●● 　●○△ 　●●●○ 　○○●

野，芳草如屏。傾城。盡尋勝去②，驟雕鞍紺幰出郊坰。風
● 　○●○△ 　○○ 　●○●● 　●○○●●○△ 　○

暖繁弦脆管，萬家競奏新聲。　　盈盈。鬥草踏青。人艷
●●○○●● 　●○●●○△ 　　　○○ 　●●●△ 　○●

冶、遞逢迎。向路傍往往，遺簪墜珥，珠翠縱橫。歡情。對
● 　●○△ 　●●○●● 　○○●● 　○●○△ 　○△ 　●

佳麗地，任金罍罄竭玉山傾。拚却明朝永日，畫堂一枕
○●● 　●○○●●●○△ 　●●○○●● 　●○●●

春醒。
○△

《詞品》云："《木蘭花慢》，惟柳耆卿《清明》詞，得音調之正。蓋'傾城'、'盈盈'、'歡情'，皆於第二字中藏韵。"

換頭處"青"字叶韵，而"路傍"句平仄與前異③。"艷"字，汲古作"焰"，"草"字作"景"，"脆"字作"翠"，"任"字，汲古作"信"，俱誤，今據宋本訂正。

【校記】

［一］"爛"字及第六句"盡""勝"二字、第八句"脆"字、第九句
"萬"字、後段起拍"鬭草"二字、第六句"對"字"麗"字、第八句"永"字、
第九句"畫"字，原譜用⬤符標識，意謂必用去聲。按，"草"、"永"字非
去聲。

［二］原譜用"句"，讀斷爲三字兩句。後段第二句同。

【蔡案】

① 這個折腰式的六字句，就柳永詞來看，它的基本形態實際上
是一個一字逗領五字句的結構，所以，當它成爲五字句的時候，實質
上就是減去領字而已，這個句法與前面的《西施》一調所疏解的完全
一致，可以參考。基於這樣的特性，這個六字句就有如下幾點韵律特
徵可以注意：其一，它絕對不是兩個三字句，秦巘讀爲"乍疏雨，洗清
明"是完全不顧基本句法的；其二，減字後的五字句，是一個仄仄仄平
平的句式；其三，在六字句中，除領字外，第二字可平可仄，因爲它就
是仄仄仄平平中的首字，六字句的第三字、第四字必須是仄聲，第五
字必須是平聲；其四，這個六字句是一個特殊的折腰式句子，所以祇
能用單起式句法，不能用雙起式句法，像盧祖皋那樣的"回首處，祇君
知"，實際上是個敗筆。

② "傾城。盡尋勝去"是一個六字句，而且是一個折腰式的六字
句，所以後段的對應句等於是"歡情對、佳麗地"。這個六字句的特點
是，後三字是一個雙起式結構，因此在"傾城。盡尋勝去"中，後四字
不可以是一個通常四字句中的二二式結構，"尋勝"、"佳麗"以及柳永
前一首的"香徑"、"虛位"都是連讀，必須填爲一二一結構纔合乎本調
的基本韵律。

③ 詞講究句法，而不講究句式，所以四字句的平平仄仄被改變

爲仄仄平平，或反之，是一種常見的方式，並不礙律。

又一體 百一字　　　　　　　　　　　　　　　　程　垓

春　怨

倩嬌鶯婉燕[一]，説不盡、此時晴。正小院春闌，芳園晝鎖，人去花零。憑高試回望眼①，奈遥山、遠水隔重雲②。誰遣風狂雨損，便教無計留春。　　　情知雁杳與鴻暝。自難寄叮嚀③。縱柳院鬟深，桃門笑在，知屬何人。衣篝幾回忘了[二]，奈殘香、猶有舊時熏。空使風頭捲絮，爲他飄蕩花城。

　　　　前後段第七句不藏韵，換頭二句，一七、一五字，第二字亦不叶，此又一體也。此調當以此三首爲正格，餘皆變體。

【校記】

　　[一]"婉"字及第六句"試""望"二字、第八句"雨"字、第九句"便"字、後段起拍"雁杳"二字、第六句"幾"字"忘"字、第八句"捲"字、第九句"爲"字，原譜用●符標識，意謂必用去聲。按，"雨"字、"杳"字、"幾"字、"捲"字均非去聲。

　　[二]原注"忘"字及後段結拍"爲"字去聲。

【蔡案】

　　① 本詞即柳詞正體，不同者是三處句中韵都不叶韵，用六字句的平起式律拗句法。這一句法的特點是第五字必須用去聲，所以本句的"望"字，後段對應句的"忘"字，都應該取其去聲讀法。

　　② 本句應該讀爲一字領七字句法。

　　③ 該五字句爲六字折腰句式減去領字而來，句式爲仄起平收

式,因此不可視爲一字領四字句法。

又一體 百一字　　　　　　　　　　　　　　　　　　　呂渭老

石榴花謝了[一],正荷葉,蓋平池。試瑪瑙杯深,琅玕簟冷,臨
水簾帷。知他故人甚處,晚霞明、斷浦柳枝垂。唯有松風水
月,向人長似當時。　　　依依。望斷水窮雲起處,是天涯。
奈燕子樓高,江南夢斷,虛費相思。新愁暗生舊恨,更流螢、
弄月入紗衣。除却幽花軟草,此情未許人知。

　　　前後段第七句不用藏韵,後段二字叶,次句一七、一三字,略
　異,餘與柳第一首同。"晚霞"句,宜一領七字句,此誤筆。

【校記】
　　[一]"謝"字及第六句"故""甚"二字、第八句"水"字、第九句
"向"字、後段起拍"望斷"二字、第六句"暗"字"舊"字、第八句"軟"字、
第九句"此"字,原譜用●符標識,意謂必用去聲。按,"水"字、"軟"
字、"此"字均非去聲字。

又一體 百三字　　　　　　　　　　　　　　　　　　　缺　名

飽經霜古樹[一],怕春寒、趁臘引青枝①。逗一點陽和,隔年
信息,遠報佳期。淒葩未容易吐②,但凝酥半面點胭脂。山
路相逢駐馬,暗香微染征衣。　　　風前裊裊含情,雖不語,
引長思。似怨感芳姿。山高水遠,折贈何遲。分明爲傳驛
使[二],寄一枝春色寫新詞。寄語市橋官柳[三],此先占了

芳菲。

　　　見《梅苑》。前起次句八字,比各家多二字。

【校記】

　　[一]"古"字及第六句"未""易"二字、第八句"駐"字、第九句"暗"字、後段起拍"裊裊"二字、第六句"爲"字和"驛"字、第九句"此"字,原譜用◐符標識,意謂必用去聲。按,"古"字、"裊"字、"此"字均非去聲字。

　　[二]原注"爲"字去聲,"驛"字作去。

　　[三]原注"官"字宜仄。

【蔡案】

　　① 本詞同程垓詞體,所不同的衹是前段第二拍多二字,宋詞僅此一首,疑是衍文。

　　② 本句與後段的對應句"分明爲傳驛使",雖然都沒有使用句中短韵,但依然是一個二字後需要讀住的句式,亦即我們通常所説的二字逗領四字句法,且四字結構仍然是一二一結構。

又一體 百一字　　　　　　　　　　　　　盧祖皐

嫩寒催客櫂[一],載酒去,載書歸。正紅葉滿山,清泉漱石,多少心期。三生溪橋話別[二],悵碧蘿猶惹翠雲衣。不似今番醉夢,帝城幾度斜暉。　　　鴻飛。烟水瀰瀰。回首處,衹君知。念吳江鷺憶,孤山鶴怨,依舊東西。高峰夢醒雲起[三]①,是瘦吟窗底憶君時。何日還尋舊約,爲余先寄梅枝[四]。

此與柳第二首同,祇第七句不藏韵。起句上二、下三字,句法亦異,與吕作同。

【校記】

〔一〕原注"客"字作去,"客"字及第六句"話"字、第八句"醉"字、第九句"帝"字、後段起拍"水"字、第六句"夢"字、第八句"舊"字、第九句"爲"字,原譜用●符標識,意謂必用去聲。按,"水"字非去聲。

〔二〕原注"溪"字及後段起拍"烟"字、第六句"雲"字宜仄。

〔三〕原注"醒"字平聲。

〔四〕原注"爲"字去聲。

【蔡案】

① 本句常用律拗句法,則第五字不可用平聲,本句用平,則可知句式應是平起仄收式,故第四字須取其仄聲方諧。

又一體 百一字　　　　　　　　　　　　　　　蔣　捷

詠　冰

傍池闌倚遍[一],問山影,是誰偸。但鷺斂瓊絲,鴛藏繡羽,礙浴妨浮。寒流。暗衝片響,似犀椎帶月靜敲秋。因念涼荷院宇,粉丸曾泛金甌。　　妝樓。曉澀翠罌油[二]。倦鬟理還休。更有何意緒,憐他半夜,瓶破梅愁。紅稠。淚乾萬點,待穿來寄與薄情收。祇恐東風未轉,誤人日望歸舟。

此同程體,第七句藏韵,換頭句七字,第二字亦叶。備列五首,此調體格盡之矣,作者擇而從之可也。

【校記】

　　[一]"倚"字及第六句"暗"字和"片"字、第八句"院"字、第九句"粉"字、後段起拍"曉澀"二字、第六句"淚"字和"萬"字、第八句"未"字、第九句"誤"字,原譜用●符標識,意謂必用去聲。按,"倚"字、"粉"字、"曉"字非去聲。

　　[二]原注"澀"字作去。

又一體 百二字　　　　　　　　　　　　　　陳參政

送陳石泉北歸

北歸人未老[一],喜依舊,著南冠。正雪暗滹沱,雲迷芒碭,夢落邯鄲。鄉心促日行萬里[二],幸此身生入玉門關。多少秦烟隴霧,西湖淨洗征衫[三]。　　燕山。望不見吳山。回首一征鞍。慨故宮離黍,故家喬木,那忍重看。鈞天紫微何處,問瑤池八駿幾時還。誰在天津橋上,杜鵑聲裏闌干。

　　　　周密《志雅堂雜鈔》云:"陳石泉自北歸,有北人陳參政餞之《木蘭花慢》云云。"

　　　　"鄉心促"句七字,與各家不同,恐有誤。後起同蔣作。

【校記】

　　[一]"未"字及第六句"日"字和"晚"字、第八句"隴"字、後段起拍"望不"二字、第六句"紫"字、第九句"杜"字,原譜用●符標識,意謂必用去聲。按,"晚"字、"隴"字、"不"字、"紫"字均非去聲字。

　　[二]原注"日"字以入作去。

　　[三]原注"西"字及後段第六句"何"字、第八句"橋"字宜仄。

瑞鷓鴣 八十八字　　　　　　　　　　柳　永

寶髻瑤簪[一]。嚴妝巧，天然緑媚紅深。綺羅叢裏，獨逞謳
◎●○△　　　○○●　○⊙●○△　　◎○⊙●　◎●○

吟。一曲陽春定價，何啻值千金。傾聽處，王孫帝子，鶴蓋
△　●●○○●　○●●○○　○○●　○○●●　◎●

成陰。　　凝態掩霞襟。動象板聲聲，怨思難任[二]。嘹唳
○△　　　　○●●○△　●●●○○　●○○△　　○●

處，迥壓弦管低沉①。時恁回眸斂黛，空役五陵心。須信道，
●　●●○●○○　　○●○○●●　○●●○○　○●●

緣情寄意，別有知音。
○○●●　●●○△

　　　本集屬南吕調。

　　　此與《瑞鷓鴣》小令全不相侔，想因舊調衍爲慢曲也，故
另列。

　　　"迥"字，汲古作"回"，據宋本改正。"嘹唳"下，宋本無"處"
字。"寶""綺"、"獨"、"鶴"可平。"然"、"叢"可仄。"思"去聲。

【校記】

　　　[一] 原注"寶"字可平。其餘旁注可平可仄均標注於圖符中。

　　　[二] 原注"思"字去聲。

【蔡案】

　　　① 本句爲律拗句法，第五字不可用仄聲。

又一體 八十七字　　　　　　　　　　柳　永

吴會風流。人烟好，高下水際山頭。瑤臺絳闕，依約蓬邱。
萬井千閭富庶，雄壓十三州。看觸處、青娥畫舸，紅粉朱

樓。　　　方面委元侯。致訟簡時豐,繼日歡游。襦温袴暖,已扇民謳。旦暮鋒車命駕,重整濟川舟。當恁時、沙堤路穩,歸去難留。

> 本集屬南呂調。
>
> 此體汲古、《詞律》未載,據宋本補。
>
> 後段第四、五句各四字,比前作少一字。

憶帝京 七十二字　　　　　　　　　　　　柳　永

薄衾小枕涼天氣[一]。乍覺別離滋味。輾轉數寒更,起了還重睡。畢竟不成眠,一夜長如歲。　　　也擬待、却回征轡。又爭奈、已成行計[二]。萬種思量,多方開解,祇恁寂寞厭厭地①。繫我一生心,負你千行淚。

> 本集屬南呂調,《九宮大成》入北詞仙呂調隻曲。
>
> "待"字,汲古作"把",今從宋本。

【校記】

　　[一]原注"薄"字及第二句"別"字、後段起拍"却"字、第二句"已"字、第五句"寂"字可平。

　　[二]原注"爭"字和"行"字、第四句"開"字可仄。

【蔡案】

　　①"恁"字並非以上作平,而是取其平讀,《廣韻》《集韻》《類篇》均對其擬音爲如林切,音壬,在侵韻部。

又一體 七十六字 　　　　　　　　　　　　　黃庭堅

銀燭生花如紅豆。占好事、如今有。人醉曲屏深，借寶瑟、輕招手。一陣白蘋風，故滅燭、教相就。　　花帶雨、冰肌香透。恨啼鳥、轆轤聲曉。柳岸微涼吹殘酒。斷腸人依舊①。鏡中消瘦。恐那人知後。鎮把你來僝僽②。

　　　　此體見《山谷詞》，前段首句平仄拗，第四、第六句皆六字，與柳異。"轆轤"句，《詞律》謂"曉"字宜叶，此是江西音也，往往有韻、巧韻並叶，《山谷詞》內甚多。《詞匯》以"曉"作"驟"，强合，未必然。或云"舊"字是叶，存參。

【蔡案】

　　① 後段彊村叢書本《山谷琴趣外篇》作"斷腸時至今依舊。鏡中消瘦。那人知後。怕夯你來僝僽"，其中"斷腸"句七字，似正合柳詞，但是句法不同，並且"斷腸人依舊。鏡中消瘦"九字，按照他的韻律，其實就是"斷腸依舊鏡中瘦"的擴展，如果依據彊村本，那麽就多了"鏡中消瘦"一拍，於律反而不合。"恐"字，或應據彊村本删。此類添字填法，僅此一首，無須爲範。

　　② 結拍是個六字折腰句，原譜不讀斷就容易引起讀者誤解，校之前段，及朱敦儒詞的"便總道、先生俏"，可知這六個字應以折腰式爲是。

迎新春 百四字 　　　　　　　　　　　　　　柳　永

蘭管變青律，帝里陽和新布。晴景回輕煦。慶嘉節、當三五。列華燈、千門萬户。遍九陌、羅綺香風微度①。十里燃絳樹[一]②。鰲山聳、喧天簫鼓。　　漸天如水，素月當午③。香徑裏、絕纓擲果無數。更闌燭影花陰下，少年人、往往奇遇④。太平時、朝野多歡民康阜⑤。隨分良聚。堪對此景，爭忍獨醒歸去⑥。

《宋史·樂志》：太宗製雙角調。本集屬大石調。《九宮大成》入南詞大石調正曲，許《譜》同。

此詠本意爲名。汲古不分段，《詞律》謂宜"簫鼓"句分段，《歷代詩餘》於"當午"句分段，今從宋本。"絳"、"對"二字宜去聲，勿誤。"喧天"，汲古作"喧喧"。"堪"字，各本在"隨分"上，缺"景"字，亦據宋本訂正。"纓"字，《詞譜》作"因"，誤。

【校記】

[一]"絳"字、後段尾均"對"字用●符標識，意謂此字宜用去聲。所謂"宜用"，秦巇本意上實際就是"必用"。

【蔡案】

①"遍九陌"九字與後段"太平時"十字對應，因此可知"微度"前必脫一平聲字，"遍九陌、羅綺香風，□微度"則與"太平時、朝野多歡，民康阜"相對應，兩句文字、平仄、韵脚甚合。

②"里"字以上作平。

③"月"字以入作平。

④ 第二"往"字以上作平。

⑤"太平"下十字，應讀爲"太平時、朝野多歡，民康阜"，否則七字句兩頓連平，韵律不諧，且與前段"遍九陌、羅綺香風，□微度"的字句不合。

⑥ 後結，戈氏校本、彊村叢書本《樂章集》同此，但是細玩文意，

可知“堪”字或是誤植，正確的字句應當從《詞律》所據本，在前一句，作“堪隨分良聚。對此景、爭忍獨醒歸去”，這樣就可以和前段的“十里”句以下相合，都是五字一句、三字逗領六字起一句。均拍雙諧。又按，校稿時恰讀《夢秋詞》，汪夢秋本調的後結填爲：“漸風化南土。蔓草盡，爭肯獨行多露。”則正與“堪隨分良聚。對此景，爭忍獨醒歸去”相合。夢秋所步宋詞，其音律甚細，且每每四聲填詞，而絕不作一字增減，汪詞的後段尾均如此，可見他所見的柳詞版本，正是五三六句法也。

曲玉管 百五字 “管”一作“琯” 柳 永

隴首雲飛，江邊日晚，烟波滿目憑闌久。一望關河蕭索，千里清秋。忍凝眸[一]。　　　杳杳神京，盈盈仙子，別來錦字終難偶。斷雁無憑，冉冉飛下汀洲。思悠悠[二]。　　　暗想當初，有多少、幽歡佳會，豈知聚散難期，翻成雨恨雲愁。阻追游。悔登山臨水，惹起平生心事，一場銷黯，永日無言，却下層樓。

　　唐教坊曲名。本集注大石調，《九宮大成》入南詞大石調正曲，許《譜》同。

　　此本部三聲平仄通叶體①，長調平仄互叶者始此。“管”或作“琯”。

　　《詞律》云：“‘思悠悠’三字，疑是後叠起句。”愚按：此是雙拽頭格，“隴首”至“凝眸”與“杳杳”至“悠悠”句，平仄相同。“一望關河”二句，或上六下四，或上四下六，一氣貫下，原可不拘②。三字句凡三，必仄平平，勿易③。“平生心事”句當叶韵，恐有誤字。“一望”二字，宋本作“立望”，未確。“悔”字作“每”。國初董

以寧於"暗想"句叶韻,"惹起"句七字叶,"一場"二句作五字一
句,不知何據?存參。"思"去聲。

【校記】

[一]"忍凝眸"及第二段"思悠悠"、第三段"阻追游",用◑○○○符
標識,意謂用仄平平聲。

[二]原注"思"字去聲。

【蔡案】

① 前二段的平仄互叶,應該是一種換韻法,平仄同部,偶合而
已,如果我們用不同韻部,依律也是可以的。這就好比《西江月》《哨
遍》等詞調,固然有很多的同部通叶,但也存在異部換叶。要之,通叶
亦即特殊換叶,這是填詞的基本律理。由此細究第三段,則起韻是二
十三字,結韻也是二十三字,無疑是很不正常的韻律表現。所以我們
通篇玩其韻律,這樣的韻法就是不諧和的,其中的"會"字、"事"字,正與
前面的"久"字、"偶"字一樣,也是換韻,如此,則均拍就非常和諧了。

② 前段其實完全可以讀爲"一望關河,蕭索千里清秋",則前後
完全對應,韻律上更加諧和。又,詞譜有"一氣貫下"的説法,是萬樹
所發明,指的是一個句子。但是秦巘説的前二段第四第五拍,是很明
顯的兩個句子,所以不存在也有"一氣貫下"的問題。雖確實存在或
一六一四、或一四一六兩種填法,但不屬於"一氣",而屬於句法的
讀破。

③ 這個規則,其實與仄平平無關,而是應該指出本調的平韻特
點,是都用平平收束,這纔是關鍵。

滿朝歡 百一字   柳 永

花隔銅壺,露晞金掌,都門十二清曉[一]。帝里風光爛漫,偏

愛春杪①。烟輕晝永,引鶯囀上林,魚游靈沼。巷陌乍晴,香塵染惹,垂楊芳草。　　因念秦樓彩鳳,楚館朝雲,往昔曾迷歌笑。別來歲久,偶憶歡盟重到。人面桃花,未知何處,但掩朱門悄悄。盡日佇立無言,贏得凄凉懷抱。

> 唐教坊曲名。本集屬大石調,《九官大成》入南詞高大石調正曲,許《譜》同。
>
> 此爲《滿朝歡》正調,與《歸朝歡》無涉。李劉一首是《萬年歡》之別名,各譜誤併②,今訂正分列。
>
> "二"字、"乍"字宜去聲,勿誤。"門"字,宋本作"扉"。

【校記】

[一] "二"字及第九句"乍"字,原譜用●符標識,意謂宜用去聲。

【蔡案】

① "愛"字是誤填,或者可能是後人筆誤,此字依律應平而仄,看後段的對應字"盟"字可以明白。

② 這裏指的是《欽定詞譜》。

柳初新 八十一字　　　　　　　　　　柳 永

東郊向曉星杓亞[一]。報帝里、春來也。柳擡烟眼,花匀露臉,漸覺綠嬌紅姹。妝點層臺芳榭①。運神功、丹青無價。　　別有堯階試罷。新郎君、成行如畫。杏園風細,桃花浪暖,競喜羽遷鱗化。遍九陌、相將游冶。驟香塵、寶鞍驕馬。

周密《天基聖節樂次》：第十三盞，觱篥起《柳初新慢》[②]。本集屬大石調，《九宮大成》入南詞大石調引，許《譜》同。

"撢"字，汲古作"臺"，"榭"字作"樹"，失韻。"驕"字作"嬌"，皆誤。

【校記】

［一］原注"向"字及後一句"報"字、第三句"柳"字可平。

【蔡案】

① 本句校之後段少一字。本調現存僅四首，雖然柳詞與沈蔚詞本句都是六字（沈詞則有可能是以柳詞爲母本而填，則該句或在當時已經少字），晁端禮與無名氏詞，則都是折腰式七字句，與後段相吻合，因此，本句所少一字或是脱誤。

② 捫其韻律，本詞是一首典型的近詞，而非慢詞，則周密所引的應該並非本調。

又一體　八十二字　　　　　　　　　缺　名

千林凋謝嚴凝日。青帝許、梅花拆。孤根回暖，前村雪裏，
○○○●○○▲　○○●、○○▲　○○○●　○○●●

昨夜一枝凝白。天匠與、雕瓊鏤玉[一]。澹然非、人間標
●●○○●▲　○○●、○○●▲　○○○、○○○●

格。　　　別有神仙第宅。繡簾垂、碧紗窗隔。月明風送，清
▲　　　●●○○●▲　○○○、●○○▲　●○○●　○

香苒苒，著摸美人詞客。向曉來、芳苞乍摘。對菱花、倍添
○●●　●●●○○▲　●●○、○○●▲　●○○、●○

姿色。
○▲

見《梅苑》。前段第六句七字，與後段同，比柳作多一字。

【校記】

　　［一］原注"玉"字借叶，但本拍爲輔韵所在，叶或不叶都可以。

受恩深 八十六字 "受"一作"愛"　　　　　　　　柳　永

雅致裝庭宇。黃花開澹泞。細香明艷盡天與。助秀色堪餐，向曉自有真珠露①。剛被金錢妒。擬買斷秋天，容易獨步②。　　　粉蝶無情蜂已去。要上金尊，惟有詩人曾許。待宴賞重陽，恁時盡把芳心吐。陶令輕回顧。免憔悴東籬，冷烟寒雨。

　　　　本集屬大石調，《九宮大成》入南詞大石調正曲。

　　　　汲古名《受恩深》[一]，據宋本改。《詞律》未載此調。明董以寧詞名《恩受深》[二]，更誤。

　　　　"助秀"句、"待宴"句、"擬買"句、"免憔"句，是一領四字句法。"助"字、"待"字、"擬"字、"免"字是領字，勿誤。

【校記】

　　［一］應是"汲古名《愛恩深》"，筆誤。

　　［二］應是"董以寧詞名《恩愛深》"，筆誤。

【蔡案】

　　①"曉"字依律須用平聲，即後段對應句"恁時盡把芳心吐"中"時"字，因此是以上作平手法。

　　②"易"字即後段對應的"烟"字，依律也是須用平聲，雖然可以以借音法解釋，但終是敗筆。

夢還京 七十九字　　　　　　　　　　　柳　永

夜來匆匆飲散[1]，欹枕背燈睡。酒力全輕，醉魂易醒，風揭簾櫳，夢斷披衣重起。悄無寐[2]。　　追悔當初，繡閣話別太容易[3]。日許時、猶阻歸計。甚况味。旅館虛度殘歲[4]。想嬌媚。那裏獨守鴛幃靜[5]，永漏迢迢，也應暗同此意。

> 本集注大石調，《九宮大成》入南詞大石調正曲。
>
> 《花草粹編》《詞緯》分三段，於"重起"爲一段，"歸計"爲二段。此調不應分三叠，或當於"容易"句分段，惜無他作可證。姑從宋本及汲古本。

【蔡案】

① 前段起拍與後段結拍，都是平起仄收式的律拗句法，因此第五字不可爲平。

② 原譜於"無寐"後分段，韻律極爲不諧，必誤。但本調的分段之所以紊亂，是因爲整體架構有瑕疵的緣故。以本詞分析，全詞僅五均，按照秦巘分段，前段僅得兩均，且兩均字數懸殊過大，而反觀後段，從"歸計"開始，連續四句用韻，又密集得反常。根據這一現狀，我們以"追悔當初"與"永漏迢迢"作爲對應句，並以此爲基點梳理，可得出如下假說：其一，分段應該在"容易"之後，理由是這樣前後段的尾均非常諧和，四字句句式相同，結拍則完全符合宋詞前長後短的一般規律。其二，後段四韻緊連，與前段完全不吻合，因此其中必有字句脫落。而"那裏"一句則是一個違律的七字句，七字句違律的通常情况，就是兩句脫字後人爲拼合導致，所以這七字極可能是錯位的。由此，判斷原詞後段從"那裏"到"迢迢"應該爲"那裏獨守，鴛幃靜□，

□□□□，旅館虛度殘歲。想嬌媚。永漏迢迢”，這樣正好對應前段的“酒力全輕，醉魂易醒，風揭簾櫳，夢斷披衣重起。悄無寐。追悔當初”。而全詞前後段均爲三均詞，第二均十八字，第三均十四字，也大致均勻，不至太過懸殊。

③“別”字以入作平。

④“館”字以上作平。

⑤“裏”字以上作平。

兩同心 六十八字　　　　　　　　　　　　　　　　柳　永

佇立東風，斷魂南國。花光媚、春醉瓊樓[一]，蟾彩迥、夜游香
●●○○　●○○▲　○●●　○●◎○　◎◎●　◎○◎
陌。憶當時、酒戀花迷，役損詞客[二]①。　　別有眼長腰
▲　●○○　●●○○　●●○▲　　　●●●○
搦。痛憐深惜。鴛鴦阻、夕雨凄凄，錦書斷、暮雲凝碧。想
▲　●○◎　▲　◎●●　○●◎◎　◎◎●　◎○○▲　●
別來、好景良時，也應相憶[三]。
◎○　●●○○　●○○▲

本集屬大石調，《九宮大成》入北詞高大石角隻曲。

《詞名集解》云：“古樂府《蘇小小歌》：‘何處結同心。’唐教坊樂曲遂有《同心結》。詞家因有兩調同此名，遂名之曰《兩同心》。”

“鴦”字，宋本作“會”②，“凄凄”二字，汲古作“朝飛”。

【校記】

[一] 原注“花光”二字可仄，其餘旁注可平可仄均標注於圖符中。

[二] 原注“損”字可平，應誤，該字位依律須平，“損”字以上

作平。

　　[三]原注"應"字平聲。

【蔡案】

　　① 本調仄韵體現存柳詞二首、揚无咎詞四首,前段結拍第二字,揚詞四首均爲平聲,柳詞二首均爲上聲。因此,以韵律論,此字本當用平聲字,則柳詞此處的"損"字,可知是以上作平的手法。上聲作平聲,耆卿時有此法。

　　② "鴛鴦阻"顯然不通,應據宋本改,秦巘之所以不改,或因爲前段"花光"二字也是平平的緣故,但柳詞別首前段作"最愛學",後段作"錦帳裏",都是三仄,而三字逗中間一字原本是最爲靈活的,無須拘泥。

又一體 六十八字　　　　　　　　揚无咎

行看不足。坐看不足。柳條軟、斜倚春風,海棠睡、醉欹紅玉。清堪掬。桃李漫山,真成粗俗。　　遥夜幾番相屬。暗魂飛逐。深斟酒、低唱新聲,密傳意、解回嬌目。知誰福。得似風流,可伊心曲。

　　　首句即起韵,前後兩第七句皆叶韵。"斟"字,汲古作"酌"。

又一體 六十八字　　一名《仙源拾翠》①　　　　　晏幾道

楚鄉春晚,似入仙源[一]。拾翠處、閒隨流水,踏青路、暗惹香
●○○●　◎●○△　　●●●　○○○●　◎○●　◎●○
塵。心心在、柳外青簾,花下朱門。　　對景且醉芳尊②。
○　○○●　●●○○　○●○△　　●●●◎●○△

莫話銷魂。好意思、曾同明月，愁滋味、最是黄昏。相思處、
◎●○△　●●●　○○○△　●●●　◎●○△　○○●

一紙紅箋，無限啼痕。
◎●○○　○●○△

　　此用平韵，因有"仙源拾翠"字，故一名《仙源拾翠》。

　　《詞律》云："此詞用十三元韵，'源'字起韵，不知此字入詞不
協，今人皆知分用，不宜效。"③

【校記】

　　［一］原注"似"字可平。其餘旁注可平可仄均標注於圖符中。

【蔡案】

　　①《仙源拾翠》並非正式調名，而是指代名，因此無人襲用。

　　② 本句爲律拗句法，第五字不可作仄。

　　③ 宋代的讀音與清代不符，與現代也不符，十三元是中古時期
的讀音，自然在宋代是可以通用的，所謂"不協"衹是後人覺得不協
而已。

又一體 六十八字　　　　　　　　　　　　　　黄庭堅

一笑千金。越樣情深。曾共結、合歡羅帶，終須效、比翼文
禽。許多時、靈利惺惺，驀地昏沉。　　　自從官不容針。直
至而今。你共人、女邊著子，爭知我、門裏挑心。記携手、小
院回廊，月影花陰。

　　首句即起韵，與前異。"時"字、"人"字用平。此調三字句，
平仄原可不拘。"住"字究不宜用平，通體閉口韵甚嚴。

又一體 七十二字　　　　　　　　　　　　　　杜安世

巍巍劍外,寒霜覆林枝。望衰柳、尚色依依。暮天静、雁陣
高飛。入碧雲際,江山秋色,遣客心悲。　　蜀道巉嶮行
遲。瞻京都迢遞。聽巴峽、數聲猿啼。惟獨個、未有歸計。
謾空悵望,每每無言,獨對斜暉。

> 兩次句五字,五句四字,各多一字。"依"字、"啼"字叶韵,
> "遞"字、"計"字以仄叶平,此平仄通叶體①。

【蔡案】

① 看一首詞是否平仄通叶體,關鍵在該韵是否屬於主韵,如果
祇是在輔韵位置上,則不能認可。

看花回 六十八字　　　　　　　　　　　　　　柳　永

玉城金階舞舜千[一]。朝野多歡。九衢三市風光麗,正萬家、
急管繁弦。鳳樓臨綺陌,佳氣非烟。　　雅俗熙熙物態妍。
忍負芳年。笑筵歌席連昏晝,任旗亭、斗酒十千[二]。賞心何
處好,唯有尊前。

> 琴曲調名。本集屬大石調,《中原音韵》注越調。
> 此與黃庭堅《看花回》不同,故分列。
> "萬家"上宋本、汲古、《詞律》俱缺"正"字①。汲古缺一"熙"
> 字,"晝"字作"盡","任"字作"在"。"昏"字,一作"宵",今據《詞
> 譜》訂正。"忍負"二字,宋本作"忍辜負",與後闋不合。

【校記】

　　［一］"千"字，應是"干"字之誤，抄書者或並非秦巘本人。"干"，即"干戈"之"干"，所以説"舞"。且後段已經有"十千"爲韵，應該也不會重韵。

　　［二］原注"十"字作平。

【蔡案】

　　① 此爲近詞，前後段對應整齊。前段第四句祇有《欽定詞譜》多一"正"字，不知其所據，甚疑。因爲這種無據而添補的情況，《欽定詞譜》不少，往往不足爲信。而折腰式七字句減一領字作六字一句，是詞中極爲常見的一種變化方式，如後一首柳詞的後段第四句。此類字有多有少的原因，或是作者原詞即已經減去，或是後人傳抄中的失落，或原有，或妄補，殊難確定，我們祇要知道依據其律理是可增可減的即可。因此前後段第四拍，均可視爲領字可增可減。

　　又一體 六十七字　　　　　　　　　　　　柳　永

屈指勞生百歲期。榮瘁相隨。利牽名役逡巡過，奈兩輪、玉走金飛。紅顏成白髮，極品何爲。　　　　塵事常多雅會稀。忍不開眉。畫堂歌管深深處，難忘酒盞花枝。醉鄉風景好，携手同歸。

　　　　本集亦屬大石調。

　　　　後段第四句六字，比前少一字。"役"字，汲古作"惹"，誤。"髮"字作"首"。

金蕉葉 六十二字　　　　　　　　　　　　　柳　永

厭厭夜飲平陽第。添銀燭、旋呼佳麗[一]。巧笑難禁，艷歌無間聲相繼。準擬幕天席地。　　金蕉葉泛金波齊[二]①。未更闌、已盡狂醉②。就中有個風流，暗向燈光底。惱遍兩行珠翠。

　　本集屬大石調，《高栻詞》注越調，《九宮大成》入南詞越調引，又入北詞越角隻曲。

　　李適之酒器有九品，其五曰金蕉葉。後起有"金蕉葉"句，取以立名。

　　前後段同，"巧笑"以下與"就中"以下，句豆微異，實則一氣也。"齊"字，汲古、《詞律》作"霽"，"齊"去聲，見《周禮》。"就"字，汲古作"袖"，今從宋本。

【校記】

　　[一]原注"旋"字及第四句"間"字去聲。"旋"字、"間"字，原譜用●符標識，意謂必用去聲。

　　[二]"齊"字，原譜用●符標識，意謂必用去聲。

【蔡案】

　　①"齊"字去聲，出《周禮・天官・醢人注》："食有和齊，藥之類也。"齊，即"劑"字的古字。

　　②"盡"字，參張仲殊詞及本詞前段，第五字都作平聲，因此"盡"字當以上作平看。

又一體 四十八字　　　　　　　　　　　　　袁去華

江楓半赤[一]。雨初晴、雁空紺碧。愛籬落、黃花秀色。帶零

露旋摘。　　　向晚西風淡日。髮蕭蕭、任從帽側。更莫把、
茱萸歎惜。且笑持大白。

> 此與柳作不同，或是近拍體①。
>
> "半"、"雁"、"紺"、"秀"、"旋"、"澹"、"任"、"帽"、"歎"、"大"
> 等字，皆去聲，勿誤。兩結是一領四字句法。

【校記】

　　[一]"半"字及次句"雁"字和"紺"字、第三句"秀"字、結句"旋"
字、後起"澹"字、次句"任"字和"帽"字、三句"歎"字、結句"大"字，原
譜用●符標識，意謂必用去聲。

【蔡案】

　　① 本調與前一詞迥異，細究本詞的韵律和架構，與前一詞並沒
有相互衍變的痕跡，柳詞體是上去聲韵，與其相同的晁端禮、張仲殊
詞都是如此，而袁詞則是入聲韵詞體，袁詞四首及蔣捷詞都是如此。
因此，顯見兩者原非一體，是同名異調，自然就不存在又一體的問題。

又一體　四十六字　　　　　　　　　　　　　　蔣　捷

秋　夜　不　寐

雲褰翠幕[一]。滿天星、碎珠迸索。孤蟾闌外照我[二]，看看
過轉角[三]。　　　　酒醒寒砧正作。待眠來、夢魂怕惡。枕屏
那更畫了，平沙斷雁落。

> 一本原注："一名《定風波令》。"此與《定風波》不同。汲古並
> 未注，是誤刻。
>
> 前後兩三句六字，比袁作各少一字，且不叶韵，兩結句法亦

異。"外照我"、"更畫了",俱用去去上。"翠"、"碎"、"迸"、"正"、"夢"、"怕",俱去聲。"過轉角"、"斷雁落"俱仄仄入,較袁作更嚴謹①。

【校記】

[一]"翠"字及次句"碎"字和"迸"字、第三句"外照"二字、後起"正"字、次句"夢"字和"怕"字、三句"更畫"二字,原譜用●符標識,意謂必用去聲。

[二]"我"字及後段第三句"了"字用◐符標識,意謂須用上聲。

[三]原注前"看"字及後段第三句"那"字平聲,並用○符標識,意謂必用平聲。又注"過"字去聲,"過轉"二字及後結"斷雁"二字用●◐符標識,意謂必用仄仄。"角"字及後結"落"字用●符標識,意謂須用入聲。

【蔡案】

① 本詞爲入聲韵詞調,秦巘强調"角"字須用入聲,無謂之極。

傳花枝 百一字　　　　　　　　　　　柳　永

平生自負,風流才調。口兒裏、道知張鄭趙①。唱新詞,改難令,總知顛倒。解刷扮、能償嗽,表裏都峭。每遇着、飲席歌巡,人人盡道、可惜許老了。　　閻羅大伯,曾教來道。人生但不須煩惱。遇良辰,當美景,追歡買笑。賸活取百十年,祇恁厮好。若限滿、鬼使來追,待倩個、掩通着到②。

　　　本集屬大石調。

　　　此調各譜皆不載,僅見此詞,今從宋本補。

　　趙長卿《臨江仙》詞，有"滿傾蕉葉，齊唱轉花枝"句，是《轉花枝》調，宋時著名，惜未見他作。"傳"字當讀作上聲。

　　通體俳語，雖甚鄙俚，足備一格。

【蔡案】

　　①《全宋詞》作"張陳趙"。

　　② 本調前後段極爲整齊，兩相比較，則後段"人生"句應脱落一字，"賸活"句應作折腰式讀斷。"唱新"句、"遇良"句也都是六字折腰句，原讀爲三字兩句者，誤。又，前段結拍"惜"字，作平。

惜春郎　四十九字　　　　　　　　　　　　柳　永

玉肌瓊艷新妝飾。好壯觀歌席。潘妃寶釧，阿嬌金屋，應也消得。　　屬和新詞多俊格。敢共我勁敵。恨少年、枉費疏狂，不早與伊相識。

　　本集屬大石調，《九宮大成》入南詞羽調正曲。

　　調見宋本及《花草粹編》，他無作者。汲古、《詞律》未載。

法曲獻仙音　九十一字　　　　　　　　　　柳　永

追想秦樓心事，當年便約，于飛比翼。每恨臨歧處，正携手、翻成雲雨離拆。念倚玉偎香，前事頓輕擲。　　慣憐惜。饒心性，正厭厭多病，柳腰花態嬌無力。早是乍清減，別後忍教愁寂。記取盟言，少孜煎、賸好將息。遇佳景、臨風對月，事須時恁相憶。

《宋史·樂志》法曲部小石調。陳暘《樂書》云："法曲興於唐，其聲始出清商部，比正律差四律，有鐃鈸鐘磬之音，《獻仙音》其一也。聖朝法曲樂器，有琵琶、五弦、箏、箜篌、笙、笛、觱篥、方響、拍板，其曲所存不過道調《望瀛》、小石《獻仙音》而已，餘皆不及見矣。"本集屬小石調，《九宮大成》入北詞仙呂調，許《譜》同。

歐陽修《六一詩話》云："王建有《霓裳詞》，今教坊尚存其聲，而其舞則廢不傳矣。近世有《望瀛府》《獻仙音》二曲，乃其遺聲也。"沈括《夢溪筆談》云："莆中逍遥樓，楣上有唐人橫書梵字，相傳是《霓裳譜》。字訓不通，莫知其説。或謂今燕都有《獻仙音曲》，乃其遺聲。然《霓裳》本謂之道調曲，《獻仙音》乃小石調耳。"《嘉祐雜志》云："同州樂工，翻河中黃幡綽《霓裳譜》，人以為非是，仍依法曲造成。伶人花日新見之，題其後云：'法曲雖精，莫近望瀛。'"《碧雞漫志》云："《望瀛府》屬黃鐘宮，《獻仙音》屬小石調，了不相干。歐陽永叔知《霓裳羽衣》為法曲，而以《望瀛府》《獻仙音》為法曲中遺聲，不明宮調，亦太疏矣。"又云："予謂《筆談》知《獻仙音》非是，乃指為道調法曲，則無所著見。《雜志》謂同州樂工翻黃幡綽譜，雖不載何宮調，安知非逍遥樓上楣橫書耶?"《詞名集解》云："宋春、秋、聖節三大宴，第十七奏鼓吹，或用法曲，或用龜茲法曲部。其曲有二：一曰道調宮《望瀛》，一曰小石調《獻仙音》。樂用琵琶、箜篌、五弦、方響等器。"愚按：諸説所謂《獻仙音》者，即此調也。法曲乃一部之名，宋時盛行，但非唐時《霓裳》之舊耳。其為小石調無疑。而《望瀛府》宋詞並無其體，又不傳久矣。餘與《拂霓裳》《婆羅門》《霓裳中序第一》參看。

《詞律》謂此詞必有錯誤，與諸家大異，不確。"每"字，汲古作"悔"，"拆"字作"析"，"頓"字作"慣"。"慣憐惜"三字屬上段。"孜"字，一本作"愁"，今據宋本訂正。

又一體 九十二字　一名《越女鏡心》《獻仙音》　　　周邦彦

蟬咽凉柯[一]，燕飛塵幕，漏閣籤聲時度。倦脱綸巾，困便湘
竹[二]，桐陰半侵庭户[三]①。向抱影、凝情處。時聞打窗
雨。　　耿無語。歎文園、近來多病，情緒懶、尊酒易成間
阻。縹渺玉京人，想依然京兆眉嫵②。翠幕深中，對徽容空
在紈素③。待花前月下，見了不教歸去。

姜夔詞名《越女鏡心》，原注黄鐘商，俗名大石。周密詞名《獻仙音》。

"半"、"打"、"耿"、"近"、"易"、"兆"、"在"、"不"等字，必仄聲，勿誤。前後段起處，與前作迥異，後段第二句多一字，三句多二字，五句多一字，八句少二字。"耿無語"句，方和詞屬上段，"處"字不叶韵。觀姜作、後張作亦不叶，想是偶合，作者不叶亦可。周每因柳詞移换宫調，琢鍊字句，自成一家，集中甚多，《詞律》遂謂柳詞有誤，以後人繩前人，此不考據之過也。

【校記】

[一] 原注"蟬"字可仄，其餘旁注可平可仄均標注於圖符中。

[二] 原注"便"字及後結"教"字平聲。

[三] 以上八字除"在"字外，均用◑符標識，"在"字未圖，也没有旁注。

【蔡案】

① 前段第五第六拍，依律應爲六字一句、四字一句，因美成"困

便湘竹"後,便讀破爲一四一六,因此今人填此,可以用二字托的筆
法來填。如果用一四一六,則六字句宜依張炎的"此景正宜舒
嘯"填。

② 本句依律其正格應該用一字逗領六字的句法,如果填作上三
下四折腰句,則宜用李彭老的句法,作"甚蒼蘚、黃塵自滿"。

③ 同上。

又一體 九十二字　　　　　　　　　　吳文英

賦秋晚紅白蓮

風拍波驚,露零秋覺,斷綠衰紅江上。艷拂潮妝,澹凝冰麗,
別翻翠池花浪[一]①。過數點、斜陽雨,啼綃粉痕冷[二]。宛相
向②。　　指汀洲、素雲飛過,清麝洗、玉井曉霞珮響。寸藕
折長絲,何郎心似春風蕩[三]③。半掬微涼,嬌蟬聲、遠度菱
唱④。伴鴛鴦秋夢,酒醒月斜輕帳[四]。

> "冷"字不叶韵,"宛相向"三字屬上段,"何郎"句用七言詩
> 句,餘同周作。"冷"字各家皆叶,定是訛字。

【校記】

[一]"翠"字及後起第一句"素"字、第六句"度"字、第八句"月"
字,原譜均用◑符標識,意謂必用去聲。

[二]"粉"字及第九句"宛"字、後起第二句"曉"字,原譜均用◐符
標識,意謂必用上聲。

[三]一作"笑何郎心似春蕩"。原注"春"字宜仄。

[四]原注"醒"字上聲,"月"字作去。

【蔡案】

　　① 本句的"翻"字宜仄讀,如毛滂《河滿子》的"波翻水晶重箔"也是如此。"翻"字從羽番聲,"番"有去聲。

　　② "宛相向"屬上,甚誤。本調現存宋詞,這個三字句都是屬下,獨獨這一首屬上,顯然是個錯誤。究其原因,應該是前人如秦巘一樣不知"冷"字本身就是一個叶韵的字。"冷"字,吳語讀如"閬",至今吳文英的老家寧波人依然是如此讀法。

　　③ 本句句法有誤,諸家都用單起式的句法,應據別本改爲"笑何郎心似春蕩"。

　　④ 本句依律正格應是一字逗領六字,此當是填誤。

　　又一體 九十二字　　　　　　　　　　　　　　　　張　炎

雲隱山暉,樹分溪影,未放妝臺簾捲。篝密籠香,鏡圓窺粉,花深自然寒淺[一]。正人在、銀屏底,琵琶半遮面。　　　語聲軟[二]。且休彈、玉關哀怨。怕喚起西湖,那時春感。楊柳古灣頭,記小憐、隔水曾見。聽到無聲,漫贏得、情緒難剪。把一襟心事,散入落梅千點。

　　　　前段"底"字不叶韵,後段次句叶。三四句,一五、一四字,與
　　　周作異,餘同。

【校記】

　　[一] "自"字及第八句"半"字、後起第二句"玉"字、第八句"緒"字、第十句"落"字,原譜均用●符標識,意謂必用去聲。

　　[二] 後起"語"字及第四句"那"字、第六句"水"字,原譜均用◗符標識,意謂必用上聲。

又一體 二十七字　　　　　　　　　　　　薩都剌

壽于司農

鬢未銀，東風早挂冠。侑詞圖、鄉稱人瑞，度蓬瀛、仙祝靈丹。繞膝舞斕斒。

> 此詞見《詞譜》，不知録自何書。《獻仙音》從無用平韻者，字句亦不合，恐是不全之作。調名或是訛寫。

法曲第二 八十七字　　　　　　　　　　　　柳　永

青翼傳情，香徑偷期，自覺當初草草。未省同衾枕，便輕許相將，平生歡笑。怎生向、人間好事到頭少。　　漫悔懊。細追思，恨從前容易，致將恩愛成煩惱。心下事，千種盡憑音耗。以此牽縈，等伊來、自家向道。泊相見、喜歡存問，又還忘了。

> 本集亦屬小石調。
>
> 此調從宋本補，各譜皆不載，是排遍之第二曲也①。
>
> 宋本於“漫悔懊”分段，今從《詞譜》。“初”字，《詞譜》作“年”，“將”字作“得”，“以”字作“似”，“牽縈”二字作“縈牽”，今從宋本。惟“悔”字，宋本作“誨”，誤。

【蔡案】

　　① 此詞雖或爲排遍之第二，但細究之下，仍然可以看出是周邦彦的詞體，所微調的地方有四處：前段第二均讀破爲五字二句、四字一句；“人間”後，疑減一字；後段首均依前柳詞；“心下”後，疑減二字。

西平樂 百三字　　　　　　　　　　　　柳　永

盡日憑高寓目，脉脉春情緒[一]。佳景清明漸近，時節輕寒乍暖[二]，天氣纔晴又雨。烟花澹蕩，裝點平蕪遠樹。黯凝佇。臺榭好，鶯燕語①。　　　正是和風麗日，幾許繁紅嫩綠。雅稱嬉游去[三]。奈阻隔、尋芳伴侶。秦樓鳳吹，楚館雲約，空悵望、在何處。寂寞韶華暗度。可堪向晚，村落聲聲杜宇。

　　　　本集屬小石調，《九宫大成》入南詞小石調引，許《譜》同。《詞名集解》云："古清商曲。"或加"慢"字。《古今樂録》云："倚歌也。"

　　　　汲古於"凝佇"分段，今從宋本。"雅稱"句，《詞律》於"去"字上加□，誤。宋本本五字，朱雍有和詞，此句亦作五字，不得援晁詞以爲例也。"綠"字，《詞律》謂音慮，亦誤，朱作亦不叶也②。"吹"字，朱作去聲，當讀去。其餘平仄照注如下。至"乍暖"、"又雨"、"燕語"、"伴侶"、"向晚"、"杜宇"諸去上聲，宜從，惟"又"字，朱作"如"字，用平，誤異。"館"字，汲古作"管"，《詞律》作"臺"，"華"字，汲古作"光"，據宋本改正。"寓"字，宋本缺，是脱誤。"烟花"二字，《詞譜》作"烟光"，"堪"字作"憐"。

【校記】

　　　[一] 原注前"脉"字及前結"榭"字、後段次句"幾"字、第四句"阻"字、第九句"可"字可平，"春"字可仄。

　　　[二] "乍暖"及第五句"又雨"、第十句"燕語"、後起第四句"伴侶"、第九句"向晚"、第十句"杜宇"，原譜均用●◐符標識，意謂宜用去上聲。

［三］原注"稱"字及第五句"吹"字去聲。

【蔡案】

① 本調分段紊亂，柳詞四十八字分段，晁補之、朱雍四十二字分段。但柳詞前後段都可以分析爲四均，而晁詞的後段雖然依然四均，前段卻僅得三均，前後參差，顯誤。

② 萬樹認爲"緑"字應該讀爲"慮"，以便叶韵，無疑是一個正確的見解。因爲本詞是慢詞，因此後段必須有四個主韵，如果本韵不叶，則不能形成慢詞應有的四均詞。至於秦巘謂朱詞也不叶韵，是因爲朱詞用的是"轂"字，戈載《詞林正韵》已經列爲入作上，所以也是叶韵的主句。

又一體 百三字 　　　　　　　　　　晁補之

廣陵送王資政止仲赴闕

鳳詔傳來絳闕，當寧思賢輔。淮海甘棠惠化，霖雨商巖吉夢[一]，熊虎周郊舊卜。千秋盛際，催促朝天歸去。動離緒[二]①。　　空眷戀，難暫駐。新植雙亭臨水，風月佳名未睹。準擬金尊時舉。況樂府、風流一部。妍歌妙舞，縈雲回雪，親教與、恨難訴。争欲攀轅借住。功成繡袞，重與江山作主[三]。

　　"準擬"句六字，"睹"字叶韵，與前異。"卜"字是去聲，借叶。

【校記】

［一］原注"吉"字及後文"一"字作去，"夢"字及後文"緒"字、"部"字宜上。"吉夢"及其後的"舊卜"、"離緒"、"一部"、"繡袞"、"作

主”均用●◖符標識,意謂宜用去上聲。

　　［二］原注“離”字宜去。

　　［三］原注“作”字“音做”。

【蔡案】

　　① 分段有誤,應該於“暫駐”後分段。

　　又一體 百三十八字　　　　　　　　　　　周邦彥

元豐初,予以布衣西上,過天長道中。後四十餘年,辛丑正月二十六日避賊,復游故地。感歎歲月,偶成此詞。

稚柳蘇晴,故溪渴雨,川回未覺春賒。駞褐寒侵,正憐初日,輕陰抵死須遮。歎事逐孤鴻去盡,身與蒲塘共晚①,爭知向此征途,區區佇立塵沙。追念朱顏翠髮,曾到處、故地使人嗟。　　　道連三楚,天低四野,喬木依前,臨路敧斜。重慕想、東陵晦跡,彭澤歸來,左右琴書自樂,松菊相依,何況風流鬢未華。多謝故人,親馳鄭驛,時倒融尊,勸此淹留,共過芳時,翻令倦客思家。

　　　一名《西平樂慢》。此用平韵,與前作迥異。據後吳作當於“塵沙”句分段,但後段祇三韵,總少一韵。或“樂”字是以仄叶平,然方和詞亦不叶,在宋時已傳訛矣,未敢擅斷②。

　　　“柳”字,葉《譜》作“綠”,“寒侵”作“侵寒”,“前”字作“然”。“爭知”句,方和詞祇四字,或“區區”二字當衍誤。

【蔡案】

　　① 這是一字逗領六字對偶句句法。

② 本調分段，應以本詞爲準，陳允平、方千里、楊澤民和詞都與此一致。夢窗詞的分段，前段又少了一均，更不合體例，自然不可從。但是本詞的後段必有文字錯訛，目前僅得三均，無疑是不合韵律的，而陳、方、楊諸家的合作却完全一致，確實證明了"宋時已傳訛矣"。細究本調，則前後段應該各爲五均，前段應於"賖"、"遮"、"晚"、"沙"、"嗟"爲主韵，因此在"晚"字上落了一韵，後段目前已經無法分析各均位置，但可以看出"左右"是一個二字逗，後面領一個四字對偶句。那麼在這樣規模的長調下，這十個字應該是一個起拍，則"何況"句就是收拍。由此大致可以斷定，後段的五均應該是"斜"、"來"、"華"、"尊"、"家"，那麼無疑更從一個側面證明了有文字錯訛，還脱了兩個主韵。但是誤訛已久，已經不能恢復或者揣度其本貌了。

又一體 百三十五字　　　　　　　　　　　吳文英

春感重過西湖先賢堂

岸壓郵亭，路欹華表，堤樹舊色依依。紅索新晴，翠陰寒食，天涯倦客重歸。歎綠平烟帶苑，幽渚塵香蕩晚，當時燕子無言，對立斜暉①。　　　追念吟風賞月，十載事、夢惹綠楊絲。畫船爲市，天妝艷水，日落雲沉，人换春移。誰更與、苔根澆石，菊井招魂，謾省連車載酒，立馬臨花②，猶認嬌紅傍路枝。歌斷燕闌，榮華露草，冷落山丘，到此徘徊，細雨西城，羊曇醉後花飛。

　　"當時"二句，一六、一四字，比周作少二字，分段亦不同。"歎綠平"句六字，"平烟"上當脱一"草"字。

【蔡案】

① 本詞無疑也應該在"楊絲"後分段。前段的"晚"字應該是主韻位置，後段則是"移"、"魂"、"枝"、"丘"、"飛"，依然脫落兩個主韻。

② 二字逗領四字儷句句法。

秋蕊香引 六十字　　　　　　　　　　　　　　柳　永

留不得。光陰催促①，有芳蘭歇，好花謝，惟頃刻。彩雲易散琉璃脆，驗前事端的。　　　風月夜，幾度前踪舊跡。忍思憶。這回望斷，永作蓬山隔。向仙島，歸雲路，兩無消息。

> 本集注小石調，《九宮大成》入南詞高大石調正曲。
>
> 此與《秋蕊香》小令及《秋蕊香近》皆不同，故另列。
>
> "有"字，汲古作"奈"；"蓬山"二字作"終天"，誤，一作"天涯"。"雲"字作"宴"，一作"冥"。"謝"字，葉《譜》不斷句。"路"、"兩"二字，汲古倒，今從宋本。

【蔡案】

① 引詞依律前段應該有三均，或"促"字是借叶，否則前段僅得二均，於律不諧。

定風波 百五字　　　　　　　　　　　　　　柳　永

佇立長堤，澹蕩晚風起。驟雨歇、極目蕭條，塞柳萬株，掩映箭波千里。走舟車向此，人人奔名競利。念蕩子、終日驅馳，爭覺鄉關轉迢遞。　　　何意。繡閣輕拋，錦字難逢，等閒度歲。奈汎汎旅跡①，厭厭病緒[一]，近來諳盡，宦游滋

味②。此情懷、縱寫香箋,憑誰與寄③。算孟光、爭得知我④,
繼日添憔悴。

　　本集屬雙調,《唐書・樂志》:雙調爲夾鐘之商聲。

　　此與《定風波》小令迥異,當分列⑤。

　　"塞"字,據宋本補,"何意"二字,汲古屬上段,誤。"爭覺"二
字,葉《譜》作"怎覺","爭得"二字作"安得"。

【校記】

　　[一]原注"厭"字平聲。

【蔡案】

　　①　"汎"字,平聲,《廣韻》房戎切。

　　②　"近來"八字作四字二句,孤立看似乎可以,但是放在整首詞
中,就有些問題。本詞前段第二均"驟雨歇……千里"十七字,與後段
第二均"奈汎汎……滋味"十七字,就韵律而言本屬對應句,而前段的
收拍,該均皆以◎●●○○▲六字一句收,故"近來"後應有一讀住。

　　③　這十一字是第三均,與前段第三均"走舟車向此,人人奔名競
利"合,因此,作爲文本化的詞,在不影響詞意的情況下,如果也讀爲
五字一句、六字一句,或更好。

　　④　這一句是一個一字逗領六字的句法,所以不能讀斷,應該一
氣而下,如果讀斷,那麼"爭得知我"四字的韵律就不諧了。當然,像
這種七字的折腰句,有一點需要注意,後人填詞在句式上是不必一定
與母詞相同的,母詞如果是上三下四句式,也可以填爲一字逗領六字
的句式,這依然合乎"填詞不拘句式,但拘於句法"的大原則。

　　⑤　本詞與後面的三首相比較,都有很大的不同,幾乎會讓人懷
疑不是同一個詞調。雖然耆卿的這二首詞的宮調不同,但是宮調畢
竟祇是關乎演唱,而不關乎字句的。很多人總以爲,宮調與已經脫離

詞樂的文本化的詞還有關係,所以在後詞樂時代的詞譜中,萬樹剔除了宮調就被視爲一個缺陷,如果這是對的,豈不就是從文本的詞中可以恢復宮調的樣子了? 事實是,字句完全相同的詞却有不同的宮調,也是一個很正常的事,比如耆卿的《迷神引》就是一個很典型的例子。

又一體 百字[一]　　　　　　　　　　　　　　柳　永

自春來、慘緑愁紅,芳心是事可可①。日上花梢②,鶯穿柳帶,猶壓香衾卧。暖酥銷,膩雲嚲。終日厭厭倦梳裏。無那。恨薄情一去,音書無個。　　　早知恁般麽[二]。悔當初、不把雕鞍鎖。向鷄窗衹與,蠻箋象管,拘束教吟課。鎮相隨,莫抛躲。針綫閒拈伴伊坐。和我。免使年少③,光陰虛過。

　　　本集屬林鐘商。

　　　此與前作迥異,又一體也。"課"字,汲古、《詞律》俱作"詠",一作"和",此字應叶韵,據宋本改正。"麽"字去聲。《詞律》云:"後起句應從柳作,'免使'句應從張作。"愚按:詞體各有一格,從柳從張作者擇定,慎勿作騎墙之見,餘仿此。"躲"字,汲古作"朶","年少"二字作"少年",亦從宋本訂正。"般"字,宋本缺。

【校記】

　　　[一] 應該是九十九字。

　　　[二] 本句彊村叢書本《樂章集》無"般"字,與其餘幾首同。

【蔡案】

　　　① 前"可"字以上作平。

② 本句應該是有一個領字脫落,這從後段以單起式的"向雞窗"起拍可以有一個初步的斷定,而後一首無名氏詞中,用的是"□雪艷",也是單起式句法,極可能柳詞領字的脫落,與這個奪字符有關。至於元詞中都是四字句,則祇説明其時柳詞已經殘脱一字了。

③ 本句對應前段"恨薄情一去"句,就韻律而言一般應該也是單起式的句子,因此萬樹認爲應從張翥詞,而張翥詞必有所本,則其所見的詞應該也是一個五字句。但是,由於這個句子位於尾均的起拍,所以,增減文字以構成前後段的參差,從而變化旋律,也是一個很常見的方式。又,"年少"應該是"少年"的倒誤,否則不律。

又一體　百字　　　　　　　　　　　　　　缺　名

漏新春消息,前村數枝,楚梅輕綻。□雪艷精神,冰膚澹泞,姑射依稀見。冷香凝,金蕊淺。青女饒伊妬無限。堪羨。似壽陽妝閣,初勻粉面。　　　纖條綠染。異群葩、不似和風扇。向深冬,免使游蜂舞蝶,撩撥春心亂。水亭邊,山驛畔。立馬行人暗腸斷。吟戀。又忍隨羌管,飄零千片。

> 見《梅苑》。前起一五、兩四字,後段三、四句,一三、一六字,此破句也。惟換頭句四字少一字,結處多一字,與柳異,餘同第二體。"雪艷"上原空一格。

又一體　九十九字　　　　　　　　　　　　張　翥

西江客舍,酒後聞梅花,吹香滿窗,醒而賦此。

恨行雲、特地高寒,牢籠好夢不定。婉娩年華,凄凉客況,泥酒渾成病。畫闌深，碧窗静。一樹瑶花可憐影。低映。怕月明照見，青禽相並。　　　素衾正冷。又寒香、枕上釀愁醒。甚銀牀霜凍，山童未起，誰汲墻陰井。玉笙殘，錦書迴。應是多情道薄倖。爭肯。等閒孤負，西湖春興。

　　　　原注商角調。

　　　　此與柳第二首同，祇後起句四字，比柳少一字，與《梅苑》同。"等閒"句平仄異。"瑶"字，一本作"瓊"。"寒香"二字，作"春光"。

雨零鈴 百二字　　　　　　　　　　　　　　　　柳　永

秋　　別

寒蟬淒切。對長亭晚，驟雨初歇[一]①。都門帳飲無緒，留戀
〇〇〇▲　●〇〇●　●〇●▲　　〇〇●●〇●　〇●

處、蘭舟催發②。執手相看淚眼，竟無語凝噎③。念去去、千
●　〇〇〇▲　●●〇〇●●　●〇●〇▲　　●●●　〇

里烟波，暮靄沉沉楚天闊。　　　多情自古傷離別。更那堪、
●〇〇　●●〇〇●〇▲　　　〇〇●●〇〇▲　●〇〇

冷落清秋節。今宵酒醒何處，楊柳岸、曉風殘月。此去經
●●〇〇▲　〇〇●●〇●　〇●●　●〇〇▲　●●〇

年，應是、良辰好景虚設④。便縱有、千種風情，更與何人説。
〇　〇●　〇〇●●〇▲　　●●●　〇〇〇〇　●●〇〇▲

　　　　唐教坊大曲名。唐樂府商調曲，本集屬雙調。

　　　　"零"字，《樂府雅詞》作"淋"，或作"霖"。

　　　　《太真外傳》云："明皇幸蜀，南入斜谷口。屬霖雨涉旬，於棧道雨中聞鈴聲，隔山相應。上既悼念貴妃，因采其聲，爲製《雨霖

鈴》曲,以寄恨焉。"《明皇雜録》云:"時梨園善觱篥工張徽從,至蜀,以其曲授之,後入法部。"《樂府雜録》云:"樂人張野狐製。"

"執手"下二句,《詞律》於"看"字句,當從《圖譜》。王庭珪一首同,此詞膾炙人口久矣。《詞律》不取,反録黄裳作,不知其另一體也。"長亭"二字相連,"竟無語"句是一領四字句,"應是"下是八字句,王、黄兩作同,毋忽。"留戀"上,汲古多"方"字,據王作當有一字。"縱"字作"總",據宋本改。

【校記】

[一] 原注"雨"字可平。其餘旁注可平可仄均標注於圖符中。

【蔡案】

① "雨"字以上作平。

② "留戀處"的處理,是爲了對應後段的"楊柳岸",但是宋詞别家,本句多用四字句,因據彊村叢書本《樂章集》補。

③ "語"字以上作平。本句前後句均對應整齊,按照韵律分析,其中必有一字脱落,但由來已久,已無法還原。

④ 本句秦巘原不讀斷,但"是"字後其韵律應有一個讀住,所以王庭珪作"暗想當年賓從",六字一句起拍,這和前段的"執手相看淚眼"也正好對應。如果本均是四字一句起拍,那麽後面的收拍八字就要作二字逗領六字一句句法,也就是説本均的第六字必有一個讀住存在,這應該是當時的詞樂所關。宋人也多是如此填法,如王安石的"一旦茫然,終被、閻羅老子相屈",晁端禮的"别後厭厭,應是、香肌瘦減羅幅",黄裳的"此興誰同,須記、東秦有客相憶",李綱的"劍閣崢嶸,何況、鈴聲帶雨相續"。這一句法,六字結構中的第四字多用上聲,而第五字必用平聲,幾個字音合成後構成一小段旋律,保證韵律的和諧。

又一體 百三字　　　　　　　　　　　　　　　　　王安石

孜孜矻矻^[一]。向無明裏,强作窠窟,浮名浮利何濟^[二],堪留戀處,輪廻倉卒。幸有明空妙覺,可彈指超出。緣底事、抛了金潮,認一浮漚作瀛渤。　　本源自、性天真佛^①。祇些些、妄想中埋没^[三]。貪他眼花陽艷,誰信道、本來無物。一旦茫然,終被閻羅老子相屈。便縱有、千種機籌,怎免伊唐突。

　　此調舊説皆以爲始於柳永,《樂府雅詞》所載王詞與柳同時,或因柳詞傳播甚盛,故屬之耳,今並録以俟考。

　　此與柳字字相同,惟前段第五句少一字^[四],後起句作上三下四字,差異。

【校記】

　　[一] 原注前"矻"字及第三句"作"字、後起句"本"字可平。

　　[二] 原注"浮"字及第九句"緣"字、後段第三句"花"字可仄。

　　[三] 原注"些些"二字平聲。

　　[四] 應是"多一字",筆誤。

【蔡案】

　　① 後段起拍不當讀斷,"自性",佛教用語,不可讀破,宋詞另有"本源自性佛齊修",與此相同,所以兩詞實爲一體,重格。

又一體 百三字　　　　　　　　　　　　　　　　　黄　裳

天南游客。甚而今、却送君南國。西風萬里無限,吟蟬暗續，離情如織。秣馬脂車，去即去、多少人惜。望百里、烟慘雲山，送兩程、愁作行色。　　飛帆過、浙西封域①。到秋深、且艤荷花澤。就船買得鱸鱖，新穀破、雪堆香粒。此興誰同，須記東秦有客相憶。願聽了、一闋歌聲，醉倒拚今日。

次句宜於"今"字豆，第六、七句，一四、一七字，前結及後起皆一三、一四字句，與柳作異，《詞律》所注，誤。

【蔡案】

① 與前一首同，"浙"即"浙江"，錢塘江也，"過浙"云云，也就是說經過錢塘江，所以也不可以讀斷，是律句。

又一體 百一字　　　　　　　　　　　杜龍沙

窗影瓏璁，畫樓平曉，羇柳啼鴉。門巷漸有新烟，東風定、人掃桐花。峭寒斗減，看旅雁、爭起蒹葭。溯斷雲，多少悲鳴，數行又下遠汀沙。　　應是故園桃李謝。送清江、一曲闌干下。染翰爲賦春羈，嗟雙鬢、客舍成華。繡鞭綺陌，強携酒、來覓吳娃。聽扇底、悽惋新聲，醉裏翻念家。

見《陽春白雪》。杜龍沙，未詳何名。

此用平韵，後段起二句用仄聲叶，與周邦彥《渡江雲》體格同。前段起句不用韵，第五句三字，七句四字，八句七字，與黃作同。後段六句七字，與各家不同。"鞭"字，《詞譜》作"鞍"，"酒"字作"手"。

尉遲杯 百五字　　　　　　　　　　　　　　　柳　永

寵嘉麗。算九衢紅粉皆難比。天然嫩臉修蛾，不假施朱描翠。
盈盈秋水。恣雅態、欲語先嬌媚。每相逢、月夕花朝，自有憐
才深意。　　　綢繆鳳枕鴛被。深深處、瓊枝玉樹相倚。困極
歡餘，芙蓉帳暖，別是惱人情味。風流事、難逢雙美。況已斷
香雲爲盟誓。且相將、共樂平生，未肯輕分連理。

　　　　本集屬雙調，《詞名續解》云："大石調曲。"

　　　　調名不知命意。《詞品》所載，本諸小說，不足爲據。

　　　　宋本於"相倚"句分段，照各家詞，宜從汲古①。"共樂"二
字，《詞譜》作"意"，汲古作"盡"，少一字，今從宋本。

【蔡案】

　　　① 目前這一分段本身是正確的，宋本於"相倚"句分段的原因，
或是因爲前段過短，但是細校柳永本詞，前段是應該有兩處文字脫
落，共計少五字。其一，前段第二均十二字，而後段第二均則有十四
字，依其韻律，前段的起拍應該是"●●天然，嫩臉修蛾"八字，對應後
段的"困極歡餘，芙蓉帳暖"；其二，後段的"風流事、難逢雙美"，前段
祇有"盈盈秋水"四字對應，顯然脫了一個三字逗。而賀鑄等所有後
人所填的詞，應該都是源自柳詞這個殘本，所以前段第二第三均看上
去都很整齊劃一，而其實祇是後人循誤而已。

又一體 百五字　　　　　　　　　　　　　　　賀　鑄

勝游地。信東吳絕景饒佳麗。平湖底見層嵐，凉月下聞清

吹。人如穠李。泛衿袂、香潤蘋風起。喜凌波、素襪逢迎，領略當歌深意。　　鄂君被。雙鴛綺。垂楊蔭、夷猶畫舫相攙。寶瑟弦調，明珠佩委，回首碧雲千里。歸鴻後、芳音如寄。念懷繫青鬢今無幾。枉分將、鏡裏華年，付與樓前流水。

換頭兩句各三字，皆叶韵，"鏡裏"句亦四字。

又一體 百五字　　　　　　　　　　　　　周邦彥

離　　別

隋堤路。漸日晚、密靄生深樹[一]。陰陰澹月籠沙，還宿河橋深處。無情畫舸，都不管、烟波隔前浦。等行人、醉擁重衾，載將離恨歸去。　　因思舊客京華，長偎傍、疏林小檻歡聚。冶葉倡條俱相識，仍慣見、珠歌翠舞①。如今向、漁村水驛，夜如歲，焚香獨自語。有何人、念我無聊，夢魂凝想鴛侶。

前結句平仄異，前後第五句，換頭句六字，皆不叶韵。後段四、五句各七字，破句法也，與柳、賀俱不同。"深"字一作"芳"，"思"字一作"念"，誤。

【校記】

［一］原注"晚"字和"密"字可平。

【蔡案】

① 這一均是讀破法，後一句的首字移前。

又一體 百六字　　　　　　　　　　　　　　　蔡松年

紫雲暖。恨翠雛珠樹雙棲晚。小花静院相逢，的的風流心
眼。紅潮照玉盌。午香重、草緑宫羅澹。喜銀屏小語，私分
麝月，春心一點①。　　華年共有好願。何時定、妝鬟暮雨
零亂。夢似花飛，人歸月冷，一夜小山幽怨。劉郎興、尋常
不淺。況不似、桃花春溪遠。覺情隨、曉馬東風，病酒餘香
相半。

　　　前段第五句五字，比柳、賀兩作多一字。前結一五兩四字，
　　亦異。"幽"字一作"新"。

【蔡案】

　　① 前段第四均，唐圭璋《全金元詞》讀爲"喜銀屏、小語私分，麝
月春心一點"，與柳詞同。

又一體 百五字　　　　　　　　　　　　　　　缺　名

歲云暮。歎光陰苒苒能幾許。江梅尚怯餘寒，長安信音猶
阻。春風無據。憑闌久、欲去還凝佇。憶溪邊、月下徘徊，
暗香疏影庭户。　　朝來凍解霜消，南枝上、香英數點微
露。把酒看花，無言有淚，還是那時情緒。花依舊、辰妝何
處。漫贏得、花前愁千縷。儘高樓、畫角頻吹，任教紛紛
飛絮。

　　　見《梅苑》。與賀作同，祇換頭句不叶韵。

又一體 百六字　　　　　　　　　　　　　晁補之

亳社作惜花

去年時。正愁絶、過却紅杏飛。沉吟杏子青時。追悔負好花枝①。今年又春到，傍小闌、日日數花期。花有信、人却無憑，故教芳意遲遲。　　及至待得融怡。未攀條拈蕊，又歎春歸。怎得春如天不老，更教花與月相隨。都將命、拚與酬花，似峴山、落日客猶迷。儘歸路、拍手攔街，笑人沉醉如泥。

> 此用平韻。前段第五句五字，比柳作多一字，與蔡作合，但不叶韻。後段二、三句，一五、一四字，可不拘，四、五句各七字，"酬花""花"字不叶，與周作同。"青時"二字，葉《譜》作"青青"，"又春"二字作"春又"。

【蔡案】

① 本句應該是折腰句。

征部樂 百三字　　　　　　　　　　　　　柳　永

雅歡幽會，良夜可惜虛拋擲①。每追念、狂踪舊跡。長衹恁、愁悶朝夕②。憑誰去、花街覓。細説與、此中端的。道向我、轉覺厭厭[一]，役夢勞魂苦相憶。　　須知最有，風前月下，心事始終難得。但願我、重重心下，把人看待，長似初相識。況漸漸、逢春色。便是有、舉場消息。待這回、好好憐伊，更

不輕離拆。

本集屬雙調。

此調無他作者,平仄不可臆注。"役夢勞魂"四字,《詞律》作"夢役魂勞","追念"上少"每"字,"況"字下少"漸漸"二字,"重重"二字作"蟲蟲",末句缺"輕"字,據宋本訂正。"夜"字,宋本作"辰"。"細説與"三字,缺"與"字③,照後段當從汲古本。

【校記】

［一］前"厭"字後原注平聲。

【蔡案】

① 該七字句兩頓連仄,韵律失諧。按,既然有"雅歡幽會",那就不應該有"良夜虛抛"的説法,形成事理上的矛盾。這裏所説的"虛抛",並非指的是良夜,而是指在良夜"雅歡幽會"一事,所以後面説"追念"。

② 本句七字,與後段"把人看待,長是初相識"無法對應,捫其韵律,前段必脱落二字,原詞應該是"長祗恁愁、悶●○朝夕",脱一仄一平兩字。

③ 本詞前段"每追"至"厭厭",與後段"但願"至"憐伊",按律理應對應,因此秦巘所添"漸"字、"與"字合乎律理。

慢捲綢　百十字［一］　　　　　　　　　　柳　永

閒窗燭暗,孤幃夜永,欹枕難成寐。細屈指尋思,舊事前歡都來①,未盡平生深意。到得如今,萬般追悔,空祗添憔悴。對好景良宵,皺著眉兒,成甚滋味。　　　　紅茵翠被。當時事、一一堪垂淚。怎生得依前②,似恁偎香倚暖,抱著日高猶睡。算得伊家,也應隨分[二],煩惱心兒裏。又爭似從前,澹澹相看[三],免恁縈繫。

　　本集屬雙調。

　　"幔"字,汲古作"慢",誤。《詞律》云:"題名《捲紬》,無義理,'紬'字恐是'袖'字之訛。"愚按:"幔"字是幃幔之幔,紬幔何無義理,且"紬"字是俗寫,應作"綢",何得妄改"袖"字?豈能將幃幔捲在袖上耶?改得反無義理。"都來"二字平,與後段異。所謂舊事前歡都上心頭耳,並非有誤,《詞律》所論亦謬。"當時"下,汲古缺"事"字,據李詞亦作三字,今從宋本。"宵"字,宋本作"辰","縈"字作"牽"。"應"、"看"平聲。

【校記】

　　[一] 應是"百十一字"。

　　[二] 原注"應"字平聲。

　　[三] 原注"看"字平聲。

【蔡案】

　　① "都來"之"來",去聲,即"徠"字,《集韵》洛代切,音賚,在隊部韵。按,主動來曰"來",被動來曰"徠"。

　　② 本句柳永填誤,或是後人筆誤,按照韵律,此句應當是一個一字逗領四字的句法,其前段作"細屈指尋思",李甲詞作"更不忍看伊",皆可爲證。

又一體　百十一字　　　　　　　　　　　李　甲

絶羽沉鱗,埋香葬玉,杳杳悲前事。對一盞寒燈,數點流螢,悄悄畫屏，巫山十二。舞臉星眸，蕙情蘭性，一旦成流水。便縱有、甘泉妙手，鴻都方士何濟。　　香閨寶砌。臨妝處、迤邐苔痕翠。更不忍看伊，繡殘鴛履。而今尚有，啼痕粉漬。好夢不來，斷云飛去，黯黯情無際。漫飲盡香醪，奈向愁腸，消遣無計。

　　　　前段第五、六、七句各四字，十一、十二句，一三、一四、一六字①。後段四、五、六句亦四字句，與柳異，皆破句也。

【蔡案】

　　① 概念模糊導致表述不清，十一句是一個折腰句，應説"一七、一六"，否則成三句。

采蓮令 九十一字　　　　　　　　　　柳　永

月華收、雲澹霜天曙。西征客、此時情苦。翠娥執手，送臨歧、軋軋開朱户。千嬌面、盈盈竚立，無言有淚，斷腸爭忍回顧。　　一葉蘭舟，便恁急槳凌波去①。貪行色、豈知離緒。萬般方寸，但飲恨、脉脉同誰語。更回首、重城不見，寒江天外，隱隱兩三烟樹。

　　　　本集屬雙調。

　　　　《宋史·樂志》："曲宴游幸，教坊所奏十八調曲，九曰《雙調采蓮》。"

　　　　此與《采蓮子》不同，他無作者，平仄無可擬議。汲古不分段。"情"字，汲古、《詞律》作"清"，"面"字作"血"，皆誤，據宋本訂正。

【蔡案】

① 本句依照句法，應是二字逗領五字句法。"急槳凌波去"也就是前段的"雲澹霜天曙"。這樣讀，不僅韵律和諧，且前段"雲澹"起，後段"急槳"起，字句如一。

迷仙引 八十三字 柳 永

纔過笄年，初綰雲鬟，便學歌舞①。席上尊前，王孫隨分相許。算等閒，酬一笑、便千金慵覷。常祗恐、容易舜華，偷換光陰虛度②。　　已受君恩顧。好與花爲主。萬里丹霄，何妨携手同歸去③。永棄却、烟花伴侶④。免教人得見，朝雲暮雨。

> 本集屬雙調。
>
> "便"字，汲古、《詞律》作"旦"，"舜"字作"瞬"，"歸去"二字作"去去"，俱誤。"得見"二字作"見妾"，據宋本改。"容易舜華"四字一作"舜華容易"，"虛"字作"暗"，"君"字作"深"。

【蔡案】

① "學"字，以入作平。

② 這十字應該讀爲六字一句、四字一句，按秦巘點讀，無義理，不通。

③ "歸"字疑是衍文，或者前段"王孫隨分相許"句脱一字。秦巘箋疏中提到的《詞律》"歸去"二字作"去去"，並未有誤，原詞應該是"何妨携手同去。去●○，永棄却、烟花伴侶"，即下"去"後落仄平二字。這樣，"何妨"句與前段"王孫"句正合，字數、平仄、韵脚皆同。

④ 本詞前後段參差，後段"永棄却"的前後，應該有三字脱落，因

爲這裏依律應當是個六字折腰句,與前段的"算等閒、酬一笑"相合。這樣,後段第三均就是六字一拍、四字一拍,奪去三字,則僅得七字一拍,與韵律便不相合。

又一體 百二十二字　　　　　　　　　　缺　名[一]

春陰霽。岸柳參差,裊金絲細。畫閣晝眠鶯喚起。烟光媚。燕燕雙高,引愁人如醉。慵緩步,眉斂金鋪倚。佳景易失①,懊惱韶光改,花空委。忍厭厭地[二]。施朱粉,臨鸞鏡,膩香消减摧桃李。　　　獨自個凝睇。暮雲暗,遥山翠。天色無情,四遠低垂澹如水。離恨托,征雁寄。旋嬌波[三],暗落相思淚。妝如洗。向高樓,日日春風裏。悔憑闌,芳草人千里。

　　此調見《古今詞話》,與柳作句法大不相同,柳作或有脱誤②,抑此詞句法與《迷神引》亦不全合,姑列俟考。

【校記】

　　[一]《詩話總龜》前卷三十五所引《古今詞話》本,作者爲關詠。

　　[二] 前"厭"字原注平聲。

　　[三] 原注"旋"字去聲。

【蔡案】

　　① "失"字,以入作平。

　　② 本詞與前詞迴異,前者爲引詞,本詞爲慢詞,自然不是一調。本調不惟與前一調不合,前後段亦甚爲參差,字數相差十餘字,均數不合,更無可相合之拍句,其後段結尾處必有大錯訛。

婆羅門令 八十六字　　　　　　　　　　　　柳　永

昨宵裏、恁和衣睡。今宵裏、又恁和衣睡。小飲歸來,初更過、醺醺醉。中夜後、何事還驚起[1]。　　霜天冷,風細細。觸疏窗、閃閃燈搖曳。空牀展轉重追想,雲雨夢、任攲枕難繼。寸心萬緒,咫尺千里[2]。好景良天,彼此空有相憐意。未有相憐計[3]。

> 《羯鼓録》屬太簇商調。本集屬雙調。

> 《唐書》云:開元中,西凉府節度楊敬述進,天寶十三載改爲《霓裳羽衣》。愚按:《婆羅門引》屬黃鐘商,與此宮調不同,故分列。餘詳《婆羅門引》下。

> 汲古於"搖曳"句分段,今從宋本。"細細"二字,宋本少一"細"字,"任"字作"如"。"重追"二字,葉《譜》作"追思"。

【蔡案】

① 本詞前後段也非常參差,秦巘於"驚起"下分段,前後段的文字懸殊也極不諧和,如果以均概念考察,當從汲古、《花草粹編》爲是,這樣前後就都可以形成三均。

② "尺"字,以入作平。

③ 後結應該是一個二字逗領五字兩句的結構,其"空有……未有……"本是一個儷句,由二字逗"彼此"領起,故七字句應予讀斷。

佳人醉[1] 七十一字　　　　　　　　　　　柳　永

暮景蕭蕭雨霽。雲澹天高風細。正月華如水。金波銀漢,瀲灩無際。冷浸書幃,夢斷却、披衣重起。　　臨軒砌。素光遙指。因念翠娥,杳隔音塵何處,相望同千里。儘凝睇。厭厭無寐。漸曉雕闌獨倚。

> 本集屬雙調。
>
> "臨軒砌"與下"素光遙指"一氣,應是換頭句,汲古、《詞律》誤屬上段。"浸"字作"侵","娥"字作"眉",又落"杳隔"二字,"闌"字作"檻",均誤。據宋本訂正。

【蔡案】

① 本詞雖另有劉弇詞一首可校,但是二詞的句讀仍然迥異,除起調二拍外,無一句能吻合,不可校。

詞繫卷十 宋

駐馬聽 九十四字　　　　　　　　　　　　　　　　柳　永

鳳枕鴛帷。二三載、如魚似水相知。良天好景，深憐多愛，無非盡意依隨。奈何伊。恣性靈、忒瞅些兒。無事孜煎，萬回千度，怎忍分離。　　　而今漸行漸遠，漸覺雖悔難追①。漫恁寄消傳息②，終久奚爲。也擬重論繾綣，爭奈翻覆思維。縱再會、祇恐恩情，難似當時。

> 本集屬林鐘商，《九宮大成》入南詞中呂宮集曲，與本宮引四十三字者不同。愚按：林鐘商即俗名歇指調。"忒"字，汲古、《詞律》作"撻"，"忍"字作"免"，"行"字作"疏"，又缺"傳"字、"祇"字，均誤，今據宋本訂正。"鴛"字，宋本作"鸞"。

【蔡案】

① 這裏三個"漸"應該是一氣而成，讀成"而今，漸行、漸遠、漸覺，雖悔難追"，或更符合原意，文意也更加暢達渾然。而所謂"覺"者，也並不是"感覺"的意思，而是"覺醒"、"醒悟"的意思，與"雖悔難追"緊密勾連。

② 彊村叢書本《樂章集》本句爲五字一句，無"恁"字，從前段來看，第二均都是雙起式，因此，"漫恁"的版本更爲可靠。

陽臺路 <small>九十七字</small>　　　　　　　　　　　　柳　永

楚天晚。墜冷楓敗葉，疏紅零亂。冒征塵、匹馬驅驅，愁見水遙山遠。追念少年時，正恁鳳幃，倚香偎暖。嬉遊慣。又豈知、前歡雲雨分散。　　　此際空勞回首，望帝里、難收淚眼。暮烟衰草，算暗鎖、路歧無限①。今宵又、依前寄宿，甚處葦村山館②。寒燈半、夜厭厭③[一]，憑何消遣。

> 本集屬林鐘商。
>
> 此調無他作可證，平仄悉宜遵之。"楓"字，汲古、《詞律》作"風"，"驅驅"二字作"區區"，"少年時"作"平時"，皆誤。"帝里"二字作"京洛"，"畔"字作"半"。"淚"字，葉《譜》作"望"，"算"字作"但"，據宋本訂正。

【校記】

　　[一] 原注前"厭"字平聲。

【蔡案】

　　① 後段第二均與前段相校，顯然有很多錯訛。首先，前段"冒征塵、匹馬驅驅"七字不可能對應"暮烟衰草，算暗鎖"。其次字數上也少二字，最合乎韵律的可能，應該是"愁見水遙山遠"對應"算暗鎖、路歧無限"，"算"字或是其他兩平聲字的誤合。而起拍則奪一領字，原文或爲"●暮烟、衰草○○，暗鎖路歧無限"，正對前段的"冒征塵、匹馬驅驅，愁見水遙山遠"，其字句、平仄在韵律上都很吻合。

　　② 對應前段，這一均應該讀爲"今宵又依前，寄宿甚處，葦村山館"，"宿"，以入作平。惟"宵"字當仄而平，或是"夜"字的誤筆。

　　③ 秦巘注謂《詞律》"畔"字作"半"，但詞中依舊未改，與《詞律》

同，應該是疏忽。但是無論是"寒燈半"還是"寒燈畔"，三字所對應的正是前段的"嬉遊慣"，所以都應該視爲韵句，而"夜厭厭"三字則對應前段的"又豈知"，應該是屬下作三字逗才對。

醉蓬萊 九十七字　一名《雪月交光》《冰玉風月》，或加"慢"字　　　　　　　　　　　柳　永

慶老人星見

漸亭臯葉下[一]①，隴首雲飛，素秋新霽。華闕中天，鎖葱葱
●○○▲　　　○●○○　●○○▲　⊙●○○　●○○

佳氣。嫩菊黄深，拒霜紅淺，近寶階香砌。玉宇無塵，金莖
○▲　　◎●○○　◎○○●　◎●○○▲　●●○○　○○

有露，碧天如水。　　　正值升平，萬幾多暇，夜色澄鮮，漏聲
●●　◎○○▲　　　　　◎●○○　●○○●　●●○○　●○

迢遞。南極星中，有老人呈瑞。此際宸遊，鳳輦何處[二]，度
○▲　　○●○○　●●○○▲　●●○○　●●○●　●

管弦清脆。太液波翻，披香簾捲，月明風細。
●○○▲　●●○○　⊙○○●　◎○○▲

　　　　本集屬林鐘商。

　　　　劉一止詞名《雪月交光》，韓淲詞有"玉作山前，冰爲水際"
句，名《冰玉風月》②。

　　　　王闢之《澠水燕談録》云："柳三變，景祐末登進士，精樂章，
後更名永，皇祐選調入内。會教坊進新曲《醉蓬萊》，時司天台奏
老人星見。耆卿應制，方冀進用，欣然走筆，詞名《醉蓬萊慢》。
比進呈，上見首有'漸'字，色若不悦。讀至'宸游鳳輦何處'，乃
與御製真宗挽詞暗合，上慘然。又讀至'太液波翻'，曰：'何不言
波澄？'乃擲之於地。永自此不復進用。"（節録）

　　宋人多從此體,凡五字句者五,皆一領四字句法,不可上二下三,作五言詩句。《詞律》所注領字必去聲,凡領字皆去聲字③,可不必注。而《圖譜》所注可平,更誤。本譜皆以他詞比較,其不可從者不注。

【校記】

　　[一] 原注"葉"字可平。其餘旁注可平可仄均標注於圖符中。

　　[二] 原注"輦"字作平。

【蔡案】

　　① "漸"字所領的,並非本句的後四字,而是"亭皋葉下,隴首雲飛"八字儷句,歐陽修、蘇軾、万俟詠等名家名作都如此填。即便不用對偶句,也是如此,例如秦觀的"見揚州獨有,天下無雙",宜守。

　　②《雪月交光》和《冰玉風月》都祇是詞名,而非調名,所以無人襲用。

　　③ 此爲謬解。

　　又一體 九十七字　　　　　　　　　　蘇　軾

重九上君猷

笑勞生一夢,羈旅三年,又還重九。華髮蕭蕭,對荒園搔首。賴有多情,好飲無事[一],似古人賢守。歲歲登高,年年落帽,物華依舊。　　　此會應須爛醉,仍把紫菊茱萸,細看重嗅。搖落霜風,有手栽雙柳。來歲今朝,爲我西顧[二],酹羽觴江口。會與州人,飲公遺愛,一江醇酎。

　　後起三句,兩六、一四字,與柳作異。

［一］原注“飲”字作平。

［二］原注“我”字作平。

又一體 九十六字　　　　　　　　　　　　盧　炳

上 南 安 太 守

正春回紫陌，瑞靄飛浮，暖風輕扇。皓月初圓，覺嚴城寒淺。
彩結鰲山，紗籠銀燭，與花争艷[一]。午夜融和，紅蓮萬頃，一
齊開遍。　　訟簡民熙，使君行樂，簇擁朱輪，旌旗輝焕。
鼎沸笙歌，遏行雲不散。咫尺泥封，促朝天陛，侍玉皇香案。
來歲元宵，龍燈影裏，金杯宣勸。

　　“與花争艷”句四字，比柳、蘇兩作少一字，此句宜五字，恐脱
誤，後起與柳同。

【校記】

［一］本句汲古閣本作“與□花争艷”，本脱一字。

又一體 九十八字　　　　　　　　　　　　王千秋

送 湯

正歌塵驚夜，鬥乳回甘，暫醒還醉。再煮銀瓶，試長松風味。
玉手磨香，鏤檀舞[一]，在壽星光裏。翠袖微揎，冰瓷對捧，神
仙標致。　　記得拈時，吉祥曾許，一飲須教，百年千歲。
況有陰功在①，遍江東桃李。紫府春長，鳳池天近，看提携雲

耳。積善堂前，年年笑語，玉簪珠履。

　　　"鏤檀"句三字，當脱一字。"况有"句五字，比各家多一字。

【校記】

　　［一］本句汲古閣本作"鏤金檀舞"，脱一字，應據補。

【蔡案】

　　① 本句就語意分析，"在"字多餘，疑衍。

又一體　九十七字　　　　　　　　　　　　奚　淢

會稽蓬萊閣懷古

又扁舟東下，水樹青圓，雨榴紅薄。燕子愁多，在重重簾幕。
杖屨山陰，而今休更，問月尖眉約。雙杏盟寒，七香珠墜，歌
塵飄泊。　　　莫倚危闌，怨深黄竹，一鶴歸來，亂峰飛落。
笑色淩波，任霧抽烟邈。飄渺生香地冷，湘水外、片雲如削。
昨夜離人，遊仙夢遠，天風吹覺。

　　　後段第七、八句，一六、一三、一四字［一］，與各家異①。柳詞
　　亦可如此讀，然各譜句豆如是，姑仍之。

【校記】

　　［一］應該是"一六、一七字"，概念混亂導致措辭失當。

【蔡案】

　　① 本詞就是柳詞詞體，衹不過後段第三均讀破而已，體式並未
改變。而有時候甚至連讀破都不是，讀破是前人主觀上語句的調整，
有時候則完全是後人句讀的不同而已，如柳永的"此際宸游，鳳輦何

處，度管弦清脆"，也可以如奚詞那樣被讀爲"此際宸游鳳輦，何處度、管弦清脆"。

雪月交光 九十七字　　　　　　　　　　　　　劉一止

正五雲飛仗，縞練纖裳，亂空交舞。拂石歸來，向玉階微步。欲喚冰娥，暫憑風使，爲掃氛驅霧。漸見停輪，人間未識，高空真侶。　　　千里無塵，地連天迥，倦客西來，路迷江樹。故國烟深，想溪樹何處。雲鬟分行，翠眉縈曲，對夜寒尊俎。清影徘徊，端應座有，風流能賦。

　　　此與柳作字句、平仄無異，自是別名，故附列。《詞律》失收①。

【蔡案】
　　　① 這是詞名，充其量衹是別名而已，體式完全相同，萬樹怎麼可能收入。

雙聲子 百三字　　　　　　　　　　　　　　　柳　永

晚天蕭索，斷蓬踪跡，乘興蘭棹東遊。三吳風景，姑蘇臺榭，牢落暮靄初收。歎夫差舊國，香徑没、徒有荒丘。繁華處、悄無睹，惟聞麋鹿呦呦。　　　想當年、空運籌決戰，圖王取霸無休①。江山如畫，雲濤烟浪，翻輸范蠡扁舟。驗前經舊史，嗟漫載、當日風流。斜陽暮草茫茫②，盡成萬古遺愁。

　　　本集屬林鐘商。《九宮大成》入南詞越調正曲，與南詞黄鐘宫正曲不同。

　　此隋唐時曲也,他無作者。與《雙韵子》無涉。

　　宋本、汲古俱缺"歟"字。《詞律》疑"夫差"上、"睹"字下,俱有缺字,今據《歷代詩餘》本增。《圖譜》於"籌"字句注叶,大誤③,宜從《詞律》。"舊"字一本作"後"。

【蔡案】

　　① "王"字應仄讀,對應前段"興"字。此二句及前段"牢落"句,均用律拗句法,第五字不得用仄聲字。

　　② 對應前段"繁華處、悄無睹",則本句應該是一個折腰句,讀爲"斜陽暮、草茫茫"才是。

　　③ "籌"字視爲句中韵,也不違韵律,屬於可叶可不叶,無所謂"誤",更非"大誤"。

内家嬌　百六字　　　　　　　　　　　　柳　永

煦景朝升,烟光晝斂,疏雨夜來新霽。垂楊艷杏,絲軟霞輕,繡出芳郊明媚。處處踏青鬥草,人人偎紅倚翠。奈少年、自有新愁舊恨,消遣無計[一]①。　　　　帝里。風光當此際。正好恁携佳麗。阻歸程迢遞。奈何好景難留,舊歡頓棄。早是傷春情緒,那堪困人天氣②。但贏得、獨立高原,斷魂一晌凝睇。

　　本集屬林鐘商。

　　此《内家嬌》正調,與《風流子》別名不同,僅見此詞。《詞律》失收,想因别名不收,未及細考耳。

　　“遣”、“眴”二字仄聲，勿誤，餘亦當謹守。“畫”字，汲古作“圓”，一本作“盡”，誤。“何”字宋本無，汲古作“向”，“頓”字作“頻”，又缺“獨”字。“魂”字作“腸”，誤，今從宋本。“媚”字，宋本作“煦”。

【校記】

　　［一］“遣”字及後結“眴”字用❶符標識，意謂必用仄聲。

【蔡案】

　　① 前後段尾均是一個讀破關係，“遣”字不律，也因爲讀破引起。因此，秦巘將“遣”“眴”合爲一談，看到的是極爲粗淺的表象，甚至連基本的句法都未顧及，後段“斷魂一眴凝睇”是一個平起仄收式六字句句法，第四字必須用仄聲，而前段則是讀破後沒有微調引起的不律句式，是一個應該避免而沒有避免的韵律瑕疵。

　　② “天”字應仄而平，出律，敗筆。

抛球樂　百八十八字　　　　　　　　　柳　永

曉來天氣濃澹，微雨輕灑①。近清明、風絮巷陌②，烟草池塘，盡堪圖畫。艷杏暖、妝臉匀開，弱柳困、宮腰低亞。是處麗質盈盈③，巧笑嬉嬉，爭簇秋千架。戲彩球羅綬，金雞芥羽，少年馳騁，芳郊綠野。占斷五陵遊，奏脆管繁弦聲和雅④。　　　向名園深處，爭捉畫輪［一］，競羈寶馬。取次羅列杯盤，就芳樹、綠陰紅影下。舞婆娑，歌宛轉，彷彿鶯嬌燕姹⑤。寸珠片玉⑥，爭似此、濃歡無價。任他美酒十千，一斗飲竭［二］，仍解金貂貰。恣幕天席地，陶陶盡醉，太平且樂，唐虞景化。須信艷陽天，看未足、已覺鶯花謝。對綠蟻翠蛾，怎忍輕捨。

　　　唐教坊曲名。本集屬林鐘商。《宋史·樂志》有夾鐘商《拋球樂》，其詞不傳。元人有黃鐘宮《拋球樂》，餘詳劉禹錫小令下。
　　　此與《拋球樂》小令全異，故另列。
　　　汲古於"寶馬"句分段，"是處"下與後段"任他"下同，只結處少四字，似宜從汲古，論文義當從宋本。"扼"字去聲，汲古作"泥"，"綠陰紅影"四字作"綠影紅陰"，"爭似此"句缺"此"字，"忍"字作"生"，皆誤，今據宋本訂正。

【校記】

　　[一] 原注"扼"字去聲。
　　[二] 原注"飲竭"二字作平。

【蔡案】

　　① "雨"字以上作平。
　　② "陌"字以入作平。
　　③ 本句與後段"取次"句，都用律拗句法，所以第五字的平仄不可改易。
　　④ "和"字借音，讀爲仄聲。本句宜於第五字後讀住。又，此處分段顯然失誤，如此則前段爲六均，後段爲八均，前後結構紊亂。
　　⑤ 這一均十二字疑有文字脫落，依律應該對應前段的"近清明、風絮巷陌，烟草池塘，盡堪圖畫"，但十二字結構謹嚴完整，或是因爲超長慢詞，可以承首均而參差，這一點不甚清楚。
　　⑥ 四字之前應該是脫落一個三字逗，這個起拍對應前段"艷杏暖、妝臉勻開"，應該也是一個折腰句。

長相思慢 _{百三字　或無"慢"字}　　　　　　　柳　永

畫鼓喧街,蘭燈滿市,皎月初照嚴城。清都絳闕夜景,風傳銀箭,露暖金莖①。巷陌縱橫,過平康款轡,緩聽歌聲。鳳燭熒熒。那人家、未掩香屏。　　　向羅綺叢中,認得依稀舊日,雅態輕盈。嬌波艷冶,巧笑依然②,有意相迎。墙頭馬上,漫遲留、難寫深誠③。又豈知、名宦拘檢,年來減盡風情。

　　　本集屬林鐘商。

　　　此與《長相思》小令不同,當另列。

　　　宋本於"熒熒"句分段,非,宜從汲古。周邦彥一首與此同,只結尾一五、一四字異。後起《詞律》於"得"字斷句,誤④。今照周詞讀。"暖"字,宋本作"靉","寫"字,葉《譜》作"賦","名宦"二字作"宦名"。

【蔡案】

　　　① 這三句是第二均,實際上由兩個單位構成,"清都絳闕"四字起,"夜景、風傳銀箭,露暖金莖"用一個二字逗領四字儷句句法。

　　　② 本句前應該有一個二字逗脫落,該二字逗對應前段的"夜景"。

　　　③ 本句對應前段"過平康款轡,緩聽歌聲",兩個句拍,所以很明顯可以看出,在三字逗中脫落了兩個字。

　　　④ 如果按照《詞律》的讀法,讀爲"向羅綺叢中認得,依稀舊日,雅態輕盈",也未嘗不可,這種差異甚至連讀破都不是,衹是後人根據不同的喜好點讀而已,因此不存在"誤"的問題。

又一體 百四字[一]　　　　　　　　　　秦　觀[二]

鐵甕城高，蒜山渡闊[三]，干雲十二層樓[四]。開尊待月，掩箔
●　●○○　●　●●●　　　○○◎●○△　○○●●　●●

披風，依然燈火揚州。綺陌南頭。記歌名宛轉，鄉號溫柔。
○○　○○●●○△　　●●○△　●○○●●　○●○△

曲檻俯清流。想花陰、誰繫蘭舟。　　　念淒絶秦弦，感深荆
◎●●○△　●○○　○●○△　　　　●○●○○　●○○

賦，相望幾許凝愁[五]。勤勤裁尺素，奈雙魚、難渡瓜洲。曉
●　○○●●○△　○○○●●　●○○　○●○△　●

鑒堪羞。潘鬢點、吳霜漸稠①。幸于飛、鴛鴦未老，不應同是
●○△　○◎●　○○●　　●○○　○○●●　●●○●

悲秋。
○△

前段第四、五、六句，兩四、一六字，微異。十句多一字，叶
韵。後段起六句，句法亦不同。結尾少四字。賀鑄、揚无咎各一
首，與此韵脚同，是和韵者②，平仄照注。只揚於"潘鬢"句作上
四下三句法。"蒜"、"渡"、"繫"、"漸"四字，去聲，勿誤③。"蒜"
字，《詞匯》作"金"。"綢繆"二字，汲古作"不"，葉《譜》作"不應同
是悲秋"六字，多五字，與柳同，今從《詞譜》④。

【校記】

　　[一] 原作"百字"。

　　[二] 本詞又作賀鑄詞，調名爲《望揚州》。

　　[三] "蒜"字、"渡"字及後段"繫"字、"漸"字，原譜用●符標識，意
謂必用去聲。

　　[四] 原注"十"字可平。其餘旁注可平可仄均標注於圖符中。

　　[五] 原注"望"字平聲。

【蔡案】

　　① 後段第二第三均同柳詞，也各少二字。又，後段第七句拍，用的是一領六的句法，因此用於上三下四便韵律不諧，填本句應以一字逗領六字句法爲正，秦觀式的雙起式句法，便是敗筆。

　　② 賀鑄詞與此全同，並非和韵，秦巘記差了。

　　③ 我們多次説，但凡譜書講到“必用去聲”的，一定是謬論，如前面柳永詞，第二句作“蘭燈滿市”，一平聲一上聲，又如後一首周邦彦詞，第二句作“天街如水”，二字都是平聲。所以，嚴格地説，秦觀的“蒜”字應平而仄，按照一般填法就是一個敗筆，秦觀必不會選擇一個去聲字，但是“蒜山”爲地名，所以這裏用仄，權也。

　　④ 原作“幸于飛，鴛鴦未老綢繆”，較正體少四字，《全宋詞》據宋刊本《淮海居士長短句》上卷作“幸于飛、鴛鴦未老，不應同是悲秋”，另又見賀鑄《賀方回詞》卷一也是如此，必是原本，今據以補足，以爲正體。

又一體 九十九字　　　　　　　　　　　　周邦彦

夜色澄明，天街如水，風力微冷簾旌。幽期再偶，坐久相看，纔喜欲歎還驚。醉眼重醒①。映雕闌修竹，共數流螢。細語輕輕。盡銀臺、挂蠟潛聽。　　　自初識伊來，便惜妖嬈艷質，美盼柔情。桃溪換世，鸞馭凌空，有願須成。游絲蕩絮，任輕狂、相逐牽縈。但連環不解，難負深盟[一]②。

　　此與柳詞同，祇前段四、五、六句，句法異③。結尾一五、一四字，比柳作少四字，與秦同，平仄亦異。

【校記】

　　［一］尾均少四字，蓋秦巘所據版本之誤，"不解"後奪"流水長東"四字一句，應據補。

【蔡案】

　　① 本句入韵，與秦詞正體同，與柳詞異，此類輔韵，可叶可不叶，不礙體格，小異而已。

　　② 補足四字後，周詞爲一五二四，與正體之一七一六小異，而韵律並無差異。

　　③ 柳詞一六二四，周詞二四一六，衹是讀破而已，就韵律而言，同前所述並無差異。

又一體 百四字　　　　　　　　　　　　　　　　袁去華

葉舞殷紅，水摇瘦碧[一]，隱約天際帆歸。寒鴉影裏，斷雁聲中，依然殘照輝輝。立馬看梅。試尋香嚼蕊，醉折繁枝。山翠掃修眉。記人人、蹙黛愁時。　　歎客裏、光陰易失，霜侵短鬢，塵染征衣。陽臺雲歸後，到如今、重見無期。流怨清商，空細寫、琴心向誰。更難將、愁隨夢去，相思惟有天知。

　　　　此與秦作同，只後起三句，一七、兩四字①，"商"字不叶韵。結尾句法與柳作同，或秦詞有脱落也。

【校記】

　　［一］"水"字、"瘦"字及歇拍"黛"字、後段第七句"向"字，原譜用●符標識，意謂不可用其他聲字，極無謂。如"水"字，實爲作平的用

法,現存各首除秦觀"蒜山"因爲是專用名而非○○外,其餘首字均爲平聲,從而無孤平之拗,因此可知"水"字作平無疑。

【蔡案】

① 後段首均,實爲三字逗領四字三句,不可將前七字視爲一獨立句。

又一體 百四字　　　　　　　　　　　　　　　劉壎

客　　中

露隔平林,風欺敗褐[一],十分秋滿黃華。荒庭人静,聲慘寒蛩,驚回羈思如麻。庾信多愁,有中宵清夢,迢遞還家。楚水繞天涯。黯銷魂、幾度棲鴉。　　對緑橘黃橙,故園在念,悵望歸路猶賒。此情吟不盡,被西風、吹入胡笳。目極黃雲,飛度處、臨流自嗟。又斜陽、征鴻影斷,夜來空信燈花。

前段第七句不叶韵,與各家異,餘同袁作。

【校記】

[一]"敗"字及歇拍"度"字、後段第七拍"自"字,原譜用●符標識,意謂必用去聲。

合歡帶 百五字　　　　　　　　　　　　　　柳永

身材兒、早是妖嬈。算舉措、實難描。一個肌膚渾似玉,更都來、占了千嬌。妍歌艷舞,鶯慚巧舌,柳妒纖腰。自相逢、便覺韓娥價減[一]，飛燕聲銷。　　　桃花零落，溪水潺湲，重尋仙徑非遥。莫道千金酬一笑，便明珠、萬斛須邀。檀郎幸有，淩雲詞賦，擲果風標。況當年、便好相携，鳳樓深處吹簫。

　　　本集屬林鐘商。

　　　此調當是贈妓之作，想係創製。吴任臣云：物以合歡名者，合歡宫、合歡笋、合歡鞋、合歡花、合歡被、合歡帶，舞名取此。

　　　"舉"字，宋本作"風"。"艶"字一本作"妙"。

【校記】

　　　[一]"價減"，北師大本作"減價"，應是筆誤。

又一體 百五字　　　　　　　　　　　　杜安世

樓臺高下玲瓏。鬥芳草、綠陰濃。芍藥孤棲香艶晚，見櫻桃、萬顆初紅。巢喧乳燕，珠簾鏤曳，滿户香風。罩紗幬、象床犀枕，晝眠纔似朦朧。　　　起來無語更兼慵[一]。念分明、往事成空。被你厭厭牽繫我[二]，怪纖腰、繡帶寬鬆。春來早是，分飛兩處，長恨西東。到如今、扇移明月，簟鋪寒浪與誰同①。

　　　首句六字，前結一三、一四、一六字，後起二句各七字，後結七字，與前異。汲古缺"往"字，《詞律》："'分明'二字疑是'分手'、'分袂'之訛。"不知"分明"下有"往"字，今據《歷代詩餘》本補。又云"尾句誤多'與'字"，總以前後相比，未確。"犀"字，汲古作"屏"，誤。

【校記】

　　［一］"更兼悄"的説法很澀，還不如讀爲"更兼悄念"，與柳詞同。

　　［二］"厭厭"，原注平聲。

【蔡案】

　　① 萬樹以爲後結誤多一"與"字，是校之柳永詞而作判斷，並非秦巘認爲是前後段對校的結果。但是，"與"字應該是添字，而並非誤多，因爲這裏的韵律與柳永完全不同，柳永的前七與後六無任何關係，而本詞則是一個三字托的結構，所托爲"扇移明月，簟鋪寒浪"這樣一個四字對偶句，這也是一個比較少見的"三字逗加儷句再加三字托"結構。

應天長　九十四字　或加"慢"字　　　　　　　　柳　永

殘蟬聲漸絶。傍碧砌修梧，敗葉微脱[一]①。風露凄清[二]，正是登高時節[三]②。東籬霜乍結。綻金蕊、嫩香堪折。聚宴處，落帽風流，未饒前哲。　　把酒與君説。恁好景佳辰，怎忍虚設。休效牛山，空對江天凝咽。塵勞無暫歇。遇良會、剩偷歡悦。歌未闋。杯興方濃，莫便中轍③。

　　本集注林鐘商。《九宮大成》入北詞高宮隻曲，與北詞商角隻曲不同。

　　此與《應天長》小令不同，自是慢曲，故分列④。

　　各家多用入聲韵。無名氏作，於"聚宴處""處"字叶韵，宜從⑤。前結作"一步回顧"，換頭處作"行行愁獨珍，想媚容今宵",平仄微異,似不甚協。"漸"字,葉《譜》作"斷"。

【校記】

[一]原注"葉"字作平。

[二]原注"風"字及第五句"登"字、第六句"東"字、第七句"金"字、歇拍"饒"字、後段第五句"江"字、第七句"良"字、第八句"歌"字可仄。

[三]原注"正"字及第七句"嫩"字、第八句"聚"字和"落"字、後段起句"把酒與"三字、次句"景"字、第三句"忍"字、結句"莫便"二字可平。

【蔡案】

① 本調前後段首均均爲五字起、九字收,九字本詞枏其韵律應是三字逗領六字句法,六字爲平起仄收式律句句法,即"傍碧砌、修梧敗葉微脫",敗葉自是修梧的敗葉,如果説是敗葉"傍修梧",則於事理不通。後段同樣也應該是"恁好景、佳辰怎忍虚設",即"虚設"的袛是"佳辰",好景是自然存在的,自然不可能由人來安置,但佳辰則可以人爲製造。這個九字如果非要處理爲一五一四結構,也是可以的,但是"葉"字必須以入作平,"忍"字必須以上作平,不可以在後四字中形成兩仄音步相連的違律情況,後一首葉詞便是證明,其"酒醅初熟"、"有誰拘束"都是一平一仄兩音步的句法。

② "時"字及後段對應句的"凝"字不可用仄聲。詳見葉詞蔡案。

③ "便",借音,讀爲平聲,不可讀仄而違律,前段用"饒",後一首葉夢得用"篙",均爲平聲,可證。

④ 本調慢詞有兩種體格,一種爲柳永本詞九十四字格,一種爲周邦彦九十八字格,宋人多按周詞填,本格僅存二首,因此以周詞爲正格。

⑤ 這一句的意思，應該是説前後段的尾均三字逗，宜均入韵爲是，柳詞前段未作押韵，則不正。這類輔韵，可叶可不叶，如果叶韵，則以前後都叶爲是，或乾脆都不叶韵，秦巘此説在理。

又一體 九十四字　　　　　　　　　　　　　　葉夢得

自潁上縣欲還吳作[一]

松陵秋已老，正柳岸田家，酒醅初熟。鱸膾蓴羹，萬里水天相續①。扁舟波浩渺，寄一葉、暮濤吞沃。青箬笠、西塞山前，自翻新曲。　　來往未應足。便細雨斜風，有誰拘束。陶寫中年，何待更須絲竹。鴟夷千古意，算入手、比來尤速。最好是、千點雲峰，半篙澂綠。

　　此與柳作同②，惟起句及"扁舟"句、"鴟夷"句、"青箬笠"句、"最好是"句，皆不叶韵③。

【校記】

　　[一] 還吳，原作"還具"，誤，據《全宋詞》改。

【蔡案】

　　① "相"字及後段對應字"絲"，不可用仄聲，這不僅是爲了避免本句中衹有"天"字平聲的問題，更重要的是本調的全詞韵律如此，每個主韵的韵脚都是由○▲構成。因此，即便第三字爲平，第五字也不可用仄聲字，柳永詞即爲一例。

　　② 柳詞體式僅此二首。

　　③ 所述五處均爲輔韵，可叶可不叶。其中起句不叶爲一般規則，"扁舟"句和"鴟夷"句、"青箬笠"句和"最好是"句不叶，則爲前後

段對應句。

又一體　九十八字　　　　　　　　周邦彦

寒　食

條風布暖[一]，霏霧弄晴，池臺遍滿春色①。正是夜堂無月②，
⊙○●●　　　○●●○　○○●○●▲　　◎●●●○

沉沉暗寒食。梁間燕、社前客③。似笑我、閉門愁寂。亂花
○○●　▲　○○●　◎⊙▲　●●●　●○○▲　●○

過[二]，隔院芸香，滿地狼藉。　　　長記那回時，邂逅相逢，郊
●　　●●○○　◎●○▲　　　　⊙●○⊙　◎●○　○

外駐油壁。又見漢宮傳燭，飛烟五侯宅。青青草、迷路陌。
●●○▲　◎●●○○●　○○●○▲　⊙○○　○●▲

强載酒、細尋前跡。市橋遠、柳下人家，猶自相識。
●○◎●　●○○▲　●○●　◎○○　⊙●○▲

　　前後段起三句，與柳字數同，句法異。第四、五句上六下五
字，各多一字，六、七句兩三字，亦多一字。南宋各家俱用此體。
“布”、“弄”、“暗”、“閉”、“地”、“那”、“駐”、“五”、“細”、“自”等字，
俱仄聲，用去更妙，康、方、吳、蔣皆同，勿誤。“臺”字，葉《譜》作
“塘”，“愁”字作“岑”。

【校記】

　　[一]原注“條”字可仄，其餘旁注可平可仄均標注於圖符中。
又，“布”字及第二句“弄”字、第五句“暗”字、第八句“閉”字、前結“地”
字、後段首句“那”字、第三句“駐”字、第五句“五”字、第八句“細”字、
結句“自”字用◓符標識，意謂不可用平聲字，用去聲更好。

　　[二]原注“過”字去聲。

【蔡案】

① 原譜注"滿"字可平,誤,不從。秦巘應該是根據後一首康詞的"時"字做出可平的判斷,但本句爲平起仄收式六字律句,第四字必須用平,且本調全宋僅康詞一首該字用平,疑原文爲"舊日",爲避後文的"舊日風簾"而改。

② 原注"是"字可平,"無"字可仄。按,本句用仄起仄收式六字律句句法,故第二字必仄,檢今存本調全部宋詞,第二字沒有用平聲的,應是秦氏筆誤。而第五字該句式中也未見有用仄聲的例子,因爲所有的詞在該句式中第三字均爲仄聲,因此第五字必須用平聲字拗救,即便康與之在另一種句法中用了"舊"字,也是因爲"蕭娘"兩平,無須拗救。二字譜中皆不從。

③ 此六字及後段對應句"青青草、迷路陌"原讀爲三字兩句,誤。該六字起拍由五字一句添字,因此仍是六字折腰式一句。而所添字應是第三字,所以後三字依律應是○●▲,秦巘或據《欽定詞譜》作"社前",於律不合,蓋因對仗誤倒也。此二句惟葉夢得一首不叶,偶例不從。

又一體 九十八字　　　　　　　　　　　　康與之

管弦繡陌[一],燈火畫橋,塵香舊時歸路①。腸斷蕭娘,舊日風簾映朱户。鶯能舞,花解語②。念後約、頓成輕負。緩雕鞯、獨自歸來,憑闌情緒。　　　楚岫在何處。香夢悠悠,花月更誰主。惆悵後期,空有鱗鴻寄紈素。枕前淚,窗外雨。翠幕冷、夜涼虛度。未應信、此度相思,寸腸千縷。

與周作同③,惟前後段第四、五句,一四、一七字,"舞"字偶合，非叶。兩結平仄與各家異。

【校記】

　　[一]"繡"字及次句"畫"字、第五句"映"字、第七句"頓"字、後段首句"在"字、第五句"寄"字、第七句"夜"字用●符標識，意謂必用去聲。凡云"必用去聲"的地方，皆不可信。此五首僅以"繡"字爲例，王詞用"蝶"，入聲，蔣詞用"載"，上聲，而王、蔣都是精通韵律的著名詞人，顯見其説無理。

【蔡案】

　　① "時"字出律，本句爲平起仄收式律句，第四字依律須仄，本調諸家此字均用仄聲字，疑原文爲"舊日"，爲避後文的"舊日風簾"而改。

　　② 此六字應爲一句，用折腰句法。後段"枕前"六字同。

　　③ 本詞後段起拍入韵，與周詞不同。

又一體 九十七字　　　　　　　　　　　　吴文英

吴　門　元　夕

麗花鬥靨^[一]，清麝瀲塵^[二]，春聲偏漏芳陌。竟路障空雲幕，冰壺浸霞色。芙蓉詞賦客^[三]。競繡筆醉嫌天色^①。素娥下、小駐輕鑣，眼亂紅碧。　　　前事頓非昔。故苑年光，渾與世相隔。向暮巷空人絶，殘燈耿塵壁^[四]。凌波恨，簾户寂^②。聽怨寫、墮梅哀笛。佇立久、雨暗河橋，譙漏疏滴。

　　　與周作同^③，惟"芙蓉"句五字略異。"色"字，汲古原注作"窄"，宜從。

【校記】

[一]"鬭"字及第二句"濺"字、第五句"浸"字、第七句"醉"字、結句"亂"字、後段首句"頓"字、第三句"世"字、第七句"墮"字、結句"漏"字用●符標識,意謂必用去聲。

[二]原注"濺"字去聲。

[三]本句抄脱一字,原句爲"芙蓉鏡、詞賦客"。

[四]"耿"字用●符標識,意謂必用上聲。

【蔡案】

① 本句雖然也可以作一字領六字句法,但諸家多以上三下四式折腰,在並不妨意的前提下仍以三四式句更佳。更何況後段"聽怨寫"句並未作一領六句法。

② 此六字應爲一句,用折腰句法。

③ 本詞後段起拍入韵,與周詞不同。

又一體 九十七字　　　　　　　　　　王沂孫

疏簾蝶粉[一],幽徑燕泥,花間小雨初足。又是禁城寒食,輕舟泛晴淥。尋芳地,來去熟①。尚彷彿、大堤南北。望楊柳、一片陰陰,搖曳新綠。　　　重訪艷歌人,聽取春聲,猶是杜郎曲。蕩漾去年春色,深深杏花屋。東風曾共宿②。記小刻、近窗新竹。舊游遠、沉醉歸來,滿院銀燭。

　　"東風"句五字,比周作少一字,餘同。

【校記】

[一]"蝶"字及次句"燕"字、第五句"泛"字、第七句"大"字、結句

"曳"字、後段首句"艷"字、第三句"杜"字、第五句"杏"字、第七句"近"字、結句"院"字用●符標識，意謂必用去聲。"蝶"字，本即入聲，不知如何"必去"?

【蔡案】

① 此六字應爲一句，用折腰句法。

② 本句依律應作六字折腰句，該句前三字爲○○●，因此"東風"後應脱一仄聲字。

又一體　九十六字　　　　　　　　　　　　　　蔣　捷

次　清　真　韵

柳湖載酒[一]，梅墅賒棋，東風袖裏寒色。轉翠籠池閣，含櫻薦鶯食。匆匆過、春是客①。弄細雨、晝陰生寂。似瓊花、滴下紅裳，再返仙籍。　　　無限倚闌愁[二]，夢斷雲簫，鵑叫度青壁。漫有戲龍盤，盈盈住花宅。驕驄馬、嘶巷陌。户半掩、墮鞭無跡。但追想、白苧裁縫，燈下初識。

前後段第四句皆五字，與周異②。和詞往往增減一二字，想因襯字不拘。"賒"字用平。

【校記】

[一]"載"字及第五句"薦"字、第七句"晝"字、結句"返"字、後段第三句"度"字、第五句"住"字、第七句"墮"字、結句"下"字用●符標識，意謂必用去聲。但秦巘此處所列，"載"、"返"、"墮"、"下"皆爲上聲，已達五成，猶謂"必用"。故曰：凡云"必用去聲"者，皆不可信。

[二]"倚"字用●符標識，意謂須用上聲。

【蔡案】

① 周詞體五首,惟本詞本句秦巘讀爲六字折腰句法,同一詞句,或一句或二句,清人任性如此。

② 此本周詞體,惟前後段第四拍,皆因奪誤而成五字句,據彊村叢書本《竹山詞》,前段當爲“轉眼翠籠池閣”,後段“盤”字下有一脱字符“□”,然則與周詞正體一般無二。所謂“和詞往往增減一二字,想因襯字不拘”云云,也是一時性起的話,並無依據,尤其是“往往”二字。

宣　清 百十五字　　　　　　　　　　　柳　永

殘月朦朧,小宴闌珊,歸來輕寒凛凛。背銀缸、孤館乍眠,擁重衾、醉魂猶噤。永漏頻傳,前歡已去,離愁一枕。暗尋思,舊追游,神京風物如錦。　　念擲果朋儕,絶纓宴會,當時曾痛飲。命舞燕翩翩,歌珠貫串,向玳筵前,盡是神仙流品。到更闌、疏狂轉甚。更相將、鳳幃鴛寢。玉釵橫處,任散盡高陽,這歡娛、甚時重恁。

　　本集屬林鐘商。

　　此調《詞律》疑有脱誤,今從宋本補録,增入“歌珠”至“相將”二十四字,改正三字,此調始全①,亦快事也。“凛凛”二字,汲古作“森森”。“森”字上聲入二十一寑韵。《詞律》讀作平,乃謂平仄互叶,不知此詞全用閉口仄韵,填詞家侵韵獨用,尚多有之,至用侵韵之去上,往往混入他韵,不協宮調矣。“魂”字,汲古作“魄”,“翩翩”二字作“翻翻”②。“橫處”二字作“亂橫信”三字,《花草粹編》無“信”字,今據宋本訂正。

【蔡案】

① 秦巘補足後，本詞前後段仍然參差不堪，各均都無法對應，多處疑有落字，今人填詞，本調不足爲範。

② 萬樹原作"翻翻"，杜文瀾謂宋本作"翩翩"，疑秦巘"翩翩"亦誤。

隔簾聽　七十四字　　　　　　　　　　　　　　柳　永

咫尺鳳衾鴛帳，欲去無因到。蝦鬚窣地重門悄。認繡履頻移，洞房杳杳。强語笑。逞如簧、再三輕巧。　　梳妝早。琵琶閒抱。愛品相思調。聲聲似把芳心告。隔簾聽、贏得斷腸多少。恁煩惱。除非共伊知道①。

> 唐教坊曲名。本集屬林鐘商，《九宫大成》入南詞小石調正曲，許《譜》同。

> 此以"隔簾聽"句立調名。"梳妝早"句，當是換頭句。"隔簾"下，汲古、《詞律》缺"聽"字，今據宋本改正。"衾"字，《詞譜》作"幛"，"隔簾"上多"但"字，"除非"下多"是"字。"鴛"字，一本作"鸞"。

【蔡案】

① 原譜後段結拍韵律，若據彊村叢書本《樂章集》改作"除非是、共伊知道"，則更諧。

訴衷情近　七十五字　　　　　　　　　　　　　柳　永

雨晴氣爽[一]，佇立江樓望處[二]①。澄明遠水生光，重疊暮山聳翠。遥想斷橋幽徑,隱隱漁村,向晚孤烟起②。　　殘陽裏。脉脉朱闌静倚。黯然情緒,未飲先如醉。愁無際。暮雲過了,秋風老盡,故人千里。竟日空凝睇。

本集屬林鐘商。

與温庭筠《訴衷情》小令無涉,故另列。

"處"字宜叶韵,柳又一首亦不用韵。"想"字,宋本作"認"。

【校記】

[一]原注"雨"字及第三句"遠"字、第六句前"隱"字可平。

[二]原注"處"字"宜叶"。

【蔡案】

①"處"字叶韵"翠"、"起",此宋人常用,如柳永《定風波》之"緒"、"味"、"與"、"悴"通叶,詹正《六丑》之"綴"、"縷"、"水"通叶,汪元量《六州歌頭》之"裏""履""綺"通叶,周端臣《六橋行》之"塢"、"倚"、"鼓"通叶等等。秦巘以爲"宜叶韵"者,實爲指柳詞不叶,而柳永別首用"沼"、"好"韵,第二句作"漸入清和氣序","序"字通叶"沼"、"好",也是循古韵。後一體《留客住》周邦彦詞,用"茂"字通叶"暑"、"暮",秦巘認爲是"借叶",則此二首與之完全相同,也可以以借叶看待。

②校之後段,前段尾均的句讀不如讀爲"遥想斷橋,幽徑隱隱,漁村向晚孤烟起",則韵律更諧。

又一體 七十五字　　　　　　　　　　晁補之

小園過午,便覺凉生翠柏。戎葵間出墻紅,萱草静依徑緑。

還是去年,浮瓜沉李追凉,故繞池邊竹①。　　小筵促。忽憶楊梅正熟。下山南畔,畫舸笙歌逐。愁凝目。使君彩筆,佳人錦字,斷弦怎續。盡日闌干曲。

> 汲古無"近"字。

> 次句即起韵,前結一四、一六、一五字,與柳異。一氣貫下,平仄無異,可不拘。汲古於"小筵促"分段,誤,今從《歷代詩餘》本。

【蔡案】

① 本詞即前一詞體,祇是前段第三均讀破而已。但是該均的句讀同樣改讀更諧,應讀爲"還是去年,浮瓜沈李,追凉故繞池邊竹",韵律也更爲暢達,如此,二詞全同。

留客住 九十七字　　　　　　　　　　柳　永

偶登眺。憑小樓、艷陽時節①,乍晴天氣,是處閒花野草。雲散遥山萬叠,漲海千重,潮平波浩渺②。烟村院落,是誰家綠樹,數聲啼鳥。　　旅情悄。念遠信沉沉,離魂杳杳。對景傷懷,度日無言誰表。惆悵舊歡何處,後約難憑,看看春又老。盈盈淚眼,望仙鄉、隱隱斷霞殘照③。

> 唐教坊曲名。本集屬林鐘商。

> 汲古於"旅情悄"分段,今從宋本。"雲散"二字,原在"萬叠"下,"重"字作"里",今從《詞律》。"野"字,汲古作"芳",又缺"念"字,皆誤。今從《歷代詩餘》訂正。

【蔡案】

① 本調應是慢詞，因此前後段應各有四均，細按均拍，則前段"乍晴"十字，應爲第二均，正對後段"對景"十字；前段"雲散"十五字，應爲第三均，正對後段"惆悵"十五字；其後則各爲第四均。如此則後段的首均十分清晰，是"旅情"下的十二字，"杳"字爲均脚，對照前段，則可知在"時節"處失落了一韵，即第一均均脚無疑。前後比照，或本詞爲添頭式結構，則爲"節"字訛，或本詞爲齊頭式結構，則疑前段收拍並非訛字，而是脫字。總之，填者於此，必須叶韵，勿誤。

② 前段第三均，其實是一個三字托承六字儷句的結構，即"遥山萬叠雲散，漲海千重潮平"爲一六字儷句，由"波浩渺"承托，萬樹不知前十二字恰是對偶，又不知三字托結構，因此誤作分析，秦巘則同樣因不知而重蹈其失。

③ 如此斷句，不如讀爲"盈盈淚眼望仙鄉，隱隱斷霞殘照"，這十三字正確的斷句，應該是"盈盈淚眼，望仙鄉隱隱，斷霞殘照"，韵律如此更諧，詞意如此更佳。

又一體 九十四字　　　　　　　　　　　　　　周邦彥

嗟烏兔。正茫茫、相催無定①，祇恁東生西没，平均寒暑。乍見花紅柳緑，處處林茂[一]。又睹霜前籬畔②，菊散餘香③，看看又還秋暮。　　忍思慮。念古往賢愚，終歸何處。争似高堂，日夜笙歌齊舉。選甚連宵徹盡[二]，再三留住。待擬沉醉扶上馬④，怎生向、主人未肯教去。

前段與前作略同⑤，祇"又睹"句多一字，"看看"句少三字。後段"待擬"句七字，比柳作少二字，必有訛脱。《詞律》謂"没"字音"暮","緑"字音"慮",皆用北音爲叶,然此二處柳皆不叶,未確。"慮"字,《詞律》作"處",重韵,今從《片玉詞》。"平"字,《詞律》作"半","乍"字作"昨","教"字作"交",均據《詞譜》改正。

【校記】

　　[一] 原注"茂"字"借叶"。

　　[二] "徹盡",應是"徹畫",筆誤。

【蔡案】

　　① 本調慢詞,故前後皆應爲四均規模,而周、柳二詞均有主韵奪處。本詞"無定"之"定"字爲韵脚所在,此必有錯訛,疑奪一字。

　　② 第三均奪三字,本詞原貌當爲"昨見花紅柳緑,處處林茂,○○○又睹","睹"字爲前段第三主韵。

　　③ 打算讓他沉醉了再扶上馬,這樣的説法極不合事理。"沉醉"後同樣必奪二字,此處也應當有一個主韵在。其詞原貌或是"待擬沈醉▲。○扶上馬",如此則與宋元的其他諸詞皆合。又按,擬,以上作平。

　　④ 本句校之後段則多一字,疑衍,宋元其餘諸家,如柳永、丘處機、王吉昌此處均作三字。

　　⑤ 柳詞前段第三均有三拍十五字,而周詞衹有二拍十字,相差很大,豈可視爲"略同"。

思歸樂 五十六字　　　　　　　　　　　　柳　永

天幕清和堪宴聚。相對盡、高陽儔侶。皓齒善歌長袖舞。漸引入、醉鄉深處。　　晚歲光陰能幾許。這巧宦、不須多取。把酒共君聽杜宇。解再三、勸人歸去。

《羯鼓録》名《思歸》，屬太簇商。

唐樂府名商調曲，本集屬林鐘商。

《冥音録》："盧江尉李侃，外婦崔氏，有女弟苣奴，善鼓箏，未嫁而卒。崔生二女，心念其姨，夢中傳十曲，又留一曲曰《思歸樂》。（節録）"餘詳《滿江紅》下。

《詞譜》："與《柳搖金》合調，但兩起句平仄異，後起不叶韵。"①《詞律》謂似《於中好》，但兩結六字，更不合。與《步蟾宫》亦相似，但兩起句、兩三句，平仄皆不同，且不叶韵，皆不得以字數同而歸併也②。惜無他詞爲證。

"對"字，汲古作"得"，"把酒共君"四字作"共君把酒"，"聽"字作"勸"，今從《詞譜》。"再三"上，汲古缺"解"字，"勸"字作"唤"，據宋本訂正。

【蔡案】

①《詞譜》於《柳搖金》下注云："此調句讀近《思歸樂》，惟前後段兩起句平仄不同，且換頭句不押韵，故與《思歸樂》有別。"

② 秦巘謂"不得以字數同而歸併"，是其理念如此，因此《詞繫》中有大量同調異名者，都以"又一體"録存，竊以爲謬。唐宋詞中同調而句法相左者，無可勝數。故竊以爲歐陽修詞調名《惜芳時》、張繼先詞調名《惜時芳》（疑即《惜芳時》所訛）、沈蔚詞調名《柳搖金》者，其實與本詞都是同一詞調。各詞別作一調，殊屬多餘。因爲在宋詞中後段首句或入韵或不入韵的情況極多，衹是別格而已，體式未變，這也是唐宋詞中的常態，例不勝舉。正如《詞譜》在《茶瓶兒》譜中所云："不知前句不押韵，後句押韵者，詞中盡多，若在換頭後結更多，蓋詞以韵爲拍，過變曲終，不妨多加拍也。"反之，過變曲終，不妨減拍也。

二郎神　百四字　或加"慢"字　　　　　　　　　柳　永

七　夕

炎光謝。過暮雨、芳塵輕灑。乍露冷、風清庭户爽[①]，天如水、玉鈎遥挂。應是星娥嗟久阻，叙舊約、颸輪欲駕。極目處、微雲暗度，耿耿銀河高瀉。　　　閒雅。須知此景，古今無價。運巧思、穿針樓上女，擡粉面、雲鬟相亞。鈿合金釵私語處，算誰在、回廊影下。願天上人間，占得歡娱，年年今夜。

> 唐教坊曲名。本集屬林鐘商。《九宫大成》入南詞商調正曲，又入北詞商角隻曲，許《譜》亦入南詞商調引。
>
> 《樂府雜録》云："《離别難》：武后朝有士陷冤獄，妻配入掖庭。善吹簫，乃撰此曲，名《大郎神》，蓋取良人行第也。後易其名曰《悲切子》，又曰《怨回鶻》。"《輟耕録》云："此樂府傳寫之誤，實《大郎神》，亦作《二郎神慢》。"楊纘《作詞五要》云："第四要隨律押韵，如越調《水龍吟》、商調《二郎神》，皆合用平入聲韵。古詞俱押去聲，所以轉摺怪異，成不祥之音。"[②]
>
> 沈際飛《草堂詩餘箋》云"'光'字下脱'初'字，不確[③]。

【蔡案】

① "乍露冷風清"四字不當讀斷，與徐詞、揚詞同。

② 本調以揚无咎詞體填者最多，故詞譜擬於其下。

③ 起調三字，疑奪一字，應是合理推斷。今存宋詞凡是三字起者，應該均爲循柳詞之誤，惜沈際飛脱字説不知所據。另，據揚无咎詞，起拍作"炎光欲謝"，極疑即用柳詞之起拍"炎光初謝"。

又一體 九十八字　　　　　　　　　　　　呂渭老

西池舊約。燕語柳梢桃萼。向紫陌、鞦韆影下,同綰雙雙鳳索。過了鶯花休則問,風共月、一時閒却。知誰去喚秋陰,滿眼敗紅藥①。　　飄泊。江湖載酒,十年行樂。甚近日、傷高念遠,不覺風前淚落。橘熟橙黃堪一醉,斷未負、晚涼池閣。祇愁被、撩撥春心,煩惱怎生安着。

> 首句四字,次句六字,三句七字,四句六字,前結一六、一五字。後段四句七字,五句六字,後結一三、一四、一六字。與柳作全異,與後徐作亦不合②,與馬作差同,或亦是轉調也。

【蔡案】

① 該詞前結,據明鈔本當爲"知誰去、喚得秋陰,滿眼敗垣紅葉",奪二字,補足後,正與後段相同,應據補。

② 本詞實爲柳詞的減字格,前段第二句、前後段第三句和第四句各減一字,共計減五字。

轉調二郎神 百五字　一名《十二郎》　　　　　徐　伸

悶來彈鵲[一],又攪碎、一簾花影[二]。謾試著春衫,還思纖手,熏徹金猊爐冷[三]。動是愁端如何向[四]①,但怪得、新來多病。嗟舊日沈腰[五],而今潘鬢,怎堪臨鏡。　　重省。別時淚漬,羅襟猶凝[六]。料爲我厭厭[七],日高慵起,長托春酲未醒。雁足不來[八],馬蹄難去,門掩一庭芳景。空佇立,盡

日闌干倚遍，晝長人静。

　　吴文英詞名《十二郎》。

　　《揮麈餘録》云："政和初，徐幹臣嘗自製《轉調二郎神》詞。會開封尹李孝壽來牧吴門，幹臣大合樂燕勞，喻群倡令謳此詞，必待其問而止。倡如戒，歌至三四，李果詢之。幹臣蹙額曰：'某頃有一侍婢，色藝冠絶，前歲以亡室不容，逐去。今聞在蘇州一兵官處，屢遣信欲復來，而今之主公靳不與，感慨賦此詞。'李云：'此甚不難，可無慮也。'既次無錫，賓贊者請受謁。李一閲刺字，忽大怒，斥都監下階荷校送獄，兵官者解其指，即日舍之。"（節録）《花庵詞選》云："徐伸，政和初以知音律爲太常典樂。所著《青山樂府》多雜調，惟《二郎神》一曲，天下稱之。"

　　此體與柳作異，但不知所轉何調②，作者多從之。"愁端如何"四字平聲。楊恢、吴文英作同。《嘯餘》注"何"字可仄，誤。"彈"、"淚"二字去聲，"沈"、"怎"、"倚"、"晝"四字仄聲，"爐冷"二字、"未醒"二字去上聲，勿誤。"倚遍"二字，《詞律》作"遍倚"，"嗟"字，葉《譜》作"想"，"怎"字作"不"。

【校記】

　　[一]"彈"字及第五句"爐"字、後段起句"淚"字、第五句"未"字用◐符標識，意謂必用去聲。原注"彈"字去聲。

　　[二]原注"又"字及後段起句"别"字、第六句"雁"字、第七句"馬"字可平。

　　[三]"冷"字、後段第五句"醒"字用◑符標識，意謂必用上聲。

　　[四]"愁端如何"四字用○符標識，意謂必用平聲。

　　[五]"沈"字、結句"怎"字、第十句"倚"字、結句"晝"字用◑符標

識,意謂必用仄聲。

　　［六］原注"襟"字及第四句"慵"字、第七句"難"字、第九句"空"字可仄。

　　［七］原注前"厭"字平聲。

　　［八］原注"不"字作平。

【蔡案】

　　① 此七字詞意既不通,四平相連又是大違律處,且校之其他各詞句法均不合,由此可知必有錯訛。前人於此,往往因爲缺乏書證而強調其不律處爲必須謹守處,更有甚者以其不律爲詞之佳處,此病自萬樹起,至今不絶。本詞前段第三均,校之後段可知,實爲"動是愁端,如何向但,怪得新來多病",從而與各詞相合,但"如何向但"後二字必有錯訛,因此被勉強讀爲七字一句。疑"但"字是"夜"字蝕筆之誤。又,在七字句中,第六字各家用平用仄不一,而用平者居多,然今人填此,總以仄聲爲正。

　　② "轉調"應與詞樂相關,而與文字無關,詞中名轉調者並非僅本詞一調,如曹勛《選冠子》名《轉調選冠子》、沈會宗《蝶戀花》名《轉調蝶戀花》、陳亮《踏莎行》名《轉調踏莎行》,不一而足。比較徐詞與柳詞及楊詞,整體韵律並無變化,僅個別詞句讀破而已,無非是填詞的常用手法,就體式而言並未發生變化,仍爲一體。

　　又一體 百五字　　　　　　　　　　　　　　　　揚无咎

　　　　　　　　　清　源　生　辰

炎光欲謝[一],更幾日、薰風吹雨。共說是天公,亦嘉神貺,特
○○●●　　　　●●●　　○○○▲　　●●●●○　●○○●　●

作澄清海宇[二]。灌口擒龍,離堆平水[三],休問功超前古。
●○○●▲　　　●●○○　○○○●　　○○○●○▲

當中興、護我邊陲,重使四方安堵[四]。　　　　新府。祠庭占
○○● ●●○○ ○●●○○▲　　　　○ ▲ ○○●

得,山川幾處。看曉汲雙泉,晚除百病,奔走千門萬户。歲
● ○○●▲ ●○●○○ ●○●● ○●○○●▲ ●

歲生朝,勤勤稱頌,可但民無災苦。□願得、地久天長協佐,
●○○ ○○○● ●●○○▲ ○●● ●●○○●● ●●

皇都□□①。
○○●▲

　　　"灌口"下三句,兩四、一六字,後段同,與徐作異。"災苦"下
缺三字。尾句用平叶,亦平仄互叶體。"災"字一本作"疾"。

【校記】

　　　[一]"欲"字原注作去,並與第五句"海"字、後段首句"占"字、第
五句"萬"字、結句"協"字用●符標識,意謂必用去聲。

　　　[二]"宇"字及後段第五句"户"字用●符標識,意謂必用上聲。

　　　[三]"擒龍"、"離堆"四字用○符標識,意謂必用平聲。

　　　[四]"四"字用◑符標識,意謂必用仄聲。

【蔡案】

　　　① 尾均原作"□□□、願得地久天長,協佐皇都"。用平聲韵,
全宋僅此一首,必有錯訛。毛校本《逃禪詞》作"□願得、地久天長,
佐紹興□□□",則"皇都"二字想來或是後人妄添,而"願得"二字
應屬三字逗中,依韵律也可以確認,因爲這裏的六字句句法各家都
作仄起仄收式,三四字應用平聲,以"願得地久"律拗式起,也殊爲
異常,但毛校本結拍用單起式句法,也非原句如此,因此綜合兩種,
作此調整。

又一體 百三字　　　　　　　　　　　馬子嚴

柳　　花

日高睡起[一]，又恰見、柳梢飛絮。倩説與、年年相挽[二]，却又因他相誤[三]。南北東西何時定[四]，看碧沼、青浮無數。念蜀郡風流，金陵年少，那尋張緒[五]。　　應許。雪花比並，撲簾堆户。更羽綴游絲，氈鋪小徑，腸斷鵜鳩喚雨[六]。舞態顛狂，恨腰輕怯，散了幾回重聚。空暗想、昔日長亭別後[七]，杜鵑催去。

此同徐體，但"倩説"句七字少二字，與柳作同。

【校記】

[一]"睡"字及後段首句"比"字、第五句"喚"字用⬤符標識，意謂必用去聲。

[二]清汪灝《廣群芳譜》卷七十八作"倩誰説與，年年相挽"。

[三]原注"相"字及第七句"風"字宜仄。

[四]"東西何時"四字用○符標識，意謂必用平聲。

[五]"那"字及後段第九句"別"字、結句"杜"字用◗符標識，意謂必用仄聲。

[六]"雨"字用⬤符標識，意謂必用上聲。

[七]原注"別"字作上。

又一體 百四字　　　　　　　　　　　　　　　吴文英

垂　虹　橋

素天際水[一]，浪拍碎、凍雲不凝。記曉葉題霜，秋燈吟雨，曾繫長橋過艇[二]。又是賓鴻重來後[三]，猛賦得、歸期纔定①。嗟繡鴨解言，香鱸堪釣，尚廬人境。　　　幽興。争如共載，越娥妝鏡。念倦客依前，貂裘茸帽，重向松江照影。酹酒滄茫，倚歌平遠，亭上玉虹腰冷。迎面暮雪飛花，幾點黛愁山暝[四]②。

　　　後結兩六字句，不同徐作。

【校記】

　　[一]"際"、"過"、"尚"、"共"、"照"、"黛"字用●符標識，意謂必用去聲。

　　[二]"艇"及後段"影"用◗符標識，意謂必用上聲。

　　[三]"賓鴻重來"四字用○符標識，意謂必用平聲。

　　[四]"幾"字用◑符標識，意謂必用仄聲。

【蔡案】

　　① "猛賦得歸期纔定"細玩不通，"猛"字疑誤。而"賦得歸期纔定"則是極爲圓轉的六字句，則"猛"字或是"重來後□"的誤讀。

　　② 後結少一字，《夢窗詞》尾均作"迎醉面、暮雪飛花，幾點黛愁山暝"，正與諸家同，應是的本，應據補。

鵲橋仙 八十八字　　　　　　　　　柳　永

屆征途,携書劍,迢迢匹馬東歸去。慘離懷,嗟少年、易分難聚①。佳人方恁繾綣②,便忍分鴛侶。當媚景,算密意幽歡,盡成輕負。　　此際寸腸萬緒。慘愁顔、斷魂無語。和淚眼、片時幾番回顧③。傷心脉脉誰訴。但黯然凝竚。暮烟寒雨,望秦樓何處。

　　本集屬歇指調,《唐書‧樂志》:"歇指調,爲林鐘之商聲。"

　　此與《鵲橋仙》小令迥別,故另列。

　　無他作可證。汲古缺"歸"字,"此"字作"且"。"少年"二字,《詞律》作"年少",據宋本訂正。

【蔡案】

　　① "慘離懷,嗟少年"爲一駢儷句式,因此本均應讀爲六字折腰一句、四字一句。

　　② 本句爲平起仄收式句法,第五字必平,"繾"字,以上作平。

　　③ 本句九字對前段"慘離"下十字,則疑"片時"前後奪一字,該句應是六字折腰句。按秦蠑讀,作九字一拍,則第二均便是孤拍,於律大爲不合。

夏雲峰 九十一字　　　　　　　　　柳　永

宴堂深[一]。軒楹雨、輕壓暑氣低沉[二]①。花洞彩舟泛斝,坐繞清潯。楚臺風快,湘簟冷、永日披襟。坐久覺、疏弦脆管,時換新音②。　　越娥蕙態蘭心。逞妖艷、昵歡邀寵難禁。

筵上笑歌間發，舄履交侵。醉鄉深處，須盡興、滿酌高吟。
向此免、名繮利鎖，虛費光陰。

　　　本集屬歇指調。

　　　此調詠本意爲名，平仄皆宜遵守，勿誤。《詞匯》誤列僧揮
《金明池》"天闊雲高"一首，《詞律》已證其誤。"新"字一本作
"清"。"態"字，葉《譜》作"質"，"舄履"二字作"履舄"，誤。

【校記】

　　　[一] 原注"宴"字及第二句"暑"字、第三句"泛"字、換頭句"越"
字、後段第六句"滿"字可平。

　　　[二] 原注"輕"字及第六句"湘"字、後段第二句"歡"字可仄。

【蔡案】

　　　① 首均秦巘讀誤，按其韵律，應是"宴堂深、軒楹雨，輕壓暑氣低
沉"，"深"字是句中短韵，"宴堂深"不可視爲三字句。

　　　② 前後段尾均中兩個三字逗，如果讀爲二字逗，似更流暢，校之
他詞，多可如此讀。

永遇樂　百四字　　　　　　　　　　　　　　　　　柳　永

天閣英游，内朝密侍[一]，當世榮遇[二]①。漢守分麾，堯庭請
○●○○　●○◎●　　○●○▲　　　●●○○　○○○

瑞，方面憑心膂。風馳千騎[三]，雲擁雙旌②，向曉洞開嚴署。
●　○●○○▲　　○○○●　　○●○○　　●●●○○▲

擁朱幡、喜色歡聲，處處競歌來暮③。　　　吳王舊國，今古江
●○○　●●○○　●●●○○▲　　　○○●●　○●○

山秀異，人烟繁富④。甘雨車行，仁風扇動，雅稱安黎庶。棠
○●●　○○○▲　　○●○○　○○●●　●●○○▲　　◎

郊成政,槐府登賢,非久定須歸去。且乘閒、宏閣長開,融尊
○○● ○◎○⊙ ⊙●●○○▲ ●○○ ○●⊙○ ⊙○
盛舉⑤。
●▲

　　本集屬歇指調,《九宮大成》入南詞商調引,《詞名集解》云:
歇拍調。

　　周密《天基聖節樂次》:"樂奏夾鐘宮,第五盞觱篥起《永遇樂
慢》。"《集解》云:"唐杜秘書工小詞。鄰家有小女名酥香,凡才人
歌曲,悉能吟諷,尤喜杜詞,遂成踰墻之好。後爲僕訴,杜流河
朔,臨行述《永遇樂》詞訣別,女持紙三唱而死。"愚按:此語不知
所據何書,杜秘書不著名號,究未知此調創自杜否。

　　各家平仄多有不同,今列三體以備擇用。"世"、"競"、"舊"、
"盛"等字,定去聲,"融"字亦當用去爲妙。"宏"字,汲古作"暖"。
"雲擁"句、"喜色"句、"仙郎"句、"槐府"句、"宏閣"句,《梅苑》詞
平仄俱相反。又一首於前結句作五字,是遺脱也。趙長卿作,於
前結一三、一六、一四字,平仄亦異。"擁朱幡"句、"且乘閒"句,
趙師俠作"萬花覆"、"尊之至",平仄異,餘同《梅苑》。兩結各家
平仄亦多相反。

【校記】

　　[一] 原注"密"字可平,其餘旁注可平可仄均標注於圖符中。

　　[二] "世"字及結句"競"字、後段首句"舊"字、結句"盛"字用●符
標識,意謂必用去聲。

　　[三] 原注"騎"字、後段第六句"稱"字去聲。

【蔡案】

　　① 詞中真正不守韵律的大拗句式極爲罕見,此爲一例。究其成
因,可從後段對應句探尋原由,後段作"秀異人烟繁富",而全詞爲添

頭式,則本句或是從减去"人烟"二字而來,但爲何不减"秀異"一頓,則不解其故。

② 詞譜爲二維圖譜,無法作立體式的表達,通常圖符僅代表具體的文字,但這類圖符則代表一個句子,表示本句可以填爲○●○○,也可以填爲○○○●,兩處可平可仄必須同時改易,不可僅改一字,以改誤作○●○●或○○○○。後段"槐府登賢"句的圖符也是一樣。

③ 原注第二字可平,宋詞中有如蘇軾填爲"覺來小園行遍"者,本是誤填,後人以訛傳訛,韵律失諧,終究不可從,故删去。

④ 後段首均原作"吳王舊國,今古江山,秀異人烟繁富",六字句莫知所云,"人烟"前後修飾,應是讀破了對偶句"江山秀異,人烟繁富",這也是爲什麼這一均第六字"古"字用仄聲,而蘇軾等別家都用平聲的緣故。

⑤ 本調句法常有相左處,如蘇軾"明月如霜"詞,與此全同,但句法結構多有相反,如"雲擁"句、"喜色"句、"處處"句、"今古"句、"槐府"句、"宏閣"句,平仄皆異,可知填詞之道,句法平仄原非關鍵。

又一體 百四字   柳　永

薰風解愠[一],晝景清和,新霽時候[二]。火德流光,蘿圖薦祉,累慶金枝秀。璇樞繞電[三],華渚流虹,是日挺生元后。纘唐虞垂拱,千載應期,萬靈敷祐。　　殊方異域,争貢琛贄,架巘航波奔輳。三殿稱觴,九儀就列,韶濩鏘金奏。藩侯瞻望彤庭,親携僚吏,競歌元首。祝堯齡、北極齊尊,南山共久。

前結一五、兩四字，後段第七、八、九句，一六、兩四字句，與前異。"清"字，汲古作"晴"，"璇"字作"旋"，"纘"字作"績"，一本作"續"。"蠘航"二字作"蠘杭"。"競"字作"竟"，一本作"賡"。"景"字作"錦"，"蘿"字作"綠"，"三"字作"二"，俱誤，今從宋本改正。

【校記】

[一] 原注"薰"字可仄。

[二] "霽"字和結句"萬"字、後段首句"異"句、後結"共"字用◑符標識，意謂必用去聲。

[三] 原注"繞"字可平。

又一體 百四字　　　　　　　　　　　　　蘇　軾

夜宿燕子樓，夢盼盼，因作此詞。

明月如霜，好風如水，清景無限[一]。曲港跳魚，圓荷瀉露，寂寞無人見。紞如五鼓，錚如一葉，黯黯夢魂驚斷。夜茫茫、重尋無處，覺來小園行遍。　　　天涯倦客，山中歸路，望斷故園心眼。燕子樓空，佳人何在，空鎖樓中燕。古今如夢，何曾夢覺，但有舊歡新怨。異時對、南樓異景，爲余浩歎[二]。

許氏《詞譜》入南詞商調引。

《獨醒雜志》云："東坡守徐州，作燕子樓樂章。方具稿，人未知之，一日忽聞傳於城中。東坡訝焉，詰其所從來，乃謂發端於邏卒。東坡召而問之，對曰：'某稍知音律，嘗夜宿張建封廟，聞有歌聲，細聽乃此詞也，記而傳之，初不知何謂。'東坡笑而遣之。”愚按：《詞名集解》竟名之曰《燕子樓》，大誤。“錚如”句、“山中”句、“佳人”句①、“何曾”句，平仄俱與柳異。各家多用此體。“無人”“人”字，“樓中”“中”字，趙以夫、蔣捷用仄聲，餘各家同。“錚如”，《詞譜》作“錚然”，“魂”字作“雲”，“異”字作“夜”。

【校記】

　　［一］“景”字、前結“小”字、後起“倦”字、後結“爲”字和“浩”字用◐符標識，意謂必用去聲。但“景”字、“小”字本爲上聲。

　　［二］原注“爲”字作去聲。

【蔡案】

　　① “佳人”句與柳詞句法同，秦巘誤指。本詞與柳詞韵律同，非又一體，句式不同並非別格的標誌，否則便没有類似○◎○⊙的圖譜，須分别列爲兩種。

又一體 百四字　　　　　　　　　　　　　　晁補之

松菊堂深，芰荷池小，長夏清暑[一]。燕引雛還，鳩呼婦往，人静郊原趣。麥天已過，薄衣輕扇，試起繞園徐步。聽衡宇①。欣欣童稚，共説夜來初雨。　　　蒼筤徑裏，紫葳枝上，數點幽花垂露。東里催鋤，西鄰助餉，相戒清晨去。斜川歸興，翛然滿目，回首帝鄉何處。秖愁恐，輕鞭犯夜，灞陵舊路。

　　“宇”字叶韵，餘同柳第一首。

【校記】

　　［一］“夏”字、前結“夜”字、後起“徑”字、後結“灞”字和“舊”字用◐符標識，意謂必用去聲。

【蔡案】

　　① 此即柳永正體，惟本句似多一韵異。但此處例不用韵，宋詞中獨此一處，且後段也無呼應，可見衹是偶合而已，不當視爲叶韵。

　　又一體 百五字　　　　　　　　　　　　　　危[一]

早葉初鶯，晚風孤蝶，幽思何限[二]。檐角縈雲，階痕積雨，一夜苔生遍。玉窗閒掩，瑶琴慵理，寂寞水沉烟斷。悄無言春歸無覓處①，卷簾見雙飛燕②。　　風亭泉石[三]，烟林薇蕨，夢繞舊時曾見。江上閒鷗，心盟猶在，分得眠沙半。引觴浮月，飛談卷霧，莫管愁深歡淺。起來倚闌干，拾得殘紅一片[四]。

　　此下二首，俱見元《草堂詩餘》。前段第十句八字③，比各家多一字，後結一五、一六字，亦微異。

【校記】

　　[一] 應是“危復之”。

　　[二] 原注“思”字去聲。“思”字、結句“見”字、後結“一”字用●符標識，意謂必用去聲。

　　[三] 原注“泉”字宜去。

　　[四] 原注“殘”字宜去，“一”字作去。

【蔡案】

　　① 本句讀爲三字逗領五字句爲好。

　　② 本句拗其韵律，是六字折腰句，與諸家不同，應予讀斷。

　　③ 本句宋詞皆爲折腰式七字一句，惟本詞八字，疑“覓”字爲後

人所添。

又一體 百二字　　　　　　　　　　　　　李太古

玉砌標鮮，雪園風致，似曾相識[一]。蟬錦霞香，烏絲雲濕，吹渴蟾蜍滴。青青白白，關關滑滑，寒損銖衣狂客。儘聲聲、不如歸去，歸也怎生歸得[二]。　　含桃紅小[三]，香芹翠軟，惆悵宜城山色。百摺浮嵐，幾灣流水，那一些兒直。落花情味，露花魂夢，蒲花消息。撫修眉、織烏西下，爲君凝碧[四]。

　　　後段第九句四字，比各家少二字，恐有脫誤①。"怎"上聲。"爲"、"凝"去聲。"曾"、"紅"宜用去聲。

【校記】

　　[一] 原注"曾"字宜去。
　　[二] "怎"字及後結"爲"字、"凝"字用●符標識，意謂不可用別聲替。
　　[三] 原注"紅"字宜去。
　　[四] 原注"爲"字、"凝"字去聲。

【蔡案】

　　① 此即柳詞正體，惟本句少二字異，宋詞惟此一首，應是脫落。

又一體 百四字　　　　　　　　　　　　　陳允平

玉腕籠寒，翠闌憑曉，鶯調新簧[一]。暗水穿苔，游絲度柳，人
●●○○　●○○●　○○△　　●●○○　○○●●　○
靜芳晝長①。雲南歸雁，樓西飛燕，去來慣認炎凉。王孫遠、
●○○△　　○○○●　○○○●　●○●●○○　　○○●

青青草色，幾回望斷柔腸②。　　薔薇舊約，尊前一笑，等閒
○○●● ●○●●○△　　　　○○●● ○○●● ●○

孤負年光。鬥草庭空，拋梭架冷，簾外風絮香。傷春情緒，
○●○△ ●●○○ ○○●● ○●○△　　○○○●

惜花時候，日斜尚未成妝。閒嬉笑、誰家，女伴又還采桑③。
●○○● ●○●●○△　　○○● ○○ ●●●●○●△

　　　《日湖漁唱》原注：“舊上聲韵，今改平韵。”

　　　“調”、“望”、“斷”、“舊”、“又”、“采”六字，仄聲是定格，用去
更妙。

【校記】

　　[一]原注“調”字去聲。“調”字、結句“望斷”二字、後起“舊”字、
後結“又”字和“采”字用●符標識，意謂須用仄聲字，用去聲更妙。

【蔡案】

　　① 前後段第六拍皆爲大拗句法，必有講究，惜僅此一首，無可
相校。

　　② 前段尾均爲七字起，六字收，原讀爲三字一句、四字一句、六
字一句，誤。

　　③ 尾均原作“閒嬉笑，誰家女伴，又還采桑”。本均即前段尾均
減去“草色”，所謂剪尾格。通常後段首均添二字，尾均就會減去
二字。

消　息　百四字　　　　　　　　　　　　　　　　晁補之

端　午

紅日葵開，映墻遮牖，小齋端午。杯展荷金，簪抽笋玉，幽事
還堪數。綠窗纖手，朱奩輕縷，爭鬥彩絲艾虎。想沈江、怨

魄歸來,空惆悵對菰黍。　　　朱顏老去,清風好在,未減佳
辰歡聚。臘酒深斟,菖蒱細糝,圍坐從兒女。還同子美,江
村長夏,閒對燕飛鷗舞。算何須、楚王雄風[一],方消畏暑。

> 原注:"自過腔,即越調《永遇樂》。"愚按:此與柳詞無異①。
>
> 調名《消息》,是腔調不同,與《湘月》之即《念奴嬌》類也,故
> 列後。
>
> "齋"字用平,"楚王雄風","王"字當作去聲,平仄亦異。汲
> 古缺"斟"字,誤。

【校記】

　　[一] 原注"王"字去聲,並用●符標識,意謂必用去聲。

【蔡案】

　　① 余謂宮調與文字無關,此爲一例。本詞宮調不同,但字句同。

浪淘沙慢 百三十五字　　　　　　　　　　　柳　永

夢覺透窗風一綫,寒燈吹息。那堪酒醒,又聞空階,夜雨頻
滴①。嗟因循、久作天涯客。負佳人、幾許盟言②,更忍把、
從前歡會,陡頓翻成憂戚。　　　愁極。再三追思[一],洞房深
處,幾度飲散歌闋③。香暖鴛鴦被,豈暫時疏散,費伊心力。
殢雲尤雨,有萬般千種,相憐相惜④。恰到如今,天長漏永,
無端自家疏隔⑤。知何時、却擁秦雲態⑥,願低幃昵枕,輕輕
細說。與江鄉⑦,夜夜數、寒更思憶。

> 本集屬歇指調。

此與《浪淘沙令》《浪淘沙近》皆不同，故另列。

照周詞當於"恰到如今"下分第三段。"闌"字，汲古作"闌"，失韵。"殢雲尤雨"四字作"殢雨尤雲"，"相憐"下缺一"相"字及"恰"字，"知"字作"如"，今據宋本訂正。後結似當於"與"字句，"夜"字句，"數"字屬下句。

【校記】

［一］原注"思"字去聲。

【蔡案】

① "又聞"八字，作四字二句則兩句韵律皆不諧。按，第二均十二字宋人多作六字兩句填，原譜作四字三句，故後二句便有兩頓連平、連仄之病，而"空階夜雨頻滴"，本爲緊密語義單位，不當讀斷。若作"那堪初醒又聞，空階夜雨頻滴"，韵律最諧。

② "盟言"處，當是主韵所在，"言"字須叶，此疑是"盟質"之誤，填者不可落韵。

③ 本句句法大拗，故《欽定詞譜》據汲古易爲"幾度飲散歌闌"，但如此則第二段直至"心力"方叶韵，必無此韵律。疑"幾度"爲"幾回"之傳誤，或"散"字以上作平。

④ 秦巘謂本詞應分三段，但又泥於陳說而未作析分，所謂失之交臂。考本詞與周詞同，第二第三段均拍差近，且分爲兩段文字前後懸殊，顯不和諧，故應據周詞分爲三段。其中第二第三段對應，"再三"以下應與"恰到"以下合，詳見後析。

⑤ 本句句法大拗，或有舛誤。本句別首多作上三下四折腰式七字一句，故"無端"之後，應有一讀住，作二字逗領四字句法爲宜。柳詞因傳播最多，且多在下層傳播，故集中舛誤最多。

⑥ 本句爲八字，而所對應之第二段則作"香暖鴛鴦被"，愚以爲

必脱一三字逗。

　　⑦“與江鄉”云云，詞意不通，故秦巘謂後結當讀爲“輕輕細説與，江鄉夜夜，數寒更思憶”，但如此則後段從“知何時”起，直至詞末方韵，達二十七字，必無如此韵律。而若知本詞分爲三段，則可知“與江鄉”實與第二段“嫌雲尤雨”對應，則該句本應爲“□與江鄉”，自然並無不通處。而結處第三段較第二段少二字，也極爲符合尾均減字減一頓的一般規則。

又一體　百三十三字　　　　　　　　　　　　周邦彥

曉陰重，霜凋岸草，霧隱城堞[一]。南陌脂車待發，東門帳飲乍闋。正拂面垂楊堪攬結[二]。掩紅淚、玉手親折[三]。念漢浦離鴻去何許，經時信音絶。　　　情切。望中地遠天闊。向露冷風清無人處，耿耿寒漏咽。嗟萬事難忘，惟是輕別。翠尊未竭。憑斷雲，留取西樓殘月。　　　羅帶光銷紋衾疊[四]。連環斷、舊香頓歇。怨歌永，瓊壺敲盡缺。恨春去、不與人期，弄夜色。空餘滿地梨花雪。

　　　　此與柳作字數雖同，句法稍異。“南陌”二句各六字，“發”字、“折”字叶韵，“念漢浦”下十二字，一八、一五字句法。第二段次句一六、一八字，“闊”字叶，“處”字不叶，“咽”字又叶，“竭”字亦叶。“留取”句六字。第三段起句作七言詩句，次句一三、一四字。“缺”字亦叶，“恨春去”句不叶。末句亦七言詩句，與柳作全異。“念漢浦”下，陳和作“望日下長安近下”七字①，與此句法微異。方、楊和作，吴文英作與此同，想不拘。“堪攬結”，楊作“百

千結",恐誤倒也。"隱"、"待"、"乍"、"攬"、"手"、"去"、"信"、
"遠"、"漏"、"是"、"未"、"頓"、"盡"、"夜"諸仄聲;"光"、"銷"、
"紋"、"衾"四平聲,最吃緊,不可移易。"發"字方和詞亦叶。
"漢"字,《詞律》作"溪"。"信音",一作"音信","斷"字作"解"。
"鴻"字,葉《譜》作"魂",皆誤。吴作於"玉手親折"句作三字,是
脫誤。

【校記】

[一]"隱"字及後句"待"字、第五句"乍"字、第六句"攬"字、第七
句"手"字、第八句"去"字、結句"信"字、後段第二句"遠"字、第四句
"漏"字、第六句"是"字、第七句"未"字、第三段第二句"頓"字、第四句
"盡"字、第六句"夜"字用●符標識,意謂必用仄聲。

[二]原注"正"字、第二段第五句"萬"字可平。

[三]原注"玉"字作平。

[四]"光銷紋衾"四字用○符標識,意謂必用平聲。

【蔡案】

① 本調三段,首段四均,次段及末段各三均。首段均脚爲"堞"、
"闋"、"折"、"絶",其中"折"字吴文英作"説",柳永則失落。次段均脚
爲"處"、"別"、"月",其中"處"字顯脫,而柳永用"闋",周詞別首用
"戚",皆叶韵,而其餘和周詞亦皆循周而脫落,可見宋末均拍概念已
然淡漠。末段均脚爲"歇"、"期"、"雪",其中"期"字顯脫,柳永用
"説",周詞別首,余疑必是"一"字,錯位而已。惜後世和周僅限本詞。

又一體 百三十三字　　　　　　　　　　　周邦彦

萬葉戰,秋聲露結,雁度砂磧[一]。細草和烟尚緑,遥山向晚

更碧。見隱隱、雲邊新月白。映落照、簾幕千家①,聽數聲何處倚樓笛。裝點盡秋色。 脉脉。旅情暗自消釋。念珠玉臨水猶悲戚,何況天涯客。憶少年歌酒,當時踪跡。歲華易老,衣帶寬,懊惱心腸終窄。飛散後,風流人阻,藍橋約、悵恨路隔。馬蹄過、猶嘶舊巷陌。歎往事、一一堪傷,曠望極。凝思又把闌干拍。

此與前作字數相同,而句法特異。照前詞亦當“飛散”下分三段②,“綠”字、“家”字、“老”字俱不叶韵,“極”字叶。“家”、“涯”、“時”三字用平,“點”、“恨”、“舊”三字用仄,與前作異。“數聲何處”四字,“珠玉臨水”四字,“少年歌酒”四字,亦平仄不同。“飛散”句,句法亦異。又一體也。

【校記】

[一]“度”字及後句“尚”字、第五句“更”字、第六句“月”字、第八句“倚”字、結句“盡”字、後段第二句“自”字、第七句“易”字、第十二句“路”字、第十三句“巷”字、第十五句“望”字用◑符標識,意謂必用仄聲。

【蔡案】

① 本句即前一首“玉手親折”,應是均脚主韵所在,必須叶韵,秦巘所據本當有舛誤,應據《欽定詞譜》改爲“千家簾幕”。但《欽定詞譜》本句亦未作韵,此“幕”字當爲詞韵十六、十七部通押。

② 本詞無疑應分三段,秦巘或是拘泥於原本,但終究是因爲其寫作目的並不在擬譜,而祇在梳理來龍去脉,所以保持原狀便高於釐清韵律,本詞可爲一證。

荔支香 七十六字　　　　　　　　　　　　　柳　永

甚處尋芳賞翠[一]，歸去晚。緩步羅襪生塵①，來繞瓊筵看。
●●○○●●　　○○▲　　●●●⊙●○○　　　○●○○▲

金縷霞衣輕褪，似覺春游倦。遙認、衆裏盈盈好身段。
○●○○●●　　●●○○▲　　　○⊙　　○●○○●○▲

擬回首，又佇立、簾幃畔。素臉紅眉，時揭蓋頭微見。笑整
◎⊙●　　●●●　　○○▲　　●●○○　　○●●○○▲　　◎●

金翹，一點芳心在嬌眼。王孫空恁腸斷。
○○　　●●○○●○▲　　○○○●○▲

　　　本集注歇指調。《碧雞漫志》云：歇指、大石調，皆有近拍，
不知何者爲本曲。《九宮大成》入南詞大石調正曲，許《譜》同。

　　　《唐書·禮樂志》：“明皇幸驪山。楊貴妃生日，命小部張樂
長生殿。因奏新曲，未有名。會南方進荔支，因名曰《荔支香》。”
《太真外傳》云：“天寶十四載六月一日，上幸華清宮，乃貴妃生
日。上命小部音聲。小部者，梨園法部所置，凡三十人，皆十五
以下。於長生殿奏新曲，未有名。會南海進荔枝，因以曲名《荔
枝香》。”《脞說》云：“忠州進荔枝，比至開籠時，香滿一室。供奉
李龜年撰此曲進之，宣賜甚厚。”沈作喆《寓簡》云：“衡山南岳祠
宮，舊多遺跡。徽宗政和間，新作燕樂，搜訪古曲遺聲。聞宮廟
有唐時樂曲，自昔秘藏，詔使上之，得《黃帝鹽》《荔支香》二譜。
《黃帝鹽》本交趾來獻，其聲古樸，棄不用。《荔支香》音節韶美，
遂入燕樂。”

　　　前結句是九字句，用“遙認”二字領起，此處略逗，不可用上
四下五、上三下六句法②。“去”字，一本作“來”，“紅”字作“翠”。

【校記】
　　　[一] 原注“賞”字可平，其餘旁注可平可仄均標注於圖符中。

【蔡案】

　　① “緩步”句爲律拗句法，第五字依律爲平，不可用仄。

　　② 詞中無絕對恆定之句法，既然是九字句，則必可用上四下五句式，但因爲是雙起式句子，故不可用上三下六句法。如陳允平詞，作“金泥帳底，雙蚪自沈乳”，“金泥帳”爲成語，自不可讀破爲“金泥/帳底”。但四字爲句，韵律須作微調，故陳詞第二字不用仄聲。

又一體 七十六字　　　　　　　　　　　　　　　周邦彦

　　照水殘紅零亂，風喚去[一]。盡日側側輕寒，簾底吹香霧。黃昏客枕無聊，細響當窗雨。閒看、兩兩相依燕新乳①。　　樓下水，漸綠遍、行舟浦。暮往朝來，心逐片帆輕舉。何日迎門，小檻朱籠報鸚鵡。共剪西窗蜜炬。

　　　　前段“黃昏”句，後結句，平仄與前異②，餘同。吳文英作，名《荔枝香近》，於“盡日”作“夜吟”③，“兩兩”二字作“驅車”④，差異，故不另録。

【校記】

　　[一] 原注“喚”字、後句“日側”二字、前結後“兩”字、後段第二句“綠”字、結句“密”字可平。

【蔡案】

　　① 秦巘謂本句後一“兩”字可作平聲，不知其何據，今存諸詞，該字位均爲仄聲字，故不可從。

　　② 此即前一詞體，句法相同而句式不同，是填詞之一般變化方式，詞中極多，與體式無關，更非別體之標識。

　　③ 此亦句法相同而句式不同之例。

④ 後"兩"字依律須用仄聲字,宋諸家都如此填,秦巘所見之"驅車",應是版本刻誤,彊村四校本《夢窗詞》,即爲"因話、駐馬新堤步秋綺"。

荔支香近 七十三字　　　　　　周邦彦

夜來寒侵酒席,露微泫。舄履初會,香澤方熏①,無端暗雨催人,但怪燈偏簾卷。回顧、始覺驚鴻去遠[一]②。　　大都世間[二],最苦惟聚散。到得春殘,看即是、開離宴。細思別後,柳眼花鬚更誰剪。此懷何處消遣。

《九宮大成》入南詞大石調正曲,無"近"字。

此調加"近"字,句法略異,衹少三字,其實一調③。楊澤民、方千里、陳允平和詞,平仄如一,悉宜從之。惟"回顧"句,《詞律》於"始覺"分句,觀柳作及周前作,當於"顧"字略逗,不得分兩句讀。所謂方作"卷"字不叶,查方和詞用"遍"字,並非不叶,校對未確。

【校記】

[一] 原注"回"字、後段第四句"開"字可仄。

[二] 原注"世"字、後段第五句"別"字可平。

【蔡案】

① 本句句尾應有奪字,含一韵字,否則自"舄履"至"簾卷"方叶,達二十字,竟過半段規模,豈有如此韵律。

② 本句諸家均爲九字,《全宋詞》據《片玉集》卷一作"回顧,始覺驚鴻去雲遠",與諸家合,應據補。

③ 此說無稽。詞調是否用同異,並不在調名。若因調名不同而

字句有異，則是別調，而非別體別格。

長壽樂 百十三字　　　　　　　　　　　柳　永

尤紅殢翠。近日來、陡把狂心牽繫[一]。羅綺叢中，笙歌筵上，有個人人可意[二]。解嚴妝巧笑，言談取次成嬌媚。知幾度、密約秦樓盡醉。仍携手、眷戀香衾繡被。　　　情漸美。算好把、夕雨朝雲相繼①。仙禁春深，御爐香裊，便是臨軒親試。對天顏咫尺，定魁甲榜登高第②。待恁時、等着回來賀喜。好生地③，剩與我兒利市。

　　《宋史·樂志》：仙吕調。《樂章集》屬平調。《九宫大成》入南詞羽調正曲。

　　《舊唐書·音樂志》云："武太后長壽年製，舞者十有二人。"《宋史·樂志》云："建隆中，教坊都知李德昇作。"

　　前段"言談"下，後段"仙禁"下，皆不相同。"取次"二字，一本作"次姿取"三字，汲古作"次姿則"三字，俱誤。"仙禁"下，多"便是"二字，據《詞律訂》改。"試對"下脱漏二十九字，《詞律》因之不全，據宋本增訂。

【校記】

　　[一] 原注"日"字及第七句"取"字、第八句"度"字、後段第二句"好"字和"把"字、第七句"定"字、第九句"好"字、結句"我"字可平；又注"來"字、第三句"羅"字、第七句"言"字、結句"仍"字、後段第三句"仙"字、第八句"時"字可仄。

　　[二] 原注"可"字作平。

【蔡案】

① 李清照詞,後段首均作"榮耀,文步紫禁,一一金章綠綬",與柳詞二首均不同。

② 本句前段對應句爲"言談取次成嬌媚",則此處不當爲單起式句法,彊村叢書本《樂章集》本句作"定然魁甲登高第",句法句式與前段俱同,可據改。

③ 此三字對應前段"仍携手",前段爲三字逗,後段則不應爲三字句。

又一體 百十三字 柳永

繁紅嫩翠。艷陽景、妝點神州明媚。是處樓臺,朱門院落,弦管新聲騰沸。恣游人無限,馳驟驕馬車如水①。競尋芳選勝,歸來向晚,起通衢近遠,香塵細細。　　太平世。少年時,忍把韶光輕棄。況有紅妝,吳娃越艷,一笑千金何啻。向尊前、舞袖飄雪②,歌響行雲止。願長繩,且把飛烏繫住,好從容痛飲,誰能惜醉。

本集屬中吕調。

此體汲古、《詞律》皆未載,僅見《花草粹編》,據宋本補。

前後結句法與前不同,前結"起"字當屬下句讀,應是訛字,照後段此處不叶韵。"車如水"三字,《詞譜》作"如流水",一本無"車"字。"勝"字,一本作"劇强"二字。"吳娃"二字,《粹編》缺,"越"字作"楚","雪"字作"香","住"字作"任"。"誰"字,《詞譜》作"何"。

【蔡案】

① 本句失律，"馳驟"，前一首作"言談"，疑是"驟馳"之倒誤。

② "雪"字即前一首"魁"字，或對應彊村叢書本"然"字，作平。

歸去來 四十九字　　　　　　　　　柳　永

初過元宵三五。慵困春情緒①。燈月闌珊嬉游處②。游人
盡、厭歡聚。　　憑仗如花女。持杯謝、酒朋詩侶。餘醒更
不禁香醪。歌筵罷、且歸去。

> 唐張熾有《歸去來引》。《樂章集》屬正平調。《唐書·樂
> 志》：中吕羽爲正平調，夾鐘羽爲中吕調，燕樂七羽之二也。《九
> 宮大成》入南詞小石調引。

> 此以末句立名，餘無作者，平仄不可更易。"罷"字，汲古、
> 《詞律》作"舞"，據宋本改正。

【蔡案】

① 校之後一詞，並輔之前後段互校，本句應有二字脱落。

② "燈月闌珊"，校之後段及後一首，必是"闌珊燈月"之倒誤。

又一體 五十二字　　　　　　　　　柳　永

一夜狂風雨①。花英墜、碎紅無數。垂楊謾結黄金縷。儘春
殘、縈不住。　　蝶稀蜂散知何處。殢尊酒、轉添愁緒。多
情不慣相思苦。休惆悵、且歸去。

> 本集注中吕調。

> 《詞律》失收。前段起處一五、一七字，後起句七字句，與前

異。“英”字，《詞譜》作“陰”，“且”字作“好”。

【蔡案】

① 較之前一詞，“雨”前或脫一字，應據律補。

塞孤 九十五字　　　　　　　　　　　　　　柳　永

一聲雞又報，殘更歇。秣馬巾車催發。草草主人燈下別。山路險，新霜滑。瑶珂響起棲烏，金鐙冷敲殘月[一]①。漸西風、襟袖凄裂[二]②。　　　遥指白玉京，望斷黄金闕。遠道何時行徹。算得佳人凝恨切。應念念，歸時節。相見了、執柔荑，幽會處、偎香雪。免鴛衾③，兩恁虛設。

> 本集屬般沙調。愚按：“沙”字應是“涉”字之訛，般涉調爲黄鐘之羽聲，餘詳《哨遍》下。
>
> 此與《塞姑》迥別，不得類列。
>
> 汲古不分段。“西風”下，《詞律》多“緊”字，以“緊”、“襟”二字音相近，疑“緊”字爲羨。朱雍和詞作“向亭皋，一任風裂”，是“緊”字果羨也。“袖”、“恁”二字，必用去聲，勿誤。葉《譜》起句於“雞”字句，可通④。“路”字作“徑”。“幽”字一本作“嘉”。“偎”字作“沾”。

【校記】

[一] 原注“鐙”字去聲。

[二] “袖”字及後段結拍之“恁”字，原用⬤符標識，意謂必用去聲。

【蔡案】

① “瑶珂”六字、“金鐙”六字，依其律應爲兩折腰句，作“瑶珂響、

起棲烏，金鐙冷、敲殘月”，與後段“相見了、執柔荑，幽會處、偎香雪”相合，朱雍詞作“寒枝晚、已黄昏，鋪碎影、留新月”，亦可證。

②　本句捫其律，應是一字逗領六字句法，庶幾後四字不會兩仄頓相連而失諧。後段結句同，也應讀爲一字領“鴛衾兩恁虚設”。

③　前段“漸西風”秦巘讀爲三字逗，而此處則讀爲三字句，何其潦草。

④　應以“雞”字句爲正，“又報殘更歇”語意更緊密。朱雍詞作“雪江明，練静波聲歇”，亦是如此。

望　梅　百六字　一名《杏梁燕》　　　　　　　柳　永①

小　春　詞

小寒時節。正同雲暮慘[一]，勁風朝冽。信早梅、偏占陽和[二]，向日處、凌晨數枝先發②。時有香來[三]，望明艷、遥知非雪。展瓏金嫩蕊，弄粉素英，旖旎清徹。　　　仙姿更誰並列。有幽光照水，疏影籠月。且大家、留倚闌干，鬥緑醑飛看[四]，錦箋吟閲。桃李春花，料比此、芬芳俱别。見和羹大用，莫把翠條漫折[五]。

　　　《九宫大成》入南詞仙吕宫正曲。

　　　張輯詞有“付與杏梁語燕”句，一名《杏梁燕》③。

　　　此調宋本、汲古皆不載，據《梅苑》補。《填詞名解》云：取詞中句名，即《解連環》。《詞律》云：句字、平仄、音響俱同，豈非一調？或耆卿用《解連環》調作梅花詞，題曰《望梅》，因誤襲爲調名。愚按：“望梅”二字，應是詞題，决非調名，此説不爲無見。但

《解連環》名由周創④，柳在周前數十年，何得襲其調名？或以馮偉壽《玉連環》爲別名，馮詞與柳、周詞全異，何得合併？又以羅志仁《菩薩蠻慢》爲一調，字句亦不相符，皆宜分列。

　　"暮"、"弄"、"素"、"旋"、"並"、"影"、"大"、"莫"、"翠"、"漫"等字，必去聲，勿誤。陸游詞結句作一三、兩四字，可不拘。"處"字，《梅苑》作"暖"，"凌晨數"三字作"臨溪一"，"遙知"二字作"瑤枝"，"展瓏金"三字作"想玲瓏"，"弄粉素英"四字，作"綽約橫斜"，"徹"字作"絕"，"光照"二字作"香映"，"鬥"字作"對"，"看"字作"舡"，"春花料"三字作"繁華奈"，"見"字作"等"，"莫"字作"休"，今從《歷代詩餘》，"瓏"字當是"籠"字之訛。

【校記】

　　[一] "暮"字及前結處"弄"、"素"、"旋"三字、後起"並"字、第三句"影"字、第四句"大"字、後結"莫"、"翠"、"漫"三字，原用●符標識，意謂必用去聲。但是"旋"字、"影"字明爲上聲，"莫"字入聲，"莫"字尚可勉強說是以入作去，"旋"字、"影"字莫非還有以上作去一說？

　　[二] 原注"早"字及後段第五句"綠"字、第九句"比"字可平。

　　[三] 原注"時"字及後一句"明"字、後段第七句"桃"字、第八句"芬"字、"俱"字可仄。

　　[四] 原注"看"字平聲。

　　[五] 原注"莫"字去聲。"莫"字不作平而作去，實際上是對《欽定詞譜》的否定，因爲《欽定詞譜》的標示，這個字是"休"，律定爲平聲。

【蔡案】

　　① 本詞《梅苑》卷四收錄，作者佚名，唐圭璋先生以爲："《類編草堂詩餘》卷四誤作柳永詞。"

②《梅苑》本本句作“向日暖臨溪，一枝先發”，則與諸詞同，可從。

③《杏梁燕》爲張輯自取詞名，在宋元時代並不被認可爲調名，因此此類名稱不可視爲別名。

④ 秦巘的理念，是但凡“詞中有調名”即爲創名，而不考慮很多情況下實際上是“調名入詞中”，即便今人填詞，也有在《念奴嬌》中填入“大江東去”者，豈可因此而視爲“大江東去”即今人所創。要之，在詞中填入調名是一個很常見的創作細節。當然，本詞本非出自柳永之手，因此無須存在這一糾結。

又一體 百六字　　　　　　　　　　　　　　　　缺　名

畫闌人寂。喜輕盈照水[一]，犯寒先折。裊芳枝、云縷鮫綃，露淺淺、塗黃漢宮嬌額①。剪玉裁冰，已占斷、江南春色。恨風前素艷，雪裏暗香，偶成抛擲。　　如今眼穿故園②，待拈花嗅蕊，時話思憶。想隴頭、依約飄零，甚千里芳心，杳無消息。粉怯珠愁，又祇恐、吹殘羌笛。正斜飛、半窗曉月，夢回隴驛。

　　見《梅苑》。原注或作王聖與，考聖與名沂孫，南宋末人，恐誤③。

　　換頭句“園”字不叶韵，或是“國”字之訛。結句一三、兩四字，與柳作異。“畫闌”二字，一作“畫閒”，“芳”字作“數”，“嗅”字作“弄”。

【校記】

［一］“照”字及尾均“雪”“暗”二字、後起“故”字、後段尾均“半”

"夢""隴"三字,原用●符標識,意謂必用去聲。但"雪"字入聲,"隴"字上聲,則並非"必用去聲"。

【蔡案】

① 本句若讀爲"露淺淺塗黃,漢宮嬌額",且過片用《梅苑》本"如今眼穿故國",則本詞即後一詞體,一般無二。

② 本句三頓俱平,必無如此韻律,別首本句爲平起式律拗句法,則本句第六字應是仄聲,必是"故國"之誤。四庫本《梅苑》卷四即作"如今眼穿故國",叶韻,韵律與柳詞同。

③《全宋詞》王沂孫下存日本詞,唐先生附注爲無名氏詞。

又一體 百五字　一名《玉連環》　　　　　　　　周邦彦

怨　　別

怨懷誰托。嗟情人斷絶^[一],信音遼邈。縱妙手、能解連環,
●○○▲　　○○○▲　　　●○○▲　　○○●　●○○

似風散雨收^[二],霧輕云薄。燕子樓空,暗塵鎖、一床弦索。
●○●●◎　　●○○▲　●●○○　●⊙●　●○○▲

想移根換葉,盡是舊時,手種紅藥。　　　汀洲漸生杜若①。
●○⊙●●　●●●○　●○○▲　　　○○●○●▲

料舟依岸曲②,人在天角。漫記得、當日音書③,把閒語閒
●○○●●　○●○▲　●●●　○●○○　●○●○

言,待總燒却④。水驛春迴,望寄我、江南梅萼。拚今生、對
○　●●○▲　　●●○○　●●●　○○○▲　●○○　●

花對酒,爲伊淚落。
○●●　●○●▲

<small>《九宮大成》入南詞商調,許《譜》亦入南詞商調引。

此以詞中第四句爲名,與《望梅》實是一調。玩詞意有"望寄</small>

我江南梅萼”句,是因柳詞移換宮調,另立新名也⑤。惟前段第五、六句,一五、一四字,後結一三、兩四字,與柳異。“記得”句六字,比柳詞少一字。《清真集》及揚无咎、方千里和詞亦六字,惟《花庵詞選》多一“漫”字。吳文英二首皆七字,陳允平和詞亦七字,楊於前結作一三、一四、一六字,可不拘。《清真集》結尾作“拚今生,爲伊對花對酒淚落”,恰與柳句法吻合。宋人多從此體。

【校記】

[一]“斷”字及第十句“盡”字和“舊”字、第十一句“種”字、後起第一句“杜”字、第三句“在”字、第九句“對”字、第十句“爲”字和“淚”字,原譜均用●符標識,意謂必用去聲。

[二]原注“雨”字可平,其餘旁注可平可仄,均標於圖譜中。

【蔡案】

① 過片爲律拗句法,第五字不可填爲平聲,劉克莊詞作“親朋紛紛來賀”,乃是敗筆,或方音入詞,不可從。

②“曲”字,秦巘擬爲仄可平,檢本調全部宋詞,惟吳文英一首作“歎梧桐未秋”,應是誤填,或傳誤,不可爲據。不從,以規正譜式。

③ 本句原爲六字句,無“漫”字,但本調諸家都填作七字一句,校之前段,也並未減字,因此必奪一字,今據《花庵詞選》補“漫”字,以規正詞譜。凡一句而有兩種版本者,除非有確鑿證據證非,應以常用句入譜,當作爲擬譜之原則。

④“總”字,此字宋詞例作平聲,秦巘注爲仄可平,非是,應是以上作平,改。

⑤ 本調所謂柳詞,本屬子虛烏有,則自以本詞爲創調。惟秦巘以爲詞中有“解連環”即爲創調,亦非,蓋後人填詞而用調名入詞者,

亦多矣。因此，"解連環"就是首擬調名，而非"另立新名"。

又一體 百六字　　　　　　　　　　　　　　姜　夔

玉鞍重倚。却沉吟未上[一]，又縈離思。爲大喬、能撥春風，小喬妙移箏，雁啼秋水。柳怯雲鬆，更何必、十分梳洗。道郎攜羽扇，那日隔簾，半面曾記。　　西窗夜凉雨霽。歎幽歡未足，何事輕棄。問後約、空指薔薇，算如此溪山，甚時重至。水驛燈昏，又見在、曲屏近底。念惟有、夜來皓月，照伊自睡。

　　　後段第四句七字，比周作多一字，與《梅苑·望梅》正合，的是一調無疑。

【校記】

　　[一] "未"字及尾均"那"字、"隔"字、"面"字，後段起句"雨"字、第三句"事"字、尾均"夜"字、"皓"字、"照"字、"自"字，原用◖符標識，意謂必用去聲。但其中"隔"字入聲，"雨"字上聲，姜白石看來也違規了。

又一體 百五字　　　　　　　　　　　　　　王沂孫

橄　欖

萬珠懸碧。想炎荒樹密[一]，□□□□。恨絳娣、先整吳帆，政鬖翠逞嬌，故林難別。歲晚相逢，薦青子、獨誇冰頰。點紅鹽亂落，最是夜寒，酒醒時節。　　霜槎猾芒凍裂。把孤花細嚼，時嚥芳冽。斷味惜、回澀餘甘，似重省家山，舊游風月。崖蜜重嘗到了，輸他清絕。更留人、紺丸半顆，素甌泛雪。

後段第四句七字，比周作多一字，蔣捷一首同。七、八句，一六、一四字，比周作少一字①。原缺一句四字。

【校記】

〔一〕"樹"字及前段尾均"最"字、"夜"字、"醒"字，後段起句"凍"字、第三句"嚥"字及後段尾均"紺"字、"半"字、"素"字、"泛"字，原用●符標識，意謂必用去聲。

【蔡案】

① 此即周詞詞體，惟前段奪四字，後段"到了"前亦闕一領字，應讀爲"崖蜜重嘗，□到了、輸他清絕"，宋詞皆如此填。

菩薩蠻慢　百八字　"慢"或作"引"　　　　　　　　羅志仁

曉鶯催起。問當年秀色〔一〕，爲誰料理。悵別後、屛掩吳山，便樓燕月寒，鬢蟬雲委。錦字無憑，付銀燭、盡燒千紙。對寒泓净碧，又把去鴻，往恨都洗。　　桃花自貪結子〔二〕。道東風有意，吹送流水。漫記得當日①，心嫁卿卿，是日暮天寒，翠袖堪倚。扇月乘鸞，儘夢隔、嬋娟千里。到嗔人、從今不信〔三〕，畫檐鵲喜。

《歷代詩餘》云："此調與《解連環》略同，然字數既殊，調名自別也。"《詞律》云："查係《解連環》別名，不收。"愚按：此調與《菩薩蠻》小令迥別。"漫記得"下九字，比柳永《望梅》僅多二字，比周邦彥《解連環》多三字，所用去聲字，無不吻合，格調在此，自是別名。當從《詞律》，宜備一體，類列爲是。

【校記】

[一]"秀"字及前段尾均"又"字、"去"字、"恨"字，後段首句"結"字、第三句"送"字、後段尾均"不"字、"畫"字、"鵲"字，原用●符標識，意謂必用去聲。

[二]原注"結"字及後段尾均中"不"字、"鵲"字作去。入聲作去前人詞譜中極爲罕見，《詞律》《詞譜》全書也就不過三見，而《詞繫》則不計其數，而之所以要以入作去，無他，衹是因爲此處"必用去聲"。

[三]原注"從"字宜仄。

【蔡案】

① 此亦周詞詞體，惟本句"漫記得"後多"當日"二字異，故《菩薩蠻慢》乃別名無疑。

白　苧　百二十五字　一名《白紵歌》　　　　　　柳　永

雪

繡簾垂，畫堂悄，寒風淅瀝[一]。遥天萬里，黯澹同雲冪歷。漸紛紛、六花零亂散空碧[二]。姑射。宴瑶池，把碎玉零珠抛擲。林巒望中①，高下瓊瑶一色。嚴子陵釣臺，歸路迷踪跡②。　　追惜。燕然畫角，寶鑰珊瑚，是時丞相，虛作銀城換得。當此際、偏宜訪袁安宅③。醺醺醉了，任金釵舞困④，玉壺傾側。又恐東君，暗遣花神，先報南國。昨夜江梅，漏

洩春消息。

　　《碧雞漫志》云：“正宫《白苎曲》賦雪者，世傳紫姑神作。寫至‘追昔，燕然畫角，寶鑰珊瑚，是時丞相，虛作銀城换得’，或問出處，答云：‘天上文字，汝那得知。’末後句‘又恐東君，暗遣花神，先報南國，昨夜江梅，漏泄春消息’，殊可喜也。”亦見《頤堂集》，獨《花草粹編》《草堂詩餘》爲柳永作。宋本《樂章集》、汲古皆不載，當從王灼説爲是。

　　《山堂肆考》云：“吴孫皓作，時曲雙角有此名。《樂府指迷》云：‘苎’或作‘紵’，亦名《白紵歌》，晋宋以來舞曲俱有《白紵辭》。”《樂府古題要解》云：“《白紵歌》有白紵舞，吴人之歌舞也。其音入清商調，故清商七曲，有《子夜》者，即《白紵》也。在吴爲《白紵》，在晋爲《子夜》，梁武令沈約更製其辭焉。”《全唐詩》注云：“樂舞有白苎，吴舞也。唐元稹有《四時白紵舞曲》。”

　　“淅瀝”、“霹靂”、“一色”皆兩入聲，“散”字、“换”字、“報”字皆仄聲，想格當如是，特標出，須著眼。“嚴子陵”下十字，此詞當兩五字句。後蔣作當一三、一七字句。“當此際”下九字，此當一三、一六字句，蔣當一五、一四字句，此等一氣貫下，原可不拘。《詞律》必欲比同，謬甚。“射”字是藏韵，蔣作亦然，勿誤認。“鑰”字，《草堂》作“籥”，“恐”字作“是”。

【校記】

　　［一］“淅瀝”及第四句“霹靂”、第九句“一色”，原用●符標識，意謂必用兩入聲。

　　［二］“散”字及後段第四句“换”字、第十一句“報”字，原用◑符標識，意謂必用去聲。

【蔡案】

① 本句四字兩頓皆平，韵律顯然不諧，"望中"疑是"望裏"之訛。

② 本調韵律疏解，正所謂煞費苦心，就目前體式，前後段太過參差，共有三處疑似衍奪，而實際上本詞並非雙段式詞體，將"姑射"二字拎出，可見所謂前段實際上就是一個雙曳頭結構："繡簾垂，畫堂悄，寒風淅瀝"正對"宴瑤池，把碎玉零珠、拋擲"；"遥天萬里，黯澹同雲冪羃"正對"林巒望中，高下瓊瑶一色"；"漸紛紛、六花零亂散空碧"正對"嚴子陵、釣臺歸路迷踪跡"。而"姑射"二字，祇不過是第二段的添頭而已。如此，全詞結構豁然開朗。

③ 這九個字，按照準確的標點不應該如是讀，這種語意下的後六字，通常都應該讀爲"偏宜訪、袁安宅"，不讀斷則韵律不諧，二四五俱平便是不律句。但讀斷了本均就成了三三三結構，秦巘或已自覺不妥。考察前二段，對應的是"漸紛紛、六花零亂散空碧"、"嚴子陵、釣臺歸路迷踪跡"十字，則可知這裏應該是"當此際、偏宜□訪袁安宅"，字句平仄與前悉同，詞意也就豁然開朗，韵律問題自然就迎刃而解。

④ 本句《類編草堂詩餘》卷四作"任他金釵舞困"，與史浩詞作"强媚韶光一瞬"同，可據補。

又一體 百二十一字 一名《三犯白苧歌》　　　　　蔣　捷

春　情

正春晴，又春冷，雲低欲落[一]。瓊苞未剖，早是東風作惡。旋安排、一雙銀蒜鎮羅幕[二]。幽墊。水生漪，皺嫩緑、潛鱗初躍。悒悒門巷，桃樹紅纔約略。知甚時，霽華烘破青青萼①。　　　憶昨。引蝶花邊②，近來重見，身學垂楊瘦削。問小翠眉山，爲誰攢却。斜陽院宇，任蛛絲罥遍③，玉箏弦索。户外惟聞，放翦刀聲，深在妝閣。料想裁縫，白苧春衫薄。

　　通體與柳作同，袛少换頭，次句四字，或是脱誤。汲古缺"院"字，誤。"欲落"、"作惡"、"約略"用入聲。"旋"、"鎮"、"瘦"、"在"用去聲。

【校記】

　　［一］"欲落"及第四句"作惡"、第九句"約略"，原用●符標識，意謂必用兩入聲。

　　［二］"旋"字原注去聲。"鎮"字及其後"瘦削"之"瘦"、"在妝閣"之"在"，原用◗符標識，意謂必用去聲。

【蔡案】

　　① 同前一首，應在"羅幕"後分段，全詞作三段。其中"水生漪，皺嫩緑"應讀爲六字折腰句，與第一段"正春晴、又春冷"同。

　　② 本詞過片奪四字，據彊村叢書本《竹山詞》，原詞爲"憶昨。□□□□，引蝶花邊"。

　　③ "任"字前後，校之前詞及史浩詞，亦少一字。

爪茉莉 八十二字　　　　　　　　　　　　　　柳　永

每到秋來，轉添甚况味。金風動、冷清清地。殘蟬噪晚，甚聒得、人心欲碎。更休道、宋玉多悲，石人也須下淚①。　　衾寒枕冷，夜迢迢、更無寐。深院静、月明風細。巴巴望曉，怎

生捱、更迢遞[一]②。料我兒、祇在枕頭根底③。等人睡來
夢裏。

　　《九宮大成》入南詞中呂宮引。

　　此調宋本、汲古俱不載，據《草堂詩餘》補，無他作者。

【校記】

　　[一] 原注"更"字平聲。

【蔡案】

　　① 前後段兩結拍，《詞律》《欽定詞譜》讀爲六字折腰句，體味再
三，以爲當讀爲二字逗領四字句最宜。而前段結拍，唐圭璋先生讀爲
"石人、也須下淚"，最爲停當，但是唐先生後段結拍讀爲三三式"等人
來、睡夢裏"，則是版本之誤了。

　　② "更迢遞"對應前段"人心欲碎"，因此原詞必是"長更迢遞"
"寒更迢遞"之類的語句，"更"字前必奪一字。

　　③ "料我兒"，應據《欽定詞譜》改爲"料可兒"。

十二時　百三十字　　　　　　　　　　　　柳　永

晚晴初，澹烟籠月，風透蟾光如洗。覺翠帳、凉生秋思。漸
入微寒天氣。敗葉敲窗，西風滿院，睡不成還起。更漏咽、
滴破憂心，萬感並生，都在離人愁耳。　　天怎知、當時一
句，做得十分縈繫。夜永有時，分明枕上，覷着孜孜地。燭
暗時酒醒，元來又是夢裏①。　　睡覺來、披衣獨坐，萬種無
聊情意。怎得伊來，重偕雲雨，再整餘香被。祝告天發願，
從今永無拋棄。

《九宮大成》入南詞商調引。

此調宋本、汲古俱不載，據《草堂詩餘》補。與《憶少年》之別名《十二時》及無名氏平韵詞皆無涉，故另列②。

《樂略》云："隋煬帝幸江都，令大樂令白明達造新聲，創《十二時》等曲。宋詞亦沿其名。"③

後二段字句全合，與雙拽頭體同，但各家詞中罕見，從無雙拽尾之名。《詞律》所注平仄無據。"雲雨"二字，葉《譜》作"連理"，注叶，未確。《詞律》於後結"從今"分句，不妥，何又不比較前段耶？

【蔡案】

①"燭"句及第三段"祝"句，宜用一字領句法。而句式安排，也宜用三四四句法，即讀爲"祝告天、發願從今，永無抛棄"，其韵律原本如此。

②《十二時》調式最爲繁複，秦巘但取其二，删繁就簡，亦不失爲擬譜之一法。本調前段四均，次段、後段各三均，亦是慢詞規模。

③ 宋詞衹是"用其名"，而非"沿其名"，因爲其内容全不相干。

又一體 百四十一字　　　　　　　　　　　　葛長庚①

素馨花，生枝無幾。秋入闌干十二。那茉莉、如今已矣。衹有蘭英菊蕊。霜蟹年時，香橙天氣，總是悲秋意。問宋玉、當日如何，對此凄凉風月，怎生存濟。　　還未知、幽人心事。望得眼穿心碎。青鳥不來，彩鸞何處，雲鎖三山翠。是碧霄有路，要歸歸又無計。　　奈何他、水長天遠，身又何曾生翅。手捻芙蓉，耳聽鴻雁，怕有丹書至。縱人間富貴，一歲復一歲。此心終日繞香盤，在篆畦兒裏。

前二段同柳作，惟"一歲"下三句十七字，與柳作大異。似"一歲"句脱落一字，下二句是他詞誤竄入也。"幾"字、"事"字，或不是叶韵。

【蔡案】

① 本詞附於葛長庚詞集，作者爲彭耜。

十二時慢 九十一字　　　　　　　　　　朱　雍

梅

粉痕輕，謝池泛玉，波暖琉璃初展。睹靚芳、塵冥春浦，水曲漪生遥岸。麝氣柔、雲容影澹。正日邊寒淺。閒院寂，幽管聲中萬感。併生心事，曾陪瓊宴①。　　　春暗。南枝依舊，但得當初繾綣。晝永亂英，繽紛解珮，映人輕盈面。香暗酒醒處、年年共副良願。

前段第六句三字，比柳作少一字，當有遺脱。前結一六兩四字，句法異。後段同，祇"春暗"二字叶韵，少一字，且少第三段，恐是訛脱不全之作，不可從。

愚按：宋初詞調甚尠，皆襲唐音，太宗親製二百數十調，原詞未傳。柳永增至二百餘調，其名遂繁。所著《樂章集》，一一注明宫調，創製居多，惜無傳本。僅見汲古閣《六十家詞》刻内，而訛謬遺誤，不可卒讀。詞家見其踳駁蕪雜，不敢操觚，殊爲缺憾。吳門戈氏家藏宋刊《樂章集》，整齊完善，燦然具備，且多十四闋，足證汲古之誤。今皆據以訂正，各按宫調分列，柳詞悉成完璧，詞家照填無誤。並刊入《詞學叢書》内,公諸同好,俾學者按譜填腔。增多數十調名,豈非藝林一大快事哉! 庚戌八月初六日校勘畢,識於塘栖舟中。

【蔡案】

　　① 前段尾均,義理不暢,"併生心事"殊非詞語,衹有讀爲"萬感併生",纔能成句。而"萬感併生"本是成句,出於前柳永詞的前段尾均,朱雍熟知柳詞,曾有多首詞作是步柳永韵而填,必是完整攫取於柳詞中,因此正確的讀法應該是"幽管聲中,萬感併生,心事曾陪瓊宴",完全是柳詞"滴破憂心,萬感並生,都在離人愁耳"的句法。而這一點也可以證明,本詞原依柳詞爲模板,因此認定殘缺了一段,是有道理的。

詞繫卷十一 宋

花發狀元紅慢 百二字　一名《素蛺蝶》　　　　　　　　劉　几

三春向暮，萬卉成陰，有嘉艷方坼[一]。嬌姿嫩質。冠群品①，共賞傾城傾國②。上苑晴晝暄③，千素萬紅尤奇特。綺筵開，會詠歌才子，壓倒元白。　　別有幽芳苞小，步障華絲，綺軒油壁。與紫鴛鴦，素蛺蝶。自清旦、往往連夕。巧鶯喧翠管，嬌燕語、雕梁留客④。武陵人，念夢役意濃，堪遣情溺。

　　以詞中句一名《素蛺蝶》。

　　葉夢得《避暑録話》云："劉几在神宗時，與范蜀公重定大樂。洛陽花品曰狀元紅，爲一時之冠。樂工花日新能爲新聲，汴妓郜懿以色著，秘監致仕劉伯壽精音律。熙寧中，几携花日新就郜懿家，賞花歡宴。乃撰此曲，填詞以贈之。"

　　他無作者，《詞律》失收。"艷"、"倒"、"遣"三字，宜用仄聲爲妙。

【校記】

　　[一] "艷"字與前段歇拍"倒"字、後段結拍"遣"字，原用◖符標

識,意謂宜用仄聲爲妙。

【蔡案】

①"嬌姿嫩質。冠群品"對應後段的"與紫鴛鴦,素蛺蝶",因此於律而論,應該也是一個一字逗領三字儷句的句法,但"姿嫩質、冠群品"雖然可算儷句,領字却極少用静字的,應是一動字的錯訛。至於"質"字爲韻,實爲偶合,可視爲句中韻。

② 本句對應後段"自清旦、往往連夕",前後各句字數對應都很整齊,因此本句疑奪一字,原詞或爲"□共賞、傾城傾國",如此其韵律方與後段相合。

③ 本調句法多用不律拗句,除本句外,前段第三句、第六句、第七句、結句,後段第五句、結句均不合句律,且除兩結外,各拗句也都不對應,顯見並非刻意爲之,這或是本調無人依譜填寫的一個重要原因。而秦蠟謂"艷"字、"倒"字、"遣"字"宜用仄聲爲妙",從宋到清僅此一首,不知其依據何在?

④ 本句對應前段的"千素萬紅尤奇特",前後句法不合,從整個詞調的韵律來看,這兩句以設計爲七字律句爲佳,但前段不律,後段折腰,均非優選。

梅花曲 三首　　　　　　　　　　　　　　　　　劉　几

漢宮嬌額半塗黄。粉色凌晨透薄妝。好借月魂來映燭,恐隨春夢去飛揚。風亭把盞酬孤艷,雪徑回輿認暗香。不爲調羹應結子,直須留此占年芳。

漢宮中侍女,嬌額半塗黄。盈盈粉色凌時,寒玉體、先透薄妝。好借月魂來,娉婷畫燭旁。惟恐隨、陽春好夢去,所思飛揚^[一]。　　宜向風亭把盞，酬孤艷、醉永夕何妨①。雪徑蕊，真凝密，降回輿，認暗香。不爲藉我作和羹②，肯放結子花狂。向上林、留此占年芳③。

【校記】

　　［一］原注"思"字去聲。

【蔡案】

　　① 這是一個二字托結構。"何妨"爲二字托，托三字儷句"酬孤艷、醉永夕"。

　　② "爲"字，平聲。

　　③ 本組詞三首都是慢詞規模，第二段的"當已"句，應與這裏的"向上林"同，皆爲單起式句法，亦即一字逗領六字格式。如此，可知本句的"向上林"之後，或有文字脱落，否則八字僅得一拍，尾均即殘缺。

結子非貪鼎鼐嘗。但先紅杏占年芳。從教臘雪埋藏得，却怕春風漏泄香。不御鉛華知國色，祇裁雲縷想仙妝。少陵爲爾牽詩興，可是無心賦海棠。

結子非貪，有香不俗，宜當鼎鼐嘗。偶先紅紫，度韶華、玉笛占年芳。衆花雜色滿上林①，未能教，臘雪埋藏。却怕春風漏泄，一一盡天香。　　不須更御鉛黃。知國色、稟自天真殊常。祇裁雲縷，奈芳清玉體想仙妝。少陵爲爾東閣，美艷激詩腸。當已陰未雨春光②。無心賦海棠。

【蔡案】

① 此七字當讀爲四字一句,三字屬下,方諧。

② 本句句意澀,疑應讀爲上三下四句式。

淺淺池塘短短墙。年年爲爾惜流芳。向人自有無言意,傾國
天教抵死香。鬏薹黄金危欲墜,蒂團紅蠟巧能妝。嬋娟一種
如冰雪,依倚春風笑野棠。

淺淺池塘①,深深庭院,復出短短垣墙。年年爲爾,若九真巡
會,寶惜流芳。向人自有,綿渺無言,深意深藏。傾國傾城,
天教與、抵死芳香。　　　薹鬏金色,輕危欲墜,綽約冠中
央[一]。蒂團紅蠟,蘭肌粉艷巧能妝。嬋娟一種風流,如雪如
冰衣霓裳②。永日依倚③,春風笑野棠。

　　　　見《梅苑》。凡三首,不分前後叠,以王安石三詩度曲。

　　　　第一首"色"字,《梅苑》作"苞",第二首"國"字作"骨","清"
　　字作"滑","春光"作"容光","鬏"字作"鬢","墜"字作"壓","野"
　　字作"海"。今從《詞譜》[二]。

　　　　愚按:此種體製,北宋始見。與《薄媚》《九張機》等調,爲後
　　世南北劇套曲之先聲。原當另列,本譜專叙時代,故一體編次。

【校記】

　　［一］原注"冠"字去聲。

　　［二］《詞譜》收録此《梅花曲》在第四十卷,列入大曲,三首連爲
　一組,類似後來元詞的套數樂府。

【蔡案】

① 首句叶韵,原譜失記,應改。

② 本句韵律不諧，必是"如冰如雪"之倒誤，觀其餘二首，本均的末五字一作"放結子花狂"，一作"美艷激詩腸"，都是以"●●●○△"作結可知。衣，去聲。

③ "日"字以入作平。

鳳簫吟 九十九字　　　　　　　　　韓 縝

芳 草

鎖離愁、連綿無際，來時陌上初薰。繡幃人念遠，暗垂珠露①，泣送征輪。長行長在眼，更重重、遠水孤村。但望極、樓高盡日，目斷王孫。　　　銷魂。池塘別後，曾行處、綠妬輕裙②。恁時携素手，亂花飛絮裏，緩步香茵。朱顏空自改，向年年芳草長新③。遍綠野、嬉游醉眼，莫負青春。

《樂府紀聞》云：韓縝有愛姬能詞。韓奉使時，姬作《蝶戀花》送之。神宗知之，遣使送行，莫測中旨何自而出。後乃知姬人別曲傳入内庭也。韓亦有詞云云。此《鳳簫吟》詠芳草以留別，與《蘭陵王》詠柳以叙別同意。後人竟以《芳草》爲調名，則失《鳳簫吟》原唱意矣。又見葉夢得《石林詩話》。

各本皆名《鳳簫吟》，《詞律》獨注一名《芳草鳳樓吟》。不知《芳草》是題，與《催雪·無悶》同。"簫"誤作"樓"，此傳寫之訛。今據《樂府紀聞》訂正。

"池塘"下，葉《譜》多"從"字，"芳草"二字作"芳意"。

【蔡案】

① 本句應奪一字。這一句與後段"亂花飛絮裏"句對應，其前其

後均對應整齊,依韵律本句便不可能不對應,且四字正與"亂花飛絮"平仄吻合,都是去平平去。更何況,本調前後段第二均王之道、晁補之、曹勛等詞均爲十四字,亦可證明這裏少一字。惟奚漢也少一字,但本句也是個五字句。

② 本句對應前段"更重重、遠水孤村",故第三字無疑應該一逗讀住。

③ 本調宋詞僅五首,後段首均,各家都是十四字,惟此十三字,少一字,則葉《譜》"池塘從別後,曾行處、綠妬輕裙"應是原詞本貌,與王之道的"行藏休借問,且徘徊、目送飛鴻",是同一種填法。

又一體 百一字　　　　　　　　　　　　　　　晁補之

永嘉郡君生日

曉曈曨。風和雨細,南園次第春融。嶺梅猶妬雪,露桃雲杏,已綻碧呈紅①。一年春正好,助人狂、飛燕游蜂[一]。更吉夢良辰,對花忍負金鐘。　　　香濃。博山沉水,小樓清旦,佳氣葱葱。舊游應未改[二],武陵花似錦,笑語相逢。蕊宮傳妙訣,小金丹、同換冰容。況共有、芝田舊約,歸去雙峰。

　　　　首句即起韵。前段第六句五字,比韓作多一字。與後王作同。《詞律》謂"已"字可屬上,誤。前結一五、一六字,後段三句四字,亦多一字。"應"平聲。

【校記】

　[一]"助人狂"三字,疑有誤。

　[二]"應"字原注平聲。

【蔡案】

　　① 萬樹《詞律》認爲"已"字可屬上，是基於前後段應該對應的原則而說，秦巘以爲"誤"，則是缺乏這一理念的緣故。固然前後段未必對應，但此類情況，正是"小喬初嫁，了雄姿英發"的問題，或移前或移後，需依據該詞的韵律斷。

芳草 百字　　　　　　　　　　　　　　　王之道

九　日

雨溟濛。年年今日，農夫共卜時豐。登高隨處好，銀屏突兀，南岫對三公。真珠溥露菊，更芙蓉、照水勻紅。但華髮衰顔，不堪頻鑑青銅。　　　相逢。行藏休借問，且徘徊、目送飛鴻。十年湖海，千里雲山，幾番殘照淒風。蟹螯粗似臂，金英碎、琥珀香濃。細讀離騷①，爲君一飲千鍾。

　　　　原名《芳草》，可見宋時已傳誤，無怪後人之難辨也。前段同晁作。後段次句五字，三句七字，四、五、六句兩四、一六字，結處少一字。句法大異，但平仄相同，亦破句格也。

【蔡案】

　　① 後段尾均，各家皆爲十一字，當據《相山居士詞》添字，作"請細讀離騷"。

又一體 百字　　　　　　　　　　　　　　奚淢

南屏晚鐘

笑湖山，紛紛歌舞，花邊如夢如薰。蕥烟驚落日，長橋芳草外,客愁醒①。天風吹送遠,向兩山、喚醒癡雲。猶自有、迷林去鳥,不信黃昏。　　銷凝。油車歸後,一眉新月,獨印湖心。蕊宮相答處,空岩虛谷應,猿語香林。正酣紅紫夢,便市朝、有耳誰聽。怪玉兔金烏不換,衹換愁人。

　　亦以《芳草》名調。前段同韓作,衹五、六句一五、一三字略異②。後段同晁作。庚、青雜入侵、尋韵,未免太泛。"薾烟"二字,一本作"響烟",《西湖志》作"響音"。"油"字作"鈿","空"字作"正",下"正"字作"笑"。

【蔡案】

　　① 循其韵律,校之他詞,"客"字前後應脱一字。

　　② 此亦晁詞詞體,惟前段尾均讀破,作七字一句、四字一句異。韓詞同此,然,韓詞之句讀拗澀,不如讀爲"但望極樓高,盡日目斷王孫",更爲暢達。

喜遷鶯　百三字　　　　　　　　　　蔡　挺

霜天秋曉。正紫塞故壘[一],黃雲衰草。漢馬嘶風,邊鴻叫
○○○　▲　　●　●○●●　○○○▲　●●○○　○○●
月,隴上鐵衣寒早。劍歌騎曲悲壯[二],盡道君恩須報。塞垣
●　●●●○○▲　●○○●○◎　　◎●○○○▲　●○
樂,盡櫜鞬錦帶,山西年少。　　談笑。刁斗盡,烽火一
●　●○○●●　○○○▲　　●⊙　▲　○●●　○●●
把[三],時送平安耗。聖主憂邊,威懷遐遠,驕寇尚寬天討。
▲　○●○○▲　●●○○　○○⊙●　○⊙●○○▲
歲華向晚愁思[四],誰念玉關人老。太平也,且歡娛莫惜,金
●○●◎○○　　○●●○○▲　●○●　●○○●●　○

尊前倒^①。

○ ○ ▲

《梅溪集》注黃鐘宮。《白石詞》注太簇宮，俗名中管高宮。《九宮大成》入南詞黃鐘宮正曲。

此與《喜遷鶯》小令不同，故另列。

王明清《揮麈餘話》云：熙寧中，蔡敏肅以樞密直學士帥平涼。以之初冬^[五]，置酒郡齋，偶成《喜遷鶯》一闋。詞成，閒步後園，以示其子朦。朦置袖中，偶墜，爲廳門老卒得之。老卒不識字，持令筆吏辨之。適郡之倡魁，素與筆吏洽，因授之。會賜衣襖，中使至，敏肅開燕。倡尊前執板歌此，敏肅怒，送獄根治。倡之儕類祈哀於中使，爲援於敏肅。敏肅舍之，復令謳焉。中使得其本以歸，達於禁中。宮女輩但見“太平也”三字，爭相傳授。歌聲遍掖庭，遂徹宸聽。詰其從來，乃知敏肅所製。裕陵即索紙批出云：“玉關老人，朕甚念之。樞管有缺，留以待汝。”未幾，遂拜樞密副使。御筆見藏其孫積家。史言敏肅交結內侍，進詞柄用，又不同也。

“故”、“騎”、“一”、“向”四字必用去聲，各家同，間有用平者，不可從。“壘”字、“把”字，各家多用平，是以上作平也。辛棄疾一首於“誰念”句作五字，是脫誤^②，故不錄。

【校記】

[一]“故”字及前段第七句“騎”字、後段第二句“一”字、第七句“向”字，原用◗符標識，意謂必用去聲。“壘”字原注作平。

[二]原注“騎”字去聲。

[三]原注“一”字作去，“把”字作平。

[四]“思”字原注去聲。

[五]“以之”二字原稿字右各有三點，或爲刪除符。

【蔡案】

　　① 本調句法及韵法微調甚多，然所謂萬變不離其宗，所有微調都基於基本韵律而起，不出本詞本格。衹有後段結拍，正格以一三、一五、一四爲本，這裏的尾均就詞意而言實際上是"太平也，且歡娛，莫惜金尊頻倒"，但這樣的填法，極爲少用，秦巘讀爲三五四，也是依據"循律不循意"的原則而讀。

　　② 辛棄疾詞，"誰念"句作"芳至今猶未歇"，亦是六字，秦巘所見本奪字。辛詞之異在前後段尾均都用平聲起，分別爲"添白鷺"、"都休問"，與秦巘所列諸家都不同，這是韵律上變化顯著的地方。

　　又一體 百三字　一名《烘春桃李》　　　　　　　江　漢

昇平無際。慶八載相業[一]，君臣魚水。填撫風稜，調燮精神，合是聖朝房魏。鳳山政好，還被畫轂，朱輪催起①。按錦纕。映玉帶金魚，都人爭指。　　丹陛。常注意。追念裕陵，元佐今無幾。繡袞香濃，鼎槐風細，榮耀滿門朱紫。四方具瞻師表，盡道一夔足矣。運化筆[二]。又管領年年，烘春桃李。

　　因末句又名《烘春桃李》。

　　蔡絛《鐵圍山叢談》云：政和初，江朝宗獻魯公《喜遷鶯》詞。時兩學盛謳，播諸海內。魯公喜，將進呈，命之以官，爲大晟府製撰。

　　前段第七、八、九句作四字三句，平仄亦異。"纕"字、"筆"字（入作去）、"意"字均叶韵。餘同。"填"即"鎮"字。

【校記】

[一]"相"字及前段第七句"政"字、後段第二句"裕"字、第七句"具"字,原用●符標識,意謂必用去聲。"業"字原注作平。

[二]原注"筆"字去聲。

【蔡案】

① 詞之句讀有循律、循意兩種標準,竊以爲詞譜的句讀標準應該是以律爲主,兼顧詞意,即在"讀不害意"的基礎上,以循律爲主,讀若害意,則應以意爲主。此八字中"畫轂朱輪"不當讀斷,讀斷便成破句,所以應讀爲二字逗領六字的句法。之所以會産生這兩種不同的讀法,而不能用一個統一的標準,是因爲詞樂時代和後詞樂時代詞句的詮釋原本就不一樣,在詞樂時代,作爲唱詞,兩個句子之間是無所謂停頓與否的,例如今天的《可可托海的牧羊人》中,"可你不辭而別,還斷絕了所有的消息"在非唱詞的情況下,是這樣的兩個獨立的句子,但作爲唱詞時,它就要遵循韵律,唱爲"可你不辭而別還斷絕了、所有的消息",音樂或許古今有別,但樂句的演繹模式則是一樣的。

又一體 百三字　　　　　　　　　　　　劉一止

曉　　行

曉光催角。聽宿鳥未驚[一],鄰鷄先覺。迤邐烟村,馬嘶人起,殘月尚穿林薄。淚痕帶霜微凝[二],酒力冲寒猶弱。歎倦客,悄不禁重染,風塵京洛。　　追念人別後,心事萬重,難覓孤鴻托。翠幌嬌深,曲屏香暖,争念歲寒飄泊。怨月恨花煩惱,不是不曾經着。這情味,望一成消减,新來還惡。

　　陳質齋云：行簡是詞，盛傳京師，號"劉曉行"。

　　換頭句第二字不叶，餘同蔡作。"煩惱"二字，各本作"須"，少一字。今從《陽春白雪》本。"驚"字各家多用平，唯蔡詞用"疉"字，江詞用"業"字。或以上入作平，觀康、史兩作可知。

【校記】

　　[一]"未"字及前段第七句"帶"字、後段第二句"萬"字、第七句"恨"字，原用●符標識，意謂必用去聲。"業"字原注作平。

　　[二]原注"凝"字去聲。

又一體 百三字　　　　　　　　　　　　　　　　蔡　伸

青娥呈瑞。正慘慘暮寒[一]，同雲千里。翦水飛花，漸漸瑤英，密灑翠筠聲細。邃館靜深，金鋪半掩，重簾垂地。明窗外。伴疏梅瀟灑，玉肌香膩。　　幽人當此際。醒魂照影，永漏愁無寐。強拊清尊，慵添寶鴨，誰會黯然情味。幸有賞心人，奈咫尺、重門深閉。今夜裏①。算忍教孤負，濃香翠被。

　　　前段同江作。換頭句第二字不叶，五字叶。後段第七、八句一五、一七字，與各家異。破句法也。

【校記】

　　[一]"暮"字及前段第七句"靜"字、後段第二句"照"字、第七句"賞"字，原用●符標識，以前三首例，則是意謂必用去聲，但"賞"字爲上聲，未免自相矛盾。

【蔡案】

① 本詞與正格之重要區別,在前後段尾均中多加一韵。

又一體 百三字　　　　　　　　　　　　　　　　趙長卿

商飇輕透。動簾幕,飛梧亂飄庭甃[一]。瑞氣氲氳,沈檀初爇,烟噴寶臺金獸。黃花美酒[二],天教占得[三],先他時候。誕元老,慶有聲,此夕降生華胄。　　歡笑宜稱壽。弦管鼎沸,宮羽方頻奏。滿捧瑤巵,華堂歌舞,拍轉金釵斜溜。朱顏綠鬢[四],殷勤深願,鎮長如舊。歎海濱,道難留,指日榮遷飛驟。

> 前後段第七、八、九句俱四字,兩結俱兩三、一六字,與各家異。"飛"字、"濱"字用平,不宜從。《詞律》於次句"梧"字斷句,恐非①。"宮羽"二字,汲古、《詞律》作"宮商","海濱"二字作"濱海",均誤。從《歷代詩餘》本訂正。

【校記】

[一] 原注"飛"字宜仄。

[二] "美"字及後段第二句"鼎"字、第七句"綠"字,原用●符標識,以前幾首例,則是意謂必用去聲,但"美"字、"鼎"字俱爲上聲,"綠"字入聲,其實無一去聲,這種强行定爲"必用去聲"的韵律,其謬可見一斑。

[三] 原注"教"字平聲。

[四] 原注"綠"字作去。

【蔡案】

①《詞律》之讀,即我們在江漢詞中所説,是循律斷句,而秦巘是

循意斷句。

又一體 百三字　　　　　　　　　　　　　　　　　缺　名

南枝向暖，乍秀出庾嶺[一]，梅英初吐。玉頰輕勻，瓊腮澹抹，
姑射冰容相許。幾回立馬凝佇[二]，影映寒光霜妬。□盡占，
在百花頭上，嚴冬獨步。　　芳華春意早，昨夜一番，雪裏
開無數。萬蕊千梢，鉛堆粉污[三]，總是化工偏賦。月明暗香
浮動，休使龍吟聲苦。且留取，待時時頻倚，闌干重顧。

　　　以下二體皆見《梅苑》①。兩起句不叶韵，與各家異。"佇"
　　字、"污"字皆偶合，非叶。

【校記】

　　[一] "庾"字及前段第七句"立"字、後段第二句"一"字、第七句
"暗"字，原用●符標識，以前幾首例，則是意謂必用去聲，但"庾"字爲
上聲，"立"字、"一"字爲入聲，秦巘爲"必用去聲"之說而强解爲入作
去，未免牽强。

　　[二] "立"字及後段第二句"一"字，原注作去。

　　[三] 原注"污"字去聲。

【蔡案】

　　① 清儒對"體"的概念極爲混亂，本詞及後一首就其韵律而論，
皆非獨立一體。

又一體 百二字　　　　　　　　　　　　　　　　　缺　名

臘殘春未。正後館梅開，墙陰雪裏。冷艷凝寒，孤根回暖，

昨夜一枝春至。素苞暗香浮動[一]，別有風流標致。謝池月，最相宜，疏影橫斜臨水。　　誰爲傳驛①，隴上故人，不見今千里。寄與東君，徒教知人，別後歲寒清意。亂山萬叠何在，但有飛雲天際。故園好，早歸來，休戀繁桃穠李。

　　換頭句四字，比各家少一字。

【校記】

　　[一]"暗"字及後段第二句"故"字、第七句"萬"字，原用●符標識，意謂必用去聲。

【蔡案】

　　① 本句實爲秦巘所據本奪字，據《梅苑》卷三，當爲"誰爲。傳驛騎。隴上故人，不見今千里"，應據補。

又一體　百四字　　　　　　　　　　　張元幹

鹿 鳴 宴 作

雁塔題名，寶津盼宴，盛事簪纓常説。文物昭融，聖代搜羅，千里争趨丹闕。元侯勸駕，鄉老獻書，發仞龜前列。山川秀，圜觀衆多，無如閩越。　　豪傑。姓標紅紙，帖報泥金，喜信歸來俱捷。驕馬蘆鞭，醉垂藍綬，吹雪芳□□月。素娥情厚，桂花一任郎君折。須滿引，南臺又是，合沙時節。

　　汲古加"慢"字。

　　此與各家全異，想因調名誤寫，然與他調不合①。《詞律》謂有誤字，於"芳"字下空二格，愚按："醉垂"下疑是六字句，"雪"字叶韵。下用一六、一七字，與蔡作仿佛，並非缺字。無可考證，不便臆斷。

【蔡案】

① 按本詞除前後段第二均與《喜遷鶯》同，其餘各均之句法迥異，韵律乖張，顯非同調，惜原名無從考正，姑以《垂藍綬》名之。雙照樓本《蘆川詞》，“豪傑”屬前段，無脱字符，皆誤。“簪纓”，作“簪紳”。四庫本《蘆川詞》，前段第二第三均爲“驕馬蘆鞭醉垂藍綬吹雪芳（闕）月素娥情厚桂花一任郎君折”，此處所“闕”者，當是四字，庶幾與前段相合。

又一體　百三字　　　　　　　　　　　　趙温之

瓊姿冰體。料瑩光乍傳[一]，廣寒宮裏。北陸寒深，南園春先①，此後萬花方起。剪霞鬥萼，裁蕊砌□，天與高致。太瀟灑，最宜雪宜月[二]，宜亭宜水。　　好是天涯②，庾嶺上、萬株浮動香千里。幪寫橫斜，鬢插垂裊[三]，占盡秀骨清意[四]。醉魂易醒，冷興信來，佳思無際[五]。爲傳語，向東風，甘使無言桃李。

　　見《草堂詩餘》。趙温之，名失考，當是北宋人作。

　　換頭句四字，次句十字，前後六、七、八句各四字，與各家異。“先”字當用仄，恐是刻誤。前段三句原缺一字，亦是各四字句。“雪”、“插”、“骨”三字，皆以入作平。

【校記】

［一］“乍”字及前段第七句“鬥”字、後段第二句“萬”字、第七句

"易"字,原用●符標識,則是意謂必用去聲。

　　[二]"雪"字原注作平。

　　[三]"插"字原注作平。

　　[四]"骨"字原注作平。

　　[五]"思"字及後一句"爲"字原注去聲。

【蔡案】

　　① "先"字誤,失律。《梅苑》卷三作"裏",疑是"裏"字之誤。《欽定詞譜》卷六作"早",可從改。

　　② 本詞即蔡挺詞體,本句"是"字應是韻字,秦巘失記。

又一體 百三字　　　　　　　　　　　　　康與之

秋 夜 聞 雁

秋寒初勁。看雲路雁來[一],碧天如鏡。湘浦烟深,衡陽沙遠,風外幾行斜陣。回首塞門何處,故國關河重省。漢使老,認上林欲下,徘徊清影。　　江南烟水暝。聲過小樓,燭暗金猊冷。送目鳴琴,裁詩挑錦,此恨此情無盡。夢想洞庭飛下,散入雲濤千頃。過盡也,奈杜陵人遠,玉關無信。

　　　　與蔡作同。祇換頭句五字叶韵,"南"字用平,略異。南宋人俱用此體,録以爲式,整順易填。"遠"字,《陽春白雪》作"遠"。

【校記】

　　[一]"雁"字及前段第七句"塞"字、後段第二句"小"字、第七句"洞"字,原用●符標識,則是意謂必用去聲,但"小"字上聲,不知秦巘如何處理。

又一體 百四字　　　　　　　　　　　　海陵庶人

賜御前都統驃騎衛大將軍韓邪

旌麾初舉。正駃騠力健^[一]，嘶風江渚。射虎將軍，落雕都尉，繡帽錦袍翹楚。怒磔戟髯爭奮，捲地一聲鼙鼓。笑談頃，合長江齊楚，六師飛渡。　　此去。無自墮，金印如斗，獨把功名攜取①。斷鎖機謀，垂鞭方略，人事本無今古。試展臥龍韜蘊，果見成功旦暮。問江左，想雲霓切望，元黃迎路。

　　　　後段第三句六字，比蔡作多一字。餘同。

【校記】

　　［一］“力”字及前段第七句“戟”字、後段第七句“臥”字，原用●符標識，則是意謂必用去聲，但“力”字、“戟”字皆爲入聲，本不違律，無謂。“力”字及前段第七句“戟”字，原注作去。

【蔡案】

　　① 本句宋岳珂《桯史》卷八作“獨在功名取”，明陳耀文《花草粹編》卷二十二同，與諸家同，俱爲五字句，岳珂宋人，所記應可信，當時原文如此，“攜”字衍文，應據改。另，清人《詞苑叢談》《增補中州集》又作“獨把功名取”。

又一體 百三字　　　　　　　　　　　　史達祖

元　夕

月波疑滴。望天近玉壺^[一]，了無塵隔。翠眼圈花，冰絲織練，黃道寶光相直。自憐詩酒瘦，難應接、許多春色。最無賴，是隨香趁燭，曾伴狂客。　　踪跡。漫記憶。老了杜郎，忍聽東風笛。柳院燈疏，梅廳雪在，誰與細傾春碧。舊情拘未定，猶自學、當年游歷。怕萬一，誤玉人寒夜，窗際簾隙。

> 前後第七、八句，皆上五、下七字，仿蔡伸作後段，此破句法也。“伴”字、“際”字用去聲，與各家異。“天近玉壺”四字，《絕妙好詞》《陽春白雪》、汲古皆作“玉壺天近”，誤。結句，各本皆缺“窗際”二字。今從《詞源》補正。

【校記】

〔一〕“玉”字及前段結句“伴”字、後段第二句“杜”字、結句“際”字，原用◗符標識，意謂必用去聲。

又一體 百三字　　　　　　　　　　王特起

別　　內

東樓歡宴。記遺簪綺席[一]，題詩紈扇。月枕雙欹，雲窗同夢，相伴小花深院。舊歡頓成陳跡，翻作一番新怨。素秋晚。聽陽關三疊，一尊相餞。　　留戀。情繾綣。紅泪洗妝，雨濕梨花面。雁底關河，馬頭星月，西去一程程遠。但願此心如舊，天也不違人願。再相見。把生涯分付，藥爐經卷。

> 劉祁《歸潛志》云：王正之，少工詞賦，有聲，晚年娶一側室，

留別一樂章《喜遷鶯》。至今人傳之,詩餘惜不多見。《堯山堂外紀》云:纏綿凄婉,殊令人不能爲懷。

與蔡作同。但兩三字句,換頭二字、五字皆叶韵。

【校記】

[一]"綺"字及前段第七句"頓"字、後段第二句"洗"字、第七句"此"字,原用●符標識,意謂必用去聲,但四字中三字上聲,無聊。僅以第一字爲例,所謂必用去聲的第八字,也祇得六首去聲,另有六首皆非去聲,可見其謬。

映山紅慢 百一字　　　　　　　　　　　　元　絳

詠　牡　丹

穀雨風前,占淑景、名花獨秀[一]。露國色仙姿,品流第一,春工成就。羅幃護日金泥皺。映霞腮動檀痕溜①。長記得、天上瑤池,閬苑曾有。　　千匝繞、紅玉闌干,愁祇恐、朝雲難久。須款折、繡囊剩戴,細把蜂鬚頻嗅。佳人再拜抬嬌面,斂紅巾捧金杯酒②。獻千千壽。願長恁、天香滿袖。

唐教坊曲名有《映山紅》。

此調《詞律》及舊譜皆不載。《詞譜》作元載。考元載乃唐宰相,其時尚無慢曲,詞意亦不類唐人。惟《天籟軒詞譜》作元絳,惜不詳所自。《宋詩紀事》有元絳,熙寧中參知政事。今從之。

"映霞腮"句、"斂紅巾"句,是上三、下四字而五、六字相連。詞中鮮有此句法,當從之。"獻千千壽"句,疑衍一"千"字。"獨"字、"苑"字、"滿"字用仄聲,毋忽。

【校記】

〔一〕“獨”字及前段結句“苑”字、後段結句“滿”字，原用◑符標識，意謂必用仄聲。其實本調僅此一首，必用云云，諒來是無據之説。

【蔡案】

① 這種句式也可以視爲四三結構的律句，祇是前四字由一二一結構組成，類似“一失足成、千古恨，再回頭是、百年身”這樣的句法。

② 同上。

錦堂春　百一字　或加“慢”字　　　　　　　　　司馬光

紅日遲遲[一]，虛堂轉影[二]，槐陰迤邐西斜。彩筆工夫，難狀晚景烟霞①。蝶尚不知春色，謾繞幽砌尋花。奈猛風過後，縱有殘紅，飛向誰家。　　始知青春無價，笑飄蓬宦路，荏苒年華。今日笙歌叢裏，特地咨嗟。席上青衫濕透，算感舊、何止琵琶②。怎不教人易老[三]③，多少離愁，散在天涯。

　　《九宮大成》入北詞南呂宮隻曲。

　　與《錦堂春》小令不同，故另列。或加“慢”字。

　　“怎不教人易老”句，一本無“人”字。《詞律》作“怎不教人見老”。觀後王作，似當五字爲是。“虛堂轉影”四字，葉《譜》作“虛廊影轉”。“色”字作“去”，“蓬”字作“零”。

【校記】

〔一〕原注“紅”字及結句“飛”字、後段第七句“何”、第九句“多”字可仄。

〔二〕原注“轉”字及第六句“不”字、第八句“猛”字和“過”字、第九句"縱"字、後段第三句"茬"字、第五句"特"字、第六句"濕"字、第七句"舊"字、第八句"不"字可平。按,第八句"過"字本可讀爲平聲。

［三］原注"教"字平聲。

【蔡案】

① 本調各均文字參差,宋人多不以本詞爲範。例如這一均,其收拍就例以四字一句爲正,即便對應後段,也應該是"彩筆工夫難狀,晚景烟霞"方諧。

② 後段第三均,本調例作六字二句,"算"字疑衍。

③ 本調尾均多與前段同,作一五二四三句,因此"人"字應是衍文。有鑒於此,本調選王沂孫詞作正格,更爲合適。

又一體 百字 　　　　　　　　　　　　　　柳　永

墜髻慵梳,愁蛾懶畫,心緒事事闌珊。覺新來憔悴,金縷衣寬。認得這、疏狂意下[①],向人誚譬如閒。把芳容整頓,恁地輕孤,争忍心安。　　依前過了舊約[②],甚當初賺我,偷剪雲鬟。幾時得歸來,香閣深關。待伊要、尤雲殢雨,纏繡衾、不與同歡[一]。儘更深款款,問伊今後,敢更無端。

　　《樂章集》屬林鐘商。

　　宋本調名《錦堂春》,汲古名《雨中花慢》。細按兩調,字句相仿,未知孰是。

　　前後段第四、五、六、七句,句法不同,字數恰合,或破句也。與《雨中花》迥異,當從宋本。"事事"二字,汲古作"是事"。"整"字作"陡","雲"字作"香","繡"字作"鴛","敢更"二字作"更散",

俱誤，今從宋本。

【校記】

　　［一］原注“纏”字去聲。

【蔡案】

　　① 本詞前後段第六拍，各添一字作折腰句法，亦是獨家填法。

　　② “前”字爲過片句中藏韵，此填法與各家皆異。

又一體 百一字　　　　　　　　　　　　　缺　名

雪　梅

臘雪初晴，冰銷凝泮，尋幽閒賞名園。時向長亭登眺，倚遍朱闌。拂面嚴風凍薄，滿階前、霜葉聲乾。見小臺深處，數葉江梅，漏泄春權。　　百花休恨開晚，奈韶華瞬息，常放教先[一]。非是東君私與，和煦恩偏。欲寄江南音耗，念故人、隔闊雲烟。一枝贈春色，待把金刀，翦倩人傳。

　　　　前段七句七字，比司馬作多一字。“閒”字，一本作“開”，“見”字作“竟”，又缺“時”字，今從《梅苑》。惟“與”字作“語”，誤。

【校記】

　　［一］原注“教”字平聲。

又一體 九十九字　　　　　　　　　　　　葛立方

正　旦　作

氣應三陽，氛澄六幕，翔烏初上雲端。問朝來何事，喜動門

闌。田父占來好歲，星家説道宜官。擬更憑高望遠，春在烟
波，春在晴巒。　　　歌管雕堂宴喜，任重簾不捲，交護春寒。
況金釵整整，玉樹團團。柏葉輕浮重醁，梅枝巧綴新旛。共
祝年年如願，壽過松椿，壽過彭聃。

　　　　前後第六、七句皆六字，與司馬作前段同。兩八句亦六字。
　　後段四句五字，少一字，與前異。此體整齊易從①。汲古缺"家"
　　字，今從《歷代詩餘》補正。

【蔡案】
　　　① 本詞即正體，校之王詞，惟前後段尾均中五字句，各添一字，
　　且後段第四拍減一字異。

又一體　九十八字　　　　　　　　　　　　　　王沂孫

七　夕

桂嫩傳香，榆高送影，輕羅小扇凉生。正鴛機梭静，鳳渚橋
◎●○○　○○○●　○○●●○△　●○○●○　●●○

成。穿綫人來月底，曝衣花入風庭。看星殘屐碎，露滴珠
△　⊙●○○●●　⊙○○●○△　●⊙○○●　●●○

融，笑掩雲屚。　　　彩盤凝望仙子，但三星隱隱，一水盈盈。
○　◎●○△　　　◎○○●○●　●○○●●　⊙●○△

暗想憑肩私語，鬢亂釵橫。蛛網飄然胃恨，玉籤傳點催明。
◎●○○○●　●●○△　⊙○○●○●　◎○○●○△

算人間待巧，似恁匆匆，有甚心情。
●○○●●　●○○　●●○△

　　　　與葛作同①。惟後段第四句六字，兩八句各五字，少一字。
　　餘同。

【蔡案】

① 本詞可平可仄，均據前後諸詞。過片葛立方作"歌管雕堂宴喜"，平仄反，僅此一首，偶例，無須爲範。

又一體 九十六字　　　　　　　　　　王沂孫

中　秋

露掌秋深，花籤漏永，那堪此夕新晴。正纖塵飛盡，萬籟無聲。金鏡開奩弄影，玉壺盛水侵棱。縱簾斜樹隔，燭暗花殘，不礙虛明。　　美人凝恨歌黛，念經年間阻[一]，祇恐雲生。早是宮鞋鴛小，翠鬢蟬輕。蟾潤妝梅夜發，桂熏仙骨香清。看姮娥此際，多情又似無情①。

以上二首，俱見《陽春白雪》。尾句六字，比各家少二字，餘同前作。

【校記】

[一] 原注"間"字去聲。

【蔡案】

① 後段結拍，本調宋詞其他諸家都是四字兩句，惟本詞少二字，觀王沂孫前詞亦爲八字，此處或原爲"□□多情，又似無情"，猶葛立方"雁到雲邊。書到雲邊"之填法。

傷春怨　四十三字　　　　　　　　　　　王安石

夢　中　作

雨打江南樹。一夜花開無數。綠葉漸成陰，下有游人歸路。　　與君相逢處。不道春將暮。把酒祝東風，且莫恁、匆匆去。

他無作者，應是創調①。

【蔡案】

　　① 本調即《生查子》。惟前段第二、四句及後段第四句各添一字，與正體不同。按，《能改齋漫錄》卷十六收錄本詞，謂王安石於元豐間，夢中所得詞二首。引文後一本有"右調《生查子》《謁金門》"，一本無。而該則筆記標題爲"傷春怨"，原譜所據本，或爲無"右調《生查子》"者，惟《能改齋漫錄》每則筆記皆有標題，固不當以之爲詞調名也。甚謬。

甘露歌　七十二字　　一名《古祝英臺》　　　王安石

集　句　詠　梅

折得一枝香在手。人間應未有[一]。疑是經春雪未消。今日是何朝。　　盡日含毫難比興。都無色可並①。萬里晴天何處來。真是屑瓊瑰。　　天寒日暮山谷裏②。的皪愁成水。池上漸多枝上稀。唯有故人知③。

《九宮大成》入南詞越調正曲，名《祝英臺》。

調見《樂府雅詞》，作三段，平仄換韻。《花草粹編》分三首④。

《梅苑》不分段，一本分兩段。玩辭意明是一首。無他作可證，當從《雅詞》本。原注即《古祝英臺》，與《祝英臺近》迥不相侔，宜分列。

【校記】

［一］原注"應"字平聲。

【蔡案】

① 色，以入作平。

② 谷，以入作平。

③ 本調由三組相同詞句組成，其可平可仄處，可三段互相參校，如每段第四拍的平仄如一，則該句平仄宜守，不可將首字改易爲仄聲。

④ 本詞或以三首視之更妥。遍觀宋詞，形式上未有如此三段式，如此換韵法者，應從《花草粹編》爲是。

千秋歲引 八十二字　　　　　　　　　　王安石

別館寒砧^[一]，孤城畫角。一派秋聲入寥廓^{[二]①}。東歸燕從海上去^②，南來雁向沙頭落。楚臺風，庾樓月，宛如昨。
無奈被些名利縛。無奈被他情擔閣^{[三]③}。可惜風流總閒却。當初謾留華表語，而今誤我秦樓約。夢闌時，酒醒後^[四]，思量着。

　　此與《千秋歲》不同，與《千秋引》後段同。祇第四句少一字，前段起處則迥異^④。故另列。
　　"派"字，葉《譜》作"片"，"些"字作"他"，"後"字作"處"。

【校記】

［一］原注"別"字與第三句"入"字、第四句"燕"字、後段第三句
"總"字可平。

［二］原注"秋"字及後段第三句"風"字可仄。

［三］原注"擔"字去聲。

［四］原注"醒"字平聲。

【蔡案】

① "入"字與首句"別"字俱爲入聲字，入聲本可作平用，説入聲
"可平"，則等於認爲入聲不可作平，悖。其次，第三句爲小拗句法，
"入"字絶不可平，否則即形成"秋聲入寥"四字連平而失律。

② 本詞即《千秋引》。校之卷五李冠《千秋引》，兩者所不同者
爲：前後段第四拍，由上三下五式句法，於三字逗處各減一字，作七
字一句，由於減字，故本七字句本質上仍爲二字逗領五字句，否則"東
歸燕從"、"當初謾留"皆爲兩頓連平，於律不諧。秦巘未識此變化軌
跡，故原譜兩句皆未讀斷，韵律自然失諧。又，"海"字，以上作平。

③ "擔閣"，即"耽擱"，本應讀爲平聲，如洪咨夔《春行》詩云："花
信雨擔閣，睡魔茶破除。"在此讀爲去聲，是借音法。

④ 本調前段起調，常用四字兩句，或一四一五式句法，卷五《千
秋引》一三一五起，僅其一首，或有脱誤，與此不同。詳參卷五《千
秋引》。

桂枝香 <small>百一字</small>　　　　　　　　　　　　　王安石

金 陵 懷 古

登臨送目。正故國晚秋^{［一］}，天氣初肅^①。千里澄江似練，翠
⊙ ○ ○ ▲　●● ● ● ○ ○　⊙ ○ ○ ▲　⊙ ● ○ ○ ● ● ●

峰如簇②。征帆去棹斜陽裏，背西風、酒旗斜矗。彩舟雲澹，
〇〇▲　　　⊙〇◎●〇●　●〇〇　◎〇〇▲　　●〇〇●

星河鷺起，畫圖難足。　　　念自昔、豪華競逐。歎門外樓
⊙〇◎　●　〇〇▲　　　　　●　◎◎　〇〇●▲　●〇⊙●〇

頭，悲恨相續。千古憑高對此，謾嗟榮辱。六朝舊事隨流
〇　⊙〇◎▲　〇●〇〇●●　◎〇〇▲　●〇〇●〇〇

水，但寒烟、衰草凝綠③。至今商女，時時猶唱，後庭遺曲④。
●　●〇〇　⊙〇〇▲　　◎〇〇●　〇〇⊙〇　●〇〇▲⑤

《九宮大成》入北詞仙呂調隻曲，許《譜》入仙呂宮。

《古今詞話》云：金陵懷古，諸公寄調《桂枝香》者三十餘家，
獨介甫爲絕唱。東坡見之歎曰："此老乃野狐精也。"愚按：此説
可見調不始於王作。餘皆不傳，以此首爲最先，故繫於此。

"晚"、"氣"、"畫"、"競"、"恨"、"草"、"後"等字仄聲，勿誤。
前後段第四、五句，陳亮、張炎作上四、下六字，可不拘。"斜"字、
葉《譜》作"殘"，"隨"字作"如"。

【校記】

[一]"晚"字及第三句"氣"字、結句"畫"字、後段起句"競"字、第
三句"恨"字、第七句"草"字、結句"後"字，原用◑符標識，意謂必用
仄聲。

【蔡案】

① 本調前後段首均的收拍，實爲一九字句，即"正故國、晚秋天
氣初肅"、"歎門外、樓頭悲恨相續"，其六字爲平起仄收式律句，今皆
讀爲一五一四者，四字句失律，故極誤。

② 本調微調，主要在前後段第二均，或一六一四，或一四一六，
不拘。

③ "草"字，以上作平。

④ 後段尾均,也有讀破後作六字二句者,如黃裳之"宴歸還趁人來,茱萸佩垂紅玉"。

⑤ 原譜未作可平可仄標注,譜中可平可仄據其他各詞補。

又一體 百字　　　　　　　　　　　　　　周　密

雲 洞 賦 桂

岩扉逗緑。又凉入小山[一],千樹幽馥。仙影懸霜,粲夜楚宮六六。明霞洞窅珊瑚冷,對清商、吟思堪掬。麝痕微沁,蜂黃淺約,數枝秋足。　　　別有雕闌翠屋。任滿帽珠塵,拚醉香玉。瘦倚西風,誰見露肌侵粟。好秋能幾花前笑,繞凉雲、重換銀燭。寶屏空曉,孤叢怨月,夢回金谷。

> 後起句六字,比王作少一字。"換"字,《笛譜》作"喚","孤"字作"珍"。今從《草窗詞》。

【校記】

[一] "小"字及第三句"樹"字、結句"數"字、後段起句"翠"字、第三句"醉"字、第七句"換"字、結句"夢"字,原用◑符標識,意謂必用仄聲。

又一體 百一字　　　　　　　　　　　　詹　玉

題 寫 韵 軒

紫薇花露。瀟灑作凉雲,點商勾羽。字字飛仙,下筆一簾風雨。江亭月觀今如許。歎飄零、墨香千古。夕陽芳草,落花流水，依然南浦^[一]。　　甚兩兩凌風駕虎^[二]。恁天孫標致，月娥眉嫵。一笑生春，那學世間兒女。筆牀硯滴曾窺處，有西山、青眼如故。素箋寄與，玉簫聲徹，鳳鳴鸞舞。

前後第六句皆叶韵，與王作異。前段次句句法微異。"駕"、"眼"、"鳳"必用仄聲。"依"亦宜仄。

【校記】

［一］原注"依"字宜仄。

［二］"駕"字、第七句"眼"字、結句"鳳"字，原用◑符標識，意謂必用仄聲。

又一體　百一字　　　　　　　　　　　鞠花翁

過溧水感羊角哀左伯桃遺事

丁丁起處。在縱牧九京^[一]，經燒殘樹^[二]。時見烏鳶飢噪，鵂鶹妖呼^[三]。數椽老屋圍荒堵。算何人、瓣香來炷。澹烟斜照，閒花野棠^[四]，杳杳年度^[五]。　　世事幾番雲覆雨^①。獨此道嫌人，拋棄塵土。眼裏長青，誰也解如山否。三三五五騎牛伴，望前村、吹笛歸去^[六]。柳青梨白，春濃月澹，踏歌椎鼓。

前段第六句叶韵，後段不叶，或於五字叶^②，下作六字句。換頭句亦七字，作上四下三句法，略異。"棠"字不當用平，或是"草"字之訛。

【校記】

　　［一］"九"字及第三句"燒"字、結句前"杏"字、後段起句"覆"字、第三句"棄"字,原用◑符標識,意謂必用仄聲。

　　［二］原注"燒"字上聲。

　　［三］原注"呼"字去聲。

　　［四］原注"棠"字宜仄。

　　［五］原注後"杏"字作平。

　　［六］原注"笛"字和結拍"踏"字作去,並用●符標識。

【蔡案】

　　① 本句宋人皆以折腰句法填,故當讀爲"世事幾、番雲覆雨","番"即"翻"字,然則與王詞同一,秦巘未予讀斷,認爲是"作上四下三句法",句意未明,誤。

　　② "五字叶",應該是"四字叶",秦巘的意思是説,這裏也可以讀爲"三三五五。騎牛伴、望前村,吹笛歸去",但此處原非主韵,可叶可不叶。

疏簾淡月　百一字　　　　　　　　　　　　　　張　輯

梧桐雨細。漸滴做秋聲,被風驚碎。潤逼衣篝,線裊蕙爐沈水。悠悠歲月天涯醉。一分秋、一分憔悴。紫簫吹斷,素箋恨切,夜寒驚起[一]。　　又何苦、凄凉客裏[二]。負草堂春綠,竹溪空翠。落葉西風,吹老幾番塵世。從前諳盡江湖味。聽商歌、歸興千里[三]。露侵宿酒,疏簾淡月,照人無寐。

　　《九宫大成》入南詞仙吕宫引,與本宫正曲不同。許《譜》同。

　　此以結句立名。原注《寓桂枝香》,考張輯《東澤綺語債》一卷,皆以詞句立新名,與本調毫無區別。獨此調舊譜皆分南北詞各列,蓋改入聲韵爲上去聲也。《九宫大成譜》已明言之。《詞律》不講宫調,以爲不當分體,然其字句亦有不同。前後段四、五句作上四、下六字,六句皆叶韵。後段次句平仄反,於王詞"晚"、"氣"、"恨"三字用平,略異。作者用入聲韵從前體,用去上韵從此體可也。

【校記】

[一]"夜"字及第七句"興"字、結句"照"字,原用◖符標識,意謂必用去聲。

[二]後段起句"客"字原用●符標識,不知何意,比照前幾首,或是◖符之誤。

[三]"興"字原注去聲。

喜長新 四十七字　　　　　　　　　　王益柔

秋風朔吹曉徘徊。雪照樓臺。梁王宴召有鄒枚。相如獨逞雄才。　　明燭熏爐香暖,深勸金杯。庭前艷粉有寒梅。一枝昨夜先開。

唐教坊曲名。

"風"字一作"雲"。"雄"字,《詞譜》作"英"。"艷粉"二字,一作"粉艷"。

望南雲慢 百四字　　　　　　　　　　沈公述

木葉輕飛,乍雨歇亭皋,簾捲秋光。闌隈砌角,綻拒霜幾處,蓓深淺紅芳①。應恨開時晚[一]，伴翠菊、風前並香[二]②。曉來清露，嫩臉低凝，似帶啼妝。　　　堪傷。記得佳人，當時怨別，盈腮粉淚行行。而今最苦，奈千里身心，兩處凄凉。感物成消黯，念舊歡、空勞寸腸。月斜殘漏，夢斷孤幃，一枕思量。

調見《樂府雅詞》。他無作者，自是創製③。《詞律》失收。

"風前並香"，"空勞寸腸"，用平平去平，是此調著眼處，作者切勿臆改。"蓓"字原本作"蓓"，當是"蓓蕾"之"蓓"。《詞譜》無"蓓"字。余謂"處"字當是誤多。"清"字，一本作"寒"。

【校記】

[一] 原注"應"字去聲。

[二] "風前並香"原用○○◐○標識，後段"空勞寸腸"亦同。

【蔡案】

① "蓓"或者"蓓"，於此詞意都不通，且對照後段作"奈千里身心，兩處凄凉"，是一字逗領四字兩句的句法，則前段也應該是"綻"字領四字兩句，"綻深淺紅芳"詞意通達，可見本句衍一字。

② 秦巘之意，是這四字必須大拗方可，且"是此調著眼處"，此類觀點之產生，蓋因不識本句句法之故。此類毛病，萬樹、《詞譜》及其後的詞學家筆底，也時有出現，無非是因不知，而將其神話的老套套。這兩個句子，於韵律而論，都不得讀爲上三下四句，而應讀爲一字逗領六字句。即便就詞意而論，"伴"的是"香"，後段"念"的也不是"舊歡"，而是"舊歡空勞寸腸"這回事。可見讀錯後，不但韵律盡失，詞意也完全錯了。

③ 他無作者，便自是創製，豈有如此邏輯。

家山好　五十七字　　　　　　　　　　　沈公述[一]

挂冠歸去舊烟蘿。閒身健，養天和。功名富貴非由我，莫貪
他。這歧路、足風波。　　　水晶宮裏家山好，物外勝游多①。
晴溪短棹，時時醉唱挼梭羅②。天公奈我何。

> 調見《湘山野録》，以換頭句爲名。各本皆無名氏，獨葉《譜》
> 爲沈公述作，從之。《詞律》不收。
> "我"字似以仄叶平，存參。"挼梭羅"想是曲名③，其義
> 未詳。

【校記】

[一] 本詞據《湘山野録》爲劉述作，葉《譜》誤作沈公述，故不可
從。《霜葉飛》亦爲沈公述詞。

【蔡案】

① 細玩本詞韵律，後段第二拍應奪一平聲字，作"□物外、勝游
多"方確，而不當爲五字一句。

② 此十一字各本俱誤讀，不應是"晴溪短棹，時時醉唱挼梭羅"，
而致韵律失諧，校之前段，應改讀爲"晴溪短棹時時醉，唱挼梭羅"。

③ "挼梭羅"者，並非曲名或調名，其本爲和聲，這裏借代爲歌
曲，也可以視爲類似今日的"哆來咪"。

霜葉飛　百十一字　　　　　　　　　　　　　波　唐

霜林凋晚，危樓迥、登臨無限秋思[一]。望中閒想，洞庭波面，
亂紅初墜①。更蕭索、風吹渭水。長安飛舞千門裏。變景催

芳謝，唯賸有、蘭衰暮叢，菊殘餘蕊[二]。　　回念花滿華堂，美人一去，鎮掩香閨經歲。又觀珠露，碎點蒼苔，敗梧飄砌。謾贏得、相思眼淚。東君早作歸來計。便莫惜、丹青手，重與芳菲，萬紅千翠。

　　　《填詞名解》云：大石調曲。波唐作。

　　　張舜民《畫墁錄》云：波唐善詞曲，始爲楚州職官。知州胡楷差打蝗蟲，唐不堪其役，作《蝗蟲三叠》，觸楷怒，坐贓三十年。至熙寧改官，辟充大名府僉判。作《霜葉飛》，觸介甫怒。會河決曹村，唐遂替。久之，王廣淵辟爲渭州僉判，作《雨中花》，廣淵聞之亦怒。唐不自安，竟卒。

　　　《碧雞漫志》云：沈公述爲韓魏公之客，魏公在中山，門人多有賜環之望，沈秋日作《霜葉飛》詞云云，爲魏公發也。愚按：此説與各本大異，未知孰是，今從《雅詞》。

　　　李清照云：沈唐、元絳、晁次膺輩，雖時時有妙語，破碎何足名家。

　　　此詞見《樂府雅詞》，爲沈唐作。《詞綜》云：或作“波”，非。《碧雞漫志》爲沈公述作。《歷代詩餘》：無名氏。愚按：“沈”字定是“波”字之訛，皆以姓僻，故誤改耳。餘詳《剔銀燈》波子山作下②。

　　　“唯賸有”句，《歷代詩餘》缺“賸”字，照各家應三字。“回念花滿華堂”句六字，《詩餘》作“念花滿堂時自”，缺“回”字，多“自”字。據各家亦應六字。“便莫”二字作“須莫”，今從《雅詞》本。“眼淚”二字，《雅詞》作“淚眼”，失叶，從葉《譜》改。《碧雞漫志》作“甚了”。

【校記】

　[一]"限"字及第九句"暮"字、前結"菊"字，後段結句"萬"字，原用◗符標識，第六句"渭水"二字、後段第七句"眼淚"二字，原用◗◖符標識，參之後一首秦注，則意謂單字必用去聲，雙字必用去上聲。

　[二]原注"菊"字"作去"。無謂。

【蔡案】

　① 本調前後段第二均，以七字一拍、五字一拍爲正，宋人多如此填。

　② 本詞應屬沈公述詞，波唐，乃"沈唐"之刻誤也。《樂府雅詞》《詞綜》《碧雞漫志》皆已確斷。而沈公述亦即沈唐，一名一字而已。《碧雞漫志》乃宋人手筆，當從之。據秦巘所述生平，亦當爲沈唐，蓋前人如《畫墁錄》者，已誤。秦注中"波唐作"三字爲秦巘語，亦非《填詞名解》語。故當刪去"波唐"，歸於沈公述名下。

又一體 百十一字　　　　　　　　　　周邦彦

露迷衰草。疏星挂，凉蟾低下林表[一]。素娥青女鬥嬋娟，正
●○○▲　　○○●　○○●○●　　●○●⊙●●○　●

倍添悽悄。漸颯颯、丹楓撼曉。橫天雲浪魚鱗小。見皓月
●○○●●　　⊙○　○○●▲　　○○○●○○▲　　●●●

相看[二]，又透入、清輝半晌①，特地留照[三]②。　　　迢遞望
○○　　　●●●　○○●●　　●●○▲　　　　　○●◎

極關山，波穿千里，度日如歲難到。鳳樓今夜聽秋風，奈五
●○○　○⊙○●　●●○●○▲　　◎○○●●○○　●●

更愁抱。想玉匣、哀弦閉了。無心重理相思調。念故人、牽
○○▲　　●●●　○○●▲　　○○●○○○▲　　●●○　○

離恨，屛掩孤鸞，淚流多少。
○●　⊙●○○　●●○▲

前後段第四、五句，一七、一五字，首句起韵，與前異。"見皓月"句，平仄亦異。"正倍添"句、"奈五更"句，是一領四字句法。吳文英作異，張炎二首同。"特地留照""地"字，張二首同，吳用平聲。"下"、"半"、"歲"、"淚"四字必去聲，"撼曉"、"閉了"必用去上，各家同。勿誤。"日"字，各家用入，祇張作一首用平。"故人""人"字，方、張皆用入，吳用平。《詞律》云：皆以入作平，是。又云：首句宜七字，《圖譜》於"草"字起韵，誤甚。查吳用"緒"字，張三首皆起韵，祇方千里和詞不用韵。《詞律》誤讀。"眴"字，《詞律》作"晌"，刻誤。"愁"字，葉《譜》作"懷"。

【校記】

[一]"下"字及第九句"半"字、後段第三句"歲"字、結句"淚"字，原用●符標識，意謂必用去聲。第六句"撼曉"二字、後段第七句"閉了"二字亦用●符標識，意謂必用去上聲。前結句"地"字，用●符標識，不明其意。

[二]原注"看"字平聲。

[三]原注"特"字作平。

【蔡案】

①秦巘原注"眴"字可平，應該是對校前一首"唯賸有、蘭衰暮叢"而注，其實兩種句法並不相同，前詞實爲一領六句法，如果是單純的上三下四句法，則此字絶不可平。

②"地"字之讀音本在平去之間，所以可以讀爲徒何切，在歌部韵中，如屈原的《橘頌》有："閉心自慎，不終失過兮。秉德無私，參天地兮。"揚雄的《羽獵賦》有："鳥不及飛，獸不得過。軍驚師駭，刮野埽地。"因此這裏並非仄聲，所以吳文英也用平聲。而張炎該字位用仄，句法已然不同，其爲"慣款語莫遊，好懷無限歡笑"。

又一體 百九字　　　　　　　　　　　　　　　方千里

次周美成韵

寒雲垂地，堤烟重，燕鴻初度江表[一]。露荷風柳向人疏，臺
榭還清悄。恨脉脉、離情怨曉。相思魂夢銀屏小。奈倦客
征衣，自遍拂塵埃，玉鏡羞照[二]。　　　無限静陌幽坊，追歡
尋賞，未落人後先到[三]。少年心事轉頭空，况老來懷抱。儘
綠葉、紅英過了。離聲慵整當時調。問麗質、從憔悴，消减
腰圍，似郎多少。

　　　首句不起韵。"自遍拂"句五字，比周作少二字。方、陳和詞
　　往往增减一二字，不解何故。或無礙歌喉，可以不拘字數耶？
　　"老來"二字，一作"近春"。

【校記】

　　[一]"度"字及結句"玉"字，後段第三句"後"字、結句"似"字，原
用●符標識，第六句"怨曉"二字、第七句"過了"二字，原用●●符標
識，參之前一首秦注，則意謂單字必用去聲，雙字必用去上聲。

　　[二]原注"玉"字去聲。

　　[三]原注"落"字作平。

又一體 百十字　　　　　　　　　　　　　　　張　炎

悼澄江吳立齋。南塘、不礙雲山，皆其亭名。

故園空杳。霜風勁，南塘吹斷瑶草[一]。已無清氣礙雲山，奈
此時懷抱。尚記得、修門賦曉。杜陵花竹歸來早。傍雅亭

幽榭,慣款語英游,好懷無限歡笑。　　不見換羽移商,杳
梁塵遠,可憐都付殘照。坐中泣下最誰多,歡賞音人少。悵
一夜、梅花頓老。今年因甚無詩到。待喚起清魂,説與凄
涼,定應愁了[二]。

> 前結一五、一六字,後結"待喚起清魂"句五字,比各家少一
> 字。《宋七家詞選》作"待喚醒清魂起",云原作於"起"字下注一
> 作"醒",予故臆斷其爲"醒起"二字俱不可少,方合句法。愚按:
> 明劉基一首亦作五字,故存此一體①。

【校記】

> [一]"斷"字及結句"好""限"二字,後段第三句"付"字、結句
> "定"字,原用●符標識,第六句"賦曉"二字、第七句"頓老"二字,原用
> ●○符標識,參之前一首秦注,則意謂單字必用去聲,雙字必用去
> 上聲。
> [二]原注"應"字平聲。

【蔡案】

> ① 後段尾均例作十四字,一六二四句法,惟張詞一本作一五二
> 四,據彊村叢書本《山中白雲詞》,作"待喚起、清魂□",應是原作本亦
> 爲六字。

鬥嬋娟 百十一字　　　　　　　　　　張　炎

故園荒没,歡事去心,有感而作。

舊家池沼。尋芳處,從教飛燕頻繞[一]。一灣柳護水房春,看
鏡鸞窺曉。暈宿酒、雙蛾澹埽。羅襦飄帶腰圍小。盡醉方

歸去，又暗約、明朝鬥草。誰解先到。　　心緒亂若晴絲，那回游處，墜紅爭戀殘照。近來心事漸無多，尚被鶯聲惱。便白髮、如今縱少。情懷不似前時好。謾佇立、東風外，愁極還醒，背花一笑。

因周詞有"鬥嬋娟"句，故名。平仄字句無異，實是一調，宜附列。

"尋芳處"三字，一作"簾下休"，"酒"字作"粉"，"晴"字作"游"。"謾佇立，東風外"六字，一作"慢重省燕臺句"。

【校記】

［一］"教"字原注平聲。

憶悶令 四十五字　　　　　　　　　　　　　　晏幾道

取次臨鸞勻畫淺。酒醒遲來晚。多情愛惹閒愁，長黛眉低斂。　　月底相逢見①。有深深良願。願期信、似月如花，須更教長遠［一］。

《九宮大成》入南詞高大石調引，許《譜》同。

兩結句是一領四字句。《詞律》謂"醒"字讀平，與後段同。不知前段是上二、下三字，後段是上一、下四字，是以不同。又以"期"字誤多，皆無他作爲證②。"教"字，汲古作"交"。以下諸調，俱見《小山詞》。前無作者，自是創製。

【校記】

［一］原注"教"字平聲。

【蔡案】

　　① 本調現存宋詞二首,另有仇遠一首,後段起拍爲"瞥地飛來何處燕"七字,故本詞當以彊村叢書本《小山詞》爲準,作"月底相逢花下見"。

　　② 余疑前段第三拍亦奪一字,當作"●多情、愛惹閒愁"方是。

望仙樓 四十七字　　　　　　　　　　　　　晏幾道

小春花信日邊來,冰上江梅先坼。今歲東君消息。還自南枝得。　　素衣染盡天香,玉酒添成國色。一自故溪疏隔。腸斷長相憶。

　　此與《望仙門》無涉。

　　《梅苑》名《胡搗練》,舊譜遂合爲一調。愚按:晏殊作《胡搗練》,後段起句七字,與此不同。何得合併?①

　　"國"字,汲古作"團",誤。

【蔡案】

　　① 此即《胡搗練》,秦巘以一字之差而斷爲兩調,迂。詞作本可增減,流傳也有衍奪,尤其是在起結過變中,更是多變,況《梅苑》宋人之作,足可證之。

慶春時 四十八字　　　　　　　　　　　　　晏幾道

倚天樓閣,昇平風月,彩仗春移。鸞絲鳳竹,長生調裏,迎得
◎○⊙● ○○○● ◎●○△ ○○●● ○○●● ○●

翠輿歸。　　雕鞍游罷,何處還有心期①。濃熏翠被,深停
●○△ 　　○○○● ○●○●○△ ○○●● ○○

畫燭，人約月西時。
●● ○●●○△

　　《九宮大成》入南詞羽調引。

　　《小山詞》凡二首，慶賞春時燕樂之詞。

　　"閣"字，葉《譜》作"殿"。

【蔡案】

　　① 後段第一均，原譜作"雕鞍游罷，何處還有心期"，雖可解爲六言律拗句法，然依原讀，既云"何處還有心期"，則又何來"人約月西"之舉？故竊以爲不妥。正因"還有心期"，方纔想約，合情合理。於格律論，前句平起仄收式六言律，後句仄起平收四言律，晏氏別首若讀作"殷勤今夜涼月，還似眉彎"，亦較之原讀更爲暢達，庶幾韵律無違。

喜團圓 四十八字　一名《與團圓》①　　　　　　晏幾道

危樓靜鎖，窗中遥岫，門外垂楊。珠簾不禁春風度，解偷送
○○●● ○○○● ○○○△ ○○●●○○● ●○●
餘香②。　　　眠思夢想，不如雙燕，得到蘭房。別來秖是，憑
○△　　　　○○●● ●○○● ●●○△ ●○●● ○
高淚眼，感舊離腸。
○●● ●●○△

　　《九宮大成》入南詞羽調引。

　　《花草粹編》無名氏作，有"願與個團圓"句，名《與團圓》。一作晏殊，查《珠玉詞》無此闋。

　　　前結句是一領四字句。"遥"字，汲古作"迢"，葉《譜》作"列"。

【蔡案】

　　① 本詞現存四首，其不同處惟在讀破，然則本詞與《茅山逢故

人》或爲同調平仄異體。

② 據現存諸詞,前段第二均亦以四字三句爲正。

又一體 四十五字　　　　　　　　　　　　　缺　名

輕攢碎玉,玲瓏竹外,脱去繁華。殢東君,先點破,壓群花①。　　瘦影生香,黄昏月館,清淺溪沙。仙標淡泞,偏宜幺鳳,肯帶栖鴉。

見《梅苑》。前結三句各三字,與晏作異。恐有脱誤。

【蔡案】

① 本詞前段第二均或有殘缺,據《欽定詞譜》,當是“尤殢東君,最先點破,壓倒群花”,則字數與晏詞同,惟讀破而已。但《欽定詞譜》究竟依據什麽,則不得而知。

鳳孤飛 四十九字　　　　　　　　　　　　　晏幾道

一曲畫樓鐘動,宛轉歌聲緩。綺席飛塵座滿①。更小待、金蕉暖。　　細雨輕寒今夜短。依前是、粉墻別館。端的歡期應未晚[一]。奈歸雲難管。

此調別無他作,悉宜謹守。兩結句是一領四字句。

【校記】

[一]“應”字原注平聲。

【蔡案】

① 彊村叢書本《小山詞》,本句作“綺席飛塵滿”,少一字,未知

孰是。

留春令 五十字　　　　　　　　　　　晏幾道

畫屏天畔，夢回依約，十洲雲水。手捻紅箋寄人書①，寫無
●○○○　●○○●　●○○▲　●●○○●○○　○○
限、傷春事。　　　別浦高樓曾漫倚。對江南千里。樓下分
●　○○▲　　　　●●○○○●▲　●○○○▲　⊙●○
流水聲中，有當日、憑高淚。
○●○○　●⊙●　○○▲

　　　前無作者。"手捻"句，"樓下"句，用仄平仄平平仄平平，
　　勿誤。

【蔡案】

　　① 宋人填本調，多依此體。前段第四拍、後段第三拍，皆爲大拗
句法，余疑後一均句法，實爲四字一句、三字三句，而非七字句，此猶
"怒髮衝冠憑欄處"，不可連讀也。李之儀詞，破出四字一句，作"香閣
深沈，紅窗翠暗，莫羨顛狂絮"，即源於此，這也就是讀破法的律理依
據。而細玩詞意，本詞讀爲"手捻紅箋，寄人書、寫無限、傷春事"和
"樓下分流，水聲中、有當日、憑高淚"，應該更貼合本意，而"手捻紅箋
寄人書"、"樓下分流水聲中"其實未必通達。

又一體 五十四字　　　　　　　　　　　黄庭堅

江南一雁橫秋水。歎咫尺、斷行千里。回文機上字縱橫，欲
寄遠、憑誰是。　　　謝客池塘春都未①。微微動、短墻桃李。
半陰纔暖却清寒，是瘦損人天氣②。

與前作全不合，應是誤寫調名。與賀鑄《迎春樂》相似，然前段次句多一字，後三句多二字，亦不合③。

【蔡案】

① 本句疑"都"是訛字，應是一仄聲字。

② 結拍六字，是一字逗領五字句法，而此類句法，多讀爲三三式折腰，如前段之"欲、寄遠憑誰是"，如前《鳳孤飛》之"更、小待金蕉暖"，如後《好女兒》之"有、閒淚灑相思"，不勝枚舉，故後段雖不讀斷，擬譜亦當爲三三式句法。

③ 本詞與《留春令》字數、句法、韵律皆迥異，除前段第三第四拍、後段第一拍相似外，其餘各拍均不同，即便以一般增減字規則考量，亦難合縫，故絕是異調。細玩其律，本詞當是《憶王孫》，見卷二《憶王孫》雙調五十四字體，尤其兩詞結拍，前段均爲三三式折腰句法，後結則一作"是瘦損人天氣"，一作"也不管人煩惱"，如出一轍。又，余更疑《於中好》《端正好》《杏花天》亦即《憶王孫》，詳見《於中好》調下注。

又一體① 五十字　　　　　　　　　　李之儀

夢斷難尋，酒醒猶困，那堪春暮。香閣深沉，紅窗翠暗，莫羨顛狂絮。　　　綠滿當時携手路。懶見同歡處。何時却得，珠簾畫閣，盡訴情千縷。

兩結兩四、一五字②，與晏作異。"珠簾畫閣"四字，汲古作"低幃昵枕"。

【蔡案】

① 此即前一詞體，惟後一均句法讀破異。

② 如前詞所説,結拍實爲一字逗領五字句,因此就極易演化爲
這種四字兩句、五字一句的模式,因爲祇要領字移上即可。

又一體 五十二字　　　　　　　　　　　　　沈端節

舊家元夜,追隨風月,連宵歡宴。被閒瞞、引得寸心裏,一似
蛾兒轉。　　　而今百事心情懶。燈下幾曾忺看。算静中、
惟有窗前梅影,合是幽人伴①。

> 前段第三句八字,後段二、三句比李作各多一字,而句法平
> 仄亦不同。"閒瞞"二字,汲古作"那憑","寸心"二字作"滴流",
> "前"字作"閒",俱誤。

【蔡案】

① 本詞與晏詞體不同,所以不能以讀破來分析,蓋兩者不存在
讀破之律理。當是別體。而細究其律,則本詞實爲《探春令》的變格,
與揚无咎《探春令》"雪梅風柳"詞相同,兩者所不同處,在前段尾句減
一字,後段第二句添一字。而《探春令》前段尾句作五字一句者,也是
一種常見的填法。

思遠人 五十一字　　　　　　　　　　　　　晏幾道

紅葉黄花秋意晚,千里念行客[一]。飛雲過盡①,歸鴻無信,
何處寄書得。　　　淚彈不盡臨窗滴。就硯旋研墨[二]。漸寫
到別來,此情深處,紅箋爲無色。

> 此以本意立名,與《思越人》無涉。
> "念"、"寄"、"旋"、"爲"四字,必去聲②,勿誤。此與趙長卿

《探春令》句法相仿,所不同者在此。"飛雲"句上,葉《譜》多"看"字。

【校記】

[一]"念"字及結句"寄"字、後段次句"旋"字、結句"爲"字,原用 ◐符標識,意謂必用去聲。

[二]原注"旋"字及結句"爲"字去聲。

【蔡案】

① 葉氏《天籟軒詞譜》本句作"看飛雲過盡",正與後段相合,如此韵律方諧,應據補。

② 本調惟此一首,無別首可校,亦不知何據。

好女兒 六十二字　　　　　　　　　　　　　晏幾道

綠遍西池[一]。梅子青時[二]。儘無端、盡日東風惡,更霏微細雨,惱人離恨,滿路春泥。　　　應是行雲歸路,有閒淚、灑相思[三]。想旗亭、望斷黃昏月①,又依前換了,紅箋香信,翠袖歡期。

> 《詞名集解》云:本名《陌上桑》,以晏小山詞爲正,與黃庭堅《好女兒》爲《相思兒令》之別名不同,向皆分列。今從之。
>
> 《詞律》以"儘"、"想"二字必上聲,"盡"、"望"二字必去聲,"細雨"、"換了"必去上聲。考晏二首,賀鑄三首,皆不盡然。但"儘"、"想"、"盡"、"望"四字自當用仄聲,而"細雨"、"換了"兩家皆不同。此等三排句,總以平仄不犯重爲起調。雖余妄論,查各名家詞頗合。説詳《訴衷情》《水龍吟》等調下。惟"有閒淚"三字,宜仄平仄,祇賀一首用"從今夜",差異。

【校記】

　［一］原注“綠”字、第五句“惱”字、結句“滿”字、後段第二句“有”字、第四句“換”字、結句“翠”字可平。

　［二］原注“梅”字、第五句“離”字、後段首句“應”字和“行”字、第四句“依”字、第五句“紅”字可仄。

　［三］“有閒淚”三字原用◗○◗符標識，意謂應用仄平仄組合。

【蔡案】

　① 本調宋人皆按此填，惟歐陽修一首，後段第三拍作七字拗句句法，與此不同，疑是領字脫落所致。

解佩令 六十七字　　　　　　　　　　　　　晏幾道

玉階秋感，年華暗去[一]。掩深宮、團扇無情緒①。記得當時[二]，自剪下、機中輕素。點丹青、畫成秦女[三]。　　凉襟猶在，朱顏未改②，忍霜紈、飄零何處。自古悲凉，是情事、輕如雲雨。倚幺弦、恨長難訴。

　　以本意爲名，前無作者。“畫”、“恨”二字必去聲③，毋忽。

【校記】

　［一］“年”字及後段第三句“飄”字、第五句“情”字，原注可仄。

　［二］“記”字及下句“剪”字、後段第二句“未”字、第四句“自”字、第五句“事”字，原注可平。

　［三］“畫”字及後段結句“恨”字，原用◖符標識，意謂必用去聲。

【蔡案】

　① 本句例作七字一句，宋詞皆如此填，秦巘所引應誤，彊村叢書

本《小山詞》本句作"掩深宮、團扇無緒",應據改。

　　② 後段第二拍,依律皆爲叶韵處,原譜失記。惟本詞以第一第二拍另換一韵,如仇遠詞也是如此填,作"歌臺香散。離宮燭暗。"

　　③ 本調今存十首,以前段"畫"字,十字中有五字去聲,五字上聲,所謂"必去聲"者,極謬。

又一體 六十六字　　　　　　　　　　　　　　　王庭珪

湘江停瑟。洛川回雪。是耶非、相逢飄瞥。雲鬟風裳,照心事、娟娟山月。剪烟花、帶蘿同結[一]。　　　留環盟切。貽珠情徹。解携時、玉聲愁絕。羅襪塵生,早波面、春痕欲滅[二]。送人行、水聲淒咽。

　　　　兩起句、後次句,皆用韵。前段第三句比晏作少一字。"蘿"字,葉《譜》作"羅"。

【校記】

　　[一] "帶"字及後段結句"水"字,原用●符標識,意謂必用仄聲。按,與前詞説法不同,則秦巘所説的韵律特點均爲詞作,而非詞調也。

　　[二] 原注"欲"字作平。

又一體 六十六字　　　　　　　　　　　　　　　缺　名

蕙蘭無韵,桃李堪埽。都不數、凡花閒草。對月臨風,長是伊、故來相惱。和魂夢、披他香到[一]。　　　江頭隴畔,爭先占早。一枝枝、看來總好。似恁風標,待發願、春前祈禱。祝東君、放教不老[二]。

見《梅苑》，原注或作許冲元。

兩起句皆不叶韻，餘同王作。"披"字宜仄，或是"被"字之訛。

【校記】

［一］"披"字原注宜仄。

［二］原注"教"字平聲，"不"字作平，"放"字用⬤符標識，不知意謂必用仄聲抑或是必用去聲。

又一體 六十五字 蔣 捷

春

春晴也好[一]。春陰也好。著些春雨也好。春雨如絲，繡出花枝紅裊。怎禁他、孟婆合皂[二]。　　梅花風小。杏花風小。海棠風、驀地寒峭。歲歲春光，被二十四番風吹老。楝花風、爾且慢到。

前段第三、五句各少一字，後段第五句多一字。汲古、《詞律》於"著些"下多"兒"字，尚可。"番"字缺，則"二十四風"不成語矣。"被"字當是襯字。"春雨也"三字，《草堂》作"春雨越"，今從《歷代詩餘》本。

【校記】

［一］本句"也"字及第三句"也"字、前結句"合"字、後結句"且"字，原均注爲作平。

［二］"孟"字及後結"爾"字用⬤符標識，意謂必用仄聲。

歸田樂 六十八字　　　　　　　　　　晏幾道

試把花期數。便早有、感春情緒。看即梅花吐[①]。願花更不謝,春且長住。祇恐去[②]。　　春去。花開還不語。此意年年春會否[③]。絳唇青鬢,漸少花前語。對花又記得,舊曾游處。門外垂楊又飄絮。

> 黃庭堅詞加"引"字,又一首加"令"字。
>
> 此調各家皆不合。姑按時代序列,不知何人創始。
>
> "語"字重叶。"祇恐去"句當七字,定有脫誤。

【蔡案】

① 本句前決有一四字句,不僅因爲對應後段"絳唇青鬢",更因爲循其律理,前段本應是三均,而目前僅得二均半,可見晏、黃均非創體者,宋初本調已然殘缺。

② 本句與諸詞皆不同,與前後段相校,亦不合,顯誤,應據彊村叢書本《小山詞》和《欽定詞譜》改爲"祇恐花飛又春去"。

③ 彊村叢書本《小山詞》和《欽定詞譜》後段首均俱爲"花開還不語。問此意、年年春會否"。

又一體 七十三字　　　　　　　　　　黃庭堅

對景還消受。被個人、把人調戲,我也心兒有。憶我又喚我,見我瞋我,天甚教人怎生受。　　看承幸則勾。又是尊前眉峰皺。是人驚怪,冤我忔攔就。拚了又捨了,一定是、這回休了,及至相逢又依舊。

《山谷詞》名《歸田樂引》。

與晏作略同。袛前結多四字，後起少二字，又多"一定是"三字。

愚按：俳詞創自耆卿，而山谷尤甚。兹因此調體格難定，録以備考。

又一體① 五十字　　　　　　　　　　　　蔡　伸

風生蘋末蓮香細。新浴晚凉天氣。猶自倚朱闌，波面雙雙彩鴛戲。　　鸞釵委墜雲堆髻。誰會此時情意。冰簞玉琴横，還是月明人千里②。

此首前後整齊，與各家皆異。"猶"字，葉《譜》作"獨"，"墜"字作"墮"。"月明"二字，汲古作"明月"。

【蔡案】

① 本詞爲《歸田樂令》，與前二首及後一首爲同名異調。

② 後段結拍，"人"字仄讀。在唐宋詞中，"人"字時有須仄讀者，此爲一例，余不知其故。

又一體 七十一字　　　　　　　　　　　　缺　名

水繞溪橋緑。泛蘋汀、步迷花曲。衣巾散餘馥。種竹更洗竹。詠竹題竹。日暮無人伴幽獨。　　光陰雙轉轂。可惜許、等閒愁萬斛。世間種種，袛是榮和辱。念足又願足。意足心足。忘了眉頭怎生蹙。

見《陽春白雪》，不著名氏。

此與黄作同。袛後段次句多一字，六句少三字，整齊可從。葉《譜》於"種竹"、"念足"斷句，未確。

又一體　五十字　　　　　　　　　　　　　晁補之

春又去，似別佳人幽恨積。閒庭院，翠陰滿，添畫寂。一枝梅最好，至今憶。　　　正夢斷、爐烟裊，參差疏簾隔。爲何事、年年春恨，問花應會得。

《九宫大成》入南詞小石調正曲。許《譜》同。

此與前作迥異①。

【蔡案】

① 本詞與蔡伸詞亦非一體，校之二詞，就律理而論，些無衍變的痕跡，因此絕非同一體式。惟本詞字句、均拍紊亂，余疑其既非完詞，必有脱誤，又疑有衍字，如"春又去"三字，校之前一詞體或衍文，或錯簡，不能確讀。

又一體　四十四字　　　　　　　　　　　　黄庭堅

引調得甚，近日心腸不戀家。寧寧地、思量他。思量他。兩情各自肯甚忙①，　　　咱意思裏，莫是賺人吵。噇奴真個喝，共人喝。

《山谷詞》名《歸田樂令》。

此用平韵，句法與晁作略同。前結句或於"咱"字住，以仄叶平，與晁正合。後結當有缺文。"喝"字俟考。

　　愚按：晁作與此作當名《歸田樂令》，其餘當名《歸田樂引》。未知是否，故雖俳體，録之以存其名。

【蔡案】

　　① “忙”字顯非韵脚，以此分段，不知秦巘用意。《全宋詞》在“思量他”後分段，是。然本詞俚詞俗語，無法解讀，後結“唗”字何以叶韵，亦不得而知。

風入松 七十四字　一名《遠山横》　　　　　　晏幾道

柳陰庭院杏梢墻[一]。依舊巫陽。鳳簫已遠青樓在，水沈難復暖前香①。臨鏡舞鸞離照，倚筝飛雁辭行。　　　墜鞭人意自凄凉。淚眼回腸。斷雲殘雨當年事，到如今、幾處難忘。兩袖曉風花陌，一簾夜月蘭堂。

　　《宋史·樂志》太宗製，林鐘商。《高栻詞》注仙吕調，又雙調。蔣氏《十三調譜》注雙調。《九宫大成》有“慢”字，入南詞仙吕宫引，與本宫正曲不同。又入北詞雙角，一名《遠山横》。《風俗通》：河間雜歌二十一章内有此名，古琴曲亦有此名。唐僧皎然有《風入松》歌行。《全唐詩》注晋嵇康作。韓淲詞有“小樓春映遠山横”句，名《遠山横》。

【校記】

　　[一] 原注“柳”字及第三句“鳳”字和“已”字、第四句“復”字、第五句“舞”字、結句“倚”字、後段第二句“淚”字、第四句“幾”字、第五句“曉”字、結句“一”字和“夜”字可平。“庭”字及第二句“依”字、第四句“沈”字、第五句“臨”字、後段第三句“殘”字、第四句“如”字、第五句“花”字可仄。

【蔡案】

①　本句對應後段"到如今、幾處難忘",因此二者必有一句法有誤,而諸家均以折腰式爲正,未見有用七言律句之作。此外,究之詞意,"水沈難復暖前香"也實難理解,則本句應有舛誤。又,"難"字,彊村叢書本《小山詞》作"誰",唐先生《全宋詞》讀爲"水沈誰、復暖前香",仍然句意晦澀。要之,本句文字有多個版本,證明其句有訛可知。

又一體 七十二字　　　　　　　　　　　　　康與之

碧苔滿地襯殘紅。綠樹陰濃。曉鶯啼破眉心事,舊愁新恨重重。翠黛不忺重埽,佳時每恨難同。　　花開花謝任東風。此恨無窮。夢魂擬逐楊花去,殢人休下簾櫳。要見祇憑清夢,幾時真個相逢。

　　前後段第四句各六字,與各家異。

又一體 七十三字　　　　　　　　　　　　　康與之

一宵風雨送春歸。綠暗紅稀。畫樓鎮日無人到,與誰同撚花枝。門外薔薇開也,枝頭梅子酸時。　　玉人應是數歸期。翠斂愁眉。塞鴻不到雙魚遠,歎樓前、流水難西。新恨欲題紅葉,東風滿院花飛。

　　前段第四句六字,與前兩作異①。《詞律》云:宜添"好"字,不應作六字。考宋人各體多有不同,何能拘泥②。

【蔡案】

① 應是"與前晏詞異",筆誤。

② 萬樹所説合理。本調宋詞雖"各體多有不同",但其不同有規律可循,不外前後段第二句或四字,或五字,前後段第四句或六字,或七字,且均前後段對應變化,未見有前四後五、前五後四,或前七後六者,前六後七的則僅見本詞與韓玉的"水沈烟暖餘香……到而今、好處難忘"。而前後段第四句的主流填法爲七字折腰,六字句罕見,因此前段脱字的可能性自然是存在的。

風入松 七十六字 　　　　　　　　　　侯　寊

西　湖

少年心醉杜韋娘。曾格外疏狂①。錦箋預約西湖上,共幽
◎○○⊙●●○△　⊖●●○△　　◎○○●●○●　⊖○⊙

深、竹院松窗。愁夜黛眉顰翠,惜歸羅帕分香。　　重來一
⊙　◎●○△　⊙●○○⊙●　◎○○●○△　　⊙○○

覺夢黃粱。空烟水微茫。如今眼底無姚魏,記舊游、凝佇凄
●●●○△　⊖○⊙○△　⊙○●●○○●　⊖◎○　◎●○

涼。入扇柳風殘酒,點衣花雨殘陽。
△　◎●●○●●　⊙○○●○△②

　　　兩次句各五字,與前異。俞國寶一首與此同,但用上二下三字句法,可不拘。

【蔡案】

① 此爲正體,宋人按本體填者最多,罕用別格。但其中前後段第二句拍,以仄起平收式律句句法爲正,此類一領四句式者,除本詞外僅張繼先一首,偶例,不必從。

② 原譜未作可平可仄校驗,譜中可平可仄據前後諸詞擬,有删

除綫者,意謂可以減字。

又一體 七十五字　　　　　　　　　　　吳文英

雲麓園堂宴客

一番疏雨洗芙蓉。玉冷丁東①。轆轤聽帶秋聲轉,早凉生、傍井疏桐。歡宴良宵好月,佳人修竹清風。　　臨池飛閣乍青紅。移酒小垂虹。貞元供奉梨園曲,稱十香、深蘸璃鍾[一]。醉夢孤雲曉色,笙歌一派秋空。

　　　前段次句四字,後段五字,與前異。明人戈止一首與此同。汲古於"玉冷"下有"珮"字,缺"疏"字。

【校記】

　　[一]"稱"字原注去聲。

【蔡案】

　　① 本句奪一字,汲古本"珮"字可從,彊村四校本《夢窗詞》,也作"玉冷佩丁東"五字,詞爲的本,體式與侯詞同。

又一體 七十五字　　　　　　　　　　　吳文英

爲友人訪琴客賦

春風吳柳幾番黃。歡事小蠻窗。梅花正結雙頭夢,玉龍吹散幽香①。昨夜燈前攲黛,今朝陌上啼妝。　　最憐無侶伴雛鶯,桃葉已春江。曲屏先暖鴛衾慣,夜寒深、都是思量。莫道藍橋路遠,行雲祇隔幽坊。

與康第二首同。衹前後段次句皆五字，後起句不叶韵。"鴛"字或作"盎"，平聲讀，亦泥[一]。

【校記】

[一] 北師大本後有"'玉龍'下應落字"六字。

【蔡案】

① 前段第四句拍奪一字，應據彊村四校本《夢窗詞》，作"被玉龍、吹散幽香"折腰式七字一句爲是，則與侯詞同。

泛清波摘遍 百六字 晏幾道

催花雨小①。著柳風柔，都似去年時候好[一]。露紅烟綠，儘有狂情鬥春早。長安道。鞦韆影裏，絲管聲中，誰放艷陽輕過了。倦客登臨，暗惜光陰恨多少。　　楚天渺[二]。歸思正如亂雲，短夢未成芳草。空把吳霜點鬢華，自悲清曉②。帝城杳。雙鳳舊約漸虛[三]，孤鴻後期難到③。且趁朝花夜月，翠尊頻倒。

《宋史·樂志》林鐘商大曲，俗名小石調。又云：每上元觀燈，上巳、端午觀水嬉，皆奏大曲，凡十三。五曰《泛清波》。《夢溪筆談》云：凡曲每解有數叠者，截而用之，謂之"摘遍"。此蓋摘《泛清波》之一遍也。愚按：此本大曲，摘遍者，摘其一遍也。與《薄媚摘遍》同例。詞之以"摘遍"名者始此。惜原套曲不傳，不知所摘第幾遍耳。

"去"、"候"、"露"、"鬥"、"艷"、"過"、"倦"、"恨"、"正"、"亂"、"未"、"鬢"、"自"、"舊"、"漸"、"後"、"夜"、"翠"等字用去聲。

"好"、"早"、"少"、"曉"、"倒"等字用上聲。"楚"、"帝"二字用仄聲。均不可易④。《詞律》云：當是四段，無據。"鬢華"上缺"點"字，又以"華"字改"影"字，更謬。

《詞匯》、汲古於前結作八字，"光"字上誤多"花"字，"儘"字作"盡"，均誤。今從《詞譜》訂正。

愚按：《詞律》謂"露紅"二句，唱時平平帶過，去聲縱，上聲收等論，凡度曲四聲唱準，方能鏗鏘入聽。蓋填時已按譜分別輕清重濁，自有抑揚頓挫之妙，非文筆之收縱也。曲理如是，填詞亦然。按譜填準，加以工尺，可被歌喉。萬氏每謂詞與曲不同，故偶於此發明之。

【校記】

[一]"去""候"二字及後一句"露"字、第五句"鬭"字、第九句"艷"字和"過"字、第十句"倦"字、結句"恨"字，後段第二句"正"字"亂"字、第三句"未"字、第四句"鬢"字、第五句"自"字、第七句"舊"字"漸"字、第八句"後"字用●符標識，意謂必用去聲。"好"字及第五句"早"字、第九句"了"字、結句"少"字、後段第五句"曉"字、結句"倒"字用◓符標識，意謂必用上聲。

[二]"楚"字及後段第六句"帝"字用◐符標識，意謂必用仄聲。

[三]原注"約"字作平。

【蔡案】

① 首拍未擬爲叶韵，誤。詞之每段首句均可押韵或不押韵，詞律如此，各調皆然。

② 本詞萬氏以爲四段，固失之過疏，然"楚天"至"清曉"，與"帝城"至"頻倒"兩段甚合，恰如"雙曳尾"，顯是兩段，故全詞三段甚爲清晰，應改。

③ 本句第二字應仄，"孤鴻"句對應第二段"短夢"句，疑"鴻"字

是"雁"字之誤。

④ 此類説辭最無謂,本調僅此一詞,"均不可易"的依據何來。秦巘不知詞有上聲韵者,本詞多用上聲,但上聲韵未成熟如入聲韵而已。且最後一字"倒"並非上聲,"倒酒"之"倒"應是去聲。

探春令　五十二字　　　　　　　　　　　　　　　晏幾道

綠楊枝上曉鶯啼,報融和天氣。被數聲、吹入紗窗裏。又驚起、嬌娥睡。　　綠雲斜嚲金釵墜。惹芳心如醉。爲少年濕了[一],鮫綃帕上,都是相思淚。

> 此調《小山詞》不載,恐誤寫人名。當是徽宗創製,姑繫於此。
>
> 《開元天寶遺事》云:都人士女每至正月半後,各乘車跨馬,供帳於園圃或郊野中,爲探春之宴。
>
> 兩次句是一領四字句。結處,葉《譜》於"帕"字句,非。

【校記】

　　[一]原注"爲"字去聲。

又一體　五十一字　一名《昇平世》　　　　　　　　趙　佶

簾旌微動,峭寒天氣,龍池冰泮。杏花笑吐香紅淺①。又還是、春將半。　　清歌妙舞從頭按。等芳時開宴。記去年對著,東風曾許,不負鶯花願。

> 《九宮大成》入南詞仙呂宮引。
>
> 韓淲詞有"景龍燈火昇平世"句,名《昇平世》。《九宮》一名《景龍燈》②。

　　　　《能改齋漫録》云：徽宗天才甚高，詩文之外，尤工長短句。嘗爲《探春令》云云。

　　　　此與晏作《留春令》相似。然結句不同，平仄亦異。一本於"年"字豆，"風"字句，亦可通。今從《詞律》，各家皆如此讀。

【蔡案】

　　　　① 此即正體，惟起調不叶，前段第四拍少一領字異，宋詞僅此一首，余疑或是"□杏花、笑吐香紅淺"之脱誤，然亦無據。

　　　　② 未見有"昇平世"名，韓淲詞自己題名爲"景龍燈"，然並非調名，故無人襲用。

又一體 五十二字　　　　　　　　　　　　　　　　　　揚无咎

劉伯玉生辰

東風初到，小梅枝上，又驚春近。料天台不比，人間日月，桃萼紅英暈。　　　劉郎浪跡憑誰問。莫因詩瘦損。怕桑田變海，仙源重返，老大無人認。

　　　　前結句法與徽宗作異，餘同。

又一體 五十二字　　　　　　　　　　　　　　　　　　揚无咎

梅英粉澹，柳梢金軟，蘭芽依舊。見萬家、燈火明如晝。正人月、圓時候。　　　挨香傍玉偷携手。儘輕衫寒透。聽一聲畫角催殘漏。惜歸去、頻回首。

　　　　前起同徽宗作，前結與晏作同，惟後結又異。沈端節《留春令》與此相似,衹兩結各五字,少一字①。

【蔡案】

　　① 兩結由六字折腰句變爲五字句,本是詞中微調,甚至連《生查子》都可以化五字爲六字,可見是一種常用手法。由此可知,《留春令》與《探春令》實爲同一詞調,體格稍異而已。

　　　又一體 五十二字　　　　　　　　　　　　　　揚无咎

雪梅風柳,弄金鉤粉,峭寒猶淺。又還近、三五銀蟾滿。漸玉漏、聲初短。　　尊前重約年時伴。揀燈詞先按。便直饒、心似蛾兒撩亂。也有春風管。

　　　前段同前作。後段第三句九字,四句五字。又一體也。

　　　又一體 五十二字　　　　　　　　　　　　　　趙長卿

　　　　　　　　　　立　　春

數聲回雁。幾番疏雨,東風回暖。甚今年、立得春來晚。過
◎○⊙▲①　●○○●　○○⊙▲　●⊙○　◎●⊙○　●
人日、方相見。　　縷金幡勝教先辦。著工夫裁剪。到那
⊙●　○○▲　　◎○⊙●○○▲　●⊙○○▲　⊙◎
時睹當[一],須教滴惜[二],稱得梅妝面[三]。
○●●　　○○●　◎○○▲②

　　　前段同楊第二首,後段同徽宗作。

【校記】

　　[一]原注"當"字去聲。

　　[二]原注"教"字平聲。

［三］原注"稱"字去聲。

【蔡案】

① 本詞宋人填者最多,惟前段起拍多不叶韵,故用删除綫表示可叶可不叶。

② 原譜未校可平可仄,今據前後諸詞校。

又一體 五十二字 趙長卿

早 春

笙歌間錯華筵啓。喜新春新歲。菜傳纖手,青絲輕細①。和氣入、東風裏。 幡兒勝兒都姑嬸。戴得更忔戲。願新春已後,吉吉利利［一］。百事都如意。

前起同晏作。惟第三、四句作兩四字句,與各家異。後段同徽宗作。"吉"作平。

【校記】

［一］前"吉"字原注作平。

【蔡案】

① 此亦正體,惟前段第一均讀破異。前段三四句僅此詞如是填,然與韵律大不諧,疑有錯訛,不可仿效。

又一體 五十二字 趙長卿

元 夕

去年元夜正錢塘,看天街燈火［一］,鬧蛾兒轉處①。熙熙語笑,百萬紅妝女。　　今年肯把輕辜負。列熒煌千炬。趁閒身未老,良辰美景,款醉新歌舞。

　　前段與各家異,後段同晏作。"火"字當叶,應有錯誤。或次、三兩句誤倒。

【校記】

　　[一]原注"火"字宜叶。

【蔡案】

　　① 本句應是第二句,因此後一均爲"看天街燈火,熙熙語笑,百萬紅妝女。"

又一體 五十二字　　　　　　　　　　趙長卿

尋　春

新元纔過,漸融和氣。先到簾幃。謾閒繞、柳徑花蹊裏。探看試。春來未。　　年時曾把春拋棄。與春光陪淚。待今春日日,花前沉醉。款細偎紅翠。

　　體格與第一首同。惟次句起韵,三句換平叶,通首平仄互叶體。

又一體 五十一字　　　　　　　　　　蔣　捷

春　怨

玉窗蠅字記春寒,滿茸絲紅處。畫翠鴛、雙展金蜩翅。未抵我、愁紅膩。　　芳心一點天涯去。絮濛濛遮住。對花彈玩纖瓊指^①。爲粉膩、空彈淚。

　　前段同晏作，後段同楊第一首。祇後段第三句少一字。支、時韵與魚、虞並叶，未免太雜。

【蔡案】

　　① 本句較之各詞少一字，與前段"畫翠駕、雙展金蜩翅"也不合，顯有錯訛，應據《花草粹編》卷九及彊村叢書本《竹山詞》，作"舊對花、彈阮纖瓊指"爲是。

撲蝴蝶　七十七字　或加"近"字　　　　　　　晏幾道

烟條雨葉，緑遍江南岸。思歸倦客^[一]，尋春來較晚。岫邊紅日初斜，陌上花飛正滿。凄凉數聲羌管^①。　　　怨春短。玉人應去^[二]，明月樓中畫眉懶。鶯箋錦字，多時魚雁斷。恨隨去水東流，事與行雲共遠。羅衾、舊香猶暖。

　　《九宫大成》入南詞黄鐘宫正曲，或加"慢"字。

　　周密《癸辛雜識》云：吴有小妓善舞《撲蝴蝶》，想是舞曲。

　　邵叔齊詞加"近"字。

　　《苕溪漁隱叢話》云：舊詞高雅，非近世所及。如《撲蝴蝶》一詞，不知誰作，非惟藻麗可喜，其腔調亦自婉美。《詞統》云：無名氏有《撲蝴蝶》詞一篇，情景周摯。换頭句逼真，周、秦之先聲也。愚按：各本皆缺名，或爲五代人作。惟《樂府雅詞》作晏小山，今從之。

　　"倦"、"較"、"正"、"數"、"怨"、"畫"、"錦"、"雁"、"共"、"舊"等仄聲字，勿誤。"怨春短"，各本俱屬上段，"時"字作"少"，皆誤。

【校記】

　　[一]"倦"字及後句"較"字、第六句"正"字、結句"數"字、後段首句"怨"字、第三句"晝"字、第四句"錦"字、第五句"雁"字、第七句"共"字、結句"舊"字用◗符標識，意謂必用仄聲。

　　[二]原注"玉"字作平，"應"字去聲。

【蔡案】

　　① 本調前段第六拍，後段第七拍以叶韻爲正，然亦可不叶。前後段結拍，以○○　●○○▲爲正，此句兩頓連平，即二字逗之標識也，偶有調整句法，作○○●●○▲者，則爲六言律句句法，如趙詞之後結。

又一體 七十七字　　　　　　　　　　　　　呂渭老

分釵綰髻，洞府難分手。離觴短閡[一]，啼痕冰舞袖。馬嘶霜滑，橋回路轉，人依古柳。曉色漸分星斗。　　怎分剖。心兒一似，傾入離愁萬千斗。垂鞭佇立，傷心還病酒。十年夢裏嬋娟，二月花梢豆蔻。春風爲誰依舊。

　　　　前段第五、六、七句各四字，與各家異，破句法也。"斗"字重叶。"回"字，汲古作"橫"，"梢"字作"中"，誤。呂又一首，前結句多一字，是衍誤。

【校記】

　　[一]"短"字及後句"舞"字、第七句"古"字、結句"漸"字、後段首句"怎"字、第三句"萬"字、第四句"佇"字、第五句"病"字、第七句"豆"字、結句"爲"字用◗符標識，意謂必用仄聲。

又一體 七十五字　　　　　　　　　　　　趙彥端

清和時候，薰風來小院。瑯玕脱籜[一]，方塘荷翠颭。柳絲輕
度流鶯，畫棟低飛乳燕。園林綠陰初遍。　　景何限。輕
紗細葛，綸巾和羽扇①。披襟散髮，心清塵不染。一杯洗滌
無餘，萬事消磨去遠。浮名薄利休羨。

　　　　汲古爲趙師俠作。"景何限"三字屬上段。
　　　　前段次句平仄反。後段第三句五字，比晏作少二字。

【校記】

　　[一]"脱"字及後句"翠"字、第六句"乳"字、後段首句"景"字、第
四句"散"字、第五句"不"字、第七句"去"字、結句"薄"字用◑符標識，
意謂必用仄聲。

【蔡案】

　　① 本詞即正體，惟後段第三拍少二字異。萬樹於《詞律》謂本詞
爲添頭式詞調，或誤。按，本調後段首均依律應是三四七式結構，本
詞"綸巾"前當有一仄頓脱落。檢宋詞諸作，除曹組詞作"幸容易。有
人□□，争奈只知名與利"外，均爲三四七格式。就本詞言，"輕紗細
葛"和"綸巾羽扇"均爲名物，兩者相連，必有一連接詞才能達意。

真珠髻 百五字　　　　　　　　　　　　晏幾道

　　　　　　　　紅　　梅

重重山外，冉冉流光，又是殘冬時節。小園幽徑，池邊樓畔，
翠木嫩條春別。纖蕊輕苞，粉萼染、猩猩鮮血。乍幾日、好

景和風,次第一齊催發。　　　天然香艷殊絕。比雙成皎皎,倍增芳潔①。去年因遇,東歸驛使,贈遠憶曾攀折。豈謂浮雲,終不放、滿枝明月。但歎息、時飲金鍾,更繞重重繁雪。

> 南渡典儀,賜筵樂次,其三曰《真珠髻》。
>
> 調見《梅苑》,《花草粹編》《詞譜》俱缺名。《小山詞》不載。愚按:辭意不類小山,姑從《陽春白雪》本。《詞律》未收。
>
> 《梅苑》缺"驛"字、"增"字。《粹編》"浮雲"下多"始"字,"贈遠"句作"指憎遠恨意曾攀折",皆誤。"鮮"字,葉《譜》作"紅",今從《詞譜》訂正。

【蔡案】

① 後段第一均若讀作"天然香艷殊絕。比雙成、皎皎倍增芳潔",則"皎皎"六字正合前段"又是"六字,字數、平仄、韵律皆合,計二拍,更符合一起一合組成一均的基本規則。

天香引 五十四字　一名《秋風第一枝》《廣寒秋》《折桂令》《蟾宮曲》《蟾宮引》《天香第一枝》《步蟾宮》　文　同

游嘉禾南湖

三月三、花霧吹晴。見麟鳳滄洲①,鴛鷺沙汀。華鼓清簫,紅
○●○　○●○△　　●○○△　　○●○△　○●
雲蘭棹,青紵旗亭。　　　細看來、春風世情[一]。都分在、流
○○●　○●○△　　　●○○　○○●△　○○●　○
水歌聲。剪燕嬌鶯②。冷笑詩仙,擊楫揚舲。
●○△　●●○△　　●●○○　●●○△

> 《中原音韵》注雙調。《九宮大成》入北詞雙角隻曲。一名《秋風第一枝》,一名《蟾宮曲》,一名《步蟾宮》。與汪存正調

不同。

　　虞集詞名《廣寒秋》，倪瓚詞名《折桂令》。

　　見《浙江通志》。與《折丹桂》及《百字折桂令》皆無涉。各譜皆不載。

【校記】

　　［一］原注"看"字平聲。

【蔡案】

　　① 前段第二拍，惟本詞五字，其餘皆爲四字，所以當以四字一句者爲正。

　　② "鸞"字原譜未注叶韵，文同別首及虞詞、倪詞皆叶，秦巘失記。

廣寒秋　五十四字　　　　　　　　　　　虞　集

鸞輿三顧茅廬。漢祚難扶。日暮桑榆。深渡南瀘。長驅西蜀，力拒東吳。　　美乎周瑜妙術，悲夫關羽云徂。天數盈虚①。造物乘除。問汝何如。早賦歸歟。

　　《輟耕録》云：虞邵庵先生集，在翰苑時，宴散散學士家。有歌兒郭氏順時秀者，唱今樂府。其《折桂令》起句云"博山銅，細裊香風"，一句而兩韵，名曰短柱，極不易作。先生愛其新奇。席上偶談蜀漢事，因命紙筆，亦賦一曲云云。蓋兩字一韵，比之一句兩韵者爲尤難。先生之學問該博，雖一時娛戲，亦過人遠矣。《折桂令》，一名《廣寒秋》，一名《天香第一枝》，一名《蟾宮引》。今中州之韵，入聲似平聲，又可作去聲。所以"蜀"、"術"等字，皆與魚、虞相近。

　　前起二句比文作各少一字，後起二句各少一字，又多一四字句,異。愚按:此種詞游戲之作,不足爲法。因字句不同,録之以備一格。

【蔡案】

① 後段多一四字句,檢各家皆無此填法,當是衍文。

折桂令 五十三字 倪 瓚

片帆輕、水遠山長。鴻雁將來,菊蕊初黄。碧海鯨鯢,蘭苕翡翠,風露鴛鴦。　　問音信、何人諦當。想情懷、舊日風光。楊柳池塘。隨處凋零,無限思量。

此與文作同。惟第三句少一字,的是一調異名。

望梅花 七十二字 蒲宗孟

一陽初起。暖力未勝寒氣。堪賞素華長獨秀,不並開紅抽紫。青帝袛應憐潔白,不使雷同衆卉。　　澹然難比。粉蝶豈知芳蕊。夜半捲簾如乍失,袛在銀蟾影裏。殘雪枝頭君認取,自有清香旖旎。

《九宫大成》入南詞商調引。

見《梅苑》,名《望梅花令》。與和凝、張翥之《望梅花》皆不同,故另列。《詞律》失收。

又一體 六十八字 缺 名

寒梅堪羨。堪羨輕苞初展。被天人、製巧妝素艷。群芳皆賤。碎剪月華千萬片。綴向瓊枝欲遍。　　　小庭幽院。雪月相交無辨。影玲瓏、何處臨溪見。謝家新宴。別有清香風際轉。縹緲著人頭面。

　　　亦見《梅苑》。前後第三句各多一字，平仄反。四句各少二字，三、五句皆叶韵，與蒲作異。一本缺"初"字、"萬"字，從《梅苑》增訂。